U0135286

新生儿外科学

XINSHENG'ER WAIKEXUE

主　编　刘　磊　夏慧敏

副主编　莫家聪　唐盛平　余家康

主　审　王　果

人民軍醫出版社
PEOPLE'S MILITARY MEDICAL PRESS
北　京

图书在版编目(CIP)数据

新生儿外科学/刘　磊,夏慧敏主编.—北京:人民军医出版社,2011.8
ISBN 978-7-5091-4961-4

Ⅰ.①新… Ⅱ.①刘…②夏… Ⅲ.①新生儿疾病—外科学 Ⅳ.①R726

中国版本图书馆 CIP 数据核字(2011)第 158958 号

策划编辑:王　琳　　文字编辑:高　磊　　责任审读:伦踪启
出 版 人:石　虹
出版发行:人民军医出版社　　　　　　经销:新华书店
通信地址:北京市 100036 信箱 188 分箱　　邮编:100036
质量反馈电话:(010)51927290;(010)51927283
邮购电话:(010)51927252
策划编辑电话:(010)51927409
网址:www.pmmp.com.cn

印刷:北京天宇星印刷厂　　装订:恒兴印装有限公司
开本:787mm×1092mm　1/16
印张:46.5　字数:1200 千字
版、印次:2011 年 8 月第 1 版第 1 次印刷
印数:0001—2200
定价:180.00 元

内容提要

　　本书由全国小儿外科协会新生儿学组大部分专家参考国内外最新文献,结合作者丰富的临床实践经验,共同编撰而成,是全面反映新生儿外科领域技术发展现状的一部学术专著。全书共18章,介绍了新生儿感染、联体畸形、神经外科疾病、头颈部外科疾病、胸部疾病、先天性心血管疾病、腹部疾病、泌尿生殖系统疾病、新生儿矫形外科、新生儿肿瘤等新生儿常见疾病,重点介绍了新生儿及胎儿外科治疗技术,其中新生儿转运、胎儿和新生儿伦理学等章节是极富特色的内容。本书内容翔实,图文并茂,适合小儿外科医师、医学院校学生参考阅读。

序

新生儿外科是小儿外科学领域十分重要的组成部分。新生儿由于解剖、生理上的特点，特别是免疫功能尚未成熟，故新生儿疾病有其年龄小、病情急、转变快的特点。随着围生医学的发展，诊断水平的不断提高，越来越多的新生儿外科疾病获得产前诊断，从而也使得手术治疗新生儿甚至胎儿疾病的范围大大拓宽，编撰出版《新生儿外科学》非常及时与必要。

本书是新生儿外科领域有丰富经验的国内学者们将自己的经验和国内外最新进展总结提炼编撰而成。纵览全书，不仅介绍了新生儿外科诊断与治疗技术，其中新生儿转运、胎儿和新生儿伦理学、胎儿外科等章节是富有特色的内容。本书是全面系统的新生儿学方面的参考书。令人兴奋的是，本书撰写了专题讨论微创技术在新生儿外科中的应用。

本书的作者都是新生儿外科学方面的专家，都是我国小儿外科学会新生儿学组的主要成员。他们都是一线实际工作骨干。多年来无论是在诊治的水平还是在新技术的运用上，尤其是围生医学、微创技术、腔镜外科技术在我国新生儿外科领域里都积累了丰富的经验，并且有相应的创新与发展。主编刘磊教授和夏慧敏教授都是本专业的带头人，都领导着强力的专业团队。本书又特邀了香港玛丽医院黄格元教授参编。编写者阵容堪称理想。合力编纂高水平著作，必将对我国新生儿外科事业的飞越进步起促进作用。他们的辛勤劳动必将得到不可估量的回报。

当前正值世界"第六次科技革命"的前夕。历史上，除第一次农业革命时我国曾经领先外，以后的机械化、电气化、电子化、信息化四次革命，我国均落后西方。面临这次"创生与再生"的第六次革命，我们能否领先？医学上具体目标是"仿生、创生和再生医学"。国际上外科学正在从器官移植向干细胞移植过渡。在这次挑战中，新生儿外科与胎儿外科恰是首当其冲。亲爱的我国小儿外科同道们！夯实了现阶段新生儿外科的基础，从实际出发，迎难而上，向世界展示我们炎黄子孙的聪明才智。切勿错过这迎面降临的机遇。

本书具有较高的学术水平和现实价值，我以万分喜悦的心情，祝贺本书的问世，并热忱地向全国小儿外科医生推荐。同时希望我国有志于新生儿外科的同道努力钻研，向着更高水平努力突破。衷心希望本书著者及广大读者共同努力，能在本书的第 2 版中编入我国先进的"再生医学"的成就。

小儿外科医生
中国工程院资深院士　张金哲

2011 年 5 月

前　言

由全国新生儿外科学组的专家共同撰写的《新生儿外科学》，经过一年多的酝酿，今天终于面世了！这是一部介绍国内外新生儿外科理论和临床的经验以及最新进展的学术专著，旨在向全国新生儿外科医生推荐和规范新生儿疾病诊疗技术，为广大新生儿外科医生开展临床诊治和科研教学工作提供一本必备参考书。

近年来我国新生儿外科得到了长足的进步，2007年全国小儿外科学会新生儿学组成立对于新生儿外科发展又起到了领衔、推动的作用。夏慧敏教授带领的这个学组是由我国各地新一代新生儿外科学的学术领头人组成的，在他们的努力下，近4年来无论是在诊治的水平还是在新技术的运用上，尤其是胎儿外科、微创腔镜外科技术在我国新生儿外科领域里都得到了飞跃的发展。

本书重点介绍了胎儿外科治疗技术，其中新生儿转运，胎儿和新生儿伦理学等章节是富有特色的内容。香港大学玛丽医院在谭广亨教授的带领下代表了香港新生儿外科的最高水平，其新生儿外科已步入国际一流水准，为业界所翘楚，所以我们特邀玛丽医院黄格元教授专章介绍中国香港新生儿外科开展的情况，以给我们提示和引领。

随着围生医学的发展，越来越多的新生儿外科疾病获得产前诊断，很多畸形在孕期通过B超检查即可发现，如先天性膈疝、腹壁裂、脐膨出、食管闭锁、气管食管瘘、十二指肠梗阻，胆总管囊肿、脊膜膨出等。由于产前已可明确诊断，胎儿外科的介入，产科、儿科和小儿外科对围生儿的共同管理，对于高危儿有计划的进行系列治疗，可以最大限度保障新生儿出生前、后的安全，避免一些严重并发症的发生。目前胎儿外科技术在我国虽然还在探索阶段，国内也只有几家医院进行了尝试，尽管对于是否开展这方面工作还有许多争议，但不可否认的是这种尝试代表了一种方向，能把握这种方向并勇于尝试是需要敏锐的眼光和过人的胆识的。广州妇幼中心已先行一步，特意委派了一批技术骨干赴美国学习，形成了攻关的团队，他们已积极认真地开展了一些工作，可以预见未来在我国，他们能够引领胎儿外科潮流，跻身国际领先水平。可以说，新生儿外科向胎儿外科延伸，涵盖了更为广阔的范围和内容，需要更多学科的参与和合作。

与此同时，伴随着影像学、组织病理学等检查手段的不断发展，也使很多新生儿外科疾病能够更为准确的早期诊断。对于新生儿巨结肠诊断的直肠黏膜活检、免疫组化技术在许多单位已是常规运用，大大提高了其诊断的准确性。B超检查能减少新生儿放射线暴露的同时，能够区别环形胰腺、十二指肠模式闭锁或狭窄以及肠旋转不良。胆道闭锁的诊断因MRI而使准确性明显提高，使越来越多的胆道闭锁可以在2～3个月内诊断，采用葛西手术并术后应用激素及抗生素等治疗，使得患儿成活率越来越高。

近年来腹腔镜微创外科技术在新生儿外科得以广泛运用，取得了很好的疗效。介绍腹腔镜微创外科技术在新生儿外科的广泛运用，是本书的另一特色。如腹腔镜辅助下的巨结肠根治术以及经肛门的直肠内拖出巨结肠根治术在国内迅速普及，使手术创伤明显缩小，患儿的术后恢复明显加快，手术效果良好。腹腔镜微创技术在新生儿外科的应用越来越多，开展的手术有幽门环肌切开术、胆道探查及胆道闭锁的肝门、空肠吻合术、巨结肠根治术、高位无肛的直肠肛门成形术、肠旋转不良的Ladd术等。可喜的是，越来越多的医疗单位在逐步开展此项技术，这对新生患儿不啻是个福音。

我们组织全国新生儿外科学组的专家共同撰写这本《新生儿外科学》，其目的就是向全国新生儿外科医生推荐和规范新生儿疾病的诊疗技术，介绍我国新生儿外科的发展。

鉴于新生儿外科发展迅猛，本书疏漏之处，真诚渴望同行批评指正，以便我们今后水平的提高和对本书的修订。

编　者

2011 年 4 月 6 日

编著者名单

主　编　刘　磊　夏慧敏
副主编　莫家聪　唐盛平　余家康
主　审　王　果
编著者　（以姓氏笔画为序）
干芸根　深圳市儿童医院
马　力　广州市妇女儿童医疗中心
马星钢　深圳市儿童医院
马继东　首都儿科研究所
王　侠　重庆医科大学附属儿童医院
王　斌　深圳市儿童医院
王洪涛　广州市妇女儿童医疗中心
王嘉怡　广州市妇女儿童医疗中心
文建国　郑州大学附属第一医院
方大俊　广州市妇女儿童医疗中心
叶铁真　广州医学院第一附属医院
冯杰雄　华中科技大学同济医学院附属同济医院
冯晋兴　深圳市儿童医院
朱小春　广东省妇幼保健院
任红霞　山西省儿童医院
向　丽　重庆医科大学附属儿童医院
刘　威　广州市妇女儿童医疗中心
刘　强　广西医科大学附属第一医院
刘　磊　深圳市儿童医院
刘大波　广州市妇女儿童医疗中心
刘国庆　南方医科大学附属佛山妇幼保健院
刘国昌　广州市妇女儿童医疗中心
刘晓红　深圳市儿童医院
刘特长　广州市妇女儿童医疗中心

刘鸿圣　广州市妇女儿童医疗中心
孙昌志　广州市妇女儿童医疗中心
孙炜丽　Memorial Sloan-Kettering Cancer Center. USA
李　锋　广州市妇女儿童医疗中心
李子平　中山大学附属第一医院
李旭良　重庆医科大学附属儿童医院
李苏伊　深圳市儿童医院
李桂生　中山大学附属第一医院
李晓庆　重庆医科大学附属儿童医院
杨　波　上海交通大学医学院附属上海儿童医学中心
杨体泉　广西医科大学附属第一医院
杨盛春　广州市妇女儿童医疗中心
何秋明　广州市妇女儿童医疗中心
余　雷　武汉市妇女儿童医疗保健中心
余家康　广州市妇女儿童医疗中心
邹　焱　广州市妇女儿童医疗中心
汪　健　苏州大学附属儿童医院
汪凤华　广州市妇女儿童医疗中心
宋兴荣　广州市妇女儿童医疗中心
张　靖　广州市妇女儿童医疗中心
张广兰　广州市妇女儿童医疗中心
陈　方　上海市儿童医院
陈　芳　深圳市儿童医院
陈　乾　深圳市儿童医院
陈永卫　首都医科大学附属北京儿童医院
陈欣欣　广州市妇女儿童医疗中心
陈嘉波　广西医科大学附属第一医院
林飞飞　深圳市儿童医院
罗仁忠　广州市妇女儿童医疗中心
周　李　中山大学附属第一医院
周晓光　广州市妇女儿童医疗中心
钟　微　广州市妇女儿童医疗中心
俞　钢　广东省妇幼保健院
洪　莉　上海交通大学医学院附属上海儿童医学中心
贺　娟　广州市妇女儿童医疗中心
袁继炎　华中科技大学同济医学院附属同济医院

莫家聪　中山大学附属第一医院
夏慧敏　广州市妇女儿童医疗中心
顾　硕　上海交通大学医学院附属上海儿童医学中心
徐宏文　广州市妇女儿童医疗中心
郭俊斌　哈尔滨医科大学附属第二医院
唐达星　浙江大学医学院附属儿童医院
唐盛平　深圳市儿童医院
唐维兵　南京医科大学附属南京儿童医院
陶　强　江西省儿童医院
黄　英　中国医科大学附属盛京医院
黄国栋　广州市妇女儿童医疗中心
黄格元　香港大学玛丽医院
龚四堂　广州市妇女儿童医疗中心
崔虎军　广州市妇女儿童医疗中心
崔彦芹　广州市妇女儿童医疗中心
麻晓鹏　深圳市儿童医院
蒋小平　四川大学华西医院
韩镜明　深圳市儿童医院
覃道锐　广州市妇女儿童医疗中心
傅晓静　广东省妇幼保健院
温　哲　广州市妇女儿童医疗中心
鲍　南　上海交通大学医学院附属上海儿童医学中心
蔡　威　上海交通大学医学院附属新华医院
廖　灿　广州市妇女儿童医疗中心
魏佳雪　广州市妇女儿童医疗中心

目 录

第一篇 总 论

第一篇

总 论

第1章

胎儿外科

第一节　胚胎畸形学

出生缺陷有两种。①胚胎畸形,如神经管缺陷、先天性心脏病等,在出生时就可以发现,凭临床观察即可确诊;②功能、代谢、行为异常,如先天性智力残障、遗传代谢性疾病等。而出生缺陷绝大部分为胚胎畸形,也称先天畸形,是由于胚胎发育紊乱所导致的形态结构异常,是导致流产、死胎、死产、新生儿死亡和婴幼儿死亡的重要原因,是小儿外科医师尤其是新生儿外科医师、胎儿外科医师关注的焦点。近年来,随着现代工业发展和环境污染的加重,胚胎畸形的发生率有上升趋势,成了危害健康的严重疾病。

一、胚胎畸形的发生概况

Kennedy(1967)综合分析了世界各国医院的近 2 000 万新生儿的畸形发生状况,结果显示畸形儿发生率为 1.26%,最常见的畸形为四肢畸形、神经管畸形、尿生殖系统畸形。1986 年 10 月至 1987 年 9 月期间,我国卫生部组织的一次大型的出生畸形监测结果显示,畸形的发生率为 1.3%,其中最常见的 5 种畸形依次为神经管缺陷、总唇裂(唇腭裂)、脑积水、多指(趾)、马蹄内翻足。

目前,全世界每年有 500 多万出生缺陷发生,而我国每年 2 000 万的新生儿中,出生缺陷的发生率为 4%~6%,即我国每年有 80 万~120 万出生缺陷患儿出生,最常见的 5 种畸形依次为:先天性心脏病、多指(趾)、总唇裂、神经管缺陷、脑积水(2006 年)。我国政府从 2006 年开始,将每年 9 月 12 日定为"预防出生缺陷日",以引起全民及各级政府对预防出生缺陷的重视。

二、胚胎畸形的分类

(一)根据胚胎畸形的严重程度进行分类

根据先天畸形的严重程度是目前较为简易的胚胎畸形分类方法,可分为严重畸形及轻微畸形两大类。

1. 严重畸形(major anomalies)　指需要进行较复杂内科和外科处理的、能够引起明显残疾的、威胁患儿生命的或为致死性的重大畸形。严重畸形可以表现为某种单一畸形,也可表现为多发性畸形。例如脊髓脊膜膨出,可以导致患儿双下肢永久性瘫痪。其他严重畸形如无脑畸形、前脑无裂畸形、唇腭裂、先天性心脏畸形、食管闭锁、肛门闭锁、双肾缺如等。严重畸形常常是一些综合征或联合征的一部分。

2. **轻微畸形**（minor anomalies）　指不需要进行内科和外科处理的或不引起明显残疾的异常。轻微畸形比严重畸形更常见，常是出现严重畸形的一种有价值的诊断线索，有助于某些综合征的发现与诊断。例如第三囟门、内眦赘皮、附耳、悬垂裂、颈蹼、通贯掌、并指（趾）、副乳头、轻度尿道下裂等都属于轻微畸形，它们本身并不会引起明显的医学问题，但对于某一个体来说，有些轻度畸形可能影响患儿的生活。

（二）根据畸形的多少进行分类

根据累及的器官、系统所导致的畸形的多少也是较为常用的分类，可分为单发畸形和多发畸形两大类。

1. **单发畸形**　大部分的先天畸形为单发畸形，可用描述形态结构异常的名词来命名。此类畸形常为多基因遗传病，由多个微效基因共同产生累加效应，且受环境因素影响，如无脑儿、脊柱裂、唇裂、腭裂等。

2. **多发畸形**　在同一个体中出现2个或2个以上畸形时称为多发畸形。多发畸形可以随机出现，也可以一定规律出现。各种综合征、序列征、联合征、畸形谱等均属多发畸形，如 Down 综合征、13-三体综合征、Potter 序列征（即有颅面和肢体变形及肺发育不良而导致羊水减少症）、VACTER 联合征［其包括的畸形有 vertebral abnormalities（椎体畸形）、anal atresia（肛门闭锁）、cardiac anomalies（心脏畸形）、tracheoesophageal fistula（气管食管瘘）、renal dysplasia（肾发育不全）］等。

（三）根据胚胎畸形的发生过程进行分类

较多学者根据先天畸形的胚胎发生发展过程，先后提出了大致相同的畸形分类方法，总结如下。

1. **器官的畸形发生**（malformation）　发生畸形的某一器官（或其一部分）或身体的某部分从其发育开始就存在形态及结构的缺陷，即某一器官或其一部分从发育开始时就存在异常。其发生机制是某种原因改变了器官或组织的发生生长或分化，其原因主要有胚胎期细胞基因突变（mutant gene）或染色体畸变（chromosomal aberration）所致，也可以是环境因素或多种因素综合作用的结果。

（1）整胚发育畸形：多由严重遗传缺陷引起，大都不能形成完整的胚胎并早期死亡吸收或自然流产。

（2）胚胎局部发育畸形：由胚胎局部发育紊乱引起，涉及范围并非一个器官，而是多个器官。例如头面发育不全（ethmocephalus）、并肢畸形（sirenomelus）等。

（3）器官和器官局部畸形：由某一器官不发生或发育不全所致，例如双侧或单侧肺不发生、室间隔膜部缺损等。

（4）组织分化不良性畸形：这类畸形的发生时间较晚且肉眼不易识别。例如骨发育不全（osteogenesis imperfecta）、克汀病（cretinism）、巨结肠（hirschsprung disease）等。

（5）发育过度性畸形：由器官或器官的一部分增生过度所致，例如在房间隔形成期间第二隔生长过度而引起的卵圆孔闭合或狭窄、多指（趾）畸形等。

（6）吸收不全性畸形：在胚胎发育过程中，有些结构全部吸收或部分吸收，如果吸收不全，就会出现畸形。例如蹼状指（趾）、闭肛、食管闭锁等。

（7）超数和异位发生性畸形：由于器官原基超数发生或发生于异常部位而引起，如多孔乳腺、异位乳腺、双肾盂、双输尿管等。

（8）发育滞留性畸形：器官发育中途停止，器官呈中间状态。例如双角子宫、隐睾、骨盆肾、气管食管瘘等。

(9) 重复畸形:是由于单卵孪生的两个胎儿未能完全分离,致使胎儿整体或部分结构不同程度地重复出现。这是人类最早认识和描述的一种畸形。

(10) 寄生畸形:寄生畸形(parasitic malformation)又称寄生胎(parasit)。单卵孪生的两个胎儿发育速度相差甚大,致使小者附属在大者的某一部位。

2. 变形(deformation)　指在胚胎或胎儿发育过程中,受到不正常的物理因素影响,如机械力的压迫,使本应正常生长的机体出现了形态、结构或位置的异常,例如各种头颅畸形、畸形足等常属变形这一类。机械压力可来自胚胎或胎儿以外的力量,如子宫的压迫或突向子宫腔内的较大的子宫肌瘤,也可以来自于胚胎或胎儿内部的力量,如脊膜膨出引起的高张力状态。子宫内胎儿臀位或其他位置异常、羊水过少也是常见原因。此类变形畸形常发生在妊娠后期,胚胎无内在本质异常,存在可逆性,可以通过除去外力或位置调整进行纠治,其预后较上述畸形为好。

3. 破坏(disruption)　指由于某些原因使已发育正常的组织、器官或器官的一部分或机体的一部分受到损害或破坏发生坏死、脱落或缺失等结构异常,血管栓塞及羊膜束带形成是常见的原因。发生在妊娠早期的损伤,畸形常较严重;如果破坏发生在胚胎较早时期,那么可能很难将其与畸形发生区分开来,但这种区分却非常重要,因为此类畸形者其复发危险性常较低。如果损伤发生在妊娠后期,那么可根据其周围组织发育正常而对其进行鉴别。例,头发先天性发育不全,可以由于血管栓塞引起,这是发育受阻的例子,但如果血管栓塞发生在妊娠 18 周以后,胎儿头皮与毛发可正常发育,因为到 18 周胎儿头皮与毛发已经建立。

(四) 按器官系统的畸形进行分类

世界卫生组织(WHO)在疾病的国际分类中,根据先天畸形的发生部位进行分类,将出生缺陷分为 10 大类并进行编码,将各种先天畸形进行了详细的编码,其中包括了 20 种出生缺陷(表1-1)。目前世界各国对先天畸形的调查统计大都采用这种分类方法,并根据本国的具体情况略加修改补充。其中有 12 种先天畸形是世界各国常规监测的对象,是国际学术和资料交流中的代表性畸形。在我国的出生缺陷监测中,以这 12 种先天畸形为基础,并根据我国的具体情况增加了多见或比较多见的 9 种畸形;其中尿道上裂和尿道下裂合为一类,上肢和下肢短肢畸形也合为一类,共 19 种(表 1-2)。

表 1-1　出生缺陷的分类表(20 种)

40. 无脑畸形	751. 其他消化系统畸形
41. 脊柱裂	752. 生殖器官畸形
42. 其他神经系统畸形	753. 泌尿系统畸形
43. 眼畸形	754. 肌肉、骨骼畸形
44. 耳、面、颊畸形	755. 肢体畸形
45. 心脏间隔关闭畸形	756. 其他肌肉、骨骼畸形
46. 其他先天性心脏畸形	757. 皮肤畸形
47. 其他循环系统畸形	758. 染色体畸形
48. 呼吸系统畸形	759. 其他非特指畸形
49. 唇裂与腭裂	
50. 其他上消化道畸形	

表 1-2　先天畸形监测病种

国际常规监测的 12 种先天畸形		我国常规监测的 19 种先天畸形	
名称	国际分类编码	名称	国际分类编码
无脑儿	740	无脑儿	740
脊柱裂	741	脊柱裂	741
脑积水	742	脑积水	742
腭裂	749.0	腭裂	749.0
全部唇裂	749.1～749.2	全部唇裂	749.1～749.2
食管闭锁及狭窄	750.2	食管闭锁及狭窄	750.2
直肠及肛门闭锁	751.2	直肠及肛门闭锁	751.2
尿道下裂	752.2	尿道上、下裂	752.2～752.3
短肢畸形——上肢	755.2	短肢畸形(上、下肢)	755.2～755.3
短肢畸形——下肢	755.3		
先天性髋关节脱位	755.6	先天性髋关节脱位	755.6
唐氏综合征	759.3	唐氏综合征	759.3
		膈疝	603
		内脏外翻	606
		血管瘤(73cm)	620
		先天性心血管病	746～747
		幽门肥大	750.1
		畸形足	754
		多指与并指(趾)	755.0～755.1
		色素痣(73cm)	757.1

三、胚胎畸形的病因

胚胎畸形的发生原因一般认为是遗传因素和(或)环境因素所致,遗传因素与环境因素相互作用和原因不明者占大多数。

(一)遗传因素与先天畸形

遗传物质的改变如基因突变、染色体畸变,可由父系或母系遗传而来,这些突变可遗传数代,引起子代的各种畸形。

1. **染色体畸变**　包括染色体数目的异常和染色体结构异常。在生殖细胞成熟分裂过程中,发生某一对染色体不分离,使子代细胞出现增多或减少一条染色体,其受精卵将发育成多倍体或非整倍体的胎儿或婴儿。

(1)染色体数目减少者,常见于单体型。常染色体的单体型胚胎几乎不能存活,性染色体的单体型胚胎约有 97％死亡,3％成活,但伴有畸形,如先天性卵巢发育不全即 Turner 综合征(45,XO)。

(2)染色体数目增多者,多见于三体型(trisomy),如 21 号染色体的三体可引起先天愚型即

Down 综合征,18 号染色体的三体可引起 Edward 综合征,13 号染色体三体可引起 Patau 综合征,性染色体三体(47,XXY)可引起先天性睾丸发育不全(即 Klinefelter 综合征)。

(3)染色体的结构改变者,如 5 号染色体短臂末端断裂缺失可引起猫叫综合征(即 cri-du-chat 综合征)。

2.基因突变　当染色体上基因碱基的组成或位置顺序发生变化时可引起先天畸形,如睾丸女性化综合征,患者 X 染色体上 Tfm 位点的基因发生突变,缺乏合成雄性激素受体的能力,患者虽有睾丸,但所产生的雄激素不能发挥作用,所以外生殖器及第二性征均呈女性状态。基因突变的发生次数尽管比染色体畸变多,但多数不引起畸形,故由基因突变引起的畸形远比染色体畸变引起的畸形少,主要有软骨发育不全、肾上腺肥大、小头畸形、无虹膜、多囊肾、皮肤松垂症。

(二)环境因素

环境因素的致畸作用早在 20 世纪 40 年代就已被确认,能引起先天畸形的环境因素统称为致畸因子或致畸源(teratogen)。

影响胚胎发育的环境因素包括 3 个方面:①母体所处的周围环境,是距胚胎最远最复杂的外环境,大部分的致畸因子都源于这个环境;②母体自身的内环境,包括母体的营养状况、代谢类型、是否患某些重要疾病等;③胚胎所处的微环境,包括胎盘、胎膜、羊水等,这是直接作用于胚胎的微环境。这 3 个层次的环境中引起胚胎畸形的因素均称为环境致畸因子。外环境中的致畸因子有的可穿过内环境和微环境直接作用于胚体,有的则通过改变内环境和微环境而间接作用于胚体。环境致畸因子主要有生物性致畸因子、物理性致畸因子、药物性致畸因子、化学性致畸因子和其他致畸因子。

1.生物性致畸因子　有些致畸微生物可穿过胎盘屏障直接作用于胚胎,有些则作用于母体和胎盘,引起母体发热、缺氧、脱水、酸中毒等,或干扰胎盘的转运功能,破坏胎盘屏障,从而间接地影响胚胎发育。目前已经确定对人类胚胎有致畸作用的病原微生物称为 TORCH,此词最早由 Nahmias 等学者于 1971 年提出,它是一组病原微生物英文名称的首字母缩写,其中 T(toxoplasma gondii,toxo)代表弓形虫,R(rubella virus,RV)代表风疹病毒,C(vytomegalovirus,CMV)代表巨细胞病毒,H(herpes Simplex Virus,HSV)代表单纯疱疹病毒,O(others)指的是其他有关病毒如 EB 病毒、人免疫缺陷病毒(HIV)和人细小病毒 B19 等。另外一些病毒,如流行性腮腺炎病毒、流感病毒等,对动物有明显的致畸作用,但对人类有无致畸作用尚证据不足。

2.物理性致畸因子　包括各种放射线、机械撞击或压迫、微波辐射、温度过高或过低、噪声等。目前已确认的对人类有致畸作用的物理因子有放射线、机械性压迫和损伤等。其中胚胎受放射线影响的程度取决于放射性的剂量、胚胎发育的阶段、胚胎对放射线的敏感性这 3 个因素。而高温、严寒、微波等在动物确有致畸作用,但对人类的致畸作用尚未确定。

3.药物性致畸因子　因药物引起的胚胎畸形占 5%~6%,目前已确定对人类胚胎有致畸作用的药物亦并不多。药物对胎儿的不良影响因素包括药物本身的性质、药物剂量、用药持续时间、胎儿对药物的亲和性等,而最重要的是用药时的胎龄。20 世纪 60 年代"反应停事件"已给人类社会一个沉重的教训,之后药物的致畸作用引起人们的普遍关注,并对药物进行严格的致畸检测。"反应停事件"源于沙利度胺(thalidomide)又名反应停,作为治疗妊娠早期呕吐的药物,于20 世纪 60 年代在欧洲曾广泛应用,但结果导致胎儿的严重畸形,如四肢长骨变短、缺肢、小肢、畸肢等。①多数抗肿瘤药物有明显的致畸作用,如氨基蝶呤钠可引起无脑、小头及四肢畸形;白消安(白血福恩)、苯丁酸氮芥、环磷酰胺、巯嘌呤等均能引起多种畸形。②某些抗生素也有致畸作用,如孕期大剂量服用四环素可引起胎儿牙釉质发育不全,大剂量应用链霉素可引起先天性耳聋,大剂量应用新生霉素可引起先天性白内障和短指畸形等。③某些抗惊厥药物,如噁唑烷、乙内酰脲、三甲双酮。④某些治疗精神病的药物,如酚噻嗪、溴化锂、安非他明。⑤某些抗凝血药,如华法林(苄丙酮香豆素)、肝素;某些激素,如性激素,均有不同程度的致畸作用,可引起多种先天畸形。⑥有些药物在动物实验中有明显的致畸作用,但对人类有无致畸作用尚需进一步证实,如苯妥英钠、泼尼松等。

4. 化学性致畸因子　在工业"三废"、农药、食品添加剂和防腐剂中,含有一些有致畸作用的化学物质。目前已经确认对人类有致畸作用的化学物质有:某些多环芳香碳氢化合物,某些亚硝基化合物,某些烷基和苯类化合物,某些农药如敌枯双,某些重金属如铅、砷、镉、汞等。有些化学物质对动物有明显的致畸作用,但对人类胚胎的致畸作用尚待进一步证实。

5. 其他致畸因子

(1)营养因素:若母体严重营养不足,将影响胎儿的营养供给。人类脑细胞发育最旺盛的时期是妊娠最后3个月至生后1.5年左右,在妊娠后3个月期间最容易受母体营养的影响,而且这种影响是终身性不可逆的。与胎儿发育有关的营养成分包括蛋白质、脂质、多种维生素、无机盐及微量元素等。如母体的叶酸缺乏,可导致神经管发育时动力不足,出现神经管畸形,这是我国神经管畸形发生的重要原因。据报道,我国育龄妇女体内叶酸缺乏较普遍,每3个育龄妇女就有一人缺乏叶酸。

(2)母体的疾病因素:母亲患糖尿病、甲状腺功能亢进症、甲状腺功能减退等,胚胎畸形的发生率均高于正常群体,所致的畸形可见先天性心脏病、骶骨发育不全、先天性神经系统畸形等。

(3)母体的不良嗜好:如吸烟、吸毒、酗酒等。孕期过量饮酒可引起多种畸形,称胎儿酒精综合征(fetal alcohol syndrome),其主要表现是发育迟缓、小头、小眼、眼裂短、眼距小等。吸烟不仅引起胎儿先天畸形,严重者可导致胎儿死亡和流产。一项流行病学调查显示,吸烟者所生的新生儿平均体重明显低于不吸烟,且吸烟越多其新生儿的体重越轻;每天吸烟不足10支的孕妇,其胎儿出现畸形的危险性比不吸烟者增加10%;每天吸烟超过30支的孕妇,其胎儿出现畸形的危险性增加90%。吸烟引起胚胎畸形主要是由于尼古丁使胎盘血管收缩,胎儿缺血,CO进入胎儿血液并使胎儿缺氧;而吸烟所产生的其他有害物质,如氰酸盐等,也可影响胚胎的正常发育。

(4)母体的年龄因素:高龄父母(母龄＞35岁,父龄＞40岁)易生育先天异常儿。先兆流产、胎盘早剥、前置胎盘、妊娠高血压综合征、胎盘功能不全等容易引起胚胎供血不足、缺氧,导致胎儿发育紊乱。

(5)母体生殖系统畸形:如小子宫、双角子宫,可使胎儿宫内发育受限,发生畸形。

四、胚胎的致畸敏感期

发育中的胚胎受到致畸因子作用后,是否发生畸形和发生何种畸形,不仅决定于致畸因子的性质和胚胎的遗传特性,而且决定于胚胎受到致畸因子作用时所处的发育阶段。胚胎发育是一个连续的过程,但也有着一定的阶段性,处于不同发育阶段的胚胎对致畸因子作用的敏感程度也不同。早在1941年已发现母体的风疹感染可引起胚胎畸形,在妊娠前4个月内患风疹的产妇其子代发生畸形者近100%,但在4个月后患风疹者其子代则无畸形出现。而胚胎各个器官在发育的一定时期内,对某些致畸因素最为敏感,此期称为该器官的致畸易感期(susceptible period)或临界期。由于各器官发生时期不同,所以致畸易感期的先后与长短也不相同。

胚前期是指受精后的前2周,此期的胚胎受到致畸作用后容易发生损害,但较少发生畸形。因为此时的胚胎细胞的分化程度极低,如果致畸作用强,胚胎即死亡;如果致畸作用弱,少数细胞受损死亡,多数细胞可以代偿调整。

胚期是指受精后第 3～8 周,大多数器官的致畸易感期在此期,此期正是主要器官发生及形态形成期,最易受到致畸因子的干扰而发生器官形态结构畸形,该期若受致畸因素的作用,往往产生较严重的畸形,甚至引起死亡。

胎儿期是胚胎发育最长的一个时期,起自第 9 周,直至分娩,此期胎儿生长发育快,各器官进行组织分化和功能分化,受致畸作用后也会发生畸形,但多属组织结构和功能缺陷,一般不出现器官形态畸形。所以,胎儿期不属致畸敏感期。

五、胚胎畸形的预防

随着现代医学的进步,胚胎畸形发生率本应下降,但随着工业,特别是化学、原子能等工业的不断发展,每年胚胎畸形的发生率仍逐年上升且最终出生,为家庭、国家的发展带来沉重的负担。减少胚胎畸形,关键在于预防。为此,我国据世界卫生组织的规定,将包括先天畸形在内的出生缺陷预防措施分为三级。

1. 一级预防——孕前咨询和检查　由于多数出生缺陷发生在胚胎发育的第 3～8 周,许多人发现怀孕时(4 周以上)已错过预防机会。营养不良、吸烟、吸毒、酗酒、滥用药物均可影响胎儿的发育,在妊娠前就应该防止这些因素。我国吸烟女性虽相对少数,但孕妇被动吸烟(即"二手烟")同样可使胎儿发育受损,故从优生角度出发应大力宣传戒烟。孕期严防病毒感染,避免各种射线、有害化学物质、药物的接触。因此,预防出生缺陷的关键时机在怀孕之前,加强婚检、孕前进行优生遗传咨询、进行致病微生物检查等源头预防尤为重要。

2. 二级预防——产前检查　整个孕期有 5 次以上产检,通过产检可以筛查出高危孕产妇,及时诊断和治疗,减少患儿出生。随着科学技术的发展和提高,产前诊断方法也不断改进,不断更新,越来越多的畸形可以在出生之前做出明确诊断。常用方法为胎儿超声波检查,严重先天性心脏病可在妊娠 20 周行超声检查检出;羊膜腔穿刺进行生化及染色体检查;胎儿镜检查等。

3. 三级预防——新生儿疾病筛查　结合各地政府力量,为新生儿提供苯丙酮尿症、甲状腺功能减退症、先天性髋关节脱位、先天性心脏及听力等筛查。

(夏慧敏)

第二节　胎儿疾病的治疗选择

近 30 年来,随着产前诊断技术的成熟,围生医学家和麻醉学家对胎儿医学日益重视,胎儿医学逐渐发展成为一门与多学科相结合的专门学科。大多数胎儿疾病的产前诊断率和治愈率得到大幅度提升,有效降低了围生儿死亡率,提高了新生儿生存质量。目前大多数胎儿疾病的治疗时机和治疗方式的选择,国内外尚无统一标准。虽然文献报道大多数胎儿疾病最好的治疗时机是在产后早期,但有部分胎儿疾病需要我们在宫内就应及时地进行早期的干预和治疗。本节就目前国内外采用的胎儿疾病的治疗方法,包括胎儿外科治疗、胎儿药物治疗以及基因治疗等,加以简要的概述。

一、胎儿外科治疗

第一例成功的胎儿外科手术要追溯到 1963 年,那时一位新西兰的围生医学家 Liley 对患有严重 Rh 溶血的水肿胎儿进行了输血治疗。他采用羊水分光光度法明确了诊断,而非借助于影像学手段。现代影像技术多种多样,尤其是高分辨率的多普勒超声和快速 MRI 技术能精确的诊断大多数的胎儿疾病。

胎儿医学的发展不仅限于诊断方面,更重要的是在于早期干预那些单纯而又严重影响胎儿生长发育,甚至导致胎儿死亡的缺陷性疾病。在此,我们讨论胎儿疾病的各种外科手术方法,包括开放性胎儿手术,胎儿内镜手术以及经皮胎儿手术(表 1-3),并针对双胎输血综合征(twin-twin transfusion syndrome,TTTS)、双胎反向动脉灌注序列(twin reversed arterial perfusion sequence,TRAPS)、气道阻塞、胸腔畸形、骶尾部畸胎瘤、主动脉和肺动脉重度狭窄或闭锁等各种胎儿疾病,分析这些治疗方法的疗效。

表 1-3　胎儿干预

步骤	方法	疾病
胎盘血管电凝	胎儿镜	TTTS
脐带阻塞/分离	胎儿镜	TTTS
	经皮手术	TRAPS
		不均衡双胎
EXIT	开放手术	气道阻塞
畸胎瘤切除	开放手术	骶尾部畸胎瘤
		心包畸胎瘤
膀胱羊膜腔分流	经皮手术	膀胱出口阻塞
后尿道瓣电凝	胎儿镜	膀胱出口阻塞
气管栓塞	胎儿镜	膈疝
EXIT-to-ECMO	开放手术	膈疝
脊髓脊膜膨出关闭	开放手术	脊髓脊膜膨出
羊膜束带松解	胎儿镜	羊膜带综合征
主动脉瓣整形	经皮手术	主动脉狭窄,肺动脉狭窄
房间隔缺损修复	经皮手术	伴限制性房间隔的主动脉狭窄
起搏器置入	开放手术	完全性传导阻滞

(一)产前诊断和知情同意

胎儿宫内治疗的适应证列于表 1-4。术前要充分评估胎儿是否合并有其他的异常,很多胎儿的疾病与染色体异常有关,因此治疗前需行绒毛、羊水或脐血检查来排除胎儿的染色体缺陷。此外,必要时需要行胎儿超声心动图检查来排除影响胎儿预后的心脏疾病,行磁共振检查排除胎儿的脑部结构发育异常。

表 1-4　胎儿外科治疗标准

适应证	禁忌证
权衡利弊后,手术治疗利大于弊	胎儿孕周提示此时分娩可以存活
胎儿染色体正常	严重的胎儿异常
孕妇年龄≥18 岁	多胎妊娠(TTTS,TRAPS 中一胎即将死亡除外)
	前置胎盘或有胎盘早剥史
	宫颈功能不全
	严重的内科合并症
	支持手段不足
	不能随访

胎儿手术是对两名患者(胎儿与孕妇)实施手术,因此,我们应考虑到手术对二者带来的风险和并发症。孕妇的安全是胎儿手术首要考虑的问题,在术前应向孕妇详细解释手术的益处和风险,包括胎膜早破、流产、早产、伤口感染、绒毛膜羊膜炎、子宫出血、子宫切除以及损伤邻近脏器等手术风险,并为孕妇提供治疗该疾病的其他可选择的方法,让其充分理解病情,权衡利弊,知情选择。

(二)手术方法

胎儿手术的手术视野小,胎儿又被数层组织包绕,包括母体腹壁,子宫肌层,绒毛膜和羊膜,因此给手术操作带来诸多挑战。现今有 3 种手术方式应用于胎儿疾病的治疗:开放性胎儿手术、胎儿内镜手术以及经皮胎儿手术。

1. 开放性胎儿手术　现代开放性胎儿手术由加利福尼亚大学儿外科医生 Drsdelorimier 和 Harrison 在 20 世纪 70 年代末期和 20 世纪 80 年代早期推广。开放性手术需要多个学科的专家参与,包括围生医学专家、训练有素的小儿外科医生、经验丰富的麻醉医生以及影像学专家等。

手术前数小时,需要经直肠给予 50mg 吲哚美辛预防早产。采用硬膜外麻醉来降低术中的子宫敏感性以及术后镇痛,并使用异氟烷或地氟烷予深度全麻来降低子宫的张力,维持母体血压于术前水平,确保母-胎气体交换。常用的母体手术监护包括动脉插管、持续性心电监护、氧饱和度监测以及潮气末二氧化碳监测。为了预防术后子宫收缩抑制药尤其是硫酸镁引起的肺水肿,复苏时最好不要使用晶体液。

术中一般采用下腹部低位横切口,进入腹腔后,用 B 超定位胎盘位置并于子宫壁上标记出来。之后,采用内含特殊钉的子宫钉机打开子宫,这种特殊器械可以在子宫表面形成一个长 8～10cm 的切口而无出血,同时能在子宫适当膨胀时维持绒毛膜和羊膜的完整性。进入宫腔后,立刻进行胎儿麻醉(芬太尼 10μg/kg,肌内注射;维库溴铵 200μg/kg,肌内注射)。为维持宫腔内压力,在羊膜腔内放置一条导管,以 400ml/min 的速度向其中持续灌注温热的乳酸林格液。由于存在于羊膜与子宫肌层的羊水是引起术后早产的重要因素,所以关闭子宫切口时应仔细操作避免羊水漏出。关闭子宫的时候,除了术前以 2g/h 的速度持续滴注硫酸镁外,还应给予硫酸镁 6g 进行冲击治疗,以此松弛子宫预防早产。

术后利用子宫压力监测仪监测子宫的张力情况。硫酸镁和吲哚美辛的应用至少维持 2d,应用吲哚美辛,术后要持续胎儿心电监护,评估胎儿是否有三尖瓣反流和动脉导管关闭。适量的硝酸甘油也有助于抑制宫缩。孕妇术后要保持绝对的卧床休息,同时还要予皮下应用特布他林泵或口服硝苯地平片治疗直至分娩。尽管有医疗团队的紧密合作和围术期的预防早产治疗,但几乎所有接受此类手术的孕妇最后均早产,统计数据显示术后可继续妊娠的时间一般为 5～12 周。新生儿产后最好于新生儿重症监护病房(neonatal intensive care unit,NICU)监护治疗。

2. 胎儿内镜手术　经腹胎儿内镜手术发展于 20 世纪 70 年代早期,当时此类技术主要用于诊断某些基因病,如血红蛋白病、脊髓脊膜膨出以及 Duchenne 肌营养不良等。早期的胎儿内镜光分辨率差且笨重,20 世纪 80 年代早期,胎儿内镜技术逐渐成为产科操作的一种常用方法,那时人们已经认识到内镜发出的强光可能对胎儿的视神经发育有一定的损害。

随着外科器械装备的不断发展,胎儿内镜技术也得到了飞跃提高,如今的内镜器械变得轻巧,且具有很高的光分辨率,因此其使用范围也变得更加的广泛。胎儿内镜的手术操作与开放性手术相比并不复杂,但同样需要技术精湛者操作,并需借助于超声的引导。

内镜手术除了不需要常规的硬膜外置管和血压监护之外,其他的术前准备类似于开放性手术。此类手术可以根据患者的要求选择在局麻或全麻下进行,如果术前发现胎盘位于子宫的前壁,术时可采取腹部的小切口,将子宫前翻,经子宫底部穿刺进入宫腔。对于后壁胎盘者,在母体腹壁做一个1～2mm的切口,经皮置入器械即可完成手术。在进行比较复杂的手术或需行生理盐水灌注时,可做多个穿刺小切口辅助完成手术。现今用于临床的手术器械直径为1.2～5mm,长约18cm。

相对于开放性手术,内镜手术有其独特的优点。最明显的是此类手术创伤小,减少了对子宫的刺激,宫缩抑制药的使用剂量减少,早产的发生率降低。理论上它还具有出血少的优点。术后孕妇仍有经阴道试产的条件。

胎儿内镜手术具有诸多优点,但其亦有弊端。例如手术需要的室内空间大,手术的进行依赖于现有手术器械的精细程度。有报道临床上利用机器人来完成此类手术,在不久的将来,机器人操作的胎儿内镜手术在某些特殊的病例中可能更具价值。

3. 经皮胎儿手术　20世纪80年代早期,Frigolette最早成功应用经皮胎儿手术进行脑室-羊膜腔分流术,治疗阻塞性脑积水。最初此类手术在世界各地广泛开展,后来因为手术对神经功能的侵袭导致的高死亡率及神经功能的不可逆性恢复,而逐渐被摒弃。

经皮胎儿手术在胎儿各体腔积液的引流中起到关键作用,如胸腔积液和膀胱积液。该手术可在超声的引导下,给予母体少量的镇静药(如地西泮、吗啡),于门诊即可完成,在某些病例中,胎儿可能需要肌内注射或经脐静脉给予适量的肌肉松弛药。手术通常采用20号或22号脊髓穿刺针。

由于积液往往在术后48～72h又重新恢复原样,因此该手术不能达到长期的治疗效果,但有助于诊断、分娩和产后复苏。利用直径2.5mm的套管针经皮置管引流,可以达到长期解压的效果。

术后早期要使用宫缩药,每周最好行超声检查评估引流效果和胎儿的宫内情况。整体而言,引流管发生阻塞的概率为10%～15%,移位的概率为20%～30%。相对于其他手术,经皮胎儿手术的创伤程度是最小的,但仍有发生胎膜早破和早产的风险,大多数胎儿于妊娠晚期分娩。

(三)常见的胎儿外科治疗病种

1. 双胎输血综合征　TTTS是双胎妊娠的一种严重并发症,未经治疗围生儿的死亡率可达80%～90%。以美国为例,每年约有2 200个胎儿死于TTTS。

产前诊断的TTTS,主要的处理方法有系列羊水减量术、羊膜中隔穿孔术、胎儿镜下激光凝结胎盘血管交通支(selective fetoscopic laser photocoagulation,SFLP)及选择性的灭胎术等。系列羊水减量术简单易行,可通过抽走大量的羊水,使羊水最大垂直暗区降到正常范围,降低子宫张力,防止因羊水过多导致的早产、胎膜早破,通过减少对绒毛膜板的压力而改善胎儿和母体循环。但这种方法常需重复多次穿刺治疗,且胎儿发生神经系统损害的概率较高。SFLP通过阻断胎盘血管交通支,可使单绒毛膜胎盘在功能上转换为双绒毛膜状态,理论上它不但阻断从供血儿到受血儿的血流,而且也阻止潜在的血管活性介质的转运,从而达到治疗效果。这种方法只凝结直接的动脉-动脉吻合支,静脉-静脉吻合支,和由一个脐根部发出的动脉到绒毛叶后再由一条静脉连接到另一个脐根部的吻合支,从而最大限度减少胎盘功能不良的发生概率。胎儿镜下羊膜中隔微型穿孔术,是在胎儿镜下应用激光穿出5个左右极小的孔洞,即使胎儿细小的手指也无法穿过撕破羊膜中隔,一方面达到"单羊膜囊"的目的,另一方面又避免胎儿脐带缠绕的发生。TTTS中,当一胎儿病情严重,濒临死亡时,为避免另一胎儿在这个胎儿死亡后通过胎盘血管交通支失血而导致神经系统损伤,可考虑选择性的灭胎术。射频消融法灭胎术是在超声的介导下进行,因其使用简便,不受羊水过少操作空间小的影响,对母体和存活胎儿的干扰少,使用日益广泛。

SFLP、羊膜中隔微型穿孔术及羊水减量术 3 种操作可在一次胎儿镜手术中同时进行,目前已成为国际上多个胎儿医学中心首选的治疗方法,可使至少一个胎儿存活的概率达到 75%~90%。

2. 双胎反向动脉灌注序列 TRAPS 总发生率约为 1/35 000,单羊膜囊双胎妊娠中发生率约为 1%。无心/无头胎儿通过脐动脉反向灌注接受来自供血儿的血液,其病程根据具体情况的不同而异。有些供血儿通过非手术治疗,如地高辛、吲哚美辛治疗,可以足月分娩。

在 TRAPS 中,通常有一个正常结构但心衰的供血胎儿,和一个没有正常心脏及其他脏器的受血胎儿。无心畸形是致命的,其致命的因素包括:无心双胎、无头畸胎、上半身严重畸形、肢体或者器官缺失、结缔组织水肿和供血儿充血性心力衰竭等。

应用胎儿镜阻断无心胎儿脐带的方法层出不穷,包括缝线结扎、单极电凝、双极电凝、YAG 激光以及射频消融等。近年来,治疗方案倾向于采用在无心胎儿脐带植入部位射频消融脐血管的选择性灭胎术。在大多数报道的病例中,此类手术成功后供血胎存活率可高达 80% 以上。

3. 气道阻塞 胎儿内源性的喉部或气管缺陷可以导致呼吸道阻塞,更多的是来自于外源性的压迫,如巨大的口咽部畸胎瘤或颈纵隔淋巴管畸形。超声和磁共振检查有助于我们评估气道阻塞的程度,同时也有助于分析产时常规气管插管和呼吸道手术的难度。

大多数患有气道阻塞的胎儿可以存活到妊娠晚期,因此可以选择剖宫产同时胎儿手术(ex-utero intrapartum treatment,EXIT)来处理呼吸道,即产时维持母胎循环,于断脐带之前处理气道阻塞。首先提出 EXIT 治疗气道阻塞是在 20 年前,然而在早期的手术中,他们没有预防子宫收缩以及胎盘早剥,从而导致子宫胎盘气体交换的停止,胎儿发生窒息甚至死亡的概率大大增加。随着技术方法的逐步改善,对于气道阻塞的患儿,EXIT 手术被证明是非常有效的治疗方法,它可以避免胎儿缺氧、脑损伤以及死亡。

EXIT 术前,母体需要深度全麻。切口采用下腹低位横切口,术时暴露胎儿头部和胸部于宫腔外,同时保证母胎循环。为预防宫内压力骤减引起的胎盘剥离,可采取羊膜腔内温热液体持续低速灌注。由外科医生或新生儿科医生进行气管插管,保证呼吸道通畅后,切断脐带胎儿娩出。在无法实行气管插管的病例中,一般而言也有充足的时间进行气管切开术,大多数的母胎循环可以维持 45~90min。极少数的不能维持母胎循环的病例,则需借助于体外膜肺(extracorporeal membrane oxygenation,ECMO)进行治疗。

4. 胸腔畸形 原发性胸腔积液并不常见,发生率约 1/12 000,不经治疗的病例存活率约为 50%。研究显示,孕龄<32 周的早期胸腔积液的胎儿最好行胎儿宫内治疗,甚至有些胎儿治疗中心提倡在 24 周之前进行干预,因为随着孕周的增加发生肺发育不良的风险升高。对于那些行胸腔穿刺抽液 48~72h 后又复发的病例,可以实行胸腔-羊膜腔分流术,分流后胎儿存活率约为 70%。

先天性囊性腺瘤样畸形(congenital cystic adenomatoid malformations,CCAMs)是一种良性错构瘤,但可能导致支气管闭锁。根据其大小及超声特征,将 CCAMs 分为两类:巨囊变(直径>5mm)和微囊变(实性的、直径<5mm)。虽然 CCAMs 的自然病程尚未明确,但大多数的 CCAMs 在妊娠 25 周以后,病灶与胎儿胸腔容积比会相对变小,因此大多数病例未经治疗预后都很好。如果肿块过大则可造成纵隔移位、正常肺组织受压、羊水过多、下腔静脉压迫以及心血管系统损害等,导致胎儿水肿甚至胎死宫内,通常胎儿水肿是胎儿和新生儿死亡的先兆。

对于巨大囊变的治疗目前尚无统一的方案。可通过超声测量 CCAMs 的体积,计算囊性腺样畸形体积比(CVR)来确定 CCAMs 体积。CVR 等于 CCAMs 体积除以胎儿头围,CVR>2 是 CCAMs 胎儿发生水肿的指示,因此 CVR 可能有助于发现有水肿风险的胎儿,从而确定是否需要严密的超声监测和必要的干预治疗。治疗方法有①囊肿引流术:对直径>5mm 的单一囊肿,可在超声引导下置入双猪尾巴导管将囊液引流至羊膜腔。但该方法的不足之处在于可出现导管阻塞、移位及囊肿破裂等。②肺叶切除术:对实质性或多囊性的 CCAMs,可在直视下行肺叶切除术。常规操作暴露胎儿患侧胸部,于第 5 肋间进入。开胸后患肺常可从切口中胀出,从而可使胸腔减压。肺叶切除术后 1~2 周胎儿水肿可逐渐消退,纵隔移位 3 周内可得到纠正,肺得以正常发育。

迅速生长的肺实性病变包括支气管肺隔离症和微小 CCAMs,不能通过插管引流治疗好转,可以应用各种消融技术(如激光和电凝器),但是这些设备可能引起局部的组织水肿,此时对于孕龄<30 周早期发生水肿的胎儿,肺叶切除术成为唯一的治疗方法。

对于患有巨大 CCAMs 超过 34 周的胎儿,产后需要立即恢复新生儿的呼吸功能,可在 EXIT/ECMO 下行肺切除术,研究显示实行 EXIT 肺叶切除术能有效降低母胎并发症及新生儿死亡率。

5. 骶尾部畸胎瘤　骶尾部畸胎瘤是新生儿最常见的肿瘤,它是由起源于 3 个胚层的多种组织所组成,大多数为良性,但随年龄的增长有恶性变的倾向。骶尾部畸胎瘤最早可在孕 13 周检出,较大的肿瘤在血流动力学上类似动静脉瘘,使远端主动脉血流量增加,并使大量的血流从胎盘分流至肿瘤,可导致胎儿心脏高输出性衰竭、胎儿水肿、胎盘肿大,甚至胎儿死亡。胎儿严重的病理生理改变可出现"母体镜子综合征",即在母体也可出现呕吐、高血压、蛋白尿、外周及肺水肿等先兆子痫的症状,这可能与胎盘肿胀释放血管活性因子有关,这就构成了胎儿外科治疗的禁忌证。早期宫内干预为这类胎儿提供了生存的希望。目前宫内干预的主要方法是骶尾部畸胎瘤切除术,主要针对 26 周之前发生早期水肿的胎儿,手术方式最好采取开放性手术。另外,超声引导或胎儿镜下肿瘤血管阻断等方法也在研究之中。

6. 主动脉和肺动脉狭窄及闭锁　主动脉和肺动脉重度狭窄或闭锁虽然解剖畸形单纯,但可引起严重的血流动力学改变,造成相应心室发育不良以及体循环或肺循环血管床的异常。严重的病例可出现胎儿死亡或新生儿死亡。宫内解除梗阻或闭锁可使相应的心室和血管床得以发育,出生后才治疗则疗效不佳。

可采用经皮球囊导管瓣膜成形术,即经脐血管插入球囊导管到达相应的瓣膜,强力扩张后可疏通心室出口,纠正血流动力学异常。也可进行心脏直视纠治术,胎儿体外循环是施行胎儿心脏直视术的前提条件。目前胎儿体外循环已在很多心脏中心获得成功,关键问题是胎盘功能的保护。普遍认为采用轴流泵把右心房到肺动脉或主动脉连在一起的胎儿心脏体外循环技术避免了胎盘灌注不足,从而可改善预后。因此,心脏直视纠治术有望在近几年内应用于临床。

7. 其他　其他一些常见的胎儿结构畸形包括先天性膈疝、脊髓脊膜膨出症、唇裂腭裂等的宫内治疗选择也在不断的研究和发展中,尤其是后者在研究中发现宫内治疗可明显减轻瘢痕形成并有利于颜面的正常发育。后续的有关章节将对各种胎儿疾病的外科治疗加以详述。

二、胎儿疾病的药物治疗

胎儿疾病的药物治疗,我们不断地面临新的问题和矛盾。一方面是由于妊娠期独有的特征——胎盘和胎儿主导母胎药物转运;另一方面妊娠期给药必须建立在循证医学上,并且要充分的评估用药利弊。有些药物治疗的方法和疗效都得到了公认,如产前予皮质类固醇激素促进胎肺成熟,叶酸的应用预防神经管缺陷,也有一些药物的使用需要进一步的论证,如预防胎儿 HIV 及链球菌、弓形虫感染的用药。

(一)胎儿疾病的预防性治疗

1. 产前促进胎儿肺成熟治疗　应用皮质类固醇激素的适应证是孕 24~34 周有早产征象者。研究报道,激素的应用有以下作用:促进胎儿肺表面活性物质生成、抗氧化酶的表达以及形态结构成熟。对于孕龄<32 周的早产但有存活可能的胎儿,激素应用能有效降低新生儿死亡率和呼吸窘迫综合征的发生率,降低视网膜病变的严重程度,降低室周脑白质软化症的发生等。动物实验显示,应用激素可以促进髓鞘形成和中枢神经系统成熟,降低血-脑脊液屏障的通透性,从而避免脑室出血等。常规用药剂量和方法为:①地塞米松 10mg,静脉注射,24h 1 次,共 2 次;②地塞米松 5mg 或倍他米松 6mg,肌内注射,12h 1 次,共 4 次。

目前激素的应用还面临以下的问题:①其可以增加肺表面活性物质的生成,但是否对产后肺表面活性物质的应用有辅助作用? ②对于胎膜早破、出生体重<1 000g 或双胎妊娠时是否需要应用激素,目前尚无定论。有研究报道,对于出生体重<1 000g 或孕龄<30 周者,应用后无明显好处;多胎妊娠应用激素对预防呼吸窘迫综合征似乎无明显效果。③哪种激素比较好,是倍他米松还是地塞米松。有研究报道前者可以预防室周脑白质软化症的发生,后者却不能。

2. 脑室出血　脑室出血是引起早产儿脑损伤的主要原因,其往往发生在产后第 1 天,因此,有效的干预措施需要在产前或产后短时间内进行。研究发现苯巴比妥(鲁米那)能降低大脑内代谢率和减弱血压变化,因此能预防脑室出血的发生。联合应用皮质类固醇激素可能效果更佳。

3. 神经管缺陷　神经管缺陷是一种非常严重的胎儿发育异常。神经管是胎儿中枢神经系统的前身,在怀孕期间会分化为脑和脊髓,在怀孕初期因为某种原因而导致神经管无法正常闭合,造成脑部和脊髓发育的缺陷。受到影响的胎儿会产生脑损害、残障、甚至死亡。对曾经分娩神经管缺陷婴儿的母亲的研究发现,他们血液中的叶酸和维生素 B_{12} 的浓度明显低于普通的孕产妇。研究指出,在准备怀孕期间或是怀孕初期,每天服用 400~800μg 的叶酸,能够有效的防止胎儿神经管缺陷的发生。此外,孕妇在孕前多摄取叶酸含量高的食物,例如绿叶青菜、水果、动物肝等也大有帮助。

4. 弓形虫感染的预防和治疗　有报道,急性原发的孕妇妊娠期弓形虫感染,可传染至胎儿,比例约为 40%。母亲确诊或疑诊弓形虫感染时,应给予螺旋霉素治疗(1g 口服,8h 1 次)。如确诊胎儿感染的可给予乙胺嘧啶[负荷量 100mg/(kg·d),分 2 次口服,2d 后改为 50mg/d]、磺胺嘧啶[75mg/(kg·d)口服,最大剂量 4g/d,2d 后改为 100mg/kg,分 2 次口服]和甲酰四氢叶酸(10~20mg/d,肌内注射 1 次)。不能确诊胎儿是否感染的病例可单用螺旋霉素治疗。

5. HIV 感染　对 HIV 感染的孕妇适当的抗病毒治疗可预防胎儿宫内感染,常有以下 3 种方案。①自妊娠 14 周开始口服齐多夫定(ZDV),100mg,5/d,直至分娩。分娩期予齐多夫定 2mg/kg,1h 内静脉滴完,以后每小时按体重 1mg/kg 静脉滴注,直至分娩。②于妊娠 36 周开始口服齐多夫定,300mg,2/d,直至临产。分娩期予齐多夫定 2mg/kg,1h 内静脉滴完,以后每小时按体重 1mg/kg 静脉滴注,直至分娩。③妊娠 36 周至临产,齐多夫定 300mg,口服,2/d。拉米夫定 150mg,口服,2/d。临产后齐多夫定按 200mg/3h 口服,直至分娩。

6. 甲基丙二酸血症　此种遗传性代谢疾病与维生素 B_{12} 缺乏有关。胎儿产后几乎均发生严重的酸中毒和脱水而死亡。对曾分娩过此种患儿的母亲于孕期每日补充维生素 B_{12} 5mg,可预防此病的发生。

(二)胎儿疾病的药物治疗

1. **胎儿心律失常** 宫内药物治疗主要限于未足月胎儿出现心律失常或伴有充血性心力衰竭。室上性心动过速是最常见的胎儿心律失常类型,首选口服地高辛,负荷量 1~2mg 后改为 0.25~0.75mg,3/d。完全性房室传导阻滞治疗目的是增快胎儿心率,减轻及避免胎儿发生水肿,可选择阿托品或异丙肾上腺素治疗,同时应用地高辛改善心室功能,利尿药减轻心脏负荷。对药物治疗无效者可选择胎儿手术安装心脏起搏器。

2. **先天性肾上腺皮质增生** 由于胎儿肾上腺缺乏 21-羟化酶,导致胎儿肾上腺皮质增生,产生大量雄激素,使女胎男性化。早孕期通过绒毛活检明确诊断后,于胎儿性分化前开始予孕妇每日口服地塞米松 1~1.5mg,由妊娠 7 周始直至分娩,可抑制女胎肾上腺产生雄激素,有效防止女胎男性化。

3. **胎儿甲状腺疾病** 胎儿甲状腺功能亢进可引起甲状腺肿、心脏扩大、肺动脉高压和胎儿生长受限等,甚至引起胎死宫内,故需积极治疗。孕妇服用抗甲状腺药物丙硫氧嘧啶 150~300mg/d,每隔 1~2 周调整 1 次药物剂量,维持胎儿心率在 140/min 左右。甲状腺功能减退伴有甲状腺肿大、羊水较多者可予甲状腺素羊膜腔注射治疗。

4. **胎儿血小板减少症** 研究报道可于孕 23 周开始,孕妇每日口服泼尼松至孕 36 周分娩,胎儿血小板可升至 $(20\sim80)\times10^9/L$。

5. **羊水过多** 羊水过多的治疗取决于胎儿有无畸形、孕周和孕妇症状的严重程度。羊水过多的原因主要为胎儿尿液产生过多,可通过抑制前列腺素合成而增强抗利尿激素的作用,使尿量减少。吲哚美辛适用于孕周未足月、胎儿正常、孕妇症状不重的病例,用量为 2.2~2.4mg/(kg·d),分 3 次口服。治疗期间需监测胎儿三尖瓣反流、动脉导管关闭等情况。出生后新生儿易出现肾功能异常、出血性坏死性小肠结肠炎和结肠穿孔。孕 34 周以上有出血倾向或产前诊断有动脉导管相关性心脏病的病例禁用吲哚美辛。

三、基 因 治 疗

基因治疗为那些患有先天性血液疾病、免疫功能缺陷性疾病和先天性代谢性疾病的胎儿带来了希望。基因治疗在动物实验中有获得成功的报道,产前造血干细胞移植治疗 X 性染色体连锁的严重联合免疫功能缺陷性疾病获得了成功。对血红蛋白病的治疗目前临床上尚无成功的报道,但是动物实验中已取得了巨大的进步,其广泛应用于临床还需解决众多类似于供体以及伦理方面的问题。由于胎儿在孕早期免疫功能尚未成熟,孕早期的宫内基因治疗可避免免疫排异反应以及使用免疫抑制药所导致的严重感染,从而降低遗传病的发病率,改善先天性疾病的远期预后。

目前大多数胎儿的结构畸形能得到早期的诊断,宫内治疗能有效的降低胎儿和新生儿的并发症及死亡率,提高人口素质。随着各种疾病的病因和病理生理机制的逐渐明了、产前诊断设备和技术的创新、微创外科技术器械的完善以及基因治疗技术的突破,胎儿宫内治疗方法的选择将更为广阔。

(张广兰 方大俊)

第三节 胎儿影像学

胎儿的发育缺陷频率为 2%~3%,出生缺陷已经成为影响我国人口素质的重要卫生问题,胎儿产前诊断是减少缺陷患儿出生的有效预防手段和措施,对人类的优生优育具有重大意义。影像学检查是产前诊断的重要技术之一,为宫内手术治疗、评估胎儿生长发育提供重要的信息。

胎儿影像学主要包括 X 线、超声及磁共振(MRI)检查。X 线由于具有放射性,目前在胎儿影像中已基本淘汰,很少用于妊娠期胎儿检查。超声检查由于直观、无射线、费用低,一直是筛查胎儿畸形首选和最主要的影像学检查方法。随着医学的发展,特别出现了胎儿外科及产房外科的发展,对胎儿形态学影像检查有了更高要求。MRI 作为新兴的影像技术,应用日益广泛,成为超声诊断胎儿异常的有力补充。

一、胎儿影像检查的内容

1. **妊娠早期** 确定是否宫内妊娠及胚胎是否存活、排除异位妊娠、确定胚胎数目、估计孕周、检测胎儿早期结构异常。

2. **妊娠中期** 了解胎儿生长发育、估计孕周、主要观察胎儿的解剖结构。此期为大部分先天畸形的最佳诊断时间,超声筛查可以发现约 80% 的胎儿畸形。观察的重点在头、面部、脊柱、心脏、腹部(胃肠、肾、膀胱)及肢体等。

3. **妊娠晚期** 监测胎儿的生长发育,了解羊水情况,观察胎盘位置,判断有无胎盘异常,估计胎儿出生体重,进一步排除在孕中期检查中未被发现的胎儿畸形。

胎儿影像学异常发现通常可以分为 3 类。①致命性畸形:如无脑儿、脑膨出、开放性脊柱裂、胸腹壁缺损内脏外翻、单腔心、致命性软骨发育不全等;②严重畸形:可能影响新生儿的生存能力,如心脏畸形等;③微小畸形:通常可在出生后手术治疗,对生活没有严重影响,如唇腭裂、并指等。

二、胎 儿 超 声

超声(ultrasound,US)用于妊娠期胎儿的检查已经有 30 多年的历史,从 A 超、B 超、彩色多普勒超声发展到三维和四维超声。它不仅可以观察胎儿的生长发育,胎儿在宫内的运动、行为及胎儿的血流动力学变化,还能对胎儿的各系统结构进行详细的检查,排除胎儿的结构异常。近年来随着超声仪器及电子计算机技术的发展,操作者技术水平的提高,一些胎儿的微小结构异常逐渐被发现和认识。超声检查正逐步应用于染色体异常的筛查工作,遗传学超声检查应运而生。

早、中孕期超声检查的目的重点在于了解胎儿有无结构异常,同时寻找有无染色体异常的软指标。根据超声检查发现软指标的情况纠正胎儿染色体异常的危险度,以提高 21-三体的检出率,降低假阳性率。3D 和 4D 超声能观察到 2D 超声无法显示的平面,了解胎儿宫内的状态,扩大了我们了解胎儿器官形态和功能的能力。胎儿外科的发展对胎儿影像学提出了更高的要求,超声检查不仅要作出准确的诊断,而且许多胎儿外科手术,需要在超声引导下进行。例如先天性膈疝、尿道梗阻、骶尾部畸胎瘤、脊柱裂、唇腭裂、羊膜带综合征、双胎输血综合征等。

但是超声具有一定的局限性,其视野比较小,空间及组织分辨率低,对于孕妇体型肥胖、羊水过少、成像区气体较多,妊娠晚期胎头入盆后受母体骨盆影响,影像质量明显降低,对颅后窝的观察也受到限制,而且结论与操作者的技术水平有很大关系,因此,超声并不是胎儿异常检查的"金标准"。

三、胎儿磁共振

1983 年 Smith 等首次报道了对胎儿的 MRI 检查。最初 MRI 主要用于对子宫、胎盘和脐带的检查。20世纪80年代后期,MRI开始应用于产前对胎儿结构异常的检测研究。早期应用的常规自旋回波序列采集时间长,胎儿运动使影像质量下降。最近10年来,超快速MR技术的出现,大大提高了影像质量,极大开拓了MRI在产科的应用。

1. 胎儿MRI检查的安全性 MRI检查无电离辐射,但MRI的生物学效应对胎儿的影响尚不确切。目前,亦无确切的证据表明短期暴露于磁场会损害胚胎发育,也未见MR检查导致胎儿畸形的报道。已有报道暴露于1.5T磁共振仪检查的正常人类胎儿没有显示宫内生长受限及出生时体重量减少,随访3年也未见到与MRI相关的不良反应。

国际辐射防护协会下属的国际非电离辐射委员会、MRI协会安全委员会及英国全国放射防护委员会认为"虽然无证据表明哺乳动物的胚胎对MRI系统的磁场敏感,然而仍需要收集更多关于孕期MRI的数据。"推荐对孕妇的选择性MRI检查应在孕3个月以后。

大多数研究者认为,妊娠最初3个月胚胎自发性的异常发生率很高,应避免在此期行MRI检查。不推荐妊娠期行以钆为基础的增强MRI检查,因为钆螯合剂可通过胎盘,若其在胎儿体内的清除过程缓慢可使胎儿增加暴露于自由钆离子的危险,产生宫内不良反应。然而这种概率非常低,在明显利大于弊时可考虑使用对比剂。

2. 胎儿MRI检查的优势 MRI检查视野大,具有极高的软组织分辨率,不受扫描厚度、含气器官和骨骼的影响,特别对中枢神经系统显像明显优于超声;对胎儿组织定位性好,在一定程度上弥补了超声在这方面的不足并提供更多的胎儿影像学信息。大视野及多方位成像更利于评价解剖异常的空间关系及较大病变与周围结构的关系。快速MRI成像"冻结"了胎儿的运动,高质量显示胎儿器官,且无需对胎儿及母亲镇静,减少了不良反应。在孕晚期,尤其是肥胖或羊水过少的产妇,MRI可替代超声检查。基于上述优势,快速MRI在胎儿的检查中取得了长足的进步,在中枢神经系统以及胸、腹部,尤其是在中枢神经系统具有超声所无法比拟的优势。同时功能MRI为评价胎儿正常发育及疾病开拓了崭新的视野。利用弥散加权MRI研究正常胎儿脑的表观扩散系数,检出超急性期的脑缺血改变;利用血氧水平依赖功能MRI研究胎儿的视听觉反射;利用磁共振波谱MRS证实胎儿肝、心脏及脑中与成年人相似的代谢物波峰。一系列的研究显示,胎儿器官功能与代谢的MR信息作为常规MR影像的补充具有良好的应用前景,功能MRI可以在未出现解剖结构异常时发现胎脑功能失调。另外胎儿三维MRI有助于显示所有解剖结构及其与周围组织的关系,较二维影像提供更多的临床诊断信息。

四、临 床 应 用

1. 中枢神经系统(central nervous system,CNS) 缺陷包括颅后窝畸形、脑室扩大、胼胝体发育不全、神经元移行畸形、脑脊髓膜膨出等。MRI对胎儿CNS诊断比超声具有明显优势,超声通常只能诊断出各脑室的径线异常,而MRI可直接显示脑组织,观察髓鞘形成过程,孕28周以后可分辨主要的脑沟脑回。Blaicher等认为,在先天性中枢神经系统畸形诊断方面,胎儿MRI甚至可以代替新生儿的MRI检查。

(1)脑室扩大:产前超声证实的最常见的中枢神经系统异常,判断标准是在通过丘脑的横断面影像上于脉络丛球后缘所测脑室宽度,10~14mm为轻度,15~20mm为中度,>20mm为重度脑室扩张。脑室扩大常是许多中枢神经系统畸形的共同征象。单纯的脑室扩张较少见,预后较好。US能发现单纯的脑室扩张,但对其并发的畸形诊断不明。在US证实为单纯脑室扩大的胎儿中,MRI对其并发畸形的检出率高达50%,因此,在US检出异常之后,利用MRI进行详细的检查能提供更多的信息。

（2）颅后窝异常：包括 Dandy-Walker 综合征及其变异型、蛛网膜囊肿、小脑发育不全、蚓部完全或部分缺失、枕大池扩大、Chiari 畸形、动脉瘤畸形、原始神经外胚层肿瘤等。孕 24 周后，由于颅盖骨的骨化使 US 评价颅后窝的结构变得异常困难，而 MRI 可以清晰显示小脑及其蚓部、蛛网膜囊肿的范围及其周围的脑组织发育情况，并对 Dandy-Walker 综合征及其变异型进行鉴别，更准确评估预后。

（3）胼胝体发育不全：胼胝体发育不全是神经系统较常见的先天性发育异常，包括完全性和部分性胼胝体发育不全。胼胝体于孕 18～20 周发育完全，常规二维超声检查时，主要从胎儿颅脑横切面获得的间接征象进行诊断。而 MRI 矢状面及冠状面可清晰显示胼胝体发育不全的全貌，较 US 有更大的优势。完全性胼胝体发育不全表现为胼胝体、扣带回及扣带沟均缺如，连接两侧半球的白质纤维束由横向变为纵向，称为 Probst 束。部分性发育不全表现为胼胝体膝部和体部存在，压部及嘴部缺如或发育不良。

（4）神经元移行异常：包括脑裂畸形、无脑回畸形、多小脑回畸形及灰质异位等。产前 US 对神经元移行异常的诊断比较困难，MRI 在检出神经元移行异常方面优于 US。脑裂畸形表现为脑室与室管膜下间隙的条样灰质裂。无脑回畸形则表现为外侧裂变浅，缺乏正常的多层脑实质结构及相应胎龄的皮质脑沟减少。

（5）其他：MRI 对胎儿全前脑畸形、脑膨出、脊髓脊膜膨出、双脊髓畸形及脊柱裂等均有较高的诊断价值。利用 T_1WI 很容易检查宫内出血、胎儿颅内血肿、脂肪性病变及双胞胎并发症等。利用弥散加权成像可成功检出颅内急性期脑缺血改变。

2. 胸部病变　胎儿先天性胸部疾病包括：先天性膈疝、肺囊腺瘤畸形、支气管肺隔离症、先天性肺发育不全、支气管源性囊肿、气管或支气管阻塞等。MRI 对肺和支气管树可以很好显影，胸腔其他部分如心脏以及大血管的轮廓可被显影，但心脏内部结构由于胎儿快速的心跳造成伪影，故 MRI 对于胎儿先天性心血管畸形不能很好诊断。

（1）先天性膈疝：是由膈的发育缺陷导致腹腔内容物疝入胸腔，多见于左侧，出生活婴中发生率为 1/4 000～1/3 000，病死率高达 76%，主要因疝入的腹腔脏器挤压肺部引起。肝是否疝入及肺发育不全的程度是评价先天性膈疝预后的重要因素。US 显示膈肌缺损困难，且肺与肝回声相似，因此 US 难于诊断先天性膈疝及评价肝位置，误、漏诊率高达 41%。而产前 MRI 很容易区分肺、肝、胃肠道，可清楚显示先天性膈疝内容物及位置、明确肝是否疝入、测量肺的容积、了解肺发育不良的程度以及胸腔积液时肺与胸腔的比例（图 1-1）。MRI 上所测肺容积为相对肺容积，等于 MRI 所测的肺容积/生物学测量数据计算的预测肺容积。相对肺容积是重要的预测因子，＞40% 则提示预后良好。

（2）肺隔离症：占产前检出肺病变的 23%，是无功能的支气管肺组织团块，其与气管支气管树分离并接受体循环的血液，多见于左后基底段。产后肺隔离症根据隔离肺有无单独的胸膜被覆而分为叶外型和叶内型，大多产前及新生儿期的肺隔离症为叶外型。MRI 典型表现为信号较正常肺组织高的边界清晰的肿块（图 1-2）。若 MRI 上显示体循环来源的供血血管则明确诊断。

（3）先天性囊腺瘤畸形：是由终末细支气管过度增殖形成的异常肿块，可与正常的支气管树相通，血供来源于肺动脉。MRI 上可分为 3 型，大囊型、小囊型（直径通常＜10mm）及囊实型（实性肿块内有较多小囊）。前两型在 T_2WI 上表现为与羊水信号接近的高信号肿块，显著高于周围正常肺组织，且常可见直径＞3mm 的边界清晰的囊肿。第三型表现为不均匀的中、高信号，信号高于肺组织。该病的预后与其大小而非组织学类型有关。已证实产前切除先天性囊腺瘤畸形可有 50%～60% 胎儿存活。产前 MRI 对宫内切除肿瘤计划意义重大，这主要是因为 MRI 的大视

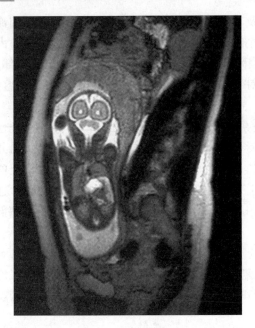

图 1-1　先天性膈疝
孕 25 周，T_2WI 冠状面，示左侧膈疝

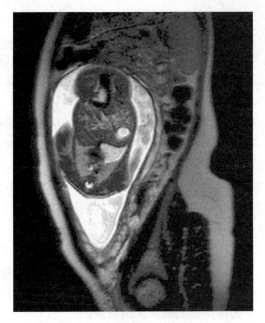

图 1-2　肺隔离症
孕 27 周，T_2WI 冠状位示左下肺隔离症

野成像，并可以儿科医生所能理解的方式显示所有胎儿胸部解剖结构，包括肿瘤大小、与周围组织的关系以及残留的正常肺组织。在 MRI 未证实供养血管时，先天性囊腺瘤畸形与肺隔离症的鉴别有时比较困难。

（4）气道阻塞：上呼吸道的先天性阻塞常由气道外病变导致，如颈部淋巴管瘤或畸胎瘤，产前 MRI 两者表现为实性或囊性肿块。偏实性或囊性伴有实性结节支持畸胎瘤的诊断；而向胸内扩张则支持淋巴管瘤的诊断。MRI 尚可诊断先天性高位气道闭塞综合征及肺过度通气，表现为双肺均匀高信号且含液支气管树明显扩张。

3. 腹部病变

（1）胃肠道异常：MRI 可良好显示胃肠道，近段小肠 T_2WI 表现为高信号，T_1WI 为低信号；而远段小肠及结肠、直肠 T_2WI 为中-低信号，T_1WI 为高信号，因此 MRI 通过确定扩张肠道信号差异可较 US 更清晰确定梗阻部位，T_2WI 上只有高信号的小肠扩张提示空肠闭锁；T_2WI 上中等信号的小肠扩张及 T_1WI 高信号提示远段回肠闭锁。此外，MRI 还可用于鉴别扩张的小肠及腹部囊性病变、鉴别胎粪性假囊肿与其他腹部囊性病变。

（2）泌尿生殖系统异常：泌尿系统畸形约占所有胎儿畸形 20%，因大多数泌尿生殖系统异常伴有羊水过少，US 评价其病变甚为困难，而 MRI 可清晰评价羊水、肾及膀胱的有无、位置及形态、详细显示解剖细节（图 1-3），并可评价会阴部结构。因此利用 MRI 评价泌尿生殖系统异常优于超声。

（3）腹壁异常：脐膨出及腹裂畸形多见。脐膨出是一种先天性腹壁缺损，为脐带基部腹壁中线缺如致腹内脏器膨出，MRI 可清晰显示脱出的脏器及脐囊（图 1-4）。腹裂畸形早期有腹壁缺损，常发生于脐带右侧附着处。

4. 肿瘤　胎儿先天性肿瘤很少见，如淋巴管瘤、骶尾部畸胎瘤、神经母细胞瘤、肾上腺肿瘤、肝血管瘤等，单纯 US 诊断有时容易漏诊，而磁共振具有极高的软组织分辨率，显示肿瘤及其周围关系较超声更好，可弥补超声的不足。

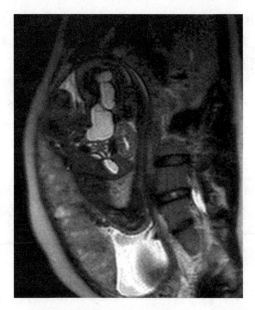

图 1-3　右肾发育不良

孕 30 周,T_2WI 矢状面示脐膨出,膨出
内容物以小肠及结肠为主

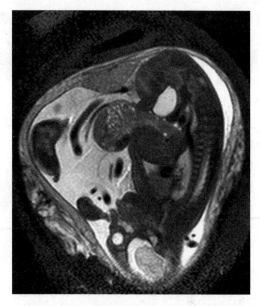

图 1-4　脐膨出

孕 33 周,T_2WI 矢状面示右肾发育不良
积水,右侧巨输尿管

5. 其他　四肢及颜面部畸形的诊断由于磁共振缺乏实时性,显像效果不太满意,诊断准确率较低。对心脏结构也不能很好显示。

总之,US 以其准确、方便、经济、实时的优点,目前仍为产前诊断的首选影像方法。随着快速 MR 技术的发展,胎儿 MRI 的使用日益增多,MRI 以其大视野、多方位成像、极高的软组织分辨率等优点,不仅能用于评价胎儿的解剖及病变,而且还可了解胎儿器官的功能与代谢活动,尤其在中枢神经系统及胸、腹部病变中具有重要的应用价值。对于考虑行胎儿干预的母亲,出生前 MRI 检查具有积极的意义,有助于胎儿的手术计划和术后评估。

(刘鸿圣)

第四节　产前诊断技术

传统的产前诊断技术是指通过侵入性的检查方法,获取胎儿遗传样本,在专业实验室诊断胎儿是否患有遗传性疾病。近年,随着影像学技术的快速发展,超声检查在产前诊断中的作用越来越大,大部分结构畸形的胎儿可以通过产前超声诊断,而且一部分遗传缺陷的胎儿也能被早期超声发现,这方面内容在本章中有另节叙述。本节仍重点介绍传统的侵入性产前诊断技术。

一、产前诊断的范畴

人类的疾病种类繁多,并不是任何一种疾病都适合产前诊断。目前,产前诊断的疾病范围为危害严重的遗传病或先天缺陷,主要包括以下部分。

(一)单基因病

单基因病是指由一对基因决定的遗传病,通常严格遵循孟德尔法则传递。突变基因可在常染色体上或性染色体上,呈显性或呈隐性;依据致病基因所在的染色体和显性、隐性关系,可有 4

种遗传方式:常染色体显性遗传、常染色体隐性遗传、X连锁显性遗传和X连锁隐性遗传。目前已经明确的单基因遗传病有2 000多种,新生儿总发病率为1‰,单基因病的发病率存在人群差异。由于单基因病的基因型和表型关系明确,最适宜于产前诊断。

(二)染色体病

染色体数目和结构异常所引起的疾病称染色体病。目前已经得知的染色体病有300余种,大多数伴有生长发育迟缓,智力低下、畸形、性发育障碍等多种先天缺陷。唐氏综合征是最常见的染色体病。

(三)先天性结构畸形

这类疾病多由遗传因素和环境因素共同作用所致。我国的先天畸形以神经管缺陷发病率最高。此外,常见的先天畸形还有唇腭裂、肢体畸形、先天性心脏病等。以上疾病在孕期通过超声检查可以产前诊断。

二、实施产前诊断的必要条件

产前诊断不是一般的疾病诊断,它涉及遗传咨询、风险评估、侵入性诊断技术、流产或终止妊娠可能,会给孕妇及家庭造成精神压力和一系列伦理问题。因此,实施产前诊断必须满足一定的条件。

1. 所要诊断的疾病为致死性或严重的智力或身体残疾,足以需要终止妊娠。

2. 所要诊断的疾病无治疗方法,或治疗不彻底或特别昂贵。

3. 在实施产前诊断前,应确定患者接受终止妊娠的选择。在某些情况下,有些患者不接受终止妊娠,应尽量避免侵入性诊断。

4. 在实施侵入性诊断前,应与患者详细讨论胎儿患病的风险及技术操作的风险。永远由患者决定是否接受侵入性诊断。

5. 家族中出生过患者而要求产前诊断时,在行侵入性检查之前一定要确诊患者和父母(携带者)。

6. 对所要诊断的疾病要有可靠有效的诊断方法。

7. 要有合格的临床操作技术和实验室诊断技术。

8. 对产前诊断结果异常者,要有后续的临床处理能力。

三、产前诊断的具体适应证

产前诊断技术对胎儿有流产的风险,在临床应用上要有明确的适应证。

(一)检测染色体异常

1. 产前唐氏综合征筛查高风险,为最常见指征。

2. 胎儿超声检查出现软指标或结构性畸形,染色体病风险增加。

3. 既往生育过染色体异常儿,如21-三体,18-三体等。

4. 夫妇之一是染色体平衡易位、倒位者或其他异常携带者。

5. 高龄孕妇,一般指35岁以上。但单纯以年龄为产前诊断指征者在产前筛查普及后已显著减少。

(二)检测非染色体遗传性疾病

有生育严重遗传病患儿的风险,如珠蛋白生成障碍性贫血(地中海贫血)、血友病、遗传代谢病等,需要胎儿样本行分子或生化检查。

四、介入性产前诊断手术

目前,手术多在实时超声的介导下完成。超声用于观察胎儿是否合并结构性畸形,生长经线是否符合孕周,定位穿刺点,引导穿刺针方向,以及观察术中、术后胎心率变化。

(一)绒毛活检术

1968 年,Mohr 首先提出使用绒毛活检产前诊断遗传病这一概念,他在直径 5mm 的内镜指示下经宫颈活检绒毛,成功率 96%,但出血、感染、培养失败等发生率高。首次真正用于诊断目的的绒毛活检术出现于 1975 年,中国鞍山市鞍钢医院妇产科用此种方法进行性别鉴定。该研究发表于第一期中华医学杂志,在100 例早孕妇女中采用盲吸法,先从宫颈伸入内径3mm 金属导管,当遇软组织阻力时,将更细的内管置入,外端接注射器吸引;采样成功 99 例,错误诊断 6例,引起流产 4 例。直到 1984 年,Smidt-Jensen 等首次报道超声下经腹绒毛穿刺技术,因感染率更低、可反复抽吸使此技术迅速流行。因绒毛穿刺在妊娠早期进行,对异常妊娠可早期处理,因此是较理想的产前诊断方法。随着孕早期产前筛查的广泛开展,绒毛活检术的应用也越来越多(图 1-5)。

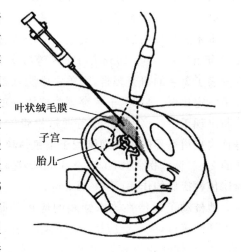

叶状绒毛膜

子宫

胎儿

图 1-5　孕早期绒毛活检术

1. **手术时机**　一般在妊娠 10～14 周进行,现多经孕妇腹部操作。对于孕中期羊水过少者也可进行绒毛穿刺。

2. **绒毛活检量**　不同诊断目的所需的组织量不同,染色体分析约需绒毛 10mg,DNA 分析5mg 绒毛即可,而生化测定也仅需 3～5mg 组织。故一次绒毛活检获取 20mg 左右的绒毛组织可满足任何产前诊断的需要。

3. **操作方法**

(1)术前常规超声检查,测量胎儿顶臀径、羊水量及确定胎盘位置,了解胎儿是否有可见的结构性畸形。对于后壁或侧壁胎盘,可嘱孕妇适当充盈膀胱后再观察胎盘位置。

(2)孕妇取仰卧位,腹部常规消毒、铺巾,超声探头罩上无菌薄膜套,腹壁寻找并固定于最佳穿刺点。超声指示下,在穿刺点部位应用 1% 利多卡因做局部皮肤及皮下浸润麻醉,持 18G 绒毛穿刺专用引导套针在超声直视下刺入皮肤、皮下、筋膜、子宫壁,进入胎盘,退出针芯,将活检针经引导套针送入胎盘组织,活检针事先连接含有 4～5ml 生理盐水的 20ml 注射器。在超声直视下,以 10～15ml 的负压快速上下移动活检针 5～6 次吸取绒毛组织,拔针后观察注射器生理盐水中的绒毛量。如一次活检的绒毛量不够,可再次将活检针送入引导套针内进行抽吸,直到获取需要量的绒毛标本。腹部拔针后应记录胎儿心率。

4. **手术并发症**

(1)流产:是最严重的并发症,发生率与孕中期羊水穿刺相当,<1%。

(2)腹壁血肿:少数患者因损伤血管可出现血肿,罕见。

(3)感染:见于手术无菌操作不严格或未严格掌握适应证,罕见。

(4)刺破胎膜:抽吸未控制力度,穿刺针误入羊膜腔内,可抽出羊水或血水。在超声直视下并由有经验医师操作时,此并发症罕见。

(5)胎儿肢体发育障碍:多出现于妊娠10周前,可能与绒毛血管横断致肢体远端供血障碍有关。目前多主张在妊娠10周后进行绒毛穿刺,以尽量防止胎儿肢端发育障碍的可能。

(6)局限于胎盘的嵌合体:发生率为1‰～2‰。在部分妊娠,胎盘绒毛检查到的染色体异常并不出现于胎儿。出现这种情况增加了再次羊水穿刺的机会。

(二)羊膜腔穿刺术

本式式是应用最广、历史最久的产科操作技术,文献上最早记载的经腹羊膜腔穿刺术分别在1877年和1890年。1953年Bevis等报道通过羊水穿刺治疗母胎Rh血型不合。1961年,Liley等发表了著名的研究报告,即羊水中胆红素含量(波长450nm处光密度)与胎儿溶血病的严重程度呈一定比例。自此,羊水穿刺术成为一项产科临床上标准的操作技术。真正意义上的遗传学诊断出现于1956年,Fuchs等通过检查羊水细胞中的Barr小体判断胎儿性别。1966年,Steele等首次报道培养的羊水细胞用于染色体核型分析;1968年,Nadle等报道第一例羊水细胞培养诊断的21-三体病例。1970年,Nadler等在《新英格兰医学杂志》发表经典文献"羊水穿刺在宫内诊断遗传性疾病的作用(Role of amniocentesis in the intra-uterine diagnosis of genetic defects)",极大地推动了遗传性羊水穿刺的应用。此后,这一技术开始流行,被广泛应用于染色体异常、X-连锁性疾病、先天性代谢性疾病以及神经管缺陷的产前诊断(图1-6)。

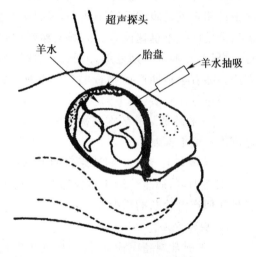

1. 取样时间　遗传学羊水穿刺多在15～20周,但羊水细胞培养的成功率甚至在孕晚期也能维持在90%以上。在绒毛穿刺技术普及前,曾出现过早期羊水穿刺(14周前),但胎儿流产机会和胎儿肢体发育障碍的发生率远高于前者,现早期羊水穿刺在临床已基本废弃。

2. 抽取羊水量　视不同的诊断目的而定,一般传统的羊水细胞培养核型分析所需羊水20ml,而分子诊断只需羊水5～10ml。

3. 操作方法

图1-6　羊膜腔穿刺术

(1)术前常规超声检查,测量胎儿生长经线、羊水量及确定胎盘位置,了解胎儿是否合并有可见的结构性畸形。

(2)孕妇排空膀胱取仰卧位,常规消毒腹部、铺巾;超声探头罩上无菌薄膜套,寻找并固定于合适穿刺部位。前壁胎盘时应尽量避开胎盘,无法避开时应选择胎盘厚度最薄部位进针,同时应避开胎儿。持22 G PTC针或20 G腰穿针在超声指引下刺入宫腔,拔出针芯,接上20ml注射器,即可抽出羊水,应弃去最初的1～2ml。拔针后超声观察胎心及穿刺部位渗血,记录羊水性状、抽吸量、穿刺部位出血时间及胎心率。

4. 手术并发症

(1)流产:羊膜腔穿刺术是侵入性诊断中最安全的产前诊断技术,与之相关的流产率约为0.5%。

(2)羊水渗漏:罕见。极个别病例可出现羊水自穿刺孔渗漏现象。如渗漏较严重可影响胎儿肺发育。

（3）宫内感染：罕见。严格的无菌操作可避免感染的发生。

（4）损伤脐带、胎盘或胎儿：罕见。穿刺针偶可刺伤脐带或胎盘，导致脐带或胎盘血肿，亦可刺伤胎儿引起血肿。

（5）母体损伤：刺伤血管，导致腹壁血肿，子宫浆膜下血肿或刺伤胎盘可导致胎儿血进入母体。对 Rh 阴性孕妇，应注射抗 D 免疫球蛋白，预防发生致敏反应。

（三）脐带血管穿刺术

脐带穿刺技术出现较晚。1983 年，法国医生 Daffos 等首次报道脐带血管穿刺技术，在超声引导下，用 20G 穿刺针于妊娠 18 周左右经胎盘入口处的脐静脉内抽出纯胎血，他们报道了第 1 例用胎血诊断的甲型血友病。1985 年，Hobbins 等也报道了脐带血穿刺术，并称之为"经皮肤脐带血取样"。不久，英国医生 Nicolaides 首次实施脐血管穿刺的单人操作，即操作者一手持超声探头，另一只手持穿刺针。随着彩色血流显像超声仪的出现，该操作在技术上更易实现。目前，脐血管穿刺技术主要用于大孕周胎儿的快速核型分析（图 1-7）。

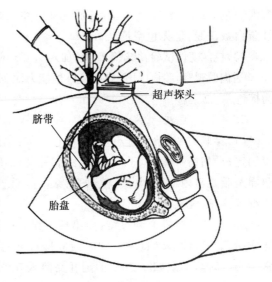

图 1-7　脐带血穿刺术

1. 穿刺时间　脐带血管穿刺多在妊娠 18 周后，孕周过小因脐带血管太细穿刺失败机会大。目前临床实际应用孕周一般在 20 周后，主要目的是快速核型分析。

2. 取血量　一般取血量为 1～2ml，取血量过多会影响胎儿血液循环，胎儿心动过缓等并发症发生率增高。

3. 穿刺方法　术前常规超声检查，测量胎儿生长经线、羊水量、胎盘位置、脐静脉直径及胎心率等，了解胎儿一般情况，并观察脐带位置及走向，进行初步定位。脐带在声像图表现为漂浮于羊水中的管状结构，其中有一大二小的暗带，大者为脐静脉，小者为脐动脉，并可于胎盘胎儿面寻及脐带入口，彩色多普勒有助于辨别脐血管。前壁胎盘时穿刺点多选在脐带根部，此处脐带较固定，血管扭曲少，利于进针。当脐带根部难以显露或遭胎体遮挡时，选用暴露较好的脐带游离段。经腹脐静脉穿刺术有穿刺架引导和徒手操作两种方法。

（1）探头穿刺架引导：根据脐带暴露需要，孕妇取平卧位或半侧卧位，腹部常规消毒、铺巾。用配置了穿刺架的无菌超声探头定位脐带，调整探头位置，将脐带清晰地显示在引导区内。将探头固定，术者选好适当穿刺角度，将 22 G PTC 针插入穿刺架的针槽内进针，刺入皮肤后便可见针尖回声呈一强光点，进针同时观察针尖轨迹是否与穿刺引导线一致，偏离时应调整。当针尖触及脐带时做迅速、有力而有节的冲击，针尖便能刺入圆滑的脐血管，拔出针芯，接 5ml 注射器抽吸，多能抽出胎血，拔针。压迫穿刺点片刻，继续超声观察胎盘脐带穿刺处有无渗血，监测胎心率、心音有无变化。

（2）徒手操作：由操作者一手把持超声探头，定位脐带后固定探头，另一只手持 22 G PTC 针距离探头前方 1cm 皮肤处进针，双手配合引导穿刺针伸及脐带处，刺入脐血管后，术者固定穿刺针，由助手拔出针芯，接注射器抽吸胎血。

4. 胎血的鉴定　所获取的胎血样本需要常规进行胎血鉴定,以确定标本中是否混有母血污染,从而确保检测结果的准确性。若证实被母血污染,应考虑重复穿刺取样。

(1)血红蛋白分析:因胎儿血红蛋白组分与成年人显著不同,若胎血中出现 Hb A2 及较多量的 Hb A,则判断为母血污染。应用高效液相色谱法(HPLC)检测胎血样本,5min 即可完成。

(2)Kleihaure 抗酸染色法:将胎血制成薄而均匀的涂片,自然干燥后置于 80% 乙醇固定5min,再浸入柠檬酸-磷酸盐酸缓冲(pH3.3～5.0,37℃)液洗脱 5min。自然干燥后用 0.5% 伊红溶液染色 3min。经上述步骤后,胎儿血红蛋白未被洗脱,仍为双凹圆盘状,色鲜红。而成年人血红蛋白被洗脱,呈无色空泡状。

(3)抗碱变性试验:取试管 1 支,加入 1/12mol/L NaOH(或 KOH)溶液 2ml,滴加少许胎血,摇匀,1min 后肉眼观察,胎血(HbF 抗碱变性的能力比 HbA 强)不变色,暗红,成年人血则变色(HbA 变性),为棕色。

5. 手术并发症

(1)穿刺失败:孕周过小,脐带血管太细;羊水过多,脐带漂浮,活动度增加;胎动频繁,脐带难以固定;孕妇精神紧张,子宫收缩,穿刺针移动困难;这些都可造成穿刺失败。因此,术前要确定孕周及胎儿宫内情况,并安抚孕妇情绪。如果连续 3 次进针均未抽到胎血,则为穿刺失败,应停止继续穿刺,观察胎心率变化。

(2)胎儿一过性心动过缓:多出现于穿刺引起一时性子宫收缩或针刺脐带引起脐血管痉挛,导致胎儿一过性心动过缓。此时应立即停止穿刺,孕妇左侧卧位,吸氧,多数在 1min 内恢复正常。必要时给予孕妇 0.5mg 的阿托品溶入 50% 葡萄糖注射液静脉推注。

(3)胎儿丢失:高于羊膜腔穿刺和绒毛穿刺,与术者经验相关。文献报道,即使由技术熟练的操作者操作,发生率也为 1.4%。因此临床必须把握好产前诊断指征,术前向病人告知产前诊断风险,术时做好预防抢救措施。

(4)羊膜感染:穿刺必须严格遵守无菌操作,避免引起宫腔感染。

(5)胎盘、脐带渗血:穿刺针经过胎盘或脐带可引起渗血,一般出血在 1～2min 自止。此时需超声持续监测出血情况和胎心变化。

五、禁　忌　证

产前诊断一般认为是较为安全的手术,引起胎儿流产的概率为 0.5%～1%,但出现以下情况时应暂缓穿刺。

1. 术前感染未治愈,或手术当天感染及可疑感染者。

2. 中央性前置胎盘或前置、低置胎盘有出血现象。

3. 先兆流产未治愈者。

4. 孕妇无明确的手术指征。

六、产前诊断样本的实验室检查

若所取样本为胎盘绒毛,实验室检查前应仔细挑选,尽量去除母体组织,解剖显微镜有助于辨认绒毛结构。所取样本为羊水,应记录羊水性状;若混较多母血,不宜直接用于分子诊断,可先置于瓶中培养,换液后应用贴壁的羊水细胞进行基因分析。

1. 核型分析　传统的产前诊断方法是培养绒毛或羊水细胞,进行染色体显带核型分析,包括了检查细胞内全部 23 对染色体。除临床常见的非整倍体(如 21-三体、18-三体、13-三体及性染色体异常外),这种方法还能检测出结构性染色体畸变,如平衡或不平衡易位,倒位等。一般绒毛和或羊水细胞的核型分析费时 2～3 周,但胎血培养时间短,只需 3～5d。

2. 快速核型分析 为分子遗传学技术,临床常用的有荧光原位杂交(FISH)和荧光定量 PCR 技术,前者需要特异性的 DNA 标记探针,后者需要荧光素标记的引物特异性扩增染色体内的短串联重复序列。这些方法可以同时诊断 5 种常见染色体(21-三体,18-三体,13-三体,X,Y)的数目异常,1～2d 完成,敏感性和特异性近乎 100%。但对染色体结构异常或针对的 5 种染色体之外的其他染色体异常,快速核型分析方法不能诊断。目前临床应用上,常将快速核型分析作为传统核型分析的辅助方法,用以快速产前诊断和早期减轻侵入性穿刺术后孕妇的精神压力。

3. 微阵列比较基因组杂交技术(aCGH) 该技术是选择 DNA 特殊片段作为靶,固化在载体上,形成密集、有序的分子微阵列。然后,从测试标本中提取 DNA,将测试 DNA 和参考 DNA 用不同的荧光色素标记,杂交到微阵列上,通过检测这两种荧光色素的比率,了解待测标本基因拷贝数的变化。与传统的细胞核性分析技术相比,aCGH 具有很大的优越性:能够检测染色体亚微结构异常(微重复、微缺失),解析度高;不需培养细胞,只需少量 DNA 样本,产前诊断快速;做单一的一次杂交即可检查肿瘤整个基因组的染色体拷贝数量的变化;技术操作可以实现自动化。但 aCGH 也存在局限性,例如试剂及设备价格昂贵,尚不能普及;不能检测平衡易位,也不能检测多倍体。

4. 基因诊断 通过分子生物学和分子遗传学的技术,直接检测出分子结构水平和表达水平是否异常,从而对疾病作出判断。基因诊断可分为两类:一类是直接检查致病基因本身的异常。它通常使用基因本身或紧邻的 DNA 序列作为探针,或通过 PCR 扩增产物,以探查基因无突变、缺失等异常及其性质,这称为直接基因诊断,它适用已知基因异常的疾病;另一类是基因间接诊断。当致病基因虽然已知但其异常尚属未知时,或致病基因本身尚属未知时,也可以通过对受检者及其家系进行连锁分析,以推断前者是否获得了带有致病基因的染色体。连锁分析是基于紧密连锁的基因或遗传标记通常一起传给子代,因而考察相邻 DNA 是否传递给了子代,可以间接地判断致病基因是否传递给子代。需要的样本量少,精确度高,但要鉴别胎儿样本中是否混有母体组织污染。

七、产前诊断的意义

多数遗传病由亲代传递,少数可能是由于某些条件父母的配子细胞基因发生致病性变异,成为新的传播遗传病的源头。若遗传病基因代代相传,给人类社会的危害是长期的。由于大部分遗传病尚无有效的治疗手段,阻止遗传病危害的有效途径就是阻止患儿的出生。产前诊断的目的就是对胎儿在出生前是否患有某种遗传病或先天畸形作出诊断,一旦诊断胎儿是遗传病患者,应立刻进行选择性流产,以杜绝遗传病患儿的出生。目前产前诊断已成为世界各国应用最广泛、实用价值最为显著的遗传病防治措施。

(廖 灿)

第五节 胎儿干预的麻醉与监护

一、概 述

胎儿外科手术学基于多年的动物实验和临床研究,已成为一门快速发展的学科,国外尤其是美国每年都有大约数百台妊娠中晚期胎儿外科手术。胎儿手术一般分三类:①分娩期子宫外产时治疗(EXIT);②孕期胎儿镜操作;③开放的、妊娠期中的胎儿手术,如脊髓脊膜膨出修补,先天性肺囊性腺瘤样畸形、骶尾部畸胎瘤手术治疗等。目前在我国一些发达地区刚已开展 EXIT,为下一步开展开放的、孕期中的胎儿手术积累了一些临床经验。胎儿手术的开展需要多学科的相互配合,如围生医学、产科、新生儿外科、麻醉、护理、NICU 等,其中麻醉是胎儿手术成功开展的关键因素之一,在胎儿外科手术发展、推广以及保障母子安全方面具有极其重要的意义。

目前公认的胎儿手术麻醉的总体目标是:有效的母体和胎儿麻醉及安全;保持足够的子宫松弛;预防胎盘早剥及胎儿流产。

二、胎儿手术常用麻醉药对母体、胎儿影响

(一)胎盘的运输功能

根据物质的性质与胎儿的需要有不同的运输方式,可概括为以下 4 种。

1. 单纯弥散 这是胎盘物质交换中最重要的方式之一。物质分子从高浓度区域移向低浓度区域,直至平衡。单纯弥散受多种因素的影响,例如弥散的速度与胎盘膜两侧的物质浓度差大小及交换面积大小成正比,与膜厚度成反比。有的药物在一般剂量下转运率极低,但用药量过大而形成浓度差加大时,有可能大量通过胎盘进入胎体,产生意外的药物效应,给胎儿造成危害。物质分子量<600Da 的物质,容易通过胎盘,分子量>1000Da 的物质较难通过;脂溶性高低,油水分配系数也影响通过胎盘的难易。

目前认为,胎盘膜犹如血脑屏障一样为脂质屏障,由磷脂构成,具蛋白质性质。凡脂溶性高,电离度小的物质均易透过胎盘,有许多麻醉药及镇痛药即属此类,如易溶于脂肪的硫喷妥钠,能很快透过胎盘,2min 后母胎浓度即相等;吸入麻醉药,由于分子量小,脂溶性高,也能够迅速进入胎体。难溶于脂肪、电离度强的物质如琥珀胆碱、戈拉碘铵(三碘季铵酚)等则较难透过胎盘。

2. 易化弥散 有些物质的运输率如以分子量计算超过单纯弥散所能达到的速度,目前认为有另一种运载系统,对某些重要物质起加速弥散作用,如天然糖、氨基酸、大多数水溶性维生素等。

3. 主动传递 由于胎体内的某些物质浓度较母体高,故不能用弥散规律解释,目前认为由主动传递运输,后者需消耗一定的能量,通过胎盘膜细胞线粒体内有高度活力的 ATP 酶进行,如抗代谢药、无机铁、氨基酸等都属此类。

4. 特殊方式 主要为免疫物质的运输,有下列两种方式。①细胞吞饮:运输极少量大分子物质如免疫活性物质及球蛋白等。胎盘微绒毛的"刷状缘"通过阿米巴式运动,能将极小的母血浆微滴包裹而吞入,送入胎儿的毛细血管。②"渗漏":通过胎盘绒毛上比较大的微孔或小缺口,完整的母血细胞能进入胎血。

(二)胎儿及新生儿药物代谢的特点

从胎盘经脐静脉进入胎体的药物,约有 50% 进入肝被逐渐代谢,其余部分则从静脉导管经下腔静脉进入体循环,待到达脑循环时药物已经稀释,因此,脑组织中麻醉药浓度已相当低。但胎儿与新生儿血脑屏障的通透性高,药物较易通过,尤其在呼吸抑制出现 CO_2 蓄积和低氧血症时,膜通透性更增大。

胎儿与新生儿的肾滤过率差,对药物排泄能力比成年人低,并相对缓慢。肾小球滤过率为成年人的 30%～40%,肾小管排泄量比成年人低 20%～30%,尤其对巴比妥类药排泄缓慢。

胎儿肝的重量为体重的 4%(成年人为 2%)。近年来发现胎儿肝内的细胞色素 P450,与 NADPH-细胞色素 C 还原酶、葡萄糖醛酸转移酶的活性等与成年人无显著差异,因此肝对药物的解毒功能无明

显差别。

（三）麻醉药对母体与胎儿的作用

1. **麻醉性镇痛药**　麻醉性镇痛药都有程度不同的中枢抑制作用，且均有一定数量通过胎盘进入胎儿血循环。这对选用全麻方式的胎儿麻醉手术来，具有母体胎儿共同镇痛从而共同受益。麻醉性镇痛药芬太尼、舒芬太尼等，都极易透过胎盘，舒芬太尼有作用出现快、维持时间短。黄德樱等研究结果显示，等数量的舒芬太尼在保护和促进新生儿脑神经系统功能方面起重要作用，因而对行 EXIT 的胎儿可能有脑神经保护作用。舒芬太尼与芬太尼虽然血浆清除率相似，但由于舒芬太尼分布容积小，终末清除期短，所以清除较快，体内蓄积少，更加适合应用于胎儿手术麻醉中。有研究表明舒芬太尼不影响产妇或胎儿血流动力学，胎儿动脉血气也未发生明显变化。

2. **全身麻醉药**

（1）异丙酚（Propofol）：为水溶性乳剂，是一种新的静脉催眠药，催眠效能是硫喷妥钠的 1.8 倍。起效快，维持时间短，苏醒迅速。该药可透过胎盘，大剂量使用（用量超过 2.5mg/kg）可抑制胎儿或者新生儿呼吸。该药说明书强调，妊娠期异丙酚除用作终止妊娠外，不宜用于产科麻醉，但在胎儿手术麻醉诱导中是较好的选择。但异丙酚无论用于全麻诱导或维持，很多产妇发生低血压，故还应慎重。

（2）吸入性麻醉药七氟烷引起与剂量相关的子宫收缩抑制，浅麻醉时对子宫抑制不明显，对胎儿也无明显影响；深麻醉对子宫有较强的抑制，较适合在胎儿麻醉期维持子宫舒张阶段的维持。七氟烷就理化性质而言，该药较氟烷更易通透胎盘，对子宫收缩的抑制强于氟烷。七氟醚对血流动力学影响弱于异氟烷，肌松效应在相同 MAC 条件下强于异氟烷和氟烷，故对子宫肌的抑制强于异氟烷，七氟醚可迅速通过胎盘屏障，适合用于胎儿麻醉中。新的吸入性麻醉药——地氟醚对子宫肌的抑制强于七氟醚，其血/气分配系数最低，可更快速通过胎盘及血脑屏障，并可快速清除；是目前最适合用于胎儿手术麻醉的吸入性麻醉药。但动物实验提示吸入性麻醉药对胎儿大脑神经元的发育影响尚存在一定争议。

3. **肌肉松弛药**　近年来新的非除极肌松药逐年增加，其中以阿曲库铵和维库溴铵或可作为"标准"药。此后开发的以短效见长的米库氯铵（美维松）和中效的罗库溴铵，使临床用药有更多的选择。上述药物都是高度水溶性药，故不易（并非完全不能）通过脂质膜屏障，如胎盘屏障。有的作者观察，给剖宫产的产妇使用阿曲库铵 0.3mg/kg，肌松满意，作用持续时间短，仅微量通过胎盘，胎-母间比值为 12%，娩出新生儿 Apgar 评分正常，只有出生后 15min NAcs 评分（神经学和适应能力计分）55%正常，45%较差，说明使用阿曲库铵后的新生儿自主肌肉张力较差，表现为颈部屈肌和伸肌主动收缩力较差，生后 15min 时仍有残存肌松现象，这对产科当然有所顾虑，但对胎儿手术似乎是较好的选择，更加有利于胎儿手术的操作。

4. **局部麻醉药**　不同的局麻药进入胎盘的移行速度不同，影响因素有以下几种。

（1）局麻药的蛋白结合度与母体血浆蛋白的结合度：局麻药与血浆蛋白结合度高者，通过胎盘量少，进入胎儿血的量也小。

（2）局麻药的分子量：分子量在 350～450Da 或以下的物质容易通过胎盘，常用的局麻药的分子量都在 400Da 以下，故均较易通过胎盘。

（3）局麻药的脂质溶解度：局麻药中，脂质溶解度较高者，均较易于进入胎盘，后者决定于局麻药的 pH 和油/水溶解系数，如利多卡因 pH 为 7.20，溶解度为 30.2，较易通过胎盘。

（4）局麻药在胎盘中的分解代谢：酰胺类局麻药如利多卡因，大部分在肝经酶的作用而失活，不被胎盘分解；其代谢过程也远较酯类局麻药缓慢。因此，大量用酰胺类局麻药的不良反应较酯类者多。

　　研究表明,胎儿麻醉手术应用局麻药时,只要子宫、胎盘和脐带血流正常,pH 维持在生理范围,氧合良好,并未见到临床应用剂量的局麻药对胎儿或者新生儿有何危害。

三、胎儿干预中影响胎儿安全的相关因素

　　胎儿干预过程中,母体与胎儿始终是两个相连的整体,母体通过子宫—胎盘—脐带不断供给胎儿氧和营养物质,因此术中要保证胎儿安全,必须保证这一通路畅通、有效,而以下因素可能对它产生影响(表 1-5)。

表 1-5　影响子宫—胎盘—胎儿循环的因素

影响子宫-胎盘血流和氧合的因素	影响脐带血流和胎儿循环的因素
减少母体氧合、血红蛋白浓度	脐血管痉挛
母体失血	胎儿心排血量减低
仰卧位综合征	胎儿失血、胎儿血红蛋白浓度下降
药物引起的子宫血流减少	胎儿体温降低
子宫创伤	影响子宫-胎盘血流、氧合
子宫收缩	脐带扭转
胎盘功能不全	
羊水过多	
母体儿茶酚胺增多引起的子宫-胎盘血管阻力增加	胎儿儿茶酚胺增多引起胎儿-胎盘血管阻力增加

　　胎儿要有足够的氧供给,则必须保证母体有充分的氧供。胎儿处于低氧张力的环境中,脐静脉血 PO_2 最高约为 30mmHg,胎儿 2,3-DPG 含量低,P_{50} 仅 20mmHg 而 Hb 高达 18g/dl,所以胎儿对缺氧有一定的耐受力,对氧有更强的亲和力,但较严重的低氧仍会危及胎儿。妊娠期母体耗氧量增加 20%～40%,每分通气量增加 40%～50%,同时由于余气量和功能余气量减少,导致氧储备减少,而母体处于仰卧位时,功能余气量会进一步减少,因此在窒息或通气不足的情况下,孕妇更易发展为缺氧和高碳酸血症。此外,由于呼气末 CO_2 和 $PaCO_2$ 梯度消失、呼气末 CO_2 低于 30mmHg,容易引起子宫血管收缩,从而影响子宫-胎盘灌注。因此在进行胎儿干预过程中必须避免母体缺氧,应对母体予以监测,必要时给予吸氧。吸氧一般不主张用纯氧,因为即使母体氧分压达到 600mmHg,胎儿氧分压一般不会超过 45mmHg,而且较长时间吸入纯氧还可能对胎儿视网膜产生损害。

　　其次,必须保证子宫有足够的血供,才能带给胎儿足够的氧和营养物质。母体的血容量直接影响子宫的血液灌注量,子宫的血流量约占母体心排血量的 10%,妊娠期,母体循环血容量于妊娠 6～8 周开始增加,至妊娠 32～34 周达高峰,增加 40%～50%,平均增加 1450ml,并维持此水平至分娩。早孕期细胞比容下降,妊娠 16 周左右上升至正常水平,随后逐渐增加,约较正常水平提高 30%。所以母体对失血有较强的代偿能力,一般失血不超过 1500ml 不会引起血流动力学的改变,一旦失血超过母体代偿能力则会因母体血容量过低引起血压下降,从而影响子宫血供。

　　再次,有了足够的血容量还需要有效地子宫-胎盘灌注压。研究发现,早孕期末孕妇心排血量增加 35%～40%,中孕期孕妇心排血量持续增加,较未孕时平均增加约 50%。中孕期孕妇心率较未孕时增加 15%～25%,并持续此水平至分娩。每搏排血量缓慢增加,至中孕末期增加 25%～30%,并持续此水平至分娩。孕妇仰卧位时增大的子宫压迫下腔静脉会使心排血量减少 30%～50%,而坐位或是半卧位则对心排血量的影响减小,但由于妊娠期全身血管阻力增加、心率增加、血容量增

加,只有约10％的孕妇会出现仰卧位低血压综合征,这些患者会因心动过缓、血管张力下降、静脉回心血量减少,而导致血压下降。母体血容量和血压直接影响子宫-胎盘血流灌注,所以胎儿干预过程中应保持母体处于轻度左倾的体位以预防仰卧位综合征。此外,胎儿干预过程中需要保持子宫松弛,往往给予较大量的吸入性麻醉药,导致母体血压下降,从而引起子宫-胎盘灌注,所以应在必要情况下应用药物如多巴胺,维持血压稳定。

妊娠期子宫收缩除了能引起早产,影响胎儿手术顺利进行,还能减少子宫-胎盘灌注(表1-6),所以胎儿干预过程中抑制宫缩是必要措施之一。能抑制宫缩的药物除了产科常用的宫缩抑制药,一些药物如吸入性麻醉药也可以起到抑制宫缩的作用(表1-7)。

表 1-6　胎儿干预过程中子宫收缩可能引起的并发症

可能出现的问题	影响
限制手术视野的显露	影响手术进行
进行胎儿镜治疗过程中子宫收缩	减少胎盘-胎儿灌注、胎膜破裂
脐带受压	胎儿窒息
使子宫-胎盘灌注减少	胎儿缺氧
引发规律宫缩	早产

表 1-7　抑制宫缩药物及其作用机制、不良反应

药　　物	作用机制	不良反应
特布他林、盐酸利托君	β_2-肾上腺素受体激动药	心动过速、低血压、心律失常、高血糖、肺水肿、低血钾等
硫酸镁	抑制钙离子内流,抑制钙调蛋白	肺水肿、潮红、嗜睡、呼吸抑制、心脏骤停,肌肉兴奋性受抑制等
吲哚美辛	前列腺素生成抑制药	恶心、消化不良、肾功能下降、哮喘加重
硝苯地平	L 型钙通道阻滞药	低血压、心悸、潮红、心动过速
硝酸甘油	减少细胞内 Ca^+ 浓度	低血压、肺水肿、心动过速、头痛
阿托西班	催产素拮抗药	少
七氟烷、地氟烷等	不详	低血压、心动过速、胎儿酸中毒

除以上原因能引起子宫-胎盘灌注减少外,手术切开子宫本身会引起子宫灌注减少,有报道指出,切开羊膜子宫使子宫血流减少约73％,而胎儿镜引起的子宫创伤则对子宫-胎盘血流无影响。另外,羊水过多会引起羊膜腔压力过高,也会影响子宫-胎盘灌注。有研究报道,妊娠合并羊水过多引起36％胎儿静脉血 pH 降低,73％胎儿静脉 PO_2 下降,并且胎儿静脉血 pH 和 PO_2 下降程度与羊膜腔压力呈负相关。

尽管充足的子宫-胎盘血液灌注是保障胎儿氧和营养物质来源的必要条件,但是胎儿必须通过胎盘的物质交换得到氧和营养物质并排除代谢产物,所以影响胎盘物质交换因素也会影响胎儿供氧。胎盘是母体和胎儿间进行物质交换的器官,胎盘中母体血液和胎儿血液互不相混,之间存在着胎盘屏障,由外向内为:合体细胞滋养层、中胚层、毛细血管内皮细胞层。胎盘的物质交换方式见上文。其中被动转运是物质交换的主要方式,它取决于膜厚度、膜两侧物质的浓度差、分子量大小、所带电荷等,任何影响这些因素的情况如胎盘功能不全,都可能对母胎间氧和营养物质产生影响。

脐带作为连接胎儿和胎盘的器官,也起到了运输氧和营养物质的作用。胎儿干预过程中,如

脐带扭转、打结、大量羊水丢失等情况，都可能引起脐带受压而影响脐血流。另外，脐带受刺激或者因手术引起的应激激素分泌增加可能引起脐血管痉挛，也会影响脐血流，从而影响胎儿供氧。

麻醉是减少应激反应的重要手段，在应激状态下母、胎分泌儿茶酚胺增多，会导致子宫-胎盘-胎儿血流减少。但不同于普通手术的是，麻醉需要考虑到两个相连的个体。应充分注意各种药物的影响，及时监测、有效干预，以确保母、胎的安全。通过长时间吸入高浓度的吸入麻醉药和追加麻醉性镇痛药，从而抑制手术操作对胎盘的刺激，避免胎盘早剥；术中术后持续注入特布他林、硫酸镁等抑制子宫收缩预防流产；术后辅用中医中药对预防流产也有一定作用。

四、胎儿麻醉的实施

应用挥发性麻醉气体通过胎盘进入胎儿来维持胎儿麻醉，但孕妇和胎儿之间的麻醉平衡需要一定时间，一般母体吸入 2～3MAC 的七氟醚 45～60min 后，胎儿七氟醚的浓度才能达到孕妇的 70%；胎儿手术操作前，胎儿应肌内注射舒芬太尼 $2\mu g/kg$，这样既可完善麻醉效果，又可提供术后镇痛。

五、胎儿镜手术的麻醉

胎儿镜麻醉要求在保证母体和胎儿血流动力学平稳的同时提供对母体和胎儿充分的镇静镇痛。针对胎儿的麻醉有四种可能的方式实现，包括直接静脉注射、直接肌内注射、经胎盘和羊膜内给药，每种方法都有直接影响胎儿介入手术成败的优缺点。主要的缺点包括注射部位出血和胎儿损伤，以及药物剂量受各种因素的影响不易控制。但是足够的胎儿麻醉是重要的，因为胎儿在应激状态下释放儿茶酚胺会减少胎盘血流，加重胎儿窒息。

胎儿镜手术母体麻醉方法的选择取决于外科治疗的手术种类，取决于每一个个体独特的生理、药理和病理生理特点，也取决于胎盘、脐带、羊膜的位置。胎盘、脐带和羊膜的位置决定了手术暴露的难度。对前置胎盘孕妇，手术操作容易，阻滞平面达 T_4 感觉水平的椎管内麻醉即可满足大部分手术要求。伴严重羊水过多时，则手术显露困难，需施行全身麻醉以利于子宫操作及接近脐带。对后置胎盘，虽然手术易进入子宫，但脐带显露困难。手术需进行更多的子宫操作时，应选择全身麻醉。

各种麻醉方法对孕妇和胎儿有不同的优缺点。穿刺部位局麻操作简单，对母体安全但不适感强，同时胎儿活动自由增加操作难度，适应证窄已较少选用。椎管内麻醉包括腰-硬联合麻醉和单纯硬膜外麻醉适用于大多数病例。其优点在于对胎儿的血流动力学、子宫胎盘的血液灌注及术后子宫活动的影响小；缺点在于不能松弛子宫；不能同时对胎儿产生麻醉效果，胎儿能自由活动导致手术操作有一定困难；另外，因为交感神经阻滞平面比感觉阻滞平面要高 2～6 个节段，因此母体面临缓慢性心律失常和心搏骤停的危险。浅吸入麻醉复合阿片类药物的优点是可麻醉胎儿，这对于操作有利，相对于较深的吸入麻醉，它对胎儿的心血管抑制较轻；缺点是不能完全松弛子宫，不利于手术者到达比较困难的脐带位置。深吸入全身麻醉的优点是可使子宫平滑肌完全松弛，有利于操作；缺点在于对胎儿心血管的抑制，可致子宫胎盘血流的减少。近年来，相对于后置胎盘病患，前置胎盘患者更频繁的应用全身麻醉或区域阻滞复合全身麻醉，既可以综合前面所提到两种麻醉方法的优点，并且可以提供术后镇痛。

胎儿镜手术的术后处理与子宫切开的开放性手术相同，最重要的是产科方面的处理，维持子宫的静息状态。

六、胎 儿 监 护

在对胎儿干预的围术期都需要对其进行监护以确保安全。胎儿在 18～20 周后,就可以进行监测胎心率。然而,在实际临床过程中获得可靠的胎儿监护方法及监护结果并不容易。胎心率的改变可反映胎儿在宫内的状况,在认为胎儿宫内受到抑制时,可采取措施提高子宫胎盘灌注和胎儿血氧,这些措施包括向左推移子宫、提高血氧浓度、调整母体通气、增加母体有效循环血量以及纠正低血压。尽管胎儿监护有较好的临床指导意义,但在对美国进行胎儿干预治疗的医院所作的调查发现,有 60% 的医院做了常规胎儿监测,另 40% 则没有。几种主要胎儿监护介绍如下。

1. 胎动计数　胎动计数是最早监测胎儿的方法。孕妇能感知胎儿运动是胎动评价的基础,胎动减少可发展到胎儿死亡。正常胎儿在 2h 内有 10 次明显的胎动。

2. 无应激试验　目前认为心率反应性能较好地反映胎儿自主调节功能。心率反应性的降低通常与胎儿睡眠相关联,但也可能与中枢神经系统抑制有关。无应激试验通过观察胎动时胎心率的变化来了解胎儿的储备能力。一般认为 20min 以内有 2 次或以上胎动伴胎心率加速为正常,异常为 40min 以上无胎动伴胎心率加速。

3. 宫缩应激试验　宫缩应激试验是宫缩时观察胎心率的变化。宫缩诱导可以通过缩宫素输注或刺激乳头,10min 内至少有 3 次宫缩。每次宫缩时由于子宫动脉的收缩而使胎儿血氧发生改变,对于未充分氧和的胎儿血红蛋白而言,这种血氧的减少会导致胎心率变化而出现晚期减速。若胎心率基线有变异或胎动后胎心率加快,无晚期减速,为宫缩应激试验阴性,提示胎盘功能良好。如多次宫缩后连续重复出现晚期减速,胎心率基线变异减少,胎动后无胎心率增快,为宫缩应激试验阳性,提示胎盘功能减退,但因假阳性多,其意义不如阴性大。

4. 胎儿生理活动评估　胎儿生理活动评估是整合胎儿在母体内的实时观察,以判断胎儿有无急、慢性缺氧的一种产前监护方法。胎儿生理活动评估是应用无应激试验和超声检查获得的胎儿呼吸运动、胎动、肌张力及羊水量五项内容来评估胎儿状况的测评方法(表 1-8)。五项分别被评分为 2 分(正常)和 0 分(不正常)。总分为 10 分,其中 8～10 分正常,6 分怀疑有缺氧,4 分或以下有缺氧。胎儿生理活动评估对于是否需要剖宫产或胎儿出生后是否需要在监护室治疗有很大帮助,一般来说,6 分以下,需要剖宫产以及新生儿送往监护室观察与治疗。

表 1-8　生理活动评估

项目	2 分(正常)	0 分(异常)
无应激试验(20min)	≥2 次胎动后 FHR 上升 ≥15/min,并持续 15s	<2 次胎动,FHR 上升 <15/min,并持续 15s
胎儿呼吸运动(30min)	至少有一段 ≥30s 的呼吸运动	无,或持续 <30s
胎动(30min)	至少 ≥3 次胎动(肢体或躯干)	<2 次躯干或肢体活动;无活动肢体完全伸展
胎儿肌张力	30min 内 ≥1 次肢体、躯干或手的伸展和屈曲	无活动;肢体完全伸展;伸展缓慢,部分复屈
羊水量	正常 >8cm 或最大羊水池深度 ≥2cm	无,最大羊水池深度 <2cm

5. 脐动脉多普勒血流速度测量　脐动脉多普勒测速技术是观察胎儿脐动脉血流速波形的无创技术。正常胎儿与生长受限胎儿血流速波形不同:正常生长胎儿脐动脉血流速波形表现为扩张

的高流速血流,而生长受限的胎儿脐动脉血流速表现为血流量减少。当用多普勒测量时,光柱与血管之间的角度应<30°。一般来说,测量指标包括收缩峰值血流频移(S),舒张末期血流频移(D),心动周期的平均峰值血流频移(A)。收缩期流速来源于心脏收缩期峰值血流速度,而舒张期血流速度受血流峰值、血管顺应性、心率及血管阻力等因素影响。因而可以计算出收缩与舒张比率(S/D),阻力指数 RI(S-D/S),搏动指数 PI(S-D/A),其指数参考值见表1-9。应评价多种波形以提高其监测的准确性,滤波器应设置足够低以避免掩盖舒张期血流。在胎儿 32～34 周时开始测试,特别是对于有死产风险的孕妇更有价值。在临床应用中,PI 和 RI 逐渐取代 S/D 比值,在舒张期血流消失或反流时,不能测出 S/D,RI 亦不准确,而 PI 不会出现偏移,一般结果不可逆。脐动脉 PI 或 RI 或 S/D 高于第 95th 或大于 2SD 时为异常,应密切监测胎儿状况,若继续升高则依据临床情况或其他监测手段决定是否终止妊娠。

表 1-9 胎儿多普勒超声指数参考值

孕周	S/D		PI	RI
	均值	上限		
24	3.5	4.25		
25	3.4	4.1		
26	3.3	3.9	1.12 ± 0.17	0.66 ± 0.07
27	3.2	3.75	(24～29 周)	(24～29 周)
28	3.1	3.7		
29	3.0	3.6		
30	2.9	3.5		
31	2.85	3.45		
32	2.8	3.4		
33	2.7	3.3	1.02 ± 0.21	0.61 ± 0.09
34	2.6	3.15	(30～36 周)	(30～36 周)
35	2.55	3.1		
36	2.45	3.0		
37	2.4	2.9		
38	2.35	2.8	0.86 ± 0.16(36 周后)	0.56 ± 0.07

6. 胎儿电子监测 胎儿电子监测在临床上已广泛应用于胎儿监护,胎心监测可反映胎儿是否有充足的脑血氧。随着胎儿脑部对心脏调节的开始,心率的下降就可以反映胎儿脑血氧不足。目前常用的外部胎心监测法是通过多普勒进行测量,内胎心监测法则是安置电极在胎儿头皮。胎儿心率的音调、节奏以及比率能较好反映胎儿情况,正常胎心在 110～160/min,并

有轻度到中度的胎心率变异,有或无加速。预产期前胎儿表现为快速的心率改变,而没有或很少有胎心率变异和加速。胎儿电子监测对正常胎心率敏感,能确保胎儿安全,但对于有异样胎心率,却不能确定胎儿是否受到抑制。胎儿电子监测假阳性高,辅佐胎儿其他监测有助于诊断。同样,胎儿电子监测对于低氧监测敏感,而对于酸中毒不敏感。胎儿电子监测可以减少出生后窒息的发生率,但增加孕妇剖宫产率。辅助胎儿心电图监测的 ST 段分析有助于诊断胎儿情况。

7. 胎儿血氧饱和度　胎儿血氧饱和度可以通过经阴道或经腹部两种方式进行监测。经阴道血氧饱和度用于分娩期,需要宫口扩张 2cm 和破膜,将探针通过宫颈口放置在胎儿脸颊。而经腹部胎儿血氧饱和度监测为无创监测,没有破膜和宫口扩张这些限制,可以用于分娩前期以及分娩期,并能测量胎儿血氧饱和度和胎心率,通过超声测量胎儿头部到孕妇腹部的深度,然后孕妇腹部两个电极的距离是胎儿头部到孕妇腹部深度的 2 倍。经腹部血氧饱和度可以区分胎儿睡眠和胎儿低血氧。多项研究显示经阴道血氧饱和度和经腹部血氧饱和度监测值相似。胎儿正常血氧饱和度≥30%,胎儿血氧饱和度<30%被认为胎儿处于危险状态中,其脐动脉血 pH 明显低于血氧饱和度正常组。有研究显示胎儿能经历大约 10min 的胎儿血氧饱和度<30%,可致胎儿头皮血 pH<7.20。目前研究对于术中是否监测胎儿血氧饱和度还有很大争议。有研究认为术中监测胎儿血氧饱和度没有意义,并不能减少剖宫产率和提高新生儿出生后情况;但其他研究认为胎儿血氧饱和度是可靠的监测胎儿情况的方法,且减少因为不正常胎心率导致的剖宫产率,还可以减少总的医疗费用。不正常的胎心率联合胎儿血氧饱和度<30%可以说明胎儿抑制以及代谢性酸中毒,这在胎儿手术中有较高的应用价值。

8. 胎儿血气分析　胎儿手术中血气分析用于酸碱状态电解质状况以及血细胞比容等分析。胎心率不好时血气分析有助于诊断胎儿情况。胎儿 pH<7.20 认为胎儿抑制需要医疗处理。动物研究中显示,胎儿血氧饱和度与 pH 以及 BE 值中度相关,乳酸值轻度相关。pH<7.20,碱剩余(BE)≤−3mmol/L,乳酸值>5.4mmol/L 能显著降低胎儿血氧饱和度。

9. 胎儿心电图　胎儿心电图也常用于胎儿监测,P-R 间期有助于诊断胎儿酸血症。ST 段分析联合胎心产力图诊断可以减少因怀疑胎儿抑制的剖宫产发生率,并且对新生儿的情况无不良影响。

10. 胎儿超声心动图　可评价胎儿心肌收缩功能情况、心率及胎儿血容量。对于 EXIT 手术而言,术中可用于纠正胎儿气管导管位置。

11. 其他监测方法　还用于胎儿监测的方法有胎儿体温,胎粪,头宫颈力量等。

肯迪尼国家儿童健康与人类发育研究所提出胎儿监护捆绑策略(fetal monitoring bundle)四步法:值得信任的相关资质工作人员;对胎儿监护计划进行扩充或升级,培训相关护士能准确评价胎儿监护意义;明确可随时接触胎儿的负责人;快速反应能力共四个部分。通过对胎儿监护捆绑策略的培训和实施,可以改善产科结局,同时对胎儿麻醉手术中对胎儿的监护有借鉴意义。

(宋兴荣)

附：广州市妇女儿童医疗中心胎儿手术麻醉方案

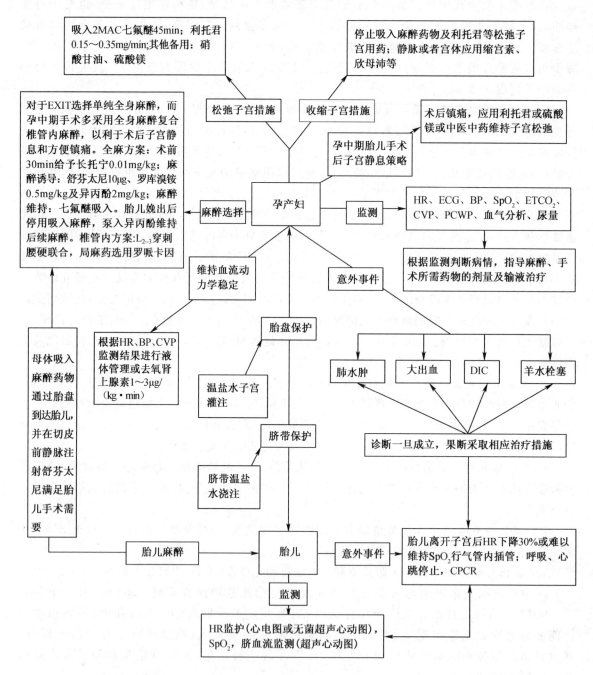

第六节　超声指引下的穿刺、引流技术

　　超声引导下的穿刺用于介入性产前诊断至今已有近半个世纪的历史。20 世纪 60 年代时建立了最早的宫腔内穿刺技术——羊水穿刺，当时缺乏显示宫内状态的影像技术，羊水穿刺仅依靠医生的感觉来选取宫腔内羊水较多的部分，避开胎儿的身体等重要部位进行穿刺。由于穿刺的

盲目性和较大的母胎风险性,超声引导下的穿刺技术的发展受到了严重制约。

现在,随着超声技术和设备的不断改进,胎儿发育的过程可以生动、完整地呈现出来。胚胎和胎儿的发育不再神秘,胎儿的疾病、缺陷不仅可以在妊娠期诊断甚至有望在出生之前得到纠正。超声具有实时、可以反复应用、没有创伤等特点,近年来发展起来的 3D、4D 等技术更具有成像逼真、立体等优势。先进的超声技术为胎儿介入性诊断与治疗提供了可能。通过超声介入技术可以通过母亲的腹腔进入子宫,提取胎儿细胞、组织、血液、分泌液等进行胎儿生理和病理状况分析和诊断的方法。超声介入技术还是在胎儿期缓解、改善某些病理状况以利于胎儿各器官功能的发育,为新生儿期治疗先天性疾病创造条件的手段。相对于开放性胎儿手术对母亲和胎儿的高风险性,超声介入技术的低风险性具有较大的伦理优势。即使是与腔镜胎儿手术比较,超声介入技术需要的器械简单,伤口单一并且更加微小,实用性和可操作性也更强。现在超声引导下穿刺和引流技术正逐渐发展成为胎儿期疾病诊断和治疗的重要的方法之一。

一、超声引导的穿刺技术

(一)绒毛穿刺

取胎盘绒毛组织用于产前诊断的技术称为绒毛穿刺。所取的绒毛组织可用于染色体检查:母亲高龄,母血清筛查胎儿高风险,有染色体异常胎儿妊娠史,夫妻任何一方染色体异常等,使用经典或分子细胞遗传学技术进行染色体分析;绒毛组织也可用于进行酶学研究诊断代谢性遗传病,如诊断苯丙酮尿症、黏多糖病、Gaucher 病等;对单基因遗传病可能患儿可以进行绒毛 DNA 分析。

绒毛穿刺分为经宫颈绒毛穿刺和经腹部绒毛穿刺。孕早期经宫颈绒毛穿刺在实时超声的引导下使用聚乙烯管通过宫颈伸入胎盘床。常规应先消毒宫颈,用窥器固定。抽取 5~30mg 绒毛组织放入培养介质内用于诊断。如果一次取样量不足,再次取样应换新管。

经腹部绒毛穿刺也是在实时超声的引导下,孕 10~14 周使用带有套管的绒毛穿刺针经腹部进入胎盘获取胎盘组织。绒毛穿刺针外管为 18~20 号,应先麻醉局部皮肤和皮下组织,取样注射器内预先吸入 2~3ml 培养介质,抽吸时给予少许负压以便绒毛组织被吸入注射器内。

孕早期经宫颈绒毛穿刺(早于孕 10 周)有致胎儿肢体残缺的可能性,现在已很少被使用。孕 10~14 周绒毛穿刺流产的风险仅稍高于羊水穿刺,考虑到孕周越早,胎儿经自然选择丢失的可能性越大,因此可以认为绒毛穿刺技术本身在这个孕周是安全的。

绒毛穿刺的优势是可以早期诊断,有机会使用其他产前诊断方法验证。存在问题为胎盘染色体有 1% 的嵌合体可能性,这时需采用脐带血穿刺技术验证胎儿染色体。绒毛穿刺获取的标本存在母体组织污染的可能性,需要采用分子生物学技术判断所取绒毛组织是否存在母血污染。绒毛穿刺导致母胎溶血的可能性大于羊水穿刺,如果母亲 Rh 血型阴性,建议采用羊水穿刺进行产前诊断。

多胎妊娠时的绒毛穿刺风险没有明显增高,但操作者应小心避开羊膜分隔或胎盘融合的部位,以避免不同胎儿组织的污染。

(二)羊水穿刺

羊水穿刺是操作方法最简单、最安全、也是最常用的介入性产前诊断方法。适用于高龄产妇,母血清筛查示胎儿染色体异常高风险,胎儿、夫妻任何一方染色体异常,超声发现胎儿结构异常等指征。羊水标本可以采用传统或分子遗传技术进行染色体分析;单基因疾病基因携带者也可以取羊水行 DNA 分析;胎儿疑为神经管畸形时羊水可用于测量乙酰胆碱和甲胎蛋白水平判断神经管畸形的可能性。

羊水穿刺通常在 16~22 周进行。早孕期羊水穿刺虽然在技术上可行，但是发生流产和导致胎儿畸形，如足内翻等异常的概率较高。仅在超声已探查到存在明显胎儿异常，如囊性水囊瘤等，需要尽早进行产前诊断时应用。

羊水穿刺首先消毒术野皮肤，以无菌套套住探头，使用无菌啫喱做耦合剂，在实时超声的引导下以 22 号穿刺针进入羊膜腔获取 15~20ml 的羊水。羊水穿刺术中应注意尽量避开胎盘以防止母血污染的可能性，并尽量避开胎儿的身体和脐带避免胎儿损伤和出血。

羊水穿刺流产的风险为 1：（200~300），有些文献的报道甚至更低。如果使用的穿刺针较粗或反复穿刺，流产风险可能增加。孕中期羊水穿刺致羊水泄漏的风险为 1％，但仅为少量羊水，不引起胎膜早破等并发症。有 2％~3％ 的孕妇会经历阴道少量出血，一般不会引起不良结局。鉴于羊水穿刺导致母胎溶血的可能性，Rh 阴性母亲在羊水穿刺后应给予 Rh 免疫球蛋白注射预防溶血。羊水穿刺致母亲患有的传染性疾病可能传给胎儿，因此患有 HIV，丙肝及活动性乙肝的患者应避免穿刺。

多胎妊娠时羊水穿刺也是安全的。唯一需要注意的是穿刺前应进行详细的超声检查分辨各个胎儿的孕囊、位置，必要可以注入少量的（3~5ml）靛胭脂帮助分辨羊膜囊，防止因分辨不清而从同一个羊膜囊内取样。

（三）脐带血穿刺

在实时超声的引导下由胎儿脐带血管取血用于胎儿疾病分析的技术为脐带血穿刺。脐带血标本可用于血液系统疾病检查，如母亲免疫性血小板减少性紫癜，胎儿自体免疫性血小板减少；胎儿宫内发育迟缓时取脐带血行血气分析判断胎儿状态；免疫性贫血时胎儿贫血程度的评估；胎儿遗传性血红蛋白病时血红蛋白分析；疑为免疫缺陷病或宫内感染诊断时进行免疫球蛋白的检查；脐带血也可用于需要快速确定胎儿染色体核型时以较短的时间经培养后进行传统的细胞遗传学分析。

脐带血穿刺最早可用于孕 12 周胎儿，但通常在孕 18 周后进行。在实时超声引导下使用 22 号穿刺针进入脐静脉取 0.5~1ml 胎儿血。最佳穿刺部位为脐带根部，因为其位置较为固定。穿刺方法可为徒手或在专用的引导探头引导下。一般不需要麻醉。脐带内 1 条静脉和 2 条动脉，静脉较粗，选取脐静脉穿刺可以减少形成血管痉挛的可能性。进针前应用肝素湿润穿刺针和注射器。所取的脐带血标本应进行胎血鉴定以防误吸胎盘内母血。穿刺结束后应常规记录脐带有无出血，出血时间，胎心率等，以便在发生合并症时需速判断原因并予处理。脐带血穿刺导致流产的概率为 1.2％~4.9％。排除胎儿水肿，严重胎儿宫内发育迟缓等高危因素，与穿刺技术本身相关的流产率少于 2％。其他可能风险为穿刺部位出血、脐带血肿、早产、穿刺失败等。有 3％~12％ 的胎儿在脐带血穿刺时发生心动过缓，一般可在几分钟之内恢复，如果心动过缓较严重，根据孕周和胎儿状况，必要时需紧急剖宫产结束妊娠挽救胎儿。

（四）超声引导的胎儿输注治疗

胎儿输注是一种通过超声引导的脐带穿刺技术对胎儿输注红细胞、血小板和药物等进行产前宫腔内治疗的技术。超声引导下的胎儿输注技术大大扩大了胎儿治疗的选择度。对自体免疫性贫血胎儿输注浓缩红细胞，自体免疫性血小板减少胎儿输注血小板已成为一种标准的治疗方法。胎儿心律失常时宫内药物治疗也正在成为新的治疗选择。

脐带穿刺按照脐带血取样的方法进针，部位应选取脐带根部，或脐带近胎儿部，也有报道取胎儿肝静脉进针，但风险较脐带根部增加。应尽量避免在脐带的游离部输注，因为游离部脐带位置不固定,在输注的过程中针尖容易从血管内的位置脱开。彩色多普勒超声应全过程监测输注过程,如果血流中断,可能是针尖移位或凝块形成的信号。这时应暂时停止输注,以注射器回抽血确认针尖的位置,并检查穿刺部位及脐血管内是否有凝块。穿刺针应选取20号或22号,小孕周胎儿尽量选小直径针,但输注红细胞、血小板时会阻力较大。输注前应根据胎儿贫血或血小板减少的程度应用专用公式计算输注量,输注过程中注意监测胎心率。

胎儿输血所需的红细胞为80%～90%的浓缩红细胞,O型Rh阴性(或与母亲血型相同),确认病毒学检查阴性,经过照射。同样,输注血小板时也要高浓度小体积。输注完成1～2min后取少许脐带血行全血检查确认输注量是否合理。

胎儿输注应由经验丰富的医生操作,并在输注前做好紧急分娩的准备,输注术后常规进行宫内胎儿状态监测。胎儿输注的风险包括输注失败,胎儿溶血,胎儿心动过缓,脐带血肿,血管痉挛,胎儿死亡等。母亲风险包括胎膜早破、出血、早产。因与胎儿本身疾病相关的病死率高达8%～16%,所以手术相关的死亡率难以估计。另外,在多次、序列性输血的胎儿中还存在胎儿铁负荷增加的问题。

(五)结语

超声引导下的穿刺技术大大提高了我们对胎儿诊断与治疗的能力。羊水穿刺、绒毛穿刺、脐带穿刺是最常用的介入性诊断技术,胎儿输注也成为常规胎儿治疗手段。除此之外,胎儿组织取材,如胎儿肝、皮肤、肾等取材也可在超声引导下进行,用于特殊疾病的诊断。超声引导下的减羊水术、羊水灌注术、早孕期选择性减胎和多胎妊娠选择性终止妊娠等超声引导的穿刺技术都已在临床实践中得到应用。

二、超声引导下的引流技术

超声引导下的引流技术是指在实时超声的引导下,将猪尾状的引流管置入胎儿膀胱或其他液体充盈的病变空间内,通过引流减轻病变空间内的压力,减小由压力造成的损伤。通过超声引导导管引流技术可以治疗的异常包括:胎儿膀胱流出道梗阻、胎儿胸腔积水等。这里将详述对以上几种疾病的治疗。

(一)尿路梗阻

胎儿尿路梗阻是一种散发性疾病,多发于男性胎儿,由尿道发育异常引起,严重程度具有较大的变异性,重者尿道闭锁,轻者形成后尿道瓣。患有后尿道瓣的男性胎儿,在尿道前列腺后部、精部下方,由黏膜皱褶构成一对瓣膜,瓣膜斜向上方,当尿液下流时瓣膜向下折转关闭尿道,尿液不能通过从而积聚于膀胱中造成大膀胱,输尿管、肾盂积水等。在女性胎儿患者尿路梗阻由复杂的泄殖腔发育异常引起。尿路梗阻可能是完全性的或部分性的,膀胱扩张和羊水过少发生越早,梗阻程度越严重。尿液压力如果长期积聚于膀胱,将造成膀胱平滑肌肥大增生,最终失去收缩功能和弹性,膀胱内压力超过输尿管膀胱连接处的瓣膜承受程度而向上传递,导致输尿管积水和肾盂扩张。肾盂内积聚尿液由持续产生的尿液和膀胱输尿管反流而来。肾盂肾盏进行性增大,和肾包膜共同压迫肾实质,肾实质变薄、纤维化最终造成肾囊性退行性变以及肾功能不全等。

后尿道瓣是男性胎儿独有的一种疾病,发病率约为1/8000。后尿道瓣分为三种类型。Ⅰ型,最常见,皱褶伸向膜部尿道;Ⅱ型,最少见,皱褶伸向膀胱颈;Ⅲ型,在前列腺尿道部有一中央膈,膈上有一中央管腔。后尿道瓣膜一般是孤立性的,不合并泌尿系之外的畸形,但是因羊水过少可能引起胎儿面部、肢体和肺部的异常。产前诊断的后尿道瓣膜胎儿,其中50%具有肾盂输尿管积水,膀胱增大、增厚,尿道扩张等典型表现。胎儿尿道阻塞的预后取决于肾功能损伤程度,在不能评估胎儿肾功能的条件下，以超声影像学评估预后主要根据两个相互独立的因素：羊水过少以及肾扩张的程度。

宫内治疗的目的是矫正结构异常或保留器官功能以利于出生后的治疗。尿道梗阻的胎儿如果能及时减轻膀胱内压力，保存肾和膀胱功能，新生儿能获得良好的预后。选择进行超声引导下的膀胱羊水引流术病例的指征为：单发性尿道梗阻，未合并其他先天性异常，染色体为46XY男性。置放导管治疗前要评估胎儿肾功能，方法为5～7d行3次系列性膀胱穿刺取胎儿尿液行尿液分析，尿渗透性逐渐降低的病例适合治疗。孕20周，由于胎儿肾小管功能不成熟，尿液与血浆等渗，很难诊断是否存在肾功损害。除尿液分析外，超声检查有助于鉴别阻塞性尿道疾病与梅干腹综合征，阻塞性尿道疾病的膀胱壁厚，有张力。

膀胱穿刺应在实时超声的引导下进行，保证穿刺针准确的放置位置。以22号穿刺针在耻骨联合上中线位置进针以避开膀胱两侧的脐动脉，穿刺针继续进入下膀胱部位，抽尽膀胱内尿液，直至膀胱腔缩小、消失。由于羊水过少，行膀胱羊水引流前应先进行羊水灌注，可以改善胎儿显影，易于掌握胎儿穿刺的位置。羊水灌注在实时超声监测下进行，使用20号穿刺针加入温热的乳酸林格液，穿刺位置应尽量靠近宫底部，以避免羊水泄漏。灌注液一般在300～500ml，加到与胎儿孕周相符的羊水指数水平。在羊水灌注和膀胱羊水引流前建议母亲使用口服广谱抗生素预防感染。

膀胱羊膜腔引流要使用专用的器械，包括猪尾形管、套管和放置器等。放置时应在实时超声引导下，避免经过胎盘。母亲可以提前应用静脉镇静药，口服广谱抗生素，穿刺时使用无菌技术预防感染。穿刺部位应选择膀胱中线靠近下方的位置，因在膀胱变小后，膀胱顶下移会导致猪尾巴管移位。放置引流管后需继续宫外监测子宫2h。如子宫激惹性提高，给予静脉留管和宫缩抑制药。膀胱羊膜腔引流在门诊即可完成，不需过夜留院观察。

任何介入性操作都可能引起羊膜绒毛膜炎、羊膜早破、胎儿损伤等。膀胱穿刺后暂时性的膀胱腹腔瘘可能引起尿液性的腹水。当膀胱再次增大时，膀胱腹腔瘘可自行愈合，一般需经过10～14d。引流管移位是相当普遍的并发症，发生率高达30%～45%。引流管应尽量放置在腹壁较低的位置可以减少移位的发生。移位后根据胎儿情况可考虑重新放置引流管。成功放置引流管导致胎儿死亡的发生率约在5%，但目前数据较少，需要进一步的评估。膀胱穿刺致胎儿死亡的发生率与羊水穿刺大致相同，为0.5%～1%。

已有的文献显示，膀胱穿刺、膀胱羊膜腔引流可以明显改善预后，包括提高生存率，生存胎儿肾损伤较少。据Cromblehome等报道，根据胎儿尿液生化指标评估预后，45个成功进行膀胱羊膜腔引流的被评估为具有较好预后的胎儿，85%肾功能无明显受损，而被评估为预后不良的胎儿组中，88%得到证实确为预后不良。羊水量恢复正常后，出生后无因肺发育不良所致呼吸窘迫的发生，再次证实此前的动物研究显示羊水过少导致肺发育不全。

（二）自发性胸腔积液

胎儿胸腔积液根据病因分为原发性和继发性。原发性胸腔积液的原因为淋巴系统畸形。继发性胸腔积液多继发于心脏病、贫血、感染和染色体异常等。原发性胸腔积液的发生率约为1:12 000，男女比例为2:1。发生于孕32周前，合并腹水的胎儿，围生期病死率高达36%～46%。胸是一种空间占据性损害，压迫胸腔内发育中的胎肺，并且因胸腔内压力增加，纵隔移位，导致心脏和大血管的血流分布失衡，心力衰竭。胸腔积液导致的异常直接与胸腔内水量的多少有关，未发现单双侧分布有何特别意义。双侧胸腔积液因胸腔积液总量一般大于单侧胸腔积液，压迫性后果更加显著。

胸腔羊膜腔引流治疗胎儿的选择标准为原发性胸腔积液,未发现病毒感染迹象,超声心动检查未见异常,未合并其他先天性异常,穿刺排液后胸腔积液再次快速积聚,胎儿孕周小于 32 周等。以下术前检查有助于选择合适:母亲感染评估;多普勒超声评估胎儿贫血状况;脐带血穿刺评估胎儿感染指标,包括特异性抗原的胎儿 IgG,IgM 抗体滴度测定;胎儿肝酶、白蛋白、总蛋白等测定评估肝功能。

胸腔穿刺在实时超声引导下,使用 22 号穿刺针。穿刺部位选取锁骨中线与腋中线之间较低的位置。位置越低既能避免损伤胸内结构,能够引流的胸腔积液也越多。24～72h 或以后应再次超声检查,评估胸腔积液是否再次积聚,程度如何。如果排除其他导致胸腔积液的原因,胸腔穿刺后再次胸腔积液积聚的患儿放置胸腔羊膜腔引流管可能会获得良好的效果。

如果存在羊水过多,应在胸腔羊膜腔引流术后行羊水引流术至羊水量正常,并阴道超声检查母亲宫颈评估早产的可能性。

胸腔羊膜腔引流术的技术同膀胱羊膜腔引流术大致相同。但在胸腔羊膜腔引流术中,引流管放置的位置更加重要。最为合适的位置是胸腔下部较为靠近腋中线处。在某些病例中,可以先往胸腔内注入生理盐水扩充胸腔积液占据的范围,这样做可以更好地将引流管的尖端放置在最为合适的位置上。靠近腋中线的位置可以减少引流管胸腔外的部分的移位。推荐母亲使用广谱抗生素预防感染。

胸腔羊膜腔引流术最常见的合并症是引流管移位,向外移入羊膜腔较常见,向内移入胸腔较少发生。如果引流管放置太高或太靠近后方,胸腔积液减少肺膨胀后可能阻塞引流管的尖端导致不全引流。其他引流管阻塞的原因可能为:胸腔积液中的蛋白质物质和出血后形成的血栓等。胸腔引流导致胎儿丢失(包括早产)的可能性为 5%,而胸腔穿刺的风险与羊膜腔穿刺相似,为 0.5%～1%。

胸腔积液胎儿行胸腔羊膜腔引流术对胎儿预后的改善取决于是否正确选择胎儿患者。Aubard 等的分析表明,唯一影响预后的指标是是否存在水肿。有水肿和不存在水肿的胸腔积液胎儿,经胸腔羊膜腔引流术后,胎儿的存活率分别为 67% 和 100%;如果不予治疗,两组的生存率分别为 21% 及 23%。

(三)先天性囊性腺瘤样畸形

先天性囊性腺瘤样畸形是由终端呼吸性支气管过度生长引起的良性空间占位性肿瘤,一般仅影响任意一个单片肺叶(80%～95%)。根据产前超声和 MRI 检查结果所显示瘤内囊性病变的大小,先天性囊性腺瘤样畸形分为大泡性和小泡性两种类型。较大的先天性囊性腺瘤样畸形有可能导致纵隔移位,压迫血流动力系统并导致胎儿非免疫性水肿。更重要的是,较大的病灶占据肺发育空间,形成胎儿肺内空间占据性的损害。先天性囊性腺瘤样畸形发生越早,占位越大导致的肺组织压迫越严重。在孕 18～24 周,是肺发育由肺小管形成向肺叶形成转化的发育关键期,此时发生的严重的肺组织压迫将导致致死性的肺发育不全。纵隔移位亦会导致胎儿食管压迫,减少胎儿对羊水的吞咽,从而继发胎儿羊水过多,导致早产的风险增加。先天性囊性腺瘤样畸形与气管支气管树相通,大囊性的先天性囊性腺瘤样畸形,胎儿出生后有空气陷入大囊泡的风险。先天性囊性腺瘤样畸形在孕 20～25 周生长速度最快,孕 26 周后进入生长极为缓慢的平台期。囊性腺瘤样畸形实质部分的生长速率与囊性部分的生长速率具有较大区别,因此大囊性的先天性囊性腺瘤样畸形的自然生长变化过程较小囊性先天性囊性腺瘤样畸形的可预测性为低。

并非所有的先天性囊性腺瘤样畸形都需要产前穿刺或引流治疗,当胎儿存在继发性合并症,如早期发生水肿,进行性羊水过多等可能导致预后不良的因素时才需要宫内介入干预。超声引导的胸腔穿刺用于引流优势大泡内的液体,减小囊性腺瘤样畸形的体积,引流后进行序列超声检查评估液体是否再次积聚、积聚的速度以及是否有必要持续引流。羊水过多时进行羊水引流术保证羊水量保持在与孕周相适应的范围内。如果有羊水过多,有必要进行阴道超声检查母亲宫颈,评估胎儿早产的风险。先天性囊性腺瘤样畸形的胸腔穿刺和引流技术与胸腔积液相似,仅根据受累肺叶的位置在左侧或右侧而有微小的不同。术前推荐母亲使用口服广谱抗生素预防感染。

先天性囊性腺瘤样畸形行胸腔穿刺和引流技术导致胎儿丢失的概率与胸腔积液相似,但引流管阻塞发生的概率大大增加。

是否有胎儿水肿是影响先天性囊性腺瘤样畸形预后最为重要的因素。围生期死亡组约52%合并胎儿水肿,存活组胎儿水肿的发生率只有7%。

(四)结语

现已证实的超声引导下宫内穿刺或引流治疗的作用包括:膀胱羊膜腔引流有助改善低位尿道梗阻,尿液生化检查正常的胎儿预后;胸腔羊膜腔引流可以减少严重胸腔积液和大泡性先天性囊性腺瘤样畸形胎儿肺发育不良的发生率。超声引导下的引流治疗成功的关键是正确的胎儿诊断和器官功能评估,根据何种检查确定胎儿受损器官的功能,器官功能受损至何种程度才是选择宫内治疗的适应证,即要求宫内治疗存在伦理合理性,母胎将承担的治疗风险最小化,胎儿因疾病造成的损伤也要求最小化,以上问题在今后的临床工作仍将继续面临质疑和挑战。关于超声引导下的引流技术,目前的研究方向是进一步确定低位尿道梗阻但羊水量正常的胎儿是否有必要置放引流管,以及寻找其他肾功能不可逆损伤的标记物已选择引流管置放的适合病例。

(魏佳雪)

第七节 胎儿镜手术

一直以来,对尚在妊娠过程中而胎儿已被诊断为先天性异常的父母来说,只有三种方案选择:①终止妊娠;②继续妊娠分娩一个有严重疾病的胎儿;③因胎儿异常而改变分娩的时间和方式。然而过去20余年的发展给予他们另一个选择:胎儿手术或非手术治疗。开放性胎儿手术已成功地治疗了很多种后果严重的先天异常,但是它的有效性因早产、绒毛膜羊膜分离、胎膜早破及胎儿体内各种平衡的改变了而受到局限。由于这些问题,发展微创胎儿手术的要求极为迫切。欧盟胎儿医学基金会进行的随机对照研究表明,胎儿镜激光凝结术治疗双胎输血征的效果要优于羊水引流术,因此胎儿镜手术确立了在胎儿医学中的位置。胎儿镜手术相较开放性胎儿手术有较多的优越性,包括能够保持胎儿体内平衡,减少宫缩药使用,减少母亲因使用宫缩药而产生的并发症可能性,减少住院时间等。目前胎儿镜技术可以成功治疗多种胎儿异常,如先天膈疝、阻塞性泌尿系疾病、单绒毛膜双胎妊娠合并症、骶尾畸胎瘤等。胎儿镜技术不仅应用于胎儿本身,还用于治疗胎盘、胎膜、脐带等异常。

一、胎儿镜手术适应证

胎儿镜手术无疑具有一定的风险,因此,从伦理学来讲,需要通过胎儿镜治疗的疾病应是胎儿期致死性或确定造成出生后不可逆损伤的疾病。胎儿镜手术或者能够校正解剖结构的异常,或者可以阻止病情的恶化以利于出生后的治疗。目前胎儿镜手术可以治疗的疾病包括:胎盘或脐带异常,如绒毛膜血管瘤、羊膜带综合征、多胎妊娠并发症(如双胎输血综合征)等;胎儿问题,如先天性膈疝、骶尾部畸胎瘤、胸腔占位性病变、下泌尿系梗阻、心脏畸形和脊膜膨出等。选择具体病例的标准如下。

1. 诊断准确,对病情有明确的分期,排除其他异常的可能性。

2. 疾病的转归和预后明确。

3. 目前没有有效的产后治疗手段。

4. 动物实验已证实宫内手术可行。

5. 胎儿父母对手术的作用和风险知情并同意手术。

二、胎儿镜手术的准备

(一)人员准备

胎儿手术需要一系列的人员参与:围生医学专家、新生儿专家、放射学专家、超声医师、儿外科医生、助手、麻醉师以及受训护士和胎儿镜工程师等。经验表明,所有的参与人员学习胎儿镜技术的过程均呈曲线状上升。因此,对参与人员有必要尽早进行培训。

(二)术中监护和超声

胎儿手术的一个重要问题是术中和术后不能通过血管监护胎儿状态。超声在胎儿手术中的重要作用是检测胎儿,包括心率,心脏收缩能力等,代替血管内置管的生命指标检测作用。除用于监测外,超声可以通过胎盘和胎儿的位置引导套管针插入宫腔内合适的位置。术后管理在产科病房进行,要定期使用宫缩抑制药,并要严密监测宫缩、胎儿状态以及母亲是否有发生肺水肿的迹象,并在必要时进行超声和超声心动图检查。

(三)胎儿镜手术器械

1. 胎儿镜和胚胎镜　妇科应用的内镜直径为 2.0～10.0mm,长度为 20～40cm,一般内设棒状晶体系统,与摄像头接触的末端带有眼帽。而胎儿镜为了减少对子宫的损伤,并能在有较多羊水的宫腔内的各部分工作,其管径较细,长度相对较长,一般为 20～30cm,直径为 1.0～3.8cm,在肥胖患者的病例中这个长度可能会不够用。有些胎儿镜会将内镜部分的目镜移除以减轻重量并可以像操作超声引导下的穿刺针一样操作。胎儿镜的设计应尽量减小直径,以减少损伤,在图像质量和较小的直径中寻找妥协的努力中,纤维内镜的出现解决了以较小的直径获得更多的光亮透入及更高的清晰度之间的矛盾。纤维内镜的引入使相同长度的内镜可能具有更小的直径,对纤维内镜来说,光和图像的传输通过光学纤维来完成,分辨度取决于光纤的数量(最高可达50 000像素,而且还在持续增加)。增加光纤可以避免蜂窝状的图像,增加光入量和图像传导,但会牺牲胎儿镜的柔韧性。纤维内镜给出的是直向视野,将内镜安装在稍微有些弯曲的鞘内可以增加视野角度。理论上来说,可操作的内镜可以变换视野角度和操作距离,但是可操作的内镜的机械部分需要占据内镜内的空间,使同样分辨率的内镜直径变大,现在使用的可操作内镜尚不能提供足够的光传送和分辨度。

超过孕 12 周使用的内镜称为胎儿镜,在那之前使用的为胚胎镜。在孕早期子宫空间较小,需要的光度也较小,因此胚胎镜可以设计得比胎儿镜更细(1.0mm;10 000 像素)且更短(20cm)。

2. 胎儿镜鞘　胎儿镜需套在鞘内使用,鞘具有各种不同功能,它不仅是镜的保护,也是镜的引导,必要时,它可以弯曲迫使光纤内镜构成合适的角度对准目标。鞘内胎儿镜之余空间可以允许灌注或抽吸羊水,或有不同直径的操作通道放入其他器械。操作通道使器械和镜保持相对固定的位置,但以增加直径为代价。鞘可以设计为圆形、椭圆形,当它是两个平行的圆形管道组成时为不规则形。

3. 套管 与腹腔镜相似,可以使用套管直接进入羊膜腔,这样便于变换使用的器械,减小摩擦从而减少羊膜撕裂的机会。套管还可用来灌注或抽吸羊水等。但是有抽吸羊水和插入其他器械作用的套管其直径必然会增加。可重复使用的套管有不同的宽度和长度。金属套管没有弹性,一般来说壁也比较厚,为弥补这些缺点引入了最初为进入血管设计的塑料套管,这种套管具有弹性,带有一个引流端口,长度 13cm,直径为 1.33～5.0mm,可以根据手术选用不同直径的套管。

4. 摄影和显示系统 胎儿镜通过一个与光纤维束相配的小直径光缆(2.5mm)连接于一个高质的冷光源,选择较长的光缆(230cm)可以允许将设备置于患者的不同方位上。摄像头与腹腔镜使用的相同。胎儿手术要在胎儿镜和超声的同时引导下进行,因此术者整个手术过程中要一直观看胎儿镜和超声两个图像。两个图像可以分别显示,也可使用软件和一个显示器将两幅图像显示为"图中图"。当术者和超声操作者不在患者的同一侧时需要使用两个显示器。

5. 扩张介质 尽管胎儿镜可以在有羊水的环境中进行,但仍需用扩张介质创造一个更加利于操作,视野更加清楚的工作空间。已经证明经加温的乳酸林格液,无论在试验还是临床工作中,在正常压力范围内是很安全的。可以使用灌注液体加热器或专门设计的加热泵对乳酸林格液加温。使用气体介质扩张,理论上可以有更加清晰的视野,而且不受偶尔出血的影响。CO_2 是可溶性的,引起气体栓塞的可能性很小,是一种理想的气体介质。但有争议认为 CO_2 会导致胎儿酸中毒,因此有人提出使用一氧化氮。但目前为止,很多中心使用 CO_2 进行非常复杂的胎盘手术并没有胎儿不良反应的报道。气体介质的问题是阻碍了手术过程中超声的监护等应用。

三、胎儿镜适应证及手术过程

(一)双胎输血综合征及激光凝结术

双胎输血综合征(TTTS)是单绒毛膜双胎妊娠中最常见的并发症,其发生率为 10%～20%。双胎输血综合征指双胎间一胎的血液向另一胎流动,致一胎多血另一胎少血,双胎因此而发生一系列病理生理变化。双胎输血综合征预后很差,围生期病死率高达 80%～100%,幸存儿发生神经系统损伤甚至脑瘫的概率也很高。

1. 发病机制 双胎输血综合征发生的机制尚不完全明确,目前认为与双胎共用胎盘上存在血管沟通有关,胎儿生化,体液及代偿能力均能决定 TTTS 的发生和发展。正常情况下胎盘上的动静脉是成对的,即使有动静脉融合,血流也是双向的、平衡的。但在单绒毛膜双胎胎盘,供血胎的动脉和受血胎静脉的数目,管径均可能不平衡,动静脉融合最终形成单向血流致双胎间输血形成。

2. 分期 Quintero 根据双胎输血综合征的临床表现,将其分为五期,Quintero 分期系统是目前各胎儿医学中心普遍接受的分期系统。

Ⅰ期:受血胎羊水过多＞8cm,供血胎羊水过少＜2cm。

Ⅱ期:受血胎羊水过多,供血胎羊水少至羊膜紧贴胎儿(固定胎)。

Ⅲ期:受血胎羊水过多,供血胎羊水过少。并出现严重的脐血流异常,如供血胎脐血流舒张期血流消失或反流。

Ⅳ期:其中一胎出现腹水或水肿。

Ⅴ期:其中一胎死亡。

根据 Quintero 分期系统,分期越高死亡率越高,Quintero 分期系统的优点是能够较好地预测胎儿预后。但同时 Quintero 分期系统也存在一定的局限性,主要表现在:存活胎儿的表现与分期无关;判断具有 Ⅰ 期表现的双胎是否为双胎输血综合征较为困难;Ⅲ 期包含的疾病严重程度范围太宽,且着重于供血胎,没有反映受血胎的情况等。为了纠正 Quintero 分期系统在临床应用过程中的不足,Cromblehome 等提出 Quintero 分期的修正分期,即 Cincinnati 分期系统。

Ⅰ期:受血胎羊水过多>8cm,供血胎羊水过少<2cm;无心脏异常。

Ⅱ期:受血胎羊水过多>8cm,供血胎羊水过少至羊膜紧贴胎儿(固定胎);超声心动图未发现心脏功能异常。

Ⅲ期:根据超声心动图对心脏功能的评估分为ⅢA、ⅢB、ⅢC 期。

ⅢA:RV MPI>0.5,LV MPI>0.43 轻度室壁增厚;微小三尖瓣反流。

ⅢB:RV MPI>0.56,LV MPI>0.53,中度室壁增厚;轻度 AVV 反流。

RV MPI 为右心室心肌表现指数;LV MPI 为左心室心肌表现指数。

ⅢC:受血胎静脉导管 A 波缺失或反流,脐静脉波动;供血胎脐动脉舒张末期血流缺失或反流。

Ⅳ期:其中一胎出现腹水或水肿。

Ⅴ期:其中一胎死亡。

Cincinnati 分期系统更加注重胎儿心血管系统的表现,特别是受血胎的心功能表现,分期更加细致,为是否实行治疗以及实行何种治疗提供了更精确的依据。

3. 治疗选择　针对双胎输血综合征的治疗仍在探索中,以介入性方法为主,治疗选择包括受血胎连续放羊水及胎儿镜激光阻断交通血管等。连续性放羊水治疗的原理是减少宫腔内压力改善子宫胎盘血流,并且可以延长妊娠时间,预防过早的早产。也有学者尝试在隔离羊膜上穿孔,使两侧羊膜腔的压力平衡,希望借此改善双胎间的输血问题,这种方法可以改善预后,但是裂孔很容易增大,造成医源性的单羊膜囊和脐带。胎儿镜激光选择性阻断跨膜交通血管是解决其发生病理最好的方法。根据 Cincinnati 分期标准,ⅢB 期以上的双胎输血综合征,选择性激光血管阻断术较连续放羊水的方法术后宫内胎儿死亡率和存活儿神经系统损伤率都更低。但是胎儿镜手术受到设备和技术的限制,关于胎儿镜下激光血管融合术与系列性放羊水术治疗双胎输血综合征的效果仍需要进一步的研究。

4. 胎儿镜下选择性激光血管阻断术　胎儿镜下选择性激光血管阻断术烧蚀双胎间所有的融合血管,从而达到解决双胎输血综合征病因的治疗目的。血管阻断的前提是这些血管走行于绒毛板表面并可以在胎儿镜下显示和被识别,这要求胎儿镜有良好的可视性——足够宽阔和清晰的视野,烧蚀血管的激光纤维也必须能够以合理的弯曲角度伸向血管。胎儿镜手术的操作空间会受到胎盘位置、胎儿姿势、羊水量及成分等因素的影响,这些不可预测的因素构成了胎儿镜手术的难度。

内镜的直径根据孕周选择。超过 20 周使用 2.0mm 的光纤镜或 2.0~3.8mm 的棒状内镜,并选用合适的鞘。如孕周较小,可选用小一点的镜(1.2mm)。激光光源应选择在血红蛋白的光谱范围内能量吸收最佳的光源,如钕-钇-铝-石榴石、二极管等。光纤的核心直径为 400~600μm,头裸露,但外直径由包绕它的塑料隔离层决定。必要时可以通过特设的尖端,进行横向光发即侧烧。

激光纤维获得最佳的能量冲击效果的角度应接近 $90°$,即尽量垂直。当胎盘为前壁时激光纤维很难做到与血管垂直,为解决这个问题提出了各种各样的技术,包括使用镜鞘弯曲的胎儿镜,偏向装置或通过增加一个特设尖端进行侧烧等。必要时甚至可以腹腔镜辅助下或开腹后有将子宫向前翻转通过子宫后壁进入等。但目前还不能确定前壁胎盘时怎样才是达成激光纤维与胎盘血管间接近垂直角度的最好的技术是什么,已发表的数据没有表明各项技术的临床效果有明显差异。

凝结血管时,激光纤维套管的头端应与血管离开一定的距离,能量可以通过羊水传播。当套管和胎盘完全接触时,最好适当降低激光能量,因为这时能量能够传播到的范围局限于套管内羊水里,增加了单位体积的能量,增加了血管穿孔的风险。

关于凝结胎盘血管的选择和顺序一直存有争议,多数人认为如果可能应沿着血管的分界线进行选择性凝结。

5. 预后 双胎输血综合征治疗时的分期和分娩孕周是决定预后的重要因素。治疗时分期越高,分娩时孕周越小,围生期死亡率和神经系统发育异常的可能性越大。采用胎儿镜下选择性激光血管阻断术,双胎生存率与连续放羊水相比没有明显的提高,分别为 61% 和 51%,但是一胎生存率提高显著,连续放羊水术后一胎生存率为 60%,而胎儿镜下选择性激光血管阻断术术后一胎生存率为 79%,更重要的是,胎儿镜下选择性激光血管阻断术显著减少了神经系统发育异常的概率,96% 的存活儿神经系统表现正常。

(二)单绒毛膜双胎妊娠选择性杀胎术

多胎妊娠发生各种合并症的可能性高于单胎妊娠,除双胎输血综合征外,单绒毛膜双胎妊娠中的一胎发生严重畸形或发育不良,出现继续妊娠可能影响正常胎儿。如双胎反向动脉灌注(TRAP,又称无心胎儿),就是单绒毛膜双胎一种独特现象。正常胎儿通过脐动脉吻合向另一严重畸形的胎儿供血,使双胎中的无心畸形胎儿借正常胎儿心脏的动力,通过交通支获得循环血液而生存。而供血胎心脏负担加重,有发生心力衰竭的危险,供血胎病死率可高达 55%~70%。选择性杀胎是目前治疗 TRAP 最好的选择。

单绒毛膜多胎妊娠实行杀胎术不能通过注射氯化钾或利多卡因来完成,因为药物可能进入健康胎儿体内或健康胎儿的血液可能通过融合血管倒流。因为失败率高,超声引导下血管栓塞也被废弃,原因可能是不完全的血管阻断或栓子迁移。胎儿镜下结扎脐带可以获得即时及完全的脐带阻断效果,但是过程烦琐,时间长,现已被胎儿镜下脐带或胎儿内射频凝结代替。胎儿镜及射频钳均加装在一个套管里,套管先被插入子宫,以尽量避免膜撕裂,避免引起医源性的单羊膜腔状态。胎儿镜下直视脐带予以凝结。另一种方法是使用腔隙激光,单极或射频电极烧断胎儿内部的血管,可以在超声引导下进行,在孕早期这是一种很有希望的方法,但在孕中、晚期的效果需要进一步证实。

(三)先天性膈疝及胎儿镜下治疗

一般于妊娠第 10 周中肠通过脐带基底返回腹腔时,因胸腹裂孔的存在,肠管可经胸腹裂孔进入胸腔,甚至缺损大到连胃、脾、结肠、肝左叶等均一同带入到胸腔内。肺发育不良与膈疝有密切联系,肺发育不良的严重程度与内脏疝形成的时间和程度有关。单纯的先天性膈疝是一种简单的结构缺陷:胎儿膈肌发育缺陷,致腹部内脏通过膈肌后外侧缺口疝入到胸腔。除消化系统位置异常外,膈疝造成胎儿肺发育不良。肺发育不良的严重程度与内脏疝形成的时间和程度有关。临床表现与受累的肺泡和肺动脉血管床的表面积以及存在的其他畸形有关。未经治疗单纯先天性膈疝的致死率约为 30%。通过产前评估胎儿肝位置和胎儿肺头比(胎儿右肺面积与头围比例)可以对新生儿的预后做出鉴别。预后不良的膈疝产前逆转肺发育不良可以改善新生儿预后。

1986 年首次尝试开放性胎儿手术修补膈疝以来,先天性膈疝治疗策略已经有了很大的发展。因开放性胎儿手术,切开子宫直接修补膈肌存在很多技术问题,一种逆转肺发育不良的替代性方法出现,经过大量的动物实验,经胎儿镜阻塞气管有助于帮助肺发育,相较于开放性胎儿手术或传统的产后治疗可以明显改善预后。

(四)羊膜带综合征及胎儿镜下粘连松解术

羊膜带综合征是指部分羊膜破裂产生纤维束或纤维鞘,纤维束或纤维鞘诱发、束缚、压迫、缠绕胎儿,使胎儿受累器官出现分裂或发育畸形。常见受累部位是头部、躯干和四肢。目前羊膜带综合征发病机制不明,一般认为胚胎早期致内在的线样胚芽发生紊乱或肢体结缔组织发育异常,最后导致各种畸形。羊膜带的机械性压迫或束缚也是胎儿异常发生原因之一,影响的时间可能不局限于妊娠早期,妊娠中晚期也发挥作用,因为妊娠中晚期行羊膜带松解术后,受累肢体可恢复正常发育。选择合适的病例,行胎儿镜下羊膜带松解术已是世界上一些先进的胎儿医学中心的选择。本术式是技术要求较高的一种胎儿镜手术,方法包括使用胎儿镜,相应的鞘,激光松解粘连,但是激光可能造成其他组织的损伤,为此设计了专用的有一对鹦鹉嘴的剪刀用于粘连松解。

(五)其他及胎儿镜手术的发展方向

胎儿可能发生各种肿瘤,肿瘤致死或治病原因通常为"盗血"或占据空间压迫周围组织。目前探索最多的应用胎儿镜技术治疗的两种肿瘤为骶尾畸胎瘤和先天性肺囊性腺瘤样畸形。胎儿镜下凝结肿瘤的供应血管可以减少"盗血"避免胎儿心衰并减慢肿瘤生长,从而为出生后治疗创造条件。目前胎儿镜治疗肿瘤有令人鼓舞的报道,但仍需进一步探索方法。

现已应用超声介导引流技术治疗胎儿阻塞性泌尿系疾病以及胸部囊性病变、胸腔积液等的引流,曾经也做过脑积水病例的引流,但是胎儿治疗后的结局不如前两者乐观。引流管在超声引导下放置,一般双末端均称屈曲状(猪尾巴管)以防止移位。然而引流技术仍然存在引流管易于发生阻塞或移位的可能,发生率高达20%,因此有人主张使用胎儿镜探查胎儿下泌尿系。目前已有胎儿镜顺行导管检查和后尿道瓣烧灼的报道,但是胎儿镜探查胎儿下泌尿系这项研究仍处于早期,需要设计更合适的器械。现有的器械太大,经常难以经皮将内镜指向膀胱颈部,这也导致难以分辨后尿道瓣和闭锁。尽管如此,应用于泌尿系疾病治疗领域仍将是胎儿镜发展的一个重要的方向。

目前胎儿手术的热点是先天性心脏病的治疗。胎儿镜下置入起搏器治疗心脏传导阻滞,扩张主动脉、肺动脉狭窄等均在研究中。

先天性唇腭裂是发生率较高(1/700)的先天异常,传统上胎儿出生后予以修补,但是患儿以后会受到瘢痕的困扰。动物实验表明胎儿期胎儿镜下对胎儿唇裂进行修补,患儿出生后没有瘢痕发生。我们可以期待不远的将来人类胎儿的唇腭裂也可以在出生前通过胎儿镜技术予以修补和矫正,父母可以拥有一个完美的新生儿。

四、胎儿镜手术存在的问题

1. 出血 出血并不是胎儿内镜手术的主要并发症。进入子宫时应小心避开胎盘以减少出血。小量子宫壁和胎盘出血一般可以自止。

2. 早产 早产始终是胎儿介入手术难以解决的问题。虽然尝试使用了各种抑制宫缩药,使用胎儿镜减小子宫伤口直径,但仍收效甚微。关于早产的原因包括:子宫容量的迅速变化、感染、激素水平变化、母亲胎儿的精神压力和胎膜早破等。治疗的选择包括使用各种抑制宫缩药吲哚美辛、硝酸甘油、特布他林、镁剂、β类似交感神经药和硝苯地平等,但是这个问题仍有待解决。

3. 绒毛膜羊膜分离 绒毛膜羊膜分离发生于40%的胎儿病例中。完全剥离是胎膜早破的早期指征,因羊膜带形成可能危及脐带,是导致早产的强有力刺激。现在尚没有有效的羊膜缝合技术,如果能缝合羊膜,防止羊水泄漏,加强子宫肌层可能防止早产。但现在尚不能缝合羊膜。

4. 胎膜早破 胎儿手术的最大问题,胎儿镜最常见的并发症是胎膜早破。原因未知,目前认为与子宫创伤有关,因此致力于在胎儿手术的过程中减少子宫创伤。在单通道的胎儿镜手术中,有6%~10%的病例因子宫内膜的破坏导致其功能减弱,未知的生化变化等导致胎膜早破。在手术为多通道,时间较长的病例中,胎膜早破率达40%~60%。在胎儿手术中,因胎膜早破的各种并发症,如羊水过少、早产、绒毛膜羊膜炎等导致的胎儿丢失率高达50%。

有些病例胎膜早破的原因很明显,超声可以显示胎膜撕裂的位置。但在另外一些病例却难以解释。现有人使用胶原栓修补羊膜,胎膜早破率有所下降,但在仍然有胎膜早破的病例中,产后检查发现,羊膜的破口距离手术创伤部位有一定距离。一旦出现羊膜早破,即使使用先进的技术修补羊膜,继续妊娠的时间不会超过数周。

五、结 语

尽管开放性胎儿手术可以成功地治疗某些胎儿疾病,但是胎膜早破,胎儿体液平衡的改变以及胎儿暴露的问题大大限制了开放性胎儿手术的发展。胎儿镜技术的出现大大减少了胎膜早破和胎儿体液平衡改变的严重程度,并在双胎输血综合征、先天性膈疝等致死性疾病的治疗方面取得了可喜的成功。非致死性疾病,如先天性心脏病、唇裂也可能通过胎儿镜技术得到产前治疗。胎儿镜技术要继续取得进步,应致力于继续了解胎儿疾病的自然转归过程,改善影像技术和手术器械,并应加强对胎膜早破和早产机制的了解和治疗。

(魏佳雪)

第八节 子宫外产时治疗

子宫外产时治疗(exutero intrapartum treatment,EXIT)指的是在分娩时胎儿已取出、但保持胎盘循环,在胎儿循环、血氧交换稳定的情况下开展相关的外科操作或手术,这种治疗手段介于胎儿手术与母体剖宫产后处理的两者之间。

一、发 展 史

EXIT 最初是在治疗胎儿先天性膈疝过程中发展而来。胎儿先天性膈疝的宫内治疗早期经历了剖宫开放性手术治疗效果欠佳后,在 20 世纪 90 年代后研究人员鉴于动物实验的基础,开始在临床上膈疝胎儿应用气管夹闭和气管球囊封堵两种方式以改善肺发育不良,而 EXIT 是指剖宫产时,打开子宫暴露胎儿上半身,取出气管夹或气道球囊解,除气道阻塞,确保气道通畅,充分氧合后,再断脐带,将胎儿从母体分离。

实际上,EXIT 是治疗先天性膈疝胎儿过程中产生的"副产品";但由于 EXIT 技术能保证气道梗阻或存在通气障碍的胎儿在离开母体前解除了气道阻塞或建立了有效气道通气,可有效改善此类胎儿的预后,且随着近年来胎儿诊断水平的不断提高,母体和胎儿管理水平的不断进步,因此 EXIT 目前成了胎儿治疗发展史中的"意外收获",并作为一种胎儿治疗的方式得到了确立,适应证不断扩大。

二、适 应 证

目前 EXIT 的主要应用有以下几种。

1. 经 EXIT 恢复气道通气(EXIT-to-Airway)

(1)先天性高位气道阻塞综合征(congenital high airway obstruction syndrome,CHAOS):包括喉部瓣膜、喉闭锁、喉部囊肿、气管闭锁和狭窄,其特征为肺部和远端气道扩大、膈肌外翻、腹水乃至胎儿水肿,此类疾病非常罕见却是致死性。经 EXIT 恢复其气道通气,CHAOS 患儿有了存活的可能。

(2)颈部巨大肿物:主要为畸胎瘤、淋巴管瘤、食管重复畸形、咽后壁肿块、颈部巨大腮源性囊肿等。此类疾病患儿在生后可因颈部巨大肿物压迫气道、无法通气而死亡,由于 EXIT 的应用,在胎儿胎盘循环下进行气管插管或气管切开建立气道通气后、断脐,再处理肿物(如切除瘤体),已大大提高了患儿的存活率。

(3)先天性膈疝(CDH):EXIT 原是设计为了取出重症 CDH 胎儿气管夹或气道球囊后、支气管镜下气管插管、并应用肺表面活性物质等治疗,但最近研究表明这一系列的胎儿期处理其死亡率仍无明显改善,因此部分国家已停止这种胎儿期临床治疗性研究。

(4)联体畸形:目前已有对胸脐联体婴儿经 EXIT 气管插管,然后进行联体分离手术的报道。

2. 经 EXIT 肿物切除(EXIT-to-Resection) 胸腔占位性病变如先天性肺气道畸形(旧称先天性肺囊性腺瘤样畸形,CCAM)、纵隔肿瘤等。胸腔占位性病变较大者在出生时或生后不久即出现严重呼吸困难、发绀、呼吸窘迫等,经 EXIT 切除肿物不仅对生后有效的机械通气大有帮助,而且还有效提高了回心血量,降低病死率。

3. 经 EXIT 过渡至体外膜肺(EXIT-to-extracorporeal membrane oxygenation,EXIT-to-ECMO)

重症 CDH 如合并法洛四联症、肺动静脉畸形、肺发育不良等,治疗难度极大,现已有报道指出,经 EXIT 下进行 ECMO 治疗,可提高严重 CDH 的生存率。因此,未来经 EXIT 下安装 ECMO 可能会被广泛应用。

4. 经 EXIT 腹壁畸形修补术(EXIT-to-Repair) 如腹裂、脐膨出等,两者均可因生后突出物接触气后变得干燥、浑浊、脆弱、最后坏死或胃肠道大量充气而极大地增加治疗难度,但 EXIT 可在产时短时间内进行矫治,有效地提高了治愈率。

三、要点及难点

一个专业水平高、通力协作好的团队是 EXIT 的成功的关键,其人员配备至少需要 1～2 名小儿外科医师、1 名产科医师、1 名小儿超声诊断专家、1 名新生儿科专家、2 名麻醉医师和 2 名羊水灌注的护士。

尽管相对于开放性胎儿手术和胎儿镜手术,EXIT 手术中外科操作技巧与常规新生儿手术差异最小。但 EXIT 毕竟不同于常规的剖宫产,前者临床处理要复杂。其技术要点包括以下几点。

1. 母体处理 手术前利用超声或 MRI 对胎儿疾病诊断明确,术中在超声引导下胎盘定位,手术切口尽量避开胎盘。剖宫产时,母体麻醉较深但要维持一定的血压,又须尽可能避免高浓度吸入麻醉造成的子宫张力低下及低血压;保持子宫充分松弛,以防止胎儿胎盘循环容量低下和术中早期胎盘剥离。但胎儿娩出后,尽快调整麻醉,停用子宫平滑肌松弛药,使用缩宫素、前列腺素等。

2. 胎儿处理 在胎儿娩出、暴露胎儿上半身时,保留胎盘循环的状态下,立即通过脉搏、血氧饱和度、无菌超声心动图和临床观察进行胎儿生命体征监测,接着进行气管插管,建立通畅呼吸道后,再根据不同疾病设计进一步手术方案;或先处理原发疾病如行颈部囊肿穿刺后再行气管插管;若气管插管失败,则立即行气管切开,建立呼吸。解除气道阻塞的原因,恢复气道通畅,经充分氧合后,再结扎脐带,使胎儿从母体分离。

3. 新生儿处理 从母体上分离的新生儿,其进一步处理取决于手术的需要。若已行手术治疗或不需要紧急手术,则新生儿科工作小组帮助新生儿的复苏及转运新生儿至 NICU。若需要进一步手术,则转入另外一间备好的手术室治疗。

4. 其他 在 EXIT 中,需要充分考虑可能出现的困难及其后果。

(1)孕妇无法达到吸入性深麻醉状态,则不能使子宫足够松弛,这将会造成子宫-胎儿气体交换不足。

(2)羊水过多无法控制,会造成胎盘边缘血管损伤而出血。

(3)无法维持一定的孕妇血压将使子宫动脉灌注不足或影响子宫胎盘气体交换。

(4)意识不到脐带受压而造成胎儿心动过缓。

(5)漏诊术中胎盘早剥即造成胎儿出血。

(6)无法处理胎儿气道可能不得不立即终止产时手术。

(7)因胎盘早剥或持续的胎心过缓。

(8)对保证气道通畅的各种准备不充分,会导致胎儿死亡。

四、现状及前景

EXIT 在国外已开展十多余年,而在国内仅在近年才有大型医院进行数例尝试,这主要是因为很多医院是专科医院,不具备多学科协作的条件,并且一些严重畸形的治疗费用仍较高。国外的经验已表明,EXIT 可显著改善生后致死的 CHAOS、严重膈疝及巨大颈部肿瘤等疾病的预后。EXIT 对母体的影响相对较小,容易被社会接受。已有研究对普通剖宫产与 EXIT 治疗的母体进行短期随访结果表明,虽伤口感染率和术中出血量显著增加,但术后住院时间、母体血细胞比容无明显差异,无母体死亡。另有报道指出,未见 EXIT 影响母体再次怀孕。未来随着胎儿诊断和治疗的不断发展,母体与胎儿管理及子宫收缩控制的不断进步,EXIT 适应证将进一步扩大;而小儿外科、产科、麻醉技术相对成熟,充分配合可确保母胎安全及提高手术成功率。

(钟 微)

第九节 开放性胎儿手术

开放性胎儿手术(open fetal surgical techniques)是指在妊娠中期切开母体子宫,对胎儿进行外科手术或操作。

一、发 展 史

开放性胎儿手术的应用是胎儿外科的重要里程碑,始于 20 世纪 50 年代对一些胎儿先天畸形动物模型的建立、相关实验研究以及对胎儿结构异常的矫治。对先天畸形自然病情的深入研究,学者们认识到胎内干预是有可能改变这些严重畸形的病程和预后。但在动物实验中开展胎儿手术在早期是非常困难的,因为动物的子宫收缩、早产问题很难控制。在反复对胎羊肾积水进行宫内治疗实验的基础上,积累了足够的理论依据和丰富的经验,1982 年美国旧金山加州大学 Harrison 等首次报道了对先天性肾积水的胎儿外科治疗;在 1989 年开展了第 1 例成功的开放性胎儿 CDH 修补术等,1990 年成功开展胎儿先天性肺囊性腺瘤样畸形切除,1992 年开展开放性胎儿骶尾部畸胎瘤切除。随着麻醉、手术技术的提高,胎儿手术的有关并发症发生率进一步降低。

二、适　应　证

　　开放性胎儿手术适应证包括危及胎儿生命的巨大骶尾部、心包、纵隔、颈部畸胎瘤,先天性肺囊性腺瘤样病,完全性胎儿心脏传导阻滞,肺动脉或主动脉梗阻,泌尿系统梗阻和脊膜膨出等。如骶尾部巨大畸胎瘤因盗血现象出现心力衰竭、约 10%CCAM 可导致胎儿水肿,其出生后病死率 100%,胎儿如在 30 周前出现这些症状均不得不采用开放性手术治疗。

三、要点及难点

　　相对于其他胎儿治疗方法,开放性胎儿手术存在着较大的危险性,如失血过多、羊水漏、羊膜早破,甚至于肺水肿等,因此须极其严格地控制其适应证。

　　有些畸形不仅在子宫内威胁胎儿生命,而且导致母体镜像综合征(maternal mirror syndrome,MMS),即母亲出现与胎儿相仿的一些症状和体征,表现为呕吐、高血压、外周水肿、蛋白尿及肺水肿等类似子痫前期的临床征象,最终危及母体生命。确诊胎儿结构畸形后,应了解疾病严重程度,判定有无治疗价值,因此需进行详细检查,包括:①超声查找有无其他合并结构性畸形;②磁共振(MR)进一步检查,其具有视野较大、软组织对比度好、体积测量准确、颅内异常诊断准确等优点;③胎儿超声心动图检查,排除严重复杂的先天性心脏病,并同时评估心脏功能;④羊膜腔穿刺或脐带血进行染色体核型分析。若发现伴有多发性畸形,则多无治疗价值;若发现有宫内感染、胎儿严重心肾功能受损,往往提示预后不良。

　　1. 开放性胎儿手术的治疗原则有以下几点。

　　(1)必须了解疾病的自然病程、病变发展会导致胎儿死亡或严重并发症、治疗应当有效改变自然病程。

　　(2)选择治疗的胎儿仅为单个先天畸形,并被排除多发致命畸形。

　　(3)有足够的动物实验基础并证实治疗效果。

　　(4)胎儿干预的可行性、安全性必须由无关的其他专家讨论并将反对的观点、手术利弊、长期效果告知家人。

　　(5)医学伦理会同意。

　　(6)开展循证医学:无论手术效果如何,均须向医学界通告。

　　(7)专业技术人员要求:合作的专家应包括有丰富产前干预操作经验的产科医生;熟练掌握新生儿尤其是极低出生体重儿手术技术和实验室胎儿手术技术的小儿外科医生;对产前畸形有丰富诊断经验的影像学科医生;有多年高危妊娠处理经验的围生科学医生和 ICU 护理队伍;基因诊断学家;心理咨询师以及其他与本专业无关的专家来监测各项革新技术的客观性。

　　2. 开放性胎儿手术的基本过程包括孕妇吸入麻醉成功后,取仰卧位,垫高右侧背部以抬高子宫防止其压迫下腔静脉,避免静脉回流受阻。于下腹部低位利用超声定位胎盘、胎位,决定切开子宫的部位和方向,行横切口显露子宫,应尽可能远离胎盘和便于术中胎儿适当部位的显露;暴露胎儿后立即予监测;术中持续灌注温盐水,以保持胎儿的体温、防止皮肤干燥;连续缝合子宫全层;仔细缝合以防止羊水漏出;胎儿放回子宫时应特别注意将脐带安放好,丢失的羊水用生理温度的等渗电解质进行补充。

3. 开放性胎儿手术对麻醉、手术技巧要求极高,打开子宫后胎儿手术应尽可能在 20min 内完成,否则对母体、胎儿影响很大,其并发症及预防措施如下。

(1)母体肺水肿:其发生原因可能是由于暴露的子宫肌层、胎膜的破损可激发血管活性物质的释放,导致肺血管渗透性增加,另外,围术期静脉输液,硫酸镁、肾上腺受体兴奋药的应用也促发了肺水肿的发生。术后预防性使用利尿药能降低肺水肿的发生,另需注意的是限制液体入量可使胎儿胎盘灌注不足,诱发早产。

(2)流产或早产:开放性手术可引起子宫的收缩,导致流产或早产。子宫松弛药均有不良反应,如吸入麻醉能达到子宫松弛、但可造成母胎心肌收缩力减弱,影响胎儿灌注;另有研究认为,早产的发生还与术中子宫容量急剧改变、激素水平的变化及胎膜早破、感染有关。

(3)羊水渗漏:即羊水从子宫切口或从阴道流出,增加发生绒毛膜羊膜炎的机会。个别持续性的羊水渗漏,可引起羊水过少,导致胎肺发育不全或脐带受压。

(4)感染:术前预防使用抗生素,术后规范使用抗生素,严格无菌操作,控制手术参观人数等。

四、现状及前景

开放性胎儿手术原在先天性膈疝中应用较早、研究较多。Harrison 等在 20 世纪 80 年代成功进行了数例胎儿的开放性胎儿膈疝修补术,但是术中死亡、术后早产、羊膜腔阴道漏、胎盘子宫剥离、感染、肺水肿等发生率较高,在 1998 年回顾总结该治疗方案发现,虽然胎儿期 CDH 修补手术可以成功开展,但病死率等与生后手术的传统治疗方式无显著性差异。目前尚有囊性腺瘤样畸形、骶尾部畸胎瘤、心包畸胎瘤、脊髓脊膜膨出等疾病应用开放性胎儿手术治疗。

开放性胎儿手术现面临着许多困难与挑战:如何提供更好的手术后母体-胎儿的监护?如何维持可靠的胎儿静脉补液?如何为母体-胎儿提供无创的血流动力学监测?如何进一步提高早产儿的存活率?此外,随着微创手术器械的不断发展和胎儿镜的发明应用,经皮超声指引下的各种操作及胎儿镜术等微创手术已逐渐代替开放性胎儿手术。

(钟 微)

第十节 胎儿结构性畸形的外科治疗

胎儿结构性畸形是先天性异常之一,是胎儿期胎儿各器官结构存在的形态结构异常,合并或不合并功能异常。

一、分   类

1. 由于产前超声检查的广泛应用,目前胎儿结构性畸形主要根据超声声像图的特点进行分类:

(1)可早期发现、且畸形不随孕周增加而改变的畸形:即任何孕周都能发现的畸形,且超声声像图表现相似能作出相同诊断者。如全前脑、脊柱裂、成骨发育不全Ⅱ型、右位心、联体双胎等。这类畸形基本上能在早孕期发现。

(2)在不同的阶段具有不同的超声声像图表现的畸形:如露脑畸形及无脑儿,其实是一种病理过程。早孕期表现为露脑畸形,胎头呈"米老鼠"样,中晚期表现为无脑儿,胎头呈青蛙状。这类畸形在早孕期观察到的声像图可能与中晚孕期完全不同。

（3）一过性异常：常见的是胎儿躯体局部液体的积聚，早期超声检查时发现了异常，但以后在随访时消失。如颈项透明层增厚、脑室轻度扩张、胸腔积液、腹水、水囊瘤等，也可能液体积聚出现在妊娠中晚期。

（4）多变性异常：不同的病例，出现异常声像图的时间不同。先天性膈疝可出现在12周，也可出现在20周、29周，甚至有些病例出生后腹腔脏器才疝入胸腔。

（5）迟发性异常：这类畸形常常在晚期妊娠时才表现出来，包括某些孔洞脑（脑液化）、蛛网膜囊肿、某些脑积水、肾盂积水、成骨发育不全Ⅳ型、多囊肾等。因此，基本上早孕期不能发现。

2. 另有根据畸形的严重性来分类。

（1）在子宫内或出生后不久对胎儿有生命威胁的畸形：例如先天性膈疝、先天性肺囊性腺瘤样畸形、肺隔离症、胎儿胸腔积液、梗阻性尿路疾病、双胎间输血综合征、心脏畸形、脊髓脊膜膨出或脑积水，从自然病程来看，这些疾病在胎儿生长发育期或影响胎儿生命，或影响胎儿某些重要脏器的功能，应该在胎内即采取积极的干预措施。

（2）仅在出生后不久对胎儿有生命威胁的畸形：如先天性腹壁异常（脐膨出、腹裂）、先天性消化道畸形等，则采取围生期管理的方法，在其出生后进行适当的外科治疗。

（3）不直接影响胎儿生命、但出生后有长期生活质量问题的畸形：例如唇裂、腭裂、肢体畸形或生殖系统畸形等，则采取出生后再进行矫治的措施。

二、手 术 方 法

目前胎儿外科治疗手段主要有以下几种。

（一）开放性胎儿手术

开放性手术是指在妊娠中期切开母体子宫，对胎儿进行外科手术或操作。其干预的病种主要有危及胎儿生命的巨大骶尾部、心包、纵隔、颈部畸胎瘤，先天性肺囊性腺瘤样病变，完全性胎儿心脏传导阻滞，肺动脉/主动脉梗阻，泌尿系统梗阻和脊膜膨出等。

（二）胎儿微创手术

胎儿微创手术包括胎儿镜手术及经皮超声指引下的各种操作。与开放手术相比，胎儿微创手术可减少手术对孕妇腹部及子宫的创伤、减少产科用药和早产发生率，优势明显。现主要有以下两种方法。

1. **经皮穿刺法** 包括在超声引导下经胎儿皮肤导入针头在胎儿肾盂、膀胱、胸腔等放置分流管或吸引囊肿内的液体及体腔、脏器积液（表1-10）。

表1-10 常见经皮穿刺胎儿引流术

畸形类型	Shunt手术类型
后尿道瓣膜	膀胱-羊水引流
肾积水	肾盂-羊水引流
胸腔积液或乳糜胸	胸腔-羊水引流
肺囊肿（CCAM分类1）	囊肿-羊水引流
腹水	腹腔-羊水引流
脑积水	脑室-羊水引流

2. 胎儿内镜手术　此方法可以避免子宫切开、减少胎儿暴露、有利于维持胎儿内环境稳定、降低早产率等,从而降低了胎儿和母亲的手术风险。目前,已应用于激光凝固器治疗后尿道瓣膜及在双胎输血综合征(twin-to-twin transfusion syndrome,TTTS)时凝固胎盘血管吻合支,并实施了胸腔积液减压、先天性膈疝修补、胎儿气管内气囊置入、胎儿肿瘤的血管栓塞、脊髓脊膜膨出组织覆盖及唇裂修补术等。

三、常见畸形的治疗

(一)先天性膈疝(congenital diaphragmatic hernia,CDH)

膈肌缺损、腹腔脏器疝入胸腔压迫肺、肺发育不良及合并有其他畸形是 CDH 主要的病理生理特点。目前 CDH 一般可在妊娠第 24 周时被诊断出来、最早可在 11 周时被发现。在欧洲,CDH 的产前诊断率约为 59%。随着 20 世纪 80 年代 CDH 产前诊断率的提高,人们得以对严重程度不一的 CDH 进行一系列全面的随访,因而对 CDH 的产前自然病程有了更加深入的了解。目前比较公认的预后指征包括:①肝是否疝入;②左膈疝中右肺面积与头围之比(lung-head ratio,LHR)。随着胎儿 MRI 诊断技术的提高,目前有文献报道了其他的预后指征,如胎儿肺容积比值(percent predicted lung volume,PPLV)及三维彩超测量肺动脉直径,但目前仍难以评估肺血管床的血氧交换功能。

CDH 近年总体治愈率有所提高,目前临床上有两个主要发展方向,一是提高围术期综合治疗水平,二是发展产前干预技术。基于对 CDH 自然病程的认识,目前普遍认为肝疝入且 LHR<1.0(或<0.9)的 CDH 生后手术将难以生存,有条件应行胎内干预。第一例 CDH 胎儿开放手术在 1984 年由 Harrison 领导的团队开展,但直到 6 年后才有成功报道。同年,Harrison 及其同事开展了肝未疝入的 CDH 双盲前瞻性临床研究,虽然胎儿期 CDH 修补手术可以成功开展,但病死率与生后手术的传统治疗方式无显著性差异,因此,CDH 的开放性胎儿修补术一般不再推荐实施,目前本病的产前干预措施常为姑息性。

20 世纪 90 年代,大量动物实验证实气管结扎可以改善 CDH 患儿的肺发育不良及肺动脉高压。在人类,最初是应用胎儿镜放置钛夹、暂时钳闭胎儿气管,以促使胎肺发育,产前将钛夹取出;当中剖宫产剪断脐带前除去钛夹并气管插管的方法后来发展子宫外产时治疗(exutero intrapartum treatment,EXIT)。但在随访中发现,盲目的气管钳夹会对喉神经和气管造成不可逆的损害,且手术有较高的早产率,因而该技术不推荐应用。随后,研究又发现,经气管内放置气囊来堵塞气管(FETO)在胎羊实验中不会对神经和气管造成损伤,从而在美国和欧洲相继应用于临床。目前该项技术发展迅速,在某些胎儿医学中心,熟练的手术医生仅需 20min 即可完成操作,孕妇仅需局麻,且不需要大量的产科用药,同时为避免长期 FETO 造成的不良影响,建议在妊娠 34 周时 B 超指引下穿破气管内气囊解除气道梗阻。

在 1999—2001 年,美国加州大学旧金山分校(UCSF)对肝疝入的左侧膈疝中 LHR<1.4 的胎儿进行了临床研究,采用胎内 FETO 手术 CDH 生存率与生后常规治疗组无显著优势,但在某些指标,如肺的顺应性、呼气末峰值、气道动脉氧含量差别等方面 FETO 组有改善。而在欧洲,FETO 手术的治疗效果是令人鼓舞的,对肝疝入且 LHR<1.0(孕 26～28 周时测量)的 CDH 进行 FETO 手术,术后生存率达 48%,而同期未行胎儿干预手术的生存率仅为 8%。总体来说,LHR 是预测 FETO 术后 CDH 生存率较为准确的指标,FETO 可使 LHR 为 0.6～1.0 的 CDH 患儿明显受益,而妊娠早期(25～26 周)行 FETO 手术更有利于肺泡的生长。毫无疑问,与各类开放性手术相比,FETO 无疑更安全可行,不仅可明显减低产妇的危险性,并可减少早产的发生

率。因开展时间不长，FETO术后长期并发症如：听力丧失、生长迟缓、精神发育障碍或在家氧疗、机械通气时间等缺乏随访资料，另外，FETO结合其他药物如表面活性物质或激素的治疗效果还需进一步的深入研究。

在某些治疗中心，对于评估为高危CDH的胎儿（入选指标为LHR<1.0，且肝疝入的CDH）采用EXIT下进行体外膜肺氧合器（ECMO）治疗的方法，对提高严重CDH的生存率亦有一定的帮助。

（二）先天性高位气道阻塞综合征（congenital high airway obstruction syndrome，CHAOS）

产前诊断中，CHAOS主要表现为胎儿水肿伴有扩张的肺、平坦或反转的膈、气管梗阻近端扩张、胎儿腹水等，包括喉部瓣膜、喉闭锁、喉部囊肿、气管闭锁和狭窄。CHAOS罕见，至2007年止，仅有52例病例报道。CHAOS过去是致死性疾病，但随着胎儿医学的发展，Lim等对CHAOS的自然病程进行了随访，发现有一少部分胎儿水肿在第3个妊娠期内会自行消失（因为扩张的气道近端最终破裂并形成了气管食管瘘或气管喉瘘）。CHAOS可能会合并桡骨缺如、心脏畸形和食道闭锁，Fraser综合征或泌尿生殖道畸形。

2000年第1例成功应用EXIT抢救了的CHAOS病例，此后至2007年，共有11例成功治疗病例报道。EXIT手术为CHAOS重建气管通畅提供了稳定的血流动力学环境，在胎盘血流支持下，小儿耳鼻喉科医生可以完成喉镜和支气管镜检查气道梗阻部位和程度，再决定气管切开。胎盘血供稳定下的气管切开为CHAOS患儿挽救了生命，为将来喉气管成形提供了机会，但何时行重建手术及其远期治疗效果仍存在许多挑战。

（三）胎儿下尿路梗阻（lower urinary tract obstruction，LUTO）

LUTO常见病因有后尿道瓣膜、尿道闭锁、梅干综合征等，有着较高的病死率，死亡原因主要是第2个妊娠周期出现的羊水过少所致的严重肺发育不良。有报道指出，当羊水过少时，病死率高达80%，存活婴儿中有25%～30%发展为终末期肾衰竭而需要血液透析或肾移植。预后指征除羊水过少的程度外，还包括体征呈现的时间早晚以及相关的染色体异常。

B超对胎儿下尿路梗阻的诊断敏感度达95%，特异度为80%，之所以敏感度较高，是因为常合并其他表现，如羊水过少。产前B超应常规检查胎儿泌尿系统，一旦发现病变，应当详细评估羊水量、肾大小、肾实质、集合系统以及膀胱大小。B超中羊水过少和巨大膀胱可提示下尿路梗阻，但不能作病因诊断。LUTO胎儿24周前呈现羊水过少，亦提示将来会有严重的肺发育不良和肾功能损害。此外，肾实质如表现为大泡或小泡病变亦提示肾有损害，然而，肾实质未探测到囊性病变亦不能说明肾没有明显损害。当孕妇羊水过少时，羊水灌注可辅助B超进行诊断，但越到妊娠末期诊断越困难；且羊水灌注存在一定的创伤性。MRI尤其适用于弥补当羊水过少、B超对泌尿系统梗阻诊断困难时的不足。另有病例报道证实经皮子宫内膀胱镜诊断LUTO的可行性，可清晰观察到输尿管开口、膀胱颈、尿道是否存在梗阻。

一旦诊断LUTO，必须进行全面的评估，包括梗阻是否已影响肾和肺的发育、染色体核型（染色体异常发生率高）及是否伴发畸形。检查方法有尿检、血清或羊水分析，甚至肾活检。

本病为胎儿外科最初尝试和成功干预的病种。目前认为胎儿期干预的指征有羊水少、下尿路梗阻已造成严重双侧肾积水以及巨膀胱。主要的方法有以下几种。

1. 开放性手术 Harrison在1982年报道了一例成功实施开放性手术减压治疗肾积水的病例。然而，开放手术带来的母亲并发症，胎儿有关的早产、神经系统并发症等使研究人员逐渐转向开展微创的手术，因此，1988年后就鲜有开放手术的报道。

2. 膀胱-羊水引流术 超声指引下的经皮穿刺膀胱-羊水引流术是目前缓减泌尿系梗阻最常

用的方法,该技术是在 B 超指引和局麻下置入双 J 管,管的近端在胎儿膀胱内、远端在羊膜腔内。在严重羊水减少病例引流前需要先行羊水灌注,以获得更大空间,另需彩色多普勒超声可用来鉴别脐动脉以避免损伤。有观点认为,支架管让胎儿泌尿系尿液慢性转流,有可能导致后尿道瓣膜患儿的逼尿肌异常收缩和排尿功能异常。因此,有研究回顾了接受成功的胎儿引流手术的 169 名患儿,结果发现总体存活率为 47%,其中 40% 存活婴儿存在终末期的肾衰竭;与引流相关的并发症也很常见,发生率为 45%,包括引流管堵塞(25%),引流管移动(20%),早产和流产等,有些必须再次放置引流管。引流管移位可能造成尿性腹水,会导致胎儿腹胀及相应的严重后果,有时还需要做胎儿腹腔引流直至膀胱引流口闭合。但另有研究表明,膀胱-羊水引流组与无引流组相比,存活率有明显提高;在预后不良组,干预可明显提高存活率,这项研究并没有谈及宫内干预的时间及指征,今后还需要进一步的双盲对照研究来评估早期干预的近期和远期效果。

3. 胎儿膀胱镜术　胎儿膀胱镜引导下应用激光凝切后尿道瓣膜,可恢复膀胱的正常排空功能,是目前较新较好的选择。

(四)双胎输血综合征(twin-to-twin transfusion syndrome,TTTS)

双羊膜囊单绒毛膜双胎的胎盘间可有血循环相通,血管交通支使双胎儿间血液发生转移,血液动脉向静脉单向分流,致使一个胎儿成为供血儿,另一胎儿成为受血儿。单绒毛膜双胎中有 5%~15% 发生 TTTS,占所有产前双胎病死率的 15%~20%,如不治疗胎儿病死率达 80% 以上。其症状主要表现为供血儿出现体重轻、贫血、脱水、羊水少,营养缺乏而死亡;受血儿因血量增多,可发生心肥大、肝肾增大、胎儿水肿、因多尿导致羊水过多等,娩出后幸存者可死于先天性充血性心力衰竭,或也多有神经系统受损。目前治疗有期待疗法、终止妊娠、射频消融选择性杀胎、羊水减量法、中隔羊膜打洞法、胎儿镜下激光凝结胎盘血管交通支,后者在胎儿镜下应用激光直接烧灼离断异常血管,临床上已取得公认的疗效,且此操作困难不大、并发症少。

(五)先天性肺气道畸形(congenital pulmonary airway malformation,CPAM)

本病旧称先天性肺囊性腺瘤样畸形(congenital cystic adenomatoid malformation of the lung,CCAM),一般认为,病变易压迫心脏,影响循环而导致胎儿水肿、胸腔及腹腔积液;约 10% CCAM 发展为胎儿水肿,其出生后病死率 100%,胎儿如在 30 周前出现这些症状均不得不采用开放性手术治疗,行病变肺叶切除术,适合于多个囊肿或以实性成分为主的囊肿。开放式手术过程包括:行母体低位腹横纹切口,术中超声确定胎盘及胎儿位置,子宫边缘以可吸收止血缝钉预处理,以血氧计及皮下置入的无线遥感测量装置监护胎儿心电图和体温;将胎儿患侧的上肢牵出切口外以显露胸廓,自第 5 肋间开胸,即可见病变所在肺叶自切口膨出,将该肺叶适当切除。然后关闭切口,以含抗生素温盐水缓慢注入羊膜囊内。子宫切口分三层缝合,里面两层用连续缝合,外面一层用间断全层单丝可吸收线缝合;以纤维素胶水涂于各层之间以封闭子宫膜各层;术后应用保胎药物。胎儿以后行剖宫产娩出(图 1-8)。

另有胸腔-羊水引流术,主要用于单个大囊肿或超声引导下经皮利用激光将供应 CCAM 的血管进行消融阻断,从而导致 CCAM 缺血坏死而自动退化,目前报道有 3 例应用此方法,1 例术后成功存活,1 例于术后死亡,1 例则新生儿期因败血症死亡。另有学者报道了 3 例 CCAM 应用超声引导下经皮囊肿硬化术(硬化剂为乙醇胺或聚乙二醇单十二醚)进行治疗,术后胎儿水肿消失且未见明显并发症:1 例为 CCAM Ⅱ型(产前超声诊断),出生后未行手术切除,随访至出生后 6 个月,情况良好;1 例为 CCAM Ⅲ型(产前超声诊断),于出生后第 9 天进行外科手术切除病变,但最后死于院内感染,病理证实为 CCAM Ⅱ~Ⅲ型;1 例为 CCAM Ⅲ型,出生后未行手术切除,随访至出生后 2 个月,情况良好。

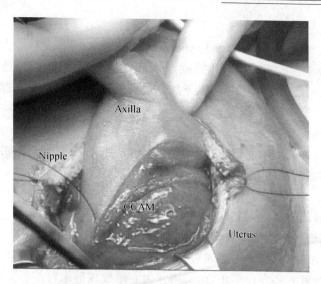

图 1-8　示开放性胎儿手术中切除 CCAM

（六）骶尾部畸胎瘤（sacrococcygeal teratoma，SCT）

SCT 为位于尾骨的肿瘤，可分为四型：Ⅰ型，肿物完全外露于骶尾部（骶前盆腔无肿瘤）；Ⅱ型，骶尾部肿物并延伸至盆腔；Ⅲ型，骶尾部肿物延伸至腹腔；Ⅳ型，肿物位于骶前、骶尾部无外露。

巨大 SCT 死亡率较高，主要原因是有较多的血液流向肿瘤，即出现"盗血"现象，其结果引起胎盘厚度增加，胎儿贫血或因肿瘤生长迅速，大量血液分流造成胎儿高排血性心力衰竭，早期的宫内干预能逆转胎儿心力衰竭。另外，肿瘤巨大，分娩时意外破裂也是胎儿致死原因。产前诊断并不困难，表现为局部有肿块增大、积水、胎盘增大；超声多普勒可显示有大的动静脉瘘、主动脉末端血流量增多、有血液从胎盘向瘤体分流现象，有些母体可出现镜式反应综合征（即母亲出现与胎儿相仿的一些症状和体征，表现为呕吐、高血压、外周水肿、蛋白尿及肺水肿等类似子痫前期的临床征象）。宫内干预的指征是<30 妊娠周，已出现巨大胎盘和胎儿水肿，无母体镜式反应综合征。胎儿手术的目的就是去除或者减少盗血，恢复胎儿正常的血流动力学。目前手术方式有开放性手术切除肿瘤，其方法为向胎儿直肠内置管引导，将肛门、直肠及外括约肌跟肿瘤分开，再将肿瘤蒂部的皮肤环行切开，蒂部组织用脐带线环扎，蒂部远端组织环切缩小后再用脐带线环扎、环行切开；如此进行 3 次，最后一次脐带线环扎保留，离断肿瘤；缝合皮肤覆盖残端。另外经皮超声引导下穿刺抽吸囊性畸胎瘤的液体、应用激光或射频消融技术处理肿瘤蒂部或阻断肿瘤的血供、热凝肿瘤等方法。

（七）脊髓脊膜膨出（myelomeningocele，MMC）

MMC 是中枢神经系统最常见的先天异常，本症可能合并下肢运动功能障碍、大小便失禁及脑积水等，生活质量低下。传统治疗方法是出生后手术修复，但神经功能恢复不满意，且常使脑积水程度加重。

较多研究结果证实，宫内修复能逆转先天性后脑疝与脑积水的病理过程，降低分流依赖性脑积水的发生率。实验发现，妊娠早期修补 MMC 可以保存胎儿神经功能。由于妊娠 24 周后脑室扩大的发生率为此前的 2 倍，所以手术时间趋向于在妊娠 20～25 周闭合脊柱裂。手术方式为标准的神经外科分层关闭法修复缺陷，虽目前认为开放性手术较好，但对母胎的危害过大；已有报道对 3 例 23^{+4} 至 25^{+3} 周脊髓脊膜膨出胎儿进行了经皮胎儿镜下补片手术，2 例补片成功覆盖骶尾部创面至患儿出生。

(八)羊膜束带综合征(amniotic band syndrome,ABS)

ABS 指的是部分羊膜破裂产生纤维束或纤维鞘,缠绕胎儿躯体的一处或多处,使受累部分出现分裂或发育障碍畸形,常见于头部、躯干和四肢。肢体是常见的受累部分,可以导致肢体完全离断,或产生环形缩窄,有并指发生的趋势。

超声检查有助于诊断,发现一处病变必须注意多处受累的可能。Crombleholme 等曾在胎羊模型上产生类似病变,并利用胎儿镜切断和烧灼、松解这些束带,松解后的肢体可恢复正常发育,而未松解者则发生明显的肢体畸形;已在人类成功应用此技术将引起自我截肢的羊膜束带松解,保全了肢体;手术指征为妊娠 16～26 周,肢体有被束带截肢的危险,胎儿无其他可以致死的异常;禁忌证为胎儿有基因异常,孕妇宫颈短而宽、有早产表现。

(九)胎儿主动脉瓣或肺动脉瓣狭窄、闭锁

先天性心脏病可早在孕第 12 周后通过超声准确诊断。简单的心脏畸形,如肺动脉瓣闭锁,可使心内血流改变,导致右心发育停止,而实施宫内心瓣膜成形术可使心室继续正常生长。对严重的胎儿主动脉瓣和肺动脉瓣狭窄或闭锁,现有的宫内治疗技术是在超声引导下做球囊扩张术;一项多中心研究结果显示,12 例经皮球囊扩张术有 7 例获得成功,5 例失败。此项技术还存在胎儿出生后死亡率高、并发症多等技术难点。由于体外循环可引起胎盘功能不全,先心病宫内手术大多处于动物实验阶段。

(钟　微)

第十一节　胎儿手术围术期处理

随着产前诊断技术的迅猛发展以及标本采样技术的进步,看似神秘的胎儿医学面纱已经渐渐地揭开。尽管大多数先天性畸形的患儿在其预产期临近时都能及时转运及顺利分娩,而且在患儿出生后一般都会得到手术治疗,但是,某些简单的解剖学畸形(anatomic abnormalities)会造成严重的生长发育后果,这就需要进行产前治疗。20 世纪 80 年代,学者们在动物实验中对一些可纠正的先天性畸形的病理学进行了研究,并且在临床工作中对相关疾病的临床病程进行了观察,逐渐地形成了胎儿手术治疗的适应证和入选标准,并持续对胎儿手术的麻醉技术、产科技术以及胎儿外科技术进行改良。自 20 世纪 90 年代开始,胎儿外科的基础研究和临床研究已经造福越来越多的患儿。

步入了 21 世纪,胎儿外科技术的应用范围日益扩大。自 2004 年国际胎儿学会宣言称"Fetus as a Patient(胎儿是一个病人)"以来,胎儿医学的医务工作者和社会都面临了新的问题和挑战。这些问题不同于传统医学的概念,例如:应当如何进行疾病的诊断、是否应当对病人进行治疗、何时进行治疗、何时可以在胎儿医学中进行新技术的尝试等。产前诊断和胎儿治疗所带来的这些新问题,包括伦理问题、经济问题、医疗问题等。如果我们认为胎儿也是病人的话,哪种医生是有资格对其进行诊疗呢? 胎儿治疗又应当如何设计并且如何实施呢?

一、胎儿医学的诊疗医生

纵观胎儿治疗的历史可以清晰发现,胎儿的治疗需要一个完整的团队来完成。不能简单地以患儿分娩的时间对胎儿治疗进行人为的划分。不论患儿在宫内还是在宫外,患儿的治疗都是一个持续的过程,接诊的医生需要经过妇产科、儿外科及儿内科的训练来执行。无论一个医生接

受了多么广泛的培训,对于复杂性畸形的患儿,独自一人不可能承担其相应的治疗工作。

产科的专科医生(产前诊断医生、遗传学医生等)可能是产前诊断、羊膜腔穿刺诊断、脐带血采样诊断等方面的专家,因此,这些人员对于胎儿产前诊断、遗传咨询、孕产期治疗、并发症处理等方面是不可或缺的人员。但是,这些专业人员对患儿出生后新生儿期疾病的处理却并不熟悉,因此,他们也没有办法单独决定对患儿应当采取怎样的产前治疗。新生儿科医生和小儿外科医生对新生儿疾病的病程比较熟悉,也熟悉其病理生理过程和处理方法,他们对疾病的治疗同样是不可或缺的,在手术治疗时是难以替代的,但是,出于专业局限性的原因,这些专科医生对于产妇孕期的治疗及其相关医疗问题却难以承担起责任。除了上述两类专科医生外,胎儿治疗还需要其他方面的专家。产科 B 超医师同样是不可缺少的,他们是产前诊断的专家:他们要利用超声技术发现异常和确诊疾病、排除其他相关的胎儿畸形、并且要在超声引导下进行诊断和治疗等操作(例如穿刺和放置导管等)。在一些特殊的情况下,可能还需要其他方面的儿科专家和产科专家来协助完成胎儿医学的医疗工作。例如,儿科心内科医生可以处理胎儿心律失常,神经内科或者神经外科医生可以处理胎儿脑水肿,内分泌科专科医师可以处理患儿的内分泌疾病等。要建立途径,为相关医务人员提供生物伦理学和社会心理学方面的支持,并且要在胎儿医学团队成员之间建立有效的沟通途径。

二、胎儿医学中医疗团队、专科医师及责任分工

伴随胎儿医学治疗的出现,出现了一些特殊的问题,尤其是当这项治疗需要来自许多不同领域的专家共同完成时。例如,应当由谁放置膀胱羊膜腔分流管?产科医师十分熟悉如何在超声引导下进行胎儿标本采集的相关操作,而小儿外科医生则十分了解新生儿尿路梗阻放置引流管的过程,那么,上述操作到底应当由谁来完成呢?再如,应当由谁来完成开放式胎儿外科手术?产科医生十分熟悉子宫手术,而小儿外科医生则擅长于对小儿进行手术治疗,究竟应当由谁来完成呢?由于没有一项专门的培训课程能够帮助相关的医务人员具备所有的医疗技术和能力,胎儿治疗可能会产生不同医疗专业之间的治疗权利之争和医疗团队之间的个人之争,这些都可能对胎儿医学造成影响和破坏。一旦各部门之间的协作和团队精神受到影响,胎儿医学这项事业势必会遭到打击。

上述问题没有简单的解决办法,但是,在胎儿医学发展的几十年中已经逐渐形成了一些基本原则,这些原则可以帮助产科医生、超声医生、小儿外科医生以及其他专科医生紧密地协作,从而促进胎儿医学的不断发展。

第一个原则是:胎儿医学是一个团队协作的工程,需要各个专业的投入。胎儿医学团队需要包含产科医师、围生科医师、遗传学医师、超声医师、小儿外科医师、新生儿科医师、麻醉科医师以及其他提供支持的工作人员。通常,提供胎儿医学治疗的团队应由 3～4 人组成,即产科医师、超声医师、小儿外科医师和麻醉医师,并根据治疗的需要进行不同的组合。

第二个原则是:尽管所有医疗人员都需要对治疗做出努力和贡献,但是,整个团队需要一名领导者来对整个治疗过程负责。至于团队中哪个人是领导者,则要根据所治疗疾病自身的特点来决定。

第三个原则是:应当由能够给治疗带来最大益处的医生来完成治疗的相关操作。例如,如果治疗效果依赖于超声引导下经皮的操作时,通常情况下应由产科医师或超声医师来领导团队并完成相关治疗。再如,如果要进行开放式胎儿外科手术治疗时,团队成员的角色就会发生变化,这时治疗效果的好坏将很大程度上依赖于外科医生的技术、判断和经验。开放式手术的风险要

远大于经皮操作,手术的成功与否依赖于外科医生通过子宫切开术对胎儿的暴露、手术对畸形的矫正、将胎儿回纳子宫以及将子宫牢固地缝合等操作。如果一名医生能够从一开始就作为主管医生一直对患者实施治疗直到患者出院,那么手术的成功率将得到极大的提高。

三、开放式胎儿手术的相关问题

尽管开放式胎儿手术仅仅是胎儿医学中的一小部分,但是,手术时究竟应当由哪一个专业牵头完成手术是值得认真思考的。事实上,最简单的解决办法就是请不同专业的医生完成其所在专业的操作,即产科医生切开子宫,儿外科专科医生对胎儿进行手术,再由产科医生缝合子宫。尽管这个解决办法能够最简单的解决问题,也使相关专业人员和谐相处,但是,这个方法并不能够保证患儿得到最好的治疗效果,原因有以下几点。第一,这个想法是基于一个假设,即传统意义上的各个专业学科已经足够满足胎儿医学的需要了。也就是说,产科医生可以像对待没有怀孕的子宫一样来处理孕期的子宫,儿外科医生也可以像对待新生儿病人一样对待尚未出生的胎儿,然而,这两个假设都是错误的。第二,随意组合从来都不会有理想的结果。子宫的切开和缝合与胎儿手术是紧密地联系在一起的,人为地将其分开并由不同专业的医生来完成操作是不合理的。子宫切开导致的流产是限制胎儿手术发展的一个因素,这就好比心脏外科手术时,让心脏停止跳动却不能导致病人死亡一样。要想使胎儿手术中,避免因子宫切开而导致的胎儿死亡,就应当改变上述的手术分工。

胎儿外科医生及其团队需要回答许多尚未解决的问题:母婴双方最理想的麻醉药物是什么?如何能在子宫松弛和维持子宫张力之间达到平衡,使得胎儿暴露良好并且也可以防止子宫出血?在胎儿手术时,如何对重要的生命体征进行监护?必要时,如何对胎儿进行液体复苏?暴露胎儿腹部时,是否会造成脐血循环的损伤?暴露胎儿颈部时,是否会造成静脉血回流障碍?对胎儿脐带进行操作时,是否会影响到胎盘循环?如何保证子宫内预留有足够的空间,使得手术操作完成后,胎儿可以顺利地回纳入子宫?如何进行对胎膜进行良好地缝合,从而避免羊水漏出?如何对子宫的肌肉进行缝合?等。有必要指出,无论产科医生在处理非孕期子宫时有多么的熟练和自信,但是,在面对怀有胎儿的子宫时,对于任何人而言都是一个很大的挑战!上述一系列难题都会使得胎儿医学团队必须有十分广泛的专业人员构成,并一同解决相关问题。

四、胎儿外科医生的跨专业培训

胎儿外科医生要掌握许多新技术,而这些技术只有在大量地实践中才能逐渐地培养起来。胎儿外科医生可以是任何一个相关领域的医生,但是,不论他是哪一个专业的医生,都无法对其进行足够的培训。产科医生需要接受相应的培训,以便能够获得纠正胎儿畸形的相关手术知识技能,并且他也需要进行孕期子宫操作的培训。另一方面,外科医生不但要熟悉外科操作,也要知道如何处理早产等产科问题。胎儿外科医生需要进行各种不同的操作,而这些操作在传统意义上是属于另一个专业的内容,因此,胎儿外科医生就需要与其他外科专业的医生共同学习,以便补充相关专业的知识和技能。胎儿外科医生团队需要在开展胎儿手术之前,在动物身上(最好是灵长类动物)进行十分严格的手术操作演练,以便掌握胎儿手术时的生理变化和手术细节。事实上,实验性外科手术,不但使得相关人员对胎儿手术有了更加清晰的认识,还增进了团队成员之间的默契程度。在开展任何一台胎儿手术之前,必须要清晰地规范团队中每一名医生的责任。如果手术前,医疗小组各个成员无法达成一致,那么团队之间的配合很可能会出现问题。事实上,要想通过动物实验,使得相关人员在胎儿医学上达到一定的能力,也限制胎儿医学发展的一个因素,因为,不论哪一个专业的医生都不大愿意花时间和金钱,并付出相应的努力尽快将胎儿医疗团队建立起来。

五、胎儿医学病人的转诊程序

患儿家属很可能会自行前往胎儿医疗中心就诊,也可能被其他医生转诊到胎儿医学中心。近些年来,越来越多的家长通过互联网找到疾病的相关信息,并且从中得到相关资源和支持。许多决定前往胎儿医疗中心进行咨询和治疗的家长,在前往之前都会找到当地的转诊医生进行咨询。通过转诊医生提供的信息,胎儿医疗中心的联络护士会判断病人的病情是否危急,是否需要进行紧急诊治?如果是非紧急的,就可以将相关病例递交到胎儿医疗小组的周会上进行讨论。通常情况下,转诊医生需要通过电子邮件和传真的方式,将孕妇的相关信息传送给中心的联络护士,这些信息包括产妇的病史、超声检查图像、胎儿疾病的诊断等。中心的联络护士会将向病人提供一些建议和可能的治疗方案,并通过传真或者电子邮件的方式传送给对方。同时,中心应当鼓励患者及其家属在网络上寻找更多的资源,也可以参照其他胎儿医疗中心所提供的相关信息。

孕妇的相关病案资料将在胎儿外科的跨学科周会上进行讨论,相关人员将与转诊医生取得联系,并告知对方可能的诊治方法。如果患儿的情况符合胎儿外科治疗的条件,医疗小组会建议患儿家属到中心就诊并进行医疗咨询,但是不会仅仅限于某一种单一的治疗手段(例如胎儿外科)。选择何种治疗手段必须经过认真的筛选,病人需要在医疗中心进行详细的检查和评估,正式的医疗会诊,治疗方法的咨询等。如果病人不适于进行胎儿治疗,中心会向转诊医生提供相应的孕期观察建议。一般在随访的过程中,会出现越来越多的问题。

如果患儿家属希望到医疗中心进行医疗咨询,其出发之前,医疗中心会向他们寄出一封信。信中包含了许多建议和信息,如检查的日程安排、相关评估的时间、交通信息、住宿信息等。

病人所需的检查和会诊都应当事先安排妥当,目的是保证患者整个就诊和检查过程能够十分顺利的完成。由于胎儿医学中心常常都是地区性的高级别医院,所以,医院通常不能在某一时间将所有的专家聚同时集中在一处,对此最好的办法就是,将相关的检查和会诊统一安排在下午的下班之前,或者是早晨刚刚上班之后,这两个时间将更易于操作。

六、胎儿医学医疗团队的周会

为了加强胎儿医学医疗小组成员之间的交流与沟通,医疗小组每周都要举行例会,以便对新病例和特殊病例进行讨论和磋商。小组会议可以使不同专业的医生有机会各抒己见,并将病人在治疗过程中可能遇到的情况详细地列出。会上将集中讨论超声及胎儿磁共振的检查结果,这些阳性的检查结果主要是来自本院的,也有一些是转诊医生传输过来的。在会上,联络护士会将相关的病例信息进行总结和汇报。这些记录在案的信息可以帮助医疗小组制定下一步的治疗计划,并对相关病例进行随访和观察。会上还会讨论相关的治疗方案,并且在形成决议后所有人员都会共同执行,这对消除团队成员之间的误解很有帮助。同样,会上也要对已经完成的胎儿手术病例进行讨论,对患儿的现状和结局进行商议,为进一步的临床治疗和实验研究提供给重要的来源。事实上,通过周会的形式,渐渐地形成了很多常见畸形的治疗策略和治疗方案,并为以后的治疗提供了宝贵的参考。

事实上,周会是胎儿医学中心的核心内容,通过这种形式,医疗小组中的每一个成员都有机会参与到病例的讨论和决策中来。周会上,相关人员的意见都会得到机会进行阐述以供大家讨论,也正是在这个时间,上一周的工作将得到总结和剖析。在会上,相关专业的专科医生还可以针对本专业的患儿进行疾病的回顾和分析。同时,进修医生、科研人员、学者等各类人员,都可以对胎儿医学有较为真实的感受,分享这一新兴领域的欢乐和忧伤。周会也是大家真诚探讨彼此不同意见的机会,也为化解误会提供了时间,周会的确可以帮助大家化解矛盾和不快,并切实地解决相关问题。总之,胎儿医学周会是不可或缺的组成部分。

七、病人的评估、咨询和知情同意

一旦病人来到胎儿医学中心,孕妇和胎儿将进行1~2d的门诊检查和评估。医院将对患者进行详细的超声检查,以便确诊患儿的诊断,同时排除可能存在的其他畸形。还有一些病例,患儿需要进行心脏超声的检查。如果患儿在院外进行了核型分析,那么就不必再次进行检查,如果没有,那么患儿需要在中心进行核型分析检查。最后,医疗小组会召集小儿外科医生、围生期医生、麻醉医生、社会工作者以及联络护士陪同患儿家属一起进行知情同意会商。

知情同意会商将在一定深度上对患儿的疾病进行解释,并针对可供选择的治疗方案进行告知。如果患儿可以进行胎儿手术也要同时一并告知,商谈的内容主要包括检查的结果、母体治疗风险、治疗可能带来的益处等。如果患儿疾病最好的处理方式是有计划的择期分娩(planned delivery)并在生后进行手术治疗,那么就需要新生儿科医生和外科医生将患儿畸形的种类、手术修补方式以及住院的病程向患儿家属告知。患儿家属同意之后,可以安排择期分娩和转院治疗,如果需要在胎儿中心进行治疗的话,则应当予以安排。患儿如果存在致命性的缺陷,并且无论是产前手术还是产后手术都无法治疗的话,围生期医生或者是生殖遗传学医生就需要和患儿家长讨论是否要继续妊娠或者是终止妊娠。在社会工作者的支持下,我们应当鼓励患儿家属提出任何相关的问题。知情同意会商结束后,相关人员要通过电话和书面总结的形式向其转诊医生进行病情告知。

在知情同意会商结束后,患儿家属可以考虑如何进行治疗。在紧急情况下,如果病人适合进行胎儿外科治疗,那么,医院应当安排病人在第2天办理住院手续。住院后,医务人员会进一步对其进行手术前教育并及时与产科医生及护士进行沟通,做好手术前的相关准备。还要带领病人和家属到产科病房、成年人ICU及NICU进行参观。围生医生和麻醉医生会对孕妇进行术前检查和评估,并记录其病史。如果病人的病情不紧急,则可以考虑让病人和家属回家,给他们时间考虑究竟要选择哪一种治疗方法。要鼓励病人和家属广泛地征求意见,他们可以询问转诊医师、家人、朋友等,并将其最后的决定告诉联络护士。如果病人和家属最后决定选择胎儿外科治疗,那么医院要与病人协商一个返院治疗的时间,并且要恰当地安排病人返回中心进行手术。

八、产科病房和外科手术室

产科为胎儿手术提供了产前、产中和产后的护理和治疗,相关人员应当包括经过特殊训练并且能够应对高危产科病人的护士。如果病人收住入院是为了在患儿出生后进行治疗的话,那么患儿需要在产科病房进行分娩。而且,在产科分娩室的附近需要设有新生儿复苏室,目的是让患儿能够得到及时的治疗,并且,相关的专科医生也要到位,这些人员包括:新生儿科医生、外科医生、危重病护士、呼吸疾病物理治疗师等。经阴道自然分娩的方式适用于大多数病人,也包括腹壁缺损的病人。择期剖宫产手术对于需要急诊手术治疗的患儿是十分必要的。"子宫外产时手术"(EXIT)适用于患有危及生命的呼吸道梗阻的病人。

胎儿手术需要全身麻醉,并且医生需要根据患儿的疾病和生命体征选择在产科手术室进行操作还是在新生儿手术室进行操作。此外,胎儿外科手术室需要一支拥有极高素养和精湛技能的队伍,其中应当包括小儿外科医生、围生期医生、外科护士、经过母胎麻醉培训的麻醉师等。手术室还需要许多小型化的设备,并且要严格的消毒,这些设备包括手术器械、生物遥测监视器、经特殊设计的子宫缝合器、胎儿静脉通道设备、胎儿药物等。至于胎儿镜手术,则所需要更加复杂的手术设备,这些设备对于手术的成功是至关重要的。

九、胎儿重症监护室(FICU)

胎儿外科手术后,产妇将拔除气管插管并送往胎儿重症监护室(FICU),在监护室母亲和患儿将得到密切地护理和治疗。然而,胎儿镜手术后则不需要重症监护,病人(产妇)将在配备有特殊设备的产科病房复苏。在术后复苏的过程中,重症监护将在胎儿外科小组的指导下进行,医院将给予病人中心静脉和动脉插管、保胎药、血管活性药物、血流动力学监护以及特殊的胎儿监护。病房将按照制定好的医嘱、护理标准和临床路径,对胎儿手术病人进行相应的治疗。

当产妇的早产症状得到控制后,就可以将停监护,保胎药可由静脉改为口服,产妇可以转到普通产科病房,并由围生期医生负责对病人进行治疗和观察。

十、出院和随访

社会工作者将在胎儿手术之后制定计划,安排病人到附近的相关机构。大多数病人,都需要在胎儿医学中心附近的地方暂时居住下来,并且要经常回到中心进行超声检查和产科护理,直到分娩。然而,在一些情况下,医院也允许患者回到家中,并由当地的围生科医生对病人进行监护,当地医生也需要定期联络胎儿医学中心并进行沟通。

对于没有进行胎儿治疗的病人,对其进行密切的随访观察则显得更为重要。胎儿医学中心的相关人员需要及时联系产妇和产妇的围生期医生,以便了解产妇的孕期状况,并需要根据病情变化,及时调整治疗方案。如果产妇需要回到胎儿医学中心进行分娩,在其转运过程中医疗中心要确保产妇得到相应的护理和治疗,并且要对产妇的分娩进行相应的计划,还要协调好其他相关事务。

医疗中心需要对患儿进行短期随访和长期随访,包括神经发育的长期随访。随访的信息能够帮助医疗中心向患儿家属提供最可信的指导信息,以及疾病的预后信息和可能的治疗方法等。

自20世纪80年代开始,胎儿手术已经有选择性地应用于特定的病例中,这些病例一般是怀有先天畸形胎儿的孕妇,其患有的畸形一般是威胁患儿生命的。胎儿手术对胎儿的风险需要比较与衡量两方面的因素,即纠正患儿致命性的、导致其生命衰弱的畸形所带来的益处和风险之间的权重。对于孕妇而言,孕期安全则是最重要的,因为任何胎儿的结构性畸形都不会直接威胁到母体的健康。对孕妇和胎儿的术后进行随访,对于寻求胎儿治疗的家庭来讲是十分重要的,随访数据是对后续治疗患儿的家属进行手术咨询的重要参考资料。患儿家长常常有许多问题,例如:母体安全、母体长期患病率、新生儿危险因素、新生儿长期随访等。已经开展胎儿手术的医疗中心,有责任提供既往的病案资料,从而对患儿出生后孕妇及胎儿的随访提出建议,另外,要确保患儿在出院之后医院能向孕妇和胎儿提供必要的支持服务。

(一)胎儿手术后孕妇的预后及结局

开放式胎儿外科手术和术后保胎治疗所产生的短期母体并发症是很常见的。接受胎儿手术的孕妇,基本都会出现早产征象、出现保胎治疗的不良反应、并且在预产期前娩出胎儿。此外,胎儿手术亦可能引起母体的慢性患病率增加。胎儿手术后的两个严重迟发性疾病分别是:对孕妇生育能力的影响和后续怀孕时子宫破裂的危险。如果孕妇期望自己在胎儿手术后继续怀孕的话,应当保证胎儿手术不会对其生育功能产生影响,并且在后续分娩时孕妇不会出现严重的产科并发症(例如子宫破裂等)。

已经完成的胎儿外科手术绝大多数是采用非低位子宫切开术(non-lower uterine segment open hysterotomy)。胎儿手术由于受到胎盘和胎儿体位的限制,其手术方式大多不能选择低位子宫切开术。在考虑胎盘和胎儿位置的基础上,切口可以选择在子宫前壁、宫底和子宫后壁进行,可以选择横向切口、纵向切口和斜向切口。由于子宫切口选择的唯一性和多样性,子宫的长期功能可能会因切口不同而受到不同的损害。目前有两项研究已经对开放性胎儿手术所造成的母体生育能力的影响进行了调查。其中一项研究是回顾17例开放式(子宫切开术)胎儿外科手术病例,于1991年发表,其得出的结论是:在妊娠中期进行子宫切开术,并用可吸收性丝线进行缝合的方法,对母体远期生育能力没有决定性的影响。在最近的一项研究中,研究人员对60名接受过胎儿外科手术的孕妇进行了调查(进行调查的医疗中心是进行胎儿手术例数最多的医疗中心),结果表明胎儿外科手术不会对母体的生育能力产生负面影响。在胎儿手术之前没有不孕症的妇女,如果在胎儿手术后希望再次怀孕的话,均可以成功的怀孕。

胎儿手术可能会增加孕妇后续怀孕过程中子宫破裂的风险,提高早产的发生概率。由于手术切口的原因,我们建议对进行过胎儿手术后的孕妇,在后续分娩时,均采用剖宫产的手术方式。有报道称,经典子宫切开术所引起的子宫破裂概率为12%,异常子宫瘢痕为13%,子宫裂开为6%。近期的一项研究跟踪随访了64名接受了胎儿手术的妇女,其中有10%的调查者出现了子宫瘢痕开裂,其与其他进行过普通剖宫产手术病人再次怀孕的发生率相一致,出现早产的概率为11%,该数据并不比普通人群的发生率高。此外,在接受过胎儿手术的孕妇中,其早产的发生则得到了较好地控制,有数据表明该组人群所怀胎儿出生时的平均胎龄为36周。

随着微创经皮穿刺技术的不断进步,该项技术可以用于纠正某些胎儿疾病,因此其可能会引起胎儿外科病人孕期管理和孕期治疗发生变化。这些微创技术包括在胎儿镜下行先天性膈疝气管夹闭手术、骶尾部畸胎瘤射频消融术、超声刀脐带切断等。胎儿镜这项新技术具有侵袭性小的特点,然而,由于临床经验较少,相关数据尚不足以说明应当如何对病人进行孕期管理。胎儿镜手术不需要对子宫进行大切口,因此,这项新技术的优点之一是其减少了子宫裂开以及子宫破裂的风险,从而保证孕妇在后续怀孕时可以采用自然分娩的方式进行分娩。到目前为止,有两名孕妇在胎儿镜手术后采用了自然分娩的方式。其中一位孕妇采用经阴道自然分娩,分娩后没有出现并发症;另一位孕妇,在进行自然分娩失败的情况下,采用了低位横向子宫切口的剖宫产手术。目前,对于采用胎儿镜进行胎儿手术的孕妇,建议其在后续怀孕分娩时采用经阴道的自然分娩方式。

(二)胎儿手术存活病人的预后及结局

产前诊断技术的进步和围生期治疗手段的提高,使某些患有先天性畸形病人的病程有了极大的变化。尽管研究者对手术后存活的胎儿进行了广泛而详尽地考察,但这些患儿的临床病程依然十分复杂。人们一直以来都十分担心胎儿手术本身可能会对胎儿的血流动力学产生重要影响,进而影响到患儿的大脑血流并进一步引起长期的神经发育异常和其他并发症。事实上,即便不进行胎儿手术,肺发育不良患儿的临床病程也可能是长期的和复杂的,并且慢性疾病本身也可以导致发育迟缓。产后评估及长期随访是胎儿治疗的构成部分。患者结局的数据资料可以促进胎儿治疗方案的进步,当其出现治疗指征时可以采取措施进行早期干预。

(三)神经发育的预后及结局

到目前为止,仅有一项研究可以提供胎儿手术后存活病例神经发育结局的信息,该项研究的病人由早期经过胎儿外科手术治疗的病人构成。从 1989—1994 年,在 6 年时间中,共有 36 名患儿在加州大学胎儿治疗中心(San Francisco)接受了开放式胎儿手术的治疗,其手术治疗的疾病主要是先天性膈疝(CDH)和先天性肺腺瘤样畸形(CCAM)。在加州大学胎儿中心治疗的病例中,有 16 名患儿死于宫内,有 12 名病例存活并出院。存活患儿中,有 4 名患儿产前诊断为 CCAM,并伴有水肿,这些患儿接受了胎儿手术治疗,予以切除肿物。8 名存活患儿被诊断为左侧 CDH,其中的 7 名患儿行完全修补手术,手术方式是多样的,其中最后一名患儿采取的手术方法是气管球囊栓塞手术(tracheal occlusion,TO)。现在,共有 8 名气管夹闭手术(tracheal clip)的存活病例,这些患儿目前的年龄都小于 2 岁,因此其信息还不能为预后判断提供可信的数据。

该中心对年长患儿病例进行了一系列回顾,包括诊断、胎儿手术时的胎龄、出生时的胎龄、出生前后经超声诊断的中枢神经系统影像学异常、个体诊疗方案(per protocol)、产后临床病程(呼吸机使用天数、补充吸氧天数)等。一名采用开放式胎儿手术治疗的 CDH 病例没有纳入到该项分析中,因为该病例是 1 个 6 个月大的患儿,因受到家庭暴力而出现严重的头部损伤和严重的神经发育损害,在这个意外事件发生之前,该患儿的诊断报告均未发现发育异常。

胎儿手术存活者经历了详细的躯体检查、神经系统检查以及年龄和发育的评估。上述检查分别在患儿出生后 1 年、1.5 年、2.5 年以及 4.5 年时进行,患儿年龄则根据其早产情况进行了修正。研究人员尽可能将患儿纳入到随访体系中,并按照随访时间表进行评估。研究中定义的可疑神经系统异常包括:行动笨拙、肌震颤、轻微语音变化、轻微反射变化等没有固定损害的症状。研究的异常发现包括脑瘫,并根据其是否伴有固定损害(双侧肢体麻痹、偏瘫等)将其分为中度损害和严重损害。

研究人员对神经系统发育的结局和机体发育的结局进行了分类统计。两名出现中枢神经系统异常的患儿均出现了神经系统异常。另外两名 CDH 儿童出现了轻微认知能力延迟。

在没有经历胎儿手术的病重早产儿中,不论是颅内出血还是脑室周围白质软化症,都伴有神经系统的异常,例如脑瘫等。颅内出血是胎儿手术造成的风险之一,其发生率为 21%,颅内出血的产生与其他一系列医疗因素相关,包括:胎儿应激反应(fetal stress),一过性母体及胎儿血流动力学不稳定,以及大脑结构性发育迟缓。在所研究的病例组中,导致胎儿死亡的特定病因与胎儿手术因素或者产科治疗无相关性。

上述手术病例均为开放式胎儿手术的早期经验,患儿护理采用了多种方式。之后,学者们开始越来越多地采用标准化、微创的方法进行治疗。胎儿手术最大的进步是由开放式外科手术进步到微创的胎儿镜手术(FETENDO)。手术患儿存活者,体现了手术进步的结果,例如 CDH 患儿进行微创的 FETENDO 气管夹闭手术,该技术有望消除目前开放式子宫切开手术所带来的手术并发症。另外,减少对子宫的操作可以使手术导致的早产以及孕妇后续怀孕中的早产得到改善。

对于病情危重而没有进行胎儿手术的患儿,肺部疾病所导致的慢性肺疾病和支气管肺发育不良是导致发育迟缓的主要危险因素。在所研究的胎儿手术组中,尽管对患儿进行了胎儿手术,但是全部的 8 名患儿都出现了早产,并且表现出明显的肺发育不良和肺的不成熟。其中一些病例需要进行呼吸机支持和吸氧治疗,这些治疗均可导致慢性肺疾病和支气管肺发育不良,但是,胎儿手术患儿出现手术并发症的情况和那些在出生后进行手术治疗的 CDH 患儿的情况是一致的。

在所研究的患儿组中,除了在治疗前已经明确的可能导致患儿出现神经发育不良后果的危险因素之外,胎儿手术并没有增加患儿出现神经发育不良的危险因素。

另外,研究发现一些不良结局似乎与颅内出血和长期呼吸支持有关。对胎儿手术患儿的随访应当包括一些颅内出血的病例。微创胎儿手术,可以减少胎儿的应激反应,增加孕妇和胎儿的血流动力学稳定性,促进保胎治疗的效果,使孕妇可以在妊娠后期分娩,从而可能降低颅内出血的发生率以及减少患儿的长期呼吸支持,使产后病程趋于缓和。这些进步使得胎儿手术患儿的神经发育结局得到不断地进步和提高。研究人员需要对患儿进行长期的随访,一直到其进入学校学习的阶段,进而评估患儿是否存在更加微小的发育异常,同样的,研究人员将对采用了更先进的胎儿治疗技术的新一代病例的存活者进行随访和观察。

(四)胎儿手术随访及预后的小结和展望

正如前文所述,胎儿手术存活者的结局是十分复杂的。尽管肺发育不良和慢性肺疾病会直接影响到患儿的临床病程,患儿手术后 1 年内的医疗需求也存在复杂性。CDH 患儿的结局可能是死亡、胃食管反流以及骨骼畸形等,而患儿的病情与是否采用胎儿手术则无明显关联。有学者报道上述患儿有显著的长期并发症,包括发育不良、生长迟缓、胃食管反流、听力损害、肌肉骨骼系统的畸形等。

CDH 患儿可能会由一系列的原因导致其死亡,其中包括肺发育不良、慢性肺疾病、生长热量需求增加、胃食管运动异常导致的反流等。另有学者指出,即便患儿成长到 2 岁,患儿存活者的体重仍在体重曲线的 20% 区间以下。约有 90% 病例会出现胃食管反流的症状。美国加州大学胎儿医学中心的临床经验与之相近,该中心注意到 CDH 患儿胃食管反流的特点,并对胃食管反流进行了早期识别和早期治疗。他们认为,必要时,可以在患儿出院之前对患儿进行相应的手术治疗。如果手术治疗成功,医生将给予患儿一项长期治疗的方案,并且提高患儿的热量供给,这些治疗将一直持续到患儿 2 岁时。

CDH 患儿存活者的胸腔发育可能出现异常。在加州大学胎儿医学中心,有 10% 的存活者会出现漏斗胸、脊柱侧弯等症状。出现这些症状的潜在原因可能是由于肺发育不良,也可能是手术治疗的并发症,尤其是当患儿残存膈肌较少时(需要进行补片修补术)。有研究人员发现,CDH 存活者中有近 1/3 的患儿在门诊随访中出现了漏斗胸,而很少有病人因出现脊柱侧弯而进行治疗。加州大学胎儿治疗中心针对躯体治疗评估制定了一个日程表,借以对相关病人进行随访和追踪。

(李 锋 钟 微)

参 考 文 献

[1] Harrison MR,Golbus MS,Fillu RA(eds). The Unborn Patient:Prenatal Diagnosis and Treatment 2nd ed. Philadelphia. WB Saunders Company,1990.

[2] Harrison MR,Adzick NS:The fetus as a patient:Surgical considerations. Ann Surg,1990,213:279-291.

[3] Harrison MR:Fetal surgery. West J Med,1993,159:341-349.

[4] Longaker MT,Golbus MS,Filly RA,et al. Maternall outcome after open fetal surgery:A review of the first 17 human cases. JAMA,1991,264:737-741.

[5] Farrell JA, Albanese Ct, Jennings RW, et al:maternal fertility is not affected by fetal surgery. Fetal Ther Diagn(in press).

[6] Carroll SG,Turner MJ,Stronge JM,O'Herlhy C:Management of antepartum spontaneous membrane rupture after one previous caesarean section. Eur J Obstet Gynecol Repord Biol,1995,173:618-628.

[7] Halperin MD,Moore DC,Hannah WJ. Classical versus low-segment transverse incision for preterm caesarean section:Maternal complications and outcome of subsequent pregnancies. Br J Obstet Gynecol,1998,95:

990-996.

[8] Creasy RK. Preterm birth prevention. Where are we? Am J Obstet Gynecol,1993,168:1223-1230.

[9] Keirse MJNC. New perspectives for the effective treatment of preterm labor. Am J Obstet Gynecol,1995,173:618-628.

[10] Papile L,Munsick-Bruno G,Schaefer A. Relationship of cerebral interventricular hemorrhage and early childhood neurologic handicaps. J Pediatr,1983,103:273-277.

[11] Guzzetta F,Shckleford G,Volpe S,et al. Periventricular intraparenchymal ecodensities in the premature newborn:Critical determinant of neurologic outcome. Pediatrics,1986,78:995-1006.

[12] Graziani L,Pasto,Stanly C,et al. Neonatal neurosonographic correlates of cerebral palsy in preterm infants. Pediatrics,1986,78:88-95.

[13] Piecuch R,Leonard C,Cooper B,Sechring S. Outcome of extremely low birth weight infants(500 to 999 grams)over a twelve-year period. Pediatrics,1997,100:633-639.

[14] Bealer JF,Raisanen J,Skarsgard ED,et al. The incidence and spectrum of neurological ingury after fetal surgery. J Pediatr Surg,1995,30:1150-1154.

[15] Nobuhara K,Lund D,Mitchell J,et al:Long-term outlook for survivors of congenital diaphragmatic hernia. Clin Prinatol,1996,23:873-886.

[16] Van Meurs K,Robbins S,Reed V,et al. Congenital diaphragmatic hernia:Long term outcome in neonates treated with extracorporeal membrane oxygenation. J Pediatr,1999,1222:893-899.

[17] Lund D,Mitchell J,Kharasch V,et al:Congenital diaphragmatic hernia:The hidden morbidity. J Pediatr Surg,1994,29:258-264.

第十二节　胎儿和新生儿创伤

尽管产科护理和产前诊断的飞速发展,产伤的发生率有了明显下降,但仍然是新生儿发病率和死亡率的一个主要的原因。一个产伤婴儿的分娩将引起父母、产科医师和儿科医师的极大关注,同时,产伤的出现为可能的诉讼打开了大门。

产伤的危险因素很多,包括巨大儿、早产、产钳分娩、真空吸引、产程延长等。尽管许多产伤通常被认为是由于生产时外伤所致,但有些产伤缺乏确定的危险因素或在宫内产程开始前已发生,使得产伤的发生不可预测和不可避免。

一、头颅、神经、肌肉创伤

(一)颅外血肿(extracranial haematomas)

1. 胎头水肿(caput succedaneum)　胎头水肿是由于头皮下的致密结缔组织中的血管破裂导致浆液血性液体在骨膜上方积聚。

(1)病因:可以继发于产伤本身,也可由真空吸引或产钳分娩所致。

(2)临床表现:常见的临床表现为头皮下的紫癜和淤血,和头皮血肿不同,它可以延伸超过颅缝。

(3)治疗:由于致密结缔组织的压迫作用,出血量通常不大,胎头水肿可在几天后消散,不需要治疗。

2. 头颅血肿(cephalhematoma)　头颅血肿又称骨膜下血肿(Subperiosteal hematoma)是最常见的颅外血肿,由于骨膜下血管破裂而引起的骨膜下血液积聚,新生儿发生率约2.5%。

(1)病因:与产钳分娩和臀位分娩有关。

(2)临床表现:头颅血肿通常表现为位于顶骨或枕骨上方的血肿,不越过骨缝。局部皮肤不肿、不变色,触诊有波动感,与胎头水肿容易鉴别。由于骨膜下出血缓慢,出生后即刻可能不明显。

(3)治疗:没有并发症的头颅血肿不需要处理,经过数周会消退。因为可导致感染,血肿局部禁止穿刺抽吸。偶尔,血肿可能发生钙化,引起一骨性肿胀,数月后消失。

头颅血肿很少出现并发症。大的头颅血肿由于血管内血液的丢失可引起贫血和低血压。约5%的病例发生颅骨骨折,通常为线形的、非凹陷性骨折,不需要治疗。如出现神经症状或怀疑有凹陷性骨折的可能时,可行颅骨X线摄片和头颅CT以排除颅内病变。头颅血肿快速增大,尤其在败血症的进程中,可能提示出现感染,可以行血肿穿刺以明确诊断。

3.帽状腱膜下出血(subgaleal hemorrhage)　帽状腱膜下出血是指头皮的帽状腱膜和骨膜之间的出血。

(1)病因:包括颅骨骨折、骨间软骨结合断裂或连接硬膜下和帽状腱膜下腔隙的导静脉破裂。帽状腱膜下出血常与胎吸和产钳分娩有关,牵引力将帽状腱膜从颅骨拉开。其他的因素还有第二产程的延长、胎儿窘迫和巨大儿。

(2)临床表现:帽状腱膜下出血早期表现有面色苍白、肌张力减低、心率加快、呼吸加快以及头围增加。晚期表现为贫血、头皮下有波动感和高胆红素血症。

由于帽状腱膜下的结缔组织比较松弛,大量的出血可致失血性休克,在一个系列的研究中发现,大的帽状腱膜下出血可以丢失婴儿总的血液的31%～58%,头围增加1cm,可丢失38ml血液。

(3)诊断和鉴别诊断:诊断一般根据临床表现作出,任何婴幼儿出现头皮下有波动的肿块应高度怀疑帽状腱膜下出血。肿胀通常跨越颅缝,囟门变得模糊,由此可与头颅血肿鉴别。

实验室检查包括血红蛋白及血细胞比容的监测和凝血系列检查。约30%帽状腱膜下出血的婴幼儿有凝血机制的异常。由于血肿的再吸收会引起胆红素水平的升高,需要监测胆红素。

(4)治疗:大多是支持性的,假如血液丢失明显,需要输血。严重的病例需要外科处理,烧灼出血的血管。文献报道帽状腱膜下出血的病死率为14%～22%,生存的婴幼儿长期预后良好。

(二)颅骨损伤(cranial injury)

1.线状骨折　线形颅骨骨折通常影响顶骨,常与头颅血肿有关系,但也可发生在没有并发症的自然阴道分娩。发病与产钳运用挤压有关,也可能与颅骨顶在母亲的耻骨联合或坐骨嵴上有关。

通常线形颅骨骨折没有临床意义,不需要处理。线形的颅骨骨折偶与硬膜撕裂有关系,硬膜撕裂后,骨折线逐渐增宽,蛛网膜、软脑膜以及脑组织疝入骨缝并向外突出,形成接着软脑膜的囊肿。当头的生长异常快时应怀疑软脑膜囊肿,X线检查可显示骨折间隙增加,类似颅骨缺损。一般主张手术切除囊肿,修补硬脑膜。

2.凹陷性骨折　凹陷性骨折颅骨的连续性没有中断,只是有弹性的骨向内异常的弯曲,即所谓的"乒乓骨折"。应行头颅CT检查排除大脑有骨折碎片或颅内损伤。

凹陷性骨折的处理仍有争议,许多可以自发解决没有后果。传统采用拇指加压、吸奶器或胎头吸引器使凹陷骨折复位。非手术治疗的指征包括凹陷的深度<2cm以及凹陷位于大的静脉窦的上方而没有神经症状。手术指征包括X线证据表明颅内有骨折碎片、神经缺陷、颅内压增高、帽状腱膜下有脑脊液的体征和闭合复位失败。

（三）颅内血肿（intracranial hematomas）

有症状的颅内出血在足月新生儿中的发生率为（5.1～5.9）/10 000个活产儿。危险因素包括产钳分娩、真空吸引、急产、第二产程延长和巨大儿。近几年由于产科护理技术的提高，与出生有关的颅内出血有了明显的下降。最常见的症状包括呼吸暂停和癫痫发作。尽管生后无症状，但87％的病例48h 内出现症状。

1. **硬膜外出血（epidural hemorrage）**　硬膜外出血位于颅骨与硬脑膜之间的空隙内，极少见，占颅内出血尸检的2.2％。硬膜下出血来自于脑膜中动脉的损伤、静脉窦损伤、板障静脉出血以及脑膜前动脉损伤。

（1）临床表现：包括弥漫的神经症状如颅内压增高和囟门膨胀或更加局限的症状如使癫痫发作和眼偏斜。

（2）诊断及鉴别诊断：诊断通常由 CT 作出，显示颞顶区的一高密度的透镜状的病变。头颅 X 线片可确定相关的头颅骨折。

（3）治疗：硬膜外血肿大多需要外科引流。然而，Negishi 等报道4例非手术治疗成功，3例有头颅血肿和颅骨骨折，从伴随的头颅血肿中穿刺抽血后，硬膜外血肿消散。

2. **硬膜下出血（subdural hemorrhage）**　硬膜下出血是最常见的与产伤有关的颅内出血，Pollina 报道占足月儿颅内产伤的73％。硬膜下出血的发生率在自然阴道分娩中为每 2.9/10 000个活产儿，胎吸或产钳分娩中为（8～10）/10 000个活产儿，随着产钳使用的减少，近年来发生率有下降趋势。

（1）病因：硬膜下出血来源于4个可能位置的静脉和静脉窦的创伤性撕裂：①小脑幕撕裂，伴直窦、Galen 静脉、横窦及小脑幕下静脉的破裂，引起颅后窝的血凝块和脑干受压；②大脑镰的撕裂，伴有下矢状窦的破裂；③大脑表面的静脉破裂，引起大脑凸面上的出血；④枕骨骨分离（枕骨的鳞状部分和外侧部分分离），伴枕骨窦的破裂，导致颅后窝出血。硬膜下出血最常见的位置是小脑膜和半球间。枕骨分离与臀位分娩有关。

（2）临床表现：呼吸道症状如呼吸暂停和发绀是40％～60％婴儿的最初的临床发现，癫痫发作、局限性的神经缺陷、嗜睡、张力减低和其他的神经症状是其余婴儿的最初临床表现。出血的位置影响临床的表现，大脑凸面上的硬膜下出血倾向于产生局限性的神经功能障碍，颅后窝的出血更容易产生颅内压升高的体征包括呼吸暂停、瞳孔不等大、眼偏斜和昏迷。通常在生后24h 内出现症状，然而，有些婴儿可以至生后4～5d 才出现症状。

（3）诊断及鉴别诊断：头颅 CT 是诊断时的首选，头颅超声在有些情况下也可能有用，偶尔，MRI 更能清楚地显示颅后窝的血肿。因为硬膜下血肿与凝血紊乱有联系，应进行凝血系列的检查。

（4）治疗：许多婴儿可以非手术治疗。应根据病变的大小和是否有报道脑干受压的症状和体征决定是否手术治疗。在一个系列中，53％有颅后窝硬膜下出血的患儿需要手术清除。偶尔，由于进行性的脑积水，需要放置 V-P 引流。

长期的预后取决于病变的大小和是否有脑实质的病变。硬膜下出血与脑梗死有联系，在一个没有大脑内出血的系列中，Hayashi 发现70％（45 例）随访神经系统正常。在一个15例有颅后窝硬膜下出血的系列中，平均随访4.5 年，Perrin 等发现20％的患儿有轻度的发育延迟，13％有中度的延迟，20％有严重的发育延迟。

3. **蛛网膜下腔出血（Subarachnoid hemorrhage）**　有症状的蛛网膜下腔出血发生率在自然阴道分娩中为 1.3/10 000个活产儿，胎吸或产钳分娩中为（2～3）/10 000个活产儿，随早产和窒息发生率增加。

(1)病因:在新生儿,蛛网膜下腔出血是由蛛网膜下隙的桥静脉或小的软脑膜血管破裂引起。来自颅内动脉瘤破裂的出血新生儿罕见。

(2)临床表现:尽管蛛网膜下腔出血可以没有症状,最常见的临床表现是抽搐,经常出现在生后第 2 天。神经系统检查在发作间隙期通常是正常的,然而,可出现易激惹和意识水平的下降。潜在的挫伤可引起局限性的神经体征。在有严重窒息的患儿,临床恶化是快速的和进行性的。

(3)治疗:除非出血量大,蛛网膜下腔出血可消退,不需要干预。通常,假如潜在的皮质损伤和缺氧损伤没有出现,没有长期的后果。如蛛网膜下腔出血很大,可以发生出血后的脑积水,因此,应给予脑超声来监测头的生长和脑室的大小。

(四)神经损伤(nerve injury)

1. 臂丛神经损伤(brachial plexus injury)　臂丛神经损伤的发病率为 0.1%~0.2%,危险因素包括巨大儿、肩部难产、助产分娩和胎位不正性难产。

(1)病因及分型:臂丛神经损伤有三种主要的类型,Erb 麻痹、Klumpke 麻痹和整个臂丛的损伤。①Erb 麻痹受损的为 C5~6 神经根,是最常见的臂丛损伤,约占所有病例的 90%,患臂处于旋前及腕屈状态(Waiter tip 姿势),肩部内旋内收、肘部伸直、腕和手指弯曲,肱二头肌反射消失,Moro 反射(紧抱反射)不对称,抓握反射仍旧完整。②Klumpke 麻痹最少见,占臂丛损伤的 1%,损伤包括低位神经根 C8~T1,影响腕、指的屈肌和手的固有肌肉(爪形手),抓握反射消失,肱二头肌反射存在。③整个臂丛的损伤也称 Erb-Duchenne-Klumpke 麻痹,发生率为 10%,导致整个胳膊和手瘫痪,无深腱反射存在。

相关的病变包括胸锁乳突肌的血肿和锁骨及肱骨的骨折。Erb 麻痹与膈神经的损伤有联系,膈神经是由 C3~5 的神经纤维支配。当伴有 T1 交感神经纤维的损伤时,Klumpke 麻痹与同侧的 Horner 综合征(上睑下垂、瞳孔缩小和无汗)有联系。

损伤的发病机制包括肩难产需要过度的侧屈和头的牵引所致的牵拉损伤。然而,有增多的报道臂丛损伤发生在并未受到牵拉的新生儿。

与臂丛神经损伤有关的神经损伤的四种可能类型是:①功能性麻痹伴暂时性的传导阻滞;②轴突断伤伴分离的轴突,但周围神经元成分完整;③神经断伤伴完全的节后的神经中断;④撕脱,与脊髓的神经节前联系中断。正如所料,功能性麻痹和轴突断伤预后更好。

(2)诊断及鉴别诊断:诊断通常由体检作出。应给予肩和上臂摄片排除骨性损伤。借助缺乏其他伴随的神经系统发现经常可以排除脑损伤。出现呼吸困难可能提示伴有膈神经损伤。当低位的臂丛累及时,可出现同侧的 Horner 综合征。

(3)治疗:约 90% 的臂丛神经损伤自行恢复。受累仅限于 C5~6 神经根的患儿预后较好,整个臂丛和低位臂丛损伤的患儿预后较差。假如肱二头肌抗重力运动和肩外展在 3 个月时出现则预后优良。

最初的治疗是保守性的,前 1 周手臂交叉固定于上腹部以减少不适。为了防止挛缩,肩、肘和腕的物理治疗一周后应开始。应指导家长实施经常的可动度锻炼。假如头 2~3 个月没有恢复,应转至大的专科中心予进一步的评估,3~6 个月没有恢复应考虑手术探查。虽然对何时手术仍有争议,但大多数人认为如果需要手术探查,应在出生后 6 个月内进行,根据情况选择不同的显微外科神经重建技术,如神经修补、神经移植和神经转移等。

2. 面神经瘫(facial nerve palsy)　面神经瘫的发生率为 0.06%~0.7%,危险因素包括产钳分娩和第二产程的延长。

(1)病因:创伤性的面神经损伤是由于神经的外周部分在茎乳突孔穿出处或横过下颌骨支处受压而引起,神经可以受到产钳的压迫或分娩时母亲骶骨岬长时间的压迫。大约75%的面神经损伤在左侧。

(2)临床表现:包括下运动神经元病变的典型特征(如上、下面肌的虚弱)。休息时,鼻唇沟变平和受影响侧的眼睛持续张开。哭闹时,不能皱眉或闭上同侧的眼睛,嘴扯向对侧。

(3)诊断及鉴别诊断:创伤性的面神经损伤必须与发育因素引起的面神经瘫鉴别。这些非创伤性的面神经瘫经常与一些综合征如Mobius综合征、Goldenhar综合征、Poland综合征,DiGeorge综合征、13-三体和18-三体有关。与综合征有关的面神经麻痹的婴幼儿经常有其他的畸形或有双侧的麻痹。孤立的、单侧的、非创伤性的、先天性的面神经瘫也有描述,其病因仍不肯定,恢复的可能性不大。

(4)治疗:创伤性的面神经损伤的患儿预后良好,超过90%的患儿完全自然恢复。许多患儿在生后头2周恢复。

治疗主要是保护所涉及的眼角膜上皮,每隔3~4h用1%甲基纤维素滴液滴眼。由于恢复可能性较大,只有经过1年的观察仍不恢复,才考虑神经外科修复。

3. 膈神经损伤(phrenic nerve injury)

(1)病因:膈神经起于C3~5神经根,膈神经的损伤导致同侧膈的麻痹。约75%的病例与臂丛神经损伤有关。膈神经的损伤通常是单侧的。病因涉及分娩时颈和臂的牵拉。

(2)临床表现:膈肌麻痹的临床特征是非特异性的,包括呼吸窘迫伴呼吸急促、发绀、反复的肺不张或肺炎,伴影响侧的呼吸音消失。症状通常出现在生后第1天,也可以晚到1个月才出现。

(3)诊断及鉴别诊断:胸部的X线片示患侧膈抬高,纵隔移向对侧。这些X线表现在接受正压通气的患儿不明显。超声和或透视检查可以明确诊断,显示吸气时患侧膈肌的矛盾运动。

(4)治疗:经过吸氧、肺部理疗和抗生素的治疗,大多数膈肌麻痹的患儿完全康复。呼吸衰竭可用持续正压或通气治疗。少数有严重呼吸窘迫的患儿需要持续的CPAP治疗。假如经过2周的机械通气或3个月的内科治疗仍有持续麻痹存在,应考虑外科治疗,给予横膈折叠术。经过手术,胸腔的容量增加,X线胸片显示横膈变平变低。

4. 脊髓损伤(spinal cord injury) 脊髓损伤罕见,发生率为0.14/10 000活产儿。上颈髓的病变比颈胸髓和胸腰髓的病变更常见。

(1)病因:高位颈部病变最常见与头位难产产钳旋转有关,低位的颈部和胸部病变通常发生在阴道臀位产时,头部过伸或继发于头盆不对称的头部受陷。也有脊髓损伤发生在剖宫产后的报道。

损伤是由脊髓在纵轴上的牵拉或旋转引起。由于新生儿的韧带松弛、肌肉弱和椎骨的不完全矿化,脊椎的伸展超过脊髓导致损伤。

(2)临床表现:包括自主运动的减少和缺乏、深腱反射缺乏、缺乏或周期性呼吸和病变水平下缺乏对疼痛刺激的反应。超声是首选的诊断方法,可以在床边实施。MRI在诊断和确定预后中也有帮助,普通X线平片很少显示异常。

(3)治疗:假如在产房中怀疑有脊髓损伤,头、颈和脊柱应固定。给予支持性治疗。总的来讲,这些婴儿的预后是差的,应将重点放在预防损伤上。

(五)先天性肌性斜颈(congenital muscular torticollis)

三种类型的先天性肌性斜颈被描述:①胸锁乳突肌的肿块(斜颈伴肿块);②肌性斜颈(斜颈

无肿块);③姿势性斜颈(斜颈,没有肌肉紧或肿块的证据)。胸锁乳突肌肿块最常见,占约40%的病例。先天性肌性斜颈的发生率约为0.4%。危险因素包括臀位分娩和产钳分娩,然而,许多病例可能与产伤没有联系。

1. 临床表现   典型的表现出现在出生后1~4周,头斜向病变侧和转向对侧,下巴稍抬起,头不能移动至正常位置。假如肿块存在,它是一个坚硬、梭状的、不能移动和位于胸锁乳突肌中间部分的肿块,不伴有色泽变化和炎症。体检可作出明确诊断,应予X线摄片排除颈椎异常,超声在诊断和预后中有帮助。

2. 治疗   治疗包括早期和延长的主动和被动牵拉。将患儿仰卧位,双肩放平,旋转头部,使下巴触及肩峰,每次牵拉15~20次,每次5~10min,每天可重复4~6次。手术指征是经过6个月的非手术治疗无效,需要行胸锁乳突肌切断术。延误和不适当治疗可导致面部一侧发育不良或永久性的颅骨和颈椎变形。

二、胸腹腔损伤

1. 肝

(1)病因:肝是最常见的继发于产伤的腹腔器官损伤。造成肝容易损伤的因素包括臀位产、伴肝增大的婴儿、巨大儿、早产以及凝血性疾病。与产生有关的肝损伤的机制有①胸腔挤压,牵拉肝韧带,然后造成肝实质撕裂;②直接压迫肝导致肝包膜下出血或破裂。

(2)临床表现:包膜下出血较肝实质损伤更常见。包膜下出血的新生儿出生后前3d正常,当包膜破裂,血液外渗进入腹腔,紧接着出现突然的循环衰竭、腹胀和血细胞比容快速下降。假如鞘状突未闭,可在阴囊内看见血液,提示血腹。在原发性肝破裂的患儿,立即出现腹腔内大出血,导致休克和腹胀。

(3)诊断及鉴别诊断:腹部X线片通常帮助不大,但可显示均匀不透,提示腹腔内有游离液体。腹部超声可以明确诊断,同时还可以与肝实质性肿块作鉴别。只有当血流动力学稳定的情况下才推荐CT检查。腹腔穿刺在血腹的快速诊断中也是一个有用的选择。

(4)治疗:治疗通常是等待,包括容量复苏和任何低体温及凝血病的纠正。偶尔,当患儿病情不稳定或有继续出血,需要外科干预。在控制新生儿肝出血中,止血药似乎比线结修补更有帮助。在这个年龄组,控制肝出血非常困难。

2. 脾

(1)病因:新生儿脾损伤较少见,损伤的易发因素和机制与肝损伤相似。尽管脾增大增加了损伤的危险,但绝大多数的脾损伤出现在正常大小的脾。

(2)临床表现:与肝损伤一样,腹腔内出血是唯一出现的体征,临床表现为循环衰竭和腹胀。

(3)诊断及鉴别诊断:腹部的X线片可提示腹腔游离液体,腹腔穿刺可证实血腹的诊断。

(4)治疗:治疗包括等待和纠正凝血病或低体温。以前,脾破裂的处理是脾切除,近几年,倡导脾修补术以减少脾切除术后的感染并发症。

3. 肾上腺

(1)病因:新生儿肾上腺出血最常出现在产程延长和分娩困难的产妇。其他的易患因素有窒息、早产、胎盘出血、新生儿出血性疾病等。超过70%的患儿是右侧肾上腺受累,双侧占5%~10%。

(2)临床表现:取决于损伤的严重程度,典型的临床表现是生后至第4天出现腹部肿块并伴有发热、黄疸或贫血。

(3)诊断及鉴别诊断:鉴别诊断包括肾上腺囊肿、神经母细胞瘤和肾胚瘤。可结合超声和静脉肾盂造影作出肾上腺出血的诊断。超声可显示肾上的肿块,最初是有回声的,紧接着出现囊性样改变。静脉肾盂造影显示受累侧肾向下移位。出血后2~4周可在腹部X线平片上发现钙化。

(4)治疗:治疗包括输血、密切观察和超声随访。如患儿有大量的出血,可考虑手术干预包括腹腔穿刺、剖腹探查、清除血肿和彻底止血。必须强调的是手术时取活检以排除其他疾病如神经母细胞瘤。

4. 肾

(1)病因:与生产有关的肾损伤少见。新生儿的肾破裂通常与先天性畸形有关。

(2)临床表现:通常表现为血尿和肾肿块。

(3)诊断及鉴别诊断:静脉肾盂造影显示缺乏排泄或造影剂从肾实质漏出至肾周间隙。肾超声可显示肾破裂或腹水。

(4)治疗:应尽可能非手术治疗。只有在严重出血或肾实质完全破裂才考虑剖腹探查,应同时尽可能地纠治存在的先天性畸形。

5. 胸腔 胸腔的损伤被认为是对胸腔压迫的结果,包括气胸、纵隔积气和乳糜胸,也可能出现食管或环咽肌的穿孔。在许多胸部产伤的病例中,只需等待观察,是否需要手术干预取决于临床,食管和环咽肌的高位穿孔通常只要观察或偶尔引流,低位的病变需要引流或手术修补。由于早期得到确诊,结果是优良的。另外,食管穿孔也可以来自新生儿期胃管放置时的损伤。

三、骨 折

1. 锁骨骨折(clavicular fracture) 锁骨是生产时最容易骨折的骨,新生儿的发生率为0.3%~2.9%。危险因素包括体重过大、第二产程延长、肩难产和器械分娩。

(1)病因:尽管与生产外伤有关,许多锁骨骨折出现在没有并发症正常分娩的新生儿。锁骨骨折与Erb麻痹有关联。

(2)临床表现:锁骨骨折可以是完全的和不完全的,许多没有症状,特别是不完全的骨折,直到出院时才发现。最常见的症状是同侧臂运动减少,体检可以在锁骨区触及捻发音和骨异常,还可以看到骨折位置上方的皮肤变色。

(3)诊断及鉴别诊断:可通过X线摄片证实,许多骨折是青枝型的,出现在锁骨的中1/3,也有少数骨折是完全性的。鉴别诊断包括肱骨骨折、肩脱位和臂丛神经损伤。

(4)治疗:没有症状的不全性骨折不需要治疗。完全骨折应给予患侧肩部和胳膊制动,固定于屈肘90°和臂内收位7~10d,一般预后良好。

2. 长骨骨折(long bone fracture) 长骨骨折不常见,股骨和肱骨的发生率分别为0.13/1000个活产儿和0.05/1000个活产儿。危险因素包括臀位产、剖宫产和低出生体重。

(1)临床表现:典型的症状包括受累肢体的运动减少、肿胀被动运动时疼痛和捻发音。在分娩时,产科医师可能感觉到或听到噼啪声。诊断可由X线摄片作出。由于出生时骺还没有骨化,常规的X线检查不能确定肱骨和股骨的骨骺分离,在这种情况下,超声可以帮助建立诊断。X线检查在7~10d时可显示骨痂形成。

(2)治疗:治疗是制动和夹板固定,闭合复位和石膏固定只有当骨折移位时才需要。近端的股骨骨折需要人字形石膏或运用Pavlik吊带。

(汪 健)

参 考 文 献

［1］ Dolk H,Loane M,Garne E. The prevalence of congenital anomalies in Europe. Adv Exp Med Biol,2010,686;349-364.

［2］ Kalter H. Teratology in the 20th century;environmental causes of congenital malformations in humans and how they were established. Neurotoxicol Teratol,2003,25(2);131-282.

［3］ Kalter H. Folic acid and human malformations;a summary and evaluation. Reprod Toxicol,2000,14(5); 463-476.

［4］ Adams J. The neurobehavioral teratology of retinoids;a 50-year history. Birth Defects Res A Clin Mol Teratol,2010,88(10);895-905.

［5］ Vitoratos N,Vrachnis N,Valsamakis G,et al. Perinatal mortality in diabetic pregnancy. Ann N Y Acad Sci, 2010,1205;94-98.

［6］ Bermejo E,Martínez-Frías ML. Prevention,diagnosis and services. Adv Exp Med Biol,2010,686;55-75.

［7］ Rahbar R,Vogel A,Myers LB,et al. Fetal surgery in otolaryngology;a new era in the diagnosis and management of fetal airway obstruction because of advances in prenatal imaging. Arch Otolaryngol Head Neck Surg,2005,131;393-398.

［8］ Graziano JN. Cardiac anomalies in patients with congenital diaphragmatic hernia and their prognosis;a report from the Congenital Diaphragmatic Hernia Study Group. J Pediatr Surg,2005,40;1045-1049;discussion 1049-1050.

［9］ Fisk NM,Duncombe GJ,Sullivan MH. The Basic and Clinical Science of Twin-TwinTransfusion Syndrome. Placenta,2009,30(5);379-390.

［10］ Rossi AC,D'Addario V. Laser therapy and serial amnioreduction as treatment for twin-twin transfusion syndrome;a metaanalysis and review of literature［J］. Am J Obstet Gynecol,2008,198(2);147-152.

［11］ Kohl T,Hering R,Bauriedel G,et al. Fetoscopic and ultrasound-guided decompression of the fetal trachea in a human fetus with Fraser syndrome and congenital high airway obstruction syndrome(CHAOS)from laryngeal atresia. Ultrasound Obstet Gynecol,2006,27;84-88.

［12］ Kunisaki SM,Fauza DO,Barnewolt CE,et al. Ex Utero Intrapartum Treatment with Placement on Extracorporeal Membrane Oxygenation(EXIT-TO-ECMO)for Fetal Thoracic Masses. J Pediatr Surg,2007,42; 420-425.

［13］ Kunisaki SM,Barnewolt CE,Estroff JA,et al. Ex Utero Intrapartum Treatment with Placement on Extracorporeal Membrane Oxygenation(EXIT-TOECMO)for Severe Congenital Diaphragmatic Hernia. J Pediatr Surg,2007,42;98-104.

［14］ Erich J Grethel and Kerilyn K Nobuhara. Fetal surgery for congenital diaphragmatic hernia. Journal of Paediatrics and Child Health,2006,42;79-85.

［15］ Kunisaki SM,Jennings RW. Fetal surgery. J intensive Care Med,2008,23;33-51.

［16］ Shinjiro H and Diana L. Farmer. Fetal surgery for myelomeningocele. Clin Perinatol,2009,36;431-438.

［17］ Deprest JA,Devlieger R,Srisupundit K et al. Fetal surgery is a clinical reality. Semin Fetal Neonatal Med, 2010,15(1);58-67.

［18］ Roybal JL,Santore MT,Flake AW et al. Stem cell and genetic therapies for the fetus. Semin Fetal Neonatal Med,2010,15(1);46-51.

［19］ Tran KM. Anesthesia for fetal surgery. Semin Fetal Neonatal Med,2010,15(1);40-45.

［20］ Liechty KW. Ex-utero intrapartum therapy. Semin Fetal Neonatal Med,2010,15(1);34-39.

［21］ Hedrick HL. Management of prenatally diagnosed congenital diaphragmatic hernia. Semin Fetal Neonatal Med,2010,15(1);21-27.

[22]　Sumikura H,Irikoma S,Kondo Y,et al. Progress in the prenatal treatment and anesthetic considerations for fetal surgery. Masui,2010,59(3):338-346.

[23]　Wilde J P,R ivers A W,Price D L. A review of the current use of magnetic resonance imaging in pregnancy and safety implications for the fetus. Prog BiophysM ol Biol,2005,87(2-3):335-353.

[24]　atherine A,M arei L M,Christine A,et al. MRI of the fetal posterior fossa. Pediatr Radiol,2005,35:124-140.

[25]　Glenn O A,Goldstein R B,Li K C,et al. Fetal magnetic resonance imaging in the evaluation of fetuses for sonographically suspected abnormalities of the corpus callosum. J Ultras Med,2005,24(6):791-804.

[26]　Brugger PC,Mittermayer C,Prayer D. A new look at the fetus:thick-slab T2-weighted sequences in fetal MRI. Eur J Radiol,2006,57(2):182-186.

[27]　Santos XM,Papanna R,Johnson A,et al. The use of combined ultrasound and magnetic resonance imaging in the detection of fetal anomalies. Prenat Diagn,2010,30(5):402-407.

[28]　Deshmukh S,Rubesova E,Barth R. MR assessment of normal fetal lung volumes:a literature review. AJR Am J Roentgenol,2010,194(2):W212-217.

[29]　Manganaro L,Savelli S,Francioso A,et al. Role of fetal MRI in the diagnosis of cerebral ventriculomegaly assessed by ultrasonography. Radiol Med,2009,114(7):1013-1023.

[30]　Chung R,Kasprian G,Brugger PC,et al. The current state and future of fetal imaging. Clin Perinatol,2009,36(3):685-699.

[31]　Pugash D,Brugger PC,Bettelheim D,et al. Prenatal ultrasound and fetal MRI:the comparative value of each modality in prenatal diagnosis. Eur J Radiol,2008,68(2):214-226.

[32]　Herman-Sucharska I,Bekiesińska-Figatowska M,Urbanik A. Fetal neuroimaging:US and MRI. Brain Dev,2009,31(3):185-199.

[33]　Vazquez E,Mayolas N,Delgado I,et al. Fetal neuroimaging:US and MRI. Pediatr Radiol. 2009,39 Suppl 3:422-435.

[34]　Büsing KA,Kilian AK,Schaible T,et al. MR relative fetal lung volume in congenital diaphragmatic hernia:survival and need for extracorporeal membrane oxygenation. Radiology,2008,248(1):240-246.

[35]　Huisman TA,Kellenberger CJ. MR imaging characteristics of the normal fetal gastrointestinal tract and abdomen. Eur J Radiol,2008,65(1):170-181.

[36]　Brugger PC,Prayer D. F. et al abdominal magnetic resonance imaging. Eur J Radiol,2006,57(2):278-293.

[37]　Gorincour G,Bouvenot J,Mourot MG,et al. Prenatal prognosis of congenital diaphragmatic hernia using magnetic resonance imaging measurement of fetal lung volume. Ultrasound Obstet Gynecol,2005,26(7):738-744.

[38]　Thornburg KL,Jacobson SL,Giraud GD. Morton MJ. Hemodynamic changes in pregnancy. Semin Perinatol,2000,24:11-4.

[39]　Myers LB,Watcha M. Regional versus general anesthesia for twin-twin transfusion syndrome requiring fetal surgery. Fetal Diagn Ther,2004,19:286-291.

[40]　Bloom SL,Spong CY,Thom E,et al. Fetal Pulse Oximetry and Cesarean Delivery. N Engl J Med, 2006,355(21):2195-202.

[41]　Philip J. Steer. Surveillance during labour. J Perinat Med,2009,37(5):451-456.

[42]　Csitári IK,Pasztuhov A,László A. The reliability of fetal pulse oximetry:The effect of fetal oxygen saturation below 30%on perinatal outcome. Eur J Obstet Gynecol Reprod Biol,2008,136(2):160-164.

[43]　Kale A,Chong YS,Biswas A. Effect of availability of fetal ECG monitoring on operative deliveries. Acta Obstet Gynecol Scand, 2008,87(11):1189-1193.

[44]　Tekin A,Ozkan S,Cali? kan E,et al. Fetal pulse oximetry:Correlation with intrapartum fetalheart rate pat-

terns and neonatal outcome. J Obstet Gynaecol Res,2008,34(5):824-831.

[45] Cleal JK,Thomas M,Hanson MA,et al. Noninvasive fetal electrocardiography following intermittent umbilical cord occlusion in the preterm ovine fetus. BJOG,2010,117(4):438-44.

[46] Philip J. Steer. Has electronic fetal heart rate monitoring made a difference? Semin Fetal Neonatal Med,2008,13(1):2-7.

[47] Bleul U,Kähn W. Monitoring the bovine fetus during stage II of parturition using pulse oximetry. Theriogenology,2008,69(3):302-311.

[48] aek BW,Callen PW,Kitterman J,et al. Successful fetal intervention for congenital high airway obstruction syndrome. Fetal Diag Ther,2002,17(5):272-276.

[49] arrison MR,Keller RL,Hawgood SB,et al. A randomized trial of fetal endoscopic tracheal tracheal occlusion for severe fetal congenital diaphragmatic hernia. N Engl Med,2003,349(20):1916-1924.

[50] Mackenzie TC,Crombleholme TM,Johnson MP,et al. The natural history of prenatally diagnosed conjoined twins. J Pediat r Surg,2002,37(3):303-309.

[51] Micheal TC,Rosenberg AL,Polley LS. EXIT to ECMO. Anesthesiology,2002,97(1):267-268.

[52] 沈淳,郑珊,李笑天. 胎儿气道梗阻、通气障碍和子宫外产时处理. 实用妇产科杂志,2009,25(12):707-708.

[53] 李秋玲,张志涛,刘彩霞. 产房外科手术和产时子宫外处理在治疗出生缺陷儿中的应用. 中华妇产科杂志,2009,44(4):285-287.

[54] Noah MM,Norton ME,Sandberg P,et al. Short-term maternal outcomes that are associated with the EXIT procedure,as compared with cesarean delivery. Am J Obstet Gynecol,2002,186(4):773-777.

[55] 严英榴. 胎儿结构异常的早孕期超声筛查. 中国实用妇科与产科杂志,2008,24(2):102-106.

[56] 郑珊. 胎儿外科的进展. 中华妇幼临床医学杂志(电子版),2007,3(1):1-3.

[57] Game E,Haeusler M,Barisic I,et al. Congenital diaphragmatic hernia:evaluation of prenatal diagnosis in 20 European regions. Ultrasound Obstet Gynecol,2002,19(4):329-333.

[58] Harrison MR,Keller RL,Hawgood SB,et al. A randomized trial of fetal endoscopic tracheal occlusion for severe congenital diaphragmatic hernia. N Engl J Med,2003,349(20):1916-1924.

[59] Keller RL,Harwgood S,Neuhaus JM,et al. Infant pulmonary function in a randomized trial of tracheal occlusion for severe congenital diaphragmatic hernia. Pediatr Res,2004,56(5):818-825.

[60] eprest J,Gratacos E,Nicolaides KH. Fetoscopic tracheal occlusion(FETO)for severe congenital diaphragmatic hernia:evolution of a technique and preliminary results. Ultrasound Obstet Gynecol,2004,24(2):121-126.

[61] ani JC,Nicolaides KH,Gratacos E,et al. Fetal lung-to head ratio in the prediction of survival in severe left-sided diaphragmatic hernia treated by fetal endoscopic treacheal occlusion(FETI). Am J Obstet Gynecol,2006,195(6):1646-1650.

[62] Lim FY,Crombleholme TM,Hedrick HL,et al. Congenital high airway obstruction syndrome:natural history and management. J Pediatr Surg,2003,38(6):940-945.

[63] Clark TJ,Martin WL,Divakaran TG,et al. Pernatal bladder drainage in the management of fetal lower urinary tract obstruction:a systematic review and meta-analysis. Obester Gynecol,2003,102(2):367-382.

[64] Quintero R,Shukla AR,Homsy YL,et al. Successful in utero endoscopic ablation of posterior urethral valves:a new dimension in fetal urology. Urology,2000,55(5):774.

[65] Ong SS,Chan SY,Ewer AK,et al. Laser ablation of foetal microcystic lung lesion:successful outcome and rationale for its use. Fetal Diagn Ther,2006,21(5):471-474.

[66] Davenport M,Warne SA,Cacciaguerra S,et al. Current outcome of antenally diagnosed cystic lung disease. J Pediatr Surg,2004,39(4):549-556.

[67] Bermúdez C,Pérez-Wulff J,Arcadipane M,et al. Percutaneous fetal sclerotherapy for congenital cystic ade-

nomatoid malformation of the lung. Fetal Diagn Ther,2008,24(3):237-240.

[68] Paek BW,Jennings RW,Harrison MR,et al. Radiofrequency ablation of human fetal sacrococcygeal terato-ma. Am J Obstet Gynecol,2001,184(3):503-507.

[69] Keswani SG,Johnson MP,Adzick NS,et al. In utero limb salvage:fetoscopic release of amniotic bands for threatened limb amputation. J Pediatr Surg,2003,38(6):848-851.

第 2 章

21世纪的新生儿外科

随着现代医学技术的发展,越来越多的早产儿得到了更好的诊治护理,存活率大大提高。事实上,在过去的几十年间,许多早产儿迫切需要外科诊治,这极大促进了世界各地医疗机构内新生儿外科的蓬勃发展,并形成了一个独立的新专业。

我中心在过去的 10 年间,新生儿外科患儿无论是入院总量,还是手术数量,都呈现稳步上升的趋势。此外,在对新生儿外科疾病进行诊治的同时,我们也注重对越来越多的早产婴儿进行了诊治,使他们的死亡率同步明显下降。事实上,近年来我科早产婴儿的病死率大致已低于 2%。

对于新生儿外科疾病而言,坏死性小肠结肠炎仍然是我们业务范围内的主要疾病。还有一些其他的疾病,包括食管闭锁、先天性膈疝、腹壁缺损、先天性巨结肠和先天性肥厚性幽门狭窄等疾病。

一、坏死性小肠结肠炎

坏死性小肠结肠炎是早产新生儿高发性疾病。随着新生儿 ICU 护理的出现,越来越多的早产新生儿存活率明显提高,而坏死性小肠结肠炎的病例数量也随之上升。多数患有坏死性小肠结肠炎的新生儿可经内科治疗好转,但仍有相当数量的患儿需要接受外科手术治疗。虽然在过去的 20 年里医学进步了,但该病病死率没明显变化,高达 10%～50%。而对于病变累及全肠道的患儿,病死率更高达 100%。存活患儿常由于各种并发症的出现而延长住院时间,这些并发症包括肠梗阻,短肠综合征,肠外营养相关性胆汁淤积,肠道衰竭继发生长和发育迟缓,慢性营养缺乏。

坏死性小肠结肠炎的发病机制表现为多风险致病因素。在流行病学上人们一致认为,早产和肠内营养是导致坏死性小肠结肠炎的高发因素。目前,病理生理学研究证据显示,多风险因素可导致坏死性小肠结肠炎的发生。多数人认为:易感宿主体内肠黏膜的损伤是该病的主要致病原因。由此引发的肠黏膜屏障破坏使肠道菌群出现易位,进而刺激了一系列炎症介质的生成,这其中包括一氧化氮,这些炎症介质进一步导致黏膜炎症的发生,最终引起肠上皮细胞的凋亡或坏死。

对于严重的坏死性小肠结肠炎病例,如可能迁延发展为肠穿孔或引起脓毒血症的,我们通常采用外科手术治疗。多数新生儿患儿可通过内科治疗控制病情,只有不到 20% 的患儿需接受手术治疗。对肠管采用彩色多普勒和常规的超声检查不仅能有效评估肠管血流,同时也是一种非侵袭性的重要检查方法。也可以顺应当下微创方法治疗外科疾病的趋势,对新生儿坏死性小肠结肠炎患儿采用腹腔镜检查做出诊断,并为最终的治疗方案提供依据。

目前对进展性或穿孔性坏死性小肠结肠炎患儿的最佳外科治疗方法仍然存在很大争议。争议主要集中在对新生儿坏死性小肠结肠炎的明确治疗方式上。是应该接受腹腔引流还是应该接受剖腹探查手术？曾有学者对出生体重低于 1500g 的新生儿做腹腔引流和剖腹探查随机对照研究，他们发现接受腹腔引流和剖腹探查的新生儿无论是生存率还是对胃肠外营养的依赖，都没有显著差异。但是，在同一对照中若采用非随机化研究，则接受剖腹探查手术的婴儿其治疗效果要好于接受腹腔引流的婴儿。事实上，英国 Pierro 医生和他的同事曾就外科治疗坏死性小肠结肠炎也做过类似的多中心随机对照研究（采用网络调查的方式），用以比较腹腔引流和剖腹探查的效果，我中心也参与了这项调查研究工作，研究结果亦显示，那些接受剖腹探查手术的婴儿其治疗效果要好于接受腹腔引流的婴儿。

综上所述，与其争议对坏死性小肠结肠炎患儿应行随机手术治疗或无差别手术治疗，我们认为对剖腹探查手术进行慎重判断和选择曾更能有效提高预后效果。

当病变肠段被切除后，传统采取的方法是在近段造口。包括我们在内的一些小儿外科中心倡导：病变肠段切除后直接行原位修补手术以避免吻合口可能产生一些并发症。

然而，也有学者认为原位修补会引起脓毒血症、吻合口撕裂和狭窄的发生。这方面仍需要做大量相关的工作。

对于多病灶坏死性小肠结肠炎患儿，手术的主要目的是控制脓毒血症的发生和保持肠管长度，以避免短肠综合征相关性疾病所引起的死亡。一种方法是采用"夹拖放回"技术，剖腹探查期间，将无活力和波动的肠管切除，余下肠管的末端被夹住，使肠管处于不连续状态，无须行肠管造口和肠吻合手术，然后充分冲洗腹腔。待患儿充分复苏和炎症反应得以控制后，患儿重返手术室行二次探查以及肠管重建术，以最大限度恢复肠管连续性。随着现代外科技术和 ICU 监护的发展，我们已成功挽救多名早产坏死性小肠结肠炎患儿，其中最小的存活患儿为孕 24 周出生体重为 550g 的早产新生儿。

由于对坏死性小肠结肠炎的病理生理学机制日益明确，可行性治疗和预后措施水平也在提高。对极低出生体重儿喂食人乳能显著降低坏死性小肠结肠炎的发生率。作为乳汁重要成分之一的上皮生长因子被证明具有治疗坏死性小肠结肠炎作用，它也是肠管生长的营养物质。此外，近来一项预实验研究显示，益生菌疗法能有效防止坏死性小肠结肠炎的发生。

引起坏死性小肠结肠炎患儿死亡的主要原因是短肠综合征，它是一种病变范围广泛，发生率逐年增加的疾病。随着早产儿比率的增加，坏死性小肠结肠炎术后肠管长度减少的患儿数量也在逐年增加。一旦小肠长度减少 50%～75%，就会出现短肠综合征的表现。短肠综合征的严重程度与肠管切除的范围、回盲瓣受累程度、空肠状态以及保留下来的小肠健康状态有关。坏死性小肠结肠炎术后短肠综合征的发生率为 12%～23%。当前对短肠综合征的诊治会在后续章节中进一步探讨。

二、先天性腹壁缺损

多数腹壁缺损的患儿缺损部位会随时间逐步自行关闭。此外，分期修复手术也是显著有效的治疗手段。对于多数腹裂和脐膨出等先天性腹壁缺损患儿而言，通常需要接受外科矫治手术；矫治手术可同时对伴发畸形进行修复，因此对营养支持的需求便不可避免，但患儿也会因营养支持而产生并发症。对于腹壁缺损手术最主要的问题是正确处理内脏安全复位和修复缺损与并发症风险和美观问题之间的矛盾。随着手术安全和支持疗法的提高，人们逐渐更新理念，采用单期修复和闭合缺损手术，并使术后更加美观。单期修复和闭合缺损手术的安全性与腹内压有关，因此,腹内脏器与腹腔的比例均衡与否便成为影响术后并发症和手术效果的风险因素。对于腹腔间隔室综合征患儿来说,腹内压被定义为超过 20mmHg。此外,减少心排血量和降低内脏灌注压可导致少尿的发生和肠黏膜酸中毒,以及由通气不足所致的血流动力学改变;而这些又相应地引发了肾衰竭、脓毒血症、肠缺血以及伤口并发症的发生。

全麻下一期缺损修复和筋膜关闭手术在操作中常常引发腹壁和缺损部位的过度牵张。尽管有人从筋膜处切开皮肤或直接从缺损处切开,但都是没有理论依据的;更糟糕的是,这样做可能会引发腹壁水肿和随之而来的皮肤红斑发生。多数脐疝患儿可在全麻下行一期修复手术而不需要担心腹内压过高,同时治疗效果也比较美观。对于巨大脐疝需行疝囊切除并用补片进行修补的患儿来说,一定要注意治疗的重点是实施重症监护,而不是在新生儿时期必须做修复手术。

阶段复位手术利用 4 种力来缩窄缺损:①重力;②压力;③牵引力;④张力。这些力中的任何一种都可直接作用于腹内脏器或腹壁上,也可同时直接作用于二者。镇静或麻醉以及肺通气能有效松弛腹壁肌肉,达到增强缩窄缺损的效果。

无论是腹裂还是脐疝,多年来采用合成材料制成的 SILO 被缝合到缺损边缘以达到分期内脏复位的方法,已成功挽救了大量一期修复手术失败的患儿生命。就目前来说,采用 SILO 行有效的修复手术,能明显缩短用人工呼吸机时间,但尚无法证明它可以有效缩短肠内营养的时间和住院时间,以及减少相应的并发症。对于脐疝来说对是否应在术中除疝囊仍存有争议。有报道认为切除疝囊有损伤肝实质和门静脉的风险,因此有人提出应完整保留疝囊,外部使用普理灵或硅酮简简压迫并牵拉,直到疝囊翻转,腹白线收缩靠近。通常疝囊可自行吸收,无不良反应发生。

保护脐带对于术后美观来说至关重要,它也可以自行闭合。一般来说直接缝扎,比如对残段不予解剖分离而直接采用单丝线缝合也是可以的。

人们已经开始采用合成的或生物材料补片对缺损进行修复,补片可以是暂时的也可以是永久性的。硅酮增强补片,单丝线聚丙烯补片以及聚四氟乙烯材料补片等,已成为缺损修补的暂行措施被一直应用到手术后期筋膜附着相对固定的时候。动物和人体生物材料的应用正与日俱增。无细胞异物移植材料也正在被开发研究,如猪真皮胶原的应用和猪小肠黏膜下层的应用等。这些无细胞低变应原材料可以让成纤维细胞在间隙内生长和血管组织生成,但对儿童患者长期应用的效果目前仍在探索中。

总之,采用综合技术修复腹壁缺损对于成功治愈此病是非常重要的。此病早期多数患儿缺损腹壁可自行关闭。但是也有证据显示阶段复位手术对患儿也有很大帮助。如果该术式在手术效果和美观上更令人满意,那么这种术式理论上应该成为治疗该病的首选方法。

三、食管闭锁

食管闭锁的治疗水平是衡量一个小儿外科中心和小儿外科医生水平的重要指标。在过去 60 年间,食管闭锁患儿的预后有了显著提高。有报道指出,尽管该病伴发畸形的比率在增加,但随着新生儿护理的日趋完善,患儿接受治疗后的存活率可高达 95%。

众所周知,Waterston 和 Spitz 等已对食管闭锁高危人群进行了明确分类。从延迟和(或)分期手术角度对食管闭锁高危患儿进行了预后分型,并认为低风险患儿可在早期接受一期修复手术。超声心动检查可对 83% 的食管闭锁患儿所伴发的心脏畸形进行检测,但并非所有的心脏畸形都会影响患儿存活。随着新生儿外科诊疗设施的不断完善,一些高风险因素,如低出生体重婴儿,将会有较好的预后。目前,心脏畸形和染色体异常仍然是引起儿童死亡的高发疾病。但是,威胁生命并引起死亡的心脏畸形目前相对较少。只要食管功能得以保证,多数心脏畸形患儿的病情在后期阶段都能得到控制。

1. 外科治疗　长段型食管闭锁的治疗可以说是困难的方案。手术的不同方法可由减张手术,单点或多点,环形或螺旋形食管肌切开处想。在笔者工作的中心,外科治疗已开始常规应用到胃造口术后延迟一期愈合(术后 4 周)的患儿。但是,此治疗住院时间长,并要求在专业新生儿外科中心医护人员监控下下地活动,同时需要常规雾化吸痰以防止吸入性肺炎的发生。

对于身体无法固定的严重病例,先行分离瘘管并缝合结扎,原位固定到邻近的椎前筋膜上,而无需行一期缝合。这主要是考虑行延迟一期手术前患儿身体能够相对固定。

在过去的 3 年里,胸腔镜下食管闭锁修复手术是笔者工作的中心患儿的首选术式,包括那些长段型食管闭锁患儿。对主刀医生和助手来说,手术视野的清晰显露无论对手术本身还是术中教学来说,都有很大帮助。此外,肺牵张的影响被消除,整个手术期间氧饱和度会保持稳定。

2. 术后并发症的处理　术后并发症的严重程度常与修复程度相关联。与食管置换手术相比,一期吻合和瘘关闭手术通常不会产生并发症。张力状态下的一期吻合修复手术病例应保持麻醉状态下选择性通气顺畅。食管断端之间的间隙情况也与潜在的术后并发症直接相关;间隙越长的患儿,产生并发症的概率就越高。

常见的术后并发症是吻合口狭窄(30%的患儿需要接受至少一次的扩张术)。狭窄可能由纤维化、断端上下食管的尺寸差异、张力状态下吻合,以及进行性胃食管反流所引起。

40%～70%的胃食管反流通常由张力过大、低位食管运动障碍所引起;也可以由 Hiss 角度改变所引起,因为角度的改变导致远端食管易位。长期胃食管反流会引起黏膜发生改变,如食管炎、Barrett 食管的发生。这类患儿中有近 1/4 需要接受腹腔镜辅助下的胃底折叠手术。

吻合口漏可由多种因素所引起,包括低位肠段过小、组织脆弱,食管末端缺血改变,吻合口张力过大,吻合技术不过关,脓毒血症的发生,以及黏膜端-端对位不准确等。对多数患儿来说,很少发生吻合口漏或经非手术治疗后可以自愈。

复发瘘通常发生在一期吻合术后的几周到几个月内,由先前修复位置处出现吻合口漏引发的局部炎症或侵蚀所引起,也可由于过度扩张狭窄所引起。复发瘘的处理可从食管与气管间取少量组织填补修复并手术闭合。

四、先天性膈疝

大部分先天性膈疝患儿可借助产前筛查得以诊断。对于那些接受体外膜氧合行高危治疗的患儿来说,MRI 测量肺容积可预测风险指数。产前肺-头比作为一个重要的预测指标目前已被广为接受。低出生体重儿,羊水过多或肺水肿也是重要的风险指标。

70%的膈疝患儿病因不明。但膈疝也会出现在 13-三体,18-三体,21-三体型患儿中(8%)和Beckwith Wiedemann 综合征和 Danny Drash 综合征。尽管膈肌缺损的发病率为 1/(2500～3000)新出生婴儿,但由于这种畸形可能在宫内死亡等潜在因素,所以这个数据可能不是非常准确。在过去十年间,尽管新生儿重症监护水平不断提高,但该病的存活率仍在 50%左右。预后也与伴发畸形有关,估计在 40%左右。

所有的患儿通常都患持续性肺动脉高压,这对治疗意义重大。在降低肺功能方面,辅助性表面活性剂治疗仍有很大争议。可通过服用血管活性药来降低肺循环血管阻力,如氧化亚氮和(或)昔多芬。由于在妊娠早期胎儿肝、脾和肠易位进入胸腔,腹腔将不再扩大,因此,即使行膈肌闭合手术后,将全部脏器还纳入没有腔静脉压和膈肌的腹腔内仍然十分困难,也很难改善肠系膜血流。

1. 胎儿外科的作用 研究显示,胎儿气管阻塞使肺分泌物的外流受到阻断,分泌物的积聚将导致肺扩张,但这与大量腺泡结构的生长本质不同。气管阻塞通常出现在第 26～28 周,此期肺-头比从 0.7 增加到 1.8。内镜下将球囊导入气管内检测更具有临床意义,分娩时将球囊取出-如同产时子宫分娩过程。也可先期积累一些经验,进而评估存在肺-头比或肺容量风险因素的患儿是否应该接受进一步的治疗。

对于不复杂的病例,应主张进行正常分娩。因为直接插管不容易导致肠管内进入气体,而引起纵隔移位和肺压缩。应用表面活性剂仅对早产婴儿有效。通气压高于 $25cmH_2O$ 以及呼气末正压为 $3～5cmH_2O$ 将会导致肺泡结构损伤。80/min 的通气频率和 1:2 的吸气呼气比率,以及无自发性呼气末正压,应该足以保持生命体征。这些就是我们通常所说的平静呼吸。

当这种通气不能保持生命体征时,可考虑选择使用高频通气。高碳酸血症指机体耐受高达 70mmHg 的二氧化碳分压,出现呼吸性酸中毒(血 pH 为 7.2)。这时需通过安置脐动脉导管持续监测预氧合和氧合值以及动脉压。在第 1～3 天,肌肉松弛可以降低肺血管阻力。当患儿氧分压超过 80mmHg,动脉导管流量降低的时候,应控制生命体征直到恢复正常二氧化碳分压;24～48h 后,可考虑进行手术治疗。

2. 外科治疗 在张力下行膈肌一期闭合手术,胸腔内空间会增大而腹内空间会变小,这如同我们在 X 线片看到的一样。然而我们所需要的却恰恰相反,即作用于膈肌上的张力应使腹内压增加。在有张力的情况下,早期采用补片修补效果要好于一期闭合手术。圆锥状补片与扁平补片相比,能提供更大的腹内空间。靠近主动脉和主动脉裂孔的补片一般来说比较脆弱,更容易形成复发疝。因此,该处的补片应较缺损处补片要大,并采用褥式缝合技术。

目前也有人主张采用微创闭合手术治疗先天性膈疝,但该技术与传统开放手术一样,存在着一些技术限制。笔者工作的中心医生更喜欢采用胸腔镜下完成手术,而不是腹腔镜。因为一旦将肠管推入腹腔内,我们将有更大的工作空间对膈肌行一期缝合或补片修补缝合。

3. 复发 膈疝复发的可能性主要取决于原始缺损的大小。张力下缝合或片状撕裂周围组织等原因占复发疝诱因的 14%。婴儿在最初的 12～24 个月生长迅速,因此,在这一时期膈疝复发容易发生,特别是一些患儿,体内一些小肌肉的边缘尚未开始生长。复发膈疝的位置一般在食管周围或食管后,对于修复手术,可在新的缺损处采用新的补片修复,而不必处理原来的补片。

五、先天性巨结肠

在过去 10 年间,人们对先天性巨结肠病因有了更深入的了解,尤其是随着分子遗传学技术和早期诊断技术的革新,对于新生儿巨结肠的外科治疗也从过去的三期手术疗法发展为一期根治性手术。近年来,一期拖出根治性手术和腹腔镜辅助下拖出根治手术的出现,已使小儿外科医生能在更早期对患儿完成治疗。

小肠神经系统在发育过程中出现的分子和细胞异常以及神经嵴细胞向发育中的肠道移行过程中出现的异常,被认为是先天性巨结肠的主要致病原因。正是这些小肠神经系统发育过程中的异常和神经嵴源性细胞在不同时期所出现的移行停滞,使得先天性巨结肠的表型呈现多样。发育中胎儿神经嵴源性细胞移行的早期停滞,最终引起了长段型无神经节细胞缺失症的发生。

遗传学研究已经证实:10 个基因位点的突变均可以导致先天性巨结肠的发生。其中最常见的突变基因包括 RET 基因(7%～35% 的散发病例表现为 RET 基因突变)和 END3 基因(5% 的散发病例表现为 END3 基因突变)。

先天性巨结肠常表现复杂遗传的特点,外显特征随受累个体性别呈现出多样性。近年来我们实验中心已对 NRG1 进行识别,来探索研究它在先天性巨结肠的形成中的作用。

先天性巨结肠的发生率占初生婴儿的 1/5000,在亚洲此病的发病率更高。随着人们对此病认识和诊断技术的提高,多数先天性巨结肠在出生后便可得以诊断,笔者工作的中心对新生儿先天性巨结肠的确诊率可达 95％。5％～44％的患儿伴有先天性巨结肠相关性小肠结肠炎,该表现被认为在被延误诊断的先天性巨结肠患儿中更多见,由此可见先天性巨结肠早期诊断是非常重要的。

研究显示儿童肠管内有一个放射状移行带,近乎 63％～90％无神经节细胞段的病理学范围可同时累及到放射状移行带。在这些研究中,年龄超过 30d 的巨结肠患儿和长段型巨结肠患儿,放射状移行带和无神经节细胞段水平不一致的概率会增加。可采用直肠活检显示神经节细胞缺失和乙酰胆碱酯酶阳性肥大神经纤维来对该病进行确诊。

由于多数巨结肠患儿在新生儿时期便可明确诊断,因此包括我中心在内的许多外科中心已经开始采用单期修复手术进行治疗并获良好疗效。外科术式的选择对于短段型巨结肠而言可以是经肛门直肠拖出手术。对于无神经节段已到结肠脾曲或年长一点的患儿来说,我们一般采用腹腔镜辅助下经肛门直肠拖出手术。对于全肠段或近乎全肠段无神经节细胞的患儿,我们采用改道手术,随后行腹腔镜辅助下的 Duhamel 术式和造口手术。

随着微创技术的发展,笔者工作的中心巨结肠患儿术后平均住院时间为 3d。此后,患儿在出院后 10d 左右可在门诊行扩肛。多数并发症可随时间和污便的消退而逐渐好转,尤其是在术后 2～3 个月。

尽管先天性巨结肠的诊疗水平不断提高,但文献报道,术后先天性巨结肠相关性小肠结肠炎的发生率仍然占 5％～42％。曾有人提出假说认为,肠停滞和黏膜免疫的不成熟可能是小肠结肠炎的产生原因。因此,我们行直肠拖出并缩短直肠肌肉袖的长度(2cm),以降低先天性巨结肠相关性小肠结肠炎的发生率(笔者工作的中心为 6％)。

六、肛门直肠畸形

虽然多数小儿外科医生喜欢经后矢状入路行肛门直肠成形术以治疗直肠肛门畸形疾病,但我们和 Georgeson 医生一样,对高/中位直肠肛门畸形患儿更喜欢腹腔镜辅助肛门直肠拖出手术。它是一种既可修复直肠肛门畸形又不需要行会阴切开的术式。在这方面,该式式对于需行膀胱颈瘘及前列腺尿道瘘修复的手术来说,更有优势。一旦出现这些异常,上述结构之间由于存在一个小的潜在腔隙,腹腔镜下瘘的分离显露过程视野会更加清晰。

开始剥离时,通常容易看到瘘和膀胱颈部;而腹膜反折远端的乙状结肠和直肠需要进一步分离暴露后才可看到。医生分离瘘的时候应尽可能靠近尿道。在这方面,医生在早期刚刚做这一手术的时候,主要的经验不足就是在贴近尿道处留下太大的瘘管残余,导致憩室的发生,憩室又可随时间进一步扩大。我们与其他医生一起对腹腔镜辅助肛门直肠拖出手术做了进一步的改良,这些措施包括黏膜下剥离以尽量减少瘘组织残余附着在尿道;也可以采用缝合结扎取代瘘管剪断。

瘘分离后,探查盆底并识别耻骨尾骨肌。位于尿道后 2 块肌腹前表面之间的裂孔是一个重要的解剖学标志,在这里直肠穿过解剖位盆底面。一旦遇到无法识别耻骨尾骨的情况,术中超声和腹腔镜肌肉电刺激可帮助识别该肌肉。由于分离解剖的位置靠近耻骨尾骨肌,因此我们可以采用腹腔镜辅助下行肛门成形术。会阴切开并采用 5～10mm Trocars 扩张解剖学通道,以进一步促进直肠交通。

我们对 35 例患儿通过术后磁共振成像和肛门压力调查发现,腹腔镜辅助肛门直肠拖出手术患儿术后早期的排便功能比经后矢状入路行肛门直肠成形术的患儿要好。

七、短肠综合征

新生儿大手术后以及术中死亡的比率非常低,而并发症比率低至可忽略不计。新生儿时期充足的营养是十分必要的,因为它能有效避免由于营养不良而引发的发病率和死亡率的提高,并减少精神发育障碍和身体发育不良等问题。新生儿经肠道内全部能量的需求为 $100\sim120$ kcal/（kg·d）,而 10 岁儿童经肠道内全部能量的需求为 $60\sim80$ kcal/（kg·d）。能量及时补充对于接受大手术的儿童来说,至关重要。导致儿童接受大手术的疾病包括坏死性小肠结肠炎、肠闭锁术后肠道功能紊乱、肠旋转不良、肠扭转、胎粪性肠梗阻、腹裂以及短肠综合征患儿。短肠综合征患儿也包括那些生理代谢严重紊乱、水和电解质代谢紊乱、营养失衡以及由于肠道吸收功能面积减少所致的体重减轻。这些患儿可同时出现钙、镁、锌、铁、维生素 B_{12} 以及脂溶性维生素缺乏,这些并发症与已经出现的糖类、蛋白质吸收障碍一起,使患儿出现代谢性酸中毒、胆石症和肾石症、脱水和体重减轻。一些患儿在一定程度上可接受肠道营养,但大多数患儿将长期依赖静脉营养生活。

术后早期,少量的肠道喂养能有效地保护肠绒毛,维持肠上皮的屏障功能。临床和基础研究显示,与静脉营养相比,肠道喂养能减少感染和免疫并发症。但是,肠道喂养可能会刺激产生更多的免疫反应。因此,即使人们对它的营养价值存在质疑,但少量的肠道营养仍被人们在术后早期所采用。

坏死性小肠结肠炎并发由短肠综合征引起的严重吸收不良或黏膜损伤的时候,人们会考虑在肠道营养中采用成分配方。成分配方包括氨基酸、葡萄糖以及中链三酰甘油在内的脂类。

对于短肠综合征而言,频繁而大量的肠道喂养是不可取的,必要时应辅以静脉营养。静脉营养的成分包括糖类、脂类、蛋白质、电解质、维生素、微量元素和水。

糖类和脂类是静脉营养中的主要能量来源,从他们在静脉营养成分中提供的大量卡路里也可以反映出这一点。从 20 世纪 60 年代开始,安全的商用静脉脂肪乳已被广泛采用。这些制剂提供了较高的高热值（9kcal 每克脂肪）,防止了必需脂肪酸缺乏症,而且它们是等张液体。

静脉营养最常见的并发症是胆汁淤积,甚至是肝硬化。静脉营养相关性胆汁淤积的发生率依赖于静脉营养时间的长短,对于接受长达 2 个月静脉营养的患儿,该病的发生率可高达 50%。此外也与静脉营养液中的脂类成分有关,可能与其内的植物固醇或脂类成分的平衡有关。近年来,笔者工作的中心和其他外科中心已经证实,添加 omega-3 脂肪酸的脂肪乳剂能有效恢复静脉营养相关性胆汁淤积。

肠管延长手术是治疗短肠综合征的有效方法。产生于 2003 年的连续横断肠成形术和产生于 1980 年的 Bianchi 术式,是有效转变短肠综合征扩张肠管的外科学方法,并可以使之延长。

Pittsburgh 课题组已经报道小肠移植 5 年存活率达到 48%,但伴有排异反应、再发大手术风险以及终身服用抗排异药物。

越来越多的证据显示,严重的坏死性小肠结肠炎后损伤肠管的替代很快将通过组织工程学技术得以解决。肠管可通过来自全层肠管壁组织活检的细胞器单元加以重生。肠管含有供体肠管内的各类细胞,这些细胞被种植在大网膜内的生物可降解聚合物内 4 周,使之生长和成熟。对于肠衰竭的治疗前景,这些独特而新奇的方法仅为冰山一角。

（黄格元）

参 考 文 献

[1] Cetin S,Ford HR,Sysko LR,et al. Endotoxin inhibits intestinal epithelial restitution through activation of Rho-GTPase and increased focal adhesions. J Biol Chem,2004,279(23):24592-24600.

[2] Luig M,Lui K. Epidemiology of necrotizing enterocolitis. I. Changing regional trends in extremely preterm infants over 14 years. J Paediatr Child Health,2005,41(4):169-173.

[3] Silva CT,Daneman A,Navarro OM,et al. Correlation of sonographic findings and outcome in necrotizing enterocolitis. Pediatr Radiol,2007,37(3):274-282.

[4] Pierro A,Hall N,Ade-Ajayi A,et al. Laparoscopy assists surgical decision making in infants with necrotizing enterocolitis. J Pediatr Surg,2004,39(6):902-906.

[5] Moss RL,Dimmitt RA,Barnhart DC,et al. Laparotomy versus peritoneal drainage for necrotizing enterocolitis and perforation. N Engl J Med,2006,354(21):2225-2234.

[6] Rees CM,Eaton S,Khoo K,et al. Peritoneal drainage or laparotomy in neonatal bowel perforation? A randomized controlled trial. Ann Surg,2008,248(1):44-51.

[7] Hall NJ,Curry J,Drake DP,et al. Resection and primary anastomosis is a valid surgical option for infants with necrotizing enterocolitis who weigh less than 1000 g. Arch Surg,2005,140(12):1149-1151.

[8] Olesevich M,Alexander F,Khan M,et al. Gastroschisis revisited:role of intraoperative measurement of abdominal pressure. J Pediatr Surg,2005,40:789-792.

[9] Wakhlu A,Wakhlu AK,Spitz L,et al. The management of exompha-los. J Pediatr Surg,2000,35:73-76.

[10] Minkes RK,Langer JC,Mazziotti MV,et al. Routine insertion of a silastic spring loaded silo for infants with gastroschisis. J Pediatr Surg,2000,35:843-846.

[11] Bartsich SA,Schwartz MH. Purse string method for immediate um-bilical reconstruction. Plast Reconstr Surg,2003,112:1652-1652.

[12] Ladd AP,Rescorla FJ,Eppley BL. Novel use of acellular dermal matrix in the formation of a bioprosthetic silo for giant omphalocele coverage. J Pediatr Surg,2004,39:1291-1293.

[13] Admire AA,Greenfeld JI,Cosentino CM,et al. Repair of cloacal exstrophy,omphalocele,and gastroschisis using porcine small intes-tinal submucosa or cadaveric skin homograft. Plast Reconstr Surg,2003,112:1059-1062.

[14] Allal H,Kalfa N,Lopez M,et al. Benefits of the thoracoscopic approach for short-or long-gap esophageal atresia. J Laparoendosc Adv Surg Tech A,2005,15:673-677.

[15] Van der Zee DC,Vieirra-Travassos D,Kramer WL,et al. Thoraco-scopic elongation of the esophagus in long gap esophageal atresia. J Pediatr Surg,2007,42:1785-1788.

[16] Graham G,Devine P. Antenatal diagnosis of congenital diaphragmatic hernia. Semin Perinatol,2005,29:69-76.

[17] Fumino S,Shimotake T,Kume Y,et al. A clinical analysis of prog-nostic parameters of survival in children with congenital diaphrag-matic hernia. Eur J Pediatr Surg,2005,15:399-403.

[18] Hedrick HL,Crombleholme TM,Flake AW,et al. Right congenital diaphragmatic hernia:Prenatal assessment and outcome. J Pediatr Surg,2004,39:319-323.

[19] Baquero H,Soliz A,Neira F,et al. Oral sildenafil in infants with persistent pulmonary hypertension of the newborn:a pilot randomized blinded study. Pediatrics,2006,117:1077-1083.

[20] BolokerJ,BatemanDA,WungJT,et al. Congenitaldiaphragmatichernia in 120 infants treated consecutively with permissive hypercapnea/sponta-neous respiration/elective repair. J Pediatr Surg,2002,37:357-366.

[21] Inamura N,Kubota A,Nakajima T,et al. A proposal of new thera-peutic strategy for antenatally diagnosed congenital diaphragmatic hernia. J Pediatr Surg,2005,40:1315-1319.

[22] Tam PK,Garcia-Barcelo M. Molecular genetics of Hirschsprung's disease. Semin Pediatr Surg,2004,13: 236-248.

[23] Amiel J,Sproat-Emison E,Garcia-Barcelo M,et al. Hirschsprung disease,associated syndromes and genetics:a review. J Med Genet,2008,45:1-14.

[24] Garcia-Barcelo MM,Tang CS,Ngan ES,et al. Genome-wide association study identifies NRG1 as a susceptibility locus for Hirschsprung's disease. Proc Natl Acad Sci U S A, 2009,106(8):2694-2699.

[25] Jamieson DH,Dundas SE,Belushi SA,et al. Does the transition zone reliably delineate aganglionic bowel in Hirschsprung's disease? Pediatr Radiol,2004,34:811-815.

[26] Proctor ML,Traubici J,Langer JC,et al. Correlation between radio-graphic transition zone and level of aganglionosis in Hirschsprung's disease:Implications for surgical approach. J Pediatr Surg, 2003, 38: 775-778.

[27] Lin CL,Wong KK,Lan LC,et al. Earlier appearance and higher incidence of the rectoanal relaxation reflex in patients with imperforate anus repaired with laparoscopically assisted anorectoplasty. Surg Endosc, 2003,17(10):1646-1649.

[28] Wong KK,Khong PL,Lin SC,et al. Post-operative magnetic resonance evaluation of children after laparoscopic anorectoplasty for imperforate anus. Int J Colorectal Dis,2005,20(1):33-37.

[29] Gura KM,Duggan CP,Collier SB,et al. Reversal of parenteral nutrition-associated liver disease in two infants with short bowel syndrome using parenteral fish oil:implications for future management. Pediatrics, 2006,118(1):197-201.

[30] Chung PH,Wong KK,Wong RM,et al. Clinical experience in managing pediatric patients with ultra-short bowel syndrome using omega-3 fatty acid. Eur J Pediatr Surg,2010,20(2):139-142.

第 3 章

外科危重新生儿的转运

新生儿监护中心(NICU)的建立是区域性医疗的实施,随着新生儿诊治技术的区域化和专业化的发展,基层医疗机构的危重新生儿越来越多的转运到三级医疗中心的 NICU,使得专业的新生儿转运系统应运而生。早在 1995 年我国的广东省和沈阳市就建立了危重新生儿的转运中心,进入 21 世纪,全国多数省市已建立较为完善的新生儿转运系统,大大降低了危重新生儿的死亡率和伤残率。

危重新生儿转运是新生儿急救医疗工作的重要环节,不同的医疗机构因其医疗设备和技术力量的不同,在处理新生儿疾病的医疗水平上也有很大的差异。基层医院需要将危重新生儿转送到有条件的 NICU。危重新生儿的转运工作绝不是单纯的转送患儿,而是在转运患儿的同时对他们进行监护和急救。因此,无论在人员配备和通信联络等方面均有很高的要求,相当于一个流动的 NICU。

危重新生儿转运分为由基层医院自行转运病人到上级医院的 NICU 的单程转运(one-way transport)和双程转运(two-way transport),即由三级医院的 NICU 到基层医院去接病人。转运系统由陆地、空中和水上运送构成,陆地转运是区域性转运的主要手段。

一、转 运 指 征

1. 出生体重≤2 000g 及或孕周≤34 周早产儿。
2. 各种原因所致呼吸窘迫经常规处理未见缓解,而无机械通气条件。
3. 休克或严重贫血。
4. 神经系统异常,肌张力低下、持续抽搐、抑制状态。
5. 难以纠正的酸中毒、低血糖和低钙血症。
6. 严重先天畸形、膈疝、脊髓脊膜膨出、食管气管瘘、胃肠道畸形、发绀型先天性心脏病等。
7. 产伤、骨折。
8. 严重感染、新生儿溶血症,母亲糖尿病或原因不明,情况危重的患儿。

二、转 运 系 统

1. 转运设备及用品 危重新生儿的病情变化迅速,要求在转运途中配备有严密的监护和急救设备,出现紧急情况时能够进行急诊处理。因此,外科危重新生儿转运设备包括交通工具、转运暖箱、监护和治疗设备、急救药品和器械等,组成一个完整的移动 NICU。

(1)交通工具:转运系统由陆地、空中和水上运送构成。以城市急救而言,陆地转运中以救护车最常用。救护车应由全市医疗救护中心管理。各三级医院也可配备专用的救护车。救护车驾驶员24h值班,随叫随到,救护车内有电源、氧气、压缩空气等危重新生儿监护、急救所需的设备,救护车应有容纳两人工作的空间。

(2)转运暖箱:应有很好的保暖性能,最好是双壁或半双壁暖箱,安装在可以升降的担架上,可推入救护车内,并能牢靠的固定在救护车底部,减少暖箱在运行中车内的晃动。暖箱应有安放监护仪、呼吸机、输液泵和医疗设备的支架,并有蓄电池和治疗灯以备用。

(3)监护仪:具有声光报警功能的心率、呼吸、体温、血压和氧饱和度监护仪。微量血糖测定仪,有条件应配备经皮氧分压和二氧化碳分压测定仪。

(4)呼吸机:转运呼吸机要求有持续气流、压力限制、降低压力波动的呼吸机。通气方式应能做到IPPV、IMV和PEEP/CPAP模式,并有温化、湿化和空氧混合装置。

(5)急救器械:包括喉镜、气管套管、口咽管、Magill镊子、吸痰管、复苏囊、头罩、听诊器、氧浓度测定仪、吸引器、吸痰管、脐血管插管包、胸腔穿刺包及引流管、输液泵、注射器、套管针、碟形针头、输液管、三通管、固定板等,一次性手套、碘酒、碘伏、乙醇、消毒棉签、纱布、胶布、剪刀等辅助急救物品。

(6)急救药品:5%葡萄糖、10%葡萄糖、50%葡萄糖、生理盐水、注射用水、白蛋白、5%碳酸氢钠、维生素、葡萄糖酸钙、苯巴比妥、毒毛花苷K、氨茶碱、肺表面活性物质、地西泮、泮库溴铵、肾上腺素、异丙肾上腺素、多巴胺、多巴酚丁胺、利多卡因、酚妥拉明、呋塞米、肝素、氢化可的松、地塞米松、青霉素、头孢霉素。

2. 转运医疗队　转运医疗队由1名新生儿科专业医师和1名急救护士组成。转运队员均应掌握气管插管、呼吸机和监护仪的使用、静脉置管、胸腔穿刺引流和排气、急诊用药等急救技术,转运队员应24h值班。

3. 转运通信及联络　转运通信设备是转运系统中必不可少的设施。三级医院应设有接受下级医院转诊的医疗机构,由新生儿科护士长或新生儿专科医师负责,并设有独立转诊联络电话,24h值班。

(1)基层医院通过电话向上级医院的转诊机构详细报告需转诊病人的具体情况,包括姓名、年龄、孕周、出生体重、出生时情况等病史,介绍患儿转诊原因和目前情况,并留下转诊医院地址、转诊医师姓名和电话。

(2)上级医院接到转诊请求后,首先指导转诊医院医师稳定病人,为转诊做好准备工作,随后立即通知转运医疗队接诊,同时汇报患儿情况。

(3)转运医疗队到达基层医院后,应详细评估患儿生命体征是否适于转运,最好在转运前建立静脉通道和保证呼吸道畅通,转运医疗队离开基层医院前,向上级医院报告患儿情况,到达后需要做何种处理,以便上级医院做好准备。

(4)转运医疗队在转运途中,应保持与上级医院的联系;上级医院接到转运患儿后,定期与基层医院联系,告知患儿情况及预后。

三、转运工作实施

1. 稳定患儿病情　稳定患儿的目的是为了避免转运过程中发生意外。

(1)一般准备:医疗队到达基层医院后,应立即进行询问病史和体格检查,预测患儿在转运过程中的需要以及可能出现的情况,并提前作出预防措施和制定出抢救方案。一般情况下,患儿体温达到中性温度、心肺功能能够耐受途中颠簸,血糖水平正常时,才能开始转运。

（2）保证气道通畅：仔细检查患儿心肺功能，评估到达上级医院是否需要插管，如果需要，则应该在离开当地医院之前进行气管插管，避免转运途中做这项操作。

（3）建立静脉通道：需要转运的患儿，往往病情严重，都要进行静脉给药，因此要建立稳固的静脉输液通道，一般采用周围静脉穿刺，特殊情况下可用中心静脉置管或脐动脉插管。

（4）保持中性环境温度：纠正低体温后，将患儿放入与其胎龄相适应温度的暖箱中转运，减少低体温对患儿心肺功能的影响。

（5）维持血压稳定：静脉给予生理盐水或蛋白，纠正低血压和循环低灌注。

（6）控制低血糖：采用 10％葡萄糖液，以 6mg/(kg·min)速度均匀输入。

2. **外科情况处理**

（1）先天性膈疝：疑诊患儿禁用面罩加压给氧，以免胸腔内胃肠道扩张，加重呼吸困难。应立即给予气管插管和置胃管并开放胃管。

（2）上呼吸道畸形：用口咽管或气管插管维持呼吸道通畅。

（3）气胸：给氧、镇静。张力性气胸给予胸腔闭式引流。

（4）食管闭锁和食管气管瘘：尽量减少正压通气，避免气体进入肠道引起呼吸窘迫。插入胃管至食管盲端并开放胃管，以免误吸。

（5）脐膨出或腹裂：立即放置胃管，用温湿无菌生理盐水纱布覆盖膨出内脏，用消毒塑料膜包裹腹部，减少温度和水分的丢失。

（6）脊髓脊膜膨出：用温湿无菌生理盐水纱布和消毒塑料膜覆盖，避免粪便污染。

3. **转运方案**

（1）患儿置转运暖箱中，取仰卧颈伸位。

（2）吸净呼吸道分泌物。

（3）监护呼吸、血压、氧饱和度、体温，密切观察患儿变化。

（4）留置鼻胃管并开放。

（5）维持静脉通道。

（6）记录途中患儿反应、大小便量，以及所用药物和各项操作。

4. **转运评估**

（1）每次转运均应有评分系统来反映患儿转运前后的状态。例如到达目的地后，可测患儿体温、血糖和血气，评价转运质量。

（2）转运医疗队向主管医师汇报转运经过，目前患儿情况，并填写转运单，通知转诊医院医师和家属。

（刘晓红　冯晋兴）

第 4 章
新生儿基础外科

第一节 新生儿特点

新生儿期指正常新生儿从出生后脐带结扎到整 28d 前的一段时间。绝大多数新生儿为足月分娩,即胎龄满 37 周(259d)以上,出生体重超过 2 500g,无任何疾病。

一、生理及病理特点

新生儿是胎儿的继续,新生儿从母体内到母体外,发生了巨大的变化,胎儿出生后生理功能需进行有利于生存的重大调整,因此必须很好掌握新生儿的特点和护理,促进新生儿健康成长。

1. 呼吸　胎儿在宫内已有微弱无效的呼吸运动,依靠脐静脉得到氧气,通过脐动脉排出二氧化碳,根本不需要肺呼吸。分娩时血液内高浓度的二氧化碳,刺激本体感受器和皮肤温度感受器,反射地兴奋了呼吸中枢,约在出生后 10s 内开始第 1 次呼吸,这就有了新生儿真正的自主呼吸。

由于呼吸中枢及肋间肌薄弱,胸腔较小,呼吸主要依靠膈肌的升降呈腹式呼吸,若胸廓软弱,则通气效能低,在早产儿中可引起窒息。呼吸表浅,呼吸频率较快,每分钟 35～45 次;出生头 2 周呼吸频率波动较大,是新生儿的正常现象。呼吸节律不齐,尤其在睡眠时,呼吸的深度和节律呈不规则地周期性改变,甚至可以出现呼吸暂停(3～5s),同时伴有心率减慢,紧接着呼吸次数增多,心率加快,与呼吸中枢不成熟有关。

2. 循环　胎儿出生后血液循环发生了如下的动力学变化,与解剖学的变化互为因果。①脐血管结扎,新生儿娩出的必须条件。②肺的膨胀与通气,使肺循环阻力降低。③卵圆孔的功能性关闭:卵圆孔是胎儿期心脏的生理性孔道,胎儿出生后随即开始呼吸,肺循环建立,胎儿循环停止。肺血管阻力的降低导致右心压力明显低于左心压力,致使卵圆孔于出生后出现功能性关闭。有的新生儿最初数天听到心脏杂音,可能与动脉导管的暂时未闭有关。新生儿血流的分布,多集中于躯干、内脏,而四肢少,故四肢易发冷,末梢易出现发绀。正常新生儿的心率一般是规则的,为 120～160/min;血压在 50/30mmHg 至 80/50mmHg 的范围波动。

3. 泌尿　胎儿出生时肾已具有与成年人数量相同的肾单位,但组织学上还不成熟,滤过面积不足,肾小管容积更不足,因此肾的功能仅能适应一般正常的代谢负担,潜力有限。肾小球滤过率按体表面积计算仅为成年人的 1/4～1/2,肾排出过剩钠的能力低,含钠溶液输给稍多可致水肿。肾功能不足,血氯及乳酸含量较高。人工喂养者血磷及尿磷均高,易引起钙磷代谢失衡,产生低血钙。多数新生儿出生后不久可排尿,喂养不足,出生后第 1 天仅排少量尿;一般尿量为

$40\sim60ml/(kg\cdot d)$。

4. 血液　新生儿血容量的多或少与脐带结扎的迟或早有关;若推迟结扎 5min,血容量可从 78ml/kg 增至 126ml/kg。新生儿外周血血红蛋白与成年人比较有质的不同,出生时胎儿的血红蛋白占 70%～80%,出生 5 周后降为 55%。以后逐渐为成人型血红蛋白所取代;白细胞计数在出生后的第 1 天平均为 $18\times10^9/L$,第 3 天开始明显下降,第 5 天接近婴儿值;新生儿生后第 1 天中性粒细胞 67%±9%,淋巴细胞 18%±8%,单核细胞 7%±3%,嗜酸性粒细胞 1%～2%,而第 1 周末中性粒细胞和淋巴细胞几乎相等。

5. 消化　新生儿消化道面积相对较大,肌层薄,能适应较大量流质食物的消化吸收。吞咽功能完善,出生后不久胃囊中就见空气。咽-食管括约肌吞咽时关闭不严,食管蠕动很弱,食管下括约肌也不关闭,故易发生溢乳。整个消化道尤其下消化道,运动较快,出生时咽下的空气 3～4h 到达直肠。

(1)口腔:新生儿口腔容积较小,舌短宽而厚,出生时已具有舌乳头,上腭不发达,牙床宽大、唇肌、咀嚼肌发育良好,两腮有较厚的脂肪垫,故出生后即已具有充分的吸吮和吞咽反射能力。吸吮反射虽是出生后即存在的非条件反射,但也受各种因素影响,如喂奶前将小儿置于准备体位、母亲用手协助将乳头送入口内、乳汁气味等均能作为条件使之强化。新生儿口腔黏膜细嫩,血管丰富,唾液腺发育不足,分泌唾液较少,黏膜较干燥,易受损伤,故清理口腔时,忌用布类擦洗,以免黏膜破损造成感染。

(2)食管:呈漏斗状,全长相当于从咽喉部到剑突下的距离。食管黏膜柔嫩,缺乏腺体、弹性纤维和基层发育不良,管壁柔软。食管上括约肌不随食物的下咽而紧闭,下括约肌也不关闭,婴儿容易溢乳,6 周后才能建立有效的抗反流屏障。

(3)胃:胃位于左季肋部,胃底部发育差,呈水平位,贲门(胃与食管的接合部)平 T_{10} 左侧,幽门(胃与肠的结合部)在 T_{12} 的附近。吸吮时常吸入空气,称生理性吞气症。贲门较宽,且括约肌不够发达,在哭闹或吸气时贲门呈开放状态,而幽门括约肌又较发达,使新生儿易溢乳或呕吐。

(4)肠:新生儿的肠管较长,约为身长的 8 倍(成年人仅 4.5 倍),大肠与小肠长度的比例为 1:6(成年人为 1:4),小肠相对较长,分泌面及吸收面大,故可适应较大量的流质食品。肠黏膜细嫩,富含血管、细胞以及发育良好的绒毛。小肠吸收力好,通透性高,有利于母乳中免疫球蛋白的吸收,但也易对其他蛋白分子(牛乳、大豆蛋白)产生过敏反应。

(5)肝:肝下缘在肋下约 2cm,剑突下更容易触及。肝血管丰富,易因淤血而增大,肝具备许多重要功能,如制造胆汁,胆汁进入十二指肠参加消化过程,对蛋白质、脂肪、糖类、维生素及水的代谢也起到重要作用,能使有害物质肝细胞转化为无毒物质。

(6)胰腺:出生时胰腺缺少实质细胞而富于血管,结缔组织发育良好。胰腺对新陈代谢起重要作用,胰液经胰管排入十二指肠,发挥多种消化酶的消化作用,分解蛋白质、糖类和脂肪。

(7)消化道内细菌:胎儿消化道内无细菌,出生后细菌很快从口、鼻、肛门上下两端侵入,其种类与数量迅速增加,至第 3 天达高峰。正常情况下胃及十二指肠内几乎无菌,细菌多集中在大肠及直肠内。

(8)蛋白质、脂肪、糖类的消化特点:蛋白质的吸收主要在肠内进行,胃内的蛋白酶及胰蛋白酶已足够消化蛋白质。由于肠黏膜的通透性高,部分蛋白质不需分解即能吸收,因而有利于初乳中免疫球蛋白的吸收。脂肪的吸收率受其成分的影响,人乳脂肪 87%～98% 能被吸收。牛乳脂肪吸收率只有 80%～85%,故在粪便中常可见到少量的脂肪酸或中性脂肪球。新生儿消化道分泌的胰淀粉酶不足,直到生后 4 个月时才接近成年人水平。

(9)粪便特点:新生儿最初 2～3d 排出的大便,呈深绿色,较黏稠,称为胎粪。胎粪由脱落的肠上皮细胞、咽下的羊水及消化液所形成,故含有上皮细胞、脂肪、黏液、胆汁及消化酶等。当胎儿有宫内窒息时,由于缺氧,使肠蠕动增强,肛门括约肌松弛,胎粪可排入羊膜腔内,污染羊水。正常新生儿多数于 12h 内开始排便,胎便总量 100～200g,如 24h 不见胎粪排出,应注意检查有无消化道畸形。如新生儿喂养充分,胎粪 2～4d 排完即转变为正常新生儿大便,由深绿转为黄色。人乳喂养的粪便为金黄色,糊状,呈酸性反应,每日排粪 1～4 次。

6. 代谢　新生儿体内含水量占体重的 65%～75% 或更高,以后逐渐减少。由于小儿生长过程中脂肪、肌肉和许多其他组织细胞的数量增加,故细胞内液比例也相应增高。初生数天内的新生儿损失较多细胞外液的水分,故可发生"生理性体重减轻",但体重丢失不应超过出生体重的 10%。新生儿不显性失水 21～30ml/(kg·d),故生后头几天需水 50～100ml/(kg·d)。新生儿生后数天血钾较高,但不出现临床症状;血钙较低,容易引起抽搐。

新生儿的能量代谢旺盛,每日需要热能 100～120kcal/kg,其中维持基础代谢需要热能 50kcal/kg。新生儿出生后不久,蛋白质代谢即维持正氮平衡。由于胎儿期糖原储备不多,新生儿生后未及时补充能量容易出现低血糖。

7. 体温调节　新生儿出生后由于环境骤然变化,环境温度较母体内温度明显下降,在出生后头 1～2h 新生儿的体温可下降 2～5℃,以后在 12～24h 内经体温调节逐渐上升到 36℃ 以上。

新生儿的体温调节中枢发育不完善,皮下脂肪薄,保暖能力差,体表面积相对较大而散热快,容易受外界温度的影响,所以体温不稳定。若不注意保暖,会散失很多热量而使体温明显下降,若体温(肛门温度)降至 32℃ 以下,则可能发生寒冷损害,严重者甚至发展为硬肿症。

新生儿能通过增加皮肤水分的蒸发、出汗散热,但由于新生儿肾对水和电解质的调节和浓缩功能较差,当环境温度过高水分供给不足时,就可能发生脱水热。因此,要给新生儿一个适宜的环境温度,即中性温度或适中温度:20～22℃。在这种温度下可保持新生儿正常体温,机体耗氧量最少,新陈代谢率最低,蒸发散热量也少,从而保证新生儿的正常生长发育。

8. 神经系统　新生儿的脑相对较大,为 300～400g,占体重的 10%～20%。脊髓相对较长,其末端在 $T_{3\sim4}$ 下缘。大脑皮质和纹状体的发育尚未成熟,大脑皮质兴奋性低,处于抑制状态,因此,新生儿的睡眠时间长。足月新生儿出生时已出现一些原始的非条件反射,例如:觅食反射、拥抱反射、吸吮反射、握持反射、交叉伸腿反射、踏步反射等,经过数月自然消失。如果发生神经系统损伤或颅内出血,这些反射可能提前消失。而中枢神经系统发育落后的婴儿,这些原始反射可能延迟消失。另外,一些病理反射如巴宾斯基征、凯尔尼格征、佛斯特征等,在正常的足月新生儿可能为阳性反应。

新生儿已具有原始的情感反应,当吃饱睡醒时会有愉快的表示;当饥饿和大小便时会表示啼哭和不安;此外,还具有与成年人交往及模仿的能力,如刚出生 1～2d 的新生儿会模仿大人张口、撅嘴等表情动作。

9. 内分泌　新生儿出生后腺垂体已具有功能,神经垂体功能尚不足。甲状腺功能良好。甲状旁腺功能暂时不足。胎儿出生时皮质醇较高,可能是通过胎盘从母体得来,也可能是自身对分娩的反应;肾上腺分泌和储存的激素,以去甲肾上腺素为主。

二、免疫特点

新生儿免疫功能还不成熟,全身抵抗力低下。新生儿 T 细胞多为"抑制或幼稚"状态的淋巴细胞,功能不成熟;细胞因子水平低下或缺乏,免疫球蛋白或补体含量不足。

1. 非特异性免疫 ①补体：足月儿体内各种补体成分如 C1q、C3、C4、C5、B 因子仅是成年人的一半，早产儿和小于胎龄儿更低，调理素也较缺乏，故中和病毒和溶菌功能低下。②中性粒细胞的储备较少趋化能力也低，容易导致感染扩散而成为败血症。③NK 细胞是清除被病毒感染的细胞，足月儿 NK 细胞活性仅是成年人的 1/3，未满 33 孕周的早产儿和小于胎龄儿为成年人的 1/5～1/4。

2. 特异性免疫 ①T 淋巴细胞在胚胎 12 周左右分化成为 T 辅助细胞（CD_3^+，CD_4^+）和 T 抑制细胞（CD_3^+，CD_8^+），出生时，T 抑制细胞功能较强，因而出生后早期接种卡介苗可以免疫致敏。T 辅助细胞功能较弱，产生的 IL-2 活力较低，不能发挥细胞免疫的防御功能，较易感染病毒和真菌。②B 淋巴细胞发育早在胚胎 7.5 周，在血浆内已出现 $IgM\mu$ 链，10.5 周血清中出现 IgM，12 周血清中出现 IgG，30 周血清中出现 IgA。出生时血清中的 IgA 含量低，IgM 一般均在 200mg/L 以下，只有来自母体的大量 IgG 起到阻止新生儿感染的风险，但肠道沙门菌抗体、志贺菌抗体、大肠埃希菌菌体 O 抗体、梅毒反应抗体等均不能通过胎盘，流感杆菌、百日咳等抗体通过能力也差，因而新生儿期感染这些病原体的机会仍很多。

三、体格检查特点

1. 外观特点 正常足月新生儿的皮肤红润，皮肤表面仅有少量的胎脂，除肩背部胎毛稍多外，其他部位的胎毛都比较少，皮下脂肪丰满。新生儿的头发细软分条清楚。根据胎龄可将新生儿分为足月儿（胎龄在 37～42 周）、早产儿（胎龄＜37 周）和过期产儿（胎龄在 42 周以上）；也可按胎儿出生时体重分为低体重儿（出生体重在 2 500g 以下）、巨大儿（出生体重在 4 000g 以上）和正常体重儿（出生时体重 2 500～4 000g）。

正常新生儿的头相对较大，出生时头长约占身长的 1/4，躯干相对较长而四肢相对较短，仅占身长的 1/3。四肢呈外展和屈曲姿势（如仰卧的青蛙状）。新生儿出生时，头部的颅骨缝可能是分开的，有的颅骨边缘重叠（因在产道内受挤压所致）；前囟门对边的长度为 1.5～2.0cm，后囟门大部分闭合或近指尖大小。耳壳成形且轮廓清楚、直挺。乳房可摸到结节，乳头突出。手指甲和脚趾甲发育较好，已达到或超过手指和脚趾末端，脚底皮纹遍及整个脚底。男婴的阴囊皱襞较多，睾丸多已降入阴囊，女婴的大阴唇已经发育，大阴唇能覆盖小阴唇和阴蒂。

2. 皮肤 分娩后新生儿全身有一层薄薄的淡黄色奶酪状胎脂，除腋下、腹股沟、颈部等皮肤皱褶处外，余处不必擦去可防止体温散失。颊部、肩背部可见细细的胎毛。有些成熟儿或过期产儿亦可出现脱皮。

婴儿刚生下时皮肤呈粉红色，接触外界空气后，健康足月儿皮肤很快呈红色，出生后第 2 天皮肤更红，称生理性红斑。5～6d 后逐渐消退，伴有脱屑。许多婴儿于生后 2～3d 在胸腹部、四肢出及面部可见边缘不清的多形性红斑，约米粒大或豆粒大，中央有一黄白色针尖大突起，称为中毒性红斑，约 24h 后即自行消退，是因皮肤对外界刺激过敏所致。皮肤苍白见于缺氧、酸中毒、贫血、休克或水肿时。皮肤及黏膜均呈深红色应考虑红细胞增多症。正常儿肢端可见发绀，遇冷时更明显，是因末梢循环缓慢所致。蒙古斑俗称胎记，最常见的部位为腰骶部，其他部位也偶有发生，大小不一，呈灰蓝色或黑蓝色，乃皮下色素细胞浸润之故。注意颈部、腋窝及腹股沟皱褶处有无糜烂或脓疱；新生儿皮下坏疽见于骶尾部，易被遗漏。

3. 头部 检查头颅大小和形状，注意有无小头畸形或头颅过大（先天性脑积水）、有无产瘤和头颅血肿。头颅血肿与产瘤都表现为新生儿的头部隆起，产瘤也称头皮水肿或先锋头，隆起的界限不鲜明，一般在 1～2d 会自行吸收消失，并不留痕迹。头颅血肿出现较晚，常在出生后 1～

2d才出现,隆起部分界限清楚,不会超过骨缝,中心有波动感,血肿的吸收速度较慢,有时长达2个月之久。一般情况会自然痊愈。严重的帽状腱膜下出血出生后即可出现,血肿部位可达颞部、耳下。新生儿头部检查还应注意有无颅骨缺损,以及囟门大小和紧张度。囟门的大小因人差异较大,前囟呈菱形,一般2cm×2cm(取对角线),平坦,张力不高,有时可见(血管)搏动,是判断新生儿有无颅内压增高、脑积水、脱水等的重要窗口。后囟呈三角形,出生时可因产道挤压而闭合,顶骨与枕骨、额骨重叠,数天之后即可复原。

4. 面部

(1)面颊:胎儿在宫内,若肩部或某一肢体顶住下颌骨,可使颏部离开中线而显得脸部不对称。面先露婴儿出生时有颜面肿胀、眼睑和上唇水肿,并有瘀斑。产钳助产可引起一侧面神经瘫。面部的毛细血管瘤较常见,呈不规则形,浅红或暗红色,大小不一,不高出皮面,好发于睑、颊、颞部,也称葡萄酒色痣,一般在1~2年逐渐变浅、褪色,几乎不留下痕迹。面部的粟粒疹为黄色细小丘疹,鼻尖处最多,乃皮脂腺膨大所致,可自愈。面部的汗疱疹稍大,为白色亮疱疹,额头上最多,夏季常见,为汗腺堵塞所致,应保持局部清洁干爽,避免继发感染。

(2)眼部:头先露婴儿可见沿着角膜边缘的弯月形球结膜出血,并无重要意义。新生儿睑结膜炎多见,与产道感染、消毒不彻底有关。婴儿生后最初数日每天约有20h处于睡眠状态。正常婴儿可见轻度眼球水平震颤,为中枢神经系统发育未完善之故,频繁水平震颤或垂直震颤提示脑干受损,见于缺氧缺血性脑病时,眼球直视和凝视见于颅内出血或其他颅内器质性疾病。其他如瞳孔大小、眼球运动、白内障等,均可列入检查的内容。

(3)鼻部:新生儿鼻道狭窄,鼻腔常因分泌物堆积而堵塞,影响呼吸和哺乳。注意有无后鼻孔闭锁,表现为出生后可立即表现为严重呼吸窘迫。

(4)耳部:足月儿耳郭软骨发育已完善,双耳已能直立,耳郭畸形较少见。一般耳郭上缘与眼角平齐,偏低过甚则为低位耳,常与先天性畸形有关。耳前窦道和赘生物(附耳)是第一腮弓分化的遗迹。耳前乳头状赘生物提示可能有先天畸形。耳中流出稀薄脓液要考虑中耳炎,如伴血水则考虑外耳道炎症。

(5)口腔:新生儿口腔黏膜呈红色,若为浅红色或与成年人接近,则提示已有贫血。在口唇上可见纵形皱襞形成唇胼胝,便于吮乳时固定在乳头上。有个别新生儿出生时已有1~2个下前牙萌出,并非怪异这种牙齿多不牢固,应予及时拔去,以免自行脱落吸入气管。新生儿舌相对较大,但应注意有无巨舌症,有无舌带过长或过短。此外,高腭弓也是先天性畸形的一个常见特点。

5. 颈部 颈短,颈部皱褶深而潮湿,易糜烂。有时可见到胸锁乳突肌血肿。某些染色体畸变,如Turner综合征婴儿,可见到颈蹼。

6. 胸部 新生儿胸廓呈桶状,两侧扁平,是因宫内受上肢压迫之故。少数新生儿有剑突外翻,有时可见乳房肿大,都是暂时的现象。偶见在正常乳头下有一副乳,虽属先天异常,但只要不影响美观,可不必进行手术。因肋骨水平位,新生儿呼吸以腹式为主,如出现明显的胸式呼吸,或胸廓吸气性凹陷,应考虑为肺部病变引起的呼吸困难。

7. 腹部 正常新生儿腹部稍膨隆,较胸部略高。腹部平坦见于膈疝,也见于某些消化道畸形如食管闭锁或肠闭锁。因肠壁平滑肌发育不完善,发生肠梗阻时以腹胀为主,很少见到肠型。肝常可触及,在右肋缘下1~2cm,边锐质软。脾则在部分婴儿时而触到。在深部触诊时,可触及左侧肾,而右侧肾往往被肝遮挡不易触及。脐部检查应注意脐带是否脱落,脐部有无分泌物及红肿等。

8. 四肢和脊柱 检查的重点是观察有无外伤和畸形。健康新生儿四肢呈屈曲状,有不自主运动。胫骨弯曲、踝内收、足背屈见于部分新生儿,可自行矫正。多指(趾)畸形是新生儿最常见的畸形,应注意检查。常见的脊柱畸形为脊柱裂、脑脊膜膨出,均显而易见。骶尾部的小窝、带毛黑痣、囊肿、脂肪瘤等均是隐性脊柱裂的线索,不要轻易放过。

9. 外生殖器和肛门　分娩造成的外生殖器水肿和瘀斑时有所见。受母体影响,女婴阴道可见白带样分泌物,有时可见血性分泌物,称新生儿假月经,持续数日即消退,保持局部清洁即可。男婴阴囊相对较大,鞘膜积液多见,根据成熟程度睾丸可下降至阴囊、腹股沟管,或在腹腔内不能被触及。体检可发现的肛门异常主要是肛门闭锁和瘘管,必要时做肛指检检查。

四、正常新生儿的特殊表现

小儿出生后,环境突然变化,身体各器官在解剖、生理方面均发生了一系列变化。如自主呼吸的建立、血循环的改变、消化和排泄功能的开始、对外界较低温度的适应等。所有这些改变共同形成了新生儿的特征。但除此之外,新生儿出生后最初数日内可见到以下几种特殊表现。

1. 生理性体重下降　几乎所有的新生儿,在出生后最初 2～3d,都出现生理性体重下降。这是因为进食少,又有不显性失水和排出大小便。体重减轻不应超过原有体重的 10%。一般在生后 7～10d 恢复。体重下降过多或恢复过晚,应考虑有无病理原因,如饮食不足、吐奶、腹泻等。

2. 生理性黄疸　半数以上新生儿在出生后 2～3d 出现皮肤和巩膜黄染。这种现象称生理性黄疸。其产生原因是因新生儿生后用肺呼吸,血氧分压增高,使胎儿期因相对缺氧而代偿增加的红细胞破坏,以致使过多胆红素生成,而另一方面是肝功能不够完善,肝内葡萄糖醛酸转化酶功能低下,影响胆红素正常代谢。生理性黄疸的血清胆红素一般低于 $204\mu mol/L(12mg/dl)$,在 7～14d 消退,早产儿可延迟至第 3～4 周消退。

3. 色素斑　新生儿骶尾部及臀部常可见到蓝灰色的色素斑,多为圆形,或不规则,边缘明显,压之不褪色。因皮肤深层堆积了色素细胞所致,出生后 5～6 年自行消退。

4. 马牙　新生儿口腔上腭中线附近,可见到白色小点,有时牙龈上可见白色颗粒状物,为上皮细胞堆积形成。俗称"马牙",不需处理。

5. 生理性乳房肿胀　无论男女新生儿,于出生后 3～5d 可出现一过性乳房肿大和泌乳,多于出生后2～3 周自行消失。是受母体雌激素影响所致。无需处理,不应挤压以免感染。

6. 阴道出血(假月经)　由于在胎内受母体雌激素影响,女婴于出生后 5～7d 可见到阴道内少量出血,持续 1～2d 消失,不需特殊处理。

(冯晋兴　刘晓红)

第二节　新生儿病史、检查和护理

病历是记载引起疾病的原因以及疾病发生、发展和治疗转归的诊疗记录,是临床医师经过详细的询问病史,体格检查,对所获资料进行分析、研究、归纳、整理、总结后写成的重要资料,准确而完整的病历不仅是临床诊断治疗的重要依据,而且是科研、教学、法律工作提供素材的主要依据。新生儿病历与普通儿科病历及成年人病历有所不同,新生儿病史有自己的特点,必须根据新生儿特点进行病史收集和体格检查。

一、病　　史

1. 一般记录　①姓名:多数新生儿未取名,应写母亲姓名之子或之女。②性别。③日龄,日龄是以小时或天记录,并要求准确,出生后 3d 内要精确到小时。④种族。⑤籍贯,包括父亲和母亲籍贯。⑥入院时间,要准确记录年、月、日、时。⑦父母姓名。⑧家庭住址,要写现在家庭详细住址,邮政编码。⑨联系方法,必须写清楚能够随时联系到的电话号码。⑩提供病史者。

2. **主诉**　为患儿就诊或转诊的主要原因及时间,包括主要症状及伴随症状的发生部位和时间经过。以一或两句文字表述即可,如疑为窒息后合并症,应写"窒息后发绀、呼吸困难 2h"。

3. **现病史**　现病史是从发病到就诊前的详细过程。要详细叙述各症状的起病时间和发展过程。注意询问伴随症状。包括①起病时间、方式、地点。②症状性质:描述症状的诱因、部位、严重程度、频度、间隔时间、持续时间、伴随症状等。③疾病经过:疾病的发展、变化,疾病加重和减轻的因素。④治疗经过:治疗方法、药物名称、剂量、治疗地点、治疗效果等。⑤出生情况:对与出生有关的疾病,应将出生情况写在现病史,如出生前胎儿情况、分娩方式、有无胎膜早破、羊水、胎盘、脐带、Apgar 评分、复苏抢救等情况。⑥一般情况:患病前的健康状况,患病后的精神状况、食欲、奶量、大小便情况。

4. **个人史**

(1)母孕期情况:母孕期营养、健康、工作情况。孕母疾病早期以孕吐、病毒感染、接触 X 线和用药为重点,后期以妊高征、泌尿道感染、肝炎和高血压为重点。

(2)分娩史:首次应问胎次,产次,出生地点,总产程,第二产程长短,胎盘和脐带有无异常,有无胎膜早破或院外破水,羊水颜色及量,是否有宫内窘迫,胎位及分娩方式,若为剖宫产,应了解剖宫产原因及分娩时用药情况。

(3)新生儿初生情况:出生体重,1min 和 5min Apgar 评分,窒息抢救经过。围生儿可将这段病史写在现病史内。询问开奶时间、喂养方法、母乳多少、排胎粪和黄疸出现情况。

(4)既往疾病史:包括胎儿期情况和出生后患病情况。

(5)家族史:重点询问父母亲年龄、健康状况、职业、血型,特殊物质接触史,既往流产、死胎史,兄姐健康情况或死亡原因,是否近亲结婚,双方家庭有无遗传性疾病患者。父母文化程度、居住条件和经济情况等。

二、体 格 检 查

1. **测量记录**　对每个新生儿都必须测量体重、身长、头围和腹围,这可判定婴儿的成熟度和营养状态。同时进行体温、脉搏、血压、呼吸的测定。

2. **一般情况**　正常新生儿皮肤红润,胎毛少,头发可多可少,耳壳软骨发育良好,乳晕清楚,乳头突起,乳房可摸到结节,四肢呈屈曲状,足底有较深足纹,男婴睾丸下降,可伴轻度鞘膜积液,女婴大阴唇完全覆盖小阴唇,吸吮力强。

3. **皮肤黏膜**　刚出生的新生儿皮肤呈粉红色,体查时要注意皮肤颜色,有无苍白、发绀和黄疸。检查皮肤有无花斑纹、瘀斑、皮疹、血管痔或胎痣。皮肤及黏膜均呈深红色应考虑红细胞增多症;检查皮肤时要注意颈部、腋窝及腹股沟皱褶处有无糜烂或脓疱。新生儿皮下坏疽常见于骶尾部,易被遗漏。

4. **头颈部**　注意检查头颅大小和形状,有无血肿和颅骨缺损,以及囟门大小和紧张度。新生儿骨缝未闭合,若明显裂开见于颅压增高或脑积水患儿。某些染色体畸变婴儿可见到颈蹼。一侧颈部出现花生大或橄榄大肿块,见于胸锁乳突肌血肿。新生儿锁骨骨折较多见,应仔细检查局部有无压痛、弯曲和骨摩擦音。

5. **颜面及五官**　面先露婴儿出生时颜面肿胀并有瘀斑,形成丑陋面容;产钳助产可引起一侧面神经瘫痪。正常婴儿可见轻度眼球水平震颤,频繁水平震颤提示脑干部受累,眼球直视或凝视见于颅内出血或其他颅内器质性疾病。

6. **胸廓**　外形及对称性,呼吸运动度,有无锁骨骨折;正常新生儿胸廓呈桶状,两侧扁平。

7. **肺**　呼吸形式、频率、节律,有无呼吸困难,叩诊有无浊音、实音,听诊呼吸音强度、两侧是否对称,有无干、湿啰音及痰鸣音;新生儿呼吸以腹式为主,如出现明显的胸式呼吸,或胸廓吸气性凹陷,应考虑为肺部病变引起的呼吸困难。新生儿肺部听诊不如婴儿期重要,肺炎早期的细湿啰音,只有在婴儿啼哭或深吸气时方可听到。

8. **心脏**　心尖搏动位置、强度,心前区有无震颤,心界大小,心率,心律,心音强度,有无杂音,杂音的性质、响度、传导方向,与体位、运动、呼吸的关系;在出生头几天心脏明显扩大见于心内膜弹性纤维增生症和心糖原贮积病,先天性心脏病通常在出生 1 周后,心脏逐渐扩大。

9. **腹部**　外形,有无肠型、肿块,肝脾大小、形状、质地,听诊有无移动性浊音,听诊肠鸣音情况;正常新生儿腹部稍膨隆,较胸部略高。腹部平坦见于膈疝,也可见于某些消化道畸形如食管闭锁或肠闭锁。发生肠梗阻时以腹胀为主,很少见到肠型。注意检查脐部情况,脐带是否脱落,脐部有无分泌物及红肿。

10. **外生殖器及肛门**　重点检查有无先天性畸形,如肛门闭锁或肛裂,男婴睾丸是否下降至阴囊、尿道下裂、斜疝,外生殖器器发育情况。

11. **四肢和脊柱**　重点是观察有无外伤和畸形。有无多指(趾)畸形、脑脊髓膜膨出、隐性脊柱裂、锁骨骨折。臂丛神经损伤可见患者上肢瘫痪、肘关节伸直、前臂旋前、指腕关节屈曲。指(趾)细长见于马方(Marfan)综合征,指(趾)短小见于先天性克汀病。

12. **神经系统**　新生儿神经系统检查主要是检查运动功能、对刺激的反应、某些原始反射和肌张力,检查围巾试验、前臂回缩试验、颈牵拉反应;原始反射检查握持反射、拥抱反射、觅食反射等。新生儿意识状态分以下 6 种。①清醒:弹足底 1 次即哭,哭声响亮,持续时间较长,肢体自发动作有力。②激惹:弹足 2～3 次即哭,哭声响亮,有时声调平直,持续时间长,肢体活动多。③嗜睡:弹足底 3 次哭,哭声弱,持续时间短,很快入睡,肢体活动少,无力。④迟钝:弹足底 5 次或以上哭一声,或不哭仅脸部出现表情,很快又入睡,无肢体活动。⑤昏睡(浅昏迷):弹足底 10 次无反应,针刺有反应,哭一声或面部出现表情。⑥昏迷:对任何刺激均无反应。

三、辅 助 检 查

记录外院、门诊辅助检查结果,然后根据病史和体检结果做进一步的辅助检查。

四、新生儿护理

1. **工作人员**　应身体健康,经常注意个人卫生;严格遵守无菌操作规程和消毒隔离制度。所有人员在接触新生儿前认真彻底地洗手,用灭菌后的一次性纸巾擦手,护理每个婴儿后要洗手。

2. **新生儿室或母婴室**　新生儿室或母婴室内应日常清洁,应定期大扫除及消毒,隔天一次紫外线消毒;新生儿用品要清洁或消毒。如有感染发生,应采取有效措施及早处理,因新生儿抵抗力低,感染扩散快。

3. **保暖**　从出生到最初几天内都要保暖。新生儿出生后,立即用干毛巾擦干,并用柔软干燥的棉布包好。室内温度控制在 22～25℃,相对湿度 50% 左右。母亲与婴儿尽快紧密接触,最好采用胸对胸腹对腹的哺乳方式,或者把婴儿抱在母亲怀内,使母子贴身接触,既保持温度,又能建立母子感情。如母亲暂不能密切接触，应用其他方法为新生儿保暖，如放入暖箱，或包被周围放暖水袋，头部戴绒线帽，防热量散发。

4. 呼吸道　在新生儿娩出后开始呼吸之前应迅速清除口腔、咽部及鼻部的分泌物，保持呼吸道畅通，帮助尽快建立呼吸机制，用新生儿吸痰器或羊水吸引器均可。发生窒息时立即进行复苏，平稳后仍需注意观察呼吸情况。应严密观察早产儿的反应和呼吸情况，发生呼吸暂停时立即进行抢救。

5. 脐带　新生儿断脐应严格执行无菌操作，断脐后应注意观察脐部有无渗血，如有渗血应立即进行再结扎，脐部应保持清洁干燥。洗澡后应用蘸有75%乙醇的棉签，擦拭脐的残端和脐轮的凹陷处。

6. 皮肤护理　新生儿出生后用消毒软纱布擦拭全身皮肤，擦拭动作要轻柔，以免擦伤皮肤，引起感染。胎脂有保护新生儿皮肤的作用，不宜立即擦去，因可起到减少散热和保持体温的作用。

7. 免疫接种　新生儿免疫接种为保证小儿健康成长，免受疾病侵扰，新生儿出生后要接种卡介苗和乙肝疫苗。新生儿出生后24h内应接种第1针乙肝疫苗，1个月后接种第2针乙肝疫苗，6个月后种第3针乙肝疫苗，这样可保护小儿3～5年不受乙肝病毒感染。小儿出生后3个月内应接种卡介苗，接种后42d复查接种效果，以预防结核病。

8. 维生素 K_1　每一新生儿娩出后应予维生素 $K_1$1mg 肌内注射，以预防新生儿出血症。

9. 先天性代谢病的筛查　新生儿疾病筛查是用先进而简单的方法对所有新生儿检查有无危害严重的先天性或遗传性疾病。在新生儿早期临床症状尚未表现之前，早期发现患儿，确诊后应尽早开始治疗以预防身心障碍发生，保障患儿健康成长。

目前将苯丙酮尿症、先天性甲状腺功能低下、半乳糖血症、先天性肾上腺皮质增生症这四种疾病作为首选的筛查项目。筛查应在新生儿出生72h，并已得到了充分的母乳喂养后方可进行采血，否则在蛋白质负荷不足的情况下可出现苯丙酮尿症假阴性。

采血部位多采用新生儿的足跟，采血时先按摩或热敷局部使其充血，在皮肤乙醇消毒后，用一次性采血针刺足跟内侧或外侧部位，第1滴血擦去，待第2滴血流出后，使血液滴到特定的滤纸上，使其充分渗透。一般需要3个血斑，每个血斑直径应＞10mm。采血后将滤纸片放清洁处自然晾干，接着装入塑料袋中尽快送到专门的检测中心检查。凡初次筛查结果为阳性，必须间隔1周再筛查1次，经过2～3次筛查，若仍为阳性者应进行相应的确诊实验检查，一旦确诊就应立即治疗并长期随访，预后较好。

10. 听力筛查　新生儿听力筛查的目的采用简单易行的方法，早期发现听力不良的婴儿，以做到早期发现、早期佩戴助听器、早期进行听觉语言训练，尽最大可能地恢复其听觉语言功能。新生儿期听力筛查，最好在医院产房进行，也可以在新生儿出院后，由访视人员对其进行检查，或者在新生儿满月时到儿童保健门诊体检时做听力检查。6个月以后的婴儿：每隔半年做一次听力检查，如存在听觉高危因素，应增加听力检查的次数。

常见婴儿听觉高危因素：有先天性、遗传性听力障碍家族史；父母为近亲婚配；母孕期有感染史，如风疹病毒、单纯疱疹病毒、巨细胞病毒、流感病毒、梅毒、弓形虫感染等以及母孕期前有梅毒史；母孕期有滥用耳毒性药物史；新生儿有头颈部或其他部位的畸形，如头面骨缺陷畸形；耳郭畸形，耳道闭锁等；新生儿期有严重黄疸；有宫内窘迫或产时窒息；产伤；新生儿睡眠时过分安静，不怕吵闹；语言发育水平落后于同龄幼儿；有感染性疾病或传染病史，如化脓性脑膜炎、结核性脑膜炎、流行性脑脊髓膜炎、乙型脑炎、麻疹、腮腺炎、猩红热等；有使用耳毒性药物史，如庆大霉素、卡那霉素、链霉素、抗疟疾病药物等；有头部外伤史；早产或出生体重低于1 500g。

11. **喂养**　足月新生儿、早产儿均应当用母乳来喂养。正常的足月新生儿出生后半小时内就应抱给母亲,使新生儿与母亲进行皮肤接触,并让新生儿吸吮母亲的乳头,这样有利于母亲的乳汁及早分泌。在新生儿出生后 6h 内就应当根据新生儿的需要进行母乳喂养,这叫做按需哺乳,这样不仅可以促进乳汁分泌,还可防止新生儿低血糖、生理性体重下降和减轻生理性黄疸。母亲应了解母乳及母乳喂养的优点,树立母乳喂养的信心,并了解正确的母乳喂养方法和技能,如哺乳时母亲和婴儿的体位和正确哺乳姿势、手法挤奶的方法等。

母亲产后最初几天分泌的乳汁称初乳,虽然量较少,但营养丰富。初乳呈黄色较黏稠,含有较多的脂肪可满足新生儿热能的需要;初乳含有较多的微量元素锌和较多的维生素 A,有利于新生儿的生长发育;初乳还含有足量的分泌型免疫球蛋白 IgA 和其他抗感染的活性物质,能增强新生儿的抗病能力。因此,要尽量让新生儿吃到初乳。如果是早产儿吸吮能力比较差,可用手法挤奶的方法将母亲的乳汁挤出,用小勺慢慢地喂哺;也可用消毒过的吸奶器把乳汁吸出来喂哺新生儿吃。

哺乳期母亲饮食要注意营养卫生,无毒,不吸烟,不喝酒。母亲以下情况时不宜喂哺母乳①患有严重心脏病;②严重肾功能不全或肾移植术后;③患甲状腺功能亢进症时;④患乙型肝炎,核心抗原阳性;⑤患急性感染性疾病治疗期;⑥母亲服用四环素、大剂量皮质激素、溴隐亭、可卡因、麦角碱、阿司匹林、巴比妥、吡拉米唑等药物时;⑦患梅毒,血清反应阳性;⑧患结核病未做治疗前,小儿未接种卡介苗时;⑨患麻风病未经治疗前。

(冯晋兴　刘晓红)

第三节　早产儿的特点和护理

早产儿(preterm infant)是指胎龄满 28 周至不满 37 周的新生儿。而出生体重<2 500g的新生儿,无论早产还是足月统称为低出生体重儿(low birth weight infant,LBW),其中出生体重<1 500g者称低出生体重儿(very low birth weight infant,VLBW),出生体重不足1 000g者称超低出生体重儿(extreme low birth weight infant,ELBW)。根据胎龄和出生体重的关系,可将早产儿分为①小于胎龄儿(small for gestational age,SGA):指出生体重在相同胎龄平均体重的第 10 个百分位以下的早产新生儿;②适于胎龄儿(appropriate for gestational age,AGA):指出生体重在相同胎龄平均体重的第 10～90 个百分位以下的早产新生儿;③大于胎龄儿(large for gestational age,LGA):指出生体重在相同胎龄平均体重的第 10 个百分位以上的早产新生儿。

一、解剖生理特点

1. **外观成熟度差**　①头部:头大,头长为身长的 1/3,囟门宽大,颅缝可分开,头发呈短绒状,耳壳软,耳舟不清晰。②皮肤:呈鲜红色,薄嫩,可见皮下毛细血管,胎毛多,胎脂丰富,皮下脂肪少,指(趾)甲软,不超过指(趾)端。③乳腺:乳头小不能摸到,乳晕呈点状,边缘不突起。④外生殖器:男性阴囊发育差,睾丸未降至阴囊;女性外阴发育不完善,大阴唇不能盖住小阴唇。⑤足跖纹:足底皱痕少,足跟光滑。

2. **体温调节功能差**　早产儿体温中枢发育不成熟,体温调节功能差。由于早产儿皮下脂肪少,体表面积相对较大,棕色脂肪和糖原储存少,缺乏寒冷时发抖反应,使得其体温容易随环境温度的改变而出现发热或体温不升。

3. **呼吸功能不成熟**　早产儿呼吸浅促不规则,常有间歇样呼吸或呼吸暂停现象发生。呼吸中枢不成熟,咳嗽反射弱,痰液不易咳出;早产儿肺泡数量少,气体交换率低,膈肌和肋间肌发育不良,吸气无力,哭声低弱,常见发绀,肺泡表面活性物质生成不足,容易导致早产儿肺透明膜病,胎龄越小,发生率越高。

4. **消化功能弱**　早产儿吸吮及吞咽能力弱,贲门括约肌松弛,易致呛咳,呕吐、吸入性肺炎。肠道消化酶的发育接近足月儿。早产儿胃容量随体重增长而增大,体重 2 000g 早产儿平均胃容量为 15ml,体重 1 500g 平均胃容量为 9ml,体重 1 000g 平均胃容量为 9ml。

5. **肝功能差**　①葡萄糖醛酸转移酶不足,胆红素的结合和排泄减弱,引起早产儿生理性黄疸较重且持续时间延长。②肝功能不全,肝储存维生素 K 较少,Ⅱ、Ⅶ、Ⅸ、Ⅹ 凝血因子不足,容易导致颅内、消化道等系统出血。③铁、维生素 A、维生素 D 储存不足,易患贫血或佝偻病。④糖原储存少,糖原转换为血糖的能力低下,易发生低血糖。⑤合成蛋白能力差,血浆蛋白低下,导致水肿。

6. **肾功能低下**　早产儿肾小管、肾小球不成熟,容易引起水、电解质紊乱。肾血流量少,肾小球滤过率低,尿素、氯、钾的清除率低。由于抗利尿激素缺乏,肾小管远端重吸收水减少,尿浓缩能力降低。早产儿肾保碱排酸能力不足,容易导致代谢性酸中毒。肾小管重吸收葡萄糖阈值低下,易引起高血糖。

7. **神经系统发育不成熟**　胎龄愈小,肌张力愈低,各种反射愈差。各胎龄肌张力及神经反射见表 4-1。

表 4-1　各胎龄肌张力及神经反射比较

胎龄	30～31 周	33～34 周	35～36 周	37～38 周	>38 周
前臂弹回	无	无至极慢	极慢	慢	迅速
围巾征	毫无阻力	毫无阻力	稍有阻力	肘不越中线	明显阻力
腘角	180°	180°	120°	90°	<90°
足跟触耳	无阻力	无阻力	稍有阻力	明显阻力	足跟不能触耳
扶坐竖颈	无力	无力	无力	头颈向前	向前片刻
觅食反射	无或弱	需扶头强化	较好完成	有	有
交叉伸腿反射	无	无或屈腿	屈腿	屈-伸	屈-伸-内收
拥抱反射	无后弱	伸臂外展	伸臂外展	屈臂内收	屈臂内收
握持反射	能抓紧、弱	能抓紧、弱	能抓紧、较强	能将上臂带起	能将身体带起

8. **循环系统转变**　早产儿动脉导管常常延迟关闭。超低出生体重儿由于肾上腺皮质功能不全、血管张力低下及儿茶酚胺反应不敏感,易出现低血压。胎龄<30 周的早产儿,平均血压的数值与其胎龄周数值相同。

9. **血液系统特点**　早产儿出生后数天,外周血血红蛋白下降迅速,有核红细胞持续时间较长,血小板计数低于足月新生儿,出生体重越低,这种改变越明显。

10. **免疫及屏障功能低下**　早产儿由于母体胎盘来的 IgG 量少,自身细胞免疫和抗体的 IgA、IgD、IgE、IgG、IgM 的产生不足,补体 C_3 浓度低,血清缺乏调理素,对各种感染的抵抗力极弱,易导致败血症、坏死性小肠结肠炎、感染性肺炎。此外,频繁的医疗操作,尤其是有创操作如气管插管、静脉置管等,增加了感染的机会。

二、并 发 症

早产儿因各器官发育不成熟,对外界环境适应能力差,所以易发生各种并发症。

1. 新生儿呼吸窘迫综合征　主要由于肺表面活性物质合成不足所致,临床上以进行性呼吸困难为主要表现,病理以出现嗜伊红透明膜和肺不张为特征,又称新生儿肺透明膜病。多见于34周以下的早产儿和剖宫产儿,发病率与早产儿的胎龄成反比。

2. 早产儿呼吸暂停　呼吸暂停分为原发性和继发性两种,继发性呼吸暂停常见于诱因为低体温、发热、感染、缺氧、酸中毒、低血糖、低血钙等,约70%的极低出生体重儿可出现呼吸暂停。

3. 支气管肺发育不良　早产儿由于气道及肺泡发育不成熟,因气压伤、氧中毒、动脉导管开放极感染等损伤,引发支气管肺发育不良。多见于超低出生体重儿。

4. 脑损伤　包括脑室内出血和脑室周围白质软化,出生体重<1 500g的早产儿发病率约50%,症状多见于出生后最初几天。

5. 感染　由于自身细胞免疫和体液免疫功能不成熟,来自母体的抗体水平也不足,皮肤屏障作用不健全,医疗操作较多等,导致早产儿容易发生感染性肺炎,败血症和坏死性小肠结肠炎。

6. 低血糖　早产儿由于糖原储存不足,出生后若不及时补充,很容易发生低血糖。临床上表现为发绀、呼吸暂停、嗜睡、易激惹、惊厥、肌张力低下等症状。

7. 高胆红素血症及高红素脑病　早产儿由于肝葡萄糖醛酸转移酶活性不足和血脑屏障发育不成熟,容易发生高胆红素血症及胆红素脑病。胆红素脑病发生的诱因多为严重感染、酸中毒、低蛋白血症。

8. 早产儿贫血　早产儿贫血常发生在生后1~2个月。贫血的原因主要是铁储存不足和早产儿生长发育快,造血功能相对不足所致。

9. 早产儿视网膜病　本病多见于极低出生体重儿和超低出生体重儿,主要为早产儿视网膜发育不成熟,生后持续吸入高浓度氧,使视网膜新生血管极纤维增生所致,临床表现为视力下降,严重者引起视网膜脱离,导致眼球萎缩、失明。

10. 硬肿症　早产儿体温调节中枢不成熟,体表面积相对较大,容易散热,发生低体温和硬肿症。

三、早产儿护理

1. 一般护理　安静平卧或俯卧位,头转向一侧,每4h测1次体温,每天测1次体重,记录尿量。护理操作尽量轻柔,集中进行,减少对早产儿的刺激。

2. 保暖　出生体重<1 250g的早产儿,尽量放入伺服式暖箱保暖,根据皮肤温度调节箱温,皮肤温度电极片应贴在腹部皮肤上,控制温度为36.5℃。若采用手控式暖箱,第1天箱温为37~38℃,以后1~2周箱温应保持在35~37.5℃。出生体重>1 250g早产儿,可放入手控暖箱,头几天箱温同上,以后箱温下降速度可稍快。

3. 供氧　发绀、气促、呼吸暂停均需要供氧。吸入氧浓度25%~40%,维持动脉氧分压50mmHg左右。临床上通过监测氧饱和度随时调节吸氧浓度。极低出生体重儿和超低出生体重儿吸入高浓度氧容易发生氧中毒,引起早产儿视网膜病变,尽量使用维持动脉氧分压50mmHg左右的最低吸入氧浓度。

4. 预防感染　①尽量减少接触人员,除值班护士和主管医师外,禁止其他人员无故接触婴儿;②每次接触婴儿前,必须严格洗手,用消毒纸巾擦手或烘干双手。③早产儿暖箱和其他婴儿用品如面罩、湿化瓶、胃管等,应定期更换和消毒。④尽量不要预防性使用抗生素,尤其是广谱抗生素。

5. 喂养　①生后 4h 可试喂糖水,6~8h 后开始哺乳。出生体重>2 000g 的早产儿可以母乳或奶瓶喂养;出生体重<1 200g 应用鼻胃管喂养;出生体重<1 000g 者,喂养必须在状态良好,无水肿、腹胀、有排便、腹部 X 线平片正常时进行,一般于出生后 48~72h 开始。②开始哺乳量因体重不同而异,体重<1 000g 早产儿为每次 0.5~1ml,1000~1500g 者每次 4ml,1501~2000g 者每次 8ml,>2000g 者每次 10ml。每次喂奶间隔体重<1000g 早产儿为 1~2h,1000~1500g 者为 2h,1501~2000g 者为 2.5h,>2000g 者为 3h。体重<1200g 早产儿每日每次增加奶量 1~2ml,体重1200~1500者每日每次增加奶量2~3ml。1 周后奶量增加应稍快,逐渐达到每日奶量 150~170ml/kg。③鼻饲奶前应抽取胃内残奶,残奶量超过应喂奶量的 1/4 者,应减少鼻饲奶量,残奶量超过应喂奶量 1/2 者,应停喂 1~2 次。④若有发绀、气促、体重过低或喂奶量少于日需要量的一半时,应给予静脉营养补充(参见本章第五节)。⑤早产儿生理性体重下降期后,其体重生长速度应与宫内体重增长速度一致,见表 4-2。

表 4-2　早产儿出生体重与宫内体重增长比较

体重(g)	胎龄(周)	宫内体重增长(g/d)
500	22	11
750	25~26	17
1000	27~28	17
1500	30~32	22
2000	33~34	26

(冯晋兴　刘晓红)

第四节　新生儿水、电解质平衡

一、新生儿水、电解质平衡的调节

1. 新生儿期肾调节水、电解质的功能　新生儿和早产儿肾功能不成熟,肾浓缩功能和稀释功能不完善,故易发生脱水和液体负荷过度。成年人肾可将尿液浓缩至 1 200mOsm/L,以补偿体液量的不足,补液量过多时又可稀释尿液至非常低的渗透压以排出过多的水。而新生儿仅能将尿液浓缩至 800mOsm/L,早产儿只能浓缩到 600mOsm/L;新生儿和早产儿尿稀释功能接近成年人,补充大量水后尿液最低可稀释到 100mOsm/L,但稀释速度较慢。因此新生儿进行液体治疗时需精确计算水、电解质的量,并密切监测及评价平衡状况。新生儿出生后第 1 天肾小球滤过率低,尿量少。胎龄超过 34 周的早产儿出生后 2~3d 后,肾小球滤过率增加,尿量也增加;胎龄小于 34 周的早产儿肾小球滤过率增加与胎龄有关,胎龄越小,肾小球滤过率增加越晚。

2. 神经内分泌对水、电解质平衡的调节

(1)脑神经垂体分泌的抗利尿激素和精氨酸血管升压素,可增加远端肾小管对水的吸收。

(2)肾上腺分泌的盐皮质激素醛固酮可增加远端肾小管对钠盐的吸收。早产儿对盐皮质激素醛固酮反应迟钝,醛固酮分泌增加时尿中仍排较多的钠,易发生低钠血症。

(3)甲状旁腺分泌的甲状旁腺素、甲状腺细胞分泌的降钙素与 1,25 羟维生素 D_3 调节体内钙、磷、镁的代谢。新生儿和早产儿刚出生时甲状旁腺素较低,数天后方升高,出生时降钙素偏高,故易发生低血钙。

二、新生儿水、电解质需要

新生儿水和电解质需要量的计算原则同儿童一样,包括生理需要量、累积损失量和继续损失量。新生儿液体疗法除提供生理需要量的水和电解质外。对于腹泻、脱水、胸腔引流、外科伤口引流及渗透性利尿的患儿需精确计算累积损失量和继续损失量。

1. 生理需要量　不能耐受经肠道喂养的新生儿,尤其是低出生体重儿,需要静脉补充液体及电解质,液体治疗目的主要是提供足够的液体和电解质以满足正常的生理需要。生理需要量包括非显性失水、随尿液排出的水分和随粪便排出的水分(表 4-3)。

表 4-3　新生儿和早产儿正常活动情况下不同日龄液体的维持量

出生体重(g)	1～3d	4～7d	8～28d
	[ml/(kg・d)]		
<1 000	100～105	130～140	140～150
1001～1500	90～100	120～130	130～140
1501～2500	80～90	110～120	120～130
>2500	70～80	90～120	100～110

(1)不显性失水:不显性失水包括经由呼吸道和皮肤蒸发的水分。不显性失水受生理、环境和治疗因素的影响。包括①新生儿的成熟度,是其中最重要的影响因素。新生儿的体表面积相对较大,皮肤血管较丰富;呼吸道上皮细胞层相对不成熟,对水的通透性大,使得不显性失水增加,且孕周越小不显性失水越多。②环境温度和湿度也是影响不显性失水的重要因素。环境温度升高不显性失水增加;皮肤与周围环境之间的水蒸气压差越大,水分经由皮肤蒸发的量越多。③体温每增高 1℃,代谢率约增加 10%,不显性失水也增加约 10%。④呼吸加快或加深时呼出的水蒸气增加,不显性失水也增多。⑤啼哭和大量活动不显性失水增加约 30%。⑥机械通气的新生儿,调整湿化装置保持气道相对高的温度和湿度,使气道水蒸气压力基本与气管黏膜表面水蒸气压力相等,经气道不显性失水将减少甚至消失。⑦将新生儿置于辐射保暖台上较置于中等湿度中性温度的暖箱中,不显性失水增加 80%～100%。光疗时不显性失水增加 80%～100%。

(2)尿液排出的水分:足月新生儿和早产儿尿液渗透压为 500～700mOsm/L,尿比重为1.010～1.020,每日尿量 50～100ml/kg。

(3)粪便排出的水分:新生儿尤其是低体重儿经胃肠道以粪便形式丢失水分是非常少的。一旦开始经胃肠道喂养,随粪便排出的水分为 5～10ml/(kg・d)。

(4)电解质需要量:根据异常丢失的液体量及电解质浓度来估算并给予补充丢失的电解质量。对于电解质的生理需要量,由于出生后第 1 天新生儿体液中钠和氯的含量高,通常不需补给,出生 1 周后钠和氯的需要量比较稳定,足月新生儿 1～3mmol/(kg・d),极低体重儿出生后数天内限制钠的摄入量可减少高钠血症的发生。新生儿血钾在生后 3d 内偏高,血钾升高程度与早产儿孕周数呈负相关,孕周非常小的早产儿甚至可发生致命性的高钾血症。新生儿出生后第 1天不补钾,以后根据血钾测定结果决定钾的需要量[1～3mmol/(kg・d)]。脐血钙浓度随着孕周增加而逐渐增高,并可高于母亲血钙水平;分娩后,钙经胎盘转运终止,新生儿血钙下降,出生后

48h 达到最低点；血钙下降刺激甲状旁腺素分泌增加，从骨中动员钙使血钙水平回升；临床低钙血症多见于早产儿、窒息儿和母糖尿病的新生儿，主要是由于分泌受抑制所致，血总钙＜1.75mmol/L 或游离钙＜0.9mmol/L，可给钙 10～20mg/(kg·d) 或 10％葡萄糖酸钙含钙9mg/ml。

2. 继续损失量　继续损失量是由于疾病所致，要仔细收集各种异常丢失的体液，如呕吐物、腹泻物、胃肠引流液，计算总量，以等量补给液体和电解质。评估丢失在体腔内的液体及电解质量较困难，如患坏死性小肠结肠炎常有大量的液体丢失在小肠和大肠黏膜及黏膜下组织甚至腹腔中，而这些液体并不参加体液循环，对于这些新生儿进行液体治疗时应根据临床检测指标和循环状况以估算液体及电解质的量，并经常进行评估和调整。

3. 累积损失量　疾病过程中已经损失的液体和电解质量称累积损失量。新生儿只有在液体异常丢失而又没有给予及时纠正的情况下，才需估算累积损失量。一般根据体重和血液电解质的改变决定补液量与成分。轻度脱水损失的体液约占体重的 5％，中度脱水损失的体液约占体重的 10％，重度脱水损失的体液约占体重的 15％。

三、水和电解质平衡的监测

由于新生儿尤其是低体重儿液体和电解质的需要量变化很大，在液体治疗过程中必须监测水电解质水平。开始液体治疗时计算水和电解质平衡的原则，治疗过程中必须检测相关临床数据并对治疗方案进行评估修正以达到水电解质的平衡。具体检测项目如下。

1. 临床表现　新生儿特别是早产儿刚出生时稍水肿，几天内应消失，如再出现水肿表示入量过多；如皮肤黏膜干燥、皮肤弹性减低则表示入量不足。

2. 体重　是主要检测项目，多在晨间洗澡后裸体称重。

3. 尿量和尿比重　尿少时多考虑入量不足，应排除肾衰竭，肾衰竭患儿在入量足够的情况下尿量＜1ml/(kg·h)，且持续 24h 以上。新生儿尿比重为 1.008～1.012。

4. 实验室监测　血 pH 和电解质。肾衰竭时需监测血尿素氮和肌酐，鉴别 SIADH 时需测尿比重和血渗透压。

新生儿进行液体治疗时，体重变化符合生理性体重改变并且血电解质正常，说明水、电解质处于平衡状态；无生理性体重下降或体重增长过快并且血钠、血渗透压降低，尿量增加、尿比重降低，说明液体负荷过度；生理性体重下降过度或体重增长过慢并且血钠、血渗透压升高，尿量减少、尿比重增加，说明液体量补充不足。

四、新生儿常见电解质紊乱

(一)低钠血症

新生儿血清钠低于正常标准(＜130mmol/L)。

1. 病因

(1)钠缺乏(失钠性低钠血症)：多见于腹泻、肠瘘、外科引流、肠梗阻、脑脊液引流、烧伤、肾病综合征(利尿期)、急性肾衰竭(多尿期)和假性醛固酮缺乏症；也见于早产儿人乳含钠少，长期母乳喂养未给补盐者可致钠缺乏；早产儿由于肾对钠的重吸收功能不成熟而特别容易引起低钠血症。此外，妊娠高血压综合征孕妇低盐饮食，或产前 24h 用利尿药也可导致钠丢失增加。

(2)水潴留(稀释性低钠血症)：多见于水摄入过多，急性肾衰竭，肾病综合征，SIADH(窒息、缺氧、感染等)等；也可见充血性心力衰竭、使用吲哚美辛等药物。

(3)假性低钠血症:高血糖,高脂血症,高蛋白血症。

2. 临床表现　血钠低于 125mmol/L 时多出现眼窝及前囟凹陷、皮肤弹性差、血压下降、四肢厥冷、重症休克和少尿。血钠为 110~115mmol/L 时,可有凝视、共济失调、惊厥、木僵昏睡、昏迷等颅压增高的征象,肌无力、腱反射减弱或消失并可出现病理反射阳性。

3. 治疗

(1)急性失钠性低钠血症有明显症状者(惊厥)需紧急治疗,采用 3%氯化钠静脉滴注,使血清钠较快恢复到 125mmol/L[1mmol/(L·h)],3~4h 完成,然后在 24~48h 逐渐使血钠恢复正常。3%NaCl 液体 12ml/kg 可提高血钠水平 10mmol。

(2)慢性低钠血症应缓慢地纠正,常需 48~72h 完全纠正。所需钠量(mmol/L)=(140－患者血清钠)mmol/L×0.7×体重(kg),通常使用半量在 8~12h 输入。

(3)稀释性低钠血症应立即限制液体量,采用呋塞米 1~2mg/kg,静脉给予,促进水和钠的排出。稀释性低钠血症出现中枢神经系统症状者,采用 3%氯化钠静脉滴注,方法同前。

(4)32 周以下的早产儿,可通过增加钠盐摄入(每天 4~6mmol/kg)来预防慢性低钠血症。同时补充额外丢失的钠盐。母乳应当被强化,或用含钠较高的早产儿配方乳。

(二)高钠血症

新生儿血清钠高于正常标准(>150mmol/L)。

1. 病因

(1)单纯水缺乏:水摄入不足;发热、辐射保温、光疗和呼吸增快等不显性失水增多。

(2)混合性失水失钠:配置乳过浓、胃肠道外营养、静脉滴注甘露醇等渗透性利尿;有尿崩症、肾性尿崩症、高钙血症、低钾血症、急性肾衰竭(多尿期)等疾病。腹泻、烧伤、引流等丢失。

(3)钠潴留:医源性因素,有醛固酮增多症,充血性心力衰竭等。

2. 临床表现　烦渴、尿少,黏膜和皮肤干燥等脱水症状;烦躁、嗜睡、昏睡,尖叫、惊厥、震颤、腱反射亢进、肌张力增高、颈强直等神经系统症状。

3. 治疗

(1)单纯失水性高钠血症:适当增加液体量使血清渗透压恢复正常。水需要量计算,所需水量(L)=(患者血清钠－140)mmol/L×0.7×体重(kg)/140mmol/L,先给计算量的一半,根据治疗效果决定补充剂量。血清钠的降低不可超过 1mmol/(L·h),或 10mmol/(L·d)。纠正过快可发生脑水肿和惊厥。

(2)混合性高钠血症:一般失水失钠同时存在,在补充水的同时补钠,用 10%葡萄糖和生理盐水混合使用。

(3)钠潴留性高钠血症:禁盐,给予利尿药使钠排出。

(三)低钾血症

新生儿血清钾低于正常标准(<3.5mmol/L)。

1. 原因

(1)长期不能进食或进食少。

(2)呕吐、腹泻、外科引流及肠瘘等情况。

(3)使用利尿药,烧伤患者或腹膜透析治疗不当。

2. 临床表现　表现为精神委靡,反应低下,躯干和四肢无力等神经肌肉兴奋性减低症状;呼吸肌受累引起呼吸变浅,腹胀、便秘、肠鸣音减弱等消化道症状。心电图提示 T 波增宽、低平或倒置,U 波出现,Q-T 间期延长,可有室性期前收缩,室上性或室性心动过速,室扑或室颤。

3. 治疗

(1)治疗原发病,去除诱因,尽早喂奶。

(2)纠正碱中毒。

(3)补钾治疗:静脉滴注氯化钾 4~5mmol/kg,浓度不超过 0.3%,滴速<5ml/(kg·h),浓度不超过 0.2%,滴速可达 8~10ml/(kg·h),最好监测心电图及血钾。脱水者,应纠正脱水,有尿后补钾。一般持续补 4~6d。

(四)高钾血症

新生儿血清钾高于正常标准(>5.5mmol/L)。

1. 原因

(1)短时间内是否给予大量钾或静脉注射青霉素钾盐。

(2)肾衰竭,血容量减少,肾上腺皮质功能不全,先天性肾上腺皮质增生症,使用螺内酯(安体舒通)等储钾利尿药。

(3)大量溶血或严重酸中毒,缺氧、休克、组织分解加速、洋地黄中毒、胰岛素缺乏等。

2. 临床表现　表现为精神委靡,反应低下,躯干和四肢无力等神经肌肉兴奋性减低症状;腱反射减弱或消失,严重者呈弛缓性瘫痪。可有恶心、呕吐、腹痛等。心电图早期 T 波直立,P 波消失,R 波变低,S 波增深,QRS 波明显增宽,呈正弦样波形;晚期房室传导阻滞,心脏停搏。

3. 治疗

(1)首先证实心电图改变存在,如果有必须立即急诊处理。

(2)停止给予钾,包括钾剂、含钾药物及潴钾利尿药,禁用库存血,暂停哺乳。

(3)心律失常者,立即 10%葡萄糖酸钙 0.5~1ml/kg 缓慢静脉注射(约 10min),开始作用时间 1~5min,作用持续时间 15~60min,应心电图监护,一旦心律失常消失,立即停用。

(4)5%碳酸氢钠:2~4ml/kg,10~20min 静脉缓慢注射,开始生效时间为 5~10min,持续时间2~6h,其作用为碱化血液,使钾转移至细胞。

(5)呋塞米:每次静脉给予 2mg/kg。

(6)胰岛素和葡萄糖:上述治疗无效者使用。首剂,胰岛素 0.05U/kg 和 10%葡萄糖 2ml/kg。维持静脉滴注,10%葡萄糖 2~4ml/(kg·h)和胰岛素(配制成 10U+100ml)1ml/(kg·h)或 0.1U/(kg·h)。需要密切监测血糖,防止发生医源性低血糖。

(7)阳离子交换树脂:上述治疗无效者使用。通常用聚磺苯乙烯。灌肠,1g/kg 加入生理盐水稀释至 0.5g/ml,保留 30min。鼻饲,1g/kg 加入 10%葡萄糖中。

(8)以上措施均无效时可采用腹膜透析和血滤过技术。

(9)无心电图改变者,停止静脉给钾,反复检查血清钾水平。

(10)1 周左右的新生儿血钾有生理性增高现象,可予观察处理。

(五)低钙血症

新生儿血清钙低于正常标准(<1.8mmol/L)或游离钙低于正常标准(<0.9mmol/L)。

1. 原因

(1)早期低血钙:多于出生后 2d 内出现,有母亲孕期因素,如糖尿病、妊娠高血压综合征、产前出血、饮食中钙及维生素 D 不足和甲状旁腺功能亢进等;胎儿因素,如低体重儿、窒息、低血糖、RDS、败血症、酸中毒、颅内出血等。

(2)晚期低血钙:指出生后 2d 至 3 周发生的低血钙,多见于人工喂养儿,母亲孕期饮食维生素 D 不足,曾用枸橼酸钠换血治疗等。

(3)出生3周后发生的低血钙:母亲孕期甲状旁腺功能亢进,暂时性先天性特发性甲状旁腺功能不全,永久性甲状旁腺功能不全。

2. 临床表现 主要是神经肌肉的兴奋性增高,表现为惊跳、手足搐搦、震颤、惊厥;抽搐时常伴有呼吸改变、心率增快、发绀等;严重者有喉痉挛、呼吸暂停。早产儿常缺乏症状,但可能有肌张力增高,腱反射增强,踝阵挛阳性等表现。心电图示 Q-T 时间延长(足月儿>0.19s,早产儿>0.20s)。

3. 治疗

(1)有症状或惊厥时可静脉补充钙剂,10%葡萄糖酸钙每次2ml/kg,以5%葡萄糖稀释1倍缓慢静脉注射(1ml/kg),必要时间隔6～8h再给药1次,注意心率保持在80/min以上,否则应暂停;注意避免药液外溢至血管外引起坏死。

(2)无症状者或惊厥停止,可用乳酸钙或葡萄糖酸钙1g/d口服,维持血钙2～2.3mmol/L。较长期或晚期低血钙口服钙盐2～4周。

(3)母乳喂养或配方乳喂养,可口服10%氢氧化铝每次3～6ml,以减低血磷,促进钙恢复。

(六)高钙血症

新生儿血清钙高于正常标准(>2.75mmol/L)或游离钙高于正常标准(>1.4mmol/L)。

1. 原因

(1)低磷酸盐血症性高钙血症:不适当的肠道外营养及早产儿多见,常与磷供应相对不足有关。

(2)甲状旁腺功能亢进(HPT)性高钙血症:多为甲状旁腺主细胞增生或腺瘤,为散发性或家族遗传性。

(3)维生素 D 相关性高钙血症:维生素 D 中毒、敏感,如克汀病、婴儿特发性高钙血症、结节病。

(4)医源性:长期应用维生素 D 或其代谢产物治疗母亲低钙血症,甲状腺素治疗婴儿先天性甲状腺功能减低症时可出现。

2. 临床表现 新生儿少见,常缺乏典型临床表现。可出现嗜睡、易激惹、发热、食欲缺乏、吃奶少或拒乳、脱水、抽搐、高血压、角膜病变等。高血钙危象指血钙>3.75mmol/L,表现为木僵、昏睡、昏迷,有重度脱水貌;心律失常、心力衰竭、高血压等。

3. 治疗

(1)轻症无症状者病因治疗。重者应限制维生素 D 和钙的摄入量,并防止日晒。

(2)急性者或危重者用生理盐水10～20ml/kg静脉注射,呋塞米2mg/kg静脉注射,低血磷患儿可补充元素磷0.5～1.0mmol/(kg·d),分次口服。

(3)维生素 D 中毒、肉芽肿病、白血病、淋巴瘤等引起的高钙血症,泼尼松1～2mg/(kg·d),疗程至少2～3周。

(4)高血钙危象:普卡霉素15～25μg/kg,4～6h静脉滴注,7d后可重复。不良反应为骨髓抑制、肝肾损害。

(冯晋兴 刘晓红)

第五节 新生儿静脉营养

胃肠道外营养(parenteral nutrition,PN)又称静脉营养(inteavenous feeding,IF),是指通过静脉补充营养成分。包括部分肠道外营养(partial parenteral nutrition,PPN)和全部肠道外营养

（total parenteral nutrition，TPN）。通过静脉营养使患儿的营养状况得到改善，肠道得到休息，使疾病易于好转。在一些极低出生体重儿，随着日龄的增加，消化功能逐渐发育成熟，可逐渐增加肠道营养。

一、给 予 途 径

1. 中心静脉　经颈内、颈外或锁骨下静脉置管进入上腔静脉。一般用于需要长期（>2周）通过静脉补充大部分热量的患儿。其优点是留置时间长，可快速输注高张的营养液（15%～25%葡萄糖，5%～6%氨基酸）；但操作复杂，并发症较多。方法有两种。

（1）经皮导管：置于肘前、颈外静脉或大隐静脉。此方法不用外科手术置管，并发症少。

（2）中心静脉导管：通过外科手术经颈外、颈内或锁骨下静脉切开置管。

2. 外周静脉　四肢小静脉或头皮静脉输入的方式，一般适用于短期应用、<1个月或开始应用静脉营养的患儿。输注氨基酸浓度应<3.5%，糖浓度应<12：5%。此方法操作简便，并发症少，但易引起静脉炎。

3. 脐静脉　操作简便，但应注意插管深度和留置时间。

二、适 应 证

1. 严重的胃肠道畸形、胎粪性肠梗阻、坏死性小肠结肠炎、麻痹性肠梗阻等。

2. 极低出生体重儿且无吸吮能力者。

3. 短肠综合征。

4. 破伤风而鼻饲有困难者。

5. 极度衰弱儿，如新生儿重度窒息等。

三、禁 忌 证

1. 严重败血症，坏死性小肠结肠炎等严重感染的患儿应在使用抗生素病情稳定后再用。

2. 代谢性酸中毒（pH<7.25）纠正后再用。

3. 循环衰竭，肝肾功能不全，尿素氮在12.9mmol/L以上。

4. 严重缺氧，血胆红素在171～205μmol/L以上，血小板低者（<50×10^9/L）不用中性脂肪。

四、给 药 方 法

1. 全合一（all-in-one）　配制程序：在严密无菌条件下，先将电解质、水溶性维生素、微量元素加入葡萄糖溶液中，再加氨基酸于溶液中，最后将脂溶性维生素加入脂肪乳剂后放入液体中，边放边轻轻混匀。输液泵24h匀速输入。

临床应用注意事项：①"全合一"营养液室温下保存24h，4℃冰箱内保存不超过3d，多主张现配现用。②营养液中不可以没有氨基酸，氨基酸对脂肪乳剂的稳定性有保护作用，氨基酸不足可导致脂肪颗粒裂解。③因脂肪颗粒表面带负电荷，阳离子浓度过大可导致脂肪颗粒破坏，营养液中一价阳离子总浓度<150mmol/L，二价阳离子总浓度<2.5mmol/L。④含钙和磷的营养液应防止产生磷酸钙沉淀，建议将钙和磷隔日分开补充。

优点：①减少各营养液污染机会。②提高营养支持的效果，如氨基酸与非蛋白热源同时输入，可提高氮的利用，有利于蛋白质合成。③减少并发症的发生，如高血糖及肝损害等。④简化护士操作，便于护理。

2. 多瓶输液　适用于不具备无菌配制条件的单位。

五、监　　测

1. 生长参数：包括体重每天检测 1 次，身长、头围、皮下脂肪厚度每周测 1 次。

2. 血常规和血生化：血糖及血气每日 2 次；电解质、尿素氮每日 1 次，全部肠道外营养达全量后每周 1 次；肝功能、血常规、镁、磷等每周测 1 次；应用时间较长者，应检测血三酰甘油胆固醇、血氨及微量元素。

3. 静脉营养输注速度快、合并全身感染可导致尿糖高，极低出生体重儿出生后头 10d 应用静脉营养可引起血糖升高，蛋白质供应＞2.5g/(kg·d)，可出现血尿素氮及血氨增高，代谢性酸中毒。

六、并　发　症

1. 技术性　可分为非感染性和感染性两大类。前者大多数发生在静脉导管放置过程中，并发症包括气胸、纵隔积气、出血，损伤胸导管致乳糜胸，导管尖端静脉血栓附着导致上腔静脉综合征，导管移位导致胸腔积液和心脏压塞。而后者主要发生在应用中心静脉输注肠外营养液，是肠外营养时最常见、最严重的并发症。静脉营养置管感染的发生率在 15% 左右，在众多与静脉导管相关感染的危险因素中，医源性因素对其影响很大，如置管操作人员的经验，操作时是否采取保护措施，导管材料和留置的时间长短，置管部位，以及肠外营养是否受污染等均可直接或间接导致导管相关感染的发生和发展。病原体可以是革兰阳性菌、革兰阴性菌、真菌或双重菌感染。当高度怀疑导管感染时，可拔出导管，同时做血培养和导管头培养，改用外周静脉途径进行营养支持数天。血培养与导管培养有相同微生物生长，导管感染的诊断即成立。一般情况下，拔管后症状会减轻或消失，通常不需使用抗生素。为有效应用经中心静脉导管输注肠外营养，减少导管感染，要严格无菌操作，要求导管在皮下潜行一段后固定，严格消毒密封，放置细菌滤器，导管需专人护理，该导管仅用于输注营养液，而不经导管抽血或推注抗生素等药物，每 24～48 小时更换导管插管处敷料，同时尽早恢复肠道营养和使用谷氨酰胺以减少肠源性细菌移位所导致的感染。

2. 代谢性　肠外营养代谢性并发症的原因是底物过量或缺乏。通过常规监测，代谢性并发症的发生和恶化是可以避免的。

(1)糖代谢紊乱：高血糖主要发生在应用葡萄糖浓度过高(＞20%)或短期内输注葡萄糖过快，尤其在早产儿。临床表现开始有多尿，继而脱水，严重时出现抽搐。通常情况下，新生儿发生高血糖时，一般不主张用胰岛素。首先是降低葡萄糖输注的浓度与速度，同时加用适量的脂肪乳剂以保证热量的摄入。为预防高血糖的发生，避免过量使用葡萄糖代替脂肪乳剂提供能量；葡萄糖输注速率应从小剂量开始逐步增加，采用持续输注方式能避免血糖波动。早产儿葡萄糖4～6mg/(kg·min)，足月儿按 6～8mg/(kg·min)的速度给予较为安全。低血糖一般发生在静脉营养结束时或营养液输注突然中断。这主要是因为经一段时间的肠外营养，体内胰岛素分泌增加以适应外源性高浓度葡萄糖诱发的血糖变化，若突然停止营养液输入，体内血胰岛素仍处于较高水平，故极易发生低血糖。因此，在终止肠外营养支持时，应逐渐降低其输注速度和浓度，以避免诱发低血糖。为防止肠外营养输注过程发生糖代谢紊乱，在营养液输注时须密切监测新生儿血糖和尿糖的变化。

(2)脂肪代谢紊乱：高脂血症主要在应用脂肪乳剂时剂量偏大或输注速度过快时发生，特别当患儿有严重感染、肝肾功能不全以及有脂代谢失调时更易发生。如果长期过量使用脂肪乳剂，可能导致脂肪超负荷综合征。临床上表现为在使用脂肪乳剂期间,患儿出现发热、意识状态改变、头痛、黄疸、肝脾增大、自发性出血以及呼吸窘迫。实验室检查可发现贫血、白细胞增多或减少、血小板正常或下降、纤维蛋白原正常或降低以及凝血因子 V 减少。新生儿应用脂肪乳剂量应为 $1\sim3g/(kg\cdot d)$,采用 $16\sim24h$ 均匀输注,同时严密监测血脂浓度。如婴儿血三酰甘油 $>$ 6.5mmol/L,儿童 $>$ 10.4mmol/L 时,应减少或停用脂肪乳剂,避免发生高脂血症。

(3)氨基酸代谢紊乱:氨基酸的浓度和摄入量应根据患儿的病情和耐受性而定,尤其是伴有严重肝肾功能损害的危重新生儿,应严密监测其蛋白、氮平衡和肾功能情况,防止高血氨症和氮质血症的发生。如果输注过多的氨基酸而同时非蛋白热量不足时,可导致肾前性氮质血症。此时氨基酸被用于供能而非蛋白合成。氨基酸分解导致血尿素氮增加,氮质血症可造成脱水,甚至进行性昏睡和昏迷。因此应提供合适比例的热量和氮。

(4)电解质失衡:早产儿,特别是超低体重儿,容易引起电解质需要量的显著改变,这取决于临床状况和药物使用,需要密切监测电解质以满足个体化需求。常见的电解质紊乱包括血钠、钾、氯的异常。对于长期使用全肠外营养的新生儿,特别是早产儿,还应注意血钙、磷、镁的变化。

(5)营养素紊乱:短期或长期未能给予平衡、足够的营养素会引起营养素缺乏。常见的缺乏有必需脂肪酸、锌、铜、铁及脂溶性或水溶性维生素必需脂肪酸是人体无法合成,必须从外界获取的营养素。因此,长时间($3\sim5d$)接受肠外营养的患儿,如营养液中不含有脂肪乳剂,就可能发生必需脂肪酸缺乏。可表现为皮肤干燥、毛发脱落、伤口愈合延迟等。预防必需脂肪酸缺乏的最好方法是每天补充脂肪乳剂,至少提供 4% 总能量的脂肪乳剂。需要肠外营养的新生儿可以使用微量元素合剂。如果长期进行肠外营养的,则要视情况添加个别微量元素。比如,常规的肠外营养中并不补充铁。对于长期肠外营养的新生儿可定期予以铁剂的补充。此外,有严重持续性腹泻或大量胃肠液丢失(高位肠瘘)的患儿,可能需要增加锌的摄入。而对于有明显胆汁淤积的患儿,因铜、锰排泄不畅导致积聚性中毒,必须减少或停止使用。长期肾功能不全的患儿,必须减少铬、硒用量。

3. 脏器功能损害

(1)肝损害:肝损害是肠外营养实施中常见的并发症。可以表现为肠外营养相关的肝胆汁淤积,并能发展为肝硬化和肝衰竭。其确切的病因目前尚不明确。多数病例在肠外营养进行 $2\sim10$ 周后发生。这可能是由于禁食使胆汁流动减少,胃肠道激素(主要是胆囊收缩素)发生改变。长期经静脉高能量摄入,尤其是葡萄糖过量,最终将导致肝脂肪变性,损害肝功能。此外,感染、肠道细菌过度生长也是造成胆汁淤积的因素之一。肠外营养相关的肝胆汁淤积以超极低出生体重儿多见,临床特征为肠道感染应用抗生素,长期不能经口喂养的早产儿,出现黄疸、肝大、肝功能异常,只见胆红素升高为主,体重不增。停用全静脉营养后症状缓解。治疗可以采用苯巴比妥[$5mg/(kg\cdot d)$]注射或口服,熊脱氧胆酸[$30mg/(kg\cdot d)$]口服。预防措施为尽量使用多种能源供能,采用低热量肠外营养支持,避免过度喂养,同时应积极预防和控制肠道感染,尽早进行肠内营养。

(2)胃肠道结构和功能损害:长期肠外营养时由于胃肠道长时间缺乏食物刺激,导致肠道黏膜上皮绒毛萎缩、变稀,褶皱变平,肠壁变薄,肠道激素分泌和肠道动力降低,肠上皮通透性增加,肠道免疫功能障碍,以至于肠道黏膜正常结构和功能损害。造成肠外营养时胃肠道黏膜萎缩的因素很多,包括肠内营养的缺乏、胃肠道缺乏机械性刺激、激素分泌失常,以及肠细胞特异性能源缺乏(如谷氨酰胺、短链脂肪酸)。对于长期肠外营养的患儿,应根据具体情况尽早、尽可能给予一定量的肠内营养,以防止肠道结构和功能的损害。

(3)代谢性骨病:部分肠外营养者可出现骨钙丢失、骨质疏松、血碱性磷酸酶升高、高钙血症、尿钙排出增加,甚至骨折等表现。肠外营养时代谢性骨病主要与营养物质吸收不良和钙、磷代谢紊乱有关。临床上应注意钙、磷和适量维生素 D 的补充,以防止代谢性骨病的发生。

4. 过度喂养综合征　过度喂养就是给予过量的葡萄糖、脂肪、氨基酸、能量,以及其他营养素。持续过度喂养将导致高血糖、高三酰甘油、氮质血症等,最终影响脏器代谢,出现脏器衰竭。惟一有效的预防方法是认真评估患儿实际情况,逐步增加营养素,同时定期进行监测。

七、营养需要

1. 液体入量　液体入量因胎龄、日龄、所处环境等不同而有所差别,胎龄越小体液的比例越高。足月儿出生后第 1 周内的液体需要量为 $80\sim100$ml/(kg·d)。而早产儿由于体表面积相对较大,皮肤通透性大,非显性失水量较多,因此,出生体重<1 000g 的早产儿液体需要量应为 140ml/(kg·d)。相同胎龄的新生儿,在不同的环境中非显性失水量也不同。如环境温度每增加 1℃(在中性温度范围内)非显性失水增加约 50%。在光疗环境下,新生儿非显性失水增加 $30\%\sim50\%$,使用开放式暖箱的新生儿较使用闭式暖箱者非显性失水增加 40ml/(kg·d),而在开放式暖箱上使用塑料罩或塑料薄膜,可使非显性失水减少约 25%。使用呼吸器患儿,气体湿化适度,肺部的非显性失水可以明显减少。因此应根据各患儿的具体情况来掌握补液量,新生儿在出生后第 1 周内允许有生理性的体重下降,足月儿约为 10%。出生体重低于 1 500g 可达 15%,如果体重降低过多,提示液体补充不足。此外,还应根据患儿的尿量、尿渗透压、血钠和血钾、血细胞比容、毛细血管充盈时间等临床和生化指标来综合判断(表 4-4)。

表 4-4　新生儿不同日龄液体需要量(ml/kg)

日龄	<1 000g	1 001~1 500g	1 501~2 500g	>2 500g
1	100	80	60	40
2	120	100	80	60
3~7	140	120	100	80~100
14	150~200	150~200	150~200	150

新生儿期需要限制液体量的疾病有动脉导管开放、呼吸窘迫综合征、缺氧缺血性脑病、肾衰竭、慢性肺疾病、SIADH;需要增加液体量的疾病有极低出生体重儿、用开放暖箱、光疗、呕吐腹泻、反复腰穿治疗颅内出血。

2. 热量需要　热量需要主要分为维持基础代谢需要及生长需要两部分。热量需要量与日龄、体重、活动、环境、入量等有关。新生儿第 1 周内热量需要量应逐渐增加。第 1 天 $40\sim50$kcal/(kg·d),第 2 天 $50\sim70$kcal/(kg·d),第 3 天 $70\sim90$kcal/(kg·d),第 4 天 $90\sim110$kcal/(kg·d),第 5 天及以后 $110\sim120$kcal/(kg·d),其中基础代谢 $47\sim50$kcal/(kg·d);活动消耗 $4\sim15$kcal/(kg·d);寒冷应激 $8\sim10$kcal/(kg·d)(与环境温度有关);大便损失 $12\sim15$kcal/(kg·d)(由于摄入的食物不能完全吸收,有一部分食物未经消化吸收而排出体外);食物特殊动力作用 10kcal/(kg·d);生长需要 $20\sim30$kcal/(kg·d)(所需热能与生长速度成正比例,每生长 1g 新组织需热量 5kcal)。新生儿在出生后第 1~2 天主要补充葡萄糖和钙,第 3 天可开始补充氨基酸和脂肪乳剂。有报道静脉营养提供热量 50kcal/(kg·d),包括蛋白质 2.5g/(kg·d),可达到氮平衡。静脉营养达到 90kcal/(kg·d),可使新生儿得到适当生长。新生儿静脉营养 0.75kcal 相当于肠道营养 1kcal。新生儿在肠道营养热量达到 75kcal/(kg·d)时,可以停止静脉营养。

3. **糖类需要** 在静脉营养液中,非蛋白的能量来源极为重要,可以节省氮的消耗,热量/氮的比率应为 150kcal,即提供 1g 氮应同时提供 150～200kcal 非蛋白热量。葡萄糖是理想的非蛋白的能量来源,每克可提供热量 4kcal。早产儿和低出生体重儿血糖不稳定,尤其在最初 1～3d,由于胰岛素反应差,易发生高血糖和低血糖,需要密切监测血糖浓度。新生儿血糖浓度低于 2.2mmol/L 为低血糖。低血糖较易发生在早产儿、小于胎龄儿,延迟喂养的婴儿,低体温的新生儿,窒息儿,糖尿病母亲的婴儿和葡萄糖输注中突然停止时。当血糖浓度为 6.9～8.3mmol/L 时为高血糖。高血糖可产生高渗性利尿,引起脱水和电解质紊乱,尤其在生后最初 1～2d 可引起早产新生儿颅内出血,血浆渗透浓度过高也可使新生儿发生抽搐或昏迷等。早产儿对输注葡萄糖的耐受性较差,体重<1 000g 的早产儿,葡萄糖开始输入的速度为 4～6mg/(kg·min);1 000～1 500g 的婴儿输入速度 6～8mg/(kg·min),足月新生儿输入的速度为 6～8mg/(kg·min)。

在周围静脉途径中输入葡萄糖的浓度一般为 10%,葡萄糖浓度超过 12.5% 应经中心静脉途径输入,长期输注较高浓度的葡萄糖,由于高渗葡萄糖在周围静脉的渗出,可引起血管周围坏死,有发生静脉血栓的危险。通过中心静脉输入葡萄糖的浓度可达 20%,但必须谨慎使用。

4. **蛋白质需要** 新生儿蛋白质需要量取决于胎龄、疾病以及营养提供的方法,一般来说,当葡萄糖供热量>50kcal/(kg·d)时,应开始用氨基酸,因能量不足时氨基酸大部分氧化,满足能量需要,而较少用于组织合成。静脉营养液中,氨基酸的组成与氮的利用和代谢过程有关。目前市场上使用的 6% 小儿氨基酸,含有较高浓度的必需氨基酸,如组氨酸、酪氨酸、半胱氨酸,与成年人制剂相比,苯丙氨酸、甘氨酸含量低。氨基酸的渗透压 520mOs/L,氮总量约为 0.93%。氨基酸液的应用从出生后第 48 小时内开始,体重<1 000g 超低出生体重儿开始剂量为 0.5～1.0g/(kg·d),以后每天增加剂量 0.5 g/(kg·d),至足量 2.5～3.0g/(kg·d)。体重>1 000g 早产儿开始剂量为 1.0 g/(kg·d),以后每天增加剂量 1.0 g/(kg·d),至足量 2.5～3.0g/(kg·d),同时给予>70kcal/(kg·d)。氨基酸营养液稀释成 1.5%～2% 的溶液在 24h 内均匀输入。过多氨基酸的使用对新生儿尤其早产儿有害,可出现高血氨、高氨基酸尿及高氨基酸血症和氮质血症,临床上有嗜睡、酸中毒及肝功能损害等表现。应定期监测血肌酐、非蛋白氮或血氨浓度。

5. **脂肪需要** 脂肪乳剂是一种浓缩的高能量物质,可提供较多的热量,渗透压低,可以从周围静脉输入,还能提供必需脂肪酸(EFA),如亚油酸和 α-亚麻酸等,因此脂肪乳剂是静脉营养液中的一种重要成分。脂肪乳剂以大豆油为原料,卵磷脂和大豆磷脂为乳化剂,甘油为等渗剂,加水制成一种油/水相混合的白色乳剂,由于乳剂颗粒很小,进入体内后可很快被机体利用。脂肪乳剂的浓度为 10% 和 20%。由于早产儿、小于胎龄儿脂蛋白酯酶活性差,细胞摄取、利用脂肪能力低,应 24h 匀速输入。

脂肪乳剂的使用方法:体重<1 000g 早产儿开始剂量为 0.5～1.0 g/(kg·d),如能耐受每天增加剂量 0.5 g/(kg·d),至足量 2.0～3.0g/(kg·d)。体重>1 000g 早产儿开始剂量为 1.0 g/(kg·d),以后每天增加剂量 1.0g/(kg·d),至足量 3.0g/(kg·d)。与氨基酸及葡萄糖混合后 24h 输入。对极低出生体重儿输注速度不应超过 0.12g/(kg·h)。有严重肺部疾病、败血症、肝疾病、凝血疾病及严重营养不良患儿,对脂肪耐受较差,使用剂量应减少。胆红素浓度>170μmol/L 新生儿和胆红素浓度>85μmol/L 极低体重儿,使用脂肪乳剂应<1.0g/(kg·d)。脂肪乳剂使用期间需定期监测三酰甘油,每周 1 次,如果三酰甘油>1.7mmol/L 应减量或停用。简单测定脂肪清除能力的方法是肉眼观察血浆浑浊度,在输注后第 2 天清晨抽血离心,观察血浆上清液是否浑浊,如上清液浑浊,有较明显的白色血脂征,表明该患儿对脂肪不耐受,应暂停输注。

卡尼汀(肉毒碱)是长链脂肪酸氧化的重要物质,它能够增加长链脂肪酸进入线粒体内进行

β-氧化。早产儿因卡尼汀水平低下,导致脂肪乳剂中的长链脂肪酸氧化产能过程障碍。新生儿卡尼汀的正常值为 $30.7\mu mol/L$,如低于 $20\mu mol/L$ 为肉碱缺乏症,可能导致脂肪酸氧化供能不足,因此,有学者提出,使用全静脉营养 4 周以上的新生儿应考虑补充卡尼汀。

6. 无机盐、微量元素及维生素的需要 一般在静脉营养时,新生儿在第 1、2 天主要补充钙及一些钠。出生后 3d 内容易出现非少尿性高钾血症,故不要补钾。新生儿钙的补充常使用葡萄糖酸钙,1mmol 钙约等于 200mg 葡萄糖酸钙,新生儿低血钙较易发生在出生后最初 3d,尤其是早产儿。镁的补充通常使用硫酸镁,磷主要以磷酸钾或磷酸钠来补充。无机盐、微量元素的补充应根据血电解质的浓度及尿量来计算新生儿每天的需要量,如静脉营养时间＜1～2 周或部分静脉营养时,只需要增加锌的补充,如长时间应用全静脉营养则需要补充铬、碘、铜、镁、硒等(表 4-5)。

表 4-5 新生儿电解质及微量元素的需要量(kg/d)

	足月	早产
钠(mmol/L)	2～3	3～5
钾(mmol/L)	1～2	1～2
钙(mmol/L)	1	1.5
磷(mmol/L)	1.5	1.5
镁(mmol/L)	0.2	0.4
锌(μmol/L)	30	60
铜(μmol/L)	3	3～6
硒(μg)	1～2	1～2

维生素是人体代谢过程中的许多辅酶主要组成部分,微量元素虽然占人体重不到 0.01%,但在人体的营养中是不可缺少的。根据我国营养学会推荐,静脉营养时需补充 13 种维生素,其中包括 4 种脂溶性维生素(维生素 A、维生素 D、维生素 E、维生素 K)及 9 种水溶性维生素(维生素 B_1、维生素 B_2、维生素 B_6、维生素 B_{12}、维生素 C、烟酸、叶酸、泛酸和生物素)(表 4-6)。

表 4-6 新生儿维生素的需要量

	足月儿(d)	早产(kg/d)
脂溶性		
A(μg)	700	500
D(U)	400	160
E(mg)	7.0	2.8
K(μg)	200	80
水溶性		
C(mg)	80	25
B_1(mg)	1.2	0.35
B_2(mg)	1.4	0.15
B_6(mg)	1.0	0.18
烟酸(mg)	17	6.8
泛酸(mg)	5	2
生物素(μg)	20	6
叶酸(μg)	140	56

(冯晋兴　刘晓红)

第六节 新生儿输血

输血是临床医疗工作中非常重要的治疗措施,也是抢救和治疗新生儿和某些疾病的一种特殊、基本手段。及时、合理的血液输入可延长或挽救一些垂危生命,亦可使一些急慢性失血或出血性疾病得到缓解甚至痊愈。但是,血和其他药物一样,适当、合理应用效果良好;若使用不当可导致不良反应,甚至危及患儿生命。故必须对输血和血液制品有全面了解和正确认识,严格掌握输血指征。输血后一定要严密观察和监护。近年来随着输血医学应用研究的发展,除全血输注外,成分输血也越来越受到重视和推广,并逐渐取代全血输注。

一、输血基本原则

1. 新生儿输血前,应首先确定病因、输血目的,了解贫血、失血程度,决定是否需要输血,输新鲜血还是库血。

2. 严格掌握输血适应证,减少不必要的输血。

3. 药物等其他治疗有效则不需输血。

4. 不滥用输血治疗。不输注安慰血和营养血。

二、输 血 指 征

临床还存在争议,通常根据新生儿的临床状态决定是否需要输注,多数学者认为如存在下列情况,可为输血指征。

1. 新生儿出生 24h 内静脉血血红蛋白$<130g/L$。

2. 急性失血量$\geq10\%$总血容量。

3. 医源性失血累计 $5\%\sim10\%$总血容量。

4. 慢性贫血患儿,血红蛋白$<80\sim100g/L$(血细胞比容 $0.25\sim0.30$),临床出现与贫血相关的症状如安静情况下有气急、呼吸困难、反复呼吸暂停、心动过速或过缓、进食困难、体重不增和表情淡漠等,且这些症状通过输血可缓解(但贫血只是引起上述症状原因之一,如考虑这些症状是由贫血引起,才予输血治疗)。

5. 患严重呼吸系统疾病新生儿,需相对高浓度氧和呼吸支持治疗,当血红蛋白$<130g/L$(血细胞比容>0.4)时,与患有肺部疾病新生儿一样,患有严重心脏疾病新生儿(表现为发绀或充血性心力衰竭)也需要维持较高的血红蛋白,一般在 $130g/L$(血细胞比容>0.4)以上,以增加氧输送至全身,改善缺氧。

6. 严重新生儿溶血病应予输血。

7. 需要外科手术的新生儿,其血红蛋白阈值尚未明确规定,由于新生儿心肺功能对贫血的代偿能力较差,应维持血红蛋白在 $100g/L$(血细胞比容>0.3)以上。因胎儿血红蛋白和 2,3-DPG 间反应减弱,氧释放较少及新生儿肝肾和神经系统发育较差,更应根据不同的外科手术和个体差异确定输血指征。

三、血 源 选 择

应输注较新鲜的红细胞制剂,因保存过久血液制品可能含有较多的钾。新鲜全血中红细胞可维持足够的氧转运,减少高钾血症,故新生儿急性大出血、低血容量性休克、医源性失血、贫血、感染等一般选择新鲜全血,以补充血容量、血小板、凝血因子,以达到补充血容量、纠正休克和止血的效果。但对需反复输血或换血患儿,输新鲜血常需接受多个献血员的血,易导致血液污染、感染机会增加,而库存血每次输血可选用同一献血员的血,最近有关研究表明库存血并无高钾及2,3-DPG 缺乏的危险。国外使用一种可保存 42d 的 AS-3(葡萄糖、三磷腺苷、甘露醇、腺嘌呤)红细胞给早产儿输注,剂量 15ml/kg,与新鲜的(保存 7 d)CP-DA(枸橼酸、枸橼酸钠、磷酸二氢钠、葡萄糖、腺嘌呤)红细胞比较,前者献血员数量减少,输血反应和污染机会少,而血 pH、钠、钾、钙、乳酸、糖及血细胞比容与后者相似,是一种较安全的血源选择。许多中心采取输注标准红细胞混悬液,血细胞比容约 0.6,一般予 10~15ml/kg,但是输血量视循环情况而定。有些中心输注质量浓度更高的血液制品(70%~90%),15ml/kg,2~4h 输注完。

四、输血量计算

血红蛋白 150g/L 相当于红细胞量 30ml/kg,即输红细胞 2ml/kg,可提高血红蛋白 1g,压缩红细胞(血细胞比容 0.66)每 3ml 含 2ml 红细胞,而全血(血细胞比容 0.33)6ml 含 2ml 红细胞,因此输 3ml 压缩红细胞或 6ml 全血可提高血红蛋白 1g。所需全血量=体重(kg)×(预期达到血红蛋白值-实际血红蛋白值)×6(6ml 血提高血红蛋白 1g)。贫血愈严重新生儿输血量应愈少,血红蛋白<30g/L,每次输血 5~6ml/kg 为宜,且滴注速度应慢。对血容量不减少贫血,如给全血易致血容量过多,可输压缩红细胞,为所需全血量的 1/2,在输血过程,滴注速度宜慢,每分钟10 滴或 1ml/(kg·h),输血前或输血后给予快速利尿药如呋塞米 1mg/kg。

五、输血不良反应

输血可发生发热、过敏、溶血、输血后紫癜等反应,输血也可传递感染,特别是乙型肝炎、非甲非乙型肝炎、丙型肝炎等,也可传递人类免疫缺陷病毒(HIV)及巨细胞病毒(CMV),后者占输血婴儿的 1/7。

另外,移植物抗宿主反应(TA-GVHD)在新生儿中发生率虽低(0.01%~0.1%),但病死率却高达 80%~90%,应引起高度重视,病因系血液制品中含有供者的 T 淋巴细胞,当输注给受者,这些淋巴细胞可以在受者体内增殖,引起免疫反应。TA-GVHD 可发生在免疫功能正常者,当患儿接受家庭成员血液或具有共同 HLA 抗原的随机供血者(供者常常是 HLA 单倍体纯合子),在这种情况下,受血者不能将供血者的细胞作为外来抗原处理,输注淋巴细胞增殖并可导致TA-GVHD。TA-GVHD 多发生于输注粒细胞、血小板和新鲜血液后。冰冻血浆制品(FFP 和冷沉淀物)输注不发生 TA-GVHD。

日本人群因其 HLA 抗原性较高,TA-GVHD 的发病率也较高。TA-GVHD 发病早于骨髓移植后 GVHD,通常在输血后 1~2 周发生。发热是最常见症状,其次是皮肤红色斑丘疹,通常先出现于躯干部,然后向周围扩散。随病程进展,渐出现肝功能异常、恶心、血便、水样便。骨髓衰竭导致的白细胞减少,继而全血细胞减少在 TA-GVHD 患者也很常见,多发生于症状开始后 2~3 周。根据临床表现可以临床诊断,通过皮肤活检得以确诊;实验室检查发现病人体内存在供者的淋巴细胞也可以证实 GVHD 是由于输血引起。另外,应用 DNA 方法可对病人和供者的HLA 类型进行抗原分类,通过细胞遗传学分析或 DNA 微小卫星多态性分析。TA-GVHD 导致死亡的主要原因为严重的全身感染,常发生于输血后 3~4 周。TA-GVHD 死亡率显著高于骨髓移植后 GVHD,有报道发生率>90%。尽管有少数自发缓解报道,目前治疗方法主要为联合应用免疫抑制药和直接的抗淋巴细胞抗体(抗-CD3、抗白细胞介素-2 受体、抗胸腺球蛋白)。TA-

GVHD 的预防很重要,TA-GVHD 高危患者可以采用经照射处理后血液制品,照射可以抑制供者淋巴细胞的增殖,而且对红细胞、血小板和粒细胞的功能不造成显著影响。照射后的全血中红细胞最多保存 28d,因为红细胞膜的变化可能导致细胞内钾丢失,致使全血中游离钾异常增高,对新生儿可能更为危险。IUT、HLA 匹配血小板输注、亲属间血液输注、严重先天性免疫缺陷病、早产儿、接受换血的新生儿都有可能发生 TA-GVHD。

六、早产儿输血指征

早产儿输血更需要有一定的临床标准,除根据血红蛋白值,应同时考虑胎龄、出生后日龄、临床情况及出生时的血红蛋白、医疗检查采取的血标本血量等各种因素,近年在使用促红细胞生成素(EPO)后,减少了输血次数及用量。一般早产儿在生后 3～8 周很难确定是否需要输血,因为有的早产儿血红蛋白<70g/L 可无症状,而有的血红蛋白>70g/L 者反而在安静情况下出现气促、呼吸困难、反复呼吸暂停、心动过速或过缓、进食困难、体质量不增和表情淡漠等,输血后并能得到改善。故早产儿输血不仅仅是取决于血红蛋白和红细胞的高低,还需要综合临床分析考虑。国外提出的早产儿红细胞和血小板输注指征。

1. 早产儿输红细胞指征

(1)血细胞比容(Hct)≤20 或血红蛋白≤70g/L,网织红细胞绝对值<100 000/μl,输压缩红细胞(PRBC)20ml/kg,2～4h 输入,也可分 2 次输入。根据情况可再次输入。

(2)血细胞比容≤25 或血红蛋白≤80g/L,需要供氧,但不需要机械通气者,合并下述表现之一:热量供应≥100kcal/(kg·d),体重增加<10g/(kg·d);呼吸暂停及心动过缓发作增加,24h 内≥2 次;需氧量较前 48h 增加;心率>180/min,呼吸>80/min,超过 24h,无心力衰竭的其他表现。输 PRBC 20ml/kg,2h 内输入,也可分 2 次输入。

(3)血细胞比容≤30 或血红蛋白≤100g/L,需要轻度机械通气,输 PRBC 15ml/kg,2～4h 输入。

(4)血细胞比容≤35 或血红蛋白≤110g/L,婴儿需要中度机械通气(MAP>8cmH_2O,FiO_2>40%),输 PRBC 15ml/kg,2～4h 输入。输血时注意观察呼吸、心率、皮疹。若有发热、心力衰竭、肾衰竭须暂缓输血。

2. 早产儿血小板输注指征

(1)出血患儿血小板计数<90×10^9/L,输注血小板,剂量 20ml/kg 较 10ml/kg 可以更多的提高血小板,早产儿也可耐受,可根据临床需要进行选择。

(2)免疫性 ITP 患儿,当血小板计数<49×10^9/L,合并出血时输注血小板,非自身免疫性 ITP 输注 HLA 一致血小板。

(3)血小板减少症患儿,血小板计数<30×10^9/L,输注血小板;血小板计数(30～49)×10^9/L,具有下述情况之一输注血小板。①出生后 1 周体重<1 000g;②临床不稳定(如血压波动);③既往有严重出血倾向(3、4 级 IVH);④外科手术或需换血;⑤同时有凝血障碍。

(冯晋兴 刘晓红)

第七节 新生儿重症监护

新生儿重症监护室(neonatal intensive unit,NICU)是集中治疗危重新生儿的病室,需要较高的医护技术力量,众多的护理人员和现代化仪器,可以保证危重儿能得到及时和合理的救治。

一、NICU 收治对象

需要进行呼吸管理的新生儿,如急慢性呼吸衰竭,需要氧疗、气管插管、呼吸机治疗者;重症休克;反复惊厥;重度窒息;新生儿缺氧缺血性脑病;新生儿颅内出血;极低出生体重儿;先天性心脏病、膈疝、食管气管瘘等外科手术后;多脏器功能衰竭;全静脉营养者;换血者;严重心律失常;重症败血症,脱水、酸中毒等。

二、监护仪器

危重新生儿生命信息监护系统中,常规配备的监护仪有心电、呼吸、血压、体温、脉搏氧饱和度(SaO_2)监测仪等。各种仪器的原理构造虽不同,但使用步骤却大致相同,如①传感器的正确连接;②正确显示和记录所需信息(通过荧光屏或走纸记录器);③正确设定监测数值的报警上、下限。

1. 心脏监护　主要用于持续监测心电活动,发现心率和心律改变。

(1)传感器由三个皮肤生物电位电极组成,连接采用双极胸导联,即正、负极分别贴于左、右前胸及大腿皮肤上。粘贴前先清洁皮肤表面。

(2)荧光屏会持续显示出心电波形和平均心率,同时有与收缩期同步的闪光灯和音响讯号,便于以听、视觉识别心率和心律变化。

(3)趋向显示按键后,荧光屏以某一频道或方格形式显示过去一段时间监测的趋向图形。记载心率增快或减慢的程度和次数。

(4)选择所需导联图形,并使荧光屏上波形振幅大、干扰小,以利观察。调节报警上、下限,当心率超出范围时,发出声响及数字闪动报警。

(5)注意问题:①使用时,将音响信号的音量调节至护士能清晰听到;②必须开启报警开关;③电极放置24～48h后易出现伪差,应及时更换。重新粘贴时,应更换部位,避免长时间粘贴引起皮肤损伤;④监护仪必须接地线;⑤荧光屏显示的心电图主要用以了解心率和心律改变,不能作为分析 ST 段和对心电图作更详尽的解释,在监护过程中可能出现各种伪差,必要时做常规心电图检查以判断监护结果。

2. 呼吸监护　呼吸频率和呼吸暂停监护常用阻抗法。

(1)传感器和心电监护用同一组电极,测定呼吸时胸廓运动引起的阻抗值变化。

(2)荧光屏会持续显示出呼吸运动波形和瞬时频率。

(3)趋向显示(trend)按键后,荧光屏以某一频道或方格形式显示过去一段时间监测的趋向图形。记载呼吸增快或减慢的程度和次数。

(4)调节设定使荧光屏上波形振幅大、干扰小,以利观察。调节报警上、下限,当呼吸频率超出范围时,发出声响及数字闪动报警。

(5)某些呼吸暂停监护仪带有唤醒装置,在呼吸暂停发出警报的同时,冲击足底以刺激患儿呼吸。

(6)注意问题:①使用时先调节监护仪敏感度,使能接受较弱的呼吸信号,但需注意若敏感调节过高时,可将心脏搏动引起的阻抗变化同时记录,影响结果判断。②阻抗法只能测出呼吸动作,不能测肺的通气功能,在有气道梗阻已影响气体交换而婴儿仍有呼吸动作时,仍可产生信号。

3. 血压监护

(1)间接测压法(无创性测压法):多普勒血压测定仪,应用超声多普勒原理制成的传感器,以传统的气囊袖带束缚上臂,经充气加压后减压,传感器放于袖带下动脉处接收信号,经处理可示收缩压、舒张压及平均压。在超过或低于预定范围时发生报警。间接测压法准确性虽不如直接测压法,但在周围灌注良好时,两种方法所测数值相近。当周围灌注不良时,则应采用直接测压法测量。

(2)直接测压法(创伤性测压法):①方法。经动脉(脐动脉)插入导管,连接于充满生理盐水肝素液的管路系统并接至传感器,传感器将压力转变为电信号,经处理于荧光屏连续显示血压波形及收缩、舒张和平均压数值。在超过或低于预定范围时发生报警。动脉波形的特征是收缩期迅速向上出现一个切迹后向上到峰压,舒张期开始下降较快,然后变慢。收缩期波上升的速度可粗略估计左心室收缩力。舒张期下降速度代表血管阻力大小。②动脉波幅降低原因及处理。导管系统内有气泡时,必须去除,否则可引起空气栓塞;导管系统内有凝血块,一般是在管道中,容易排除,如果在动脉导管中,应设法吸出,不要把凝块推入体内;动脉导管或管道扭曲,动脉导管顶端顶在血管壁上,可将导管略微拔出,动脉导管前端血管收缩,则需拔除导管;合并气胸时应首先检查病人和整个测压系统,并处理气胸。③应用指征。周围血管收缩,明显水肿,严重低体温,心胸外科手术后,用间接法测出收缩压<20mmHg(2.66kPa)时。④注意事项。测压过程中需用输液泵或加压输液袋向动脉内输入生理盐水肝素液,以保持导管通畅,并应在必要时(如抽取血后)加快速度冲洗;压力传感器应置于心脏水平;测压开始前应先校正零点;动脉内导管插入并发症多,有一定危险性。

4. **经皮血气监护**　经皮氧和二氧化碳分压监护仪是无创性连续监护氧和二氧化碳分压的仪器,避免了用动脉插管或反复动脉穿刺取血测定血气,对患儿的干扰小,测定的结果更可能反映实际状况,经皮氧分压监护不但能反映低氧血症并能反映高氧血症。

5. **脉搏氧饱和度监护**

(1)传感器应用光源产生光束照射组织(手指、耳垂),另一端为光敏感受器,接受照射后的光信号,经微机处理后,连续显示脉搏氧饱和度(SaO₂)数值。

(2)本方法测定的结果与动脉血氧饱和度实测值相关甚好,不需校正,使用简便。在超过或低于预定范围时会报警显示。

(3)注意事项:①由于氧离曲线的特点,在曲线平坦段 PaO_2 有明显变化时,SO_2 变化却很小,因而不适用于高氧血症的监护。新生儿 SaO_2 维持在90%为宜。②黄疸、皮肤色素等影响测定,使测值偏低。③局部动脉受压,影响搏动,周围灌注不良时,测值偏低。④一氧化碳血红蛋白(COHb),周围有强光,新生儿光疗时均可干扰测定值。

6. **体温监护**

(1)体温监护仪:体温监护仪通常有两个热敏电阻温度传感器,同时监测皮肤温度和核心温度(肛门温度)或监测皮肤温度和环境温度。传感器分贴于皮肤和置于肛门内,或放在患儿所在环境中,荧光屏持续显示所测温度,并能显示皮肤和肛门的温差,若温度相差1.5℃以上,说明环境温度过低,机体增加代谢产热,或患儿处于休克早期。

(2)辐射保暖床:用于监护和保持新生儿处于适中环境温度。其顶部有辐射加热器,产生的热量保持床面环境温暖,患儿裸置于床上。有两种控制温度的方法。①人工控制方式,按照患儿的日龄和体重直接调节床温,加热器自动加热,只有人工关闭时,才停止加热,患儿很易过热,只在患儿需短暂放在保暖床上以及预热辐射保暖床被褥时应用。②自动控制方式,将传感器贴于腹部皮肤,调节所需皮肤温度(新生儿腹部皮肤温度在36.5~37℃时,机体耗氧量最小),温度控制器根据传感器实测皮肤温度和所需的皮肤温度差异,控制加热器加热或停止加热,使患儿皮肤温度达到并保持于所需的温度。③注意事项,患儿裸露放在暖床上,不能用被褥包盖,以免影响患儿吸收热量。传感器必须紧贴皮肤并在传感器上方用布或海绵遮盖。设定所需温度(一般用36.5℃),报警温差为0.5℃。每2~4小时测量肛温,根据结果调节所需温度,以使肛温接近37℃。用透明塑料薄膜非接触式覆盖患儿全身,维持室温22~26℃,可减少蒸发和对流散热。辐射加热器增加患儿不显性失水,需增加液体进入量。

(3)暖箱:亦兼有人工和自动控制温度装置。由于有有机玻璃罩,可以减少对流和蒸发,更好的保持温度和湿度的稳定。使用同辐射保暖床。

三、人工监护

危重新生儿往往处于生命垂危状态或潜在威胁生命状态,单纯应用机械监护是不够的,因某些临床表现如神志、反应、腹胀、呕吐等非仪器所能测出,故还需进行以下观察和记录。

1. **呼吸和心血管系统**　①除监护仪持续监护外,每2h须检查和记录心率、呼吸1次。②监护血压者,每2h记录血压1次。③接受机械通气治疗者,每2h检查、记录呼吸器各项参数1次。

2. **泌尿和代谢**　①称体重,至少每3d 1次。②记入量,包括所有静脉入量和口服量,每小时1次,每8h总结1次。③记出量,包括尿量和所有可见损失量,每小时1次,每8h总结1次。④测微量血气分析,每日1次或数次。⑤测血糖,每日1次或数次。⑥测、记体温和暖箱温度,每2~4小时1次。

3. **神经系统**　①观察意识、反应、瞳孔、肌张力,每4小时记录1次。②测头围,每日或隔日1次。

4. **感染**　感染是导致发病率和死亡率的重要因素。需要检查新生儿是否存在疑是的败血症,根据临床表现有选择的行血液、脑脊液、尿液、分泌物和拭子培养。

5. **血液学**　对于危重通气的新生儿,每天至少测定一次血红蛋白和血细胞比容,应该记录采血所丢失的血量。危重新生儿中,应常规监测血小板计数、凝血功能和纤维蛋白原。每天测定白细胞计数和分类可监测败血症的发生,单个数值变化范围较大,但持续性的升高和降低,应注意感染的可能。

6. **其他**　检查暖箱温度和各种监护仪,确保运转正常和报警处于工作状态,每2h 1次。在所有操作过程中,严格遵守消毒隔离制度。

(冯晋兴　刘晓红)

第八节　新生儿休克

休克是由多种病因引起的以微循环障碍为特征的危重临床综合征,为新生儿常见的急症,病死率仍高达50%~60%,也是新生儿多见的死亡原因之一。此征可产生生命重要器官的微循环流量不足,有效循环血量降低及心排血量减少。新生儿休克临床表现不典型,病情进展快,容易延误诊治,应予重视。

一、病　因

新生儿休克的常见病因以下几种。

1. **低血容量性休克**　急性失血、腹泻脱水、液体丢失、肠梗阻、先天性肾上腺皮质功能不全等。

2. 感染性休克 病原侵入和释放毒素(如败血症和肺炎等)。

3. 窒息性休克 缺氧缺血至心肌损害、心肌收缩力减弱,缺氧致毛细血管通透性增高、有效血容量减少。

4. 心源性休克 心肌收缩力减弱、心排血量减少,如心肌炎、心肌病、严重心律失常(阵发性室上性心动过速和重度房室传导阻滞)、先天性心脏病等、张力性气胸。

5. 其他 严重脑损伤、创伤、硬肿症、低血糖、低钙血症、过敏等。

多数休克病例非单一病因所致,常为多种因素同时存在。

二、病 理 生 理

虽然引起新生儿休克的病因不同,但有效循环血量减少是多数休克发生的共同基础,各种病因均通过血容量降低、血管床容量增加及心泵功能障碍 3 个环节影响组织有效循环血量。

近年研究发现,血流动力学改变在休克期微循环淤血的发生发展中起着非常重要的作用,休克时白细胞在黏附分子作用下、贴壁、黏附于内皮细胞上,加大了毛细血管阻力;此外血液浓缩、血浆黏度和血细胞比容(HCT)增大,红细胞堆积,血小板黏附聚集,造成微循环血流变慢,血液淤滞,甚至血流停止,致组织细胞缺氧缺血而严重受损。休克晚期,大量血浆外渗,血流呈高凝状态,严重酸中毒,引起弥散性血管内凝血。而在休克复苏和再供氧时,因大量产生的氧自由基,引起再灌注损伤,可能介导休克后期实质器官的功能障碍和多系统器官衰竭,使休克更难纠正。

神经体液因子紊乱在新生儿休克发展过程中的作用备受重视,内皮素(endothelin,ET-1)和心钠素(atrial natriureticfactor,ANF)是 2 种截然不同生物活性的血管活性多肽,前者来源于内皮细胞 21 肽,具有强烈收缩血管、升血压的作用;后者是心房肌细胞 28 肽类物质,通过强大的利钠利尿和舒张血管的效应参与体液的调节。研究表明休克发生时血浆 ET-1 水平明显升高,从而促使外周血管收缩,维持有效的血压并保持重要脏器的血流灌注,但长时间强烈的缩血管作用又可能进一步减少组织的血流灌注,加重缺血组织局部微循环障碍,使休克进一步加重;而外周组织局部血流量减少和左心室后负荷的增加刺激 ANF 的合成和分泌,ANF 拮抗上述的缩血管效应,增加局部组织血流灌注,改善组织缺氧缺血性损伤。休克纠正后 ANF 迅速下降,而 ET-1 则维持一段较长时间的高水平。因而,休克患儿血浆中 ET-1 和 ANF 的水平变化,反映了机体的一种即相互协调又相互制约的有效代偿调节机制。

三、临 床 表 现

1. 早期表现 主要表现为精神委靡、皮肤苍白、肢端发凉、心率增快、皮肤毛细血管再充盈时间延长等。

2. 休克主要表现

(1)微循环障碍:皮肤颜色苍白或出现花纹,肢端发凉,肢端与肛门的温度差>5℃,皮肤毛细血管充盈时间(CRT)延长,足跟部≥4s,前臂内侧≥3s。

(2)心排血量减少:血压降低,足月儿收缩压<50mmHg,早产儿收缩压<40mmHg,脉压差<30mmHg。心率<120/min 或>160/min。脉搏细速,股动脉搏动减弱,甚至摸不到。休克不是单纯的心排血量不足,不能以血压是否降低衡量有无休克。血压降低是晚期重症休克的表现,此时治疗较困难。

(3)脏器灌注不良:呼吸增快,安静时超过 40/min,出现三凹征,有时肺部可闻及啰音;反应低下,表现嗜睡或昏睡,也可有先激惹后转为抑制的表现,肢体肌张力减弱;全身皮肤,尤其肢体出现硬肿;尿量减少,<2ml/(kg·h),连续 8h,可导致急性肾衰竭和电解质紊乱。

四、实验室检查

疑诊休克时应及时做如下检查。

1. 血气分析 主要表现为代谢性酸中毒,难以纠正的酸中毒是休克微循环障碍的重要证据;如 $PaCO_2$ 升高,要考虑发生肺损伤。

2. 胸 X 线片 出现呼吸困难患儿,需及时摄胸片,观察是否发生肺损伤。

3. 超声心动图和心电图 观察心脏是否存在器质性病变、心肌损害等情况。

4. 中心静脉压(CVP)连续监测 正常值为 4～7mmHg,如 CVP 降低,考虑低血容量性休克或液体量不够,心源性休克 CVP 升高。

5. 其他检查 肝肾功能、电解质、凝血功能等;感染性休克时查血 C 反应蛋白、内毒素、肿瘤坏死因子、内皮素、白介素-1 和白介素-6,有助于早期诊断。

五、诊 断

根据病史、详细体检,一般可及时诊断。对有可能发生休克的新生儿,应密切观察和监测休克的早期诊断指标,如皮肤颜色苍白,肢端凉至膝、肘关节以下及前臂内侧皮肤毛细血管再充盈时间超过 3s,股动脉搏动减弱等,及早做出诊断和治疗。

根据血压、脉搏性质、皮肤温度和颜色、皮肤循环进行评分,将新生儿休克分为轻、中、重度,如表 4-7 所示。

表 4-7 新生儿休克评分表

评分	收缩压(mmHg)	股动脉搏动	四肢温度	皮肤颜色	皮肤循环
0	>60	有力	腕踝以下凉	正常	正常
1	45～60	弱	肘膝以下凉	苍白	较慢
2	<45	摸不到	肘膝以上凉	发花、发绀	甚慢

皮肤循环:皮肤毛细血管充盈时间(CRT),前臂 CRT<2s 为正常,2～4s 为 1 分,>4s 为 2 分;足根 CRT<3s 为正常,3～5s 为 1 分,>5s 为 2 分。0～3 分为轻度休克,4～7 分为中度休克,8～10 分为重度休克

六、治 疗

1. 治疗原则 休克是新生儿的危重症,必须争分夺秒的抢救,避免发生不可逆转的多器官损伤。其治疗原则是保持换气,输液,维护心、肺功能,并要有临床和实验室的监护记录,以便于评估病情动态变化。

2. 病因治疗 对低血容量休克应积极纠正血容量,对感染性休克要积极抗感染,增强机体抗病能力,心源性休克要治疗原发病,增强心肌收缩力,减轻心脏前后负荷。

3. 改善通气和供氧 在休克的抢救中,患儿的通气和给氧应放在首位,无论血气结果如何,都应及早给氧。出现下述情况应给予机械通气治疗:①肺出血;②动脉血气 $PaCO_2$>60mmHg(8.0kPa),FiO_2=0.5,PaO_2<40mmHg;③呼吸困难、呼吸浅慢或呼吸暂停。

4. 扩容和纠酸 其目的是改善微循环、补充血容量、维持各脏器的血供。扩容原则是"需多少,补多少"。①扩容药常用生理盐水或低分子右旋糖酐,低血容量性和感染性休克 10～20ml/kg,30～60min 静脉滴注,如临床表现未改善,CVP<5mmHg(0.67kPa),可继续扩容,直至 CVP

>5mmHg，但扩容总量不宜超过 60ml/kg。急性失血性休克在生理盐水积极扩容后，如血细胞比容<0.3 可予输血；心源性休克 5～10ml/kg，60～90min 静脉滴注，速度不宜太快。②根据血气分析结果纠正酸中毒，使动脉血气的 pH 达到 7.25～7.30。所需 5%碳酸氢钠(ml)＝体重(kg)×BE×0.5，先给 1/2 量，稀释成等张液静脉滴注。若 pH>7.25 则不必再补碱。

5. 血管活性药物　必须在扩容和纠酸后使用。①多巴胺：多巴胺可以增加心肌收缩力、扩张肾血管、增加肾血流量，是治疗休克的首选药，剂量为 3～10μg/(kg·min)，持续静脉泵入，多巴酚丁胺 5～10μg/(kg·min)，持续静脉泵入，常二者合用。②山莨菪碱：感染性休克常用药物。剂量为每次 0.2～0.5mg/kg，缓慢静脉推注，15～30min 可重复给药，血压回升后延长间隔时间，逐渐停用。③异丙肾上腺素：心率<100/min 时与多巴胺合用。剂量 0.1～1.0μg/(kg·min)静脉泵入。肾上腺素剂量 0.2μg/(kg·min)持续静脉滴注。

6. 激素　激素具有明显的抗炎作用，以往在严重休克时常使用激素，并且剂量较大，但大量的临床研究显示，激素治疗组与对照组预后并无显著差异，而且激素治疗还可导致感染、消化道出血等严重并发症。因此一般休克不宜使用激素，只限于有肾上腺皮质功能不全、过敏性休克的患儿。在病初 4h 内大剂量使用。地塞米松 1～2mg/kg 或氢化可的松 1～2mg/kg，每 4～6h 1次，重复 3～4 次，以控制病情发展。

7. 换血治疗或血浆置换　指征为：①出现 DIC；②血小板和白细胞明显减少；③正规抗休克治疗 48h 无效。

8. 其他治疗　①纳洛酮：休克时内源性阿片类物质(如 β-内啡肽)释放增加，使血管扩张，血压下降，纳洛酮可拮抗 β-内啡肽介导的休克。剂量每次 0.1～0.3mg/kg，静脉注射，必要时重复使用。②一氧化氮合酶抑制药：近年研究显示休克时一氧化氮释放增加，是导致顽固性休克低血压的主要原因，用一氧化氮合酶抑制药治疗顽固性休克有一定疗效。如氨基胍 30mg/kg 治疗顽固性休克有一定疗效。③肝细胞生长因子：感染性休克时肿瘤坏死因子(TNF)大量释放，加重病情，可使用肝细胞生长因子治疗，降低 THF，减轻病情。④白介素-1(IL-1)受体拮抗药：IL-1 是强烈的休克诱导剂，可用 IL-1 受体拮抗药治疗感染性休克。

(冯晋兴　刘晓红)

第九节　新生儿药物应用特点

新生儿机体发育不成熟，对药物的代谢有其特殊性，药动学和药物的毒性反应也与年长儿不同，且受胎龄、日龄和病理改变的影响，因此不能将成年人或年长儿的药动学资料用于新生儿。因此，安全、有效用药，除需严格掌握用药指征、合理用药外，必须熟悉新生儿药物动力学的特点。

一、新生儿药理学的应用原理

新生儿组织器官及生理功能尚未发育成熟，体内酶系统不十分健全，对药物的吸收、分布、代谢、排泄等体内过程及毒理学反应不同于成年人，也不同于其他年龄组儿童，故不能把成年人药动学的参数及其用药规律照搬用于新生儿。

1. 药物的吸收　药物从给药部位进入血液循环的过程称之为吸收。吸收的速率取决于药物的理化性质(穿透生物膜的转运机制、离子化程度、分子量、脂溶性、与蛋白联结的亲和力)和给药的途径。

(1)口服给药：新生儿胃液接近中性，pH 可达 6～8，但在出生后 24～48h pH 下降至 1～3，然后再度回到中性。早产儿出生后 pH 没有下降的过程,而且出生后 1 周内几乎没有胃酸分泌。出生后 2 周左右新生儿胃液 pH 仍接近中性,此后随着胃黏膜的发育,胃酸分泌逐渐增多,2 岁以后才逐渐达到成年人水平,由于新生儿胃酸缺乏,不耐酸的口服青霉素类吸收完全。新生儿胃排空时间长达 6～8h,因此,主要在胃部吸收的药物吸收完全。新生儿小肠液 pH 高,可影响药物的化学稳定性和非离子态转运,肠道菌群量少,菌种特点不同且变异性大,由于细菌代谢类型不同,也可影响一些药物的吸收。新生儿肠蠕动不规则,表现为分节运动,使药物吸收无规律,难以预测。口服苯巴比妥和苯妥英钠的吸收率低于成年人,而地西泮、地高辛的吸收率与成年人相似。

(2)肌内注射:肌内或皮下注射的药物吸收主要取决于局部的血流灌注。新生儿肌肉组织和皮下脂肪少,局部血流灌注不足,血液循环较差,当这些部位的灌注减少时,情况较为复杂,药物可滞留在肌肉中,吸收变得不规则,难以预料。有时药物蓄积于局部,当灌注突然改变时,进入循环的药量可骤增,导致血药浓度升高而往往引起中毒,这种情况对强心苷、氨基糖苷类抗生素、抗惊厥药尤为危险。

(3)静脉注射:静脉给药可直接进入血液循环,是可靠的给药途径,尤其适用于急症垂危的新生儿,用时多从头皮或四肢小静脉滴入。因脐静脉给药可引起肝坏死,一般不通过脐静脉给药,脐动脉给药也可导致肢体或骨坏死。新生儿静脉输液速度宜慢,尤其早产儿、极低出生体重儿静脉滴速应更慢,静脉给抗生素时应将药物加入 5～10ml 液体内,用微量输液泵按规定时间输入。

(4)鞘内给药:新生儿血脑屏障通透力强,静脉给药可使一些药物在脑脊液内达到一定浓度。除非一些药物难以通过血脑屏障,可考虑使用鞘内给药,但一定要慎重。

(5)皮肤给药:新生儿体表面积相对较大,皮肤角化层薄,皮肤黏膜娇嫩,易破损,局部用药经皮吸收比成年人迅速,尤其在皮肤黏膜有破损时,局部用药过多可致吸收中毒(如硼酸、类固醇激素等)。

(6)直肠给药:也可作为新生儿给药的一种途径,既简便又不易引起呕吐,但由于新生儿大便次数多,直肠黏膜受刺激易引起反射性排便,或因粪便的阻塞药物的吸收不规则,若采用此法一定要在小儿排便后进行直肠给药较安全、易行,用地西泮止痉、茶碱治疗呼吸暂停经直肠给药吸收好但不稳定,故应监测血药浓度观察用药效果。

2. 药物的分布　　分布是指药物从血液循环进入各种体液、器官和组织。药物的分布取决于患儿体液量的多少,细胞内液与细胞外液的比例、体液的 pH、药物的极性、油水分配系数、载体的数量、生物膜的通透性、血浆蛋白含量以及药物与血浆蛋白的结合率等。

(1)水溶性药物:新生儿总体液量占体重的 80%,细胞外液为总体液量的 40%。因此水溶性药物在细胞外液被稀释,浓度降低。因此新生儿用青霉素类、头孢菌素及氨基糖苷类等药物的负荷量大于成年人。

(2)脂溶性药物:新生儿脂肪含量低,尤其是早产儿,只占体重的 1%～3%,足月儿占 12%～15%。因此脂溶性药物(如地西泮)不能充分与之结合,血中游离药物浓度升高。

(3)与血浆蛋白结合的药物:影响药物分布最重要的因素是血浆蛋白与药物结合的程度,仅未结合的药物才具有活性,新生儿血浆中总、白、球蛋白浓度较低,比值随孕周增加,胎儿白蛋白结合力低,结合药物的比值在乳儿后期达成年人水平。此外新生儿游离脂肪酸和胆红素的浓度均较高,血清 pH 较低等因素影响药物的联结,使血中游离的药物浓度增加而易于中毒,故使用时剂量应偏小。带有机阴离子的药物(如磺胺类、吲哚美辛、苯甲酸等)又能与白蛋白联结,使游离胆红素增加造成核黄疸。新生儿血脑屏障差,大量药物如麻醉药、吗啡等可进入脑组织和脑脊液中而引起中毒。

3. 药物的代谢 大多数药物必须经过体内代谢转化为水溶性及离子化的代谢产物排出体外。肝是药物代谢最重要的器官,药物代谢过程包括氧化、还原、水解(Ⅰ期反应)和结合(Ⅱ期反应)。Ⅰ期反应主要在细胞色素 P-450 和 NADPH 细胞色素 C 还原酶的催化下进行,新生儿这两个酶低于成年人,刚出生的新生儿肝羟化、水解功能和脂酶的活性亦很差,早产儿更差。Ⅱ期反应由于新生儿葡萄糖醛酸基转移酶不足,药物与葡萄糖醛酸的结合显著减少,因此新生儿药物在肝的代谢率减慢,早产儿更慢,血中半衰期延长,新生儿药物通过增加对硫酸或甘氨酸的结合反应功能,以代偿药物葡萄糖醛酸化的不足,故新生儿对某些药物可产生与成年人不同的代谢产物,如茶碱转化成咖啡因只发生在早产儿,而成年人或儿童茶碱代谢为 3-甲基黄嘌呤及尿酸衍化物排出体外。

新生儿生后 2 周内肝清除药物的能力仅为成年人的 1/5～1/3,早产儿更慢,药物半衰期延长,病理情况下更低,药物易蓄积中毒。例如成年人口服氯霉素后 90% 在 24h 内排出,而新生儿仅 50% 在 24h 内排出,多次给药后导致血中氯霉素蓄积,浓度增加,引起心血管循环衰竭而死亡,即灰婴综合征。若给新生儿用抗生素,给药间隔时间应适当延长。

4. 药物的排泄 排泄是药物在体内彻底消除的过程之一。药物排泄主要是通过肾,其次还有胆汁、肺、汗腺、乳腺、唾液腺等。新生儿肾清除药物的能力显著低于成年人。新生儿肾小球滤过率和肾小管分泌率只相当于成年人的 1/8～1/5,早产儿更低。新生儿用药情况十分复杂,尤其是早产儿,既不同于足月儿,更不同于年长儿,必须要结合各自的生理特点用药,一般要求剂量要小,给药次数要少,疗程不宜过久,间隔时间要适当延长。

二、新生儿用药治疗的注意点

1. 新生儿用药的剂量现常用的是按每千克体重计算,药物剂量(每日或次)=药量/(kg·次)(或日)×体重,根据病情、出生体重、胎龄、日龄调整用药剂量。

2. 为了确保安全合理用药,推荐适时监测血药浓度以防中毒。有报道新生儿药物毒性反应发生率为 24%。新生儿发生中毒反应临床表现为活动力低下、无呼吸、腹胀、吐乳、低体温,常无特异性。特别是常用药如茶碱、地高辛、苯巴比妥、氨基糖苷类、万古霉素等。对半衰期较短的药物应测其峰值与谷值资料,以供用药参考。

3. 特殊中毒反应:①氯霉素——灰婴综合征。②地西泮——松软综合征。③苯甲胺——喘息综合征。④四环素——骨骼生长迟缓。⑤阿司匹林、吲哚美辛、镇痛药、磺胺类等——核黄疸。⑥硼酸粉——腹泻,皮肤病变,死亡。⑦皮质类固醇——生长迟缓。⑧六氯酚——网状结构空泡样脑病。⑨水溶性维生素 K——核黄疸溶血性贫血;故用药时应对每一例严格根据病情,合理用药非常重要。

4. 其他特殊反应:①磺胺类、非那西汀、氯丙嗪可致高铁血红蛋白血症。②噻嗪类利尿药具有光敏感性,能抑制碳酸酐酶活性,使光疗患儿呼吸暂停,使胆红素与白蛋白分离,游离胆红素增加。③新生儿、早产儿对作用于中枢神经系统药物较敏感,如吗啡可抑制呼吸,早产儿对洋地黄的耐受性较低,使用时剂量应偏小。④雄激素可促使骨骼早期愈合。⑤外用药萘甲唑啉(鼻眼净)、乙醇、红汞均可吸收中毒。⑥有的药物为达到有效的血清浓度,应先用负荷量,再用维持量如苯巴比妥抗惊厥,茶碱治疗早产儿呼吸暂停等。

三、药物与母乳

除少数药物外,绝大部分药物不会引起母乳喂养儿的不良反应,但哺乳期母亲药物治疗常常引起家长的焦虑和不必要的母乳中断。有几类药物已知可引起母乳喂养儿不良反应。

1. 抗肿瘤药物,此类药物在哺乳期是禁忌的。

2. 麦角碱类制剂,如溴隐亭和麦角胺在哺乳期是禁忌的,具有抑制催乳激素的分泌,从而减少乳汁的分泌。

3. 碘和含碘制剂,在哺乳期不宜应用,碘可导致婴儿甲状腺肿和甲状腺功能低下。应用放射性碘治疗甲状腺功能亢进时,也应暂停母乳喂养,避免婴儿接触放射性物质。

4. 哺乳期间母亲饮酒、吸烟和药物成瘾均对婴儿不利。饮酒可致乳汁分泌减少,对婴儿的神经系统发育也可产生远期的不良影响。母亲吸烟可引起婴儿较高的呼吸道发生率和暴露于致癌物质的环境。母亲药物成瘾后能否恰当的护理婴儿也是令人怀疑的。

5. 哺乳期间金制剂最好避免使用。

6. 哺乳期间口服避孕药可能引起乳汁分泌减少。

(冯晋兴　刘晓红)

参 考 文 献

[1] 金汉珍,黄德珉,官希吉.实用新生儿学[M].3版.北京:人民卫生出版社,2003:66-101.

[2] 韩玉昆、傅文芳,许植之.实用新生儿急救指南.沈阳:沈阳出版社,1997:112-119.

[3] 许植之.新生儿药物治疗的特点.中国实用妇科与产科杂志,1997,13(4):215-216.

[4] 陈超.新生儿休克的诊治进展.中国实用儿科杂志,2002,17(11):643-645.

[5] 母得志,李熙鸿.新生儿休克的诊治进展.实用儿科临床杂志,2007,22(14):1118-1120.

[6] 姚明珠.新生儿输血[J].实用儿科临床杂志,2006,21(15):967-969.

[7] Murray NA,Roberts IA. Neonatal transfusion practice[J]. Arch DisChild Fetal Neonatal Ed,2004,89(2):F101-F107.

[8] Atici-A,Satar-M,Cetiner-S,et al. Serum tumor necrosis factor-alpha in neonatal sepsis. Am-J-Perinatol,1997,14:401-421.

[9] Schanler RJ,et al. Parenteral and enteral nutrition,in Avery′s Diseases of the Newborn,7th ed,WB Saunders,1999:497-952.

[10] Behrman RE,Kliegman RM,Jenson HB,in Nelson. Textbook of Pediatrics,ed 16,Saunders Co. Philadelphia,2000:138-188.

[11] John PC,Eric CE,Ann RS. Manual of neonatal Care. ed 16,Wolters Kluwer,2008:34-85.

第5章

新生儿影像学检查

第一节　新生儿 X 线检查

X 线检查是新生儿疾病最常用的检查方法，包括透视、摄片、特殊 X 线摄影及造影检查等。

一、透视检查

透视经济、简便易行，透视下可任意转动患儿，选择最佳体位观察病变，借助观察器官的运动，如心脏搏动、膈肌动度、胃肠道蠕动、骨折复位。但其空间分辨率和密度分辨率不如摄片，不易发现细小病变，且不能永久记录，不利于病变的动态观察，患儿所接受的辐射剂量远大于摄片。现多数医院已被摄片代替，而将透视作为辅助检查方法，以弥补摄片之不足。透视前应向患儿家长简单说明检查目的，需要配合的姿势；尽量除去透视部位的厚层衣物及影响 X 线穿透的物品，如金属饰物、膏药、敷料等，以免影响诊断；透视过程中在不影响诊断的前提下，尽可能缩短曝光时间，降低辐射剂量。

二、摄片检查

X 线摄片简便、价廉、能永久记录，至今仍是新生儿疾病首选检查方法之一。现代化的新型成像方式如计算机 X 线成像（computed radiography，CR）和数字化直接 X 线摄影（digital radiography、DR）的临床应用，不仅使 X 线平片进入数字影像，克服了常规摄片曝光过度或不足的缺陷，同时大大降低了辐射剂量。摄片前应向患儿家长解释摄片目的，争取家长的合作；摄片时应除去的衣物，同时要特别注意给新生儿保暖；在不影响诊断的前提下，尽可能降低辐射剂量。

1. **胸部摄片**　新生儿常规应摄仰卧前后正位 X 线片，必要时加摄侧位、仰卧位水平投照和侧卧位水平投照。胎儿出生后呼吸器官从胎肺转为具有气体交换功能的肺，在结构功能上需经历生理性适应和发育成熟过程，腺泡直径 1mm，肺泡数量约为成年人肺的 10%，直径为 4%，表面面积约为 3%，因此新生儿胸部表现有其特殊性。

（1）出生后 15min 的 X 线胸片显示两肺已充气完全，早产儿因肺泡表面活性物质不足导致肺泡容量降低，肺充气缓慢且充气不均匀。

（2）出生后 12～24h 由于肺液清除，肺纹理可增粗，两肺有少量片絮状影或叶间胸腔少量积液。随着液体清除遗留右侧水平叶间裂增厚呈线条状，70% 出生后 1 周内正常新生儿见到此征象。

（3）有时可见重叠于肺野斜直或直线状致密影，为皮肤皱褶，是因新生儿皮下脂肪少，皮肤易皱褶重叠于肺野，应与气胸所致压缩肺边缘区别。其特点是该影延伸到胸廓之外，与腋部软组织相连或向下经横膈进入腹部。气胸则限于胸廓之内且透亮区内无肺纹理影。

（4）新生儿 X 线胸片常可见胸腺影，典型者有以下特点：①形态呈帆形或三角形，并不多见；②外缘呈波浪状；③透视下大小随呼吸明显改变，即吸气相明显变小，为胸腺的可靠佐证。应当注意有时新生儿胸腺影可几乎占满整个右肺上野，不要误认为右上肺大叶性肺炎。

（5）新生儿出生后 1 周内，在左上纵隔旁（相当于 $T_{3\sim4}$ 水平）可见一结节状影，边缘光整，向肺野凸出，内缘与纵隔相连，透视下可见搏动，称动脉结节或导管结，是新生儿的一种生理现象。为生后动脉导管功能性闭合后，在导管所在主动脉部位形成的局限性膨凸，随着肺动脉压力下降和动脉导管完全收缩而消失。

2. 腹部摄片　新生儿腹部常规应摄卧位及立位 X 线片，必要时加摄侧位 X 线片。腹部卧位 X 线片主要观察肠道的充气情况及其大小、形态和分布；有无异常密度影；有无异常气体影如肠壁积气和门脉积气。腹部立位 X 线片显示膈下有无游离气体，充气的肠道内有无气-液平面及其分布。对于病情较重不能摄腹部立位 X 线片的患儿，应摄右侧卧位或仰卧位水平投照。值得注意的是单凭充气肠道的形态和分布，在新生儿腹部卧立位片无法区分小肠与结肠，加照侧位 X 线片非常必要。侧位 X 线片主要观察结肠内有无充气。对于临床疑有无肛患儿在出生后 12h 摄取腹部倒立侧位片，摄片前预先倒立位 2min 以上，且在肛穴处贴上金属标志。

新生儿出生啼哭后空气咽入胃内，15min 胃内充气，约 3h 内全部小肠充气，4～8h 结肠充气，所以出生 4～8h 胃、小肠及结肠均应充气。所以正常新生儿腹部正位片（包括卧、立位）上、大小肠普遍充气，充气的小肠呈多角形，相互紧贴排列，似蜂窝状。如出生后 12h 胃肠道不充气或充气不全应视为异常表现，在除外产妇过度麻醉或新生儿各种原因导致的中枢神经系统抑制后，应进一步检查，以排除先天消化道畸形所产生的梗阻。腹部侧位 X 线片升、降结肠位于后腹部，呈连续充气、且与脊柱平行的肠影，横结肠位于膈下，呈横行走向，且在前腹部形成类圆形的透亮影为，乙状结肠位于中下腹部的前下方，直肠位于盆腔内骶骨前方。腹部两膈下出现游离气体，常提示胃肠道穿孔；腹腔内有钙化有助于胎粪性腹膜炎的诊断；肠壁积气和门脉积气常提示坏死性小肠结肠炎。

3. 骨关节摄片　骨关节常规摄正位和侧位 X 线片，长骨摄片范围包括两端的关节及周围的软组织，关节摄片时包括组成关节的骨骼及周围软组织。对于特殊部位还需摄其他位置，如髋关节蛙式位，跟骨轴位，手及足斜位等。有些病变尚需摄切线位，如管状骨隆起、颅骨凹陷性骨折等。应当注意新生儿期骨密度增高，皮质增厚，髓腔变窄，为生理性骨硬化，是正常 X 线表现。新生儿出生时可能会发生产伤，造成骨折。

三、特殊 X 线摄影

包括高千伏摄影和断层摄影。高千伏摄影是指电压在 120kV 以上，多用于胸部。投照时因电压高，胸廓的骨性结构和软组织结构变淡，气管、主支气管和肺门血管支气管显示清楚，比常规 X 线胸片能更清晰显示病变轮廓及其内密度。断层摄影是通过特殊装置在摄影曝光时 X 线球管和胶片相对运动，使所选层面的组织结构清楚，非选取定层面的组织结构因胶片的移动而模糊。

高千伏摄影和断层摄影过去对提高疾病的 X 线诊断起了很大的作用，由于 CR、DR、CT、

MRI 的临床应用,现这两种摄影方法使用较少。

四、造 影 检 查

(一)支气管造影

将对比剂直接注入气管和支气管,显示其病变的检查方法。常用的对比剂是 40%碘化油,也可用非离子型有机碘溶液或 50%~60%硫酸钡胶浆。可显示气管、支气管先天性发育异常,明确支气管扩张的程度和范围,了解不张肺支气管腔情况,确定支气管阻塞原因。但此检查方法因操作复杂,有创伤性,且风险较大;同时多层螺旋 CT 扫描后重建可清晰显示气管支气管发育、形态情况,高分辨率 CT 对支气管扩张有较高的诊断价值,所以此造影检查目前临床已极少使用。

(二)口服法胃肠道造影检查

本方法所用对比剂多使用医用硫酸钡混液,也可使用含碘的对比剂,如泛影葡胺。检查前应禁食禁水 3~4h。开始检查时应先胸腹透视,以了解一般状况及有无禁忌证。本检查适应证较广泛,可用于:①食管、胃、小肠等先天畸形的诊断;②明确胃肠道不全性梗阻的诊断、部位及梗阻原因;③了解腹部肿块与胃肠道的关系;④寻找呕吐、腹痛及出血的原因。临床怀疑胃肠道急性大出血和胃肠道穿孔者应禁忌做该检查,大出血通常在停止 1 周后进行。

(三)结肠造影检查

新生儿期结肠造影主要用于了解结肠及直肠的形态、大小、走行及有无病变,也可用于低位肠梗阻的判断。对比剂可用等渗医用硫酸钡混悬液或水溶性含碘对比剂,前者常用,后者多用在肠道明显扩张,病情较重,一般情况较差,或疑有结肠炎的新生儿。造影时应注意:①对于临床疑为肠道神经元异常性疾病如 Hirschsprung 病时,检查前 3d 内不应人为通便,如洗肠、用开塞露等,如腹胀明显,病情较重时,检查前 1d 内不要人为通便。否则,易造成漏诊。②检查前应常规腹部透视,以观察肠道充气扩张情况,有无腹腔积气。③导管选择橡胶细管,如用 Foley 双腔气囊导管,气囊不应充气,以免造成痉挛段扩大而漏诊。④注入对比剂时应缓慢,显示扩大段远段即可。⑤注入对比剂 1h 左右检查,如结肠内仍有较多对比剂,尚需 24h 随访;若仍不能诊断,3个月内复查结肠造影。

(四)泌尿系统造影

本方法是泌尿系统最常用的造影检查方法,包括静脉尿路造影,逆行肾盂造影,膀胱尿道造影。对比剂用有机碘对比剂,分离子型和非离子型。不论是离子型还是非离子型,均可发生不良反应,不良反应发生的机制目前尚未完全阐明,根据《中华人民共和国药典》规定,在检查前尚需做过敏试验。值得注意的是在过敏试验过程中部分患儿可发生不良反应,应做好抢救准备;即使过敏试验阴性,在检查过程中仍有发生不良反应的可能,也应做好抢救准备。

1. 静脉尿路造影

(1)适应证:包括泌尿道畸形、炎症、肿瘤,腹部肿块与泌尿道的关系。

(2)禁忌证:对碘过敏者应禁用;肝肾功能不全者慎用。应当注意的是新生儿有器官(包括肝、肾)发育未完全成熟,国内有学者提出新生儿早期有以下情况者不鼓励进行该检查。①出生后 1 周内的新生儿;②虽有先天性畸形但无泌尿系统症状;③频繁排尿;④遗尿症患儿尿化验正常,且无其他畸形。

(3)对比剂用量:因新生儿肾浓缩功能较差,用量较年长儿大。国产复方泛影葡胺 2ml/kg,而非离子型对比剂可参考各生产厂家推荐用量,如碘普胺 300 用量为 4ml/kg。

(4)检查前准备及过程:新生儿检查前不必禁水,不必清洁灌肠。应做好应急抢救准备。对比剂注射后分别于 7min、15min、30min 摄片,根据具体病情决定是否需延迟摄片时间。

2. 逆行肾盂造影　新生儿应用较少。

(1)适应证:凡静脉尿路造影不显影或显影不良者。

(2)禁忌证:尿路狭窄者;急性泌尿系统感染;严重的心血管疾病。

3. 膀胱尿道造影

(1)适应证:观察膀胱形态、容积、位置及排空能力;有无膀胱输尿管反流;尿道的走行、形态及粗细。

(2)禁忌证:有泌尿系统感染者。

(3)方法:可经尿道插入导管,然后注入对比剂,也可经膀胱穿刺或经膀胱造口注入对比剂,观察膀胱充盈情况,随后拔管排尿,以显示尿道情况。

(五)血管造影

随着超声、CT 和 MRI 的临床应用,新生儿各系统的血管造影较少应用。

(干芸根)

第二节　新生儿超声波检查

超声检查是应用一定频率的超声波导入体内,由于不同器官和组织的声阻抗不同,从而发生声波的反射与折射,这些信息通过仪器接收,电子计算机处理后,得到各器官大小、形态、边界、内部结构和病理改变的诊断信息。超声检查具有非侵入性、无辐射线、无痛苦,对遗传和身体无任何危害的优点,所显示的脏器解剖结构不受功能干扰,改变超声探头的位置和方向,可以得到任何切面的结构图像;实时超声还可观察脏器的动态变化;超声多普勒(Doppler)技术可以了解脏器或病变的血流情况。因此超声检查是新生儿疾病的首选影像学检查方法之一。超声波分为 A 型、B 型、M 型、扇型、多普勒超声诊断法等。A 型超声诊断法在临床上已基本被 B 型超声诊断法取代,目前 B 型和多普勒超声诊断法是新生儿超声诊断的主要方法。

一、超声图像的特点

黑白超声图像是由像素组成,像素的明暗反映了超声回声的强弱。在荧光屏上最明到最暗的影像变化(即灰度)分数个等级,称为灰阶,因此超声图像是一种灰阶图像。超声检查可应用快速扫描技术,进行实时成像,以观察组织器官的连续运动状况。还可应用流动血液中血细胞散射体产生的多普勒频移效应,检测血流状况,包括彩色多普勒血流显像(colour Doppler flow imaging,CDFI)和频谱多普勒超声。近年来超声又出现一些新的技术,如组织多普勒成像、彩色多普勒能量图、腔内超声检查技术、声学造影检查技术和三维超声成像。

二、检 查 方 法

(一)检查前准备

1. 受检新生儿的准备

(1)镇静:新生儿一般超声检查多不需要镇静,对哭吵不停者可口服 10% 水合氯醛 0.5ml/kg。

(2)饮食:需空腹检查的新生儿禁食 2h 左右;需胃充盈者则要喂食 30~50ml 的奶液或水。

（3）泌尿系统检查：检查前应充分服奶液或饮水，使肾盂、肾盏充分扩张，膀胱充盈，一般饮奶液或水 15～30min 后检查。

（4）特殊超声检查：食管超声、介入性超声检查应做好相应的器械消毒，患儿的术前常规检查；需要基础麻醉或全身麻醉者，事前同麻醉科联系。

2. 探头准备　颅脑及心脏检查需用扇扫探头，频率 5～7MHz；颈部（包括涎腺）、腹部检查用线阵或扇形探头，频率 5～7MHz。胸腔及纵隔检查用凸阵或扇形探头，频率 3～5MHz；心血管检查用扇形探头，频率 7MHz。四肢关节及软组织多用线阵或扇形探头，频率 5～7MHz。同时检查前操作者应洗手并清洁探头，检查时可用一次性薄膜包裹探头，以避免交叉感染。检查时探头检查部位涂以足够的耦合剂，使探头与皮肤紧密接触，避免因增加超声衰减而影响图像的清晰度。

（二）检查部位和方法

1. 颅脑　将探头放于前囟，扫查方向与冠状缝或矢状缝平行，可获得冠状切面和矢状切面图像。也可将探头放于蝶囟及颞枕缝或后囟，获得水平切面图像。

2. 颈部　对于颈部病变，超声检查时沿颈部探测，可获取纵、横及斜切面，也可沿检查脏器的体表投影行长、短轴扫查。用彩色多普勒显示甲状腺血流情况。

3. 胸部　主要用于心血管疾病及胸膜病变，纵隔病变。

（1）心血管检查：常规扫查切面有胸骨旁、心尖部、剑突下和胸骨上窝，超声心动图显示心脏形态结构，进行相关数据测量，彩色多普勒观察和记录血流动力学情况。

（2）胸腔及纵隔检查：对于肺部疾病沿各肋间左右对比逐渐扫查，发现病变后再进行横、纵斜面扫查；疑有胸膜病变者，常规探头沿肩胛线、腋后线、腋中线各肋间扫查；纵隔检查时从胸骨旁各肋间进行纵、横切面扫查。

4. 腹部　腹部实质性脏器如肝、胆、脾、胰、肾扫查时，常规体位仰卧位，必要时左侧卧位、右侧卧位和半卧位。对于胃肠道检查，应先空腹扫查，然后进行充盈扫查，体位依次采用左侧卧位、仰卧位、右侧卧位和半卧位。小肠和结肠扫查时可加压挤开肠道内气体，以增加显示率。

5. 骨关节及软组织　脊柱检查一般侧卧位或俯卧位，沿正中线做横扫及纵扫检查。四肢进行横切面和纵切面扫查。

三、超声检查在新生儿的临床应用

超声检查目前已广泛应用于新生儿疾病诊断，能准确显示脏器及其病变的大小、形态、位置及与周围组织的毗邻关系。可观察各脏器内部结构、脏器内各种占位病变的物理特性，尤其是在显示心脏解剖和功能、心内压力及血流动力学方面具有其他检查方法无法比拟的优势。

（一）颅脑超声

超声可通过未闭的前囟，显示颅脑解剖结构。主要用于脑发育畸形、颅内出血、脑缺氧缺血性损伤、颅内感染、脑部肿瘤、脑肿瘤和脑软化。

（二）颈部超声

超声可早期发现颈部软组织肿块，明确肿块的部位、大小、内部结构及其与周围组织的关系。超声可显示颈部淋巴结大小，明确是否有肿大。可显示颈部腺体如腮腺、涎腺、颌下腺等大小、位置、内部结构及腺管内径，对颈部腺体疾病的诊断有较多大帮助。

（三）胸部超声

胸部超声主要用于心血管疾病及胸膜病变，纵隔病变。在心血管方面，超声可显示心脏结构是否异常,如结构缺损、增加、增厚、狭窄、增宽、裂口等,判断心脏结构关系是否异常,如静脉与心房、心房与心室、心室与大动脉相连接的部位异常及错位。超声心动图可分析心壁厚度、运动速度、幅度、斜率及瓣膜等高速运动的轨迹,显示心脏大血管不同方位的断层结构、毗邻关系与动态变化。彩色多普勒可测量心血管及血流和心脏室壁运动的时间方向、性质、速度及血流量,显示血管的走行、分布,异常血流束的途径,对新生儿先天畸形和肿瘤检查有重要意义。超声能区别胸膜增厚或少量胸腔积液,可明确是否为包裹性胸腔积液,是诊断胸腔积液及其鉴别诊断,进行病因和定量分析首选检测手段,并可引导胸腔穿刺。超声可明确纵隔积液或积血,可从纵隔肿瘤的内部结构、形态和物质性质,区分肿块是囊性或是实性,亦可初步区分肿块的性质,同时对纵隔肿块穿刺活检,能提供准确的穿刺点。超声可显示横膈的解剖及其运动功能,对鉴别邻近横膈病变有帮助。

(四)腹部超声

超声不仅可显示腹部实质性脏器形态、大小、内部结构及与周围组织的关系,还可显示脏器或肿瘤的血管及血供情况,发育畸形和先天性变异,早期发现病变,可鉴别病变是囊性、实性或囊实性。可显示胆囊及肝内外胆管的形态、大小,发现结石或占位性病变。对于胃肠道病变,超声对某些疾病的诊断有较好的临床价值,如先天性幽门肥厚性狭窄、先天性肠旋转不良、先天性直肠肛门畸形、急性肠套叠、急性阑尾炎等。对腹腔积液的诊断超声即可明确诊断,也可测量腹腔内积液量的大小,观察积液内有无漂浮物,穿刺前可定位,对腹腔积液的病因有一定的帮助。超声可提示腹部肿块的大小、部位、来源、数目、性质、与毗邻脏器的关系及有无转移灶、并发症等,是新生儿腹部肿块重要的检查方法之一。

(五)骨关节及软组织超声

因新生儿骨骼细小,超声因可观察骨皮质连续而准确地诊断是否骨折存在;还可清楚显示骨骼病变的部位和性质,显示病灶与周围组织间的关系。因超声除清楚观察软组织改变外,准确显示骨膜下或骨周有无带状无回声的脓肿暗区,骨膜 是否有被拱形掀起,故可早期发现急性骨髓炎,在关节疾病方面尤其髋关节,超声是较理想的检查方法,可显示股骨头骺软骨形态、大小及位置,显示髋臼三角软骨及与股骨头之间的关系,同时可动态观察治疗的效果。超声可发现较小的软组织肿块,明确其部位、大小、内部组织结构及与相邻组织间的解剖关系,对于肌肉、肌腱、滑膜和滑囊疾病,应首选超声检查。

四、超声检查的限度

超声检查无辐射、操作简单,在显示心脏解剖和功能、心内压力及血流动力学方面有无法比拟的优势,但仍有一定的局限性。由于超声的物理特性,到达阻碍声透射的组织界面,如含气的肺、胃肠道及骨骼时,会产生全反射,对这些器官超声检查受到限制;脂肪影响超声波的穿透性,脂肪越厚,显示脂肪后方组织结构的清楚度越差。同超声图像是组织器官及病变在声阻抗方面的差异,对病变的病理性质缺乏特异性。另外超声检查的诊断结果会受机器的性能和操作者知识技术水平的影响。

(干芸根)

第三节 新生儿 CT 及 MRI 检查

一、新生儿 CT 检查

计算机体层成像(CT)检查图像清晰,密度分辨率高,可提供真正的断面图像,且操作简单、安全。随着 CT 在各系统的应用越来越广泛,人们受到的辐射也随之增加。值得注意的是新生儿对辐射更加敏感,因此对于新生儿应尽可能选择无辐射的检查方法,严格掌握 CT 检查适应证,检查过程中在保证图像质量的前提下,尽可能降低辐射剂量。同时尽量缩短扫描时间,以减少移动伪影。

(一)CT 图像特点

1. CT 图像 是数字化的重建图像,CT 图像是由一定数目从黑到白不同灰度的像素按固有矩阵排列而成,不同灰度反映了器官和组织对 X 线的吸收程度。CT 的密度分辨率高,能够分辨人体不同软组织密度的细微差别。

2. CT 值 CT 图像上器官和组织的密度用 CT 值来量化,但 CT 值是一相对值,受许多因素的影响,如人体的呼吸、血流,机器的性能、X 线球管的电压等。

3. 窗技术 为了更好的观察组织结构,清楚显示病变,需要使用窗技术,即窗宽、窗位的选择。窗宽是指显示图像时所选用的 CT 值范围;窗位是指窗宽上、下限 CT 值的平均数。不同的组织器官用不同的窗宽和窗位,如颅脑窗宽 80~100,窗位 35;肺组织窗宽 1000~2000,窗位 -600~-700;纵隔部位窗宽 400~500,窗位 30~50;腹部窗宽 250~350,窗位 35~50;骨骼窗宽 1000~2000,窗位 200~400。

4. 图像后处理技术 目前常用图像后处理技术包括多层面重建技术(multiplanar reconstructions,MPR)、多层面容积重建技术(multiplanar volume reconstructions,MPVR)、表面遮盖法重建技术(surface shaded display,SSD)、仿真内镜重建技术(virtual endoscopy,VE)。MPR 可任意平面重建图像,克服了 CT 过去单纯横断面图像的不足,对病变的定位更加准确,可清晰显示病变与邻近器官组织的关系。MPVR 将三维解剖以二维图像从不同的角度反映出来,更清楚显示病变与周围组织间的关系。SSD 可三维显示解剖结构较复杂的部位,如骨盆、脊柱、血管等,CTVE 可观察管腔内的情况,类似于内镜,广泛应用于气管支气管、肠道、血管及鼻旁窦。

(二)检查前准备

1. 镇静,如合理调整睡眠时间,可不须镇静。需镇静的新生儿,一般口服或灌肠 10% 水合氯醛 0.5ml/kg。

2. 扫描前取下身体扫描区域的金属异物;扫描时要固定好患儿,确保安全及体位准确。

3. 腹部扫描前 30min 应口服 1.5% 复方泛影葡胺稀释液 60~100ml,减少充气肠道干扰,以利于区别腹部囊性肿块。

4. 需增强者扫描前①应做碘过敏试验;②禁食 2h;③先开通静脉,保留静脉留置针;④做好应急准备工作。

(三)CT 扫描方式

1. 平扫 通常用于初次 CT 检查者,多采用横断面扫描。现在的 CT 机多为多层螺旋 CT,可用螺旋式扫描。部分病例还可采用薄层扫描、高分辨率 CT 扫描。

2. 增强　①目的,为了增加病变组织与正常组织的对比度,易于发现小病灶,提高病变的检出率,降低平扫可能造成的漏诊和误诊,提高病变的定性能力;同时可显示病变的血供情况,确定病变是否为血管性病变。②禁食,扫描前 2h 内禁食。③对比剂,多用非离子型,如 300 碘普罗胺(优维显)等,按生产厂家的剂量,新生儿 1~2ml/kg。

(四)CT 检查在新生儿的临床应用

CT 检查的应用范围基本涵盖了新生儿各系统。颅脑部位疑有先天性脑发育畸形、颅脑肿瘤、颅内感染、颅内出血、颅脑外伤、脑白质病变及脑血管性病变者,均可行 CT 检查,不但可发现病变,而且部分可明确诊断。胸部 CT 扫描多用于气管支气管病变,尤其是气管支气管发育异常,如气管支气管狭窄,对支气管扩张的诊断现基本取代支气管造影;肺部的发育畸形,如肺动静脉瘘、先天性腺瘤样畸形、肺隔离症等;纵隔病变,尤其是占位性病变,明确可疑肿块是纵隔内还是肺内,是真的肿瘤还是血管或淋巴结,可发现小钙化灶;可区别病灶是囊性、实性或是血管性;可发现胸部 X 线平片未显示的病灶。腹部 CT 检查主要用于腹部各器官肿瘤,可发现肿瘤的部位及其大小、形态、密度、边界,显示病变与周围组织的毗邻关系,通过 CT 值的测定,可判断病变内是否有脂肪或气体,有助于病变的定性。骨关节 CT 检查在新生儿主要用于显示解剖较复杂部位的病变,早期发现骨骼及其软组织病变,如肿瘤、炎症。

(五)CT 检查的限度

第一,CT 检查对受检者有较大的辐射,新生儿对辐射较成年人和年长儿更加敏感,限制了 CT 在新生儿的应用;第二,CT 对胃肠道管壁的小病变及黏膜的显示不敏感;第三,对疾病的定性诊断仍有一定的限度。

二、新生儿 MRI 检查

磁共振成像(magnetie resonance imaging,MRI)是利用一定的射频信号对处于静磁场内的人体选定层面进行激发,产生磁共振所信号,经数据采集与处理,重建成像的一种成像技术。是无创伤性、无辐射的检查方法,具有软组织分辨力高、多方位成像等特点,且尚有一些独特的成像方式,如 MR 水成像、MR 血管成像、MR 脂肪抑制技术、MR 水抑制技术等,近年来 MRI 脑功能已成为神经科学领域的一种全新的研究手段。目前 MRI 已广泛用于人体各个系统检查和疾病诊断,成为诊断新生儿疾病的主要影像检查手段之一。

(一)MRI 图像特点

1. MRI 图像　是数字化重建的呈深浅不一的黑白灰阶图像,具有窗技术和图像后处理的特点。不仅可获得人体的横断面、冠状面和矢状面图像,而且可获得任意选定层面的图像,较全面显示组织器官的解剖结构。MRI 灰阶图像代表组织器官和病变的信号强度,反映的是弛豫时间长短。人体组织间及组织与病变间弛豫时间是有差别的,正是这些差别构成了磁共振成像诊断的基础。MRI 另一个特点是改变成像参数,获得多种成像序列,产生多种成像技术,使得同一种组织的信号强度在不同的序列上呈多样化表现,有助于病变的定性诊断。

2. 窗技术　MRI 同 CT 一样也有窗技术,选择适当的窗宽、窗位。但其窗技术不像 CT 相对有选择范围,只要能清楚显示组织结构和病变就可。

3. 独特的成像技术　①磁共振血管造影成像(MRA),MRI 所独特的血液流空效应,不使用对比剂可显示心脏和血管的形态、大小等,还可反映血流方向和速度等方面信息,特别是结合对比剂能够全面而准确地反映大动脉及其主要分支的生理和病理状态,包括形态结构和功能的判断,已广泛应用于临床。②磁共振水成像,根据静态液体具有长 T_2 弛豫时间的特点,利用重 T_2 加权成像技术,使得稀胆汁、胰液、尿液、脑脊液、内耳淋巴液、唾液、泪水等流动缓慢或相对静止的液体均呈高信号,从而使含液体的器官显影。包括 MR 胰胆管成像(MRCP)、MR 泌尿系成像(MRU)、MR 椎管成像(MRM)、MR 内耳成像、MR 涎腺管成像、MR 泪道成像及 MR 脑室系统成像等,在某种程度上可代替诊断性 ERCP、PTC、IVP、X 线椎管造影、X 线涎管造影及泪道造影等传统检查。③MRI 功能成像,包括扩散加权成像(DWI)、灌注加权成像(PWI)、磁共振波谱分析(MRS)和脑活动功能成像。扩散加权成像是唯一能在活体检测组织内水分子扩散运动的无创影像检查技术,能在宏观成像中反映活体组织中水分子微观扩散运动。灌注加权成像是反映血流灌注情况,主要用于了解病变的血液供应情况。磁共振波谱分析主要是通过研究脑功能区局部代谢产物含量的变化,从而得到反映局部能量代谢的病理生理改变的波谱信息。脑活动功能成像是利用磁振造影来测量神经元活动所引发的血流动力学的改变。

(二)检查前准备

1. 镇静。因 MRI 检查时间较长,新生儿在检查过程中躁动和哭闹均会形成伪影,干扰图像质量,影响正确诊断,检查前常需镇静,一般口服或灌肠 10% 水合氯醛 0.5ml/kg。

2. 进入机房前必须取掉患儿及陪同人员佩戴的金属异物;扫描时要固定好患儿,确保安全及体位准确。

3. 急危重患儿,临床医师应陪同观察,准备好必要的抢救药品和器械。

(三)MRI 扫描方式

1. 平扫 不同的检查部位采用不同的扫描方式,常规进行横断面扫描,一些器官尚需行矢状位和(或)冠状位扫描,必要时需行独特的成像技术,如 MR 水成像、MR 血管成像、MR 脂肪抑制技术、MRI 水抑制技术等。

2. 增强 ①目的,MRI 增强也是为了增加病变组织的信号强度,有利于早期发现病灶,提高病变的检出率,降低平扫可能造成的漏诊和误诊,对病变的定性有一定的帮助;同时可提高脉管的成像质量。②禁食,扫描前 2h 内禁食。③对比剂,MRI 对比剂根据 MR 特性可分为顺磁性、铁磁性和超顺磁性,临床上应用较多的是钆喷酸葡胺(商品名为马根维显),按生产厂家的剂量,新生儿 0.2ml/kg,且应当用手给予。

(四)MRI 检查在新生儿的临床应用

1. 神经系统 因 MRI 组织分辨率高,对脑灰、白质的分辨异常清楚,不仅可应用疾病的诊断,如先天性畸形、炎症、血管性病变、脱髓鞘病变及髓鞘形成障碍及肿瘤等,还可用于评价新生儿脑发育尤其是髓鞘发育情况。

2. 头颈部 早期发现病变,用于颈部肿瘤、炎症的诊断,鉴别颈部肿瘤的囊实性、良恶性。

3. 胸部 主要用于纵隔病变、心脏和大血管异常,尤其是大血管的先天性发育异常或后天性病变;能清晰显示纵隔的正常解剖结构及其器官相互关系,观察纵隔肿瘤的大小、形态、轮廓、范围及肿瘤内的情况(如是否有液化坏死和出血),可观察肿瘤与心脏大血管、气管和食管之间的关系及受肿瘤侵犯的范围和程度。

4. 腹部 主要用于肝、脾、胰、肾等实质器官,如肿瘤等,可清楚显示腹部肿块内部结构如囊实性等;对泌尿系统先天畸形尤其是肾盂、输尿管积水可明确诊断。

5. 骨关节及软组织 主要用于骨关节及软组织的肿瘤、炎症及畸形。

(五)MRI 检查的限度

MRI 存在着一定的不足之处,尽管近年来扫描速度有很大的提高,但信号采集仍较慢,扫描时间长;伪影相对较多;对很多疾病的定性诊断仍存在困难;对肺部的细微结构显示较差,对消化道方面检查有一定的限度,骨性结构显示相对较差;对钙化的显示不如 CT;危重患儿或体内有金属物不能进行检查;检查费用较高。

（干芸根）

第 6 章

新生儿麻醉和围术期处理

凡妊娠满 28 周、从婴儿娩出脐带结扎到刚满 28d 称为新生儿期。以往的观点是新生儿对痛觉的反应比较迟钝,72h 内的新生儿几乎无痛觉反应,新生儿手术时对麻醉的要求不高,甚至有人提出早产儿手术时不一定需要施行麻醉。随着外科学和现代麻醉学的发展,人们的观点发生了根本性转变。目前认为:孕 25 周,疼痛感受器已经发育,新生儿不仅能感受疼痛,且会因为疼痛治疗不充分,带来日后痛觉异常。Mancuso T 等的研究表明,如果新生儿经受重度疼痛或者长时间处于疼痛状态会增加新生儿的死亡率。麻醉不仅仅是减轻手术中的疼痛反应,避免各种刺激所致的不良反应,保持患儿内环境的稳定,对患儿手术、术后康复及生长发育等方面都起着至关重要的作用。以往的资料统计,小儿麻醉的死亡率超过成年人数倍,因此认为小儿麻醉的危险性比成年人大。随着小儿麻醉基础理论知识研究逐步深入,麻醉医师临床应用技术的进步,不断开发研制的新型麻醉药物,先进的麻醉机和一系列监护设备的应用,小儿麻醉的死亡率已大大降低。Smith 根据 69 977 例麻醉得出结论:"正常儿童并不存在麻醉危险性增大的问题。"必须强调的是:小儿不是成年人的缩影,熟悉并掌握小儿,尤其是新生儿和未成熟儿的解剖和生理特点,准确的术前评估、充分的术前准备、合适的麻醉方案、完善的监护是保证新生儿安全度过麻醉和围术期的关键。

第一节 麻 醉

一、与麻醉有关的新生儿解剖与生理特点

(一)中枢神经系统

新生儿的脑相对较大,占体重的 $10\%\sim20\%$(成年人仅占 2%),其脑干及脊髓髓鞘化并不完全,神经纤维发育不完全,骨骼肌终极板发育未完善。新生儿及婴幼儿皮质下中枢的兴奋性较高,又因皮质发育尚未成熟,对皮质下中枢不能给予抑制,所以它的兴奋或抑制过程很易扩散,常表现为泛化的反射,当新生儿遇到强烈刺激时容易发生惊厥。新生儿辨别疼痛的能力并未完全确定,对疼痛刺激有反应,但不能明确鉴别疼痛的来源。早产儿脑血管很脆弱,缺氧、二氧化碳过高、高钠血症、动脉压或静脉压波动易引起颅内出血。

(二)呼吸系统

1. 解剖特点 新生儿头大、颈短、颈部肌肉发育不完全、舌相对较大,麻醉时易阻塞咽部。鼻腔较狭窄,易被分泌物或水肿阻塞。口小舌大,会厌长而硬,喉头位置较高且向前移,会厌软骨

与声门呈 45°,因此会厌常下垂,妨碍声门显露,有时需用直形喉镜片做气管插管。呼吸道以声门下的环状软骨平面最狭窄,此处覆盖着假复层纤毛上皮细胞,与周围疏松组织结合,这些组织损伤可引起水肿,以致气管腔减小,显著增加气流阻力。环状软骨处成圆形,故一般不需要带套囊的气管导管。气管短且气管软骨柔软,总长度 4～5cm,内径 4～5mm,气管分叉位置高,位于 $T_{3～4}$,成年人在 T_5 下缘。新生儿胸廓相对狭小,骨及肌肉菲薄,肋骨呈水平位,肋间肌不发达,因此胸廓扩张力小,吸气时胸腔的前后径和横径变化不大,主要靠膈肌上下运动,易受腹胀等因素的影响;腹部内脏较大,当胃肠扩张时很容易妨碍膈肌活动;胸廓随吸气负压而凹陷,可影响气体交换;纵隔在胸腔内占据较大空间,限制了吸气时肺的扩张;新生儿呼吸储备能力较差。

基于以上特点,新生儿极易出现上呼吸道梗阻,头部位置不易固定,气管导管插入后容易滑脱。鼻孔大小约与环状软骨处相等,气管插管如能通过鼻孔,一般均能进入气管。

2. 生理特点　新生儿呼吸肌易于疲劳,此倾向取决于肌纤维的类型。早产儿膈肌纤维属于 Ⅰ 型纤维(即肌纤维颤动慢、易氧化、不易疲劳)的不足 10%,足月儿膈肌纤维 30% 属 Ⅰ 型纤维。早产儿极易引起呼吸肌疲劳。随着早产儿发育成熟,此倾向逐步消失。呼吸的调节与生化及反射机制有关,健康足月儿生化及反射机制已发育完善。吸入气 CO_2 浓度增加时通气也增加,早产儿对吸入气 CO_2 浓度增加反应差。新生儿对 PaO_2 的改变也敏感,吸入 100% O_2 使通气量降低,提示存在化学感受器活动。新生儿对缺氧的呼吸反应取决于很多因素,包括妊娠期及产后年龄、体温及睡眠状态等,早产儿及 1 周以内的足月儿,当清醒且体温正常时呈现双相反应:先有短时间的过度通气,随即出现呼吸抑制。低体温婴儿对缺氧的反应是通气抑制而无开始时的过度通气;1 周以上的婴儿缺氧时呈现呼吸增快。新生儿缺氧时 CO_2 的通气反应呈抑制。肺及胸壁反射对维持新生儿的呼吸可能更重要。黑-白反射在足月新生儿是活跃的,早产儿此反射更有力。

足月新生儿总肺容量(TLC)约 160ml,功能残气量约 80ml,潮气量 15～20ml,死腔量约 5ml。由于新生儿肺容量小,降低麻醉或呼吸装置中的死腔就显得非常重要。新生儿肺泡通气量与功能残气之比是 5∶1,而成年人是 1.5∶1,因此婴儿功能残气的缓冲作用小,吸入气浓度改变很快反映在肺泡气和动脉血中。小儿肺容量相对较小,而代谢水平及氧需量相对较大;由于小儿胸廓解剖特点的限制,要满足机体代谢的需要,只有采取消耗能量最少的方式进行浅快的呼吸,故小儿呼吸频率较快。新生儿和幼儿的闭合容量(CV)较年长儿高,正常呼吸时可能超过功能残气量而影响潮气量。正常呼吸时呼吸道闭合可以解释婴儿及小儿 PaO_2 正常值较低。全身麻醉期间常有功能残气量下降且可持续至手术后,更引起闭合容量显著增高,使肺泡动脉氧差(Aa-DO_2)进一步增加。婴儿肺泡空气—组织分界面的总表面面积小,气体交换的储备能力较低。肺表面活性物质由肺泡Ⅱ型细胞产生,该物质可稳定肺泡,预防呼气时肺泡萎陷。缺氧、高氧、酸中毒或低温等因素均可抑制产生表面活性物质的生化途径,早期纠正患儿的这些异常非常重要。

新生儿以腹式呼吸为主,麻醉时自主呼吸减少,功能残气量降低,控制呼吸时死腔气与潮气量之比(VD/VT)增大,通气与灌注比例显著失调。插入气管导管增加总气流阻力。

(三)循环系统

新生儿出生后循环系统发生较大转变,即由胎儿型循环转变为成人型循环,肺血管阻力降低,肺血流增加,卵圆孔及动脉导管闭合。卵圆孔瓣膜在胎儿出生后 1～3h 先在功能上关闭,解剖上的完全关闭在出生后 5～7 个月。成熟胎儿的动脉导管一般在出生后 10～15h 功能上关闭,永久性组织学闭合通常需要 5～7d,也有出生后 3 周至数月才闭合。新生儿早期在某些条件下可能逆转至胎儿型循环。低氧、高碳酸血症、酸中毒、感染、低温及早产等因素使肺动脉压突然增高的可能性增加,并导致血流经再开放的卵圆孔或动脉导管发生分流,在出生后的前 10d 内尤其容易出现这种情况。

新生儿的心肌含收缩成分(心肌纤维)相对较少,而非收缩成分(水分、核物质及结缔组织)相对较多,心脏顺应性低,每搏排血量是相对恒定的,增加心排血量主要依靠增快心率,负荷过重易发生双侧心力衰竭。此外,由于肌浆网的不成熟,心脏钙储备少,更多地依赖外源性钙,对有钙通道阻滞作用的强效吸入麻醉药所引起的心肌抑制作用更加敏感。新生儿心肌中交感神经分布较少,而副交感神经发育较好,易发生心动过缓。低氧血症、吸入麻醉药浓度过高、外科手术打击等多种因素均易引起心动过缓。

出生后12h新生儿的平均动脉压为65mmHg,4d后上升为75mmHg。新生儿四肢和皮肤末梢循环发育不良,循环障碍时常有手足冰冷及发绀。新生儿血容量出生后有明显变异,延迟钳夹或结扎脐带可使血容量增加20%以上,反之,分娩时胎儿缺氧可引起血管收缩,血液转移至胎盘循环,因此窒息新生儿血容量是减少的。新生儿对容量血管的控制较差,因此对血管内容量和有效血容量的适应能力很低,动脉压的改变与低血容量程度成正比,因此动脉压是新生儿麻醉时补充血容量的很好指标。由于新生儿代谢率高、氧储备少,故新生儿易迅速发生低氧血症,对缺氧的反应与成年人也有差异,缺氧早期出现明显的心动过缓,严重者形成恶性循环(低氧血症—酸中毒—肺血管收缩—低氧血症)。

(四)体温控制

新生儿体温调节机制发育未全,体温调节能力弱,体表面积相对较大,皮肤及皮下脂肪菲薄,周围血管舒缩控制作用差,冷应激时无寒战反应以增加产热,仅依靠棕色脂肪代谢,故易于引起低体温。低体温可引起呼吸循环障碍、麻醉过深、肌松药作用延长、麻醉苏醒延迟等。围术期采取各种措施以保持体温正常对于新生儿是非常重要的。

(五)水、电解质代谢

新生儿体内液体数量比成年人相对较大,其分布也有区别,新生儿细胞外液占体重的35%～40%。新生儿因肾发育尚未成熟,肾小球滤过率较低,尽管如此,新生儿仍具有较好的保钠排水功能,但处理过多钠负荷的能力是有限的,不易处理巨大的水负荷,若摄入液体较多,肾小球滤过率增高,失钠增多。

(六)肝肾功能

新生儿肝酶系统发育未成熟,药物代谢酶的活性低,疾病状况下药物的半衰期明显延长。肝合成凝血酶原的功能尚不健全,易发生凝血障碍,故新生儿手术前应常规使用维生素 K_1。

新生儿肾发育尚未成熟,但已能满足机体需求。正常新生儿出生36～48h均应产生尿液。肾发育不成熟表现为储备能力差,调节代偿幅度小,处理巨大水负荷的能力不足,浓缩尿及保留水的能力差,肾小管功能不全限制葡萄糖的再吸收,高血糖的患儿,其渗透性利尿可导致脱水。新生儿水转换率比成年人大,可达 $100ml/(kg \cdot d)$。基于以上原因,对新生儿液体及电解质的补充一定要精准。

二、新生儿常用麻醉药物

(一)吸入麻醉药

理想的吸入麻醉药物应起效快、消除快,气味好,对呼吸道无刺激作用,对心血管系统及呼吸系统无抑制,对心脑血管血流影响小,不易燃,无代谢产物的降解,对肝肾无毒性等。要同时满足较深的麻醉和满意的气管插管条件对婴儿而言将是十分危险的,因为麻醉药物过量(心血管系统不稳定)到过浅(满足气管插管)之间范围很窄。

1. 氧化亚氮(N_2O)　俗称笑气,对呼吸道无刺激,理化性质稳定,不燃不爆,对心肌及呼吸抑制较轻,与外源性儿茶酚胺无相互作用,可使脑血流轻微增加,与其他吸入性麻醉药的 MAC 可相加。具有一定镇痛作用,但麻醉作用较弱。

禁忌证:①肠梗阻、空气栓塞、气胸等病人。②麻醉装置的流量计不准确时禁用。

2. 安氟烷　随血中浓度升高致中枢神经抑制逐渐加深,对呼吸道无刺激,有较强的呼吸抑制作用;对循环系统的抑制作用随浓度增高而加重;对肝功能影响很轻;对肾可产生轻度抑制;对非去极化肌松药有强化作用。

3. 异氟烷　异氟烷对中枢神经系统的抑制与用量相关;对心血管系统的抑制轻,心率稳定;对呼吸系统也有抑制作用;几乎无肝毒性作用,对肾影响轻微;有较强的肌肉松弛作用。

4. 七氟烷　七氟烷的刺激性较异氟烷和地氟烷小,诱导期间咳嗽的发生率较低;长时间吸入七氟烷麻醉中无明显的代谢产物和无机氟产生;七氟烷与二氧化碳吸收剂直接接触可产生少量的化合物 A(五氟异丙烯甲氟醚 PIFE)和痕迹量的化合物 B(五氟甲氧基异丙烯甲氟醚 PM-FE)。动物研究发现,化合物 A 表现为肾毒性,但关于这一发现有无临床意义尚存在争议。在七氟烷麻醉中,新鲜气流不要低于 2L/min,二氧化碳吸收剂不能是干燥的。七氟烷在血液中的溶解度很低,血/气分配系数为 0.69。由于七氟烷的药动学特点,其诱导快、苏醒快,近年来越来越多地应用在新生儿麻醉上。

5. 医用空气　新生儿氧耗高,耐受缺氧的能力差,围术期应给予吸氧。婴幼儿吸入高浓度氧也有危险性,肺不张、肺毒性和视网膜病变通常与使用高浓度的氧有关,故围术期吸入氧的浓度不宜太高,应根据患儿需要精确调节。

(二)静脉麻醉药

1. 氯胺酮　此药为白色结晶,易溶于水,可肌内或静脉注射。静脉注射 1% 溶液 1~2mg/kg 后 30s 至 2min 发挥作用,麻醉持续 5~15min,苏醒期为 0.5~1h,然后完全清醒。缓慢注射对呼吸系统影响较轻,偶有短暂的呼吸抑制。氯胺酮兴奋心血管系统,使血压升高,心率加快。关于氯胺酮对肺动脉压力影响的争论持续了很长时间,近几年的观点大多认为氯胺酮并不增加肺血管的阻力,可以安全用于肺动脉高压的患儿。此药可升高颅内压和眼压,因此颅高压和青光眼患者不宜用此药。氯胺酮主要用于各种体表的短小手术以及休克和危重病人的麻醉。

2. 咪达唑仑　水溶性,无注射痛。咪达唑仑是唯一美国食品药物管理局(FDA)同意应用于新生儿的苯二氮䓬类药物。咪达唑仑为强效镇静药,注射宜缓慢。与咪达唑仑有相互作用的主要药物有红霉素、钙通道阻滞药、蛋白酶抑制药等,当患儿应用以上药物时咪达唑仑宜减量。

3. 羟丁酸钠　一般剂量作用于大脑皮质,大剂量也影响脑干及中脑,产生催眠作用;对循环系统有兴奋作用,使血压稍高、脉搏慢而有力,对心排血量无影响;不引起颅内压增高;一般剂量可使呼吸频率稍减慢,潮气量略增,但大剂量快速注射后能产生呼吸抑制。静脉注射后 10~15min 才显效,用药后呼吸道分泌物增加;本药能促进钾离子进入细胞内,导致一过性血清钾降低,严重低钾血症禁用。

4. 瑞芬太尼　瑞芬太尼是一种短效的阿片类药物,其代谢不依赖肝肾功能。与其他药物不同,新生儿瑞芬太尼的半衰期较年长儿短。瑞芬太尼的这一特点使其对新生儿的诱导和药物消除较年长儿快。应特别注意,使用阿片类药物诱导时可出现心动过缓和胸壁强直。有报道,瑞芬太尼与七氟烷等药物伍用时,可能出现低血压。Penido MG 等总结了从 1996 年到 2009 年间所有关于新生儿(包括早产儿)使用瑞芬太尼的综述和报道,得出结论认为瑞芬太尼应用于临床麻醉和新生儿重症监护室(NICU)是安全有效的,可以减弱手术中的应激反应、缩短拔管时间并减少患儿在 NICU 的时间。

5. 芬太尼　芬太尼为人工合成的强效麻醉性镇痛药。镇痛作用机制与吗啡相似,为阿片受体激动药,作用迅速,维持时间短,不释放组胺、对心血管功能影响小。主要在肝代谢,代谢产物与约 10% 的原型药由肾排出。芬太尼静脉注射宜缓慢,过快易引起呼吸抑制、窒息、肌肉僵直及心动过缓等。

6. 异丙酚　异丙酚是一种较为容易控制的神经镇静药,在重复给药或连续滴注时很少蓄积,起效快,清醒快。Shah PS 等的回顾性研究表明近年来异丙酚已经广泛用于新生儿的诊疗操作及手术的镇静、镇痛和麻醉,不良反应明显少于阿片类药物。根据患儿情况,诱导用量 1~3mg/kg。Welzing L 等认为,异丙酚应慎用于早产儿,容易造成血压过低。

(三)肌松药

1. 阿曲库铵　中时效非除极肌松药。体内消除不依赖肝肾功能,而是通过非特异性酯酶水解及 Hofman 降解自然分解,其代谢物不具备神经肌肉阻滞作用,可用于连续滴注。由于其代谢不受肝肾功能影响,故适用于肝肾功能不全的病人。临床用量不良反应较少。

2. 顺式阿曲库铵　中时效非除极肌松药,体内消除 Hofman 降解自然分解,其代谢物不具备神经肌肉阻滞作用,可用于连续滴注。肝和肾为代谢物的主要清除途径。该药无组胺释放作用,不良反应较少。

三、新生儿常用麻醉方法

各种麻醉方法均可用于新生儿手术,由于新生儿解剖及生理特点,选择麻醉方案应综合考虑患儿全身状况、手术部位、手术难易程度等,选择更为安全、创伤小的麻醉方法。

(一)全身麻醉

全身麻醉可以创造良好的手术条件,病情重、手术复杂者以及颌面部和胸部手术选择气管插管全麻较为合适。全凭静脉麻醉或静脉吸入复合麻醉都可用于新生儿,相对而言静脉吸入复合麻醉具有更多的优点。给新生儿实施全身麻醉时,不一定都需要应用肌松药。

最近有学者在新生儿的动物模型上发现全身麻醉后可以造成神经退行性变甚至神经细胞的死亡,有的出现认知障碍。这对新生儿全身麻醉的安全性提出了质疑,McCann ME 等的回顾性研究提示新生儿全身麻醉后有短暂的神经系统后遗症,全身麻醉是否会对新生儿的神经系统发育造成损害还有待于前瞻性的流行病学调查来证实。

(二)椎管内麻醉

腰麻、硬膜外、骶管均可用于新生儿,但由于小儿解剖特点,脊柱无生理弯曲、椎管短,腰麻时平面不易调节,硬膜外及骶管麻醉时麻醉平面也容易过高,因此,做椎管内麻醉时应及时调节麻醉平面,以免平面过高造成呼吸和循环抑制。此外,实施椎管内麻醉时常需辅助镇静药物,加强监测,吸氧并保持气道通畅就显得格外重要。Frawley G 等认为椎管内麻醉可以降低新生儿尤其是早产儿手术后呼吸暂停的发生率。椎管内麻醉与全身麻醉联合应用,可以使血流动力学更加稳定、减少镇痛药物的用量并降低并发症的发生率。对于腹股沟区域及以下平面的手术,Hoelzle M 等认为骶管阻滞与腰麻相比较,操作相对容易且麻醉效果满意,更加适合新生儿这类手术的麻醉。

(三)基础麻醉加局部浸润麻醉

对于一些难度不大的浅表手术可选用此麻醉方法。局部浸润麻醉前,先给予基础麻醉。

(四)分离麻醉

氯胺酮分离麻醉也可用于简单的小手术,可静脉注射或肌内注射,静脉注射氯胺酮 $1\sim2mg/kg$,维持 $5\sim15min$;肌内注射 $4\sim6mg/kg$,维持 $20\sim30min$。

四、几种新生儿常见病的麻醉处理

(一)新生儿颅内出血

新生儿颅内出血多由缺氧或产伤引起,出血部位可在脑实质、脑室、硬膜下、硬膜外等,早期手术治疗常行穿刺引流。

1. **麻醉方法**　静脉吸入复合麻醉,快诱导气管插管。麻醉维持,静脉泵注瑞芬太尼、吸入异氟烷或七氟烷。术中控制呼吸。

2. **麻醉注意事项**

(1)由于颅缝未闭合,颅内高压症状常被掩盖。麻醉诱导要平稳,避免缺氧、高血压及引起颅内压升高。

(2)避免使用引起颅内压升高的麻醉药,最好选用可降低颅内压的麻醉药。

(3)术中可能发生大出血,术前应配血。

(4)术中宜常规应用维生素 K_1。

(5)术中有可靠的静脉通路。

(6)手术结束患儿苏醒、生命体征平稳可拔管送 ICU。

(7)危重患儿手术结束应带管送 ICU。

(二)食管闭锁及食管气管瘘

在各种先天性食管畸形中,食管闭锁最常见,约占 85%。50%～70% 的食管闭锁患儿伴有其他畸形,包括心血管畸形、胃肠道畸形、泌尿系畸形等。国内常分为五型,临床最多见的为Ⅲ型,即食管近端呈盲端,下端有瘘管与气管相通。

1. **麻醉方法**　静脉吸入复合,清醒或快诱导气管插管。麻醉维持:静脉泵注瑞芬太尼、吸入异氟烷或七氟烷。术中控制呼吸。

2. **麻醉注意事项**

(1)术前应综合评估患儿病情,包括吸入肺炎所致肺部并发症情况,是否合并心血管畸形或其他系统畸形,肺发育情况等。围绕呼吸系统和心血管系统对麻醉进行评估。

(2)患儿应禁食,放置胃管以引流近端盲袋的分泌物,TEF 患儿应头高位仰卧以降低肺内误吸。如患儿肺部并发症严重,应进行治疗,延期手术,直至肺炎缓解或痊愈。在患儿肺炎恢复期间,可能需行胃造口术以提供营养。

(3)避免气管导管误入瘘管,可采取气管导管先插入右主支气管,然后缓缓退出导管直到两肺呼吸音强弱相同,旋转气管导管,调整导管斜面以防止插入气管食管瘘内,这一措施通常能够保证气管导管尖端越过瘘管的开口,因而可避免胃扩张;大多数瘘管在隆突以上 $1\sim2cm$ 进入气管,气管导管的前端应位于隆突以上的瘘管以下。

(4)开胸后应控制呼吸,避免产生纵隔摆动而引起循环紊乱;气道压不宜过高,避免麻醉气体通过瘘管进入胃引起胃扩张(腹压增高,膈肌运动受限而影响气体交换)。

(5)食管远端与气管相通形成瘘管的患儿,开胸后应首先寻找瘘管并结扎,瘘管较粗影响通气者显得尤为重要。

(6)手术期间患儿侧卧位,加重了通气血流比例失调,手术者操作压迫影响肺通气,这些因素可致低氧血症、酸中毒。对氧饱和度下降严重的患儿应通知手术医生暂停操作以改善通气。

(7)肺发育不良的患儿,在结扎瘘管后可间断给予膨肺,这样有利于术后恢复。

(8)对强壮的、健康的足月儿,术后若肺膨胀满意,患儿清醒,生命体征平稳即可拔管;早产儿、肺部并发症严重和(或)通气不足,术后继续给予呼吸治疗。拔管前要将呼吸道分泌物吸引干净。

(9)术中连续动脉压监测,不定时动脉血气分析,维持内环境稳定。

(10)术中静脉输注5%葡萄糖盐水维持生理需要量,术中蒸发和第三腔失液可给予平衡液补充。

(11)低温引起呼吸循环抑制,术中监测体温,术中用温毯、输入加温的液体也是非常重要的。

(三)先天性膈疝

新生儿膈疝的发病率1/(4 000~5 000),主要有胸骨旁疝、食管裂孔疝、胸腹裂孔疝。腹腔脏器通过膈肌缺损进入胸腔,左侧疝最常见到的腹腔脏器有胃、小肠、结肠、脾和肝左叶,有时可见到胰、肾等。右侧疝常见到肝嵌在缺陷处,有时肝可在胸腔。44%~66%先天性膈疝患儿伴有其他畸形,常见的有肠旋转不良、脑积水、脊柱裂、食管闭锁、泌尿系畸形,也有合并先天性心脏病。

腹腔脏器进入胸腔压迫肺,肺萎缩,患侧胸腔压力增高,纵隔向健侧移位致双侧肺均受到压迫,影响气体交换而出现呼吸困难,肺循环及体循环静脉回流受阻,导致肺动脉高压,动脉导管开放。缺氧酸中毒引起肺循环阻力增高,最后导致循环衰竭。若膈疝在胎儿发育早期就已存在,肺严重发育不良,预后较差。新生儿膈疝通常经腹行修补术,若术前考虑经腹修补手术困难者则行开胸修补。

1. **麻醉方法** 静脉吸入复合,清醒或快诱导气管插管。麻醉维持:静脉泵注瑞芬太尼、吸入异氟烷或七氟烷。术中控制呼吸。

2. **麻醉注意事项**

(1)临床症状多表现为缺氧及呼吸困难,哭闹、喂奶、变动体位时可加重。发作往往是阵发性的。手术前应给予吸氧,纠正酸中毒及电解质紊乱,同时要注意患儿保温。面罩加压给氧时应注意防止气流进入胃肠道引起腹压增高而使肺受压加重。对于严重呼吸困难者,术前行气管插管给予呼吸支持治疗并尽早手术。

(2)术前放置胃管给予胃肠减压。

(3)麻醉诱导时面罩给氧压力不宜过高,避免气流进入胃内引起胃内压增高。

(4)膈疝患儿多有肺发育不良,气道压维持在15~20cmH_2O,术中可间断给予膨肺以促使肺泡扩张。

(5)若为开胸手术,术中应提醒外科医生压迫肺动作要轻柔,时间不宜太久,若出现缺氧应停止操作,待缺氧纠正后再继续手术。

(6)开胸手术时肌松应完善,防止纵隔摆动。若肺发育较差或术后腹腔压力较高致呼吸受限,手术后不必急于拔管,回ICU给予呼吸支持治疗,待病情好转生命体征平稳后再拔管。输液速度不宜过快,避免肺水肿。术中做血气分析,纠正酸碱失衡及电解质紊乱。

(7)低温引起呼吸循环抑制,术中监测体温,应用温毯、输入加温的液体也是非常重要的。

(8)术中一般不需要输血,静脉输注5%葡萄糖维持生理需要,输注平衡液补充术前及术中丢失液体量。

(9)手术结束患儿清醒,生命体征平稳,吸除呼吸道分泌物即可拔管送ICU。对于术后腹腔压力过高而影响呼吸的患儿,应带管送 ICU 行呼吸支持治疗,待病情平稳后再拔管。

(10)忌用氧化亚氮。

(四)新生儿肠梗阻

可由各种病变引起(十二指肠闭锁、肠旋转不良、肠重复畸形等)或胎粪性肠梗阻。

1. **麻醉方法**　静脉吸入复合,清醒或快诱导气管插管。麻醉维持:静脉泵注瑞芬太尼、吸入异氟烷或七氟烷。术中控制呼吸。

2. **麻醉注意事项**

(1)术前放置胃管给予胃肠减压。

(2)多数病例有低血容量和酸碱、电解质紊乱,术前给予纠正。

(3)术中补充生理需要量及液体丢失量,维持血容量在正常范围。一般不需要输血。

(4)新生儿腹壁肌肉较薄,小量肌松药即可达到满意的手术要求,又可以避免患儿苏醒延迟,通气不足。

(5)肠梗阻患儿多有腹胀,对腹胀严重的患儿,开腹减压宜缓慢,避免突然减压后循环不稳定。

(6)术中注意保温,手术结束待患儿清醒,生命体征平稳,清理呼吸道分泌物后拔管送 ICU。

(7)忌用氧化亚氮,因可引起肠胀气。

(五)脐膨出和腹裂畸形

脐膨出和腹裂都是腹壁缺损,导致有腹膜包裹(脐膨出)或无腹膜包裹(腹裂)的内脏外露。脐膨出常伴有其他畸形,腹裂缺损在脐旁(常为右侧),一般不伴有其他先天畸形。

1. **麻醉方法**　静脉吸入复合,清醒或快诱导气管插管。麻醉维持:静脉泵注瑞芬太尼、吸入异氟烷或七氟烷。术中控制呼吸。

2. **麻醉注意事项**

(1)术前插胃管持续胃肠减压,防止反流、误吸。

(2)脐膨出或腹裂患者术前必须避免发生感染。

(3)术前常有严重液体丢失和热量丢失,应给予纠正,尽可能达到液体和电解质平衡。监测血糖,若有低血糖应输注葡萄糖,但须注意快速输注后可能发生严重反弹。

(4)足量的肌松药为缝合缺损提供良好的手术条件,如果一期手术中不能完全修补缺损,应行分期手术。

(5)术中、术后应预防发生继发性低血压,避免主要脏器(肝)灌注压或腔静脉压过低。

(6)少数脐膨出患者也会有 Beckwith-Wiede-mann 综合征,一种以严重低血糖、高黏滞综合征及内脏肥大为特征的综合征。

(7)张力较大的缝合可增加腹内压,并导致肝功能下降而显著影响药物代谢。腹内压增高限制膈肌运动而影响通气。

(8)脐膨出或腹裂患儿术中丢失液体及热量较多,术中应特别注意保温并监测体温。

(9)术后应密切观察呼吸。腹腔压力较高引起通气不足的患儿,术后应机械通气 24~48h。

(六)完全性大动脉转位

完全性大动脉转位是一种严重的发绀型复杂先天性心脏病,约占先天性心脏病的 10%,如不及时治疗约有 50% 以上死于出生后 1 个月以内,为挽救其生命必须在 1 个月内施行手术。其手术方式依据患儿病情而有不同,大动脉调转术为根治性手术。患儿年龄小,病情重,麻醉要求高。

1. 麻醉方法　静脉或静脉吸入复合麻醉,应选用对心血管系统影响小的麻醉药,常用的有芬太尼、吗啡、舒芬太尼,吸入性麻醉药可用异氟烷、七氟烷。禁用氧化亚氮。大剂量的芬太尼对心血管系统影响小,不抑制心肌收缩力,可维持平稳的血压,但芬太尼有封顶效应,有时不能完全抑制应激反应,常伴有术中知晓。七氟醚对心肌抑制较轻,与大剂量的芬太尼联合应用,能更好的维持患儿的循环稳定,达到满意的麻醉效果。

2. 麻醉注意事项

(1)麻醉诱导要平稳,术中除氧饱和度、脉搏等无创监测外,应常规进行中心静脉压、连续动脉压等有创监测,术后可监测左心房压。

(2)麻醉维持以静脉为主,吸入性麻醉药对缺血及再灌注损伤有保护作用,但新生儿因其生理特点,对吸入麻醉药引起的心肌抑制更加敏感,吸入浓度过高易引起心动过缓,因此吸入浓度不宜过高。

(3)由于手术复杂,手术时间较长,体外循环期间应避免麻醉过浅。

(4)患儿年龄小,手术复杂,体外循环时间长,个别患儿需要在深低温停循环下手术,体外循环期间应连续监测体温、平均动脉压,定时查血气、ACT,计算尿量。停体外循环应常规改良式超滤,减轻炎性反应,排除过多水分。

(5)主动脉开放前 5~10min 即给予正性肌力药物,包括肾上腺素、多巴胺等。心肌缺血时应用较大剂量正性肌力药物,维持较高的冠脉灌注压,必要时给予硝酸甘油扩张冠状动脉。

(6)停止体外循环前检查各项监测指标,肛温应达 36℃,动脉压及中心静脉压是否满意,心率和心律、血气、电解质是否正常。

(7)停体外循环后血流动力学稳定可给予鱼精蛋白拮抗肝素化,鱼精蛋白由手术医生经主动脉缓慢注射,注射过快会导致血压下降。

(8)患儿年龄小,创面大,手术创面止血要彻底。

(9)手术结束各监测指标满意,送 ICU。转送途中要有必要的监测。血管活性药物应持续泵入,不能中断。

第二节　围术期处理

一、手术时机选择及术前准备

(一)手术时机选择

先天畸形在新生儿外科疾病当中占有较多比重,且常为多发畸形,如食管闭锁合并先心病。部分畸形严重威胁患儿生命,须紧急外科手术治疗,有些疾病不会立即威胁生命安全,但如果不能早期手术治疗,也会使病情加重而失去手术机会,多数畸形可待患儿稍大以后进行外科治疗。手术时机的选择应依病情而定。

1. 病情危重需紧急手术治疗的疾病,如高危膈疝、消化道穿孔、腹裂、脐膨出、肠扭转、严重的新生儿气胸和肺大疱等。这些患儿病情危重,外科手术是唯一的解决手段,要求入院 4~6h 手术。诊断明确后立即准备手术。

2. 需要外科手术治疗但短时间不会危及生命和引起不良后果的疾病,可在入院 24h 内给予手术,如无肛、肠闭锁等。

3. 病情较轻可充分做好术前准备的外科疾病,如食管闭锁、肠旋转不良、幽门狭窄等。

4. 部分疾病如果不能早期手术将失去手术机会,如大动脉转位、单心室、肺动脉闭锁等。对于这类疾病应早期进行根治或姑息手术。

5. 对患儿生命不构成威胁的畸形可待以后行外科治疗。如多指、隐睾、唇裂等。

(二)术前准备

术前准备应包括两个方面,一个是患儿的准备,一个是医务人员的准备。对患儿的准备要做到最短时间内完成必要的检查,明确诊断,纠正患儿一般情况,对患儿进行禁食、禁水等。医务人员的准备包括熟悉患儿病情,制定完善的手术与麻醉方案以及物资设备的准备等。

1. 患儿准备

(1)尽快完善必要的检查,没有特别需要尽量减少有创伤的检查。

(2)急诊手术一般应常规术前备血,复杂手术者还应备有血浆、冷沉淀、血小板等。

(3)加强呼吸管理,保持呼吸道通畅。新生儿由于其生理特点,易出现呼吸道梗阻,患儿住院后即给予吸氧。对于危重患儿尤其已出现呼吸衰竭或 ARDS 者,应早期行呼吸支持治疗。

(4)纠正酸碱失衡及电解质紊乱,尽量在纠正脱水、酸碱失衡和电解质紊乱后再行手术。危重患儿应查血气。有感染的患儿应及时使用抗生素,发热患儿应采用物理或药物降温(体温高于38℃会增加围术期风险)。

(5)有脱水的患儿给予补液纠正,维持有效血容量和循环稳定。

(6)注意患儿保温。

(7)合理应用抗生素,预防感染。

2. 医务人员的准备　新生儿手术中急诊手术所占比例较高,了解病史显得非常重要。孕龄及受孕后时间对判断新生儿生长发育情况有重要意义,分娩史可帮助医务人员了解新生儿在出生时是否存在缺氧、窒息、产伤等情况,尤其要注意是否存在 ARDS、高胆红素血症、新生儿出血症、低血糖、低血钙等。新生儿畸形往往是多发畸形,对患儿要做全面的检查。

由于新生儿的解剖和生理特点,术前应准备适合新生儿的麻醉器械与设备。这些设备包括氧气、医用空气、吸引器、麻醉机、监护仪、新生儿面罩、新生儿复苏器、喉镜(应备有直型喉镜片)、气管插管、吸痰管等。气管插管要备三个型号。新生儿特别是早产儿麻醉期间易出现体温下降,手术间温度应在 $28\sim36℃$,常规准备电温毯,对吸入氧气及麻醉气体加温加湿,所输液体和血液应加温。由于新生儿的皮肤娇嫩,受压时间过长易引起皮肤坏死形成压疮,应选用柔软的床垫和体位垫。对于病情较重或手术较复杂的患儿应当备暖箱,术后放暖箱送 ICU。

3. 术前禁食　偏长时间的禁食可引起患儿不适并增加低血容量和低血糖的发生。研究表明健康儿童胃排空纯液体很快,麻醉前 2~3h 不限量饮用纯液体不但不增加胃容积或胃液酸度,反可使两者降低。新生儿麻醉前禁食时间为牛奶 6h,母乳 4h,清淡液体 2h。

4. 术前用药　新生儿麻醉前用药可仅用一种抗胆碱能药物,阿托品 0.05~0.1mg 肌内注射,早产儿剂量酌减。

二、术 后 监 护

(一)手术期间监护

围术期监测是保证患儿安全度过围术期的重要保障,手术期间的监测依据手术和麻醉需要而选择,常用监测有:呼吸、血压(有创或无创)、脉搏、心率、血氧饱和度、中心静脉压、体温、心电图、吸入 O_2 浓度和呼气末 CO_2 浓度,吸入麻醉药浓度、肌松、气道压、潮气量、呼吸道顺应性等。目前 BIS 监测也已广泛应用。

(二)术后监护

根据病情,一般应做以下监护。

1. 心电监护,可监护心率、血压、脉搏、血氧饱和度、心电图等。

2. 呼吸,包括呼吸频率、呼吸幅度,是否有呼吸困难和呼吸道梗阻症状。

3. 吸氧,患儿手术结束回病房后立即给予吸氧。根据具体情况,调节吸入氧气浓度。

4. 体温,新生儿回病房后应常规监测体温。

5. 尿量,观察尿量,可以了解血容量、心排血量及肾功能等。

6. 皮肤黏膜颜色,观察皮肤黏膜颜色可以了解患儿末梢循环情况,是否缺氧以及是否存在贫血等。

7. 各引流管是否引流通畅,引流液体量及颜色等。

8. 观察手术伤口,腹腔手术后是否有腹胀,排大便情况等。

9. 重症患儿监护中心静脉压、血气等。

(三)术后并发症及处理

1. **伤口出血及继发性休克** 新生儿出生后维生素 K 储备不足,多种凝血因子较成年人低,因此手术时易发生渗血。新生儿循环储备能力较低,失血 10% 即可引起血压下降、循环障碍。若伤口渗血过多、止血不当有内出血或术中失血量补充不足等即可发生休克。除积极输血外,应全面检查,伤口有出血和内出血者必须重新打开伤口,结扎出血点或再手术寻找出血原因。伤口深部的大血肿也应早切开,放出血液及血凝块,必要时结扎止血。严重感染、酸中毒、缺氧等所致休克,应针对原发病采取综合措施进行抢救,包括氧气治疗,控制感染,纠正水、电解质紊乱及酸碱失衡。

2. **高热、惊厥** 新生儿体温调节机制发育未全,体温调节能力弱,夏季手术时间过长或环境温度过高,麻醉和手术反应,感染毒素吸收,酸中毒、脱水等均可导致术后高热甚至高热惊厥。脑缺氧、脑水肿、严重低血糖、低钙等均可引起惊厥。

高热采用物理或药物降温,同时纠正水和电解质紊乱。惊厥应针对病因采取不同措施:高热惊厥给予镇静降温,有感染存在的给予抗生素控制感染;低血糖引起的惊厥,25%～50%葡萄糖液 5～10ml/kg,静脉滴注;低钙引起的惊厥,10%葡萄糖酸钙 5～10ml 静脉缓慢注射;脑水肿,立即停止输低渗液,并用脱水疗法,给呋塞米或甘露醇;脑缺氧,给氧治疗,吸痰保持呼吸道通畅,必要时气管插管并给予呼吸支持治疗。

3. **喉头水肿、声音嘶哑** 新生儿气管插管后多有喉头水肿和声音嘶哑,可静脉注射地塞米松 2mg 或给予雾化吸入。

4. **切口感染** 切口感染是外科术后最常见的并发症,可引起发热不退,检查可发现切口有红、肿、热、痛。引起切口感染的原因是多方面的,包括术前、术中及术后切口被细菌污染,麻醉中低氧血症,切口残留死腔、血肿、缝线、异物或坏死组织,局部缺血缺氧,患者肥胖、营养不良,患有糖尿病、机体抵抗力低下等。

预防:预防切口感染应采取综合措施。严格无菌操作,严格执行外科手术原则,选择合适缝线,切口冲洗,提高机体抵抗力和免疫力,对局部感染灶术前给予处理,合理使用抗生素等。

治疗:缝线针孔脓肿一般在拆除缝线后很快自愈,蜂窝织炎轻者于拆线后局部以乙醇湿敷及理疗,一般炎症可以控制,已形成脓肿者切开引流,局部应用抗生素。脓液做细菌培养和药敏试验,根据药敏试验选择敏感抗生素。

5. **切口裂开** 引起切口裂开有全身因素也有局部因素,全身因素包括营养不良、低蛋白血症、维生素 C 缺乏、缺氧、贫血及微量元素缺乏等。局部因素有伤口感染,缝合太紧引起组织缺血坏死,切口内有死腔、血肿、异物及坏死组织,引流不当也是引起腹壁切口裂开的因素之一。某些消毒液可影响伤口愈合。

治疗如下。

(1)伤口裂开的治疗应以预防为主。缝合伤口应对齐,避免有张力,选择适当缝线,缝合不宜过紧,缝针间距合适,止血要充分等。

(2)发现伤口有红肿或积脓时,应及时拆除缝线,放置皮片引流。

(3)腹部手术后采取有效措施减轻腹胀。

(4)一般情况较差的患儿术后少量输血、血浆以及给予静脉高营养,可促进伤口愈合。

(5)在处理伤口时应正确选用消毒液。

(6)腹压高、缝合口张力大时采用减张缝合,可有效预防切口裂开。腹壁切口裂开常见于术后 4~5d,切口处有血性腹水渗出,有时肠管已位于皮下,严重者伤口全部裂开而发生肠管脱出,此时应急症处理行腹壁缝合,并加用张力缝线缝合,利于伤口愈合。

(7)合理应用抗生素。

6. 腹胀　腹腔内手术操作对胃肠道的刺激,术中肠管在外暴露等因素均可影响术后胃肠功能恢复引起腹胀;新生儿腹肌发育及神经控制能力未成熟,且弹性组织缺乏,哭闹及麻醉时吞咽大量气体,加上肠管内积气(新生儿及婴儿平时含有较多气体),术后可出现明显腹胀。腹胀明显的常伴有呕吐、呼吸困难。低钾及其他原因所致麻痹性肠梗阻,各种原因引起的机械肠梗阻,如肠吻合口水肿,吻合口狭窄,肠扭转等。

腹胀的防治:麻醉诱导要平稳,以减少麻醉气体进入胃内;手术操作要轻柔,尽量减少肠管暴露和损伤,术前及术后胃肠减压可以减轻或解除腹胀,促使肠功能恢复,预防呕吐、窒息及因肠管过度膨胀而破裂;纠正水、电解质紊乱及酸碱失衡,低钾者补钾;给予药物促进胃肠蠕动,常用新斯的明;肛管排气或用高渗盐水灌肠以刺激肠蠕动恢复;疑有机械性肠梗阻者应剖腹探查。

7. 膈下脓肿　膈下脓肿是外科病人术后的一种严重并发症,多见于上腹部手术后,小儿术后膈下脓肿的主要原因是阑尾穿孔。全身症状可有发热、心动过速、呼吸急促、出汗、恶心、呕吐及食欲缺乏等,腹部有疼痛和压痛,治疗不及时可引起胸膜炎、肺炎、败血症等。

(1)预防:膈下脓肿主要是腹腔手术后膈下渗液继发感染或残余感染向膈下扩散引起。手术时防止胃肠内容物外溢,术中彻底止血,腹腔有脓液、渗液时应冲洗吸尽并放置橡皮引流管,术后采取体位引流,合理使用抗生素可有效避免脓肿形成。

(2)治疗如下。

①非手术治疗:在脓肿形成前合理使用抗生素并给予营养支持,少量多次输血可增强患儿免疫力。

②介入治疗:在超声引导下穿刺抽吸或放置引流管。

③手术治疗:对于多发脓肿、经皮穿刺有困难的可行剖腹脓肿引流。

8. 吸入性肺炎、肺不张　新生儿易因呕吐导致吸入性肺炎、肺不张等。新生儿呼吸道狭窄,患儿不能主动咳嗽,黏稠的分泌物不能排出,出现肺部感染很容易扩散。严重者引起心力衰竭、肺水肿。所以,对新生儿肺部疾病应积极治疗。

防治:胃肠减压,及时清理口腔分泌物及胃内容物是预防吸入性肺炎的重要措施,麻醉诱导要平稳,避免气体进入胃肠道引起腹胀、呕吐,术前已有误吸的患儿在气管插管后要立即给予吸引,将呼吸道清理干净,不易清洗干净的可用少量生理盐水注入气管进行冲洗并吸引干净,手术后吸氧,合理应用抗生素控制感染,痰液黏稠的可给予雾化吸入。

(马星钢 陈 芳)

参 考 文 献

[1] Weber F. Evidence for the need for anaesthesia in the neonate. Best Pract Res Clin Anaesthesiol,2010,24(3):475-484.

[2] Mancuso T,Burns J. Ethical concerns in the management of pain in the neonate. Paediatr Anaesth,2009,19(10):953-957.

[3] Brusseau R,McCann ME. Anaesthesia for urgent and emergency surgery. Early Hum Dev,2010,86(11):703-714.

[4] Mellon RD,Simone AF,Rappaport BA. Use of anesthetic agents in neonates and young children. Anesth Analg,2007,104(3):509-520.

[5] Nishina K,Maekawa N. [Preanesthetic evaluation of pediatric patients]. Masui,2010,59(9):1128-1132.

[6] Breschan C,Likar R. [Anesthetic management of surgery in term and preterm infants]. Anaesthesist,2006,55(10):1087-1098.

[7] Vialet R,Michel F,Hassid S,et al. Sevoflurane for central venous catheterization in non-intubated neonates. Indian J Pediatr,2009,76(3):273-277.

[8] Williams GD,Philip BM,Chu LF,et al. Ketamine does not increase pulmonary vascular resistance in children with pulmonary hypertension undergoing sevoflurane anesthesia and spontaneous ventilation. Anesth Analg,2007,105(6):1578-1584.

[9] Michel F,Lando A,Aubry C,et al. Experience with remifentanil-sevoflurane balanced anesthesia for abdominal surgery in neonates and children less than 2 years. Paediatr Anaesth,2008,18(6):532-538.

[10] Penido MG,Garra R,Sammartino M,et al. Remifentanil in neonatal intensive care and anaesthesia practice. Acta Paediatr,2010,99(10):1454-1463.

[11] Giannantonio C,Sammartino M,Valente E,et al. Remifentanil analgosedation in preterm newborns during mechanical ventilation. Acta Paediatr,2009,98(7):1111-1115.

[12] Shah PS,Shah VS. Propofol for procedural sedation/anaesthesia in neonates. Cochrane Database Syst Rev,2011,16(3):CD007248.

[13] Welzing L,Kribs A,Eifinger F,et al. Propofol as an induction agent for endotracheal intubation can cause significant arterial hypotension in preterm neonates. Paediatr Anaesth,2010,20(7):605-611.

[14] McCann ME,Bellinger DC,Davidson AJ,et al. Clinical research approaches to studying pediatric anesthetic neurotoxicity. Neurotoxicology,2009,30(5):766-771.

[15] Frawley G,Ingelmo P. Spinal anaesthesia in the neonate. Best Pract Res Clin Anaesthesiol,2010,24(3):337-351.

[16] Mazoit JX,Roulleau P,Baujard C. [Regional anaesthesia in neonates:which benefit for the patient?]. Arch Pediatr,2010,17(6):918-919.

[17] Mazoit JX,Besson R,Roulleau P,et al. [Regional anaesthesia in newborn:expectations,limitations]. Ann Fr Anesth Reanim,2010,29(7-8):563-565.

[18] Alabbad SI,Shaw K,Puligandla PS,et al. The pitfalls of endotracheal intubation beyond the fistula in babies with type C esophageal atresia. Semin Pediatr Surg,2009,18(2):116-118.

[19] Hillier SC,Krishna G,Brasoveanu E. Neonatal anesthesia. Semin Pediatr Surg,2004,13(3):142-151.

[20] 刘磊. 小儿腹部外科疾病诊断与治疗. 北京:人民军医出版社,2009.

第7章

新生儿微创外科

1806 年 Philip Bozzini 发明了一种器械,通过该器械放入人体可以观察内脏器官,这是腹腔镜的雏形。经过 1 个多世纪的发展腹腔镜不管在器械还是技术方面都逐渐成熟,形成了一门学科——腹腔镜外科(laparoscopic surgery)。

20 世纪 70 年代,美国的 Gans 和 Berci 应用腹腔镜诊断胆道闭锁和性腺发育异常标志着小儿腹腔镜外科开始起步。随着腹腔镜镜下分离、结扎、缝合等基本技术的逐渐成熟和小儿外科手术微型腹腔镜器械的不断出现和完善,腹腔镜在新生儿领域应用越来越广泛,腹腔镜技术正在改变一些新生儿外科疾病的传统治疗观念及治疗方案。

一、新生儿腹腔镜手术的特点

新生儿由于许多器官发育尚未成熟,解剖生理特点与年长儿不同,组织器官耐受性差,因此腹腔镜操作应注意以下几点。

1. 新生儿腹腔容量小,操作空间小。胃多呈水平方向横跨于上腹部,且哭闹或梗阻原因易致胃腔积气,膀胱常从盆腔延伸至下腹部。为最大限度地利用有限空间,术前应下胃管和尿管,缩小胃和膀胱的体积,必要时术前灌肠。

2. 新生儿腹壁肌肉松弛,较低压力即可使腹壁隆起满足手术要求;呼吸以腹式为主,腹膜吸收及弥散 CO_2 较快易致高碳酸血症。因此,术中 CO_2 压力要控制在 $6\sim8mmHg$ 或以下。一般采用气管插管联合硬膜外麻醉和术中变换体位就能达到手术目的且安全可靠,必要时再使用肌松药使腹壁充分松弛,增大腹腔操作空间。

3. 新生儿的脐静脉尚未完全闭合易受损伤,故不宜选择脐窝上缘切口放置 Trocar。为增大视野范围和操作空间,根据病变部位依据"菱形法则"选择不同位置放入 Trocar,同时注意避开脐中韧带和腹壁血管。如下腹部手术常采取上腹部置入 Trocar,或者上腹部手术选择下腹部置入 Trocar 的方法。

4. 新生儿腹内脏器稚嫩且后腹壁与前腹壁之间的距离小,插入气腹针易造成损伤,因此第 1 个 Trocar 宜开放置入,其余 Trocar 在腹腔镜监视下穿置,避免意外损伤。由于腹壁薄,戳孔处易漏气,做皮肤切口时不可过大,以稍小于戳孔为好。另外,金属 Trocar 较重、易自动移位或脱落,最好选用轻便的塑料或生物高分子 Trocar,必要时予以缝合固定。

5. 新生儿宜选用 $2\sim3mm$ 针式腹腔镜器械,便于精细操作。术中最好使用同一大小 Trocar,便于镜头从各个 Trocar 交替置入,显示术野的各个角度,使术者对病变组织器官的解剖关系有一个立体的、全面的了解,克服腹腔镜二维显像的局限性。3mm 切口损伤小,瘢痕不明显,皮肤可不用缝合。

6. 新生儿腹腔内的器官体积小、轻、柔软，可以适当地采用经腹壁缝线牵引、提吊等办法，如左肝叶、肝圆韧带、肝门、食管裂孔、膀胱、阑尾等提吊，显露术野，以减少操作戳孔和辅助器械的插入。

二、新生儿腹腔镜麻醉

腹腔镜手术的麻醉由于要建立 CO_2 气腹，其麻醉方法与传统开腹有不同，且新生儿各器官发育不成熟，生命力弱尤其要注意麻醉方法及术中的管理。

1. 术前禁食　术前禁食的目的是降低反流、误吸的发生率，避免发生吸入性肺炎。传统观念认为术前禁食的时间应为 8h，禁饮 4～6h。目前认为麻醉前 4h 禁食牛奶及固体食物，麻醉前 2h 禁食清流质。如手术推迟，应静脉补液。

2. 麻醉前用药　阿托品在新生儿麻醉前用药中占有重要地位，剂量为 $0.01～0.02mg/kg$，肌内注射，以解除迷走神经的兴奋作用。其不良反应为热潴留，对已有高热或脱水的新生儿，可应用术前静脉给药，剂量减半。

3. 麻醉方法的选择　到目前为止，腹腔镜手术还没有理想的麻醉方法。不同麻醉方法对呼吸和血流动力学有不同的影响。腹腔镜手术多采用全身麻醉，使用机械通气控制呼吸，但麻醉药和肌松药在麻醉后易出现迁延性呼吸抑制，对于新生儿尤其明显。腹腔吸收 CO_2 以及气腹所致通气的机械损伤和特殊体位的使用均会导致高碳酸血症。而使用局部阻滞麻醉复合短时效的麻醉药可以提供一个镇痛完美的环境，减少了使用麻药引起的术后恶心、呕吐和呼吸抑制。

婴幼儿对硬膜外麻醉的反应较成年人为佳，由于婴幼儿的神经髓鞘形成不完善，神经纤维细，应用较低浓度的局麻药就可以阻滞完善，由于并用机械通气，可以改善通气条件，不致引起缺氧和 CO_2 蓄积，而且较低的局麻药浓度本身对运动神经纤维的影响较小，仅使用小剂量的全麻药，术后吞咽反射可恢复，拔管的呼吸平稳，同时这种方法对循环系统的扰乱轻，发生过程也较缓慢，使循环系统有较充裕的时间来代偿，减弱了应激反应，并且选择硬膜外麻醉方法避免了由于不适当的麻醉方法引起的血压增高，通过心率的增加维持了心排血量。

近年来，局部阻滞麻醉复合全麻的应用逐渐增多。其优点在于用药灵活，相互取长补短，减少麻醉不良反应的发生。全麻药量的减少使术毕清醒速度明显加快，对患者的苏醒尤为有利。硬膜外腔中使用利多卡因可以增加机体对 CO_2 引起的通气反应。局部阻滞麻醉不但可以为外科手术提供一个良好的肌松、镇痛完全的环境，而且硬膜外麻醉阻断了应激反应所必需的传出神经，削弱了应激反应的心血管效应，从而保护了患者的心脏功能，避免了高血压和心动过速的发生。硬膜外阻滞良好的镇痛作用使苏醒阶段更加舒适，苏醒质量更高。新生儿腹腔镜麻醉，腹腔容积小，气腹要求肌松充分，全麻无法保证术后及时清醒，而使用局部阻滞麻醉复合短时效的麻醉药可以提供一个镇痛镇静全面的环境，苏醒迅速、恢复及时。

4. 麻醉监控方法　新生儿腹腔镜手术常规麻醉监测包括：心电图（ECG）、脉搏血氧饱和度（SpO_2）、听诊、收缩压/舒张压（NSBP/NDBP）、MBP、持续动脉血压（ABP）、体温探针和持续性 PET CO_2 的监测等。

三、新生儿腹腔镜手术适应证

随着小儿外科医师镜下操作技术的进步和经验的积累，以及腹腔镜器械的不断改进和发展，使腹腔镜技术在新生儿某些先天性消化道发育畸形的治疗上成为可能。腹腔镜在新生儿领域的应用越来越广泛,并且取得了不错的成绩。

1. **先天性肥厚性幽门狭窄**　先天性幽门肥厚性狭窄是新生儿常见的外科疾病,幽门环肌切开术是最满意的治疗方法。1991 年 Alain 首先报道腹腔镜幽门肌切开术,取得良好效果。1997 年,Steven Rothenberg 博士对于腹腔镜下幽门环肌切开术做了改进。Zitsman JL 等发现:与开腹进行幽门环肌切开术比较,腹腔镜下幽门环肌切开术,并发症(例如:黏膜穿孔,不完全幽门环肌切开)的发生率较高,只是病人的恢复时间较短。

手术方法:于脐部做一切口,置入 5mm Trocar,CO_2 建立气腹 6～8mmHg。放入腹腔镜后,在监视下,分别在双侧肋缘下锁骨中线处做切口,放置 5mm Trocar。助手在右侧以无齿抓钳钳夹近幽门处的十二指肠以固定幽门,手术医师在幽门少血管区将幽门浆肌层纵行切开,用幽门分离钳放入幽门切口,沿幽门横轴将幽门环肌纵向分开,使幽门管黏膜完全膨出。由胃管注气以检查幽门管黏膜是否完全膨出以及检查黏膜是否破损。无破损及活动性出血后取出器械,放出 CO_2,取出 Trocar,缝合伤口。

2. **先天性肠旋转不良**　1995 年 Van der Zee 等首先报道腹腔镜治疗 1 例新生儿肠旋转不良合并急性肠扭转。李索林等采用三孔技术已完成多例腹腔镜下 Ladd 手术,其中 4 例新生儿合并小肠顺时针扭转 360°～720°,1 例婴儿合并十二指肠隔膜狭窄。在新生儿或婴儿的肠旋转不良时,通常需要进行紧急手术,尤其是当怀疑有肠扭转及肠系膜血管绞窄时。因此,Hagendoon J 等认为当怀疑有肠旋转不良时,腹腔镜手术作为一种微创手术方式,可以在探查的同时进行下一步的治疗。

手术方法:先于脐左缘切开放置 Trocar 固定,建立 CO_2 气腹,置入腹腔镜确定回盲部位置。右上腹腋前线和右下腹腹直肌外缘各放置 3.5mm Trocar;右上腹放入无损伤抓钳提起回盲部,右下腹放入小弯钳钳夹 Ladd 带,电切离断。将回盲部推至左侧腹显露十二指肠及扭转肠管系膜根部,2 把无损伤抓钳由空肠起始部依次向右上中腹提拉空回肠复位肠扭转,再充分游离十二指肠和空肠起始部周围异常韧带,最后离断阑尾系膜、阑尾根部结扎切除阑尾。

3. **先天性膈疝**　目前微创外科对于先天性膈疝的修复可以通过两种方法:经腹部或通过胸部腹腔镜下手术。但是,对于新生儿经腹的腹腔镜下膈疝修补,很少有报道认为这是行之有效并且是安全的方法。

手术方法:在脐环右侧切开放置 Trocar,置入腹腔镜探查膈肌缺损位置及疝入胸腔的脏器情况。分别在右上腹和左下腹穿置 2 个 Trocar,将肠管及脏器还纳腹腔复位,分离疝环周围粘连,切除疝囊。腹腔镜推入胸腔监视下于腋后线第 9 肋间置入胸腔闭式引流管固定,经剑突左侧腹壁穿入 2-0 胃肠吻合线悬吊,由前向后间断缝合修补膈肌缺损,膈下区灌注生理盐水鼓肺观察修补无漏气术毕。

4. **新生儿黄疸**　引起新生儿黄疸的病因很多,如新生儿因感染、先天性代谢异常以及肝内或肝外胆道梗阻或畸形等。外科最常见黄疸的病因为胆道闭锁,其最佳治疗时间为 3 个月内。某些黄疸通过化验检查来确定病因较困难,常常会延误治疗。腹腔镜辅助下的胆道造影虽然为有创的检查手段,但是此种检测方法不破坏胆道系统的解剖结构,并且对患儿手术创伤较低。它作为一种简单、准确、安全的诊断方法,对新生儿持续性黄疸的鉴别诊断具有重要的价值。

手术方法:先于脐环左侧切开放置 Trocar 固定,建立 CO_2 气腹,腹腔镜监视下,在右上腹腋前线肝缘下置入第 2 个(必要时左上腹置入第 3 个)Trocar,对肝、胆囊及肝门部进行观察初步判定病因。若肝门部空虚、胆囊萎瘪,沿萎缩胆囊由底部向肝门区解剖,不能发现胆管、左右肝管或存在肝门部纤维组织块时,确定胆道闭锁,中转开腹完成 Kasai 手术;若胆囊充盈,用套管针经腹壁穿刺胆囊底部注入38%泛影葡胺造影了解胆道病变情况,胆管通畅考虑新生儿肝炎、胆汁黏稠症或其他肝病,抗生素盐水加地塞米松冲洗胆道后结扎胆囊底部,剪取一块肝缘组织送病理组织学检查,创面用电凝铲止血,结束手术;若确立肝外胆道闭锁或胆总管囊肿时,可在腹腔镜辅助下行胆管囊肿切除、肝门空肠吻合术。

5. 先天性食管闭锁　先天性食管闭锁是常见的新生儿畸形,患儿出生后常以发绀、气促、口吐白沫为主要症状。术前由于重症肺炎可影响手术时机和预后,造成较高的死亡率。目前国际上对食管闭锁的手术治疗以传统手术为主,胸腔镜手术报道较少。胸腔镜手术视野清晰且具有放大的作用,切口更加美观,避免了开胸手术可能带来的不足,如脊柱侧凸,翼状肩胛骨,慢性疼痛,肩部薄弱,胸廓不对称和畸形。

手术方法:手术切口采取右侧腋前线第5肋间5mm切口,分离至胸膜后置入气腹针,建立气胸压力为4mmHg,置入5mmTrocar和30°腔镜,在腋中线第4、6肋间各置入5mmTrocar,然后探查。推开右肺,可见奇静脉,游离后用0号丝线结扎4道,中间切断。沿胸膜后游离出远端的食管,在与气管连接处用丝线结扎2道切断,无漏气后,在胃管引导下,分离出近端食管盲端,切开盲端,用可吸收线间断缝合食管后壁,胃管穿出吻合口并进入远端食管,在食管前壁再间断缝合,留置胸腔引流管及胃管,关闭切口。

6. 先天性肠闭锁　先天性肠闭锁是由于先天因素引起的肠梗阻,使腹腔可利用的空间明显变小,使腹腔镜的应用明显受限。况且目前运用腹腔镜在腹腔内进行肠切除肠吻合技术仍不成熟,因此,腹腔镜在肠闭锁的治疗中多以辅助治疗为主,但腹腔镜诊治具有切口小、创伤轻、恢复快等特点,如果选择好适应证则腹腔镜手术明显优于传统开腹手术,可以提高新生儿肠闭锁的诊治水平。

手术方法:患儿仰卧、轻度头高足底位,脐部半环形切口5mm开放式置入5mmTrocar导入腹腔镜,气腹压力控制在7mmHg以下,右上腹及左上腹分别置入3mm或4mm两个Trocar,分别置入无损伤抓钳,腹腔镜监视下找到闭锁肠管后,钳夹固定,移去腹腔镜及Trocar,扩大脐部切口,在抓钳顶压下将闭锁肠管近端及附着远端细小肠管由脐部切口牵出腹外,如近端肠管扩张粗大,可用穿刺针抽吸肠液,如果肠系膜过短,可以边离断处理系膜边拉出肠管;切除部分近端膨大肠管,切除远端盲端,行端背式肠吻合,关闭系膜缘,将肠管还纳腹腔内,缝合关闭脐部切口,再次建立气腹,腹腔镜由另一个Trocar导入,检查腹腔无误后,结束手术。

四、腹腔镜手术的并发症

新生儿腹腔镜手术的并发症发生率尚不完全清楚,未见有文献报道,常见并发症如下。

1. 穿刺损伤血管及内脏　患儿腹壁薄,穿刺稍用力即可穿过腹壁,损伤内脏及血管,新生儿脐血管粗,穿刺中易损伤。因此术中第1个Trocar最好开放式放置并缝合固定,其他Trocar一定在腹腔镜监视下穿置,尽量避免并发症的发生。术前应排空膀胱,并避免脐部、脐下、右脐上区的穿刺。

2. 出血　表现为腹壁出血和腹腔内出血,腹壁出血可以缝合止血,腹腔内出血多由血管损伤和术中止血不彻底引起,术后应观察确定无活动性出血才关腹,如术中发现有大出血则应剖腹止血。

3. 切口疝　由于腹腔镜伤口小发生切口疝可能小较少,但新生儿腹壁菲薄,为避免切口疝伤口应进行缝合。

4. 气腹并发症　与腹腔充CO_2气体有关的并发症有高碳酸血症、呼吸循环功能改变、低体温等。CO_2充气后经腹膜大量吸收和影响膈肌运动导致高碳酸血症和减少潮气量,在新生儿增加充气压到10mmHg将影响潮气量30%,交感神经反射刺激可引起心律失常如窦性心动过缓、房室分离和结性心律等并发症。因此,充气压力应控制在7mmHg以下,术中应严密监测呼吸、循环参数,采用浅全麻、气管内插管和硬膜外麻醉可获得较好腹肌松弛的效果;高流量给氧以减轻气腹对通气的抑制,尽量避免使用肌松药带来的术后拔管时间延迟,一旦发生较严重的高碳酸血症和呼吸循环不稳定,暂停手术,放掉腹内气体,待患儿平稳后再继续充气手术。

(王 斌 刘 磊)

参 考 文 献

[1] 叶明,周汉新.小儿腹腔镜外科学基础.武汉:湖北科学技术出版社,2002:10.

[2] 胡明,严志龙,吴晔明.新生儿食管闭锁胸腔镜下食管端端吻合术1例报告.腹腔镜外科杂志,2007,12(5):450.

[3] 李索林,徐伟立,韩新峰.腹腔镜技术在新生儿和小婴儿外科中的应用.中国微创外科杂志,2004,4(5):370-372.

[4] 江文学.浅谈婴幼儿腹腔镜手术麻醉方法.中国现代临床杂志,2008,6(12):40-41.

[5] 李龙,李索林.小儿腹腔镜手术图解.上海:第二军医大学出版社,2005:81.

[6] 施诚仁,主编.新生儿外科.上海:上海科学普及出版社,2002:123.

[7] Tang ST,Li SW,Ying Y,et al. The evaluation of laparoscopy-assisted cholangiography in the diagnosis of prolonged jaundice in infants. J Laparoendosc Adv Surg Tech A,2009,19(6):827-830.

[8] Taskin M,Zengin K,Unal E. Laparoscopic repair of congenital diaphragmatic hernias. Surg Endosc,2002,16(5):869.

[9] Zitsman JL. Pediatric minimal-access surgery:update 2006. Pediatrics,2006,118(1):304-308.

第二篇

各　论

第8章

新生儿感染

第一节 概 述

感染性疾病是新生儿常见、多发疾病之一,也是导致新生儿死亡的主要原因。近些年来,随着对新生儿感染性疾病认识的加深,感染预防措施的改进,新生儿感染有逐渐减少的趋势。但目前我国感染性疾病的发生率与病死率仍占新生儿疾病的首位,必须引起临床工作者的高度重视。引起新生儿感染的病原体以细菌、病毒最为常见,其次为真菌、原虫、螺旋体等。TORCH 是弓形虫(toxoplasma)、其他(other)、风疹(rubella vorus,RV)、巨细胞病毒(cytomegalovirus,CMV)和单纯疱疹病毒(herpes virus,HSV)英文字头的简称,是引起宫内感染的常见病原体。近年来,梅毒、细小病毒 B19(parovirus B19)、乙型肝炎病毒、支原体、衣原体和人类免疫缺陷病毒等感染逐渐增多,也称为宫内感染的常见病原体。

根据新生儿感染发生的时间,可分为出生前感染、出生时感染和出生后感染。出生前感染是指病原体经母亲血液透过胎盘感染胎儿,是新生儿最常见的感染途径,又称为宫内感染。宫内感染多为病毒引起的慢性感染,可导致流产、死胎、死产、胎儿宫内发育迟缓、先天性畸形及婴儿出生后肝脾增大、黄疸、贫血、血小板减少以及神经系统受损的多器官损害及"宫内感染综合征"。此外,母亲生殖道病原体上行性感染羊膜囊,胎儿吸入污染的羊水,或羊膜囊穿刺等有创性操作消毒不严时也可导致胎儿感染。出生时感染主要由于胎儿吸入产道中污染的分泌物或血液中的病原体,胎膜早破、产程延长、分娩时消毒不严,或经阴道采胎儿头皮血、产钳助产损伤等引起胎儿感染。出生后感染较出生前、出生时感染更为常见,病原体可通过多种途径,包括皮肤黏膜创面、呼吸道、消化道及带菌的家庭成员或医护人员接触传播,其中,与携带病毒的母亲密切接触是新生儿生后感染最重要的途径。此外,消毒不严的各种导管和仪器也可导致医源性感染。

一、病因及感染途径

(一)细菌感染

1. 病原菌 常定植在人体内的细菌或在周围环境内的腐生菌,如表皮葡萄球菌、不动杆菌等,一般对成年人无致病性,但均可引起新生儿感染。不同地区、不同时期、不同感染部位的病原菌差别很大。全身性感染在国内一直以葡萄球菌最常见,其次是大肠埃希菌等肠道杆菌。但在美国则以 B 组溶血性链球菌(GBS)最多,其次是 D 组溶血性链球菌、大肠埃希菌、克雷伯菌、葡萄球菌等。肺炎病原菌按感染时间及途径而异,产时感染与母亲产道菌群关系最大,美国以 GBS 多见,国内以大肠埃希菌最多;产后感染,国内以金黄色葡萄球菌常见,还有铜绿假单胞菌、变形杆菌、克雷伯菌等;国外还有黄杆菌、黏质沙雷菌、百日咳杆菌等。产时感染沙眼衣原体随后发展为肺炎在美国常见,在中国重庆地区也不少见,可高达 25%(15/59)。

2. 感染途径　产前感染主要通过胎盘血行感染胎儿导致新生儿感染,临床上以病毒感染为主,但也可发生李斯特菌、结核分枝杆菌、胎儿弯曲菌、梅毒螺旋体等感染。而普通细菌,虽临产前产妇可有多种细菌感染,如肺炎链球菌菌血症,但其胎儿通常未被感染,是由于母亲的免疫功能及胎盘屏障对胎儿有一定的保护作用。胎盘化脓性病变破入羊水,胎儿吸入或吞入而感染者则更少见。有报道宫内输血不动杆菌污染,导致胎儿感染;羊水穿刺如消毒不严,也可能引起胎儿感染。产时感染是分娩过程中发生细菌污染而引起的感染。产科并发症有利细菌上行污染羊水,胎膜早破越久,羊水被污染机会越多;产程过长时,由于胎膜通透性增高,有利细菌侵入宫内。胎儿在宫内或产道吸入了污染的羊水或分泌物造成吸入性肺炎再发展为败血症,以大肠埃希菌等肠道杆菌常见,也可有肠球菌;但美国以 GBS 多见,因该菌在其孕妇定植率约为 20%(4%~40%);也可因急产或助产时消毒不严,造成局部化脓性病灶,并可进一步发展成更严重的感染。产后感染以金葡菌较多,因为胎儿娩出后,金葡菌迅速定植脐部、鼻腔,常引起浅表化脓性感染。病原菌主要来自医护人员鼻腔,并通过其手在婴儿室传播。病原菌亦可由消化道、呼吸道侵入。近年来医源性感染增多,病原菌常来自污染的诊疗用品,各种导管、插管、雾化器、水槽、暖箱内水箱中的水等,早产儿动静脉置管并发凝固酶阴性葡萄球菌(CoNS)感染、经气管插管引起的呼吸机相关性肺炎(ventilator associated pneumonia,VAP)。

(二)病毒感染

1. 病原体　新生儿病毒感染的病原体较多,包括巨细胞病毒、疱疹病毒、Epstein-Barr 病毒、肠道病毒(如柯萨奇病毒、艾柯病毒)、细小病毒 B19、肝炎病毒、轮状病毒、腺病毒、呼吸道合胞病毒、风疹病毒及人类免疫缺陷病毒(HIV)等。国内曾有新生儿病房呼吸道合胞病毒、柯萨奇病毒流行的报道。

2. 感染途径　宫内感染可发生于妊娠各阶段,可通过以下三种途径引起胎儿感染:①孕母体内的病毒通过血液透过胎盘屏障进入胎儿体内引起感染;②病毒先引起子宫内膜或附件感染,或潜伏在子宫、附件的病毒孕期激活,病毒在局部复制而引起胎盘绒毛膜炎,然后经胎盘血液、淋巴循环或污染羊水而感染胎儿;③孕期病毒经阴道上行引起羊水病毒污染而感染胎儿。产时感染主要发生于分娩过程中,胎儿吸入或吞入母亲带有病毒的产道分泌物或血液而引起感染。新生儿出生后与母亲及护理人员的带有病毒的皮肤、衣物、用具、分泌物接触,食用含有病毒的乳汁,与病毒感染的患儿接触,输入含有病毒的血液,或使用被病毒污染的医疗器械等,均可使新生儿出生后发生感染。

二、发病机制

新生儿特别是早产儿、极低出生体重儿容易发生细菌、病毒感染,主要与以下免疫特点有关。

(一)黏膜屏障功能较差

新生儿皮肤含水量较高,pH 高有利细菌繁殖;表皮角化不良,胶原纤维排列疏松,有利细菌入侵;汗腺发育差,乳酸不足,也有利细菌繁殖。新生儿黏膜娇嫩,呼吸道及消化道防御功能(纤毛运动、腺体分泌)不全,胃酸度低,胆汁中胆酸少,对杀菌不利;黏膜易破损,通透性高,有利细菌侵入血液循环。脐残端是一暴露伤口,离较粗血管最近,细菌容易由此侵入。

(二)屏障功能不全

新生儿血脑屏障发育不成熟,细菌易通过血脑屏障进入脑组织导致化脓性脑膜炎。

(三)淋巴结发育不全

缺乏吞噬细菌的过滤作用,常不能将病原菌局限于局部淋巴结。

(四)非特异性体液免疫功能不足

新生儿血清总补体平均水平(C_3仅为成年人的60%)及活性低下,不能有效地协助杀灭病原菌。调理素水平低于成年人,对促进吞噬作用不利(纤维结合蛋白含量在新生儿平均为113.4～220mg/L,低于成年人的317～350mg/L)。溶菌酶含量和产生 γ-干扰素(INF-γ)水平低下,也是新生儿易感染的因素之一。

(五)非特异性细胞免疫功能不足

中性粒细胞库只为成年人的20%～30%,容易耗尽,不能产生及释放足够的中性粒细胞迅速到感染处,其变形能力、聚集、黏附异物和趋化能力均明显低下,吸附、吞噬、杀灭病原体的能力差,尤其是早产儿、极低出生体重儿,有缺氧、酸中毒时更明显。此外,C_3、C_5、纤维结合蛋白含量低与调理素不足均影响其吞噬及杀菌。肺内的巨噬细胞出生时几乎没有,以后增多。自然杀伤(NK)细胞的细胞毒活性低下。

(六)特异性体液免疫

只有IgG能通过胎盘,在妊娠后期尤其是34周后才迅速增加,胎龄越小,其血中IgG水平越低,过期产儿因胎盘功能异常,其IgG水平也低于母体。足月儿脐带血中缺如的特异性抗体有大肠埃希菌、志贺菌、沙门菌等肠道菌菌体抗体。新生儿缺乏IgM可能与其对大肠埃希菌等革兰阴性杆菌易感有关;因缺乏分泌型IgA,不能阻止病原体在黏膜上黏附和聚集,故细菌易由呼吸道及消化道黏膜侵入血液循环。抑制T细胞(Ts即CD8)数高,可抑制B细胞产生抗体。由于胎儿、新生儿自身合成抗体浓度较低,尤以IgM、IgA合成更少,故易发生病毒感染。

(七)特异性细胞免疫功能不足

新生儿T细胞对特异性外来抗原应答能力差,产生各种淋巴因子及干扰素不足,加之巨噬细胞与自然杀伤细胞功能较差,故新生儿致敏T细胞直接杀伤病原体的能力,以及淋巴因子增强巨噬细胞吞噬病原体的作用都远不如成年人,因此,容易发生病毒感染,而且感染易扩散。

(八)细菌感染与机体的反应

新生儿败血症时促炎因子(Th1因子)、INF-α、IL-1、IL-6、IL-8、INF-γ等升高,参与感染/炎症反应损伤过程,可引起全身炎症反应综合征(SIRS),严重者导致多器官功能损害(MODS)。脂多糖(LPS)可与单核-巨噬细胞、树突状细胞膜表面的Toll样受体4(TLR4)结合,经细胞内信号传导通路进入核内,活化NF-KB,启动核内相关基因,转导mRNA,从而合成一系列细胞因子并释放到细胞外,引起全身炎症反应。

三、临床表现

(一)细菌感染

新生儿细菌感染常缺乏特异性表现,一般表现如下。①精神:可先烦躁,继之软弱、嗜睡、神志不清,最后进入昏迷;②面色:红润消失,面色发黄、发白、发青、发灰、发绀;③哭声:可先无故哭吵,继之哭声减弱,少哭,最后不哭;④吃奶:个别患儿病初可因发热,吃奶量增多,而多数患儿吃奶量减少,吸吮力减弱,最后拒奶;⑤活动:可先增多,继之减少,最后不动;⑥体重:最初不增,继之下降;⑦体温:不稳定,24h内波动范围大于1℃,体壮儿可发热,体弱儿、早产儿常体温不升,或有不同程度的皮肤硬肿;⑧黄疸:可突然加重,或退而复现,或消退延迟。胎龄小的早产儿或严重感染患儿可处于抑制状态,表现为不吃、不哭、不动、面色不好、体温不升。化脓性皮肤感染、结膜炎、脐炎等可有相应的局部表现。

(二)病毒感染

不同病毒感染胎儿、新生儿可有相似的临床表现,也可有不同的临床特征;同一病毒在不同时间感染胎儿、新生儿所产生的损害程度和临床表现又不尽一致。流产、死胎、死产是大多数宫内病毒感染,尤其是早期感染的共同表现。部分胎儿宫内病毒感染可表现为先天畸形,如小头畸形、先天性心脏病、白内障、青光眼等。胎儿时期病毒感染的常见表现是胎儿宫内发育迟缓。病毒感染急性期可表现为发热、黄疸、全身症状等,不同病毒感染也可表现为不同器官系统损害的症状。

四、诊 断

新生儿感染的诊断主要根据病史、临床症状、体征、实验室检查和其他辅助检查结果而作出,病原学检查对确定细菌感染或病毒感染具有重要价值。

五、治 疗

(一)细菌感染

1. 消灭病原菌　针对病原菌选择适当的抗菌药物,新生儿严重感染一般需要静脉给药。

2. 支持疗法　加强护理,供给足够的热量和营养素,注意液体的供给和水、电解质平衡,根据病情使用新鲜血液或血液制品。

3. 感染灶的处理　及时清理感染病灶,促进伤口、创面愈合。

(二)病毒感染

目前对新生儿病毒感染无特效治疗,仍以对症治疗、保护受损器官系统功能和协助其恢复为主。

1. 一般治疗　包括加强护理,营养支持,维持水、电解质平衡,对症治疗。

2. 保护主要受损器官系统功能　如保护受损心肌、肝、脑组织功能等。

3. 抗病毒药物　如丙氧鸟苷(更昔洛韦)用于治疗 CMV 感染。

（周晓光）

第二节 败 血 症

新生儿败血症(neonatal septicemia)指新生儿期细菌或其他病原菌侵入血液循环,并在其中繁殖和产生毒素所造成的全身性感染,有时还在体内产生迁移病灶,现已将真菌、病毒及原虫列入病原体内。败血症是新生儿期的危重病症以及造成新生儿死亡的主要原因之一,其发病率占活产婴儿的 $1‰\sim10‰$,占极低出生体重儿的 $1.64‰$,长期住院者发病率可高达 $300‰$,病死率为 $10\%\sim50\%$。狭义的败血症仍是指新生儿细菌性败血症(neonatal bacterial sepsis)。败血症与菌血症(Bacteriemia)两个名词常混用,但两者之间应有区别。菌血症是指细菌短暂侵入血液循环,并无毒血症(Toxemia)等任何临床表现。若机体免疫功能强于细菌的致病力,则可将其迅速清除,但若机体的免疫功能弱于细菌的致病力,则可发展为败血症。败血症与脓毒血症(Sepsis)的含义常常混淆,前者应从血中培养出致病微生物,脓毒血症的致病因子包括血培养能生长的细菌、真菌,还包括血培养不能生长的病毒及原虫等。全身炎症反应综合征(systemic inflamatory response syndrome,SIRS)和(或)多系统器官功能衰竭(multiple system organFailure,MSOF)是两者的共同发展归属。

一、病 原 学

新生儿败血症的致病菌随着抗生素的应用不断发生变化,欧美国家20世纪40年代以A组溶血性链球菌占优势,20世纪50年代以金黄色葡萄球菌为主,20世纪60年代以大肠埃希菌占优势,20世纪70年代以后B组溶血性链球菌成为最多见的细菌,大肠埃希菌次之,克雷伯杆菌、铜绿假单胞菌、沙门菌也颇为重要。我国新生儿败血症病原菌以葡萄球菌和大肠埃希菌为主,凝固酶阴性葡萄球菌主要见于早产儿,尤其是长期动静脉置管患者;金黄色葡萄球菌主要见于皮肤化脓性感染;产前或产时感染以大肠埃希菌为主的革兰阴性杆菌较常见;气管插管机械通气患儿以革兰阴性细菌如铜绿假单胞菌、肺炎克雷伯杆菌、沙门菌等多见。近十几年来,病原菌有很大变迁。在革兰阳性菌中,凝固酶阴性葡萄球菌不断增加,国内文献报道占全部培养细菌的16.7%～69%,金黄色葡萄球菌和大肠埃希菌构成比下降。研究还发现,近年条件致病菌所致新生儿败血症逐渐增加,耐药菌株明显增多,有多重耐药趋势。

二、发 病 机 制

1. 新生儿败血症的感染途径有以下几种。

(1)宫内感染:母亲孕期有感染(如败血症等)时,细菌可经胎盘血行感染胎儿。

(2)产时感染:产程延长、难产、胎膜早破时,细菌可由产道上行进入羊膜腔,胎儿可因吸入或吞下污染的羊水而患肺炎、胃肠炎、中耳炎等,进一步发展成为败血症。也可因消毒不严、助产不当、复苏损伤等使细菌直接从皮肤、黏膜破损处进入血中。

(3)产后感染:最常见,细菌可从皮肤、黏膜、呼吸道、消化道、泌尿道等途径侵入血液循环,脐部是细菌最易侵入的门户。

2. 新生儿败血症易感因素包括以下三个方面。

(1)母亲的病史:母亲妊娠及产时的感染史(如泌尿道感染、绒毛膜羊膜炎等),母亲产道特殊细菌的定植,如B组溶血性链球菌、淋球菌等。

(2)产科因素:胎膜早破,产程延长,羊水浑浊或发臭,分娩环境不清洁或接生时消毒不严,产前、产时侵入性检查等。

(3)胎儿或新生儿因素:多胎,宫内窘迫,早产儿、小于胎龄儿,长期动静脉置管,气管插管,外科手术,对新生儿的不良行为如挑"马牙"、挤乳房、挤痈疖等,新生儿皮肤感染如脓疱病、尿布性皮炎及脐部、肺部感染等也是常见病因。

三、临 床 表 现

1. **全身表现** ①体温改变:可有发热或低体温;②少吃、少哭、少动、面色欠佳、四肢凉、体重不增或增长缓慢;③黄疸:有时是败血症的唯一表现,严重时可发展为胆红素脑病;④休克表现:四肢冰凉,伴花斑纹,股动脉搏动减弱,毛细血管充盈时间延长,血压降低,严重时可有弥散性血管内凝血(DIC)。

2. **各系统表现** ①皮肤、黏膜:可有硬肿症,皮下坏疽,脓疱疮,脐周或其他部位蜂窝织炎,甲床感染,皮肤烧灼伤,瘀斑、瘀点,口腔黏膜有挑割损伤;②消化系统:可出现厌食、腹胀、呕吐、腹泻,严重时可出现中毒性肠麻痹或坏死性小肠结肠炎,后期可出现肝脾增大;③呼吸系统:表现为气促、发绀、呼吸不规则或呼吸暂停;④中枢神经系统:易合并化脓性脑膜炎,表现为嗜睡、激惹、惊厥、前囟张力及四肢肌张力增高等;⑤心血管系统:可出现感染性心内膜炎、感染性休克表现;⑥血液系统:可合并血小板减少、出血倾向;⑦泌尿系统感染;⑧其他:骨关节化脓性炎症、骨髓炎及深部脓肿等。

四、并　发　症

1. 化脓性脑膜炎　新生儿败血症最易并发该病,部分有发热、抽搐等神经系统症状,但有时神经系统症状并不明显,因此要提高警惕,及早做脑脊液检查。

2. 肺炎或肺脓肿　出现气促、发绀等呼吸系统症状。

3. 迁移性病灶　如蜂窝织炎、骨髓炎和肾盂肾炎也偶可发生。

4. 多脏器功能障碍综合征　感染扩散严重可引起多脏器功能损害。

五、实验室检查

1. 细菌学性检查

(1)血培养:尽量在应用抗生素前严格消毒下采血做血培养,疑为肠源性感染者应同时做厌氧菌培养,疑为真菌感染需同时做真菌培养,有较长时间用青霉素类和头孢类抗生素者应做 L 型细菌培养。血培养是诊断新生儿败血症的"金标准",但也可能存在假阳性和假阴性的结果。血培养假阴性结果与标本采集时期、培养液及采血量有关。研究发现,培养前使用抗生素血培养阳性率只有 20%,培养前未使用抗生素培养阳性率明显升高,可达 75%。采血量过少可导致血培养假阴性,新生儿血培养最低采血量一般要求 1ml。血培养假阳性结果与采血所需时间、采血部位及采血操作过程有关。国外主张从 2 个部位分别采血做培养可减少皮肤污染而导致的假阳性,外周静脉采血应避开股静脉,以减少会阴部细菌污染及避免发生穿破髋关节的危险。

(2)涂片及其他部位细菌培养:①直接涂片找细菌,出生后感染可取脐分泌物等直接涂片找到细菌。怀疑产前感染者,出生后 1h 内取外耳道内分泌物或胃液做涂片找多核细胞和胞内细菌,必要时可进行培养,若阳性表示宫内羊水被污染,但小婴儿不一定发病。②尿液以及脑脊液等细菌培养,可用耻骨联合上穿刺法取尿液做细菌培养以及脑脊液做细菌培养,必要时感染的脐部、浆膜腔液以及所有拔除的导管头均应送细菌培养。如细菌培养结果与血培养结果一致,对诊断最具可靠性。③病原菌抗原及 DNA 检测,用已知抗体测体液中未知的抗原,对溶血性链球菌和大肠埃希菌 K1 抗原可采用对流免疫电泳,乳胶凝集试验及酶链免疫吸附试验(ELISA)等方法,对已使用抗生素者更有诊断价值;采用 16SrRNA 基因的聚合酶链反应(PCR)分型、DNA 探针、荧光定量 PCR 等分子生物学技术,具有高度的特异性和敏感度,有助于败血症的早期诊断。

2. 非特异性检查

(1)白细胞计数:新生儿周围血象的白细胞总数波动很大,白细胞总数可高可低,出生 12h 以后采血结果较为可靠。新生儿白细胞明显增高(≤3d 者 WBC>25×10^9/L;>3d 者 WBC>20×10^9/L)或减低(<5×10^9/L),应高度怀疑感染的存在。感染严重时白细胞减少更为常见,但白细胞减少也可出现在母亲妊高征、先兆子痫、脑室周围出血、惊厥发作、溶血病等。

(2)白细胞分类:杆状核细胞/中性粒细胞(immature/totalneutrophils, I/T)≥0.16,特别是白细胞总数增多或减少伴有杆状核增多意义更大。在白细胞总数不增高的败血症中,白细胞形态改变更有诊断价值,中性粒细胞出现球形包涵体常占 0.5,出现中毒颗粒也很常见。

(3)血小板计数:血小板计数<100×10^9/L 提示新生儿败血症的可能。败血症引起血小板减少的主要原因为血小板非免疫性破坏。新生儿败血症中血小板降低程度是疾病严重度的相关

因素,病情越重其降低越明显,当感染控制后血小板又升至正常,可作为监测病情、判断疗效及预后的一个客观指标。

(4)C 反应蛋白(CRP):其水平的高低与炎症反应及组织损伤密切相关,与感染危重程度呈正相关。新生儿 CRP 是在胎儿期由肝产生的,出生后以微量形式存在于血清中,当机体发生急性炎症时,6～8h 后即可升高,>15μg/ml 提示有细菌感染。研究显示,CRP 诊断新生儿败血症敏感度为 33.77%,特异度为 96.51%,较 WBC 计数相比有较高的敏感性和特异性,是诊断新生儿败血症的重要指标。当机体处于持续感染状态时,CRP 持续升高且居高不下,经治疗好转或治愈后,CRP 迅速降至正常。因而可作为预示感染和观察疗效的客观指标之一。

(5)微量血沉≥15mm/1h。

(6)降钙素原(PCT):PCT 是一种降钙素前体,含 116 个氨基酸残基的糖蛋白,PCT 在 1993 年首次被认为是严重细菌感染引起的疾病发展过程、严重程度及预后的监测有效指标。正常情况下 PCT 在血清中含量很低,发生感染后 2～6h 迅速上升,6～12h 达高峰,并与疾病的严重度呈正相关。PCT 主要由新生儿自身合成,脐血 PCT 水平与新生儿血 PCT 水平在判断细菌感染上存在一致性,脐血 PCT 可作为新生儿宫内感染的早期诊断指标。细菌性败血症患儿血清 PCT 均增高,而病毒感染或细菌定植的患儿 PCT 则正常或轻度增高,PCT≥1ng/ml 对鉴别细菌或病毒感染的特异性、敏感性优于 CRP 和 IL-6。

(7)白介素-6(IL-6):IL-6 是诱导 B 细胞分泌免疫球蛋白和 T 细胞激活酶增殖的主要因子,在新生儿败血症感染早期时明显升高,其水平的高低与疾病的严重程度有关,但 IL-6 半衰期短,在感染早期达到高峰后在循环中很快消失。因此联合 CRP 检测更有助于新生儿败血症的诊断。

(8)最近国内外已有学者研究提出血清可溶性细胞间黏附分子、CD64、CD11b、NO 水平及血清肿瘤坏死因子(TNF)的增高,均可作为其早期诊断的指标,在诊断新生儿败血症和判断预后均有一定的价值。

六、诊断及鉴别诊断

1. 确定诊断　具有临床表现并符合下列任一条:①血培养或无菌体腔内培养出致病菌;②如果血培养标本培养出条件致病菌,则必须与另次(份)血或无菌体腔内或导管头培养出同种细菌。

2. 临床诊断　具有临床表现且具备以下任一条:①非特异性检查 1～5 项≥2 条。②血标本病原菌抗原或 DNA 检测阳性。

七、治　疗

(一)抗菌药物应用

1. 抗生素使用一般原则　①临床诊断败血症,在使用抗生素前收集各种标本,不需等待细菌学检查结果,即应及时使用抗生素。②根据病原菌可能来源初步判断病原菌种,病原菌未明确前可选择既针对革兰阳性菌又针对革兰阴性菌的抗生素,可先用两种抗生素,但应掌握不同地区、不同时期有不同优势致病菌及耐药谱,经验性地选用抗生素。③一旦有药敏结果,应做相应调整,尽量选用一种针对性强的抗生素;如临床疗效好,虽药敏结果不敏感,亦可暂不换药。④一般采用静脉注射,疗程 10～14d。合并凝固酶阴性葡萄球菌及革兰阴性菌所致化脓性脑膜炎者,疗程 14～21d。

2. 主要针对革兰阳性菌的抗生素　①青霉素与青霉素类:如为链球菌属(包括溶血性链球

菌、肺炎链球菌、D组链球菌如粪链球菌等)感染,首选青霉素G。对葡萄球菌属包括金黄色葡萄球菌和凝固酶阴性葡萄球菌,青霉素普遍耐药,宜用耐酶青霉素如苯唑西林、氯唑西林(邻氯青霉素)等。②第一、二代头孢菌素:头孢唑林为第一代头孢中较好的品种,主要针对革兰阳性菌,对菌有部分作用,但不易进入脑脊液;头孢拉定对球菌作用好,对杆菌作用较弱。第二代中常用头孢呋辛,对比第一代稍弱,但对革兰阴性及β-内酰胺酶稳定性强,故对革兰阴性菌更有效。③万古霉素:作为二线抗革兰阳性菌抗生素,主要针对耐甲氧西林葡萄球菌。

3. 主要针对革兰阴性菌的抗生素　①第三代头孢菌素:优点是对肠道杆菌最低抑菌浓度低,极易进入脑脊液,常用于革兰阴性菌引起的败血症和化脑,但不宜经验性地单用该类抗生素,因为对金葡菌、李斯特杆菌作用较弱,对肠球菌完全耐药。常用药物有头孢噻肟、头孢哌酮(不易进入脑脊液)、头孢他啶(常用于铜绿假单胞菌败血症并发的化脑)、头孢曲松(可作为化脑的首选抗生素,但新生儿黄疸时慎用)。②哌拉西林:对革兰阴性菌及凝固酶阴性葡萄球菌均敏感,易进入脑脊液。③氨苄西林:虽为广谱青霉素,但因对大肠埃希菌耐药率太高,建议对该菌选用其他抗生素。④氨基糖苷类:主要针对革兰阴性菌,对葡萄球菌灭菌作用亦较好,但进入脑脊液较差。阿米卡星因对新生儿易造成耳毒性及肾毒性,如有药敏试验的依据且有条件监测其血药浓度的单位可以慎用,不作为首选,并注意临床监护,奈替米星的耳、肾毒性较小。⑤氨曲南:为单环β-内酰胺类抗生素,对革兰阴性菌的作用强,β-内酰胺酶稳定,不良反应少。

4. 针对厌氧菌　可用甲硝唑。

5. 其他广谱抗生素　①亚胺培南+西司他丁:为新型β-内酰胺类抗生素(碳青霉烯类),对绝大多数革兰阳性及革兰阴性需氧和厌氧菌有强大杀菌作用,对产超广谱β-内酰胺酶的细菌有较强的抗菌活性,常作为第二、三线抗生素。但不易通过血脑屏障,且有引起惊厥的不良反应,故不推荐用于化脓性脑膜炎。②帕尼培南+倍他米隆:为另一种新型碳青霉烯类抗生素,抗菌谱与亚胺培南+西司他丁相同。③环丙沙星:作为第三代喹诺酮药物,对革兰阴性杆菌作用超过第三代头孢和氨基糖苷类抗生素,对MRS、支原体、厌氧菌均有抗菌活性,是作为同类药物的首选。当其他药物无效并有药敏依据时可用该药。④头孢吡肟:为第四代头孢菌素,抗菌谱广,对革兰阳性及革兰阴性菌均敏感,对β-内酰胺酶稳定,且不易发生耐药基因突变,但对耐甲氧西林葡萄球菌不敏感。

(二)清除感染灶

脐炎局部用3%过氧化氢、2%碘酒及75%乙醇消毒,每日2~3次;皮肤感染灶可涂抗菌软膏;口腔黏膜亦可用3%过氧化氢或0.1%~0.3%雷佛尔液洗口腔,每日2次。

(三)保持机体内、外环境的稳定

如注意保暖、供氧、纠正酸碱平衡失调,维持营养、电解质平衡及血循环稳定等。

(四)对症治疗

有抽痉时用镇静止痉药,有黄疸时给予照蓝光治疗,有脑水肿时及时给予降颅压处理。

(五)增加免疫功能及其他疗法

早产儿及严重感染者可用静注免疫球蛋白(IVIG)200~600mg/kg,每日1次,适用3~5d;严重感染者尚可行换血疗法。重症败血症患儿,若血中中性粒细胞数降低而骨髓储备白细胞又不能补充粒细胞的缺乏时,也可输入白蛋白。

八、预　　防

新生儿败血症的预防要重视孕期保健、实行住院分娩、掌握科学育儿知识,做到防患于未然。

预防新生儿败血症要注意围生期保健,积极防治孕妇感染以防胎儿在宫内感染;在分娩过程中应严格执行无菌操作对产房环境抢救设备复苏器械等要严格消毒;对早期破水产程太长宫内窒息的新生儿出生后应进行预防性治疗;做新生儿护理工作应特别注意保护好皮肤黏膜脐部免受感染或损伤并应严格执行消毒隔离制度。此外还要注意观察新生儿面色、吮奶精神状况及体温变化保持口腔、脐部、皮肤黏膜的清洁如有感染性病灶应及时处理。

(贺　娟　周晓光)

第三节　新生儿脓疱疮

新生儿脓疱疮(Impetigo Neonatorum)是发生在新生儿的一种以大疱为主要表现的急性传染性化脓性皮肤病,本病发病急,传染性强,容易发生自身接触感染和互相传播,常常在新生儿室及母婴同室造成流行。

一、病因及发病因素

新生儿脓疱疮的病原菌为凝固酶阳性金黄色葡萄球菌,主要是第 Ⅱ 嗜菌体组 71 型金黄色葡萄球菌,其次为乙型溶血性链球菌,部分为两者的浑合感染。新生儿脓疱疮主要通过接触传染,在<4 岁的婴幼儿中发病率为 1.8%,在 5～15 岁儿童中发病率为 1.6%。与新生儿脓疱疮发病有关的因素较多,主要包括新生儿自身因素、母亲因素及环境因素。

(一)新生儿因素

1. 特异性免疫功能不成熟:新生儿各种淋巴因子和干扰素不足,巨噬细胞和自然杀伤细胞功能差,新生儿血清 IgG 低于正常等。

2. 新生儿皮肤非常细嫩,表面角质层很薄,毛细血管密布在皮肤的浅层,皮肤防御功能差。

3. 新生儿皮脂腺分泌旺盛,细菌容易堆积在皮肤表面,因此细菌比较容易入侵皮肤。

4. 新生儿皮肤含水较多,pH 偏高,利于病原菌生长。

(二)母亲因素

有报道显示出生时存在胎膜早破及羊水污染的新生儿容易发生脓疱疮,主要由于胎膜早破和羊水污染易继发细菌感染,从而引起新生儿皮肤或软组织感染,故需特别注意新生儿皮肤的清洁。母亲患有乳腺炎时新生儿脓疱疮的发病也增多。

(三)环境因素

新生儿脓疱疮的病原多来自母亲,家属不洁净的手,或者新生儿使用了被细菌污染的衣服、尿布和包被等均可引起新生儿脓疱疮。新生儿与有皮肤病、化脓性皮肤感染的成年人接触后,其发病率增高。

(四)医源性感染

主要是来源于医务人员不洁静的手、医护人员忽视无菌护理操作和暖箱消毒不彻底等。

患儿一旦感染金黄色葡萄球菌后释放出表皮松解毒素,可引起新生儿表皮颗粒层细胞松解,体液积聚在表皮层,形成水疱。少数患儿可有凝固酶阴性葡萄球菌、产气杆菌、大肠埃希菌等感染。根据脓液细菌培养及药敏试验结果,对青霉素、红霉素、克林霉素等产生耐药的细菌越来越多。

二、病　　理

脓疱疮表现为表皮角质层下大疱,疱内含有大量中性粒细胞、球菌、纤维蛋白。疱底棘细胞层有海绵形成,或见少量棘层松解细胞,中性粒细胞渗入棘细胞之间,真皮上部呈非特异性炎性改变,真皮上部血管扩张充血,有中度中性粒细胞及淋巴细胞浸润。

三、临床表现

本病多发生于炎热的夏季,美国伯明翰儿童医院报道新生儿脓疱疮每年都有增长趋势,一般于生后4～10d发病。主要表现为以出现薄壁水脓疱为特点的皮肤感染。好发在头面部、尿布包裹区和皮肤的皱褶处,如颈部、腋下、腹股沟等处,也可波及到全身皮肤。脓疱表皮薄,大小不等,周围无红晕,较周围皮肤稍隆起,疱液开始呈现黄色浑浊状,大疱破裂后可见鲜红色湿润的基底面,此后可结一层黄色的薄痂,痂皮脱落后不留痕迹。轻症患儿没有全身症状,重症患儿常伴有发热,进食差,黄疸加重等症状。若治疗及时可以很快痊愈,否则容易迁延不愈,甚至出现大脓疱造成大片表皮剥脱。一般分为寻常性、大疱性及部分特殊类型。

1. 寻常性脓疱疮　接触传染性脓疱疮,常为金黄色葡萄球菌感染或溶血性链球菌混合感染。皮损好发于面部、头部和四肢,面部以口周、鼻孔附近、耳廓为主,严重者可泛发全身。初发损害为红斑及水疱,迅速变为脓疱,粟粒至黄豆大小,疱壁薄,周围有红晕,初丰满紧张,之后可松弛,特别是呈半壶水状时,上半为清澈液体,下半为浑浊脓液,呈袋状坠积。疱疹破裂后露出糜烂面,干燥后覆盖黄色或灰黄色痂,可向周围传播蔓延,亦可融合成片,单个脓疱可于5～7d吸收,痂脱自愈;如不及时治疗,可迁延数日;重症者可伴发热,热峰可高达39～40℃;严重者可并发败血症,部分患儿有局部淋巴结肿大。

2. 大疱性脓疱疮　主要由第Ⅱ嗜菌体组71型金黄色葡萄球菌引起。皮疹为散在性大疱,直径1～10mm甚至更大,壁薄,周围红晕不显,破裂后形成大片糜烂,干燥后结痂,不易剥去。有时大疱中央自愈,脓疱边缘向四周扩展呈环状,或多个相互连成回状。发病急剧,脓疱进展迅速,很快累及全身,常伴39℃以上高热,新生儿精神委靡,呕吐、腹泻,如不及时救治,可因败血症或脓毒血症而危及生命。

3. 特殊类型　葡萄球菌性烫伤样皮肤综合征系由凝固酶阳性第Ⅱ嗜菌体组71型金黄色葡萄球菌引起的新生儿急性表皮棘层坏死的严重型皮肤感染,也称新生儿剥脱性皮炎及金黄色葡萄球菌表皮坏死松解症。常始发于新生儿的口周及眼周,红斑于1～2d延及躯干及四肢,在大片红斑基础上出现松弛性大疱或大片表皮松懈现象,轻轻摩擦即可导致表皮脱落,呈鲜红糜烂面。另外一种特殊类型的脓疱疮称为深脓疱疮,由乙型溶血性链球菌引起,有时与金黄色葡萄球菌混合感染,多发生于营养不良新生儿,好发于小腿与臀部,皮损初起为炎性水疱或脓疱,逐渐扩大向深部发展,中心坏死,表面形成黑色痂,痂脱后形成边缘陡峭的溃疡。

四、并发症

本病的并发症随着抗生素的广泛应用发生率明显下降,但以下并发症也时有发生。

1. 急性肾小球肾炎　多由乙型溶血性链球菌感染引起。在继发急性肾炎的脓疱疮患儿中分离的致病菌株和肾小球基底膜之间具有共同抗原,机体所产生的相应抗体与肾小球基底膜结合,引起Ⅱ型变态反应造成肾的免疫性损伤。

2. 其他　感染反复可并发败血症、肺炎、脑膜炎、关节炎、骨髓炎,甚至心内膜炎、蜂窝织炎、淋巴管炎、淋巴结炎等。

五、诊断及鉴别诊断

诊断主要依据临床表现,根据皮肤周围红晕不显著的薄壁水脓疱即可基本诊断,行疱液涂片、培养检查对确诊有帮助,如患儿反复发热,精神差时需行血培养检查。还需与以下疾病相鉴别。

1. 大疱性表皮松解症　主要特征为在皮肤受压或摩擦后发生,表现为大疱,常常有家族史,而脓疱病主要以周围红晕不显著的脓疱为特征。

2. 水痘　多数为带状疱疹病毒感染引起,以周身性红色斑丘疹、疱疹、痂疹为特征,基本损害为散在向心分布的绿豆至黄豆大水疱,绕以红晕部分水疱可有脐凹,化脓与结痂现象甚轻可侵及黏膜,部分患儿有发热等全身症状。

六、治　　疗

脓疱疮是新生儿常见病及多发病,大部分脓疱疮在 2 周左右自愈,且不留瘢痕,治疗可减轻新生儿不适,修复损害的皮肤,阻止病菌扩散引起其他感染(如链球菌感染引起急性肾小球肾炎),以及防止复发。随着病情进展,部分脓疱疮患儿可出现发热、腹泻,甚至并发败血症、脑膜炎等,可导致新生儿死亡。因此,应重视脓疱疮的早期发现、早期诊断、早期治疗。新生儿脓疱疹的治疗以局部治疗为主,包括清洁、灭菌、消炎、收敛、清除分泌物等,可以根据病情采取以下方法。

1. 一般治疗　对新生儿注意清洁卫生,发现患儿应立即隔离。婴儿室要经常消毒,患儿尿布、衣被也要进行消毒,非工作人员严禁进入婴儿室,室内注意通风散热。

2. 局部治疗　症状较轻,只有散在脓疱时可用 75% 乙醇消毒小脓疱和周围的皮肤,然后用乙醇棉签将脓疱擦破或用消毒针头挑破,使脓液排出,创面可以暴露、干燥或涂以抗生素软膏。临床证实单一使用外用莫多匹星抗生素软膏有效,特别是对于甲氧西林敏感金黄色葡萄球菌感染引起的脓疱病。但最近开始出现对莫多匹星发生耐药的病例,特别是长期使用该药患者。国外文献报道皮肤金黄色葡萄球菌感染应用莫多匹星外用药耐药者高达 5.2%,为减少耐药性,使用时间不应超过 10d。其他皮肤外用药夫西他酸、杆菌肽软膏、红霉素软膏、复方新霉素软膏、盐酸金霉素软膏、环丙沙星凝胶、苯扎溴铵液、小檗碱(黄连素)、庆大霉素等也可用于脓疱疮的治疗。

3. 全身治疗

(1)口服抗生素:当局部用药效果不佳或合并其他感染时,可加用口服药物,如氯唑西林、阿莫西林克拉维酸钾、头孢菌素等。

(2)静脉用抗生素:患儿脓疱疹较多,有发热等症状,感染指标高,应当使用静脉用抗生素。当病原菌尚未完全明确时,可选择静脉滴注头孢唑林或三代头孢菌素,亦可根据病情选用药物敏感率较高的头孢呋辛钠、头孢唑林、头孢西丁及苯唑西林、阿莫西林/克拉维酸、头孢曲松、头孢他啶等。确定病原菌后根据药敏试验选择敏感抗生素,病情严重的可选择 2 种或 2 种以上抗生素联合应用。

(3)支持治疗:对部分严重感染者,可给予静脉滴注血浆、免疫球蛋白等支持治疗,并积极防治并发症。

七、预　　防

1. 保持室温在 24~26℃,湿度 55%~60%,保持室内空气新鲜,阳光充足,每日通风 2 次,注意避免对流风。保持新生儿清洁,每天沐浴、换衣,炎热天气每天 2～3 次,沐浴时动作轻柔,皮肤皱褶处洗干净。同时选择宽松柔软的棉制衣服,勤换尿布,保持身体清洁干净。

2. 保护新生儿的皮肤不受损伤,衣服、尿布和被褥要柔软。护理新生儿时动作要轻,勤给婴儿剪指甲,以免抓伤表皮。

3. 避免与有皮肤感染病的人接触,护理新生儿前要认真洗手。

4. 严格执行消毒隔离制度,护理人员严格执行各项无菌操作技术,避免交叉感染。由于脓疱疮具有传染性,对脓疱疮感染者进行床边隔离,洗澡时一人一盆一巾一体温计。操作后要认真消毒手,病房每日紫外线消毒 2 次,每次 30min,每天用 1 000mg/L 含氯消毒剂拖地板 2 次,床单位用 0.5％过氧乙酸擦拭,患儿出院后床单位做好终末消毒。

（贺　娟　周晓光）

第四节　坏死性筋膜炎

坏死性筋膜炎(necrotizing fasciitis,NF)是一种广泛而迅速的皮下组织和筋膜坏死为特征的软组织感染,其发展迅速,病情险恶,病死率高,常伴有全身中毒性休克。该病在新生儿期发病较少见,每年在儿童发生率为 0.08/100 000,但其病死率可高达 30％～88％(平均 59％),常由于侵袭性化脓性链球菌的感染,引起坏死性筋膜炎发生,导致败血症、弥散性血管内凝血或多脏器功能衰竭。

一、病因及病原学

坏死性筋膜炎是一种较少见的严重软组织感染,多发生于臀部及腰背部,其诱发因素包括损伤、手术、创伤、水痘、阑尾炎、坏死性小肠结肠炎、败血症及免疫抑制等。NF 的致病菌(表 8-1)包括革兰阳性细菌(如溶血性链球菌、金黄色葡萄球菌、消化链球菌和粪链球菌等)、革兰阴性菌(如大肠埃希菌和铜绿假单胞菌等)及厌氧菌,且通常为厌氧菌及兼性厌氧菌与肠道菌的混合感染。以往由于厌氧菌培养技术落后,常不能发现厌氧菌,但近年来证实类杆菌和消化链球菌等厌氧菌常是本病的致病菌之一,但很少为单纯厌氧菌感染。在 Stone Martin 的病例中,革兰阴性需氧杆菌占 62％,肠球菌 19％,厌氧性链球菌 51％,合并类杆菌 24％。坏死性筋膜炎常是需氧菌和厌氧菌的协同作用,需氧菌先消耗了感染组织中的氧气,降低了组织的氧化还原电位差(Eh),细菌产生的酶使 H_2O_2 分解,从而有利于厌氧菌的孳生和繁殖。

表 8-1　坏死性筋膜炎常见病原菌

革兰阳性需氧菌	革兰阴性需氧菌	厌氧菌	弧球菌	真菌
A 组溶血性链球菌	大肠埃希菌	类杆菌属	嗜盐弧菌	白色念珠菌
B 组链球菌	铜绿假单胞菌	梭状芽胞杆菌	副溶血性弧菌	曲霉菌
凝固酶阴性葡萄球菌	克雷伯杆菌	消化链球菌属	海鱼弧菌	酒曲菌属
金黄色葡萄球菌	沙雷菌		溶藻弧菌	
芽胞杆菌属	醋酸钙不动杆菌			
	佛罗德枸橼酸杆菌			
	出血败血性巴氏杆菌			

二、发病机制

由皮肤及软组织损伤感染引起,皮肤或软组织感染扩散通过淋巴、血行传播所致。病初局部症状类似一般急性蜂窝织炎,但进展迅猛,很快延及皮下组织、浅筋膜及深筋膜。因感染部位高度肿胀,使皮肤及皮下组织的供应血管受压或因血栓形成而出现血液循环障碍,造成表皮呈暗紫色并可出现水疱、血疱,甚至皮肤坏死、皮下脂肪液化、筋膜坏死等损害;同时有明显的全身中毒症状,表现为脓毒血症;但深层的肌肉组织不受损害。NF 可能为新生儿坏死性小肠结肠炎的一种罕见并发症,其具体发病机制不确切,可能与蛋白水解酶的释放,如透明质酸酶,能降解新生儿真皮的基质,感染沿筋膜扩散,部分 β 族溶血性链球菌株分泌超抗原也与发病机制有关,这些超抗原使补体活化过度并聚集,导致产生全身炎症反应。

三、病 理 变 化

坏死性筋膜炎是一种广泛皮下组织和筋膜坏死、产生气体为特征的软组织感染,皮下组织、筋膜炎性水肿、坏死,炎性细胞、细菌浸润,恶臭脓性分泌物覆盖于坏死筋膜、肌肉,伴邻近腔隙积液、积脓。在组织病理学上,其特征是大量多核细胞浸润皮下组织和筋膜,受累筋膜内血管有纤维性栓塞,动、静脉壁出现纤维素性坏死,可在破坏的筋膜和真皮中发现病原菌,邻近的肌肉及覆盖的皮肤无坏死,表现为相对轻的炎症,切开探查发现筋膜、皮下组织广泛坏死。

该病分为三型,Ⅰ 型为多种细菌的混合感染,包括溶血性链球菌、金黄色葡萄球菌、产气荚膜梭菌、创伤弧菌、脆弱拟杆菌和厌氧菌等;Ⅱ 型多由 A 组溶血性链球菌所致;Ⅲ 型由海洋弧菌所致,该型病变在三型中最重。另外,克雷伯杆菌、大肠埃希菌、流感嗜血杆菌、肠道沙门菌、副溶血性弧菌、黏质沙雷菌也有导致坏死性筋膜炎的报道。近来还有报道由社区获得性甲氧西林耐药性金黄色葡萄球菌引起的坏死性筋膜炎的病例。

其病理变化过程包括以下几种。

1. 皮肤筋膜大面积坏死脱落　细菌侵入后,由于细菌及毒素的作用引起浅、深筋膜炎症,血管及淋巴管血栓阻塞和血液循环、淋巴回流障碍。多种细菌均可产生肿瘤坏死因子、透明质酸酶等多种酶,分解破坏组织结构,使病变沿皮下间隙迅速向周围扩散,导致病变区域的皮肤缺血坏死,这种过程进展迅速,每小时扩展约 2.5cm。病灶仅侵犯皮肤、皮下组织,极少侵犯肌肉等。

2. 渗出液恶臭　被侵犯的皮下组织很快坏死液化,液体从破溃的皮肤渗出,气味恶臭,液体可从皮下间隙向外扩散。

3. 捻发音　细菌繁殖及组织坏死产生气体,充盈皮下间隙,因此,在触及皮肤时可扪及捻发音,气体与液体的扩散可使病灶范围迅速扩散。

主要的病理过程是无法控制的细菌增殖,导致细菌入侵至筋膜引起液化性坏死,筋膜坏死、多核白细胞入侵真皮、筋膜,细菌在筋膜内扩散,阻塞供应的血管导致皮下组织及筋膜缺血坏死。

四、临 床 表 现

坏死性筋膜炎的特点是皮下脂肪及其邻近筋膜呈急剧进行性坏死和水肿,病程初期不侵犯肌肉,病变可累及全身各个部位,发病以四肢肢端为多见,其次是腹壁、会阴、背、臀部和颈部等。

1. 发病部位多为四肢末端和腹壁。

2. 早期为局部红肿、疼痛,进展期皮肤由红变紫,皮肤与皮下组织分离,出现水疱,疼痛减轻(皮下神经破坏提示真正的坏死性筋膜炎的开始);晚期为皮肤呈特征性的蓝灰色,皮下脂肪和筋膜水肿僵硬呈暗灰色,有血性渗出,病变迅速扩散,见表 8-2。

表 8-2　坏死性筋膜炎临床表现的 3 个阶段

第一阶段(早期)	第二阶段(中期)	第三阶段(晚期)
皮肤红	小水疱及大水疱的形成(含液体)	水疱出血
皮肤肿胀	有波动感	皮肤感觉丧失
皮肤触痛	皮肤硬结	捻发音
肤温暖		皮肤暗黑坏死

3. 伴有全身中毒症状,如高热、抽搐等。

4. 辅助检查。①血常规:白细胞$(18\sim32)\times10^9/L$,最高可达 $42.2\times10^9/L$,中性粒细胞可高达 $91\%\sim98\%$,细胞核左移及中毒颗粒,红细胞下降,血红蛋白减少,血小板减少。②X 线摄片:可见软组织内有积气影,同时通过摄片可观察皮下气体扩展范围,摄片有助于手术的彻底引流。③B 超、CT 检查:可检查皮下积液情况,软组织超声有助于早期诊断。CT 在发现深部感染、软组织坏死及积气范围比较有优势。④MRI 检查:软组织 MRI 可显示深筋膜液体情况。

根据病情严重程度,坏死性筋膜炎可分为两种类型:一种是致病菌通过创伤或原发病灶扩散,使病情突然恶化,软组织迅速坏死;另一种病情发展较慢,以蜂窝织炎为主,皮肤有多发性溃疡,脓液稀薄奇臭,呈洗碗水样,溃疡周围皮肤有广泛潜行,且有捻发音,患儿常有明显脓毒血症,出现寒战、高热和低血压,皮下组织广泛坏死时可出现低钙血症。

五、并　发　症

患儿常常并发败血症、中毒性休克、弥散性血管内凝血、多脏器功能衰竭,病死率非常高。

六、诊断及鉴别诊断

由于早期症状不典型,常常诊断困难。Fisher 提出 6 项坏死性筋膜炎临床诊断标准:①皮下浅筋膜广泛坏死,伴广泛潜行坑道状向周围组织内扩散;②重度的全身中毒症状,伴神志改变;③未累及肌肉;④伤口血培养未发现梭状芽胞杆菌;⑤重要器官血管阻塞情况;⑥清创组织病理检查有广泛白细胞浸润,筋膜和邻近组织灶性坏死以及微小血管阻塞。

以上①、②、③项为临床诊断的主要依据。细菌学检查对诊断具有特别重要意义,尤其是伤口脓液的涂片及培养检查。目前国外使用实验室指标进行评分来判断 NF 的严重程度,见表 8-3。

表 8-3　坏死性筋膜炎实验室风险指数评分

[the laboratory risk indicator for necrotizing fasciitis(LRINEC)score]

实验室检查	分值
超敏 C 反应蛋白(mg/dl)	
＜150	0
≥150	4
总白细胞数($10^9/L$)	
＜15	0
15～25	1
≥25	2
血红蛋白(g/L)	
＞13.5	0

（续　表）

实验室检查	分值
11~13.5	1
＜11	2
血清钠（mmol/L）	0
≥135	2
＜135	
肌酐（μmol/L）	0
≤41	2
＞41	
血糖	0
≤10	1
＞10	

评分≤5分,坏死性筋膜炎发生率＜50％;评分6~7分,发生率50％~75％;评分≥8分发生率≥75％

本病需注意与以下疾病鉴别。

1. 丹毒　局部为片状红斑,无水肿,边界清楚,伴有淋巴管炎和淋巴结病变,轻度软组织肿胀或皮肤坏死,有发热,但全身症状较轻。

2. 蜂窝织炎　早期两者临床鉴别诊断相当困难,NF 常常误诊为蜂窝织炎,蜂窝织炎只累及皮下组织,筋膜正常,影像学检查只显示皮下组织增厚,脂肪组织密度增高,伴条索状不规则强化,伴或不伴皮下和浅筋膜积液,深部结构正常。此外,蜂窝织炎常伴有淋巴侵犯,并对合适的抗生素治疗有效。

七、治　　疗

由于该病扩展快,死亡率高,国外报道新生儿非手术治疗的病例全部死亡,因此,早期诊断,及时进行局部病变切开引流或坏死组织切除手术,以及有效的支持治疗是减低本病病死率和改善预后的 3 个主要环节,90％NF 患儿因严格的支持治疗及外科清洁创伤后而存活。

1. 早期彻底扩创手术,尽早确诊后手术　手术指征为局部坏死组织呈蓝灰色,充分切开潜行皮缘,尽可能多切除皮下坏死组织,切除范围为手指或手术器械能进入的区域,包括坏死的皮下脂肪组织或浅筋膜,但皮肤通常可以保留。

2. 彻底清创、引流　伤口需敞开,用 3％过氧化氢或 1：5 000高锰酸钾溶液冲洗,用纱布疏松填塞,或插数根引流聚乙烯导管在术后进行灌洗。Baxter 建议用含新霉素 100mg/L 和多黏菌素 B100mg/L 的生理盐水冲洗,也有学者建议用羧苄西林或 0.5％甲硝唑溶液冲洗,待感染控制后再行皮肤移植。手术后定时换药,术后勤换药加速坏死组织脱落,充分冲洗引流,如发现有坏死组织需再次扩创,若坏死区域扩大,应再次手术。

3. 抗感染治疗　手术后使用大剂量广谱抗生素,换药时应重复细菌培养以早期发现继发性细菌例如铜绿假单胞菌、沙雷菌或念珠菌。坏死性筋膜炎的致病菌包括肠杆菌属、肠球菌属和厌氧性链球菌和类杆菌属,应联合用药,同时根据脓液药物敏感试验调整用药。

4. 全身支持治疗　如输注全血、血浆、免疫球蛋白、补液维持电解质平衡等。

5. 其他　高压氧治疗 NF 存有争议,有研究者认为高压氧可以减少厌氧菌的活性、增加白细胞的活性、促进血管形成及肉芽组织的生成,同时增强的抗生素抗菌的作用;肝素治疗被认为可以减轻血管炎及血栓形成;分层皮片移植术需覆盖整个坏死性皮肤表面,早期使用可预防感染发生,减少蛋白丢失,维持负氮平衡,但不是长久办法。

6. 并发症的观察　在治疗全程中均应密切观察患儿的血压、脉搏、尿量,做血细胞比容、电解质、凝血机制、血气分析等检查,及时治疗心、肝、肾衰竭,预防弥散性血管内凝血与休克的发生。

八、预　防

提高患儿机体的免疫力,积极治疗原发的全身性疾病和局部皮肤损伤,对于长期使用皮质类固醇者应注意加强全身营养,预防感染的发生,对于皮肤创伤时要及时清除污染物,消毒伤口,患儿出现高热等全身不适时,要积极治疗。

(贺　娟　周晓光)

第五节　新生儿脐炎

新生儿脐炎(omphalitis)是脐带残端的细菌性感染。常因断脐时处理不当或生后脐带断端污染,细菌入侵而引起的急性炎症,脐动脉、脐静脉插管时无菌操作不严格也可导致脐炎,是新生儿期好发的感染性疾病。常见致病菌是金黄色葡萄球菌、大肠埃希菌或溶血性链球菌等。

一、病因及病原学

引起新生儿脐带感染的主要原因有以下几种。

1. 出生后结扎脐带时污染或在脐带脱落前后敷料被粪、尿污染。

2. 胎膜早破,出生前脐带被污染。

3. 分娩过程中脐带被产道内细菌污染。

4. 被脐尿管瘘或卵黄管瘘流出物污染。

5. 继发于脐茸或脐窦的感染。

低出生体重儿(<2 500g)、早产、难产、胎膜早破、男性、绒毛膜羊膜炎、脐动脉、脐静脉插管或分娩时消毒不严格等均为新生儿脐炎的易感因素。新生儿脐炎的病原菌主要为金黄色葡萄球菌、表皮葡萄球菌、溶血葡萄球菌、大肠埃希菌、肺炎克雷伯菌等。据报道,社会获得性感染主要致病菌为革兰阳性球菌(67.2%);而医院获得性感染的病例中,则革兰阴性杆菌为主要致病菌(56.8%)。革兰阳性球菌对苯唑西林、原始霉素、褐霉素、万古霉素等敏感率较高,而革兰阴性杆菌对亚胺培南(亚胺硫霉素)、头孢噻甲羧肟、头孢西丁(头孢甲氧噻吩)、阿米卡星(丁胺卡那霉素)等敏感率较高,但目前药敏试验对于青霉素、氨苄西林、苯唑西林耐药性高。

二、发病机制

新生儿免疫力低下,病原菌侵入脐部后,早期只限于局部感染,若脐部炎症得不到控制则炎症范围扩大,并发腹壁蜂窝织炎。感染沿淋巴扩散可造成上下腹壁,甚至下胸部的广泛感染,感染局限后可能形成脐周脓肿,如向深部侵犯可引起腹膜炎、腹膜粘连,病情严重者可导致新生儿败血症及化脓性脑膜炎。此外,新生儿感染尚可通过未闭的脐动静脉进入血液,可造成腹壁深部感染或直接进入血液循环引起肝脓肿、脓毒血症、中毒性休克,亦可引起脐静脉血栓形成,如血栓延伸至肝门静脉则引起肝门静脉梗阻,以后发展为肝外型门脉高压症。如果断脐带后局部创面愈合不良,遗留小肉芽肿,则经常有分泌物即为慢性脐炎。

三、分　类

按病理过程又可分为急性脐炎(acute omphalitis)和慢性脐炎(chronic omphalitis)两种。急性脐炎是脐周组织的急性蜂窝织炎,若感染进展,可并发腹壁蜂窝织炎,也可能发展为脐周脓肿,且有并发腹膜炎及败血症的危险。慢性脐炎为急性脐炎治疗不规则、经久不愈或新生儿脐带脱落后遗留未愈的创面及异物局部刺激所引起的一种脐部慢性炎症表现。根据感染程度不同可分三种类型:①脐部有脓性分泌物排出;②腹壁淋巴管炎合并蜂窝织炎;③皮下脂肪及深部筋膜感染。

四、临床表现

新生儿脐炎常发生在生后第 1 周,表现为脐部有黏液、脓性分泌物,并带有臭味或脐窝周围皮肤发红;轻症者除脐部有异常外,体温及食欲均正常,重症者则有发热及吃奶少等表现。脐带根部发红,或脱落后伤口不愈合,脐窝湿润,潮湿渗液,是脐带发炎的最早表现,以后脐周围皮肤发生红肿,波及皮下,脐窝有浆液脓性分泌物,带臭味,脐周皮肤红肿加重,或形成局部脓肿、败血症,还可见腹壁水肿、发亮,形成红、肿、热、痛等蜂窝织炎及皮下坏疽,感染更严重时可见脐周明显红肿变硬,脓性分泌物较多,轻压脐周,有脓液自脐凹流出并有臭味。一般全身症状较轻,如感染扩散至邻近腹膜导致腹膜炎时,患儿常有不同程度的发热和白细胞增高,若由血管蔓延引起败血症,则可出现烦躁不安、面色苍白、拒乳、呼吸困难、肝脾大等表现。慢性脐炎时形成脐部肉芽肿,为一小樱红色肿物突出、常常流黏性分泌物,经久不愈。

五、并　发　症

1. **败血症**　脐炎引起新生儿全身感染的症状不典型,如果出现体温不升、反应差、腹胀,要注意考虑败血症,败血症可以引起脓肿、感染性关节炎、腹膜炎和细菌性心内膜炎。新生儿败血症发病率受胎龄的影响,在极低出生体重儿的发生率可达 3%。

2. **坏死性筋膜炎**　坏死性筋膜炎为少见、致命性软组织感染,坏死可扩展皮肤至胸壁、肋部及胸骨,可由需氧菌或厌氧菌感染。

3. **腹膜炎**　严重的脐部感染可沿淋巴扩散,造成上、下腹壁甚至下胸部的广泛感染,感染如向深部侵犯可引起腹膜炎、腹膜粘连,新生儿出现腹壁紧张等表现。

4. **其他**　部分腹膜后脓肿可由脐炎引起。

六、诊断及鉴别诊断

主要依靠临床表现来进行诊断,脐部红肿、有分泌物,有时可见肉芽肿,脐部长期有分泌物即可确诊。外周血白细胞总数及中性粒细胞增高可支持诊断,有脓液时脓汁涂片可见细菌及中性粒细胞增多,涂片做革兰染色常可见到细菌,脓汁培养阳性率很高,易分离出致病菌。如怀疑脐炎引起败血症时可辅以血培养检查。

新生儿脐炎需与下列疾病鉴别。

1. **脐窦**　由于卵黄管脐端未闭而引起。脐部常有较小圆形红色黏膜突出,仔细检查脐部,用探针或造影剂可发现窦道。有时局部可见到球状息肉块,组织切片检查为肠黏膜上皮而非肉芽组织,无瘘道形成,称为脐茸或脐息肉,应手术切除。

2. **脐肠瘘(卵黄管未闭)**　卵黄管是在胚胎发育时连接原肠与卵黄囊底的管状组织,5～17

周应逐渐缩窄、闭塞,如未闭则形成脐肠瘘。脐孔处可见一圆形突起的鲜红色黏膜,正中有一瘘口,有恶臭分泌物或有液状粪便排出,口服活性碳或于脐孔注入造影剂经 X 线检查可确诊。需手术治疗。

3. 脐尿管瘘(脐尿管未闭)　脐部经常有清亮液体流出,局部注入造影剂可进入膀胱或膀胱逆行造影可达皮肤,注入亚甲蓝可见脐部排出蓝色尿液。需手术治疗。

七、治　　疗

以局部治疗为主,一般不需使用抗生素。

1. 急性期处理　控制感染并保持局部干燥。①轻症处理:去除局部结痂,保持脐部干燥。清洁脐部可以使用 75％乙醇、生理盐水、3％硼酸液、1∶1 000 苯扎溴铵液、氯霉素眼药水等其中的一种,以消毒棉棍或棉球蘸上述药液后,轻柔擦拭患处,去除脓性分泌物。如果脐带残端尚未脱落,可一并清洁,每日 1～2 次,适用于单纯性脐炎或其他脐部感染。在清洁脐部后,局部使用氧化锌油或氯霉素氧化锌油、莫多匹星软膏或红霉素眼膏等其中的一种,每日外用 1 次。为减少患处红肿或促进化脓,可分别使用喜疗妥、鱼石脂软膏、如意金黄散(中药)等外涂或外敷,适用于脐炎合并腹壁感染者。注意外敷药物时间勿过长,一般不超过 6h。②脓肿处理:脓肿未局限时,可于脐周外敷抗生素药膏或做理疗,以使感染局限促进脓肿形成并向外破溃。凡形成脓肿者应积极引流脓液,脓量多或者脓液黏稠需要切开引流,并坚持换药(更换引流条,保持引流通畅,促进脓腔愈合)。肝脓肿和镰状韧带处脓肿需住院行引流手术。③全身感染处理:脓液较多或并发腹膜炎及败血症者,应给予足量广谱抗生素,一般新生儿时期首选青霉素,加氨苄西林效果较佳。若引起脐炎的细菌是耐药性金黄色葡萄球菌或表皮葡萄球菌,一般的抗生素如青霉素、红霉素等效果不好,最好是根据脓液或血液细菌学检查结果选用敏感而有效的抗生素。④支持疗法:并发全身感染时应注意补充水及电解质,为提高机体免疫力可适当给予新鲜全血、血浆或白蛋白等。

2. 慢性期处理　小的肉芽创面可用 10％硝酸银烧灼,然后涂以抗生素油膏。大的肉芽创面可手术切除或电灼去除肉芽组织。保持脐窝清洁、干燥即可愈合。

八、预　　防

1. 脐部护理　新生儿断脐应严格执行无菌操作技术规程,使用氯己定处理脐带可减少脐炎的发生。不可用不洁物品覆盖脐部,并要保持脐部干燥,经常观察脐部敷料,如有渗血或渗液,则及时更换,如脐部潮湿、渗液或脐带脱落后伤口延迟不愈,则应做脐局部消炎处理,必要时静脉使用抗生素,以防败血症的发生。每日必须常规清洗脐部,用 3％过氧化氢和 75％乙醇涂搽脐轮与脐周皮肤,尤其注意脐轮深部的清洁。

2. 保持新生儿清洁　每天给予沐浴 1 次,勤换尿布,注意勿使尿布遮盖脐部,以免脐部受尿液污染。

3. 做好消毒工作　①保持母婴同室,病房整洁安静,阳光充足,通风良好,空气新鲜,室温保持在 24℃左右,相对湿度在 55％～60％,冬天每日开窗通风不少于 2 次,每次不少于 30min。②每日用 0.2％过氧乙酸喷雾消毒 2 次。③保持地面清洁,每用 1∶200 的次氯酸钠消毒液拖地 2 次。④新生儿沐浴室水池用 1∶200 的次氯酸钠消毒液浸泡,浴室每日用紫外线消毒 1 次,墙壁每日用 1∶200 的次氯酸钠消毒液擦拭。⑤每日对母婴同室病房做空气培养 1 次。⑥喂养前母亲及哺幼人员充分洗手。⑦母婴出院时,用 1∶200 的次氯酸钠消毒液擦床、床头柜,床垫用紫外线照射 30min。

4. 提倡母乳喂养 实行母婴同室，指导按需哺乳，24h 喂哺不少于 8 次，哺乳间隔不少于 3h。教会产妇正确的喂奶姿势与挤奶技巧，确保新生儿含接姿势正确，使之获得足够乳汁，因母乳营养素含量最完备，并含有免疫球蛋白、溶菌酶、乳铁蛋白等，能保护新生儿免受感染，增加抗病能力。

5. 加强母婴同室管理 向产妇及其家属宣传卫生知识，减少探视人员。患有感冒或传染病的人员不得入室探视，不得护理新生儿。探视人员必须遵守病区规章制度，尤其是消毒隔离制度。

6. 出院指导 叮嘱新生儿家长保持房间空气清新，婴儿用具要专用，母亲在哺乳和护理前应用肥皂洗手，尽量减少亲友探视，避免交叉感染。加强母乳喂养，做好脐部护理。

（贺 娟 周晓光）

第六节 乳 腺 炎

新生儿乳腺炎系新生儿期的乳腺感染，是一种不常见的胸部皮肤或软组织感染性疾病，多发生于足月儿，女婴发病率高。

一、病因及病原学

发病原因和患有感染性疾病的双亲或其他家庭成员、接生人员接触有关，也与乳汁不洁有关。

1. 新生儿受母亲激素水平影响，出现乳房肿大及泌乳，常由于乳腺管不畅或其他因素导致乳腺分泌物或乳汁淤积，继发化脓性感染。

2. 新生儿身患其他化脓性感染，如脓疱疮、痱疖、脓毒血症等，使乳腺受累，出现化脓性乳腺炎。

3. 少数新生儿，由于有营养不良、糖尿病等疾病，抵抗力远不及健康的新生儿，容易发生各种化脓性感染，包括乳腺炎。

新生儿乳腺炎最可能为细菌直接侵犯皮肤感染，最常见的病原菌为金黄色葡萄球菌，感染率可高达 83%～88%，其次为革兰阴性菌，如大肠埃希菌、肺炎克雷伯杆菌、志贺菌、沙门菌及假单胞菌，很少为厌氧菌、表皮葡萄球菌、消化链球菌属及 B、D 组链球菌的感染。

二、发 病 机 制

新生儿乳腺炎发病机制并不清楚，多数被认为病原菌潜伏在乳腺、乳头、腺导管等中，新生儿因母亲激素影响引起乳腺肿大容易诱发感染。常见的金黄色葡萄球菌感染可能由于鼻咽部的感染直接蔓延所致，此外血源感染，多数由革兰阴性菌感染所致。急性乳腺炎有三个发病阶段。

1. 初期阶段 初起患儿有哭闹不适，乳腺不红或稍红，有触痛，发热等全身症状不明显。

2. 成脓阶段 患儿乳腺逐渐增大，乳腺红肿明显，明显触痛，同侧腋窝淋巴结肿大，触痛，随之乳腺肿块中央变软，按之有波动感，局部发热，触痛明显，有时脓液可从乳腺排出，发热、精神差等全身症状加重。

3. 溃后阶段 当急性乳腺炎脓肿成熟时，可自行破溃出脓，或外科手术切开排脓，若脓出通畅，则局部肿胀消退，触痛减轻，疮口逐渐愈合，若溃后脓出不畅，肿胀不消退，可能形成慢性脓肿，或脓液经久不愈合，形成瘘口。

三、分 类

常见的乳腺炎主要有两种类型。

1. 急性单纯性乳腺炎 初期主要是乳腺的肿胀,局部皮温高,触痛,但无发热、精神差等全身症状。

2. 急性化脓性乳腺炎 局部皮肤明显红、肿、热、痛,出现明显硬结,硬结有波动感,挤压见黄白色分泌物,同时患儿有寒战、高热、精神差等全身症状。

四、临床表现

乳腺炎在女婴中的发病率高于男婴(2∶1),常发生在出生后 5 周内,高峰期为 2~3 周,大多数为单侧乳腺发病,且多发生于足月儿,因为早产儿乳腺腺体未发育成熟。局部症状明显,表现为乳房红肿、发热、触痛,乳头出现分泌物,逐渐化脓,合并同侧周围皮肤改变及同侧周边淋巴结肿大,一般全身症状不明显,有 25%~40% 患儿出现体温升高,还可伴有厌食和体重减轻等,如存在沙门菌或志贺菌等感染,常常合并消化道症状如呕吐、腹泻等症状。大部分乳腺炎感染局限于乳腺部位,极少部分细菌感染扩散至其他周边组织。

五、实验室检查

1. 血常规检查 白细胞总数及中性粒细胞数增加,并发败血症时,中性粒细胞常达 0.8 以上,且有核左移现象。

2. 细菌性检查 包括脓液涂片、脓液培养及药敏试验和血培养等。

3. B超 为无损伤检查的首选。炎症肿块,一般边界不清楚,声像内部回声增厚增强,光点不均匀,如脓肿形成,声像显示内部不均匀的液体暗区,边缘模糊,肿块局部有增厚,有时有分层现象,脓肿后方回声增强。

4. 乳腺局部穿刺抽脓检查 如有脓肿的,可行穿刺抽脓术,有助于明确诊断及行脓液检查。

六、并 发 症

新生儿乳腺炎很少引起严重感染,部分感染可波及周围的胸壁,且全身症状比较突出,易合并蜂窝织炎,其他可能的并发症有菌血症、败血症、化脓性脑膜炎等,有新生儿乳腺炎合并脑脓肿的报道。

七、诊断及鉴别诊断

根据临床表现,乳房红肿、触痛,乳头出现异常的分泌物,同时血常规白细胞明显升高,穿刺抽脓培养或染色来明确诊断。超声在确定乳腺炎及寻找乳腺脓肿十分重要,乳腺炎超声回声明显变化,脓肿为无血管的肿块,超声下可为高回声或低回声影。常与新生儿乳腺肿大鉴别,新生儿乳腺肿大及泌乳是一种生理现象,这是胎儿在母亲体内受到母亲血中高浓度的生乳素等激素影响,使乳腺增生造成的,一般乳腺肿大,无发红及触痛,且一般出生后 1~2 周,随着新生儿体内的激素水平逐渐降低,乳腺肿大的现象逐渐消失。

八、治 疗

早期认识、诊断准确、及时治疗是防治新生儿乳腺炎的关键。

1. 对红肿范围较大、全身症状比较明显、双侧发病者或是出现并发症如蜂窝织炎、败血症等应静脉滴注抗生素,且最好选用作用强、疗效好、适合于新生儿应用的抗生素,如青霉素及头孢类抗生素,或者根据脓培养结果选择敏感的抗生素。一般头孢氨苄和红霉素疗效差,如果发现细菌对这些药物耐药,则应采用其他药物,如氯林可霉素、利福平等。

2. 凡有脓液积聚者,应尽早排脓,无论是穿刺抽脓,还是切开引流,都要尽量避免对乳头乳晕区的损伤。即使如此,少数切开引流排脓的患儿,因局部瘢痕形成,会造成乳头回缩;而女婴则有可能影响将来乳腺的分泌功能,所以实施过切开引流治疗的患儿应随诊观察。

九、预　　防

为了减少和预防新生儿发生化脓性乳腺炎,应当科学育儿,摒弃旧的不科学的习俗挤新生儿奶头。部分新生儿化脓性乳腺炎后伤口愈合后,形成瘢痕,可使乳头退缩,如系女婴,将来乳腺分泌功能可能受损,因此一旦发现新生儿乳房红肿或乳头有异常分泌物应及时治疗。

(贺　娟　周晓光)

第七节　泌尿系感染

泌尿系感染(urinary tract infection,UTI)是指病原体直接侵入泌尿系统,在尿液中生长繁殖,并侵犯尿道黏膜或组织而引起损伤。感染可累及上、下泌尿道,因其定位困难,故统称为泌尿系感染。严重的泌尿系感染可以引起新生儿急性死亡,同时也可导致成年后发生高血压和终末肾衰竭。

一、病　原　学

任何入侵泌尿系的致病菌均可引起泌尿系感染,其中大多数泌尿系感染是由于一种细菌感染所致,混合感染少见。新生儿泌尿系感染最常见的病原菌中,大肠埃希菌仍然是第1位,其他革兰阴性杆菌如副大肠埃希菌、变形杆菌、克雷伯杆菌、铜绿假单胞菌等也占一定比例,尤其是在存在泌尿系畸形的新生儿中,非大肠埃希菌的培养阳性比例增高。近10%～15%的尿路感染由革兰阳性细菌引起,主要为葡萄球菌属和粪链球菌。近年来革兰阳性球菌在新生儿泌尿系感染有上升趋势。

大肠埃希菌感染最常见于无症状性菌尿、非复杂性泌尿系感染及初次泌尿系感染,在住院期的泌尿系感染,或是复杂性、反复性泌尿系感染、或经尿路器械检查后发生的泌尿系感染,多为粪链球菌、变形杆菌、克雷伯杆菌和铜绿假单胞菌所引起,其中器械检查后铜绿假单胞菌的发生率最高,变形杆菌常伴有泌尿系结石者,金黄色葡萄球菌则多见于血源性引起的泌尿系感染。真菌感染(主要为念珠菌属)多发生于留置导尿、糖尿病、使用广谱抗生素或免疫抑制药的患儿。某些病毒感染如麻疹、腮腺炎病毒以及柯萨奇病毒,也可引起尿路感染,但很少见,临床多无症状。此外,沙眼衣原体、结肠内阿米巴原虫、红斑丹毒丝菌引起的泌尿系感染也有报道。

国内对新生儿泌尿系感染常见病原菌及药敏分析研究发现,革兰阴性杆菌对氨苄西林及其他多数头孢类抗生素普遍耐药率高,对氨基糖苷类、喹诺酮类、呋喃妥因及少部分第二、第三代头孢类抗生素有不同程度的耐药,对亚胺培南多敏感。葡萄球菌和肠球菌对克林霉素和红霉素的耐药率较高,对去甲万古霉素全部敏感。

二、发 病 机 制

其发病机制错综复杂,主要是机体个体因素与细菌致病性相互作用的结果。

1. **机体的防御功能**　正常情况下,人体具有一整套完善的防御机制抵御细菌的入侵。如不断分泌酸性尿液、高浓度尿素,不断变化的高低张尿液以及膀胱顺利地排空等,这将使细菌很难在泌尿系统生存、繁殖,同时膀胱黏膜还能不断分泌一些杀菌物质,如分泌型 IgA、有机酸以及一些非特异的抗黏附因子等,它们共同构成了机体天然的防御屏障。新生儿血清中各种免疫球蛋白含量低,抗菌能力较差,易患败血症而致血行感染,据报道新生儿约 42% 继发于败血症,新生儿尿道局部防御能力较差,易上行感染,大多数新生儿出生时其尿道中 SIgA、IgA 很难检测到,出生后 1 年内 SIgA、IgA 含量急剧增多,以后逐渐达到成年人水平的 80%。

2. **个体因素**　①尿道周围菌种的改变:在尿路感染之前,大肠埃希菌或变形杆菌取代乳酸杆菌、表皮葡萄球菌和粪链球菌等,为条件致病菌入侵和繁殖创造了条件,且尿液性状的某些改变可能有助于致病菌的孳生和繁殖;②尿道上皮细胞黏附力和尿液性状及免疫因素的变化;③解剖因素:如双肾盂、双输尿管、后尿道瓣膜等先天畸形、神经源性膀胱以及各种原因引起的肾盂积水,均可造成尿液潴留,细菌容易繁殖而致感染,膀胱输尿管反流常为再发性或慢性尿路感染的重要因素;④年龄与性别因素:新生儿因其机体抗菌能力差,易患败血症引起下行感染,女性尿道短、直而宽,尿道括约肌作用弱、细菌易沿尿道口上行至膀胱引起感染。

3. **细菌毒力**　除上述个体因素外,对没有泌尿系结构异常的患儿,感染微生物的毒力是决定细菌能否引起上行性感染的主要因素。病原微生物之所以能突破机体的防御机制,主要与细菌的致病性密切有关;尤其对于尿路结构并无异常的新生儿来说,细菌的黏附性在尿感的发病中起着至关重要的作用。

4. **感染途径**

(1)血源性感染:新生儿 UTI 最主要的感染途径,任何部位的细菌感染只要引起菌血症或败血症,细菌即可随血流到达肾实质,但能否引起肾盂肾炎,则要根据感染细菌类型和有无尿路畸形来决定。现已证实,经血源途径侵袭尿路的致病菌主要是金黄色葡萄球菌。

(2)上行性感染:致病菌从尿道口上行并进入膀胱,引起膀胱炎,膀胱内的致病菌再经输尿管移行至肾,引起肾盂肾炎,这是尿路感染常见的途径。致病菌主要是大肠埃希菌。对于解剖正常的新生儿,大肠埃希菌对尿路的致病毒力是细菌能否引起上行性感染的重要因素;相反,对有尿路梗阻畸形的新生儿,这种毒力作用就不是很必要;而对于非梗阻性尿路感染的患儿,膀胱输尿管反流常是细菌上行性感染的直接通道。

(3)淋巴感染和直接蔓延:结肠内的细菌可通过淋巴管感染肾,盆腔感染时也可通过输尿管周围淋巴管播散至肾或膀胱,肾周围邻近器官和组织的感染也可直接蔓延,但这两种途径都是很罕见的。

5. **泌尿系感染易感因素**　①尿路梗阻性病变:各种尿路畸性(尿道或输尿管狭窄、重复肾、输尿管异位开口等)、结石、肿瘤等引起尿液排泄不畅,利于细菌附着而易于发生感染。另外,任何慢性肾病均有可能引起肾实质瘢痕,使部分肾单位尿流不通畅(肾内梗阻),易并发感染。②排尿功能障碍:中枢神经或脊髓病变及其术后、多发性神经根炎及腹腔术后患儿可发生排尿障碍,尿潴留而成为易感因素。③使用尿路器械。尿路器械的应用如导尿,尤其是保留导尿、膀胱镜检查及逆行尿路造影,不但会将细菌带入后尿道及膀胱,还常引起尿道黏膜损伤。④代谢因素:慢性失钾可导致肾小管受损、高钙尿症可引起肾钙质沉着而易于诱发感染;糖尿病患者可出现肾脓肿、急性肾乳头坏死。⑤感染性疾病:患伤寒、猩红热或败血症时全身和尿路的防御功能减弱,给病原体可乘之机,亦可发生血行感染。⑥免疫功能状态;尿路黏膜表面的移行细胞能分泌黏多糖,遮盖黏膜上皮细胞表面的受体,筑成一道阻断细菌黏附的有效屏障。尿路黏膜局部产生的分泌型免疫球蛋白,也是人体尿路的重要抗黏附因子。⑦其他:女婴尿道短,使用尿布及穿开裆裤尿道口易受污染而发生上行性感染。

三、临 床 表 现

新生儿期的感染主要由血行感染所致,临床症状极不典型,以全身症状为主,如有发热或体温不升、进食差、苍白、呕吐、腹泻、腹胀等非特异性表现。部分患儿体重增长缓慢,时有抽搐、嗜睡,有时可见黄疸,一般排尿症状多不明显。对原因不明的发热应及早做尿常规检查及尿、血培养以明确诊断,新生儿急性肾盂肾炎常伴有败血症,但其局部排尿刺激症状多不明显,约 30%的患儿血和尿培养出的致病菌一致。

四、并 发 症

可并发黄疸、惊厥、呕吐、腹胀,尿道梗阻可并发肾盂积水,也可并发肾瘢痕和反流性肾病、高血压等。

1. 肾积脓(pyonephrosis)　是指化脓性感染引起肾实质广泛的破坏形成脓腔。它多并发于感染性肾积水、肾结石及肾盂肾炎,尤以伴有尿路梗阻性病变时更易发生。临床表现主要为慢性脓尿及全身消耗症状,如易疲乏、无力、体重减轻、营养不良、贫血以及发热等。有时由于肾盂输尿管连接部极度狭窄以至完全闭塞,在后期可以没有泌尿系症状,而主要表现为腰部肿物。

2. 肾周炎(perinnephritis)　又称肾周脓肿,很少发病,感染的部位在肾周围的脂肪组织,多为单侧性。病原菌常为金黄色葡萄球菌,由它处病灶通过血流、淋巴而达肾周围,尤以皮肤感染常为原发病灶,亦可由肾实质感染直接波及肾周围组织。症状轻重不一,重者起病即有高热、寒战、恶心、呕吐、腰痛及上腹痛,有时疼痛可牵及腹壁或下肢。病变刺激腰大肌,引起腰大肌痉挛而使髋关节屈曲,因而下肢不能伸直。当本病与肾盂肾炎同时存在时,还会有尿频及脓尿等症状。

五、实验室及辅助检查

1. 血液检查　急性上 UTI 常有血白细胞总数和中性白细胞比例增高,血沉增快,C 反应蛋白增高。下尿路 UTI 上述实验指标常正常。

2. 尿液检查

(1)尿常规检查清洁中段尿,离心后 WBC$\geqslant$10/HP 或不离心$\geqslant$5/HP,提示 UTI,血尿也很常见。若见 WBC 管型提示上 UTI,肾乳头或膀胱炎时可有明显血尿、炎症明显时上 UTI 可有短暂的明显蛋白尿。

(2)尿细菌学检查:尿培养是诊断泌尿系感染的金标准。其阳性标准根据尿标本收集方法的不同亦有不同。目前仍然采用 1982 年的标准:对于女童一次清洁中断尿培养菌落计数$>10^5$/ml基本可以诊断,如 3 次阳性结果,那么感染的可能性$>95\%$,如果菌落计数为 $10^4\sim10^5$/ml,则结合临床症状,需重复培养,$<10^4$/ml 考虑污染;而男童清洁中断尿标本培养菌落计数$>10^4$/ml 提示泌尿系感染;无论性别,经导尿获得的尿标本菌落计数达到 10^4/ml 均考虑感染,$10^3\sim10^4$/ml时应予复查;对于膀胱穿刺尿的培养结果只要发现革兰阴性细菌即可诊断,但对于阳性球菌菌落计数＞10^3/ml 方考虑感染存在。由此可见,尿标本的收集方法选择非常重要,采集随机尿是最简单也是创伤最小的方法,但受污染导致假阳性的概率非常高,因此不提倡此方法。对于大龄患儿多采用清洁中断尿,但也要注意会阴部正常寄生菌(表 8-4)。

表 8-4 泌尿系感染尿培养诊断标准

收集方法	菌落计数(/ml)	感染比率
耻骨上穿刺	革兰阴性细菌:任何数	＞99％
	革兰阳性球菌:＞10^3	＞99％
导尿法	＞10^5	95％
	10^4～10^5	考虑感染可能
	10^3～10^4	重复培养
	＜10^3	不考虑感染
清洁中段尿		
男童	＞10^4	考虑感染
女童	1～3 次＞10^5	80％～95％
	10^4～10^5	结合临床症状,必要时重复培养
	＜10^4	不考虑感染

(3)尿液直接涂片法找细菌:取一滴均匀清洁的新鲜尿置玻片上烘干,用亚甲蓝或革兰染色高倍或油镜下,若每视野见到细菌≥1 个,表明尿内菌落计数＞10^5/ml 以上,如几个视野都找不到细菌,可以初步认为无菌尿存在。

(4)亚硝酸盐试验:为常用的细菌尿筛查试验,大肠埃希菌、副大肠埃希菌能将尿中硝酸盐还原成亚硝酸盐,后者与试剂反应产生红色的重氮磺胺盐。晨尿标本可提高其阳性率。

(5)抗体包裹细菌试验:上尿路感染时,细菌与机体发生免疫反应而产生抗体,包裹排至尿中(荧光标记及染色)其阳性率约占 1/3。

(6)尿细胞计数:采用 1h 尿白细胞排泄率测定,白细胞＞$30×10^4$/L 为阳性,可怀疑为 UTI;＜$20×10^4$/L 为阴性,可排除 UTI;(20～30)×10^4/L 需结合临床症状判断。

(7)提示肾小管损伤的尿酶及小分子尿蛋白测定:尿 $β_2$ 微球蛋白、尿 N-乙酰-β-D 氨基葡萄糖苷酶(NAG)活性、尿 Tamm-Horsfall 蛋白(THP)、维生素结合蛋白(RBP),增高、尿渗透压降低提示肾盂肾炎。

3. 影像学检查 对于初发 UTI 的新生儿、任何年龄初发 UTI 的男孩子、再发性 UTI、上UTI、UTI 合并高血压、UTI 经治疗反复不愈、非大肠埃希菌所致的 UTI。也有学者建议临床UTI 病人,发病初期即应做放射性核素肾静态扫描(DMSA)检查,因为有动物实验证明,肾瘢痕的形成通常发生在肾感染的 1～2d。

(1)B超检查:可探查肾大小、结构及肾盂、输尿管积水扩张、结石等。

(2)X 线检查:静脉肾盂造影(IVP)、排尿性膀胱尿路造影(MCU)除可了解上述 B 超的内容外,尚可观察肾及肾盂肾盏的形态,纤维化等提示慢性炎症和肾瘢痕证据,以及婴幼儿的膀胱输尿管反流(VUR)及程度,还可观察有无后尿道瓣膜等畸形情况。MCU 能对反流作比较准确的定级,至今仍是检测和分级 VUR 的金标准,是外科手术的重要依据,但其缺点在于:当感染尚未控制时有可能造成细菌的上行性感染,对仅有输尿管肌肉松弛的患儿有时可能会出现假阳性结果。

（3）磁共振成像（MRI）增强扫描：在评价肾瘢痕和肾皮质变薄时敏感性为100％，特异性为78％，其同时能够兼顾到肾功能及解剖学异常，由于 MRI 价格昂贵，限制了其在临床中的应用，但在肾瘢痕评价时不能替代放射性核素肾静态扫描。

（4）排泄性膀胱尿路造影（VCUG）：在评价小儿 UTI 中的作用争论较大，有学者报道仅在抗生素预防治疗能够减少 UTI 的复发及肾瘢痕时，行 VCUG 诊断 VUR 才有意义。另有文献报道，不推荐 VCUG 作为常规检查肾损害的方法。

（5）放射性核素显像检查放射性：放射性核素膀胱显像（DRC），DRC 比 MCU 放射性小，敏感性和可靠性大，其不仅能观察解剖学上的变异，还能计算反流量、测定反流持续时间和残余尿量。放射性核素肾静态显像技术：放射性核素^{99m}TC-DMSA 静态显像。DMSA 为上 UTI 定位诊断的可靠方法，也是肾瘢痕形成和 APN 检查的首选手段，是目前大家公认的"金标准"，其可明确有无肾实质损害及其范围并发现肾瘢痕及 VUR，还可了解病变的程度和性质。动物模型证实其诊断 APN 灵敏度和特异性分别为91％、100％。中国台湾学者曾对473例确诊为肾瘢痕的病人行 DMSA 检查，其阳性检出率为90％。

六、诊　　断

典型病例根据症状及实验室检查可确诊，UTI 完整的诊断应注意：①确立真性细菌尿的存在；②了解本次 UTI 发作系初发、复发或再感染；③明确致病菌的类型，并做药物敏感试验；④判断 UTI 的部位；⑤进一步了解有无尿路畸形等复杂性 UTI 因素的存在；⑥了解有无肾损害的存在。对于新生儿，由于排尿刺激症状不明显或缺如而常以全身表现较为突出，易致漏诊。故在发热性疾病的诊断过程中应警惕 UTI 的可能，应反复做尿液检查，争取在抗生素应用前进行尿培养。

具体的诊断标准，凡符合下列条件者可确诊：①中段尿培养菌落计数$>10^5$/ml。②离心尿沉渣，白细胞5～10/HP 或有 UTI 症状。具备①②条者可确诊，如无第②条，应再做菌落计数，仍$>10^5$/ml，且两次细菌相同者可确诊。③耻骨上膀胱穿刺，只要有细菌生长即可确诊。④离心尿沉渣，涂片革兰染色找菌，细菌$\geq$1/HP，结合临床 UTI 症状，亦可确诊。

七、鉴 别 诊 断

1. 肾小球肾炎　急性肾炎初期可有水肿、高血压的症状，尿常规检查中红细胞增多，有少数白细胞，但多有管型及蛋白尿，且多伴水肿及高血压、尿培养阴性有助鉴别。

2. 新生儿败血症　往往有发热、不吃、不动、黄疸等表现，但尿常规阴性有助于诊断。

八、治　　疗

目的是控制症状、根除病原体、去除诱发因素、防止再发和保护肾功能。

1. 一般处理　予患儿多饮水以增加尿量，促进细菌和细菌毒素及炎性分泌物排出，并降低肾髓质及乳头部组织的渗透压，使之不利于细菌生长繁殖，同时增强患儿机体抵抗力。此外，女孩还应注意外阴部的清洁卫生。

2. 抗菌疗法　选用抗生素的原则。①感染部位，上 UTI 选用血浓度高的药物，下 UTI 选用尿浓度高的药物；②感染途径：对下行性感染，首选磺胺类药物，血行性感染多选用青霉素类、氨基糖苷类或头孢菌素类单独或联合治疗；③根据尿培养及药敏试验结果，同时结合临床疗效选用抗生素；④药物在肾组织、尿液、血液中都应有较高的浓度；⑤药物的抗菌能力强，抗菌谱广，最好能用强杀菌药，且不易使细菌产生耐药菌株；⑥对肾功能损害小的药物。

药物选择：临床上应该根据阳性结果及药敏试验调整用药，但如患儿有泌尿系感染的典型临床表现，临床医师即可在细菌培养结果出来前给予经验性用药，待培养结果出来后再调整用药，如经试验治疗后，临床症状好转，不必一定依据药敏结果调整抗生素。新生儿泌尿系感染临床表现多种多样，从中段尿培养结果来看，临床仍以革兰阴性杆菌为主，球菌比例有上升，如葡萄球菌属、肠球菌属等。临床常用的药物为复方磺胺制剂、呋喃妥因、阿莫西林、头孢噻肟钠等，但近年来，随着耐药菌的增多，以前常用的抗菌药物如阿莫西林、磺胺嘧啶、呋喃妥因有多重耐药性，对青霉素类耐药性增加明显，临床不宜选用，对第二、三代头孢类抗菌药物比较敏感，此外万古霉素、亚胺培南等亦被列为选择之列。

对于非复杂性泌尿系感染，如果不伴有发热等中毒症状，可以在院外口服抗生素，3～5d即可，对于伴有泌尿系解剖学异常如反流的患儿，应持续应用抗生素至体温正常后至少5d，口服或静脉用药均可；对于急性肾盂肾炎治疗应该及时彻底，尤其对于年龄<3个月，或者有发热、嗜睡、血压降低等脓毒血症表现，或为复杂性泌尿系感染，或者不能耐受口服药物者，应住院治疗，病情稳定后给予至少10～14d口服药物巩固治疗。再发性感染在进行细菌培养后应选用两种抗生素治疗，疗程7～14d为宜，然后予以小剂量药物维持，以防再发。此外对于尿培养证明的单纯无症状菌尿，临床无需治疗，因为研究表明单纯无症状菌尿大多不引起急性症状，未提示对肾存在明显损害。但若合并尿路梗阻、膀胱输尿管反流或其他尿路畸形，或既往感染使肾留有陈旧性瘢痕者，则应积极选用抗生素治疗。疗程7～14d，继之给予小剂量抗生素预防，直至尿路畸形恢复为止。

3. 积极矫治尿路畸形　膀胱输尿管反流（VUR）　最常见，其次是尿路梗阻和膀胱憩室，一经证实应及时予以矫治，否则UTI难被控制。据报道若无输尿管扩张，则VUR65%～85%可自行消失。但小婴儿容易发生肾瘢痕，而且还会导致肾发育不良，故必须重视VUR的治疗。有下列特征者需尽早行抗反流手术（因此时的持续反流已不能自行消失）：①重度反流经内科非手术治疗后仍有进行性肾损害者；②输尿管管口呈高尔夫洞穴样改变者；③伴有先天性异常或尿路梗阻的反流者；④药物不能控制的URI。目前国外盛行注射疗法（特氟隆—微粒悬液）。

九、预　　防

针对病因及诱因可采取以下措施：①加强卫生宣传教育，注意新生儿卫生，保持外阴及尿道的清洁；②及时发现和处理男孩包茎，女孩处女膜伞、蛲虫感染等；③初次感染后，应有较长时间的定期随访。对于新生儿T≥39℃、发热≥2d而缺乏其他可能的发热原因，出现肉眼血尿者，既往有UTI病史或已被明确有尿道异常者，未切除包皮的男性新生儿，均需重点怀疑，再结合相应的尿液检查，这样才能尽早作出诊断，以便早期治疗。

十、预　　后

急性泌尿系感染经一般处理，包括支持疗法，合理应用抗生素，多在数日内症状消失、治愈，但约有半数复发者，可能合并泌尿系的畸形，其中以膀胱输尿管反流最常见，而此病反复感染可能约1/3患者造成瘢痕肾，从而影响肾的生长及肾功能，甚至发展为肾性高血压或肾衰竭。

（贺　娟　周晓光）

第八节　化脓性骨髓炎及关节炎

骨髓炎指细菌引起的骨骼系统的化脓性炎症,是小儿最常见的原发于骨骼的感染性疾病之一,一旦漏诊可遗留生长发育障碍及残疾等严重功能性后遗症。本病一般为血源性感染,个别病例是从邻近软组织扩散而来或继发于开放性骨折,最多见于 10 岁以下儿童,其中男孩较女孩多 3～4 倍。根据不同的临床症状、疾病进展、致病菌的类型、感染部位、患儿年龄及免疫状况,本病可有多种类型、表现及转归。

一、急性血源性骨髓炎

(一)发病机制与病理改变

化脓性病原菌突破机体防御功能在骨骼处形成局灶性感染,伴有局部化脓和缺血性坏死、纤维增生和骨修复,即典型的是全骨(骨髓、皮质和骨膜)均被累及。

急性血源性骨髓炎由血液中细菌在骨骼处的局部感染所致。细菌如金黄色葡萄球菌通过细胞外多糖的作用具有黏附骨的结缔组织成分(骨本质、胶原、糖蛋白以及涎蛋白等)的能力。局部外伤后血栓形成常易导致菌血症后局部感染。菌血症可来源于局灶性化脓性感染或无临床症状的带菌状态。

骨髓感染常开始于长管骨的干骺端,可能的原因为①这个区域内的小动脉和毛细血管网管径小致血流速度减慢从而有潜在的血液滞流,成为致病菌繁殖的理想环境。②缺少有效的吞噬细胞。③干骺端和骨骺的血供相互独立。感染一般始于静脉襻,致营养动脉内产生继发性栓塞。

骨的炎症特点为血管怒张、水肿、细胞浸润,形成脓肿。典型的细菌感染可导致炎性渗出,这些炎性渗出物都积聚在骨髓腔和皮质下形成一定的张力。血管内脓毒性血栓和动脉血管损伤导致骨的局部缺血性梗死伴局部疼痛。许多脓液可通过伏克曼管扩散并积聚在骨膜下腔将骨膜掀起,导致骨膜的血供破坏和骨皮质梗死,最后形成局部骨坏死,即死骨片。死骨片在疾病晚期可从原骨体上分离出来成为一个游离的异物体或最终被吸收。急性骨髓炎的修复阶段,骨膜掀起部的成骨细胞的骨膜下形成新骨,称为骨包壳(involucrum),将局部感染部位包裹。骨包壳上的穿孔称为骨瘘,脓液可自此引流。骨包壳形成死腔,其中除死骨外还充以肉芽组织和细菌,此为慢性骨髓炎的特点。

病变部位上的软组织炎性反应导致了骨髓炎部位邻近组织的炎症改变。骨膜遭破坏后,脓性物质通过单个或多个窦道引流入软组织及皮肤,亦可沿骨干上下蔓延或环绕骨干四周扩散。因骨内压增高,病灶中的细菌可再次进入血流而形成脓毒血症。18 个月以下婴儿的骨骺上可有长骨生长部血管(transphyseal vessels),这些管道横穿软骨生长板。软组织的炎症也可通过这些管道向两方延伸,既可进入骨髓腔,也可向骨骺端浸润。骨骺端感染可导致关节腔内感染,引脓毒性关节炎。软骨生长板的缺血性坏死可导致生长障碍。如果受感染的骨骺端处于关节囊内,则可导致关节腔也遭受感染,如股骨、肱骨、桡骨的近端以及胫骨的远端都处于关节囊内。

局部缺血和缺少有效的机体防御功能易导致慢性骨髓炎,尤其是有异物或坏死骨存在的情况下,全身使用抗生素和宿主细胞防御作用对病原菌相对难以奏效。

亚急性或慢性局限性脓肿周围包有硬性组织,称之为 Brodie 脓肿,最多见于胫骨远端。该病仅有的临床表现为局部钝痛和触痛。X 线平片可见有透光区,以后可呈自发性无菌状态,或可成为持续性慢性感染病灶,需要手术治疗和长期药物治疗。

(二)病原学

最常见的细菌致病菌为金黄色葡萄球菌,占 40％～80％的病例,社区获得性耐甲氧西林金黄色葡萄球菌(methicillin-resistant staphylococcus aureus,MRSA)也有报道。流感嗜血杆菌 b 型也是引起骨髓炎的重要致病原,尤其见于 3 岁以下儿童。广泛进行常规免疫后,该菌引起的发病率已明显下降。新生儿中 B 组链球菌和大肠菌类可能为重要病原。

(三)临床表现

全身任何骨骼均可发生。急性血源性骨髓炎的好发部位是股骨远端和胫骨近端,其次是股骨近端和肱骨近端以及桡骨远端。新生儿及婴儿全身症状轻微,起病初期全身症状为急性败血症表现,可有烦躁、发热、寒战、呕吐、拒奶、脱水、体重不增或无症状,易延误诊断和治疗。随着炎症的发展和骨内压力增高,局部有炎症改变和疼痛。持续剧烈的疼痛可因轻微活动而加重,因而患肢活动极少,随意运动减少(假性瘫痪)或跛行,骨膜疼痛和肌肉痉挛限制了肢体运动的幅度,邻近关节的肌群常有保护性痉挛,但邻近关节的被动性活动幅度不受影响,除非有脓肿形成或关节积脓者例外。脓液穿过骨膜和深部软组织,病变部位表面有皮温升高、触痛以及软组织肿胀。体格检查包括寻找任何可导致菌血症的原发感染灶。

新生儿骨髓炎的发生可以是医源性如足跟穿刺和胎儿头皮监护,常常很少或无特异性临床体征。常见病原有葡萄球菌、B 组链球菌和大肠菌类。多灶性病变可见于 50％以上的病例,病变部位附近关节受累也较常见。

(四)病原学研究

骨髓炎诊断的确定需要分离出病原菌。50％～60％的病例血培养可有阳性结果,骨脓性吸引液或骨组织培养可增加培养的阳性率。从压痛及肿胀最明显处穿刺软组织、骨膜下无脓液再穿入骨内,吸出的血性浆液或脓液应做涂片和培养查找致病菌,并做药物敏感试验以选择敏感抗生素。穿刺还可帮助决定是否需要引流。骨穿刺的同时为寻找可能的原发病灶还要做其他细菌学检查,如咽部、皮肤感染病灶的涂片和培养。病原菌培养阴性的情况下,尿肺炎链球菌或流感嗜血杆菌 b 型细菌抗原阳性结果可帮助确诊。在有脓液引流出的慢性骨髓炎,穿刺取骨活培养的病原学诊断价值要比从伤口表面的渗出、窦道或压疮溃疡取标本培养更准确,因为这些部位可有细菌寄生或继发感染存在。此外,应同时常规培养厌氧菌。

如果怀疑为结核性病变,除了做分枝杆菌培养外,还应做结核菌素皮试(PPD)和胸部 X 线检查。X 线检查有改变的病变部位应取骨活检,若显示有肉芽肿组织,且伴有或不伴有干酪性坏死,可作为诊断结核病的依据。

(五)影像学检查

病变第 1 周 X 线检查常可为阴性,或有深部软组织肿胀伴肌肉致密性增加、肌肉间的脂肪线模糊,炎性渗出也可使骨骼阴影模糊,提示有可能为骨髓炎,但不能作为确诊依据。

骨膜反应[骨膜隆起和(或)骨膜下新骨形成]或骨破坏[骨质疏松和(或)骨质溶解]的特殊改变在 7～12d X 线检查可表现出来。值得一提的是急性骨髓炎病程早期使用抗生素可使骨脱钙停止从而使 X 线改变不再进一步发展。此情况须特别注意以防漏诊、误诊。

骨骼放射性核素扫描与 X 线平片检查相比最大的优点是能在疾病早期(24～48h)发现多发性病灶。B 超可早期发现骨膜下脓肿。CT 有助于诊断骨盆和椎骨骨髓炎以及确定死骨。磁共振(MRI)在发现软组织或骨组织炎症方面最敏感,常能提供病变部位在解剖学上详细、准确的信息。但 MRI 观察部位有限,价格较昂贵、儿科病人检查时需要使用适当的镇静药,在区别感染和附件骨骼的骨新生物或炎症区域(如外伤后炎症)缺少特异性。

近年国外研究报道指出在疾病的起病期最有诊断价值的影像学检查为骨闪烁扫描术和MRI,而晚期则为 X 线,但注意不能等待 X 线片出现骨破坏或新骨形成才作出诊断,否则将耽误治疗!

(六)实验室检查

急性期白细胞计数增高(总数和分类)且中性粒细胞比例增高,核左移、血沉和血清 C 反应蛋白有助于诊断急性骨髓炎、监测病程以及患儿对治疗的反应。在诊断初期,白细胞计数正常的情况可见于 60% 以上的病例及个别病情危重的病例。血沉增快常可作为疾病活动期的标志,但有25% 以上急性骨髓炎早期病人显示正常。血沉增快常在治疗 3～4 周后且无并发症发生可恢复正常。C 反应蛋白在病程的头 8h 内快速升高,2d 达到峰值,1 周之内常可降至正常。

(七)鉴别诊断

邻近骨组织的其他组织感染易与骨髓炎相混淆,如蜂窝织炎、脓性肌炎、滑囊炎、脓毒性关节炎和外伤、关节间盘炎、原发或继发性骨恶性病变(如神经母细胞瘤等),此外白血病、淋巴瘤以及骨折等都需与骨髓炎进行鉴别诊断。骨盆骨髓炎的鉴别诊断包括关节炎、腹膜后腔脓肿和股骨头缺血坏死。

(八)治疗

本病的治疗原则是一旦诊断明确,应力争尽早治疗。

1. **抗生素疗法**　在血和脓液培养后立即开始抗生素疗法,切不可等待培养结果以免耽误诊疗。抗生素治疗的目的在于维持受感染组织(骨组织和脓液)中有效的抗菌浓度,该浓度应超过对病原菌的最小抑菌浓度。血清中必须达到高浓度的杀菌抗生素浓度以保证骨组织能获得适当的抗菌浓度。

对新生儿病例,应根据临床经验选用广谱、足量抗生素治疗。一旦明确致病菌后立即改用敏感抗生素,治疗时间要足够长,以防止感染复发或形成慢性感染。最初的经验性抗生素治疗应包括抗葡萄球菌类药物用以治疗金黄色葡萄球菌和 B 组链球菌,如青霉素或头孢菌素,可再结合使用一种氨基糖苷类以覆盖革兰阴性大肠菌类。如果怀疑或已知耐药性葡萄球菌,则应选用万古霉素治疗。

判断早期抗生素治疗有效的标准为全身和局部症状有缓解,白细胞计数,C 反应蛋白和血沉下降到正常,X 线平片表现恢复正常。

对大多数无并发症病例推荐使用抗生素 3～6 周。早期抗生素治疗通常应用静脉给药以确保血清抗生素高浓度。若早期治疗反应良好,可改用口服治疗。但只有在病人能够口服且适合口服、口服药物有效且无不良反应的情况下,才能考虑采取口服抗生素治疗的方法且应确保监测血清杀菌浓度(SBT)。

2. **手术治疗**　对确诊的骨髓炎主要依靠外科治疗。虽然在发病 24～48h 充分有效的抗生素治疗常可使患儿免于手术,但在延迟诊断、骨穿刺有脓或 X 线片可见骨破坏且初期静脉使用抗生素治疗无满意疗效的病例应尽快施行手术引流。

手术治疗目的在于取出死骨和窦道,刮除 Brodie 脓肿。有异物的压疮或开放性骨折的骨髓炎应用清创术彻底冲洗病变部位。术中应注意防止损伤骨骺、骺板和骨膜的广泛剥离。骨皮质开窗减压并置管冲洗引流 5～7d 后拔除。为避免发生病理性骨折,骨皮质开窗不宜过大。

3. **全身支持治疗**　骨髓炎的辅助治疗包括止痛、降温、补液、营养、患肢制动。很少需要石膏制动患肢。恢复期理疗有助于减轻疼痛。另外需额外注意补充蛋白质及维生素。

（九）预后和并发症

无并发症的骨髓炎预后一般良好。脓毒性关节炎是骨髓炎的并发症，需外科治疗。后遗症如骨畸形和骨生长改变可因骨和软骨生长板病变所致。本病还可发生病理性骨折。

二、慢性骨髓炎

骨的急性感染若不能彻底控制则可能一时缓解而呈急性复发或转为慢性骨髓炎（chronic osteomyelitis）。

慢性骨髓炎可并发肢体发育落后或延长、病理性骨折、软组织挛缩、上皮瘤、骨缺损、内脏淀粉样变以及较少见的伤口附近鳞状上皮癌。

典型特征为多部位受累，一过性的病情加剧和缓解，病原菌检查阴性，对经验性抗生素治疗无反应。女性病例约为男性的 2 倍。受累部位多为管状骨的骨骺端，尤其是胫骨的远、近端、锁骨的胸骨端、桡骨、腓骨、股骨、尺骨以及脊椎骨。

慢性骨髓炎的治疗原则包括：彻底引流清除死骨，去除死骨和感染的肉芽组织并切除瘢痕窦道和部分骨包壳，同时注意保持骨的连续性。手术目的是清除异物和消灭死腔。手术前准备应包括加强营养及改善一般状况。过早切除未完全分离的死骨可能造成骨干的缺损过大，危及骨连续性。术后应使用有效抗生素并持续灌洗治疗。

三、急性化脓性关节炎

急性化脓性关节炎（acute suppurative arthritis）是由化脓性微生物引起的常为单关节受累的炎症，约 85％病例见于膝、髋、踝关节且原发病例多于继发。

（一）病理改变和发病机制

急性化脓性关节炎多见于大关节和下肢关节，可与外伤有关。细菌侵入关节的途径有三。①血源性感染，远处的感染灶如擦破伤感染、疖肿、上呼吸道感染或中耳炎等的细菌经血液循环侵入关节腔和滑膜中致病；②从附近病灶直接侵入，如骨髓炎等；③直接感染，如外伤、关节穿刺和探查手术等。

细菌经血行播散进入富有血管的滑膜可激发明显的炎症反应。滑膜水肿、充血、渗液使关节肿胀。关节液最初为稀薄而浑浊，其中白细胞可达 50 000/mm^3。白细胞释放的细胞因子与细菌毒素的联合作用导致滑膜炎症，可伴有血管渗透性增高和液体产生增加。关节液涂片可找到细菌，且蛋白质含量升高、糖含量降低。随后即有局灶性滑膜坏死和脓性渗出，关节面软骨很快被破坏。脓性液性聚积在关节腔内压力增高，从而导致关节腔张力升高和动脉血栓形成，如病变在髋关节则可迅速导致股骨头无血管性坏死。高度扩张的关节囊还可引起病理性脱位，如髋关节脱位等。激发的多形核白细胞，还可能有滑膜基底细胞和细菌所分泌的蛋白水解酶，即溶酶体酶（lysosomal enzyme）可导致关节软骨的结缔组织基质溶解，炎症过程稍长者可使软骨细胞变性，累及骨骺和软骨生长板，导致肢体短缩等后遗症。滑膜及裸露的骨面分别逐渐被肉芽组织替代和覆盖。炎症播散还可通过开放的血流管道（长骨生长部血管）穿过长骨生长部最终导致骨髓炎。若感染不能控制，关节还可发生纤维性或骨性融合。

（二）病原学

金黄色葡萄球菌及流感嗜血杆菌 b 型是最常见病原，肺炎球菌、大肠埃希菌、脑膜炎球菌、沙门杆菌和布鲁杆菌偶可致病。国外有报道生后 2 个月至 5 岁年龄组的 20％～50％病例由流感嗜血杆菌 b 型引起。婴儿常规接种该菌疫苗后随着流感嗜血杆菌 b 型导致的其他侵袭性病变的发生率下降,该菌引起的化脓性关节炎也显示同样下降趋势,作为细菌性疾病,流感嗜血杆菌性化脓性关节炎常可伴发脑膜炎、骨髓炎、中耳炎,蜂窝织炎和肺炎等。

金黄色葡萄球菌是导致新生儿化脓性关节炎的最常见病原,也是导致 5 岁以上儿童化脓性关节炎的最常见病因,在生后 2 个月至 5 岁以上儿童中,为第二常见致病菌。该菌引起的化脓性关节炎常并发邻近骨组织的骨髓炎。新生儿化脓性关节炎也可由 B 组链球菌,大肠埃希菌或白色念珠菌引起。

(三)临床表现

多数病例有外伤或感染史,起病较急。化脓性关节炎的主要特征为关节的急性炎症表现,可有疼痛、触痛、红肿和活动度减少。化脓性关节炎早期和其他细菌性疾病相似,有发热和中毒症状。新生儿除了烦躁、食欲缺乏、高热和喂奶困难外,较少有全身症状。换尿布时发现肢体的假性瘫痪和触痛是新生儿髋部化脓性关节炎的早期常见表现。有该临床表现的患儿,临床上应高度怀疑有本病的可能性。婴儿多见邻近骨髓炎和多发性关节病变。

肌肉痉挛是机体的自然保护行为,可使关节位置维持在保持关节最大容积,从而减少关节腔内张力和疼痛。髋部多倾向于屈曲外展和外旋位,肩内收和内旋位,肘部为中等屈曲位而膝和踝为平屈曲位。

化脓性骶髂关节炎可有发热,髋、大腿、背部或臀部疼痛,这些疼痛可因活动而加剧。骶髂关节局部触痛以及髂翼加压后引发疼痛是重要的诊断性体征。

结核性关节炎常为慢性,通常仅侵犯单个关节。膝、腕髋、脊柱和踝关节均可受累。在其他症状和体征出现之前,常见的临床表现为病变关节疼痛,可持续数周至数月。

(四)诊断

患儿有关节疼痛或触痛、肿胀、活动受限,同时有炎症的全身症状和实验室所见,一般不难诊断,关节穿刺可确诊。早期的实验室检查血沉、C 反应蛋白以及外周白细胞数和中性粒细胞比例均升高。30％～40％病人血培养阳性。每一个考虑为化脓性关节炎诊断的病人都应做诊断性关节穿刺术。值得一提的是穿刺时穿刺针应避免穿过关节上方表面组织的蜂窝织炎病变部位,因不加注意有可能将致病菌带入原来无菌无感染的关节腔。

正常的滑膜液是无色或淡黄色清亮液体。化脓性关节炎病人的滑膜液改变有助于和其他滑膜炎疾病区别开来。然而在大多数化脓性关节炎病例中,肉眼可见的脓性滑膜液伴白细胞计数在 $100\ 000×10^6/L$ 以上并非常见。因此,病原学诊断是确定感染性疾病的基础。若在诊断性穿刺中无液体标本取得,可用生理盐水冲洗关节腔,然后再抽取液体送细菌学培养。关节液培养阳性率约 55％,致病菌还可从血、关节液、脓及骨组织培养中分离出来。文献报道使用选择性或细菌助长培养基可以增加细菌学检查的阳性率。

许多病人可予部分治疗,主要是在化脓性关节炎明确前口服抗生素用以治疗非特异性症状。在这些病例中,血清和滑膜液抗原检测试验(肺炎链球菌、B 组链球菌以及流感嗜血杆菌 b 型)阳性有助于确诊。

有助于化脓性关节炎诊断的影像学检查包括 X 线平片、超声波检查和核扫描。X 线检查常可显示关节腔肿胀的范围以及关节周围深浅软组织肿胀情况伴脂肪层消失、脂肪垫水肿。髋关节病变时,可见渗液导致股骨头侧移位或半脱位。若化脓性关节炎持续超过 10～14d,X 线检查也可显示骨质疏松或不完全脱位。另外,有骨髓炎发生时,可见骨膜掀起或伴有特征性的骨溶解性损害。

在确定髋关节渗出或关节腔内骨性病变时,超声波是重要检查手段。当化脓性关节炎累及到骨盆和脊椎关节,则需做 CT 或骨扫描检查。CT 和 MRI 检查对化脓性关节炎不如对骨髓炎重要,适用于需与恶性肿瘤相鉴别的病例。

滑膜活检、特殊染色和培养对于由分枝杆菌、结核杆菌或真菌所引起的慢性关节炎和由其他原因的肉芽肿性炎症(结节病、异物反应或风湿病状况)之间的鉴别是非常必要的。

(五)鉴别诊断

化脓性关节炎必须要与邻近组织感染相鉴别,如骨髓炎、深部蜂窝织炎、脓性肌炎、滑膜炎、腰大肌或腹膜后腔脓肿和化脓性滑囊炎,也应和其他感染性和非感染性病原引起的关节炎相鉴别,如反应性关节炎。病毒性关节炎常为多关节病变,最多见于指(趾)骨-掌间骨关节,其次为腕、膝、踝和肘关节。

(六)治疗

化脓性关节炎病情大多较重,临床上应按急诊处理。治疗的目的是控制感染、缓解疼痛、保持关节间隙、防止关节软骨受压破坏以及预防畸形。牵引的固定效果好于石膏固定,腕、踝关节受累时可用石膏板固定。化脓性关节炎的早期,关节液为血性浆液性时,可用生理盐水冲洗并注入抗生素溶液,注意浓度不宜过高,否则会刺激滑膜引起相应症状。抗生素溶液一般只保留 2～3ml 为宜。全身应用抗生素原则与急性骨髓炎基本相同。非手术治疗无效时可置入硅胶管持续冲洗引流。新生儿和小婴儿的髋关节化脓性关节炎容易并发关节脱位和股骨头破坏,致残率高,应及早引流和外展牵引。感染控制后可改用挽具、屈髋外展位支具或石膏固定髋关节 6～8 周,但仍难完全避免髋关节残疾。

化脓性关节炎的治疗主要是抗生素治疗、冲洗和引流关节腔,将病变关节制动在功能位。经验性抗生素治疗的药物应选择依据病人年龄、分离出的特异病原、革兰染色以及滑膜液的抗原检测来决定。早期治疗常规用静脉用药,大多数抗生素在滑膜液中的浓度可以和血清药物相等,甚至更高。金黄色葡萄球菌性关节炎常需 4～6 周的抗生素治疗。流感嗜血杆菌 b、肺炎链球菌和A 组链球菌引起的无并发症的化脓性关节炎应用抗生素治疗 2～3 周。

无并发症的化脓性关节炎患者发热常可持续 3～5d,持续不退的发热应考虑有并发感染的可能。治疗后关节炎症常在 5～7d 缓解,但肿胀仍可持续 10～14d。除非可以明确地排除同时发生骨髓炎的可能,髋和肩关节的化脓性关节炎应至少治疗 3 周。在病人的症状明显改善如热退,实验室炎症性指标下降、滑膜肿胀减轻后,初期静脉内抗生素治疗可改换为大剂量口服合适的杀菌性抗生素治疗。口服抗生素治疗必须有严格的药物浓度监测。真菌性关节炎可静脉用两性霉素治疗。

在下列情况存在时,应迅速采取开放性外科引流:所有化脓性髋关节炎病人、大多数感染性肩关节炎病人、早期诊断性穿刺吸引有脓液病人。髋关节紧急开放性引流主要用于缓解关节腔内压力,从而避免股骨头坏死和永久性关节损害。在早期开放性引流中最好能同时清除深部关节死骨和炎症介质。

复发性化脓性或细菌培养为阳性的渗出,持续超出 7d 者都需进行开放性手术引流。关节内镜引流作为另一有效的方法,对开放性关节引流可取得满意效果。符合指征的病例应尽早行关节切开引流,并同时开始使用抗生素,以期获得较好的远期效果。

化脓性关节炎的支持疗法包括最初 72h 治疗中用夹板固定关节在功能位直到滑膜炎症的症状明显改善。以后,被动性有限范围内的关节运动可帮助维持滑膜液的生理性循环,减少萎缩的危险。下肢病变患者髋、膝关节应置于伸展位休息,踝关节应处在自然位置;上肢病变者,肩关节应保持内收和内旋位,肘关节应置于平屈位。疼痛和其他急性炎症的体征缓解后可进行主动性的有限范围内的关节运动和负重练习。早期进行有限的被动性关节运动练习可以改善关节炎症后的功能预后。

（七）预后

化脓性关节炎预后良好的最重要因素是早期诊断和治疗。不良预后的相关因素有年龄幼小（<6 个月）、治疗迟缓（尤其出现明显症状后 5d 以上）、金葡菌性关节炎、革兰阴性细菌或真菌性致病原、髋关节或肩关节病变以及与骨髓炎有关联的骨骺损害。长期随访可了解骨骺病变所造成的损伤（成角畸形、肢体长度缩短）、早期退行性改变以及关节活动范围受限。

（余家康）

第九节　肛门周围感染

肛门周围感染主要包括肛周脓肿及肛瘘，为 1 岁以下幼儿常见的后天获得性直肠肛门疾病，其可能的病因疑为莫尔加尼隐窝的先天畸形，但其治疗及临床处理仍存在一定争议。

一、肛周脓肿

肛周脓肿（perianal abscess）是指肛门直肠周围软组织感染形成脓肿，大多数发生在 3 个月内的小婴儿，98％发生在男性，是新生儿较为常见的一种后天性疾病，是由免疫力低下、家长清洗不及时等原因造成的，且易复发。常见于婴幼儿，与成年人病原菌多以金黄色葡萄球菌为主不同，前者多为大肠埃希菌。

（一）病因

肛门皮下及肛管周围的软组织被盆筋膜和肛提肌纤维分隔成不同间隙，内有丰富的血管、淋巴、结缔组织和脂肪。感染可由肛管直肠直接向周围组织间隙蔓延，也可经血源、淋巴感染。小儿肛周皮肤及直肠黏膜局部防御力薄弱是引起肛周脓肿的主要因素，小儿肛周皮肤及直肠黏膜娇嫩，极易被干燥粪块刮伤，或被尿便浸渍和粗糙的尿布擦伤。换尿布时，年轻的父母常顺便用干尿布或废纸来回擦拭婴儿肛门，此举增加了肛周皮肤损伤感染的机会。偶擦拭用力过大时易将肛门黏膜翻出受损感染。随着小儿年龄的增长，局部防御力增强，肛周感染发生率显著降低。肛周脓肿也可继发于肛裂、痔及直肠炎症等。

有报道肛周脓肿与免疫力低下有密切关系，新生儿感染的防御机制尚未发育健全，直肠黏膜尚无浆细胞，白细胞吞噬能力及免疫球蛋白的生成均较弱。血清中的免疫球蛋白 IgG 主要来自母体，生后 3～4 周黏膜固有层的浆细胞才产生 IgA。某些粒细胞减少性疾病如急性白血病、再生障碍性贫血、先天性家族性粒细胞缺乏症等，可合并肛周脓肿。

（二）病理

小儿肛周脓肿常起源于肛门腺窝及肛门腺炎症，开始为肛门直肠周围组织反应性蜂窝织炎，炎症局限形成脓肿，多在肛门附近的皮下及直肠黏膜下。如不及时治疗，可穿入直肠周围组织，如会阴、前庭、大阴唇和阴道，形成各种直肠瘘。

（三）临床表现

新生儿肛门周围脓肿的临床表现常较轻，一般表现为良性、自限性状况。有时存在低热，轻度直肠疼痛，肛周区蜂窝织炎，后来形成脓疱，脓肿通过此开口引流，症状因此得到缓和，炎症消退、脓疱愈合。但 1 周后或数周后，脓液重新排出，这样以间断慢性的方式持续。病变多在 2 岁前自然痊愈。临床上患儿可出现无原因的哭闹不安，仰卧位或排便时哭闹更重并可出现腹泻。

体温升高可达 38～39℃。检查发现肛门局部出现红、肿、热、痛、皮肤皱纹消失等炎症改变。开始较硬、以后中央变软,颜色暗红,出现波动,破溃后有脓液排出。可伴有拒乳、食欲缺乏、精神不振。炎症位于肛门前方时可有排尿障碍。

(四)诊断

肛周脓肿诊断并不困难。但临床上多数就诊较晚,有的脓肿已经破溃。应注意早期发现,以便及时治疗。

哭闹不安,尤其是排便时更为明显,发热。肛周红肿、触痛。开始局部较硬,以后中央变软并出现波动。急性感染期白细胞总数升高,并有核左移。另外 CRP、血沉也可能升高。

(五)治疗

炎症急性浸润期可采取非手术疗法,用温热水肛门坐浴或用少量温盐水保留灌肠,也可经肛门给予抗炎栓剂;口服缓泻药,使大便通畅。全身应用抗生素,预防并发感染。对新生儿及婴儿,为防止尿布污染加重感染须加强肛门及其周围的护理。

脓肿形成期,局部有明显波动或穿刺有脓时,采取针吸或切开引流。临床上常做放射状切口,大小与脓肿一致,放置引流条并保持引流通畅。术后 48～72h 取出引流条,换用油质纱条,直至创面长出肉芽,脓液减少。为保持局部清洁,每日用 1∶5 000 高锰酸钾溶液坐浴。

有国外文献指出早期局部非手术治疗及进展期针吸引流同时使用抗生素治疗有效。

(六)预防

本病预防主要应注意生活细节。由于新生儿、婴儿会阴部皮肤屏障作用不健全,容易被大小便侵蚀,家长平时应注意避免选择粗糙的、质地硬的尿布,提倡用质地柔软的一次性尿布;婴儿的贴身衣裤也要选择柔软的布制作,洗涤时必须把残留的肥皂或洗衣粉反复冲洗干净,因为碱性的东西容易灼伤婴儿皮肤;每次大便后,应注意用温水冲洗肛门周围,不要用纱布或粗糙的卫生纸用力擦拭。若患儿已出现肛周感染症状应尽早就医,接受适当治疗。

二、小 儿 肛 瘘

小儿肛瘘(anal fistula)多因新生儿期或幼婴期肛管隐窝底部的肛腺发生感染,化脓后引流不畅形成脓肿,脓肿破溃后遗留瘘管。

(一)病因

肛窦为易感染部位。在腹泻、臀炎、大便干结、肛裂感染时,或细菌通过其他血液循环途径到达肛周形成细菌栓子滞留,引起肛周感染。上皮细胞的存在,是感染反复发作、经久不愈的病理学基础。新生儿、婴幼儿肛周皮下感染,炎症向肛周扩散形成肛周脓肿;女婴的肛管前壁与前庭间组织疏松,更易受炎症侵袭,脓肿破溃后引流不畅产生窦道,肛管上皮与舟状窝上皮相互构成瘘管。

国外研究认为婴儿期到幼儿早期肛门直肠黏膜局部免疫结构未成熟,直肠黏液中 IgA 值较低是导致婴儿肛周感染及肛瘘形成的主要因素。也有人认为肛瘘的形成含先天性发育异常因素。有些肛腺呈囊性扩张,肛腺具分泌功能,异常肛腺继发感染。异常肛腺引起的肛瘘可能与新生儿一过性雄激素分泌过多有关。

(二)病理

肛瘘由内口、瘘管、支管及外口四个部分组成。按肛瘘的形状分为完全瘘、不完全瘘及不完全内瘘。按肛瘘与括约肌的关系可分为括约肌瘘、经括约肌瘘及括约肌外瘘。按原发病灶的部位则分为皮下瘘、坐骨直肠窝瘘及黏膜下瘘等。按瘘管有无分支分简单瘘及复杂瘘。小儿多为低位简单肛瘘,瘘管呈直线状或放射状,仅少数病例向深部蔓延形成复杂瘘,且多为完全性瘘,内口大部分在齿状线以上的肛管和直肠。与成年人相比,内口不都是起自肛门陷窝,故发现内口常较成年人困难。1～2 个月婴儿的肛管细窄,瘘管的硬结常摸不清楚。婴幼儿尚有特殊类型肛前瘘,女婴为直肠前庭瘘、阴道瘘或阴唇瘘。男婴为直肠会阴瘘。肛前瘘的特点是瘘管无分支,引流通畅,管内衬完整的黏膜。内口距齿状线较近,位于内括约肌环间。瘘管下方为会阴体。

(三)临床表现

肛瘘的长短、数目、深浅不同,有些穿过肛门括约肌。后天性肛瘘均有感染史,局部曾有红肿、疼痛、破溃、流脓的症状。初起时脓液稠厚,有粪臭,继而脓液逐渐减少,有稀薄粪液从舟状窝溃破处流出,也有从正常肛门排出,内口位置多在离皮肤黏膜 1～2cm 处。探针可贯通瘘管,有些瘘管走行弯曲,造影检查不能显示瘘管内口。

瘘管与膀胱相通可由肛门或瘘口流出尿。瘘管通畅时多无疼痛。如瘘管封闭合并急性感染,脓液排出不畅或内口较大,粪液流入管内则有疼痛,排便时加重。

(四)诊断

根据肛门周围脓肿等感染病史,即可初步确立诊断。进一步检查瘘管的走向及内口位置,以选择合适的治疗方法。常用检查手段有以下几种。①直肠指检:可触及小硬块,硬块的中央凹陷即为内口,多位于肛门后正中线或稍微偏一侧。②肛门镜检查:常能发现内口,多位于隐窝或黏膜与皮肤交界处。③探针检查:探针探查完全瘘容易找到内口。探针经外口插入,示指在肛管内,触到探针尖处,即为内口的位置。复杂瘘的行径弯曲或瘘管太细者,不宜用探针检查,以防形成假道。④注射 5% 亚甲蓝溶液 1～5ml 入瘘管,直肠内放一块纱布,如纱布染蓝色,表示存在内口。但在瘘管弯曲,通过括约肌各部之间而括约肌收缩时,亚甲蓝溶液不能通过内口进入直肠。故纱布未染蓝色,不能否定内口的存在。⑤瘘管造影:可确定瘘管的长度、方向、有无分支等。但管径太细者显影不清晰,亦可因括约肌收缩而妨碍造影剂进入瘘管内。

(五)治疗

1～3 个月的非手术疗法一般仅适用于新生儿、2～3 个月的婴儿及瘘管尚未完全形成的年长儿。每日以高锰酸钾溶液坐浴 2～3 次,注意防治腹泻或便秘,合并急性炎症时,全身应用抗生素。最近有报道局部使用他克莫司可有效治疗炎性肠病引起的肛瘘。

慢性瘘管形成后,皮肤反复红肿,瘘口时而愈合,时而破溃流脓,此时应考虑手术治疗。手术年龄以 1～2 岁为宜。小儿多为低位瘘及简单瘘,多数病例可采用瘘管切开术及瘘管切除术。最近报道对迁延性肛瘘,若能找到隐窝,推荐行瘘管切除术合并隐窝切开术。

1. **瘘管切开术**　对于内口低、瘘管位于肛门外括约肌浅组以下者多可采用此术式。探明瘘管的方向及深度后,插入有槽探针,沿探针槽切开内、外口间的皮肤及瘘管。切除切口边缘的部分皮肤,敞开瘘管,彻底搔刮管壁的肉芽组织,后填塞油纱布。术后给缓泻药,24～48h 后去除油纱条,每日或隔日换药 1 次。排便后开始坐浴,保持引流通畅。如伤口较深,表层生长太快,可扩大外部切口,以防止引流不畅。

2. **瘘管切除术**　慢性低位肛瘘合并瘢痕纤维化后,应彻底切除瘘管。向瘘管内插入探针,沿探针切开内外口间的皮肤,剔除瘘管后,由基底开始缝合,注意不留死腔。

3. **挂线疗法**　具有安全、简便、易行的优点,适用于年长儿的低位肛瘘,尤其是有支管的肛瘘,插入一橡皮圈,于皮肤切口处,用粗丝线扎紧橡皮圈。管壁逐渐坏死,成为开放的伤口。术后高锰酸钾溶液坐浴每日 2～3 次,至创面愈合。

4. **感染性直肠前庭瘘的治疗**　一般需手术治疗,常用术式为直肠内修补术:在瘘管内口的黏膜处做弧形切口,切口两侧缘弯向齿状线,切口长度占肛瘘周径的 1/3~1/2,从齿状线到弧形切口间的黏膜全部剔除。向上分离直肠黏膜 2~3cm,使之无张力地下移。用细丝线间断缝合瘘管内口上、下缘的内括约肌,再平行第二层缝合内括约肌,此为手术成功之关键。闭合内口后,用潜行分离的直肠黏膜覆盖已闭合的内口,与肛管的切缘在无张力下对位缝合。

(六)预后

根据患儿是否具备明确病因及诱因,采用非手术治疗或手术治疗,预后一般良好,疾病大多自限。如果没有及时治疗或者治疗不当,可使病程经久不愈,继而引起复杂性肛瘘或直肠瘘,给患儿造成更大的痛苦。局部感染若控制效果不良可引起全身性感染,严重者包括败血症及脓毒血症,预后较差,部分病例可致患儿死亡。

(七)预防

本病多由肛周脓肿未得到及时、适当的处理发展而来,因而其预防以保持肛周清洁、及时发现并积极处理肛周脓肿为主。

(余家康)

第十节　破　伤　风

一、概　　述

新生儿破伤风(neonatal tetanus)是由破伤风梭状芽胞杆菌(clostridium tetani)侵入脐部产生外毒素引起的一种急性严重感染性、痉挛性疾病。本病病死率高,一般在生后 6~8d 发病,临床上以吮吸功能丧失、全身骨骼肌强直性痉挛和牙关紧闭为特征,故旧有"脐风""七日风""锁口风"之称。

二、流行病学

破伤风发生于全世界范围,在 90 个发展中国家流行,但各国的发病率又有很大差异。最常见的新生儿(脐带)破伤风因母亲未进行预防接种及非无菌分娩引起,每年至少造成 50 万名婴儿死亡,其中 70％以上发生于 10 个热带的亚洲和非洲国家。我国新中国成立前每年约有 100 万新生儿死于破伤风,新中国成立后由于无菌接生法的推广和医疗水平的提高,其发病率及病死率已明显下降,但在边远山区、农村及私人接生者仍不罕见。美国每年约报道 50 例破伤风,多数为60 岁以上的老年人,婴幼儿和新生儿亦有报道。

三、病因和发病机制

1. **病原菌特点**　破伤风梭状杆菌为革兰染色阳性、梭形、产芽胞专性厌氧菌,长 2~5μm,宽0.3~0.5μm,无荚膜、有周身鞭毛,能运动。它的一端形成芽胞,显微镜下呈鼓槌状或网球拍状,抵抗力极强,耐煮沸但不耐高压,在无阳光照射的土壤中可几十年不死,能耐煮沸 60min、干热150℃1h,5％石炭酸 10~15h,需高压消毒,用碘酒等含碘的消毒剂或其他消毒剂环氧乙烷能将其杀灭。本菌广泛分布于自然界,在土壤、尘埃、动物消化道、人畜粪便中都有存在。

2. **感染方式**　与大多数梭状芽胞杆菌不同,破伤风杆菌不是组织侵袭性细菌,仅通过破伤风痉挛毒素致病。用未消毒的剪刀、线绳来断脐、结扎脐带;接生者的手或包盖脐残端的棉花纱布未严格消毒时,破伤风杆菌即可由此侵入。新生儿破伤风偶可发生于预防接种消毒不严之后。

3. 发病机制　坏死的脐残端及其上覆盖物使该处氧化还原电势降低,有利破伤风杆菌芽胞出芽、繁殖、生长,并产生破伤风痉挛毒素(分子量67 000～7 000Da 的蛋白质,130μg 可使成年人致命,致死量约 10^{-6} mg/kg,65℃ 5min 即可灭活),伴随毒素的释放,产生毒素的细胞死亡,溶解。产毒素的细菌停留在伤口,可引起局部炎症和混合感染。破伤风毒素是 150kDa 的简单蛋白质,由一条轻链(50kDa)和一条重链(100kDa)通过单个二硫键连接而成。此毒素经淋巴液中淋巴细胞入血附在球蛋白到达中枢神经系统;也可由肌神经接合处吸收通过外周神经的内膜和外膜间隙或运动神经轴上行至脊髓和脑干。此毒素一旦与中枢神经组织中的神经节苷脂结合,抗毒素也不能中和。毒素与灰质中突触小体膜的神经节苷脂结合后,使它不能释放抑制性神经递质(甘氨酸、氨基丁酸),以致运动神经系统对传入刺激的反应增强,导致屈肌与伸肌同时强烈地持续收缩。活动越频繁的肌群,越先受累,咀嚼肌痉挛使牙关禁闭,面肌痉挛而呈苦笑面容,腹背肌痉挛因后者较强,故呈角弓反张。此毒素亦可兴奋自主神经,导致心动过速、心律失常、不稳定的高血压、多汗及皮肤血管收缩等表现。破伤风可表现为局限性或全身性,以后者多见。

四、临床表现

潜伏期大多 6～8d(2～14d,偶可长至感染后数月)。潜伏期、起病时间与从出现症状到首次抽搐的时间越短,病情越严重,预后也越差。患儿一般以哭闹不安和易激惹起病,患儿想吃,但口张不大,吸吮困难。随后牙关紧闭,皱眉,口角上牵,出现"苦笑"面容,双拳紧握,上肢过度屈曲,下肢伸直,仅枕部和脚跟着地,呈角弓反张。这是全身所在对抗性肌肉强直性收缩形成的平衡体位,为典型的破伤风"板样"强直。强直性痉挛阵阵发作,间歇期肌肉收缩仍继续存在,轻微刺激(声、光、轻触、饮水、轻刺等)常诱发痉挛发作,呼吸肌与喉肌痉挛引起呼吸困难、发绀、窒息乃至呼吸衰竭;咽肌痉挛使唾液充满口腔;膀胱及直肠括约肌痉挛可导致尿潴留、肾衰竭和便秘。

患儿神志不清,早期多不发热,以后可因为全身肌肉反复强直痉挛引起体温升高,亦可因肺炎等继发感染所致。

五、诊　　断

破伤风为症状最有特征性的疾病之一,可通过临床症状进行诊断。典型患者为未免疫接种者,有消毒不严接生史,出生后 6～8d 发病,早期尚无典型表现时,可用压舌板检查患儿咽部,若越用力下压,压舌板被咬得越紧,称为锁口,此点有助于本病诊断。逐渐出现张口困难,奶头无法放入口中,进一步发展为牙关紧闭,"苦笑"面容、刺激患儿可诱发阵发性全身骨骼肌强直性痉挛和角弓反张,呼吸肌和喉肌痉挛可引起呼吸停止。因破伤风毒素不影响感觉神经或脑皮质功能,痉挛发作时患儿神志清楚,处于极度的痛苦之中。该抽搐的发作特征是突然的、严重的、强直性的肌肉收缩,紧握双拳,上肢屈曲内收,下肢过度伸展,如不治疗,抽搐持续数秒至数分钟后有暂时的间歇期,但随着病情进展,痉挛变得持久,患儿将面临衰竭危险。由于膀胱括约肌痉挛可发生排尿困难和尿潴留,亦可发生强迫性排便。常有发热,偶可达 40℃,多由于痉挛的肌肉代谢消耗能量所致。

常规实验室检查多正常,周围血象可因伤口继发细菌感染或持续痉挛引起的应激反应而升高。脑脊液细胞计数正常,但肌肉强烈收缩可使其压力增高。脑电图和肌电图无特征性表现。伤口标本直接革兰染色不一定找到破伤风杆菌,培养也仅 1/3 病人阳性。但诊断通常依靠临床表现。

六、鉴 别 诊 断

典型的全身性破伤风不易误诊为其他疾病。然而咽周、咽后壁或牙周脓肿和罕见的急性脑干脑炎亦可引起牙关紧闭,狂犬病和破伤风均可发生于动物咬伤后,狂犬病患者也可表现为破伤风样痉挛,但可通过恐水、明显的吞咽困难、阵发性抽搐和脑脊液细胞增多与破伤风相鉴别。虽然鼠药中毒(士的宁)也可引起紧张性肌肉痉挛和全身性抽搐,但很少发生牙关紧闭,且不像破伤风那样在两次痉挛之间有肌肉松弛。低钙血症亦可引起惊厥,特征性的表现为喉、腕和足的痉挛,而破伤风无此表现。偶尔癫痫、麻醉药戒断或其他药物反应会被疑诊为破伤风。

七、治　　疗

去除破伤风杆菌与伤口厌氧环境、中和破伤风毒素、控制痉挛与呼吸、减轻病人痛苦、给予支持治疗、预防复发是治疗中的要点,疾病初期的控制痉挛尤为重要。

1. **护理和营养**　保持室内安静,禁止一切不必要的刺激,必须的操作如测体温、翻身等尽量集中同时进行。及时清除痰液,保持呼吸道通畅及口腔、皮肤清洁,病初应暂时禁食,从静脉供给营养及药物(包括葡萄糖酸钙),痉挛减轻后再胃管喂养,供给热量 $60\sim80kcal/(kg \cdot d)$,不足部分予肠外营养,静脉给予葡萄糖、复方氨基酸及脂肪乳或血浆,维持水和电解质平衡。每次喂奶前要先抽尽残余奶,残余奶过多可暂停 1 次,以免发生呕吐窒息。不一定要气管插管,但在喉痉挛前为防止分泌物吸入应进行气管插管,未插管者床边应备有气管切开包。心电和呼吸监护、经常吸痰、维持液体、电解质和热量需要是基本的治疗。为了防止溃疡、感染和顽固性便秘,应注意口腔、皮肤和膀胱及肠道功能的护理。有报道指出预防性皮下注射肝素是有效的。

2. **中和毒素**　破伤风抗毒素(tetanus antitoxin,TAT)只能中和游离破伤风毒素(尚未与神经节苷脂结合的毒素),故越早使用效果越好。马血清破伤风抗毒素(TAT)1 万～2 万 U 肌内注射,精制(TAT)可静脉注射,另取3 000U 做脐周注射,用前须做皮肤过敏试验,皮试阳性者需用脱敏疗法注射。人体破伤风免疫球蛋白(tetanus immunoglobin,TIG)不会产生过敏反应,故不必做过敏试验,其血浓度较高,半衰期长达 30d,故更理想,但昂贵不易获得。有报道称新生儿肌内注射 500～3 000U 即可,年长儿及成年人才需 3 000～6 000U。

3. **控制痉挛**　是治疗本病的成败关键。

(1)地西泮(安定):为首选药,因其松弛肌肉及抗惊厥作用均强而迅速,不良反应少,安全范围大。每次可按 0.3～0.75mg/kg 缓慢静脉注射,5min 内即可达有效浓度,4～8h 1 次,但其半衰期仅 30min,不适宜作维持治疗,故可静脉滴注。痉挛好转后再由胃管鼻饲维持,可每次 0.5～1mg/kg,分 6 次,维持 4～7d,以后逐渐减量。用药期间注意观察呼吸、肌张力,防止药物不良反应。必要时还可加大剂量,口服地西泮的半衰期长达 10h 至 3d。肌内注射途径最好不用,因其存在损伤神经可能且溶剂易扩散,地西泮沉淀于肌注部位不易吸收,疗效不如口服或直肠给药。

(2)苯巴比妥:是治疗新生儿其他惊厥的首选药,因其止惊效果好,维持时间长,不良反应较少,在地西泮使用过程中如仍有痉挛者可加用。苯巴比妥的半衰期长达 20～200h,负荷量15～20mg/kg 静脉注射,而维持量不应>5mg/(kg · d),分为 4～6h 1 次,肌内注射或静脉注射,以免蓄积中毒。但以此维持量用于本病,常不能很好控制痉挛;用大剂量次数过多,如无血浓度检测又易出现蓄积中毒,因此,控制本病不作为首选。

(3)10％水合氯醛:一般作为发作时的临时用药。止惊作用快,不易引起蓄积中毒,比较安全,价廉易得。常用 10％溶液每次 0.5ml/kg,灌肠或由胃管注入。

(4)硫喷妥钠:以上药物用后仍痉挛不止时可选用。每次 10～20mg/kg(配成 2.5％溶液)肌内注射或缓慢静脉注射,边推边观察,惊止即停止再推。静内注射时不要搬动患儿头部,以免引起喉痉挛。一旦发生,立即静脉注射或肌内注射阿托品 0.1mg。

(5)帕菲龙(pavnlon,pancuronium):系神经肌肉阻滞药。对重症患儿在使用人工呼吸机的情况下可以采用。有报道指新生儿破伤风应用间歇正压通气(IPPV)及帕菲龙 0.05～1mg/kg,每 2～3 小时 1 次,治愈率高。

以上药物最常用的是地西泮,一般每 4～6 小时 1 次,重症时用药间隔可缩短至 3h,好转后再逐渐延长间隔时间。早期宜静脉缓推后静脉滴注维持,痉挛减轻后再由胃管给药。水合氯醛则常为临时加用 1 次,痉挛无法控制时,再用硫喷妥钠。剂量必须个体化,根据疗效反应随时调整用药剂量及间隔时间,避免蓄积中毒。

4. 抗生素　用于杀灭破伤风梭状芽胞杆菌。①青霉素:因其具有效的杀梭状杆菌作用和弥散性,能杀灭破伤风杆菌,可用 20 万 U/(kg·d),每 4～6 小时 1 次,疗程 10～14d。青霉素过敏者可选用头孢菌素或红霉素。②甲硝唑:静脉滴注,7～10d。有报道其疗效优于青霉素。

5. 其他治疗　用氧化消毒剂(3％过氧化氢或 1∶4000 高锰酸钾溶液)清洗脐部,再涂以碘酒以消灭残余破伤风杆菌。有缺氧及发绀时给氧,气管切开一般在新生儿不如气管插管使用呼吸机安全。有脑水肿应用甘露醇等脱水药。

八、预　　后

新生儿患者潜伏期长,病死率高,不发热及局限性病变者预后好。从牙关紧闭到全身痉挛不足 3d 者预后差,头部破伤风且进食和呼吸困难者预后特别差。经及时处理能度过痉挛期者,其发作逐渐减少、减轻,数周后痊愈。否则越发越频,缺氧窒息或继发感染死亡。死亡多发生在病程 1 周内,有报道全身性破伤风病死率为 5％～35％,新生儿破伤风中监护治疗者病死率＜10％,未监护治疗者＞75％,也有资料报道约 70％。影响预后的最重要因素是支持治疗的质量。后遗症主要为缺氧性脑损伤,包括脑瘫、智力低下和行为发育障碍。

通过脊髓突触的再生,肌肉恢复松弛,破伤风痊愈。然而由于破伤风的发作并不诱导抗神经毒素抗体的产生,故出院时给予破伤风类毒素主动免疫后才算完成基本治疗。

九、预　　防

破伤风是完全可预防的疾病。

1. 大力推广无菌接生法。接生时必须严格无菌。如遇紧急情况可用 2％碘酒涂剪刀待干后断脐,结扎脐带的线绳也可应用 2％碘酒消毒。

2. 文献报道血清抗体水平＞0.01U/ml 即具保护性。临床实践证明疫苗是安全且有效的,婴儿可早期应用白喉类菌素、破伤风类菌素、百日咳菌苗三联制剂(DTP)进行免疫接种,分别于 2 个月、4 个月、6 个月各注射 1 次,4～6 岁和 10 岁各加强 1 次,以后成人期再加强 1 次破伤风-白喉(TD)类毒素。对不能保证无菌接生的孕妇,于妊娠晚期可注射破伤风类毒素 0.5ml 2 次,相隔 1 个月,第 2 次至少在产前 2 周(最好 1 个月时)肌内注射。最近有流行病学资料指出孕妇及育龄妇女接受 2 次破伤风毒素免疫治疗可降低新生儿破伤风病死率达 94％,妊娠后期给予一剂破伤风类毒素可通过胎盘提供足以保护婴儿至少 4 个月之抗体。

3. 过往对于接生消毒不严的新生儿,一般争取在 24h 内剪去残留脐带的远端再重新结扎,近端用 3％过氧化氢或 1∶4 000高锰酸钾液清洗后涂以碘酒,同时肌注破伤风抗毒素 1 500～

3 000U 或人体免疫球蛋白 75～250U,但现已不再主张。

4. 对于新生儿外伤暴露的患儿,伤口彻底清创缝合在使用 TAT 或 TIG 后立即进行是基本原则。

(余家康)

参 考 文 献

[1] 中华医学会儿科学分会新生儿学组,中华医学会《中华儿科杂志》编辑委员会. 新生儿败血症诊疗方案. 中华儿科杂志,2003,41(12):897-899.

[2] 敖当,张慧琼,蔡娜莉. 新生儿败血症病原菌十年变迁及耐药性分析. 中国新生儿科杂志,2008,23(5):261-264.

[3] 姜毅. 新生儿败血症诊疗进展. 中国新生儿科杂志,2010,25(2):69-72.

[4] Cole C,Gaze wood J. Diagnosis and treatment of impetigo. Am Fam Physician,2007,75(6):859-864.

[5] Treating impetigo in primary care. Drug Ther Bull,2007,45(1):2-4.

[6] 金汉珍,黄德珉,官希吉. 实用新生儿学. 3 版. 北京. 人民卫生出版社,2003:952-953.

[7] Loffeld A,Davies P,et al. Seasonal occurrence of impetigo:a retrospective 8-year review(1996—2003). Clin Exp Dermatol,2005,30(5):512-514.

[8] Feaster T,Smger JI. Topicaltherapies for impetigo. Pediatr Emerg Care. 2010,26(3):222-227.

[9] Ignacio RC,Falcone RA Jr,Warner BW. Necrotizing fasciitis:a rare complication of neonatal necrotizing enterocolitis. J Pediatr Sug,2005,40(11):1805-1807.

[10] Nazir Z. Necrotizing fasciitis in neonates. Pediatr Surg Int,2005,21(8):641-644.

[11] Wong CH,Wang YS. The diagnosis of necrotizing fasciitis. Curr Opin infect Dis,2005,18(2):101-106.

[12] Levine EG,Manders SM. Life-threatening necrotizing fasciitis. Clin Dermatol,2005,23(2):144-147.

[13] Bellapianta LM,Ljungquist K,Tobin E,et al. Necrotizing fasciitis. J Am Acad Orthop Surg,2009,17(3):174-182.

[14] Fraser N,Davies BW,Cusack J. Neonatal omphalitis:a review of its serious complications. Acta Paediatr,2006,95(5):519-522.

[15] 张秀萍,瞿少刚. 新生儿脐炎病原菌分析及临床意义. 中国妇幼保健,2007,22(5):595-596.

[16] Sloan B,Evans R. Clinical pearls:neonatal breast mass. Acad Emerg Med,2003,10(3):269-270.

[17] Borders H,Mychaliska G,Gebarski KS. Sonographic features of neonatal mastitis and breast abscess. Pediatr Radiol,2009,39(9):955-958.

[18] Stauffer WM,Kamat D. Neonatal mastitis. Pediatr Emerg Care,2003,19(3):165-166.

[19] 宁立芬,汪玉珍,谢彬,等. 泌尿系感染的病原菌分布及耐药性调查. 中华医院感染学杂志,2009,19(3):351-352.

[20] 陈彦,丁洁. 小儿泌尿系感染的诊断和治疗原则. 中华医学信息导报,2006,21(9):12.

[21] Ochoa Sangrador C,Formigo Rodriguez E,Recommended diagnostic imaging tests in urinary tract infections. An Pediatr(Barc),2007,67(5):498-516.

[22] Lauren W. Averill1,Andrea Hernandez,et al. Diagnosis of Osteomyelitis in Children:Utility of Fat-Suppressed Contrast-Enhanced MRI. AJR,2009:192.

[23] cPherson DM. Osteomyelitis in the neonate. Neonatal Netw,2002,21(1):9-22.

[24] chmit P,Glorion C. Osteomyelitis in infants and children. Eur Radiol,2004,14 Suppl 4:L44-54.

[25] Malcius D,Jonkus M,Kuprionis G,et al. The accuracy of different imaging techniques in diagnosis of acute hematogenous osteomyelitis. Medicina(Kaunas),2009,45(8):624-631.

[26] Goergens ED,McEvoy A,Watson M,et al. Acute osteomyelitis and septic arthritis in children. J Paediatr

Child Health,2005,41(1-2):59-62.

[27] Deshpande SS,Taral N,Modi N,et al. Changing epidemiology of neonatal septic arthritis. J Orthop Surg (Hong Kong),2004,12(1):10-13.

[28] Caksen H,Oztürk MK,Uzüm K,et al. Septic arthritis in childhood. Pediatr Int,2000,42(5):534-540.

[29] iyogi A,Agarwal T,Broadhurst J,et al. Management of perianal abscess and fistula-in-ano in children. Eur J Pediatr Surg,2010,20(1):35-39.

[30] Barthés-Anidjar L,Wolter M,Bodemer C,et al. Perianal abcess in infant Ann Dermatol Venereol,2003,130 (3):357-360.

[31] Serour F,Somekh E,Gorenstein A. Perianal abscess and fistula-in-ano in infants:a different entity? Dis Colon Rectum,2005,48(2):359-364.

[32] Serour F,Gorenstein A. Characteristics of perianal abscess and fistula-in-ano in healthy children. World J Surg,2006,30(3):467-472.

[33] Murthi GV,Okoye BO,Spicer RD,et al. Perianal abscess in childhood. Pediatr Surg Int,2002,18(8): 689-691.

[34] Waldo E. Nelson,Richard E. Behrman,Robert M. Kliegman,Ann M. Arvin. Nelson Textbook of Pediatrics 15th edition. :1612-1613.

[35] oudel P,Budhathoki S,Manandhar S. Tetanus. Kathmandu Univ Med J(KUMJ),2009,7(27):315-322.

[36] Vittorio Demicheli,Antonella Barale,Alessandro Rivetti. Vaccines for women to prevent neonatal tetanus. Cochrane Database Syst Rev,2005,19(4):CD002959.

[37] Hannah Blencowe,Joy Lawn,Jos Vandelaer,et al. Tetanus toxoid immunization to reduce mortality from neonatal tetanus. Int J Epidemiol,2010,39 Suppl 1:i102-109.

[38] Roper MH,Vandelaer JH,Gasse FL. Maternal and neonatal tetanus. Lancet,2007,370:1947-1959.

[39] Waldo E. Nelson,Richard E. Behrman,Robert M. Kliegman,Ann M. Arvin. Nelson Textbook of Pediatrics 15th edition. :1182-1185.

第 9 章
联 体 畸 形

　　联体婴是十分复杂的先天畸形,除人类以外,其他哺乳类动物、鸟类、鱼类等也被发现有联体畸形。联体婴的分离手术对小儿外科医生是很大的挑战,并且还涉及宗教、道德、伦理和法律的问题。

　　大约75%的联体婴是女性。70%在胸部或者腹部相连。广义上,联体婴分为对称性联体婴和非对称性联体婴。前者指2个婴儿均发育良好,这一类联体婴是本文介绍的对象。后者指只有一个婴儿发育良好,另一个不是完整的婴儿,只是部分的躯体,附在第1个婴儿身上。

　　几百年来世界各地都有不少的联体婴逸事传闻。19世纪的暹罗双胎闻名美国,他们和一对姐妹结婚,生儿育女,活到63岁。近年受到全球关注的联体婴分离手术主要有:2000年8月,在英国,一对联体婴的分离手术的伦理和法律方面的纠纷,引起全世界的关注,由于患儿的父母不愿冒险,拒绝分离手术,而被起诉,法官判定分离手术对于2个患儿是最好的选择,即使其中一个婴儿有可能死亡。在美国,同样的情况下,父母有最后的决定权;2003年,在新加坡,一对29岁头部相连的伊朗联体姐妹因分离手术失败死亡;同年10月,在美国达拉斯儿童医学中心,来自埃及的2岁头颅联体婴经过34h的手术,成功分离。我国最早的手术成功报道在1957年,是一对胸腹联体成年人,近年来,国内报道成功分离的病例明显增多。大宗的联体婴治疗报道分别来自美国费城儿童医院(14例,2002年)、英国大欧蒙街儿童医院(17例,2002年)和南非红十字儿童医院(46例,2006年)。

一、病因与发病机制

　　一般认为,单卵双胎如果在胚胎形成12d后2个胚胎(受精卵原条)没有彻底分裂就会导致联体婴,也可能是2个分开的胚盘相融合。这种情况是偶发性的,在下次怀孕中出现的风险不会增加。联体婴总是以一致的形态联体,即头对头、尾侧对尾侧、背对背、腹侧对腹侧。从来不会头尾相联或其他不一致部位相联。"球形学说"认为,两个单卵胚盘互相紧靠着漂浮于球形的外表面(卵黄囊)或者内表面(羊膜腔),两者可以沿着某个方向定向融合,而非两者随机的表面融合。融合只会发生在胚盘表面的外胚层缺如或被破坏的部位上,如口咽膜、泄殖腔膜,或沿着神经管走向的部位。从发病机制来看,联体婴可分为两类:在单一的卵黄囊表面两个早期胚盘在腹侧融合,形成脑部联体(Cephalopagus)、胸部联体(Thoracopagus)、脐部联体(Omphalopagus)、剑脐联体(Xiphopagus)和臀部联体(Pygopagus);两个原本分开的神经管在背侧融合,形成头颅联体(Craniopagus)、脊柱联体(Rachipagus)和坐骨联体(Ischiopagus)。联体婴性别相同,染色体同型。联体婴常伴有多发畸形,尤其在男性婴儿较突出。

　　该病致病因素不明,可能是环境因素所致,如低温、缺氧、感染等。另据报道有 7 例联体婴的母亲使用过克罗米芬来促排卵,另有 2 例的母亲怀孕前后服用过灰黄霉素。

　　双胞胎在每 87 个分娩活胎中出现 1 个。而单卵双胎儿占双胞胎的 1/3,单卵双胎儿中 1% 出现联体婴。在美国,联体婴在所有分娩婴儿中出现的概率是 1:(33 000～165 000),在分娩的活胎中出现的概率为 1:200 000。联体婴的死产率为 40%～60%。联体婴的男女比率约 1:3,女性更多见。但死胎中的联体婴则男性多见。

　　联体婴的命名和分类还比较混乱。根据连接部位,常见的联体婴分类如下。

　　1. 胸腹联体(Thoracoomphalopagus)　包括胸部联体(胸廓与上腹壁)、脐部联体(腹前壁相联)和剑脐联体(从剑突到脐部相联)3 类,占 74%。常见的共用器官为心脏、大血管、肝、胆道、上消化道(胸部联体);肝、胆道、消化道任何部位、泌尿生殖道(脐部联体或剑脐联体)(图 9-1A)。

　　2. 臀部联体(18%)　连接部位为骶骨。常见的共用器官为下消化道、泌尿生殖道、神经系统(图 9-1B)。

　　3. 坐骨联体(6%)　连接部位为骨盆。常见的共用器官为肝、胆道、消化道任何部位、泌尿生殖道(图 9-1C)。

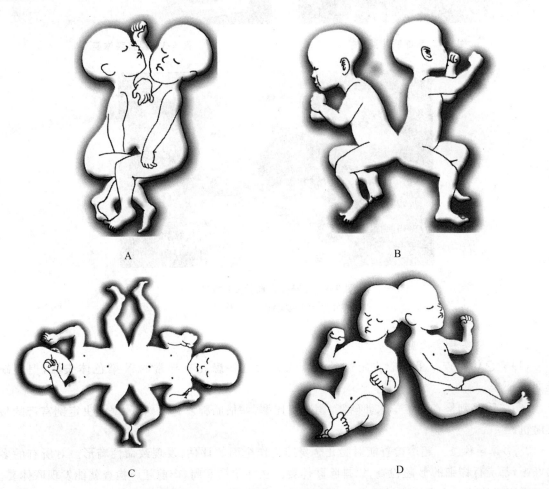

图 9-1　常见的联体婴

A. 胸腹联体;B. 臀部联体;C. 坐骨联体;D. 头颅联体

4. 头颅联体(2%) 连接部位为颅骨。常见的共用器官为神经系统(图9-1D)。

二、诊 断

首先要确定是否联体婴,尤其在妊娠早期的胎儿。第二步是确定哪些器官是共用的。然后评估两婴分别对这些器官的依赖程度、器官的功能状态、分离的难易以及手术生存率。设立各种检查的时间表(图9-2～图9-4)。

图9-2 脐部联体婴

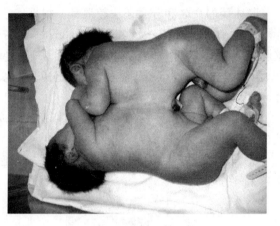

图9-3 剑脐联体婴

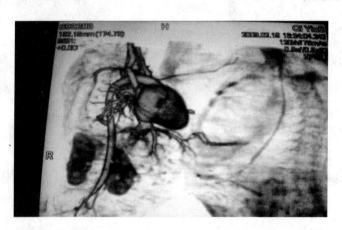

图9-4 心脏及大血管CT检查

可显示两婴的血管交通支

1. 胎儿期实验室检查

(1)染色体检查结果并非决定性的。有人认为这些患儿有异常的X染色体失活,但还缺乏足够证据。

(2)羊膜穿刺检查测定羊水卵磷脂/鞘磷脂比率,评估胎肺发育成熟度,据此决定剖宫产的最佳时机。

2. 影像学检查 超声检查能对胎儿全身结构作全面的评估,发现致命性畸形。对所有的多胎妊娠,都应行详细的B超检查,以排除联体婴。在怀孕第8周,产前超声检查就能发现联体婴。有时紧密联体的2个婴儿会被误以为1个婴儿。产前检查二维超声可以诊断出联体婴,但难以精细分类,三维超声可以利用立体影像优势判断复杂畸形。例如,对于肝相连的患儿,通过三维超声可以判断 1 个或者 2 个胆囊以及肝和胰的位置等。75％的联体婴有羊水过多。超声可看到单个羊膜腔,伴有 3 条以上的脐血管。相连部位可以是胸、腹、盆腔(坐骨联体)、骶骨(臀部联体)和头颅。罕见的广泛联体有双头联胎(1 个躯干 2 个头)和双臀联胎(1 个头部与躯干,但有 2 个骨盆腔和 4 个下肢)。对于联体婴,定期的超声追踪复查是必须的。

超声检查的不足:对于复杂的联体婴,超声对某些部位分辨度不够。不同的操作者,可能结果也不一致;无法看清胆总管近端的管状结构;对于联体部位与联体范围的敏感性不如 CT 和磁共振(MRI)。

对于胸部联体婴超声心动图检查,产前比出生后易于进行。心导管检查可了解心脏复杂畸形,精准评估所有流入和流出的大血管。

胎儿 MRI 能比较精确分辨连接部结构,不过也并非 100％准确。对于头颅联体婴,磁共振血管造影术能了解脑部的结构与血供。

CT 扫描也在联体婴诊断中使用,但其准确性低于 MRI。对于连接部,特别是骨盆连接部和骨盆会阴肌肉的结构分析中,CT 各种重建技术有明显优势。

X 线造影检查用于评估消化道、泌尿生殖系统的共用情况。

核素 ^{99m}Tc-DISIDA(二异丙基亚胺基二乙酸)肝胆显像可用于观察婴儿胆道。核素血管造影能计算出两婴的血液循环的交通程度。对于共用肝者,选择性血管造影并非必要的。

3. 其他检查 心电图检查。如果只有单个的 QRS 波,提示相连的心脏无法分离。但是 2 个不相连的 QRS 波,并不能保证一定能分离。对于头颅联体婴,脑电图可由于判定大脑活动的基线。

4. 系统评估 根据不同的联体类型,对相关系统的重要器官的结构与功能做详细的评估。

系统性的检查是必须的。根据不同类型的联体,做相应的检查,为了更好的描绘连接部结构,应建立三维模型。以此判断共用部分能在保证每一个婴儿器官功能完整性的前提下分开。当然,有些共用器官是无法分开的,如共用的直肠。

面对面的联体婴如颅脑联体、坐骨联体和臀部联体,通常共用一段长短不一的胃肠道和一个脐部。而面部方向相反的联体婴则是神经管(头颅脊椎轴线)处相联,通常有各种独立的脐部和胃肠道。不论何种联体,关键是要确定重要器官的相联程度,特别是心脏和中枢神经系统。如果两婴只有一个心脏或者中枢神经系统密切相联,则分离后两婴均能成活就比较困难,甚至一个都不能成活。

(1)心血管系统:在联体婴出生前和出生后都应行超声心动图精确心内心外的畸形。对于复杂畸形,出生后应行心导管检查。CT 血管造影及重建(MIP)可观察两婴血管交通情况。心电图、磁共振和核素血管造影对判断心脏能否分离会有帮助。如果心电图显示是单个的 QRS 波,则不能分离。

(2)呼吸系统:由于联体婴中早产儿比例高,肺发育不成熟,肺功能减弱。心内心外的分流会导致氧供不足。胸廓畸形、脊柱弯曲使肺的膨胀受到影响。肺功能的评估通过查体、胸部 X 线片和动脉血气分析来实行。

(3)肝胆系统:胆囊、肝以及胰腺的数量必须确定,相连肝的评估应参照两婴体轴。每个婴儿的肝静脉引流必须明确,特别是胸部联体婴,必须确定是否有各自独立的肝以上的下腔静脉,这是十分重要的。如果两婴只有一套胆道系统,其中一个在分离后必须行肝门空肠吻合或者胆道造口,这种情况下,往往可能只有一个胰,通常将其留给保存原胆道的那个婴儿。如果术前无法确定胆道情况,可在术中行胆囊穿刺造影。

(4)胃肠道:应行全消化道造影,因为两个婴儿的胃肠道可以在其中任何部位融合。另外,还应排除肛门闭锁。

(5)泌尿系统:应做相应的检查来评估各器官(肾、输尿管、膀胱和尿道)的情况,包括数量、位置、结构与功能。有无肾积水,有无反流。膀胱镜有助于确定输尿管和膀胱的数量和情况。

(6)生殖系统:对于臀部联体和坐骨联体婴儿,阴道的数目和有无重复畸形,子宫颈和尿生殖窦应予检查。而男性婴儿,阴囊、睾丸和阴茎需要检查,这些信息对分离后的婴儿是否需要改变性别很重要。

(7)中枢神经系统:对于头颅联体婴,要评估其共用的大脑功能是十分困难的,需要专业的神经科医生参与。对于臀部联体婴,两者脊柱连接部应予检查,往往有半椎畸形。

(8)皮肤:皮肤的血管走向应该标注。分离后覆盖缺损部所需的皮肤量应在术前充分评估。可以在术前行皮肤和软组织扩张。

(9)肌肉和骨骼:对于共用肢体或者骨骼的联体婴,除了常用的检查外,肢体动脉造影可了解肢体供血血管的走向,确定手术时肢体归哪一方。分离后所有的肌肉骨骼缺损必须覆盖。整形医生的参与很重要。

5. 几类常见联体婴的解剖特点　各种类型的联体婴中,胸腹联体婴是手术生存率最高的一类。但超过75%的胸部联体婴是共用一个心脏,这种情况下分离手术相对困难甚至无法实施,因此,对于该类联体婴的心脏情况评估,除了超声心动图、导管检查外,必要时行心脏核素检查和磁共振检查。胸部联体婴90%共用一个心包,22%共用胆管,50%共用上消化道,最常见是从十二指肠到梅克尔憩室这段肠管。对于剑脐联体婴和脐部联体婴是共用一个脐部,这类联体婴是不共用心脏的,两肝有肝桥相联,共用膈肌,各自消化道是完整的。

臀部联体婴中只有7%是男性。臀部联体婴是骶部、臀部和会阴部相联。通常有两套外生殖器且在前庭的后部相连,两者有各自的尿道口,严重者为一穴肛开口。两婴只有一个肛门,两消化道大部分是分开的,只有直肠到肛门这一段是共用的。这类联体婴25%有肾畸形,包括发育不良、异位和重肾,50%有中枢神经系统和(或)脊柱的严重畸形,包括脑积水、脊髓脊膜膨出、脊柱裂。

坐骨联体婴相联部位从剑突到骨盆,合共有3下肢或4下肢。如果将联体婴置于3轴立体坐标上,从x－y轴来看,两者在腹侧相联,且两脊柱末端相对成角180°,或者角度更小,两婴几乎成面对面,或者两者在z轴上也有90°～180°。两者在z轴上角度越小,即两婴越相互接近,则畸形的情况越严重,两婴后部组织融合更多,出现3下肢和生殖器畸形。这类联体婴通常小肠是在梅克尔憩室以远开始共用一段回肠和结肠,而这些肠管接受来自两者各占50%的血供。共有1个,或者2个,甚至没有肛门。也可能是一穴肛等泄殖腔畸形,或者直肠会阴瘘。肝相联但多数有各自的胆道系统。泌尿生殖系统的畸形也很复杂。肾总数量从1～4个,输尿管可以横跨中线注入另外一个婴儿的膀胱。通常有各自的子宫和卵巢,但血供可能来自两方。对于有4下肢的女性坐骨联体婴,一般有各自的外生殖器。但从正常的位置旋转90°。另外,还可以有复杂的肛门直肠和外生殖器畸形。一般来说,外生殖器越正常,则内在生殖器官越正常。

与脑部联体婴(两婴可在腹侧头、面、颈、胸和上腹部相联)不同,头颅联体婴相联部分可包括脑膜、静脉窦和脑组织。头颅联体婴也可分为完全相连和部分相联,前者两婴的脑组织相联,或者仅有蛛网膜相隔,后者则两婴的大脑之间有颅骨和硬脑膜分隔,且有各自的蛛网膜。不管何种类型,硬膜静脉窦相联的程度和变异情况十分重要,决定了两个婴能否分离,和潜在术中大出血的风险,还有术后严重的神经系统后遗症。

三、治 疗

围术期每一个细节与步骤都关乎分离手术是否成功。

1. 术前准备 分离手术团队包括相关专业的外科医生、麻醉医生、儿科医生、监护室人员和手术室护士,并通知实验室、血库、放射科和超声科做好准备,医院的管理人员也应该参与协调,并决定是否通报媒体和公众。每个婴儿应有一个手术团队。由于术前检查、评估和手术的复杂性,必须由一位外科医生主持协调术前、术中和术后的各项工作。术前应多次讨论,对病情充分回顾和分析,要关注到每个细节。对相关器官组织的解剖结构和功能充分分析研究后,才能决定手术的时机和方式。道德、伦理和法律问题应在术前得到解决。手术小组必须熟悉相关部位的解剖结构,有各种重建手段。术前手术室的模拟演练也是很重要,其中包括手术床的放置、婴儿的体位、各种机器的位置、液体管理和保温设施,还有人员之间的配合。

当所有诊断明确后,手术团队应向患儿父母详述各种预后。分娩应选择在分离手术团队同一所医院,或者附近医院进行。分娩方式应选择剖宫产,时机应在接近预产期,并且检查胎肺成熟度后。双胎分娩易造成子宫膨胀过度和收缩乏力。

道德与伦理方面的问题也应考虑,尤其是出现以下情况:

(1)两者共用单个器官,分离后没有得到的一方生长发育受到影响,甚至死亡。单个的肢体只有一方能够得到。

(2)心脏相连者,少有成功分离的病例,术中只允许一个婴儿活下来。心脏移植或可解决该问题。

(3)头部联体往往大脑是完全相连的,这种情况下无法分离。

2. 分离手术 如果两个婴儿情况稳定,没有必要过早行分离手术。手术通常等到患儿生后3～12 个月实行,视乎联体的复杂程度。随着患儿的长大和器官的成熟,能够更好地耐受手术。在等待手术期间,快速地扩张体壁,有助于手术中修补体表缺损。连接部的解剖结构和共用的器官组织决定手术的难度。有学者认为,联体婴腹腔的容量随着年龄增长而增加,但腹部相连的体桥直径不会增加,因此在生后 3 个月到 1 岁行分离手术易于关闭腹壁。

出现以下情况之一需要紧急分离手术:其中一个婴儿是死产、肠梗阻、脐膨出部囊膜破裂、充血性心力衰竭、中肠扭转、严重呼吸窘迫等,或有其他危及生命的情况。另外如果两婴体型大小相差悬殊,小的婴儿的营养就会受到抢夺,因此也应该尽早手术。

对于一些简单的先天畸形如肠闭锁、肛门直肠闭锁等,可以紧急手术纠正这些畸形而暂时不行分离手术,前提是不危及两个婴儿的生命。

手术需要两组麻醉人员,每组负责一个婴儿。两个婴儿的全程监护必不可少。所有药量和静脉输液量按两婴合共体重计算,然后每个婴儿使用总量的一半。由于两人血液循环的交通,静脉给药可能会出现难以预料的后果,所以静脉给药应特别小心。术前的血管造影可提供循环交通程度的基本信息。术中常规监测脉搏、血压、温度、心电和动脉血气分析。由于管道太多,最好是每条管道使用不同的颜色标记。须保证足够的血管通道。中心静脉置管十分重要。应气管插管机械通气。胸部联体婴须同步通气。

尽管术前详尽的评估,手术当中也会遇到难以预料的问题,有可能遇到异常的血管连接和术前没有确定的畸形(如肠道和泌尿生殖道的畸形)。因此,手术的团队必须做好各种手术的准备。

在胸部联体婴共用一个心脏的情况下,分离手术相对困难甚至无法实施,不管是心室相联还是心房相联,两婴都成活几乎是不可能的,能存活一个已是难得。解决的办法之一是把相联的心脏重建后留给其中一个婴儿,而另一个接受心脏移植。分离后胸腹壁的重建常需要肌皮瓣、自体或异体骨片和合成材料,有时需要多次的重建手术。

通常,对于脐部联体婴和剑脐联体婴,分离手术较容易且并发症相对少。肝桥可由大小不同,小的肝桥往往有一个相对无血管平面,可由电凝刀轻易分离,大的肝桥则应推迟手术,随着年龄增长,肝的脆性减低,较易于结扎止血。

坐骨或臀部联体婴,会阴结构复杂,肛门闭锁、直肠会阴瘘,甚至一穴肛,肛门括约肌缺如或者发育不良,令重建肛门括约肌功能十分困难,手术中为了平分括约肌功能,通常把回盲瓣留给其中一个婴儿,而肛门则给另外一个。骨盆的重建相对容易,因为两骨盆是张开的,所以易于暴露。泌尿生殖器官的重建效果似能分开的且有功能的器官数目,目标是正常的肾功能、自主控制排尿、正常的性功能和可接受的外观。对于三下肢联体婴,可以把共用的下肢给予其中一位,令其拥有双下肢;也可以两婴平分该下肢,将其肌肉和软组织用于修补腹部缺损,骨骼用于重建骨盆环。不适当的骨盆闭合可能导致腹腔容积过少。并且应考虑到将来假肢安装的问题。脊柱畸形和脊柱侧弯则需要以后多次的手术矫正。对于坐骨联体婴,修复重建手术是十分重要。一般需要胃肠道、泌尿生殖道、生殖器官和骨骼的重建。把共用的肛门和直肠全部归于其中一个婴儿,另一个婴儿则需要重建新的肛门直肠。4 足联体婴骨盆下肢的重建相对 3 足联体婴容易些。

如果估计分离后皮肤无法覆盖伤口,应术前使用皮肤扩张器。胸壁伤口缝合张力过高会导致心脏压迫。可吸收的合成网眼织物已成功用于关闭胸壁腹壁缺损。建议分别用可渗水聚乙烯膜和单纤维聚丙烯补片重建胸骨和腹壁。如果其中一个婴儿无法成活,可将其皮瓣用于存活的婴儿。

3. 术后处理　术后患儿应放置监护室。由于手术时间过长,通常术后需要一段时间的机械通气。密切注意水、电解质平衡。脓毒血症是最常见,并且是致命性的,特别是存在大的皮肤缺损时,应提高警惕。

术后并发症比较常见的有以下几种。

(1)充血性心力衰竭:通常将相联心脏分开时出现。

(2)器官功能不全:将共用的器官分配不均时出现(例如,只用一套胆道系统)。因此,充分的预先计划十分必要。

(3)巨大的皮肤缺损:通常是由于分离大的体桥造成的,如果延后至 1 岁时手术也许可以避免。术前组织的扩张也能避免这种并发症。在要分离的部位置入硅胶袋,然后逐日注入盐水,令皮肤牵拉伸延,使在分离术时有足够的皮肤覆盖伤口。

(4)感染:术后 2d 内执行严格的防感染措施,患儿放置在监护室里。如果病情稳定,改为常规防感染措施。

(5)出血:大量出血造成生命危险,尤其是头颅联体婴,他们通常有一个较大的且相交通的静脉窦。

四、预　后

以下几种因素可以提示或者影响预后。

1. 产前 MRI 和心动图　前者可以精准显示连接部的解剖结构和判断预后。但是,超声心动图可能会低估了心脏畸形的严重性。目前,最早能检查出联体畸形是在妊娠第 9 周。不过,在 10～11 周前容易出现假阳性,因为胎儿活动较少。单羊膜囊的孪生儿则可能是联体畸形。

2. 分离手术　通常手术在患儿出生后 3～12 个月时实行。选择合适的手术时机加上精细的术前准备,可以提高疗效。有时候,心脏畸形会导致出生时行紧急分离术。紧急分离手术的病死率高达 40%~80%。

3. 皮肤替代材料　使用皮肤扩张器和合成网眼织物可使伤口易于闭合和愈合。但是,腹部伤口的合成补片经常形成瘘管。

4. 有心脏相连的胸部联体婴　心室融合者预后差,除非两人都接受异体心脏移植。心房融合的病例预后更差,只有一例成功的报道。

5. 头颅联体婴　通常两者的脑部大部分是分开的,但静脉窦是共用的。分离静脉窦容易大出血。

对于联体心脏的分离仍是一个挑战。在某些特定情况下,联体婴的分离包含了伦理、法律和宗教等问题。有时候会面临选择:为了其中一个的生存必须放弃另外一个。遇到这种情况,最好在寻求法律依据前,听取医院伦理委员会的意见。该类病例,术前必须得到法律的裁决结果。

(余家康)

参 考 文 献

[1] Spencer R. Theoretical and analytical embryology of conjoined twins:part Ⅰ:embryogenesis. Clin Anat,2000,13:36-53.

[2] Spencer R. Theoretical and analytical embryology of conjoined twins:part Ⅱ:adjustments to union. . Clin Anat,2000,13:97-120.

[3] John H. T. Waldhausen. Conjoined twins. In:Keith T. Oldham,et al,eds. Principles and practice of pediatric surgery. Philadelphia:Williams & Wilkins,2005:1795-1803.

[4] H. Applebaum. Conjoined twins. In:Puri P,eds. Newborn surgery. London:Arnold,2003:643-648.

[5] Annas GJ. Conjoined twins——the limits of law at the limits of life. N Engl J Med,2001,344(14):1104-1108.

[6] Mackenzie TC,Crombleholme TM,Johnson MP,et al. The natural history of prenatally diagnosed conjoined twins. J Pediatr Surg,2002,37(3):303-309.

[7] Spitz L,Kiely EM. Experience in the management of conjoined twins. Br J Surg,2002,89(9):1188-1192.

[8] Rode H,Fieggen AG,Brown RA,et al. Four decades of conjoined twins at Red Cross Children's Hospital——lessons learned. S Afr Med J,2006,96(9 Pt 2):931-940.

[9] Shi CR,Cai W,Jin HM,et al. Surgical management to conjoined twins in Shanghai area. Pediatr Surg Int,2006,22(10):791-795.

[10] Al Rabeeah A. Conjoined twins——past,present,and future. J Pediatr Surg,2006,41(5):1000-1004.

[11] Fieggen AG,Dunn RN,Pitcher RD. Ischiopagus and pygopagus conjoined twins:neurosurgical considerations. Childs Nerv Syst,2004,20(8-9):640-651.

[12] Norwitz ER,Hoyte LP,Jenkins KJ,et al. Separation of conjoined twins with the twin reversed-arterial-perfusion sequence after prenatal planning with three-dimensional modeling. N Engl J Med,2000,343(6):399-402.

[13] Pearn J. Bioethical issues in caring for conjoined twins and their parents. Lacent,2001,357:1968-1971.

[14] Spiegel DA,Ganley TJ,Akbarnia H,et al. Congenital vertebral anomalies in ischiopagus and pygopagus conjoined twins. Clin Ortho Related Res,2000:137-144.

第 10 章
新生儿神经外科疾病

第一节　新生儿颅脑损伤

　　新生儿颅脑损伤是新生儿致残及死亡的主要原因之一。病因较多,但主要是由于缺氧及分娩时产伤引起。本节主要对外伤导致的新生儿颅脑损伤进行阐述。外伤性的新生儿颅脑损伤,几乎都是产伤所致,多见于胎儿先露部异常或难产、经阴道臀位,特别容易发生产伤。新生儿颅脑损伤有多种类型,临床表现各有不同,并且常有合并症发生,治疗方法各异,下文将予以分述。

一、头皮损伤

　　头皮损伤可以是单纯头皮伤,也可以合并颅骨骨折、脑损伤及颅内出血,以后者为严重。因此,对头皮损伤应当注意有无脑损伤、颅内出血同时存在。头皮血管丰富,损伤后出血,易引起失血性休克。头皮损伤感染后处理不当可引起颅骨骨髓炎、硬膜外脓肿、脑脓肿等。

　　(一)病因

　　1. 遭受外力　新生儿头皮薄,容易受到外力作用而损伤,产钳助产及剖宫产时意外划伤是分娩时头皮损伤的常见原因,随后的新生儿时期出现头皮损伤则主要是看护不当或较为少见的虐待所致。

　　2. 头皮静脉输液　头皮静脉输液在新生儿中经常使用,但出现液体外渗、血管痉挛、输液速度过快、浓度过高等几种情况时会导致局部头皮坏死,引起医源性头皮损伤。

　　(二)临床表现及诊断

　　头皮损伤根据临床表现易于诊断,但应注意有无脑损伤、颅内出血同时存在。

　　1. 擦伤　创面不规则,出现不同程度的表皮脱落,有少量出血和渗出液。

　　2. 挫伤　除表面皮肤局限性擦伤外,尚有深层组织肿胀、淤血等。

　　3. 裂伤　多为不规则伤口,伤口裂开。裂伤时由于头皮血管丰富,而且血管都在皮肤下层,被纤维组织所固定,一旦破裂,血管不易回缩,出血不易自止,可造成大量出血。

　　4. 撕裂伤　头皮由于帽状腱膜下层撕脱,与颅骨骨膜分离,创面大量出血,易导致休克。

　　5. 头皮输液性损伤　输液局部红肿,可出现青紫并伴有水疱,重者头皮黑紫并有破溃,局部头皮坏死。

　　(三)治疗

　　1. 擦伤　只需将创面周围的头皮剪去并清洗,一般不需加压包扎,仅涂以外用消毒剂,如红汞或甲紫即可。

2. 挫伤　需清洗创面,涂以甲紫或红汞,亦可局部包扎。

3. 裂伤　清创处理时应将伤口内异物彻底清除,用生理盐水冲洗干净,创缘整齐者不需修剪,可直接缝合。

4. 撕裂伤　如头皮未完全脱离,有血管供应时,应细致清创予以缝合包扎。头皮完全撕脱,则需行头皮再植术。

5. 头皮输液性损伤　一旦发现液体外渗,立即更换输液部位,局部采取护理措施。对皮损轻微,仅仅是苍白或红肿,且面积较小,可用 33％硫酸镁湿敷。皮损较重,有青紫或坏死时,应尽早使用酚妥拉明局部封闭,可用含酚妥拉明 2～4mg 生理盐水局部浸润性注射。

二、头 颅 血 肿

(一)病因

头颅血肿的原因主要是产伤,多见于高龄初产或用产钳助产的新生儿。分娩时胎儿通过产道时头颅受挤压,子宫收缩使骨与骨膜间互相摩擦,产钳助产的损伤,使骨与骨膜下血管破裂形成血肿。

(二)临床表现及诊断

头颅血肿按头皮解剖分为头皮下血肿、帽状腱膜下血肿和骨膜下血肿 3 种类型(图 10-1)。

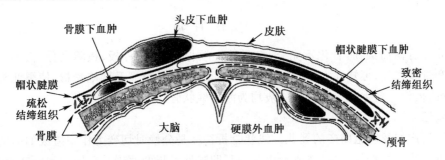

图 10-1　头颅血肿可能的部位

1. 头皮下血肿　血肿位于表层和帽状腱膜之间,受皮下纤维隔限制而有其特殊表现,体积小、张力高,扪诊时中心稍软,血肿周围的组织因水肿而变厚较硬。

2. 帽状腱膜下血肿　由于帽状腱膜下层系疏松结缔组织,有小动脉及导血管通过,间隙比较大,不受颅缝限制,故出血易于扩散,积血很多,可达 250ml,常形成较大的血肿。很少伴有颅骨凹陷性骨折或线状骨折。临床触诊检查时,血肿较软,有明显波动感。出血量多时,可蔓延及整个头部,甚至引起新生儿贫血和失血性休克。

3. 骨膜下血肿　因颅骨骨膜附着于颅骨缝上,血肿多不超过颅骨缝。血肿在生后 24h 内很容易辨认,是一个较硬的,但张力较大、有波动感、边界清楚的,但不超过颅骨缝界线的肿物。肿物往往都位于顶部,而且右侧多于左侧。25％的头颅血肿有颅骨线状骨折。但由于临床触诊检查时常在扁平的圆形血肿扪到有中心凹陷,故常误诊为是凹陷性骨折。头颅 CT 扫描则可以明确诊断。

(三)鉴别诊断

1. 头颅血肿须与先锋头(头颅水肿)相鉴别。先锋头系先露部位头皮下组织间隙积液,生后即出现,一般 2～3d 即可消退。有时两者同时存在。局部超声检查可以鉴别。

2. 3 种类型头颅血肿的鉴别要点见表 10-1。

表 10-1   3 种类型头颅血肿的鉴别要点

血肿类型	软硬度	血肿范围
头皮下血肿	较硬、波动不明显	局限在头皮挫伤的中心
帽状腱膜下血肿	较软、有明显波动	可蔓延及全头，不受颅缝限制
骨膜下血肿	张力大，有波动	血肿边缘不超过颅缝

（四）治疗

1. 头皮下血肿   一般不需要特别治疗，早期给予冷敷以减少出血和疼痛，24～48h 后改为热敷以促进吸收。血肿多数在数日内自行消退。

2. 帽状腱膜下血肿   血肿一般在数周内自然吸收，血肿很大或持续不吸收者，在贫血纠正的情况下经严格的消毒后可穿刺抽净血液，加压包扎，根据情况给予抗生素。如反复穿刺不能缩小，则需注意有无出血因素存在，应针对原因予以处理。已感染的血肿则需切开引流。

3. 骨膜下血肿   骨膜下血肿一般不需治疗，自然消退约需 1 个月之久，也不伴有慢性脑损伤；发生在显露部位的骨膜下血肿，如额部，宜在严格的消毒下用针穿刺抽吸净血液并加压包扎。部分患儿血肿骨化后形成新骨，产生永久性隆起而影响美容，可以行 CT 检查评估血肿骨化情况后，尽早采取手术将新骨磨除。

三、颅 骨 骨 折

新生儿颅骨薄而柔韧，骨化不完全，有弹性。颅骨无内板、外板、板障之分，仅为一层。骨缝间以纤维和骨膜连接，可塑性大，易发生颅骨移动重叠、颅骨撕裂及凹陷骨折，使婴儿头颅过度变形，引起颅内损伤。新生儿颅骨骨折一般均为颅骨线状骨折和凹陷性骨折。

（一）病因

多见于初产妇及产钳助产的婴儿。线状骨折往往是分娩时切变力作用造成的。新生儿颅骨凹陷性骨折比线状骨折发生少，造成新生儿颅骨凹陷性骨折的原因是分娩过程中产道挤压，使用产钳用力太大或接生时手指压迫过重而发生，颅骨凹陷的大小不一。

（二）临床表现与诊断

1. 线状骨折   骨折线较广泛，常伴有较大的帽状腱膜下血肿或骨膜下血肿。线状骨折若骨折线正好通过硬脑膜中动脉的行径或人字缝时须警惕有并发颅内血肿的可能，应严密观察。明确诊断有赖于头颅正侧位 X 线片或 CT 扫描检查，但纤细的骨折线有时仍可被忽视，三维头颅 CT 扫描颅骨成像技术可以很好的显示骨折线。有时头颅外伤位于骨缝处的纤维组织，因外伤而撕开，称为外伤性骨缝分离，属线状骨折，最多见于人字缝。颅骨缝分离的线状骨折 CT 扫描表现为骨缝的距离增宽，颅骨内板边缘连接欠佳。

2. 凹陷性骨折   颅骨凹陷性骨折和四肢长骨的青枝骨折相似，骨折处仍保持骨的连续性，无骨折线。颅骨表面虽有凹陷，但无断裂，如同乒乓球局部受压后形成的凹陷。骨折一般不超过颅骨骨缝，但骨折部位相邻的颅缝可显著增宽。新生儿颅骨凹陷性骨折多见于右顶骨，与头颅血肿的好发部位相同。应摄头颅正侧位及颅骨凹陷处切线位 X 线片，以了解骨折的范围和深度，对怀疑有颅内血肿、骨片嵌入脑实质内者最好行头颅 CT 扫描。

（三）治疗

1. 线状骨折   通常线状骨折本身无须治疗，除开放性骨折应急诊手术外，3 个月内可完全愈合，不影响小儿以后的正常发育。线状骨折的一个少见并发症是软脑膜囊肿，又称生长性颅骨骨折。一般主张手术切除囊肿,修补硬脑膜。骨缝分离如无错位,不需特殊治疗,只有在脑膜血管或导血管破裂而并发颅内血肿时,则应及早手术。

2. 凹陷性骨折　一般来讲,匙形及沟形凹陷随着生长可自然矫正,漏斗形骨折则多残留凹陷。颅骨凹陷深度不超过 5mm,无临床症状时,可自行复位,不需处理,若骨折面积大,有脑组织损伤者,应尽早行手术复位,以根除压迫,防止癫痫。手术可以在头颅凹陷边缘做一短弧形头皮切口,在凹陷的颅骨边缘钻一孔,伸入骨衣撬,利用杠杆作用将骨片撬起复位,如有碎骨片陷入脑组织应予以取出。

四、颅 内 出 血

新生儿颅内出血多见于分娩过程中,是新生儿创伤中最严重的一种,它是引起新生儿窒息与死亡的重要原因。病死率高达 40%～60%,生存者一般致残。

(一)病因

新生儿创伤性颅内出血的原因主要是产伤所致,大多数发生在难产和急产时,以足月儿或巨大儿多见。由于胎儿头过大或产道过小引起,产伤造成的出血主要为静脉出血,是由于胎儿头部受挤压以致硬脑膜窦或脑表面的静脉撕裂、出血位于硬脑膜下腔或蛛网膜下腔,幕上或幕下均可见,幕下的硬脑膜下血肿为枕骨分离性骨折或由于大脑镰与小脑幕撕裂造成的。也有轻度产伤引起的硬脑膜下血肿,多发生在颅骨附近。

(二)临床表现及诊断

1. 硬脑膜外出血　新生儿及婴儿的硬脑膜外出血很少见,这是因为在新生儿时期脑膜中动脉周围尚无骨质包围,动脉可自由移动,不受颅骨移动的牵扯。但当外力使新生儿的硬脑膜外层从颅骨内板分离开时,则可发生硬脑膜外出血,一般无骨折存在,这种情况多见于困难的产钳助产。

(1)临床表现:出血量较多时,通常在出生时就出现脑受压的症状,但也可以经过数小时的潜伏期,然后才出现颅内压增高的表现,囟门膨隆,脑干功能障碍逐渐加重,表现为呼吸节律变慢、不规则,出现暂停,心率时快时慢、心律失常等。

(2)诊断:难产或产钳助产的新生儿等诱发出血的病征,生后 2～3d,表现为不安、尖叫、肌张力增高、惊厥等兴奋症状,或表现为嗜睡、昏迷、肌张力低下,拥抱反射消失等抑制症状,呼吸常不规则伴发呼吸暂停。前囟紧张或隆起的颅内压增高表现,如发生小脑幕切迹疝,因压迫脑干并牵拉动眼神经,致使同侧出现眼睑下垂、瞳孔散大、瞳孔对光反射消失、眼球外斜。CT 检查准确率高,能确定出血的部位,出血可单侧或双侧。CT 片上可见紧贴颅骨内板有高密度血肿阴影。

2. 硬脑膜下出血

(1)临床表现:小脑幕下与小脑幕上的硬脑膜下出血,临床表现有显著不同。幕下硬脑膜下出血的典型表现是脑干压迫症状出现时间一般在 12h 以上,有时时间更长。首先出现呼吸频率快慢、深度和节律的异常。哭声异常,呈嘶哑或高调声。随后出现由于呕吐及吸吮反射而致的喂奶困难以及神经系统症状进行性加重,表现为意识障碍、惊厥、肌张力低下。前囟门隆起,紧张,头围增大迅速,同时伴有贫血,由动眼神经受压麻痹而引起瞳孔散大者不多见。幕上硬脑膜下出血的典型表现是如出血量不多,且均匀分散,可无任何临床症状;出血量多时可形成局部血肿,多位于额叶及顶叶表面,大的血肿可引起整个颅腔内压力增高,囟门膨隆,张力高。新生儿颅缝未闭能使囟门紧张得到部分缓解,但意识障碍进行性加重,出现局限性或多灶性阵挛性抽搐,常伴有局部运动障碍。若不经硬脑膜下穿刺处理,则可发生小脑幕切迹疝。此时患儿表现为一侧瞳孔散大以及脑干功能障碍进行性加剧。

（2）诊断：新生儿生后不久出现神经系统异常症状，尤其是呼吸频率、深度和节律异常时须高度怀疑。脑脊液常呈血性或黄色，蛋白含量高。若怀疑有颅后窝硬膜下血肿时，应禁忌腰椎穿刺，以避免脑疝形成。视网膜出血对诊断幕上硬脑膜下出血具有特定诊断意义，50％以上的病例在出血后即可直接见到。头颅 CT 扫描可明确诊断。但颅后窝内骨性伪影较多，颅后窝轻微损伤改变可以被伪影遮盖而显示不清，幕上、幕下附近出血均可引起天幕裂的密度增高，在 CT 上难以明确出血是天幕上还是天幕下，MRI 没有骨性伪影，冠状面扫描可以区别天幕附近的出血在幕上还是幕下。硬脑膜下穿刺有血性积血，可明确诊断。

3. 蛛网膜下腔出血　新生儿少量的蛛网膜下腔出血也可无症状，但可阻塞脑脊液的重吸收径路而影响脑脊液循环，造成脑外梗阻性积水而致头围增大。出血量多者则可出现激惹症状、颈项强直、脑膜刺激征阳性表现。诊断依据为头颅 CT 扫描和脑脊液中含血。MRI 对蛛网膜下腔的出血不如 CT 敏感。

（三）治疗

1. 硬脑膜外血肿　尤其是位于额叶及颞叶表面硬脑膜外血肿，出血量较多时宜做骨瓣成形术。血块可用吸引器吸出，清除后寻找出血来源。来自静脉窦的出血一般只需明胶海绵覆盖即能控制，来自脑膜中动脉的出血需用双极电凝止血。清除血肿尚需注意硬脑膜下有无血肿。手术时应注意失血量，并随时补充之。

2. 硬脑膜下出血　小脑幕下的硬脑膜下血肿，患儿有颅内压升高表现及意识障碍的演变，CT 扫描证实血肿存在。可用手术清除血肿，以缓解颅后窝的压力，并减少发生脑积水的可能。

小脑幕上的硬脑膜下血肿表现如下。

（1）硬脑膜下穿刺：硬脑膜下穿刺很简便，在患儿有颅高压时，穿刺放血是缓解颅高压的最有效的手段。需注意如患儿囟门不紧张者不要穿刺，因为穿刺出较多血的可能性很小，而刺破桥静脉引起出血的危险性却很大。硬脑膜下穿刺时需按严格的无菌操作，穿刺由前囟的侧角进入硬脑膜下腔，可避免刺伤位于正中线浅层的上矢状窦。穿刺的目的不是放出硬脑膜下腔内全部积血，而是降低颅内压，以利积血的吸收，当每次穿刺能放出 5ml 以下时，则应隔日穿刺。若 10d 以后液量仍无显著减少，应考虑外科手术治疗。

（2）外引流术：经硬脑膜下穿刺治疗，液量仍无显著减少，则需行外引流术，手术应在麻醉及绝对无菌技术下操作，可置硅塑料管引流，连接外引流装置，来控制引流量；一般 2 周左右，引流液逐渐减少，临床症状改善，即可拔管。

（3）开颅术：血液积存于硬脑膜下腔几周后，就形成机化。血肿产生富于血管的结缔组织膜，与硬脑膜和蛛网膜粘连，此时应采用开颅来清除慢性血肿及切除结缔组织膜，以解除脑组织的压迫。

3. 蛛网膜下腔出血　主要采用脱水及应用止血药物治疗，在脱水药物配合下慎行腰穿。

五、脑　损　伤

（一）病因

分娩时在分娩力的作用下，胎儿头颅要经过坚硬的骨性产道，胎头为适应产道而变形。但在臀位产程过长、过急，或过期胎儿、胎头过大，或用产钳助产、胎头吸引等情况下，均能造成胎儿头颅受到过度挤压，导致脑组织局部或多处挫伤、出血、水肿，继而软化坏死，局部形成囊肿，有的形成脑室穿通畸形。

(二)临床表现

对脑损伤的新生儿只要仔细观察,会发现有不同程度的中枢神经损伤症状。患儿表现精神淡漠、厌食吐奶、抽搐及肢体瘫痪等。少数会被漏诊,因此,出生时,对凡有头皮及颅骨损伤的新生儿都要严密观察,警惕有合并脑损伤的可能。

(三)诊断

头颅 CT 扫描,不同时期表现不同,早期显示脑内有点状高密度出血或混杂密度影像,晚期则显示较大面积低密度或囊性改变。头颅 MRI 扫描对于微小脑挫伤灶、轴索损伤以及早期脑梗死的显示优于 CT 扫描。

(四)治疗

轻症者一般予以吸氧、脱水、止血及促进脑神经细胞恢复的药物治疗,预后良好;重症者往往颅内压增高明显,CT 扫描显示弥漫性脑水肿,需要严密监护,当颅内压监护提示药物治疗无法控制颅内压增高时,应施行减压手术。

六、摇晃婴儿综合征

摇晃婴儿综合征(shaken baby syndrome,SBS)或称非意外性头部创伤,发生于 12% 的躯体受虐儿童,并且是婴儿期神经失能和死亡的一个主要原因。摇晃婴儿综合征是一种由于猛烈摇晃婴儿时,婴儿脑部在颅内来回撞击颅骨所引起的严重的头部损伤形式。这种损伤通常没有外在的创伤体征,但有可能会出现婴儿行为改变,如烦躁、嗜睡、皮肤苍白或发绀、呕吐和抽搐。在摇晃婴儿综合征中,硬膜下出血是最常见的颅内病变,其他表现有脑水肿、蛛网膜下腔出血、脑实质出血、脑室内出血、弥漫性轴索损伤、剪切伤、缺血和脑疝。视网膜出血可以见于 50%～100% 的受累婴儿。在死亡的受害者中,100% 会出现视网膜出血。对于 SBS,视网膜出血具有特征性和确诊性。视网膜出血的严重性与颅内损伤强烈相关。因此在神经影像中确认视网膜出血是非常重要的。

对医生来说,做出摇晃婴儿综合征的诊断可能是具有挑战性的,主要是根据出现的症状和体征。摇晃婴儿综合征对有怀疑病史和有非特异性症状的婴儿来说是一个重要的诊断,因为 SBS 长期发病率高达 70%,病死率高达 30%。虽然这些婴儿可能没有创伤的外部迹象,但任何头皮血肿的表现伴随增加的颅内出血发病率。

最初的治疗应包括 ABC 基础生命支持以及全面的身体检查,其中包括检查视网膜出血。建立静脉通路,进行血常规检查和凝血酶原时间、部分凝血活酶时间测定。此外根据临床表现可以选择血培养和血糖检查。一旦婴儿病情允许,立即进行头颅 CT 扫描,根据扫描结果进一步对应处置。

(顾　硕　鲍　南)

第二节　新生儿脑积水

脑积水是儿科常见疾病,因脑脊液容量过多导致脑室扩大、皮质变薄,颅内压升高。先天性脑积水的发生率为(0.9～1.8)∶1000,每年病死率约为 1%。

一、CSF 产生、吸收和循环

脑脊液的形成是一个能量依赖性的,而非颅内压力依赖性的过程,每天产生 450～500ml,或每分钟产生 0.3～0.4ml。50％～80％的脑脊液由侧脑室、第三脑室和第四脑室里的脉络丛产生,其余的 20％～50％的脑脊液由脑室的室管膜和脑实质作为脑的代谢产物而产生。

脑脊液的吸收是在位于蛛网膜下腔和硬膜内静脉窦之间的蛛网膜颗粒内。脑脊液的吸收依赖于从蛛网膜下腔通过蛛网膜颗粒到硬膜静脉窦之间的压力梯度。

脑脊液的流向是从头端向尾端,流经脑室系统,通过正中孔(Luschka 孔)和左右侧孔(Magendie 孔)流至枕大池、桥小脑池和脑桥,最后,CSF 向上流至小脑蛛网膜下腔,经环池、四叠体池、脚间池和交叉池,至大脑表面的蛛网膜下腔;向下流至脊髓的蛛网膜下腔;最后被大脑表面的蛛网膜颗粒吸收入静脉系统。

二、发病机制

脑脊液的产生与吸收失平衡可造成脑积水,脑积水的产生多数情况下是由于脑脊液吸收功能障碍引起。只有脉络丛乳头状瘤,至少部分原因是由于脑脊液分泌过多引起。脑脊液容量增加引起继发性脑脊液吸收功能损伤,和(或)脑脊液产生过多,导致脑室进行性扩张。

三、病理表现

脑室通路的阻塞或者吸收障碍使得颅内压力增高,梗阻近端以上的脑室进行性扩张。其病理表现为脑室扩张,通常以枕角最先扩张,皮质变薄,室管膜破裂,脑脊液渗入到脑室旁的白质内,白质受损瘢痕增生,颅内压升高,脑疝,昏迷,最终死亡。

四、病因与分类

脑积水的分类是根据阻塞的部位而定。如果阻塞部位是在蛛网膜颗粒以上,则阻塞部位以上的脑室扩大,此时称阻塞性脑积水或非交通性脑积水。例如,导水管阻塞引起侧脑室和第三脑室扩大,第四脑室没有成比例扩大。相反,如果是蛛网膜颗粒水平阻塞,引起脑脊液吸收障碍,侧脑室、第三脑室和第四脑室均扩张,蛛网膜下腔脑脊液容量增多,此时的脑积水称为非阻塞性脑积水或交通性脑积水。常见的脑积水病因有脑室内出血、炎症,脑室内或脑室外肿瘤或蛛网膜囊肿压迫,先天性的导水管狭窄或闭锁,Chiari 畸形等。

五、临床表现

新生儿及婴儿脑积水表现为激惹、昏睡、生长发育落后、呼吸暂停、心动过缓、反射亢进、肌张力增高、头围进行性增大、前囟饱满、骨缝裂开、头皮薄、头皮静脉曲张、前额隆起、上眼睑不能下垂、眼球向上运动障碍(如二眼太阳落山征)、意识减退、视盘水肿、视神经萎缩引起的视弱甚至失明,以及第Ⅲ、第Ⅳ、第Ⅵ对脑神经麻痹,运动障碍可表现为肢体痉挛性瘫,以下肢为主,症状轻者双足跟紧张,足下垂,严重时整个下肢肌张力增高,呈痉挛步态。

六、诊 断

根据典型症状体征,不难作出脑积水的临床诊断。病史中需注意母亲孕期情况,小儿胎龄,是否用过产钳或胎头吸引器,有无头部外伤史,有无感染性疾病史。

应做下列检查,作出全面评估。

1. 头围测量 新生儿测量头围在出生后 1 个月内应常规进行,不仅应注意头围的绝对值,而且应注意生长速度,疑似病例多能从头围发育曲线异常而发现。

2. B超图像　为一种安全、实用,且可快速取得诊断的方法,对新生儿很有应用价值,特别是对于重危病儿可在重症监护室操作。通过未闭的前囟,可了解两侧脑室及第三脑室大小,有无颅内出血。因无放射线,操作简单,便于用于随访。

3. 影像学特征　脑积水的颅骨平片和三维 CT 常常显示破壶样外观和冠状缝、矢状缝裂开。CT 和 MRI 常可见颞角扩张,脑沟、基底池和大脑半球间裂消失,额角和第三脑室球形扩张,胼胝体上拱和(或)萎缩以及脑室周围脑实质水肿。

七、鉴 别 诊 断

1. 硬膜下血肿或积液　多因产伤或其他因素引起,可单侧或双侧,以额顶颞部多见。慢性者,也可使头颅增大,颅骨变薄。前囟穿刺可以鉴别,从硬膜下腔可抽得血性或淡黄色液体。

2. 佝偻病　由于颅骨不规则增厚,致使额骨和枕骨突出,呈方形颅,貌似头颅增大。但本病无颅内压增高症状,而又有佝偻病的其他表现,故有别于脑积水。

3. 巨脑畸形　是各种原因引起的脑本身重量和体积的异常增加。有些原发性巨脑有家族史,有或无细胞结构异常。本病虽然头颅较大,但无颅内压增高症状,CT 扫描显示脑室大小正常。

4. 脑萎缩性脑积水　脑萎缩可以引起脑室扩大,但无颅高压症状,此时的脑积水不是真正的脑积水。

八、治　　疗

治疗的目的是获得理想的神经功能,预防或恢复因脑室扩大压迫脑组织引起的神经损伤。治疗方法为脑脊液分流手术,包括有阀门调节的置管脑脊液分流手术以及内镜第三脑室造口术,目的是预防因颅内压升高而造成的神经损害。脑积水的及时治疗能改善患儿智力,有效延长生命。

(一)手术方式的选择

脑积水的治疗方法是手术,手术方式的选择依赖于脑积水的原因。例如,阻塞性脑积水的病人,手术方法是去除阻塞(如肿瘤),交通性脑积水的病人或阻塞性脑积水阻塞部位无法手术去除的病人,需要做脑脊液分流手术,分流管的一端放置在梗阻的近端脑脊液内,另一端放置在远处脑脊液可以吸收的地方。最常用的远端部位是腹腔、右心房、胸膜腔、胆囊、膀胱/输尿管,而腹腔是目前选择最多的部位(如脑室腹腔分流术),除非存在腹腔脓肿或吸收障碍。脑室心房分流术是另外一种可以选择的方法。

(二)分流管的选择

脑脊液分流系统至少包括三个组成部分:①脑室端管,通常放置在侧脑室的枕角或额角;②远端管,用来将脑脊液引流到远端可以被吸收的地方;③阀门。传统的调压管通过打开一个固定的调压装置来调节脑脊液单向流动。这种压力调节取决于阀门的性质,一般分为低压、中压和高压。一旦阀门打开,对脑脊液流动产生一个很小的阻力,结果,当直立位时,由于地心引力的作用,可以产生一个很高的脑脊液流出率,造成很大的颅内负压,此过程称为“虹吸现象”。

由于虹吸现象可以造成脑脊液分流过度,因此,某些分流管被设计成能限制脑脊液过分流出,尤其是当直立位时。最近又出来可编程的调压管,当此种分流管被埋入体内后,仍可在体外重新设置压力,此种分流管被广泛地应用在小儿脑积水上。

(三)脑室腹腔分流术

脑室腹腔分流术是儿童脑积水脑脊液分流术的首选。

1. **手术指征**　交通性和非交通性脑积水。

2. **手术禁忌证**　颅内感染,不能用抗菌药物控制者;脑脊液蛋白明显增高;脑脊液中有新鲜出血;腹腔内有炎症、粘连,如手术后广泛的腹腔粘连、腹膜炎和早产儿坏死性小肠结肠炎;病理性肥胖。

3. **手术步骤**　手术是在气管插管全身麻醉下进行,手术前静脉预防性应用抗生素。病人位置放置在手术床头端边缘,靠近手术者,头放在凝胶垫圈上,置管侧朝外,用凝胶卷垫在肩下,使头颈和躯干拉直,以利于打皮下隧道置管。皮肤准备前,先用记号笔根据脑室端钻骨孔置管的位置(如额部或枕部)描出头皮切口。腹部切口通常在右上腹或腹中线剑突下 2～3 横指距离。铺消毒巾后,在骨孔周边切开一弧形切口,掀开皮瓣,切开骨膜,颅骨钻孔,电凝后,打开硬脑膜、蛛网膜和软脑膜。

接着,切开腹部切口,打开进入腹腔的通道,轻柔地探查证实已进入腹腔。用皮下通条在头部与腹部切口之间打一皮下通道,再把分流装置从消毒盒中取出,浸泡在抗生素溶液中,准备安装入人体内。分流管远端装置包括阀门穿过皮下隧道并放置在隧道内,隧道外管道用浸泡过抗生素的纱布包裹,避免与皮肤接触。接着,根据术前 CT 测得的数据,将分流管插入脑室预定位置并有脑脊液流出,再将分流管剪成需要的长度,与阀门连接,用 0 号线打结,固定接口。然后,提起远端分流管,证实有脑脊液流出后,将管毫无阻力地放入到腹腔内。伤口要求严密缝合,仔细对合,最后用无菌纱布覆盖。

4. **分流术后并发症**

(1)机械故障:近端阻塞(即脑室端管道阻塞)是分流管机械障碍的最常见原因。其他原因包括分流管远端的阻塞或分流装置其他部位的阻塞(如抗虹吸部位的阻塞);腹腔内脑脊液吸收障碍引起的大量腹水,阻止了脑脊液的流出;分流管折断;分流管接口脱落;分流管移位;远端分流管长度不够;近端或远端管道位置放置不妥当。

(2)感染:分流管感染发生率为 2%～8%。感染引起的后果是严重的,包括智力和局部神经功能损伤、大量的医疗花费,甚至死亡。最常见的病原菌为葡萄球菌,其他为棒状杆菌、链球菌、肠球菌、需氧的革兰阴性杆菌和真菌。

(3)过度分流:多数分流管无论是高压还是低压都会产生过度分流。过度分流能引起硬膜下积血、低颅内压综合征或脑室裂隙综合征。硬膜下积血是由于脑室塌陷,致使脑皮质从硬膜上被牵拉下来,桥静脉撕裂出血引起。低颅压综合征产生头痛、恶心、呕吐、心动过快和昏睡,这些症状在体位改变时尤其容易发生。裂隙样脑室,即在放置了分流管后,脑室变得非常小或呈裂隙样。裂隙脑综合征的症状偶尔发生,表现为间断性的呕吐、头痛和昏睡。影像学表现为脑室非常小,脑室外脑脊液间隙减少,颅骨增厚,没有颅内脑脊液积聚的空间。

(四)内镜第三脑室造口术

1. **手术指征**　某些类型的阻塞性脑积水,如导水管狭窄和松果体区、颅后窝区肿瘤或囊肿引起的阻塞性脑积水。

2. **禁忌证**　交通性脑积水。另外,小于 1 岁的婴儿成功率很低,手术需慎重。

3. **手术方法**　第三脑室造口术方法是在冠状缝前中线旁 2.5～3cm 额骨上钻一骨孔,将镜鞘插过孟氏孔并固定,以保护周围组织,防止内镜反复进出时损伤脑组织。硬性或软性内镜插入镜鞘,通过孟氏孔进入第三脑室,在第三脑室底中线处,乳头小体开裂处前方造口,再用 2 号球囊扩张管通过反复充气和放气将造口扩大。造口完成后,再将内镜伸入脚间池,观察蛛网膜,确定没有多余的蛛网膜阻碍脑脊液流入蛛网膜下腔。

4. 并发症　主要并发症为血管损伤继发出血。其他报道的并发症有心搏暂停、糖尿病发作、抗利尿激素不适当分泌综合征、硬膜下血肿、脑膜炎、脑梗死、短期记忆障碍、感染、周围相邻脑神经损伤(如下丘脑、腺垂体、视交叉)以及动脉损伤引起的术中破裂出血或外伤后动脉瘤形成造成的迟发性出血。动态 MRI 可以通过评价脑脊液在第三脑室造瘘口处的流通情况而判断造口是否通畅。

(鲍　南)

第三节　新生儿颅内肿瘤

儿童颅内肿瘤和成年人有很大的不同,在肿瘤的发生部位、临床表现、组织病理、治疗方案和预后等方面都有其特点。在儿童肿瘤中脑肿瘤的发病率仅次于白血病,每年新诊断儿童脑肿瘤约 1700 例,在儿童中的发生率占 3.1/100 000。儿童颅内肿瘤的好发年龄为 5～8 岁,婴儿期发病率在 1.3%～11%,新生儿期则更为罕见,仅为个案报道,占儿童期脑肿瘤的 0.5%～1.5%,因此有学者将 1 岁以下婴儿的原发性颅内肿瘤统称为“先天性脑肿瘤”。尽管随着显微外科技术的进步、辅助治疗的发展,儿童颅内肿瘤的总体生存率有了很大提高,但是新生儿期的颅内肿瘤总体预后仍然较大龄儿童差,占胎儿和新生儿总体病死率的 5%～20%。

诊断脑肿瘤的重要因素是部位、年龄和组织学类型。部位最重要,其次是年龄。与成年人脑肿瘤多发生在幕上不同,儿童脑肿瘤幕上、幕下分布比较平均,但是新生儿期幕上肿瘤更为多见。据报道,新生儿期常见的肿瘤类型包括畸胎瘤、脂肪瘤、星形细胞瘤、髓母细胞瘤、室管膜瘤和脉络丛肿瘤。

一、临床表现

儿童脑肿瘤的症状和体征因肿瘤的类型、部位、年龄不同而表现不一。由于儿童期颅内肿瘤好发于中线部位和颅后窝,因此易于阻塞脑脊液的循环通路,引起继发性脑积水,脉络丛肿瘤会引起脑脊液的分泌增多产生脑积水,从而导致相应的临床症状。另外,婴幼儿由于前囟未闭、骨缝未愈,颅内压增高后可以通过头颅增大来容纳较多的脑脊液,颅内压增高的症状多出现较晚,而仅仅表现为头颅增大,就诊时往往肿瘤非常巨大,使手术完整切除十分困难。而且,婴儿不会讲话,很少有头痛等主诉,多数以烦躁不安和头部摇动等症状代替。因此,婴儿期脑肿瘤的临床表现都是非特异性的,可表现为头大、前囟膨隆、呕吐、易激惹、癫痫、肌肉松弛、肌张力减弱、脑神经麻痹、眼部症状如落日征和斜视、喘鸣和反流。这类患儿颅内压增高的原因可以是巨大的肿瘤或者继发性脑积水引起,也可能是肿瘤内出血造成。婴儿脑肿瘤典型的症状为头大、肌张力减退、昏睡和摄入量降低。

二、放射学评价

部分新生儿脑肿瘤在宫内就可以通过超声获得诊断。新生儿出生后如果怀疑有脑肿瘤也可以通过前囟头颅超声检查。如果要获得更为直观的图像信息,神经外科医生需要患儿的 CT 扫描和 MRI 图像。CT 平扫可以显示肿瘤的大小和部位,脑组织的水肿、移位和脑积水情况。对肿瘤内钙化的显示具有优势。注射造影剂后可反映肿瘤的血供情况。MRI 平扫和增强是颅内肿瘤诊断的金标准。MRI能提供更好的脑的分辨率,以及矢状面、冠状面和横断面的图像。同时,运用新的图像序列和光谱,甚至有可能做出特殊的组织学诊断。这些特点明显优于仅能提供横断面的CT扫描。另外,由于颅底骨伪影的影响,CT扫描很难评价低位脑干的情况。MRI的缺陷是不能够很好显示瘤内的钙化,而且检查时间太长,婴幼儿可能需要全身麻醉才能完成检查。所以,有时需要CT、MRI同时检查以帮助做出合适的诊断。

三、治疗方案

手术治疗仍然是绝大多数儿童颅脑肿瘤的首选治疗方法。其目的是:①对良性肿瘤完整切除从而治愈患儿;②获取组织学标本,获得病理诊断;③尽可能切除恶性肿瘤,改善其预后;④通过脑脊液分流手术控制颅内压增高。但据文献报道,<1岁婴儿脑肿瘤的全切率仅约50%,出生后6个月以下仅30%。

部分肿瘤由于生长部位的特殊性以及MRI表现能够确诊,因此,可以不需要手术获取标本。例如,脑桥区的胶质瘤和脑干内的星形细胞瘤,手术风险很大,无法完全切除,而MRI又能明确诊断,这些病人可以交给神经肿瘤科医生处理,而不需手术确诊。松果体区生殖细胞瘤不需要组织学诊断,可通过血清和脑脊液的绒毛膜促性腺激素(β-HCG)、α-胎蛋白(AFP)和胎盘碱性磷酸酶(PLAP)测定来确诊。治疗方法是立体定向放射治疗。对于生殖细胞瘤的治愈率可达100%。由于放射线对未成熟脑细胞的杀伤作用,使婴幼儿的正常脑细胞坏死,造成不可逆的并发症和后遗症。多数学者认为3岁以下的儿童不宜进行放疗,最近部分激进的放射治疗专家将年龄限制降低到了1岁。但显而易见,放疗对新生儿是不合适的。

化疗适用于不适宜放疗的婴幼儿颅内恶性肿瘤,不同的肿瘤采用不同的化疗方案。术前术后进行的新辅助化疗得到了越来越多的关注。另外,免疫治疗和基因治疗也已经开始进入临床实验,为婴幼儿脑肿瘤的治疗提供了更多的选择。

四、肿瘤类型

(一)星形细胞瘤

颅内星形细胞瘤可分为幕上和幕下两部分,后者也称为小脑星形细胞瘤。大脑半球的星形细胞瘤多表现为癫痫、局灶性神经功能障碍或颅内压增高症状,组织学上低级别肿瘤较多。根据肿瘤的类型不同,其MRI表现也各不相同。小脑星形细胞瘤多表现为小脑半球的囊实性占位,囊性成分较大可以压迫小脑和脑干,组织学上多为青少年毛细胞型星形细胞瘤,WHO为1级。

星形细胞瘤应该尽量手术切除,功能区的肿瘤在手术前可以通过立体定向穿刺活检以明确诊断。1级的星形细胞瘤多可以通过手术全切获得治愈,有时候囊壁也需要切除,术后多不需要其他治疗。偶尔复发的肿瘤可以再次切除。但对于2级的星形细胞瘤术后的治疗方案仍然存在争议,高级别星形细胞瘤即使大剂量化疗,预后也较差。

(二)原发性神经外胚层肿瘤和髓母细胞瘤

原发性神经外胚层肿瘤(PNET)是一组起源于神经上皮前体细胞的高度恶性肿瘤,颅后窝的PNET称为髓母细胞瘤。髓母细胞瘤是儿童最常见的恶性颅内肿瘤,50%发生在10岁以前,新生儿期也较为罕见。组织学上,典型的髓母细胞瘤属于"小圆细胞恶性肿瘤"。肿瘤细胞密集排列,核深染,胞质少,苏木精和伊红组织学切片染色为蓝色。髓母细胞瘤的儿童典型症状为头痛、呕吐和短时昏睡。婴儿表现为委靡。多数患儿就诊时就存在脑积水,少数病例早期就可以出现肿瘤播散的症状。

典型的髓母细胞瘤 CT 扫描显示边界清楚的等密度的肿块,充填于第四脑室,并引起阻塞性脑积水;然而与室管膜瘤不同的是这种肿瘤没有钙化。肿瘤可强化明显,也有约 7.5％ 的肿瘤无强化。MRI 显示各种信号的特征,T_1 像呈等或略低信号,T_2 像多为高信号,增强后多明显强化。术前或术后有必要做脊柱 MRI 检查,以判断有无脊髓播散。

手术目的是获取组织学诊断、减轻占位效应和切除肿瘤。合并的脑积水可以通过肿瘤切除后打通脑脊液循环而好转,也可以术前术后行分流手术或第三脑室底造口手术。如果肿瘤局限于小脑蚓部和大脑半球,手术可以做到影像学上的全部切除。但如果肿瘤侵犯脑干或蛛网膜下腔播散,那就无法做到全部切除。儿童年龄 <4 岁、残余肿瘤 >1.5cm³、细胞学或影像学检查证实存在脑脊液播散被认为是高危因素。大龄儿童术后可以辅助放疗,而婴幼儿只能进行辅助化疗。肿瘤的 5 年生存率为 70％,而某些高危组则不到 30％。

(三)室管膜瘤

室管膜瘤可发生在幕上或幕下。组织学类型为 1～4 级。儿童室管膜瘤占颅内肿瘤的 6.1％～12.7％,新生儿期发病也仅为个案报道。颅后窝的室管膜瘤通常起源于第四脑室或其周围的外侧隐窝,这样肿瘤就易于进入蛛网膜下腔,包绕脑神经和血管,造成难以完全手术切除。由于肿瘤部位不同,所表现的临床症状也差别很大。当肿瘤发生在颅后窝时,引起的症状与在该部位的其他肿瘤相似。当有脑神经及脑干功能障碍时,常提示肿瘤已向这些部位侵犯。室管膜瘤的特点是不伴有脑积水的呕吐,这是因为肿瘤侵及呕吐中枢的缘故。儿童室管膜瘤发生在幕上时,体积通常都非常大,尽管起源于室管膜,也有可能与脑室不相通。CT 的典型表现为等密度肿块伴有斑点状钙化以及不均一的强化。颅后窝的占位能够通过第四脑室出口进入到桥小脑角。室管膜瘤的磁共振表现为 T_1 像的等信号到低信号影和 T_2 像的高信号影,增强后呈不均匀强化。

治疗的首要目标就是尽可能完全手术切除,但仅有 50％ 的病例能够达到全切。肿瘤切除的程度与预后有直接关系。完全切除后的 5 年生存率为 60％～80％,而未完全切除的 5 年生存率则不到 30％。大龄儿童术后可以进行放射治疗,婴幼儿即使采用包括骨髓移植在内的大剂量化疗,预后仍然较差。影响生存率的主要因素包括发病年龄、手术切除范围和部位,其中幕上肿瘤的预后要好于幕下。

(四)畸胎瘤

畸胎瘤属于生殖细胞肿瘤的一种,生殖细胞肿瘤占所有颅内肿瘤的 0.4％～3.1％,其中畸胎瘤为 9％～30％。畸胎瘤又可以分为成熟畸胎瘤、未成熟畸胎瘤和恶性畸胎瘤。肿瘤多位于中线部位如松果体区、鞍上、四叠体、第三脑室和小脑蚓部,也可发生在基底节、海绵窦和桥小脑角等部位。新生儿期的畸胎瘤发现时通常都 >5cm,由于肿瘤巨大,因此难以判断其起源部位。先天性颅内畸胎瘤根据影像学特征可以分为三类:①弥漫性颅内占位,合并有广泛脑组织变形,有时合并脑积水;②更为局限性占位,生存时间从 0.5h 到 9 周;③巨大占位通过颅底进入面部和颈部。

很多巨大的颅内畸胎瘤在宫内通过超声就可以诊断,CT 可以显示肿瘤的大小和瘤内钙化,MRI 能够多个层面描述肿瘤的情况。对于小的良性颅内畸胎瘤可以通过手术而治愈。而未成熟或恶性畸胎瘤术后多需要辅助化疗,但多预后非常差。婴儿颅内畸胎瘤的 1 年生存率仅 7.2％。

(五)脂肪瘤

颅内脂肪瘤是原始脑膜间充质异常分化形成的一种良性病变。约占颅内肿瘤的 0.34％,可发生于各年龄组,新生儿罕见。颅内脂肪瘤生长缓慢,可发生于颅内任何部位,多见于胼胝体区,其次为环池、四叠体和漏斗-视交叉区,常伴有胼胝体发育不良、透明隔缺如、脊柱裂、脑皮质发育不良等中枢神经系统畸形及血管结构异常。多数颅内脂肪瘤患儿并无症状,有症状者多为病灶对局部神经、血管的刺激和压迫所致,表现复杂多样,且无特异性。胼胝体区脂肪瘤最常见的症状为癫痫,而位于桥小脑角的脂肪瘤可因累及面听神经出现听力丧失、眩晕、耳鸣等症状。CT 表现为边界清晰的均匀低密度灶,增强扫描无明显强化,边缘可有钙化。MRI 检查具有特有的脂肪信号特点,T_1 像高信号,T_2 像中等信号,信号均匀。对于颅内脂肪瘤的治疗,多数学者认为其生长缓慢,占位效应不明显,不主张直接手术切除。对无症状者宜密切随访。由于临床症状多数是由于伴发的先天性畸形引起,而不是脂肪瘤的压迫所致,因此对临床症状明显者可积极手术,但手术不主张勉强全切。有学者提出此病的治疗意见:①分流手术治疗合并的脑积水;②控制癫痫;③对影响外观的伴发疾病进行修复。

(六)脉络丛肿瘤

脉络丛存在于大脑的所有脑室系统内,是分泌脑脊液的主要部位。脉络丛肿瘤被分成良性脉络丛乳头状瘤和脉络丛乳头状癌。最常见的部位是侧脑室、其次是第四脑室,然后是第三脑室。婴儿的发生率高于大龄儿童。患儿的首发表现通常是脑积水。脉络丛乳头状瘤的 MRI 表现很有特征性:影像学特征为脑室内一个均匀强化的分成小叶状的肿块。肿瘤与周围的脑室壁有明显的分界。肿瘤血供来自脉络膜前或后动脉,多较粗大,MRI 或 MRA 多可以显示出,有时术前可以栓塞。

治疗方法是手术切除,乳头状瘤可以通过全部切除而治愈,是新生儿脑肿瘤中预后最好的。但乳头状癌难以切除,术前术后可以辅助化疗。目前乳头状癌的 5 年生存率可以达到 50％。如果肿瘤切除后还存在脑积水,则需要考虑进行分流手术。

(杨　波　鲍　南)

第四节　神经管闭合不全

在胚胎时期,由于胚胎期的初级及次级神经化障碍,中胚层背侧形成受阻引起颅及椎管内外多种病理改变,形成颅裂及脊柱裂等临床表现。

一、颅　　裂

(一)病因

目前尚不够明确,一般认为与妊娠期间外部环境的影响,最常见的如叶酸的缺乏等造成神经管发育不良所形成。

(二)临床表现

颅裂是先天性的颅骨缺损,分隐性和显性两类。隐性颅裂只有颅骨缺失。在鼻根部或额部的隐性颅裂,可见到该处皮肤凹陷并有搏动,一般不需治疗。在枕部有时并发颅内皮样囊肿及皮肤窦,检查可见有瘘口和少许分泌物。显性颅裂则尚有颅腔内容物自颅骨缺损处呈囊样膨出,又称囊性颅裂,较常见。

囊性颅裂按其膨出物的内容来划分可分成以下几种。①脑膜膨出:内容物只有脑膜和脑脊液;②脑膨出:内容物为脑膜和脑实质而无脑脊液;③脑膜脑膨出:内容物为脑膜、脑实质和脑脊液;④脑囊状膨出:内容物有脑膜、脑实质和部分脑室,但在脑实质与脑膜之间无脑脊液存在;

⑤脑膜脑囊状膨出：内容物与脑囊状膨出相似，只是在脑实质与脑膜之间有脑脊液。

1. 局部症状 囊性颅裂在出生时局部就有肿块膨出，多为圆形或椭圆形。肿块的形状和大小不一致，一般位于枕部者较大。巨大的膨出多为脑膜脑囊状膨出，整个肿块有实质感，不透光。膨出肿块较小者则常为脑膜膨出，颅骨缺损常较小，肿块透光，哭闹时有张力改变。在鼻根部者使两眼距增宽及眼眶变小，甚至不能完全闭眼，如鼻腔被压则呼吸困难，并可引起泪囊炎。从眼眶后方膨出者则使病侧眶腔扩大，眼球突出。从筛板向鼻腔膨出者，形状则类似鼻息肉，重者可引起呼吸、吞咽困难。

2. 神经系统症状 轻者无明显神经系统症状，重者与发生的部位及受损的程度有关。可有肢体瘫痪、挛缩或抽搐等大脑广泛损害的征象。如突入眼眶内，则有第Ⅱ、Ⅲ、Ⅳ、Ⅵ对脑神经受累，表现为眼睑不能上抬，眼球活动受限等。

（三）诊断

根据病史及临床表现、肿物的部位、性质、外观，结合影像学检查不难做出诊断。

1. CT 表现 可显示颅骨缺损及膨出的囊性肿物，如为脑膜膨出内容为脑脊液样密度，如有脑膨出则可见与脑同样密度的膨出物。

2. MRI 表现 可显示颅骨缺损及膨出的囊性肿物，内为脑脊液样或脑组织样信号影。

（四）治疗

隐性颅裂，一般不需要外科治疗。但如骨缺损较大且有特殊症状，则应考虑修补颅骨缺损。合并膨出者一般均需手术治疗。出生后如膨出物表面完好，无渗漏，手术则在出生后 6 个月至 1 年间进行较安全。如表皮有破溃可能，鼻腔或鼻咽腔堵塞严重应提前手术。手术的目的是封闭颅裂处的缺孔，切除膨出物及其内容物。位于颅盖部者，一般不修补骨缺损，而只需将软组织紧密缝合，使其不漏失脑脊液。位于颅底部者则常需通过开颅术修补，且须严密修补颅骨缺孔和硬脑膜。

（五）并发症

常见的并发症有：颅内及伤口感染、脑脊液漏、脑积水、皮肤坏死等，一般正确掌握手术适应证及操作规程，可大大减少其并发症。

（六）预后

单纯的脑膜膨出经手术治疗后，一般效果较好。脑膜脑膨出等合并有神经系统症状的患者预后较差。

二、脊柱裂

（一）病因

与颅裂的发生情况完全相同，主要是在胚胎期的神经管闭合时，中胚叶发育发生障碍所致。

（二）临床表现

脊柱裂根据其病理形态、症状不同分为隐性脊柱裂、显性脊柱裂和罕见脊柱裂。隐性脊柱裂有时合并脊髓拴系综合征。

1. 隐性脊柱裂 最常见于腰骶部，常累及 L_5 和 S_1。病变区域皮肤可正常，有些则显示色素沉着、毛细血管扩张、皮肤凹陷、局部多毛等现象。如合并脊髓拴系综合征，有时在出生后即出现下肢无力、足内翻等症状。随着年龄增长可发现大、小便控制不良，下肢症状加重。

2. 显性脊柱裂

（1）局部包块：婴儿出生时，在背部中线的颈、胸或腰骶部可见一囊性肿物，包块呈圆形或椭圆形,多数基底较宽,少数为带状。表面皮肤正常,或为菲薄的一层,婴儿哭闹时包块膨大,压迫包块则前囟膨隆。有的表面缺损处只有一层蛛网膜,呈肉芽状或有感染。已破溃者,包块表面有脑脊液流出。包括①脊膜膨出,此型最轻。特点是脊髓及其神经根的形态和位置均正常,但脊膜自骨裂缺损处呈囊状膨出,其中含脑脊液。②脊髓脊膜膨出,特点是有的脊髓本身即具有畸形,脊髓和(或)神经根自骨裂缺处向背后膨出,并与囊壁和(或)其周围结构发生不等的粘连。③脊髓外露,椎管与硬脊膜广泛敞开,脊髓与神经组织直接显露在外,表面仅覆盖一层蛛网膜。多有神经组织变性。在单纯的脊膜膨出者,其透光程度高;对脊髓、脊膜膨出者,由于其内含有脊髓与神经根,部分可见包块内有阴影;若系脊膜膨出或脊髓、脊膜膨出合并脂肪瘤者,透光程度较低。

(2)神经损害症状:单纯脊膜膨出往往不伴有神经系统症状,而脊髓脊膜膨或并有脊髓末端发育畸形、变性、形成脊髓空洞者。常有不同程度的双下肢瘫痪及大小便失禁。在腰骶部病变引起的严重神经损害症状,远远多于颈、胸部病变者。这些神经损害症状包括畸形足(如内翻、外翻、背曲与足小),肌肉萎缩,下肢不等长并伴麻木、无力和自主神经功能障碍等。脊髓、脊膜膨出本身也可构成脊髓拴系,随着年龄与身长的增长,脊髓拴系综合征也进一步加重。脊髓外露通常部表现出严重的神经功能症状。

3. 罕见脊柱裂 指发生在脊柱腹侧的脊柱裂,由于发生部位隐蔽,体表缺乏直观病征,出生后很少引起与病变相应的特殊症状,随着年龄增长因某种症状怀疑为咽后部脓肿、纵隔肿瘤、腹后壁肿瘤、盆腔肿瘤,或因巨大的膨出突入阴道、直肠,引起各相应部位的症状时,通过检查或在手术中才被察觉。

(三)诊断

根据上述临床特点,一般均能作出诊断。透光试验可作为诊断时参考。最关键的诊断点是婴儿出生后即发现背部中线有膨胀性的包块,并随着年龄增长而扩大,以及伴随的相应神经功能损害症状。罕见脊柱裂因只有在其相应症状出现时方被引起注意,往往易被误诊,故疑有此病时应立即进行相应的检查。

1. 脊椎 X 线平片 可显示脊柱裂的骨性结构改变。膨出囊伸向胸腔、腹腔者,可见局部阴影。向盆腔突出者,常见骶管显著扩大。

2. MRI 扫描 可显示脊髓、神经的畸形,以及局部粘连等病理情况。合并脊髓拴系者可见脊髓末端位置较低,位于 L_3 以下。

3. 神经电生理技术 脊髓的电生理功能和代谢功能之间具有高度的相关性,长期牵拉时的血流障碍导致代谢率的降低,必然产生进行性的神经损害,主要是灰质的损伤,以骶尾段明显,腰段次之。表现在诱发电位为潜伏期的延长,波幅的减小甚至缺失,肌电图上则表现为上位运动神经元损伤和下位运动神经元损伤的多种表现。

泌尿系统超声检查及尿流动力学检查可部分确定泌尿系统损害程度。

(四)鉴别诊断

本病应与①硬脊膜外囊肿和硬脊膜内囊肿,前者为一硬脊膜憩室,或为穿过硬脊膜裂口的蛛网膜囊样突出。此病变常见于胸段或腰上段,从硬脊膜外压迫脊髓。后者不同之处是病变位于硬脊膜内。②椎管内肠源性囊肿位于颈段、胸段或颈胸交界区域,在硬脊膜内髓外或髓内。囊壁具有无肌层的单纯或假性复层上皮;有的有肌层,其上皮则似来自食管、胃或肠道。③脊髓积水是先天性中央管扩大,但在脊髓实质内同时还有单独存在的纵行空腔,其范围大小不等,常有小管与扩大的中央管相通。④脊髓缺失,可以完全无脊髓或只存在部分脊髓。此外还需与脂肪瘤、崎胎瘤、脊索瘤、皮样囊肿、脓肿以及骶尾部恶性肿瘤等病变相鉴别。

（五）治疗

显性脊柱裂几乎均须手术治疗。如囊壁已破或极薄，须紧急或提早手术，其他病例以在出生后1～3个月手术较好，以防病变加重发展。如伴有脑积水，则根据具体情况选择时机行某种脑脊液分流术。对脊髓脊膜膨出，手术时需尽可能地分离、松解与囊壁粘连的神经组织并回纳入椎管，要特别留意脊髓或马尾是否受到终丝等的牵扯，而不可轻易将其切除。对脊膜膨出则必须严密缝合脊膜的切口。如不能直接缝合伤口，则翻转背筋膜进行修补。

单纯的隐性脊柱裂往往不须手术治疗，合并脊髓拴系者需尽早行脊髓拴系松解术。手术应在显微镜下操作。为保障手术安全，尽可能运用术中神经电生理检测技术。

1. 体感诱发电位（SEP）的运用　SEP 监测的是整个感觉传导通路的功能，因此同样可以利用其监测外周神经的功能。常用的是在脊髓表面利用硬膜外电极，或在皮肤表面记录。监测腰5到骶1神经根或神经丛时通常在脚踝或膝关节处刺激胫神经，SEP 的明显减退或缺失则提示这些神经或相应后根的损害。对单个神经根进行监测时，有时因周围神经的电位的干扰而掩盖所监测神经根受到的损害。

2. 运动诱发电位（MEP）的运用　经颅刺激相应的运动皮质可以在支配区记录到 MEP，并可应用于术中监测及神经定位。理论上讲，只要保证 MEP 无异常，就可以保证运动功能不受损。圆锥-马尾手术中，肌肉 MEP 的消失则表明下运动神经元的损伤，多数是不可复的。

麻醉及肌松药对 MEP 的影响较大，在记录 MEP 时，应仅用最小剂量的肌松药，维持手术。

3. 肌电图（EMG）的应用　EMG 在脊髓术中的应用主要体现在对神经组织的辨别上，最重要的是要明确区分有功能的神经和纤维束带，增粗的终丝和细长的圆锥，终丝和马尾神经，以及从肿瘤组织中剥离出有功能的马尾神经。常用的手段有：直接刺激引发反射等。

近年来在宫内实施脊髓脊膜膨出修补术，获得较大进展。先采用局麻复合药物给母亲进行神经传导阻滞，再行气管内插管全麻，给予母体的药物经胎盘途径使胎儿获得麻醉。按常规开腹，显露子宫，确定胎儿位置，用消毒超声传感器证实胎儿心率正常。首先用电凝器在子宫底部切开 1cm 切口，将羊水取出，并将其贮存在消毒保温的注射器中，再在子宫底部切开约 8cm。用手固定胎儿使脊髓脊膜膨出部位处于子宫切口中心。用标准的神经外科分层关闭法对缺陷进行修复，切除膨出的囊壁，将粘连的神经组织仔细分离，沿周围蛛网膜组织锐性切割神经基板，并让其进入脊髓管，接着确认并从腰背筋膜下游离硬脊膜，覆盖神经基板并将其闭合。用无菌乳酸林格液加入 500mg 耐酶耐酸青霉素回输至子宫腔内替换羊水。子宫二层缝合，每层以纤维蛋白胶封闭。将一片可吸收防粘连膜贴于子宫切口以防止粘连形成。关闭腹部切口。对未成熟胎儿实行脊髓脊膜膨出修复，其结果与成熟新生儿修复的不同之处在于早期阻断其继续恶性循环发展的病理过程，为后期的发育创造良好的时机与合理的生理发育空间。

（陈　乾）

参 考 文 献

［1］ Erich Sorantin, Peter Brader, Felix Thimary. Neonatal trauma. European Journal of Radiology, 2006, 60:199-207.

［2］ Tonia Brousseau, Ghazala Q. Sharieff. Newborn Emergencies: The First 30 Days of Life. Pediatr Clin N Am, 2006, 53:69-84.

［3］ 施诚仁. 新生儿外科学. 上海：上海科学普及出版社. 2008.

［4］ Greenberg, MS. Handbook of Neurosurgery. 5th ed. New York: Thieme, 2001:175.

[5] Tuli S, Drake JM, Lawless J, et al. Risk factors for repeated cerebrospinal shunt failures in pediatric patients with hydrocephalus. J Neurosurg, 2000, 92:31.

[6] Whitehead WE, Kestle JR. The treatment of cerebrospinal fluid shunt infections. Results from a practice survey of the American Society of Pediatric Neurosurgeons. Pediatr Neurosurg, 2001, 35:205.

第 11 章

新生儿头颈部外科疾病

第一节 先天性唇腭裂

先天性唇腭裂是一种常见的先天性缺陷,其群体发病率为 1‰～2‰,不同的国家其发病率相差很大,在我国其发病率高达 1.624‰。先天性唇腭裂(cleft lip and palate,CLP)常分为综合征性 CLP 和非综合征性 CLP;另外根据遗传学和胚胎学,唇腭裂又可分为唇裂伴或不伴腭裂(cleft lip and/or palate,CL±P)和单纯性腭裂(cleft palate only,CPO)。目前部分综合征性 CLP 的病因已明确;而非综合征性 CLP(non syndrome cleft lip and palate,NSCLP)则为一种复杂的多基因遗传病,是遗传因素和环境因素综合作用的结果。唇、腭部发育均在胚胎早期完成,遗传因素和环境因素也正是在这一阶段发生致病作用。因此,减少唇腭裂发生,降低其发病率的工作也应将重点放在这一阶段。唇腭裂的治疗是从患儿出生后开始进行的,是针对患儿不同发育阶段出现问题的一系列多学科协作的综合序列治疗。唇腭裂序列治疗以口腔颌面外科医生为主导,协同产科、语音学、口腔正畸科、口腔修复科、口腔内科、耳鼻咽喉科、精神心理科等多学科专家,对患儿面临的多方面问题进行诊治,以期获得最佳治疗效果。

一、病　因

对于非综合征性唇腭裂,其病因尚未完全明确。遗传与环境因素在胚胎早期的作用是唇腭裂发病的基础。

1. 唇腭部的胚胎发育

(1)原始口腔的发育:口腔由原始口凹发育而来。口凹由 4 个突起(1 额突、2 上颌突、1 下颌突)构成。原始口腔位于前脑之下,在胚胎第 3 周时,口腔的内胚层和前肠内胚层由口咽膜分隔。胚胎第 4 周时,口咽膜破裂,两腔相通。

(2)面部的发育:面部在胚胎第 5～7 周开始发育。下颌突开始为双侧结构,后来在中线融合,将来形成下唇、下颌骨、面下部及舌体(舌前 2/3)。胚胎第 4 周末,双侧额鼻突下部鼻板形成,随即形成鼻凹。内外侧分别为内外侧鼻突。胚胎第 6 周,两侧内鼻突在中线融合,形成上颌骨内段并形成上唇的中央部分(人中),包括前颌骨和牙槽突。人中是上唇的内侧 1/3。上唇的外侧 2/3 由上颌突形成。若相邻突起未能融合,则形成唇裂。融合后鼻底的最后点与口腔相通。上颌突垂直部分参与形成颊部和内侧继发腭的侧额突部分。口裂的大小取决于上、下颌突的融合部位(口角)。

(3)腭的胚胎发育:腭部由 3 个部分发育而来:1 个中腭突和 2 个侧腭突。

2. 分子遗传学研究　先天性唇腭裂的遗传模式并不符合孟德尔遗传模式,目前认为其遗传模式主要有两种:多基因阈点模式以及主要致病基因遗传模式。随着人类基因组计划的完成,先天性唇腭裂易感基因的研究已成热点。

对先天性唇腭裂易感基因的定位研究,国外许多学者已进行了大量的研究,并取得了初步的成果。尤其是在 NSCL±P 相关基因的研究方面,研究认为 NSCL±P 是多个相互作用的基因位点作用的结果,估计是 2~10 个基因相互作用的结果,其中可能包括一个主基因。目前研究较多的 CLP 易感基因主要有以下几个:TGFA(2p13,D2S443),BCL3(19q13.2),TGFB3(14q24,D14S61),RARA(17q11.2-q12),MSX1(4p),F13A(6q24.2-p23),END1(6p23),HLA(6p23-p24),AP2(6p24),GABRB3,GAD1,ARNT2(15q23-25)。虽然对唇腭裂易感基因的研究已取得一定的成果,但对这些易感基因的研究结果往往结果差异较大,甚至结论相反。

3. 流行病学研究　流行病学研究显示先天性唇腭裂的发生是遗传和环境因素相互作用的结果,目前认为与其相关的遗传因素有家族史、血型、性别等;环境因素主要包括环境污染、化学药物、吸烟、酗酒、维生素 A、感染、抗癫痫药物、饲养宠物、缺氧、妊娠反应、营养不良、生育年龄、胎次、胎儿出生季节等。虽然有大量的 CLP 流行病学研究成果,但大部分的研究采用单因素分析,因而无法控制混杂因素的影响,常常可得出相反的结论,如黄洪章等应用抗感冒药(康泰克、速效伤风胶囊等)并不能诱导小鼠形成唇腭裂。由于 CLP 的发生是多因素共同作用的结果,因此对其病因的研究应采用多因素的统计分析。王安训等采用成组病例对照研究对 CLP 的发病危险因素进行多因素 Logistic 回归分析,结果显示:家族史、O 型血、母亲职业是 CL±P 发病的危险因素,而出生月份中 5~7 月是其保护因素,胎次和母亲职业是 CP 发病的危险因素,而出生月份中 11~1 月是其保护因素。将病例和对照组的资料回代入回归方程,其预测的准确率达 73%。

目前虽有大量先天性唇腭裂病因学的流行病学研究,但对同一种发病危险因素的研究结果往往得出相反的结果,因此有必要对这些研究结果进行综合评价,Meta 分析为综合评价这方面的研究提供了方法,它常用于评价病因学研究中因果关系的强度与特异度。国内外已有许多关于 CLP 病因研究的 Meta 分析文献,如丁学强等对国内外有关孕期吸烟与 CLP 关系的研究进行 Meta 分析,结果显示 CLP 与孕期吸烟存在相关关系,CLP、CL±P 以及 CP 与孕期吸烟关系的合并优势比(ORc 值)分别为 1.369,1.387,1.269。Mitchell 等对 TGFA 与 NSCLP 相关性的研究文献进行 META 分析,结果显示 TGFA 与 NSCLP 存在关联,TGFA 可能是 NSCLP 发生的一个修饰基因。另外还有关于生育年龄、胎次、皮质类固醇、卡马西平(酰胺咪嗪)等与 CLP 关系的 Meta 分析。

4. 动物模型与病因学研究　在唇腭裂疾病的研究中,动物模型具有不可替代的作用。先天性唇腭裂动物模型常用于病因及发病机制的研究,学者们常应用可的松、苯妥英钠、维生素 A 等致畸剂诱导啮齿类动物(小鼠、大鼠、仓鼠)的先天性唇腭裂模型。

黄洪章等采用维 A 酸诱导 C57BL 小鼠形成腭裂并对其发病机制进行研究,结果显示反式维 A 酸(RA)可通过抑制腭突细胞的增殖,阻碍腭突的生长发育,形成短小腭突;或者通过调节中嵴上皮细胞和鼻中隔上皮细胞的分化,抑制双侧腭突之间以及腭突与鼻中隔之间上皮细胞的融合,最终导致腭裂形成。RA 可通过诱导 RAR、RXR、TGFβ1、TGFβ3、EGF 以及 BCL2 等基因在鼠胚腭部表达的改变,从而诱导腭裂的形成。

地塞米松诱导小鼠腭裂的动物模型已成为研究腭裂病因、发病机制及治疗的重要工具。为了研究糖皮质激素诱发小鼠腭裂模型的机制,石冰等应用地塞米松诱导 A/J 和 C57BL/6j 小鼠形成腭裂,结果显示分子膜联蛋白Ⅰ(AnnexinⅠ)、胞质磷脂酶 A2(cytosolic phospholipase A2,CPLA2)可介导地塞米松诱发小鼠腭裂的发生;同时采用维生素 B_6、维生素 B_{12} 可预防腭裂畸形的发生。

二、唇腭裂的临床特点

1. **解剖形态异常**　上唇、牙槽突、硬腭从切牙孔向后裂开。硬腭骨组织缺损,软腭肌肉发育差,腭咽反射差。

2. **吸吮功能障碍**　患儿口鼻腔相通,口腔内难以形成足够负压吸吮出母乳,且口腔内食物常常从鼻孔反流。

3. **腭裂语音**　腭裂患者的典型临床特征。特点是:元音出现不应有的鼻腔共鸣(过度鼻音);辅音因口腔内气压、气流不足,而无法发出,或用异常部位替代发音(辅音遗漏、辅音替代)。

4. **牙列错乱**　牙齿萌出排列在牙槽突上,正常牙槽突呈现马蹄铁形。患者牙槽裂隙两侧的牙槽突往往不在同一平面上。而唇裂修复后肌肉的压力又使得患侧牙槽突向内塌陷,造成牙弓异常。牙槽突的骨缺损使牙齿错位萌出形成牙列紊乱,错𬌗畸形。

5. **颌骨发育障碍**　有相当数量的患者存在上颌发育不足,在发育加速期愈加明显,形成反咬合、开咬合以及面中部凹陷畸形。一方面,唇腭裂患者往往伴有先天性上颌发育不足;另一方面,唇腭裂手术,特别是腭裂手术本身的创伤和术后瘢痕也会限制上颌发育。

6. **听力障碍**　腭裂患者腭帆张肌、腭帆提肌附着异常,使咽鼓管开放能力减弱,影响中耳气压平衡,并使患者易患分泌性中耳炎,甚至造成不同程度的听力障碍。

7. **心理障碍**　前面所述的外形与功能障碍,使患者面临巨大的心理压力。特别是幼儿患者,外形与语音的异常使患儿的社会适应性较差,容易形成孤僻、自卑等不良心理。

三、诊　　断

1. **唇裂的分类**　唇裂的分类比较简单,国际上常用的分类法如下。

(1)单侧唇裂

①单侧不完全性唇裂:裂隙未裂至鼻底。

②单侧完全性唇裂:上唇到鼻底全部裂开。

(2)双侧唇裂

①双侧不完全性唇裂:双侧裂隙均未裂至鼻底。

②双侧完全性唇裂:双侧上唇到鼻底全部裂开。

③双侧混合性唇裂:一侧为完全性唇裂,另一侧为不完全性唇裂。

此外,存在上唇皮肤黏膜无裂隙,仅存在浅沟状凹陷,但深面肌层未发育联合,仍存在功能障碍。

2. **腭裂的分类**　腭裂的分类稍微复杂。值得注意的是,尽管牙槽突是否裂开常归入腭裂分类之中,但从胚胎发育角度来说,牙槽突裂属于前颌发育畸形,应归属唇裂。临床上也不时见到唇裂与牙槽突裂伴发,而没有腭裂的患者。

(1)软腭裂:软腭裂为仅裂隙发生在软腭,有时仅限于腭垂,不分左右。一般不伴唇裂,女性发病多于男性。有相当部分患者的软腭裂为其所患综合征表现的一部分。

(2)不完全性腭裂:不完全性腭裂软腭部分完全裂开,并伴有部分硬腭裂。有时伴发单侧不完全唇裂,牙槽突完整,一般不分左右。以综合征特征出现的较多。

（3）单侧完全性腭裂：单侧完全性腭裂的裂隙自切牙孔至腭垂完全裂开，通常与牙槽裂相连。常伴发同侧唇裂。

（4）双侧完全性腭裂：双侧完全性腭裂通常伴发双侧唇裂、双侧牙槽突裂，故前颌部分、鼻中隔孤立于中央。

3. 语音障碍的诊断

（1）腭咽闭合不全的诊断：没有恢复正常的腭咽闭合功能的情况下，患者很难恢复正常的语音功能。临床上常用来评价腭咽功能的方法主要有主观评价方法和客观评价方法。其中主观评价是一种最直接、最方便、也是对发音最有价值的评估方法，常作为评估的最常规手段。客观评价方法主要是应用仪器设备对腭咽结构进行形象化可视的观察，如侧位电视荧光录像、腭咽侧位片、鼻咽纤维镜、MRI 等。每种检测方法都有其利弊之处，如采用电视荧光录像检查，具有可重复性和患者合作配合等优点，但是放射剂量比较大，患者暴露于辐射的状态下时间较长，不适于生长发育期幼儿的检查。运用主观语音评估或头颅侧位 X 线咽腔造影技术可以作为评估腭咽功能较为精简的诊断方法。对于语音评估与造影检查结果有所不同时，可根据患者的具体耐受或经济情况等因素，考虑是否结合鼻咽纤维镜检查，以排除假性腭咽闭合不全的现象，从而最大程度地获得准确而真实的腭咽功能信息。

诊断标准如下。

①常规检查：咽腔大而深，软腭长度不足，软腭及咽壁肌肉运动不良。

②语音测试：有鼻音和鼻漏气。过高鼻音的异常程度判断标准为：0 无过高鼻音；0～1 基本无过高鼻音；1 轻度过高鼻音；2 中度过高鼻音；3 严重过高鼻音。由两位专业语音病理医师盲法随机判听患者的录音资料，给予测评并对判断结果进行相关一致性检验。

③吹气实验＜5s。

④雾镜＞2cm。

⑤腭咽侧位 X 线片：患者取直立位，眶耳平面与地面平行，上下唇自然闭合，后牙轻咬于正中颌位，舌和口周肌肉放松，平静均匀呼吸，分别取患者静止和发［i］音时摄头颅侧位 X 线片。观察发音位软腭向上，后运动至与咽后壁相接触的情况，根据腭咽闭合率（BC/BD×100％）的情况评判腭咽闭合程度，0 闭合完全（腭咽闭合率 100％）；1 轻度腭咽闭合不全（腭咽闭合率 80％～100％）；2 中度腭咽闭合不全（腭咽闭合率 50％～80％）；3 重度腭咽闭合不全（腭咽闭合率＜50％），见图 11-1。由两位专业语音病理医师对影像结果进行盲法判断，并对判断结果进行相关一致性检验。

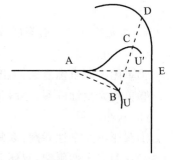

图 11-1　X 线头颅侧位片分析腭咽功能示意图

A. 硬腭后缘；C. 软腭运动时鼻腔面的最高点；U. 悬雍垂；U′. 悬雍垂功能位；E. 硬腭水平面与咽后壁的相交点；AB. 静止时软腭功能性长度；AC. 软腭运动状态下的功能性长度；BC. 软腭运动的距离

⑥鼻咽纤维内镜：发音时腭咽部不能生理闭合。喷射 0.02％的麻黄碱和 1％的丁卡因于患者检查侧鼻腔黏膜。取坐位，头部相对固定后仰，鼻咽镜从下鼻道插入鼻咽腔，从图像监视器上观察鼻咽镜的位置。当视野内清晰地显示腭咽部的 4 个边界时，固定鼻咽镜，录取静止位和发［i］音时腭咽闭合的图像。以发音时腭咽间隙的大小评价腭咽闭合情况：0 完全闭合（无间隙）；1 轻度腭咽闭合不全（腭咽间隙较小）；2 中度腭咽闭合不全（中等大的腭咽间隙）；3 重度腭咽闭合不全（较大的腭咽间隙）。由两位专业的语音病理医师对录像结果进行盲

法判断,并对判断结果进行相关一致性检验。

⑦空气动力学检查:比较简单的空气动力学检查包括 U 形管压力计、口腔压力计、肺活量计等。这些检查的特点是要求患者吹气或者吮吸,而非发音。由于患者可能利用异常的舌腭接触完成吹气或者吮吸动作,使得这些方法不能准确地反映患者腭咽闭合功能。现代空气动力学检查以压力-流量技术为代表。它的原理是通过测量发音时口、鼻腔压力差以及鼻腔气流量,代入如下公式:

$$A=V/k(2\Delta P/d)/2$$

其中:A 为腭咽闭合口面积;V 为鼻腔气流;k 为 0.65;ΔP 为口鼻腔压力差;d 为空气密度;k 是一个修正系数,一般为 $0.59\sim0.72$,现取其平均值。

这一公式可以从理论上推算腭咽闭合口的面积,量化了正常腭咽闭合、边缘性腭咽闭合以及腭咽闭合不全的概念。根据这一公式的测量研究,正常腭咽闭合的腭咽闭合口面积为 $0\sim0.05cm^2$;边缘性腭咽闭合的腭咽闭合口面积为 $0.05\sim0.09cm^2$;腭咽闭合不全的腭咽闭合口面积为 $>0.10cm^2$ 者。另外,由于此技术可以连续采集口鼻腔压力及气流数据,使得研究连续发音时腭咽闭合的机制成为可能。此技术的缺陷在于 k 值的选择存在一定争议,且公式假定患者两侧鼻道阻力一致,但实际上多少有些差异,这些都将影响计算结果的准确性。因此,临床应用尚不广泛。

其他检查技术还包括鼻音计检查、加速度计检查、光测试计检查等。

(2)语音清晰度诊断:语音清晰度的诊断包括主观诊断和客观诊断两个方面。主观诊断依靠有经验医师的人耳判听;客观诊断则依靠包括语图仪在内的现代电子仪器对语音的物理特征进行数值分析。这两种诊断方式应当有机的结合应用,不可偏废。实际上,主观判听也需要量化、统计检验以使结果更加准确、更具客观性;而客观仪器记录参数的选择、结果数值的分析目前还不能离开医师的经验,最终结果仍具有一定主观性。

主观判听的一般方式为:在录音室内,无干扰状态,一对一录音。录音前,患者熟读字表和文章短句,患者坐位,自然放松,发声时口距麦克风 5cm,按提示要求逐字逐句朗读。审听方法:与上述同一环境,由 3 位医师各自按其所听清楚的语音逐字记录,将所得结果与字表逐一核对,找出发音异常的语音,再计算出 3 人审听结果Ⅰ、Ⅱ和Ⅲ。语音清晰度=(Ⅰ+Ⅱ+Ⅲ)/3,再进行统计学分析,在最大程度上降低主观因素的影响。国内学者将语音清晰度分级如下:≥96% 为正常,70%～96% 为轻度障碍,35%～70% 为中度障碍,0%～35% 为重度障碍。

20 世纪 50 年代,国外学者已开始进行语音清晰度测试。20 世纪 60 年代国外就出现了检测腭咽闭合的语音测听(iowa pressure articulation test,IPAT)。我国病理语音学起步较晚,20 世纪 90 年代,王国民等研制出汉语语音清晰度测试字表,沿用至今。

语音客观评价的方式较多,近年来,国内以计算机语图分析为主。计算机与图分析包括 3 个步骤:录音生成数字化语音文件、数字化语音文件生成语图、语图数据分析。

四、唇腭裂的序列治疗

唇腭裂的上述临床特点,说明唇腭裂不仅仅影响着患者的外观和容貌,而且在患者的不同发育阶段影响其生理功能及心理健康。因此,对唇腭裂的治疗不应仅仅是口腔颌面外科医师的责任,还需要口腔正畸医师、口腔修复医师、语音治疗师、心理医师、妇产科医师、儿科医师等医学专业人员以及社会工作者的参与协作。这样,才能对患者不同发育阶段出现的问题进行系统地、综合地治疗。这一系统、综合的治疗形式,称为唇腭裂的序列治疗。

唇腭裂整复手术是序列治疗的关键部分,其主要目的是整复唇、腭部的解剖形态;改善唇、腭部的生理功能,重建良好的口轮匝肌功能、腭咽闭合功能,为正常吸吮、吞咽、语音、听力等生理功能创造必要条件。整复的基本原则是封闭裂隙,修复外形;尽可能将移位的组织结构复位;减少手术创伤,改善上唇、软腭的生理功能,达到重建良好的口轮匝肌功能及腭咽闭合功能的目的。同时应尽量减少因手术对唇、鼻、颌骨发育的干扰,确保患儿的安全。

腭裂整复术最适合的手术年龄,至今在国内外仍有争议,其焦点是手术后的语音效果和手术本身对上颌骨发育的影响。归纳起来大致有两种意见:一种意见主张早期进行手术,在 8～18 个月手术为宜;另一种意见则认为在学龄前,即 2～6 岁施行为好。近来在一些发达国家对腭裂整复术的手术年龄常常在 3～6 个月进行。主张早期手术的学者认为,2 岁左右是腭裂患儿开始说话时期,在此以前如能完成腭裂整复术,有助于患儿可以比较自然地学习说话,也有利于养成正常的发音习惯;同时可获得软腭肌群较好的发育,重建良好的腭咽闭合,得到较理想的发音效果。早期手术对颌骨发育虽有一定影响,但并不是唯一的决定因素,因腭裂病人本身已具有颌骨发育不良的倾向,有的病例在少年期可行扩弓矫治和(或)颌骨牵引术(张)术,纠正上颌骨发育畸形;成年人后颌骨发育不足的外科矫治较腭裂语音的治疗效果理想。这些观点目前已得到国内外手术均较困难,手术危险性较大;同时,过早手术由于手术的创伤和黏骨膜瓣剥离可能影响面部血供,以及术后瘢痕形成等原因都是加重上颌骨发育不足不可避免的主要因素,使患儿成长后加重面中部的凹陷畸形。故主张 5 岁以后待上颌骨发育基本完成后再施行手术为宜,同时也减少麻醉和手术的困难。此外,还有些学者曾提出腭裂二期手术的方法,即早期修复软腭裂,大年龄期再修复硬腭裂,以期既有利于发音,又有利于颌骨发育。其缺点是一期手术分二期进行,手术复杂化,同时在行二期手术时,增加了手术难度,尚未得到众多学者的支持和患儿家长的接受。而且,有资料示,采用二期腭裂整复术病人的语音效果欠佳,目前这一术式主要局限在欧洲部分国家。

广州市妇女儿童医疗中心通过对每年近千例在不同年龄时接受腭形成术病人的颌骨发育状况、腭咽闭合功能以及语音效果的客观检测比较分析发现,在 6 个月左右施行腭裂整复术者,无论是腭咽闭合功能或是语音效果均优于大年龄手术者。至于对上颌骨发育的影响,主要表现在牙弓宽度的影响,对上颌骨前后向发育的影响并不明显。

因此,只要所在医院或科室具备一定的条件,并由有经验的麻醉师承担,和细致的做好术前和术后各项工作,手术医师与麻醉师密切配合,幼儿麻醉仍然获得相对的安全性。目前在实际工作中,各单位仍应根据自己的实际情况来决定手术年龄。除考虑患儿的全身情况、手术方法、语音效果和上颌骨发育等因素外,更要视单位的设备条件,麻醉和手术人员的技术水平,以及术后护理人员的专业知识也不应忽视,总而言之,应确保手术的安全与质量。

(一)唇腭裂的语音治疗

腭咽闭合不全的治疗如下。

1. **手术治疗** 腭裂修复术(包括腭成形术和咽成形术)是治疗腭咽闭合不全最主要的方法。术后能达到完全腭咽闭合的比率为 60%～80%。

2. **腭咽阻塞器** 腭咽阻塞器是用口腔修复体覆盖腭裂术后可能出现的口鼻腔瘘,或者在其后方加上一球状物构成。多用于暂不接受二期手术的腭咽闭合不全患者。实际上,隐性腭裂、先天性腭咽闭合不全、肌无力症、脑瘫、脑损伤和脑血管意外等疾病引起的腭咽闭合功能不全,也可采用腭咽阻塞器加以治疗。

腭咽阻塞器可以分为两类:腭阻塞器(palatal obturators)与咽阻塞器(pharyngeal obtrurators)。腭阻塞器主要用于手术未能修复的硬、软腭口鼻瘘。咽阻塞器又称语音球,适用于重度软腭缺损、腭裂术后软腭组织长度不足、重度腭咽闭合不全等患者。咽阻塞器分为 3 个部分：固位装置、连接装置和球形阻塞装置(语音球)。固位装置类似于义齿基托,可以利用位于乳磨牙或第一恒磨牙的卡环使腭咽阻塞器获得稳定的固位,同时也可封闭腭部的穿孔或复裂处。连接装置用于连接固位装置与球形阻塞装置,现多用超弹性镍钛合金丝制作。语音球位于软腭平面上方,腭咽闭合区域的中央。它的作用是在患者发音时与咽侧壁、咽后壁及上抬的软腭接触,完全封闭鼻腔和口咽之间组织不密合处;在患者不发音时,在鼻咽和口咽之间留下空隙,让气流通过。一旦确定患者经过腭裂修复术后仍然存在腭咽闭合不全,就应尽早予患者戴用腭咽阻塞器。尤其是对 2～5 岁处于语音发育期的患儿来说,可以尽量减少术后发生腭咽闭合不全的可能。

初戴腭咽阻塞器需要就诊5～7 次,将语音球逐次增大,以使患者逐渐适应。腭咽阻塞器的外形应与腭部组织,尤其是软腭相适应,并在软腭息止时与之轻轻接触。第一次戴用的腭咽阻塞器截面积应比腭咽闭合不全的面积稍大,以使腭咽阻塞器与腭咽组织较紧密的贴合,完全阻止发音时气流进入鼻腔。对戴用腭咽阻塞器的患者进行4～6 个月的有效语音治疗,当患者的发音有明显改善后,可以尝试将腭咽阻塞器的语音球减小。准备改小时,预先将糊状指示剂涂布于语音球表面,让患者带入后发音。这样,可以显示发音时腭咽组织与腭咽阻塞器带入或取出时的发音无差别,临床检查患者在不戴腭咽阻塞器发音时无腭咽闭合不全发生,就可让患者不戴阻塞器观察 1 个月。若患者 1 个月后仍无腭咽闭合不全出现,腭咽阻塞器治疗即告结束。

腭咽阻塞器的缺点是对患者口腔条件要求较高,对缺乏固位条件的患者不适用;要求患者密切配合,幼龄患儿往往较难适应;患者咽反射不能过重;患者可能需终身戴用。

(二)腭裂语音的矫治

系统的语音治疗对象一般是腭成形术后,腭咽闭合功能良好的患者,均须无智力和听力障碍。经过主客观检查确诊为功能性语音障碍。语音训练必须具有针对性,一般采用一对一形式。对每一个患者应根据其所表现的症状及其自身特点设计出不同的语音训练路线和方法。

有学者认为,腭裂术后只要恢复了正常腭咽闭合功能,无其他发音器官结构缺陷及明显智力、听力障碍者,语音治疗不受年龄限制。早期手术患者,语音治疗应尽早开始。从国情出发,我们认为在学龄前(4～6 岁)为宜。理由是患者已完成自然语音发育过程,语音很难自行改善;理解力较差,但模仿能力较强,治疗时可侧重诱导模仿的方法;可基本合作,理解成年人指令,并较准确地执行。在异常语音习惯还未牢固形成以前进行治疗,常可取得事半功倍的效果。有意识的语音训练活动又可进一步刺激患者语音的发育,通过训练学会正确的汉语拼音发音及拼字等方法,为儿童入学后的学习和语言交流打下基础,有利于患者在心理上健康成长。

腭裂术后患者一般训练疗程较长,即使是达到相当的语音清晰度和准确朗读水平,也还要进行语音训练。这是由于患者用正确的发音方法来替代已形成的不良发音习惯,尚需要一段时间的适应与强化,才能准确流利交谈。就此而言,训练时间与效果成正比。在我们的工作中也发现,小年龄组训练周期相对要比大年龄组短。

1. **腭咽闭合功能训练**　要提高腭裂患者的语音清晰度,首先应改变鼻漏气的不良习惯,进行腭咽闭合功能训练。腭咽闭合功能训练包括以下方式:吹气球练习;吹水泡练习;腭咽闭合持续性练习;腭咽闭合与发音器官功能协调练习。

2. **唇、舌等发音器官功能练习**　唇运动功能训练目的是增强唇音的发音器官感觉意识及唇运动灵活性,包括圆唇、开唇交替练习;抿唇、咂唇练习。

舌运动功能训练用于与舌运动有关的发音错误患者的基础练习。常用的有伸舌、卷舌、回舔、弹舌等练习。

3. 辅音错误矫治 根据发音异常类型分别以发音部位和发音方式的建立来矫正各类辅音发音错误。

4. 音节(单字)的形成组合训练 单音＋音节→词组＋短句→朗读短文、会话。如：d＋dao→大＋刀→弟弟要大刀。待短句能较清晰发出后，再开始综合练习。让患者朗读短文和进行会话，训练患者综合应变能力。最后在生活中尽量按正确方法说话，语速循序渐进，直至正常语速。

广州市妇女儿童医疗中心结合国内外唇腭裂序列治疗实践经验，采用以下序列治疗方案(表11-1)。

表 11-1 广州市妇女儿童医疗中心结合国内外唇腭裂序列治疗实践经验

患儿年龄	治疗方案	患儿疾病类型	治疗科室
0 岁	唇腭裂知识宣传教育	所有唇、腭裂患者	妇产科
出生后 0~3 个月	唇裂术前矫形	唇裂术前矫形	口腔修复科
出生后 3 个月	唇裂修复术	单纯唇裂	口腔颌面外科
出生后 0~5 个月	腭裂术前矫形	唇腭裂	口腔修复科
出生后 5~8 个月	唇腭裂一期手术	唇腭裂	口腔颌面外科单纯唇裂
4 岁	语音检测与治疗	单纯腭裂及唇腭裂	口腔颌面外科
4~5 岁	咽成形术(非必需)	单纯腭裂及唇腭裂	口腔颌面外科
5~6 岁	唇裂二期手术(非必需)	单纯腭裂及唇腭裂	口腔颌面外科
6~8 岁	牙槽正畸治疗	唇腭裂中有牙槽裂者	口腔正畸科
8~9 岁	牙槽突裂植骨成形术	唇腭裂中有牙槽裂者	口腔颌面外科
10~12 岁	鼻畸形整复术(非必需)	上述术后鼻畸形患者	口腔颌面外科
12 岁	牙列畸形正畸治疗	唇腭裂患者	口腔正畸科
16~18 岁	颌骨正颌治疗	颌骨畸形患者	口腔颌面外科

(王洪涛)

第二节 鼻部畸形

一、鼻的胚胎发育

胚胎发育到第 4 周，头部鼻额突(nasofrontal process)腹前两侧外胚层增生为嗅基板，左右各一。不久，该板的周围外胚层间质组织增殖，中央陷入成为嗅凹(olfactory pit)。胚胎第 5 周，两嗅凹外侧形成鼻内突(medial process)和鼻外突(lateral process)。左右两鼻内突下端增厚部分称球突(globular process)。嗅凹呈马蹄状，其腹侧有一缺口，由缺口引向口腔成为一沟。当上颌突(maxillary process)与球突相遇融合以后，此沟就变为囊袋形——嗅囊(olfactory sac)。嗅囊向背部延伸扩大，逐渐形成为鼻腔，嗅囊的外口发育成前鼻孔。第一腮弓分别由两侧向中间延伸接合形成下颌突，第 6 周在下颌突外侧缘突起形成上颌突，并向中线伸展，分别和鼻内突、鼻外突接连融合。两侧嗅凹开始相距较远，中间存在间质组织。在发育过程中，左右两侧鼻内突逐渐向中线靠拢，最后融合在一起，组成切牙骨和人中，中间的间质组织演化为鼻中隔。鼻外突组成鼻翼和鼻腔外侧壁的一部分，鼻额突将成为鼻梁和鼻尖。鼻囊向背部伸入与口腔的外胚层相接形成颊鼻膜(bucconasal membrane)。在胚胎第 7 周时颊鼻膜自行吸收成为后鼻孔的雏形。

二、外鼻的先天畸形

外鼻先天性畸形(congenital malformation of external nose)是由于各种遗传或非遗传因素,如染色体畸变,使得部分组织在胚胎期发育不良或停止发育,产生各种畸形。畸形的种类繁多,严重程度不一,严重的畸形在生存的婴儿中极少见,常并发其他系统的先天性疾病。

(一)先天性外鼻缺损

胚胎期鼻额突和嗅凹不发育或发育不良,即形成无鼻(arhinia)或半鼻(half-nose)。国内赵锦英(1963)报道先天性鼻侧裂缺畸形 1 例,患儿生下时即发现左鼻翼缺失一块,露出鼻中隔前区,左侧面部较低。

(二)鼻裂(cleft nose)

有鼻正中裂(median nasal cleft)和侧鼻裂(lateral nasal cleft)两种,形成原因有以下几种观点:一是胚胎期二嗅囊间的间质组织未能演化为削薄挺耸的隔板,是鼻背变宽呈现沟裂;二是内摺学说,认为原始鼻孔两侧相距较宽,在鼻额突中线有一个内褶的过程,两侧鼻腔靠拢,鼻腔随之加深,内褶部分形成中隔,若内褶过程出现障碍则形成鼻裂畸形;三是中间突和侧鼻突之间的间质组织在移动过程中发生融合。

1. 临床表现　鼻正中裂表现为鼻梁正中有裂沟,将鼻梁分为左右两半,鼻梁不明显,鼻背加宽,两眼距增宽,畸形轻者仅鼻尖裂开,重者由鼻根至鼻尖完全裂开,有时合并有鼻背皮肤瘘管、后鼻孔闭锁、唇裂或齿槽裂。侧鼻裂可以是鼻翼处的线性瘢痕缺损,也可以是三角形缺损,甚至扩展到内眦处反折,影响鼻泪管系统。特殊类型的鼻裂为双鼻畸形,即具有双鼻、4 个前鼻孔。

2. 诊断　详细询问病史和完整的临床检查有助于诊断,CT 和 MRI 检查可以详细的了解畸形的情况为整复手术提供依据。

3. 治疗　需手术治疗,一般轻者在 5～7 岁,重者在 1～2 岁时进行矫正。如修补过晚畸形严重者将整复困难。病变局限在鼻尖者,可自鼻内切入,将距离较宽的两侧鼻翼大软骨内侧脚缝扎在一起。畸形重者应在外面切入,将鼻副软骨和鼻翼大软骨向中线拉紧接合,通常需要重建呼吸道。对双鼻畸形,应按畸形具体情况制定整复手术方案。

(三)先天性皮样囊肿及瘘管

皮样囊肿(dermoid cysts)为一先天性疾病,因其好发于鼻背中线的任何部位,故也称鼻背中线皮样囊肿。其膨大的部分称窦,有窦口与外界相通者称为鼻背中线瘘管(median fistula of nasal dorsum);无窦口与外界相通称囊肿,其内若仅含上皮及脱屑者为上皮样囊肿,若含真皮层的汗腺、皮脂腺、毛囊等皮肤附件,称鼻背中线皮样囊肿(median dermoid cyst of nasal dorsum)。

本病少见,它占头颈部皮样囊肿 8%～12%。囊肿多见于鼻骨部,向深部发展多居于鼻中隔内。瘘管者,其窦口多位于鼻梁中线中段或眉间,有时尚可有第 2 开口位于内眦处。

1. 病因　胚胎发育早期外胚层被包埋所致。

2. 临床表现　常见部位有:两侧鼻翼软骨之间、鼻骨和软骨之间或鼻骨下方鼻中隔软骨内。囊肿深浅不一,浅者在鼻骨之上,深者可穿通鼻骨,呈葫芦形,中间狭窄部分为周围组织。一般出生即可在外鼻正中线见局部肿物,以后逐渐增大。鼻外畸形视囊肿大小而异,如果囊肿较小,则呈现眉间隆起鼻梁变宽;如囊肿较大则眼距变大,甚至眼球移位。瘘管可为一个或多个,开口可于表面,也可开口于鼻腔,有时瘘孔很小,不易察觉,仅于鼻梁处有一个小凹点。瘘口处可挤出黄色油脂样或脓样物质甚至细小毛发。视患者年龄大小、囊肿或瘘管的部位和范围、有无感染史或手术史等因素不同而表现各异。

3. **诊断**　诊断主要依据病史和检查。触扪隆起处皮肤,觉其表面光滑且可有特殊移动感,压之可有弹性。瘘管可用探针探查或碘油造影术以确定囊肿及瘘管的范围、深浅和通路。X线正位片有时可见鼻中隔增宽、分叉或有棱形阴影,X线侧位片偶可见鼻部有纺锤状或哑铃状阴影。穿刺有助于确诊。可用CT和MRI检查来了解病变的范围,为手术治疗提供可靠依据。本病需与单纯表皮囊肿、单纯的脂肪瘤及其他先天性肿块相鉴别,如鼻胶质细胞瘤、脑膜-脑膨出、血管瘤等(表11-2)。

表11-2　先天性中线鼻部肿块的鉴别诊断

鉴别点	脑膜-脑膨出	胶质瘤	皮样囊肿
年龄	婴儿、儿童	婴儿、儿童	多见儿童、罕见成年人
肿块位置	鼻内、鼻外	鼻内、鼻外	鼻内、鼻外
外观表现	软,可挤压	红蓝色,实质,不可挤压	实质,皮肤凹陷,有毛囊
搏动感	+	—	—
透照法	+	—	—
脑脊液漏	+	罕有	罕有
Fursterburg征	+	—	—
颅骨缺损	有	罕有	有
既往史	脑膜炎	罕有脑膜炎	局部感染

4. **治疗**　主要为手术治疗。若无全身特殊原因,宜尽早手术,以免影响鼻支架发育受影响。若患儿年龄较小,则应根据囊肿的生长速度来决定治疗方案,过早施术,可能影响面骨发育,可将手术时机酌情延缓到4~5岁。如有感染需先控制炎症后再行手术。如切除范围较广,应考虑移植皮肤、软骨,进行修复。

(四)先天性鼻赘(congenital rhinophyma)

外鼻的发生过程中如有原始胚胎组织存留,可在外鼻出现赘生畸形,表面覆有皮肤及细毛。赘生物可取代原来的正常结构或另外长出。它可在内眦处发育一长形管状物如喙状,称鼻侧喙(lateral proboscis)畸形,另一类为鼻背或鼻腔内长出大小不等赘生物,好像皮样囊肿或鼻息肉。

治疗为手术切除,整形修复。

(五)鼻翼萎陷(collapse of nostrils)

鼻翼萎陷是指鼻翼随吸气运动向内移动的情况,常因鼻翼大软骨外侧脚发育不良,组织柔软无力所致。主要症状为吸气困难,在劳动、睡觉时更为明显。如用鼻镜张开鼻孔,防止鼻翼内陷,呼吸即转顺畅。

治疗为手术整形修复,切除增生的软骨,对软骨萎缩而鼻翼柔软无力者,可移植软骨或金属片支起鼻翼部,恢复呼吸畅通。

三、鼻孔畸形

(一)先天性前鼻孔闭锁

前鼻孔闭锁(atresia of the anterior nares)是在鼻前庭与固有鼻腔交界处有一层膜状皮肤或骨性间隔形成,此种畸形甚少见,闭锁可为部分性或完全性,可位于一侧或双侧。

1. 病因　在胚胎正常发育的第 2～6 个月,前鼻孔为上皮栓闭塞,正常情况下,此上皮栓逐渐吸收消失,出现孔道。如鼻孔内上皮栓未被吸收,遗留成为膜性或骨性间隔,即形成先天性鼻孔闭锁。

2. 临床表现　鼻塞几乎是唯一症状,并与其闭锁程度成正比。新生儿先天性双侧前鼻孔完全闭锁时,则病情危重:其一,新生儿多不会用口呼吸有窒息危险;其二,哺乳困难,导致严重营养障碍;其三,极易误吸,可引起吸入性肺炎。

3. 诊断　检查时可发现自鼻孔狭小至完全闭锁,其深度可在前鼻孔、鼻孔庭、鼻阈,甚至可深入鼻腔前部。该闭锁多为膜性,厚 2～3mm,位于鼻缘向内 1～1.5cm 处,中央若有小孔则可稍微通气。

4. 治疗　先天性双侧前鼻孔闭锁应做紧急处理,先用粗针头刺破闭锁膜,建立鼻呼吸,再放塑料管持续扩张。待新生儿适应后在行手术切除闭锁组织,将前鼻孔充分扩大后用塑料管扩张。闭锁需进行前鼻孔整形术。

前鼻孔整形术手术方法:如隔膜较薄,可利用其前后两层上皮组织覆盖创面。如隔膜深且厚实,富有软组织,可在相当于鼻缘处做三角形切口,彻底切除鼻前庭内的闭锁组织,充分扩大前鼻孔,以免术后发生瘢痕收缩以致再度形成狭窄。如切除后创面过大,可植皮。植皮可取大腿内侧的替尔或厚断层皮片,裹衬于已备好的管径适宜的胶管上,皮片边缘相对缝合,使成为创面向外的皮片管,在皮片上缘穿 2 条牵引线,绕过橡皮管上端,通过管腔,牵引皮片边缘,避免置入扩张管时皮片弯曲。将皮片管经新前鼻孔置于移植床上,皮片下缘与切口边缘缝合,以凡士林纱条填塞管腔。术后须注意应用抗生素。24～48h 后更换胶管内纱条。管内不填纱条后,可滴入抗生素类药液。5～7d 拆线,术后塑料扩张管持续留置于新造前鼻孔内半年以上,防止因瘢痕收缩以致术后前鼻孔缩小(图 11-2)。

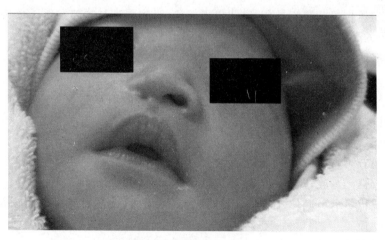

图 11-2　先天性前鼻孔闭锁

(二)先天性后鼻孔闭锁

先天性后鼻孔闭锁(congenital atresia of posterior nares)是一种少见疾病,在新生儿中发病率为 1/7 000,男性多于女性,闭锁可为单侧或双侧,单侧与双侧之比为 2：1,可为完全闭锁或部分闭锁。大约 90% 的闭锁为骨性,10% 为膜性。在后鼻孔闭锁的患儿中 50% 伴有其他相关的先天性畸形。

1. 病因及病理　闭锁形成的学说较多,主要有以下几种。

(1)颊鼻膜剩留:胚胎第6～7周时,颊黏膜自行破裂与口腔相通,构成原始后鼻孔。如颊黏膜有较厚的间质组织,未能被吸收,即可形成闭锁的间隔。间质组织内有来自鼻中隔和腭突的细胞成分的掺入。因掺入的量不同而闭锁隔膜的性质各异:掺入量小,闭锁隔为膜性;若较大,则可形成混合性,甚至骨性。

(2)颊黏膜上端未吸收:胚胎第4周时口腔与前肠之间的颊咽膜被吸收。因颊黏膜的上端在腭平面以上,如不消失,则形成后鼻孔闭锁。

(3)后鼻孔周围组织增生:蝶骨体及其翼突内侧板、犁骨后缘及犁骨翼、腭骨水平部共同围成后鼻孔。若上述组织增生过度,可形成既有骨又有软骨的混合性闭锁,软骨部分可能来自腭骨。

(4)上皮栓块演化学说:胚胎发育过程中有后鼻孔出现,但一侧或双侧后鼻孔为上皮栓块所阻塞,后者逐渐发展为膜性或骨性闭锁。

闭锁部表面均有黏膜覆盖,其前面的组织与鼻黏膜相似,色稍苍白;后面则与鼻咽部黏膜连续。在其中央部常呈小凹陷,双侧闭锁者更为明显。闭锁部隔可厚达1～12mm,多在2mm左右。一般中央较薄,周围较厚。有时中央可见小孔,但患者仍觉鼻塞。

2. 临床表现　新生儿出生后,难于用口呼吸,如鼻呼吸完全受阻,必出现呼吸困难、发绀,甚至可窒息死亡。

先天性双侧后鼻孔闭锁者在其出生后即出现阵发性发绀,吮奶或闭口时呼吸困难,憋气促使患儿张口啼哭,症状反见显著改善或消失。再次吮奶或闭口时,症状又复出现。待呼吸转平静后患儿又企图经鼻呼吸,发绀、呼吸困难重新出现。故呼吸困难常呈周期性发作。因口腔闭合时吮吸困难,导致营养不良,体重长期不增,并经常发生呼吸道感染甚至夭折。若能幸存,4～6周后患儿习惯用口呼吸,症状才有所好转。但患儿在吮奶时不得不与张口呼吸交替进行。

先天性单侧后鼻孔闭锁者,症状较轻,吮奶时可出现气急,平时可无明显症状。一般在母乳喂养时,母亲乳房压住患儿健侧鼻孔,患儿出现气急、吸吮困难时才被发现。必须注意:即已习惯用健侧鼻孔呼吸的先天性单侧闭锁患儿,如健侧鼻孔偶然堵塞,可能会突发窒息。单侧闭锁的其他症状,患侧鼻塞明显,鼻腔内常积有黏性分泌物。鼻腔分泌物刺激上唇及鼻翼皮肤,常使其发红或发生湿疹。

3. 诊断　凡新生儿有周期性呼吸困难,哭时或张口呼吸时症状减轻,吮奶有间断性,则应考虑先天性后鼻孔闭锁的可能。患侧前鼻孔内充满黏液但无气泡。先天性后鼻孔闭锁在临床上有下列方法来明确诊断。

(1)鼻内镜检查可直接探明闭锁部位及周围情况。

(2)可将导管插入鼻腔,观察能否下达口咽部。

(3)用探针或棉签沿鼻底伸入,观察后鼻孔处有无阻力,此法容易判断闭锁是部分性或完全性,并能探测其性质。

(4)用小量甲紫或亚甲蓝滴入鼻腔,检查药液是否流入口咽部。

(5)用鼻腔碘油造影进行头颅X线片,观察闭锁情况及其与硬腭后缘关系,以确定闭锁的部位及深度。

(6)CT是当今诊断先天性后鼻孔闭锁最有用的方法。CT明确的异常解剖情况有助于矫治手术中某些技术的选择。

应与之鉴别的疾病有:新生儿窒息、先天性鼻咽闭锁、先天性心脏病、胸腺肥大、腺样体肥大、先天性鼻部皮样囊肿等。

4. 治疗　单侧后鼻孔闭锁通常不会造成急性呼吸困难,从而未引起足够重视。目前观点是：手术时机在儿童期任何年龄均可施行，一般是在学龄前。外科手术途径和时机可根据不同年龄、畸形或后鼻孔闭锁膜组成以及全身状况选择。

（1）紧急处理：当婴儿出现窒息时，应立即用手指或压舌板将舌压下，使呼吸畅通。然后，将小号的口咽通气管或顶端已剪开扩大的橡皮奶头，置于婴儿口内，并固定。采用奶头，可同时解决呼吸和喂奶困难，亦可通过奶头滴进少量奶汁。无论何种措施，此类患儿应有专人护理，以防窒息，并注意患儿的营养摄入。处理的原则是立即建立经口呼吸通道，加强营养供给，防治继发性感染，为手术矫治创造条件。

（2）手术治疗：采用手术方法除去闭锁间隔以恢复鼻腔呼吸是根本有效方法。

手术方法可分为经鼻腔、经腭、经鼻中隔和经上颌窦四种途径。因后两者可能影响患儿的鼻中隔和上颌的发育，极少使用。

①鼻腔进路：适应证为鼻腔较宽，能见到闭锁间隔者；膜性间隔或骨性间隔较薄者；新生儿或幼儿全身状况甚差急需恢复鼻呼吸者。

本方法优点是进路简便，适于新技术施展；损伤小，不影响发育；较少受年龄限制，宜于婴幼儿；膜性闭锁者多用。缺点是术野受限伴鼻腔狭窄或硬腭高拱者尤甚；对坚硬厚实的闭锁板无效；术后较易发生瘢痕性再闭锁。

手术步骤：麻醉后，先以钝头探针探明闭锁隔的性质、各部分的位置及与前鼻孔的距离。应把硬管镜、鼻镜和放大镜（包括显微镜）并用，观察清楚闭锁隔的情况。若有中隔脊突则先行矫正，并向上或向外折移下鼻甲以扩大手术视野。在手触诊条下切除病变组织，结合 CT 片指示。闭锁部大多在鼻中隔后和狭窄接结合处的下内的方孔，可用硬管镜确认器械在鼻咽部的位置。切开中部后缘与狭窄处相接的黏膜，沿窄处前方行垂直切口，剥出两个皮瓣。显露闭锁隔的骨面后，用骨凿、粗穿刺针、咬骨钳、激光、超声微波等将隔骨去除。术中注意：操作器械的方向宜向下向内，并控制深度，以免伤及颅底或颈椎，其新鼻后孔以稍大于前鼻孔为度。保护隔后面的黏膜，最好将咽面黏膜做一与鼻面反向的切口，形成黏膜瓣以覆盖创面。局部应用丝裂霉素 C 防止瘢痕形成和保持开口通畅。用什么支撑材料多久，支撑与否，放置方法存在许多问题，有推荐用3.5~4.0 的气管插管进行新生儿支撑，也有两侧闭锁用"U"字管支撑，在管的交叉处（后方）开一口，两支管从两鼻腔引出，后口卡在犁骨后缘，用一粗细相宜的硅胶管自前鼻孔深达鼻咽部等。此法可以固定黏膜瓣及防止瘢痕缩窄。一侧闭锁者放置 2~3d，双侧闭锁者放置 3~4 周。应每天用细管抽净积物，盐水洗净。应用抗生素和止吐药物。全麻下取出支撑物，同时进行鼻内镜检查，有否肉芽，顺便摘掉。

②经腭进路：适应证为中隔偏曲、鼻甲大，其他解剖异常或单纯小鼻症等有碍后鼻孔骨质切除者；为扩大视野，便于施术而造大孔者；如患儿全身状态可以，应尽早手术。

优点是手术视野显露好，手术时能直接看到病变部位；可充分利用黏膜覆盖创面，手术效果良好；可补救已失败的其他术式或对付厚实的骨性隔。缺点是手术创伤较剧，需大块切除硬腭的后 2/3，不利婴幼儿颌骨发育。

手术步骤：腭部做 Owens 切口，剥起活动黏膜沿切口齿槽边到闭锁处。黏骨膜瓣后部到硬腭缘，勿伤及腭大孔走出的动脉完整状态，需延长瓣时，可启动腭大孔后内壁和管道，可去除以便移动腭大动脉。自硬腭后缘分出软腭后，试对一下两瓣，推开显露鼻咽腔和硬腭后缘。切除骨质后保留鼻黏膜，从硬腭鼻两面剥离，接着用切削钻头磨去硬腭后缘，切勿伤及血管神经束。先修平骨底骨和软组织，再修硬腭后部，犁骨和中隔骨质，修薄适合后孔大小。用尿道扩张器，大小不同的进行新孔扩试，扩到 14 号导尿管粗细顺利通过即可。为此局部应用 MitomycinC 一支撑扩大的开孔确保成功,最好放置隔片类材料,常用气管插管修成"U"形放入鼻腔,方法已述。用可吸收线缝合伤口,以固定到中隔。

术后用软性尿管吸出分泌物,盐水清拭。每天检查鼻腔并换药,全身应用抗生素和止吐药。3～4周后全麻取出支撑导管,内镜检查,同时摘除肉芽和息肉样组织。

(刘大波)

第三节　耳部畸形

耳部畸形主要以先天性畸形为主,由于外伤、感染等因素所致的耳部畸形,后期处理原则与先天性耳部畸形相似,本章不做赘述。先天性耳部畸形主要与遗传、染色体畸变、孕期内外环境因素的影响有关,如孕期母体风疹病毒感染、药物中毒、放射性损伤、父母烟酒嗜好等。外耳、中耳、内耳均可发生畸形,如耳廓畸形、外耳道闭锁、听骨链畸形、耳蜗畸形、耳前瘘管、副耳等,本章主要介绍临床常见的几种耳部畸形。

一、先天性小耳畸形

(一)病因及临床表现

目前认为小耳畸形为胚胎期第一鳃弓和第二鳃弓发育异常引起。来自第一鳃弓和第二鳃弓的间叶细胞在原始外耳道口周围融合成为6个小丘状结节,最终形成耳廓。在胚胎第3周耳廓开始发育,第6周初具雏形,第12周左右原始耳廓发育基本完成。这期间受外来或内在因素的影响,耳廓外形可有很大变异,如小耳、无耳、隐耳、招风耳、猿耳、杯状耳等。本节主要介绍小耳畸形。

按照Marx的建议,依据耳廓发育的程度,可将小耳畸形分为3度。

1. Ⅰ度　耳廓的各部形态均已发育,但耳廓较小,上半部可向前下卷曲。

2. Ⅱ度　耳廓仅为一皮肤软组织包裹软骨构成的条形不规则突起,相当于正常耳廓的1/2或1/3大小,附着于颞颌关节的后方或后下方。

3. Ⅲ度　耳廓处仅有零星的不规则的软组织突起,部分软组织内可包裹有软骨,位置可前移或下移。

此外,尚有无耳畸形,即患侧无任何耳廓结构,颞侧平滑,较罕见,可归为Ⅳ度。

(二)治疗

先天性小耳畸形多合并外耳道闭锁及中耳的畸形,因此其治疗涉及到美容及功能重建的问题,要综合多方面的因素进行处理。耳廓成形术是目前治疗小耳畸形的主要方法。手术年龄存在一定争议,如果不适合同期或分期行外耳道及中耳成形术,则单纯耳廓成形术可在10岁左右或更晚年龄段进行,具体还要视家长及患儿对耳廓美容的认知程度来决定。需要同期或分期行外耳道中耳成形术的患儿,视肋软骨发育的情况,在充分考虑各个手术切口位置的同时,权衡利弊,手术年龄可做适当调整,有学者认为可以在学龄前进行。

1. 耳廓成形术　以对侧正常耳或他人的耳廓为参考,用患儿自体游离的肋软骨作为支架,经过雕刻塑形后埋植于颞部皮下,分期再造新耳廓。与正常耳廓相比,再造耳廓形状往往难以令人完全满意,因此对于手术的预期效果,术前要家属及病人做好充分沟通。

2. 佩戴耳廓假体　近几年来,由于人工材料的研制及发展,耳廓假体的制作,为病人提供了另外的一种选择。佩戴耳廓假体先要在颞部合适位置置入钛金属支架,用于固定耳廓假体。假体可以按照对侧正常耳或他人的耳廓进行制作,其颜色及形状比较逼真,但材料日久老化后,需要定期更换。

二、先天性外耳道狭窄与闭锁

先天性外耳道狭窄与闭锁系因胚胎期第一鳃弓和第二鳃弓之间的第一鳃沟发育障碍引起。按照其畸形程度可以粗略分为外耳道狭窄和外耳道闭锁。由于外耳道先天畸形往往合并中耳畸形,临床上往往将外耳道畸形与中耳畸形放在一起进行评估。将目前常用的分型及评估方法叙述如下。

1. Altmann 在 1955 年提出的分型　Ⅰ度(轻度):虽然外耳道发育不良,但仍可出现一部分外耳道,鼓骨发育不良,鼓膜小,鼓室发育正常或发育不良。Ⅱ度(中度):外耳道闭锁,鼓室腔狭小,闭锁板部分或完全骨化,听骨链畸形。Ⅲ度(重度):外耳道完全闭锁,鼓室明显狭小或严重发育不全,听骨严重畸形或缺如。

2. De la Cruz 在 1985 年提出将畸形分为轻型和重型两类。①轻型:乳突气化正常,前庭窗足板发育正常,面神经与足板的位置关系正常,内耳发育正常。②重型:乳突气化较差,前庭窗发育畸形或缺如,面神经走行异常,内耳异常。轻型病例通过外科手术治疗会有较好的实用听力,而重型病例往往不能单纯通过外科手术来提高听力,需要借助骨锚助听器系统进行治疗。

3. Jahrsdoerfer 评分系统　Jahrsdoerfer 在 1992 年提出,以颞骨高分辨 CT 为主要依据,将外耳道及中耳腔结构进行评分,以指导临床。评分参数包括:有镫骨(2 分),前庭窗开放(1 分),有中耳腔间隙(1 分),面神经正常(1 分),有锤骨砧骨复合体(1 分),乳突气化良好(1 分),砧骨镫骨连接(1 分),蜗窗正常(1 分),有外耳道(1 分)。评分总分为 10 分,用于临床术前评估:当评分达到 8 分或以上时,手术将获得最佳效果(大于 80% 的成功可能性);当评分为 7 分时提示有相当的机会获得手术成功;6 分为是否适合手术的临界值;少于 6 分的患者手术效果将较差。

诊断及治疗将在先天性中耳畸形中表述。

三、先天性中耳畸形

(一)病因

一般认为第一鳃弓形成锤骨的颈和头及砧骨体,第二鳃弓则形成两块听骨的其余部分以及镫骨足板上结构。镫骨足板有第二鳃弓和听囊的双重起源。听骨在第 4 个月左右完成其最终形状,在第 7~8 个月时扩张的中耳腔包绕听骨,并有黏膜覆盖。受到内外环境的影响,中耳在发育过程的不同阶段受阻时,则出现相应畸形。

(二)病理及分型

先天性中耳畸形往往合并外耳畸形,较少单独存在,即单纯中耳畸形。中耳畸形可以合并内耳畸形。先天性中耳畸形包括鼓室畸形、听小骨及其连接畸形、面神经行程及分支变异、咽鼓管及耳内肌畸形等。

1. 鼓室畸形　鼓室外侧壁在合并有外耳道狭窄时常有小鼓膜;合并有外耳道闭锁者,鼓膜往往缺失,或部分结缔组织遗迹残留。鼓室顶壁或底壁可有先天性骨质缺失。鼓室内壁的前庭窗及蜗窗可有狭窄、闭锁、无窗等。鼓室腔的大小改变,甚至完全缺失。

2. 听小骨畸形　3 块听小骨部分或全部缺失,或部分融合,以锤砧骨融合多见,另外砧骨长脚及豆状突畸形也较常见,砧镫关节可有中断或软连接即关节连接为一纤维结缔组织,听骨与鼓室侧壁骨性融合固定。镫骨足板狭窄、固定、缺失、裂孔膜性封闭、环韧带缺失,甚至无镫骨上结构。

3. **面神经畸形** 中耳畸形时常合并有面神经的畸形,主要表现为面神经骨管的缺失,面神经裸露,鼓室段多见;面神经走行的异常,面神经鼓室段裸露遮盖前庭窗,或鼓室段分叉包绕镫骨足板走行,或面神经向下移位,经过前庭窗下缘走行,面神经乳突段可前移等

4. **其他畸形** 严重的中耳畸形可合并有鼓室内肌肉的畸形,镫骨肌及锥隆起发育不全、缺失、走行异常或骨化等;咽鼓管畸形,管口闭锁或狭窄等;鼓膜张肌缺失等;此外较常见的还有颅中窝低垂,乙状窦前移,乳突气化不良,鼓窦大小位置异常等。

先天性中耳畸形的临床分型及评估见先天性外耳道狭窄及闭锁章节。

(三)检查

1. **查体** 外中耳畸形常合并出现,部分病例还合并有内耳畸形,耳部畸形还可能是某些综合征的局部表现,因此查体必须全面,包括全身的体格检查,患者神经系统发育的情况,颌面部、毛发及发际、眼、脊柱、手足及指或趾端、心血管等的发育,必要时有相关专科协助诊治。

2. **听力学检查** 先天性外中耳畸形影响最大的就是患侧的听觉功能。纯音听力检测可应用于能够配合的患者,由于合并畸形的程度不同,患者听力可表现为传导性、混合性或感音神经性聋。对于较小的患儿,可考虑行听性脑干反应(auditory brainstem response,ABR)检查,初步评估患儿听觉情况,但由于检查时传导通路的改变及 ABR 本身在听阈预测方面的缺陷,对结果要做客观的分析。

3. **影像学检查** 颞骨高分辨率 CT 检查在了解外中耳畸形的程度方面有重要意义,包括冠状位及水平位,可以较好评价外耳道是否完全闭锁,鼓室及鼓窦大小,位置,听骨链的形态发育,面神经的走行,前庭窗及蜗窗的情况,咽鼓管以及乳突气房的发育等,为手术提供较好的术前评估依据。此外,必要时可行颞骨 MR 检查,以了解内耳及听神经发育情况。颞骨 X 线片检查在颞骨畸形的应用,临床意义不大。

(四)治疗

外耳道狭窄或闭锁及中耳畸形的治疗应以听觉功能的恢复为主要目的。包括外科手术治疗及骨锚助听器的应用。

外科手术治疗主要是通对外耳道及中耳的重建,达到提高听力的目的。由于受到畸形严重程度的限制,不是所有的外中耳畸形都可以进行外科手术,因此,术前的分类及详细的评估,对于术后效果的预测就比较重要。目前已有较多的外科医师在应用 Jahrsdoerfer 评分系统进行术前评估,以确定候选病例,具体见先天性外耳道狭窄与闭锁章节。

置入式骨锚助听器外科手术分为两个阶段:第一阶段,将固定装置置入乳突骨皮质,复原皮瓣,使之与骨组织整合。第二阶段,大概固定装置置入 3~4 个月后将基座穿透皮肤紧固在固定装置上,同时减少皮下组织量。第二阶段后 3~5 周,助听器便可首次使用。目前也有一期进行骨锚助听器置入的报道。骨锚助听器为不适合外科手术的患者及手术后效果差的患者提供了一个较好的选择。

这里主要介绍外耳道中耳成形手术。

1. **手术时机选择** 对于双侧外耳道闭锁中耳畸形者,建议在学龄前即 6 岁左右时行一侧外耳道中耳成形术,或视患儿发育情况,时间稍作提前,以利于患儿语言的发育。对于单侧畸形,对侧听力正常者,手术时间可推迟至 10 岁或以后(也有学者认为宜在 16 岁后),或直到患者充分认识到外耳道中耳成形术对耳蜗、前庭系统及面神经的危险性及远期效果时,再行手术。

2. **手术方法**

(1)切口:手术切口应根据耳廓畸形的具体情况进行设计,尽可能充分利用残存的耳部皮肤软组织,为重建耳廓做准备。切口可选择耳廓前或颞颌关节后弧形或 X 形切口。分离皮下及软组织,直达骨膜。

(2)开放上鼓室有两条途径,一是按照乳突开放的步骤,自筛区入路找到鼓窦,再向前依次开放上鼓室,暴露听骨,去除鼓室外侧的闭锁板,术后容易遗留一大的空腔。此外,可以直接从鼓室的外侧即闭锁的外耳道外侧入路,以颞线下方、颞颌关节后方、筛区前缘为界,参考 CT 所示闭锁外耳道与颅中窝底,颞颌关节,上鼓室及周围骨质关系,直接由外向内逐层磨除骨质,直达鼓室。术中应紧靠颅中窝底及颞颌关节,注意面神经走行,避免损伤面神经。将外耳道扩大至直径达1.0cm 以上,或正常大小的 1.3 倍左右。术中注意勿暴露颞颌关节,尽量避免过多开放乳突气房。

(3)充分暴露鼓室及听小骨,探查听小骨完整性及连接状态,尤其是镫骨足板的活动情况。针对中耳畸形的具体情况,进行听骨链重建。其处理原则同听骨链重建术和镫骨手术。锤、砧骨融合与闭锁骨板固定或锤骨前突过长与匙突融合或鼓索小管延长至锤骨颈部,使锤骨固定者,可用小钻头小心磨断骨嵴或磨薄骨嵴后用钩针轻轻挑开骨桥,游离听骨链。砧骨长脚缺如,锤骨、镫骨活动正常者,可取出自体砧骨进行塑形,使其一端桥接锤骨柄,另一端桥接镫骨头。也可以直接使用人工听骨赝复物进行桥接。锤骨正常,砧镫关节缺失者,塑形的骨柱或全人工听骨链重建赝复物连接锤骨柄和前庭窗之间。若锤骨、砧骨正常,镫骨畸形,而足板活动良好,可用塑形的柱状骨或人工听骨赝复物连接砧骨长脚与镫骨足板。若镫骨固定,则考虑行镫骨手术,如镫骨足板钻孔活塞术或镫骨足板摘除术等。若前庭窗闭锁,蜗窗正常,可考虑前庭窗开窗术或半规管开窗术。两窗均封闭者,手术重建听力的效果不佳,宜考虑佩戴助听器。

(4)切取适当大小的颞肌筋膜置于听骨链上,与新建的听骨链形成连接,外侧以明胶海绵固定,术中注意筋膜放置的位置,必要时可将筋膜置于锤骨柄的内侧,或前下放置小的软骨片,以防止鼓膜外侧愈合。

(5)取大腿内侧或腹部 Thiersh 皮片或中厚皮片植入外耳道,碘仿纱条或抗生素甘油纱条填塞固定。

3. 手术并发症及处理

(1)鼓膜外侧愈合:有报道可高达 26%,出现后会明显影响听力,在手术时要多加小心,确定筋膜与听骨链密切连接,固定良好,同时可采取一些相应的措施如筋膜铺于锤骨柄内侧、鼓室外侧磨出合适的骨槽、应用软骨片或胶片塑形耳鼓前角等。

(2)术腔感染:多因术中开放乳突气房过多,残留气房感染,术后患者依从性欠佳,不能及时复诊处理,或儿童感冒等引起,发现后要及时对症处理,加强术腔换药。

(3)外耳道的狭窄或再闭锁:术腔感染,术中重建的外耳道直径不够大,术后扩张时间不够以及个体差异瘢痕体质等,均是导致重建外耳道再狭窄或闭锁的原因。术中使用裂层移植皮片,术后及时复查,早期应用纱条或棉片软支撑等方法,均是减少外耳道狭窄的措施。出现狭窄不能进行扩张,或外耳道再闭锁后,可考虑再次手术治疗。

(4)周围性面瘫:因解剖关系异常或面神经本身畸形,术中误伤所致,是本手术易发生的严重并发症,术前详尽的影像学检查,术中面神经监护仪的应用及术者对颞骨解剖的熟练掌握,可减少这一并发症的发生。如术后出现面瘫,则按中耳炎术后面瘫的处理原则进行补救。

(5)感音神经性聋:多因术中过度干扰听骨链、前庭窗或半规管开窗等损伤内耳所致,或电钻噪声引起内耳损伤。因此手术中要注意操作轻柔,尽量避免伤及内耳功能。如术后出现感音神经性聋,则按照突发性聋的治疗原则,争取挽救残余听力。

另外,还可能出现迷路损伤、鼓室天盖损伤、颞颌关节损伤等,术中要及时处理。

四、先天性内耳畸形

先天性内耳畸形可因遗传因素影响所致,也可能在胚胎早期母体患感染性疾病如风疹等或应用某些药物、X射线、电磁辐射伤害等引起。

(一)分类

目前对内耳先天性畸形的研究主要通过影像学检查如颞骨高分辨率CT、内耳MR等,以及颞骨尸体解剖获得形态学上的认识。对于细胞及分子水平的异常,认识不足。基因检测的开展,有助于对其发病的机制作进一步的探索。目前内耳畸形有几种分类方法,主要基于解剖上的异常,下面介绍临床经常用的一种分类方法。

1. Michel 畸形 属常染色体显性遗传病,内耳完全不发育,镫骨及镫骨肌缺如,偶有颞骨岩部完全未发育者,常伴有其他器官的畸形及智力发育的障碍,是内耳发育畸形中最严重的一种。颞骨CT上要与骨化性迷路炎相鉴别。

2. Mondini 畸形 属常染色体显性遗传病,耳蜗扁平,底周有发育,部分病例耳蜗发育可达1.5~2周。螺旋器和螺旋神经节可有各种程度的发育不全,耳蜗水管、前庭结构发育不全,有时缺如。Mondini畸形常伴有脑脊液耳漏、鼻漏、窗膜破裂引起外淋巴漏等。颞骨高分辨率CT扫描可发现内耳骨迷路结构的异常。可单耳或双耳受累,患耳常有残余听力,前庭功能可正常,患者可佩戴助听器。

3. Bing-Alexander 畸形 属常染色体显性遗传病,主要表现为蜗管发育不全,由于底周螺旋器和螺旋神经节细胞病变最明显,患耳常有高频听力损失,低频残余听力多可利用。骨迷路发育可正常,前庭功能可正常。

4. Scheibe 畸形 多属常染色体隐性遗传病,少数为伴性遗传,也可为胚胎期风疹感染或其他感染引起。是最轻的内耳畸形。其特点是内耳下部结构(球囊和蜗管)呈未分化的细胞堆,盖膜卷缩,前庭膜塌陷,盖在未分化的细胞堆和血管纹上,血管纹发育不全,球囊壁扁平,上皮细胞发育不全。耳蜗神经纤维和神经节细胞减少。可伴有其他器官的先天畸形,可有耳聋家族史。平时听力可正常,发热头部外伤等可诱发听力下降,有的可有眩晕发作,颞骨高分辨率CT可协助诊断。

此外还有一些内耳畸形的情况未包含在上面4类中,如半规管裂综合征,大前庭水管综合征等,随着颞骨高分辨率CT的应用及对内耳疾病研究的深入,一些新的内耳先天性病变会逐步被发现。

(二)临床表现

1. 听力障碍 内耳先天性畸形多数有严重的感音神经性聋的表现,部分出生时即为重度或极重度聋,如Michel畸形,内耳未发育,出生时患耳即无法听到任何声音;Mondini畸形可有部分高频听力残留;Bing-Alexander畸形多有可利用低频残余听力;大前庭水管综合征的患者,出生时听力可以正常,受外力或感染等因素影响,听力可波动性下降或突发耳聋,或者一出生时听力就差。

2. 眩晕 大前庭水管综合征的患者受到强声刺激时可有眩晕发作和眼震出现。半规管裂的患者也可出现眩晕发作。

3. 脑脊液耳漏或脑脊液耳、鼻漏 有些先天性畸形如Mondini畸形、共同腔畸形等,内耳和蛛网膜下腔之间、内耳和中耳之间可存在先天性瘘管,可伴有脑脊液耳漏、鼻漏,或窗膜破裂引起外淋巴漏等。

(三)检查

1. 听力学检查 视患者的情况选择相应的听力检测手段,如纯音测听,听性脑干反应,耳声发射检查等,了解患耳的听力情况。

2. 影像学检查 颞骨高分辨率 CT 可以清楚的显示内耳骨性结构,对于内耳的多种畸形有较好的诊断价值。螺旋 CT 可以对内耳结构进行较好的三维重建,可以进一步帮助了解内耳畸形的情况。内耳 MR 可以显示膜迷路的结构,尤其水成像可以明显提高膜迷路各种结构的显示率如鼓阶与前庭阶、中阶是否完整,蜗轴的发育是否正常,耳蜗有无纤维化等。

3. 基因检测 目前基因检测技术有了较快发展,已经证实许多内耳畸形与基因突变有关,如患者 SLC26A4 基因与大前庭水管综合征的发病密切相关。虽然还不能完全应用于临床,但若有条件进行基因检测,对某些先天性畸形的发病机制的探索及对下一代优生优育的指导有一定的意义。

(四)治疗

内耳疾病药物治疗手段有限,如大前庭导水管相关的突发性聋,可按突发性聋的原则治疗,同时告诫患者必须尽量避免头部的外伤碰撞等。对于不同类型的内耳畸形,可根据患耳听力水平、影像学检查所见,考虑佩戴助听器或行人工耳蜗置入术。

五、先天性耳前瘘管

先天性耳前瘘管为第一鳃弓和第二鳃弓的耳廓原基在胚胎发育过程中融合不全所致,是临床上最常见的耳部先天性疾病,属于常染色体显性遗传。发病率约为 1.2%,男女比例为 1∶1.7,单侧与双侧之比为 4∶1,一般不合并其他畸形。平时可无症状,出现感染时方引起重视,进行治疗。

(一)病理

先天性耳前瘘管为一弯曲的盲管,可有分支,呈树根样,深浅及长短不一,可穿过耳轮脚或耳廓软骨走行,个别可到达乳突表面或外耳道骨与软骨交界处。管壁内为复层鳞状上皮,结缔组织中含有毛囊、汗腺、皮脂腺等组织,腔内为脱落的上皮鳞屑、毛发及脓性分泌物或豆渣样物,有臭味。如化脓感染不能控制时,可形成局部脓肿,溃破流脓,皮肤瘢痕形成。

(二)临床表现

先天性耳前瘘管可一生无症状。发病年龄也可从出生数月时开始。部分患者按压时可有少许微臭的稀薄液体溢出,局部可有瘙痒不适。发生感染后瘘管局部及周围组织可出现红肿、疼痛,局部压痛,脓肿形成后可有波动感,溃破后溢脓,反复感染致使局部瘢痕形成。若患者年龄较小,发生感染时可伴随畏寒、发热等全身症状。

(三)诊断

根据病史,出生时即发现耳部有一瘘口,以及与瘘口相关局部出现的感染病灶,诊断一般无困难。有时根据瘘管的走行及位置须与第一鳃沟瘘管相鉴别。急性感染发作时还要与外耳道疖肿、颈部淋巴结炎等鉴别。

(四)治疗

无任何症状者一般不需要进行特殊治疗。急性感染期需先控制急性炎症,脓肿形成后切开排脓,一般应在炎症控制后再考虑手术。也有炎症反复发作,难以控制时,选择在急性期手术的报道。对于局部瘙痒，瘘口有分泌物溢出者，宜行手术切除。对于反复感染的瘘管，应尽早手术。手术应以彻底切除瘘管组织为基本原则。

手术时可先于瘘管内注入2%的亚甲蓝进行染色，以指导手术的大概方向。一般可局麻手术，儿童不能配合手术时可采用全麻。于瘘口周围做一梭形切口，皮肤瘢痕形成时，可设计切口包括瘢痕区域，沿瘘管向下分离周围组织，直至瘘管盲端，连同瘢痕组织一并切除。术中应注意保持术野清晰，以避免瘘管残留，若瘘管位置过深，或延至乳突区，可延长切口，翻转耳廓，循瘘管进行切除。术后伤口一般可一期愈合。极少数伤口过大，可考虑转移皮瓣或植皮。

（孙昌志　罗仁忠）

第四节　颈部先天性疾病

颈部先天性疾病种类很多。本节主要讨论甲状舌管囊肿及瘘管和先天性鳃裂囊肿及瘘管。

一、甲状舌管囊肿及瘘管

先天性甲状舌管囊肿及瘘管（congenital thyroglossal cyst and fistula）为小儿颈部较常见先天性疾病之一。本病多在7岁之前发现，少数因无感染或缓慢增大到中、老年才发觉。其发病在性别上无明显差异。少数病例可癌变，囊肿的发病率远高于瘘管。

（一）病因

胚胎期甲状腺始基在向尾侧下移过程中，形成一条与始基相连的细管，叫甲状舌管，在胚胎第6周时，甲状舌管开始退化，第8周时甲状舌管完全消失。本病的发生主要为胚胎第8周时甲状舌管退化不全，形成甲状舌管囊肿或瘘管。

（二）病理及分型

甲状舌管囊肿和瘘管的内壁覆有复层鳞状上皮或柱状纤毛上皮，有时其内可见甲状腺组织，其外壁常附以结缔组织构成。

甲状舌管瘘管分为完全性和不完全性两种类型，完全性瘘管残留导管内孔在舌盲孔，外口位于颈前正中线或略偏一侧，瘘管自内瘘口经舌骨前、后或穿过舌骨下至囊肿或外瘘口。不完全性瘘管无内瘘口。

（三）临床表现

1. 甲状舌管囊肿　可发生于从舌盲孔至胸骨上切迹之间颈中线的任何部位，囊肿大小不一，一般多无特殊症状，患者偶有咽或颈部不适感，多未引起注意，常无意中或体检时发现，囊肿呈圆形，其大小不一，一般直径为3~4cm。囊肿因其囊内分泌物的胀满而有实质感，表面光滑，边界清楚，与周围组织及皮肤无粘连，无压痛，肿块随吞咽或伸舌可上下移动。有的在伸舌时，于囊肿上方可触及一硬条索状物。发生感染的病例，局部可呈现红肿热痛，囊肿迅速增大，且伴有局部疼痛及压痛（图11-3）。当炎症控制后，囊肿迅速缩小可与皮肤粘连。感染后的脓囊肿破溃或切开引流后，常形成反复发生溢液的瘘管。

2. 甲状舌管瘘管　为先天性或为继发于囊肿溃破或切开引流后。瘘管分完全性和不完全性两种，以前者多见。完全性瘘管外口多位于舌骨与胸骨上切迹之间的颈中线上或稍微偏向一侧，瘘口较小，吞咽或挤压时瘘口可有浑浊的黏液性分泌物溢出，继发感染时瘘口周围红肿，分泌物则为脓性或黏液脓性。导管内孔在舌盲孔，于舌背根部压迫舌盲孔周亦可见分泌物溢出。不完全性瘘管无内瘘口，检查颈部时在瘘口深处上方可扪及一与舌骨相连的条索状物向颈部上方

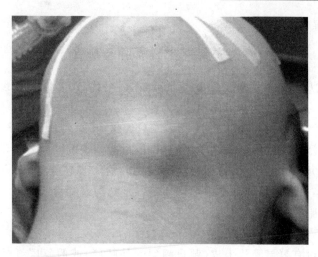

图 11-3　甲状舌管囊肿

走行,随吞咽上下移动。

（四）诊断及鉴别诊断

根据病史和局部检查诊断多不困难,自瘘管外口注入亚甲蓝,观察舌盲孔有无亚甲蓝溢出则可进一步明确诊断,必要时可行造影 X 线片,CT 扫描。应注意与颈中线其他肿块和瘘管相鉴别。甲状腺舌管囊肿应与皮脂囊肿和皮样囊肿、颏下淋巴结炎和结核性淋巴结炎、异位甲状腺、鳃源性囊肿鉴别。甲状舌管瘘需与结核性瘘、鳃源性颈侧瘘管、鳃源性正中线颈裂鉴别。

（五）治疗

无论囊肿或瘘管,一经确诊,除感染期外,均应尽早手术切除。如有炎症应待炎症消退 2 周以后再手术。

术前自瘘口注入少许亚甲蓝对术中追踪瘘管及其分支有一定帮助。如怀疑有异位甲状腺,需术中行快速病理检查证实非甲状腺组织并找到正常甲状腺后方可切除。术时平卧垫肩,头后仰,采用全身麻醉。

1. **切口**　在囊肿最隆起部位沿颈前皮肤横纹做一与舌骨平行的横切口,两端超过囊肿范围;如为瘘管,可在瘘管周围做一梭形切口,两侧适当延长。

2. **分离囊肿或瘘管**　切开皮肤、皮下及颈阔肌后,向上、下牵开肌肉瓣,即可暴露囊肿或瘘管,如囊壁与周围组织粘连,不易分离,可用眼科剪或血管钳等,在囊壁或瘘管周围,连带少许结缔组织,自下而上加以解剖剥离,直达舌骨下缘。

3. **舌骨的处理**　术中仔细分离,层次清楚,当分离病变到舌骨下方和前方后先分离切断附着肌肉,充分暴露舌骨体中份,将舌骨体中部连同骨膜一并切断。切除上述组织后应仔细检查舌骨上及舌骨背部组织内有无瘘管残留。

4. **切断囊肿或瘘管**　将舌骨及周围组织切除后应继续追踪。尽管大多数囊肿或不完全性瘘管止于舌骨,但仍有部分病例,其瘘管穿过舌骨体或前后方骨膜通往舌根部。此时瘘管很细,肉眼所见似一细线或一柱状纤维肌肉组织,继续向舌盲孔方向分离瘘管,直至舌体内,将达舌盲孔时,由助手经口向前顶压舌盲孔处,在剥离至白色膜时,表示已至黏膜下,在此处贯穿结扎、切断瘘管。

5. **缝合**　生理盐水冲洗术腔,彻底止血,分层缝合,不留空腔。舌骨断端不必缝合。如果术中术腔与咽腔曾有相通,可用细肠线内翻缝合,封闭咽腔,以防止术后咽瘘。术腔有污染,或术腔较大时,可于舌骨下置引流管。

二、先天性鳃裂囊肿及瘘管

19世纪上叶开始出现颈侧囊肿及瘘管的报道,此后名称较多,有如鳃裂囊肿、淋巴上皮囊肿等。而鳃源性囊肿广为大家接受并沿用至今。

(一)病因

关于先天性颈侧瘘管及囊肿的病因学仍有争议,目前大多赞同鳃源性学说。主要包括:①鳃器上皮细胞的残留;②鳃沟闭合不全或鳃沟与咽囊之间的闭膜破裂;③颈窦存留或未闭;④胸腺咽管残留;⑤正染色体显性遗传异常。一般认为瘘管是鳃沟或咽囊或两者不完全闭合引起的,囊肿则为遗迹性上皮细胞残留所致。

(二)病理及分型

瘘管壁或囊肿内衬有复层鳞状上皮(源自鳃裂的外胚层)或假复层纤毛柱状上皮(源自鳃裂的内胚层)。有些复层鳞状上皮高度角化。如瘘管与窦道炎症次数较多,上皮质可遭破坏,管壁可与周围组织粘连。有的瘘管与窦道还可含有软骨(源自中胚层)。

一般根据胚胎来源不同,分为来源于第一鳃裂的第一鳃裂囊肿及瘘管(又称为先天性耳颈囊肿及瘘管)及来源于第二、三、四鳃裂的囊肿及瘘管。鳃源性囊肿及瘘管起源于各鳃裂,外瘘口及绝大多数的全程皆位于颈侧,故又称先天性颈侧囊肿及瘘管。其中,绝大部分起源于第二鳃裂,第一鳃裂囊肿及瘘管较少见,第三鳃裂囊肿及瘘管极少见,第四鳃裂囊肿及瘘管在文献中仅见个案报道,有的尚难确诊。

(三)临床表现

1. 第一鳃裂囊肿及瘘管　瘘管的外瘘口多位于下颌角后下方至舌骨平面的胸锁乳突肌前缘,内瘘口位于外耳道软骨部、耳屏、乳突等处,有约针眼大的皮肤凹陷或小口,不易引起注意,位于外耳道壁的瘘口尤难察觉,多数在出生数月或数年甚至出现症状后始被发现。常常表现为耳廓周围的隆起,有液体由外耳道溢出,然而检查时骨膜是正常的。也有患者表现为耳廓周围肿块或者开口于腮腺下极的窦道,也因此常常被误诊为腮腺炎复发或者腮腺肿瘤。感染时瘘口周围皮肤发红、肿胀、疼痛;反复感染者可出现糜烂、肉芽或瘢痕组织形成;瘘管与面神经关系密切且变异较大,个别病例可因感染波及面神经主干或分支,出现部分性或完全性面瘫。

囊肿表现为颈侧上方逐渐肿大的肿块,或可时大时小,并发感染时可有发热、疼痛。无论囊肿或瘘管,一般均为单侧性,双侧性者极少见。囊肿可位于瘘管的任何部位。

2. 第二鳃裂异常　大多数外瘘口位于胸锁乳突肌前缘下1/3处,瘘管经颈阔肌下沿颈动脉鞘上行,穿越颈动脉分叉,到达腭扁桃体窝,内瘘口位于此处。其完全性瘘管或内瘘口的内口,只有在一部分病例可以发现。其外瘘口因其仅针眼大小的浅凹,常被忽视,当有分泌物溢出或感染时瘘口周围皮肤发红、肿胀、疼痛时才被发觉。如瘘管伴有囊肿,当吞咽时囊肿内可以充满气体、液体或食物;感染时还可充满脓液。此时如挤压囊肿,其内容物可向咽部溢出,患者自觉口内有气味。其内口可在电子喉镜下进行观察。

囊肿多位于胸锁乳突肌前缘中1/3处。表现为颈侧上方逐渐增大的肿块,或可时大时小,并发感染时可有发热、疼痛。

3. 第三、四鳃裂异常　很少见,而且往往临床表现与第一、二鳃裂异常相似。外瘘口位于胸锁乳突肌前缘下端,瘘管经颈动脉之前入梨状窝,内瘘口位于此处。其外瘘口常被忽视,当有分泌物溢出或出现红肿、疼痛等感染症状时才被发觉。

大部分的表现为儿童期或青少年期的反复发作的颈部脓肿或者甲状腺炎。其中女性发病率更高而且97%都见于左侧(原因至今未明)。通过纤维喉镜检查可能可以在梨状窝发现内瘘口。

(四)诊断和鉴别诊断

依据病史、局部检查常可做出初步诊断。对于难以解释的颈部肿块,复发性颈部感染亦应考虑到本病。B超、碘油造影、CT扫描等辅助检查可显示病变的位置、范围,如发现有含液气的肿块,更可应考虑颈部的鳃源性囊肿的可能。

先天性颈侧囊肿及瘘管均须注意与有关疾病鉴别。

1. 第一鳃裂瘘管上口继发感染时可有外耳道流脓史,易误诊为外耳道炎或中耳炎。第二、三、四鳃裂瘘管位于颈侧中下部位,应与结核性瘘管鉴别。

2. 颈侧囊肿须与下列颈部或咽旁疾病鉴别:①结核性淋巴结炎或冷性脓肿;②血管瘤或淋巴管瘤;③孤立性淋巴囊肿④水囊瘤;⑤表皮样脓肿;⑥恶性肿瘤囊性变;⑦颈动脉体瘤;⑧迷走甲状腺;⑨神经纤维瘤;⑩动脉瘤;⑪脂肪瘤;⑫副胸腺等。

只要注意到上列诸多疾病存在的可能性,认真询问病史,细心地从临床表现与病理学检查方面予以探究,都是可以鉴别的。

(五)治疗

手术彻底切除瘘管或囊肿是唯一有效的根治方法。已有感染者应在炎症控制后施行手术。对于无症状的幼儿甚至成年患者可先观察。主要为手术切除囊肿、瘘管和受累的皮肤。儿童一律采用全身麻醉。由于鳃裂瘘管及囊肿与某些重要结构毗邻,加之常因反复感染而形成瘢痕粘连,术中最棘手的问题是复杂的窦道和瘘管的定位和切除,手术前应采用0.5%亚甲蓝注入瘘管,以便手术中追踪瘘管。亦可注入特种石蜡油或快速硬化聚合物,使瘘管较为硬实,有利于追踪与解剖瘘管。手术方式则视囊肿或瘘管的所处部位及其形态而定。

1. 第一鳃裂瘘管　由于第一鳃裂囊肿和瘘管与面神经关系密切,因此,手术切口应考虑既利于切除病变又便于暴露与辨认面神经主干或其主要分支。采用耳下"Y"形切口,向下至颈部外瘘口。向上翻转皮瓣,暴露腮腺,辨认面神经分支,剥离瘘管。如瘘管进入腮腺深叶者,有时需行腮腺部分切除术;如瘘管延伸到外耳道,邻近的外耳道皮肤与软骨也需相应切除;手术中应注意有侵及中耳的可能。手术时必须将瘘管完全切除,否则极易复发,瘘管切除后,用生理盐水彻底冲洗伤口,逐层缝合。

2. 第二、三、四鳃裂瘘管　表浅而较短的耳颈瘘管可沿其行程做纵向切口,对于较深而较长的颈侧瘘管,可视瘘管外口高低,在同侧颈部采用2~3个阶梯式横切口。在外瘘口周围皮肤做一横向的梭形、菱形或椭圆形短切口,以便切除瘘口,稍加分离后即以组织钳夹住瘘管下端(包括环切的周围组织),自第1切口紧贴瘘管向上追踪分离。第2横切口约位于舌骨与外瘘口连线中点的高度,将已分离的瘘管下段自第2切口处牵拉出来,继续向上分离瘘管达颈动脉分叉处,瘘管常在颈内动脉与颈外动脉之间穿过,并与这些大血管可有轻重不一的粘连,邻近还有颈内静脉、迷走神经及舌下神经等;故须认清解剖关系,细心分离瘘管,避免损伤重要的血管、神经。第3横切口位于舌骨上方,由此分离瘘管上段直达咽侧壁(扁桃体窝处)。当分离瘘管接近内口处时,助手可用手指伸入咽腔将扁桃体窝或内口处的咽侧壁向外顶起,以便追踪分离,切除紧靠内口处的瘘管末端,在距咽壁2mm处加以结扎、切断瘘管,切除病变后内口处或囊肿根部应双重荷包结扎缝合。扁桃体切除有利于根治第二鳃裂瘘管,可于瘘管切除术前、术后或同期施行手术。若为第三、四鳃裂瘘管,应沿瘘管的走行分离至梨状窝或食管上段。第四鳃裂瘘管下端可能进入纵隔,左侧者绕过主动脉弓,右侧者绕过锁骨下动脉,故手术应慎重,并需与胸外科合作。瘘管切除后,用生理盐水彻底冲洗伤口,逐层缝合,并置引流。术后使用足量的抗生素以预防感染。伤口置放的引流管可于 24h 后拔除。同时施行扁桃体切除术者,应用漱口剂清洁口咽腔。进软质饮食。术后第 7～8 天拆线。

3. 鳃裂囊肿 在囊肿最隆起部位沿皮肤横纹做一横切口,向上、下牵开,即可显露囊肿,然后沿囊壁与周围组织剥离。因囊肿常与颈内静脉粘连,分离时应注意保护勿使其破裂。一般无感染的鳃裂囊肿较易完全剥离。反复感染或已破溃,囊壁与周围组织已发生粘连者;或手术时囊壁破碎,标志模糊不清者,都不易完全摘尽,此时可用刮匙将残余部分尽量刮除,也可用电灼或化学药物腐蚀,使囊壁上皮完全破坏。完整切除瘘管后,清洁术腔,逐层缝合。

(刘大波)

参 考 文 献

[1] 卜国弦.耳鼻咽喉科学全书.鼻科学.第 2 版.上海:上海科学技术出版社,2000.

[2] 黄选兆.实用耳鼻咽喉头颈外科学.北京:人民卫生出版社,2007.

[3] 郭玉德.现代小儿耳鼻咽喉头颈外科简明手术图解.武汉:湖北科学技术出版社,2005.

[4] 黄选兆,汪吉宝,孔维佳.实用耳鼻咽喉头颈外科学.北京:人民卫生出版社,2008.

[5] 张萌,陈晓巍.先天性外耳及中耳畸形的诊断治疗进展.听力学及言语疾病杂志,2007,2:161-164.

[6] 王政敏.耳显微外科学.南京:江苏科学技术出版社,2005.

[7] 杨仕明,刘清明,黄德亮,等.先天性镫骨畸形的外科治疗.中华耳科学杂志,2005,3:173-176.

[8] 陈东野,陈晓巍,金晞,等.伴内耳畸形的人工耳蜗植入患者 SLC26A4(PDS)基因突变分析.中华医学杂志,2007,40:2820-2824.

[9] 赵守琴,戴海江,韩德民,等.先天性外中耳畸形耳廓再造与听力重建手术的远期疗效观察.中华耳鼻咽喉头颈外科杂志,2005,5:327-330.

[10] 邹艺辉,王淑杰,薛峰,等.先天性小耳畸形合并外耳道中耳畸形手术方案的选择.解放军医学杂志,2006,4:309-311.

[11] 任媛媛,赵守琴.正常及先天性外中耳畸形颞骨内面神经管的 HRCT 表现.听力学及言语疾病杂志,2009,2:187-189.

[12] 张志刚,郑亿庆,刘翔,等.先天性外-中耳畸形听力重建疗效观察.中国中西医结合耳鼻咽喉科杂志,2008,5:335-337.

[13] Madden C. Halsted M. Meinzen-Derr J,et al. The influence of mutations in the SLC26A4 gene on the temporal bone in a population with enlarged vestibular aqueduct. Arch Otolaryngol Head Neck Surg. 2007, 133:162-168.

第 12 章

新生儿胸部疾病

第一节 胸腔器官胚胎学

一、纵隔胚胎学

（一）甲状腺的发生

甲状腺起源于内胚层,是胚胎内分泌腺中出现最早的腺体。胚胎第 4 周初,在原始咽底壁正中线,相当于第 1 咽囊的平面上内胚层细胞增生,形成一盲管,即甲状腺原基又称甲状舌管(thyroglossal duct)。它沿颈部正中向尾端生长,在第 1、2 咽囊平面处分为两个芽突,约在胚胎第 4 周末,芽突继续向颈部生长。随原基进一步分化发育,左右芽突的末端细胞增生,形成左右两个细胞团,演变成为甲状腺两个侧叶,中间为峡部。甲状舌管的上段退化,根部仅借细长的甲状舌管与原始咽底壁相连,这一细管在胚胎第 6 周萎缩退化遗留一浅凹,称盲孔(foramen caecum)。胚胎第 7 周时,甲状腺到达最后位置,即后鳃体(ultimobranchial body),后来其部分细胞迁至甲状腺内,分化成为甲状腺滤泡旁细胞。胚胎第 10 周时,甲状腺基原中出现滤泡,第 13 周甲状腺开始分泌功能。

甲状腺早期向尾侧下降过程中如发生滞留,则形成异位甲状腺,常见于舌肌内、舌骨附近、胸部和舌盲孔处的黏膜下。如部分甲状腺组织停滞于异常部位,则形成异位甲状组织,可出现在喉、气管和心包等处。

（二）甲状旁腺的发生

甲状旁腺原基出现在胚胎第 5 周,第 3 对咽囊的背侧壁细胞增生,形成细胞团,最初与胸腺原基相连,于第 7 周脱离咽壁,随腹侧胸腺下移至甲状腺下端背面,即上甲状旁腺。同时,第 4 对咽囊背侧壁细胞增生,随甲状腺下移,附着在甲状腺的上端背面,即上甲状旁腺,其移动距离较下甲状旁腺短。原来这两对原基起始部位的上下关系,经迁移后发生了颠倒,其发育分化过程基本相同。胚胎前 3 个月,甲状旁腺的发育缓慢,3 个月后迅速发育。

甲状旁腺原基细胞在胚胎第 7 周迅速增殖,形成实心的结节状结构,细胞排列成索,其间有血窦和结缔组织。此时的甲状旁腺细胞较大,胞质弱嗜酸性,称为原始细胞。至妊娠中期分化为各型细胞。在胚胎第 3～4 个月,腺体明显增大,出现大而核深染的细胞,即分泌甲状旁腺的主细胞。胎儿期的甲状旁腺即出现功能活动,与滤泡旁细胞分泌的降钙素相互协调,调节胎儿的骨发育平衡。

一般情况下,上甲状旁腺位置较为恒定,但下甲状旁腺的位置变化较大,它可定位在下降过程中的任何部位,约10%异位。下甲状旁腺可附着在胸腺组织表面,包裹在胸腺内,埋在甲状腺内,还有的位于胸骨后,气管、食管沟内或食管后。在甲状旁腺迁移过程中,往往有小块组织游离出来,形成多达8～12个或更多的甲状旁腺。

(三)胸腺的发生

人胸腺原基源于双侧第3对咽囊的内胚层及其相对应的鳃沟外胚层,第4对咽囊也有小部分参与。内胚层细胞发育形成胸腺皮质的上皮细胞,外胚层分化为被膜下上皮和髓质的上皮细胞。约在第5周末,第3对咽囊的腹侧上皮细胞及与其相对的鳃沟外胚层上皮细胞增生,形成左右两条细胞索,形成胸腺原基(thymic anlage)。两侧胸腺原基向胚体尾端伸长,在甲状腺和甲状旁腺的尾侧向中线靠拢、愈合,并沿胸骨下面降入纵隔,接触心包膜壁层。与此同时,细胞索的根部退化消失。在向尾侧和前外侧生长的过程中,内胚层细胞被间充质细胞和外胚层细胞包绕。胸腺原基最初呈管状,管状胸腺原基长入周围间充质,上皮表面有纤毛。第6周时,由于上皮细胞迅速增殖,将管腔阻塞变为实心细胞索,并发出旁支,每一旁支即变为一个胸腺小叶的始基。上皮索细胞散开,但相互保持联系,形成上皮网。上皮索间的间充质形成不完整的小隔。此时,索样胸腺上皮基质中逐渐出现分泌性滤泡,上皮细胞内及细胞间出现胸腺素,说明上皮细胞已具有分泌活性。第6～8周时,胸腺实质尚未分成小叶,也无皮质和髓质之分,仅被一层连续的基膜包裹。第8周时,与咽相连的中间部退化消失,留下末端的球状部分,游离在纵隔内。随着胸腺基质进一步发育并分泌出多种激素样物质和趋化因子,第9周时,造血干细胞迁入胸腺,位于上皮细胞间隙内,并迅速分裂分化为淋巴细胞,大量增生,使胸腺成为淋巴器官。第11～12周时,胸腺的小叶状结构及皮质和髓质分界已明显,皮质分内、外两区,外皮质色浅,内皮质色深。胸腺小叶分隔并不完整,相邻小叶的髓质在深部相互连接。血管和神经也到达髓质。第12～15周时,胸腺淋巴细胞数量达到高峰,细胞有丝分裂活跃。20周时,胎儿胸腺结构大致发育成熟。

在胎龄12～13周时,髓质内出现散在胸腺小体,由2～3个扁平上皮性网状细胞围成同心圆,细胞结构完整,胞质弱嗜酸,含少量嗜碱性透明角质颗粒。第17～20周,小体数量增多,体积大小不等,有的小体相互融合,小体内含细胞碎片、巨噬细胞及粒细胞等。第25周至足月,小体最外层细胞含有较多角质蛋白,细胞器不发达,中层细胞有丰富的细胞器,张力丝少,近中心部的细胞张力丝增多,小体中心的细胞发生透明变性,细胞核及细胞界限消失。

胸腺原基愈合程度不同或有分支,可产生不同的分叶和外形,据统计,两叶者约占80%,多为锥体形。足月胎儿出生时的胸腺大而功能活跃,围生期的胸腺可通过胸廓上口伸展至颈根部。胸腺的体积和重量随年龄增长而变化,10个月时胸腺重可达11g,大小约11.17cm×5.64cm。至15岁左右胸腺重量可达30～40g,进入其初期后开始退化。

先天性无胸腺者常伴有无甲状旁腺,见DiGeorge综合征。此病是第4～6周当鳃弓正在向成体结构演变时由致畸因子引起。另一种变异是异位胸腺,可见于颈部,常与甲状旁腺相连。胸腺有时发生形态变异,可表现为细长条索或伸长至颈部、气管前外侧,也可由纤维索连于下甲状旁腺。

(四)呼吸道的发生

下呼吸道包括喉、气管、支气管,直到肺泡上皮,均来源于原始消化管的内胚层,下呼吸道的结缔组织、软骨组织、平滑肌、血管和淋巴管等源于脏壁中胚层。胚发育第4周时,原始咽尾端腹侧正中部位出现一纵行浅沟,称喉气管沟(laryngotracheal groove)。喉气管沟逐渐变深,从尾端开始愈合,向头端推移,最终形成一个长形囊状突起,称喉气管憩室(laryngotracheal diverticulum)或呼吸憩室(respiratory diverticulum),它是喉、气管、支气管和肺的原基。最初憩室与前肠间开口宽大,憩室向尾侧生长时,两侧间充质形成气管食管隔(tracheoesphageal septum),将原始咽分隔为腹侧的喉气管和背侧的食管。

喉气管憩室通向咽的部分发育成喉,其余部分发育成气管。第 4 周末,喉气管憩室末端膨大并形成左右两个分支称肺芽(lung bud),肺芽是支气管和肺发生的原基。气管是从喉气管中段发育而来的细长管道,气管纵向生长迅速,分成左右支气管,分叉处在早期位于颈部,以后逐渐下降,出生时位于 $L_{4\sim5}$ 水平。左支气管短,水平分出,右支气管初出现时就比左支气管粗而直,且分出角度较大。约在胚胎第 5 周时,左、右肺芽形成左、右支气管,右支气管分出 3 支二级支气管芽,左支气管分出 2 支二级支气管芽,因此成体右肺 3 叶,左肺 2 叶。至第 2 个月时,二级支气管发生三级分支,左肺 8～9 支,右肺 10 支,其外周的间充质也随之分开,形成肺段。到第 6 个月时,支气管分支共计 17 级,出现终末细支气管、呼吸性细支气管和原始肺泡。至第 7 个月,肺泡数量增多,已具备Ⅰ、Ⅱ型细胞,并且Ⅱ型细胞可分泌表面活性物质(surfactant),此时,肺内血循环已经完善,因此这时如果胎儿早产可以存活。出生后肺继续发出 7 级分支,肺泡增大、壁变薄,Ⅱ型细胞增多,表面活性物质分泌增加。

由于喉和气管在发生过程中有管腔暂时闭锁之后再重新恢复通畅的过程,如果过度增生的上皮不退变,就会出现管腔狭窄(stenosis)或闭锁(atresia);也可以出现在狭窄或闭锁的远端支气管分泌的黏液不能排出,积聚膨胀而形成支气管囊肿,若囊肿发生在较早期、较大的支气管则出现纵隔支气管囊肿,若发生较晚、终末支气管,则形成肺内支气管囊肿。如气管与食管分隔不完全,致使两者间有瘘管相连,即气管食管瘘(tracheoesophageal fistula),常伴有食管闭锁(esophageal atresia)。

(五)食管的发生

食管由喉气管憩室和胃之间的一段原始消化管分化而来。人胚第 3 周末时,三层胚盘向腹侧卷折,形成一个圆柱状胚体,内胚层在胚体内形成一条纵行管道,即原始消化管(primitive gut)。原始消化管的头端起自口咽膜,尾端止于泄殖腔膜,分为 3 段:前肠(foregut)、中肠(midgut)和后肠(hindgut)。中肠腹侧与卵黄囊相通,随着胚体和中肠的迅速生长,卵黄囊反而缩小,最后二者连接部变窄成一细管,称卵黄蒂(vitelline stalk)或卵黄管(vitelline duct),此管于第 6 周闭锁逐渐退化消失。口咽膜和泄殖腔膜处中胚层缺如,内外胚层直接相贴,并分别于胚第 4 周和第 8 周时相继破裂消失,原始消化管才与胚外相通。

在胚胎第 5 周时,食管还是咽与胃之间很短的管道,随着胚胎颈部的出现和心、肺的下降,食管迅速生长,约在第 7 周时,食管已达最终的相对长度。食管上皮最初为单层,后来变为复层,致使管腔变窄,甚至闭锁。约在第 8 周时,过度增生的上皮退化消失,管腔重新出现。上皮周围的间充质分化为食管壁的结缔组织和肌组织。

食管有一个管腔重建的过程,如此过程受阻,致使管腔过细,即称为食管狭窄(stenosis);若完全无管腔,称为食管闭锁(atresia)。卵黄管的两端封闭成纤维索,中段如因分泌物聚集而形成一个囊泡,则形成卵黄囊囊肿。卵黄囊囊肿因其内皮不同(鳞状上皮、柱状上皮或肠上皮)而产生食管囊肿、胃囊肿或肠囊肿,统称为卵黄囊囊肿。

(六)周围神经的发生

神经系统起源于早期胚胎背侧中轴的外胚层,由这一区域凹陷形成一管状结构,即神经管,分化成中枢神经系统。位于神经管两侧的外胚层细胞索为神经嵴,形成周围神经系统。

人胚第 3 周,由于脊索突和脊索的诱导,覆盖在脊索上方的外胚层增厚,构成神经板。神经板纵轴处细胞的背侧端变窄,在板中央形成一纵沟,即神经沟。神经沟形成时,板内细胞连续分裂增生,神经沟不断加深,随后闭合成管状,即为神经管。在此过程中,神经沟的两侧与外胚层连续处相对隆起,形成左右 2 条与神经管平行的细胞索,位于表面外胚层的下方和神经管的背外侧,称神经嵴(neural crest)。神经嵴发育成神经节,胸段神经嵴的部分细胞迁至背主动脉的背外侧,形成两列节段性排列的神经节,即交感神经节。这些神经节借纵行的神经纤维相连,形成 2 条纵行的交感链。副交感神经的起源问题尚有争议,有学者认为来自神经管,有学者认为来自脑神经节中的成神经细胞。

部分嵴细胞从神经嵴向腹侧迁移,分化成自主性神经节,其轴突构成节后纤维,到达内脏与血管的平滑肌及腺体。还有部分神经嵴细胞迁往脊柱腹外侧,成分节状排列,节与节之间通过纵行纤维连接,形成椎旁交感节或链状交感节。脊髓侧角神经元的轴突长入节内,称节前纤维,与交感节细胞形成突触。节细胞的轴突即节后纤维,形成灰交通支返回脊神经中,后到达躯干与四肢的血管、竖毛肌和汗腺。一些神经嵴细胞到达背主动脉 3 个主干附近,形成腹腔交感节。上述脊髓侧角细胞发出的椎旁交感节、节前纤维、节后纤维等共同构成自主性神经系统的交感部分。

周围神经分感觉神经纤维和运动神经纤维,神经纤维由神经细胞突起和施万细胞构成。感觉神经节细胞的周围突构成感觉神经纤维,脑干和脊髓灰质前角运动神经元的轴突构成躯体运动神经纤维,脑干内脏运动核和脊髓灰质侧角中的神经元的轴突构成内脏运动神经纤维,自主神经节细胞的轴突则是节后纤维。神经嵴也分化成施万细胞,并与神经元的轴突同步增殖和迁移。施万细胞与轴突相贴出凹陷成深沟,轴突包埋其内,当完全包绕轴突时,施万细胞与轴突之间形成一扁系膜。在有髓神经纤维,系膜继续增长并逐渐反复包绕轴突,即形成髓鞘。在无髓神经纤维,一个施万细胞可以同时与多条轴突相贴,并形成多条深沟包绕轴突,故系膜不能环绕形成髓鞘。

(七)淋巴管和淋巴结的发生

淋巴管是静脉管内皮向外形成的囊状突起,或是由静脉周围间充质形成的一些内皮性裂隙互相融合而成。胚胎第 5~8 周时,在颈部、髂部与腹部出现一些膨大的盲囊,即原始淋巴囊。当原始淋巴囊再次与静脉连通后,由原始淋巴囊转变的淋巴管网即形成,各淋巴囊均与引流一定区域的淋巴管相连。共有 6 个原始淋巴囊,一个乳糜池、一对颈淋巴囊、一对髂淋巴囊和一个腹膜后淋巴囊。在此基础上,沿着体内主要静脉进一步延伸和分支形成全身的淋巴管。胚胎第 9 周,颈部淋巴囊向下延伸与乳糜池连接形成原始胸导管。随后,左右原始胸导管之间产生吻合支,部分淋巴管转变为淋巴导管。左侧原始胸导管的头段、吻合支和右侧原始胸导管在颈内静脉与锁骨下静脉之间的夹角处汇入头臂静脉。胚胎期乳糜池的上部即演变为成体乳糜池,发育过程中肠系膜淋巴囊和髂淋巴囊的分支也导入胸导管。胚胎第 3 个月时,所有的淋巴囊都演变为淋巴管。胚胎第 5 个月时,淋巴管大部分出现具有功能性的瓣膜。淋巴结的发生和淋巴管的发生密切相关,淋巴囊形成后,环绕淋巴囊和大淋巴管周围的细胞聚集形成细胞群,淋巴细胞随血管迁入,并以此增殖,形成淋巴结群。第 10 周时,除乳糜池上部外,其他淋巴囊发展成为早期淋巴结群。一般认为,胎儿期的淋巴结并无免疫功能。

身体一部分弥散性水肿,或身体大部分淋巴管呈囊性扩张,称为先天性淋巴水肿。如颈淋巴囊部分脱离产生异常转变或未能与大的淋巴管连通,临床上颈下部 1/3 处会出现水囊状淋巴管瘤,通常由单个或多个充满液体的薄壁囊构成。

二、心血管系统胚胎学

心血管系统是胚胎发生过程中最早功能活动的一个系统,并且演化复杂,容易出现畸形。心血管系统由中胚层分化而来,由于胚胎生长迅速,单纯的简单扩散方式已不能提供胚体足够营养物质,心血管系统随之形成并于第 4 周末开始血液循环,为机体各器官组织的发育提供良好的物质条件。胚胎早期的原始心血管是左右对称的,后来经过复杂的合并、扩大、萎缩、退化和新生等过程,演变成非对称的心血管系统。起初,心血管系统仅是由内皮构成的管道,随着血流动力学的改变和胚体的发育,周围间充质逐渐分化出肌层和结缔组织。

(一)原始心血管系统的建立

人胚第 15～16 天,卵黄囊壁、体蒂和绒毛膜等处的胚外中胚层间充质细胞聚集分化形成血岛(blood island)。血岛内出现间隙,间隙周边的细胞分化为扁平的内皮细胞,中央部分的细胞分化为造血干细胞。相邻的血岛内皮细胞相互连接,围成原始血管,并以出芽的方式不断向外延伸与相邻的原始血管通连,形成了胚外原始毛细血管网。

人胚第 18～20 天,胚体内间充质各处出现裂隙,裂隙周围的间充质细胞分化为内皮细胞,围成内皮性原始血管,原始血管同样以出芽的方式相互融合形成胚内毛细血管网。第 3 周末,胚内、外血管网在体蒂处彼此相连,逐渐形成了胚胎早期原始心血管系统(primitive cardiovascular system)。第 4 周末,原始心脏节律性跳动,开始了最早的血液循环。原始血管在结构上无动、静脉之分根据将来它们的归属和发育中心脏的关系命名。

原始心血管系统左右对称,其组成包括以下几种。

1. **心管** 1 对,位于前肠腹侧。胚胎发育至第 4 周时,左右心管合并为 1 条。

2. **动脉** 腹主动脉(abdominal aorta)1 对,与心管头端相连,当 2 条心管合并为 1 条时,腹主动脉亦融合成一条主动脉囊。背主动脉(dorsal aorta)1 对,位于原始肠管的背侧,后来从咽至尾端的左、右背主动脉合并为 1 条,并于沿途发出许多分支,从腹侧发出数对卵黄动脉(vitelline artery),分布于卵黄囊壁。还有 1 对脐动脉(umbilical artery),经体蒂分布于绒毛膜。从背侧发出许多对的节间动脉,从两侧还发出其他一些分支。胚胎头端还有 6 对弓动脉(aortic arch),分别穿行于相应的鳃弓内,连接背主动脉与心管头端膨大的动脉囊。

3. **静脉** 前主静脉(anterior cardinal vein)1 对,收集上半身血液。后主静脉(posterior cardinal vein)1 对,收集下半身血液。两侧的前、后主静脉分别汇合成左、右总主静脉(common cardinal vein),分别开口于心管尾端静脉窦的左、右角。卵黄静脉(vitelline vien)和脐静脉(umbilical vein)各 1 对,分别来自于卵黄囊和绒毛膜,回流到静脉窦。

随着胚胎的发育,胚体内、外逐渐形成 3 套循环通路,即胚体循环、卵黄囊循环和脐循环。3 套循环通路见图 12-1。

(二)心脏的发生

心脏发生于生心区,即胚盘头端、口咽膜前面的中胚层。生心区前方的中胚层为原始横膈。

1. **心管的发生** 胚胎发育第 18～19 天,生心区的中胚层内出现腔隙,称围心腔(pericardiac coelom),围心腔腹侧的间充质细胞集聚形成 1 对前后纵行、左右并列的细胞索,称生心索(cardiogenic cord)。由于头褶的发生,原来位于口咽膜头端的围心腔及生心索逐渐向腹、尾侧转位 180°,至咽的腹侧、口咽膜的尾端;生心索则由围心腔的腹侧转向背侧。与此同时,生心索内逐渐出现腔隙,形成左、右 2 条纵行并列的内皮管,称心管(cardiac tube)。由于胚胎侧褶的发育,1 对心管逐渐向中央靠拢,第 22 天时,融合成 1 条心管。

同时,围心腔不断扩大并向心管的背侧扩展,在心管背侧与前肠腹侧之间的间充质由宽变窄,形成心背系膜(dorsal mesocardium),心管借该系膜悬于围心腔的背侧壁。随后,围心腔发育为心包腔。不久,系膜中央部退化消失,心管游离于围心腔内,但心管的头端和尾端还保留有心

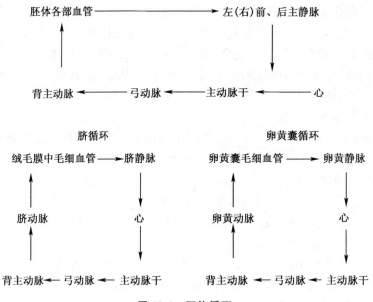

图 12-1　胚体循环

背系膜。当左、右心管合并时,心管内皮形成心内膜的内皮层。心管周围的间充质增厚,形成心肌外套层(myoepicardial mantle),后来分化成心肌膜和心外膜。起初,在心管内皮和心肌外套层之间,有疏松的间充质,即心胶质(cardiac jelly),后来形成内皮下层及心内膜下层的结缔组织。

2. 心脏外形的演变　心管的头端经动脉囊与动脉相连,尾端与静脉相连,头、尾两端分别固定于鳃弓和原始横膈。由于心管各段生长速度不同,首先产生三个膨大,从头端向尾端依次为心球(bulbus cordis)又称动脉球、心室(ventricle)和心房(atrium)。随后在心球的头侧出现了动脉干(truncus arteriosus)。动脉干的头端与动脉囊相连。以后心房尾端又出现一个膨大的部分,称静脉窦(sinus venosus)。心房和静脉窦早期位于原始横膈内。静脉窦的末端分为左、右角,分别与左、右脐静脉、总主静脉和卵黄静脉相通。

在心管的发生过程中,由于两端相对固定,且心球和心室的生长比围心腔快,使心管弯曲成"U"字形,称球室襻(bulboventricular loop),不久,心房和静脉窦离开原始横膈。此时心脏外形变成 S 形。之后,由于受到前面的心球和后面食管的限制,心房和静脉窦移至心球和动脉干的后方,逐渐上移和扩大,膨出于心球和动脉干的两侧。由于心房不断扩大,房室沟加深,房室间逐渐形成狭窄的房室管(atrioventricular canal)。

3. 心脏内部的分隔　心脏内部分隔始于胚胎第 4 周,约在第 8 周末完成。

(1)房室管的分隔:心房和心室之间有一缩窄环,其相应的心腔形成一狭窄的管道,称房室管(atrioventricular canal)。胚胎第 4 周末,在房室管的背侧壁和腹侧壁的正中线上,心内膜下组织增生形成背侧和腹侧心内膜垫(endocardial cushion)。第 5 周时,两个心内膜垫相互靠拢融合,将房室管分隔成左、右心房室管。围绕房室管的间充质局部增生并向腔内隆起,左侧两个隆起、右侧三个隆起,逐渐形成左侧的二尖瓣、右侧的三尖瓣。

(2)心房的分隔:在心内膜垫发生的同时,心房的顶部背侧壁的正中线处发生一个镰状隔膜,称原发隔(septum primum)或第一房间隔。此隔向心内膜垫方向生长,镰状隔的下缘与心内膜垫之间暂时留一小孔,称原发孔(foraman primum)或第一房间孔。随原发隔的增长,原发孔逐渐变小,在此孔封闭之前,原发隔上部中央变薄又出现一个孔,称继发孔(foraman secundum)或第二房间孔,同时,原发隔的下缘与心内膜垫愈合,原发孔封闭。

第 5 周末,于原发隔的右侧又发生一较厚的半月形隔膜,称继发隔(septum secundum)或第二房间隔。此隔向心内膜垫方向生长,逐渐遮盖继发孔。继发隔下方呈弧形,与心内膜垫接触时留有一卵圆形孔,称卵圆孔(foramen ovale)。卵圆孔位于继发孔尾侧,两孔上下交错,原发隔由左侧下方覆盖卵圆孔,由于原发隔薄而软,相当于卵圆孔的瓣膜,因而右心房的血液可经卵圆孔流入左心房,但左心房的血液不能流入右心房。

(3)心室的分隔:胚胎第 4 周末,心室底壁的心尖处组织形成一个较厚的半月形的肌性隔膜,称室间隔肌部(muscular part of interventricular septum)。此隔向心内膜垫方向生长,其上缘凹陷,与心内膜垫之间留有一孔,称室间孔(interventricular foramen),使左右心室相通,此种状态维持到胚胎第 7 周末。随后,室间孔由 3 个来源的组织封闭,即分隔心球的左右心球嵴相对生长融合向下延伸、心内膜垫向下延伸和室间隔肌性部向上延伸。以上三部分组成的室间隔膜部将室间孔封闭。室间孔封闭后,主动脉与左心室相通,肺动脉干与右心室相通。

(4)心球和动脉干的分隔:胚胎第 5 周时,心球远端的动脉干和心球内膜下组织增厚,形成两条纵嵴,称动脉干嵴(truncal ridge)或心球嵴(bulbar ridge)。两条嵴呈螺旋状向下走行,在中线相互愈合后,便形成主动脉肺动脉隔(aortico-pulmonary septum),此隔将动脉干和心球分隔成肺动脉干和升主动脉。因为主动脉肺动脉隔呈螺旋状,故肺动脉干缠绕着升主动脉。主动脉和肺动脉干起始处的内膜下组织增厚各形成三个隆起,逐渐发育为薄的半月瓣(semilunar valve)。

(三)弓动脉的发生与演变

胚胎第 4 周鳃弓发生,鳃弓内的动脉,称弓动脉。弓动脉从主动脉囊发出,走行于鳃弓内,并与同侧的背主动脉相连。弓动脉共发生 6 对,胚胎第 6～8 周,弓动脉相继演变为成体动脉的布局。

1. 第 1、2 对弓动脉　大部分退化消失,小部分遗留。

2. 第 3 对弓动脉　左、右第 3 弓动脉近侧段及部分主动脉囊成为颈总动脉,远侧段及与其相连的背主动脉成为颈内动脉。第 3 对弓动脉各发出一个分支成为颈外动脉。

3. 第 4 对弓动脉　左侧第 4 弓动脉和动脉囊左侧半形成主动脉弓。左锁骨下动脉来自左侧第 7 节间动脉,右锁骨下动脉来自右侧第 4 弓动脉、右侧背主动脉和右侧第 7 节间动脉。第 3、4 对弓动脉之间的一段背主动脉萎缩消失。

4. 第 5 对弓动脉　发生后很快退化消失。

5. 第 6 对弓动脉　左、右第 6 弓动脉近侧段及其发出的肺芽的分支共同形成左、右肺动脉,左侧第 6 弓动脉的远侧段保留形成动脉导管(ductus arteriosus),右侧第 6 弓动脉远侧段退化消失。

(刘大波)

第二节　喉部及气管先天畸形

一、喉部先天性畸形

喉的先天性畸形一般在新生儿或婴儿期即已出现症状或体征,最常见的为喉呼吸、发音、保护功能障碍,严重者可危及生命。

(一)先天性喉蹼

喉腔内有一先天性膜状物,称为先天性喉蹼,其发生与胚胎发育异常有关,在喉腔重建过程中,原喉腔内的封闭上皮因溶解、吸收不全,在喉腔内遗留一层上皮膜,形成先天性喉蹼。喉蹼可以在喉的任何平面横跨过喉腔,按发生的部位分为声门上喉蹼、声门间喉蹼、声门下喉蹼三种类型,其中以声门间喉蹼最为常见。

喉蹼大小和厚度各不相同,薄者半透明,呈蛛网状,后者坚实,一般前部较厚,后部游离缘较薄,其主要成分均为结缔组织,其内有毛细血管,表面覆有鳞状上皮。其大小不一,有的较小,仅在前联合处,有的较大形成一隔膜,将喉腔大部分封闭,称为喉隔。若喉隔将喉腔完全封闭,称为先天性喉闭锁。

1. 临床表现　婴幼儿喉蹼与儿童或成年人喉蹼的症状不完全相同,症状亦随喉蹼的大小及所处部位而异。婴幼儿喉蹼:喉蹼较小者,可无明显症状或出现哭声低哑,无明显呼吸困难;喉蹼中等度大者,喉腔尚可通气,但声音嘶哑,伴吸气性呼吸困难;范围较大的喉蹼患儿,可出现出生后无哭声或声嘶、呼吸困难或窒息、出现喉鸣音,吸气时有喉阻塞现象,常有口唇发绀及不能吮乳的症状。喉闭锁患儿出生时无呼吸和哭声,但可见呼吸动作及四凹征,结扎脐带后不久即出现窒息,常因抢救不及时而致患儿死亡。成年人和儿童喉蹼一般无明显症状,偶有声嘶或发音易感疲倦,在剧烈活动时有呼吸不畅感。

2. 诊断及鉴别诊断　根据症状,行直接喉镜或纤维喉镜检查等即可明确诊断,影像学 CT 扫描、MRI 对确定喉蹼的厚度,尤其是声门下喉蹼和少见的双喉蹼有一定的作用。在喉镜下可见喉腔内呈白色或淡红色的膜样蹼或隔,其后缘整齐,多呈弧形,少数呈三角形。吸气时蹼平整,但在哭闹或发音声门关闭时,蹼向下隐藏或向上突起。

婴幼儿先天性喉蹼应与其他先天性喉发育异常,如先天性声门下狭窄及先天性喉鸣等相鉴别。对儿童或成年人,还应根据病史鉴别喉蹼为先天性或后天性。先天性喉蹼患者常伴有其他部位先天性异常,诊断时应注意。

3. 治疗　新生儿患喉蹼若发生窒息时,应立即在直接喉镜下应用婴儿型硬式气管镜快速穿破喉蹼或闭锁膜,插入气管,吸出分泌物,吸氧和人工呼吸,以挽救患儿生命,此时喉蹼组织尚未完全纤维化,经气管镜扩张后多不再形成。对有呼吸困难或声嘶的患儿须在直接喉镜下以喉刀或喉剪切除喉蹼,术后再行喉扩张术,防止复发。近年来多用显微喉镜下以激光切除喉蹼,术后不需行喉扩张术,效果较好。喉蹼不大且无明显症状者,可不给予治疗。

(二)先天性喉软骨畸形

先天性喉软骨畸形主要为会厌软骨畸形、甲状软骨和环状软骨畸形。

1. 会厌软骨畸形　会厌软骨畸形在先天性喉软骨畸形中较为多见,其发生原因为胚胎发育时两侧第三、四鳃弓在中线处融合不良或未完全融合,形成会厌分叉或会厌两裂。会厌分叉一般无症状,往往在喉部检查时被偶然发现,可不予治疗。会厌两裂多伴有会厌松弛,吸气时易被吸入喉入口,引起呼吸困难及进食时呛咳,可在直接喉镜下行会厌部分切除术。

会厌软骨畸形还包括会厌过大或过小,会厌过大者,往往伴有会厌软骨过分柔软,吸气时易被吸入喉入口引起喉鸣及呼吸困难,也应行会厌部分切除术;会厌过小无症状者可不予处理。

2. 甲状软骨异常　甲状软骨为第四鳃弓形成的两侧翼板于胚胎第 8 周时在中线融合形成,如发育不良,则发生先天性甲状软骨裂、甲状软骨部分缺损或甲状软骨软化等疾病,上述甲状软骨异常可引起吸气时甲状软骨塌陷,喉腔缩小,引起吸气性喉鸣和呼吸困难,严重者需行气管切开术。

3. **环状软骨异常**　胚胎第 8 周时,环状软骨的左右部分在中线融合,如融合不良,留有裂隙,则形成先天性喉裂。环状软骨先天性增生或未成环者,可引起先天性喉狭窄或喉闭锁,出生后即发生呼吸困难甚至窒息,此时需行紧急气管切开术。

(三)先天性喉囊肿

先天性喉囊肿可分为喉小囊囊肿和喉气囊肿。

1. **先天性喉小囊囊肿**　为喉小囊膨胀扩大并充满黏液所致,它不与喉腔相通,不向喉腔引流,亦被称为先天性喉囊肿、喉黏液囊肿及喉小囊黏液囊肿。

(1)分型:分为两种类型。

①喉侧型喉小囊囊肿:常扩展至室带和杓会厌襞、会厌或喉侧壁。

②喉前型喉小囊囊肿:位于室带和声带之间,比较小,向内扩展至喉腔。

(2)临床表现:常见症状为喉喘鸣,以吸气性喉喘鸣为主。此外,可引起严重的呼吸困难,呼吸暂停,哭声低或听不到,有时声音嘶哑或正常。多数在出生后数小时被发现,由于伴有喂养问题,致使大部分患儿的生长发育受到影响。

(3)诊断:明确的诊断有赖于直接喉镜检查。喉气道及颈部侧位软组织 X 线和 CT 检查,可以显示囊肿。

(4)治疗:通常可在喉内镜直视下抽吸囊内液体或切开引流,亦可用杯状喉钳咬除部分囊壁,但此方法易复发,常需重复进行处理。少数困难病例可行喉裂开术切除囊肿,达到根治目的。呼吸困难严重病情危急者,需要紧急行气管切开术。

2. **喉气囊肿**　又名喉憩室、喉膨出,为喉小囊异常扩张所致,因与喉腔相通,故当喉内压升高时,如咳嗽、哭闹等,可使囊内充气而扩大,出现相应症状。喉气囊肿常见于成年人,并与喉腔相通;而喉小囊囊肿多见于新生儿和婴儿,不与喉腔相通,这是两者的主要区别。

(1)分型:根据喉小囊扩张的范围,分为三种类型。

①喉内型:自喉室突出,将室带推出,遮住声带;亦有从杓状会厌襞突起,推向同侧喉腔。

②喉外型:气囊肿从甲状舌骨膜喉上神经和血管处穿出,向颈部膨出。

③混合型:气囊肿同时出现于喉内和颈部,在甲状舌骨膜处有一峡部相连。

(2)临床表现:症状多为间歇性,只有当囊肿内充满空气或液体时才出现。喉内型可出现声嘶、咳嗽和呼吸困难。若有感染,则有疼痛。喉外型则于颈部有一圆形较软的肿物,多位于舌骨水平,亦可位于甲状软骨下方或颈部其他部位,受挤压时体积可渐缩小。混合型者同时出现喉内隆起与颈部肿胀,具有以上两者的症状。

(3)诊断及鉴别诊断:喉内型者,需行直接喉镜检查才能明确诊断,检查时可见一侧喉室带膨出,遮蔽同侧声带,囊肿较大者可阻塞部分声门,其体积随呼吸而改变。吸气时缩小,用力鼓气时增大。但因其症状与体征的出现是间歇性的,故需多次检查才能获得阳性结果。喉外型者颈侧出现时消时现的肿物,触之柔软,影像学检查显示为含气阴影,吸气时肿胀区扩大,用力挤压可缩小,即可诊断。喉内型须与喉室脱垂相鉴别。喉室脱垂多因喉室黏膜炎性水肿或肥厚,自喉室脱出,不随呼吸而改变。喉外型者必须与腮裂囊肿、甲状舌管囊肿相鉴别。

(4)治疗:本病多见于成年人,一般认为无论何种类型,尤其是喉外型和混合型,均应彻底切除。喉内型,尤其在婴幼儿症状严重者,可于喉内镜下穿刺抽气,切下排气或咬除部分囊壁,以缓解或消除症状。

(四)先天性喉软骨软化

喉软骨的形态正常或接近正常,但极为软弱,当吸气时喉内负压使喉组织塌陷,两侧杓会厌襞互相接近,喉腔变窄成活瓣状震颤引起喉鸣和呼吸困难,称为先天性喉软骨软化,是婴儿先天性喉喘鸣最常见的原因。主要因妊娠期营养不良、胎儿发育期缺钙及其他电解质缺少或不平衡所致。

1. 临床表现　婴儿出生后即可出现吸气性喉鸣,可伴有吸气时胸骨上窝、锁骨上窝、剑突下凹陷,也可于出生后1~2个月逐渐发生喉鸣,多为持续性或呈间歇性加重。喉鸣仅发生于吸气期,可伴有吸气性呼吸困难,喉鸣及呼吸困难的程度取决于声门上软组织塌陷的程度。亦有平时喉鸣不明显,稍受刺激后立即发生者。有的与体位有关,仰卧时加重,俯卧或侧卧位时减轻。多数患儿的全身情况尚好,进食、哭声、咳嗽声正常,哭声无嘶哑。

2. 诊断与鉴别诊断　根据出生后不久即有喉鸣,无呼吸道异物或其他疾病的病史和体征,喉侧位X线片正常,哭声响亮和吞咽正常,可初步作出诊断。有条件者可行直接喉镜检查,检查时可见会厌软骨软弱,两侧向后卷曲,互相接触;或会厌大而软,吸气时会厌两侧和杓会厌襞互相接近;亦有的杓状软骨上松弛组织向声门塌陷而阻塞声门。以直接喉镜挑起会厌后,喉鸣音消失,由此可以确诊本病的诊断。

先天性喉鸣须与其他各种先天性喉及气管发育异常如喉蹼、喉裂、气管软骨软化等相鉴别,亦应注意与各种后天性喉部疾病如炎症、异物、外伤等相鉴别。

3. 治疗　若症状不重,可暂不予特殊治疗,通常患儿至2~3岁时,随着喉软骨的发育,症状多可自行缓解,应详细告知家属,解除家属顾虑,嘱家属平时应注意增加营养,预防患儿受凉及受惊,以免发生呼吸道感染和喉痉挛,加剧喉阻塞。如症状较重,呼吸困难明显者,可考虑无创正压通气治疗,必要时可考虑需行气管切开术或杓会厌成形术,以免因慢性缺氧从而引起一系列病理生理改变。近年来多采用喉内镜或显微镜下声门上成形术,主要为用显微喉钳或剪切除覆盖于杓状软骨上多余的黏膜,必要时连同楔状软骨和杓会厌襞上过多的黏膜一并切除,但必须保留杓间区黏膜以免瘢痕粘连。

(五)其他先天性喉部畸形

1. 先天性喉裂　喉发育异常,有一裂隙存在,多发生于喉后部。喉裂的程度不一,轻者仅在两侧杓状软骨间有一裂隙,重者则整个喉后部,甚至气管上段都完全裂开。其发生原因尚不明确。轻度喉裂一般无症状。重度喉裂常有喉鸣、吞咽困难、呛咳、呼吸困难和发绀等症状,若不及时治疗常导致肺炎、肺不张而死亡。喉裂可与其他先天性畸形和唇裂、腭裂等伴发。诊断较困难,特别是在伴有其他畸形时,不易想到喉裂的存在。所以对有喉鸣、吞咽困难或进食呛咳的患儿,无论有无其他畸形,行直接喉镜检查时,应注意杓状软骨间的情况,仔细检查喉后部是否有裂隙存在。轻度喉裂,特别是喉功能保护良好者,不需特殊治疗,但饮食不可过急,注意预防感染。常发生呛咳者,应鼻饲喂养,尽早进行手术缝合。重度者,明确诊断后尽早进行手术缝合,应用鼻饲喂养,并尽早行气管切开术以保护呼吸道。

2. 先天性声带发育不良　新生儿如声带发育不良或缺如,而喉室带活动或发育过度而代替声带发声者,称为先天性声带发育不良,又称新生儿喉室带发声困难。患儿出生后最初几天,哭时无声,以后哭声哑而粗,即为喉室带发音征象。以后当发育不良的声带逐渐发育,则出现复音或双音,即由喉室带发出的粗糙低音中,常杂有由声带发出高音,这种双音常有改变但无规律。多数患儿有先天性喉鸣,容易发生呼吸困难。在无麻醉下用婴儿型前联合镜将会厌挑起,可见两侧喉室带互相接近,看不见声带。以镜之尖端将两侧喉室带拨开,则见声带发育不全,不对称或完全缺如,有的声带看似正常,但内收、外展皆不良。治疗往往不需外科治疗,应尽量使患儿不哭,避免大喊大叫。引导患儿用低声说话。在儿童期若能及早矫正发音习惯,则以后发音可能好转,如任其以室带发音,久之引起组织改变,致使永远发音不良。

3. 先天性喉下垂 胚胎第 6 周时,喉部位置较高,位于枕骨基底下,以后逐渐下降。若由于先天性发育异常,喉原始位置过低,则下降后气管第 1 环位于胸骨上缘平面,形成先天性喉下垂。严重病例,整个喉部位于胸骨之后,在胸骨上窝仅能触及甲状软骨上切迹。患者一般无明显症状,或仅有声音改变,发音低沉、单调、不能发高音。喉镜检查,喉内结构无明显变化。颈部触诊:环状软骨位置过低或位于胸骨后。颈侧 X 线片、CT、MRI 检查示喉低位,重度者甲状软骨位于胸骨后。先天性喉下垂一般无需治疗,如因其他疾病需做气管切开术时因不易找到气管,易发生气胸、纵隔气肿、喉狭窄等并发症,宜行喉内插管术。

(六)小结

喉的先天性畸形种类较多且复杂,但多在新生儿或婴儿期发病,根据其呼吸、发音、保护功能障碍以及颈部的一些特征和专科检查多可诊断。其外科治疗由于是小儿较成年人有其特殊性。

二、先天性气管畸形

呼吸系统起源于内胚层,构成呼吸器覆盖上皮,中胚层组成呼吸器的支持组织。喉气管是呼吸器的始基,其头端发育成喉,中段发育成气管,末端称为肺芽,发育成支气管和肺。先天性气管畸形比较少见,但类别较多,且常伴有其他器官组织先天性畸形。气管病变严重者出生时即死亡,因此临床上不常见。

(一)气管食管瘘

气管食管瘘系由于先天性胚胎发育异常形成气管与食管间有瘘道相连通,约 50% 患者伴有其他先天性畸形,如心血管、泌尿生殖系统和肺发育不全。大多数为散发性,仅少数有家族史。常伴有食管闭锁,气管发育不全,食管或呈盲端状闭锁,扩大呈囊状,亦见气管-食管瘘不伴食管闭锁,少数病例由支气管与食管相通,形成支气管-食管瘘。

1. 临床表现 气管食管瘘伴食管闭锁的新生儿由于唾液不能下咽,频吐白沫,进食时因食物进入呼吸道引起呛咳、发绀、呼吸困难,并呕出咽喉部分泌物,停止进食时症状好转,再次进食时症状再次出现,常因吸入性肺炎和呼吸窘迫而死亡。仅有气管食管瘘的病例多发于颈段,临床表现取决于畸形病变的解剖特点和严重程度,临床上不呈现不能进食症状,大多数表现为进食后呛咳、呕吐,长期反复下呼吸道感染,偶见咯血,呛咳和反流的症状以喂食或哭泣时更明显。瘘口大时,其症状明显且症状出现得较早;瘘管小者可在出生后数年出现症状。

2. 诊断与鉴别诊断 除根据典型临床表现以外,确诊需依靠 X 线检查。

(1)胸部 X 线片仅见吸入性肺炎的 X 线征象,表现为沿支气管分布的小片状炎症影,以中下肺野为常见。慢性反复感染的病例可见密度增深小结节或条索状影。

(2)支气管造影(碘油)及食管造影(碘油、钡剂)可以帮助明确瘘管部位和形态。

(3)内镜检查,包括纤维支气管镜和食管镜用于帮助诊断和局部治疗。

应与支气管发育不全、先天性食管瘘相鉴别。

3. 治疗 宜早期进行手术治疗,根据病情做瘘管修补,切除和(或)气管、食管重建,并做短期胃造口术,以便进食和控制吸入性肺炎。手术治疗成功率较高,预后较好,但术后应注意随访观察,部分患者可能因合并食管下段括约肌关闭不全后逆蠕动等原因,仍会发生反复呼吸道感染,宜采用头高位睡眠和进食。近年采用内镜做电灼或激光修补气管-食管瘘取得很好效果,且不良反应少。

（二）其他气管先天畸形

1. 气管蹼 气管腔内呈现薄层结缔组织隔膜,隔膜中央部分有小孔,供气体通过。气管蹼多发生于气管下端。气管 X 线断层摄片及内镜检查明确诊断后,可经气管镜切除隔膜。隔膜长而厚者先在气管蹼下方施行气管切开,插入导管,待长大后再切除气管蹼。

2. 先天性气管狭窄 气管壁发育无异常但管腔狭窄。狭窄病变的范围和形态有三种类型。①气管全段狭窄:环状软骨内径正常,环状软骨下方的气管腔全段狭窄,隆突上方狭窄程度最为严重,有时内径仅数毫米,主支气管正常。②气管漏斗状狭窄:可发生在气管上段、中段或下段。狭窄段长短不一。狭窄段上方气管口径正常,狭窄段内径逐渐狭小呈漏斗状。③气管短段狭窄:常发生在气管下段,窄段长短不等,可伴有支气管异常,此型最多见。

3. 气管闭锁或气管缺如 这种病例出生时即死亡,但喉和肺可发育正常,有时支气管与食管相通。

4. 气管软骨缺损 常为部分软骨缺损,根据病情轻重,出生时可有呼吸困难,常并发支气管肺炎而致早期死亡。

5. 气管软骨全环畸形 可发生于气管的任何水平甚至整个气管,多伴有下端呼吸器异常及其他系统畸形,如足、拇指畸形、室间隔缺损、左肺动脉异位、肠狭窄、肛门闭锁等。

6. 气管软骨软化症 气管发育障碍、气管失去支持引起功能性气管狭窄,常与喉软骨软化症并存。支气管镜检查吸气时气管有内陷现象,呼气时正常。

7. 先天性气管扩张症 气管肌纤维、弹性纤维先天性缺陷所致。气管横径>25mm 者,应怀疑有扩大。临床表现可有哮喘、慢性咳嗽、分泌物不易咳出以及支气管炎或肺炎反复发作等。

8. 生骨性气管病 气管广泛钙化,有典型 X 线征,支气管镜检查可见结节玻璃样块突入管腔,覆盖有黏膜。

（三）临床表现

因畸形的性质和梗阻程度不同而不尽相同。梗阻严重时,新生儿出生后即出现症状,但大多数在出生数月后出现,呈现程度轻重不等的阻塞性呼吸困难,吸气时可出现喘鸣,喂养困难,生长发育延缓,狭窄程度严重者吸气时锁骨上窝、肋间软组织和剑突下软组织凹陷,并发呼吸道感染时上述症状加重,由于气管狭窄致分泌物排泄受阻,易患呼吸道感染而致死亡。

（四）诊断

根据病史,患儿出生后或出生后不久即出现呼吸音粗、喘鸣、呈现程度轻重不等的阻塞性呼吸困难等症状或反复发生下呼吸道感染,应考虑先天性气管畸形的可能。胸部 CT、MRI 及三维重建技术等有助于了解有无管腔狭窄、畸形部位、范围、病变程度,并了解气管与周围重要组织的解剖关系。支气管镜检查可直接明确病变部位和程度,还可了解有无先天性喉部疾病等,并有助于气管食管瘘的寻找和定位。应注意的是气管造影术有加重梗阻的危险。

（五）治疗

1. 非手术治疗 适用于病情较轻或合并其他重要器官畸形暂不宜手术的病例,常使用雾化吸入,适当应用抗生素及其他营养支持治疗。呼吸困难严重需气管插管时,插管远端应位于狭窄管腔上方 1cm 以上,以免插管远端刺激诱发肉芽增生,加重原有狭窄,病情缓解后,应及时拔出气管插管。部分气管狭窄的患儿,随着年龄增长,管腔增宽,症状可减轻。

2. 手术治疗 狭窄程度较轻者施行气管扩张术可暂时改善症状或经气管切开插入导管,短段气管狭窄或短段漏斗状狭窄可施行气管部分切除及对端吻合术。婴幼儿气管腔细小,术后黏膜水肿,可引致气管阻塞,手术死亡率极高,且长大后吻合口仍然较正常部位狭小。因此宜尽可能推迟到长大后施行手术治疗。

（刘大波）

第三节　胸廓畸形

胸廓畸形是胸廓先天性发育障碍,部分胸廓外形及解剖结构异常,临床常见有漏斗胸、鸡胸、Poland 综合征、胸骨缺损。其他骨骼畸形,如 Marfan 综合征的胸廓畸形,属全身性疾病在胸部的改变。

一、漏 斗 胸

漏斗胸约占胸壁畸形 90% 或以上,发病率为 0.1%～0.3%,男女之比约为 4：1。90% 在出生后 1 年内发现。特点是胸骨下部及其相应肋骨向脊柱方向凹陷,形成以胸骨剑突为中心的前胸壁漏斗状下陷畸形。随年龄增长畸形越来越严重,鲜有自行消退者。病变对患儿造成两大影响:①凹陷胸骨压迫心脏,甚至心脏移位及大血管扭转,使心搏血量减少,特别是在直立位时更明显。②畸形外观造成其自卑感。

(一)病因

病因有多种学说,如宫内受压、呼吸道梗阻、膈肌中心腱短缩、部分膈肌前方肌肉纤维化、胸骨和肋骨软骨发育障碍及结缔组织异常等,但支持的依据并不多。约 37% 有家族史。在 Marfan 综合征中,漏斗胸患病率明显增加,属于某些综合征的局部表现。

一般认为是因肋骨生长不均衡,相邻骨生长不协调,上部肋骨生长迅速,其长度需由胸骨下份向后凹陷移位来协调。

(二)病理

此畸形是以剑突为中心的胸骨及相应肋软骨向脊柱方向凹陷,一般为第 3～7 对肋软骨。幼儿畸形常表现为局限性、对称性,随着年龄增长,胸壁凹陷范围可扩大,甚至出现非对称性凹陷。至学龄期可能出现胸骨旋转扭曲或脊柱侧弯,青少年期常伴有扁平胸。其初始病变是前胸壁凹陷畸形,随畸形加重可影响呼吸及循环功能,较易出现呼吸道感染。同时导致患儿心理损害、性格改变和自卑情绪。

严重胸骨凹陷压迫心脏或使心脏转位。右心室受压可波及二尖瓣叶脱垂,可闻及心脏杂音,手术后杂音随之消失。个别因较重凹陷压迫,使右心室前壁出现压迹,心脏向左移位。

(三)临床表现

轻度畸形可无症状。畸形明显的患儿有一独特姿势,向前伸颈,圆形削肩及罐状腹,且大多数有运动耐力减退的表现。稍事体力活动后有心悸和气急等症状。患儿体质虚弱,易患上呼吸道感染,症状常随着年龄增长而日益加重。

体格检查可见前胸下部向内向后凹陷,呈漏斗状,并可合并肋骨畸形,漏斗中心可在中心线或略偏斜,心尖搏动左移。合并 Marfan 综合征者,除前胸不对称凹陷外,其身材修长,手指及脚趾长且渐细,呈"蜘蛛脚样"外观。

漏斗胸临床分为 3 型:局限而对称型;局限而不对称型;广泛对称或不对称型。

(四)诊断

在确定漏斗胸诊断的同时,应进一步了解畸形程度和范围、对称与否、有无胸骨扭转;凹陷对心功能和肺功能的影响;心脏有无移位或受压及其程度;有无脊柱侧弯;有无 Marfan 综合征和其他畸形。术前应完善以下检查：胸部正侧位 X 线片，测凹陷处胸骨后与前缘间的距离、心脏移位及肺部情况；CT 检查，尤其是其横切面影像显示凹陷深度、心脏受压以及胸壁不对称的情况；超声心动图评估心功能；呼吸功能检查。

（五）治疗

手术最佳年龄是 3～7 岁，新生儿期一般不考虑手术治疗。

二、鸡 胸

（一）分型

胸骨向前隆起称为鸡胸，占胸部畸形的 6%～22%，男：女约为 3：1。临床上将其分为 3 型。

1. **船形胸** 胸骨伸长，向前隆起，相应的肋软骨也对称性前突，此型外形如同船之龙骨而得名，若双侧肋软骨下陷，严重者胸腔容积减小。

2. **单侧鸡胸** 不对称性单侧肋软骨隆起，常有胸骨向对侧旋转。有时对侧的肋软骨不规则下陷，成为混合性胸壁畸形，此型少见。

3. **球形鸡胸** Ravitch 将其称为鸡胸，特征为胸骨柄与胸骨体连接处与相邻肋软骨隆起，胸骨角减小，导致胸骨体下 2/3 下陷。在此区域内中，可有第 2～5 肋软骨在胸骨旁隆起。常有胸骨骨化线的早期骨化，特别是胸骨柄与胸骨体连接处，此种情况见于 3 岁以下患儿。肋骨柄与胸骨体连接处的骨化与胸骨角隆起，被称为"胸骨成角性骨连接"。

鸡胸的特点：鸡胸原因不明，一般多见于年长儿或青少年时期。26% 有家族史，合并有脊柱侧弯占 15%。年幼即出现鸡胸者，应排除 Marfan 综合征、脊柱侧弯或其他严重畸形。

（二）治疗

鸡胸一般对心肺功能影响不明显，仅严重畸形或心理负担较重者需要手术修复。新生儿一般不需手术治疗。

三、Poland 综合征

Poland 综合征是一组少见但包括多种畸形，如胸壁、脊柱和上肢的畸形，也称为胸大肌缺损、并指综合征。该畸形首先由法国 Lallemand（1826）和德国 Froriep（1839）报道。1841 年 Alfred 报道了 1 例胸大肌、小肌缺如伴并指畸形尸检结果。1895 年 Thomson 总结该综合征所具畸形。1962 年，Clarkson 用"Poland"命名该综合征。发病率约为 1/30 000，多为散发，男女之比约为 3：1。

（一）病因

Weaver 认为胚胎第 6 周时锁骨下动脉血供中断是引发该组畸形的原因，并称之为"锁骨下动脉血供中断序列征"。胸廓内动脉起始处近端锁骨下动脉血供中断，但椎动脉起始处远端锁骨下动脉血流正常，可能导致锁骨下区域发育不良，进而形成 Poland 综合征。血流中断的原因可能是内部机械因素和外部压迫（水肿、出血、颈肋、迷走肌肉、宫内压力及肿瘤等）相互作用的结果。还有认为胚胎期胸肌芽异常，未与肋骨和胸骨附着，游离状态的胸肌被吸收而消失，相应肋软骨继之退化形成的胸壁缺损。上述观点均未获得证实。

（二）病理

约 75% 畸形发生于右侧，有胸大肌、小肌发育不良或缺如。多数病人尚有上肢肢体发育不全，但畸形程度有所不同，如手指指骨发育不全、缺指、短指或并指，也可全上肢发育不全，乳头、乳房、肋骨、腋毛、皮下组织等均可同时发育不良或缺如。有的病例同时伴有背阔肌、三角肌、棘上肌和棘下肌发育不全，还可见脊柱侧弯、高肩胛、右位心、漏斗胸、骨发育不全、遗传性球形红细胞增生症、白血病、神经母细胞瘤和肾母细胞瘤等畸形。

（三）临床表现

临床症状因畸形的程度、范围和性别而异。肢体畸形和成年女性乳房异常较明显。病人均存在胸肋连接部胸大肌和同侧胸小肌发育不全或缺如，胸部外观不对称。肋骨畸形或缺如常累及第 2～4 肋，肋骨缺如数较多时，形成胸壁软化区，甚至肺膨出。若出现同侧漏斗状畸形，可不同程度影响心、肺功能，反复发生呼吸道感染。畸形严重者对患儿的生理心理造成影响。根据畸形表现、胸部 X 线和 CT 检查明显畸形的程度和范围，必要时做 MRI 检查，为手术方案提供参考。

（四）治疗

仅少部分有明显肋骨发育不全或缺损及胸大肌、小肌缺如（皮肤之下紧连胸膜）者，需要手术修复。胸壁明显凹陷畸形病倒，对侧肋软骨常有鸡胸样突起，可在手术修复同时矫正。

1. 对侧健全肋骨劈开修复，将肋骨分别移植于骨缺损部位，再覆盖 teflon 补片，缝合修复胸壁薄弱区域。

2. 肋骨缺损修复和背阔肌的转移修复不适于男性患儿，但有助于女性胸廓及乳房的重建，尤其适用于乳房未发育的女性患儿。

对于移植修复缺损的肋骨义骨，有学者建议采用自身对侧健全肋骨段。近年来人体组织工程及人工肋骨的开发和应用，将提供较好的供骨来源。

（五）预后

Poland 综合征预后较好，但矫形效果取决于畸形程度，恰当的手术治疗可获得理想的胸廓外观。但严重的畸形往往存在广泛软组织发育不良，加之植入肋骨易被吸收，可能导致术后复发，甚至需要多次手术。

四、胸 骨 缺 损

胸骨缺损（sternal cleft）是罕见的胸壁发育畸形，包括缺如、半侧胸骨、胸骨形成不全和胸骨裂等，以胸骨裂（thoracoschisis，cleft or bifid sternum）多见。根据裂开部位和程度，可分为胸骨上端裂、远端裂和胸骨全裂。合并心脏异位和裸露是严重畸形。

病因可能与胚胎发育异常有关。胚胎第 5 周末，中胚层已发育成 42～44 对体节，其中胸部 12 对。胚胎第 6 周开始，逐渐分化出两侧体壁和日后形成胸骨的两侧胸骨索。从胚胎第 7～10 周，两侧体壁逐渐向前卷曲靠拢，两侧胸骨索也从上到下逐渐接近形成胸骨。此时，因各种因素造成愈合障碍者，将导致各种胸骨缺损畸形。

1. **胸部心脏异位（thoracic ectopia cordis）**　称为裸露心（naked heart）。心脏裸露于缺损的胸骨前或上腹部皮下，外露部分常无心包覆盖，心尖方向常指向头侧。可合并如法洛四联症、肺动脉狭窄、大血管错位及室间隔畸形。不伴心内畸形者有可能自然成活。手术目的是将心脏复位到胸腔，但可能引起大血管扭曲受压。理想的治疗是围绕外露的心脏，构建一个保护的壳样胸壁。

2. **颈部异位心（cervical ectopia cordis）**　不仅有心脏异位、上移，且心尖和口腔常融合，并伴有其他畸形。

3. **胸腹异位心（thoracoabdominal ectopia cordis）**　下份胸骨裂，心脏异位于胸腹连接部，异

位的心脏表面覆盖一层类似脐膨出的薄膜,多合并心内畸形和膈肌缺损。膈肌和心包缺损常在胸骨、心脏和腹壁的相应部位。手术修复主要是设法覆盖心脏和腹腔皮肤缺损部位,防止腹腔和纵隔感染。皮肤缺损区可游离腹壁双侧皮肤,使可拉拢覆盖的皮瓣,或用医用修复材料。若原有的覆盖囊膜未感染,可使用局部抗感染以及收敛剂,如70%乙醇、碘伏等涂拭囊膜,使其结成干痂,逐渐上皮化而修复。若存在可修复的心内畸形,最好在覆盖心脏前进完成。

4. 胸骨裂(cleft or bifid sternum)　可分为胸骨上端裂、胸骨下端裂和胸骨全裂。胸骨上端裂多于下端裂,呈"U"形或"V"形。"U"形裂一般下达第4肋骨,而严重的"V"形裂仅剑突部融合,但多数皮肤完整。单纯的胸骨裂没有心脏裸露。

手术修复方法是在胸骨前做纵形切口,充分游离胸骨的两半及胸肌,钝性游离胸骨后与心包间的粘连索带,使心脏复位。"U"形裂者可于其顶端做成"V"形切骨,或于裂开下端与正常胸骨连接部横行切断,以便对合胸骨,并用钢丝拉拢缝合固定。

婴儿期,胸骨与胸壁有相当的柔顺性,胸骨两半拉拢缝合一般无困难,年长儿拉拢胸骨缝合时,应注意保持胸部一定的扩张性,不使心脏受压。

五、肋 缘 外 翻

肋缘外翻一般是小儿佝偻病所致,多见于1岁左右小儿,其游离肋缘(相当前胸与腹直肌交界处外缘)突起,有时很像肋骨肿物,且往往左侧较右侧明显。并合并有郝氏沟。

本病对患儿健康无影响,一般随年龄增长有所恢复,故不需要治疗。

除皮下软组织肿物外,小儿胸部异常突起可见于以下情况。

1. 肋骨畸形　可因肋骨融合、叉状肋、肋骨肥大及肋骨缺如等所致,患儿多在前胸近胸骨处突起,局部无压痛,患儿也无不适,此种情况多见于幼儿和学前期儿童,X线肋骨片有助于诊断,但叉状肋常需B超和CT协诊,个别考虑手术,一般不需要治疗。

2. 肋软骨炎　多见于大年龄女孩,以第2或第3肋骨与肋软骨相连处多见,患儿诉局部疼痛或咳嗽时痛,局部略突起,有压痛,仔细触摸局部肋骨略肿。

3. 骨软骨瘤　又称骨疣,在胸部好发于肋骨、胸骨柄下端及胸锁关节处,一般肿物较小,仅如豌豆大小,可以观察不予以处理。

（刘　成）

第四节　肺部先天畸形

肺部先天畸形常见有肺囊肿、隔离肺、肺大疱和先天性肺气道畸形(旧称先天性囊性腺瘤样畸形)。

一、肺 囊 肿

肺囊肿(cyst of lung)又称肺内支气管源性囊肿,是临床上肺畸形中最多的一种。

(一)病因

胚胎发育期,一般在第4周,气管、支气管异常的萌芽或分支异常发育,肺芽索条结构不能衍化为管状,远端的原始支气管组织与近端脱离,形成盲管,分泌物不能排出、积聚增多阻塞支气管、肺实质中肺泡增多而形成了囊肿。

（二）病理及分型

病变可发生在支气管分支的不同部位和显示不同的发育阶段。大部分囊肿与支气管相通，形成含气液性囊肿，常为多房性，也可为单房性。囊壁厚薄不一，多具有小支气管壁结构；内层常可见明显的柱状或假复层纤毛上皮细胞，亦可见立方形和圆形上皮细胞，这显示出支气管树分支发育不完全的不同程度，若感染后可为扁平上皮，反复感染者可见炎性肉芽组织；外层可见散在小片软骨，壁内可见到平滑肌束和纤维组织等。

肺囊肿临床分型较多，根据囊肿数目可分为单发性、多发性，以囊肿内容物可分为含气性、含液性、气液混合性，按囊肿是否与支气管相通可分为开放性、闭合性、张力性。

（三）临床表现

囊肿的大小、多少、发生部位、感染程度等决定了临床症状出现的早晚、症状的轻重。本病发病常见于儿童期（即 3～14 岁，包括学龄前期、学龄期），以反复肺部感染为主，患儿常因发热、咳嗽、咳痰、胸痛、甚至气促、发绀、咯血而就诊，症状类似支气管肺炎。较大囊肿与支气管相通处可形成活瓣作用，导致囊肿逐渐增大，压迫附近肺组织，甚至出现纵隔移位、纵隔疝，患儿出现呼吸窘迫，需急诊处理。

体查若小囊肿或无并发感染时可无明显体征；并发感染时患侧肺可闻及湿性啰音；气液性大囊肿者患侧呼吸运动减弱，肋间隙增宽，胸廓饱满，叩诊呈鼓音，听诊呼吸音减弱并有湿啰音。

（四）诊断及鉴别诊断

对于有反复上呼吸道感染史或迁延经久不愈的肺内感染患儿应及时行胸部 X 线检查，胸片示边缘清晰的圆形或椭圆形的致密阴影，或圆形或椭圆形壁薄的透亮空洞阴影，其中可有液平面，甚至周围有被其压迫萎缩的肺组织，应考虑先天性肺囊肿。CT 检查表现为纵隔和肺任何部位（大部分发生于气管隆嵴附近）的边缘光滑的圆球形肿块，多数紧贴于气管或支气管壁，囊内含液体，密度均匀，其 CT 值可有较大差异，增强扫描不强化；当囊肿反复感染，囊内含有气液平面，且周围伴有渗出性、增殖性病灶时，病灶表现为不规则的斑片点条影，易误诊为肺结核。此外，肺功能检查、支气管造影等也有利于本病的诊断。

由于本病无特异性临床表现，极易合并感染，因此目前误诊率较高。当囊肿未与支气管沟通时，见 X 线胸片圆形致密阴影易被误诊为肺内良性肿瘤；囊肿与支气管沟通胸部 X 线片出现空洞形透亮阴影时，易被误诊为肺结核空洞；囊肿有继发性感染时，易被误诊为肺炎或肺脓肿，造成延误正确治疗。因此在诊断时应与以下几个疾病严格地进行鉴别诊断。

1. **肺脓肿**　临床表现较重，如细菌性肺脓肿急性起病，高热，中毒症状较明显，咳大量脓痰，抗感染治疗有效；阿米巴脓肿常有痢疾史，咳棕红色痰，痰涂片可找到阿米巴包囊或滋养体。单个肺囊肿继发感染时与肺脓肿症状相似，但 X 线平片显示肺脓肿壁较厚周围肺组织浸润或有纤维化改变，病灶经抗感染治疗后可呈现动态变化，而先天性肺囊肿往往全身中毒症状不重，感染控制后囊腔内液体可能排空，而囊肿仍固定无变化；CT 上肺脓肿周围肺纹理反应明显，壁厚薄不均，且见不到囊内花边样改变。

2. **肺包虫囊肿**　在我国的流行地区是新疆、青海、甘肃、宁夏、内蒙古及西藏，但由于交通发达、人口流动、畜产品加工、运输频繁等原因，使原来仅流行于牧区的包虫病在非流行地区的城镇也可因间接接触而受感染。肺包虫囊肿是一个不断扩展的占位性病变，肺包虫囊肿以年倍增，且壁较薄；较小的囊肿一般不引起症状，增大到一定程度对周围组织有压迫或继发感染时可有胸痛、咳嗽、发热等症状。肺包虫病由血行播散，下叶多于上叶，右叶多于左叶。X 线片及 CT 可见囊肿内有液平面，其上方可见两层弧形透亮影；若仅内囊破裂，部分囊膜漂浮在囊液上，则显示

"水上浮莲征"。

3. 肺炎（尤其是金黄色葡萄球菌肺炎）　先天性肺囊肿继发感染时,临床表现与肺炎相似,但先天性肺囊肿常无明显全身症状且为反复发生,病变在固定部位,显示斑片状阴影伴有薄壁环形透亮区,而患者并无免疫功能低下或其他反复呼吸道感染的病因,仔细读片及治疗过程中动态观察可以与肺炎相区别。

4. 空洞型肺结核　空洞型肺结核一般较小,周围可见卫星灶,且有播散病灶;可通过结核菌素试验及结核菌抗原和抗体检测以及 X 线检查随访予以区别。

5. 肺大疱合并感染　肺大疱往往形态多变,可在短期出现或消失,而先天性肺囊肿则长期存在,部位固定不变。肺大疱合并感染可见液平,壁菲薄均匀,直径较小。

6. 气胸　张力性肺气囊肿应与气胸鉴别。肺囊肿位于肺实质内,肺尖、肺底及肋膈角部位可见含气肺组织影,而气胸其气体位于胸膜腔,受挤压的肺组织被推向肺门,胸部 X 线片有助于区别。

7. 先天性膈疝　好发于左侧,临床亦以呼吸窘迫为主要表现,钡剂造影有助于与多发性肺囊肿相鉴别。

8. 肺癌　发病年龄大,CT 上球形病变密度较囊肿高而不均匀,常有分叶,边缘有短细毛刺。

(五)治疗

一般诊断明确,在无急性炎症情况下,应尽可能早期手术治疗。因为囊肿容易继发感染,药物治疗非但不能根治,相反,由于多次感染后囊壁周围炎症反应,引起胸膜广泛粘连,致手术较为困难,易发生并发症。本病年龄小并非手术的绝对禁忌证,尤其在出现缺氧、发绀、呼吸窘迫者,更应及早手术,甚至急诊手术才能挽救生命。

目前的手术指征如下。

(1)无合并感染者,一般认为>3 个月。

(2)合并感染者,控制感染、病情好转后 2～3 周。

(3)合并脓胸者,应在脓胸治愈后 4～6 周。

(4)张力性出现呼吸窘迫者,可仅行经胸壁囊肿闭合引流术或急诊行开胸根治术。

手术方式应根据病变部位、大小、感染情况而定,以尽量保留正常肺组织为原则:孤立于胸膜下未感染的囊肿,可做单纯囊肿摘除术;局限于肺缘部分的囊肿,可做肺楔形切除术;囊肿感染而致周围粘连或邻近支气管扩张则做肺叶或全肺切除术。双侧性病变,在有手术适应证的前提下,可先做病变严重的一侧。

二、隔　离　肺

隔离肺(pulmonary sequestration)又称肺隔离症,是一种以血管发育异常为基础的胚胎发育缺陷,是临床上较常见的肺部先天畸形。

(一)病因

隔离肺是由胚胎的前原肠、额外发育的气管和支气管肺芽接受体循环的血液供应而形成的无呼吸功能肺组织团块。隔离肺由体循环的动脉供血,多数来自于胸主动脉分支、少数来自于腹主动脉;静脉主要回流至肺静脉,少部分回流至奇静脉。

(二)病理及分型

隔离肺是无呼吸功能的肺组织块,多无炭末沉着,外观呈粉红色或灰白色。本病常依其覆盖的胸膜可分为叶内型和叶外型;另可分为肺实质隔离、肺动脉隔离、肺实质与肺动脉隔离(即典型肺隔离症)。当合并与食管或胃构成异常交通,则称为支气管肺前肠畸形。

1. 叶内型　此型多见,病变位于肺实质内,多为左肺下叶后基底段,与邻近正常肺组织为同一脏层胸膜所包裹,一般不与正常支气管相通。异常血管多来自降主动脉,少数为腹主动脉或其分支,一般从肺韧带下部进入病变。多经肺静脉系统回流,引起左向右分流。可单发或多发。隔离的肺为部分具有支气管和肺泡组织,与支气管不相通;反复感染后则可与正常肺的支气管相通,形成大小不一囊性变,囊壁内层衬以扁平或纤毛柱状上皮,囊内有液体,偶或见软骨残余或黏液腺。实性肿块者,为分化不良的肺组织块,其边缘光滑。

2. 叶外型　此型少见,病变位于正常肺组织之外,拥有独立胸膜的肺组织,多呈楔形有完整的胸膜包覆,位于胸腔正常肺组织之下,多为左肺下叶后基底段。也可见于从颈到膈下的任何部位包括前后纵隔、膈内、腹腔、后腹膜特别是肾上腺。少见同消化道特别是食管相通。实性肿块多见,由发育异常和增生的肺组织及囊性结构组成。

(三)临床表现

隔离肺在胎儿期有引起胎儿水肿的可能;出生时多没有症状,大的体循环血管会导致严重的左向右分流,出生时症状的轻重以及预后和体循环血管的大小和并发心血管畸形有关。大部分肺隔离症患儿是由于支气管与隔离肺相通时才出现咳嗽、咳痰、发热等呼吸道感染症状,而相当一部分是由于合并膈疝、漏斗胸等畸形就诊时行胸部 X 线片、CT 检查时发现。

(四)诊断及鉴别诊断

随着产前超声检查的广泛开展,不少肺隔离症在胎儿期即被诊断。而对于生后患儿,影像学检查对肺隔离症的诊断起着重要的作用。

1. 胸部 X 线检查　本病在胸片上的表现可分为肿块型和囊肿型。

(1)肿块型:多呈圆形或椭圆形,少数可呈三角形或多边形,密度均匀、紧贴膈面上软组织致密影,边缘较清楚,其长轴指向内后方,提示与胸主动脉或腹主动脉有关。

(2)囊肿型:发生感染与邻近支气管相通时,肿块影内伴囊变形成含气囊肿样肿块影,呈壁薄或无壁单个囊肿或多个小囊肿,内可有气液平。有时多发囊性支气管扩张。隔离肺伴继发感染时,病变可增大,且边缘模糊。炎症吸收后缩小,但病变不会完全消失。

应注意的是,以上两种不同的 X 线类型在治疗随访过程中是可以相互转化的。

2. 胸部 CT 检查　平扫可见肺内单囊或多囊性病变,边界不规则,囊内含气液,其周围有肺气肿样改变。增强扫描对诊断尤其重要,需用团注造影剂快速 CT 扫描,不仅可显示隔离肺组织实质性部分明显强化,更重要的是显示来自主动脉供应隔离肺组织的异常动脉,表现为来自主动脉的血管进入隔离肺,或是在降主动脉显影后立即见到隔离肺强化,这提示隔离肺的血供来自主动脉。螺旋 CT 增强后三维重建血管成像能准确地、多方位地显示异常供血动脉和引流静脉的来源与走向。

3. 胸部 MRI 检查　MRI 可清楚显示隔离肺的动静脉及其分支、走向,还可观察病变内部结构变化,为手术查找异常血管提供有利条件。

4. 胸部超声检查　胸部彩色多普勒超声检查不仅能显示隔离肺内部结构特点,更重要的是可发现异常供血动脉,从而明确诊断。但若囊内充满气体时则不利于超声对血管的观察。

5. 动脉造影　此方法不仅能确诊隔离肺,而且能明确进入隔离肺内异常血管的分支数及其来源,对预防手术中意外出血有着极其重要的意义。但由于本方法属于有创性检查(通常采用经股动脉插管造影),不利于临床广泛开展。

6. 支气管造影　由于造影剂难以进入病变肺内,因此隔离肺段内无造影剂充盈,在肺内有占位性囊性变的周围有发育不全的支气管影像,并呈弓形受压移位或附近支气管呈扩张状。

肺隔离症无特异性临床表现、常合并感染后而就诊,因此常被误诊为肺部其他疾病。叶内型应与肺囊肿、叶外型应与肺部肿瘤相鉴别,当 CT、MRI、彩色多普勒超声检查、动脉造影等确认由体循环发出异常血管进入肺内即可鉴别出来。

(五)治疗

肺隔离症一旦确诊,无感染者应尽早行手术治疗,一般为传统的开胸手术,或近年来应用的胸腔镜(VATS)技术切除。合并感染者应在控制感染、症状消失后进行手术。叶内型常行患侧肺叶切除,叶外型可单独病变切除。重点需强调术中对异常血管的仔细分离及妥善结扎,切忌盲目钳夹和缝扎切断,以避免断裂的血管回缩出现难以控制的出血。另有应用介入技术如经未闭的脐动脉及股动脉弹簧钢栓栓塞治疗新生儿肺隔离症的报道,虽近期取得良好效果,但由于缺乏远期的随访结果及大宗病例的报道,其远期疗效尚需进一步观察。总体上本病若早期诊断、术前准备充分、手术技术精湛,完全切除病变预后良好。

三、肺　大　疱

肺大疱,可异写为肺大疱或肺大泡,又称先天性肺叶性气肿(congenital lobar emphysem)或先天性大疱性肺气肿,是肺泡源性囊肿,一种少见的肺囊性病变。

(一)病因

本病是由于支气管软骨发育障碍或缺损、病肺弹性纤维缺如或是发育不良失去弹性所致。支气管由于缺乏软骨和弹性纤维,导致支气管黏膜下垂形成活瓣,病肺吸气后不能完全排出,肺内气体残留容量逐渐增加,肺叶过度充气扩张,远端肺泡腔不断扩大,在高压的情况下导致肺泡间隔破坏、互相融合形成大疱。

(二)病理及分型

本病的病理检查常见有三种:①肺泡数目明显增多,达到正常的 5 倍;②肺泡发育数目正常,仅肺叶局部呈气肿样改为;③肺发育不全伴肺气肿。病变大体特征为淡黄色、呈海绵状,挤压不萎缩。

(三)临床表现

本病在新生儿期和婴幼儿期发病,常见于生后 4 个月内出现症状。临床上主要为胸内张力性高压表现,即咳嗽、呼吸急促、发绀,严重者出现呼吸窘迫,甚至呼吸衰竭死亡。体查可见患侧胸廓饱满,肋间隙增宽,呼吸运动受限,气管移向健侧,患侧叩诊鼓音,呼吸音减弱或消失,可闻及哮鸣及湿性啰音。

(四)诊断及鉴别诊断

对于新生儿和婴幼儿出现渐行性呼吸困难应予胸部 X 线检查,胸片示患侧肺过度膨胀,透亮度增强,其透光区有少许或无肺纹理,周围有萎陷肺组织,纵隔气管移位,并可呈现纵隔疝,即可诊断。另可行 CT 或 MRI 检查可进一步明确肺气肿的位置、病变与邻近组织的关系。

本病主要与自发性气胸和肺囊肿相鉴别。自发性气胸者胸片的透亮度更高,不见肺纹理,肺组织向肺门压缩。而肺囊肿的囊壁较厚,对周围的肺组织挤压少,形态和大小随呼吸运动而变化。

(五)治疗

肺大疱病情稳定者可完善术前准备后择期手术治疗,张力性肺且合并感染者可行肺大疱外引流术后再予手术,而对于有呼吸窘迫者应行急诊手术,迅速切除病变后即可改善呼吸循环情况。

四、先天性肺气道畸形

先天性肺气道畸形（congenital pulmonary airway malformation，CPAM），旧称先天性肺囊性腺瘤样畸形（congenital cystic adenomatoid malformation of the lung，CCAM），在临床上是一种罕见的肺发育异常，但却是胎儿较常见肺部畸形，常伴有明显肺发育障碍和肺功能低下。

（一）病因

过去大多数学者认为 CPAM 系在胚胎发育时肺局部发育不良，肺组织结构紊乱，终末细支气管发育受到影响，过度生长，形成多囊性包块。目前有假设和争论涉及到 CPAM 的病原学和病因。它不是一个真正的瘤，但已经被认为是一种错构瘤样病变，即伴有一种或几种组织成分的过度发育异常。

（二）病理

CPAM 的病理特点为：末梢支气管过度生长，呈腺瘤样生长，并损害肺泡。CPAM 可能是由于气道与间充质未能正常联系，腺体未分化成肺泡而是呈息肉样增生，形成了"腺瘤样"病理改变。本病大多数为单侧性病变，或仅累及一叶肺。病变肺的体积可以很大，造成纵隔移位，挤压正常肺组织。

在 1949 年，CCAM 首次作为独特的病理病种由 Ch'in 和 Tang 报道。1977 年 Stocker 等将 CCAM 分为 3 型（表 12-1）；但随着研究的不断深入，Stocker 等根据临床症状、病变的大体和显微特征、病变影响肺的范围，将 CCAM 增加至 5 型（表 12-2）。由于在 CCAM 五型分类中，只有 3 型属于真正意义上的"肺囊性腺瘤样改变"，于是在 2002 年，Stocker 等提出将 CCAM 更名为"先天性肺气道畸形"，但目前仍有不少学者延用旧称 CCAM。

表 12-1　Stocker 分类（1977 年）

分型	大体特征	显微特征
Ⅰ型	存在大的厚壁囊腔，直径＞2cm	囊腔内衬假复层纤毛柱状上皮，厚壁周围有平滑肌和弹性组织。在大囊肿之间或邻接大囊肿中存在像肺泡样结构，并常常与较小的上皮内衬空间相交通。这些类似肺泡样结构，通常 2～10 倍于正常肺泡大小
Ⅱ型	许多平均分隔的囊腔，最大直径通常很少超过 1cm	囊肿衬覆立方至高柱状纤毛上皮，只有很少显示假复层。结构类似介于呼吸细支气管与上皮衬覆的囊肿之间扩张的肺泡
Ⅲ型	大体上看是大的、坚实的肺组织肿块，产生显著的纵隔移位	病变类似细支气管样结构。衬有纤毛的立方上皮

表 12-2　Stocker 分类（2002 年）：先天性肺气道畸形（CPAM）0～4 型的临床病理特征

CPAM	0 型（腺泡发育不良型）	1 型（大囊型）	2 型（小囊型）	3 型（腺瘤样型）	4 型（被覆扁平呼吸道上皮型）
假想的气道来源	气管/支气管	支气管/细支气管	细支气管	细支气管/肺泡	远端腺泡
是否囊性	否	是	是，多囊性	否	是
是否为腺瘤样	否	否	否	是	否

（续 表）

CPAM	0 型 （腺泡发育 不良型）	1 型 （大囊型）	2 型 （小囊型）	3 型 （腺瘤样型）	4 型 （被覆扁平 呼吸道上皮型）
在 CPAM 中的比例	<2%	60%～70%	15%～20%	5%～10%	10%
特有改变	所有肺叶受累，不能存活	无	无	男性常见	张力性气胸
年龄	出生	宫内或几岁	1 个月	宫内或出生	新生儿至 6 岁，罕见 6 岁以后
临床表现	肺不充气	新生儿见呼吸窘迫、纵隔移位，以后见咳嗽、发热、感染表现	肺外畸形多于肺的异常	死产或严重新生儿呼吸窘迫	呼吸困难，有或无张力气胸，感染，肺炎，可见肿瘤
肺叶累及	所有肺叶受累	95% 累及 1 个肺叶、双侧罕见	常为 1 个肺叶	整个肺叶或整个肺	通常为 1 个肺叶
相关畸形	心血管畸形、肾发育不良、灶性皮肤萎缩	无	心血管畸形、膈疝、叶外型肺隔离症、肾不发育或发育不全	无	病人或家族性儿童期肿瘤或发育不良，提示为 PPB
病变大小	呈"小肺"样直径<0.5cm	2～10cm	0.5～2.0cm	全肺叶或整个肺	多腔、大囊肿
显微特征	囊壁内衬假复层纤毛柱状上皮伴杯状细胞，壁内含平滑肌、腺体及软骨成分	囊腔内衬假复层纤毛柱状上皮，部分上皮内含黏液细胞，囊壁较厚，包含薄层平滑肌和弹性组织，囊腔之间可见相对正常的肺泡	内衬纤毛柱状或立方上皮，囊壁内无软骨及黏液腺体，囊肿之间见类似呼吸细支气管与扩张的肺泡结构，常伴发其他畸形	细支气管样结构，衬以立方或柱状上皮，部分含有纤毛	囊壁内衬扁平肺泡上皮细胞和低柱状细胞
恶性危险性	无	支气管肺泡癌	无	无	PPB

（三）临床表现

CPAM 常常并发非免疫性胎儿水肿或母亲羊水过多，还可引起胎儿腹水及纵隔移位，导致胎儿流产或早产。

而出生后 CPAM 病变较小时几乎无症状,在以后的胸部射线照片上偶然发现,病变较大者在出生时或出生后不久即引起呼吸窘迫、严重呼吸困难、发绀;在较大的儿童及成年人伴有周期性发作的局限于一叶的肺部感染(表 12-2)。

体查一般为呼吸道感染的体征,如呼吸音粗、肺野可闻及湿性啰音等;严重者可见发绀、三凹征等;无症状者可无任何阳性体征。

约 25% 的 CPAM 可合并其他异常,包括呼吸道其他异常、心血管系统畸形(法洛四联症、永存动脉干)、泌尿系统异常(肾缺如、肾发育不良、巨膀胱)、消化道异常(肠闭锁、肺疝)和中枢神经系统异常(脑积水、脊柱畸形)等。

(四)诊断

CPAM 往往在妊娠 18 周后超声检查即可见胎肺异常回声。Adzick 等在 1985 年提出 CCAM 的 B 超分型:①大囊型,充满囊液,直径>5mm,预后较好;②小囊型,伴实性回声,直径<5mm。由于病变肺体积的膨胀和增大可造成患儿纵隔移位,心脏被推向对侧,严重时心脏被挤压得很小。在纵隔严重移位病例中可出现羊水过多、胎儿水肿,甚至出现胎儿胸腔积液、腹水。这些异常改变表现患儿已出现心力衰竭。

出生后 CCAM 患儿常常因咳嗽、喘憋等呼吸症状先就诊于内科,经胸部 X 线片、胸部 CT 等检查后才发现。

1. **胸部 X 线片** 表现为肺内有肿块及大小不等的透亮区,其中无肺纹理;病肺扩大,可压迫纵隔向健侧肺移位。也可表现为实性病变似肺实变或肺不张。

2. **CT** 能仔细显示本病解剖细节,包括囊腔大小、范围、囊壁和结节。典型表现为大小不等、多房性壁薄的充气囊腔,囊内可有不规则分隔,部分囊腔内可见气液平面。有时也表现为囊实性。病变占位效应明显,造成纵隔向健侧移位。如合并感染则囊内液量可增多,周围肺实质有浸润病灶。

(五)鉴别诊断

本病需与下列疾病相鉴别。

1. **隔离肺** 肺隔离症由于分泌的液体缺乏排出通路而引起肺泡管过度扩张,故亦可见微囊结构,但肉眼可见其与正常肺隔离,与支气管不通,镜下肺组织结构不正常,除肺泡管扩张外,无肺泡或肺泡很少可作为鉴别要点。

2. **淋巴管扩张症** 本病体积增大,并有许多小的充有液体的囊肿,致使成蜂窝状,肉眼两者易相混;但镜下见淋巴管扩张症主要为扩张的淋巴管;免疫组化证实其衬有内皮细胞。

3. **间胚叶囊性错构瘤** 此瘤多见于成年人,为多灶性病变,可累及双肺。光镜特征是有小囊肿(直径 1cm)形成,由原始间胚叶细胞的生长层构成,被覆正常的或化生的呼吸上皮。

4. **炎性囊肿** 炎性囊肿为炎性背景并存在纤维化,不会出现 CCAM 的囊壁结构。

5. **肺大疱** 此病见于新生儿、婴儿和儿童,病理改变主要是一叶肺的肺泡大块性过度膨胀伴邻近肺发育低下,它不是一种真性的囊性病变。

(六)治疗

若超声波检查出现羊水过多、水肿、腹水、纵隔移位和完全腺瘤样病变提示预后不良。如伴有水肿、严重先天畸形和染色体异常可能被建议终止妊娠。

1. **产前治疗**

(1)期待疗法/非手术治疗:越来越多的文献已报道产前诊断 CCAM 出现部分退化和(或)完全消失的病例,因此,如产前诊断未发现出现羊水过多、水肿、腹水、纵隔移位等症状,可不行胎内干预、仅密切观察等期待疗法。某些产前诊断 CCAM 的病例出现部分退化和(或)完全消失的机制尚未完全清楚,但一般认为是病变缺血或其周围正常肺继续发育所致。

(2)开放性胎儿手术:10% CCAM 发展为胎儿水肿,其出生后病死率 100%,胎儿如在 30 周前出现这些症状均须采用开放性手术治疗。

(3)胎儿微创手术:胎儿微创手术包括胎儿镜手术及经皮 B 超指引下的各种操作。与开放手术相比,胎儿微创手术可减少手术对孕妇腹部及子宫的创伤、减少产科用药和早产发生率,优势明显。包括胸腔-羊水引流术、激光消融术、囊肿硬化术等。

(4)药物治疗:对于 CCAM 合并水肿的胎儿,已有研究开始使用无创方法如即激素类药物以期改善预后。Tsao 等报道了 3 例 CCAM(为巨大、单侧、小囊型)合并胎儿水肿的病例,产前应用倍他米松治疗后,胎儿水肿消失且出生时无呼吸窘迫。另 Peranteau 等报道了 11 例产前评估为预后不良的 CCAM 病例(合并水肿、CVR>1.6),产前应用倍他米松治疗后其存活率明显增高。

2. 产时宫外处理 产时宫外处理(ex-utero intrapartum treatment,EXIT)指在分娩时胎儿已取出,但保持胎盘循环,在胎儿循环、血氧交换稳定的情况下开展相关的外科操作或手术。这种技术是介于胎儿手术与母体剖宫产之间的技术,也可归入广义的胎儿外科手术。EXIT 切除 CCAM,手术不仅对生后有效的机械通气大有帮助,而且还有效提高了回心血量,这对必须行 ECMO 治疗的患儿是至关重要的。

3. 出生后治疗

(1)产前已诊断、出生后即有症状者:对于出生后即出现气促、呼吸困难等症状者,应于新生儿期内行手术治疗。

(2)无产前诊断、因呼吸道症状就诊发现者:此部分患儿应于呼吸道症状尽可能控制或缓解后行手术治疗。

(3)无症状者:对于产前已诊断但生后无症状者、或产前未诊断而偶然发现者的手术时机仍在巨大的争议,一般认为应在生后 2~18 个月行手术切除病变,而对于未行手术者应每 3 个月或至少每年进行随访。有研究发现,无症状者的手术时间与其近期预后无关,但亦建议无症状者应早期行手术治疗;一部分学者认为,既然手术无法避免且为了减少 CCAM 并发症的发生,应在出生后 6 个月内进行手术;但也有学者研究发现,对于产前已诊断但生后无症状者,手术时机选择在出现症状或病变增大后亦同样安全。

(4)术式的选择:在切除 CCAM 的术式选择上,可根据病变的范围行楔形切除、单肺段切除、多肺段切除、肺叶切除、甚至整半肺切除。有学者考虑到尽量避免病变的残留及复发的可能性,应尽量多地切除 CCAM 周围肺组织,因此常倾向于选用肺叶切除术;但由于 CCAM 远期预后取决于外科手术后剩余肺组织的功能,因此也有学者建议应尽可能多地保留肺组织,并研究得出两者处理对于预后并无明显差异。

(刘 威)

第五节 新生儿自发性气胸及纵隔气肿

随着对新生儿做常规 X 线检查的开展,胸腔及纵隔气体的发现率越来越高,大部分病例为无症状的气胸。

一、病　　因

新生儿出生后即有气胸症状者,常系窒息抢救时人工呼吸吹气用力过度或产伤所致;而在几小时或几天以后发生者,可能为心内注射、胸腔穿刺、气管切开位置不当、金黄色葡萄球菌肺炎、肺大疱等疾病所引起,也可为自发性气胸,即非由外力引起突然发生的气胸。病因有以下几种。

1. 感染　金黄色葡萄球菌性肺炎和先天性肺囊肿继发感染后破裂,是儿童自发性气胸主要原因。随着抗生素的应用,肺脓肿破裂引起的脓气胸已经少见,而肺部真菌感染引起自发性气胸报道渐增多。

2. 肺结核　20 世纪 50 年代,肺结核是自发性气胸重要因素之一。20 世纪 80 年代,随着有效抗结核药物的使用,肺结核的发病率明显降低。近年结核病的发病率又有上升。

3. 胸膜下肺大疱破裂　青少年自发性气胸多因肺尖部胸膜下肺大疱破裂。因肺部炎症愈合后,纤维组织的牵拉或脏层胸膜先天性发育不全引起。在 X 线上不易发现,手术时除了肺大疱,常找不到与之相关的肺实质内基础病变。

4. 其他

(1)获得性免疫缺陷综合征(AIDS):伴随卡氏肺囊虫性肺炎也可引起新生儿自发性气胸。原因可能为广泛的肺间质炎症,肺的囊性蜂窝状组织坏死。气胸常为双侧,易复发,非手术治疗后复发率高达 65%。

(2)恶性肿瘤:儿童期气胸常是骨肉瘤肺转移的首发症状。

二、病 理 生 理

一般引起正常肺泡裂所需的压力 $7.8 \sim 13.7 kPa(58.6 \sim 103.3 mmHg)$,病变肺泡或肺大疱所能承受的压力远小于正常肺泡,以下情况容易发生气胸:剧烈咳嗽,腹压增高;呼吸道感染引起局部气道半阻塞状态,气体只能进入远端肺泡,而排出不畅,使受阻远端肺泡内压力升高;突然用力咳嗽,或体位改变等。

三、临 床 表 现

新生儿气胸一般起病急,症状及体征依胸腔内气量,可否为张力性气胸及基础病变而异。自发性气胸以右侧多见,易复发,约 11.5%,患者有家族史。自发性气胸可突然发生,伴烦躁、刺激性咳嗽;严重者可出现呼吸困难、发绀,甚至休克及呼吸衰竭症状。张力性气胸呼吸更促,严重缺氧,脉搏微弱,血压降低,有低心排休克表现。气胸合并血胸时,常出现血压下降,四肢发凉等血容量不足表现。

体征有患侧胸廓膨胀,肋间隙饱满,膈肌下移;气管和心脏移向健侧,张力性气胸更加明显。叩诊音呈高清音或鼓音,听诊呼吸音减轻或消失,语颤减弱,心音低远。合并皮下气肿时,前胸、颜面肿胀,胸部可及捻发感。左侧气胸合并纵隔气肿,胸骨左缘可闻及与心搏一致的高调粗糙的杂音,称 Hamman 征,可能与心脏搏动时撞击左侧胸膜腔内气体和纵隔内气体有关。

四、诊断与鉴别诊断

1. 诊断　新生儿出生后自主呼吸正常、以后突然发生呼吸衰竭、发绀。根据典型症状与体征,X 线及透视可协助诊断。胸片上显示无肺纹理的均匀透亮胸膜腔积气带,其内侧为与胸壁平等的弧形线状肺边缘。在诊断有怀疑时,可采用胸腔穿刺抽气诊断性治疗。部位在患侧第 2 肋间锁骨中线外,如有气体抽出,即可诊断为气胸。

(1)少量气体往往局限胸腔上部,常被骨骼遮盖。深呼气,使萎陷的肺更为缩小密度增高,与外带积气透光区形成更鲜明的对比,从而显示气胸带。

(2)大量气胸时,患侧肺被压缩,于肺门区呈球形阴影。新生儿气体常位于前方及内侧,将肺组织推向后方,后前位片不见气胸线,或仅在肺尖处显现肺外缘少许透明弧形影。

(3)血气胸时,正位可见气液平面。当胸内有粘连时,X线片上显示不规则状肺压缩影,或压缩边缘呈分叶状。患侧膈肌明显下移,气管、心脏向健侧移位。

(4)合并纵隔气肿可见纵隔和皮下积气影。新生儿气胸有时用透光法可见患侧透光度增加以协助诊断。

CT扫描能清晰显示胸腔积气的范围和积气量、肺被压缩的程度。对极少量的气胸和主要位于前中胸腔的局限性气胸,CT能明确诊断。

2. 鉴别诊断　气胸应与肺大疱、支气管断裂、大叶性肺气肿,先天性含气肺囊肿相鉴别。

(1)肺大疱:反复发作的气胸,由于胸腔内粘连,容易形成局限性包裹,在X线片易于张力性肺大疱混淆。气胸往往有突然发作的病史,而张力性肺大疱呼吸急促时间较长,X线片在胸壁边缘尤其是肋膈角片,可见到纤维的肺大疱囊壁线。

(2)支气管断裂:在胸部外伤史,胸腔引流管持续性漏气。X线片上可见"肺下垂征",即萎陷的肺上缘低于肺门水平。而一般原因引起的气胸,肺萎陷是朝向肺门。

五、治　　疗

1. 一般治疗　患儿均应卧床休息,限制活动,使用化痰、镇咳及镇痛药物。有胸腔积液或怀疑有感染时,应用抗生素,严重呼吸困难可给予吸氧治疗。一般肺压缩<20%,不需要胸腔穿刺抽气治疗,气体可以自行吸收。

2. 急性气胸的处理　急性气胸肺压缩>20%,应穿刺减压,促使肺复张。穿刺部位在患侧锁骨中线第2肋间。包裹性气胸应根据胸部X线片在积气最多部位穿刺。肺被压缩>60%,或怀疑有张力性气胸时,应放置胸腔引流管,接水封瓶排气,部位同上。

3. 手术治疗　包括切除破裂的肺大疱、已经形成的肺大疱及其基础病变。摩擦壁层胸膜或胸腔内置入滑石粉,使脏层及壁层胸膜产生粘连,使胸膜腔闭合。解除纤维素性包裹或纤维板的束缚,促使肺复张。适当的外科治疗也可发现其基础病变,采取根治性措施。

(1)手术适应证:①张力性气胸,放置引流管5~7d,大量气体逸出,X线片显示肺复张不良;②复发性气胸;③慢性气胸;④血气胸引流管内出血量多于100ml/h,持续3h,患儿有大汗、烦躁、心率快、血压下降甚至休克等表现。

(2)手术方法

①经胸手术:肺大疱缝扎术,适用于直径5cm以下,位于边缘的肺大疱;肺大疱切开缝合术,用于基底部较深,大疱直径超过5cm;肺切除术,用于肺组织已有肿瘤转移并已失去功能,而健侧肺功能良好者;壁层胸膜摩擦中,用于广泛、多发肺大疱,或探查中未发现肺大疱者;脏层胸膜剥脱或切开,肺长期处于不张或膨胀不全状态,表现形成纤维素性包裹、很难复张的慢性气胸。

②电视辅助的胸腔镜外科(VATS)治疗:适用于反复气胸2次以上,此次症状明显,复张不满意;胸腔闭式引流1~2周,深呼吸或咳嗽时仍有气体溢出,提示支气管胸膜瘘的形成者。自发性气胸多次穿刺不能复张,尤其是双侧同期出现自发性气胸者;年老体弱者,心肺功能较差不能耐受开胸手术或合并血液系统疾病者。主要方法为用钛夹夹闭破裂的肺大疱,直线切

割缝合器切除肺大疱和肺实质内的基础病变;电灼或激光烧闭胸膜下肺小疱;滑石粉胸内喷撒形成粘连。

③胸膜粘连融合术:一般在外科切除肺大疱的同时均应用物理方法或胸腔内喷撒促粘连剂,使脏层、壁层胸膜融合,消灭胸膜腔间隙。即使再次形成肺大疱并破裂,空气也不致造成全肺压缩萎陷。其缺点是术后患者可能有高热,一般持续 2~3d;胸膜粘连对今后开胸手术带来困难。

4. 术后并发症的处理　常见的并发症有肺漏气、出血、气胸复发及胸腔积液。处理:对于 3 个以下的肺大疱、漏气病灶不确定;弥漫型肺大疱无法切除、合并肺气、肺结核者,以干纱布摩擦壁层胸膜及胸膜固定术,放置两根引流管持续负压吸引。

5. 预后　局限性气胸,空气能逐渐吸收;大量气胸诊断治疗及时,一般皆可治愈。张力性气胸属危重急症,处理不当可致死亡。支气管胸膜瘘合并腔胸,预后较差。

(刘　威)

第六节　新生儿膈膨升

膈膨升是指因先天性膈肌发育异常或膈神经麻痹所引起横膈抬高,腹腔器官随之向上移位,患侧肺受压,纵隔移位,影响到心脏和对侧肺。临床上表现以呼吸道症状为主的症候群。

一、病因和病理

先天性膈膨升是由于膈肌纤维或胶原纤维不同程度的发育低下所致。膈肌发育不良可以是部分性或者完全性的。若整个膈肌少有肌纤维存在,则表现为完全性膈膨升;如果肌纤维被结缔组织替代的病变局限在某一部位,而其他部位存在肌纤维,则表现为部分性膈膨升,分为前壁型、后外侧型和内侧型;双侧型膈膨升是较为严重的一种,患儿两侧膈肌呈透明薄膜状,肌纤维大部分缺失。先天性膈膨升患者男女比例 2:1。可累及右侧或左侧,以左侧多见,全膈膨升多发生在左侧,而右侧膈膨升的病变范围通常较小。先天性膈膨升常合并有其他畸形,如肺发育不良、先天性心脏病、脐膨出和脑积水等,与后外侧膈疝的临床表现相似。

后天获得性(麻痹性)膈膨升是由于膈神经损伤所致,多见于臀位难产。右侧比左侧常见。由于分娩时,患儿颈部受外力的牵拉或挤压的作用,累及第 3、4、5 颈脊神经根,严重者造成神经撕裂,导致膈神经麻痹。可伴有其他部位的产伤,如臂丛损伤、锁骨骨折等。

较小范围的部分性膈肌发育不良或者较轻的膈肌麻痹,横膈虽然保持在抬高水平,但没有反常的呼吸运动,因此症状较轻。如果严重的膈肌发育不良或者严重的膈肌麻痹,膈肌上抬过高,造成肺受压和纵隔移位摆动明显,并且两侧膈肌在呼吸中运动方向相反,称为矛盾呼吸运动现象,这类患儿症状出现早和严重。

二、临床表现

临床症状轻重不一。轻者没有明显症状,但经常出现肺部感染,较大儿童活动后出现呼吸困难或胸闷。重者多在新生儿或婴儿期出现症状,表现为呼吸困难、发绀、口吐白沫,甚至发展到呼吸窘迫综合征,危及生命。查体见患儿呼吸急促,患侧胸廓呼吸运动减弱,叩诊浊音,气管向健侧移位,呼吸音减弱或消失,偶尔可闻及肠鸣音。

主要的辅助检查是 X 线检查。胸腹直立位片可见患侧膈肌整体或局部升高,可达第 2、3 肋间水平,但膈肌影是完整和光滑的,完全性膈膨升者膈肌上抬呈弧状、菲薄,部分性者则在膈肌相应的病变部位呈局限性的上抬。其下方的胃肠影占据胸腔。透视下可见患侧呼吸运动减弱,并与对侧有矛盾呼吸运动现象。膈肌位置的上抬程度不一定与临床症状的严重度一致的,但矛盾呼吸运动现象则提示严重的膈肌发育不良或者严重的膈肌麻痹,是手术治疗的重要指征之一,若没有该现象,可结合临床症状考虑做非手术治疗(图 12-2)。

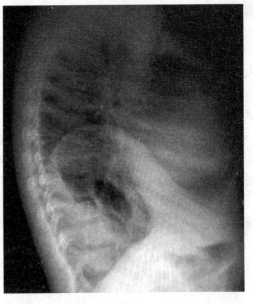

图 12-2　侧位胸部 X 线片看到明显抬高的薄弱的膈肌

三、诊　　断

部分患儿在新生儿期出现呼吸困难、气促、口吐白沫,哭闹后发绀,大部分患者则是婴幼儿和年长儿,表现为反复呼吸系统感染。查体见患儿呼吸急促,患侧胸廓呼吸运动减弱,叩诊浊音,气管向健侧移位,呼吸音减弱或消失。X 线检查是主要的诊断手段。直立位胸腹平片可见患侧整个或部分膈肌升高而无法用其他原因解释,膈肌影是连续完整、光滑和菲薄的,透视下可见患侧呼吸运动减弱,并有矛盾呼吸运动现象,这有助于与有疝囊的后外侧膈疝鉴别,膈疝是没有这种现象的。

四、治　　疗

症状轻微,仅有局限性的膈肌抬高者,可予以观察。呼吸道症状的严重程度是决定手术的主要依据,同时结合临床上的分型,有无矛盾呼吸运动现象和血气分析结果等。

新生儿或婴幼儿膈膨升若有呼吸窘迫者,应予气管插管,机械通气,病情相对稳定后尽快手术。年长儿有反复呼吸道感染,X 线检查见患侧肺受压明显,出现矛盾呼吸运动现象,也应尽早手术。

手术目的是使膈肌位置恢复正常,纠正肺受压、纵隔移位和反常呼吸运动。手术方式有经胸或经腹膈肌折叠术两种。经胸手术入路是第 7 肋间后外侧切口,多用于右侧膈膨升。经腹手术入路是上腹部横切口,多用于左侧膈疝,并可发现和处理合并的消化道畸形。术中提起膨升的膈肌,于基底处行左右横向褥式缝合,然后将折叠部分向前或向后覆盖在膈肌薄弱处,行第二列的缝合。由于术中不切开膈肌,所以缝合时应注意不要损伤肺(经腹入路)或者膈下腹腔脏器(经胸入路)。

五、手术并发症的预防及处理

总的来说,膈肌折叠术是安全有效的手术方式。如果没有合并其他畸形如肺发育不良等,膈膨升的预后较好。

1. 复发　复发率不高,多见于全膈膨升的患儿。膈肌折叠后仍薄弱,或者术后复发,可采用腹横肌瓣或背阔肌瓣加强膈肌。也可采用补片加固手术。

2. 损伤脏器　多是在折叠缝合膈肌时误伤肺、肝和肠管等。因此在脏器有粘连时,可切开膈肌,直视下缝合。

3. 术后肠胀气 术后腹腔容积减少,腹压增加,以及肠麻痹所致,予以禁食和胃肠减压,术后 2～3d 可缓解。

(余家康)

第七节 先天性后外侧膈疝

常见的先天性膈疝包括后外侧膈疝(Bochdalek 疝或胸腹裂孔疝)、食管裂孔疝、还有是位于膈肌前部的膈疝(Morgagni 疝)。本节先天性膈疝是指前者。

有关先天性膈疝最早的记录是在 1679 年,Heidenhain 在 1925 年总结对手术治疗的先天性膈疝 378 例,首先提出早期手术干预可提高生存,并认为疝入胸腔的脏器对肺的压迫是肺发育不良的原因。1940 年 Ladd 和 Gross 提倡出生后 48h 内手术。尽管几十年来的不断努力,先天性膈疝的病死率仍高居不下。直到 20 世纪 90 年代初,随着对先天性膈疝发病机制、病理生理的广泛深入研究,以及新生儿呼吸监护技术的发展,如 ECMO、高频通气等疗法的使用,近 10 年该病的病死率在一些医疗条件较好的国家有下降的趋势。

一、胚胎学和病理生理

先天性膈疝的病因不明,可能有遗传因素、药物和环境中的化学物质。动物实验证明缺乏维生素 A 食物或除草酚(Nitrofen)可导致胎鼠出现先天性膈疝。发病率为 1∶3 000 活产儿。在北美和欧洲,先天性膈疝生存率从 20 世纪 90 年代中的 63% 到近年,即使出生后数小时内发病的先天性膈疝的生存率也提高到 60%～90%。该病发病机制尚未完全清楚,主流观点有两种:第一种是于 20 世纪 60 年代提出的经典观点,认为是在胚胎发育的第 5～10 周,因胸腹膜管(pleuro-peritoneal canal,PPC)未闭合,以致在膈肌形成缺损,腹腔内脏器通过此缺损疝入到胸腔,进而对正处于发育中的肺产生机械挤压作用,最终导致肺发育不良。近 20 年以来,随着 Nitrofen 大鼠膈疝模型的建立,以上观点受到质疑。第二种观点就是在对先天性膈疝大鼠模型的研究背景下提出的,在胚胎第 11 天,PPC 仍然未闭合,但肺芽已呈现出发育不良,据此认为,膈肌缺损和肺发育不良是同时形成的,而且 PPC 的闭合需要肺和肝的正常发育,肺发育不良可能是膈肌缺损形成的原因。近年来的研究结果也表明,先天性膈疝与肺发育不良两者的关系中,很有可能前者是结果,而后者是原因。因此,肺发育不良是原发性的,而疝入脏器的压迫,又加剧了肺发育不良。

病理方面,患侧的气道发育停留在第 12～14 级支气管(细支气管),对侧停留在第 16～18 级(呼吸细支气管),正常的支气管可发育到分支第 24 级以上。由于肺的呼吸部发育不良,肺泡所占空间比例明显减少,换气功能明显降低。肺的动脉系统的发育与气道发育是相平衡的,所以肺小动脉分支也减少,管壁肌层异常肥厚,尤以末梢的细小动脉明显。并且肺血管对各种刺激引起收缩的敏感性增加。这些改变必然导致房水平和动脉导管右向左分流,引起肺动脉高压。持续的胎儿循环造成右心负荷过大甚至衰竭。因此,在新生儿期就可以出现持续加重的低氧血症、高碳酸血症、酸中毒和肺动脉高压。患儿出生后开始呼吸,气体进入胃肠道,加重了对肺的压迫,使以上改变进一步恶化。另外,可能由于在宫内时左心血流减少和受压的原因,部分患儿有左心室细小和发育不良。先天性膈疝中肺组织发育未成熟还表现为肺泡表面活性物质的减少。

早产低体重、肺发育不良(包括肺动脉高压)和合并畸形是先天性膈疝的主要死亡原因。先天性膈疝合并畸形据多个报道为 10％～50％,有合并畸形患儿的死亡率是没有合并畸形的 2 倍。最常见合并畸形是:先天性心脏病、染色体异常(21-三体,18-三体,13-三体)、肾畸形,生殖器异常和神经管缺陷。

先天性膈疝以左侧较多见,右侧仅占不到 20％,双侧极少见。10％存在疝囊。

对先天性膈疝的病理生理改变不断深入的研究和认识,使该病的生存率不断提高。先天性膈疝不是一个单纯的外科疾病,而是一个涉及肺发育不良、肺动脉高压、肺组织欠成熟和通气-肺损伤易感度等问题的复杂疾病。由此,目前趋向延迟手术时机以及使用温和灵活的呼吸支持。

二、临 床 表 现

由于患侧膈肌缺损,腹腔脏器疝入胸腔,使该侧肺受压,加上肺发育不良,肺通气和换气功能均受影响,出现以下临床表现。

1. 出生后新生儿主要表现为气促、发绀、口吐白沫。

2. 体查呼吸促,患侧呼吸音消失,有时可在同侧胸部听到肠鸣音。

3. 血气分析往往提示呼吸性酸中毒,低氧血症。

4. 胸腹 X 线平片发现患侧肺野呈网格状阴影(肠管影),膈影消失,纵隔向对侧移位。有时候右侧膈疝只有肝疝入,平片可见肺影受压缩小,右下胸与上腹部有一连续的软组织影。

三、诊断与鉴别诊断

(一)产前诊断

通常在孕 25 周前就能诊断出来。据报道,产前诊出率为 46％～97％,视乎超声仪器和操作人员水平。超声图像可看到有脏器疝入胸腔、纵隔移位,同时腹腔内未见胃泡,合并羊水过多和胎儿水肿。如果诊断明确,需要羊水穿刺细胞染色体检查和母亲血清甲胎蛋白检查,后者可能会降低。应注意和肺先天性囊性腺瘤样畸形(CCAM)、肺隔离症(可合并膈疝)和纵隔囊性肿物鉴别。

(二)诊断

新生儿先天性膈疝的诊断并不困难,根据以上的临床表现以及胸腹 X 线平片就能确诊(图 12-3),胸部 B 超也能协助诊断,尤其是只有肝疝入胸腔的右侧膈疝。必要时可行上消化道造影(图 12-4),可见到胃和肠管在胸腔内。但应注意合并畸形,除了仔细的全身体查外,建议行超声心动图、双肾 B 超以及脊椎 X 线片检查(图 12-5)。

(三)鉴别诊断

先天性膈疝在诊断方面困难不大,但需要与以下疾病相鉴别。

1. 食管裂孔疝   也是膈疝的一种。近年来,由于诊断水平的提高,新生儿食管裂孔疝的病例明显增多,多是滑动型,且以呕吐为主要症状,但巨大的食管裂孔疝应注意与后外侧膈疝鉴别。两者同样表现为呼吸困难,X 线平片见胃和肠管疝入胸腔,鉴别可通过从胃管注入造影剂,在 X 线透视下观察疝入膈上的食管、胃及贲门和肠管,食管裂孔疝则可见在不同瞬间形态和位置变化。

2. 膈膨升   是由于膈神经麻痹或者膈肌发育不良所致,前者多见于臀位难产的新生儿。膈膨升与先天性膈疝在症状和体征方面较难区分。X 线检查是重要的鉴别手段。膈膨升患儿直立位胸腹 X 线平片可见患侧膈肌抬高,但膈面呈弧形光滑完整。若在透视下可见患侧呼吸运动减

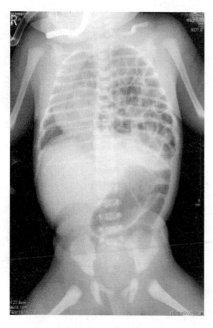

图 12-3　左膈疝
胸腹 X 线平片示左膈影消失,左
胸充满网格状影,纵隔向右侧移位

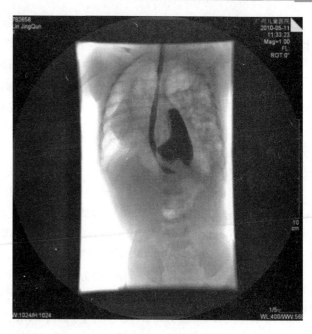

图 12-4　左膈疝
造影示胃疝入胸腔

弱,严重者出现与对侧有矛盾的反常呼吸运动现象。

3. 肺大疱　胚胎发育过程中终末支气管或肺泡发育异常而形成的肺叶边缘单个或多个气囊肿为肺大疱。肺大疱压迫正常肺组织而导致患儿发生不同程度的呼吸困难,以及引起肺部感染。该病也导致患侧呼吸音降低,纵隔移位。胸 X 线片示患侧单个或多个气性囊肿,但纵隔影完整性正常。

4. 隔离肺　是指与正常肺组织无关的肺内或肺外囊性团块,有一支或多支来自体动脉的血液供应,彩色超声可以显示。隔离肺同样也会压迫肺组织导致呼吸困难、肺部感染和纵隔移位。其 X 线检查表现为患侧肺下叶内或外团状阴影。

四、治　疗

正确合理的诊疗计划是改善疾病预后的关键,而先天性膈疝诊疗计划的制定,要对该病的病理改变以及病理生理学有透彻的理解。首先是要纠正低氧血症,适度改善呼吸性酸中毒,使患儿病情处

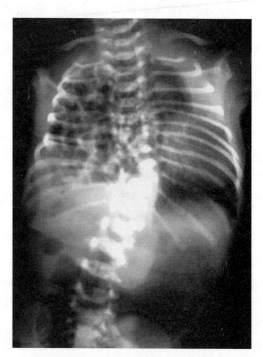

图 12-5　膈疝合并胸椎半椎畸形

于相对稳定的状态,以提高手术的成功和生存率。其次,应同时做好手术前的准备,除了一般的术前常规准备外,还需检查有否合并重要器官的畸形。

1. **术前处理**　目的是改善患儿全身情况,使其生命体征趋于相对平稳,为手术的顺利进行及术后的恢复打好基础。

(1)机械通气和心电监护:机械通气的目的是保证满意的血氧饱和度、偏碱的 pH 和较低的 $PaCO_2$,这对肺血管扩张和减少右向左分流有利。通气应用压力限定-时间切换的呼吸机。模式 CMV,有条件者可应用 PRVC/VG,PIP$<$30cmH$_2$O,较快的 RR(每分钟 40 次或更快),PEEP$=$3cmH$_2$O。对于肺功能较差的患儿,可以 $PaCO_2$ 仅保持在正常值或容许高碳酸血症,此时,Vt 应较低(6~7ml/kg,甚至更低),保持 SpO_2 至 85%则可(无论传统通气还是高频通气),SpO_2 的测定应在动脉导管前(右上肢)。

(2)迅速建立静脉通道:必要时可使用脐动静脉插管。使用输液泵,控制输液速度为 0.5ml/min。足月儿头 3d 输液量 70~80ml/kg,如有容量不足,可以 10~20ml/kg 等张晶体液快速推注以纠正之,Na$^+$需要量 2~3mmol/(kg·d)。新生儿水电解质代谢不很稳定,需要动态监测。如 pH 下降,主要是高 $PaCO_2$ 引起的,不应给予碳酸氢钠,改善通气则可。应放置导尿管监测尿量。

(3)控制持续肺动脉高压(PPHN)的方法:①保持相对较高的 PaO_2,较低的 $PaCO_2$,偏高的 pH。②给予镇静药、肌松药。地西泮 0.3~0.5mg/kg,应注意高胆红素血症加重。芬太尼 2~5μg/kg,泮库溴铵(Pancuronium,潘可罗宁)100μg/kg。③血管活性药物。妥拉唑啉,首剂 1~2mg/kg,10min 内缓慢静注,0.2~2mg/(kg·h)维持。另外还可使用硫酸镁、前列腺素 E 和一氧化氮(开始时 10ppm,如需要每次增加 5ppm,直到 20ppm)。

(4)放置胃管,每小时抽吸 1 次,防止呕吐,以及缩小疝入胸腔内胃的体积,减轻胸腔内压力。

(5)完善各项术前检查:①一般检查,血常规、出凝血时间、生化常规、复查血气分析。②X 线胸片,观察在气管插管机械通气后受压肺的扩张情况,并注意有无气胸的出现,因为先天性膈疝患者双侧肺均有不同程度的发育不良,对通气压力的承受能力较差,所以易出现气胸。若出现气胸,应及时行胸腔闭式引流。③超声心动图、双肾 B 超以及脊柱 X 线片,以排除合并心肾脊椎等重要器官的畸形。

2. **手术治疗**

(1)手术时机的选择:待到患儿病情相对稳定后手术是目前大多数小儿外科医生的观点。一般认为,经过 8~12h 的机械通气,复查血气分析,pH 为 7.35~7.45,$PaCO_2$$<$40mmHg,$PaO_2$$>$100mmHg,$SaO_2$$>$90%是合适的手术时机。也有人认为通过超声心动图评估肺动脉压维持最少正常 24~48h 才适合手术。

(2)手术方式:新生儿先天性膈疝多选择经腹入路,该术式损伤小,可检查有无合并肠旋转不全等肠道畸形的情况,便于一并矫治。采用肋缘下斜切口或横切口,进腹后,在患侧膈肌的后外侧可看到缺损,向胸腔内插入导尿管,注气消除胸腔内负压,同时小心将疝入胸腔内的脏器拖出。注意有无疝囊,若有疝囊,应予切除。膈肌缺损边缘与膈脚缝合,修补缺损,若缺损过大,缝合有困难,可用涤纶片修补,或翻转的肌瓣,或肾周筋膜。在膈肌修补最后一针时,用导尿管将胸腔内气体抽尽。一般不需要放置胸腔引流管。经胸入路的膈肌修补术在新生儿患者中较少使用,有些医师对于右侧膈疝喜用经胸入路,优点是显露清晰,易将疝入胸腔的肝复位,缺点是难于发现和纠正肠道畸形。另外,腹腔镜膈肌修补术已在国内一些医院开展。

3. **术后处理**

(1)继续机械通气。撤机指征:肺部疾病控制,咳嗽反射正常,神经功能、心功能正常,低参数通气时血气分析达到满意水平。撤机的方法:间歇同步指令通气。

(2)术后补液参照血气分析和术前补液方案,总液量可减少 1/3。适量的胃肠外营养对术后

的恢复有帮助。

(3)术后一般处理:禁食 2～3d,待肠功能恢复,开始排便后,逐渐恢复进食。复查血常规、生化常规、血气分析和 X 线胸片。

(4)药物的使用:适当使用镇静药。术中术后使用头孢二代以上的抗生素。血管活性药物:①多巴胺 $2～20\mu g/(kg\cdot min)$,一般认为$<5\mu g/(kg\cdot min)$改善微循环,$5～10\mu g/(kg\cdot min)$增加心收缩力,$>10\mu g/(kg\cdot min)$收缩血管;②多巴酚丁胺 $2～25\mu g/(kg\cdot min)$,输注前应纠正低血容量。

4. 胎儿外科　20 世纪 90 年代美国已成功开展先天性膈疝的胎儿外科手术,其目的是希望通过宫内手术修补膈肌,令患儿的肺在出生前有足够的时间发育,最早的宫内手术只适合肝没有疝入胸腔的病例,因为肝的回纳会导致脐静脉血流的急性阻断,造成胎儿的死亡。通过动物实验发现,结扎气管可令发育不良的肺扩张和成熟。目前通过内镜放置气管塞子等堵塞气管的方法已有不少的成功的临床报道,但是由于缺乏对照试验和造成胎儿流产等原因,限制了该方法的推广。并且该方法与出生后手术相比较,并不能提高生存率。

5. 肺动脉高压处理的新进展　对于持续肺动脉高压或者普通辅助通气下仍有严重呼吸衰竭的患儿,近年来一些新技术已开始使用。①高频通气(HFV):用于治疗呼吸窘迫综合征(RDS),在较低的气道压力下改善或维持气体交换。②体外膜肺氧合(ECMO):通过体外膜肺的氧合作用使血流得到充分的氧合,在手术前后均可使用,目的是降低肺动脉压力,改善肺部气体交换,防止心肺功能衰竭。③一氧化氮:吸入一氧化氮能使肺血管舒张,降低肺动脉高压。④肺表面活性物质的使用:肺表面活性物质对先天性膈疝肺的治疗作用目前仍用较多争议。

6. 容易出现的临床错误、术后并发症及防范处理　对于新生儿先天性膈疝,临床诊断难度不大。但是合并畸形往往容易漏诊,主要应注意心血管畸形和泌尿系统,如动脉导管未闭、主动脉狭窄、室间隔缺损等,其次是中央神经系统和脊柱的畸形,合并畸形是影响这些患儿生存的重要因素,因此应在术前对重要器官的功能作充分的评估,对麻醉和术后的治疗中可能遇到的困难做到心中有数。

手术时应注意有无疝囊,有疝囊一定要切除,如果忽略了疝囊只缝合膈肌缺损,形成一个囊肿,术后患侧肺受压的情况改善不明显。另外,由于缺损边缘组织比较菲薄,只缝合缺损边缘来修补缺损容易导致术后复发,因此术中要检查膈脚的发育情况,如果发育尚可,可将缺损边缘与膈脚缝合,如果膈脚消失,则在对侧膈肌做松解切口,形成一个肌性边缘的膈脚与缺损边缘缝合。

术后近期并发症的处理:气胸,应及时行胸腔闭式引流;复发,常为膈肌缺损较大者,术后近期复发多与手术失误有关,出现复发应再次手术,两次以上复发应考虑改为经胸入路手术。术后肠梗阻,多因合并肠扭转不全没有纠正,或者术后肠管粘连,或者经胸入路还纳肠管出现扭转等原因,常需再手术。出血,隔离肺是一种少见的先天性肺疾病,在修补膈肌时,经验不足的术者往往把叶外型的隔离肺当成是局部的粘连或小肿物处理,令滋养隔离肺的血管回缩,加上胸腔的负压作用,术后持续出血,需再次手术止血。

五、预　　后

早产低体重、肺发育不良和合并畸形是决定存活率的主要因素。先天性膈疝患者应在出院后长期追踪。随着术后成活率不断提高,更多先天性膈疝相关的远期问题可能出现。包括膈疝复发、肺部病变、生长迟缓、神经精神问题、消化道问题包括胃食管反流等、脊柱侧弯和胸廓畸形。

1. 膈疝术后远期的复发多发生在术后 2 年以内。尤其是膈肌缺损较大,需要补片的患儿,更容易复发。一旦复发,会出现气促、呼吸困难、呕吐等症状,X 线检查多能确诊。确诊后应再次手术修补。术前做充分的评估,若合并有严重的胃食管反流应同时行抗反流手术。

2. 肺功能低下问题。取决于肺发育不良的程度及慢性肺病的严重性。使用过 ECMO 和补片的患儿似乎更易出现这些问题。这些患儿常因肺部感染反复住院。随着年龄的增长,发病逐渐减少,可能是肺组织逐步发育的缘故。

3. 胃食管反流。超过 50%的先天性膈疝患儿有病理性胃食管反流。原因是多方面的,包括迷走神经分布的变异、食管下段肌层的异常以及膈肌缺损合并短食管等。表现为呕吐、吞咽困难、营养不良等。检查手段有:上消化道影像学、食管动力学检查、食管 24h 监测。治疗方面多采用非手术治疗,包括体位治疗、胃肠动力药和制酸药。仅有少部分患儿最后采用手术治疗。抗反流手术方式很多,但 360°胃底折叠术应慎用,因为食管的自身动力可能存在不足,所以容易形成术后梗阻。

4. 神经精神症状。多出现在使用过 ECMO 的患儿,奇怪的是,与因其他疾病使用过 ECMO 的患儿相比,这些患儿出现神经精神症状的概率明显增高。其原因目前仍不明。主要表现为不同程度的肢体瘫痪、肌张力异常、动作迟缓和学习能力差等。

(余家康)

第八节 食管闭锁与食管气管瘘

食管闭锁(esophageal atresia)是一种中段食管缺失的先天性疾病,常伴有食管气管瘘(tracheoesophageal fistula)。该畸形是引起新生儿消化道梗阻的常见原因,其发病率为 3 000~4 500 个新生儿中有 1 例。在 20 世纪 30 年代小儿外科逐渐独立并成为外科新专业之后,食管闭锁及食管气管瘘的治愈率就成为反映一个地区小儿外科技术水平的标志。

1670 年,Durston 首次报道不伴食管气管瘘的食管闭锁。1696 年,Gibson 描述了食管闭锁合并远端食管气管瘘。1898 年,Hoffman 尝试一期修补食管闭锁及食管气管瘘,但是未获得成功,转而实施了第 1 例胃造口术。1939 年和 1940 年,Ladd 和 Leven 报道了分期手术治疗食管闭锁及远端食管气管瘘获得存活的病例。1941 年,Haight 首次成功实施一期手术修补食管闭锁及食管气管瘘。

20 世纪 70 年代以前,食管闭锁及食管气管瘘的死亡率较高,近年来,由于新生儿外科、麻醉和监护的迅速发展及胃肠外营养的广泛应用,本病的治愈率已达 90%左右。

一、病因和发病机制

食管闭锁病因不明,可能与食管、气管的发育异常有关。有关食管闭锁的胚胎学基础有多种假说,但无一种学说能圆满解释食管闭锁的所有病理类型的形成。食管闭锁在胚胎发育第 3~6 周发生。胚胎初期食管与气管均由原始前肠发生,胚胎第 3 周时,原始前肠由其两侧壁各出现一条纵沟,管腔面相应出现两条纵嵴。至胚胎第 5~6 周时,纵沟加深,纵嵴越来越接近,最后融合成隔,将前肠分为两个管道,腹侧形成气管,背侧形成食管。原始食管由管内上皮细胞增殖管腔暂时闭塞,稍后在实质组织中出现许多空泡,互相融合使管腔再行贯通,成空心管。若食管某一部分未出现空泡或空泡不融合就可形成食管闭锁;在前肠分隔的过程中发育出现紊乱,如两条纵沟某处不会合或斜向会合,或者分隔延迟,都将形成食管与气管之间的不同形态的瘘管。

食管区和气管区细胞增生与分化的速度和时间异常也可能形成食管闭锁与食管气管瘘。胚胎第 3 周,前肠细胞增生并伴有食管与气管长度的快速增加。如果食管生长的速度相对较慢,则食管、气管生长不同步,将产生食管背折或侧食管沟后偏,从而形成食管闭锁与食管气管瘘。多柔比星致畸小鼠模型为这一假说提供了佐证。给孕鼠腹腔注射多柔比星,2/3 胎鼠出现了食管闭锁及食管气管瘘,除此之外,研究者还发现,致畸小鼠的气管长度增加,气管环数量增加,气管的过度增长可能导致了食管的不连续性。

分子学方面也有相关研究。靶向敲除 Shh 基因的转录因子 Gli-2 和 Gli-3,导致了 VACTERL 畸形谱的发生,说明 Shh 在控制前肠发育的过程中发挥重要作用。Shh 可能通过介导 Hox 基因的表达,发挥促进细胞增生、抑制细胞凋亡的作用。Spilde 等发现在多柔比星致畸小鼠中,成纤维细胞生长因子(FGF),特别是 FGF1 和 FGF2R 受体的Ⅲb 剪接变体缺失,这些 FGF 介导信号的缺失,可能影响前肠分支的发生。

食管闭锁的家族遗传也有报道。当一个同胞患病,其下一个同胞有 2% 的机会再患该病。孪生同胞中,如果其中一个患食管闭锁,另一个患同病的概率将增加 6 倍。与食管闭锁发病相关的染色体有 13 号染色体、18 号染色体和 21 号染色体。

二、分　型

1929 年,Vogt 首次对食管闭锁及食管气管瘘提出解剖学分类。目前,对该畸形有多种不同分类方法,其中应用最广泛的是 Gross 分类(图 12-6)。

Ⅰ型:食管上下段均闭锁,无食管气管瘘,两食管盲袋间相距较远。此型占 3%～9.5%。

Ⅱ型:食管上段有瘘管与气管相通,食管下段形成盲袋,两段食管间相距较远。此型占 0.5%～1%。

Ⅲ型:食管上段为盲袋,下端有瘘管与气管相通。此型为最多,占 85%～90%。两段食管间的距离有较大变异,有的超过 2cm(ⅢA),有的在 1cm 以内,甚至互相紧贴(ⅢB)。

Ⅳ型:食管上下段分别与气管相通。该型占 0.7%～1%。

Ⅴ型:无食管闭锁,但有瘘管与气管相通,又称"H"形瘘。此型占 2%～6%。

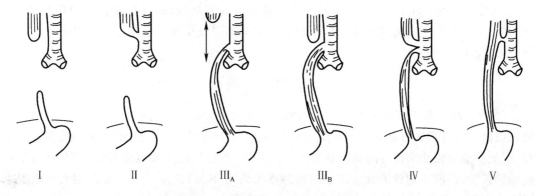

图 12-6　食管闭锁及食管气管瘘分型

三、病　理　生　理

食管闭锁胎儿不能正常吞咽羊水,从而造成羊水循环障碍,而致羊水过多。羊水过多,间接导致胎儿早产。羊水不能进入胎儿消化道,羊水中的某些营养物质也就不能为胎儿吸收,因此,食管闭锁的患儿常为小于胎龄儿。另外,正常循环于呼吸道的羊水可能经食管气管瘘引至食管,消除了羊水对气管、支气管的支持效应,从而造成气管软化。

由于食管上段盲袋内容量仅几毫升,新生儿不能吞咽所分泌的唾液及喂入的任何食物,造成分泌物及食物溢出至呼吸道与肺实质,引致吸入性肺炎。由于呼吸道与消化道之间存在交通,空气经食管气管瘘进入胃内,胃内压增高,结果高酸度的胃分泌物反流进入气管,从而引起化学性肺炎。大量空气进入胃内,可致急性胃穿孔,这种病理改变常常是致命的。

多数食管闭锁的患儿还存在食管动力异常。食管闭锁患儿术后出现胃食管反流、吻合口狭窄均与食管动力障碍有关。

四、临床表现

1. 孕母羊水过多。单纯食管闭锁患儿的母亲 100% 有羊水过多病史,而食管闭锁并远端食管气管瘘患儿的母亲大约 33% 也有羊水过多病史。

2. 口腔溢液。出生后,由于唾液等口腔内的分泌物不能经食管吞入胃肠内,常从口鼻内溢出,有时发生咳嗽、气促和发绀。

3. 喂奶后呛咳,呕吐,同时有发绀及呼吸困难。这是食管闭锁患儿的典型症状。如迅速从口内吸出液体及分泌物后,患儿情况趋于正常,但再次喂奶后,上述症状又复出现。

4. 体格检查,伴有远端食管气管瘘的食管闭锁患儿腹部显著膨胀,叩诊呈鼓音;并发肺炎时,双肺布满湿啰音。

5. 伴发畸形。有 50% 以上的食管闭锁患儿合并有一处或多处先天性畸形。其中心脏畸形是最常见的,约占 27%,其他常见畸形还包括泌尿系畸形(18%)、骨骼畸形(12%)、肛门直肠畸形(12%)等。当多种畸形同时存在时,如食管气管畸形(TE:esophago-tracheal anomaly)伴有脊柱、四肢畸形(V:vertebral anomaly),肛门直肠畸形(A:anal atrsia)及泌尿系畸形(R:renal anomaly)时称为 VATER 综合征;如同时伴有心脏畸形(C:cardiac anomaly)则称 VACTER 综合征。在食管闭锁患儿中,VACTER 综合征的发病率大约为 25%。与食管闭锁相关的畸形谱还有 CHARGE,包括眼组织残缺(coloboma)、心脏病(heart defects)、鼻后孔闭锁(atresia choanae)、智力发育迟缓(retarded development)、生殖器发育不良(genital hypoplasia)和耳畸形(ear deformities)。另外,神经系统畸形、消化道畸形、肺畸形以及生殖系统畸形在食管闭锁患儿中检出率越来越高。

五、诊　　断

1. **产前诊断**　由于 B 超检查技术的不断发展和普及,为食管闭锁的早期诊断及治疗提供了重要的依据。食管闭锁 B 超检查的影像学特征是:羊水过多、胎儿胃泡影消失以及食管上端明显扩张,以上三点为胎儿期食管闭锁的重要所见。另外,产前 B 超还可检出 VACTER 综合征的相关畸形。目前,产前 B 超诊断食管闭锁的敏感度大约为 40%;产前 B 超诊断出的食管闭锁患儿预后大多不良。

2. **试插胃管**　对于任何怀疑食管闭锁诊断的患儿,可试行插胃管。由鼻孔或口腔插入一细小胃管,管壁最好有不透 X 射线的标记物。如食管通畅,则管子很容易进入胃内;如食管闭锁,则胃管插入 10cm 后受阻,但应注意有时胃管卷曲在食管盲袋内而造成已进入胃内的假象。

3. **X 线片**　一旦感到插入胃管受阻,可将管子固定后摄包括颈胸腹在内的直立前后位及侧位 X 线平片。如存在食管闭锁,可见胃管一端在食管盲袋内打圈。为使食管盲袋显示更清晰,可由留置胃管向食管内注入空气或造影剂。由于造影剂有反流入呼吸道的危险,常选水溶性造影剂,注入造影剂量不可太多,一般 1ml 就足够了,造影后应将造影剂吸净。

X 线片上可确定食管上盲端的位置(图 12-7)。食管上盲端的最低点常位于 $L_{1\sim3}$ 水平,盲袋短且高说明两段食管间相距可能较远,行一期手术修补食管闭锁可能性小。

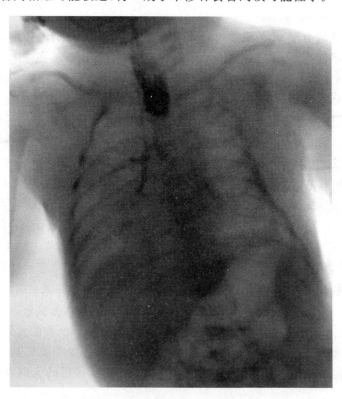

图 12-7　食管造影检查示食管闭锁
食管上盲端的最低点位于 $T_{2\sim3}$,腹腔肠管充气

X 线片上是否有胃肠充气影也是一个重要征象。结合是否有造影剂入气道,可判断食管闭锁分型。在Ⅰ型食管闭锁中,无造影剂入气道,胃肠内也无气体;在Ⅱ型食管闭锁中,有造影剂入气道,胃肠内无气体;在Ⅲ型食管闭锁中,无造影剂入气道(但常可从食管盲端溢出至呼吸道),胃肠内有气体;在Ⅳ型和Ⅴ型食管闭锁中,有造影剂入气道,胃肠内也有气体。以上 X 线片分型需注意鉴别造影剂反流误吸入气道的可能。

阅 X 线片时还应仔细分析心脏大小及肺野情况,注意有无先天性心脏病及肺部感染,同时注意脊柱和肋骨有无异常。

根据临床表现,结合上述辅助检查,食管闭锁诊断并无困难。

除明确诊断食管闭锁外,术前应常规检查心脏超声心动图。超声心动图可发现心脏病变,有助于判断患儿预后,并警惕加强术中监护;另外,还可判断左右主动脉弓,便于术者选择手术途径。

此外,根据条件,可做下述检查。泌尿系 B 超,有助于诊断泌尿系畸形。肢体 X 线片,以诊断肢体畸形。脊髓超声,由于新生儿腰椎椎间盘相对透明,利用超声可诊断患儿是否患脊髓拴系,但该检查应在患儿 1 个月内实施。

为判断食管两段间距,可采用下列方法(gap-o-gram)。行胃造口后,将一小号扩张条经胃造瘘口引入食管远端盲袋,同时将一不透 X 线线的 F10 胃管插入食管近端盲袋,在透视下,将扩张条和胃管互相靠近,当两者距离最近时予摄片。两者间的距离以椎体数目表示,当间距小于或等于 2 个椎体时,可行一期手术修补食管闭锁;否者,需延期手术或分期手术。

六、治 疗

手术是唯一有效的治疗方式,手术可立即进行,也可延迟进行,有时还可分期进行。目前,倾向于确诊后积极做术前准备,尽早手术。手术方式应根据食管闭锁的病理类型、患儿全身情况等进行选择。Ⅰ、Ⅱ型食管闭锁,食管两盲端距离较远,处理较棘手,常选择 Puri 提出的早期行食管造口、胃造口术,后期再行结肠、回肠或胃代食管术。有学者则认为任何替代物都比不上患儿自己的食管,因此主张先行胃造口术,2~3 周评估一次患儿食管两盲端间的距离,一旦可以,则行延期食管吻合术,否则立即行食管替代术,或暂行食管造口术,后期再行食管替代术。但实际操作中,即使延期 12 周后,两食管盲端间距减少并不明显。采用 Foker 技术可明显减小食管两盲端间距。Foker 技术包括两次开胸手术,第 1 次开胸手术将食管两盲端拖出并固定于胸壁,坚持每天用探条扩张食管上下盲端,经过数天或数周后,二次开胸行食管吻合术。Ⅲ、Ⅳ型食管闭锁,食管两盲端距离常常较短,多可行 Ⅰ 期瘘管结扎、食管吻合术。Ⅴ型食管闭锁诊断较晚,"H"形瘘管常位于颈根部 L_2 水平,一旦诊断出,即可经颈部行瘘管结扎术。有人在瘘管两断端间置入少许肌肉,可防止瘘管复发。下面着重介绍最常见病理类型Ⅲ型食管闭锁的手术治疗。

术前准备:保暖,高坡卧位,留置食管导管,常规每 10~15min 抽吸 1 次,清除食管盲端、咽部及口腔内分泌物,应用广谱抗生素,纠正水电解质失衡,完善术前相关检查。

手术步骤及操作要点:食管闭锁的食管吻合术有两种途径,即经胸腔食管吻合术和经胸膜外食管吻合术。目前多主张经胸膜外手术,由于不进入胸腔,对呼吸功能影响极小,一旦发生吻合口漏,不与胸腔相通,胸腔感染率明显下降。而经胸腔手术者,术后尚无因吻合口漏而发生脓胸者的报道。

气管插管全麻下,有主张常规先行支气管镜检查,目的可进一步确诊瘘管是否存在及瘘管位置,排除喉气管食管裂,评估气管软化程度等。完成支气管镜检查后,即可开始开胸手术。患儿左侧卧位,取右胸第 4 肋间后外侧切口(对于右主动脉动弓的食管闭锁患儿,取右侧胸壁切口还是左侧胸壁切口,尚有争议),依次切开皮肤、皮下、肌层,壁层胸膜,进入胸膜腔(胸膜外手术途径则不切开胸膜,而是沿第 4 肋间上下前后从胸膜外分离胸膜),将右肺推向前内侧,显露后纵隔。打开纵隔胸膜(胸膜外手术途径则无需切开纵隔胸膜),结扎切断奇静脉;此时,食管下段及瘘管显而易见,并随机械通气而搏动。但有时需仔细寻找,因该段食管可以很短或被降主动脉遮盖。迷走神经从食管前方经过,术中可通过寻找迷走神经来确定远端食管。确定远端食管后,绕过一细带,用作牵引,以确定连接气管的瘘管。游离与解剖远端食管时尽量限于小范围,以保存血液供应。在瘘管进入气管的入口处钳夹并切断,残端用线缝扎。可用奇静脉或胸膜片覆盖,防止瘘管复发。为检查瘘管缝扎是否严密,可在伤口内注入生理盐水,并行人工通气,如果瘘口周围冒泡,说明瘘管缝扎欠佳,需重新缝扎。嘱麻醉医师轻轻推送预置入食管近端盲袋内的导管,使盲袋底部撅起,顶端缝线作牵引,可作充分游离。完成解剖与游离食管两端后,开始进行食管吻合。食管两盲端间距一般在 2cm 以内,可直接行端-端吻合,多采用端端单层缝合方式,注意必须黏膜对黏膜吻合。如食管两盲端间距在 2cm 以上,可对近端食管行 Livaditis 肌层切开延长术,此法可将食管两盲端间距缩小 1cm 左右。大部分情况下,食管可完成 Ⅰ 期吻合术。若食管两盲端间距过长,则需改行食管造口、胃造口术,后期再行食管替代术。

吻合完成后,可由胃管内注入生理盐水,检查吻合口有无漏液,必要时予修补。胃管通过吻合口置于胃内,但亦有学者主张不放食管支架管。冲洗胸腔,缝合纵隔胸膜,于第 7 肋间置一胸腔引流管(胸膜外途径可不留置胸腔引流管),缝合胸壁切口。

术后护理:NICU 监护,呼吸机辅助呼吸,口腔吸引唾液,保持呼吸道通畅,静注抗生素,完全胃肠外营养,必要时给予镇痛治疗。若患儿术后恢复可,5~7d 行食管造影检查,如果食管无吻合口漏及明显狭窄,即可开始经口喂奶,若发现吻合口狭窄,14d 后可行食管扩张术。有学者常规给食管闭锁术后患儿口服雷尼替丁 6 个月,以预防胃食管反流及由此导致的吻合口狭窄。

目前国内外多家儿童医学中心已开展食管闭锁的微创手术,通过胸腔镜吻合食管,病例数和经验在不断积聚。

七、术后并发症

1. 吻合口漏　发生率为 11%~21%,常于食管吻合术后 3~4d 发生。主要病因是由于吻合口张力过大,广泛游离食管下端致供血不良,吻合技术不佳,感染等。瘘口可大可小,有的瘘无明显临床表现,只是在食管造影时发现,有的瘘可导致患儿临床情况恶化,X 线片可发现气胸,胸腔引流管引出大量唾沫样黏液。目前主张非手术治疗,经胸腔引流管充分引流、静脉用广谱抗生素、完全胃肠外营养等处理,大部分食管吻合口漏可自愈。对于少数非手术治疗无效、引致败血症的吻合口漏,可行食管造口和胃造口,延期行食管吻合口漏修补术。

2. 食管气管瘘复发　发生率为 3%~14%。瘘复发可在术后数天内发生,也可于数周后发生。手术关闭瘘口不完全,食管吻合口瘘及局部感染均可导致瘘复发。有时术前忽略了近端的食管气管瘘,术后瘘管依然存在,可误以为是瘘管复发。患儿表现为反复肺部感染,每次进食后出现呛咳。前倾位食管造影和支气管镜检查可确立诊断。传统观点认为,食管气管瘘复发常需再次开胸行瘘管切断缝合术。然而,术后仍有 10%~22% 的患儿再次出现瘘管复发。因此,目前倾向于微创治疗复发的食管气管瘘。方法包括 Nd-YAG 激光消除瘘管,瘘道上皮下注射硬化剂、纤维蛋白胶等以阻塞瘘管。

3. 吻合口狭窄　发生率高达 50%。实际上,所有食管闭锁患儿术后行食管造影检查均有不同程度的吻合口狭窄,但其中一部分并无功能上的意义。造成吻合口狭窄的因素有:缝合技术欠佳,吻合方法不当,食管缺血,吻合口张力过大,吻合口裂开等。后期形成吻合口狭窄的因素可能是胃食管反流。发生吻合口狭窄的患儿表现为进食减慢、呃逆,其后可出现进食困难及呕吐。食管造影检查可确立诊断。透视下行球囊扩张是治疗食管吻合口狭窄安全而有效的方法。施行球囊扩张前,应预防性应用 H_2 受体拮抗药,必要时行抗胃食管反流手术。反复扩张无效时,需再次手术或行经内镜下狭窄切开术。狭窄段食管内置支架是否可行,仍在探讨之中,笔者单位近年使用可回收覆膜抗反流支架,短期效果满意,但长期效果如何,是否复发,还需观察。

4. 胃食管反流　几乎所有食管闭锁患儿行食管修补术后均出现不同程度的胃食管反流。食管动力障碍以及术中改变 His 角等,均可导致胃食管反流。轻者无症状,重者患儿可反复出现吸入性肺炎、食管炎、吻合口狭窄等。上消化道造影、食管 pH 监测、内镜检查等,均有助于胃食管反流的诊断。治疗上首选药物治疗,H_2 受体拮抗药、质子泵抑制药、促动力药均可选用。非手术治疗无效时,应行胃底折叠术。

5. 气管软化症　气管软化症是胚胎发育异常所致。几乎所有食管闭锁患儿均会出现不同程度的气管软化症,其中严重者的发生率大约为 10%,表现为依赖呼吸机支持、濒死发作(短时间内出现面色苍白,乏力,呼吸暂停、发绀)等;轻症者则表现为反复肺炎、哮喘发作。患儿自主呼吸下行支气管镜检查可确诊。气管软化症随着患儿年龄的增长,部分可自愈,只有对于那些威胁患儿生命的重症,才考虑手术治疗。传统手术方式为胸骨后主动脉固定术,无效时可选用气管造口术或内置支架术。

6. 食管动力障碍　食管动力障碍逐渐受到关注。患儿主要表现为进食困难,以及胃食管反流相关症状。促动力药对该患儿可能有效。

八、预　　后

影响食管闭锁术后成功率的因素过去一直认为与食管闭锁的类型、婴儿出生时的体重、是否合并肺炎及伴发畸形的程度关系密切。1962 年,Waterson 将上述指标综合组成三组,依次作为术式选择及预后评定的标准,被国内外广泛应用。随着医学的发展,食管闭锁手术治疗成功率明显提高,1994 年,Spitz 等在追踪随访 387 名食管闭锁患儿预后的基础上,总结了一组新的评定预后的分组法,目前在临床上广泛应用(表 12-3)。

表 12-3　Spitz 分组法

组别	体重	严重先天性心脏病
Ⅰ	≥1500g	不伴严重先天性心脏病
Ⅱ	<1500g	或有严重先天性心脏病
Ⅲ	<1500g	伴严重先天性心脏病

Spitz 根据此预后评定分级系统对 372 名食管闭锁手术治疗患儿进行分析,发现Ⅰ组患儿存活率为 97％,Ⅱ组为 59％,Ⅲ组为 22％。

远期疗效:①反复发作呼吸道症状。Melbourne 等对 334 名食管闭锁患儿进行长期随访追踪,结果发现 5 岁以前,31％患儿反复患肺炎,15 岁以后,5％患儿反复发作肺炎;而支气管炎在 2 个年龄组的发作率分别为 74％和 41％;哮喘在 2 个年龄组的发作率均为 40％。②食管动力障碍、胃食管反流引发症状。通过长期随访追踪,食管闭锁术后患儿有 20％在青少年时期出现吞咽困难,48％在成人期出现吞咽困难。胃灼热感以及反酸的发作率为 18％～50％。另外,8％食管闭锁患儿出现 Barrett 食管。内镜监测结果表明,食管闭锁患儿以后发生幽门螺杆菌感染的概率增加 2 倍。

生活质量:对曾经做过手术治疗的食管闭锁年轻患者经行生活质量评估,发现在新生儿期进行Ⅰ期修补术治疗食管闭锁的患儿的生活质量不受影响。但是,食管闭锁患者在学习、情感和行为方面,比普通人群存在更多问题,特别是新生儿期需长时间依赖呼吸机以及伴发严重畸形的患者,其认知能力严重受损。

(余家康　汪凤华)

第九节　先天性食管狭窄

先天性食管狭窄是一类因食管壁结构先天性发育异常而造成的原发性食管管腔缩窄的病变。食管壁气管支气管组织残存、食管壁肌纤维增粗以及食管网状、膈状黏膜隔膜形成是造成食管狭窄的病理学基础。而贲门失弛缓症及由胃食管反流引起的继发性食管狭窄不属于该范畴,临床应注意与之鉴别。

先天性食管狭窄的病变部位因病理学类型不同而各异,食管壁气管支气管组织残存是最常见的类型,病变多位于食管远端;食管壁肌纤维增粗造成的食管狭窄多位于食管中下段;食管网状、蹼状黏膜隔膜形成造成的食管狭窄多见于食管中上段。

一、病因及流行病学

先天性食管狭窄的发病率为 1/50 000～1/25 000,无性别聚集倾向,临床发病罕见。至 1995年为止全世界文献描述的先天性食管狭窄仅 500 例,其中我国文献(1987)报道先天性食管狭窄 6 例。日本较世界其他国家的发生率都高(1981 年日本文献曾报道先天性食管狭窄 71 例)。我国尚未有发病率统计数据。先天性食管狭窄的发病原因尚不明确,伴发其他先天性畸形者为17％～33％,先天性食管闭锁、先天性心血管畸形、肠闭锁、先天性肛门直肠畸形以及先天性染色体异常等是先天性食管狭窄较常见的伴发畸形。

外科医生应该尤其留意先天性食管闭锁患儿是否合并先天性食管狭窄。日本及英国的研究者分别分析本国过去 40 年间确诊的食管狭窄病例共计 85 例(英国 59 例、日本 26 例),发现食管闭锁伴发食管狭窄的发病率在 8％～24％,其余各研究中心报道的伴发率约为 14％。然而仅有约 2.5％的患儿在一期食管闭锁吻合术时发现远端先天性食管狭窄,约 6％的食管狭窄患儿有组织学依据。因此,外科医生有必要在 I 期根治手术中将 8F 胃管尝试插入食管远端以排除食管远端狭窄,但术中明确狭窄准确位置及病理类型较困难,因此是否同时手术处理食管远端狭窄仍存在争议。

二、病理学及分型

1. 食管壁气管支气管组织残存　最常见的类型,也称气管原基迷入型食管狭窄,节段性食管狭窄由食管内气管支气管组织残存造成。病变多位于食管远端,大体观可见食管管腔陡然缩窄,病理学检查可见成熟或未成熟的软骨、气管支气管黏液腺以及纤毛上皮细胞。这种病变可能是由于胚胎期呼吸道与前肠分离异常造成的。

2. 食管壁纤维肌性肥厚　又称纤维肌性狭窄。病变多位于食管中下段,典型病变可见管腔缓慢缩窄呈漏斗状。镜下可见环状平滑肌纤维增生,常伴有轻度纤维化。有报道称部分成年诊断为先天性食管狭窄的病例可见肌层氮能神经元及神经纤维显著减少。

3. 食管网状、蹼状黏膜隔膜　亦称膜样狭窄,是最罕见的一种类型,镜下可见黏膜隔膜缺少黏膜下层以及疏松结缔组织、血管结缔组织,可见散在的淋巴细胞。这种病变类型可能与胚胎期食管黏膜空化异常有关。

三、临床表现

出生及表现出症状的新生儿较少见,多数患儿哺乳时无明显症状,6 个月左右进食半流质时方表现出吞咽困难,反流及呕吐等症状。呕吐物中主要为唾液混合未经消化的食糜,并无酸味亦不含胆汁。反流物进入气管,可出现呛咳或发绀,引发反复发作的呼吸道感染。有些年长儿由于狭窄近端食管呈囊状扩张,可以压迫气管或支气管,造成呼吸困难。查体并无特殊病理体征,少数患者可有营养不良或贫血。个别年长儿病例首发症状为食管异物。

四、诊　断

新生儿喂养后反复发生食物反流或餐后呛咳,年长儿反复出现呼吸道感染并餐后喘息等表现,应高度怀疑本病,食管钡剂造影及食管内镜等手段为狭窄的部位、形态及程度提供诊断依据,最终确诊依靠食管组织病理学检查。

食管钡剂造影为诊断先天性食管狭窄的最主要手段,造影可见食管管腔缩窄伴狭窄近端食管不同程度的扩张。食管壁气管支气管组织残存造成的狭窄多见管腔呈陡然缩窄,而食管壁肌纤维增粗多表现为漏斗形逐渐缩窄。有报道称 8%～24% 的食管闭锁、食管气管瘘病例合并闭锁远端食管的先天性食管狭窄。因此食管闭锁术中有必要检查远端食管以除外先天性狭窄段存在。

食管内镜有助于在直视下判断外观较典型的食管狭窄的类型,尚可取组织活检做病理学诊断。食管内超声检查可以明确气管支气管组织残存型的食管狭窄,有报道称使用食管内高分辨率管状超声探头可于黏膜下探及软骨组织的异常回声,根据软骨发育厚度不同,可表现为低回声暗区或高回声亮区。

24h 食管 pH 监测有助于鉴别贲门失弛缓症及反流性食管炎继发性食管狭窄。术前食管测压可以在食管下端括约肌上方测得与狭窄位置所对应的小范围高压力区,为手术治疗提供依据。食管动力学分析可测得与狭窄段相对应的食管蠕动停顿。食管镜检查可直接确定狭窄位置、胃食管分界所在以及评估食管炎发生的程度等。

五、治　　疗

治疗的原则是减轻和消除先天性食管狭窄造成的症状,同时保全胃食管交界防反流功能。应根据患儿实际情况选择非手术治疗或手术治疗方案。

食管扩张术是先天性食管狭窄保守治疗的首选方案。近年球囊扩张已逐渐代替探条扩张术成为主要的治疗手段。肌纤维增粗型经扩张术治疗后症状缓解率较高,效果较显著,食管穿孔等并发症的发生率较小。黏膜隔膜形成及食管壁气管支气管组织残存型球囊扩张效果欠佳,有报道显示,该类型经扩张术治疗,所需疗程长,效果相对不理想,且容易出现食管穿孔,应谨慎使用该方法。

气管支气管组织残存型、食管网状、蒲状黏膜隔膜形成型食管狭窄以及反复扩张治疗效果不理想、发生食管穿孔等,是食管狭窄手术治疗的指征。患儿手术前应通过全肠外营养和(或)鼻胃管肠内营养改善营养状况,术前外科医生应该明确狭窄所在位置、狭窄段长度以及狭窄距胃食管交界处的距离。可于透视下将球囊管通过狭窄端,同时经口吞钡,立即扩张球囊后向近端稍做牵引,将球囊固定于狭窄段下方使其清晰显影。除少数食管腹腔段狭窄需经腹入路外,绝大多数食管狭窄手术均可选择经胸入路。食管中段的病变经右侧开胸,下段病变可经左侧开胸。手术方式可根据病理类型、狭窄程度及长度选择狭窄段切除、端-端吻合,食管环肌切开等术式。暴露食管后可经口插入球囊至狭窄段远端,向头侧牵引确定狭窄段下端后自此处断离,尔后将球囊自近端食管残段插入,向尾侧牵引确定狭窄段上端后将狭窄段完全切除。无张力下吻合食管两端,注意保护膈神经和迷走神经。广泛食管壁纤维肌性肥厚型食管狭窄术中切除食管长度超过 3cm 或食管吻合张力过大者,需行胃、空肠、结肠代食管的重建手术。

食管肌环切术是治疗食管壁纤维肌性肥厚型食管狭窄的有效术式,手术取常规入路,环形切除肥厚变性的肌层而保留完整的食管黏膜,然后将进远端肌层缝合。然而食管壁气管支气管组织残存型为最多见的食管狭窄类型,有报道使用食管肌环切术治疗气管支气管组织残存型,同样取得良好的效果,避免了全层切除吻合,减小了术后食管吻合口瘘的风险。尚有胸腔镜下切除食管狭窄的个案报道,亦有待进一步广泛开展。

有个案报道在内镜下行激光隔膜切除术治疗食管网状黏膜隔膜窄,术者在内镜引下确认食管狭窄类型为网状黏膜隔膜无误后,使用 Nd-YAG 激光器以 1 127J 能量自正中将隔膜切开尔后向周围切割至食管壁边缘,术后内镜即可通过狭窄段进入胃。该方法有出血少,见效快,术后恢复快等优点,然而其临床意义尚有待在进一步实践中证实。

如狭窄段靠近胃食管交界,为预防术后胃食管反流可行 Nissen 胃底折叠术,如术中不慎损伤迷走神经,可加做幽门成形术。

扩张术造成的食管穿孔,食管吻合术后吻合口瘘为常见并发症。严重渗漏者需手术引流,小规模渗漏可经肠外营养非手术治疗,待瘘口自行愈合。术后如出现胃食管反流,需行防反流手术。

(钟　微)

第十节　食管裂孔疝

食管裂孔疝是指食管腹段、胃贲门部或其他腹腔内容物通过发育异常的食管裂孔疝入胸腔纵隔的一类疾病。该病多见于老年人,新生儿食管裂孔疝极少在出生时起病,该病可发生在儿童期各年龄组,男女比例约 3：1。

一、病理分型

根据疝形成的不同机制及引起的主要症状分为滑动性食管裂孔疝、食管裂孔旁疝,巨大食管裂孔疝伴短食管。

新生儿期食管裂孔疝绝大多数为滑动疝(约占 90%),一般可经非手术治疗痊愈。而食管裂孔旁疝或个别疝内容物较大,伴有嵌顿绞窄,症状较重,非手术治疗无法缓解者,需要手术治疗。

Ⅰ型食管裂孔疝即滑动性食管裂孔疝,为最常见的类型,约占发病率的 95%。此型食管裂孔往往位于膈中心腱,裂孔前肌缺如或发育不良,食管裂孔失去了原有的长轴矢状位椭圆形结构,变成前后径和横径几乎相等的圆形,由于裂孔形状的扩大,隔食管膜变的薄弱,使食管腹段和胃贲门部活动性增大得以向上疝入纵隔。滑动性食管裂孔疝的重要性在于与胃食管反流的发生密切相关。

食管裂孔旁疝不同类型,三型发病率合计仅占食管裂孔疝总发病率的 5%～15%,此 3 型较少引起胃食管反流,各种机械梗阻的并发症较常见。

Ⅱ型食管裂孔疝是由于隔食管膜局限性缺损造成的,胃底为最早疝入疝囊的疝内容物而胃食管交界仍然固定于降主动脉前筋膜和正中弓状韧带。

Ⅲ型食管裂孔疝兼备Ⅰ型、Ⅱ型的特征,胃底最早疝入,随着疝内容物进行性增大,隔食管膜被拉伸松弛,使得胃食管交界也上升到胸腔。

Ⅳ型食管裂孔疝即巨大食管裂孔疝是由巨大隔食管膜缺损造成,使得腹腔内除胃之外的其余脏器得以疝入胸腔,较常见的疝内容物为结肠、脾、胰与小肠等,此型食管裂孔疝常伴有短食管,需要手术治疗。

二、临床表现

新生儿所罹患的食管裂孔疝绝大多数为滑动性食管裂孔疝,症状多不典型。

因疝入物不同可出现不同的梗阻缺血症状。多数患儿可无症状,或症状间歇出现,当症状出现时多与疝内容物缺血或机械梗阻有关。典型病史是出生后出现呕吐,80% 的病例表现为出生后 1 周内出现频繁呕吐，一般呕吐量大、剧烈，严重病例呕吐物含血性物，肉眼为棕褐色或巧克力色。可能是胃底血管出血之故。大量出血极为少见，呕吐物大多不含胆汁。

患儿因无法诉说胃食管反流造成的胃灼热感而表现反复哭闹、易激惹，有时易误诊为肠痉挛。

口腔酸性异味，由反流入口腔的胃酸散发而出。

如病史较长，胃食管反流较严重的患儿，可有反复发作的肺炎、不同程度的食管炎甚至食管狭窄。年长儿在婴幼儿期症状可不典型，未引起家属足够重视，直到出现吞咽困难、吞咽不适、剑突区疼痛等食管炎症状方来医院就诊。患儿可因营养不良或慢性出血而出现贫血，其程度往往和食管炎严重程度有关。

食管裂孔疝可与其他先天性畸形合并出现，如先天性肥厚性幽门狭窄，声门或气管异常，先天性食管狭窄、先天性食管气管瘘、偏头痛和周期性发作综合征以及智力发育迟缓等，需要额外注意。

三、诊　　断

婴幼儿食管裂孔疝需要与生理性的胃食管反流相鉴别，如出生 1 周内反复呕吐伴呕吐物中含有咖啡色血性物的患儿均应怀疑食管裂孔疝。

典型的食管裂孔疝 X 线立位胸腹平片可见心脏后方边界清晰含气液平面的软组织影，多位于脊柱左侧，腹腔内胃泡相应的消失。或可见肠管、肝等腹腔内脏进入后纵隔。

钡剂上消化道造影是诊断食管裂孔疝的重要方法。俯卧位单对比较立位气液双对比，更易诊断 I 型滑动性食管裂孔疝。造影所见食管裂孔疝的直接征象为：①膈上疝囊；②食管下括约肌环（A 环）升高和收缩；③疝囊内有粗大纤曲的胃黏膜皱襞影；④食管胃环（B 环）的出现；⑤可见食管一侧有疝囊（胃囊），而食管-胃连接部仍在横膈裂孔下；⑥混合型可有巨大疝囊或胃轴扭转等。间接征象为①横膈食管裂孔增宽（>4cm）；②钡剂反流入膈上疝囊；③横膈上至少 3cm 外有凹环等。然而较小的不含气的疝团或间歇性发作的 I 型食管裂孔疝诊断较为困难，影像学方法可能无法捕捉，难以与后纵隔肿物相鉴别。

24h 胃、食管 pH 监测为诊断胃食管反流的金标准。

内镜检查对食管裂孔疝的诊断率较前提高，可与 X 线检查相互补充旁证协助诊断。可有如下表现：①食管下段齿状线升高；②食管腔内有潴留液；③贲门口扩大和（或）松弛；④His 角变钝；⑤胃底变线；⑥膈食管裂孔宽大而松弛等。

食管裂孔疝时食管测压可有异常图形，从而协助诊断。食管测压图形异常主要有以下表现：①食管下括约肌（LES）测压时出现双压力带；②食管下括约肌压力（LESP）下降，低于正常值。

此外，CT 和 MRI 有助于和纵隔肿物鉴别诊断。

四、治　　疗

（一）非手术治疗

新生儿期食管裂孔疝绝大多数为滑动疝（约占 90%），可以经非手术治疗缓解，非手术治疗原则是降低腹压、防止反流及对症治疗。

非手术治疗主要包括以下几种。

1. 体位治疗　头部抬高 30°卧位。

2. 饮食　少量多次喂养或经鼻（口）饲管持续胃肠营养、尽早开始半流即奶糊饮食。

3. **药物**　制酸药物(质子泵抑制药)、中和胃酸药物、抗胆碱药物、镇痛解痉药物以及控制食管、胃黏膜的出血。

（二）手术治疗

1. **手术适应证**

(1)新生儿食管滑动疝手术指征：①患儿经体位及饮食治疗3~6个月无效,体重无增长或有减轻；②胃食管反流严重,呕血或便血致严重贫血,或反复肺部感染；③反复食管炎继发食管狭窄。

(2)食管旁疝手术指征：合并短食管(食管胃连接部高于 T_{10} 平面),常继发胃扭转、胃疝入胸腔甚至绞窄坏死,为预防出现严重并发症,确诊后有必要预防性手术治疗。

2. **手术原则**

(1)复位疝内容物、贲门复位,使腹段食管回复到膈下正常位,且保留一段正常腹段长度,达到能对抗腹压。

(2)防治胃食管反流,多数学者提出加做 Nissen 胃底折叠术,已达到抗反流目的。

(3)修补食管裂孔,主要缝合左右膈肌脚。

(4)保持胃流出道通畅,如合并肥厚性幽门狭窄需一并行幽门环肌切开术。

3. **手术方法**　目前常用的手术方法是经腹食管裂孔疝修补及 Nissen 胃底折叠术。近年来由于腔镜手术的迅速发展,大部分手术可通过胸腔镜或腹腔镜完成,腹腔镜下对贲门食管裂孔的显露具有明显的优势。

4. **手术并发症**　疝复发、胃食管反流、纵隔浆液囊肿、胃穿孔或撕裂、食管穿孔、胃失弛缓。

5. **手术效果评估**　除了评估临床症状有无缓解外,还应做上消化道造影或钡剂、食管、胃内镜和24h胃、食管 pH 监测以及食管测压等检查,对比手术前检查情况,以客观评估手术效果。

6. **手术治疗效果**　多数文献报道术后早期症状完全缓解率可高达 80%~90%,少数为47%,仅 5% 完全失败,约 10% 复发反流。近期有报道尽管腹腔镜下食管裂孔疝修补术后钡剂提示复发率为 14.8%,但仅有 12.9% 的患者出现症状,且病人手术后生活质量满意度较好。成年人腔镜下食管裂孔疝修补术后病人中,手术时年龄较小以及体重较重是造成复发的独立因素。国内已有报道腔镜下对 15 例小儿食管裂孔疝完成了矫治手术,效果良好。

（钟　微）

第十一节　新生儿纵隔肿瘤

为了便于纵隔肿瘤(mediastinal mass)的定位,临床上常以胸骨柄下缘与 T_4 下缘连线为界将纵隔分为上纵隔和下纵隔；上纵隔以气管分叉为界分为前纵隔和后纵隔；下纵隔又分为 3 部分,心包、心脏、气管分叉所在部位为中纵隔,其前方与胸骨之间为前下纵隔,其后方和胸椎之间为后下纵隔。纵隔内器官和组织繁多,有心脏、心包、大血管、气管、食管、还有丰富的神经、淋巴和结缔组织。在胚胎发育过程中发生异常,形成了各种不同类型的纵隔肿瘤。前上纵隔肿瘤多为淋巴瘤、胸腺瘤、畸胎瘤、精原细胞瘤及淋巴管瘤,以恶性多见；中纵隔主要为心包囊肿；后纵隔主要有交感神经肿瘤、支气管囊肿、肠源性囊肿(图 12-8)。小儿各种纵隔肿瘤的发病率国内外文献报道不一,但一般最多见的是神经源性肿瘤,而无症状良性肿瘤者占 60%~80%,有严重者症状者多为恶性肿瘤,占 20%~40%。

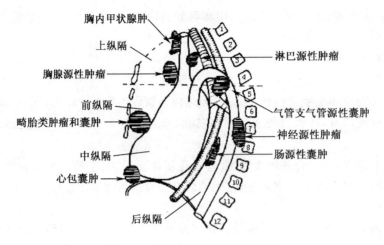

胸内甲状腺肿
上纵隔
胸腺源性肿瘤
前纵隔
畸胎类肿瘤和囊肿
中纵隔
心包囊肿
后纵隔

淋巴源性肿瘤
气管支气管源性囊肿
神经源性肿瘤
肠源性囊肿

图 12-8　纵隔分界及肿瘤好发部位

一、神经源性肿瘤

神经源性肿瘤是临床上小儿纵隔肿瘤最多见的肿瘤,多位于后纵隔近头侧脊椎旁沟内,以单侧多见。

(一)病因

纵隔神经源性肿瘤可来源于神经鞘、神经细胞、突触及结缔组织,其中以神经鞘瘤最常见。由周围神经发出可分为神经鞘瘤和神经纤维瘤,后者最多,且均为良性。由交感神经节发出的肿瘤有神经节细胞瘤、节细胞性神经母细胞瘤和神经母细胞瘤。

(二)病理及分型

瘤体含有神经干的各种成分,其中主要成分为神经膜细胞,另有轴索及来自神经内膜和神经束膜的结缔组织;细胞结构排列不整齐,细胞间质含有胶原纤维和蛋白或黏液瘤性成分。

神经纤维瘤大体特殊为局限性实性肿物,有完整的包膜,有弹性,质韧,切面灰白色稍透亮。

神经节细胞瘤由神经纤维及分化成熟的神经节细胞组成,绝大多数为良性(N-myc 基因扩增者除外);节细胞性神经母细胞瘤含有分化成熟的神经节细胞和未分化的神经母细胞,其中有 N-myc 基因扩增或临床分期较高者恶性程度高;神经母细胞瘤主要由未分化的神经母细胞构成,尤以有 N-myc 基因扩增、临床分期高者表现为恶性程度高的浸润表现,瘤体切面呈暗红色或灰白色。

(三)临床表现

因纵隔神经源性肿瘤好发部位的脊柱旁沟位置深、空间较大,初发肿瘤小时或良性肿瘤,一般无明显症状;多数病人是在出现发热、咳嗽、气促等呼吸道症状行胸部 X 线检查时发现。若肿瘤巨大或进行性生长,则可出现压迫症状,严重者出现 Horner 综合征(上眼睑下垂、瞳孔缩小、半面脸无汗等);也有部分肿瘤侵入椎间孔呈哑铃状生长压迫脊髓神经,出现下肢感觉、活动障碍。对于神经母细胞瘤,若出现骨转移或骨髓转移,可出现转移骨痛等症状;若神经母细胞瘤瘤体巨大,可因占据胸腔位置致呼吸受限,出现肺部感染甚至脓胸等情况。

(四)诊断

纵隔神经源性肿瘤早期常无明显症状,难以引起家长甚至于临床医生的重视,常漏诊或延误诊断,积极开展相关检查有助于尽早诊断。

1. 胸部 X 线检查　常为最早发现病变的检查手段。无症状患儿胸片可示脊柱两侧后纵隔密度较高、边界清楚,表面光滑的块状影。

2. 胸部 B 超　神经纤维瘤的声像图特点是可见明显的包膜回声,内部多呈均匀分布的中低回声;若肿物内部回声有部分呈中等回声光点,分布不均匀,并有低回声及无回声区,则提示有恶变可能。神经母细胞瘤早期声像特点为包膜完整,边界清楚,内部有均匀的结节状回声;晚期则包膜不完整,内部有不规则的无回声区。

3. 胸部 CT 检查　可于脊柱旁、后纵隔见圆形或椭圆形、边界清楚、密度均匀的实质性肿块,也可见分叶状,则提示为神经节细胞瘤和神经母细胞瘤可能性大。若发现肿块中有低密度坏死液化,椎间孔扩大,附近椎体和椎弓根破坏,则提示恶性程度高。

4. 胸部 MRI 检查　可见肿瘤边界光滑,内部均匀,其 T_1 加权像上肿瘤信号强度与脊髓组织相同,在 T_2 加权像上肿瘤信号强度较脊髓明显升高;若肿瘤周边出现骨质破坏、肿瘤内部发生坏死,则内部信号不均匀,T_2 加权像上出现更高的信号强度区。

5. 骨扫描、PET-CT　是近年来新兴起的检查,能更进一步的了解肿瘤的位置、大小、与周围组织的关系,判定肿瘤有无转移以及初步判定肿瘤性质。

6. 其他　骨髓穿刺、血 NSE、尿 VMA 等相关检查,临床上对于怀疑神经母细胞瘤需常规行此类检查。

(五)治疗

神经源性肿瘤原则上一旦发现,应及时手术切除。因此,对于临床考虑神经纤维瘤患儿,考虑尽可能一期手术切除。若影像学检查提示有恶变可能或考虑神经母细胞瘤患儿,应先行骨髓穿刺检查,若有骨髓转移征象,则应先予化疗,待肿瘤缩小、边界清晰后再行手术切除,术后继续化疗。

手术切口以后外侧剖胸切口显露为好,操作方便。切开胸膜后,钝性分离;肿瘤多与神经相连,起源于肋间神经者较多,其次为交感神经、臂丛和迷走神经,应注意勿损伤交感神经以避免术后出现 Horner 综合征。部分肿瘤呈葫芦状生长,有蒂伸入椎间孔,可小心将相应椎管切开,尽可能将肿瘤完整切除;但较难时则不宜强行切除,以防脊髓损伤或难以控制的出血,可将蒂部结扎切除,残留在椎管内部的肿瘤则在术后严密随访。

二、畸胎类肿瘤和囊肿

纵隔畸胎类肿瘤和囊肿多位于前纵隔近心底部,多突向一侧胸腔,亦可向两侧突出。

(一)病因

畸胎瘤来源于胚芽细胞,是由具有外胚层(衍生牙齿、毛发、皮脂腺)、中胚层(衍生肠管、肌肉、淋巴结)和内胚层(衍生胰腺黏液腺)的全能细胞演变而来。如果某些全能细胞在胚胎发育过程中,在纵隔受阻而脱落、分化成胎层组织,可由 2～3 个胚层构成不同类型的组织结构,这些组织中有分化成熟、未分化成熟和两者兼有的组织成分,依此临床上可分为良性肿瘤、恶性肿瘤和间于良、恶性之间。

(二)病理

纵隔畸胎瘤有囊性和实质性,良性和恶性之分,而根据组织胚胎来源则可分为皮样囊肿和畸胎瘤等。囊性者常呈多房性,有纤维囊壁,内有黄褐色皮脂、毛发、软骨或钙化片、腺体。实质性者可有部分囊性结构,恶性较多见于实质性畸胎瘤。

(三)临床表现

肿瘤较小时可无明显临床症状。当肿瘤逐渐增大时,压迫邻近脏器如肺、气管等,可出现咳嗽、胸闷、胸痛、气促,严重者可使得纵隔移位而出现心悸等症状。肿瘤可突出胸外至皮下,破溃而流出干酪样物,形成胸壁窦道或肿瘤出现感染时,患儿可表现发热、咳嗽,当穿破肺而将囊内物流入支气管时可咳出皮脂样物或毛发样物等;若肿瘤出现破裂出血时,患儿可出现剧烈胸痛、烦躁不安,严重者可出现低血压、昏迷等休克症状。

(四)诊断

1. 胸部 X 线检查　可显示前纵隔内有圆形或椭圆形块状影,多突向一侧,若肿瘤巨大则向中后纵隔挤压,有时可见分叶状或结节状,肿物密度不均匀,典型的可发现密度高的钙化阴影(为牙齿或骨骼)。

2. 胸部 B 超检查　具有无创的特点,特别是对于胸壁薄弱的新生儿更具有优势。

3. 胸部 CT 检查　可清楚显示肿瘤病变部位、范围,肿瘤的大小、质地、性质,与周围组织的关系(如与周围血管的关系)等。

4. 血 AFP、β-HCG　对于恶性度高的肿瘤,血 AFP 可明显异常升高。但是需注意的是对于新生儿,可能其血 AFP 的水平在生后一段时间高于正常值水平。

(五)治疗

畸胎瘤有恶变的可能;而且容易出现瘤体感染,肿瘤迅速增大,使得病情突然加重,或瘤体包膜破裂形成胸腔感染。早期诊断后,就应该早期拟行手术治疗。

手术多采用前外侧切口,若肿瘤过大可切断胸骨,开胸后应首先判断肿瘤与邻近脏器的关系,然后沿肿瘤包膜分离,切勿损伤心包,对于粘连紧密者,可将该部囊壁切开,清除内容物,留下下部分囊壁;如术中有损伤对侧胸膜和肺组织,则应加以修补。瘤体巨大或有囊实性混合,可先将部分囊壁打开,清除囊膜部分内容物使得肿瘤边界清楚、体积变小,从而将肿瘤顺利切除。若肿瘤感染破溃、侵犯肺或胸壁形成窦道,则应将其一并切除。恶性畸胎类肿瘤切除后应辅助治疗,根据其细胞类型予针对性化学治疗,或局部放射治疗,因此在术中切除肿瘤的基底部可留置钛夹为标志,以便手术后按标志的部位进行放疗。

三、胸腺源性肿瘤

胸腺肿瘤是前纵隔常见的肿瘤,可分为胸腺瘤样增生和胸腺瘤等。

(一)病因

胸腺是人体免疫的重要器官,位于前上纵隔,附于心包外,左右各一叶,随年龄的增长而逐渐萎缩,退化后的腺体似脂肪组织,异位胸腺则可散布于纵隔各处,而胸腺瘤是胸腺演变而来的,因此胸腺瘤多位于前纵隔,异位胸腺瘤则可位于中纵隔或后纵隔。

(二)病理

胸腺的组织结构青春期之前为中枢组织,尤其在儿童期胸腺的淋巴上皮性结构明显,表面有疏松组织被膜,被膜面伸入实质形成小叶间隔,分为左右两叶,小叶的周边部为皮质,中央部为髓质。

胸腺瘤样增生是腺体明显增大超过正常年龄组的标准,但组织结构正常。胸腺滤泡增生,除幼儿有少数的生发中心后,青春后应视为异常。而重症肌无力者大部分出现胸腺滤泡增生,有发生中心及以淋巴细胞为主。

胸腺瘤则根据其浸润程度分为浸润性和非浸润性,前者为恶性;根据其肿瘤细胞成为多少可分为上皮细胞性、梭形细胞性、淋巴细胞性、混合性。

胸腺囊肿者其囊壁中有胸腺组织，内层衬有鳞状或柱状上皮，常见退变、炎性肉芽反应及胆固醇结晶形成。

（三）临床表现

多数胸腺肿瘤临床上无明显症状，少数患儿可出现咳嗽、发热、短期内体重下降。若为浸润性肿瘤，因肿瘤巨大可压迫周围组织出现上腔静脉压迫综合征，表现为眼睑下垂、复视、眼球固定等重症肌无力的症状；若肿瘤侵犯延髓可出现吞咽困难、哭声不响；严重者可出现四肢乏力、呼吸困难等。

（四）诊断

多数患儿因眼睑下垂就诊查胸部 X 线片而发现。

1. 胸部 X 线检查　较小胸腺瘤难以发现。较大者可见前纵隔增宽，有突向两侧胸腔或单侧胸腔的圆形或椭圆形、边缘锐利的阴影。

2. 胸部 CT 或 MRI 检查　可清楚的判断肿瘤的部位、大小，与周围组织的关系等。

（五）治疗

胸腺瘤有恶变可能，特别是对于怀疑已有恶变者，一旦明确诊断，应尽快行手术治疗。可选择前外侧或正中切口，如选择正中切口及劈开胸骨，根据肿瘤的大小决定劈开胸骨的长度，一般只将上部劈开即可。显露胸腺瘤体后，先分清楚周围组织，保护好无名静脉、胸廓内静脉及膈神经，将瘤体和胸腺整块切除，尤其是对于术前已有重症肌无力患儿，术中应连同周围的脂肪组织及可能的异位胸腺切除干净。

伴有重症肌无力的胸腺瘤，术前需应用维持剂量的抗胆碱酯酶药物（如吡斯的明），术前 2～3d 加用一些激素药物（如泼尼松）；术中注意肌松药物的使用，以免影响呼吸的恢复；术后继续服用抗胆碱酯酶药物，严密观察肌无力危象的发生；危象出现，纠治不及时者可导致死亡，因此开展术后常规的 ICU 病房过渡对提高治愈率有着积极的意义。

四、其他纵隔肿瘤和囊肿

（一）肠源性囊肿

纵隔肠源性囊肿即消化道重复畸形，其发生在纵隔，多位于右侧后纵隔。囊肿呈圆形或管状或囊状，其壁有完整的消化道壁结构，由浆膜和 2～3 层平滑肌构成，同时具有消化道特点，内层衬有食管、胃、肠上皮。

当囊肿含有黏液性分泌物、体积逐渐增大时，可压迫周围组织，若压迫食管则出现吞咽困难、胸痛，压迫气管则出现咳嗽、喘息、呼吸困难或反复呼吸道感染，压迫心脏或胸部腔静脉或主动脉可出现颈部静脉怒张、心悸和心律失常等。囊肿含异位胃黏膜和胰腺组织，可出现溃疡、出血、穿孔等。胸部 X 线片可显示后纵隔有边缘清晰的圆形阴影、密度均匀，紧靠食管；上窄下宽是其典型的 X 线表现。食管造影可见其变窄、受压，但无黏膜破坏。CT 或 MRI 可更进一步明确囊肿内容性质及其周围关系。放射性核素^{99m}锝扫描则显示迷生胃黏膜。本病一旦诊断应早期手术，采用后外侧切口，开胸后在胃管引导下确定食管位置，有感染者常使囊肿与周围组织粘连，增加手术难度，因此术前应予抗生素控制感染。

（二）气管支气管源性囊肿

肺外的气管支气管源性囊肿多在中纵隔气管分叉后侧或近气管支气管总干处，肺内者则称"肺囊肿"（另章节阐述）。囊肿由来自前肠的胚芽与支气管分隔而成，外层是弹性纤维组织，内层衬有柱状上皮细胞,可有扁平上皮细胞;发生在气管、较大支气管分支处的囊肿,其壁内可见平滑股纤维、黏液腺和透明软骨等组织。临床上当囊肿压迫气管和支气管时可出现呼吸困难、发绀,听诊肺部有喘鸣音,若肺内感染可闻及水泡音;当囊肿巨大压迫食管、大血管、心脏及神经时可出现吞咽困难、心悸和 Horner 综合征;当囊肿合并感染时可出现胸部压迫感、胸痛、咳嗽、咳痰、发热等;若与气管支气管相通时,则咳出囊肿内容物,甚至咯血。本病患儿行胸部 X 线检查可显示在纵隔有孤立的圆形或半卵圆形致密影,边缘清晰,密度均匀;透视下吞咽时随气管上下移动;食管造影时可见食管受压移位,外形有压迹。CT 和 MRI 可进一步明确诊断。本病诊断明确后应尽早手术切除,术前可应用抗生素以防炎性粘连时的术中分离出血。

(三)心包囊肿

心包囊肿位于前下纵隔心前右侧、心膈角外,囊壁由间皮细胞组成,内有水样液体,属良性,X 线检查较难查出,一般无症状,高度怀疑时可行剖胸探查。

(四)淋巴管瘤

淋巴管瘤是脉管的天发育畸形,属错构瘤中的一种,可混有血管瘤组织。根据原始淋巴囊的发育可分为单纯性淋巴管瘤、海绵状淋巴管瘤和囊状淋巴管瘤三类。而纵隔内的淋巴管瘤多属囊状淋巴管瘤,表面光滑、质地柔软、有波动感,内有淡蓝色透亮的积液;若混有血管瘤时可混有血性液体,特别是当其破裂出血时可突然增大,且患儿可出现胸痛、发热、气促等症状。当该肿瘤合并感染时,患儿亦可出现咳嗽、发热等症状。临床上发现该肿瘤时,需尽快完善相关检查,予手术治疗。治疗的目的是去除病灶,解除患儿呼吸受压的情况。手术中需注意要尽可能的将肿瘤的囊壁剥离干净,以避免复发,同时要注意保护好周围的组织器官。

(五)淋巴瘤

淋巴瘤属于血液恶性肿瘤,可发生于胸腔纵隔,但较为罕见。可分为霍奇金淋巴瘤和非霍奇金淋巴瘤。该肿瘤瘤体多较大,且血供丰富,患儿易出现气促、发绀、呼吸困难、发热等典型的症状。该肿瘤的治疗主要为化疗,同时根据化疗后的效果评估后在决定是否需手术完全去除瘤灶。在这一治疗方案中,首先须先取活检进一步明确诊断,目前可行胸腔镜取活检,这可尽可能的避免开胸手术带来的副损伤;然后根据病理结果行针对性的化疗。霍奇金淋巴瘤的化疗方案有 MOPP 方案(氮芥、长春新碱、丙卡巴肼、泼尼松)、ABVD 方案(多柔比星、博来霉素、长春碱、达卡巴嗪);非霍奇金淋巴瘤的化疗方案有 COP 方案(环磷酰胺、长春新碱、泼尼松)、CHOP 方案(环磷酰胺、多柔比星、长春新碱、泼尼松)和 ESHAP 方案(依托泊苷、甲泼尼龙、阿糖胞苷、顺铂)等。但该病尤其是非霍奇金淋巴瘤的预后较差,病死率较高。

(六)胸内甲状腺肿

胸内甲状腺肿大多数来自于颈内甲状腺,随着肿瘤增大因重力作用而坠入前纵隔内,少数来源于胚胎期遗留在纵隔内的迷走甲状腺组织,后者与颈部甲状腺无明显关系,血供来自胸内。由于本病变大多为良性病变,生长缓慢,常无任何症状,偶在体检中发现;肿物较大者可压迫上纵隔器官而产生气促、声带麻痹、吞咽困难等;也有多发病变者严重压迫气管,引起呼吸道梗阻。诊断以 X 线检查为主,胸片可见前上纵隔边缘清晰的块状阴影向一侧或双侧突出,气管受压移位,可随吞咽上下移动。[131]I 核素扫描可清楚显示肿瘤轮廓,并鉴别出肿瘤的性质。由于部位常高于胸腺,鉴别不难。一旦确诊应行手术切除,合并甲状腺功能亢进症状者术前应给予药物治疗。

(刘　威)

第十二节 乳 糜 胸

各种因素影响胸导管或其较大分支回流,致胸膜腔内乳糜液积聚,称为乳糜胸(chylothorax),属于淋巴管内瘘。本病少见,发病率为 0.25%~0.5%,先天性乳糜胸更罕见。近年随着胸部外伤增多,以及胸心手术的开展,创伤性的乳糜胸发生率也随之增加,对其诊断与处理也不断增添了新的内容。

一、病 因

乳糜胸可分为以下几种。

1. 先天性乳糜胸 是新生儿胸腔积液的主要原因,发生率为 1:(15 000~12 000),发病机制可能与产伤时静脉压突然上升,引起胸导管破裂或管壁先天性缺损。50%病例在生后 24h 内出现症状,胸腔积液初为清亮透明,开始哺乳后即呈浑浊。

2. 创伤性乳糜胸 可是钝性伤、穿透伤、手术损伤及非穿透伤。钝性伤或非穿透伤常见的机制为脊柱突然过伸,造成右膈脚对胸导管的剪切应力作用或椎体表面的胸导管突然被牵拉。胸外科手术,如心肺主动脉、食管纵隔、锁骨下血管手术均可操作胸导管。

3. 肿瘤性乳糜胸 胸导管被良性或恶性肿瘤压迫,压力升高导致胸导管破裂,常见有淋巴管瘤、纵隔肿物。

4. 其他原因 胸腔或纵隔内的感染、假性胰腺囊肿、肝硬化及胸导管淋巴管瘤等。

二、应 用 解 剖

胸导管起自乳糜池,经膈肌主动脉裂孔上行入后纵隔,在食管右后方,脊柱前纵韧带及右肋间动脉前方,行走于主动脉与奇动脉之间。在 T_5 水平,胸导管自右侧斜跨至左侧,在主动脉弓之后沿食管左侧上行。因此,胸导管 T_5 以下的损伤发生右侧乳糜胸,此水平以上的损伤产生左侧乳糜胸。

三、病 理 生 理

导管的功能主要是运送乳糜入血,导管内淋巴液 95% 来自肝和小肠。正常淋巴液流量为 1.38ml/(kg·h)。摄入脂肪性食物,肝内淋巴量增加 150%,肠淋巴液增加量约为静止时的 10 倍。进食脂肪、蛋白质、糖类的混合物,淋巴液增加的较少。饥饿、完全静止休息、注射吗啡等抑制肠蠕动药时,导管内淋巴液量减少,成为清亮的细滴状。饮水、进食、腹部按摩可使流量增加 20%。在人体胸导管内插管收集 24h 乳糜液可达 2 500ml。

正常情况下,胸导管本身节律性收缩(每 10~15s 收缩 1 次),使淋巴液不断流向心脏。呼吸运动增大胸腔、腹腔压力差,有利于淋巴液回流。膈肌脚对胸导管的直接挤压、胸导管瓣膜以及左颈内静脉及锁骨下静脉血液迅速回心产生的虹吸作用,均可保证淋巴液的单向流动。每 100ml 乳糜液含有 0.4~0.6g 脂肪,占摄入脂肪的 60%~70%,通过淋巴系统吸收,经胸导管进入血流。乳糜液含有中性脂肪、非酯化脂肪酸、磷脂、鞘磷脂和胆固醇等。碳链上少于 10 碳原子的脂肪酸可通过门静脉系统直接吸收。乳糜液中蛋白质含量约为人体血浆蛋白含量的 1/2,主要是白蛋白、球蛋白、纤维蛋白原和凝血酶原。

胸导管是正常情况下血管外蛋白质返回循环和紧急情况下运输储存蛋白主要途径。导管淋巴内含有大量白细胞,为2 000~20 000/ml,其中T淋巴细胞占90%,对细胞免疫起重要作用。其他成分包括:脂溶性维生素,各种抗体和酶如碱性磷酸酶、淀粉酶、胰脂酶、DNA及乙酰乙酸等,与其在血浆中的浓度相同。由于乳糜液呈碱性,含有多量淋巴细胞、非酯化脂肪酸和磷脂,故乳糜液患者很少发生胸膜腔内感染。

乳糜液长期、大量漏出损害机体的免疫功能,导致严重代谢紊乱;乳糜胸腔积聚引起呼吸循环功能障碍;因脂肪、蛋白质大量丢失,使患儿处于明显营养不良状态。结扎胸导管后压力有暂时升高,随着侧支循环的建立,压力逐渐恢复正常。

四、临床表现

主要为胸腔积液的压迫和脂肪、蛋白质等营养素及淋巴丢失的后期效应。患儿有呼吸困难、营养不良、消瘦、体重下降、低蛋白血症、下肢水肿及尿少等。合并感染时,有发热、咳嗽。患侧呼吸运动减弱,胸廓饱满,叩诊为实音,听诊呼吸音减弱或消失。气管向健侧移位。

手术后乳糜胸由于早期限制饮食,一般确诊时间为5~7d。早期胸腔穿刺或引流出的液体为胸腔渗血渗液与乳糜的混合物,外观淡红,以后由于渗血逐渐停止,液体变为橙黄色、透明或微浊。进食后,特别是含有脂肪或蛋白的食物,引流物即为乳白色。

五、诊　　断

详细的病史,胸腔穿刺或胸导管引流出乳白色不凝固液体时,应怀疑乳糜胸。胸液生化分析包括革兰染色、细胞计数与分类、pH测定、苏丹Ⅲ染色检查有无脂肪颗粒、三酰甘油酯及胆固醇含量测定并计算比值。

乳糜液外观乳白色,呈碱性,pH7.4~7.8。比重1.012~1.025,显微镜检查发现游离的脂肪微粒,或三酰甘油高于血浆水平,蛋白在血浆水平50%以下。加入乙醚振荡后即变为透明,则可诊断为乳糜胸。革兰染色可见到乳糜中的细胞为淋巴细胞。抽出液中TC:TL<1,TG>110mg/100ml,乳糜液的可能性为99%;TG<50mg/100ml,乳糜液的可能性仅为5%;若TG水平为50~110mg/100ml,则需进行脂蛋白电泳,标本停留在原位,则为乳糜颗粒。X线片、B超、CT、MRI等可确定胸腔积液的部位和积液量,并为寻找病因提供依据。

六、治　　疗

治疗方案大致可分以下3种。

1. 保持治疗　适用于自发性损伤性乳糜胸,乳糜丢失不严重。方法:①反复胸穿或胸腔闭式引流,促进肺膨胀,使胸导管愈合;②禁食、肠外营养,保持水电解质平衡,减少渗漏,有利于瘘管闭合;③中链三酰甘油口服,可经肠道直接吸收,减少乳糜产生;④针对病因,进行相应处理。

2. 手术治疗　适应证:①乳糜液漏出量超过1L/d,连续5d,非手术治疗时,持续漏出超过2周;②出现电解质紊乱和免疫缺陷并发症;③胸膜腔分隔包裹、纤维凝块形成;④食管切除术后并发乳糜胸,一般均需手术治疗。手术方法如下。

(1)直接胸导管结扎术:经右后外侧切口进胸,吸净胸腔积液,将肺推向前方,在奇静脉与主动脉弓之间探查胸导管。术前3~4h口服牛奶,或口服混有亲脂性染料的牛奶,或术中淋巴管造影以确定漏口。术后血脂水平暂时性下降,不会出现营养不良。手术后8d,血浆蛋白可恢复至正常水平。

(2)膈上大块组织结扎胸导管:经右前外侧切口进胸,松解下肺韧带,用丝线将奇静脉与主动脉之间的所有组织包括胸导管,予以缝扎。术后胸导管与奇静脉、肋间肌以及腰静脉之间细小吻合支,迅速形成代偿性侧支通路。手术成功率达 80%。

(3)Denver 转流管胸腹腔分流术:Denver 转流管由一个控制阀的泵室及具有侧孔的胸腔和腹腔硅胶管组成,按压泵室时液体可对抗正常的胸腹腔压力差,流向腹腔。适用于上腔静脉梗阻,与不适于胸导管结扎的恶性肿瘤,用装有单向瓣膜的 Denver 转流管行胸腹腔分流术,术后数月后,拔除 Denver 转流管,手术成功率为 75%～90%。

3. 放疗与化疗 恶性肿瘤造成的乳糜胸,控制感染后,可采用放疗、化疗或手术治疗以闭合胸导管。

(刘 威)

参 考 文 献

[1] Prabhakarna K,Paidas C N,Haller J A,et al. Management of a floating sternum after repair of pectus excavatum. J Pediatre Surg,2001,36:159-164.

[2] Shamberger RC. Chest wall deformities Ashcraft K W. Pediatric Surgery. Philadephia:Saunders,2000:239-255.

[3] Dhingsa R,Coakley FV,Albanese CT,et al. Prenatal sonography and MR imaging of pulmonary sequestration. AJR,2003,180(2):433-437.

[4] Platon A,Poletti PA. Image in clinical medicine. Pulmonary sequestration. N Engl J Med,2005,353(20):e18.

[5] Kestenhoz PB,Schneiter D,Hillinger S,et al. Thoracoscopic treatment of pulmonary sequestration. Eur J Cardiothorac Surg,2006,29(5):815-818.

[6] Lee KH,Sung KB,Yoon HK,et al. Transcatheter arterial embolization of pulmonary sequestration in neonates:long-term follow-up results. J Vasc Interv Radiol,2003,14(3):363-367.

[7] Bratu I,Flageole H,Chen MF,et al. The multiple facets of pulmonary sequestration. J Pediatr Surg,2001,36(5):784-790.

[8] 袁五营,汤少鹏,李遂莹. 29 例小儿肺隔离症的诊治体会. 中华小儿外科杂志,2006,27(5):271.

[9] Stocker JT. Congenital pulmonary airway malformation:A new name and an expanded classification of congenital cystic adenomatoid malformations of the lung. Histopathology,2002,41(Suppl. 2):424-431.

[10] 牛会林,王凤华,刘威,等. Ⅰ型胸膜肺母细胞瘤 1 例报道并文献复习. 临床与实验病理学杂志,2009,25(4):400-405.

[11] unduki V,Ruano R,da Silva MM,et al. Prognostic factors associated with congenital cystic adenomatoid malformation of the lung. Prenat Diagn,2000,20:459-464.

[12] Ong SS,Chan SY,Ewer AK,et al. Laser ablation of foetal microcystic lung lesion:successful outcome and rationale for its use. Fetal Diagn Ther,2006,21(5):471-474.

[13] Bermúdez C,Pérez-Wulff J,Arcadipane M,et al. Percutaneous fetal sclerotherapy for congenital cystic adenomatoid malformation of the lung. Fetal Diagn Ther,2008,24(3):237-240.

[14] Tsao K,Hawgood S,Vu L,et al. Resolution of hydrops fetalis in congenital cystic adenomatoid malformation after prenatal steroid therapy. J Pediatr Surg,2003,38(3):508-510.

[15] Peranteau WH,Wilson RD,Liechty KW,et al. Effect of maternal betamethasone administration on prenatal congenital cystic adenomatoid malformation growth and fetal survival. Fetal Diagn Ther,2007,22(5):365-371.

[16] Lo AY,Jones S. Lack of consensus among Canadian pediatric surgeons regarding the management of congenital cystic adenomatoid malformation of the lung. J Pediatr Surg,2008,43(5):797-799.

[17] Conforti A, Aloi I, Trucchi A, et al. Asymptomatic congenital cystic adenomatoid malformation of the lung: is it time to operate? J Thorac Cardiovasc Surg, 2009, 138(4):826-830.

[18] Nagata K, Masumoto K, Tesiba R, et al. Outcome and treatment in an antenatally diagnosed congenital cystic adenomatoid malformation of the lung. Pediatr Surg Int, 2009, 25(9):753-757.

[19] Sueyoshi R, Okazaki T, Urushihara N, et al. Managing prenatally diagnosed asymptomatic congenital cystic adenomatoid malformation. Pediatr Surg Int, 2008, 24(10):1111-1115.

[20] Kim HK, Choi YS, Kim K, et al. Treatment of congenital cystic adenomatoid malformation: should lobectomy always be performed? Ann Thorac Surg, 2008, 86(1):249-253.

[21] Soundappan S V S, Holland A J, Browne G. . Sports-related pneumothorax in children. Pediatric Emergency Care, 2005, 21(4):21-24.

[22] Upadya, Anupama M D, Amoateng-Adjepong, et al. Recurrent bilateral spontaneous pneumothorax complicating chemotherapy for metastic sarcoma. Southern Medical Associaton, 2003, 96(8):821-823.

[23] Chao PH, Huang CB, Liu CA, et al. Congenital diaphragmatic hernia in the neonatal period: review of 21 years' experience. Pediatr Neonatol, 2010, 51(2):97-102.

[24] Yazici M, Karaca I, Arikan A, et al. Congenital eventration of the diaphragm in children: 25 years' experience in three pediatric surgery centers. Eur J Pediatr Surg, 2003, 13(5):298-301.

[25] Flageole H. Central hypoventilation and diaphragmatic eventration: diagnosis and management. Semin Pediatr Surg, 2003, 12(1):38-45.

[26] Tsukahara Y, Ohno Y, Itakura A, et al. Prenatal diagnosis of congenital diaphragmatic eventration by magnetic resonance imaging. Am J Perinatol, 2001, 18(5):241-244.

[27] Cannie MM, Jani JC, De Keyzer F, et al. Evidence and patterns in lung response after fetal tracheal occlusion: clinical controlled study. Radiology, 2009, 252(2):526-533.

[28] Stevens TP, van Wijngaarden E, Ackerman KG, et al. Timing of delivery and survival rates for infants with prenatal diagnoses of congenital diaphragmatic hernia. Pediatrics, 2009, 123(2):494-502.

[29] Kilian AK, Schaible T, Hofmann V, et al. Congenital diaphragmatic hernia: predictive value of MRI relative lung-to-head ratio compared with MRI fetal lung volume and sonographic lung-to-head ratio. AJR Am J Roentgenol, 2009, 192(1):153-158.

[30] te Pas AB, Kamlin CO, Dawson JA, et al. Ventilation and spontaneous breathing at birth of infants with congenital diaphragmatic hernia. J Pediatr, 2009, 154(3):369-373.

[31] Datin-Dorriere V, Rouzies S, Taupin P, et al. Prenatal prognosis in isolated congenital diaphragmatic hernia. Am J Obstet Gynecol, 2008, 198(1):80-85.

[32] Lally KP, Lally PA, Van Meurs KP, et al. Treatment evolution in high-risk congenital diaphragmatic hernia: ten years' experience with diaphragmatic agenesis. Ann Surg, 2006, 244(4):505-513.

[33] Richmond S, Atkins J. A population-based study of the prenatal diagnosis of congenital malformation over 16 years. BJOG, 2005, 112(10):1349-1357.

[34] Janssen DJ, Tibboel D, Carnielli VP, et al. Surfactant phosphatidylcholine pool size in human neonates with congenital diaphragmatic hernia requiring ECMO. J Pediatr, 2003, 142(3):247-252.

[35] Bagolan P, Casaccia G, Crescenzi F, et al. Impact of a current treatment protocol on outcome of high-risk congenital diaphragmatic hernia. J Pediatr Surg, 2004, 39(3):313-318.

[36] Ng GY, Derry C, Marston L, et al. Reduction in ventilator-induced lung injury improves outcome in congenital diaphragmatic hernia. Pediatr Surg Int, 2008, 24(2):145-150.

[37] Okazaki T, Hasegawa S, Urushihara N, et al. Toldt's fascia flap: a new technique for repairing large diaphragmatic hernias. Pediatr Surg Int, 2005, 21(1):64-67.

[38] Lally KP, Bagolan P, Hosie S, et al. Corticosteroids for fetuses with congenital diaphragmatic hernia: can we

show benefit. J Pediatr Surg,2006,41(4):668-674.

[39]　Yu J,Gonzalez S,Rodriguez JI,et al. Neural crest-derived defects in experimental congenital diaphragmatic hernia. Pediatr Surg Int,2001,17(4):294-298.

[40]　Yu J,Gonzalez S,Diez-Pardo JA,et al. Effects of vitamin A on malformations of neural-crest-controlled organs induced by nitrofen in rats. Pediatr Surg Int,2002,18(7):600-605.

[41]　余家康,何秋明,肖尚杰,等.先天性膈疝肺动脉高压的实验研究.临床小儿外科杂志,2009,8(1):25-30.

[42]　何秋明,肖尚杰,余家康,等. Hoxa5 基因在先天性膈疝大鼠模型胎肺中的表达.中华小儿外科杂志,2008,29(12):747-751.

[43]　陈功,郑珊.左旋精氨酸甲酯对大鼠膈疝模型肺血管发育的影响.临床小儿外科杂志,2006,5(60):431-434.

[44]　王永刚,刘文英,翟春宝,等.大鼠胎肺内表皮生长因子及其受体变化与先天性膈疝肺发育不良的关系.中华小儿外科杂志,2005,26(6):322-325.

[45]　余家康,夏慧敏,Diez Pardo JA,等.先天性膈疝大鼠模型神经嵴源器官异常和心肺发育不良.中华小儿外科杂志,2003,24(3):251-253.

[46]　Spilde TL,Bhatia AM,Marosky JK,et al. Fibroblast growth factor signaling in the developing tracheo-esophageal fistula. JPediatr Surg,2003,38(3):474-477.

[47]　Orford J,Manglick P,Cass DT,et al. Mechanisms for the development of esophageal atresia. J Pediatr Surg,2001,36(7):985-994.

[48]　Shaw-Smith C. Oesophageal atresia,tracheo-oesophageal fistula,and the VACTERL association:review of genetics and epidemiology. J Med Genet,2006,43(7):545-554.

[49]　Konkin DE,O'hali WA,Webber EM,et al. Outcomes in esophageal atresia and tracheoesophageal fistula. J Pediatr Surg,2003,38(12):1726-1729.

[50]　Diaz LK,Akpek EA,Dinavahi R,et al. Tracheoesophageal fistula and associated congenital heart disease:implications for anesthetic management and survival. Paediatr Anaesth,2005,15(10):862-869.

[51]　McCollum MO,Rangel SJ,Blair GK,et al. Primary reversed gastric tube reconstruction in long gap esophageal atresia. J Pediatr Surg,2003,38(6):957-962.

[52]　Skarsgard ED. Dynamic esophageal lengthening for long gap esophageal atresia:experience with two cases. J Pediatr Surg,2004,39(11):1712-1714.

[53]　Holcomb GW 3rd,Rothenberg SS,Bax KM,et al. Thoracoscopic repair of esophageal atresia and tracheo-esophageal fistula:a multi-institutional analysis. Ann Surg,2005,242(3):422-428.

[54]　Deurloo JA,Ekkelkamp S,Taminiau JA,et al. Esophagitis and Barrett esophagus after correction of esophageal atresia. J Pediatr Surg,2005,40(8):1227-1231.

[55]　Deurloo JA,Ekkelkamp S,Hartman EE,et al. Quality of life in adult survivors of correction of esophageal atresia. Arch Surg,2005,140(10):976-980.

[56]　Encinas JL,Luis AL,Avila LF,Martinez L,et al. Impact of preoperative diagnosis of congenital heart disease on the treatment of esophageal atresia. Pediatr Surg Int. Feb 2006,22(2):150-153.

[57]　Jolley SG. A longitudinal study of children treated with the most common form of esophageal atresia and tracheoesophageal fistula. J Pediatr Surg,2007,42(9):1632-1633.

[58]　贾炜,钟微,张靖,等.先天性食管闭锁术后食管狭窄的诊治.中华小儿外科杂志,2008,29(12):711-713.

[59]　余家康,陈汉章,钟微,等.顺行胃管替代食管手术治疗长段型食管闭锁.中华小儿外科杂志,2010,31(3):168-170.

[60]　施诚仁.新生儿外科学.第 1 版.上海:上海科学普及出版社,2002:347-348.

[61]　Prem Puri. Newborn Surgery. second edition. London:Arnold,2003:353-357.

[62]　Sanjeev A,Vasudevan,Faraz Kerendi,et al. Management of Congenital Esophageal Stenosis. Journal of Pe-

diatric Surgery,2002:1024-1026.

[63] Kosaku Maeda,Chieko Hisamatsu,Tomomi Hasegawa,et al. Circular Myectomy for the Treatment of Congenital Esophageal Stenosis Owing to Tracheobronchial Remnant. J Pediatr Surg,2004,39:1765-1768.

[64] Hisayoshi Kawahara,Kenji Imura,Makoto Yagi,et al. Clinical characteristics of congenital esophageal stenosis distal to associated esophageal atresia. Surgery,2001,129:29-38.

[65] Ashraf H. M. Ibrahim,Talal A. Al Malki,Alaa F. Hamza,et al. Congenital esophageal stenosis associated with esophageal atresia New concept. Pediatr Surg Int,2007,23:533-537.

[66] Noriaki Usui,Shinkichi Kamata,Hisayoshi Kawahara,et al. Usefulness of Endoscopic Ultrasonography in the Diagnosis of Congenital Esophageal Stenosis. J Pediatr Surg,37:1744-1746.

[67] Sanjeev A. Vasudevan,Faraz Kerendi,et al. Management of Congenital Esophageal Stenosis. J Pediatr Surg,37:1024-1026.

[68] 吴晔明,严志龙,洪莉,等. 腔镜下矫治儿童先天性膈肌缺陷 24 例. 临床小儿外科杂志,2008,7:40-42.

[69] RParameswaran,AAli,SVelmurugan,et al. Laparoscopic repair of large paraesophageal hiatus hernia:quality of life and durability. Surg Endosc 2006,20:1221-1224.

[70] A Aly1,J Munt1,GG Jamiesonl,et al. Laparoscopic repair of large hiatal hernias:*British Journal of Surgery*,2005,92:648-653,41,E5-E7.

[71] Chung DH, Adolph V. Mediastinal Masses. Pediatric Surgery,Second Edition. Landes Bioscience,2009:202.

[72] 张海波,徐志伟,苏肇伉,等. 72 例小儿纵隔肿瘤的诊治. 上海第二医科大学学报,2001,21(1):42-43,49.

[73] 王寿青,钱龙宝. 69 例小儿纵隔肿瘤外科治疗的临床分析. 临床小儿外科杂志,2003,2(2):139-140.

[74] Freud E,Ben-Ari J,Schonfeld T,et al. Mediastinal tumors in children:a single institution experience. Clin Pediatr,2002,41(4):219-223.

[75] 罗蓉,刘恩梅,黄英. 小儿胸腔积液的临床特点与病因分析. 现代医药卫生,2004,20(1):10-11.

[76] 熊忠讯,刘文英,周昉,等. 先天性乳糜胸一例. 中华小儿外科杂志,2005,3,26(3):158.

[77] 黄枚. 新生儿先天性乳糜胸 5 例(附文献复习). 中华围产医学杂志,2004,117(6):388-389.

[78] Buckingham Steven C,King Michaela D,Miller Martha. Incidence and etiology of complicated paraneumonic effusoions in children,1996 to 2001,The Pediatric Infectious Disease Journal,2003,22(6):499-503.

第 13 章

新生儿先天性心血管疾病

第一节　新生儿先天性心脏病的临床表现和诊断

一、从胎儿循环到新生儿循环的转变

1. 胎儿循环　妊娠期间,胎盘的氧合血由脐静脉流入胎儿。脐静脉血富含氧和营养,大部分血液经静脉导管直接注入下腔静脉,小部分经肝血窦入下腔静脉。下腔静脉还收集由下肢和盆、腹腔器官来的静脉血,下腔静脉将混合血(主要是含氧高和丰富的血)送入右心房。从下腔静脉进入右心房的血液,大部分通过卵圆孔进入左心房,与由肺静脉来的少量血液混合后进入左心室。左心室的血液大部分经主动脉弓及其三大分支分布到头、颈和上肢,以充分供应胎儿头部发育所需的营养和氧;小部分血液流入降主动脉。从头、颈部及上肢回流的静脉血经上腔静脉进入右心房,与下腔静脉来的小部分血液混合后经右心室进入肺动脉。胎儿肺无呼吸功能,肺动脉阻力非常高,故仅有少量血液流入胎儿肺部(为心搏血量的 5%～10%),再由肺静脉回流到左心房。由于从肺回到左心房的血液很少,左心房压力在胎儿期很低;同时由于大量血液从胎盘回到右心房,因此右心房压力较高,两心房间的压力差使卵圆孔瓣保持开放,血液从右心房向左心房分流。肺动脉大部分血液(90%以上)经动脉导管进入降主动脉。降主动脉血液除经分支分布到盆、腹腔器官和下肢外,还经脐动脉将血液运送到胎盘,在胎盘与母体血液进行气体和物质交换后,再由脐静脉送往胎儿体内(图 13-1)。

2. 胎儿出生后循环的改变　出生后,胎儿由宫内生活转为宫外生活,其血液循环发生一系列重要的血流动力学改变。在肺循环,当两肺开始充气后,肺血管阻力下降,肺血流量增加,随之动脉血氧张力及含量增加。在体循环,脐带结扎后,血流中止,低阻力的胎盘循环不再存在,体循环血管阻力增加,结果,通过卵圆孔和动脉导管的右

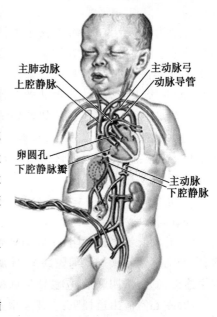

主肺动脉
上腔静脉
主动脉弓
动脉导管
卵圆孔
下腔静脉瓣
主动脉
下腔静脉

图 13-1　胎儿循环

向左分流减少。随后胎儿途径(即静脉导管、脐血管、卵圆孔和动脉导管)最终关闭。右心室开始把血液泵入肺循环,而左心室把血液泵向体循环。

出生后很短时间内,脐动脉、脐静脉就发生功能性闭合,胎盘循环终止。最后,这些结构大部分变为韧带。脐动脉的远端部分变成外侧脐韧带。脐静脉的一部分在肝内变成肝圆韧带。静脉导管变为静脉韧带。随着出生后呼吸的开始,动脉导管收缩,功能性闭合。在出生后 1~2 个月,由纤维组织侵入而解剖闭合,成为动脉韧带。这些血液通道功能性闭合的后果是使更多的血液进入肺循环,回流到左心房的血液增多,左心房压力上升,于是卵圆孔瓣紧贴于继发隔,使卵圆孔关闭。出生后约 1 年,卵圆孔瓣方与继发隔完全融合,达到解剖关闭,但约有 25% 的人卵圆孔未达到完全的解剖关闭。

二、临床评估和分类

先天性心脏病(先心病)占我国出生婴儿的 6‰~8‰,是新生儿病死率较高的疾病之一。根据我国出生缺陷检测结果,先心病的发病率在我国新生儿出生缺陷中处于第 1 位。新生儿先心病有自己的特殊表现:有些先天性心血管畸形在新生儿期无症状或无杂音,过了新生儿期才得以发现和诊断,如室间隔缺损;有些在新生儿时期可自然闭合,如动脉导管未闭;有些复杂先心病在新生儿期临床症状即可严重,90% 以上在新生儿时期死亡,如左心发育不良综合征,室间隔完整的完全性大动脉转位等。掌握新生儿时期先天性心脏病的诊断和治疗,对先心病的早期发现、早期治疗,降低新生儿死亡率有着极其重要的意义。

1. 新生儿先天性心脏病的评估 在胚胎发育过程中,任何影响心脏发育的因素都能使心脏发育障碍,从而形成各种类型先心病。先心病的主要原因可分为遗传和环境两类,如果母亲在妊娠早期病毒感染,接触有害物质,某些营养物质缺乏,药物的影响,高龄孕妇,曾有胎儿先心病或其他畸形儿孕、产史,先心病家族史,糖尿病史,结缔组织疾病史,反复流产及死胎史;胎儿有心外畸形,染色体异常,心律失常,胎儿水肿,宫内发育迟缓,羊水过多或过少等,均应警惕先心病的发生。

对疑为先天性心脏病的患儿进行临床评估时,需要详细询问围生期病史和缜密地进行体格检查。同时应注意到许多非心脏疾病会出现与心脏病相类似的临床表现。最易与其混淆的非心脏病是肺炎和持续肺动脉高压(PPH),其他要鉴别的非心脏疾病包括心肌功能不全,胎粪吸入综合征,新生儿暂时性呼吸增快、气胸、纵隔气肿、败血症、肺透明膜病、上呼吸道梗阻和肺发育不良等。如妊娠史或出生史存在可能引起呼吸系统疾病的情况,为鉴别诊断提供了重要线索。体检、胸部 X 线片和血气分析是临床评估的重要帮助手段,心电图对某些心脏疾病有一定的诊断意义,而超声心动图则是对任何疑为先天性心脏病患儿进行明确诊断的最基本方法。

2. 新生儿先天性心脏病的分类 根据与解剖畸形相关的血流动力学异常可将新生儿期先天性心脏病分为 6 类。

(1)肺动脉流出道梗阻:①肺动脉瓣闭锁+完整室间隔;②肺动脉瓣闭锁+单心室的房室连接;③肺动脉瓣闭锁+室间隔缺损;④肺动脉瓣闭锁+其他心内畸形;⑤肺动脉狭窄+单心室的房室连接;⑥法洛四联症;⑦法洛四联症并其他心内畸形。

(2)左心室流出道梗阻:①复杂型主动脉缩窄;②主动脉弓离断;③主动脉狭窄;④主动脉瓣闭锁(伴或不伴左心发育不良)。

(3)左向右分流:①动脉导管未闭;②室间隔缺损;③房室间隔缺损;④房间隔缺损±动脉导管未闭;⑤主肺动脉窗;⑥右肺动脉起源异常。

(4)大血管转位:①单纯大血管转位;②大血管转位+室间隔缺损;③大血管转位+室间隔缺

损＋肺动脉狭窄。

（5）普通混合畸形：①完全性肺静脉异位引流；②单心室房室连接不伴血流梗阻；③永存动脉干；④右心室双出口。

（6）其他畸形：①Ebstein 畸形/瓣膜病；②动、静脉瘘；③心脏肿瘤；④心肌病等。

三、临床表现

新生儿先天性心脏病的临床表现多不典型，我国统计以心脏杂音、发绀、气促最常见。心脏杂音为最常见体征，发绀位居第 2。而中国香港葛亮洪医院统计一组先天性心脏病的新生儿显示：新生儿先天性心脏病的临床表现可出现下列 5 种临床症状及体征中的一种或多种，分别为：发绀、心力衰竭、气促、心脏杂音及心律失常，5 种临床表现的发生率分别为 64％、19％、10％、5％和 2％。

1. 发绀　正常新生儿生后 5min 内有时出现发绀，系由于动脉导管和卵圆孔暂时未闭所致，表现在局部如口唇、指（趾）端出现发绀。正常新生儿因哭闹时右心房压力增高超过左心房时，血流经卵圆孔由右向左分流，亦可出现发绀，此类发绀当啼哭停止后立即消失。此外，新生儿血流分布多集中于内脏、躯干，而四肢少，外露部位易受寒冷影响而出现发绀。

新生儿先天性心脏病的发绀表现为中央性发绀，必须注意与周围性发绀相鉴别，通过检查舌及颊黏膜是发现中央性发绀最好的方法。舌尖是最易于观察发绀的部位，不受民族或肤色的影响。

（1）发绀不伴呼吸困难：生后 1 周内即表现为明显的发绀而无呼吸困难者，很可能为严重的肺动脉流出道梗阻、大血管转位或少见的三尖瓣病变如 Ebstein 畸形。但应注意在红细胞增多症或变性血红蛋白血症（Methemoglobinemia）等非心脏疾病时也只表现为发绀而无呼吸困难，要加以鉴别。上述较严重的先天性心脏病体检时可发现胸骨旁抬举性搏动，听诊时第二心音呈单一音，大多数病例无特征性的杂音。无室缺的肺动脉瓣闭锁或 Ebstein 畸形等，引起较严重的三尖瓣反流，可触及收缩期震颤，并听到全收缩期杂音。

（2）发绀伴有呼吸困难：如果呼吸困难和发绀同时存在，除考虑心脏病外，还应与肺部疾病相鉴别。围生期病史及相应的呼吸系统的临床表现可为肺部疾病的诊断提供线索。如果发绀严重，应注意梗阻性完全性肺静脉异位引流或同时伴有其他心内畸形的可能性，因为当肺静脉血流受阻时，将引起肺静脉淤血与肺水肿，从而同时出现气促和发绀。普通混合畸形或大血管转位伴大室缺时，发绀常较轻，此时肺血总量的增多虽然造成了肺动脉充血，却使发绀相对减轻，其临床表现为胸骨旁抬举性搏动，第二心音分裂且肺动脉成分响亮（肺动脉听诊区第二音亢进），并可听到一个非特异性的收缩期杂音。此症状在肺部疾病伴肺动脉高压，特别是持续肺动脉高压时也可见到。永存动脉干时特征性的心脏体征是第二心音呈单一音，当合并动脉干瓣膜关闭不全时，可同时听到舒张早期杂音。胸部 X 线片对于梗阻性肺静脉异位引流有诊断意义，可见到肺静脉充盈而心脏大小正常。其他的普通混合畸形或大血管转位伴大室缺时，胸部 X 线片上可见到心脏增大及肺血多。

（3）新生儿发绀型先天性心脏病的早期诊断：新生儿出生即刻出现严重发绀和呼吸困难或刚出生时发绀和呼吸困难较轻但在 24h 内急剧加重，经给氧甚至机械通气治疗症状不消失或低氧血症与酸中毒不能纠正，出现严重发绀、呼吸困难，但对刺激反应仍较强，血气分析呈严重的低氧血症与低二氧化碳血症并存，高度提示发绀型先天性心脏病的可能。动脉血气分析是了解心脏血液混合程度的敏感指标。发绀型先天性心脏病新生儿动脉血气呈现 PaO_2、SaO_2、$PaCO_2$ 均降低,其为血液中二氧化碳经肺泡弥散较快,缺氧、酸中毒引起代偿性呼吸增强的结果。严重低氧血症与严重低二氧化碳血症并存,属发绀型先天性心脏病动脉血气分析的特征。

2. 心力衰竭　新生儿心力衰竭的诊断要具备 4 个指标:即 3 个甲组指标＋1 个乙组指标。甲组指征为:①心率增快(＞160/min);②气促(＞60/min);③心脏肥大;④湿肺(③＋④为 X 线胸片上表现)。乙组指标为:①肝增大(右肋缘下≥3cm);②奔马律;③明显的肺水肿。

出生后 1～2 周出现心力衰竭的主要见于左心室血液梗阻型先天性心脏病。梗阻可发生于左心室的不同水平,包括左心发育不良综合征(二尖瓣或主动脉瓣闭锁)、严重的主动脉狭窄、主动脉弓缩窄及离断等动脉导管依赖性体循环的病变。这些病人如果生后不久动脉导管自发性关闭,则可出现休克和循环衰竭。对于所有重症新生儿病人,都必须注意有无左心室血流梗阻畸形。此类畸形(特别是主动脉缩窄),过去认为亚洲人中罕见,但事实上黄种人与白种人的发生率相似。临床的初步诊断依靠检查外周动脉的搏动。股动脉搏动减弱或消失有助于诊断主动脉缩窄及主动脉弓离断;上肢动脉搏动减弱或消失则提示主动脉瓣闭锁,而由 PDA 供血到上下肢;四肢脉搏均减弱见于严重的主动脉狭窄;脉细数则提示 PDA 完全关闭所引起的休克状态。但此时应与非心脏疾病如败血症等所致的休克状态相鉴别。

多数左向右分流型新生儿先天性心脏病在新生儿晚期或到 2～3 个月才出现心力衰竭,原因是胎儿期肺血管阻力相对较高,限制了左向右的分流量,使心力衰竭的出现相对延迟。但大量左向右分流型新生儿先天性心脏病可导致早期发生心力衰竭。早产儿大型 PDA 患儿因其肺动脉肌层发育较差可致早期心力衰竭。大型室缺或房室间隔缺损伴房室瓣严重关闭不全时,能引起明显的心功能不全。缺损较大时,由于肺动脉高压的存在,往往使与缺损相关的心脏体征呈非特异性,而与肺动脉高压相关的体征(如右心抬举性搏动,肺动脉瓣区第二心音亢进)及肺血多和心脏增大(X 线上所见)较易见到。

其他较早期发生心力衰竭的少见原因有:心肌疾病(如心肌炎,Pompe 病,新生儿一过性心肌缺血)、动-静脉瘘(如 Galen 大静脉,肝血管内皮瘤)及血液异常(如严重贫血)等。但严重贫血时有明显的面色苍白,动-静脉瘘时可听到血管杂音,并且二者均无心脏的特异性体征。心电图对心肌疾病的诊断较重要,如心电图表现为心肌缺血或梗死,可诊断为新生儿心肌缺血,如显示左心室劳损,对 Pompe 病有诊断意义。

3. 气促　正常新生儿呈膈式呼吸类型,大多数新生儿开始时呼吸运动比较表浅。出生后头几天呼吸次数通常在 20～60/min,可属于正常。但如果呼吸次数持续 60～80/min 或以上,则应注意心肺问题。有时呼吸增快可能是心力衰竭的表现之一。偶尔能发现气促伴轻度肋下凹陷是新生儿期肺血增多或肺静脉淤血的早期唯一的重要表现。所以,新生儿气促除了仔细检查肺部及气道问题外,应特别注意心力衰竭及肺动脉高压(续发于大型缺损或动脉交通)。以气促为首发症状,而无心脏杂音,这其中大部分为单纯性或联合的房、室缺及动脉导管未闭,仔细阅读 X 线胸片可发现肺血多及心脏增大的征象。

4. 心脏杂音　正常足月儿出现心脏杂音为 50％～60％,早产儿更多。有心脏杂音并不一定有先天性心脏病。出生后因血循环途径改变致肺动脉平滑肌逐渐变薄,肺血管阻力下降,动脉导管关闭,肺动脉血必全部入肺。因血流较快入肺,故于生后 1～2d 在肺动脉区可闻及Ⅰ～Ⅱ级收缩期喷射性杂音,称肺血流杂音,为无害性杂音。其他的无害性杂音包括动脉导管未闭的暂时性收缩期杂音,三尖瓣反流的暂时性收缩期杂音,振动性无害性收缩期杂音。

病理性心脏杂音出现的时间取决于心脏畸形的类型。狭窄疾病如 AS、PS、COA 的杂音于出生后迅速出现,因这些杂音不受肺血管阻力的影响。左向右分流疾病心脏杂音出现时间比较晚,小型 VSD 心脏杂音在出生后随肺血管阻力降低而较迅速出现；大型 VSD 心脏杂音要到肺血管阻力显著降低才出现，可在出生后 2 周左右。

严重心脏畸形的新生儿往往没有明显的心脏杂音，如单纯大血管转位及肺动脉瓣闭锁。即使是有杂音的小儿，杂音也很少是心脏畸形的唯一表现。由于新生儿期肺血管阻力相对较高，对分流量的影响较大，所以即使是左向右分流型先天性心脏病，那些特征性的杂音往往也不典型。同时，由于杂音在心前区广泛传导，精确地确定杂音的位置也比较困难。因此，当发现心脏杂音时，应认真检查前述的发绀、气促等表现。

5. 心律失常　依新生儿活动度的不同，其正常心率为 60～180/min，如果安静时心率＜60/min，或＞180/min，则应进一步检查原因。心音强弱不等或节律不齐均提示有心律失常的可能。对完全性房室传导阻滞的小儿应注意是否会出现心功能失代偿状态，也应注意母亲是否患全身性红斑狼疮或其他自身免疫性疾病。心电图对心律失常有确诊意义。

四、超 声 诊 断

二维和彩色多普勒超声心动图是理想的适合于分析新生儿和其他年龄儿童先天性心脏病的方法，可得到无数帧图像以显示十分复杂的解剖结构。它在新生儿先天性心脏病的诊断中占据最主要的位置。95％以上先心病病例经超声心动图检查可以得到明确诊断。与其他年龄儿童相比，新生儿心脏离体表更近，可用较高频率的超声束（常用 5～8MHz），它对组织的穿透性差，但图像分辨率好。超声心动图是无创、无痛、安全的检查技术。这对所有的病人，特别是对血流动力学尚不稳定的新生儿来讲十分重要。超声心动图可在床旁进行一系列检查，并可与其他影像诊断和血流动力学测定比较，具有直观、准确、快速、重复性好等优点。新生儿先天性心脏病尤其是复杂先心病多采用顺序分段诊断法进行分析诊断。

顺序分段诊断法是用连续分段方法来谈心脏形态，易于描述心脏解剖，也易于系统地进行超声检查。这样不至于只将注意力集中于主要病变而忽略了次要病变。如按分段超声心动方法检查，在每段有病变时不会被遗漏。完整的先天性心脏病顺序分段诊断应包括：心房位置、心室位置、房室连接、大动脉位置、心室-大动脉连接以及心脏位置及合并畸形。

1. 心房位置　于剑突下切面根据腹部大血管的解剖判断心房位置。①心房正位（situs solitus，S）：大多数正常人解剖右心房与右侧肺（3 叶），右侧支气管，肝在右侧；解剖左心房与左肺（2 叶），左侧支气管、脾、胃泡同在左侧。此时，下腔静脉位于脊柱右前方，腹主动脉位于脊柱左前方。②心房反位（situs inversis，I）：少数人内脏器官呈镜像反位，即解剖右心房与肝等在左，解剖左心房与胃在右侧，下腔静脉位于脊柱左前方，腹主动脉位于脊柱右前方。③心房不定位（situs ambiguus，A）：2％～4％的患者胸腔及腹腔脏器呈对称分布（也称内脏异位症），此时双侧心房的形态相似，如果与解剖右心房相似，称为右心房对称位，多合并脾消失，又称为无脾综合征，此时下腔静脉与腹主动脉位于同侧，下腔静脉在前，腹主动脉在后；如果均与解剖左心房相似，称为左心房对称位，多伴有多个脾，也称多脾综合征，下腔静脉缺如，肝静脉直接连于心心房，腹主动脉位于脊柱前，并可见奇静脉延续位于脊柱右外侧或左外侧。

2. 心室位置　左右心室的区别：左右心室的区分以解剖形态为依据。解剖左心室的特点为：房室瓣为二尖瓣，二尖瓣与主动脉之间为纤维连接，心尖部肌小梁结构较细。解剖右心室的特征为：房室瓣为三尖瓣，三尖瓣与肺动脉瓣之间为漏斗部肌肉组织，心尖部较多肌小梁，有调节束。区分二尖瓣和三尖瓣有助于确认心室。二尖瓣在室间隔上的附着点较三尖瓣更靠近心底部，短轴切面上瓣口为鱼口状，有 2 个联合及成对的乳头肌。

心室位置如下。①心室右襻(D-loop)：正常心脏解剖右心室位于解剖左心室的右侧,正常位心室也称为右手型心室。②心室左襻(L-loop)：心室反位,解剖右心室位于左侧,解剖左心室位于右侧。此时右心室为左手型心室。③心室位置不定(X-loop)：解剖右心室与解剖左心室之间无肯定的左右关系。

3. **房室连接类型** 确定心房、心室的解剖性质和位置后,即可确定房室的连接关系。①房室连接一致,解剖右心房连于解剖右心室,解剖左心房连于解剖左心室。②房室连接不一致,解剖右心房连于解剖左心室,解剖左心房连于解剖右心室。③房室连接不定,心房对称位时。④单心室房室连接,又进一步分为两种类型,双流入道心室和一侧房室连接缺如。除单心室的主腔外,常有残余腔或漏斗室的存在,需注意判断主腔与残余腔的形态学:若残余腔位于前上方,不论左或右,均提示为残余右心室腔,主腔属左心室型。若残余腔位于后下方,则不论左或右,均提示为残余左心室腔,主腔属右心室型。若无残余腔存在,则单室的形态学属不定型,但需在多切面仔细寻找,以免遗漏小的残余腔。

4. **房室连接方式** ①两侧房室瓣,即双室房室连接。②共同房室瓣,房室瓣并不直接附着于室间隔上,而是以腱索与室间隔相连,可以根据共同前瓣的发育程度和腱索附着的部位进一步分为若干亚型。③一侧房室瓣闭锁,房室瓣形成而不开放时称为闭锁的房室瓣,其心室面可有发育不全的腱索,心房收缩时,该膜突向心室但不开启,彩色多普勒测不到过膜的血流,超声造影显示气泡不能通过此膜进入心室。当房室交界处呈肌性结构而未形成瓣膜者称为房室连接缺如。④房室孔跨越(Override)和房室瓣骑跨(Straddling)：前者指的是室间隔缺损时,房室间隔对位不良;除房室间隔对位不良外,尚有房室瓣的部分腱索装置跨越室间隔附着于室间隔另一侧或心腔时称为房室瓣骑跨。

5. **大动脉位置** 动脉分支特点是确认大动脉性质的主要依据。主动脉与肺动脉在瓣膜水平的相互位置有5种组合。正常人在胸骨旁大血管短轴切面上呈现典型的圆-肠型,主动脉在肺动脉的右后位为正常位(situs solitus,S);主动脉在肺动脉左后方为反位(situs inversis,I);大动脉位置异常时,大血管短轴切面上圆-肠型消失,而代之以"双圆"型,主动脉在肺动脉的右侧(D),左侧(L),前方(A)等。主动脉与肺动脉干的走行方向可以为平行或螺旋状。

6. **心室-大动脉连接类型** ①连接一致:主动脉连于左心室,肺动脉连接右心室。②连接不一致:大动脉转位(transposition of great artery,TGA)主动脉连接右心室,肺动脉连接左心室。③双流出道:即心室双出口,主动脉和肺动脉均连接于同一心室,以右心室双出口较为多见,在胸骨旁短轴切面上,可见主动脉及肺动脉左右平行排列或是动脉骑跨程度超过50%以上。④单流出道:可为共同动脉干,或一侧心室-大动脉连接缺如(主动脉或肺动脉闭锁)。

7. **心脏位置** 常见心脏位置判定标准如下。

(1)左位心:心脏位于左侧胸腔,心尖指向左侧,通常心房正位,房室连接一致,心室右襻。

(2)右位心:心脏位于右侧胸腔,心尖指向右侧,通常心房反位,房室连接一致,心室左襻。

(3)中位心:心脏位于胸腔中部,心尖指向中线。

(4)孤立性右位心:心房位置正常而呈右位心。

(5)孤立性左位心:心房反位而呈左位心。

五、其他辅助检查

1. **胸部X线片** 胸部X线片上心脏大小、形状、位置异常和肺血增多或减少均可提示有心脏病变的可能。

（1）心脏增大：引起新生儿心脏增大的原因见于先天性心脏病中的房间隔缺损、室间隔缺损、动脉导管未闭、大动脉转位、Ebstein 畸形及左心发育不良综合征，亦可见于病毒性心肌炎、心肌病、心包积液、心力衰竭和代谢紊乱（如低血糖、严重低氧血症和酸中毒）等。同时应注意在使用气管插管人工通气的新生儿心脏大小受通气设备影响很大。

（2）心脏形态异常：特殊的心脏形态有助于先天性心脏病类型的诊断。如"靴状心"见法洛四联症及右心房室瓣闭锁，"蛋形心"见于大血管转位，"球形心"见于 Ebstein 畸形，"8 字形心"或"雪人形心"见于完全性肺静脉异位引流（心上型）。

（3）心脏位置异常：右位心指心脏大部或全部在右侧心腔，可原发或继发。继发者多见于肺发育不良或右肺不张，心脏向右侧移位。原发右位心可并发各种先天畸形。只有心脏右位者称为孤立性右位心，右位心伴内脏反位为镜像右位心。右位心伴心房不定位时，多伴有无脾或多脾综合征。中位心指心脏位于胸腔中央。

（4）内脏位置异常：肝或胃泡的位置及肝的形态可为心脏缺损的类型提供重要线索。中位肝多提示无脾综合征或多脾综合征伴复杂发绀型先天性心脏病。肝位于左侧（或胃泡位于右侧），同时心脏位于胸腔右侧，提示内脏完全逆转伴右位心。肝和心脏位于同侧常提示复杂型先天性心脏病的存在。

（5）肺血管纹理异常：肺纹理增多或减少提供先天性心脏病类型的重要线索。①肺纹理增多，发绀婴儿伴肺纹理增多，提示大动脉转位、永存动脉干或单心室；非发绀婴儿如肺纹理增多，提示室间隔缺损、动脉导管未闭或心内膜垫缺损。②肺纹理减少，肺野较"黑"，提示严重的发绀型心脏病伴肺血流量减少，如法洛四联症或肺动脉闭锁、右心房室瓣闭锁，但心脏大小一般正常；肺纹理减少同时心脏明显扩大见于右心房室瓣下移畸形。③肺野呈"毛玻璃"样或网状影：这是肺静脉梗阻的特征性表现，但应先排除肺透明膜病，见于左心发育不良综合征或完全性肺静脉异位引流伴梗阻。

2. 心脏多层螺旋 CT 检查　在先天性心脏病尤其是复杂心脏畸形，心脏多层螺旋 CT 检查对心外畸形的显示优于心脏超声，可做心脏超声很好的互补。黄美萍等对 83 例 233 处畸形的统计显示，因新生儿及婴儿心跳及呼吸快，运动伪影相对较多，有时会干扰心内结构，尤其是房间隔菲薄，且弯曲，易漏诊＜5mm 以下的房间隔缺损。但多层螺旋 CT 在识别房室结构、房室连接、鉴别三房心与心内型肺静脉畸形引流及大血管畸形等方面有明显优势。

3. 心脏磁共振显像检查　这也是一种无创性检查，主要用于超声心动图不能诊断的畸形先心病，如周围肺动脉畸形和内脏异位等。

4. 心导管和心血管造影术检查　随着超声心动图和高速 CT 的发展，心导管的诊断价值显得不那么重要。主要用于超声心动图不能见到的动静脉旁路、远端肺动脉发育不良等。但对于一些复杂的心脏畸形，在手术前还需进行心导管检查和心血管造影术，进一步明确心脏畸形和各项生理指标。目前，心导管和心血管造影术更多的是用于治疗，如新生儿早期房间隔造口术和动脉导管堵闭。

5. 心电图检查　在没有进行心脏超声检查条件时，心电图可提示某些心脏病的特征性改变，如电轴重度左偏提示心内膜垫缺损；电轴左偏并左心室肥大提示三尖瓣闭锁或右心室发育不良和肺动脉闭锁等。

（刘特长）

第二节　新生儿先天性心脏病的手术原则

一、心脏手术的早期阶段

1938 年波士顿儿童医院胸外科的 Robert E Gross 医生成功地为一位 7 岁的患儿施行了动脉导管结扎术,当时 Gross 还是一位总住院医师;由此拉开了先天性心脏病外科治疗的序幕。1945 年,Gross 医生又成功实施了第 1 例主动脉缩窄的手术。但在当时的条件下,对新生儿及小婴儿实施心脏手术几乎是一个不可能完成的事情。在先天性心脏病手术的早期年代,人工心肺机非常的简陋,对人体特别是对小婴儿有着许多危害作用,大量的预充液,大量的输血及大量的炎性介质的释放,对于比成年人有着更高血管通透性和更易水肿的新生儿和小婴儿来说是特别危险的。虽然 1954 年,美国的 Gibbons 医生历史上第一人利用心肺机对 1 例房间隔缺损患者成功施行手术。但接下来的 5 例患者均因各种并发症死亡。缺乏安全有效的麻醉方法和技术也是阻碍新生儿心脏手术的一个原因;适合新生儿心脏手术的重症监护室也不存在;心脏外科医生也缺乏修复新生儿组织的精细手术器械和相关的外科技术和知识。所以,在心脏外科手术治疗的早期,有两大重要的手段,其一:尽量使用药物治疗维持患儿的生命,将手术推迟到当时认为的相对安全的年龄段。其二:发明了许多姑息手术方法,手术方式如下。

1. 体-肺动脉分流　主要包括以下 4 种手术方式。

(1)Blalock-Taussig 分流:1947 年在 John Hopkins 大学由外科医生 Alfred Blalock 和心脏内科医生 Helen Taussig 所发明的手术方式将锁骨下动脉和肺动脉直接缝合连接,以增加肺血流,改善患儿的缺氧。

(2)Waterstan 分流:在升主动脉和右侧肺动脉之间连接吻合,以增加肺血流量,但因为吻合口大小不易控制及以后引起肺动脉扭曲,已很少使用。

(3)Potts 分流:通过左胸切口在降主动脉和左肺动脉之间建立吻合,缺点同 Waterston 分流。

(4)改良 Blalock 分流:作为 Blalock-Taussig 分流的改良版,由英国医生 deleval 创立。Deleval 采用 4～6mm 的聚四氟乙烯(PTFE)管道在左锁骨下动脉和左肺动脉之间建立连接。此方法沿用至今。

2. 肺动脉环扎术　1950 年由 Muller 和 Dammam 医生以一个带子将肺总动脉环扎来降低肺动脉的血流量和非动脉压力,早期广泛应用。1980 年以后随着小龄患儿一期根治手术的大量开展,该方法已较少应用。目前仅应用小龄患儿功能性单心室合并肺动脉高压及多发性室间隔缺损(swiss cheese)等。作者从 1997—2010 年应用该方法为约 130 例患儿施行手术,为二期的右心旁路手术或根治手术做准备。

二、心脏手术的发展阶段

1. 发展历程　20 世纪 70 年代前列腺素 E_1(PGE$_1$)的出现大大改善了小婴儿及新生儿心脏手术的状况。由于 PGE$_1$ 维持新生儿动脉导管的开放,使得肺循环少血型先天性心脏病以及一些动脉导管依赖型复杂先天性心脏病在实施心脏手术之前患儿的一般情况改善,并且有较充裕的时间进行精确诊断和完善的术前准备,为新生儿的心脏根治手术争取了时间。

20 世纪 70 年代早期,由于人工心肺机仍处于相对原始的状态,先天性心脏病外科治疗的另一位重要人物新西兰奥克兰的 Brian Barratt-Boyes 医生通过深低温停循环(DHCA)技术对许多婴儿期的先心病患儿成功施行了手术,引起了学术界的强烈反向。之后的 10 来年中,波士顿儿童医院的 Castaneda 和 Norwood 医生确立了大动脉调转术等许多先心病外科手术在新生儿期成功实施,随着体外循环和人工心肺机技术的不断改进,适合新生儿心脏手术的重症监护室(CICU)的不断完善,特别是心脏外科医生思维认识和技术的进步以及手术器械和医疗设备的逐步改进,20 世纪 80 年代后期,发达国家逐步确定了在新生儿及小婴儿期对大多数先天性心脏病实施一期根治手术的策略。在中国,20 世纪 80 年代后期及 20 世纪 90 年代早期,以上海儿童医学中心丁文祥教授为首的国内心脏外科医生开始致力于新生儿心脏外科手术治疗的工作,取得了众人瞩目的成就。2000 年以来,上海儿童医学中心、北京阜外医院、广东省心血管病研究所以及上海复旦大学儿科医院、浙江儿童医院、南京儿童医院、广州市妇女儿童医疗中心及北京儿童医院等国内医疗机构,已逐渐将新生儿心脏外科手术作为常规手术开展。2010 年,广州市妇女儿童医疗中心新生儿心脏手术的手术成功率达 97%。

2. 新生儿及小婴儿期一期根治手术的必要性和有利之处　对许多重症复杂的先心病患儿来说,其自然病程是极为短暂的。在新生儿期需要行急诊或亚急诊手术的患儿,如大动脉错位(TGA)、完全性肺静脉异位引流(TAPVC)、重症主动脉缩窄(CoA)、主动脉弓离断(IAA)及左心室发育不良综合征等,如果不及时行手术治疗,1 个月内病死率为 70%～90%。因此对这些患儿来说,及时实施心脏手术是能够挽救他们生命的唯一办法。失去刚出生不久的孩子是对父母人生中的巨大打击,给他们带来的病苦也是不言而喻的。对先心病外科医生而言,最大的快乐和安慰莫过于拯救一个因患重症先心病而受到死亡威胁的小小生命。

新生儿时期的根治手术将肺循环的压力和流量降至正常。这使得肺血管系统在出生后 1 年内变得正常。新生儿时期较厚的中层平滑肌退化,肺阻力降低。无法在出生后第 1 年降低肺血管压力的话,会引起发生肺血管病变的风险。最初可见中层平滑肌不能正常退化,内膜将承受流量和压力升高造成增厚和纤维化;进一步发展血管壁内将有坏死,中层膜纤维化,新生血管形成和血管阻塞,患儿的肺阻力升高,且逐渐对氧气和一氧化氮失去反应。如果肺阻力高于 12～15wood 单位,一般认为无法手术。临床上,患儿将会因肺血减少逐渐变得发绀,最终因长期发绀缺氧的并发症和心力衰竭而死亡。由左向右分流转化成右向左分流被命名为 Eisenmenger 综合征。肺动脉环扎术虽然减少了肺血流量,但由于可能发生的束带异位等并发症有可能造成一侧肺动脉血流多以及另一侧肺动脉发育不良等问题。

出生后第 1 年人类大脑在体积和复杂程度上有极大的进步和发育,异常的心脑血管生理则会带来危害。这种生长发育大部分发生在出生后的 6 个月至 1 年。神经细胞的数量、神经元体积的大小和复杂程度、突触连接的数量均在第 1 年内极大增多。在新生儿和小婴儿期恢复正常的心脑血管生理对其中枢神经系统发育有极大的益处。

反对在新生儿及小婴儿期施行根治手术的观点主要是手术风险太大、死亡率太高。实际上,近年来新生儿心脏手术的病死率已大大降低,从早期的 10%～20% 降至 5% 左右。例如大动脉调转手术(ASO)的手术成功率已近 99%;国内某些先进医院的 ASO 病死率也降至 5% 以下。2010 年,广州市妇女儿童医疗中心 ASO 成功率为 96.7%,新生儿心脏手术成功率为 97%,与心脏手术的总体成功率相差无几。

3. 新生儿心脏手术的手术适应证和手术时机　在胚胎期,循环中的 PGE_1 维持动脉导管的开放;出生后,增加的肺血流引起前列腺素的代谢,没有了胎盘,消除了前列腺素的来源;另外流经动脉导管处的血氧分压增加导致导管收缩闭合。在足月儿中,动脉导管通常在出生后的 24h

内闭合;但在早产新生儿中,未成熟的导管组织对氧的反应降低,因此更可能发生动脉导管未闭(PDA)。PDA较粗大时,会导致大量的左向右分流,肺动脉压和肺血流显著增加,极易引起充血性心力衰竭;亦会导致舒张压降低,减少冠状动脉的灌注;在早产儿中,PDA会导致在舒张期有来自腹腔的逆行血流,会引起少尿,甚至急性肾衰竭;更重要的,这是引起坏死性小肠炎的一个原因。早产儿如果有大型的PDA在出生后早期没有关闭,则发生上述问题的风险就特别大。如果一个新生儿PDA直径<2mm,且没有引起血流动力学的变化,则不需手术治疗,可以观察随访。PDA粗大到引起临床症状并且明显能听到连续性杂音的则肯定具备手术关闭的适应证。

主动脉缩窄(CoA)分为"婴儿型"和无明显症状的"成人型";从病理解剖上说,大多数的CoA为导管旁型,平滑肌收缩导致了动脉导管关闭和紧靠动脉导管近端的主动脉组织过度收缩导致狭窄。通常30%的患儿为单纯缩窄,30%合并室间隔缺损(VSD),40%合并其他的复杂畸形,如主动脉弓发育不良、右心室双出口(Taussing-Bing)、大动脉错位(TGA),对位不良型完全性房室通道(CAVCD)及左心室发育不良综合征等。在危重型新生儿CoA中,由于PDA关闭,导致下半身血流灌注不良,可能导致患儿呼吸急促、肺水肿、乏力和组织灌注不良。胸部X线提示肺充血和心影增大,ECG提示持续的右心室高电压;动脉血气分析提示有进行性的酸中毒,如果酸中毒不纠正,患儿将会出现继发性器官损害,包括肾衰竭、肝衰竭、坏死性小场炎并最终死亡。因此新生儿期的极重型CoA患儿,尽早行手术治疗是拯救患儿生命的唯一方法。CoA的手术方法包括端-端吻合、左锁骨下垂片主动脉成形术,反向左锁骨下垂片成形术,人工补片主动脉成形术等。1987年,英国伦敦Great Ormond Street医院的Eliott医生提出使用扩大端-端吻合和完全性扩大端-端吻合术来治疗合并主动脉发育不良的CoA,4年后免于再缩窄达到惊人的96%;显示出了优于其他方法的独到之处。作者于2006年报道36例采用扩大的端-端吻合手术一期治疗重症CoA合并心内畸形,成功率达97.3%,晚期病死率仅2.7%。迄今为止,作者已为150例重症CoA合并心内畸形患儿施行一期根治手术,早中期疗效令人满意。作者认为,新生儿重症CoA应尽早行手术治疗,一旦条件许可,应该行急诊或亚急诊手术,否则往往会丧失手术治疗的最佳时机。

和CoA不同,主动脉弓离断(IAA)是主动脉弓的完全离断,最常发生在左颈总动脉和左锁骨下动脉之间。在心脏手术发展的早期,该病的病死率特别高,但PGE$_1$的广泛使用,使得IAA的手术效果得到了极大的改善。IAA一旦确诊应立即手术,诊断就是手术的适应证。作者2006年报道一组13例IAA合并心内畸形的一期根治手术,手术效果良好。

新生儿期的另一种需要行急诊手术的心内畸形是完全性肺静脉异位引流(TAPVC)。按照Darling医生的分类办法。TAPVC可分为心上型(45%)、心内型(25%)、心下型(25%)和混合型(5%)。肺静脉梗阻可发生在异常的肺静脉通路的任何部位,但最常见于心下型TAPVC;肺静脉梗阻会造成肺淤血和肺间质的水分增加,甚至有液体渗入肺泡导致肺水肿危及患儿生命。TAPVC没有自愈的可能,因此诊断本身就是手术适应证。如果合并有肺静脉梗阻,应在新生儿期行急诊手术。

大动脉错位是一种最常见的发绀型先天性心脏畸形,在未经治疗的室间隔完整的大动脉错位病人中(TGA/IVS),在新生儿及小婴儿期即发生死亡,这也是因为出生后PDA的闭合所致。约20%的患儿合并室间隔缺损(TGA/VSD)。20世纪70年代早期,Senning和Mustard采用心房转流的技术治疗该病;1976年,巴西的Jatene医生报道了在大动脉水平行调转术的成功病例;此后在波士顿儿童医院Castaneda和Norwood开始大胆地为新生儿期的TGA患儿施行动脉调转术。

1982年,Lecompte医生在大动脉调转术中将肺动脉分叉转移到新构成的升主动脉前方,这一举措,大大改善了大动脉调转术的手术效果;从此之后大动脉调转术(ASO)已成为TGA/IVS和TGA/VSD的首选手术方式;而Senming术和Mustard术则逐渐被心脏外科医生弃用。对于TGA/IVS患儿,应尽量争取在出生后14d内施行手术,此时肺动脉及左心室的压力尚未明显下降,ASO后左心室能承担体循环的负荷和功能。在个别病例中,>14d的TGA/TVS由于左心室压力未下降,也能直接施行ASO。作者曾对两名超过1个月的TGA/IVS患儿施行ASO,因为这两名患儿患有较严重的肺部炎症,肺阻力较高,左心室压力也较高,术前反复观察室间隔并未向左心室方面凸出,术中测PPA/PAO>0.70,施行ASO后手术效果良好。TGA/VSD患儿,原则上可将ASO时间推迟在4周以上,但实际工作中,患儿往往会因缺氧或肺炎而不得不在新生儿期施行亚急诊手术。

(陈欣欣)

第三节　新生儿心脏重症监护

在过去20年中,和先天性心脏病治疗有关的死亡率和并发症发生率有了极大的改善。许多因素对此产生了积极作用,除了外科手术操作和技术的改进、心肺转流的改良以及诊断技术的进步以外,同样重要的还有逐渐发展起来的专业化儿科心脏重症监护室(cardiac intensive care unit,CICU)。在过去10年间,先天性心脏病处理方法的最显著变化就是着眼于新生儿期或小婴儿期手术干预修复特定的心脏缺陷。因此,在CICU中,治疗病情危重的先天性心脏病新生儿是主要重点。

对于新生儿心重症监护治疗不仅需要对先天性心脏病畸形有着精细而全面的理解,而且还需要了解药理学、心肺转流对内皮功能的特异性作用和全身炎症反应,更重要的是正确地评估新生儿有限的心肺储备和未成熟脏器系统的功能,以及先天性心脏病术前术后的病理生理变化和心肺转流的并发症。

一、术前处理

患有先天性心脏病的新生儿术前状况通常会对术后恢复有显著影响,比如,体循环心室流出道梗阻的新生儿在动脉导管关闭时,可能会由于严重的心力衰竭和肺动脉高压而出现循环衰竭,结果发展为显著的终末期脏器损害,包括脑损伤、肾衰竭、坏死性小肠结肠炎、凝血机制紊乱等。因此,在新生儿出现严重的低心排血量和终末期脏器衰竭前,以有效的手段控制病情进展,并赢得手术时机显得尤为重要。

(一)新生儿循环和呼吸生理

新生儿的生理性储备有限。胸壁顺应性增高的机械特性上的缺点,以及依赖于膈肌作为主要呼吸肌,都对通气形成了限制。膈肌和肋间肌都只有较少的Ⅰ型肌肉纤维,依赖于高氧化的纤维来维持活动,当呼吸做功增加时,会引起较早的肌肉疲劳。新生儿的肺功能残气量及肺闭合容量较少,随之氧储备量就会减少,同时基础代谢率和氧耗量升高达成年人水平的2~3倍,因此新生儿有低氧血症的危险。当呼吸做功增加时,人体总能量的大部分消耗用于维持足够的通气。

在新生儿和小婴儿中,循环呼吸的交互作用显得尤为突出。心室的相互依赖性意味着右心室舒张末容量和压力的相对增加会导致室间隔向左移位,且左心室的舒张顺应性降低。因此,心内分流或瓣膜反流所致的容量负荷以及心室流出道梗阻或血管阻力增加所致的压力负荷增大,都可能引起双心室的功能不全。

一般未成熟心肌由于舒张末容量的关系,具有较高的静息充盈压,如果进液量过多,易于进展为肺水肿。新生儿的心肌中仅有 30％的心肌质量为收缩组织,收缩期未成熟心肌的静息缩短分数与成熟心肌相似,收缩组织减少会对心肌的机械性能造成限制,这意味着心肌储备能力降低。因此,新生儿心肌暴露于显著的容量负荷之下,舒张末期容量的增加进而引起肌原纤维的伸展,长度-速度关系会发生变化,心肌固有收缩功能会受到损伤,出现心力衰竭的早期体征。

(二)控制充血性心力衰竭

新生儿和小婴儿充血性心力衰竭的发生原因 80％以上由于大量的左向右分流引起左心衰竭,导致肺充血和肺水肿,临床表现主要为呼吸浅促、喂哺停歇等呼吸系统症状,亦易继发呼吸道感染(表 13-1)。

表 13-1 新生儿和小婴儿心力衰竭的症状和体征

病理生理改变	症状和体征
生长发育停滞	喂养困难
	呕吐
	多汗
	食物耐受不良
呼吸做功增加	呼吸急促
	三凹征
	鼻翼扇动
	咕噜样呼吸
	喘鸣
心排血量低下	心动过速
	奔马律
	心脏肥大
	肢端皮肤湿冷
	肝增大
	少尿
	外周性水肿

心力衰竭的治疗最终必须依赖外科手术纠正先天性心脏解剖畸形或行相应的减状手术。但严重的充血性心力衰竭状态明显增加了手术及体外循环的风险,因此术前一定程度地控制心力衰竭的症状对提高手术成功率及缩短术后监护室滞留时间有很大的帮助。

控制心力衰竭的主要措施包括以下几种。

1. 减轻心脏前负荷 为缓解心力衰竭症状的首要措施。

(1)利尿药(包括肾小管襻利尿药、噻嗪类、醛固酮拮抗药类)可直接作用于肾,抑制钠、水潴留,以缓解充血和水肿。襻利尿药常用者为呋塞米(速尿),作用于肾小管襻的远端,抑制氯的重吸收及其带动的钠、水的重吸收。近年来发现呋塞米可提高体静脉的容血量,减轻右心前负荷,改善肺水肿。常用初次剂量为每次 1mg/kg,口服、肌内注射或静脉注射均可,2～4/d,若仍少尿,可增至每次 2mg/kg,最高每次 5mg/kg,或 0.1～0.4mg/(kg·h)持续静脉滴注。噻嗪类常用氢氯噻嗪,作用于远曲小管,抑制钠离子重吸收,只可口服,剂量为 $1\sim2mg/(kg\cdot d)$,分 $1\sim2$ 次,可作为长期口服药。螺内酯(安体舒通)为醛固酮拮抗药,利尿作用弱,为保钾利尿药,作用于远曲小管,并有减轻心肌纤维化作用,剂量为 $1\sim2mg/(kg\cdot d)$,分 $1\sim2$ 次。应用利尿药期间需定期监测血气电解质变化,以免发生电解质紊乱和酸碱失衡。

(2)控制入液量也是减轻心脏前负荷的重要措施。有学者主张每日液体入量控制在 $60\sim80ml/kg$,新生儿、小婴儿体重较轻,可适当放宽至 $80\sim100ml/(kg\cdot d)$,但需保证每日总入量比总出量少 50ml。

(3)小剂量硝酸甘油的应用:硝酸甘油的作用机制为松弛血管平滑肌。持续静脉滴注小剂量硝酸甘油[$0.3\sim0.6\mu g/(kg\cdot min)$]可使体静脉扩张,减少回心血量,从而减轻心脏前负荷。

2. **增强心肌收缩力**　①儿茶酚胺类药物的应用:最常用的为多巴胺,其强心作用为兴奋 β_1 受体,且可激活心肌内交感神经突触前末梢释放去甲肾上腺素。小剂量可增加大脑、冠状动脉及内脏的血流。常用剂量为 $2\sim10\mu g/(kg\cdot min)$,持续静脉滴注。②洋地黄类药物的应用:目前主要取其增强心肌收缩力的作用以外,更重要的是认为洋地黄还能改善神经内分泌的调控,这在心肌收缩力增强前已经出现。长期口服维持量地高辛 $5\sim10\mu g/(kg\cdot d)$,对改善患儿心功能有良好的效果。

3. **对症处理**　①充分休息:可减轻心脏负担,静脉压有所下降,心率减慢,从而是舒张期稍长,冠状动脉灌注增多。急性肺水肿时患儿烦躁不安、呼吸窘迫、三凹征明显,这时可注射吗啡使患儿安静。吗啡除其镇静作用外,还可增加静脉血管床的容量,以减少回心血量,缓解肺充血状况。剂量为每次 0.05mg/kg,皮下、肌内注射或静脉注射均可,但剂量不宜过大,以免发生呼吸抑制,4h 后可重复使用。②氧疗:心力衰竭时动脉血氧分压往往偏低,吸氧可增加血流供氧效能。但对于大量左向右分流的心力衰竭患儿,高浓度吸氧可使肺循环阻力下降,体循环阻力上升,导致分流量增加,加重肺水肿,因此如动脉血氧不低,可不必给氧或降低吸氧浓度。③纠正贫血:及时纠正贫血,使血细胞比容维持 40% 以上,以提高单位血容量的携氧能力,减轻心脏负担。如有大量左向右分流者,可少量多次输注红细胞,以提高血液的黏稠度,增加肺循环阻力,减少分流量。④保证营养,控制感染。

(三)缓解缺氧

1. **药物控制动脉导管的开放**　自 20 世纪 70 年代中期前列腺素合成酶抑制药吲哚美辛应用于早产儿闭合动脉导管获得成功后,前列腺素 E_1(Prostanglandin E_1,PGE_1)开放新生儿动脉导管也在临床成功应用,明显地改善了依赖动脉导管开放存活的重症先天性心脏病患儿的预后,为手术纠治创造了条件。

PGE_1 维持动脉导管开放,稳定并改善了一些解剖缺陷新生儿病例的病情。在肺血流依赖动脉导管的右心室流出道梗阻型疾病,如肺动脉闭锁、重症法洛四联症、重度肺动脉狭窄等,PGE_1 维持动脉导管开放,增加肺血流改善低氧血症。在体循环血流依赖动脉导管的左心室流出道梗阻型疾病,如左心发育不良综合征、严重主动脉瓣狭窄、主动脉弓离断等,动脉导管开放恢复降主动脉血流,同时改善心功能不全。在室间隔完整型完全性大动脉转位患儿,动脉导管开放使左心血液回流增加,维持一定左心室压力及构型的同时,促进心房水平左向右分流,缓解缺氧,从而避免了在病情不稳定时进行手术治疗。因此,PGE_1 在新生儿重症先天性心脏病急诊治疗中具有重要作用。因静脉滴注 PGE_1 制剂半衰期很短,故需选用微注射泵持续输注,剂量 $0.05\sim0.1mg/(kg\cdot min)$,持续至手术开始。应用 PGE_1 有效者,药物输注 $10\sim30min$,动脉血氧饱和度上升 $15\%\sim20\%$,患儿面色转红,缺氧改善,酸中毒纠正,动脉导管杂音转响亮。使用过程中需严密监测药物不良反应,临床症状包括发热约14%,呼吸暂停12%,外周血管扩张10%,心动过缓7%,心动过速3%等。因此用药时必须观察呼吸、心率、血压、体温变化,一旦发现呼吸不规则或暂停、心动过缓时应立即停药,作对症处理。通常这些反应在减少剂量,暂停药物后可消失,如症状严重行气管插管呼吸机辅助呼吸,降低剂量而维持疗效。PGE$_1$疗效还与年龄、动脉导管是否关闭有关,如年龄>2周、导管已关闭者则疗效差。此外,导管依赖性先天性心脏病患儿在肺血管阻力降低时,偶尔会出现肺充血,引起体循环心排血量不足。此时采取降低吸入氧浓度和潮气量来增加肺血管阻力,从而"平衡"体、肺循环,恢复体循环灌注。

2. 缺氧发作的紧急处理 缺氧发作是右心室流出道梗阻型先天性心脏病的常见术前并发症,通常出现在出生后数月,但部分患儿新生儿期即频繁发作。临床表现为发绀加重、呼吸困难、心脏杂音减弱或消失,严重时意识丧失、抽搐、心搏骤停而死亡。其诱发因素与情绪激动、哭闹、酸中毒、贫血、右心室流出道局部刺激等因素有关,而与血氧饱和度、肺动脉发育不良程度关系不大。发作的机制为右心室流出道肌肉痉挛,右心室进入肺循环血流进一步减少,右心室压力大于左心室,促使右向左分流增加,未氧合血直接进入主动脉,加重低氧血症与酸中毒,进入恶性循环。

缺氧发作的紧急处理方法:①供氧,立即给予高浓度吸氧,呼吸困难者立即给予气管插管呼吸机辅助通气;②体位,新生儿蜷曲身体,减少静脉回心血量同时增加体循环阻力,提高血压减少心内右向左分流;③解除流出道痉挛,应用吗啡0.1～0.2mg/kg皮下注射或静脉注射,用β肾上腺素能受体阻滞药艾司洛尔或普萘洛尔0.05～0.1mg/(kg·min)静脉滴注;④升高体动脉血压,应用升压药去氧肾上腺素,负荷量0.05～0.1mg/(kg·min)静脉推注,维持量2～5μg/(kg·min),血压上升后减少心内右向左分流;⑤纠正酸中毒,给予碳酸氢钠静脉滴注;⑥纠正贫血,对青紫型先心病贫血患儿输注红细胞,使血红蛋白>150g/L;⑦急诊手术,缺氧难以控制或频繁发作者应急诊手术。

二、术 后 处 理

1. 循环系统监护 准确、持续、适宜的循环系统监护是术后评估心功能状态的基础。循环系统监护可采用有创或无创、持续或间断、直接或间接手段测定各生理变量。CICU监护儿童的最低标准包括心电图、动脉及中心静脉压力监测、体温、脉搏和血氧饱和度。有创的监护技术包括左心房、右心房、肺动脉留置测压管用于各处的压力监测,有效评估体循环容量负荷及肺动脉压力状况。然而,放置心内测压管主要存在拔除测压管时引起出血及测压管移位等并发症。多因素回归分析显示年龄<3个月、血小板低于$50 \times 10^9/L$为出血的高危因素。因此,新生儿、小婴儿术后较少进行心内测压管留置。

目前,一些用于直接测定心肌功能和心排血量的方法在儿科病例仍处于临床研究阶段,不能作为常规临床监护手段。因此,心排血量和体循环灌注常通过监测生命体征、末梢灌注、尿量和酸碱度来间接评估。机械通气时间、正性肌力药物支持也可间接反映心排血量。正性肌力药物评分(inotropic score)=多巴胺×1+多巴酚丁胺×1+氨力农×1+米力农×10+肾上腺素×100+异丙肾上腺素×100,评分>20分,提示患儿心功能低下,若>40分,病死率达100%。

近来,大量临床研究认为血清乳酸水平可作为体循环灌注的指标和心脏手术后转归的预测指标。术后早期乳酸水平增高提示氧输送不足,与严重并发症和死亡率密切相关。但血清乳酸水平不能反映即刻的体循环灌注情况,监测乳酸水平变化率更有临床意义,若乳酸持续升高>0.75mmol/L/h,提示预后极差。

混合静脉血氧饱和度(mixed venous oxygen saturation,SvO_2)和动静脉血氧饱和度差(SaO_2-SvO_2)则是反映即刻的氧输送量,可作为即时评估心排血量的敏感指标,是目前临床上备受推崇的监测指标。$SvO_2<30\%$或动静脉血氧饱和度差$>40\%$,均提示心排血量明显降低及组织氧输送严重不足。此外,氧摄取率[(SaO_2-SvO_2)/SaO_2]反映氧输送和氧消耗量的关系。氧摄取过多提示组织氧供受限,从而增加了组织无氧代谢、乳酸生成和终末器官受损的危险度。氧摄取率>0.5提示氧输送不足,与死亡率增高呈正相关关系。

2. **新生儿术后呼吸管理**　近年来新生儿心脏外科蓬勃发展,给新生儿围术期的监护和机械通气带来了新的挑战。新生儿的呼吸生理与儿童、成年人有明显的差别,表现为新生儿潮气量小,吸气流速慢、呼吸频率快,以及解剖死腔大等。

(1)新生儿呼吸机的性能与要求:①能够提供各种通气模式,自主呼吸模式要采用持续恒流供气;配置高自主呼吸触发灵敏度的触发装置,触发的反应时间应短于$0.02\sim0.05s$。②机身及其管道管腔小,顺应性低,呼吸机回路应为专用管道,机械死腔小,呼吸机回路气体压缩系数$<0.3ml/cmH_2O$。③潮气量变动范围大,带定容功能的呼吸机潮气量在$5\sim200ml$精确可调。④呼吸频率能在$5\sim150/min$变动。⑤具有精确的压力限制装置,能在较大范围内提供压力。⑥吸气/呼气时间可在较小范围内精确调节,吸气时间在$0.2\sim1.5s$,起码在$0.05s$级可调,最好在$0.01s$级可调。⑦呼气末正压(positive end-expiratory pressure,PEEP)装置较大范围内可调。⑧具有良好的气体湿化和温化装置,恒温效果安全可靠。⑨具有灵敏的报警装置,能对气道压力、吸入氧浓度、吸气时间、电源、气源以及吸气温度等进行报警。⑩最好具备吸入和呼出潮气量、吸气峰压、气道平均压、气道阻力、胸肺顺应性等监测功能。

(2)新生儿正压机械通气的监测:新生儿呼吸机的设置以对循环系统影响最小为宜,同样呼吸功能的监测以无创伤性监测为主。最常用的是呼气末二氧化碳的监测。氧饱和度的监测同样重要,机械通气是通过吸入氧浓度的调整来控制氧饱和度,一般85%左右即可,不宜超过95%。

(3)肺血管阻力(pulmonary vascular resistance,RVR)的控制:①通过呼吸肌参数的设置和特殊气体(一氧化氮、二氧化碳)的吸入性应用,可调整PVR以改善肺动脉灌注,获得适当的气体交换。②新生儿机械通气时,需要充分利用测定的通气/血流比值(V/Q,ventilation/perfusion ratio)和生理死腔量与潮气量比值(Vd/Vt,radio of dead-space to tidal volume),调整呼吸机参数和选择性吸入气体的流量来维持适宜的PVR和气体交换,获得满意的心肺功能。③肺动脉高压的治疗要求过度通气、充分氧合和pH保持偏碱状态,有时吸入选择性肺血管扩张作用的一氧化氮,但是必须高度重视高氧引起的并发症,如早产儿视网膜病变,谨慎用氧。④左心发育不良综合征一期手术后可能发展成肺动脉灌注过多,而需要增加PVR以改善体循环的灌注,与肺动脉高压治疗原则正好相反,要求低氧性通气、高碳酸血症和pH相对较低的状态,选用二氧化碳替代一氧化氮的治疗。

3. **新生儿常见术后并发症及其处理**

(1)低心排血量综合征:1969年Dietgman首次应用"低心排血量综合征(low cardiac output sysdrome,LCOS)"来描述心脏术后病人出现"低血压、脉压减小、少尿、四肢厥冷、发绀"等临床表现。新生儿期心脏结构、功能、血流动力学与年长儿及成年人有所不同,直至2岁后心肌才逐渐成熟。胎儿、未成熟儿、新生儿的心肌为未成熟心肌,处于心肌发育的一个特殊阶段。未成熟心肌在结构、功能代谢、细胞钙调节以及对缺血缺氧耐受等方面与成熟心肌存在明星差异。①新生儿尤其早期阶段心肌细胞直径较小,收缩成分少,水分与蛋白质含量高,心肌顺应性差。②未成熟心肌细胞中钙离子更依赖于跨膜钙离子通道,因此对钙拮抗药的心肌收缩负性作用更敏感。

未成熟心肌肌浆网及 T 小管发育较差,Ca^{2+}-ATP 酶活性较低,Ca^{2+} 的贮备与释放相对较弱,因此心肌细胞的收缩对外源性 Ca^{2+} 依赖性较强。③未成熟心肌糖原含量较高,核苷酸酶含量较低,对缺血、缺氧较耐受。④新生儿交感神经系统发育未成熟,儿茶酚胺贮备较少。⑤未成熟心肌贮备能力及心室顺应性差。⑥氧耗量相对较高,心排血量处于相对较高水平,心肌工作已接近高峰。⑦新生儿心室舒张期容量已较高,已达 Frank-Starling 曲线上限,容量稍有增加,会引起室壁应力明显增加,因此通过容量补充,提高前负荷来增加心排血量的能力也有限。⑧新生儿的心排血量对心率的依赖高于前负荷。

LCOS 的基本处理原则如下。①选择及配伍适当的强心药物。常用强心药物的剂量及用法详见表 13-2。②适当提高心率,增加心排血量:心排血量(cardiac output,CO)=心率(HR)× 每搏量(SV),新生儿的 SV 仅 6~8ml,故需通过增快心率来增加心排血量。③液体平衡:根据左心房压、右心房压或中心静脉压匀速补液。术后 3d 内持续静脉滴注呋塞米[0.1~0.4mg/(kg·h)],避免短时间内尿量较多,引起低血容量性低血压;同时,要求液体总出量比总入量多 50ml,以减轻心脏容量负荷;病情允许的前提下隔日监测体重的变化以了解热量供给及有无水肿;补充白蛋白提高胶体渗透压;积极纠正贫血,维持血细胞比容(hematocrit,HCT)在 38%~45%。④延迟关胸:对于术毕心脏水肿较明显,尝试关胸造成血压降低的患儿,可采取延迟关胸的方式,可缓解术后早期心肌水肿高峰时导致的亚急性心脏压塞,使患儿安全度过血流动力学不稳定的术后早期。⑤开放式辐射台:维持患儿体温在 36~37℃。⑥预防感染:密切观察皮肤、口腔、脐部、伤口、肛周等有无感染灶,防止脓毒血症的发生。

表 13-2 治疗 LCOS 的常用正性肌力药物

正性肌力药物	负荷量	维持量
多巴胺	无	3~10μg/(kg·min)
多巴酚丁胺	无	3~20μg/(kg·min)
米力农	50~100μg/(kg·min)	0.5~1μg/(kg·min)
氯化钙	无	5~20mg/(kg·h)
肾上腺素	无	0.03~0.5μg/(kg·min)
精氨酸血管升压素	无	0.0003~0.006U/(kg·min)

(引自:Chang AC,Hanley FL,Wernovsky G,et al. In:Pediatric Cardiac Intensive Care. Baltimore:Lippincott Williams & Wilkins,1998:543-547)

需要注意的是先天性心脏病围术期循环状态差异极大,甚至不同类型的心脏畸形、不同类型的手术后的"理想循环状态"标准也各不相同,对 LCOS 的判断和处理也不尽相同。因此在术后危重症处理上要以深入理解手术前后呼吸循环状态变化为基础,坚持个体化处理的原则。

(2)毛细血管渗漏综合征:"系统性毛细血管渗漏综合征(systemic capillary leak syndrome,SCLS)"这一名词最初是由 Clarkson 等在 1960 年报道的一例特殊病例,特征是难以解释的毛细血管高渗状态,全身广泛的水肿,同时出现低血容量休克和多器官衰竭。随着体外循环心脏手术在新生儿、小婴儿群体中逐渐开展,发现部分患儿在术后出现了类似的毛细血管渗漏临床表现,但其病因明确且多数表现为自限性和一过性。为与 SCLS 相区别,一般将"心脏手术相关毛细血管渗漏综合征(capillary leak syndrome related to cardiac operation,CLS)"定义为术后 48h 内发生的非心源性全身水肿状态,症状包括胸膜渗出、腹水、血压不稳定必需补充血容量或体重增加超过 10%。

现有的文献资料均已表明新生儿和小婴儿对体外循环(cardiac pulmonary bypass,CPB)的刺激反应比成年人更剧烈、更快,管腔内液体更容易通过毛细血管膜,在 CPB 中发生普遍的水肿和毛细血管渗漏的危险性更高。尽管已有众多的基础和临床研究结果发表,但其发生机制仍尚未明了。目前认为主要的相关因素或诱因如下。①体外循环相关炎性反应损伤血管内皮细胞。②术中低温。③术中血液稀释。④预充液种类:对新生儿、小婴儿 CPB 采用全胶体预充是否有利仍存在争议。虽然维持较高的血管内胶体渗透压可以减少液体外渗,但低温 CPB 本身将不可避免的引起不同程度的毛细血管通透性增加,过多的胶体物质仍可漏出到组织间隙将导致术后更严重的间质水肿。因此不合理的预充或术中过度超滤亦可能加重术后渗漏症状。⑤术中静脉引流不畅:体外循环中静脉的引流不畅不仅增加了毛细血管静脉端的静水压,加重了液体的外渗,而且可能是影响组织灌注的重要原因之一,内毒素产生增加、局部酸性代谢产物和炎性物质淤积,加重了血管内皮细胞的损伤。

CLS 多数在新生儿或小婴儿术后或经过长时间的体外循环或升主动脉阻断后出现(发生率为 4%~37%),偶见于危重的年龄较大儿童,对婴幼儿心脏术后恢复影响极大,早期诊断和鉴别诊断至关重要。在出现以下的临床状态时即应高度警惕 CLS 的发生和进展。①术后 24h 内的血压极不稳定并进行性下降,需用大剂量儿茶酚胺药物及增加胶体入量维持血压(需除外心脏压塞、静脉回流障碍、心力衰竭、出血等原因);②全身皮肤黏膜严重水肿;球结膜水肿、眼泪溢出增多呈血浆样、伴有胸腔积液、腹水;③顽固性低氧血症同时 X 线胸片显示肺内呈间质性渗出改变,多数合并气道压明显增高(需除外气管插管位置异常)、气管内大量稀薄痰液;④难以用其他原因解释的血细胞比容进行性升高;⑤反复出现的低蛋白血症;⑥血浆胶体渗透压明显降低,或血浆胶体渗透压与胸腔积液、腹水胶体渗透压平行改变(差值相对恒定)。

术后一旦考虑 CLS,治疗上主要原则是维持循环稳定、积极处理相关并发症。①维持有效循环容量,提高血浆胶体渗透压:CLS 初期在不合并低蛋白血症时补充容量应以血浆或羟乙基淀粉等代血浆为首选。羟乙基淀粉不仅具有大小和形状可以"堵塞"毛细血管渗漏的大分子基团,而且可以抑制激活的白细胞与血管内皮黏附,从而减轻炎性反应对内皮细胞的损伤。6% 万汶(130/0.4)的平均分子量是 130 000Da,有效扩容时间是 4~6h,对凝血和肾功能的影响轻微,而且可以安全的应用在新生儿和小婴儿中,是目前在 CLS 时比较理想的容量替代物质。一般情况下补液顺序按照羟乙基淀粉、血浆、白蛋白进行。②激素:一旦考虑 CLS,即应用激素冲击治疗。多数单位采用甲泼尼龙 30mg/kg,每 8 小时 1 次,共用 24h。③血管活性药物:CLS 多数与 LCOS 同时出现,与低阻力综合征难以严格区分。因此在"低血压"早期应尽快排除心脏压塞、心力衰竭、出血等严重并发症;若循环仍难以维持则应积极考虑直接应用肾上腺素、去甲肾上腺素、苯肾上腺素(新福林)等 α 受体激动药维持适当的灌注压后,再行补液试验调整容量负荷。④腹膜透析:新生儿肾小球滤过率为成年人的 20%~30%,肾小管发育不成熟,醛固酮水平和活性低下,对水/Na^+ 负荷调节差,易导致钠水潴留;同时分泌 H^+ 功能不足,极易产生代谢性酸中毒。在 CLS 时有效循环血量下降,肾灌注流量不足,而组织间质水肿更直接损伤了肾滤过/重吸收功能,此时即便给予大剂量呋塞米[0.1~0.4mg/(kg·h)]效果也不会很好。因此建议即便尿量尚可,在排除血浆胶体渗透压过高之后即尽早考虑行腹膜透析,以尽快减轻组织间隙的水钠潴留。⑤积极处理相关合并症:调整呼吸机参数,必要时使用较高水平 PEEP 并延长吸气时间,保证氧供;气道分泌物量大且非常稀薄时,可考虑使用长托宁 10~15μg/kg,6~8h 或以后根据情况可重复给药。应密切观察患儿腹部情况,若腹围增加明显应穿刺引流,避免腹压过高影响呼吸状况和肾灌注。多数 CLS 患儿同时存在不同程度的脑组织水肿导致的颅压升高和脑灌注不足,因此在早期应给予足够的镇静、肌松、降温,避免出现高热、抽搐,以降低脑氧耗,防止加重脑损伤。此外,稳定内环境,积极纠正酸中毒和高钾血症至关重要;对新生儿、小婴儿可用 $CaCl_2$ 5~10mg/ (kg·h)经中心静脉持续泵注,以避免大量使用蛋白等血制品后的低钙血症。

(3)反应性肺动脉高压及肺动脉高压危象:在某些诱因情况下突然出现右心室后负荷的进一步增高,则右心排血量迅速下降,从而诱发急性右心衰竭甚至急性全心衰竭,临床上称为"反应性肺动脉高压"甚至"肺动脉高压危象"。"反应性肺动脉高压"多数发生在术后48~72h,在某些诱因下(躁动、气道痉挛或气道压异常升高、高热等,常见的诱因是气道内吸痰)肺动脉收缩压短时间内快速上升≥20mmHg,临床上主要表现为患儿烦躁不安、氧合下降,一般持续时间5~10min。"肺动脉高压危象"则表现为肺动脉压迅速上升,氧合持续下降同时伴有外周动脉血压和(或)心率突然下降,甚至心搏骤停。

在反应性肺动脉高压和肺高压危象在处理上预防重于治疗。对于术前为双向分流、重度肺动脉高压、停机后肺动脉压下降不满意的患者应列为高危患者给予足够的重视:①术后保持持续深度镇静、足够肌松48~72h;②选择8~10ml/kg的中小潮气量和适当PEEP以降低胸内压(同时需注意防止肺不张出现),调整通气参数保持轻度呼吸性碱中毒(pH 7.45~7.55,$PaCO_2$ 25~35mmHg);③气道内吸痰应轻柔、迅速,吸痰前给予短时间的纯氧吸入;尽量减少吸痰次数,若气道内分泌物稀薄量大,则可考虑使用10~15μg/kg长托宁以减少气道分泌物;④静脉使用 PGE_1、米力农等药物,避免使用大剂量肾上腺素、去甲肾上腺素;⑤吸入一氧化氮或依诺前列醇或每天3~4次口服给予西地那非0.25~1mg/kg可以有效预防肺动脉高压危象。一旦出现反应性肺动脉高压或危象则应立即改为纯氧球囊手法通气(小潮气量、快频率)快速提高氧饱和度并给予足够的镇静、肌松,同时迅速查找并消除诱因,对症处理。

(4)低氧血症:正常婴幼儿呼吸系统处于不断发育阶段,而且即便是同年龄段也存在较大的个体差异,因此评估肺氧合功能的指标与成年人相比差异更大,也没有统一的低氧血症诊断标准。虽然在先天性心脏病解剖矫治术后动脉氧饱和度一般都能达到95%以上(吸入氧浓度<50%),但术后出现"低氧血症(PaO_2<60mmHg)"的婴幼儿并不少见。导致低氧血症的原因很多,因此虽然理论上 PaO_2>30mmHg 即可维持基本氧供,但在临床上仍需谨慎判断。

先天性心脏病术后肺的通气和氧合功能都与心血管系统原发疾病密切相关。除了小部分新生儿、小婴儿本身合并呼吸道或肺的异常或发育不良之外,术后低氧血症多数均与循环因素有关。在排除机械通气障碍和通气障碍后应尽快复查超声心动图检查是否存在残留心内畸形或畸形矫治不满意,常见的问题是误将下腔静脉隔入左心房、左上腔静脉回流入左心房(即"无顶冠窦综合征"),声学造影对此非常敏感(20%葡萄糖2~5ml反复快速通过针头或三通接头几次即可产生足够的微小气泡)。法洛四联症、肺动脉闭锁等患儿合并大量侧支,术后早期不仅可能引起心力衰竭而且将导致肺内大量渗出("灌注肺")出现严重低氧血症,应适当延长机械正压通气时间同时根据情况应用糖皮质激素、长托宁等(参考"毛细血管渗漏综合征"),必要时可实施介入封堵侧支循环。

新生儿和小婴儿撤除机械通气的过渡过程需缓慢,对于左心室功能不良的患儿需要特别注意控制容量负荷,以避免在撤除正压通气后回心血量的突然增加诱发急性左心衰竭而再次气管插管。婴幼儿先心病术后气管插管撤机失败的常见表现是上气道梗阻,主要原因是喉头/声带水肿、喉咽部血肿;需要注意部分患儿可能合并先天性或继发性喉软化,对于此类患儿给予侧卧位或俯卧位通气可能明显缓解症状而避免二次气管插管。虽然新生儿和小婴儿可以"允许性轻度高碳酸血症",但仍应密切关注必要时可选用无创正压通气辅助。此外,术后膈肌麻痹导致撤机失败也并不少见,可能是膈神经的直接或间接损伤引起,但也可能是各种原因诱发的膈肌疲劳综合征。大龄儿童呼吸肌发育相对成熟,出现膈肌麻痹后若在给予对症治疗(补充足够营养、纠正代谢异常、肺复张、神经营养治疗等)后无反复肺不张出现则可临床观察不需特殊处理;但对于新生儿或小婴儿,无论膈肌麻痹是何种原因引起都可能因呼吸功的成倍增加而导致患儿全身衰竭,因此在给予对症治疗后建议尽早实施膈肌折叠手术。

正常婴幼儿与成年人相比呼吸系统发育不良,更易发生肺不张。因此在先心病矫治术后必须注意加强肺部体疗。①体位引流:婴幼儿呼吸道纤毛发育和运动能力不足,更容易出现特定部位坠积性肺炎或肺不张,因此定期改变体位和卧位加强体位引流尤为重要。②辅助排痰:婴幼儿自主排痰能力差,必须注意加强对护理人员和看护家属的宣教,每日不定时与体位引流相结合诱导患儿啼哭或鼓励患儿自主咳痰,并辅以手法或机械震动协助排痰。③雾化药物治疗:只要雾化颗粒足够小,雾化吸入本身即可达到足够气道湿化并刺激诱发咳嗽,有助于促进排痰。超声波雾化颗粒大小适当,术后可每天常规给予 2～4 次雾化治疗,但每次时间不宜超过 15min。此外,在雾化吸入治疗中可选择添加适当的药物,主要应以沙丁胺醇、异丙托溴铵等扩张气管缓解气道痉挛为主,若痰液黏稠则可增加胺溴索、糜蛋白酶等化痰药物。对自主排痰能力差的新生儿、小婴儿雾化治疗后必须辅以体位引流和振动排痰;氨溴索(沐舒坦)等药物虽然通过促进气道分泌而稀化痰液有利于痰液排出,但使痰液总量增加,因此在未建立有效的吸痰通道前应慎重使用。

4. 术后营养支持　新生儿、小婴儿是一个生长发育中的个体,相对于成年人需要更多的热量供应。先天性心脏病患儿术前由于心内、心外分流、反复呼吸道感染、充血性心力衰竭等原因,普遍处于营养不良状态。手术后由于手术创伤、应激引起内分泌代谢紊乱,机体处于负氮平衡的状态中。营养供给不足将导致器官功能受损、免疫功能低下和组织修复延迟。因此,先心病手术后应及时恢复热量供给。

(1)肠内营养:肠内营养并发症少,供给的营养成分较全面,费用较低,实施方便,并且有利于肠蠕动的恢复和肠道激素的分泌,避免肠黏膜的萎缩和由此引起的细菌移位。①普通非体外循环大血管手术或简单的心内直视手术在手术当天拔除气管插管后 6h 即可开始肠内营养。对于新生儿、小婴儿,可延续其术前使用的配方奶,喂养的间隔时间。喂养量宜从小到大,循序渐进,观察有无腹胀、腹泻等消化道症状。②对于不能吸吮、反应差或机械通气中的患儿,提倡持续营养泵经鼻胃管喂养。其优点是防止误吸导致窒息或肺炎、利于消化吸收、不造成液体负荷不均衡、保证热量供给。③某些术前肠道血供不良的先天性心脏病如主动脉缩窄、主动脉弓离断、左心发育不良等,术后肠系膜血供突然恢复,在血压较高的情况下,肠系膜血管发生痉挛性收缩,可导致肠道缺血,甚至发生缺血性坏死性小肠结肠炎。这类患儿的喂养一定要听到肠鸣音后才开始,循序渐进,注意观察消化道方面的症状。

(2)肠外营养:先天性心脏病术后,若患儿因病情严重需持续应用肌肉松弛药、镇静药等情况不能耐受肠内营养,或出现胃肠道出血、肠梗阻、严重腹泻,或大量乳糜胸等情况,则需考虑实行胃肠外营养。通过外周静脉或深静脉持续滴注营养液。选用含有中、长链脂肪酸的脂肪乳剂、小儿氨基酸、葡萄糖和水溶性、脂溶性维生素液,按比例调制成高营养液输入体内。营养液配制原则:葡萄糖提供的热量占总热量的 45%～60%,脂肪乳提供的热量占总热量的 35%～50%;氮:非蛋白热值＝1g:(418～837)kJ;葡萄糖浓度 10%～15%(经外周静脉葡萄糖浓度应<12.5%,经深静脉可达 30%～35%);脂肪乳按 0.5～1g/(kg·d)起,总量不超过 3g/(kg·d),氨基酸按 0.5g/(kg·d)起,总量不超过 3g/(kg·d)。注意以下情况慎用脂肪乳:血清三酰甘油>2.26mmol/L 时暂停使用脂肪乳剂,直至廓清;严重感染;血浆总胆红素>170μmol/L;严重出血倾向,血小板减少至 $70 \times 10^9/L$,出、凝血指标异常者。

肠外营养虽可在某种情况下保证机体的热量供给,但它具有费用大、操作复杂、容易引起感染、胆汁淤积、肠道激素分泌减少等并发症,同时由于肠道无食糜通过,将产生肠绒毛萎缩、肠黏膜屏障功能受损,肠道细菌及其内毒素移位,在病理条件下将诱发全身炎症反应甚至多脏器功能不全。因此,如条件允许,应优先考虑肠内营养。

(崔彦芹　崔虎军)

第四节　新生儿体外循环

一、历 史 回 顾

1. **离体器官体外灌注的研究**　体外循环(extracorporeal circulation,ECC),以往又称心肺转流(cardiopulmonary bypass,CPB),由实验进入临床,可追溯到上两个世纪。18 世纪末,19 世纪初 Stenon,Bichat 及一批生理学家在实验中发现动物脑、脊髓,神经、肌肉等器官和组织若有血流通过,则可短时间维持其生命。基于这些实验观察,法国 Le Gallois 1812 年提出:"如果能用某种装置代替心脏,注射自然的或人造的动脉血,就可以成功地长期维持机体任何部分的存活"。这思路堪称为离体器官体外灌注的先河。

但是,要达到离体器官体外灌注必须解决 3 个问题:一是血液的抗凝;二是要有某种装置代替心脏,驱动血液灌注,三是设法使静脉血氧合成动脉血,即代替肺进行体外氧合。

1848—1858 年 Brown-Sequard 证明对离体器官灌注的血液必须经过氧合。1903 年 Bradie 报道用异种血灌注心脏,产生心律失常并进而发生纤颤和挛缩。在 21 世纪初,对不同种类血液的不相容性已得到广泛认可。1900 年 Landsteiner 发现人类红细胞的 3 个血型,1902 年又发现第 4 个型。1927 年命名为 A、B、O、AB 型,这为人类输血开辟了道路。

2. **人工心肺机的研制**　1885 年 Von Frey 和 Gruber 制成第一台人工心肺机,可以连续灌注经氧合的血液。此即为血膜式氧合器的原型。1890 年 Jacobj 在动脉端管道外放置一个橡皮球囊周期地改变球囊内压,以对管道产生脉动压力。1925 年德国外科医生 Beck 发明了滚压泵(有3 个滚压轴和 2 根管道,与今天所用的滚压泵非常相似),并用于输血。1934 年 DeBakey 在美国也研制了滚压泵用于输血。1949 年 Saltzman 和 Rosenak 设计了一种指压泵,在弹性管道上排有12 个指状键,由马达带动呈波浪状运动,依次挤压管道,使其中的血液向一个方向流动,后来经改进制成 Sigmamotor 泵,曾于 20 世纪 50 年代的人工心肺机上使用。

3. **氧合器的发明**　1882 年 Schroder 发明一种血液在体外氧合的方式,即从盛静脉血的容器底部将空气吹入,使产生气泡,当气泡在血液中上浮的过程中,血液通过血气界面进行气体交换。这是鼓泡式氧合器的原型。由于该时期人工装置的氧合效率都不如生物肺,1895 年 Jacobj 试用狗肺、猪和牛肺作为氧合器进行体外氧合,预充量为 800ml。

随着现代工艺的不断发展,氧合器的氧合机制有了很大的改变。Gibbon 使用的氧合器是转碟式的,Kirklin 采用的是 IBM 公司制作的碟式氧合器。20 世纪 50 年代后期出现鼓泡式氧合器,并在 20 世纪 60 年代大量使用。差不多同时,用可通透的 Teflon 薄膜制造的膜式氧合器出现,同鼓泡式氧合器相比具有更多的优点。到 20 世纪 70 年代,因为膜式氧合器在长时间手术时安全性更高,术后的并发症也较少,许多医疗中心转而使用膜式氧合器。随着膜式氧合器的发展,气体交换能力提高,并出现了外周血氧合器,鼓泡式氧合器已经逐渐被淘汰。

4. Gibbon 与体外循环时代的到来　1931 年美国人 John Gibbon Jr. 目睹了由于肺栓塞抢救失败而死亡的病例,之后他开始酝酿将体外管道和氧合器组合在一起进行心脏外科手术的想法,并且第一个在肺动脉阻断情况下建立了人工循环支持。1953 年,他成功使用体外循环为一名年轻妇女 Celia Bavole 进行了房间隔缺损的心内修补手术。

Gibbon 这一成功宣告了体外循环时代的到来。它也鼓舞了世界各地从事人工心肺机研制的研究者,如瑞典的 Bjork 和 Crafoord(1948),Senning(1952),荷兰的 Jongbloed(1949,1951),Kolff(1949),法国的 Thomas(1948,1950),意大利的 Dogliotti(1951),Mondini(1948,1949),Tosatti(1949),澳大利亚的 Tyrer(1952),英国的 Melrose(1953),苏联的 Ivanrovskii(1939),美国的 Clark 和 Gollan(1950)、Dennis(1949,1951)、Karlson(1949,1952)等。他们在 1955 年前后都达到临床应用的水平,并不断寻找进行心内畸形纠治的方法(表 13-3)。可除 Gibbon 之外,早期使用 ECC 的临床结果(表 13-3)都不令人满意。

表 13-3　在全 ECC 下进行的心内直视手术:1951—1954 年所有
公开报道的病例(在交叉循环出现前　1954.3.26)

外科医师	手术例数	氧合器类型	年份	存活例数	死亡例数
Dennis	2	碟式	1951	0	2
Helmsworth	1	鼓泡	1952	0	1
Gibbon	6	碟式	1953	1(房缺修补)	5
Dodrill	1	自体肺	1953	0	1
Mustard	5	猴肺	1951—1953	0	5
Clowes	3	鼓泡	1953	0	3
合计	18			1(5.5%)	17(94.5%)

1954 年,Lillehei 和他的同事将成年人作为泵和氧合器,用交叉循环的方法修补先天性心内畸形,16 个月内共进行了 47 例手术,其中 28 例存活。这在实际上开创了心脏外科的时代。但是,用人作为泵和氧合装置存在巨大的风险,发展安全的 ECC 装置仍然是进一步研究的目标。

变温器的使用超越了体表降温的局限,可以对内脏器官进行中心降温,这也降低了转流的流量,延长了手术的安全时限。1950 年 Bigelow 首次证明低温可以在心脏手术中使用。1952 年 9 月 Lewis 和 Taufic 采用全身体表中度低温,在血流暂停的条件下首次成功的完成一例房间隔修补手术。1953 年 Swan 也报道低温下施行心脏直视手术成功,到 1955 年 Lewis 报道 33 例 ASD 手术,病死率为 12.1%。

不得不提的是,首次设计者 Gibbon 或许没有想到:ECC 为预防缺血再灌注损伤(ischemic reperfusion injury,IRI)而诞生,但反过来 ECC 却又能引发 IRI(因有心肺隔离问题存在,ECC 时心肺组织本身并无循环,可引起心肺的 IRI;但在心肺组织缺血安全时限内,ECC 又可暂代生理循环,满足其他脏器的灌注)。

二、新生儿和成年人体外循环的区别

由于新生儿和成年人相比较,其循环血量少、氧耗量大、肺血管床反应性高、存在心内或心外的分流、器官发育不成熟、体温调节机制不同、对微栓耐受性差,在生理特点上有着明显的不同:新生儿及婴幼儿心脏指数为 $2.8 \sim 3.2 L/(min \cdot m^2)$,比成年人高 25%~50%;血管顺应性高,因此血压偏低;体表面积和体重的比例大;体温中枢发育不成熟,易随外界温度而改变;婴儿脑重占体重 1/6,脑血流占心排血量的 1/3,儿童期脑氧耗量占全身氧耗量 50%,比例较成年人为大。表13-4 可看出年龄愈小上腔回血量愈多。因此在 ECC 的实际操作上也存在相应的区别。

表 13-4　不同年龄几种生理参数

年龄	回血量(上腔/全身)	O₂ 消耗量(上腔/全身)	CO₂ 排出量(上腔/全身)
新生儿(0.5m² 以下)	0.66	0.67	0.58
婴儿(0.5~0.8m²)	0.64	0.57	0.59
儿童(0.8~1.2m²)	0.57	0.53	0.57

新生儿 ECC 中温度更低,血液稀释更严重,灌注流量要求更高。某些解剖畸形如存在大的体肺循环分流,主动脉弓中断等也需相应改变转流方法、插管位置。目前,心脏手术中所使用的 ECC 设备不能根据病人的大小成比例地缩小,因此新生儿手术中要接受高于自身 1~3 倍循环血量的机器预充液,严重的血液稀释无可避免,血细胞比容,凝血因子和血浆蛋白浓度都显著降低,甚至直接引起稀释性凝血异常,其生理扰乱非常严重。新生儿各脏器功能也未发育成熟,如肝产生维生素 K 依赖的凝血因子的能力不如成年人。为满足机体代谢率,单位体表面积所要求的灌注流量也高于成年人,在新生儿手术时最高流量要求达到 200ml/(kg·min)。同时,新生儿体温调节能力也不完善,手术中应更注意监测体温。在某些情况下,可将病人降温至深低温状态(15~18℃)然后进行深低温停循环(DHCA)。这时,外科医生可以拔除转流插管,在没有血液、插管等干扰视野的情况下进行手术操作。当手术操作完毕,重建 ECC,复温至正常体温。

孕 6 个月到出生后 6 个月是大脑皮质连接发育的关键时期,对今后的感觉和认知功能有着紧密的联系。在小婴儿中,这一阶段被称作"塑形期",可因外界环境因素发生变化。目前一般认为未成熟大脑对缺氧的耐受性更佳,这也和临床上婴儿、较大年龄儿童和成年人相比较新生儿能更好地耐受长时间 DHCA 相一致。出生时,肺也未完全发育,一直要到 8 岁才发育完全。新生儿期肺极其脆弱,且更易发生肺水肿和肺高压。新生儿肾血管阻力高,皮质血流量少,肾的浓缩和稀释能力以及对酸碱平衡的调节能力都比较低下。此外,新生儿免疫系统远未发育完善,补体系统和单核细胞不能发挥应有的作用。这些区别使新生儿的 ECC 操作具有相当的特殊性,要求灌注人员更加关注有关细节,并具有更良好的应变能力。

三、体外循环相关生理

了解 ECC 相关的生理知识是安全进行 ECC 操作、降低 ECC 术后并发症发生率的基础。这包括循环通路的设计,血液稀释,插管的选择,术中降温程度,酸碱平衡的控制,流量的选择以及低流量或停循环技术的使用。

1. 低温　临床上使用降温是为了降低代谢率和分子的运动。温度降低时,细胞基础代谢和功能都下降,组织消耗 ATP 的速度也随之下降。全身的氧耗直接与体温相关。根据 Arrhenius 方程,化学反应速率的对数同绝对温度的倒数呈逆相关。温度相差 10℃时,化学反应速率的倍数称为 Q10。根据现有的资料分析,婴儿的 Q10 是 3.65,而成年人大约为 2.6。婴儿的 Q10 高显示低温时代谢速度下降更快,使其能更好地耐受缺血。ECC 中,由于体温的降低,氧耗量和流量没有必然的联系。这是确定最低流量,即能满足代谢需求的最小灌注量的理论基础。

低温时,ECC 灌注流量降低,因此减少经侧支循环的回心血量,有利于显露手术视野。全身低温也减慢了心肌保护液灌注间隔中心肌温度的回升速度。长时间停循环时,低温还是脑保护的主要措施。在低流量时,低温还保护了其他脏器的功能。

在常温或中低温时,不论在成年人还是儿童中,在很大的血压范围内,可以维持基本恒定的脑血流量。随着温度下降,脑氧消耗明显减小,32℃时比常温时泵流量下降44%,28℃时下降66%,25℃时下降76%,20℃下降86%,15℃时下降92%。灌注流量虽很小却很安全,为疑难手术创造了条件。临床实践中鼻咽温20~25℃,流量可降至全流量的1/2,甚至短时间内降至1/4。

深低温状态下(18~22℃),脑血流的自动调节功能丧失,此时,脑血流和平均动脉压直接相关。深低温时,细胞代谢率极低,细胞膜的流动性也明显下降,因此能够在相当长的时间内维持细胞的基础代谢和细胞膜的完整性。

虽然低温减缓了缺氧所导致的胞内ATP耗竭和细胞膜的损伤,但是低温和缺氧使胞内钙和钠的浓度在其后的再灌注过程中有明显上升。这一发现对低温停循环后如何控制氧合具有指导意义。在心脏中,终止电机械活动较低温能更有效地降低心肌细胞的基础代谢。灌注温度的突然降低可以导致心肌细胞静息张力明显升高,称为"快速冷挛缩"。这可能是因为肌浆网内的钙突然释放所引起的。这一现象会影响术后心肌收缩和舒张功能的恢复。这也是有些医生在主动脉阻断前避免低温灌注和使用温心肌停搏液的原因。

研究证实,快速降温对肾、肝和肺组织都有不良影响。但是,临床使用中由于相关因素过多,ECC中没有发现快速降温所引起的明显损伤。可以确定的是,新生儿能更好地耐受更大程度的低温。以前认为这是因为新生儿具有更强的糖酵解能力和更多的糖原贮备,不过目前还推测新生儿细胞膜的功能和膜上离子通道的密度可能和成年人不同。

转流中应根据低流量程度以及预计主动脉阻断的时间选择降温程度。降温程度分3种:浅低温(30~34℃),中低温(25~30℃)和深低温(15~22℃)。深低温往往在需要使用低流量(DHLF)或停循环(DHCA)时使用。是否采用深低温技术应根据外科手术的情况、病人年龄、手术类型和手术时间以及其对病人的生理影响来决定。最佳灌注流量取决于病人体表面积和是否能够保持足够的组织灌注,后者可根据转流中动脉血气分析,酸碱平衡和全身氧耗来判断。常温时的流量根据体重来决定(表13-5)。低温时因代谢降低,灌注流量可相应减少(表13-6)。

表 13-5 常温 ECC 所需要的流量

病人体重(kg)	<3	3~10	10~15	15~30	30~50	>50
流量[ml/(kg·min)]	150~200	125~175	120~150	100~120	75~100	50~75

表 13-6 预计最低流量(MPFRs)

温度(℃)	脑代谢耗氧量(CMRO$_2$)[ml/(100g·min)]	预计最低流量[(ml/kg·min)]
37	1.48	100
32	0.823	56
30	0.654	44
28	0.513	34
25	0.362	24
20	0.201	14
18	0.159	11
15	0.112	8

深低温技术通常在新生儿或小婴儿复杂心内畸形纠治手术中使用。大多数情况下,深低温技术的使用是为了使外科医师能够在低流量(纠治肺动脉闭锁伴丰富侧支循环)和停循环(纠治主动脉畸形)的条件下更方便的进行手术操作。低流量提供了一个基本无血的手术视野,有利于外科医师进行某些重点操作。停循环时,手术医师可拔除心房和主动脉插管,使手术视野没有血液和插管的干扰,有利于更精确的完成手术操作。

当体温降低时,机体氧耗量和灌注流量间没有必然的联系,下面的公式可以计算在不同温度下机体所需的最低流量:

$$MPFR(T) = e^{0.1171(T-37℃)} \times (100ml \times kg^{-1} \times min^{-1})$$

注:MPFR(T)为在绝对温度 T 时的最低灌注流量;$100ml \times kg^{-1} \times min^{-1}$ 为常温时所要求的灌注流量;$e^{0.1171(T-37℃)}$ 是绝对温度 T 时的脑代谢率($CMRO_2$)。

虽然低温可以减缓因缺氧引起的细胞内 ATP 含量下降和细胞膜的损伤,但是低温也会引起再灌注时细胞内钙和钠离子浓度的明显上升。这对于低温停循环后如何调节氧合情况具有指导意义。低温可以在氧供降低的同时维持细胞内的 ATP 储存,并对组织器官产生保护作用,减少兴奋性神经递质的释放和阻止钙离子进入细胞。

总之,低温在进行新生儿 ECC 手术中是必须的也是有益的措施,可以在缺血时保护器官功能,有助于手术显露并能提高手术的安全性。

2. 搏动血流和非搏动血流　自从 20 世纪 50 年代出现 ECC 以来,对于搏动灌注的研究就从未停止过。为了证明搏动灌注的优越性,已经进行了数百个实验。由于完全生理状态的搏动血流不能重现,以及灌注系统非常复杂,使现在仍然常规使用平流灌注。有报道指出,搏动灌注的主要优点在于减轻术后血管收缩,增加心排量,改善微循环灌注。但上海朱德明等在进行新生猪 ECC 实验和停循环实验中发现,不论在停循环之前或之后,搏动和非搏动灌注对脑血流都没有明显影响。这显示搏动灌注可能有一定的优越性,但其临床应用上的优点仍有待进一步研究,目前暂不推荐在新生儿 ECC 中推广应用。

3. 血气管理(Alpha 稳态和 pH 稳态)　基于低温时二氧化碳对动脉血 pH 和细胞内 pH 的影响,有两种不同的血气管理方式:α 稳态和 pH 稳态。α 稳态维持动脉血 pH 在 7.40 左右而不根据温度进行校正,而 pH 稳态则根据温度进行校正以消除温度的影响。

当进行温度校正时,随着温度的降低,血液 pH 逐渐上升。为校正过高的 pH,加用二氧化碳保持温度校正后的血液 pH 在 7.40 左右(pH 稳态)。但是,增加二氧化碳降低了细胞内 pH,打破了氢离子和氢氧根的平衡,丧失了电化学的中性。而正常的细胞内 pH 可保持细胞内酶的功能,因此在 pH 稳态时细胞内酶的功能受到损伤。因为低温时细胞内正常的缓冲系统(NH_3^-,HCO_3^-)失效,所以酸性的细胞内环境会引起一些不良后果。低温时,仅有带负电荷的氨基酸和胞内蛋白质仍具有有限的缓冲作用。由于组氨酸上的 α 吲哚环带有相当一部分负电荷可以中和氢离子,所以低温时组氨酸是缓冲系统最重要的组成部分。因此,不进行温度校正的血气管理方式被称为 α 稳态。其主要优点就是其能够维持细胞内电化学中性,和合适的细胞内 pH,并促进细胞内酶的功能。

在中度低温时,采用何种血气管理方式并不重要,因为这时脑细胞内 pH 的差异并不明显。在深低温转流时,添加二氧化碳能够增加脑血流量,使脑组织降温更为迅速和均匀。虽然研究证实 pH 稳态可以改善降温的情况,但是停循环后代谢恢复受损,说明 pH 稳态引起的酸负荷在复温过程中对酶功能具有不良影响。

为了保留 pH 稳态在降温过程中的优点并减小其对酶功能的损伤,目前部分学者提出了一种将 pH 稳态和 α 稳态结合使用的方法：在降温初期应用 pH 稳态，在深低温停循环前改为 α 稳态。这样较单纯使用 α 稳态更有利于减缓代谢反应，并且可以显著改善转流后代谢恢复的情况。发绀型先心伴体肺分流的病例使用 pH 稳态降温可促进脑血管扩张。但是，一旦准备使用停循环或低流量技术，转换到 α 稳态可能有利于保持胞内 pH 和促进术后神经系统的恢复。

4. 心肌保护　在心脏外科手术过程中，部分外科医生喜欢术野无血以便于手术，就需要将升主动脉钳夹，阻断冠状动脉的血供，这就使心肌缺血缺氧甚至心肌坏死。目前需要纠正的心脏畸形或病变日趋复杂，故在术野无血的要求下要使心脏在手术后不受严重的损害，除外科医生尽量缩短手术时间外，手术中如何保护好心肌以减少缺血缺氧所造成的损害是心脏外科一项必须解决的课题。另一部分外科医生则采用另外一种方案，即术中不阻断冠状动脉血供，不产生缺血缺氧状态，但他必须付出术野有血，手术困难的代价。

新生儿阶段是许多心内畸形进行纠治的最佳时期。由于手术复杂程度和手术时间的增加，对心肌保护方法要求更高。实验室资料显示未成熟心肌在结构和功能上同成年人心肌不同。未成熟心肌顺应性差，Starling 机制作用有限。肾上腺激素对正常新生儿心脏的刺激接近饱和，因此麻醉药物对心脏的负性作用更为明显，一旦需要使用强心药物时剂量也比较高。未成熟心肌主要以葡萄糖作为供能物质并且其兴奋收缩偶联所需要的钙离子很大程度上依赖于细胞外钙。虽然普遍认为未成熟心肌对缺血的耐受性优于成熟心肌，但是大多数资料来自正常心肌组织，目前尚不清楚存在发绀、心肌肥厚或酸中毒的心肌对缺血的耐受性有何不同。新生儿需要进行心脏手术的病人往往存在以上可能影响心肌耐受能力的情况。肺血流不足长期发绀的患儿大都有支气管侧支血管增加的现象，因而使左心回心血量增多，加快了心脏复温的速率并冲走心肌保护液，从而影响心肌保护的效果。在长时间阻断的病例中，肥厚的心肌也因不能得到充分的保护发生心内膜下缺血。这是部分学者推荐多次使用含血灌注液停搏的原因之一，同时也是部分学者建议此类患儿采用深低温停循环或低流量方法的原因之一。

目前，低温仍然是婴幼儿手术中最有效的心肌保护措施。该方法和终止心肌电活动，心室减压一起用于降低心肌氧耗。用冰盐水进行局部降温可能有助于心肌保护，但是该方法可能影响手术操作和导致膈神经麻痹。因此，有些医师间拒绝用局部降温措施。

早在 1955 年英国 Melrose 在心内直视手术中采用枸橼酸钾使心脏停搏，手术时十分方便。许多医院采用此法后曾发生心肌坏死、传导阻滞、心律失常及复跳失败等并发症而弃用，后发现并发症主要由于选用药物不当所致，枸橼酸有毒性作用，它与 Ca^{2+} 及 Mg^{2+} 相结合而阻止了 ATP 酶的活性，同时药物浓度及渗透压均太高。20 世纪 60 年代中期西德 Bretschneider 及 Kirsch 重新研究采用 K^+ 及 Mg^{2+} 的停搏液获得新的效果，1973 年美国 Gay 及 Ebert 也采用 K^+ 停搏液。此后，虽发表研究停搏液的论文达数百篇，但尚无一公认的最佳配方，各家采用自己所喜爱的配方及方法。按是否含血液可以分为不含血停搏液和含血停搏液，前者又可细分为晶体类和胶体类（含白蛋白）；按离子成分可以分为细胞内液型和细胞外液型，前者以高 K^+（K^+ 浓度约 16.0mmol/L、Na^+ 浓度约 120.0mmol/L）的 St. Thomas' 液为代表，后者以低 Na^+ 浓度（约 15.0mmol/L）、微 Ca^{2+} 浓度（约 0.015mmol/L）的 Bretschneider 液（也称 H. T. K. 液，K^+ 浓度约 9.0mmol/L）、GIK 液（Na^+ 浓度约 10.0mmol/L、K^+ 浓度约 20.0mmol/L）为代表。Buckberg 曾归纳了各家停搏液的成分，其原则大致如下。

（1）能立即停止心肌的电及机械活动，尽可能保存贮备的 ATP 及 CP。

（2）能降低心肌温度，进一步减少能量的消耗并防止电机械活动的恢复。

（3）加入外源性物质以稳定细胞膜，防止钠、钾及钙泵衰竭。

（4）钳夹期提供底物以供无氧或有氧代谢所需。

（5）具有缓冲酸中毒的物质以避免抑制无氧代谢。

（6）具有高渗透压以减轻缺血及低温引起的水肿。

（7）经过实验证实所含物质的浓度及其配合是适宜的，细胞结构保存良好，心脏功能恢复满意。

心肌保护液一般是通过一导管或针头在主动脉阻断后从主动脉根部注入。和成年人不同，儿童中一般很少使用逆行灌注，除非患有严重的主动脉关闭不全或严重心肌肥厚。晶体保护液多为单次灌注，对冠脉内皮细胞的损伤比多次灌注含血心肌保护液要轻得多，且可控制因多次灌注引起的再灌注损伤和心肌水肿，故在新生儿 ECC 中推荐使用。但部分学者认为含血心肌保护液多次灌注法在主动脉阻断时间较长（超过 1h）及在侧支循环众多或者浅低温或中低温转流的病例中，在抑制心肌电活动方面可能更有效。

一般而言，心肌保护液中的钙离子浓度应低于血浆中的浓度。虽然高钾诱导产生的细胞膜除极会引起过量钙内流，但是高钾仍然是心脏手术中最常用的停搏手段。镁离子有助于维持细胞膜负静息电位，也可抑制肌浆网的钙内流，因此在心肌保护液中加入镁离子可显著促进术后心功能的恢复。添加镁离子的低钙心肌保护液可以使术后心功能几乎完全恢复至术前水平，但是如果使用含正常血钙浓度的心肌保护液，即使添加了镁也不能使心功能完全恢复。

术后心腔内有气体存在是儿科心脏手术后引起心功能不全的主要原因之一。有术中超声报告指出，即使在主动脉开放前充分排气，仍有 4% 的病人可检测出心腔内存在气体。超声显示有气栓的区域主要是右心室的游离壁和室间隔的下部。大多数病人术后没有明显的临床征象，一部分病人术后出现明显的血流动力学紊乱，不过在这些病人中没有发现其他器官（如脑）出现气体栓塞的临床表现。由于右冠状动脉的开口位于主动脉的前壁，是气体最易进入的血管，因此术后气体主要分布在右冠状动脉供应的区域，导致右心室缺血和功能受损。在大动脉转位手术中，由于解剖位置的更换，左冠状动脉和左心室会受到影响。在主动脉夹管钳仍未开放时，可通过心肌保护液的灌注针头进行排气。一旦冠状动脉内有气栓，可以增加灌注压力迫使气体通过冠状动脉和毛细血管床。研究证实，心腔内存在气体的病人使用去氧肾上腺素（新福林）或采用高压高流量灌注后，血流动力学和超声影像都出现明显的改善。

5. ECC 中的内分泌反应　ECC 中，内源性儿茶酚胺类物质，特别是肾上腺素和去甲肾上腺素显著增加。这一反应不仅和外科应激有关，而且同非搏动灌注和酸中毒有密切的联系，该反应还导致相对性缺血引起外周血管收缩。儿茶酚胺类物质的升高一直延续到术后，肺组织恢复再灌注后，升高的儿茶酚胺浓度开始明显下降，这可能和肺对儿茶酚胺类物质的摄取和代谢有关。全转流时，肺组织被排除在整个循环以外，这时去甲肾上腺素显著积聚。低温通过促进儿茶酚胺生成，下调儿茶酚胺受体和延缓其代谢使血清儿茶酚胺水平上升。停循环也会引起儿茶酚胺的增加，不过在这种情况下儿茶酚胺浓度的高峰出现在停循环结束以后的升温阶段。一旦体温恢复正常转流停止，儿茶酚胺的水平迅速下降。麻醉的深度对 ECC 和手术中儿茶酚胺水平的高峰有明显的影响。使用大剂量的阿片受体阻滞药可以降低儿茶酚胺的升高幅度并减轻术后并发症。麻醉诱导后，血清可的松水平升高，ECC 开始后，因血液稀释可的松浓度降低。转流停止后，可的松水平再度上升并延续到术后 24h，其后逐渐下降至正常水平。目前尚不清楚超滤对糖皮质激素的影响。

低温和 ECC 还会引起胰岛素水平和外周组织对胰岛素的反应性下降，引起血糖水平升高。再灌注和升温后胰岛素水平逐渐上升。作为全身应激反应的一部分，胰高血糖素和生长素水平上升。

甲状腺激素在 ECC 中水平降低并一直延续到术后数天。其原因包括血液稀释,甲状腺结合蛋白降低和糖皮质激素浓度升高。甲状腺素水平越低,患者预后越差,因此,转流后给予甲状腺素 T_3 可以起到强心的作用。

6. ECC 对肾的影响　肾功能不全也是 ECC 后主要的并发症,手术的应激和中枢神经系统的影响使肾血流减少及肾小球滤过率下降,并且导致血管加压素释放引起液体潴留。为了保持肾髓质血流,肾皮质血流减少。血管加压素的升高可以维持到术后 48～72h。此外,肾素-血管紧张素系统激活,醛固酮生成和钾的排泄增加。低温也直接减少肾的灌注。术前心、肾功能不全和 ECC 的时间直接影响术后肾功能。新生儿心脏手术后发生一过性的少尿的情况并不少见,随着心功能和外周灌注的改善,肾功能一般会在术后 24～48h 逐步恢复,腹膜透析治疗应仅在重症的新生儿中使用。

7. 肺功能不全　肺组织由肺实质和血管床所构成,在人体中具有独特的作用而且易受各种损伤因素的影响。ECC 对肺实质的影响体现在肺水增多,顺应性下降,气体交换能力下降,延长术后呼吸机使用时间。ECC 对血管床的影响则表现为肺血管阻力的改变,进而影响右心室功能。

肺内细胞种类很多,其中包括多种炎性细胞。ECC 中,肺既是产生炎症反应的源头,又是炎症反应的靶器官。ECC 后产生的肺功能紊乱表现为功能残气量、顺应性、气体交换能力下降,肺血管阻力和肺动脉压升高。

ECC 中炎症反应并不是引起肺功能损伤的唯一因素。当患者开始 ECC,肺动脉内血流即刻减少。全转流期间,支气管动脉是肺部血液的唯一来源。肺相对缺血和 ECC 所引起的炎症反应结合在一起,引起严重的肺功能损伤。深低温低流量引起的肺功能损伤较停循环者更为严重,这也表明炎症反应和缺血因素的协同作用。两者一起引起肺血管内皮细胞的损伤,随之导致肺血管阻力和肺动脉压上升,这两个因素都会导致新生儿出现严重的并发症,特别在 Norwood 手术等复杂手术以后。结合手术时胸膜破裂或内乳动脉游离时血液和液体进入胸膜腔压迫肺组织、术中心脏压迫肺组织等外科因素和麻醉后膈肌麻痹、被动和单一的通气方式,吸痰不彻底或吸痰时引起支气管黏膜损坏脱落导致小支气管栓塞等麻醉因素以及术后吸痰不彻底、出血或血块滞留于胸腔压迫肺组织、疼痛导致咳嗽和深呼吸次数减少等术后因素,新生儿 ECC 术后停留 CCU 及机械通气时间较大婴儿明显延长。

ECC 中维持大致正常水平的胶渗压对减少肺血管外水量是有益的,尤其对新生儿患者,对 CPB 后肺水肿的发生有一定的预防作用。但过多预充胶体,不仅增加花费,而且增加低温 CPB 中的外周循环阻力,对已存在的肺水肿,过多的胶体是有害的。因为 ECC 中,肺血管的通透性是增加的,胶体分子的漏出将加剧肺间质水肿。另外,过多胶体的输入,也为术后肺水肿的治疗带来一定的困难。

为降低手术以后肺部并发症的发生率,医务人员做了很多尝试。使用激素可以减轻 ECC 所引起的炎症反应,在转流开始前给予激素可以减少肺水积聚、改善术后肺顺应性,并降低术后的肺高压程度。使用改良超滤可迅速改善转流后肺功能。术后加强翻身拍背等肺部体疗可明显减少呼吸机通气时间。以上这些资料显示在 ECC 中的肺功能保护方面已取得了相当的进展。

8. 神经系统损伤　脑组织是人体重要器官之一,血液供应丰富,脑重量占全身 2%～3%,但血液供应却占全身 20%,脑血液 70%～80% 来自颈内动脉,20%～30% 来自椎动脉。婴幼儿脑组织占体重 1/6,但脑血流量占心排血量的 1/3,其中大脑灰质血流量为白质的 4 倍。脑组织代谢十分旺盛,成年人脑氧耗量占全身氧耗量 20%,为静息时肌肉氧耗量的 20 倍以上,儿童期脑氧耗量占全身氧耗量 50%,新生儿期的比例更大。脑组织活动能量 90% 来自葡萄糖的氧化,但脑组织没有能量储存,它需要连续不断地供应血液,供应氧和葡萄糖,如果停止脑血流,氧将在 8~12s 完全耗尽,30s 神经元代谢受到影响,2min 脑电活动停止,2~3min 能量物质全部耗尽,5min 皮质细胞开始死亡,10~15min 小脑出现永久性损害,20~30min 延髓中枢发生永久性损害。

由于婴幼儿心内直视手术后神经系统损伤的发生率很高(10%~25%),所以对于 ECC 对脑的影响进行了深入的研究。患先天性心脏畸形的患儿本身就是神经系统损伤的高危人群,这是因为:与先天性心脏畸形相关的神经系统发育异常不同的转流方法所引起的损伤;转流中产生的损伤效应一直持续到术后的"易损伤期"。当病人在手术以后出现神经系统损伤的表现时,要确定哪一个因素是最主要的是非常困难的,而事实上往往是这三种因素的协同作用所致。

即使不经过 ECC 和手术治疗,神经系统发育异常在各类心脏畸形患儿中的发生率也有 2%~10%。这可能同脑灌注异常有关,也可能是存在脑结构畸形。有些心内畸形是某些综合征的一部分(如房室间隔缺损和 21-三体综合征),这类患儿不论是否经过转流期,其脑发育异常的发生率都相当高。目前对先天性心脏病患儿的神经系统的发育过程尚不了解,特别是对于那些严重威胁生命的心内畸形,这一过程永远不可能了解。术前,体肺循环血流的相对不平衡可以引起脑血流的改变,并且可以随时引起神经系统损伤。最后,患儿就诊时的情况也在很大程度上影响神经系统的预后。从以上信息可以得出明确的结论:先天性心内畸形患者术后发生神经系统异常的危险性相当高。

随着温度的降低脑代谢率呈几何级数下降,而脑血流的下降程度为线性。所以脑组织代谢的需求明显低于脑组织的血流量,使脑呈"奢灌"状态,而大脑灰质血流量为白质的 4 倍,故灰质层的损害更为明显。低温是最主要的脑保护措施,但即使在温度非常低的情况下,脑组织的代谢仍然存在,所以,虽然在低温下,如果脑血流中断(如 DHCA),仍然会引起脑缺血损伤。根据低温时的脑代谢率可以计算出脑组织所需要的血流量,这也是应用持续低流量灌注的理论基础。

脑血流受多个调节因素的影响,在常温和中度低温时,脑血流保持着自我调节的能力,但是在 22℃ 以下,脑血流的自动调节能力丧失,这时,脑血流量随平均动脉压的变化而变化。幸运的是,在如此低的温度下,大脑仅需要少量的血流即能够满足代谢需求。降温过程中所采取的血气管理方式也影响着脑血流和脑代谢。最近的研究显示,使用高氧分压和 pH 稳态进行降温可以保护脑功能并延长 DHCA 的安全时限。

值得注意的是,不论采用哪种血气管理方式都不能避免长时间(60min)DHCA 后所引起的脑结构和功能的显著改变,也就是说使用任何一种血气管理方法都会导致严重的神经功能损伤。

有一些简单的措施可以减轻 DHCA 所致的损伤。在 ECC 开始的 8h 前静脉给予甲泼尼龙(10mg/kg)可以明显促进 DHCA 后的脑代谢和肾功能恢复。也有证据表明使用抑肽酶,血栓素 A_2 受体阻滞药,血小板活化因子抑制药,和自由基清除剂可以改善术后脑功能恢复情况。在高危人群(严重发绀或存在体肺分流的病人)手术降温时使用 pH 稳态是有益的,根据最近的临床研究结果,如果打算使用停循环技术,那么宜使用高氧分压进行灌注。在 DHCA 前改为 α 稳态进行血气管理可能也有利于脑保护。使用持续低流量灌注可以更好地保护脑的功能,但是对于肺血管床的影响比 DHCA 严重。由于脑损害随停循环时间的延长而增加,因此使用该技术时应尽可能缩短停循环的时间。最近 Langley 和 Mault 报道了一种实用的脑保护方法:在停循环过程中每 15~20min 灌注 1min[流量 25~50ml/(kg·min)],在停循环 60min 后,脑代谢可以完全恢复而且可以保持脑微观结构。这表明只要每次停循环时间为 15~20min,就可以连续多次运用 DHCA 技术。但即使在 DHCA 过程中进行间断灌注，DHCA 的停循环时限仍不能增加。Miura 和 Robbins 的实验也获得了相同的结果。因此如果拟进行主动脉弓重建，比如 Norwood 手术，可以先在无名动脉近端缝一个侧支，在停循环时可将主动脉插管连接在侧支上进行间断或连续的低流量灌注。DHCA 时，应在头部放置冰袋。虽然没有什么方法可以在再灌注期间促进脑的恢复，但是在 ECC 后进行改良超滤可以改善脑代谢的恢复情况。DHCA 后，应保持合适的心排血量和脑部氧供，因为在该时间段脑组织最易受到损伤。还有资料表明，如果病人在脱离 ECC 时将直肠温保持在 34℃ 而不是 36℃，有利于 DHCA 后的脑保护。

9. 全身性炎性反应　发生全身炎症反应的原因是多方面的，包括体内多个系统和细胞成分的复杂交叉反应。由于血液与管道和氧合器表面的接触，血液成分的接触激活是最早期发生的反应。其他如组织缺血再灌注，低血压和非搏动灌注，相对性贫血，输血以及肝素和鱼精蛋白的使用都在炎症反应中起着一定的作用。

补体激活是早期的反应之一，在 ECC 中其旁路途径更为重要，生成过敏毒素 C3a 和 C5a，趋化中性粒细胞和炎症介质，并具有内源性细胞溶解酶的特性。过敏毒素还引起其他炎症介质的生成，激活巨噬细胞和血小板等细胞成分。补体激活还同时导致单核细胞释放多种细胞因子，继而介导多种炎性反应。它们受 ECC 的刺激而释放并随转流时间的延长而增加。

炎症反应中的另一个重要反应就是中性粒细胞的激活及其与内皮细胞的相互作用。这一反应直接导致组织损伤和包括炎症介质在内的许多毒性物质的释放。中性粒细胞在缺血再灌注引起的肺和神经系统损伤中起重要的作用。

ECC 对机体还是一个强烈的促凝刺激。肝素虽可抑制血栓的形成，但是并不能阻止组织因子在内皮细胞和单核细胞表面的表达。组织因子导致凝血酶生成，后者可强烈刺激炎症反应和凝血过程。ECC 刚刚开始时，血液出现一个短暂的低凝状态，其后在一个相当长的时期内都处于高凝状态。婴幼儿心内直视手术中由炎症反应刺激所引起的组织因子激活一直持续到手术以后。当细胞，特别是肺部细胞受到外界刺激或缺血时，花生四烯酸途径激活，产生血栓素、白三烯和前列腺素。内皮细胞损伤导致微循环功能改变，使肺、脑以及全身血管阻力增高，这在低温 ECC 后是常见现象。内皮细胞的损伤还影响了如一氧化氮（NO）、前列环素等重要的扩血管因子的释放，而促使血栓素 A2 和内皮素等缩血管因子的释放。除此之外，内皮细胞表面（特别是肺内皮细胞）还是一些血管收缩因子如血管紧张素、儿茶酚胺等的代谢场所。内皮细胞受损后，NO 等生成减少，血管收缩因子代谢减缓，促进了血管收缩。同时，内皮细胞损伤使毛细血管通透性增加加剧水肿。

炎症反应在人类年龄的两极，即最幼小的和最年长的病人中最为强烈。在新生儿病人中，炎症反应的特点表现为术后急性呼吸窘迫综合征（acute respiratory distress syndrome，ARDS）、肺高压、全身水肿、凝血异常、心功能受损和血流动力学紊乱。这些不良反应导致呼吸机和强心药物的使用时间延长，肾功能损伤，出血和迟发性血栓形成，术以后不能关胸以及术后需要机械辅助设备支持等。其中，以肺部的损伤最为严重，且是引起术后并发症的主要原因。肺的损伤导致肺血管阻力升高和内皮细胞依赖的肺血管舒张反应丧失，这可能是由于 IRI 诱发的中性粒细胞所介导的。

可能有效的治疗措施包括：使用肝素涂层的管道防止血液接触激活，缩短 ECC 管路以降低预充量，减少氧合器的膜表面积，使用 DHCA 而不是 DHLF 技术，抗细胞因子和抗黏附分子治疗，白细胞滤过，使用丝氨酸蛋白酶抑制药，改良超滤以及抗炎治疗。

皮质类固醇可在多个水平影响炎症反应进程：减少补体的激活和补体介导的中性粒细胞黏

附和脱颗粒反应。激素还可调控某些细胞因子的释放,减少急性期反应产物和抗体的生成。激素更强大的作用是可抑制信号传递系统,减少合成炎性蛋白所需要的 mRNA 和细胞炎性产物的生成。由于这一作用需要一定的时间方可发挥作用,所以在 ECC 开始前数小时使用大剂量激素较在预充液中加入激素可以更有效的减轻炎症反应。

四、体外循环环路

1. 预充 使用小型的管道和设备以减少预充是现代婴幼儿手术的趋势。在新生儿中 ECC 预充量可能是其血容量的 200%～400%,而成年人预充量仅为其血容量的 1/4～1/3。这些预充液体会显著稀释患儿血液,使新生儿血细胞比容很低(<15%),因此预充液中必须添加血制品。对于转流中可以耐受的最低血细胞比容尚不肯定,一般认为极限在 15%～20%。输血会引起许多不良反应,包括血液传播性疾病,补体激活,输血反应,乳酸、钾离子和葡萄糖以及枸橼酸的输入等。同时,血液稀释液也使血浆蛋白和凝血因子的浓度减少,胶体渗透压降低(加剧间质水肿),电解质失衡,激素释放并激活炎症介质,因此应将预充量和用血量控制在最低限度。温度降低时血黏度上升,低温、高血细胞比容和非搏动血流会影响机体的微循环灌注。在新生儿 ECC 中,理想的血液稀释程度必须保证在低温和升温过程中供给机体足够的氧供。低温时,10% 的血细胞比容就能提供足够的氧。但在升温过程中,机体氧耗增加,血细胞比容过低就不能满足机体代谢的需要。由于脑血流在深低温和停循环后丧失了自动调节功能,因此脑部的氧供需要受到特别的关注。当新生儿进行深低温(15～20℃)转流时,一般将血细胞比容保持在 20%±2%,但也有人建议在此情况下保持血细胞比容在 35%～40% 的水平以改善术后的神经功能。必须维持的血细胞比容应根据低温的程度来确定。

下面的公式可用来估计 ECC 中维持血细胞比容为 20% 所需要添加的红细胞量:

所需红细胞量(ml)＝(病人血容量＋预充量)目标血细胞比容-病人血容量 * 病人血细胞比容

目前在预充液中使用的主要是少浆红细胞,也有些医院采用新鲜全血。使用全血有助于保持正常的胶体渗透压和提供凝血因子,但是全血也会导致预充液葡萄糖浓度过高。在脑缺血时,高血糖是引起神经损伤的危险因素。新鲜全血也可用在转流以后,它不仅可以提高血细胞比容,而且保留了供者大部分的凝血因子和血小板,有利于维持凝血功能的稳定。少浆红细胞会导致预充液中乳酸和钾离子浓度升高,升高程度同其储存的时间相关,可以对血制品先进行超滤或使用血液回收机对预充前的库血进行清洗以去除不良物质。

在预充液中加入胶体可以提高蛋白含量,增加胶体渗透压以减少毛细血管的液体渗出,保护脏器功能。实验显示,血浆蛋白浓度降低会损害淋巴回流,还增加毛细血管渗漏影响肺功能。在新生儿手术中保持正常的血浆胶体渗透压有利于提高 ECC 手术以后的存活率。

新生儿 ECC 中的预充液成分应尽可能贴近细胞外液,复方醋酸林格液在避免预充乳酸方面是一个不错的选择。钙在缺血时对心肌有一定的损伤,因此预充液中一般保持低钙,这也是转流开始时心率迅速下降的原因之一。新生儿转流预充液中是否应加入甘露醇和激素仍存在争议。甘露醇具有渗透性利尿作用并可清除氧自由基。激素可减少缺血所引起的离子转移,减轻炎症反应,毛细血管渗漏以及缺血以后的继发性损伤。常规使用甲泼尼龙 15～30mg/kg 是目前的主流做法。

2. 氧合器 在新生儿病例中,氧合器必须在不同温度(10～40℃)、不同流量[0～200ml/(kg·min)]、不同血细胞比容、不同压力和不同气体流量的条件下都具备足够的气体交换能力。

鼓泡和膜式氧合器都可以满足以上的要求。前者形成气体微泡,在氧合柱内同血液充分混合,不过血液同气体的直接接触损伤了血液的成分,增加红细胞的溶血,血小板聚集,补体激活和炎症介质的释放。后者在进行血液氧合时没有或仅有很少的血气直接接触,可以减轻这些不良反应。目前主要使用的是带微孔的中空纤维膜组成的膜式氧合器,膜孔径仅 $3\sim5\mu m$,这样血液和气体接触面积很小。微孔膜的优点是可以在较小的膜面积下达到满意的气体交换效果。其缺点在于,一旦在血液一侧形成负压,气体会进入血液并形成气栓。新型的微孔中空纤维膜氧合器仅需要很小的预充量($15\sim90ml$)。有些氧合器比如 Polystan Safe Micro Oxygenator 和 Dideco D901 Lilliput 1 是专为新生儿所设计的,包括氧合器和变温器在内仅需要 60ml 预充量,其容量控制的贮血瓶最大预充量为 60ml,美国 COBE 公司也制造了预充仅 47ml 的膜式氧合器。虽然预充量很小,但是流量可以达到 800ml/min,完全可以保证新生儿的灌注。如果使用非常精细的管路[内径 1/4in,甚至于 3/16in(1in=0.0254m)]并尽可能缩短管道长度,使用这些氧合器时整个循环系统仅需要 250ml 的预充液。

另一种氧合器是没有微孔的硅胶膜氧合器,膜在氧合器内折叠。硅胶膜氧合器价格昂贵而且氧合面积较中空纤维膜氧合器大。短时间灌注时,该类氧合器没有明显的优点,但是该氧合器是唯一推荐在长时间 ECC,比如长时间体外膜式氧合(extracorporeal membrane oxygenation,ECMO)时使用的。

3. 泵　目前 ECC 中使用的主要是两种泵:滚轴泵和离心泵。在小儿手术中以滚轴泵为主。滚轴泵由两个成 180° 的转臂组成,依靠转臂和泵室壁阻断管道并推动血液前进来产生持续非搏动血流。转臂不应该完全阻闭管道,以防止加重血液破坏。最理想的是,两个转臂可以各自独立的设定其位置。在新生儿手术中,转臂设置不当会引起流量估计不准确或增加红细胞破坏。

根据离心泵在 ECMO 和 VAD 使用中获得的经验,这一新型的泵受到越来越多的关注。离心泵是依靠泵内的叶轮或锥体高速旋转产生离心力推动血液前进,其优点在于预充量小,血液破坏少,而且泵体呈锥形,可以滞留气体。这两种泵都可以产生搏动血流,促进微循环灌注。

4. 管道　转流中既要选择尽可能小的管道以减少预充量,也要保证使用的管道能够满足流量的要求以及防止过高的压力。管道的口径和长度都同预充量的大小有关。新生儿中,可考虑动脉管道使用 3/16in 的,静脉选用 1/4in 的,同时应将泵放置在离手术最近的地方,以缩短管道。1/4in 的管道每米预充量约 31.7ml。一个 3 500g 的新生婴儿,血容量大约 300ml,每增加 1m 的管道,预充量就增加体内血容量的 10%。将泵头尽可能的贴近病人,同时使用负压辅助而不是重力静脉回流,可以大大减少预充量。总之,管道应在保证转流中所需最大流量的条件下选择最小的口径。

五、体外循环中的处理

在新生儿中,由于心室顺应性低,Starling 曲线平坦,心脏不能耐受过量的前负荷。如果静脉回流不佳,立刻会引起心室的扩张,这时必须降低灌注流量并重新置放静脉引流管。ECC 开始后,肺血管阻力迅速下降,存在心室水平分流者很可能产生大量血液(包括侧支回流)进入肺循环,影响体循环的回流,这就需要尽早安放左心房引流管。

如果打算在 DHCA 下进行手术纠治,ECC 就是一个降温装置,手术操作在停循环下进行。这时,静脉插管可以简化,仅放置右心房单根引流管就可以获得满意的引流效果。随着 DHCA 使用经验的积累,和越来越充分的保护措施,复杂的静脉畸形成为使用 DHCA 的重要指征。降温结束后,可拔除插管,在没有插管干扰的情况下进行手术操作。有些学者建议在建立 ECC 后立刻在病人体内取新鲜血液 20ml/kg,结束转流后再回输给病人。这样可以保持血小板功能和凝血因子的浓度,有利于术后维持凝血功能和病情稳定。

采用负压辅助的静脉回流方式,主动将血液从心房内吸出,可以减少预充量和减小静脉插管的口径。但是,目前尚不了解负压对新生儿血液成分的影响。

六、抗凝和出血的处理

在 ECC 中,常规使用肝素抗凝,而由于使用简便且可重复性高,目前常规使用活化凝血时间(ACT)测定来监测抗凝效果,其他的常用出凝血功能监测有出血时间(BT)、凝血时间(CT)、血小板计数(BPC)、凝血酶原时间(PT)、激活部分凝血活酶时间(APTT)、凝血酶时间(TT)、激活全血凝固时间(ACT)、纤维蛋白原测定、凝血弹性描记图(TEG)、纤维蛋白降解产物(FDP)、栓溶二聚体(D-Dimers)试验等。

值得注意的是,有报道肝素不影响心肌收缩力,CO、SV 无变化,但肝素能激活血浆激肽释放酶-激肽系统而形成舒缓激肽,后者有强力的血管扩张作用,从而引起低血压和 SVR 下降。但另有文献报道,肝素可降低钙离子浓度,使心肌收缩力下降,CO、SV 减少,从而引起低血压。也有人发现肝素能使 LVEDV 下降,LVEDP 升高,说明肝素对心脏的收缩、舒张功能均有抑制作用。心肌氧耗的显著下降与肝素抑制心肌,减慢心率,使 MAP,外周阻力下降和心脏后负荷减轻有关。

在 ECC 中肝素使用的剂量一般根据病人的体重来确定,新生儿常用的起始剂量为 $200\sim400\mathrm{U/kg}$。这个方法使用简单,但是没有考虑病人血容量,低温、血液稀释以及术前肝素治疗产生的影响。另一个方法是用 Hepcon 测量肝素的浓度。这个方法可以用 2ml 的血液测量肝素的剂量-反应曲线,并根据病人的血容量计算肝素和鱼精蛋白的剂量。需注意的是,过量抗凝会引起出血过多和颅内出血的可能,而肝素使用过少则会导致血管内凝血及管道和氧合器失灵。为保持 ACT 在 350~450s,新生儿较成年人要使用更多的肝素。

有些与 ECC 相关的出血同肝素使用有关,包括抗凝血酶Ⅲ(AT-Ⅲ)缺乏,肝素引起的血小板减少和肝素中和不当。正常新生儿体内 AT-Ⅲ 浓度仅为成年人的 50%。使用标准剂量的肝素可能会出现抗凝不足和血管内凝血。给予新鲜冷冻血浆或重组 AT-Ⅲ 可以解决这个问题。

由于低温和血液稀释均可使 ACT 延长,而且围体外循环期 ACT 值波动大,重复性差,而鱼精蛋白仅能拮抗 90% 大分子量肝素,使鱼精蛋白的剂量难以精确,同时,ACT 值与血中肝素浓度的相关性也有问题,当 ACT>600s 即无线性关系,所以有人主张监测肝素浓度替代 ACT 或作为其辅助监测,使肝素浓度在体外循环中保持 >3.0U/ml 或每隔一定时间重复给予肝素。但监测肝素浓度不能说明肝素耐药情况,因此在体外循环开始前还必须用 ACT 监测肝素抗凝程度,尽管肝素量已达到 300~400U/kg,ACT 低下者仍说明抗凝不足。如体外循环后出血多,则同时监测两者可获得更多信息。如 ACT 延长,血中又测出剩余肝素,可给予鱼精蛋白治疗,如测不出肝素则考虑凝血机制有中度或严重紊乱,此时应送血标本做凝血试验,并给予凝血因子治疗。应当注意的是,ACT 水平具有个体差异,和肝素剂量没有直接的联系。

七、撤离体外循环

准备撤离 ECC 时,ECC 医师必须通知麻醉师和外科医师等手术团队成员,并在麻醉师恢复通气后方可进行。撤离时阻断部分静脉回流使心脏逐渐充盈,同时逐渐降低动脉灌注流量,通过直接观察心脏的大小或测量心房的压力来判断血容量是否足够,通过观察有创血压了解心室功能,最终在达到满意的血容量或合适的心房压后阻断静脉回流并停止动脉灌注。减流量到撤离过程的时间不宜过短,否则极易引起心力衰竭。

肛温升至 35℃ 后并行时间达到阻断时间的 $1/3 \sim 1/2$、中心静脉压(或左心房压)满意、心肌收缩有利、有创动脉平均压 $40 \sim 60mmHg$、心电节律正常、血气及电解质监测正常、没有明显的活动性出血,是新生儿撤离 ECC 的时机。在撤离后先不拔除主动脉插管,使转流泵可以根据需要补充容量,同时进行改良超滤。

新生儿 ECC 撤离后需特别注意:①防止鱼精蛋白中和时的低血压;②对于有传导功能紊乱者常规安置心外膜临时起搏导线,必要时用心房、心室或房室顺序起搏,一般不主张常规使用异丙肾上腺素;③预防术后高血压;④预防低体温。

复杂心内畸形纠治手术后,部分病人有时难以脱离 ECC。在这种情况下,必须判断其为下列哪种原因:①存在残余解剖畸形;②肺动脉高压;③右心室或左心室功能衰竭。如果存在残余解剖畸形,可再次转流修补。

新生儿术后发生左心室功能不良的概率较高,可以通过保持合适的前负荷和心率、增加冠状动脉灌注压、提供合适的钙离子浓度和给予强心药物等治疗。开始使用强心药物时往往是补充钙剂($10mg/kg$)和给予多巴胺或多巴酚丁胺[$5 \sim 15\mu g/(kg \cdot min)$]。如果心功能没有改善,可以添加第二个药物。如果为了撤离 ECC 不得不使用高剂量的强心药物,那就应当考虑使用机械辅助循环。

肺动脉高压是儿科 ECC 后的常见现象。可以改变呼吸机参数,通过调节二氧化碳分压、pH、肺泡氧分压和动脉氧分压来降低肺血管阻力。一氧化氮(NO)是来源于内皮细胞的血管扩张物质,是非选择性的平滑肌扩张药,经气道吸入时,不影响体循环的血管,可考虑在手术室内使用。

如果存在右心室功能不全和肺动脉高压,可以通过建立一小的房间隔缺损或保持卵圆孔开放使心房水平存在分流以增加心排血量。这一方法可以增加左心室充盈和心排血量,改善组织的氧供。

最后,延迟关胸可以给心室以更大的舒张空间,改善心室舒张期的充盈并增加心室搏血量,并可以减少压迫重建的外管道或冠脉的机会。这对于某些 ECC 后存在左右心室功能不全的新生儿是非常重要的。这同时防止因胸腔顺应性下降和纵隔水肿影响心肺功能。如果以上的方法均无效,那就需要考虑在撤离 ECC 后使用辅助循环。

八、改 良 超 滤

由于低温、低体重、血液稀释、炎性介质释放等原因造成 ECC 过程中新生儿的毛细血管通透性增强,导致即使是简单的心内直视手术以后,机体就存在明显的液体积聚。水肿不仅表现在外周组织,而且在全身各重要脏器如大脑、心脏、肺和肠道都无可避免的存在。ECC 可以通过减少预充液中晶体用量,转流中和结束后采用大量利尿药、脱水药、常规超滤和改良超滤等措施来减少液体积聚。改良超滤在 ECC 结束后即刻进行,通常含氧的血液从主动脉插管中引出,经超滤器浓缩以后,从右心房插管回输病人;亦有从腔静脉引流血液后经超滤器、氧合器和变温室后回输到主动脉的模式。常规超滤和改良超滤法都可以滤出血液内的水分和炎症介质,不过改良超滤法促进心功能恢复方面可能更加有效。

九、辅 助 循 环

有时候因为某一房室发育不良或心功能的原因,尽管外科纠治畸形非常成功,但病人术后仍无法脱离 ECC。成年人中最常用的是主动脉内球囊反搏(IABP),而新生儿体积小,限制了该方法的使用。IABP 最大的优点是改善冠状动脉灌注,能提高 15% 左右的心排血量,但是在新生儿中冠状动脉灌注一般不是最重要的原因。虽然这一方法曾在 5 岁的小儿中使用,但是因为存在损伤股动脉及难以和儿童的快心率同步等原因,使该技术在儿童中使用不多,在新生儿中应用就更为罕见。因在治疗新生儿肺部疾病中大量使用 ECMO 并获得成功而积累了相当的经验,EC-MO 成为大多数医院目前最常用的辅助手段,但是对于某些病人,心室辅助装置(ventricular assist device,VAD)可能亦有效。机械辅助循环使用的指征在各个医院或不同医师之间存在差异,这主要与各医院的条件、习惯思维以及对技术的熟悉程度不同有关。一般而言,存在可逆性的心肺功能损伤而且没有严重残余畸形的病人都可以使用辅助循环技术,医务人员应根据生理情况选择最佳的治疗方法。值得重视的是,对于某些特殊病种,使用辅助循环的标准有一些不同。如果一个病人需要使用大剂量的强心药物方能脱离 ECC 时,应当考虑该病人在手术后需要使用辅助循环。机械辅助中最常见的并发症是出血和血栓形成,其表现以神经系统并发症居多。但不论脑出血还是栓塞,都是使用机械辅助的相对反指征。所以,所有的机械辅助治疗均应在加强监护中进行,凝血功能检测应列为常规。

十、小 结

ECC 经历了数代人的艰辛和研究,从早期的试用阶段发展到现在能够安全有效地支持婴幼儿完成复杂的心内畸形纠治手术,付出了无数的生命的代价。随着材料科学和机械制备技术发展,以及计算机技术的不断更新,新生儿 ECC 已经成为当代医学的可能,但是作为新技术,仍然存在许多值得进一步研究的领域,而且从生命安全第一方面着想,该技术应该在专门儿童先天性心脏病治疗中心使用。目前我们已经了解了很多 ECC 相关的病理生理知识,并根据这些知识制订了相应的治疗手段。在最近 10 年内,ECC 方面有很大的进展,目前即使最复杂的心内畸形,纠治手术以后的病死率都 <5%。不过,ECC 仍然和术后许多并发症有关。进一步减少 ECC 管道、减轻炎症反应、改进设备、提高灌注技术以提高 ECC 的安全性,将有助于改善手术预后。

(黄国栋)

第五节 动脉导管未闭

动脉导管是位于胎儿肺动脉与主动脉之间的正常通道,起源于胚胎第 6 主动脉弓,多数位于左锁骨下动脉发出部对侧的主动脉弓与肺动脉分叉处或左肺动脉起始处之间。虽然连接于主动脉和肺动脉之间,但其中层主要是由"外环内纵"两层平滑肌构成,而非大动脉的环形弹性纤维结构。在胎儿期由于肺未膨胀通气,除了很少血液进入左右肺动脉之外,接近 55%~60% 的右心室腔血液是通过动脉导管进入降主动脉到达胎盘进行血氧交换,此时动脉导管直径可与大动脉相当。在出生时由于多种因素共同作用,多数新生儿在出生 10~18h 动脉导管内即不再有血流通过(即生理性闭合),在15~21d 可达到解剖性闭合形成动脉韧带(85% 足月婴儿在出生后 2 个月达到解剖闭合)。一旦闭合机制存在缺陷则将出现动脉导管闭合延迟,但由于个体差异的存在,一般仅将超过 3 个月动脉导管仍未闭合者称之为"病理性"动脉导管未闭(patent ductus arteriosis,PDA)。PDA 可作为单独存在的先天性心脏病(占先天性心脏病 5%～10%,女性发生率是男性的 2～3 倍),也可以与其他先天性心脏病同时存在。需要注意的是,在主动脉弓离断、室间隔完整的大动脉转位等复杂先天性心脏病中(此类复杂先天性心脏病亦被称作"动脉导管依赖型先天性心脏病"),动脉导管将作为维持体循环和肺循环平衡的主要的甚至是唯一的交通,甚至成为体循环或者肺循环血液的唯一来源,一旦自行闭合或手术堵闭都将直接导致患儿死亡。本节以下仅讨论单独存在的动脉导管未闭。

足月新生儿动脉导管自然闭合的机制尚未完全阐明,目前认为胎盘来源的前列腺素 I、E 消失导致体内前列腺素水平迅速降低、呼吸的开始使流经动脉导管处血流的氧分压迅速增高是两个主要的刺激因素,闭合的主要步骤包括:①最初的平滑肌收缩,管腔变窄;②导管对前列腺素扩血管作用缺乏反应;③不可逆解剖重构导致永久性关闭。导致动脉导管闭合延迟或不闭合的具体原因尚未明确,目前已知的相关因素主要是 PDA 的发生与胎龄和低体重相关,体重低于 1 200g 的早产儿中的发生率高达 80%。此外,各种原因导致的新生儿缺氧都可能导致 PDA,有文献报道早产儿、母亲怀孕 3 个月内感染风疹、移居高原等是 PDA 发生的高危因素。

一、解　剖　学

出生后未闭合的动脉导管形状、长短、直径、位置变异可能非常大。动脉导管作为胸主动脉和肺动脉之间存在动脉血管性连接,最常起自胸降主动脉,正对左锁骨下动脉开口;止点最常位于左肺动脉近端与主肺动脉连接处;左侧喉返神经下行绕过动脉导管后向后返折走向颈部(图 13-2)。但是可能会出现很多变异,导管可能起自升主动脉、头臂血管的任何分支,甚至胸降主动脉的远段。同样,动脉导管也可止于右肺动脉、左肺动脉或主肺动脉。多数情况下动脉导管位于左侧,但若右位主动脉弓存在,动脉导管则起源于降主动脉近端与左锁骨下动脉相连,也可起源于左锁骨下动脉远段或者由头臂干直接发出。偶尔会有双侧动脉导管,但很罕见。

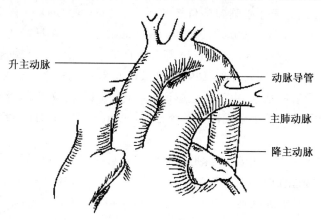

图 13-2　动脉导管解剖图

二、病理生理学

单独存在的动脉导管在出生后闭合延迟或不闭合将直接导致主动脉和肺动脉之间的大量"左向右"分流,分流量的大小主要取决于跨导管的动脉压差和导管直径。动脉导管的存在将使肺血流增加进而引起左心室前负荷增大,并且随着肺动脉压的逐渐增高肺血管阻力随之增加,右心室后负荷逐渐增加。因此,在早期可能出现充血性左心功能不全,晚期出现全心衰竭。

新生儿期粗大的动脉导管引起的全收缩期左向右分流不仅导致左心容量负荷增加和严重的肺动脉高压,而且大量的分流可以降低主动脉舒张压,减少冠状动脉的灌注,这在左心室承担过度的容量压力负荷时尤为不利,是左心功能不全不断进展的重要促进因素。此外,几位医师分别报道了在早产儿或新生儿时主动脉内大量血液通过粗大的动脉导管分流至肺动脉,可能将导致在动脉舒张期出现来自腹腔内脏的逆行血流(腹腔脏器窃血),而患儿将出现少尿,甚至急性肾功能不全,严重者则可能出现坏死性小肠结肠炎,早产儿的风险更大。

三、手术适应证及手术时机

在既往的医疗文献中,曾经一度将"动脉导管未闭"诊断的确定作为明确的治疗指征。但随着超声技术敏感性的不断提高以及对病理生理学认识的加深,这一认识已逐渐发生变化。目前多数作者认为超声发现的直径<2mm的动脉导管即便在早产儿中也不会对血流动力学产生明显的影响,除了具有细菌性心内膜炎的高危因素的患儿之外,并不能确定治疗是否获益,从而部分学者认为是不需进一步处理的。明确的体征和存在相关临床症状是动脉导管治疗的适应证。

早在1976年就已经确立了对早产儿使用吲哚美辛(消炎痛)关闭动脉导管的方法。经过数个多中心研究发现,对于早产儿来说,与手术治疗相比药物闭合导管有较低的气胸和晶状体后纤维组织形成的发生率,这可能是与围术期转运过程中高浓度氧气吸入有关。目前,对于合并粗大动脉导管的早产儿或新生儿,在考虑实施手术闭合导管之前都应给予1～3个疗程的吲哚美辛(消炎痛)治疗,按0.2mg/kg剂量间隔12h连续给予3次,闭合率在62%～76%。禁忌证包括出血倾向、急性肾衰竭、坏死性小肠结肠炎等,并不建议延长吲哚美辛的疗程。

四、手术治疗

1. 历史 1938年波士顿儿童医院的Robert Cross医生首次在临床上成功实施了动脉导管结扎手术,这也是第1例先天性心脏病外科矫治手术。1963年Decanq首次报道了1例早产儿动脉导管结扎手术,患儿体重1 400g。1976年Heymann确立了在早产儿中使用吲哚美辛作为药物性导管闭合的方法。1971年Portsmann等首次报道了经过心导管输送装置闭合动脉导管,从而开始了介入封堵动脉导管的先河。1993年Laborde等率先报道了电视辅助胸腔镜(VATS)下用动脉夹闭合动脉导管的技术,由于其适应证更广,并且安全、微创,因此迅速得到推广。2002年Laborde团队报道了成功应用全机器人系统(zeus system)闭合动脉导管,提供了一种新的治疗选择。

2. 手术方法及技术 早产儿或新生儿动脉导管闭合手术可以在新生儿监护室内或手术室内完成。在转运或麻醉过程中必须注意避免吸入高浓度氧气以减少远期晶状体后纤维组织形成的发生率,并且应小心调整机械通气参数避免引起肺损伤,同时也必须很谨慎的保持患儿的体温。

传统的胸廓切口路径手术适用于所有动脉导管未闭患者,包括早产儿。通常是采取右侧卧位,左上肢前伸内收体位以提高肩胛骨位置。切口均为左后外侧切口,对于低体重早产儿要严格控制切口的长度,避免对胸壁结构过度破坏。经第3肋或第4肋间进入胸腔,小心注意避免损伤肺组织,轻柔地向前下方推开左肺即可显露动脉导管三角。纵行剖开降主动脉表面覆盖的纵隔胸膜,分别向上下延长切口,上至左锁骨下动脉下至第2肋间动脉水平。将前侧的纵隔胸膜向前方牵引,将迷走神经、喉返神经连同纵隔胸膜组织一起推向前方,紧贴主动脉上下游离仔细辨认动脉导管、左肺动脉以及降主动脉,部分患儿动脉导管非常粗大,严防将左肺动脉或主动脉弓末段误认为是动脉导管结扎而导致严重后果(图 13-3)。钝性分离动脉导管上下窗,早产儿和新生儿的游离范围不必过大,避免损伤周围淋巴管道引起术后胸引量增多或乳糜样胸液。显露动脉导管后,可以无创血管镊轻轻夹闭导管,同时观察动脉血压和氧饱和度情况,通常情况下动脉舒张压会明显升高,收缩压也有不同程度的升高;对于少数早产儿可能合并胎儿循环或严重肺发育不良,动脉导管阻断后会出现氧饱和度的明显下降,对这种患儿来说动脉导管是肺循环血流的重要来源,不能结扎。一般情况下早产儿或新生儿患者以 10 号丝线结扎动脉导管 1~2 道即可,或者以钛夹直接夹闭,无论是结扎还是夹闭都应注意避免损伤勾绕走行于导管后壁的喉返神经。如果探查发现动脉导管直径非常粗而长度很短,则应选择切断动脉导管分别连续缝合而不是直接结扎,以避免结扎后出现医源性主动脉缩窄。

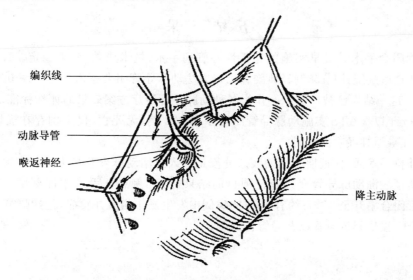

图 13-3　新生儿动脉导管闭合术

电视辅助胸腔镜技术(VATS)是 20 世纪 80 年代开始发展的,1993 年开始应用于动脉导管手术。由于 VATS 仅需要做 3 个很小的切口分别置入摄像头、电刀和夹持器,不用分离肋间,从而将手术创伤降到最低;而且由于配备了现代高分辨率摄像头和照明能力,甚至可以获得比肉眼直视更清晰的视觉效果。但是由于设备体积的问题,目前 VATS 主要应用于小婴儿或大龄儿童的动脉导管手术中,多数心脏中心对于早产儿仍然采用经典胸廓切口方法实施手术。

3. 手术并发症

(1)出血:常温下进行动脉导管闭合手术,尤其是早产儿和新生儿患者导管组织疏松质脆,在解剖游离、结扎或切断导管时最常见的也是危险性最大的并发症是导管损伤或撕破导致大出血。严格遵守心血管手术原则和掌握必备的手术技巧是防止术中意外大出血的保障,对于早产儿或小婴儿应避免过度追求微创切口,保证手术野的充分显露。术中如发生大出血,切忌盲目钳夹止血,而应先用手指压迫控制出血,吸尽积血同时尽快改善手术野显露,查明出血部位,建立有效输血通路保障循环稳定。根据破口情况选择切断缝合或者直接缝合修补,必要时可紧急建立体外循环在深低温停循环下止血修补。

(2)喉返神经损伤:喉返神经损伤通常是由于术中过度用力牵拉前侧纵隔胸膜,或在游离、钳夹、结扎导管时误伤造成。操作过程中将喉返神经连同纵隔胸膜一起轻柔的推向前方,并保持喉返神经始终在视野中清晰显露可以大大减少损伤的机会。除非是将喉返神经切断或缝扎,一般多数情况下喉返神经损伤是一过性的,术后 1～3 个月功能恢复。

(3)假性动脉瘤:属于严重并发症,多数是在术后 2 周左右发现。相关原因包括术中损伤动脉壁、血肿形成、局部感染、动脉导管或主动脉内膜撕裂等。假性动脉瘤一经诊断即应再次手术治疗,切除动脉瘤,彻底清除导管组织,修复降主动脉。

(4)术后高血压:动脉导管闭合手术后高血压是最常见的并发症,给予止痛、ACEI 等药物治疗后多数在数天到数周内能够降至正常。长时间高血压不恢复的患者需要警惕肾上腺结构和功能是否异常。

(5)肺不张:在早产儿和小婴儿手术后比较常见。术中操作应尽可能保护胸廓组织结构,术后注意加强肺部体疗。

五、结 果

动脉导管闭合手术是最早实施的先天性心脏病手术,技术成熟,效果稳定。1947—1983 年芝加哥纪念儿童医院统计 1 108 例经典胸廓切口方法动脉导管闭合手术的死亡率 0,复发率 0,输血率低于 5%,这一结果已被多数中心作为各种动脉导管治疗方案效果的评估标准。Laborde 报道 1991—1996 年以 VATS 实施动脉导管闭合手术 332 例,无死亡,仅 1 例存在远期残余分流,1.8% 患者存在喉返神经功能障碍。

相对于外科手术而言,近期和远期残余分流是介入封堵动脉导管最大的缺点之一。2001 年 Magee 等报道了欧洲动脉导管介入登记项目的结果:1258 例患儿手术中即刻堵闭率为 59%,1 年后动脉导管闭合率升至 95%;约有 10% 的病例中发生操作相关并发症,包括弹簧圈栓塞、持续溶血、放弃操作、损伤邻近血管以及导管再通等。

(崔虎军)

第六节 主动脉缩窄

主动脉缩窄(coarctation of aorta,CoA)是基于形态学描述的一个命名,准确地说,应是指胸降主动脉存在有显著血流动力学意义的先天性狭窄,通常正位于左锁骨下动脉远端动脉韧带起始的地方,但是少数缩窄可位于主动脉弓部、降主动脉膈肌平面、甚至肾动脉水平以下的腹主动脉。CoA 是一种常见的先天性心血管畸形,占先心病的 7%～14%,大多数的 CoA 患者同时合并室间隔缺损或其他复杂心内畸形。

虽然 Morgangni 早在 1760 年就描述了主动脉缩窄,但 CoA 的形成机制仍然存在很大的争议。Anderson 等发现动脉导管和降主动脉的组织相延续,Pozzi、Ascenzi 等通过连续病理切片也发现动脉导管的肌肉组织与主动脉壁的肌肉弹力层相连续移行,而且主动脉壁的弹力层在动脉导管处和主动脉峡部多数被平滑肌所取代,从而推测动脉导管在闭合过程中平滑肌的收缩累及主动脉峡部使其平滑肌组织增生造成了主动脉缩窄环。这一理论虽然可以准确的描述孤立性 CoA 并且获得了众多的解剖病理学证据支持,但很难解释大多数的 CoA 患者具有大量的侧支循环并且 50% 以上的患儿合并主动脉瓣二瓣化畸形,而二尖瓣、左心室或左心室流出道发育不良也并不少见。因此 Taussig 和 Rudolph 等认为胎儿期流经动脉导管的血流减少引起主动脉峡部和动脉导管连接处的继发性狭窄和扭曲是 CoA 形成的主要原因,CoA 仅是与左心室发育不全或左心系统梗阻等一系列相关的畸形的一部分表现。正常胎儿期左心室泵出的血液经过主动脉弓主要供应头臂部,仅有 10% 左右的心排血量通过主动脉峡部进入降主动脉;而右心室泵出的血液除了少量进入肺循环之外主要都通过动脉导管进入降主动脉供应下半身,约占进入降主动脉的血流的85.5%。因此,一旦存在主动脉瓣狭窄等左心室发育不良或梗阻时,从主动脉弓而来经过主动脉峡部进入降主动脉的血流将进一步减少,将明显影响主动脉峡部的发育导致缩窄。但无论是哪种理论都难以解释发生于其他部位的主动脉缩窄,CoA 的发生机制和分类尚需进一步深入研究。

一、解 剖 学

主动脉缩窄的发生位置以及缩窄程度差别很大。可以是局限性狭窄;也可能是管样缩窄,累及主动脉弓降部。临床偶尔可以发现部分病例中动脉韧带处的降主动脉影像学检查表现为"成角畸形"但不存在压差,部分作者将之称之为"假性主动脉缩窄"(图 13-4)。典型缩窄段的主动脉中层形成膜状皱襞凸起于主动脉腔内,可以形成局限性的肥厚也可以形成一个缩窄环。随着患儿的进一步生长和导管韧带的纤维化,将在主动脉管腔内膜形成异常增厚的"纤维架",组织学上近似于动脉导管内膜下的黏液瘤样组织。缩窄近侧的主动脉由于长期承受较高的动脉血压,因此存在不同程度的管腔扩大,在部分患者中的主动脉壁可发生中层囊性坏死或粥样硬化等继发性改变。

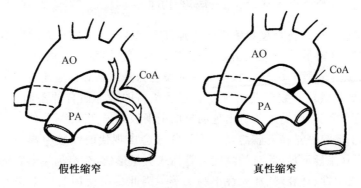

假性缩窄　　　　　　　　　　　　真性缩窄

图 13-4 主动脉真性缩窄和假性缩窄

1903 年 Bonnet 将单独存在的 CoA 分为婴儿型(即动脉导管开放并供应降主动脉血流,也称为"导管前型")和成年人型(即动脉导管关闭主动脉腔内呈管样狭窄,也称为"导管后型")。但 Van Praagh 指出缩窄的位置总是位于导管旁,因此导管前和导管后的分型方法实际上是不准确的(图 13-5)。由于成年人的慢性缩窄和婴儿的导管倚赖性循环之间有明显的病理生理学差别,因此采用"婴儿型"和"成年人型"的分型是为了反映不同时期患者的表现形式以及婴儿期和成年人期相比不同的典型表现。

CoA 多数与其他心内畸形同时存在,包括室间隔缺损、右心室双出口(特别是 Taussig Bing 畸形)、完全性房室通道、全肺静脉异位连接、单心室、左心室发育不良综合征等复杂心内畸形。根据大规模病例回顾性分析,孤立性 CoA 约占 30%,CoA 合并 VSD 约占 30%,CoA 合并复杂心内畸形约占 40%。因此对于先心病外科来说,将 CoA 分为"孤立性""合并 VSD""合并复杂心内畸形"这三大类会更有临床指导意义。根据对外科重建主动脉手术难度的影响不同,Amato 进一步提出细化的分类方法:①单纯 CoA;②CoA 合并主动脉峡部发育不良(小于升主动脉直径的40%);③CoA 合并主动脉峡部和远段横弓或近段横弓(分别小于升主动脉直径的 50%和 60%);这三类型都分为两个亚型:一是合并 VSD;二是合并其他主要的心内畸形。2000 年国际先天性

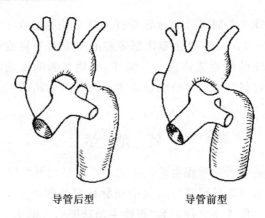

导管后型　　　　　　导管前型

图 13-5　主动脉缩窄导管前和导管后的分型

心脏病命名及数据库计划中则最终采用了将 CoA 统一分为孤立性、合并 VSD、合并复杂心内畸形这三大类,每一类型再进一步分为主动脉发育正常、峡部发育不良、主动脉弓部发育不良、主动脉弓部及峡部发育不良这 4 个亚型。

二、病理生理学

单纯主动脉缩窄的存在将直接导致近端高血压和远端血流减少,但对机体血流动力学的影响和临床表现则取决于动脉导管是否开放、主动脉弓发育、缩窄位置的狭窄程度。CoA 的患儿表现出两类病理生理学过程和临床症状。第一种表现为降主动脉内血流主要依赖于通过动脉导管的右心血液(即婴儿型),多数患儿由于左心室后负荷的增加而合并不同程度的心功能不全。在动脉导管没有闭合之前,此类患儿将出现明显的上下肢差异性发绀;虽然此时上下肢动脉压差可能并不明显,由于腹腔脏器和下肢的氧供不足往往会出现代谢性酸中毒。一旦动脉导管开始闭合或者动脉导管分流量不足,此时的侧支血管尚未大量形成,缩窄远端器官的缺血将迅速导致无尿、严重代谢性酸中毒、肾衰竭、坏死性小肠炎等。因此尽早使用前列腺素 E_1(PG E_1)促进并维持动脉导管开放目前已成为此类患儿首选治疗。

CoA 的另一种临床类型则多数表现为无症状的高血压(上肢),晚期则可能表现为头颈上肢高血压和腹腔下肢血供不足症状并存,即所谓的成人型。此类患者动脉导管闭合,缩窄以远的主动脉可以出现狭窄后扩张,肋间动脉开口可能周围的侧支血管和肋间动脉将进行性扩张。很多情况下是以高血压性心脏病及其并发症(脑动脉瘤、二尖瓣反流、心功能不全等)就诊,部分患者可能出现长时间行走后的跛行。

三、手术适应证及手术时机

几乎所有缩窄患者都需要干预处理(外科或导管介入)来缓解跨狭窄的压力阶差,存在有临床症状的主动脉缩窄都是手术治疗的绝对适应证。对于暂时没有临床症状的主动脉缩窄患者的手术指征和最佳手术时机仍然存在有争议。一般认为对于无症状患者上下肢动脉压差为 20～30mmHg 或上肢血压高于正常范围 2 个标准差以上,同时影像学检查提示缩窄处直径小于正常 50% 就是手术治疗的适应证。

新生儿期发现并诊断的主动脉缩窄绝大多数属于动脉导管依赖型体循环,早期表现主要是充血性心力衰竭可能合并严重的代谢性酸中毒,病情危重。新生儿期一旦疑诊主动脉缩窄即应行动脉和深静脉置管监测血流动力学,同时持续静脉滴注前列腺素 E_1[5～20ng/(kg·min)]维持动脉导管开放,应用多巴胺、洋地黄等强心药物。此时行气管插管机械通气不仅可以有利于心力衰竭的纠正而且预防前列腺素可能引起的呼吸暂停。若合并严重的代谢性酸中毒则应积极给予腹膜透析甚至血液滤过纠正内环境紊乱。一般情况下超声心动图即可明确诊断。若患儿对治疗反应良好,则可在病情稳定后 1～2d 实施亚急诊手术治疗;若治疗效果不佳、已合并无尿或急性肾衰竭,则应行急诊手术治疗。

四、手术治疗

1. 历史　第 1 例成功矫治 CoA 的外科手术是 Craaford 在 1945 年完成的,切除了狭窄段并将主动脉单纯端-端吻合。但随着病例数的积累和对主动脉缩窄机制研究的不断深入,很快意识到这一术式导致的环形吻合口在婴幼儿不断发育过程中导致很高的再狭窄发生率,进而不断发展出许多新的矫治技术和手术技巧。目前常见的矫治技术包括:主动脉补片成型(patch aortoplasty)、锁骨下动脉血管片成型(subclavian flap aortoplasty)、扩大的端-端吻合(extended end-to-end anastomosis)、降主动脉与弓近端行端-侧吻合、同种肺动脉补片主动脉成型、人工管道连接等。

此外,1984 年 Lababidi 等首次应用介入球囊扩张的方法成功治疗 CoA,但随着临床应用病例数量的增加,球囊主动脉扩张成形治疗 CoA 受到广泛质疑,其安全性和有效性一直存在争议。目前多数心脏中心除了将球囊扩张技术作为 CoA 矫治术后再狭窄的首选方案之外,仅在一些全身情况差不能耐受外科手术、并且狭窄程度轻、侧支血管少的患儿中选择性使用。

对于合并 VSD 或心内复杂畸形的 CoA,在 20 世纪 80 年代以前多数中心会选用一下两种治疗方案:①先矫治 CoA,继续药物治疗,若不能脱离呼吸机,则再直视下闭合 VSD;②治疗 CoA,同时行肺动脉环缩术,6～12 个月或之后再直视闭合 VSD。进入 20 世纪 90 年代后随着对新生儿体外循环手术技术的改进和成熟,多数心脏中心已开始采用在新生儿期或小婴儿期通过正中胸骨切口直接实施 CoA 和心内畸形一期矫治,避免了分期手术或者通过正中经胸骨切口和左侧开胸两个切口的手术方式。

2. 手术方法及技术要点　新生儿、婴幼儿单纯 CoA 矫治一般均在全麻体表降温至肛温 32～35℃浅低温下施行。麻醉诱导后患儿常规进行上下肢动脉分别置管测压,上肢动脉压力应置入右侧桡动脉或肱动脉内。需要注意的是必须保证有足够大的静脉输液通道,以便于快速补液。单纯的主动脉缩窄都可以通过左侧第 4 肋间后外侧胸廓切口入路完成,经肋间入路即可获得良好的手术野显露。在迷走神经后方纵行打开覆盖在降主动脉上的壁层纵隔胸膜,向下至第 2～4 肋间动脉开口,向上至左锁骨下动脉;在纵隔胸膜边缘缝线悬吊并向前方牵引,即可清楚显露喉返神经。钝性和锐性分离结合充分松解降主动脉至少距离缩窄段 3cm 以上,向上充分松解左锁骨下动脉直至主动脉弓,同时游离动脉导管或动脉韧带。婴幼儿动脉导管通常明显扩张、壁薄,因此游离动脉导管时需要特别注意避免损伤破裂。在游离主动脉弓及降主动脉时需要特别注意避免损伤肋间动脉、胸导管和 Abbott 动脉。对于大龄儿童或成年人,由于软组织内侧支血管丰富,并且肋间血管通常都纡曲扩张,游离过程中要尽可能保留肋间血管,特别注意避免损伤,除非必要时甚至可结扎 1～2 对肋间动脉。

(1)切除狭窄段并端-端吻合:切除狭窄段降主动脉并行端-端吻合的技术是矫治 CoA 最早采用的手术方式,沿用至今仍是首选术式。在主动脉和动脉导管游离完毕后,即可以 10 号丝线双层结扎动脉导管,或者以 Potts 钳阻断动脉导管并离断后以 6-0 prolene 线连续缝闭肺动脉断端。此时应通知麻醉师给予 1mg/kg 的全身肝素化(但部分作者如 Jonas 认为全身肝素化没有必要),

并且准备好控制性降压,然后即可选择合适的 C 型阻断钳阻断狭窄段近端的主动脉弓。对于是否需要把左锁骨下动脉一起阻断,不同心脏中心的意见不同。通常认为不阻断或者至少是部分阻断左锁骨下动脉,以便尽可能使一些侧支血流能够灌注下半身。对于阻断部位已远的动脉灌注压的"安全"范围尚没有统一意见,一般认为常温下股动脉压>40mmHg 即可保障下半身的血供,采用全身低温、类固醇激素、股动静脉转流或缩窄近-远端旁路分流或左心房-降主动脉转流等方法都可提供下半身脏器和脊髓的有效保护。再以阻断钳阻断狭窄远段后即可切除狭窄段。狭窄段病变血管的充分切除同时保障切除后能无张力的拉拢两断端是降低术后再狭窄率的关键。使用可吸收的 6-0 或 7-0 Maxon 或 PDS 缝线连续缝合两断端,注意妥善设置出入针位置并控制张力,避免张力过大导致的针眼处小豁口以及吻合口"脚尖(tip)"处皱缩导致局部狭窄(图13-6)。也有作者认为 Maxon 线或 PDS 线在降解吸收过程中刺激周围组织产生的炎性反应可能导致吻合口瘢痕形成而增加远期再狭窄发生率,从而建议使用 6-0 或 7-0 prolene 线完成此连续缝合,认为不仅吻合缝线呈螺旋形,因而随着血管生长有延长的"潜能",而且,部分文献报道远期随访中 prolene 线出现断裂并未出现"线性"狭窄。完成这一吻合一般都不会超过 30min,在最后打结前应开放远端阻断钳仔细的进行主动脉内排气。完成打结准备开放近端阻断钳时应通知麻醉师,因为可能随着近端阻断钳的开放即将出现以严重的一过性低血压和代谢性酸中毒为主要表现的"去钳综合征",这种表现一般通过快速补充液体和碳酸氢钠即可得到有效的处理。在阻断钳全部开放后,股动脉血压迅速上升,与桡动脉收缩压差一般均<20mmHg。早期较高的压差可能与全身低温引起的血管收缩有关,一般在术后 12～24h 或以后压差将降至 10mmHg 以内。

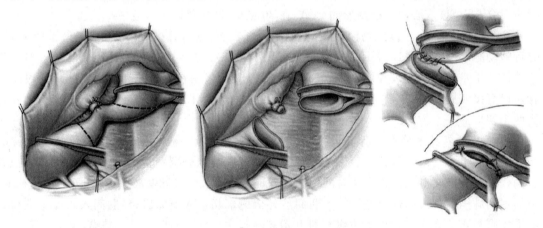

图 13-6 切除狭窄段并端-端吻合术

(2)扩大的端-端吻合:对于合并主动脉弓或峡部发育不良的 CoA,单纯切除狭窄段直接端-端吻合将会导致残余压差,Elliott 在 1987 年描述了"扩大的端-端吻合"来解决这一问题。对于新生儿和小婴儿 CoA 应常规探查主动脉弓,一旦可疑弓部发育不良,则应广泛游离松解主动脉弓至无名动脉起始段并游离部分升主动脉,向下充分松解降主动脉至第 2～3 肋间动脉水平。以大 C 形钳阻断左锁骨下动脉、左颈总动脉及远段主动脉弓,注意保证无名动脉有足够的血供。阻断狭窄远端降主动脉后,切除狭窄段血管,将近心端断端沿主动脉弓下缘向主动脉弓起始段延伸扩大吻合口,远心端断端沿降主动脉外侧缘向下适当延长切口(略小于近端切口)后上提,然后以 6-0 或 7-0 prolene 线或 Maxon 线连续吻合(图13-7)。当切除的狭窄段较长时,亦有作者直接将近心断端连续缝闭,在升主动脉末段和主动脉弓起始段下缘做纵行切口再与上提的降主动脉断端连续吻合,从而进一步降低吻合口张力,减少吻合口出血和降低远期再狭窄率,但这种方法增加了降主动脉压迫左主支气管导致气管狭窄的可能性。

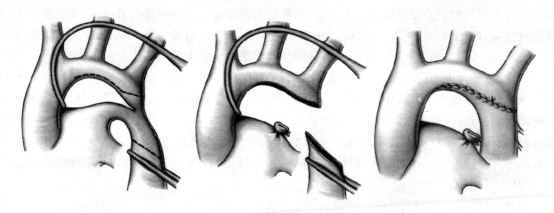

图 13-7　扩大的端-端吻合术

　　由于对新生儿或小婴儿难以准确的判断主动脉弓或峡部是否存在"发育不良",因此,是否有必要采用这种游离范围广泛并且手术时间相对较长的"扩大端-端吻合方法"意见不一。多数作者认为这个术式可以把影响生长发育的组织全部切除,保留了左锁骨下动脉血供并且同事可以纠正弓部的发育不良,对合并复杂心内畸形的患儿通过正中切口实施一期手术完全可行,所以,主张对大多数病例都应采用这一方法。而另外一些作者认为单纯切除狭窄段即可促进主动脉的继续生长发育,只对极少数特殊病例采用这种手术方式即可。

　　(3)锁骨下动脉血管片成形:1966 年 Waldhausen 等首次介绍了锁骨下动脉翻转主动脉成形术,术中将左锁骨下动脉在近椎动脉发出处离断,远端缝闭,近端沿侧缘切开通过峡部、缩窄段直至狭窄后扩张段,将锁骨下动脉向下翻转覆盖在主动脉切口上方从而加宽狭窄部位。1983 年 Hart 等在此基础上提出锁骨下动脉血管片反转成形的方法,不同点在于离断左锁骨下动脉后,近端沿侧缘切开至根部时向主动脉弓方向延长切口至左颈总动脉开口附近,再将锁骨下动脉血管片向上翻转加宽狭窄部位(图 13-8)。这种反转成型的方法更适合于合并主动脉弓发育不良的患儿,但需要游离的更加充分。

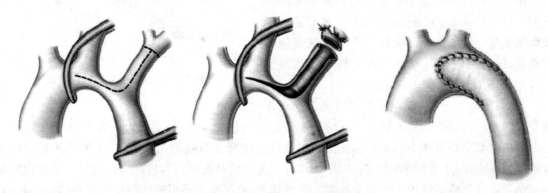

图 13-8　锁骨下动脉血管片成形术

　　这一术式的优点在于操作简单、不使用人工材料、吻合不呈环形并且自身组织具备生长潜能。但是虽然有乳内动脉或甲状颈干可以提供侧支循环到左上肢,但由于必然牺牲了部分左上肢血供,并且有形成动脉瘤的可能,远期再狭窄的发生率也较高(某些报道中高达 42%)。此外,由于锁骨下动脉血管片成形的手术方法中没有切除"病变"的主动脉段,从而对于缩窄处内膜凸起的部分是否需要切除仍然存在很大争议:切除过多将增加完全动脉瘤的发生率,而切除不足又可能使狭窄再发生概率升高。因此除了少数医师仍认为这一手术是新生儿 CoA 的手术选择之外,多数外科医师已采用强调广泛松解游离和切除狭窄段的扩大的断端吻合技术。

(4)人工补片主动脉成形:对主动脉狭窄部位直接加宽成形的手术方式很早就被提出,而且直至现在在部分成年人患者中仍不失为首选的方法。这种手术方式相对比较容易,不需进行大范围的解剖游离:结扎切断动脉导管或韧带,阻断钳分别阻断狭窄上下缘后下后纵行切开主动脉狭窄段,直接使用 PTFE 补片或 Gore-tex 血管片连续缝合加宽即可,亦有作者使用自体心包片外衬涤纶补片(Dacron)作为补片材料,以期减少吻合口出血(图 13-9)。但有报道称远期动脉瘤发生率较 PTFE 血管片高。

此外,在使用其他的矫治方法后仍然存在较大的残余压力阶差时,可采用这一手术方式作为补救措施。

3. 手术并发症 单纯 CoA 手术矫治术后发生率较高的并发症包括术后出血、反常性高血压、再狭窄、动脉瘤形成等。此外,由于术中解剖游离范围广泛,而后纵隔内重要组织众多,因此必须仔细注意所有的技术细节,避免出现由于损伤周围的神经、淋巴、脊髓滋养血管等导致的截瘫、喉返神经损伤、乳糜胸、膈麻痹等并发症。

(1)出血:即便没有经过体外循环和全身肝素化,在阻断钳开放后由于压力的迅速升高,吻合口出现出血或渗血是比较常见的,多数是在缝线针眼部位。预防措施包括尽可能术中充分游离吻合口上下缘以减轻张力、缝合过程中保持缝线适当张力避免切割。大出血也可能在回到监护室的早期恢复过程中出现,可能是与术后高血压导致缝线切割引起。因此,术后早期必须密切观察胸腔引流量,任何时候胸引量突然增加都应该尽快到手术室探查止血。

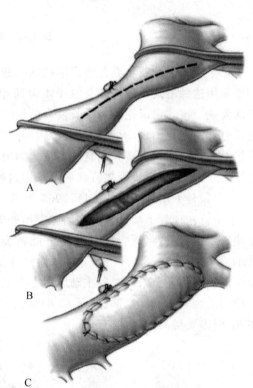

A

B

C

图 13-9 人工补片主动脉成型术

(2)反常性高血压:CoA 矫治术后患儿出现不同程度的血压升高。这种术后高血压的具体机制仍然存在争议,目前认为主要有两种因素:第 1个 24h 内主要以动脉压力感受器功能失调以及肾灌注增加引起的儿茶酚胺、血管紧张素分泌异常引起的高血压;手术后 1d 出现的以舒张压升高为主的高血压则与切应力改变导致动脉内皮损伤和全身炎性反应诱发的小动脉炎有关。在处理上,除了给予适当的镇静止痛之外(肠系膜小动脉炎可能导致腹痛、肠梗阻甚至肠坏死),联合应用 β 受体阻滞药、ACEI、钙拮抗药非常有效,而硝普钠往往效果不佳(硝酸甘油无效)。术中和术后早期可静脉应用硝普钠+短效 β 受体阻滞药[艾司洛尔负荷量 0.5mg/kg,维持量 0.05~0.2mg/(kg·min)],若合并心功能不全或心动过缓可选用硝普钠+中短效二氢吡啶类钙拮抗药[尼卡地平 2~10μg/(kg·min)],若出现高血压危相亦可选择兼有中枢降压和外周降压效果的乌拉地尔 1~15mg 缓慢静脉注射。在能够口服药物后即可根据心率、血压以及内脏血管的情况,选择联合应用卡托普利(开博通)＋普萘洛尔(每次 1mg/kg),或普萘洛尔＋尼卡地平。这种高血压一般可能会在术后持续 2～4 周;极少患者将持续存在,需要进一步检查除外肾动脉狭窄等疾病。

(3)再狭窄:CoA 矫治术后再狭窄的定义是术后跨修补区收缩压差超过 20mmHg。无论哪种手术方式都存在不同比例的再缩窄,但不同单位报道再缩窄的发生率差距很大,一般报道为 11%～42%,3 个月以下小婴儿、体重<5kg、主动脉弓降部发育不良等可能是再狭窄发生的高危因素。在常见的几种手术方式中,"切除狭窄段＋扩大的端端吻合"术后再狭窄率最低,因此一些单位将这种术式作为小婴儿 CoA 的首选方式。

目前认为球囊血管成形技术是对 CoA 术后再狭窄的首选治疗方式,成功率高,而且可以反复多次进行。若球囊扩张失败而临床症状明显则需行再次手术治疗。由于首次手术瘢痕和粘连,再次手术游离分离难度非常高,很难进行狭窄段切除和端端吻合技术,多数采用补片血管成形、植入血管旁路等手术方式。

(4)动脉瘤形成:CoA 矫治术后动脉瘤的形成主要位于缩窄修补位置,发现的时间可能长达术后 20～25 年或以后。虽然在没有实施手术治疗的患儿中动脉瘤即有一定的发生率,而无论何种手术方式矫治 CoA 后都有真性或假性动脉瘤形成的研究报告,其中尤以人工补片动脉成形术后发生率要高(5%～33%),这可能与不同材料抗张力不同有关。另外,Vossschulfe and Hehrlein 认为主动脉峡部纤维膜的切除与动脉瘤的形成直接相关,建议后嵴不应该切除。术后一旦出现动脉瘤,无论是否再次手术预后均不良。

五、结　　果

近 20 年来 CoA 的治疗取得明显进步。小婴儿单纯 CoA 矫治术后死亡率由 20 世纪 80 年代的 5%～8% 降至目前的 2% 以下,同时复杂 CoA 矫治术后病死率也由 16%～30.7% 降至 12.5%～16%。但是在长期随访结果中却并不乐观,接近 75% 的患者存在不同程度的并发症(主要是顽固性高血压和动脉瘤),术后 25 仅 20% 的病人无并发症存活,具体相关因素和干预措施尚未明确。

(崔虎军)

第七节　主动脉弓中断

主动脉弓中断(interrupted aortic arch,IAA)的定义为升主动脉与降主动脉之间缺乏管腔连续。主动脉弓分为近侧弓、远侧弓和峡部 3 个阶段,若在某 2 个阶段之间完全失去解剖学上的连续性(即主动脉弓缺如),或者仅残存纤维条索连接(即主动脉弓闭锁)都称为 IAA。

IAA 是一种少见的复杂先天性心脏畸形,发生率为出生婴儿的 3/10 万,占儿童先天性心脏病时病例的 1%～4%。1778 年 Steidele 首次描述 1 例主动脉峡部缺如病例,1818 年 Sieldel 描述了 1 例 IAA 位于左锁骨下动脉和左颈总动脉之间,1848 年 Weisman 首次描述了 1 例 IAA 位于左颈总动脉和无名动脉之间,直至 1959 年 Celoria 和 Patton 在分析了 28 例病例后方提出了 IAA 的解剖分型,并沿用至今。

一、解　剖　学

主动脉弓的 3 个阶段胚胎学起源上各不相同,近侧弓起源于主动脉囊,远侧弓起源于左侧第

4 动脉弓,峡部起源于左侧第 6 动脉弓。正因为如此,在各阶段之间的连接部位一旦出现发育异常则将出现不同类型的 IAA。

IAA 的解剖外观差异很大,主动脉累及病变的长度不一。目前多数心脏中心仍然沿用 Celoria 和 Patton 提出的 IAA 分型法(图 13-10)。这种分类方法是基于主动脉弓中断的位置:A 型中断是左锁骨下动脉以远;B 型中断在左颈动脉和左锁骨下动脉之间;C 型中断在无名动脉和左颈动脉之间。最常见的类型是 B 型(占 55%～70%),其次是 A 型(占 40%),最少的是 C 型(仅占约 4%)。这种分型仅是一个基本分型,在已有的病例报道中已发现在此 3 种基本类型的基础上合并的主动脉弓各大分支的各种起源异常。

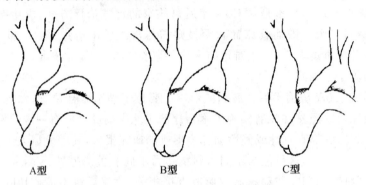

A型　　　　　B型　　　　　C型

图 13-10　主动脉弓中断 IAA 分型法

产后能够存活的 IAA 患儿几乎都会合并其他畸形,几乎所有的病例胸降主动脉内血流都是来自于 PDA,并且通常合并大型 VSD,以圆锥隔型室间隔缺损最为常见。正如 Rudolph 关于胚胎期主动脉内血流减少导致主动脉弓发育不良的理论中所述,IAA 通常伴有不同程度的二尖瓣异常、左心室发育不良、主动脉瓣环发育不良、主动脉瓣二瓣化以及圆锥隔对位不良引起的左心室流出道梗阻和升主动脉或主动脉弓发育不良等。大约 40% 的 IAA 患者同时罹患单心室、共同动脉干、大动脉转位、右心室双出口、完全性房室隔缺损等复杂畸形,此外有报道称 B 型 IAA 可能合并 DiGorge 综合征而引起顽固性低钙血症和免疫功能异常。

二、病理生理学

IAA 属于体循环动脉导管依赖的复杂先天性心脏病,新生儿期能够存活的唯一途径就是动脉导管的持续开放才能保障降主动脉内血液供应。一旦动脉导管开始闭合,中断以远的主动脉供血区域将出现缺血缺氧。由于新生儿期相互分离的升主动脉系统和降主动脉系统的侧支循环尚未建立,动脉导管的闭合往往将导致患儿迅速出现严重的代谢性酸中毒和无尿。此时临床表现主要为肝等腹腔脏器缺血性损害、小肠或结肠坏死、急性肾功能不全。IAA 患儿若未经治疗 75% 将在出生后 1 个月内死亡,平均死亡年龄 4～10d。患儿如果动脉导管粗大并保持持续开放则生存时间可能会明显延长,但由于多数合并大型 VSD 或其他复杂先天性心脏病,虽然在出生时可能无特殊临床表现,但随着肺循环阻力的下降,动脉导管和心内畸形分流量的增加将迅速出现充血性心力衰竭和发育迟滞,若不经治疗仍将有约 90% 在 1 岁以内死亡。

新生儿期 IAA 患儿在动脉导管开放时下肢血压一般都略低于右上肢血压,双上肢血压情况取决于 IAA 的解剖分型,但一旦动脉导管闭合则股动脉将摸不到搏动。IAA 仅合并 PDA 时可以出现比较明显的下肢发绀,左上肢是否发绀亦取决于 IAA 的分型。但在存在心室水平大的分流时,由于血液混合充分则这种差异性发绀表现不会明显。此外,若 IAA 合并大动脉转位时,则可能会出现"反向差异性发绀"：右上肢发绀，下肢不发绀。

三、手术适应证及手术时机

IAA 患儿属于动脉导管依赖型体循环，诊断就是手术指征，一旦明确 IAA 的诊断后即应尽快手术治疗。由于前列腺素 E 在临床的广泛使用给此类患儿延长了明确诊断和术前准备的时间。新生儿一旦疑诊即应避免吸氧，立即给予 PG E_1 5～20ng/(kg·min) 以维持动脉导管开放，然后再尽快行超声、CT 等确诊。必要时进行机械通气辅助或腹膜透析纠正酸中毒。通过超声心动图即可确诊并分型同时可以精确了解左心室流出道、主动脉瓣及升主动脉是否存在发育不良或梗阻。

IAA 的手术治疗可以是先经左胸侧切口行减状手术修复离断的主动脉弓，之后再择期经胸骨正中切口完全修复心内畸形；但目前各心脏中心基本上均已采用在新生儿期一期完全修复。主动脉弓修复的手术方式取决于是否存在左心室流出道、主动脉瓣环或升主动脉的发育不良或梗阻。几乎所有的 IAA 患儿升主动脉都存在不同程度的发育不良，超声心动图检查提示主动脉瓣下左心室流出道收缩期直径与膈肌水平降主动脉直径之比＜0.6 或所测得主动脉瓣环、左心室流出道、升主动脉的直径 Z 值＜－5 即提示有明显的发育不良或梗阻，手术中必须同时矫治处理。

四、手术治疗

1. 历史　第 1 例 IAA 手术矫治是在 1955 年 Samson 完成的，采用的是分期手术方式，先利用动脉导管重建主动脉弓的连续，4 年后再完成心内畸形矫正。直到 1970 年 Barratt-Boys 方首次联合应用左侧外切口和胸骨正中切口为一例新生儿实施了 IAA 和心内畸形同期矫治。之后随着临床经验的不断积累，1975 年 Trusler 提出婴幼儿患者只通过胸骨正中切口就可以达到充分显露完成手术操作。目前大多数心脏中心基本上都已将经胸骨正中切口一期矫治 IAA 及心内畸形作为新生儿和婴幼儿患者的首选术式。

2. 手术方法及技术要点　单独的 IAA 矫治可以通过左胸后外侧切口完成，手术操作过程类似于 CoA 矫治。一期 IAA 及心内畸形矫治手术中应同时监测上下肢动脉血压，通常都是在深低温停循环下进行。体外循环动脉灌注管应以 Y 形接头连接 2 条动脉插管，其中 1 条插管常规插入升主动脉，固定荷包应尽可能缝在靠近头臂干的开口的位置，并注意插管不可过深避免进入某一分支；另一条插管通过动脉导管置入降主动脉内，固定荷包可以缝在肺动脉靠近分叉处或直接缝在粗大的动脉导管上。静脉插管可以根据心内畸形矫治入路的需要分别上下腔静脉插管或者只经右心房插管。开始体外循环之前应分别游离左右肺动脉并套带，转流开始后即收紧阻断左右肺动脉避免灌注肺损伤。若无法通过动脉导管进行降主动脉灌注，则需将降主动脉起始段游离后直接在降主动脉上缝固定合并插管；也可选择经股动脉插管降主动脉灌注。在肛温降至 20℃左右时阻断升主动脉灌注心肌保护液，之后可停体外循环并拔除动静脉插管以便显露手术野。

在降温过程中充分游离松解升主动脉、主动脉弓和头臂干、左颈总动脉、左锁骨下动脉，游离动脉导管和降主动脉直至第 2 对肋间动脉水平。停循环后离断动脉导管，将降主动脉上提与主动脉弓下缘做扩大的端-侧吻合（图 13-11）。若主动脉弓发育不良也可将吻合口前移至升主动脉侧壁来重建主动脉弓的连续性，吻合口应位于正对主动脉插管位置的对侧。通常采用 6-0 prolene 线或可吸收的 PDS 线连续缝合。吻合口应尽可能保持无张力状态，若吻合口张力过大则可考虑离断左锁骨下动脉后利用左锁骨下动脉重建主动脉弓与降主动脉的连接(图 13-12),或者在离断动脉导管时矩形切除部分肺动脉壁来延长降主动脉(图 13-13)。也有报道应用人工血管连接降主动脉和主动脉弓。完成吻合后即可重新插管恢复体外循环,在复温阶段中可以修复心内畸形。

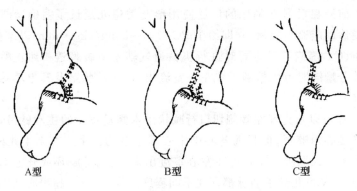

图 13-11　直接吻合重建主动脉弓

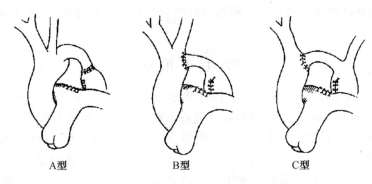

图 13-12　利用左锁骨下动脉重建主动脉弓

如何处理 IAA 合并 LVOTO 或主动脉发育不良等情况目前仍然存在不同意见。虽然从理论上讲主动脉发育不良的比例很高,但 Jonas、Yasui 等报道的病例中均认为在新生儿期少有 LVOTO 非常严重而需要进行同期手术处理。对于左心室发育正常的病例,目前可供选择的手术处理方式主要包括 4 种。①主动脉瓣下圆锥肌肉切除。即经右心室或右心房切口切除室间隔缺损上缘的圆锥隔肌肉直至主动脉瓣环,然后再以宽大的心内隧道补片加宽 LVOTO。②室间隔成形或改良 Konno 术。即经过右心室流出道切口显露室间隔,在右心室流出道底部平行左心室流出道纵行切开室间隔自主动脉瓣下至梗阻的最近端,切除主动脉瓣下异常纤维肌隔组织后以涤纶补片或自体心包补片重建室间隔。③肺动脉干-升主动脉吻合(Damus-Kaye-Stansel 术、D.K.S 术)。经右心室流出道切口,应用补片将肺动脉隔入左心室侧,再将主肺动脉近侧横断后端-侧吻合于升主动脉,最后利用同种带瓣管道或其他管道重建右心室流出道和肺动脉远端的连接。④Ross 术＋Konno 术。对于同时存在主动脉瓣环严重发育不良和 LVOTO 的病例,可切开主动脉根部直至圆锥间隔并以涤纶补片或自体心包补片对圆锥隔成形以解除 LVOTO,然后采用自体带瓣肺动脉置换主动脉根部,最后利用同种带瓣管道或其他观察重建右心室流出道和肺动脉的连接。

3. 手术并发症

(1)低心排综合征:是 IAA 术后早期最常见并发症,主要的原因是相对性的或绝对性的

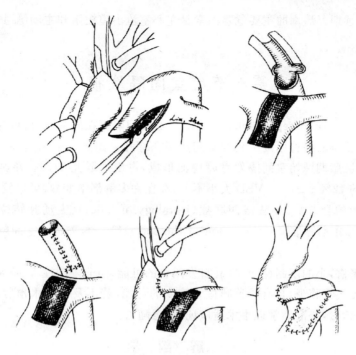

图 13-13　利用自体肺动脉壁延长降主动脉

LVOTO。因此,在术后早期必须给予深度镇静肌松,加强正性肌力药物支持 2～3d。床旁超声心动图检查可以迅速准确的排除是否存在残余的血流动力学病变。一旦出现血流动力学不稳定即应行床旁超声心动图检查,若发现严重的梗阻性病变,则需要进行手术探查纠正。

(2)远期左心室流出道梗阻:是 IAA 患者术后死亡的主要原因之一,50% 以上需再次手术治疗。尽管很多作者认为 LVOTO 很少严重到需要在一期手术时必须同时解决的地步,但 Sell 等报道术后 3 年随访只有 58% 的病人没有明显的 LVOTO(定义为压差>40mmHg),而先天性心脏病外科医师协会的多中心研究报告中术后 3 年免于再次手术干预(压差<40mmHg)的比例为 77%。

(3)跨主动脉弓压差:新生儿和婴幼儿期采用管道重建主动脉弓的手术后早期跨弓压差>30mmHg 者高达 60%,而直接端-端吻合或者扩大的端-端吻合 3 年无须再治疗的比例大约是86%。避免采用人工管道、充分游离松解主动脉弓和降主动脉、完全去除导管残余组织等都可以降低再狭窄的发生率。

(4)左主支气管狭窄:由于通常状态下左主支气管自主动脉弓下通过,若弓部重建吻合口张力过大将形成"弓弦效应"压迫左主支气管出现狭窄。术后机械正压通气时出现左肺通气过度撤除机械通气后出现左肺不张则高度提示左主支气管外压性梗阻,行纤维支气管镜检查或 CT 气道重建都可以确诊。术中充分游离松解是避免出现这一并发症的关键。

五、效　　果

由于 IAA 发生率低,因此大宗病例报道很少。许多文献报道的经治病例数时间跨度达 10 年甚至 20 年以上,所报道的手术效果差距很大。由于前列腺素的应用和深低温停循环技术的改进,30 年来正中切口一期矫治手术的生存率明显改善,IAA 合并室间隔缺损的手术死亡率已由 20 世纪 90 年代 20% 左右降至 10% 以下。IAA 术后的再手术率很高,术后 3～5 年生存率仅为

63％～70％，影响远期存活率的主要危险因素是左心室流出道梗阻和主动脉弓梗阻。

（崔虎军）

第八节　室间隔缺损

室间隔缺损（venticular septal defect，VSD）指心室间隔存在异常通道，可为先天性心脏发育畸形，亦可为后天获得的各种原因引起的室间隔损伤穿孔。先天性室间隔缺损为最常见的先天性心脏病，系由于胚胎期原始室间隔发育障碍而形成，占出生婴儿 1.5‰，单纯室间隔缺损占所有先天性心脏病的 12％～20％。VSD 大小不一，存在许多解剖学变异，可单发或多发，并常为其他心内和心外畸形的合并症，如法洛四联症（tetralogy of fallot）、大动脉转位（transposition of the great arteries）、主动脉缩窄（coarctation of the aorta）等。本文所述室间隔缺损均为先天性单纯室间隔缺损。

从自然病程来讲，小的限制性 VSD 有自发闭合的可能，而非限制性 VSD 常导致患儿出现心力衰竭和难治性支气管肺炎，且有导致肺血管病变的可能，若不及时手术预后较差。所以，对于新生儿期 VSD 的诊治，要准确掌握手术适应证，注意随诊。

一、解　剖　学

胚胎发育至第 4 周在心房间隔形成的同时，心室底部出现原始肌性室间隔，沿心室前、后缘向上生长，与心内膜垫融合，逐渐把心室腔一分为二，其上方中央部尚保留有半月形室间孔。于第 7 周末由圆锥隔，心内膜垫和窦部间隔发育相互融合，使室间孔完全闭合，而此最后闭合的区域即形成室间隔膜部。在上述室间隔发育过程中某一部分发育不良或融合不完全，即形成各种类型的 VSD。其大小、位置、数量存在较多变异，而其邻近的重要组织结构，与手术关系密切（图 13-14）。

一些学者根据 VSD 解剖位置进行了分型，Anderson 的分类法主要分为 3 个类型：膜周型缺损、肌型缺损、双动脉下缺损。膜周型缺损又分为膜周偏流入道、

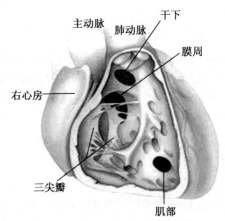

图 13-14　室间隔缺损

偏小梁部、偏流出道 3 个类型。Van Praagh 将 VSD 分为 4 种类型：房室通道型、肌型、圆椎室隔型和圆椎隔型。国内许多单位通常将 VSD 可分为以下 5 种类型。

1. **膜周型**　是最常见的类型，约占单纯室间隔缺损的 80％。VSD 可为单纯膜部缺损，缺损周围为纤维性的膜部组织，部分可自发闭合；也可不局限于室间隔膜部，缺损常超出膜部界限而向前、向下或向上延伸形成较大缺损，多位于室上嵴下方，在三尖瓣隔瓣和前瓣交界处，圆锥隔可向前或向后移位。从左心室面观，则位于左心室流出道的后缘，主动脉无冠瓣和右冠瓣交界下面。膜周型 VSD 与房室传导束有密切关系。希氏束在中心纤维体的前方偏右侧穿过，经室间隔膜部后缘行走于缺损的后下缘，再分为左右分支。

2. **漏斗部室间隔缺损**　占 VSD 的 5％～10％，位于右心室流出道的漏斗部。可分为圆锥间隔缺损（嵴内型）和肺动脉瓣下 VSD（干下型）。嵴内型 VSD 四周均为肌肉组织，VSD 上缘至肺动脉瓣环之间有肌性组织隔开。而干下型 VSD 上缘直接与肺动瓣脉环相连，仅靠肺动脉瓣下

方,VSD 与肺动脉瓣环之间无肌性组织。从左心室面观位于左心室流出道,并邻近主动脉右冠瓣下方,或左右冠瓣交界下方,其上缘仅是一纤维组织缘将主动脉和肺动脉瓣隔开。由于 VSD 位于主动脉瓣右冠瓣叶下缘,使右冠瓣处无室间隔组织连接支撑,同时心内左向右分流,导致主动脉瓣叶经 VSD 向下脱垂。长期的脱垂,瓣叶边缘延伸,增厚,最终将导致主动脉瓣右冠瓣叶在心室舒张期不能与其他瓣叶互相对合,产生主动脉瓣关闭不全。

3. 肌部缺损 VSD 的边缘完全为肌肉组织构成,可发生在肌部的任何部位,常见于肌部室间隔的中部,心尖部和前部,于隔束、调节束附近。因为右心室面常有粗大肌小梁所横过,右心室面观这类缺损边缘较难辨认,似多发 VSD,手术操作较为困难。

4. 房室同道型 也可称为隔瓣后型,很少见。缺损位于右心室流入道,隔瓣后,紧靠三尖瓣瓣环,前缘为肌部室隔,上缘可延伸至膜部。传导束可从 VSD 的前上缘或后下缘通过,手术时应于注意。

5. 混合多发型 同时存在任何两种缺损的以上。膜部缺损伴肌部缺损较为多见。

二、病理生理学

单纯型 VSD 可引起心室水平的左向右分流,使肺循环血流量大于体循环血流量,而引发相应的症状和体征,其分流量取决于 VSD 的大小和肺血管阻力,及心室顺应性、左心室或右心室流出道有否梗阻。患儿症状轻重及自然病程取决于左向右分流量和肺血管病变程度。

室间隔缺损大小与分流量关系正相关。小型室间隔缺损,其直径不超过主动脉根部直径 1/4,左向右分流量小,肺循环与体循环血流量之比小于 2:1,左心室容量负荷增加,肺动脉压力基本正常。中型 VSD 的直径为主动脉根部直径的 1/4~1/2,肺循环与体循环血流量之比为(2~3):1,回流至左心房和左心室的血流量明显增加,左心室舒张期负荷增加,使左心房、左心室扩大。大型 VSD 的直径超过主动脉根部半径或等于主动脉直径。肺循环与体循环血流量之比 >3:1,由于肺循环血流量增加,肺小动脉产生动力性高压,右心室收缩期负荷增加,导致右心室肥大。随着病理进展,肺动脉压力进一步增高,使心内左向右分流量减少,后期出现双向分流,最后导致右向左分流,即艾森曼格综合征,肺血管发生 6 级病理改变,将失去手术机会。

此外,VSD 病理生理变化还有年龄相关性。在初生新生儿中,肺循环阻力相对较高刚出生时由于肺血管阻力较高,限制左向右分流量,早期症状不明显。数周后,肺血管阻力逐渐下降,分流量加大,杂音也随之明显,出现充血性心力衰竭,表现为呼吸急促、喂养困难、反复上呼吸道及肺部感染、生长发育迟缓。肺小动脉壁增厚最早可在出生后几个月内出现,一般在 2~3 岁时病变加剧以致后期出现不可逆性肺血管阻塞性病变,晚期肺血管阻力会超过体血管阻力,导致右向左分流、发绀和死亡。

肺动脉高压按肺动脉收缩压与主动脉收缩压的百分比,可分为 3 级:轻度肺动脉高压的比值等于或 <45%;中度肺动脉高压为 45%~75%;严重肺动脉高压 >75%。肺血阻力也可以分为 3 级:轻度增高 <7Wood 单位;中度为 8~10Wood 单位;重度超过 10Wood 单位。

三、临床表现和诊断

患儿的临床表现与心内分流量有关。一般新生儿出生时由于肺血管阻力高,心内分流量不大,此时并没症状。随着出生后肺血管阻力的逐渐下降,心前区出现收缩期杂音。如缺损较大,心内分流量也会较大,患儿可出现喂养困难、体形瘦小、面色苍白、吸奶后气促,甚至出现反复呼吸道感染,并发肺炎,严重者出现慢性充血性心力衰竭。小型 VSD 在临床上可无任何症状,可仅表现为胸前区收缩期杂音,对活动和生长发育无影响。中型 VSD,其分流量>2∶1,可表现为心前区胸骨隆起,胸骨左缘第3～4肋间闻及收缩期杂音,伴震颤。大型室缺,其分流量>3∶1,可同时在左心尖区听到轻度舒张期杂音,此为舒张期大量血流通过二尖瓣,形成二尖瓣相对性狭窄所致。可闻及肺动脉瓣区第二心音亢进,为肺动脉压力增高所致。随着肺血管阻力升高,杂音将变短促、柔和,限制在收缩早期,也可以完全消失,心内出现双向分流。这时会出现肝增大,颈静脉怒张等右心功能不全表现,外周经皮氧饱和度可下降。

胸部 X 线片表现与心内左向右分流量有关,表现为不同程度的肺充血,左心室或双心室增大。心电图可能表现正常,可能右、左或双侧心室肥大。重度肺动脉高压心电图可出现 ST 段变化。

超声心动图能较准确的判断 VSD 位置、大小、左右室流出道形态、主动脉瓣及房室瓣关闭情况,以及是否合并其他心脏畸形,可提供大部分血流动力学数据,是目前诊断先心病的重要手段,是手术的重要参考资料。大部分 VSD 患儿不需要行心导管检查。但对于年龄较大,重度肺高压患儿,超声心动图不能提供精确的信息,如肺血流量(Qp/Qs)、肺动脉压、计算肺血管阻力等。因此,对于特殊病人,如合并其他畸形、需要计算肺血管阻力和决定肺动脉对血管扩张药的反应程度时仍需行心导管检查。

四、手术适应证及手术时机

对于 VSD 病人的治疗,依患儿年龄、VSD 的大小、左向右分流量和肺血管阻力而异。

限制型 VSD(直径<0.5cm)在 1 岁以内自发变小或愈合的可能性较大,很少会出现心力衰竭、肺炎,大多数不需要早期手术。自发闭合的机制包括血流冲击诱发缺损边缘纤维化;三尖瓣隔瓣黏附;心肌肥厚可使肌型 VSD 闭合。自发闭合率在 1 岁以内最高,随年龄增长逐渐降低,到 5 岁以后可能性已很少。这类患儿需要定期复查,以确定 VSD 是否关闭,否则应手术治疗。因为有数据表明关闭限制型 VSD 的手术风险,低于高速分流血流导致主动脉脱垂、心内膜炎、主动脉或三尖瓣反流的危险。此外,对于干下型 VSD,主动脉瓣脱垂入缺损,发生主动脉瓣关闭不全的风险较高,是尽快手术治疗的指征。

非限制性 VSD 在出生后随着生理性肺阻力下降,很快表现为充血性心力衰竭,需要药物支持。表现为严重难治性充血性心力衰竭的大型 VSD 婴儿,以后自发闭合的可能性几乎不存在,而肺血管阻塞性病变会进行性加重。因此应在生后 3 个月内手术纠治。

肺血管阻力随年龄增长而增加,1～2 岁或以后可能发展为不可逆性肺血管阻塞性病变,有可能进展为 Eisenmenger 综合征。大龄患儿偶可有不同程的肺血管阻塞性病变,因为左向右分流减少,临床症状会有所改善。如果以右向左分流为主,胸部 X 线片示肺血减少,肺血管阻力>10U/m^2,对肺血管扩张药无反应,就不具有手术指征。

五、手术治疗

1. 历史 对于 VSD 的手术干预是从 1952 年由 Muller 和 Dammann 首次实施肺动脉环缩术开始的。此后许多学者做了大量努力,1954 年,Lillehei 等以正常成年人为氧合器,用可控制交叉循环法外科修补首例 VSD。随着体外循环技术和设备的改进,临床治疗效果大大提高。Dushane 等在 1956 年经心室修补 VSD 取得满意结果,Stirling 等采用经心房修补避免了心室切口。Kirklin 等在 1961 年报道成功纠治婴儿 VSD,大多数病人避免了肺动脉环缩术。Okamoto 和 Barratt-Boyes 等分别在 1969 年和 1976 年应用深低温停循环技术纠治婴儿 VSD。随着体外循环和心肌保护技术的改进,目前外科医师可以有充足的时间安全、精确修补缺损,取得良好的近期和远期效果。

2.手术方法及技术 早年,对于婴儿大型 VSD,肌部 VSD,或多发性 VSD 可行肺动脉环缩术,以减少肺血流,防止肺动脉压力增高。等 1 岁以后再行 VSD 修补。随着近年在婴幼儿体外循环技术、术后监护和手术成功率的不断提高,目前很少采用该方法,绝大部分都行一期 VSD 修补术。

对于一期 VSD 修补术,依据 VSD 的类型决定心脏切口,一般有 5 种径路:经右心房、经肺动脉、经右心室、经主动脉和经左心室。混合型和多发性 VSD 可能需要多个切口。手术一般在中度低温体外循环和心脏停搏下进行。对于体重较小的婴儿,如果显露比较困难,有学者主张在深低温停循环或低流量灌注下手术。手术切口常规采用胸正中切口进入纵隔,建立体外循环。为了美容要求,特别是女孩亦可选用胸骨中下段小切口进行手术,但术野显露较差,不适用于婴儿。开胸后常规进行心表探查,包括心脏位置及形态、大动脉关系、冠状动脉走行、有无永存左上腔静脉、触诊心表震颤位置、有无 PDA 等。

(1)经右心房:经右心房径路最常用,适用于膜周、肌部、房室同道型及部分漏斗部室间隔缺损 VSD。由于缺损位于三尖瓣附近或被三尖瓣隔瓣所掩盖,因此经右心房切口进行修补比较方便,且对右心室功能影响小。大约 80%以上室间隔缺损都可经右心房切口进行修复。

按常规建立体外循环后,平行房室沟左右倾右心房壁切口。经未闭卵圆孔或房间隔切口置入左心引流管,将心房壁切口前缘向上牵拉即可显露三尖瓣。在三尖瓣隔瓣和前瓣交界下方可探及室间隔缺损,若显露不了 VSD 全部边缘,可放射状或平行于三尖瓣瓣环切开缺损上方三尖瓣隔瓣帮助显露。膜部缺损四周往往有一团增厚的白色纤维环。膜周型缺损一般较大,常伸向室上嵴下方,并邻近主动脉瓣,缝合前上角时须注意勿损伤主动脉瓣。膜部小型缺损四周均为纤维缘,多可采用直接缝合,即应用间断带小垫片缝线做褥式缝合。膜周型 VSD 大多须要应用补片修复。VSD 的后下缘从圆锥乳头肌附着处到三尖瓣瓣环接近 Koch 三角,浅缝可避免损伤传导束。带垫片的缝线从右心房经三尖瓣隔瓣在离瓣环 1~2mm 处入右心室,转移至右心室面后,缝针深度最多不能超过室间隔厚度的 1/2。VSD 的上缘是漏斗隔,传导束损伤的可能性很小,但主动脉瓣损伤的危险性增加。如室缺偏向流出道,或延伸至肺动脉瓣下,可同时做肺动脉根部横切口,经右心房三尖瓣修补室缺下半部分,经肺动脉切口修补室缺损上半部分,避免右心室切口,有利于术后右心功能的恢复(图 13-15)。

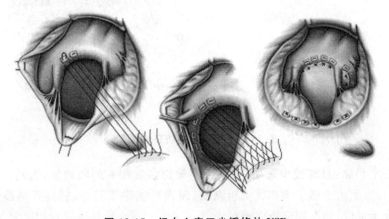

图 13-15 经右心房三尖瓣修补 VSD

(2)肺动脉径路:适用于漏斗部缺损,特别是干下型室间隔缺损。在肺动脉瓣交界上方数毫米处做横切口。用拉钩拉开肺动脉瓣环,即可显露 VSD。也有人主张于肺动脉干的下方做 2～3cm 纵行切口,直达肺动脉瓣环,来显露 VSD。笔者单位通常选用横切口可以达到良好的显露效果。5-0 prolene 线连续缝合补片与 VSD 边缘,在 VSD 上缘缝线应置于邻近肺动脉瓣环的瓣窦内,同时紧靠动脉壁,缝线似长城样走行,将补片置于肺动脉瓣下方关闭VSD。部分大型 VSD 要经三尖瓣口间断褥式缝合 VSD 下缘,再转至肺动脉切口连续缝合剩余部分(图 13-16)。

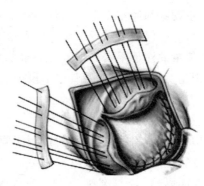

图 13-16　经肺动脉切口修补 VSD

(3)经右心室:右心室切口的适应于无法经右心房或肺动脉切口;VSD 向上延伸到漏斗隔;存在漏斗部异常肌束,经右心房难以完全切除,特别在需要补片扩大时;等当不须要加宽右心室流出道时一般可以选用右心室横切口,否则应选纵切口。在右心室漏斗部少血管区做切口,切口应远离左前降支 1cm。切口两侧各做一个牵引线。用一小拉钩拉开切口下缘,另一小拉钩将室间隔缺损向漏斗隔方向牵拉,可较好显露缺损下操作。可以应用带垫片间断褥式缝合或单纯连续缝合法修补。部分 VSD 需联合三尖瓣入路修补 VSD 下缘,再经此切口修补剩余部分(图 13-17)。

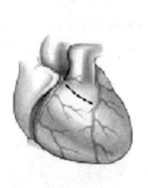
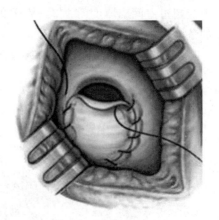

图 13-17　经右心室切口修补 VSD

(4)经左心室径路:目前较少采用,仅限于小梁部多发型室间隔缺损,尤其 Swiss cheese 型。这类室缺的右心室面由于肌小梁和乳头肌纵横,缺损可能隐于其中,或被其横断,从右心室探查有多个开口,难于定位,而左侧室隔面相对光滑,只有一个开口,易于寻找和固定补片。

六、结　果

随着体外循环、心肌保护、术后监护技术的提高,VSD 修补的死亡率已明显下降。大龄单纯 VSD 病死率接近于 0。婴儿 VSD 由于大量左向右分流和体重关系,过去死亡率较高,目前已稳步提高,即使 700g 早产儿也能成功纠治。

手术修补 VSD 的效果良好。总的病死率低于 1%。主要并发症如房室传导阻滞需要置入起搏器、急诊再手术、明显残余瘘的发生率各约为 1%。超过 96% 的病人有很好的生存质量。

（马　力）

第九节　大动脉转位

大动脉转位(transpotion of the great arteries,TGA)是一种较常见的发绀型先天性心脏畸形,其发病率仅次于法洛四联症,占先心病发病率的 7%～9%。大动脉转位的定义为心室与大动脉连接不一致的一组先天性心脏发育畸形。心室可以是右襻(d-loop)或左襻(l-loop),右襻型大动脉转位最为常见,即指主动脉发自右心室,肺动脉发自左心室,而房室连接是一致的,这样主动脉内接受的是体循环的静脉血,而肺动脉接受的是肺静脉的动脉血,体循环和非循环形成并联,必须在心房,心室或大动脉水平充分混合,才能改善体循环缺氧。患儿出生后即发绀、严重低氧血症,室间隔完整的大动脉转位患儿,由于出生后几天动脉导管趋向关闭,如未经治疗,则在新生儿期就死亡。如伴有 VSD 或 ASD,则可以延长生存,但易发生肺血管病变,如没有肺动脉狭窄,往往出生后第 1 年死亡。绝大部分患儿必须即时手术,否则 50% 左右在 1 个月内死亡。

一、解　剖　学

大动脉转位是一种圆锥干畸形,与右心室双出口和法洛四联症组成连续的疾病谱。其发生机制存在许多假说,Van Praagh 认为在正常心室右襻发育时期,主动脉下圆锥持续存在,而肺动脉下圆锥隔吸收并与二尖瓣间纤维连续,导致主动脉瓣位于肺动脉瓣前方,没有进行正常的旋转,而演变形成 TGA,而这一特殊解剖特点被认为是 TGA 的标志。

大动脉转位一般都伴有动脉导管,可伴有卵圆孔未闭。临床上一般根据是否合并其他心内畸形将大动脉转位分为两大类:简单型大动脉转位(即室间隔完整,不合并其他心内畸形)和复杂型大动脉转位(即合并室间隔缺损等其他心内畸形),这两者类型的病理生理和处理原则上存在较大差别。

近 50% 大动脉转位的患儿伴有 VSD,大多数位于膜周和漏斗部,主动脉通常是主肺动脉直径的 1/2～2/3,当主动脉瓣环或主动脉下圆锥发育不良时,主动脉细小。可伴有右心室、三尖瓣发育不良,主动脉弓发育不良、狭窄或主动脉弓中断。如 VSD 向后对位不良,可造成左心室流出道梗阻,可伴有肺动脉瓣环发育不良,有肺动脉瓣环狭窄或肺动脉二瓣化畸形。这种情况下肺动脉比主动脉细小。大约 20% 大动脉转位伴有 VSD 的病人在出生时就有左心室流出道梗阻。

室间隔完整的大动脉转位病人,偶伴有左心室流出道梗阻。它可以是功能性的,当肺阻力下降右心室压力相对升高时,室间隔凸向左心室侧,导致左心室流出道梗阻。随着病程的进展,梗阻可由动力型发展为固定的、纤维化的隧道样的梗阻。

由于胚胎期冠状动脉主干与来源于主动脉的乏氏窦异常融合导致冠状窦口闭锁和冠状窦口狭窄。也可发生壁内冠状动脉和冠状窦口起源偏移所导致冠状动脉狭窄。单冠状动脉开口通常是壁内冠状动脉的极端例子。在较长的壁内途径中,畸形的冠状窦口与另一个冠状窦口距离较近,或完全融合,形成一个真正的单冠状动脉开口。对于冠状动脉分支模式,已制定出许多不同的分类标准:①Leiden标准是大动脉转位冠脉分支最常用的分类方法。这个分类规则定义了三个主要冠状动脉的起源。按照规则对冠状窦进行编号,即从主动脉看向肺动脉,1号窦即为靠近观察者右手边肺动脉的冠状窦,2号窦则为靠近观察者右手边肺动脉的冠状窦。这样,冠状动脉最常见的分布形式,1号窦指解剖上位于左后的冠状窦,发出前降支和回旋支冠状动脉,2号窦指解剖上位于右后的冠状窦,发出右冠状动脉,缩写为 1LAD,Cx,2R。Yamaguchi 等倡导进一步的分类方法来区分冠状动脉的心表走行,进行更加精确的描述冠状动脉情况,例如位于主肺动脉的前或后。②另一常用的大动脉转位冠状动脉解剖的分类方法由 Yacoub 和 Radley-Smith 在1978 年提出。这种分类方法的 A 型相当于最常见的冠状动脉分布形式,B 型为仅有一个冠状窦口,右冠状动脉从主动脉和肺动脉间通过(如图 13-18)。

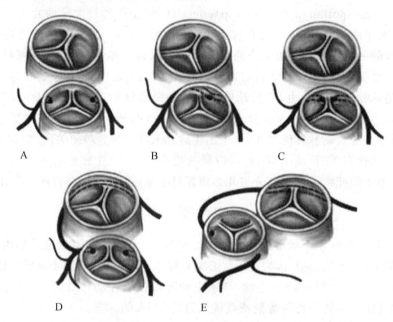

图 13-18 大动脉移位冠状动脉解剖的 Yacoub 标准

大血管的空间位置关系变异性大,但大多数情况下主动脉在肺动脉的右前方。无论何种位置,事实上每一病例主动脉窦和冠状动脉开口均面对相应的肺动脉的动脉窦,这样有利于冠状动脉转移和大动脉换位,仅一小部分动脉转位困难。

二、病理生理学

大动脉转位生理学的特点是体循环和肺循环这两个独立并行循环所导致的肺脉动的血氧饱和度高于主动脉。回流到右心室的体静脉血泵到了体循环,同样方式,回流到左心室的肺静脉血泵到肺动脉,出现严重的低氧血症。患儿为了生存,并行循环之间必须有一定程度的动、静脉混合,即在心房、心室或大动脉水平需要一定程度分流。由于出生时卵圆孔和动脉导管的存在,使一部分含氧的动脉血经过卵圆孔和动脉导管进入进入体循环。动脉导管闭合后,如无伴随房间隔缺损或室间隔缺损,患儿将不能存活。需要前列腺素 E_1 维持动脉导管开放,房隔球囊扩张或手术产生的房间隔缺损能提高体循环氧饱和度,并为此长期生存提供条件。

正常情况下,胎儿期左、右心室的压力相等,这是由非限制性动脉导管的存在造成的。出生时左、右心室肌肉的厚度相等。室间隔完整型大动脉转位患儿,随着胎儿出生后肺阻力开始下降,左心室压力也相应下降。出生后 4~6 个月,左心室将不能适应体循环压力负荷的急剧增加。肺阻力下降的另一结果是导致肺血流增加,甚至比体循环血流多 3~4 倍,此时伴有左心室扩张。因此大动脉转位是一肺多血性发绀型心内畸形。

如果伴有 VSD,其病理生理及症状由通过 VSD 血流的限制程度决定。室间隔缺损可从小到很大,小缺损混合少,表现发绀,临床与室隔完整型 TGA 相似;大缺损混合多,肺血多,以致病人发绀不明显,但这时肺循环超负荷,有继发性肺血管高压的危险。肺动脉流出道梗阻可影响青紫程度,发绀严重程度取决于梗阻轻重。

大动脉转位伴有 VSD 时,如不进行治疗就很快发生肺血管疾病。由于高流量、高压力和高的肺动脉氧饱和度,很快导致不可逆的肺血管疾病。大动脉转位伴有 VSD 的病人在生后 6 个月时就可能失去手术机会。即使室间隔完整型大动脉转位,12 个月龄时也可能发生肺血管病变。

如伴有左心室流出道梗阻,肺血流减少,导致严重发绀。

伴有主动脉弓狭窄或中断时,下半身的血流必须靠动脉导管供给。然而,从左心室经由动脉导管流到下半身的血流是含氧血,而流到上半身的血流是静脉血,这就导致了临床上出现的下趾端粉红,而手指端呈发绀,这是大动脉转位伴有主动脉弓中断的诊断性特征,即差异性发绀。

三、手术适应证及手术时机

TGA 婴儿发绀症状的出现及轻重常取决于伴发畸形的程度和类型。室隔完整型 TGA 病人生后青紫明显,如心房内分流很小,动脉导管自然关闭,那出生后即出现严重发绀,吸入纯氧无明显变化。但如心房内分流大,同时伴有动脉导管未闭或室间隔缺损,则发绀较轻,由于体循环和肺循环血液的大量混合,发绀不明显,但早期出现充血性心力衰竭。如合并大室缺和左心室流出道狭窄,类似于 TOF,肺血流减少,低氧血症,心力衰竭症状较轻。

心脏体检可见心前区轻微膨隆。如听诊有杂音,多较柔和,且出现于收缩期。第二心音响亮且单一。肝可增大,可表现气促,肋间肋下凹陷等心力衰竭表现。

心电图表现出生后通常正常,逐渐进展为右心室肥厚。严重缺氧时,ST 段和 T 波可出现缺血性表现。胸片上表现为心脏阴影随着出生逐渐扩大,上纵隔变窄,以右心室扩大为主,心影呈鸡蛋形扩大。肺门血管影扩大。如伴肺动脉狭窄,肺血管阴影减少。大动脉转位诊断通常依靠心脏超声检查确诊。多普勒技术可检测来源于动脉导管未闭、卵圆孔或室缺的心内分流。心导管检查通常不是必须的,但可用于球囊房隔造口,获得对冠状动脉、室缺、左心室流出道梗阻程度或其他诸如主动脉弓中断、主动脉缩窄等解剖变异情况下生理和解剖数据时。

大动脉转位经上述手段一旦确诊,就有外科手术适应证,而且很多情况下都是急诊或亚急诊手术。其手术方法要根据大动脉转位的解剖条件、患者年龄、伴发的其他心内畸形来决定。但随着手术历史的发展,目前首选及最佳手术方式为大动脉调转术,心房调转术已很少应用于 D 型大动脉转位。如果室间隔缺损或动脉导管足够大,左心室压力能维持在体循环压力的 2/3 以上,那么左心室就可以适应一期动脉调转术。但当室间隔完整时,左心室在出生后几周就明显变薄。在出生后 4 周,伴有完整室间隔而没有动脉导管的大动脉转位的患儿实行一期大动脉调转手术存在较大的危险性。一般认为大动脉转位的大动脉转换术安全期应当为 3 周左右。有学者研究认为合理应用心室机械辅助,安全时限的上限可定为 8 周。该时限应该个体化,我中心也有大动脉转位伴室间隔患儿,出生 1 个月后仍可成功接收一期动脉调转术,且恢复顺利。这关键在于术前 B 超仔细评价左心室功能,术中测压,进一步确认左心室压力情况。若左心室压力小于体循环压力的 2/3,应进行左心室锻炼,必须通过提高左心室压力的手术——肺动脉环缩来锻炼左心室功能,然后行二期大动脉转换术。也有学者使用血管活性药物锻炼左心室功能,取得良好效果。

此外,大动脉位置和冠状动脉解剖位置对手术的选择非常重要。如大动脉侧侧位,冠状动脉位置畸形,特别是行走于主动脉壁内,单根冠状动脉或冠状动脉横过右心室流出道前方,使移植后扭曲,张力较高,引起冠状动脉灌注不足,是大动脉调转术失败的主要原因,这时可采用大动脉移位术或 Damus-Kaye-Stansel 术等其他术式。对大动脉转位伴室间隔缺损,除了考虑解剖因素外,肺动脉高压是手术失败的主要原因。一般手术年龄不要超过 3 个月,大于 6 个月就可能出现肺血管阻塞性病变。

四、手 术 治 疗

1. 历史　对于大动脉转位,早在 1797 年 Matthew Baillie 就首先描述了其病理解剖。许多外科医生进行了尝试,从早期的减状手术到今天较为成熟的大动脉调转术及特殊解剖情况下的其他根治性手术,已经发展了 50 余年。于 1948 年 Blalock 和 Hanlon 首先采用姑息型手术——房隔造口术,治疗大动脉转位;随后产生了一些姑息性手术如 Lillehei 和 Varco 实施下腔静脉与左心房连接而右肺静脉与右心房连接手术,及 Baffes 后来使用人工血管连接下腔静脉至左心房等。直到 1954 年,Mustard 首次尝试大动脉转换术,但只移植一根冠状动脉方法治疗大动脉转位,但没取得成功。1959 年,1963 年 Senning 和 Mustard 先后采用心房内翻转方法取得成功,但死亡率和并发症较高。特别是 Mustard 术远期的腔静脉回流梗阻和房性心律失常的发生率较高,逐渐被 Sennig 手术替代。目前流行的根治性手术——大动脉转换术(Switch 术),是由 Jatene 于 1975 年首次成功完成的,从此大动脉转位才在一定程度上被人们征服。此后,又对冠状动脉移植进行了大量尝试和改良,使得大动脉调转术成功率大为提高。针对各种解剖特点演化或借鉴了许多其他术式完成大动脉转位合并其他畸形的根治,如伴肺动脉狭窄采用 Rastelli 术,冠状动脉异常等采用的 Damus-Kaye-Stansel 术等。目前,大动脉转换术已在临床上广泛开展,并且对失去早期手术机会或以前行心房内翻转术出现体循环心室功能不全的患者行二期大动脉转换术,大大扩展了大动脉调转术的应用,并取得良好疗效。

2. 手术方法及技术　如上所述,目前首选及最佳手术方式为大动脉调转术,心房调转术已很少应用于 D 型大动脉转位,并且心房调转术在新生儿期很难实施。这里仅对大动脉调转术及相关手术作以介绍。

(1)大动脉转换术(arterial switch operation,ASO):即将主动脉和肺动脉切下后换位,同时将原来的左、右冠状动脉分别取下移植至新的主动脉上,使大动脉转位在解剖上彻底纠治。如合并其他心脏畸形,如室间隔缺损,右心室流出道狭窄等,在完成该手术时,还需修补室缺、切除瓣下肌肉等操作。大动脉调转术基本分为 6 步,包括①心包采集和戊二醛处理;②插管建立体外循环,对新生儿可采用深低温停循环转流方法和深低温低流量转流方法;③心肌保护;④新主动脉重建及冠状动脉转移;⑤新肺动脉重建;⑥停体外循环,术后辅助。具体如下。

首先建立体外循环,降温,需要深低温停循环时降至 18℃。在转流降温时,解剖游离动脉导管,缝扎切断动脉导管后彻底游离升主动脉、肺动脉干和左右肺动脉。主动脉根部注入心肌保护液。右心房切口,经房间隔切口或卵圆孔放置左心房引流,修补室间隔缺损,在低流量下行大动脉转换术。

于升主动脉瓣上约 1cm 处横断,注意探查左右冠状动脉开口,及走行,确定其分布类型,注意勿损伤主动脉壁内型冠状动脉,沿冠状动脉开口 1~2mm 外缘剪下主动脉壁,将冠状动脉纽扣样取下。游离冠状动脉最初的 2~4mm,要仔细保护冠状动脉的各分支。如有必要,在心外膜下游离小的心外膜分支。肺动脉干位于左右肺动脉分叉处横断,检查肺动脉瓣,将左右冠状动脉向后移植至肺动脉根部,在相应位置剪去小片肺动脉壁,或使用打孔器开孔。然后采用 Prolene 线连续缝合,移植冠状动脉。仔细检查缝线处,间断缝合加固可疑区域。仔细检查冠状动脉有否扭曲、牵拉,保证通畅。远端主动脉与肺动脉换位,行 Lecompte 操作,即将肺动脉提起,主动脉从肺动脉下穿出,用镊子钳住主动脉开口后,将主动脉阻断钳换至肺动脉前方再阻断。升主动脉与肺动脉根部连续缝合,形成新的主动脉。采用自体心包片应用 0.6% 的戊二醛处理后修补原主动脉根部取冠状动脉后的缺损,最后与肺动脉干吻合形成新的肺动脉干,缝合肺动脉时可开始复温(图 13-19)。

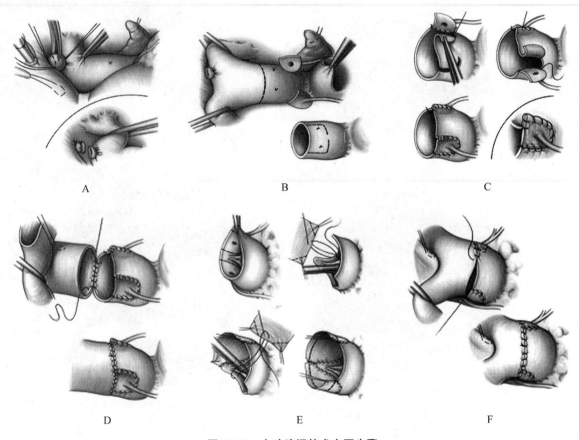

图 13-19　大动脉调转术主要步骤

A. 建立体外循环后解剖游离动脉导管,并缝扎切断动脉导管;B. 将冠状动脉纽扣样取下,仔细观察寻找肺动脉上移植位置;C. 在相应位置剪去小片肺动脉壁,或使用打孔器开孔,连续缝合,移植冠状动脉;D. 行 Lecompte 操作后升主动脉与肺动脉根部连续缝合,形成新的主动脉;E. 采用戊二醛处理自体心包片修补原主动脉根部取冠状动脉后的缺损;F. 最后与肺动脉干吻合形成新的肺动脉干

　　开放主动脉阻断钳,观察心脏表面的冠状血管灌注和心肌颜色,所有的区域应有满意的灌注,颜色红润。心电图无心肌缺血表现。手术缝合要仔细严密,否则术后出血可能是致命的。

　　手术成功的关键在于冠状动脉的移植,由于冠状动脉解剖变异复杂,类型多,因此采用手术方法各不相同。总之要保证冠状动脉无扭曲,无牵连。随着冠状动脉移植技术的不断提高,冠状动脉畸形的大动脉转换术病死率已从早期报道的 20％下降到了目前的 5％以下。

（2）Rastelli 手术：主要适合于大动脉转位伴室间隔缺损和肺动脉狭窄，右心室流出道梗阻。

常规建立体外循环。取下心包经戊二醛固定备用。经右心室切口，探查室间隔缺损位置及大小，右心室流出道情况确定室间隔缺损够大，其与主动脉开口之间无阻挡。横断肺动脉，近心端连续缝合关闭，将室间隔缺损至升主动脉开口间建立心内隧道。补片要足够大，防止术后发生左心室流出道梗阻，如室间隔缺损较小，必须扩大至室缺直径与主动脉瓣环直径相同。采用人工管道连接右心室切口至肺动脉（图 13-20）。

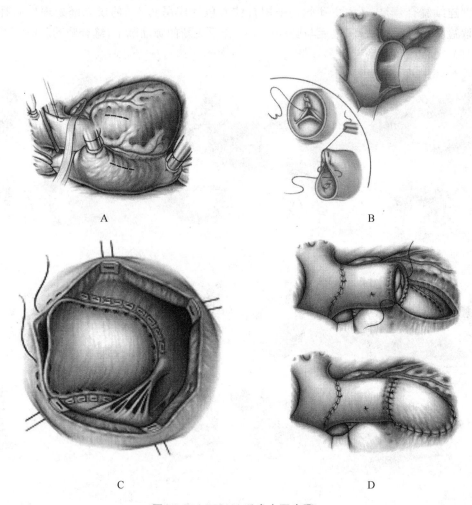

A   B

C   D

图 13-20　Rastelli 手术主要步骤

A. 建立体外循环；B. 横断肺动脉，近心端连续缝合关闭；C. 室间隔缺损至升主动脉开口间建立心内隧道；D. 人工管道连接右心室切口至肺动脉

（3）二期 ASO 手术：一期手术即行主肺动脉分流和肺动脉环缩术。常规气静麻醉下胸骨正中切口，沿右侧剪开心包，解剖游离升主动脉，左无名动脉和右肺动脉。无名动脉上侧壁钳，用直径 4mm Gore-Tex 管，顶端剪成斜口与无名动脉吻合，然后右肺动脉上侧壁钳，与 Gore-Tex 管道做端-侧吻合。开放后确保吻合口通畅。肺总动脉上环缩带，采用 Gor-Tex 血管片剪成 3mm 宽的带子绕过肺动脉干，两端对齐后钳住。从肺动脉干顶部置入左心室测压管，持续观察左心室压力变化，有条件时可同时做食管超声，逐渐收紧环缩带，食管超声显示室隔逐渐向中间移位，直至

室隔保留在中间位,同时左心室压力达到右心室压力的80％左右,固定环缩带,同时在环缩带上下两侧缝合固定于肺动脉干,防止环缩带移位。对卵圆孔小,严重低氧血症,可在常规体外平行循环下,行房隔扩大术。术后回监护室,7～10d 需要保留气管插管呼吸机辅助呼吸和接受正性肌力药物支持,隔天进行超声心动图检查,以了解心室功能和心室质量。在5～7d 时,左心室功能逐渐恢复到正常。二期 Swith 手术从原切口进胸,取下心包戊二醛固定备用,肝素化,升主动脉和右心耳插管体外循环,开始转流即阻断 Gore-Tex 管道,分别在两端用侧壁钳,拆除 Gore-Tex 管道,同时缝合无名动脉和右肺动脉吻合口。拆除肺动脉干的环缩带,然后行大动脉调转术。操作如前所述。

五、结　　果

国外报道完全性大动脉转位的手在术死亡率为2.5％～5％。心房水平纠治的晚期死亡率显著高于动脉水平纠治。大动脉调转手术后流出道梗阻在早期组的病人中,每年右心室流出道梗阻的晚期发生率为0.5％,比重建主动脉根部的梗阻危险性高,后者每年为0.1％。

(马　力)

第十节　法洛四联症

法洛四联症(tetralogy of Fallot,TOF)是最常见的先天性心脏病之一,属发绀型先天性心脏病。1888 年 Etienne Fallot 首先完整描述该病的四个形态学异常,故"法洛四联症"这一名词沿用至今。但随着人们对该病认识的加深,从胚胎学及病理生理上多数学者认为这是一种圆锥动脉干发育畸形,是以漏斗隔向左前方移位致右心室流出道梗阻合并主动脉下非限制性室间隔缺损为特征的一组心脏畸形。单纯 TOF 伴有肺动脉狭窄。复杂 TOF 会伴有肺动脉闭锁、肺动脉瓣缺如或完全性房室间隔缺损。而 TOF 伴有肺动脉闭锁,因其在病理生理及肺血来源上的特点,在命名上仍存在较大争议,目前渐被"肺动脉闭锁并室间隔缺损"所取代,所以,该组病例仅在此概述中简要介绍,后文中不做讨论。

TOF 约占先天性心脏病的10％,在儿童发绀型心脏畸形中,占50％～90％,居首位。其中,单纯 TOF 占85％～90％,复杂 TOF 占10％～15％。

随着外科及相关技术的进步和对 TOF 病理生理的进一步认识,TOF 的外科治疗趋向于早期的一期心内修复。新生儿和婴儿 TOF 的一期心内修复达到满意治疗效果。复杂 TOF 的外科治疗稳步发展,手术效果明显提高。

一、解　剖　学

Fallot 最初报道的四个解剖学特征一直沿用,但其内涵得到进一步深化。TOF 系由特征性右心室流出道梗阻和对位不良室间隔缺损两种主要病变所组成的先天性心脏畸形。其病理基础即漏斗部或圆锥、室隔的向前和向左移位(图13-21)。

1. 室间隔缺损　TOF 的室间隔缺损几乎总是大型非限制性的,是由漏斗隔及隔束前移对位不良引起的缺损,位于圆锥隔和肌部室间隔缺损之间。其上缘为右旋移位的漏斗隔的前部;后缘与三尖瓣隔前瓣叶相邻;下缘为隔束的后肢;后缘为隔束的前肢。希氏束穿行于缺损的后下缘。室间隔缺损通常位于主动脉下,但当室上嵴缺如或发育不全时缺损可向肺动脉部位延伸。其类型可分为两种:嵴下型和肺动脉下型。绝大多数病例为嵴下型室间隔缺损,少数为肺动脉下室间隔缺损（5%～10%）。嵴下型室间隔缺损，又称膜周部室间隔缺损。位于主动脉下未向肺动脉下延伸，后下缘为三尖瓣—二尖瓣—主动脉瓣连接区。前缘和前下缘为隔束的上支和下支所构成。肺动脉下室间隔缺损位于肺动脉和主动脉下，为圆锥隔部分或完全缺如所产生的室间隔缺损，分为2种亚型。①室上嵴发育不良型，为圆锥隔部分缺如，其上缘为主动脉瓣环和肺动脉瓣环，下缘为肌肉。与三尖瓣和心脏传导束相距较远，此型缺损修复时产生房室传导阻滞概率低。②室上嵴缺如型，为圆锥隔完全缺如，其上缘与肺动脉瓣环之间有一条纤维肌肉束，后下缘与嵴下型室间隔缺损相同。

2. **右心室流出道梗阻** 如上所述，TOF的室间隔缺损是漏斗隔及隔束前移对位不良引起的缺损。因此圆锥隔突入右心室流出道，并形成TOF特征性的漏斗部狭窄，其特点为肥厚的右心室前壁、隔束和壁束室上嵴环抱而成的狭窄环。在漏斗部局限性狭窄与肺动脉之间为流出腔形成"第三心室"。根据漏斗部狭窄位置的高低，分为高位、中间位和低位流出腔，第三心室大

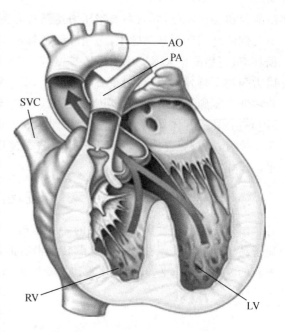

图 13-21 法洛四联症解剖特点
RV:右心室；LV:左心室；SVC:上腔静脉；AO:主动脉；PA:肺动脉

小亦不同，决定了手术方式的选择。但在少数病例漏斗部呈管状狭窄或在肺动脉下室间隔缺损的病例则无流出腔。肥厚的隔、壁束分为肉柱型和肉块型，前者多见于流出腔较大的病例，此两束与右心室壁和室间隔之间有蜂窝状间隙，手术时可沿着蜂窝状间隙剪除隔壁两束，即可充分解除右心室漏斗部阻塞。后者，多见于流出腔较小成管状狭窄的病例，隔壁两束分别与右心室壁和室间隔互相融合在一起形成隆起的肉块，剪除此两束时，切勿损伤室间隔和主动脉右窦或主动脉瓣。严重漏斗部狭窄往往形成纤维肌肉漏斗口，有时仅能通过小的探针。在TOF中，单纯漏斗部狭窄占20%～25%，漏斗部和肺动脉瓣狭窄占75%～80%。前者有漏斗部狭窄，大的第三心室，肺动脉瓣和肺动脉发育良好；后者常伴有肺动脉瓣环狭窄以及肺动脉干和其分支开口狭窄，甚至一侧肺动脉缺如。肺动脉瓣叶常增厚且与肺动脉壁粘连。58%病例伴肺动脉瓣二瓣畸形，但仅在少部分病例肺动脉瓣成为流出道最窄部位。

此外，右心室壁及隔壁束肥厚的渐进过程会随着时间的推移形成正反馈回路，进一步加重梗阻。患儿出现发绀加重，这种进行性的肌性狭窄会增加缺氧发作的风险。

大约5%法洛四联症病例伴肺动脉瓣缺如。右心室流出道梗阻位于狭窄的肺动脉瓣环，常有严重肺动脉瓣反流。瘤样扩张的肺动脉干和左右肺动脉分支可压迫末梢气管支气管分支，妨碍支气管的发育和肺泡增殖，从而影响此畸形手术的长期效果。

3. **主动脉骑跨** 如上所述，TOF是一种右心室漏斗隔发育不良，这导致主动脉根部右移位而形成主动脉起源于双心室骑跨于室间隔上。主动脉-二尖瓣纤维连接总是存在，即使在极度骑跨的病例亦如此，即在TOF中，主动脉瓣下没有圆锥。当主动骑跨达到或超过90%时，可称为法洛四联症型右心室双出口。

4. **右心室肥厚** TOF的右心室肥厚是右心室流出道梗阻的后果，为继发性右心室肥厚。由于

TOF 的巨大室间隔缺损,两心室压力相等,右心室于体循环负荷下工作,其增厚的程度与左心室厚度相似。对于年长患儿心肌肥厚会有纤维化成分增多,会伴有右心室舒张功能不全加重,影响预后。

5. 伴随畸形　TOF 中 3％～5％病例冠状动脉左前降支起源于右冠状动脉。在其进入前室间沟之前,冠状动脉前降支沿肺动脉瓣环下横跨右心室流出道,流出道切口易造成其损伤。另一重要的冠脉式样有双左前降支,在此结构状态,室间隔的下半由右冠状动脉供应,上半由左冠状动脉供应,且存在粗大右心室圆锥支。右冠状动脉起源于左主冠状动脉较少见,横跨右心室流出道。TOF 常见伴随畸形还包括房间隔缺损、动脉导管未闭、完全房室间隔缺损和多发室间隔缺损。

二、病理生理学

TOF 伴有肺动脉狭窄,其病理生理及血流动力学变化取决于其右心室流出道梗阻和室间隔缺损相互影响和作用的结果。其主要表现为两心室高峰收缩压相等、心内分流和肺血流减少,以及慢性缺氧而致的红细胞增多症和主肺动脉侧支循环血管增多等。巨大非限制性室间隔缺损使左右心室高峰收缩压相等,这对 TOF 右心室有一定的保护作用,使流出道梗阻的右心室压不会超过主动脉压。TOF 心内分流方向主要取决于右心室流出道梗阻的严重程度和体循环阻力。通常出生时仅轻度发绀,随年龄增长由于右心室漏斗部肥厚的进展而加重。最初,经 VSD 的心内分流方向可为左向右,在这些病例,出生 6～12 个月,发绀渐明显并加重。这时漏斗部水平的梗阻较为突出。这些病例可发生体循环极度低氧引起的特征性缺氧发作。这些缺氧发作以肺循环血流的极度减少和心室水平右向左分流增加使低含氧血大量流入主动脉为病理特点。少数轻型或无发绀型 TOF 的病人则在心室射血期产生左到右为主的分流或完全左到右的分流。单纯体循环阻力对心内分流也有直接影响,儿童 TOF 蹲踞时体循环血管阻力上升,减少右到左分流或产生左到右分流,发绀减轻和症状缓解。

小部分病例在出生或生后不久即出现严重发绀。这组病例无论伴或不伴漏斗部梗阻流出道梗阻主要由肺动脉瓣环发育不全引起,这些病例持续发绀是由于肺血流的梗阻较恒定。未经治疗的较年长的 TOF 病例,因长期发绀,可有杵状指(趾)、气急、运动耐力差、脑脓肿和伴肺脑栓塞的红细胞增多症。

三、手术适应证及手术时机

对 TOF 的最佳手术时机一直存在争议,但目前越来越多的单位主张有症状 TOF 婴儿包括新生儿应用一期矫治手术。患儿在生后尽早恢复正常循环纠正缺氧,对身体所有处于发育中的器官有诸多好处。如:保证器官的正常生长和发育,包括心脏、肺、大脑等;消除低氧;较少需要右心室肌束过度切除;较好远期左心室功能;远期心律失常发生率降低;降低家庭和社会代价。

多数 TOF 病例出生时体循环血氧饱和度满意无须治疗,但低血氧逐步进展,当体循环血氧饱和度降至 75％～80％时必须早期手术干预。大多数患儿可在 3～6 月龄接受根治性手术。患儿是否能接受一期根治手术,主要根据肺动脉发育指标来确定,如 McGoon 比值≥1.2 或 Nakata 指数≥150mm²/m²,则表示肺动脉发育尚可,可以接受一期根治手术。这二者可以通过超声心动图,CT,MR 或心血管造影等影像资料计算获得。其中 McGoon 比值为心包外两侧肺动脉(即在肺叶动脉分出前的两侧肺动脉)的直径与膈肌平面降主动脉直径的比值,其正常值>2.0。Nakata 指数为心包外两侧肺动脉的横切面积与体表面积的比值,其正常值≥330mm²/m²。但这两者指标包括左心室舒张末容积指数(左心室舒张末容积与体表面积比值),在实际应用越来越少采用,但可以作为参考,对手术方式的选择要综合考虑。对于 TOF 伴肺动脉狭窄患儿,目前认为几乎均可接受一期根治术。如显著的肺动脉分支发育不良,多发室间隔缺损(特别是伴瑞士奶酪样室间隔缺损)或伴发严重的其他器官畸形的患儿,可接受一期分流减状手术。6～12个月或以后行二期根治性手术。

四、手术治疗

1. **历史**   对于 TOF 的首次手术干预是在 1945 年由 Blalock 和 Taussig 完成的,他们建立了锁骨下动脉到肺动脉的吻合,称为经典 B-T 分流术。此后多位学者进行改良,1962 年由 Klinner 等首次通过人工管道建立锁骨下动脉和肺动脉间的分流连接。在首次实施主肺动脉分流术后,又发明了许多体-肺动脉分流术式,如中央分流术(升主动脉-肺动脉干),Waterston 吻合(升主动脉-右肺动脉),Potts 吻合(降主动脉-左肺动脉)等。1948 年 Sellors 和 Brock 开展了闭式肺动脉瓣切开术和漏斗部切开术。

1954 年,在交叉循环下由明尼苏达大学的 Lillehei 和 Varco 成功完成了第 1 例心内修补手术。1955 年第 1 例在泵氧合器下完成的心内修补手术由 Mayo Clinic 的 Kirklin 等实施。1955 年 Lillehei 等使用补片跨瓣环扩大右心室流出道。

2. **手术方法及技术**

(1)根治手术技术:经心室路径手术方式为大多数 TOF 根治术的首选方式。由胸骨正中切口显露心脏,切除胸腺,取心包于 0.6% 戊二醛中固定 20min 备用。进行心表探查,了解冠状动脉的分布,及左右肺动脉发育情况。进行心肺转流前尽量少刺激心脏以免引起缺氧发作,造成极度低血氧,而发生危险。

若存在动脉导管应先分离显露,以便体外循环转流时阻断。但如解剖分离困难可在体外循环开始后分离切断。可常规行主动脉-上下腔静脉插管。体重 2.5～3kg 病例提倡应用深低温停循环技术,此时可右心房单根插管。室缺修补在短暂停循环下进行,而流出道修补仍在体外循环下进行。一般体外循环温度降至 25～28℃。游离肺动脉干和分叉处,动脉导管结扎,如需进一步游离肺动脉或其对肺动脉有牵拉,可切断动脉导管。主动脉阻断,根部注入心肌保护液,右心房切口,通过卵圆孔或房间隔切口放置左心引流管。通过三尖瓣观察室缺和右心室流出道解剖。

观察冠状动脉的解剖分布,选择右心室切口时应避开向心尖走行的大型冠状动脉。如果肺动脉瓣环和主肺动脉低于正常值的 2～3 个标准差以下,则应跨瓣环补片,此时右心室切口应跨过瓣环向上延伸,直至左右肺动脉回合处,必要时延伸跨过左肺动脉狭窄处 3～4mm。切口长度限制在漏斗部的长度内,并不超过右心室游离壁长度的 1/3,以保障良好的右心室功能。对于肺动脉瓣的处理,应尽量保留有功能的瓣叶(图 13-22)。

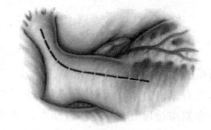

图 13-22   右心室流出道至肺动脉切口

流出道梗阻的处理,注意室缺前缘和主动脉瓣位置并仔细辨认前上异位漏斗隔的壁束范围,切除肥厚肌束解除梗阻(图 13-23)。

室间隔缺损的修补可完全通过三尖瓣或右心室切口进行间断或连续修补。我们通常同时经此两切口修补 VSD,以减少对三尖瓣或右心室切口的过度牵拉。三尖瓣前瓣处置牵开器显露 VSD,近圆锥乳头肌处开始间断缝合 VSD 下缘至后下角,转移至三尖瓣隔瓣右心房面,顺时针顺序,间断缝合数针后至前上角转移至漏斗隔主动脉瓣环处,打结。然后转移至右心室切口连续缝合修补剩余部分 VSD。在缝合修补 VSD 后下角时同膜周部室间隔缺损的修补,避免损伤传递束。

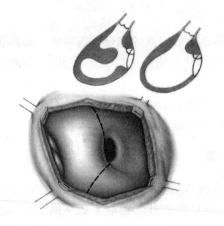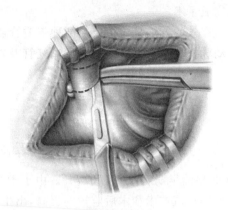

图 13-23　经右心室切口疏通右心室流出道

　　将浸泡好的自体心包补片修剪成形,选 6-0 聚丙烯缝线由补片肺动脉端开始起针连续缝合,补片上的针距要略大于肺动脉上的针距及扩大狭窄的肺动脉,缝合至右心室切口的尖端时亦应才用此技术。使缝合后的补片具有良好而流畅的立体结构(图 13-24)。对于 Ⅰ 型肺动脉闭锁,亦可采用上述步骤完成修复。Ⅱ 型肺动脉闭锁,则要通过各种管道建立右心室至肺动脉的连接,笔者所在医院采用自制的自体心包管道取得良好手术效果,可以减少人工管道缝合后针眼出血的麻烦,更具有经济学意义。

图 13-24　肺动脉修补术后

　　在术后早期肥厚的右心室顺应性较差,加之肺动脉瓣反流引起右心室容量负荷增加,使其较难耐受,导致右心房压增高,成为是心排血量的限制因素。对新生儿和小婴儿可能无法耐受,易出现毛细血管渗漏综合征和低心排血量综合征,出现组织水肿和胸腔积液、腹水。保留卵圆孔开放,虽然牺牲部分氧饱和度,但可以缓解这一病理生理变化,利于新生儿和小婴儿的早期恢复。

　　手术完成,复温结束后按常规脱离体外循环心肺机并评估血流动力学以排除残余解剖问题。

　　(2)减状手术:体-肺动脉分流术是最为常用的减状手术,为分期手术的初期手术。包括经典或改良的 Blalock-Taussig 分流,中央分流,Waterston 吻合和 Potts 吻合。如前所述,目前大多数 TOF 患儿可接受一期根治术。目前仅对少数严重肺动脉发育不良,伴有多发室间隔缺损或其他合并畸形患儿实施体-肺动脉分流术。许多学者认为改良 B-T 分流,具有较低的分流失败率及较好的减状性能,其效果最好,但易致左肺动脉扭曲狭窄。但也有很多中心采用中央分流术,一般选用 3.5～4mm Gor-Tex 血管,是比较合适的。

　　肺动脉极度发育不良病例,可行保留室缺的右心室流出道补片或管道连接减状术。此术式支持对称的肺动脉血流,有利于肺动脉发育,同时避免了体-肺动脉分流时可能造成的肺动脉扭曲。然而,多数 TOF 伴肺动脉狭窄病例,肺动脉发育不良是由本身缺乏肺动脉血流引起,对增加肺血流术式的反应迅速,因此,保留室缺时肺血流突然增多可造成严重的充血性心力衰竭和肺水肿,应注意复查,尽早完成二期根治术。

　　(3)法洛四联症伴肺动脉瓣缺如:肺动脉瓣缺如造成肺动脉反流,使肺动脉干瘤样扩张和气管支气管受压,约占法洛四联症病例的 5%。由于气道受压这些婴儿伴严重的呼吸功能不全,许多患儿术前需呼吸机辅助通气,常需急诊手术干预。该病诊断明确后即应尽早手术,最早可在新生儿期完成手术。

目前有效的方法是包括植入同种带瓣管道的主肺动脉的置换的完全心内纠治。瘤样扩张的左右肺动脉折叠缩小以解除其对近端气管及左右支气管的压迫。同时关闭 VSD 和离断漏斗部肌束。卵圆孔应保留开放。

对中央肺动脉轻-中度扩张的患儿，无明显或轻度呼吸道症状的婴儿，通常不必要使用带瓣管道。除进行 TOF 并肺动脉狭窄的常规处理外，行肺动脉缩小成形术。

五、结　　果

TOF 根治早期病死率为 3.7%。由于术中技术的改进（特别是避免过度切除右心室流出道肌束）、心肺转流技术和术后监护的提高，出生后 1 年内早期修补不影响术后早期结果。在伯明翰阿拉巴马大学 814 例完全根治病例的 1 个月、1 年、5 年、20 年的生存率分别为 93%、92%、92% 和 87%。生存率略微低于年龄、种族和性别相配的对照人群。在此分析中，后期死亡的危险因数为较大根治年龄、术毕即刻高 RV/LV 峰压比（>0.85）和前期的 Potts 分流术。

部分病人右心室流出道相关的长期并发症，如严重肺动脉反流、残余流出道梗阻和管道失功能等需接受再次手术。再次手术后的生存率和功能状态良好：10 年确切生存率约为 92%，93% 病例心功能达 NYHA Ⅰ～Ⅱ级。

目前 TOF 根治术后完全房室传导阻滞的发生率为 1%。

对于法洛四联症伴肺动脉瓣缺如患儿，术后死亡率高，远期效果仍需进一步随访。

（马　力）

第十一节　左心发育不良综合征

早在 1850 年，Canton 描述了 1 例主动脉瓣闭锁的病例。到 1952 年 Lev 描述了一组以左侧心腔、升主动脉和主动脉弓发育不良为特点的先天性心脏畸形，他将其统称为"主动脉通道发育不良综合征"，存在这种异常的新生儿都普遍出现一系列典型的临床表现。1958 年 Noonan 和 Nada 则首次引入了"左心室发育不良"的概念，但将主动脉瓣和二尖瓣闭锁作为其解剖特征。此后，对于"左心发育不良综合征"的定义不断补充修改，导致多种定义和命名很容易混淆而缺乏一致性。2000 年"国际先天性心脏病外科命名和数据库计划"将左心发育不良综合征（hypoplastic left heart syndrome，HLHS）定义为一组以左心室-主动脉结构严重发育不良为特点的先天性畸形，包括主动脉瓣和（或）二尖瓣闭锁、狭窄，或左心室缺如或严重发育不良，同时合并升主动脉和主动脉弓发育不良，可以合并或不合并主动脉缩窄。

HLHS 并不罕见，先天性心脏病尸检报道中占 1.4%～3.8%，出生活产新生儿中占0.016%～0.036%，其发病率占 1 岁以内先天性心脏畸形第 4 位，是单心室病种中的首位。新生儿期死于先天性心脏病的患者中 23% 是死于 HLCS。

一、解　剖　学

HLHS 患儿的主动脉瓣、二尖瓣、左心室发育状态都是介于极端的闭锁/缺如和不同程度的发育不良之间的某个过渡形态，因此 HLHS 是一组连续的病理性畸形谱系（图 13-25）。根据病例统计，大约 60% 的患儿为二尖瓣狭窄或发育不良，40% 为闭锁；13% 属于主动脉狭窄，87% 为主动脉闭锁。二尖瓣狭窄或发育不良的患儿多数合并明显的心内膜纤维化和心肌排列紊乱；左心室都不构成心尖,其发育程度取决于共同房室瓣的移位程度。升主动脉通常非常细小,在功能上是动脉导管-胸主动脉延续的分支,血流通过主动脉弓逆行灌注升主动脉。尽管大约 10% 的患者合并大动脉关系异常的右心室双出口,但大血管异位并发左心室和肺动脉发育不良或者右心室和主动脉发育不良的病例都不属于 HLCS。

二、病理生理学

HLHS 最明显的生理学特点是体循环血流完全是由右心室通过未闭的动脉导管供应支持的,因此在胎儿期心脏畸形并不影响胎儿的发育,而出生后胎儿循环的终止将对患儿是致命的变化。HLHS 是动脉导管依赖型先天性心脏病,动脉导管一旦闭合则将导致体循环血流迅速减少消失,从而出现外周循环衰竭。如果动脉导管很粗大或者应用前列腺素等维持动脉导管开放,体循环和肺循环的泵血功能将完全由右心室承担。与右心室型单心室类似,这时由右心室排出量分别进入肺循环和体循环的比例将取决于肺循环阻力和体循环阻力的平衡调节。

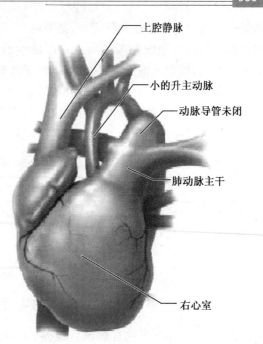

图 13-25　二尖瓣狭窄或闭锁、左心室发育不良、主动脉狭窄或闭锁、主动脉弓发育不良以及依赖动脉导管的体循环输出

由于新生儿期外周血管阻力变化不大,因此肺循环阻力的精细调节成为关键。若肺循环阻力过高,肺循环血量的不足将导致氧合血量减少($Qp/Qs<1$),表现为 SpO_2 过低,很快出现代谢性酸中毒逐渐加重。若肺循环阻力过低($Qp/Qs>1$),如出生后肺循环阻力生理性下降,肺循环血量增多虽然可以有较高的 SpO_2,但将导致体循环血流量迅速减少从而导致外周循环衰竭和顽固性代谢性酸中毒而迅速死亡。此外,若心房水平分流不足,也将会由于肺循环血流量不足而出现严重低氧血症引起代谢性酸中毒。

三、手术适应证及手术时机

HLHS 是一种致死性疾病,常在出生后 1 周之内出现严重的心力衰竭而死亡,95% 在出生后 1 个月内死亡,因此诊断既是手术指征。HLHS 患儿一般有 3 种治疗方案:①单纯支持治疗(患儿一般很快死亡);②分期实施重建手术,由 Norwood 术到双向 Glenn 或半 Fontan 术,最终实施改良 Fontan 手术达到生理性矫治;③心脏移植。近 20 年来,HLHS 的外科治疗效果获得非常大的改善,在一些大型儿童心脏中心中实施分期重建手术和新生儿期心脏移植的治疗效果甚至好于其他一些复杂先天性心脏病,因此在治疗方案选择上仍然存在不同意见。

HLHS 早在妊娠 16～20 周时通过胎儿超声心动图就可以作出准确的诊断,可以为患儿父母提供充足的时间理解和选择治疗方案(表 13-7)。虽然 HLHS 不会影响胎儿的发育,但一旦诊断并确定治疗方案后即应对患儿母亲制定随访计划,在患儿出生前将母亲向新生儿心脏中心转运以便于围生期治疗。HLHS 新生儿出生后就需要给予前列腺素 E_1 10～50ng/(kg·min)输入以维持动脉导管开放,绝对避免吸入纯氧。应尽量避免机械通气,保持轻度呼吸性酸中毒($PaCO_2$ 50～55mmHg),维持 SpO_2 70%～80%。除非出现确定的右心室收缩功能不良,肾上腺

图中标注:
- 上腔静脉
- 小的升主动脉
- 动脉导管未闭
- 肺动脉主干
- 右心室

素等血管活性药物往往并不需要;必要时可考虑在吸入气体中加入二氧化碳或氮气以降低吸氧浓度维持较高水平的肺循环阻力。即便给予相应的治疗措施,HLHS 新生儿术前病死率接近 15%～25%,因此术前维持患儿体-肺循环的平衡和内环境稳定是治疗成功的关键。但需注意的是手术时机选择应是患儿所有器官脏器功能都基本正常,而不仅仅是心肺功能基本正常(例如在复苏后出现进行性的肾衰竭和肝损害);早产儿(<34 周)和低出生体重儿(1 500～1 800g)、严重染色体异常或存在严重的心外畸形等情况是手术的禁忌证。

表 13-7　HLHS 的分期手术

	手术方法	实施时间
第一期	房间隔切开＋近端肺动脉与主动脉吻合,主动脉弓同种补片扩大＋体肺分流术	1～14d
第二期	双向 Glenn 术或 Hemi-Fontan 术	4～10 个月
第三期	改良 Fontan 术	18～24 个月

四、手 术 治 疗

1. **历史**　HLHS 的自然预后极差,一直到 1979—1981 年 Norwood 等首先报道了新生儿姑息性手术治疗方法。之后在此基础上不断完善更新,被命名为"Norwood 手术",主要的技术要点包括以下 3 点。①房间隔扩大:以防止肺静脉高压;②肺动脉近端与升主动脉吻合,同时行升主动脉和主动脉弓扩大:保证右心室到体循环的血流没有梗阻并具备生长潜能;③体肺分流:调节肺血流量避免肺血管梗阻性病变的发生并使右心室容量超负荷降到最小。1983 年之后,为 Norwood 术后的 HLHS 患儿分期实施改良 Fontan 手术以达到生理性矫治目的已逐渐获得共识。此外,1985 年 Bailey 首先报道了新生儿 HLHS 患儿实施心脏移植手术获得成功。随着对 HLHS 病理生理的认知和围术期处理的进步,分期矫治手术和新生儿心脏移植在一些大型先天性心脏病中心都获得了非常好的治疗效果。目前在国内仅有上海、北京、广州等数家单位的少量成功病例报道,尚未广泛开展。

2. **手术方法及技术要点**　Norwood 手术的麻醉处理和术前要求一样,要求保持体-肺循环阻力平衡,避免出现心力衰竭和代谢性酸中毒。手术在深低温停循环状态下实施,由于升主动脉通常只有 2～5mm,因此通常在主肺动脉近分叉处缝荷包插动脉插管,通过动脉导管进入降主动脉;经右心耳插入静脉引流管。在转机之前充分游离左右肺动脉并套线阻断,以避免灌注性肺损伤。若升主动脉直径允许,可在头臂干根部插管灌注冷停搏液;或者在停循环后临时阻断降主动脉经肺动脉主干插管灌注冷停搏液。待肛温降至 20℃ 以下即可停止体外循环,拔除插管以便外科操作。

(1) Ⅰ 期手术(Norwood 术):在体外循环降温过程中可充分游离升主动脉、主动脉弓及其分支、降主动脉上段和动脉导管。停循环后切断动脉导管,缝闭肺动脉端。紧贴右肺动脉开口离断主肺动脉,远心端以心包补片连续缝合修补以避免导致左右肺动脉扭曲。切除主动脉弓残余导管组织,向远心端延长切口至降主动脉上段 1～2cm,向近心端延长切口剖开主动脉弓部内侧及升主动脉左侧壁直至主肺动脉横断水平。连续缝合同种血管片加宽降主动脉上段、主动脉弓直至距升主动脉切口末端上方 5～10mm 处,再以连续缝合将主肺动脉近心端端-侧吻合于升主动脉切口末段。吻合时应采用外翻缝合避免将肺动脉壁卷入细小的升主动脉根部而影响冠状动脉的血供。完成主动脉重建后可通过右心耳插管处切除卵圆窝组织扩大房间隔交通,之后即可重新插管恢复体外循环。肺动脉血流的重建通常采用右侧改良 Blalock-Taussig 分流来实现,即应用 4mm Gore-tex 人工血管分别吻合于头臂干和左右肺动脉汇合处。MBTS 可以在复温过程中完成,而且便于止血和二次手术时的游离,但 Pizarro 等认为 MBTS 可能引起舒张期的阻力的肺血管床从冠状动脉中窃血,而且可能导致单一右心室容量负荷的明显增加。另一种重建方法是在右心室流出道做切口,以 5mm Gore-tex 人工血管完成右心室-肺动脉管道连接,即 Sano 分流(图 13-26)。这种方法虽然增加了手术操作复杂程度,但减少了冠状动脉窃血,而且不增加右心室容量负荷,有助于维持较高的动脉舒张压利于冠状动脉灌注,因此可以增加术后循环稳定性,有助于降低死亡率。

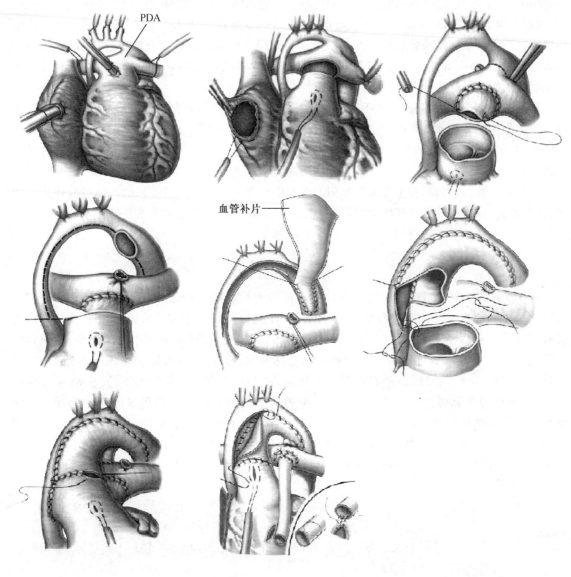

图 13-26　Norwood 手术

(2)Ⅱ期手术(双向 Glenn 术或 hemi Fontan 术):Ⅱ期手术一般在 Norwood 术后患儿达 5～6 月龄时实施。在手术前必须仔细评估肺循环状态,要求肺血管发育良好,肺血管阻力<2.5

Wood单位,心室舒张末压力基本正常(＜8mmHg)。对采取何种手术方式仍然存在不同的意见,半Fontan可以避免后期Fontan手术中对右肺动脉的游离,缩短体外循环时间,但双向Glenn手术可以降低手术死亡率并提高术后中长期的生存率,更低存活率更高。手术都经胸骨正中切口,可根据情况选择深低温停循环或低流量下完成手术。体外循环一开始即应阻断体-肺分流管道。游离并结扎离断奇静脉,在上腔静脉入右心房处离断上腔静脉,近心端缝闭,远心端与右肺动脉行端-侧吻合。若肺动脉存在扭曲变形或狭窄,则应同时以心包补片加宽肺动脉。半Fontan与双侧Glenn生理学上相同,区别在于并不离断上腔静脉,而是做上腔静脉-右心耳切口与右肺动脉行侧-侧吻合后在右房内吻合口下方以心包补片将上腔静脉隔入吻合口。这样在后期Fontan手术时只需拆除心包补片,再构建心房内隧道将下腔静脉导入吻合口即可。

(3)Ⅲ期手术(改良Fontan手术):Fontan手术多数是在患儿18～24月龄时施行。术前应详细检查心室收缩功能和肺循环状态。多数作者采用心房内隧道建立全腔肺连接,也有部分中心采用外管道Fontan技术,目前尚无定论。无论采用何种方式,侧隧道打孔都可以减轻高危患儿术后并发症并降低胸腔积液的发生率。

3. 术后处理特点　Norwood手术的目的是使肺循环血流仅来自于手术建立的体肺分流,因此与中央分流手术类似,术后Qp/Qs将主要取决于跨管道压力阶差和分流管道直径。调整$PaCO_2$水平、改变吸入氧浓度等手段都可以通过影响肺循环阻力而对血流动力学和氧合效果进行微调。由于术后右心室一直处于容量和压力超负荷状态,术后早期的容量治疗必须严格控制,同时应用多巴胺、米力农、肾上腺素等加强心脏收缩功能支持在术后是必须的。通过应用机械通气、正性肌力药物、血管扩张药物,比较理想的状态是维持动脉氧饱和度在70％～80％,动脉血乳酸水平保持稳定在正常范围或持续下降。

五、效　　果

在1980年之前HLHS被认为是无法治疗的致死性疾病。经过不断探索到目前已经有分期矫治手术和心脏移植两种治疗方案可供选择,而且分期矫治手术5年生存率约为70％,心脏移植术后7年存活率大约为60％。虽然HLHS的外科治疗效果获得很大的进步,但很多中心报道新生儿行Ⅰ期Norwood手术后死亡率仍然较高,不同单位报道手术结果相差很大,平均住院生存率53％～93％。手术年龄＞1月龄、主动脉闭锁、二尖瓣闭锁、升主动脉直径＜2mm、严重的肺静脉回流梗阻等是影响死亡率的高危因素。由于目前仍未能建立相近的动物模型来精确评估体循环、肺循环、冠状动脉循环的状态,因此Norwood术后氧供、氧耗和血流动力学之间的平衡调整仍然存在许多未知的影响因素。相对Ⅰ期手术而言,后期手术住院存活率得到明显的提高,Ⅱ期Glenn手术住院成活率平均92％～100％,Ⅲ期Fontan手术住院生存率达87％～100％。

(崔虎军)

第十二节　完全性肺静脉异位连接

完全性肺静脉异位连接(TAPVC)指全部肺静脉未能与左心房连接,而是直接或间接与右心房连接,此类患儿均有房间隔缺损或卵圆孔未闭。TAPVC占先天性心脏病的1.5％～3％,包括心上型、心内型、心下型和混合型。TAPVC是少数需行急诊手术的儿科心脏外科疾病之一。前来求诊的TAPVC病人,常有很多类型的解剖学病变,并引起各种完全不同的生理变化和临床症状。由于近年来对新生儿麻醉、体外循环、术后监护的进步及术前对疾病诊断、处理和手术时机的正确把握,手术效果良好。

一、病理解剖和病理生理

根据不同的病理解剖可分为 4 型:Ⅰ型是肺静脉异位连接到心上静脉系统,包括上腔静脉和残存的左上腔静脉,或者奇静脉。Ⅱ型是在心内水平连接到右心房或者冠状窦。Ⅲ型是在心下水平的异位连接,最常见的是与肝门静脉或者肝门静脉分支相连。Ⅳ型 TAPVC 包括以上各种不同水平肺静脉连接发生混合病变。多数为 3+1 型,3 支肺静脉汇合成一支共同静脉干,连接到右心房至下腔静脉处;其次 2+2 型,右肺静脉汇合后回流到右心房,左肺静脉汇合后经垂直静脉引流入无名静脉;还有其他少见肺静脉组合类型。因此,对于 TAPVC,术前经 CT 明确肺静脉畸形的情况异常重要,在手术中直视下判断肺静脉异位连接的类型有时会非常困难,尤其是混合病变。Ⅰ型 TAPVC 是最常见的类型,占病人总数的 40%~50%。Ⅱ型的发生率仅次于Ⅰ型,占病人总数的 20%~30%。Ⅲ型占病人总数的 10%~30%。Ⅳ型或混合型最少见,占病人总数的 5%~10%。

非梗阻性肺静脉异位连接的儿童,其症状和体征取决于房间隔缺损的大小和右向左分流量。所有 TAPVC 病人的体动脉血氧饱和度有不同程度的下降,其取决于肺血流和体血流的比值(Qp/Qs)。有两个因素决定 Qp/Qs:房间隔缺损的大小,体肺血管床的下游阻力。大多数病人的经房间隔血流不受限。这些病人的 Qp/Qs 取决于下游阻力。肺静脉回流没有阻力的病人,会引起进行性右心扩张和肺动脉高压。这种情况直接导致心力衰竭,如果不治疗的话,会发生不可逆的肺血管梗阻性病变。这种解剖情况(非限制性肺静脉回流和非限制性房间隔交通)可在新生儿期就被发现,其症状是渐进性呼吸急促、发绀和右心衰竭。

另一种情况,就是肺静脉回流有梗阻或卵圆孔未闭/房间隔缺损较小的病人,混合静脉血流入左心房较少,全身发绀较轻,但能引起右心血过多,右心房压高和肺血多和严重肺动脉高压并可能右心衰竭,多数病例在 6~12 个月死亡。TAPVC 在异常连接的地方的梗阻较常见,心上型的垂直静脉在心包反折处、心下型静脉导管或下行静脉经过膈肌处,下行静脉连接到门静脉需经过肝毛细血管床均可有梗阻存在。由于肺静脉回流梗阻,肺静脉压力增高,一方面此压力经毛细血管传导到肺动脉,引起肺动脉高压,另一方面肺静脉压力过高引起肺毛细血管压力超过血浆胶体渗透压并引起肺水肿而加重缺氧,由于缺氧使肺动脉血管进一步收缩致使肺动脉高压加重,右心室高压和右心室肥厚逐步加重,最终引起右心衰竭。能度过心力衰竭期的病人肺血管阻力进行性增高并不可逆转,形成不可逆的肺血管病变的病人,从而失去手术价值。

二、手术适应证

TAPVC 手术时机的确定视是否存在肺静脉梗阻而定。伴有肺静脉梗阻的 TAPVC 的病例出生后早期肺动脉压力就增高,并引起大量的右向左分流。肺血流减少,且肺动脉流出道梗阻引起的肺水肿,往往缺氧严重并有酸中毒、电解质紊乱,需急诊手术。对不伴肺静脉梗阻的病人可在婴儿早期、心肺及其他脏器尚未因缺氧和长期容量超负荷造成严重病理变化的时候进行。重度肺动脉高压应行心导管检查,视肺血管阻力和肺血流量情况参考左向右分流先心病伴肺动脉高压病人的手术适应证选择手术病人。

三、手 术 治 疗

1. 历史 1798 年 Wilson 首先对完全型肺静脉异位连接进行了明确的描述。1951 年，Mulle 运用将共同静脉干与左心耳进行吻合的办法首先治疗此病。1956 年 Burroughs 和 Kirklin 第 1 次在体外循环下完成了 TAPVC 矫治，同年 Burroughs 和 Kirklin 在体外循环下完成 TAPVC 纠治术。Barratt-Boyes 等大力推进深低温停循环下进行矫治术，极大地改善婴儿早期，特别是新生儿期严重肺静脉梗阻型的 TAPVC 的手术效果。

由于 TAPVC 的病程及预后恶劣，第 1 年内的病死率约为 80%，一旦诊断明确，且血流动力学条件许可的话，要尽快实施手术。血流动力学稳定，且代谢紊乱程度低的病人要尽快手术。但肺静脉梗阻，血流动力学状态危重的病人，要实施急诊手术。这些病人均需上呼吸机辅助通气，尽量纠正酸碱平衡失调及水、电解质平衡失调。在有条件的情况下可早期使用 ECMO 来纠正各器官的功能障碍和纠正酸中毒和水、电解质平衡紊乱，为手术创造较好的条件。

2. 手术方案 不同的外科医生使用的手术技术不尽相同。有些喜欢使用深低温停循环技术(DHCA)，而有些尽量避免使用 DHCA。所有的病人，均先建立主动脉-右心房心肺转流，然后结扎动脉导管。所有技术步骤的目的都是将肺静脉连接到左心房，消除所有异常连接，并纠正任何合并的其他畸形，包括房间隔缺损。值得一提的是：术前明确解剖特征是非常重要的，因为有时在手术中很难鉴别所有类型的 TAPVC，特别是混合型的 TAPVC。

(1)心上型 TAPVC：心上型 TAPVC 的最常见类型是 4 根肺静脉汇入位于左心房后的静脉共汇，或者肺总静脉。肺静脉共汇通常通过垂直静脉回流到无名静脉。结扎垂直静脉时一定要小心，避免损伤紧贴垂直静脉的左侧膈神经。手术过程中显露左心房和肺静脉共汇非常重要，而且必须记住共同静脉干与左心房的切口要尽量大，吻合针距不要太大，否则吻合口可能会小，或者手术 3 个月后吻合口变小造成肺静脉梗阻。目前常用的纠治心上型完全性肺静脉异位连接的手术途径有以下几种。

①经心脏上途径：这是近年来在国内应用较广泛地一种手术途径。常规正中开胸，升主动脉和上下腔静脉插管建立体外循环，前并行循环期间在上腔静脉与升主动脉间充分游离共同静脉干并游离垂直静脉，主动脉阻断后向两侧牵开升主动脉和上腔静脉，尽量切开共同静脉干和左心房顶，然后进行吻合。此途径显露较困难，较适合新生儿和小婴儿。如果显露确实困难，建议横断主动脉，较大儿童也有横断上腔静脉。共同静脉干和左心房吻合完毕后切开右心房一个小口，缝合房间隔缺损。切开左侧心包在膈神经外侧结扎垂直静脉。Suarez MR 等介绍一种"无缝"(sutureless)吻合方法，将左心房切口吻合于共同静脉干切口周围的心包上，可以减轻肺静脉损伤和和防止肺静脉扭曲。减少吻合口狭窄。

②经右心房横切口途径：经典的手术途径，适合于各种年龄，手术显露好，吻合确切，但手术横断右心房、房间隔和左心房的右半部分，术后后易于造成房性或结性心律失常。同样开胸和建立体外循环。前并行循环期间把心脏向左牵引，尽量游离共同静脉干。主动脉阻断和心脏停搏后，在共同静脉干的前方右心房横切口，切断终嵴，切开房间隔并沿共同静脉干切开左心房后壁，左心房后壁切口向左达左心耳，向右达右肺静脉分支开口前。切开共同静脉干前壁，用 6-0 或 7-0 聚丙烯线连续吻合共同静脉干与左心房的切口。缝合房间隔切口和右心房切口。对左心房较小的病例房间隔缝合时需用自体心包补片以防左心房太小(图 13-27)。

③经心脏内切口途径：右心房斜切口，经房间隔缺损切开左心房后壁和共同静脉干前壁。显露有困难，只适合较大儿童。

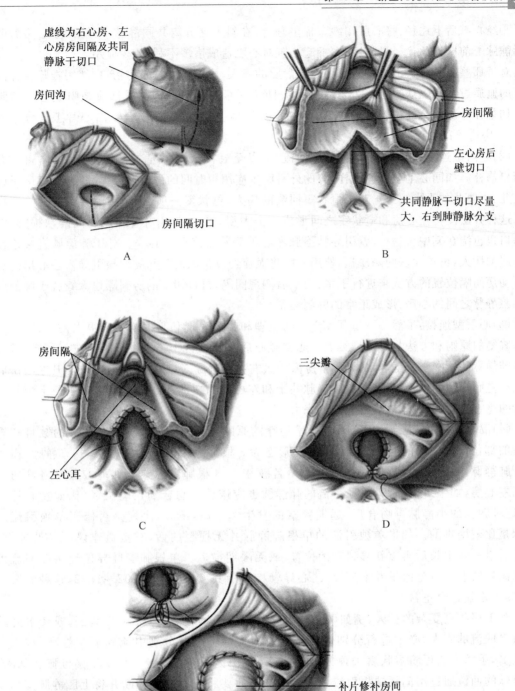

虚线为右心房、左心房房间隔及共同静脉干切口

房间沟

房间隔切口

A

房间隔

左心房后壁切口

共同静脉干切口尽量大，右到肺静脉分支

B

房间隔

左心耳

C

三尖瓣

D

补片修补房间隔缺损完毕

E

图 13-27　心上型 TAPVC 手术治疗

A. 右心房、左心房、房间隔及共同静脉干切口；B. 切开后的图像；C. 左心房后壁与共同静脉干前壁切口吻合；D. 左心房后壁与共同静脉干吻合完毕，吻合口前可见房间隔缺损；E. 房间隔缺损修补完毕

④经心脏后下途径：将心脏用纱布棉垫翻起，在斜窦处分离共同静脉干，切开左心房后壁和共同静脉干前壁。此途径显露困难，翻起心脏对心脏造成诸多不利，较少应用。

对于那些肺静脉共汇直接引流到上腔静脉的病人，可以通过右心房切口，使用板障将肺静脉回流的血通过房间隔缺损引入左心房。但要防止因板障引起的肺静脉回流梗阻或上腔静脉梗阻。如果肺静脉引流的位置很高，必须切断上腔静脉，并将其头端吻合到右心耳上。将上腔静脉-右心房连接部位包绕进板障缝线范围内。

（2）心内型连接：心内水平的肺静脉回流，可以至冠状窦，或者直接至右心房，通常可经右心房切口修补。如同心上型引流一样，有的外科医生应用短时间的深低温停循环技术，有助于改善新生儿、小婴儿的手术视野。对于冠状窦回流的病人，冠状窦去顶，将冠状窦口与房间隔缺损相连。这种方法使在左心房和冠状窦之间形成一个大型开口。使用补片关闭房间隔缺损，并将冠状窦口也包绕在其中。这样，就引导肺静脉和心脏静脉血流至左心房。对于肺静脉直接连接到右心房的病人，可扩大房间隔缺损，使用板障将血流经过扩大的房间隔缺损引导入左心房。也可用移动房间隔位置的方法来进行手术：切下后侧房间隔，再将切下的房间隔边缘缝合于肺静脉开口和腔静脉之间的心房，形成正常的解剖构型。

（3）心下型连接：虽然心下型 TAPVC 的生理和临床表现和其他亚型有很大差异，但是外科手术修复的原则和方法与心上型类似。通常经心后途经进行吻合。将心脏向右上翻起，显露并分离肺静脉共干和垂直静脉，切开肺静脉共干大左右肺静脉开口处，在相应部位切开左心房后壁向左打左心耳，吻合时尽可能避免肺静脉共干和左心房的扭曲和（或）翻转。于膈肌上结扎切断下行的垂直静脉，有利于减少吻合口的张力。

（4）混合型连接：混合型 TAPVC 手术治疗的原则取决于异位回流的肺静脉的数目和异位引流的部位。最常见的混合型 TAPVC 的形态为 3 根肺静脉形成共汇，第 4 根肺静脉（通常为左上肺静脉）独立回流到体静脉（通常为无名静脉）。3 根肺静脉共汇处理方法是将其切开吻合到左心房，如果可能的话，单独引流的肺静脉也应该重新吻合到正确位置（比如左心耳），但是，这种独立的小静脉再吻合后，远期狭窄的发生率很高，所以，决定是否修正单独引流的肺静脉是比较困难的。如果单独引流的单根肺静脉并无梗阻的话，有报道建议不与处理，可待其日后进一步生长后再重新移到正确位置，或无限期推迟。单根肺静脉异位连接并回流入体静脉循环时左向右分流量并不是很大，心导管检查示其 Qp/Qs 在 $1.02 \sim 1.82$，这种病人无症状，其体格发育也正常。

对于那些更复杂的病人，例如两对肺静脉回流入不同位置，且无中央共汇，或者多处肺静脉独立回流的病人，必须进行分别修复。有些病人的肺静脉分别引流到上腔静脉，右心房和冠状窦，手术方法可将冠状窦去顶并入左心房，并用大板障将与上、下腔静脉与肺静脉隔开，肺静脉的回流通过房间隔缺损引流到左心房。有时要将上腔静脉切断并将上腔静脉重新吻合到右心耳。

四、结　果

大量的文献报道的结果表明，TAPVC 病人的死亡率降低从 20 世纪 70 年代和 20 世纪 80 年代的 10%～30%，大幅降低到目前的 10%以下。术前严重的肺静脉梗阻和术后残余的肺静脉梗阻，以及合并的其他心脏畸形，特别是功能性单心室仍可能导致不良的预后，而功能性单心室的 TAPVC 病人最后均需采用 Fontan 或 Glenn 手术治疗。Hyde JA 等（1999 年）报道 10 年中（1988—1997）85 例 TAPVC 连续手术的结果和 3 例从其他医院转来的术后肺静脉梗阻的治疗结果,心上型 43 例,心下型 20 例,心内型 17 例,混合型 8 例。手术前 35%病例需呼吸机辅助通气。早期死亡 7%(6/85),无晚期死亡。平均随访 64 个月,82%(70/85)病例情况良好,需再次介入治疗肺静脉梗阻发生率为 11%(9/85),平均肺静脉梗阻发生时间为 41d。Hancock Friesen CL(2005 年)报道 123 例 TAPVC 治疗平均年龄和体重为 10d 和 3.6kg,68 例术前肺静脉梗阻,65 行急诊 TAPVC 纠治术。39 单心室解剖,84 为双心室解剖,30 例死亡。Kaplan-Meier 生存曲线显示单心室 1 个月生存率 65%,双心室 1 个月生存率 90%;36 个月单心室为 47%而双心室 87%。Cox 多因素回归分析显示单心室是 TAPVC 手术死亡的独立风险因素;术前肺静脉梗阻是单心室死亡多因素危险因素。术后肺静脉梗阻发生率为 11%。对双心室 TAPVC 手术,手术时间在后生存率明显高于手术时间在前的。Devaney EJ 等报道 22 例继发肺静脉梗阻病例 11 例进行吻合修补或肺静脉修补 5 例死亡,存活 6 例 1 例再发肺静脉狭窄。剩下 11 例进行无缝袋型成型(marsupialization),1 例晚期肺静脉狭窄死亡,10 例存活者未发生狭窄。说明"无缝"技术对提高 TAPVC 治疗效果是有帮助的。另一个值得注意的术后并发症是心律失常。在用经右心房横切口途径手术治疗心上型 TAPVC 的病人中,结性心律较常见。但这些术后早期发生结性或者室上性的心动过速在术后 1 年内均能恢复正常的窦性心律。国内上海儿童医学中心(2004 年)纠治 TAPVC 141 例,心上型 78 例,心内型 46 例,混合型 15 例,心下型 2 例。手术死亡 11 例,病死率 7.8%。其中心上型 7 例,心内型 2 例,心下型 1 例,混合型 1 例。远期死亡 2 例。

(杨盛春)

第十三节　室间隔完整肺动脉闭锁

室间隔完整肺动脉闭锁(pulmonary atresia and intact ventricular septum,PA/IVS)在先天性心脏病中的发病率在 1%~1.5%。在新生儿期有非常高的死亡率,出生后 2 周内 50%患儿死亡,半年内 85%死亡,能活到 1 岁的患儿不到 10%。室间隔完整的肺动脉闭锁的病理解剖特点是肺动脉闭锁、不同程度的右心室和三尖瓣发育不良、可能冠状动脉畸形,同时有动脉导管未闭,是一种动脉导管依赖的先天性心脏病。新生儿期室间隔完整严重的肺动脉针孔样狭窄具有室间隔完整肺动脉闭锁一样的病理解剖特点和病理生理特点,自然病程和治疗原则一样。由于冠状动脉的解剖畸形和冠状循环的异常、右心室和三尖瓣发育不良,早期手术有相当高的死亡率。随着近来对其病理解剖和病理生理的认识的不断提高,术前造影检查应用,手术效果明显提高。但每一个病例处理必须根据其右心室、三尖瓣、冠状循环的特点,遵循较复杂的手术方式的选择和特定的治疗程序。

一、病理解剖和病理生理

室间隔完整肺动脉闭锁的基本解剖特点是肺动脉瓣被一个无孔的纤维膜取代导致右心室流出道血流中断,同时没有室间隔缺损,有卵圆孔未闭或房间隔缺损,肺循环的血流靠动脉导管未闭及侧支循环。肺动脉瓣叶通常为三个瓣叶,但交界完全融合。有的病例交界嵴在闭锁的瓣中央,这种闭锁往往伴有严重的漏斗部狭窄或闭锁;而另一种闭锁病例交界嵴在闭锁的瓣外周,瓣中央为光滑的纤维膜,这种闭锁漏斗部发育相对要好,肺动脉瓣下的右心室流出道是开放的。主肺动脉及其分支发育正常。在肺动脉闭锁病例中,右心室和三尖瓣的发育程度相差很大,这也是外科处理必须遵循较复杂的手术选择和治疗程序的基础。De Leval 等将发育不良和肥厚的右心室分为 3 部分:输入部、小梁部、漏斗部,根据这 3 部分的发育情况将肺动脉闭锁病例分为 3 型。

第一型 3 部分均存在;第二型心脏缺乏小梁部;第三型心脏仅有输入部。三尖瓣发育不良程度差异较大,有的病例三尖瓣要大于正常并伴有三尖瓣下移,呈"Eibstein"样病变,由于右心室没有流出通道,三尖瓣反流普遍存在。有些室间隔完整肺动脉闭锁患儿主要冠状动脉有狭窄或闭锁,这样的冠状动脉远端通过冠状动脉瘘接受高压的右心室的血液。冠状动脉瘘为高压的右心室血液通过右心室心肌窦状隙到冠状动脉形成。与心肌窦状隙相连的冠状动脉常发生内膜纤维化和增生,导致心室发生缺血或梗死。

由于肺动脉闭锁,肺血供应要靠动脉导管和侧支循环,右心未氧合血经卵圆孔未闭和(或)房间隔缺损到左心与氧合血混合,患儿出现严重全身性缺氧和发绀,甚至酸中毒和电解质平衡紊乱,动脉导管变小和关闭的病例病情危重。由于右心室压力超过左心室,有时达左心室压力的 2～3 倍,而且有的病例冠状动脉右心室瘘和主要冠状动脉近端狭窄或闭锁导致右心室缺血。高压和缺血缺氧,右心室有一定程度的纤维化,右心室肥厚和纤维化,右心室顺应性差,右心功能严重受损。

二、手术适应证

室间隔完整肺动脉闭锁病例的外科处理首先是对有症状的危急新生儿患儿的处理。室间隔完整肺动脉闭锁病例生后即可发生发绀、缺氧和酸中毒,动脉导管闭合的病例病情危重。早期处理的主要目的是维持肺血供应,通过前列腺素 E_1 静脉输入维持动脉导管开放,在纠正酸中毒、电解质平衡紊乱的情况下尽快行心脏B超检查,对怀疑有冠状动脉梗阻和右心室依赖的冠状动脉血供的病例还要进行心脏导管和心血管造影检查。通过术前检查,特别是心脏B超和心血管造影检查判断患儿的病理解剖情况。主要包括:肺动脉闭缩的范围和部位、右心室的大小和类型、三尖瓣的发育及功能、肺动脉发育情况、房间隔缺损及左右心房沟通情况、动脉导管未闭大小及通畅情况、左心室大小及功能。根据以上病理解剖情况,再根据三尖瓣的发育的 Z 值决定手术治疗方案。

1. 有少数室间隔完整肺动脉闭锁病例右心室、三尖瓣发育良好,三尖瓣 Z 值≥-2,右心室和三尖瓣功能足以提供足够肺动脉血流维持双心室循环,可做肺动脉瓣切开或肺动脉跨瓣环补片扩大右心室流出道等右心室减压手术。一般来讲,保留卵圆孔开放对患儿术后度过围术期难关有帮助。

2. 有部分室间隔完整肺动脉闭锁病例右心室和三尖瓣功能有足够的生长潜力,将来能够维持双心室循环;但在新生儿期右心室顺应性仍不佳,可考虑做肺动脉瓣切开或肺动脉跨瓣环补片扩大右心室流出道等右心室减压手术,同时加做主动脉-肺动脉分流术。这部分病人右心室漏斗部常有狭窄,三尖瓣发育中等,Z 值为-4～-2。

3. 当病人右心室发育严重不良,没有漏斗部,Z 值<-4 而冠状动脉有梗阻及右心室依赖的冠状动脉循环时,只能做主动脉-肺动脉分流术,将来做生理性矫治。

4. 生理性矫治手术,包括双向 Gleen 手术和改良 Fontan 手术。对右心室、三尖瓣发育不良的病人,姑息手术后三尖瓣、右心室仍发育差的病人,右心室依赖的冠状动脉血供的病人,但肺动脉压、肺血管阻力低,肺动脉发育可的病人可行双向 Gleen 手术或改良 Fontan 手术。是行双向 Gleen 手术还是改良 Fontan 手术要参考年龄、肺血管阻力、肺动脉发育情况等。有关知识可参考三尖瓣闭锁和有关章节。一般 3 个月至 1 岁以双向 Gleen 为宜,1 岁以上可行改良 Fontan。

Z 值测算可依据右心室造影或二维超声心动图测得的三尖瓣直径和 Bull 校正的 Rowlatt 测得的三尖瓣口直径正常均值和 99% 可信度下限(表 13-8)进行比较得出。Hanley 用三尖瓣直径的校正值(标准差单位)来选择手术适应证,其计算方法如下。

$$Z 值 = (测得三尖瓣口直径 - 正常直径平均值)/同体重正常平均直径的标准差值$$

表 13-8　三尖瓣口直径测量值

体重(kg)	心血管造影测三尖瓣直径(mm)		体重(kg)	心血管造影测三尖瓣直径(mm)	
	正常均值*	99%可信限		正常均值*	99%可信限
2	13	5	10	27	19
3	16	8	11	28	20
4	19	11	12	29	21
5	20	12	13	30	22
6	22	14	14	31	23
7	23	15	15	32	24
8	25	17	16	34	26
9	26	18	17	36	28

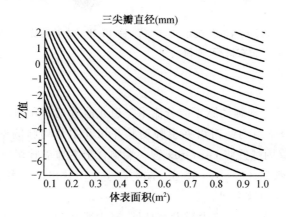

三、手 术 治 疗

1. 历史　解剖学家 John Hunter1783 年第 1 次描述了室间隔完整肺动脉闭锁。1839 年 Peacock 进一步描述室间隔完整肺动脉闭锁的病理形态及有关问题。1955 年 Greenwold 认为这种疾病的严重程度有区别,对右心室发育良好室间隔完整的肺动脉闭锁可进行肺动脉瓣切开,而右心室发育不良和(或)严重肺动脉狭窄不适合肺动脉瓣切开。1961 年 Davignon 认为如果右心室发育不良,肺动脉切开后还要加做体-肺动脉分流。

2. 手术方案

(1)体-肺分流术:体-肺分流术的方法有多种,这里介绍现在比较常用的改良 Blalock-Taussig 手术和中央分流术。

改良 Blalock-Taussig 手术在降主动脉下行胸部的对侧胸部开胸。主动脉弓左降即左侧卧位,右第 4 肋进胸。分离胸腺并切除之,分离右锁骨下动脉和右肺动脉,备 Gore-tex 管 1 根,剪断时保留长度稍大于锁骨下动脉到右肺动脉距离以备手术时修剪(Gore-tex 管直径标准:新生儿 3.5～4.0mm,婴儿 5.0mm,幼儿 6.0mm)。将 Gore-tex 管一头剪成斜口状,用 Potts 钳阻断右锁骨下动脉,纵剪开,5/0～7/0 聚丙烯线将 Gore-tex 管的斜端吻合在右锁骨下动脉上。用阻断钳阻断右肺动脉近心端,肺动脉分支用丝线阻断,沿肺动脉纵轴切开主肺动脉,将 Gore-tex 管另一端吻合于主肺动脉切口。如果主动脉号右降,则右侧卧位,左第4肋间间隙进胸,手术方法相同。也可正中开胸手术,Gore-tex管上端吻合于右锁骨下动脉或无名动脉后,在上腔静脉与升主动脉之间将右肺动脉分离,再将 Gore-tex 管另一端吻合于右肺动脉切口,最后一针拉紧前松开阻断钳排气再打结。对右心室漏斗部有狭窄,三尖瓣发育中等,Z 值为－4～－2 的病人在完成体外循环右心室减压术后可在后并行体外循环下完成这一手术(图 13-28,图 13-29)。

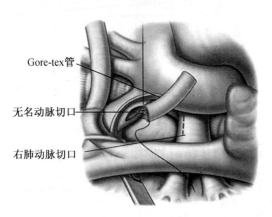

图 13-28　胸骨正中纵切口下中央分流手术无名动脉与 Gore-tex 管吻合正在进行;右肺动脉虚线表示吻合切口合

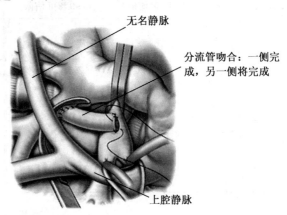

图 13-29　右肺动脉与 Gore-text 管吻合正在进行

中央分流术为升主动脉到肺动脉干的分流术。患儿前胸正中开胸,切开心包并悬吊,充分显露升主动脉和主肺动脉,先用侧壁钳钳夹主肺动脉并切开主肺动脉侧壁,用两端剪成斜口状的 Gore-tex 管,5/0～7/0 聚丙烯线将 Gore-tex 管一端吻合于主肺动脉切口上。再用侧壁钳钳夹主动脉侧壁并切开主动脉侧壁,Gore-tex 管另一端吻合于主动脉切口。手术结束后,Gore-tex 管略呈弧形横在主动脉与主肺动脉之间。

(2)右心室减压手术:右心室、三尖瓣发育良好,三尖瓣 Z 值≥－2 可做肺动脉瓣切开或肺动脉跨瓣环补片扩大右心室流出道等右心室减压手术。前胸正中开胸,切开心包并悬吊,切除胸腺探查,左右心室及肺动脉发育良好,肝素化建立体外循环。肺动脉瓣环发育好而右心室流出道通畅病例仅仅需要切开肺动脉瓣者体外循环下无需降温,阻断上下腔静脉,右心房切一小口置入右心吸引。主肺动脉瓣环上纵切开肺动脉,小圆刀切开肺动脉瓣交界到瓣环根部。缝合肺动脉切口复温结束手术。卵圆孔未闭保留 4mm 左右有利于术后康复。有的病例肺动脉瓣环较小和(或)右心室流出道有肥厚壁束和隔束的一定要降温阻断升主动脉,心脏停搏下右心室上 1/3 纵切右心室流出道并跨肺动脉瓣环切口延续到主肺动脉,仔细探查右心室流出道,切除肥厚的壁束和隔束。重要的是一定要解除右心室流出道的肥厚肌肉形成的环形狭窄,之后右心室流出道可用自体心包补片加宽。保留卵圆孔未闭 4mm 左右。

四、结　果

手术效果与右心室发育、三尖瓣大小、是否有右心室依赖冠状动脉血供有关,手术方式也与上述因素有直接关系。Daubeney PE 总结 183 例室间隔完整肺动脉闭锁病例,15 例未手术,全部死亡,其余的 67 例进行了右心室减压术(外科手术或介入治疗),18 例进行右心室减压＋主动脉-肺动脉分流,81 例做了主动脉-肺动脉分流,1 年和 5 年生存率分别为 70.8% 和 63.8%,低体重、单一心室(缺漏斗部和窦部,只有流入部)和右心室扩大是死亡的独立风险因素,而右心室依赖冠状动脉血供三尖瓣 Z 值不是死亡的独立风险因素。Cleuziou J 总结 86 例室间隔完整肺动脉闭锁病例,首次手术 55 例(86%)进行右心室减压术,其中 16 例要求另外加做体-肺分流术,26 例(30%)只做了体-肺分流术,5 例病例由小儿心血管医生做了介入肺动脉扩张术。56 例(65%)最终做了双心室矫治,这些病例的 Z 值－3.6±2.6,右心室、三尖瓣均发育较好,没有右心室依赖冠状动脉血供;16 例病人最终做了单心室矫治,这些病例的 Z 值－5.2±1.7,右心室、三尖瓣发育也差,有的有右心室依赖冠状动脉血供。双心室矫治的病例 25 年生存率为 80%±13%。然而有右心室依赖冠状动脉血供的病例即使正确的做了主-肺动脉分流术,效果也不佳。Guleserian KJ 随访了 32 例有右心室依赖冠状动脉血供的室间隔完整肺动脉闭锁,Z 值为－3.62(－2.42 vs－5.15),全部都有中-重度的右心室发育不良。随访平均 5 年,死亡 6 例(18.8%),死亡均在主-肺分流术后 3 个月内,均与心脏缺血有关,有主动脉-冠状动脉血流中断的 3 例全部死亡。因此,有右心室依赖冠状动脉血供的室间隔完整肺动脉闭锁如果主动脉-冠状动脉血流中断则应该尽早心脏移植,没有主动脉-冠状动脉血流中断的室间隔完整肺动脉闭锁合并右心室依赖冠状动脉血供的病例应该先做主动脉-肺动脉分流,最终做单心室矫治或 1 个半心室矫治。

(杨盛春)

第十四节　房室通道缺损

房室通道缺损(atrioventricular canal defects)也称为心内膜垫缺损(endocardial cushion defects)或房室隔缺损(AV septal defects),在先天性心脏病中占 4%～5%。由从流入道到心室心内膜垫融合的过程中发育障碍所致,所包括畸形为房室瓣下大的室间隔缺损、近房室瓣平面上房间隔缺损、单一或共同房室瓣孔,根据房室瓣和房室隔的病理解剖分为部分型(partial)、过度型(intermediate)、完全型(complete)。本章节仅表完全型房室通道缺损。完全型房室通道缺损根本的病理解剖是房室瓣水平上下的间隔组织缺损,同时伴有不同程度的房室瓣畸形,还可能合并心外畸形。依解剖病变的轻重,症状表现不一。有大房间隔缺损和室间隔缺损导致大量左向右分流可导致心功能衰竭和肺动脉高压,15%～20%房室瓣反流明显加重心力衰竭,80%未治疗病例在 2 岁内死亡,3 岁以上患儿多数合并肺动脉高压。早期手术有较高的死亡率和并发症发生率,如完全性房室传导阻滞、残余房室瓣反流、主动脉瓣下狭窄。随着对其解剖的精确理解和手术技术的提高,近期手术结果已大为改善。

一、病理解剖和病例生理

完全型房室通道缺损包括原发孔房间隔缺损和房室瓣下方室间隔流入道缺损,共同房室瓣连接左右两侧心脏,在室间隔嵴上有一"裸区",形成上(前)下(后)桥叶。Rastelli 根据共同房室瓣瓣叶形态及其腱索附着点特点分为三型。A 型指前桥叶的腱索广泛附着在室间隔嵴上,能被有效地分为"两瓣",即左上桥叶完全在左心室,右上桥叶完全在右心室,占全部病例的 75%左右。B 型少见,指左前桥叶发出乳头肌附着在右侧室间隔上。C 型指前桥叶悬浮在室间隔上,没有腱索附着,占 25%左右。完全型房室通道缺损易合并其他畸形,如法洛四联症、右心室双出口、大动脉错位,其中法洛四联症最常见,约占 6%,右心室流出道的梗阻程度决定发绀的严重性,有右心室流出道的梗阻的病例充血性心力衰竭较少见。合并右心室双出口和大动脉错位的比例较低。其他合并畸形包括动脉导管未闭,永存左上腔静脉、弥漫性主动脉瓣下狭窄或残留房室瓣组织所致的左心室流处道梗阻。房室隔缺失常导致房室传导组织异位,房室结较正常位置更靠后下,更近冠状静脉窦。His束常沿室间隔缺损的下缘走行,束支分叉更靠下。

心房和心室水平的左向右分流依缺损大小程度有所不同,但几乎所有的房室通道缺损病人有大量肺血流。房室瓣通过裂缺的反流量随时间增加,左向右分流会加大,有的病人可直接反流到右心房,出现明显的进行性心脏增大和充血性心力衰竭。完全型房室通道缺损病人因室间隔缺损大压力传导和大量左向右分流,右心室和肺动脉压和体心室压相等,出生时胎儿期肺动脉高压不会减轻,反而进行性加重,除非行肺动脉环缩术或完全纠治才会减轻。有报道合并Down综合征的病人肺动脉高压的进度更快。房室瓣反流会增加心室容量负荷,加剧肺高压和充血性心力衰竭,因此早期手术至关重要。

二、手术适应证

完全性房室通道缺损生后大量左向右分流和房室瓣反流会迅速导致患儿心力衰竭和进行性的肺动脉高压和肺血管病变,没有明显症状患儿推荐在1岁内手术。由于多数患儿在出生后2～4个月已有严重的充血性心力衰竭,出生后3～6个月手术是合适的。如果推迟到1岁以后再手术就有肺动脉高压不可逆的危险。对于有早期严重充血性心力衰竭的婴儿患者,先期行肺动脉环缩术曾被广泛应用,但随访研究显示因会加剧房室瓣反流和不能减轻心力衰竭。随着新生儿、婴幼儿体外循环,麻醉和术后监护技术的提高和进步,早期手术治疗结果满意,肺动脉环缩术已基本没人采用。

三、手术治疗

1. **历史** 1936年Abbott已注意到原发孔房缺和共同房室管畸形。1954年Lillehei利用交叉循环法将缺损的心房边缘直接缝合于室间隔嵴上,成功完成首例完全型房室通道缺损的手术纠治。1958年,Lev描述了His束的解剖位置,明显减少了术后传导阻滞的发生率。1962年,Maloney和Gerbode分别独自报道了单片法纠治完全型房室通道缺损。1966年,Rastelli提出了完全型房室通道缺损的分类方法,这就是我们现在广泛应用的A型、B型和C型。20世纪70年代波士顿儿童医院强调应在婴儿期进行根治手术。1975年,Trusler报道了两片法纠治完全型房室通道缺损,涤纶(Dacron)补片修补室间隔缺损,将共同瓣叶缝于Dacron补片上,关闭二尖瓣裂缺,再关闭房间隔缺损。1997年Wilcox等阐述在有选择性的病例手术中,将房室瓣瓣叶下压至室隔嵴顶部缝合VSD,而不是用补片修补VSD。1999年Nicholson和Num认为此技术可常规应用于完全型房室通道缺损的修补。

2. **手术方案** 治疗方法是基于病例解剖设计的,原则是关闭室间隔缺损和房间隔缺损,恢复二尖瓣正常功能,同时避免损害房室结和His束等重要传导组织。目前应用的完全性房室通道缺损的手术包括单片法、双片法、改良单片法。在全身麻醉体外循环中低温下和间断冷血心肌保护液灌停心脏下进行。前胸正中开胸,切开心包,升主动脉和上下腔静脉插管建立体外循环。阻断主动脉后升主动脉灌注Thomas液,现在流行灌注H.T.K液。有些中心仍应用深低温停循环的体外循环方法,尤其对小婴儿。手术过程中应用食管超声判断房室瓣情况及室间隔缺损修补情况对手术成功有较大的帮助。

(1)单片法:单片法的材料有心包、聚四氟乙烯(polytetrafluoroethylene PTEE)、Dacron补片,其中心包补片最常用,尤其小婴儿,但心室水平有瘤样形成的危险,以戊二醛固定可起到一定的预防效果。尽管 Dacron 补片的伸展性强于 PTEE,但术后如有二尖瓣或三尖瓣反流的话,血流冲击补片会有溶血发生。补片大小取决于室间隔缺损的大小和形状,房室瓣环前后径,房间隔缺损的大小。首先将房室瓣叶漂浮对合,识别前后桥叶的对合线,然后以横褥式牵引线将前后桥叶对合好,确定左右房室瓣即二尖瓣和三尖瓣的分割线。以间断横褥式缝线将补片固定于室间隔嵴。这时缝线必须小心绕过腱索。共同瓣的左侧部分同样以间断横褥式缝于补片上。同样的缝线穿出后将共同瓣的右侧部分间断缝在补片上。缝合二尖瓣裂缺。同一心包补片连续缝合房间隔缺损。在近冠状窦区域,缝线浅缝在左心房尽量靠近二尖瓣避免损伤传导束。有主张将冠状窦隔在左心房,但完全性房室传导阻滞的发生率无差别。

(2)双片法(图 13-30):双片法以 PTEE 或 Dacron 补片关闭室间隔缺损。瓣叶缝在补片顶部,关闭二尖瓣裂缺,心包补片连续缝合关闭房间隔缺损。体外循环开始后从右上肺静脉置左心引流,在修复左心房室瓣时,先将左心引流外拔到左心房,当房间隔缺损关闭后修复右心房室瓣时再将其重新置入左心室。同单片法仍采用心房壁中间长切口。估测上共同瓣即术后的二尖瓣与室间隔嵴的距离,确定室间隔缺损补片的大小。将房室瓣置于高于室间隔嵴的恰当位置,防止主动脉瓣下狭窄的发生。以 PTEE 补片带垫片缝线间断修补室间隔缺损。缝线缝在室间隔右侧避免损伤房室结和左束支。对于 Rastelli C 型,后共同瓣常需要分割以完全显露室间隔缺损。左上、下桥叶在中心对合后悬缝于 PTEE 补片上。二尖瓣位于 PTEE 补片和心包补片(心房补片)之间,将瓣叶撕裂的可能性减到最低。Polypropylene 缝线间断缝合二尖瓣裂缺,进针应在第一级腱索在二尖瓣的附着点。注射器注生理盐水入左心室检验二尖瓣的关闭程度。Polypropylene 缝线连续缝合自身心包补片关闭房间隔缺损。也有以 Polypropylene 线连续缝合房间隔缺损补片。在房室结区靠近左侧房室瓣浅缝,冠状窦隔在补片的右心房侧。缝合右心房室瓣上、下桥叶,关闭裂缺,近瓣环处将瓣膜边缘对合缝于房间隔缺损补片。注水估测关闭情况。所有完全型或部分型房室通道缺损病人,术中常规食道超声。术前主要评价病理解剖,尤其左右心室大小、共同瓣类型、有无腱索骑跨或其他异常腱索组织、瓣膜反流程度,术后主要检测有无残余漏、主动脉下狭窄、瓣膜反流或狭窄。如果发现有上述异常,需再手术。三尖瓣整形 将瓣膜组织缝合至 VSD 补片和心房心包补片汇合处。

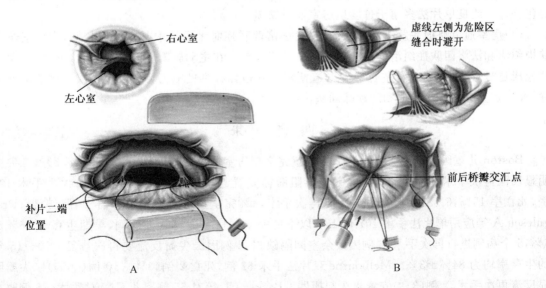

A

B

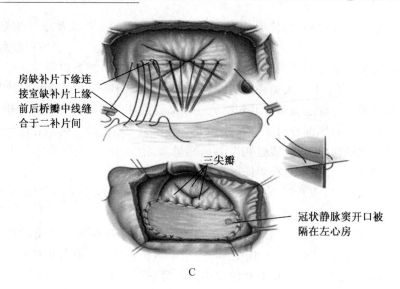

房缺补片下缘连接室缺补片上缘前后桥瓣中线缝合于二补片间

三尖瓣

冠状静脉窦开口被隔在左心房

C

图 13-30　双片修补法

A. 补片长度根据共同瓣环大小,宽度根据浮起的桥瓣到室间隔嵴的距离。B. 室缺后下角修补避开传导束;将房室瓣叶漂浮对合,识别前后桥叶的对合线并用线吊起。C. 将前后桥瓣在中间线缝合于室缺补片上缘,补片修补原发孔房缺,冠状静脉窦开口被隔在左心房

(3)改良单片法:改良单片法采用持续体外循环、中低温和间断冷血心肌保护液。5-0 Polypropylene 缝线间断缝在室间隔右心室侧关闭室间隔缺损。这些缝线在左右心房室瓣分隔面依次穿过前、后桥叶,然后再穿过心包补片。有学者提出在室间隔嵴上再固定一薄心包条,以将室间隔嵴缩小到合适的长度有利于前、后桥叶对合。将缝线打结后,就有效地关闭了室间隔缺损,造成了类似于部分型房室通道缺损。关闭二尖瓣裂缺,进针应在第一级腱索在二尖瓣的附着点。注水估测关闭情况。整形三尖瓣,关闭房间隔缺损,近房室结处处理同上述两种方法。如果存在继发孔房间隔缺损,用同一心包关闭或直接关闭,如果与原发孔房间隔缺损相距较远,可再用一心包补片。改良单片法多用于过度型房室通道缺损。

(4)房室通道缺损并发法洛四联症:并发法洛四联症时手术技术基本原理相同,为房室通道缺损纠治和法洛四联症纠治的结合。一般采用双片法。在主动脉瓣下区域,即 VSD 的前上缘补片应成逗号形,足够宽以防左心室流出道梗阻。其他如标准的右心室流出道切口,肥厚肌束切除,补片扩大右心室流出道和肺动脉同法洛四联症。

四、结　果

Boston 儿童医院单片法手术 301 例儿童完全型房室通道缺损病例,手术死亡率 3%,二尖瓣明显反流再次手术 9%。完全型房室传导阻滞需安置起搏器为 3%;Vanderbilt 大学手术 103例,死亡率 15%,6%二尖瓣有明显反流再次手术,4%完全型房室传导阻滞需安置起搏器;Dragulescu A 等应用单片法手术 107 例 1 岁以下的完全型房室通道缺损病例,早期生存率 86%±3%,5 个病例进行再次手术,2 例因残余室间隔缺损,3 例因二尖瓣反流要再次修复。10~15 年的生存率均为 84%±3%。Melbourne 双片法手术 62 例,死亡 2 例(3%),10 例(16%)二尖瓣明显反流再次手术,2 例(3%)安置永久起搏器。Backer CL 等对 55 例婴儿 CAVC 手术,26 例改良简单一片法,29 双片法,前者手术死亡 1 例,后者没有死亡。前者 1 例(4%)二尖瓣关闭不全再

手术,后者 3 例(10%)。双片法有 1 例房室传导阻滞安置永久起搏器,1 例残余室间隔缺损再次手术。Lin A 等研究 922 例完全型房室通道缺损手术后 0.9% 发生临时的完全型房室传导阻滞,有 0.3%～0.7% 发生持续完全型房室传导阻滞。Michielon G100 例 CAVC 手术,均采用双片法,37 例(37%)<4 月龄,63 例(63%)>4 月龄。前者 14 年预计生存率为 92.9%,后者 15.4 年预计生存率 75.9%。Nunn 用简化单片法手术 72 例病人,手术死亡率为 2.8%(2/72)。没有因明显残余缺损而需要再手术。66% 的病人左心房室瓣功能正常,轻度反流 29%,中度 5%。术后早期无左心室流出道梗阻。平均随访 3.3 年,无远期房室瓣整形和换瓣,无远期左心室流出道梗阻,无远期死亡。总的来说各家手术死亡率变化较大,但三种手术方法的结果大体相同。因二尖瓣反流、起搏器置入、左心室流出道梗阻、残余室间隔缺损而再手术率在三种手术方法上也没有明显区别。不过多数文章倾向于如果室间隔缺损较大仍选择双片法,如果室间隔缺损较小选择简化单片法。与单片法和双片法相比,简化单片法的早期结果较好,早期随访瓣膜功能良好,反流发生率很低。适用于较小婴儿及早期出现充血性心力衰竭的新生儿。先心外科医师必须理解、熟练掌握各种手术方法,针对每个病例的特点选择最好的手术方案。

(杨盛春)

参 考 文 献

[1] 胡亚美,江载芳.诸福棠实用儿科学[M].7 版.北京:人民卫生出版社,2002:1433-1472.

[2] 朱军,周光萱,代礼,等.1996～2000 年全国围产期先天性心脏病发病率的分析.四川大学学报(医学版),2004,35(6):875-877.

[3] 马桂琴,吴明昌,何建平,等.新生儿先天性心脏病 385 例彩色多普勒超声诊断及其临床意义.中华围产医学杂志,2001:92-94.

[4] Leung MP,Yung TC,Ng YK,et al. Congenital heart disease amongst neonates in Hong Kong. HK J Pediatr,1994,11:46-56.

[5] Laussen PC. Neonates with congenital heart disease. Curr Opin Pediatr,2001,13:220-223.

[6] 于明华,刘特长,黄荷清,等.新生儿先天性心脏病的超声心动图诊断—附 1294 例分析,2001:234-236.

[7] 黄美萍,梁长虹,曾辉,等.新生儿及婴儿先天性心脏病多层螺旋 CT 心血管成像.中国医学影像技术,2004:1060-1063.

[8] Gross RE,Hubbard JP. Surgical ligation of a patent ductus ariousus. Report of first successful case,JAMA,1939,112:729-731.

[9] Gross RE. Surgical correction for coarctation of the aorta. Surgery,1945,18:673-678.

[10] Gibbons JH. Application of a mehanical heat-lung apparatus to cardiac surgery. Minn Med,1954,March:171-175.

[11] Blalock A,Taussig HB. The surgical treatment of malformations of the heart in which there is pulmonary atresia JAMA,1945,128:189-202.

[12] Waterston DJ. Treatment of Fallot's tetraalogy in children under one year of age. Rozhl Chir,1962,41:181.

[13] Potts WJ,Smith S,Gibson S. Anastomosis of the aorta to a pulmonary artery. JAMA,1946,132:627-631.

[14] de Leval MR,Mckay R,Jones M,Stark J,MacCartney FJ. Modified Blalock-Taussig shunt. Use of subclavian artery orifice as flow regulator in prosthetic systemic-pulmonary artery shunts. J Thorac Cardiovasc Surg,1981,81:112-119.

[15] Muller WH,Dammann JF. The treatment of certain congenital malformations of the heart by creation of pulmonic stenosis to reduce pulmonary hypertension and excessive pulmonary blood flow:A preliminary re-

port. Surg Gynecol Obstet,1952,95:213.

[16] Castaneda AR,Norwood WI,Jonas RA,et al. Transposition of the great arteries and intact ventricular sep-tum:Anatomical repair in the neonate. Ann Thorac Surg,1984,5:438-443.

[17] Reid LM. Lung growth in health and disease. Br J Dis Chest,1984,78:113-134.

[18] Castaneda AR,Jonas RA,Mayer JE,et al. Cardiac Surgery of the Neonate and Infant. Philadelphia,WB Saunders,1994:8-18.

[19] Meyers RL,Alpan G Lin E,Clyman RI. Patent ductus arteiosus,indomethacin and intestinal distention:Ef-frcts on intestinal blood flow and oxygen consumption. Pediatr Res,1991,29:569-574.

[20] Elliott MJ. Coarctation of the aorta with arch hypoplasia:improvements on a new technique. Ann Thorac Surg, 1987,44:321-323.

[21] Darling RC,Rothney WB,Craig JM. Total pulmonary venous drainge into the right side of the heart. Lab Invest,1857,6:44.

[22] Delisle G,Ando M,Calder AL,et al. Total anomalous pulmonary venous connection:Report of 93 autopsied cases with emphasis on diagnostic and surgical considerations. Am Heart J,1976,91:99-122.

[23] Senning A. Surgical correction of transposition of the great vessels. Surgry,1959,45:966.

[24] Mustard WT. Successful two stage correction of transposition of the great vessels. Surgery,1964,55:469.

[25] Jatene AD,Fontes VF,Paulista PP,et al. Anatomic correction of transposition of the great vessels. J Tho-rac Cardiovasc Sury,1976,72:364-370.

[26] Castanede AR,Norwood WI,Jonas RA,Colan SD,Sanders SP,Lang P. Transposition of the great arteries and intact ventricular septum:anatomical repair in the neonate. Ann Thorac Surg,1984,38:438-443.

[27] Lecompte Y,Neveux JY,Leca F,et al. Reconstuction of the pulmonary outflow tract without prosthetic conduit. J Thorac Cardiovasc Sury,1982,84:727-733.

[28] 史珍英,李志浩,徐卓明,等. 小儿心脏手术围术期监护//徐志伟. 小儿心脏手术学. 北京:人民军医出版社. 2006:131-189.

[29] 杨思源. 心力衰竭//杨思源. 小儿心脏病学. 3 版. 北京:人民卫生出版社,2005:533-545.

[30] 蔡小满译. 刘锦纷校. 儿科心脏重症监护//Richard A Jonas 主编. 刘锦纷主译. 先天性心脏病外科综合治疗学. 北京:北京大学医学出版社,2009:66-116.

[31] 马维国译. 郑军,罗国华校. 术后病人的监护处理//Jaroslav F Stark,Marc R de Leval,Victor T Tsang 主编. 马维国,张怀军,朱晓东主译. 先天性心脏病外科学. 2 版. 北京:人民卫生出版社,2009:188-220.

[32] Gibbon JH. Application of mechanical heart and lung apparatus to cardiac surgery. Minn Med,1954, March:171-185.

[33] De Somer F,De Wachter D,et al. Evaluation of different paediatric venous cannulae using gravity drainage and VAVD:An in vitro study. Perfusion,2002,17:321-326.

[34] Osborn JJ,Cohn K,Hait M,et al. Hemolysis during perfusion:sources and means of reduction. J Thorac Cardiovasc Surg,1962,43:459.

[35] Gourlay T. The role of arterial line filters in perfusion safety. Perfusion,1988,3:195-204.

[36] Naik SK,Knight A,Elliott MJ. A successful modification of ultrafiltration for cardiopulmonary bypass in children. Perfusion,1991,6:41-50.

[37] Galletti PM,Mora CT. Cardiopulmonary Bypass. The Historical Foundation,the Future Promise,in Mora, C. T. ed. Cardiopulmonary Bypass. New York:Springer-Verlag,1995:3-18.

[38] Shumacker HB. The Evolution of Cardiac Surgery,Bloomington. IN,Indiana University Press,1992: 242-255.

[39] Melrose DG. A history of cardiopulmonary bypas,in Taylor,K. M. ed. Cardiopulmonary Bypass. London: Chapman and Hall,1989:1-12.

[40]　Messmer K. Hemodilution. Surg Clin N Am,1975,55:659-678.

[41]　Newman MF,Kirchner JL,Phillips-Bute,et al. Longitudinal assessment of neurocognitive function after coronary-artery bypass surgery. N Engl J Med,2001,344:395-402.

[42]　Ream AK. Cardiopulmonary bypass,in Ream, A. K. and Fogdall,R. P. ed. Acute Cardiovascular Management. Philadelphia:J. B. Lippincott Company,1982:420-427.

[43]　Creech O Jr. Regional Perfusion utilizing an extracorporeal circuit. Ann Surg,1958,148:616-632.

[44]　Parks LC. Treatment of far-advanced brochogenic Carcinoma by extracorporeally induced systemic hyperthermia. Thorac Cardiovasc Surg,1979,78:883-892.

[45]　Pasque MK,Improved technique for bilateral lung transplantatioon:rationle and initial clinical experience. Ann Thorac Surg,1990,49:785-91.

[46]　Kilman JW. Budd-Chiari syndrome due to congenital obstruction of the Eustachian valve of the inferior vena. J Thorac Cardiooovasc Surg,1971,62:266.

[47]　Zwischenberger JB,Nguyen TT,Robert J,et al. Complication of neonatal ECMO. J Thorac Cardiovasc Surg,1994,107:838.

[48]　Gorss RE,Hubbard JP:Surgical ligation of a PDA:report of first successful case. JAMA,1939,112:729.

[49]　Oberhansli Weiss,Heymann MA,Rudolph AM,et al. The pattern and mechanisms of response to oxygen by the ductus arteriosus and umbilical artery. Pediatr Res,1972,6:693.

[50]　Lloyd TR,Beekman RH Ⅲ. Clinically silent PDA. Am Heart J,1994,127:1644.

[51]　Heymannma Rudolpham SilvermanNH. Closure of the dcuctus arteriosus in premature infants by inhibition of prostaglandin synthesis. N Engl J Med,1976,295:530.

[52]　Laborde F,Noirhomme P,Karam J,et al. A new video-assisted thoracoscopic surgical technique for interruption of PDA in infants and children. J Thorac Cardiovasc Surg,1993,105:278.

[53]　Pontius RG,Danielson GK,Noonan JA,et al. Illusions leading to surgical closure of the distal left pulmonary artery instead of the ductus arteriosus. J Thorac Cardiovasc Surg,1981,82:107.

[54]　Fleming WH,Sarafian LB,Kugler JD,et al. Ligation of PDA in premature infants:importance of accurate antomic definition. Pediatrics,1983,71:373.

[55]　Mavroudis C,Backer CL,Gevitz M. Forty-six years of PDA division at Children's Memorial Hospital of Chicago. Standards for Comparison. Ann Surg,1994,220:402.

[56]　Laborde F,Folliguet TA,Etienne PY,et al. Video-thoracoscopic surgical interrution of patent ductus arteriosus:Routin experience in 332 pediatric cases. Eur J Cardiothorac Surg,1997,11:1052.

[57]　Magee AG,Huggon IC,Seed PT,et al. Transcatheter coil occlusion of the arterial Duct:results of the Eurpean Registry. Eur Heart J,2001,22:1817.

[58]　Elzenga NJ,Gittenberger-deGroot AC,Oppenheimer-Dekker A. Coarctation and other obstructive aortic arch anomalies:their relationship to the ductus arteriosus. Int J Cardiol,1986,13:289.

[59]　van Son JA,Lacquet LK,Smedts F. Patterns of ductal tissue in coarctation of the aorta in early infancy. J Thorac Cardiovasc Surg,1993,105:368.

[60]　Rudolph AM,Heymann MA,Spitznas U. Hemodynamic considerations in the development of narrowing of the aorta. Am J Cardiol,1972,30:514.

[61]　Quaegebeur JM,Jonas RA,Weinberg AD,et al. Outcomes in seriously ill neonates with coarctation of the aorta:a multiinstitutional study. J Thorac Cardiovasc Surg,1994,108:841.

[62]　Schuster SR,Gross RE:Surgery for coarctation of the aorta:a review of 500 cases. J Thorac Cardiovasc Surg,1962,43:54.

[63]　Ziemer G,Jonas RA,Mayer JE,et al:Surgery for coarctation of the aorta in the neonate. Circulation,suppl, 1986:125.

[64] Bacha EA,Almodovar M,Wessel DL,et al. Surgery for coarctation of the aorta in infants weighting less than 2 kg. Ann Thorac Surg,2001,71:1260.

[65] van Heurn LW,Wong CM,Spiegelhaltr DJ,et al. Surgical treatment of aortic coarctation in infants younger than three months:1985 to 1990:success of extended end-to-end arch aortoplasyt. J Thorac Cardiovasc Surg,1994,107:74.

[66] Serfontein SJ,Kron IL. Complications of coarctation repair. Semin Thorac Cardiovasc Surg Pediatr Card Surg Annu,2002,5:206.

[67] Parker FB,Streeten DH,Farrell B,et al. Preoperative and postoperative renin levels in coarctation of the aorta. Circulation,1982,66:513.

[68] Toro-Salazar OH,Steinberger J,Thomas W,et al. Long-term follow-up of patients after coarctation of the aorta repair. Am J Cardiol,2002,89:541.

[69] Celoria GC,Patton RB. Congenital absence of the aortic arch. Am Heart J,1959,48:407.

[70] Jonas RA,Quargebeur JM,Kirklin JW,et al. Outcomes in patients with interrupted aortic arch and ventricular septal defect. J Thorac Cardiovasc Surg,1994,107:1099.

[71] Rudolph AM. The changes in the circulation after birth:their importance in congenital heart disease. Circulation,1970,41:343.

[72] Moulaert AJ,Oppenheimer-Dekker AO. Anterolateral muscle bundles of the left ventricle,bulboventricular flange,and subaortic stenosis. Am J Cardiol,1976,37:78.

[73] Jonas RA,Sell JE,van Praagh R,et al. Left ventricular outflow obstruction associated with interrupted aortic arch and ventricular septal defect. Perspectives in Pediatric Cardiology,1989:61-65.

[74] Schreiber C,Eicken A,Vogt M,et al. Repair of interrupted aortic arch:results after more than 20 years. Ann Thorac Surg,2000,70:1896.

[75] Apfel HD,Levenbraun J,Quaegebeur JM,et al. Usefulness of preoperatie echocardiography in predicting left ventricular outflow obstruction after primary repair of interrupted aortic arch with ventricular septal defect. Am J Cardiol,1998,82:470.

[76] Salem MM,Starnes VA,Wells WJ,et al. Predictors of left ventricular outflow obstruction following single-stage repair of interrupted aortic arch and ventricular septal defect. Am J Cardiol,2000,86:1044.

[77] Blackstone EH,Kirklin JW,Bradley EL,et al. Optimal age and results in repair of large ventricular septal defects. J Thorac Cardiovasc Surg,1976,72:661-679.

[78] Bove EL,Minich LL,Pridjian AK,et al. The management of severe subaortic stenosis,ventricular septal defect,and aortic arch obstruction in the neonate. J Thorac Cardiovasc Surg 1993,105:289-295;discussion,295-296.

[79] Carotti A,Marino B,Bevilacqua M,et al. Primary repair of isolated ventricular septal defect in infancy guided by echocardiography. Am J Cardiol,1997,79:1498-1501.

[80] Roos-Hesselink JW,Meijboom FJ,Spitaels SE,et al. Outcome of patients after surgical closure of ventricular septal defect at young age:longitudinal follow-up of 22-34 years. Eur Heart J,2004,25:1057-1062.

[81] Kidd L,Driscoll DJ,Gersony WM,et al. Second natural history study of congenital heart defects. Results of treatment of patients with ventricular septal defects. Circulation,1993,87(2 Suppl):138-151.

[82] Scully BB,Morales DL,Zafar F,et al. Current expectations for surgical repair of isolated ventricular septal defects. Ann Thorac Surg,2010,89(2):544-549;discussion 550-551.

[83] Amin Z,Cao QL,Hijazi ZM. Closure of muscular ventricular septal defects:Transcatheter and hybrid techniques. Catheter Cardiovasc Interv,2008,72(1):102-111.

[84] Tribak M,Marmade L,El KM,et al. [Results of the surgical closure of ventricular septal defects of various ages:report of 30 cases]. Ann Cardiol Angeiol(Paris),2008,57(1):48-51.

[85] Murakami H,Yoshimura N,Takahashi H,et al. Closure of multiple ventricular septal defects by the felt sandwich technique:further analysis of 36 patients. J Thorac Cardiovasc Surg,2006,132(2):278-82.

[86] Kirklin JW. Barratt-Boyes BG. Cardiac Surgery. New York:John wiley & Sons,1986:1129-1218.

[87] Wernovsky G,Mayer JE,Jonas ra,et al. Factors influencing early and late outcome of the arterial switch operation for transposition of the great arteries. J Thorac Cardiovasc Surg,1995,109:289-302.

[88] Yamagishi M,Shuntoh K,Fujiwara K,et al. "Bay window" technique for the arterial switch operation of the transposition of the great arteries with complex coronary arteries. Ann Thorac Surg, 2003, 75: 1769-1774.

[89] Sim EK,van Son JAM,Edwards WD,et al. Coronary artery anatomy in complete transposition of the great arteries. Ann Thorac Surg,1994,57:890-894.

[90] Hovels-Gurich HH,Seghaye MC,Ma Q,et al. Long-term results of cardiac and general health status in children after neonatal arterial switch operation. Ann Thorac Surg. 2003,75(3):935-943.

[91] Jonas RA,Giglia TM,Sanders SP. et al. Rapid,two-stage arterial switch for transposition of the great arteries and intact ventricular septum beyond the neonatal period. Circulation,1989,80(3):(suppl)203-208.

[92] Jonas RA. Comprehensive surgical management of congenital heart disease. Great Britain:Arnold,2004: 256.

[93] Horer J,Schreiber C,Dworak E,et al. Long-term results after the Rastelli repair for transposition of the great arteries. Ann Thorac Surg,2007,83(6):2169-2175.

[94] Yehya A,Lyle T,Pernetz MA,et al. Pulmonary arterial hypertension in patients with prior atrial switch procedure for d-transposition of great arteries(dTGA). Int J Cardiol,2010,143(3):271-275.

[95] Edwin F,Mamorare H,Brink J,Kinsley R. Primary arterial switch operation for transposition of the great arteries with intact ventricular septum—is it safe after three weeks of age. Interact Cardiovasc Thorac Surg,2010,11(5):641-644.

[96] van BE,Binkhorst M,de Hoog M,et al. Exercise performance and activity level in children with transposition of the great arteries treated by the arterial switch operation. Am J Cardiol,2010,105(3):398-403.

[97] de Koning WB,van OM,Ten HAD,et al. Follow-up outcomes 10 years after arterial switch operation for transposition of the great arteries:comparison of cardiological health status and health-related quality of life to those of the a normal reference population. Eur J Pediatr,2008,167(9):995-1004.

[98] Anderson RH,Allwork SP,Ho SY,et al. Surgical anatomy of tetralogy of Fallot. J Thorac Cardiovasc Surg,1981,81:887

[99] Reddy VM,McElhinney DB,Amin Z,et al. Early and intermediate outcomes after repair of pulmonary atresia with ventricular septal defect and major aortopulmonary collateral arteries:experience with 85 patients. Circulation,2000,101:1826-1832.

[100] Park CS,Kim WH,Kim GB,et al. Symptomatic young infants with tetralogy of fallot:one-stage versus staged repair. J Card Surg,2010,25(4):394-399.

[101] Lindsey CW,Parks WJ,Kogon BE,et al. Pulmonary valve replacement after tetralogy of Fallot repair in preadolescent patients. Ann Thorac Surg,2010,89(1):147-151.

[102] Griffin HR,Topf A,Glen E,et al. Systematic survey of variants in TBX1 in non-syndromic tetralogy of Fallot identifies a novel 57 base pair deletion that reduces transcriptional activity but finds no evidence for association with common variants. Heart,2010,96(20):1651-1655.

[103] Seddio F,Migliazza L,Borghi A,Crupi G. Previous palliation in patients with tetralogy of Fallot does not influence the outcome of later repair. J Cardiovasc Med(Hagerstown),2007,8(2):119-122.

[104] Bockeria LA,Podzolkov VP,Makhachev OA,et al. Surgical correction of tetralogy of Fallot with unilateral absence of pulmonary artery. Ann Thorac Surg,2007,83(2):613-618.

[105] Yang JH,Jun TG,Park PW,et al. Factors related to the durability of a homograft monocusp valve inserted during repair of tetralogy of Fallot as based on the mid-to long-term outcomes. Cardiol Young,2008,18 (2):141-146.

[106] Roan JN,Lai CH,Wen JS,et al. Correction of tetralogy of fallot with absent pulmonary valve syndrome in a young infant using a bicuspid equine pericardial tube. J Formos Med Assoc,2006,105(4):329-333.

[107] Erdal C,Kir M,Silistreli E,et al. Pulmonary segmental artery ratio:an alternative to the pulmonary artery index in patients with tetralogy of fallot. Int Heart J,2006,47(1):67-75.

[108] Christo IT,Marshall LJ,Stephen AT:Congenital heart surgery nomenclature and database project:hypoplastic left heart syndrome. Ann Thorac Surg,2000,69:170

[109] Morris CD,Outcalt J,Menashe VD. Hypoplastic left heart syndrome:natural history in a geographically defined population. Pediotrics,1990,85:977

[110] Glauser TA,Rorke LB,Weinberg PM,et al. Congental brain anomalies associated with the hypoplastic left heart syndrome. Pediatrics,1990,85:984.

[111] Natowicz M,Chatten J,Clancy R,et al. Genetic disorders and major extracardiac anomalies with hypoplastic left heart syndrome,Pediatrics,1990,85:698.

[112] Norwood WI,Lang P,Hansen DD. physiologic repair of aortic-atresia-hypoplastic left heart syndrome. N Engl J Med,1983,308:23.

[113] Sano S,Kawada M,Yoshida H,et al. Norwood procedure to hypoplastic left heart syndrome. Jpn J Thorac Cardiovasc Surg,1998,46:1311.

[114] Ashburn DA,McCrindle BW,Tchervenkov CI,et al. Outcomes after the Norwood operation in neonates with critical aortic stenosis or aortic valve atresia. J Thorac Cardiovasc Surg,2003,125:1070.

[115] Mahle WT,Spray TL,Wernovsky G,et al. Survival after reconstructive surgery for hypoplasstic left heart syndrome:a 15-year experience from a single institution. Circulation,2000,120(19 Suppl 3):136.

[116] Malec E,Januszewska K,Kolcz J,et al. Right ventricle-to-pulmonary artery shunt versus modified Blalock-Taussig shunt in the Norwood procedure for hypoplastic left heart syndrome-influence on early and late haemodynamic status. Eur J Cardiothorac Surg,2003,23:728.

[117] Suarez MR,Panos AL,Salerno TA,et al. Modified "sutureless" anastomosis for primary repair of supracardiac total anomalous pulmonary venous connection. J Card Surg,2009,24(5):564-566.

[118] Chowdhury UK,Airan B,Malhotra A,et al. Mixed total anomalous pulmonary venous connection:anatomic variations,surgical approach,techniques,and results. J Thorac Cardiovasc Surg,2008,135(1):106-116.

[119] Hancock Friesen CL,Zurakowski D,Thiagarajan RR,et al. Total anomalous pulmonary venous connection:an analysis of current management strategies in a single institution. Ann Thorac Surg,2005,79(2):596-606:discussion 596-606.

[120] Hyde JA,Stümper O,Barth MJ,et,al. Total anomalous pulmonary venous connection:outcome of surgical correction and management of recurrent venous obstruction. Eur J Cardiothorac Surg,1999,15(6):735-740:discussion 740-741.

[121] Kanter KR. Surgical repair of total anomalous pulmonary venous connection. Semin Thorac Cardiovasc Surg Pediatr Card Surg Annu,2006:40-44.

[122] Devaney EJ,Chang AC,Ohye RG,et al. Management of congenital and acquired pulmonary vein stenosis. Ann Thorac Surg,2006,81(3):992-995:discussion 995-996.

[123] Emmel M,Sreeram N. Total Anomalous Pulmonary Vein Connection:Diagnosis,Management,and Outcome. Curr Treat Options Cardiovasc Med,2004,6(5):423-429.

[124] Suarez MR,Panos AL,Salerno TA,et al. Modified "sutureless" anastomosis for primary repair of supracardiac total anomalous pulmonary venous connection. J Card Surg,2009,24(5):564-566.

[125] Nakata T,Fujimoto Y,Hirose K,et al. Functional single ventricle with extracardiac total anomalous pulmonary venous connection. Eur J Cardiothorac Surg,2009,36(1):49-56.

[126] 徐志伟,苏肇伉,丁文祥. 先心病完全性肺静脉异位连接的手术治疗. 上海第二医科大学学报,2004,24(02):120-122

[127] Kaza AK,Lim HG,Dibardino DJ,et al. Long-term results of right ventricular outflow tract reconstruction in neonatal cardiac surgery:options and outcomes. J Thorac Cardiovasc Surg,2009,138(4):911-916.

[128] Cleuziou J,Schreiber C,Eicken A,et al. Predictors for biventricular repair in pulmonary atresia with intact ventricular septum. Thorac Cardiovasc Surg,2010,58(6):339-344.

[129] Popoiu A,Eicken A,Genz T,et al. Regression of a coronary arterial fistula in an infant with pulmonary atresia and an intact ventricular septum. Pediatr Cardiol,2010,31(1):144-146.

[130] Yoshimura N,Yamaguchi M. Surgical strategy for pulmonary atresia with intact ventricular septum:initial management and definitive surgery. Gen Thorac Cardiovasc Surg,2009,57(7):338-346.

[131] McLean KM,Pearl JM. Pulmonary atresia with intact ventricular septum:initial management. Ann Thorac Surg,2006,82(6):2214-2219.

[132] Guleserian KJ,Armsby LB,Thiagarajan RR,et,al. Natural history of pulmonary atresia with intact ventricular septum and right-ventricle-dependent coronary circulation managed by the single-ventricle approach. Ann Thorac Surg,2006,81(6):2250-2257.

[133] Daubeney PE,Wang D,Delany DJ. Pulmonary atresia with intact ventricular septum:predictors of early and medium-term outcome in a population-based study. J Thorac Cardiovasc Surg,2005,130(4):1071.

[134] 易定华,蔡振杰,汪钢,等. 肺动脉闭锁的外科治疗 22 例. 第四军医大学学报,2002,23:1897.

[135] 朱洪玉,汪曾炜,张仁福. 室间隔完整肺动脉闭锁的矫正手术. 胸心血管外科杂志,1987,3:25.

[136] Lin A,Mahle WT,Frias PA,et al. Early and delayed atrioventricular conduction block after routine surgery for congenital heart disease. J Thorac Cardiovasc Surg,2010,140(1):158-160.

[137] Dragulescu A,Fouilloux V,Ghez O,et al. Complete atrioventricular canal repair under 1 year:Rastelli one-patch procedure yields excellent long-term results. Ann Thorac Surg,2008,86(5):1599-1604.

[138] Backer CL,Stewart RD,Bailliard F,et al. Complete atrioventricular canal:comparison of modified single-patch technique with two-patch technique. Ann Thorac Surg,2007,84(6):2038-2046.

[139] Crawford FA. Atrioventricular canal:single-patch technique. Semin Thorac Cardiovasc Surg Pediatr Card Surg Annu,2007:11-20.

[140] Schaffer R,Berdat P,Stolle B. Surgery of the complete atrioventricular canal:relationship between age at operation,mitral regurgitation,size of the ventricular septum defect,additional malformations and early postoperative outcome. Cardiology,1999,91(4):231-235.

[141] Michielon G,Stellin G,Rizzoli G. Repair of complete common atrioventricular canal defects in patients younger than four months of age. Circulation,1997,96(9 Suppl):316-322.

[142] Nunn GR. Atrioventricular canal:modified single patch technique. Semin Thorac Cardiovasc Surg Pediatr Card Surg Annu,2007:28-31.

[143] Nicholson IA,Num GR,Sholler GF,et al. Simplified single patch techniques for the repair of atriuoventricular septal defect. J Thorac Cardiovasc Surg,1999,118:642-646.

第 14 章

腹部疾病

第一节　新生儿便秘

便秘的主要表现是排便次数减少和排便困难，新生儿期出现的便秘则主要有胎便不排、排出延迟、排便减少、排便困难、腹胀等临床表现。

一、病　　因

新生儿便秘的原因多样。以下因素均可导致便秘发生。

1. 喂养因素　饮食过少、饮水不定和成分不适宜等因素都可导致便秘发生。

2. 内分泌障碍　如甲状腺功能减低症（呆小症）和甲状旁腺功能亢进等。

3. 先天性消化道畸形　先天性巨结肠、肛门直肠畸形、肠闭锁、肠狭窄、幽门肥厚性狭窄等可产生便秘。

4. 神经系统疾病　如大脑发育不全、脊髓脊膜膨出、脊髓拴系征均可因排便反射中断或抑制副交感神经出现不同程度便秘。

5. 其他　腹腔盆腔肿瘤等压迫继发便秘。

二、诊　　断

1. 临床表现　便秘的主要诊断依据为排便次数减少，排便困难，新生儿期还需要注意胎便的排出情况如不排胎便、延迟排出等，其他的临床表现是与两项症状有关的肠道局部症状和全身症状。

2. 体格检查　主要包括①腹部检查：主要观察患儿有无腹胀，有无肠型及蠕动波，触诊有无异常压痛和包块；②肛门检查和直肠指检：观察有无肛裂、瘘口、开口异位，检查肛管的张力情况，确定有无肛门狭窄、肛门闭锁等畸形；③其他原发病的专项检查。

3. 辅助检查　①直肠肛管测压：可以检查直肠感觉功能、直肠顺应性和肛门内外括约肌压力、直肠肛管松弛反射等提供反映直肠和肛门内外括约肌功能的客观指标，判定便秘程度和类型；②消化道造影：X 线造影可以提供清晰的直肠肛管影像，判定是否存在解剖异常，是否先天性巨结肠等；③组织活检：判定直肠组织结构改变和肠壁神经元发育情况，可除外先天性巨结肠；④MRI、CT、超声等确定有无肿瘤、脊髓拴系、脑发育不全等。

三、鉴 别 诊 断

新生儿便秘需要与下列几类主要疾病相鉴别。

1. **胎粪性便秘** 也称为胎粪栓综合征,98％的正常新生儿在生后24h内开始排胎粪,约48h后排尽,如生后数日内不排便或排便很少,就会引起烦躁不安、腹胀、拒奶和呕吐,呕吐物含有胆汁。全腹膨隆,有时可见肠型,可触及到干硬的粪块,肠鸣音活跃。腹部X线片全腹肠管扩张,可见液平和颗粒状胎粪影。肛查时可触及干结的胎粪,生理盐水灌肠使大量黏稠的胎粪排出后,症状即可缓解。

2. **新生儿便秘** 多为肠道蠕动功能不良所致。少数新生儿3～5d才排便1次,以牛奶喂养儿多见。便秘时间延长,则出现腹胀和呕吐,呕吐特点与胎粪性便秘相似,通便后症状解除,不久后又出现,大多数于满月后自然缓解。

3. **先天性巨结肠** 是一种常见的消化道畸形,也是最需要注意的新生儿便秘的原因。本病又称为结肠无神经节细胞症,由于结肠末端肠壁肌间神经丛发育不全,无神经节细胞,受累肠段经常处于痉挛状态而狭窄,近端结肠粪便堆积继发肠壁扩张、增厚,造成巨大结肠。本病主要症状包括胎粪排出延迟、顽固便秘、逐渐加重的低位肠梗阻症状,出现呕吐,次数逐渐增多,呕吐物含胆汁或粪便样物质,腹部膨隆,皮肤发亮,静脉怒张,可见肠型及蠕动波,肠鸣音亢进。肛门指检直肠壶腹部空虚,并能触及一缩窄环,拔指后有粪便和气体爆破式排出,腹胀症状随之缓解。此后便秘、呕吐、腹胀反复出现。严重者可发生小肠结肠炎甚至巨结肠危象、肠穿孔等。X线立位腹部摄片可见肠腔普遍胀气,直肠不充气。钡灌肠是主要的诊断方法,可见到直肠、乙状结肠远端细窄,乙状结肠近端和降结肠明显扩张,蠕动减弱。24h后复查,结肠内常有钡剂存留。直肠测压检查显示直肠肛管抑制反射阴性。直肠活检和肌电图检查也有助于临床诊断,但在新生儿使用较少。

4. **肛门及直肠畸形** 主要指肛门及直肠的闭锁或狭窄,是新生儿期发生率最高的消化道畸形。主要症状是不排胎便、排便困难或者经瘘管排便,出现低位肠梗阻症状。临床可分为①肛门狭窄;②肛门闭锁;③直肠闭锁。大多数患儿通过仔细查体都可以发现无肛门或肛门异常,临床可疑病例可以在出生24h以后,将患儿进行倒立位侧位摄片检查,可以确定闭锁的类型和闭锁位置的高低,超声检查也可以准确测出直肠盲端与肛门皮肤的距离。

5. **巨结肠类缘性疾病** 患儿也出现便秘症状,但较先天性巨结肠晚且较轻,钡剂灌肠见不到明确的痉挛段、移行段和扩张段的表现,病理组织检查可发现肠神经节细胞减少,未成熟或发育不全。

6. **内分泌障碍** 包括甲状腺功能减低症(呆小症)和甲状旁腺功能亢进,前者表现为食欲缺乏、腹胀和便秘,但身材短小智力低下,甲状腺功能检测显示血甲状腺素水平降低,后者可有血钙增高、神经肌肉的应激性降低、肠蠕动减弱、肌张力低、食欲缺乏和便秘,B超检查可见甲状旁腺瘤或增生过度。

7. **神经系统疾病** 包括大脑发育不全、脊髓脊膜膨出、脊髓拴系征等。大脑发育不全可因排便反射中断或抑制副交感神经出现不同程度便秘,患儿智力明显低下,容易鉴别。脊髓脊膜膨出和脊髓拴系征:临床可有便秘、便失禁,常合并尿失禁、下肢功能障碍,脊髓脊膜膨出者外观畸形明显,MRI和CT检查可明确脊髓中枢病变。

8. **其他** 骶尾部或者骶前畸胎瘤可因为肿瘤压迫直肠产生梗阻而表现为便秘,临床查体可以诊断显型畸胎瘤,超声、CT和MRI等影像学检查可以确诊,血清AFP异常升高;先天性肠狭窄、先天性幽门肥厚狭窄等可因为摄入不足产生便秘。

四、治　　疗

很大比例的新生儿便秘是由于器质性病变导致，所以在解除便秘的同时也要尽早治疗原发病。

1. **一般治疗**　主要包括应用生理盐水灌肠、肛门扩张等解除便秘、缓解肠梗阻症状，对于严重的肠梗阻要行胃肠减压、禁食水、支持治疗以免发生严重并发症。

2. **病因治疗**　诊断明确后及早进行病因治疗，喂养不当者纠正错误喂养习惯，改善营养结构，甲状腺功能低下者补充甲状腺素，甲状旁腺功能亢进者手术切除腺瘤，脊髓拴系者手术解除拴系，消化道畸形者手术纠正恢复其通畅性，肿瘤压迫者切除。

第二节　新生儿腹部包块

腹部包块是临床中常见的体征，也是患者就医的常见原因之一。新生儿期出现的腹部包块与成年人有很大的区别，多与先天因素和胚胎因素有关。

一、诊　　断

腹部包块的诊断主要是性质和来源的确定，需注意部位、大小、形态、质地、压痛、移动度、搏动等。

1. **判断包块部位**　若中上腹触到包块常为胃或胰腺肿瘤、囊肿等；右肋缘下肿块常考虑有肝和胆道疾病；小儿一侧腰腹部包块要注意排除肾母细胞瘤，若有较深、坚硬、不规则包块，则可能系腹膜后肿瘤如神经母细胞瘤或者畸胎瘤；腹股沟韧带上方肿块可能来自卵巢囊肿、腹股沟疝、精索鞘膜积液等。

2. **注意包块大小**　巨大包块多发生于卵巢、肾、肝、胰和子宫等脏器，且以囊肿居多，如卵巢黏液性囊腺瘤，可占据整个腹腔，超声表现为巨大无回声区，内可见多条光带分隔；重度肾积水患者一侧包块感明显；肠系膜囊肿和大网膜囊肿也表现为巨大囊肿。

3. **肿块形态、质地**　规则且表面光滑的包块多为良性，以囊肿或淋巴结居多，超声下两者易分辨；不规则、表面凹凸不平且坚硬，首先考虑恶性肿瘤，其次注意炎性肿物或结核性包块等。在肿瘤良性、恶性鉴别上，可利用彩色多普勒超声，从血流情况判断。小儿管状肿物伴有血便者，应重点排查有无肠套叠，超声图像显示横切面"靶环"征或纵切面"套筒"征，基本可诊断肠套叠。

4. **有无搏动性**　消瘦者可在腹部见到或触到动脉搏动，如在腹中线附近触到明显扩张性搏动感，则应考虑腹主动脉或分支动脉瘤。超声在血管疾病诊断上非常明确、迅速。

5. **压痛**　炎性包块有明显压痛感，如消化道炎症导致的粘连团块，梅克尔憩室炎或者肠重复畸形等，此外新生儿阑尾炎也是少见原因。

6. **伴随症状**　肿块合并贫血、营养不良等消耗症状者，多为恶性肿瘤，合并低位肠梗阻者注意有无盆腔和骶前肿瘤存在。

二、鉴别诊断

新生儿腹部肿块的常见疾病如下。

1. **肝母细胞瘤**　新生儿期发病者瘤体一般较大，表现为肝不对称增大，有时能够触及明确肿块。超声检查表现为肝大,肝被膜有局限性隆起,肝内见圆形、椭圆形边界清晰之团块回声,单个或大小不等的多个融合成团,若伴坏死出血可见液性暗区,瘤体内含钙化灶则可见强回声团伴声影,彩色多普勒检查肿块的周边及肿瘤内部可见丰富的血流束,脉冲多普勒检测以动脉血流为主。CT 及增强扫描可明确病变范围和性质。血清 AFP 检测异常升高。但需注意与肝血管内皮细胞瘤相鉴别。

2. 肾母细胞瘤(肾胚胎瘤)　小儿泌尿系恶性肿瘤的首位,单侧多见,可发生于肾的任何部位。腹部肿块为最常见症状,多为偶然发现,30% 左右患儿有血尿,偶有低热及腹痛。超声表现为肾母细胞瘤位于肾内,患肾形态失常,仅见残存杯口状的肾上极或肾下极,或呈月芽形,肿瘤多呈类圆形,被膜光滑完整,边界清晰,瘤内回声呈多样性,均质、实性、强回声以及不规则无回声等。CT、MRI、IVP 等可以确定肿瘤的来源、毗邻关系、破坏程度以及大小等。

3. 神经母细胞瘤　源于交感神经节细胞,多数肿瘤在肾上腺髓质内,其余在腹膜后或后纵隔脊柱旁交感神经链。临床表现常为偶然发现的腹部包块增大迅速但无明显疼痛,肿瘤位置较固定,质地坚硬,表面有多结节。超声表现为腹膜后或脊柱两旁肿块,其内部回声为非均质或基本均质强回声,肾推移但结构正常。尿高香草酸和香草扁桃酸检测和血清神经元特异性烯醇化酶检测也具有很大意义,CT、MRI、PET 等检查均可达到术前明确诊断。

4. 先天性胆总管囊肿　常见的小儿胆道畸形之一,由于先天性胰胆合流异常、胆管壁先天薄弱或胆总管末端神经结构不正常,影响胆汁排泄,使胆总管内压升高进而扩张肥大形成囊肿。临床常表现为呕吐、腹痛、右上腹肿块,伴急性梗阻时可发生黄疸,炎症甚至穿孔时有发热、腹膜炎等。超声检查胆总管部位囊性包块,近端与肝管相通,合并感染时囊壁增厚、不光滑、囊内透声差、其内可见高回声光点及絮状物漂移,合并结石则囊肿内显示强回声光团伴声影。MRCP 可以直观的确定病情。

5. 重度肾积水　多因先天性输尿管畸形、狭窄、闭锁等原因所致。影像学检查示肾外形极度增大,失去正常形态,肾被膜完整光滑,肾皮质变薄为 $1\sim3mm$,肾内呈巨大无回声暗区,其内见规整的条状分隔。

6. 畸胎瘤　是由三种胚层发展而形成的肿瘤,多数为良性,位于腹膜后、骶前或者源于生殖系,表现为腹部肿块,伴有直肠压迫者可发生肠梗阻。超声检查、CT、MRI 等影像学检查均表现为混杂结构如脂肪、毛发团块甚至骨骼结构等多胚层来源的肿块。

7. 其他　少见原因还包括胎粪性腹膜炎炎性包块形成,X 线摄片见到腹腔内钙化斑是特异表现;肠套叠时肠管套叠形成的腊肠样肿块,超声像显示横切面“靶环”征或纵切面“套筒”征可做出诊断。此外肠重复畸形、卵黄管畸形、先天性肠系膜囊肿、大网膜囊肿、卵巢囊肿等也能形成腹部肿块,需加以注意。

第三节　消化道出血

消化道出血是临床常见的急重症之一。消化道全程包括食管、胃、十二指肠、空肠、回肠、盲肠、结肠及直肠均可能因各种原因出血。出血部位位于屈氏韧带以上称为上消化道出血,出血部位在屈氏韧带以下的肠道出血称为下消化道出血。新生儿消化道出血的原因与成年人有很大的不同。

一、病　因

新生儿消化道出血可因消化道本身的病变如畸形、炎症、机械性损伤、血管病变等因素引起，也可因全身系统性的病变如血液病、缺氧、感染、低温等引起。

二、临床表现

消化道出血的临床表现取决于出血病变的性质、部位、失血量与速度，与患者的全身情况也有关系。

1. **出血方式**　急性大量出血多数表现为呕血；慢性小量出血则以粪便隐血阳性表现；出血部位在空肠屈氏韧带以上时，临床表现为呕血，如出血后血液在胃内潴留时间较久，因经胃酸作用变成酸性血红蛋白而呈咖啡色。如出血速度快而出血量又多，呕血的颜色是鲜红色。黑粪或柏油样粪便表示出血部位在上胃肠道，但如十二指肠部位病变的出血速度过快时，在肠道停留时间短，粪便颜色会变成紫红色。结肠出血时，粪便颜色为鲜红色，在空回肠及右半结肠病变引起小量渗血时，也可有黑粪。

2. **失血性周围循环衰竭**　消化道大量出血导致急性周围循环衰竭。失血量大，出血不止或治疗不及时可引起机体的组织血液灌注减少和细胞缺氧。进而可因缺氧、代谢性酸中毒和代谢产物的蓄积，造成周围血管扩张，毛细血管广泛受损，以致大量体液淤滞于腹腔、骨骼与周围组织，使有效血容量锐减，严重地影响心、脑、肾的血液供应，终于形成不可逆转的休克，导致死亡。

3. **氮质血症**　形成氮质血症的原因包括①大量上消化道出血后，血液蛋白的分解产物在肠道吸收，以致血中氮质升高。②失血造成肾血流减少，肾小球滤过率和肾排泄功能降低，以致氮质贮留。③休克造成急性肾衰竭，或失血更加重了原有肾病的肾损害。临床上可出现尿少或无尿。

4. **发热**　大量出血后，多数病人在 24h 内常出现低热。发热的原因可能由于血容量减少、贫血、周围循环衰竭、血分解蛋白的吸收等因素导致体温调节中枢的功能障碍。

三、诊　断

新生儿消化道出血的诊断难点在于出血的病因和部位的诊断。

1. **新生儿出血的量和部位判断**　结合出血的方式，全身表现，治疗过程中的体征变化等可以判断是否继续出血或恶化，出血部位在上消化道还是下消化道。

2. **病因判断**　根据出血的伴随症状和原发病的有无初步判断，如新生儿缺氧缺血、重症肺炎、寒冷刺激的有无，有无伴随胆汁性呕吐、有无重症感染、有无腹胀等进行分析原因。

3. **特殊诊断方法**　包括 X 线摄片、消化道造影、内镜检查和放射性核素显像等。

四、鉴别诊断

1. **应激性溃疡**　为新生儿上消化道出血的主要原因，其常见的高危因素有胎儿宫内窘迫及出生时窒息、新生儿缺血缺氧性脑病、新生儿重症肺炎和重症感染、早产低出生体重儿、硬肿和休克等。出血以胃黏膜广泛出血为主，量较大。

2. **新生儿出血症**　是指新生儿出生后 2～5d，因暂时性凝血障碍而引起的自然出血。由于新生儿肝功能尚未成熟以及肠道内缺乏正常菌群，使肠道维生素 K 合成不足所致。补充维生素 K 并对症治疗可以治愈。

3. **坏死性小肠结肠炎** 目前认为感染在本病发病过程中起主要作用,多见于早产儿和低出生体重儿,以腹胀、腹泻、呕吐和便血为主要表现,感染中毒症状严重,重者常并发败血症、休克、腹膜炎、肠穿孔等。X 线平片检查可见肠道普遍胀气、肠管外形僵硬、肠壁囊样积气、肝门静脉积气等特征征象。近年认为超声检查对肝门静脉积气、肝内血管积气、腹腔积液、气腹等都比 X 线敏感,已经成为本病的重要诊断手段。

4. **肥厚性幽门狭窄** 本病出血量不多,多见于足月儿,男女之比 4∶1。呕吐始于生后第 2 周左右,呕吐呈持续性、进行性,逐渐发展为喷射性呕吐。呕吐物为奶水和奶块,量多,有酸臭味。当呕吐严重致胃黏膜损伤出血时,表现为呕吐咖啡样物。腹部检查可见到明显的胃型和胃蠕动波,在右肋缘下腹直肌外侧可触橄榄大小的坚硬肿物,为肥厚的幽门括约肌。钡剂检查可见胃扩大、胃排空时间延长、幽门部呈典型的鸟嘴样改变及狭窄而延长的幽门管。超声检查可以直接看到肥厚的幽门括约肌,诊断的标准为幽门肌厚度超过 4mm 或幽门管的长度超过 14mm 即可诊断。

5. **食管裂孔疝** 它是一种先天性膈肌发育缺陷,使部分胃通过食管裂孔进入胸腔。食管裂孔疝分为食管裂孔滑动疝、食管旁疝和混合型。85％患儿生后第 1 周内出现呕吐,10％在生后 6 周内发病。立位时不吐,卧位时呕吐明显,可呈喷射性呕吐,呕吐物为乳汁,可含有棕色或咖啡色血液。食管旁疝可发生胃溃疡,偶尔可以出现胃坏死,需要急诊手术处理。诊断主要依靠 X 线检查,钡剂发现膈上胃泡影或胃黏膜影可以诊断。

6. **肠旋转不良合并肠扭转** 一般在生后 3～5 天开始呕吐,呕吐可为间歇性,时轻时重,呕吐物为乳汁,含有胆汁,生后有胎便排出。如发生胃肠道出血,提示肠扭转坏死,继之可出现肠穿孔和腹膜炎,腹膜刺激征阳性,中毒性休克等。X 线立位片可见胃和十二指肠扩张,有双泡征,空肠、回肠内少气或无气,钡灌肠显示大部分结肠位于左腹部,盲肠位于左上腹或中腹即可确诊。

7. **胃扭转** 可分为器官轴型扭转和系膜轴型扭转,以器官轴型多见,以呕吐咖啡样物为主要出血表现,诊断主要依靠 X 线检查,钡剂发现胃黏膜交叉分布,可以诊断。

8. **梅克尔憩室** 梅克尔憩室是由于胚胎时期卵黄管发育异常形成的畸形,卵黄管回肠端闭合不全即形成梅克尔憩室,属于回肠末端的真性憩室,多位于末端回肠 100cm 以内的肠系膜对侧缘。憩室常存在异位胃黏膜、胰腺组织和十二指肠黏膜,可以发生炎症出血,以大量血便为主。^{99m}Tc-闪烁扫描和超声检查可以诊断。多在 2 岁以内发病,但新生儿期罕见。

9. **肠套叠** 以阵发性腹痛、果酱样血便、腹部肿块、呕吐为主要表现,超声检查发现同心圆征和套筒征,X 线灌肠发现杯口影可以诊断,新生儿少见。

五、治　疗

1. **常规治疗** 应该在密切监测生命体征的基础上积极对症止血,包括禁食减轻胃肠刺激,应用维生素 K_1、西咪替丁、凝血酶、巴曲酶(立止血)等药物,必要时可输血。

2. **病因治疗** 包括减少应激因素,手术纠正消化道畸形等。

第四节　新生儿黄疸

新生儿黄疸是指新生儿时期,由于胆红素代谢异常引起血中胆红素水平升高而出现于皮肤、黏膜及巩膜黄疸为特征的病症。

一、黄疸的形成机制

正常血清中存在的胆红素按其性质和结构不同可以分为两大类型。凡未经肝细胞结合转化的胆红素，则其侧链上的丙酸基的羧基为自由羧基者，为未结合胆红素；凡经过肝细胞转化，与葡萄糖醛酸或其他物质结合者，均称为结合胆红素。血清中的未结合胆红素和结合胆红素，由于其结构和性质不同，对重氮试剂的反应（范登堡试验 Van den Bergh test）不同。其中未结合胆红素由于分子内氢键的形成，必须先加入乙醇或尿素破坏后才能与重氮试剂反应生成紫红色偶氮化合物，称为范登堡试验的间接反应，所以未结合胆红素又称为间接反应胆红素。而结合胆红素不存在分子内氢键，能迅速直接与重氮试剂反应生成紫红色偶氮化合物，故又称直接反应胆红素。此外，目前发现还存在第 3 种胆红素，称为 δ-胆红素，其实质是与血清白蛋白紧密结合的结合胆红素，很可能与白蛋白是共价结合，正常血清中它的含量占总胆红素的 20%～30%。

正常人血浆中胆红素的总量不超过 $17.1\mu mol/L$，其中未结合型约占 4/5，其余为结合胆红素。凡能引起胆红素生成过多，或使肝细胞对胆红素处理能力下降的因素，均可使血中胆红素浓度升高，称为高胆红素血症。胆红素是金黄色色素，当血清中浓度高时，则可扩散入组织，组织被染黄，称为黄疸。特别是巩膜和皮肤，因含有较多弹性蛋白，后者与胆红素有较强的亲和力，故易被染黄。黏膜中含有能与胆红素结合的血浆白蛋白，因此也能被染黄。黄疸程度与血清胆红素的浓度密切相关。一般血清中胆红素浓度超过 $34.2\mu mol/L$ 时，肉眼可见组织黄染；血清胆红素达 $119.7～136.8\mu mol/L$ 或以上时，黄疸即较明显；有时血清胆红素浓度虽超过正常，但仍在 $34.2\mu mol/L$ 以内，肉眼尚观察不到巩膜或皮肤黄染，称为隐形黄疸。

凡能引起胆红素代谢障碍的各种因素均可形成黄疸。根据其成因大致可分 3 类：①因红细胞大量破坏，网状内皮系统产生的胆红素过多，超过肝细胞的处理能力，因而引起血中未结合胆红素浓度异常增高者，称为溶血性黄疸或肝前性黄疸；②因肝细胞功能障碍，对胆红素的摄取结合和排泄能力下降所引起的高胆红素血症，成为肝细胞性或肝源性黄疸；③因胆红素排泄的通道受阻，使胆小管或毛细胆管压力增高而破裂，胆汁中胆红素反流入血而引起的黄疸，称梗阻性黄疸或肝后性黄疸。

二、新生儿胆红素代谢特点

由于子宫内外环境的巨大差异、出生后适应环境的需要以及肝发育不成熟，新生儿胆红素代谢与成年人有诸多不同，以至于出生后即使正常的新生儿，也有相当比例的出现黄疸。新生儿胆红素代谢特点如下。

1. **胆红素产生相对过多** 新生儿胆红素增多的原因如下：①胎儿在宫内低氧环境中生活，红细胞相对的较多，如出生时延迟结扎脐带或助产人员有意从脐带向新生儿挤血，则红细胞数量更多。出生后开始用肺呼吸，血氧分压升高，过多的红细胞迅速破坏，使血中非结合胆红素增加更多。②胎儿红细胞寿命较短（70～100d），而成年人为 120d，故产生的胆红素量亦多。③早期标记的胆红素来源增多，新生儿生后短期内停止胎儿造血，使早期标记的胆红素来源增多，有报道，足月新生儿早期标记胆红素占总量的 20%～25%，成年人仅为 15%。成年人每日生成胆红素约 $65.0\mu mol/L$，新生儿每日生成胆红素约 $145.4\mu mol/L$，相当于成年人的 2 倍，因此肝代谢胆红素的负荷大于成年人。

2. **胆红素与白蛋白联结运送的能力不足** 新生儿出生后的短暂阶段，有轻重不等的酸中毒,影响胆红素与白蛋白联接的数量。早产儿血中白蛋白偏低,更使胆红素的联结运送延缓。

3. 肝细胞摄取非结合胆红素的能力差　新生儿肝细胞内缺乏 Y 蛋白及 Z 蛋白(只有成年人的5%～20%),生后第 5 天才逐渐合成,2 周后达成年人水平。这两种蛋白具有摄取非结合胆红素并转运至滑面内质网进行代谢的功能,由于它们的合成不足,影响了肝细胞对非结合胆红素的摄取。

4. 肝酶生成不足　新生儿肝的葡萄糖醛酸转移酶不足,只有成年人的 1%～2%,不能将非结合胆红素转变成结合胆红素,以至于非结合胆红素潴留血浆中发生黄疸。此类酶在生后 1 周左右开始增多,在早产儿更晚,6～12 周或以后接近正常水平。

5. 肝细胞排泄胆红素的功能不足　新生儿肝细胞排泄胆红素的功能不足,若胆红素生成过多或其他阴离子增加都会引起胆红素排泄障碍,早产儿尤为突出,可出现暂时性胆汁淤积。

6. 肠肝循环的特殊性　新生儿出生后最初几天,肠道内正常菌群尚未建立,因此随胆汁进入肠道的结合胆红素不能被还原为粪胆原;另一方面新生儿肠道中有较多 β-葡萄糖醛酸苷酶,能将结合胆红素水解为非结合胆红素,后者被肠黏膜吸收,经肝门静脉返回至肝,这是新生儿肠肝循环的特点。新生儿肠腔内的胎粪含有胆红素 80～100mg,相当于新生儿每日胆红素产生量的 5～10 倍,其结果是肝代谢胆红素的负担增加,而致非结合胆红素潴留血中。

总之,由于新生儿胆红素生成增多、肝功能不成熟,肠肝循环的特点,都容易导致血胆红素增高,出现临床黄疸。

三、诊　　断

1. 确定是否病理性黄疸　新生儿由于具有胆红素生成增多、肝功能不成熟,肠肝循环的特点,很容易导致血胆红素增高,出现临床黄疸。因为未结合胆红素浓度达到一定程度时,会通过血脑屏障损害脑细胞(常称核黄疸),引起死亡或有脑性瘫痪、智能障碍等后遗症。所以,确定新生儿黄疸是生理性还是病理性是诊断的首要步骤。

生理性黄疸是新生儿出生 24h 后血清胆红素由出生时的 17～51μmol/L 逐步上升到 86μmol/L 或以上,常常在出生后 2～3d 出现黄疸,4～6d 达到高峰,7～10d 消退,早产儿持续时间较长,除有轻微食欲缺乏外,无其他临床症状。生理性黄疸的血清胆红素足月儿不超过 204μmol/L,早产儿不超过 255μmol/L。但个别早产儿血清胆红素不到 204μmol/L 也可发生胆红素脑病,此时对生理性黄疸应有警惕以防对病理性黄疸的误诊或漏诊。

新生儿病理性黄疸则具有以下特点:①黄疸出现早,生后 24h 内即出现黄疸;②黄疸程度重,呈金黄色或黄疸遍及全身,手心、足底亦有较明显的黄疸或血清胆红素为 204～255μmol/L;③黄疸持久,出生 2～3 周或以后黄疸仍持续不退甚至加深,或减轻后又加深;④伴有贫血或大便颜色变淡者;⑤有体温不正常、食欲缺乏、呕吐等表现者。

2. 确定是否外科性黄疸　依据病史、黄疸的症状以及伴随的临床表现、实验室检查及其他辅助检查鉴别内外科黄疸。小儿内科性黄疸多为非结合胆红素血症,除先天性胆红素代谢缺陷外,溶血性疾病、败血症、严重缺氧状态、低血糖症、半乳糖血症、重度脱水、α-抗胰蛋白酶缺乏、药物等因素均可引起。小儿外科性黄疸多为结合性胆红素血症,统称为阻塞性黄疸,可分为肝内淤滞性黄疸和肝外梗阻性黄疸。肝内淤滞性黄疸的病变位于肝内胆小管以上,在小儿可见于病毒性肝炎、肝内毛细胆管炎及肝硬化等。肝外梗阻性黄疸是 1～2 级胆管以下的机械性梗阻,可见于先天性胆道系统发育异常及肝外胆管后天性梗阻。

3. 实验室检查　新生儿期黄疸较其他任何年龄常见,病因复杂,主要是先天性胆道闭锁与新生儿肝炎综合征的鉴别,因为二者临床表现相似,但治疗方法不同,胆道闭锁需尽早手术治疗,手术时间在日龄60d以内,术后胆汁排出率可达82%～90%。黄疸消退率为55%～66%,手术时间延迟,手术效果越差。时间过晚则可能出现不可逆的肝硬化,失去手术机会。因此对黄疸病儿应尽快明确病因,选择适当的治疗手段及时治疗。常用的实验室检查方法有以下几种。

(1)胆红素的动态观察:每周测定血清胆红素,如胆红素随病程趋向下降,则可能是新生儿肝炎。若持续上升则提示为胆道闭锁,但重症肝炎伴有胆道梗阻时,也可能持续上升,鉴别困难。

(2)血清胆汁酸分析:胆道闭锁的总胆酸显著升高,血清内鹅脱氧胆汁酸(CDC)占优势,与胆酸(C)的比值(C/CDC)<1。而新生儿肝炎病儿血清内胆酸占优势,C/CDC>1。正常新生儿血清总胆汁酸浓度为(70.9±6.0)μmol/L。与传统的肝功指标如血清胆红素、酶学指标相比,血清总胆酸更敏感,可以作为判断肝功损害程度的指标。

(3)脂蛋白-X(LP-X)定量测定:脂蛋白-X是一种低密度脂蛋白,在胆道梗阻时升高。据研究,所有胆道闭锁病儿的脂蛋白-X均升高,而且日龄很小时即为阳性,新生儿肝炎病儿早期为阴性,随日龄增加也可转为阳性。若出生已超过4周而脂蛋白-X测定为阴性,可除外胆道闭锁。此外还可以试验性服用考来烯胺(胆酪胺)2～3周,观察用药前后脂蛋白-X的含量变化,若下降则支持新生儿肝炎综合征的诊断,若持续上升,则支持胆道闭锁的诊断。

(4)十二指肠液检查:应用十二指肠引流管收集十二指肠液进行胆红素分析和胆汁酸分析。根据十二指肠引流管无胆汁流出和十二指肠液中胆汁酸缺如可诊断胆道闭锁。国内报道十二指肠液诊断标准,胆红素定量≥20.52μmol/L,胆汁酸定性阳性为胆汁阳性,胆红素<6.84,胆汁酸阴性为胆汁阴性,二者之间为可疑。确诊率可达90%。但是可以发生假阴性和假阳性,必要时复查。

4. 辅助检查

(1)超声检查:为最常用的无创检查,可重复检查。可以确定胆囊的有无以及大小,若有胆囊而且收缩功能良好则支持新生儿肝炎。若未见胆囊或者为小胆囊(1.5cm以下)则提示胆道闭锁。肝内胆管梗阻不引起胆囊扩张,胆总管下端梗阻可有胆囊扩张,并可以观察胆总管的口径、有无扩张及程度。

(2)肝胆动态核素显像:应用能被肝组织摄取并排泄到胆道的有放射性核素标记的显像剂如氮亚胺乙酸(IDA)及其同类物^{99m}Tc-DIDA,^{99m}Tc-PIPIDA,用于诊断由于结构异常所致的胆道梗阻。胆道闭锁早期,肝细胞功能良好,注射后连续追踪扫描,5min肝影显现,但以后则无胆道显影,甚至24h后亦未见到胆道显影。新生儿肝炎时,虽然肝细胞功能较差,但肝外胆道通畅,因而肠道显影。

(3)磁共振水成像:可以确定胆道系统的发育情况,有无胆道扩张、胆囊有无及大小等,可以进一步证实超声检查结果,分辨率更高。

(4)逆行胰胆管造影:在十二指肠镜下进行逆行胰胆管造影,能正确诊断胆道闭锁。但检查是侵袭性的,必须在麻醉下进行,且由于设备及经验等因素,有一定的难度和危险。

(5)穿刺病理组织学检查:一般主张经皮肝穿刺活检或经皮肝穿刺造影及活检。新生儿肝炎的病理特点是小叶结构排列不整齐,肝细胞坏死,巨细胞性变和门脉炎症。胆道闭锁的病理特点为胆小管明显增生和胆汁栓塞,门脉周围纤维化,但有时也可见到多核巨细胞。有10%～15%的病例肝活检不能完全确诊。

（6）腹腔镜检查并胆道造影：随着腹腔镜技术的成熟和完善，腹腔镜检查并胆道造影成为诊断胆道闭锁的最佳方法。腹腔镜可以直观的观察肝的形态、大小及表面情况，了解胆道的有无、走行、管腔发育情况。见到痕迹胆囊并穿刺无胆汁或为白胆汁则支持胆道闭锁，可以经胆囊注造影剂行造影，透视下观察胆道的有无及发育，为诊断提供可靠依据。

四、鉴　别　诊　断

新生儿病理性黄疸除必须进行新生儿肝炎综合征和先天性胆道闭锁的鉴别外，还应该注意以下几种如溶血性黄疸、感染性黄疸和母乳性黄疸，因为病理性黄疸不论何种原因，严重时均可引起"核黄疸"，其预后差，除可造成神经系统损害外，严重的可引起死亡。

1. 溶血性黄疸　溶血性黄疸最常见原因是 ABO 溶血，它是因为母亲与胎儿的血型不合引起的，以母亲血型为 O、胎儿血型为 A 或 B 最多见，且造成的黄疸较重；其他如母亲血型为 A、胎儿血型为 B 或 AB；母亲血型为 B、胎儿血型为 A 或 AB 较少见，且造成的黄疸较轻。据报道新生儿 ABO 血型不合溶血的发病率为 11.9%。新生儿溶血性黄疸的特点是生后 24h 内出现黄疸，且逐渐加重。

2. 感染性黄疸　感染性黄疸是由于病毒感染或细菌感染等原因主要使肝细胞功能受损害而发生的黄疸。病毒感染多为宫内感染，以巨细胞病毒和乙型肝炎病毒感染最常见，其他感染有风疹病毒、EB 病毒、弓形虫等较为少见。细菌感染以败血症黄疸最常见。黄疸的特点是生理性黄疸后持续不退或生理性黄疸消退后又出现持续性黄疸。

3. 母乳性黄疸　这是一种特殊类型的病理性黄疸。少数母乳喂养的新生儿，其黄疸程度超过正常生理性黄疸，原因还不十分明了。其黄疸特点是在生理性黄疸高峰后黄疸继续加重，胆红素可达 171～513μmol/L，如继续哺乳，黄疸在高水平状态下继续一段时间后才缓慢下降，如停止哺乳 48h，胆红素明显下降达 50%，若再次哺乳，胆红素又上升。

五、治　　疗

新生儿黄疸的诊断与治疗过程往往同时进行，一旦高度可疑胆道闭锁或者虽为肝炎综合征，但合并胆汁淤积性胆道梗阻内科治疗无效者则应该手术探查，并给予相应治疗。

手术目的是进一步明确胆道梗阻原因，消除病因，重建或疏通胆道，改善胆道淤胆状态，促进肝功能恢复。

第五节　新生儿呕吐

呕吐通常是指由于某种原因，胃内容物甚至部分肠内容物在消化道内逆行而上，自口腔排出的反射性动作，是消化道功能障碍的一种表现。新生儿由于宫内外环境的巨大变化、器官发育不完全成熟、对外界抵抗力差以及可能存在的各种畸形，更加容易出现呕吐症状。

一、病　　因

新生儿比儿童更容易发生呕吐，主要与新生儿的特点有关，其常见原因如下。

1. 新生儿食管较松弛，胃容量小，呈水平位，幽门括约肌发育较好而贲门括约肌发育差，肠道蠕动的神经调节功能较差，腹腔压力较高等，均为新生儿容易出现呕吐的解剖生理原因。

2. 胚胎时期各脏器分化和发育的异常，尤其是前、中、后肠的异常，容易造成消化道的畸形，使摄入的食物或消化道分泌物不能顺利通过肠道,逆行从口腔排出,形成呕吐。

3. 胎儿出生时的刺激,如吞咽了大量的羊水、血液,以及出生后内外环境的急剧变化,也容易诱发新生儿呕吐。

4. 新生儿呕吐中枢发育不完善,容易受全身炎症或代谢障碍产生的毒素刺激引起呕吐。

二、临床表现

1. 窒息与猝死 新生儿呕吐会使呕吐物进入呼吸道,发生窒息,如呕吐物多、没有及时发现可导致猝死。

2. 吸入综合征 呕吐物进入气道可发生吸入性肺炎,出现咳嗽、呼吸困难,长时间反复吸入可使吸入性肺炎迁延不愈。

3. 呼吸暂停 早产儿呕吐可发生呼吸暂停。

4. 出血 剧烈呕吐可导致胃黏膜损伤,发生出血,呕吐物呈血性。

5. 水、电解质紊乱 呕吐较频繁者,因丧失大量水分和电解质,导致水、电解质平衡紊乱,患儿出现脱水、酸中毒、低钠血症等。

三、诊 断

新生儿呕吐的诊断主要是病因诊断,确定有无急需手术治疗的消化道畸形。根据呕吐的频率、性状、量的多少、发病时间、发展趋势、伴随症状以及有无并发症等,结合X线摄片,消化道造影等辅助检查作出诊断。

1. 症状 呕吐发作的频率较低,呕吐量较少且以胃内容为主,不含胆汁或粪样物,无明显的营养不良和发育障碍,不伴有腹胀以及便秘等,随着时间推移和内科治疗逐渐好转的多为内科原因所致,常见的生理性胃食管反流、喂养不当、胃黏膜受刺激、胃肠道功能失调、肠道内外感染性疾病、中枢神经系统疾病等。发作频繁、呕吐物量多影响营养状态和生长发育,胆汁性、咖啡样或粪样呕吐,伴有腹胀、便秘、腹痛,经内科和体位治疗并正确喂养仍不见好转者,多为消化道畸形所致,常见原因有先天性食管闭锁、膈疝、幽门肥厚性狭窄、幽门瓣膜或闭锁、环状胰腺、肠旋转不良、肠闭锁或狭窄、先天性巨结肠、肛门直肠畸形等,少见的还有新生儿坏死性小肠结肠炎、胎粪性腹膜炎、胃肌层发育不良胃破裂等。

2. 辅助检查 以X线摄片和消化道造影为主。X线摄片提示肠梗阻或消化道结构异常并经消化道造影证实梗阻存在的位置可以作出相应诊断。

四、鉴别诊断

1. 溢乳 溢乳在出生后不久即可出现,主要表现为喂奶后即有1~2口乳水反流入口腔或吐出,喂奶后改变体位也容易引起溢乳。溢出的成分主要为白色奶水,如果奶水在胃内停留时间较长,可以含有乳凝块。溢乳不影响新生儿的生长发育,随着年龄的增长逐渐减少,出生后6个月左右消失。

2. 吞咽动作不协调 主要见于早产儿,或见于有颅脑和脑神经病变的患儿,是咽部神经肌肉功能障碍,吞咽动作不协调所致,表现为经常有分泌物在咽部潴留,吞咽时部分乳汁进入食管,部分从鼻腔和口腔流出,部分流入呼吸道,引起新生儿肺炎。早产儿数周或数月后功能逐渐成熟,可以自行恢复,神经系统损伤引起者的预后,取决于神经系统本身的恢复。

3. 喂养不当 约占新生儿呕吐的1/4。喂奶次数过频、喂奶量过多;乳头孔过大或过小、乳头下陷,致使吸入大量空气;奶头放入口腔过多,刺激了咽部;牛奶太热或太凉,奶方变更和浓度不合适;喂奶病后剧烈哭闹,奶后过多过早地翻动小儿等,都容易引起新生儿呕吐。呕吐可以时轻时重,并非每次奶后都吐。呕吐物为奶水或奶块,不含胆汁。改进喂养方法则可防止呕吐。

4. **咽下综合征** 约占新生儿呕吐的 1/6。正常情况下,胎龄 4 个月时消化道已经完全形成,胎儿吞咽羊水到胃肠道,对胎儿胃黏膜没有明显的刺激。在分娩过程中,如有过期产、难产、宫内窘迫或窒息,胎儿吞入过多的羊水、污染的羊水、产道中的分泌物或血液,可以刺激胃黏膜引起呕吐。呕吐可以表现为生后即吐,喂奶后呕吐加重,为非喷射性呕吐。呕吐物为泡沫黏液样,含血液者则为咖啡色液体。多发生于出生后 1~2d,将吞入的羊水及产道内容物吐尽后,呕吐即消失。如无其他并发症,小儿一般情况正常,不伴有发绀和呛咳,轻者不需特殊处理,重者用 1% 碳酸氢钠洗胃 1~2 次即可痊愈。

5. **胃内出血** 新生儿出血症、应激性消化道溃疡、弥散性血管内凝血等引起的胃肠道出血时,血液刺激胃黏膜可以引起新生儿呕吐。呕吐时往往伴有原发病的症状和体征,选择适当的实验室检查,可以作出明确诊断。

6. **药物作用** 苦味药物可以刺激胃黏膜引起新生儿呕吐,如某些中药制剂。有些药物如红霉素、氯霉素、两性霉素 B、吐根糖浆、氯化钙等本身就可以引起呕吐,一般停用后自然缓解。孕妇或乳母应用洋地黄、依米丁等时,药物可以通过胎盘血行或乳汁进入新生儿体内,引起新生儿呕吐。

7. **感染** 感染引起的呕吐是新生儿内科最常遇到的情况,感染可以来自胃肠道内或胃肠道外,以胃肠道内感染多见。胃肠道内的几乎所有感染都可以引起新生儿肠炎,呕吐为新生儿肠炎的早期症状,呕吐物为胃内容物,少数含有胆汁。随后出现腹泻,容易合并水、电解质紊乱。经治疗后呕吐多先消失。胃肠道外感染引起的呕吐也很常见,凡上呼吸道感染,支气管炎,肺炎,脐炎,皮肤、黏膜、软组织感染,心肌炎,脑膜炎,泌尿系统感染和败血症等都可以引起呕吐。呕吐轻重不等,呕吐物为胃内容物,一般无胆汁,感染被控制后呕吐即消失。

8. **新生儿坏死性小肠结肠炎** 目前认为感染在本病发病过程中起主要作用。多见于早产儿和低出生体重儿,以腹胀、腹泻、呕吐和便血为主要表现,感染中毒症状严重,重者常并发败血症、休克、腹膜炎、肠穿孔等。X 线平片检查可见肠道普遍胀气、肠管外形僵硬、肠壁囊样积气、门静脉积气等特征征象。近年认为超声检查对门静脉积气、肝内血管积气、腹水、气腹等都比 X 线敏感,已经成为本病的重要诊断手段。

9. **胃食管反流** 很多新生儿都出现过反流现象,但有明显征象的占 1/(300~1000),其原因可能与食管神经肌肉发育不全有关,有时和食管裂孔疝并存。90% 以上的患儿出生后第 1 周内即可出现呕吐,常在平卧时发生,呕吐物为乳汁,不含胆汁,呕吐物内可混有血液。长期胃食管反流,可以引起反流性食管炎和食管溃疡。如果没有解剖结构上的异常,出生后数月可以自愈。

10. **幽门痉挛** 为幽门的暂时性功能失调所致。多在生后 1 周内发病,呈间歇性喷射性呕吐,并非每次奶后都吐。呕吐物为奶水,可有奶块,不含胆汁。对全身营养影响较小。查体较少见到胃型和蠕动液,触诊摸不到增大的幽门括约肌。用阿托品治疗有效。

11. **胎粪性便秘** 正常新生儿 98% 在生后 24h 内开始排胎粪,约 48h 后排尽,如出生后数日内不排便或排便很少,就会引起烦躁不安、腹胀、拒奶和呕吐,呕吐物含有胆汁。全腹膨隆,有时可见肠型,可触及到干硬的粪块,肠鸣音活跃。腹部 X 线片全腹肠管扩张,可见液平和颗粒状胎粪影。肛查时可触及干结的胎粪,生理盐水灌肠使大量黏稠的胎粪排出后,症状即可缓解。

12. 新生儿便秘　多为肠道蠕动功能不良所致。少数新生儿 3～5d 才排便 1 次,以牛奶喂养儿多见。便秘时间延长,则出现腹胀和呕吐,呕吐特点与胎粪性便秘相似,通便后症状解除,不久后又出现,大多数于满月后自然缓解。

13. 颅内压升高　新生儿较多见,新生儿颅内出血、颅内血肿、缺氧缺血性脑病、各种感染引起的脑膜炎、脑炎等,均可以引起颅内压增高。颅内压增高时的呕吐呈喷射状,呕吐物为乳汁或乳块,一般不含胆汁,有时带咖啡色血样物。患儿往往伴有烦躁不安或嗜睡、昏迷、尖叫、前囟饱满、颅缝开裂等神经系统症状和体征。给予脱水降颅压后呕吐减轻。

14. 遗传代谢病　大多数有家族史。

(1)氨基酸代谢障碍:包括许多疾病,如苯丙酮酸尿症、胱氨酸血症、先天性赖氨酸不耐受症、甘氨酸血症、缬氨酸血症等均有呕吐现象,另外还有各种疾病特有的症状,如皮肤毛发颜色淡、尿有特殊霉味、生长不良、昏迷、酸中毒、眼球震颤等,做血液检查可以确诊。

(2)糖代谢障碍:如半乳糖血症、枫糖血症等,出生时正常,进食后不久出现呕吐、腹泻等,以后出现黄疸、肝大、白内障等。

(3)先天性肾上腺皮质增生症　有很多种类型,如 21-羟化酶缺乏、11β-羟化酶缺乏、18-羟化酶缺乏、18-氧化酶缺乏、3β-羟脱氢酶缺乏、17α-羟化酶缺乏、17,20 裂解酶缺乏等。其中以 21-羟化酶缺乏最为典型。出生后不久出现嗜睡、呕吐、脱水、电解质紊乱、酸中毒等。外生殖器性别不清,男性阴茎大或尿道下裂、隐睾,女婴出现阴蒂肥大,大阴唇部分融合似男婴尿道下裂或隐睾的阴囊等。检查血浆皮质激素及其前体类固醇,如皮质醇、17-羟孕酮、脱氢异雄酮、雄烯二酮可以协助诊断。

15. 过敏性疾病　小儿对药物、牛奶蛋白、豆类蛋白过敏时可以出现呕吐,新生儿比较常见的是对牛奶蛋白过敏,常在生后 2～6 周发病,主要表现为喂给牛奶后 24～48h 出现呕吐、腹胀、腹泻,大便中含有大量奶块和少量黏液,可以出现脱水、营养不良等。停用牛奶后呕吐消失。

16. 食管闭锁及食管气管瘘　由于胎儿食管闭锁,不能吞咽羊水,母亲孕期常有羊水过多,患儿常有呛咳、青紫及吸入性肺炎,甚至发生窒息。下鼻胃管时受阻或由口腔内折回,X 线检查可以清楚观察到鼻胃管受阻情况,同时可以了解盲端位置。进一步检查可经导管注入 1～2ml 碘油造影,可以更清楚地显示闭锁部位,同时观察有无瘘管。

17. 膈疝　临床分为后外侧膈疝、胸骨后疝和食管裂孔疝。后外侧膈疝又称胸腹裂孔疝,占所有膈疝的 70%～90%,多发生在左侧。出生后出现阵发性呼吸急促和发绀,如伴有肠旋转不良或进入胸腔的肠曲发生嵌顿,表现为剧烈呕吐,重者全身状况迅速恶化,病死率很高。查体上腹部凹陷呈舟状,可见到反常呼吸。X 线检查可以确诊,胸腔内见到充气的肠曲和胃泡影、肺不张、纵隔向对侧移位,腹部充气影减少或缺如。

18. 食管裂孔疝　它是一种先天性膈肌发育缺陷,使部分胃通过食管裂孔进入胸腔。食管裂孔疝分为食管裂孔滑动疝、食管旁疝和混合型。85%患儿出生后第 1 周内出现呕吐,10%在出生后 6 周内发病。立位时不吐,卧位时呕吐明显,可呈喷射性呕吐,呕吐物为乳汁,可含有棕色或咖啡色血液。有的患儿可引起继发性幽门痉挛,临床极似幽门肥厚性狭窄。1/3 婴儿可以出现吸入性肺炎。食管旁疝可发生胃溃疡,偶尔可以出现胃坏死,需要急诊手术处理。呕吐可持续12～18 个月,多数患儿待身体直立时可以消失。诊断主要依靠 X 线检查,钡剂发现膈上胃泡影或胃黏膜影可以诊断。

19. **肥厚性幽门狭窄** 男婴发病高,男女之比 4∶1,多见于足月儿。呕吐始于生后第 2 周左右,呕吐呈持续性、进行性、逐渐发展为喷射性呕吐。呕吐物为奶水和奶块,量多,有酸臭味。每次喂奶后不久或喂奶过程中呕吐,患儿食欲好,饥饿感强,反复呕吐后,患儿体重不增,大小便减少。腹部检查可见到明显的胃型和顺、逆两个方向的胃蠕动波。在右肋缘下腹直肌外侧可触橄榄大小的坚硬肿物,为肥厚的幽门括约肌。钡剂检查可见胃扩大、胃排空时间延长、幽门部呈典型的鸟嘴样改变及狭窄而延长的幽门管。超声检查可以直接看到肥厚的幽门括约肌,诊断的标准为幽门肌厚度超过 4mm 或幽门管的长度超过 14mm 即可诊断。

20. **幽门前瓣膜致闭锁或狭窄** 为较少的先天发育异常,多数瓣膜中央有孔。无孔瓣膜生后即出现上消化道完全梗阻的症状,瓣膜孔较小时在新生儿期就可发病,表现为进食后呕吐,常呈喷射状,呕吐性状和内容物类似肥厚性幽门狭窄,但腹部触诊摸不到肿物。钡剂检查见不到幽门管延长、弯曲及十二指肠球压迹等肥厚性幽门狭窄的特点,可以幽门前 1～2cm 处见到狭窄处的缺损。本病需手术切除隔膜。

21. **胃扭转** 胃扭转分为两型:器官轴型扭转和系膜轴型扭转,以器官轴型多见,约占 85%。新生儿因胃的韧带松弛,胃呈水平位,故容易发生胃扭转。多于出生后即有吐奶或溢奶史,也可以在生后数周内开始呕吐,呕吐轻重不一,呈喷射状呕吐或非喷射状呕吐,多在奶后呕吐,奶后移动患儿时更为明显,呕吐物不含胆汁。钡剂造影可以确诊。

22. **先天性肠闭锁和肠狭窄** 闭锁可发生于肠管的任何部位,以回肠最多,占 50%,十二指肠占 25%,空肠较少,结肠罕见。发生在十二指肠和空肠上段的称为高位肠闭锁。高位时常常有羊水过多史,闭锁部位越高,呕吐出现得越早,十二指肠闭锁时生后第 1 次喂奶即发生呕吐,呕吐物为胃内容物及十二指肠分泌液,除少数闭锁发生在壶腹部近端者外,大多数呕吐物内均含有胆汁,随着喂奶次数的增多,患儿呕吐逐渐加重,呈持续性反复呕吐。可有少量的胎便排出,腹不胀或轻度膨隆。发生于空肠下段、回肠和结肠时称为低位肠闭锁。低位肠闭锁主要表现为腹胀,常在出生后 1～2d 开始呕吐,呕吐物呈粪便样,带臭味,无胎粪或仅有黏液样胎粪。高位肠闭锁时,腹部立位 X 线透视或摄片可见 2～3 个液平面,称为二泡征或三泡征,低位肠闭锁时可见多个扩大的肠襻和液平面,闭锁下端肠道不充气,钡灌肠可见胎儿型结肠。

23. **肠旋转不良** 一般在出生后 3～5d 开始呕吐,呕吐可为间歇性,时轻时重,呕吐物为乳汁,含有胆汁,生后有胎便排出。如发生胃肠道出血,提示肠坏死,继之可出现肠穿孔和腹膜炎,腹膜刺激征阳性,中毒性休克等。X 线立位片可见胃和十二指肠扩张,有双泡征,空肠、回肠内少气或无气,钡灌肠显示大部分结肠位于左腹部,盲肠位于左上腹或中腹即可确诊。

24. **胎粪性腹膜炎** 胎儿时期肠道穿孔导致胎粪流入腹腔,引起腹膜无菌性、化学性炎症,称为胎粪性腹膜炎。临床表现因肠穿孔发生的时间不同而异,结合 X 线特点,通常分为 3 型。①肠梗阻型,出生后即可见到梗阻症状,如呕吐、拒奶、腹胀、便秘等,X 线立位片可见肠曲扩大,伴有多个液平面,可见明显的钙化斑片影。②腹膜炎型,由于肠穿孔到出生时仍然开放,出生后迅速引起化脓性腹膜炎或气腹,根据气腹的类型有可分为两种,一种是游离气腹,肠穿孔为开放性,患儿一般状况差,可伴有呼吸困难和发绀,腹胀显著,腹壁发红,发亮,腹壁静脉曲张,有时腹腔积液可引流到阴囊,引起阴囊红肿。腹部叩诊呈鼓音和移动性浊音。肠鸣音减少或消失。腹部 X 线片可见钙化影,有时阴囊内也见钙化点。另一种是局限性气腹,肠穿孔被纤维素粘连包裹,形成假面具性囊肿,囊内含有积液和气体,假性囊肿的壁上或腹腔内其他部位可见钙化点。此型可以发展为弥漫性腹膜炎或局限性腹腔脓肿。③潜伏性肠梗阻型,出生时肠穿孔已经闭合,但腹腔内存在着肠粘连,表现为出生后反复发作的肠梗阻,腹部 X 线片可见钙化影。轻症经禁食、胃肠减压、灌肠等处理,可以缓解。如果已经有气腹或肠梗阻症状不能缓解,应尽早手术治疗。

25. **先天性巨结肠**　是一种常见的消化道畸形,是由于结肠末端肠壁肌间神经丛发育不全,无神经节细胞,受累肠段经常处于痉挛状态而狭窄,近端结肠粪便堆积继发肠壁扩张、增厚,造成巨大结肠。本病主要症状包括胎粪排出延迟、便秘,约 90% 病例生后 24h 内无胎便排出。逐渐加重的低位肠梗阻症状,出现呕吐,次数逐渐增多,呕吐物含胆汁或粪便样物质,腹部膨隆,皮肤发亮,静脉怒张,可见肠型及蠕动波,肠鸣音亢进。肛门指检直肠壶腹部空虚,并能感到一缩窄环,拔指后有大量粪便和气体爆破式排出,腹胀症状随之缓解。此后便秘、呕吐、腹胀反复出现。晚期可并发小肠结肠炎、肠穿孔等。X 线立位腹部检查可见肠腔普遍胀气,直肠不充气。钡灌肠是主要的诊断方法,可见到直肠、乙状结肠远端细窄,乙状结肠近端和降结肠明显扩张,蠕动减弱。24h 后复查,结肠内常有钡剂存留。直肠测压检查显示直肠肛管抑制反射阴性。直肠活检和肌电图检查也有助于临床诊断,但在新生儿使用较少。

26. **肛门及直肠畸形**　主要指肛门及直肠的闭锁或狭窄,是新生儿期发生率最高的消化道畸形。临床可分为①肛门狭窄;②肛门闭锁;③直肠闭锁。肛门直肠闭锁者生后无胎便排出,以后逐渐出现低位肠梗阻的症状,如腹胀、呕吐、呕吐物含胆汁和粪便样物质,症状逐渐加重。大多数患儿通过仔细查体都可以发现无肛门或肛门异常,临床可疑病例可以在出生 24h 以后,将患儿进行倒立位侧位摄片检查,可以确定闭锁的类型和闭锁位置的高低,超声检查也可以准确测出直肠盲端与肛门皮肤的距离。

五、治　疗

新生儿呕吐的诊断和治疗过程是相互交叉的,其治疗原则主要包括防止并发症和病因治疗两个方面。包括防止误吸,改善喂养习惯,控制感染,手术纠正消化道畸形等。

(郭俊斌)

第六节　腹壁畸形

一、先天性腹壁缺损

临床上常见的先天性腹壁缺损都发生在脐部,临床分类见表 14-1。脐膨出(omphalocele,又称 exomphalos)是一种腹壁中线处的缺损,大多缺损直径超过 4cm,疝出脏器从脐带部位膨出,内有中肠与其他腹部器官,如肝、脾和生殖腺等,并被羊膜所覆盖(图 14-1)。腹裂(gastroschisis)是一种全层腹壁缺损,缺损部位多位于脐带右侧,脐带完整,腹壁缺损直径一般<4cm,腹腔脏器通常为中肠和胃,直接疝出体表,表面没有囊膜覆盖(图 14-2)。其他罕见的脐膨出类型包括头褶缺损或称 Cantrell 五联症,这种腹壁缺损是脐上缺损,心脏通过缺损的心包膜及膈肌中心腱突出到囊膜腔内。异位胸心(心脏突出胸腔外,与脐膨出囊腔内心脏相比,没有心包膜的覆盖)可以被认为是头褶缺损的另一种类型。另一种不常见的脐膨出是尾褶缺损(又称为"泄殖腔畸形"),这种畸形是脐下缺损,常伴随膀胱外翻和无肛。脐疝有两种特征与以上畸形相鉴别:脐环缺损,缺损处外覆正常皮肤;脐疝在出生时很少发生,在出生后第 1 周或第 1 个月内才出现(图 14-3)。

表 14-1 先天性腹壁缺损的比较

缺损	位置	囊膜	内容物	发生频率	相关畸形	预后
脐膨出——侧褶	脐部	有	肝、肠、脾、生殖腺	常见	染色体、心脏	好（与相伴畸形有关）
脐膨出——头褶（Cantrell 五联症）	脐上	有	肝、肠	罕见	心脏、胸骨裂、心包膜缺损、膈肌中心腱缺损	差
脐膨出——尾褶（泄殖腔外翻）	脐下	有	肠	罕见	膀胱外翻、无肛、尿道上裂	一般
脐带疝	脐	有	肠	不常见	不常见	好
腹裂	脐右侧	无	肠	常见	肠狭窄	好
异位胸心	胸骨中线	无	心脏	罕见	心脏	差

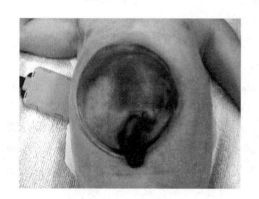

图 14-1 脐膨出

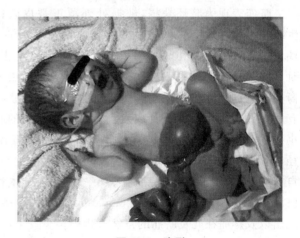

图 14-2 腹裂

先天性腹壁缺损或梅干腹综合征（prune-belly syndrome）的婴幼儿都具有正常的腹壁层次，但在疏松的网状组织中肌肉组织很少。与此相似的肌肉缺陷畸形还涉及泌尿生殖道和消化道。

本章重点对临床常见的脐疝、脐膨出、腹裂进行论述。

二、脐 疝

（一）胚胎发育及发病机制

随着胚胎的发育，羊膜向四周延伸，包绕胚胎，并覆盖发育中的脐带组织，包括尿囊、脐血管、卵黄管和原始间充质组织，在胚胎第 6～10 周，肠管快速生长期，中肠的发育是在体腔外的。随着体腔壁的持续发育，肠管返回到体腔内，并旋转和固定。脐环的纤维肌肉组织继续收缩，通常到出生时关闭。筋膜的持续开放导致脐疝的形成，通常见于未成熟新生儿。出生时，脐部被坚硬的筋膜环所包绕，并在白线处存在缺损。脐部开口被下方的脐尿管和脐动脉残留物紧密附着，并被上方的脐静脉较疏松的附着所加强。来源于腹横肌的筋膜（Richet 筋膜）

支撑着脐的基底部。脐环下有完整的腹膜层,脐带离断后可以见到其上方覆盖的皮肤组织。当支持的筋膜缺损或薄弱时可形成脐疝。脐疝的患儿脐环周围有坚固的筋膜,中央有与外突的皮肤相附着的腹膜疝囊穿过。脐环渐进性关闭和脐缺损的筋膜力量加强,使得大多数脐疝的患儿可以在出生后数周、数月,甚至数年中逐渐闭合,自发痊愈。

(二)临床表现

脐带脱落的正常时间范围是出生后 3d 至 2 个月,平均 14d 左右。将近 10%正常新生儿的脐带在出生 3 周后脱落。正常脐带的特征是,下压脐部可以出现"圆丘"(中央突出包括脐带残留物的坚硬部分)和"脱落痕"(厚实的瘢痕,胚内体腔与胚外体腔曾通过此处相连),"软垫"则是在下压脐部时周围轻微突起的皮肤边缘。

脐疝表现为脐环缺损,缺损处外覆正常皮肤;在出生时很少发生,多在出生后第 1 周或第 1 个月内才出现,手指下压脐部可以触及脐环缺损的边缘;腹压增加

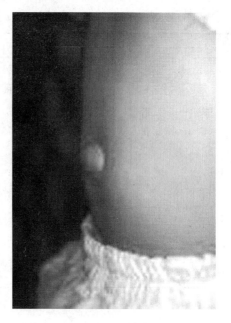

图 14-3　脐疝

时可看到脐部半球形突起。脐疝在男孩与女孩中的发生率相同,一些文献报道非洲人及非洲裔美洲人的婴儿中发生率较高。大多数婴儿的脐疝在出生后脐带脱落几周内被发现,几乎所有的患儿在出生后 6 个月内发病。大多数患儿的脐疝在出生后 3 年内自行消失。脐环直径较小(<1.0cm)更容易自行关闭,且比脐环较大(直径>1.5cm)的脐疝关闭要早。脐部缺损的直径对预后很重要,而脐疝突出的长度与预后的关系不大。一些脐疝在 5 岁前不经手术治疗可自行关闭。脐疝在唐氏综合征、18-三体、13-三体和黏多糖累积症中较常见。脐部缺损(疝或脐膨出)可以是 Beckwith-Wiedemann 综合征的一种表现。肠管或网膜的嵌顿、绞窄、穿孔、内脏脱出以及疼痛在儿童脐疝的自然病程中很少发生,但一旦发生,则常累及小肠。未矫正的脐疝可以在任何年龄出现症状。持续的腹腔压力升高增加了并发症的可能性。脐疝可以在妊娠期出现症状,而一旦嵌顿,应行手术治疗。较少见的疝内容有子宫肌瘤和子宫内膜等组织。

儿童脐疝需与"脐带疝"鉴别,后者存在脐部腹膜以及筋膜开放性的缺损,小肠疝入脐带中且只外被羊膜。脐带疝事实上是一种小型脐膨出。

(三)治疗

1. 手术指征　尽管提倡儿童期疝修补术是为了避免成年人期嵌顿疝的发生,但这两者之间的关系尚不清楚。一些少见的情况,如需要复位的嵌顿疝、绞窄性疝、穿孔和内脏脱出是手术的绝对指征。脐环较大且随访观察没有缩小迹象的婴儿也可在 2 岁之前行手术治疗。典型的脐疝最少应观察至 2 岁,如果脐环的大小没有改变,可以考虑手术修补。有充分的证据支持延迟至儿童较年长时再做手术决定。巨大的缺损(直径>1.5cm)在 5 岁时仍然持续存在需要手术修补。脐疝出现嵌顿时,如果患儿脐部包块柔软,可以通过挤出嵌顿肠管中气体并用坚实、持续的力量作用于嵌顿的包块。如果复位成功,密切观察是否有腹膜炎体征并在第 2 天进行手术是恰当的。如果嵌顿疝复位不成功,则应进行急诊手术。在腹股沟疝合并脐疝的婴儿,通常不处理脐疝,因为它有自行消退的可能。在出生后早期观察期可应用脐疝带辅助治疗。

2. **手术技巧、结果和并发症**　儿童脐疝修补术可以是对腹膜囊内翻的患儿采用打开腹膜，并逐层关闭腹腔的方式，或者像治疗腹股沟疝一样，用线结扎。可吸收线和不吸收线均可以应用。较大脐部缺损多余的皮肤可以保留在原处，随着时间的推移，脐外观可以自行改善。脐疝手术的基本原则是可靠的筋膜关闭，常采用横行方式，并保留脐部外观是各种脐疝修补术中共同采用的技巧。脐部胶布固定的治疗方法是不可靠的。

脐下的切口按皮肤皱褶的方向打开，环绕疝囊进行皮下组织的解剖，疝囊横断，并在脐部皮肤下方解剖出来。在皮肤下方保留较少的疝囊以避免并发症的发生。疝囊可以修剪至坚固筋膜边缘或简单的向内翻折并横向预留可以间断放置可吸收线的空间。确保正确的放置缝线，缝线应在全部放置完成后再进行打结。不需要关闭第 2 层。在脐皮肤下方与筋膜中间部位之间放置可吸收皮内缝线，以保持脐部皮肤内翻。皮肤可应用可吸收线进行皮内缝合，并应用可产生适当压力的小敷贴包裹伤口。

感染可能是疝复发的诱发因素，但很少见。保持手术时筋膜的边缘一直在视野内，可以避免可能的内脏损伤。

三、腹裂与脐膨出

(一)腹壁的胚胎发育及发病机制

孕 3 周时胚胎的扁平细胞盘发育为 4 个褶，并将关闭形成体腔。两个侧褶从胸膜腹膜管发出，向中线处汇合。头褶，实际上起源于大脑远端，但逐渐被前胸壁所取代，向下发育为心脏。头褶中包含有原始横膈组织，向后延伸，将胸腹膜管分为胸腔和腹腔。尾褶，在平盘期起始于肛门远端，将发育为膀胱或尿膜。在这个时期，肠管沿着胚胎长轴生长，并在脐部与卵黄囊相交通。卵黄囊最终将消失，有时只在远端结肠上留下卵黄管残余物。在第 5 孕周，肠管将在脐体腔内，即胚胎前表面体蒂中的腔内，延长并发育。在第 10 孕周时肠管由脐体蒂的腔中返回至腹腔，并旋转和固定。

脐膨出表现为体褶完全发育过程中的缺陷。大多数脐膨出是侧腹壁缺损，且缺损总是在脐部。腹直肌起点在肋缘处总是相距很宽，因此，修补时往往不能将腹直肌缝合在一起。无论何种因素造成这种损害，该畸变总是发生在胚胎早期，并因此影响到其他器官系统发育，所以脐膨出的患儿常合并有其他畸形。头褶缺损导致心脏异位或 Cantrell 五联征，而尾褶缺损引起膀胱和泄殖腔外翻。对异位胸心的更好的解释是绒毛膜或卵黄囊破裂形成索带引起了机械性破坏，这些儿童常有其他索带损坏的特征，如颜面裂。

腹裂在出生前内脏外露，可能与脐体腔发育障碍有关。随着肠管延长，体腔内没有空间，肠管扩张并正好在脐右侧破裂出体壁，这可能是因为右脐静脉在第 4 孕周时被吸收，脐右侧相对没有支持所致。因此，腹裂没有膜覆盖，肠管常常表现壁厚、水肿、互相缠结并被纤维素样膜状组织覆盖。刚出生时，腹裂的肠管通常是正常的，20min 后开始出现其特征性的改变。这些改变可能因为肠管暴露在空气中，但更多的是因为肠管水肿的结果，使得肠系膜血管在腹壁水平闭塞以及蛋白质样液体渗出。

脐带疝是中肠在第 10~12 孕周时返回腹腔时发生的一个小的缺陷。因此这种缺损只包含有中肠并有被膜覆盖。因此脐带疝比脐膨出要小得多，且有一个相对好的外观。

腹壁缺损在同一个家族里出现的情况并不常见。尚没发现与腹壁缺损有关的特异性基因，但它们有些确实是一些综合征的表现之一，Beckwith-Wiedemann 综合征（先天性腹壁缺损、巨舌、巨体和高血糖，并在存活后可发生腹部肿瘤）是最常见的综合征。其他一些伴有腹壁缺损的综合征还有 OEIS(脐膨出、外翻、无肛和脊柱畸形);Gershoni-Baruch syndrome(脐膨出、膈疝、心血管畸形和桡骨缺损),可能是常染色体隐性遗传;Donnai-Barrow syndrome(膈疝、脐疝、胼胝体缺乏、器官距离过远、感觉神经性耳聋),也是常染色体隐性遗传;以及 Fryns' syndrome(先天性膈疝、粗糙面容、肢体末端贫血症并常有脐膨出)。OEIS 与尾褶脐膨出有密切关系,可能与特定的基因有关。脐膨出也可能与一种常染色体畸形有关,尤其是 13-三体、18-三体或 21-三体。

(二)产前诊断

超声检查已广泛应用于产前诊断。脐膨出可以通过存在囊膜而与腹裂区分,可以通过缺损中有肝存在而与脐带疝区分。欧洲 11 个注册产前超声中心的报道,发现脐膨出的敏感度是 75%(范围 25%～100%),发现腹裂的敏感度为 83%(18%～100%)。第 1 次发现脐膨出的时间是 18 孕周±6 孕周,腹裂则是 20 孕周±7 孕周。仅有 41% 产前检查为脐膨出的胎儿出生时存活,22% 在胎儿期死亡,37% 中止妊娠。59% 腹裂胎儿在出生时存活,12% 在胎儿期死亡,29% 中止妊娠。有流行病学研究报道中我国腹裂畸形围生期产前诊断比例为 41.46%。

产前超声检查也可以发现相关畸形。腹裂常常伴发肠狭窄,脐膨出常伴发心血管畸形,使得产前心血管超声心动图检查很有意义。常规产前 B 超的广泛应用并没有显示明显改善围生期发病率或预后。

所有不伴脊髓脊膜膨出的腹壁缺损胎儿的羊水及母亲血清中 α 甲胎蛋白(AFP)升高,其羊水中的乙酰胆碱脂酶(AChE)也增高。有研究报道在 23 例腹裂和 17 例脐膨出妊娠中,妊娠中期时,腹裂的血浆 AFP 比正常高 9.42 倍,脐膨出比正常高 4.18 倍。另一项研究报道妊娠期 AFP 在 100% 的腹裂及仅 20% 脐膨出中升高,AChE 在 80% 腹裂及 27% 脐膨出中升高。

如果在产前即做出诊断,妇产科医生对腹壁缺损的患儿多选择剖宫产,可在患儿出生后立即手术,安排完整的小儿外科手术组人员在相邻的手术室为手术做准备。最近更多的产科文献显示剖宫产对腹壁缺损患儿不存在优势。他们认为生产方式的选择应该由产科医生根据产科适应证决定,不需要考虑腹壁缺损的存在。

产前咨询并与产科医生协调是很重要的。因为腹裂的肠管状况和脐膨出的肠管扩张程度及肝大小常与出生至手术的时间间隔相关,尽可能快的在患儿出生后即由小儿外科医师处理并安排修补术是很重要的。

(三)临床表现

1. 脐膨出　脐膨出的发生率是(1～2.5)/5 000 个活产婴儿,男性占多数,足月产多见。出生时即可见腹壁中心缺损,直径常>4cm。它常被一个半透明膜所覆盖,脐带由其上伸出。囊膜在出生时可能被撕破,但这不经常发生。囊内常包含肝、中肠和其他器官如脾和生殖腺。腹壁肌层正常,但腹直肌嵌入肋骨边缘,使得减压手术发生困难。

表 14-2 列出了脐膨出的伴发畸形。据报道,45% 的脐膨出患儿有心脏畸形,包括室间隔缺损、房间隔缺损、异位心脏、三尖瓣闭锁、主动脉缩窄和新生儿持续性肺动脉高压。40% 的患儿存在染色体异常,其与 Down 综合征之间的联系也见于报道。脐膨出患儿常伴巨体或出生体重>4kg。肌肉骨骼系统及神经管畸形发生率高。胃-食管反流比较常见,发生率可达 43%,且 33% 患儿在 1 岁时存在隐睾症。

表 14-2　脐膨出与腹裂常见伴发情况

脐膨出	腹裂
心脏畸形	肠狭窄
染色体异常	小于胎龄儿
Down 综合征	未成熟儿
巨体	胃食管反流
胃食管反流	隐睾症
隐睾症	
肌肉骨骼发育异常	
神经管缺陷	

脐带疝通常很小并发生在脐部,并且脐部向外延伸,常外被囊膜,易与脐膨出混淆。区别在于它的包含物只有中肠,决无肝,缺损处的腹壁是正常的,腹直肌向中线在剑突处相汇。很少伴发其他畸形。可存在肠旋转不良。

2. 腹裂　与脐膨出相比,腹裂腹壁缺损较小,通常<4cm。在几乎所有的病例中,腹裂紧邻脐部,位于脐带右侧,在脐带和缺损之间偶尔存在皮桥,但腹壁及肌层正常。没有囊膜和囊膜残余物。中肠、偶尔还有生殖腺从缺损中疝出。在出生时,肠管表现正常,但出生 20min 以后,突出的肠管变厚并覆盖一层纤维素样渗出膜以至肠管不能被辨认清楚。

腹裂的胎儿常表现为宫内生长抑制,腹裂的新生儿常为未成熟儿,并通常存在呼吸系统问题。甚至足月的新生儿也表现为小于胎龄儿,并其母亲可能很年轻。

近 30 年来,腹裂成为最常见的腹壁缺损疾病。这可能与未成熟儿增多及未成熟儿的存活率增加有关。腹裂的发生率为 1/2 500～3 000 活产婴儿,男女比例相当。一项中国的 1996—2000 年腹裂流行病学调查包括 31 个省的 2 218 616 个新生儿。其中,569 例罹患腹裂。总体发病率为 1 万例新生儿 2.56 例。腹裂的发生率孕母<20 岁年龄组是 25～29 岁年龄组的 5.4 倍。腹裂的伴发畸形常与中肠有关,最常见的是肠旋转不良、肠狭窄,约 15% 伴发肠闭锁。腹裂患儿在 1 岁之前常出现胃食管反流(16%)和隐睾(15%),后者常可自行愈合。

(四)治疗

1. 脐膨出

(1)早期治疗:完整的脐膨出囊膜应该用无菌塑料膜覆盖,并在温暖的环境中转运,维持患儿的正常体温是非常重要的。放置鼻胃管以减轻胃肠压力。直肠指检或灌肠排除胎粪。需要时给予吸氧或机械通气。如果囊膜破裂,则需要及时手术。同时应积极液体复苏,给予正常 2～3 倍的液体量(10%GS+0.25%NS)以维持的速度静脉滴注并最好通过近头端静脉。给予维生素 K_1,并应用预防性广谱抗生素。如果这种畸形在出生前被确诊,可在产房里直接进行修补术。

因为常伴发心脏的缺陷,在维持患儿循环呼吸及内环境稳定后,术前需常规行心功能评估和超声心动图检查。最常见的心脏畸形是室间隔缺损。

外科手术的原则是回纳疝出脏器,关闭腹壁筋膜及皮肤,尽可能建立正常脐部外观并最小化机体损伤。如果疝出脏器较少,可回纳入腹腔则可行一期关闭术。但大多病例腹腔脏器难以一期回纳,腹壁缺损较大,需要采取分期手术或延迟手术。分期手术是应用弹性敷料加压包扎腹壁促使疝出脏器逐渐回纳后再行腹腔关闭术。如囊膜破损而又难以一期关闭腹壁,可以去除囊膜,将疝出脏器置于带弹簧圈的 Silo 袋内并悬吊于新生儿暖床,逐渐加压促使脏器回纳;再行关闭手术。分期手术可以减少腹腔压力升高而导致的腹腔间隙综合征,包括呼吸抑制、静脉回流受阻而导致的尿排出量和心排血量减少、肠血液供应减少和因为肝位置变化而扭结的肝静脉导致的酸中毒。在腹壁缺损大,疝出脏器(多为肝)难以回纳,手术关闭不能进行而囊膜完整时,非手术的初始治疗(消毒并涂抹囊膜,加压包扎)仍然有效。既往常选择红药水或碘液涂抹囊壁,但可能增加汞或碘中毒的风险。目前有学者建议使用磺胺嘧啶银涂抹囊壁取得较好疗效。应用磺胺嘧啶银涂抹囊壁使其逐渐上皮化,囊膜坚固后予以弹性绷带包扎并逐渐加压促使内容物回纳腹腔;6～12 个月或以后再行延迟手术关闭腹壁。

但如果腹壁缺损环较小,要注意避免因膨出肝大血管扭曲而导致的不可逆转的酸中毒,需要尽快手术扩大缺损,再根据具体情况选择上述方法处理。

(2)手术治疗:在手术室,囊膜及腹部消毒并去除脐带,如果患儿缺氧或情况不稳定,在行左侧腹壁转移时保留脐动脉或静脉(或两者都保留)以利于术后监测,但实际上这很少需要。常用粘性塑料切口保护膜,以保持患儿热量。首先试着在囊膜完整的情况下,将膨出物送回腹腔。但因为腹腔太小或囊膜常与肝或镰状韧带粘连,这种复位可能不成功。在缺损外沿囊膜四周切除几毫米皮肤,分离皮肤直到显示腹直肌。在这个层次上切除囊膜和脐动脉、脐静脉及脐尿管。将肝与囊膜分离,如果分离困难囊膜内层可以留在肝上以避免肝广泛渗血。如果内脏复位困难,可以在前至后方向上牵拉腹壁并扩张腹腔。首先放回肠管,然后放回肝。肝可以有效的固定复位的肠管,而且,如果需要利用皮瓣关闭腹腔,这样可以减少肠管与皮瓣的粘连而使第二次手术更容易些。在一期手术中,除皮肤外所有腹壁层应褥式缝合,很重要的是,应将缝线放置在腹直肌层,而不仅仅在筋膜层,以避免手术后疝的发生。因为腹直肌上源嵌入肋骨,故在切口上部让腹直肌合并贴近在一起不太可能,且因为肝的存在,在这个区域也不需要分离腹直肌。曾有将腹直肌前筋膜翻转后覆盖在缺损上方的报道。放置腹壁缝线最好不要打结,并交替向对侧牵拉,以观察患儿是否能耐受关闭筋膜。如果此时麻醉师给患儿的机械通气压力低于 25cmH$_2$O,则关闭是安全的。连续缝合关闭皮肤切口,在大多数患者,这样可以让手术瘢痕看上去像脐一样。一般采用可吸收线荷包皮内缝合,需每间隔两至三针时同筋膜组织缝合在一起,并关闭切口。如果皮肤不够用,则使用间断褥式缝合关闭皮肤。

其他一些方法可以判断关闭筋膜后张力是否太大:静脉输注的液体内的液体不再因重力而下滴、膀胱或胃管内的压力>20cmH$_2$O 等。如果关闭筋膜后腹腔张力太大,可以考虑只缝合皮肤。但如果使用一些技巧后腹腔张力仍旧很大,缝合皮肤张力也会很高。这时,可以放置储袋包容内脏,使内脏在一个星期内缓慢复位于腹腔。其中最简单的装置是底部带弹簧圈的硅橡胶罩(Silo 袋),可通过腹壁缺损放置在腹壁边缘的下方。将弹簧圈缝合在腹壁上是有益的,可以防止内脏复位时产生压力使弹簧圈被压出。在缺损边缘涂上含抗生素的药膏。如果 Silo 袋不能被应用,可以使用 Dacro 增强硅橡胶袋。将袋子一端与腹壁的每个侧边缝合,另一端放置在腹壁外并打结,使得腹壁筋膜边缘和硅橡胶袋都朝向腹腔外。然后在缺损顶部分上、下两层进行缝合。

一期手术时可不行 Ladd 术或阑尾切除术。如果在疝囊内可以看到睾丸,则需将睾丸放置入腹腔内,大多数病例在出生 1 年内睾丸可自行下降至阴囊内。如果存在明显的肠狭窄,可在正常腹壁处行单腔肠造口术,并在至少 3 周后待肠功能恢复再行肠吻合术。

巨大脐膨出存在一个特殊的问题,即时在使用 Silo 袋分期将肠等内脏复位以后,因缺损太大,皮肤或筋膜都无法覆盖在缺损上面。有几种方法可以采用,例如,从其他剩余的比较开阔的区域转移皮瓣,一些医生将可吸收的网塞固定在缺损上,然后在这个粗糙的组织上转移皮瓣或植皮。但这种技术有引起肠瘘的危险。有报道使用 Gore-Tex(聚四氟乙烯),并在 Gore-Tex 表面上覆盖皮瓣或移植的皮肤,但每一例都发生了感染和 Gore-Tex 脱落。然而,去除 Gore-Tex 后,在这个粗糙的表面上使用皮瓣或植皮还是可行的,而且这个假包膜似乎稳定了腹壁。在较大婴儿,皮肤扩张器也是可以考虑应用的。

(3)手术后治疗:在一期修补术后,大部分患者需要机械通气辅助呼吸,但几天以后,腹壁就可以容纳耐受腹腔内容物了。静脉液体可以 150ml/(kg·d)的速度输注或维持尿量在 1ml/(kg·h)以上,可以中心静脉置管以输注静脉营养液。如果是行一期修补术,则在短期内使用抗生素。但在分期手术中,则需持续预防性使用抗生素。伤口缝线上使用抗生素药膏直到 3 周后拆除缝线。使用鼻饲管进行小的间歇性抽吸,直到患儿肠功能恢复,包括排便、腹胀缓解、鼻饲管引流量减少等为止。去除鼻饲管,12h 后可以开始并逐渐恢复饮食。肠功能恢复延迟常见。如果 3 周后肠功能仍未恢复,应行胃肠道钡剂(GI)检查。

如果使用了 Silo 袋,通常在手术后 1 天开始内脏复位,复位可以简单的由人工操作完成,然后可采用许多种安全的方式:用脐带线将长钳夹住的 Silo 袋悬吊在患儿头上温暖的地方,用结扎线、前后连续缝合或使用脐带钳。有医生认为应在储袋外面每侧都增加几针预置缝线,当储袋缩小变平更靠近底边时可以将缝线打结。腹壁被伸展时肠管水肿缓解、肠内容物被排空而使肠管逐渐复位。前文讨论过的在关闭腹壁时采用的几种检测腹腔内压力的方法在应用 Silo 袋时仍可以应用。大部分储袋可以在 7d 内去除并再次手术关闭腹腔。

如果使用了皮瓣,则可以在任何时间进行根治手术,这主要依据患儿的一般情况。如果肠管开始向巨大的皮肤囊中生长,而不是向腹腔内复位,则需使用腹带以产生向腹腔内的直接压力。如果到了该关闭筋膜的时候,则应该将皮肤从肝上解剖出来。如果腹壁肌肉无法缝合在一起,只要能完全被健康皮肤所覆盖,可以使用修复性网塞补片。而如果有一部分补片不得不显露在外,那它将不会与周围组织成为一体并将会被排出。如果在初次手术时预测到皮瓣不能关闭腹腔,则不要对皮肤进行过多的解剖,这样这些组织在最后行修补术时会更健康。

如果手术后发生疝,一般可在 1 岁时修补,并不需要修复性补片。偶尔,患儿的疝可以自行消失。

2. 腹裂

(1)早期治疗:腹裂的两个特征使得它的早期治疗与脐膨出不同。患者常是未成熟儿,关闭缺损时常要注意心脏功能、呼吸支持及肠管大部分表面显露在外的问题。后者常导致液体需要量的增加和热量丧失。解决这个问题的最好办法是将外露肠管放置于储袋中以控制热量的散发和液体的丢失。因为大多数病例中,无论是自然分娩还是剖宫产,患儿的肠管未受到损伤。越快将肠管复位,一期复位的可能性越大,肠管水肿和纤维素样渗出膜积聚得越少。其他早期常规处理同脐膨出。

如果在产前即作出诊断,妇产科医生对腹壁缺损的患儿多选择剖宫产,可在患儿出生后立即手术,安排完整的小儿外科手术组人员在相邻的手术室为手术做准备。

(2)手术技巧:如果难以一期回纳关腹,可在床边非麻醉下放置 Silo 袋,进行肠管复位,一般 7～10d 肠管可以逐渐回纳腹腔(图 14-4)。如果使用呼吸机辅助则 3～5d 肠管可以回纳。只有最后的腹壁关闭手术需要在手术室里进行。

小心的去除胎儿皮脂使得以后的操作更便利。如果没有急性呼吸抑制,则建立静脉通道,应用监护设备,胃肠减压排出胃内容物,并进行气管插管。在麻醉后手术医生将脐带提起,一段一段地将肠管复位并将胎粪逐渐挤压排出肛门。扩张肛管以帮助胎粪排出是很重要的。其他的手

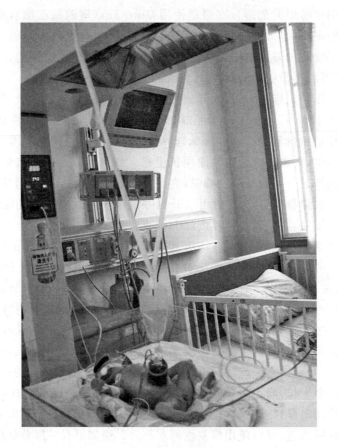

图 14-4　腹裂

肠管被放置于 Silo 袋中逐渐回纳入腹腔

术操作与脐膨出大致相同。大多数腹裂患儿在令人满意的手术后可以拥有完整的脐部(图 14-5)。在清理脐带后可以在腹膜水平分离脐血管和脐尿管。关闭皮下组织,因为腹裂患儿的伤口常常很小,将脐放置在切口中间或完整切口的左侧边缘。

(五)并发症

并发症的发生常与未成熟儿(腹裂)、伴发畸形(脐膨出)、消化道畸形(腹裂)和关闭腹壁后张力太大相关。前文已经提到了液体需要量增加和肠功能恢复延迟的可能性。此外,对未成熟儿相关问题的治疗准备非常重要,包括热量散失、呼吸衰竭、高胆红素血

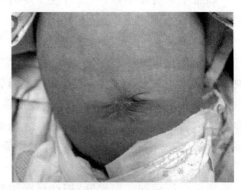

图 14-5　腹裂腹壁关闭脐部成形术后外观

症、低血糖症、高血糖症和低钙血症。呼吸抑制的治疗中保持毛细管血气分析结果在正常范围上限很重要,因为下限往往提示水肿,并要比它实际代表的血氧值更低、血碳酸值更高。腹裂和囊膜破裂的脐膨出患儿常有血容量减少。有研究发现所有患儿在手术中至少需要 25％的血液估计量(20~80ml/kg,在 45~120min 完成),在出生 24h 内需要 82~312ml/kg。在新生儿,尿量是最好的监测指标,大多数消化道畸形的治疗可以延期,脐膨出中肠管可以正常地维持麻醉,但随着

手术时间的延长,所有的组织水肿将加剧,肝将向外膨大。在腹裂和脐膨出患儿,如果需要,狭窄的肠管可以在甚至不行造口的情况下放回腹腔,等待 3～6 周或以后腹壁缺损治愈时再做治疗。

关闭腹壁时张力太大会导致通气障碍、回心血量减少、心排血量减少和少尿(腹腔间隙综合征,abdominal compartment syndrome)。治疗措施是将患儿送回手术室拆除筋膜缝线减压,只关闭皮肤切口。在脐膨出中,手术后代谢性酸中毒的出现常与肝复位时大血管扭曲有关。

所有患儿都有肠功能恢复缓慢的倾向,无论肠管复位有多快或肠管看上去有多正常。脐膨出患儿的肠管功能恢复比腹裂患儿快。对手术后 3 周肠蠕动仍没有恢复的患儿应进行肠管造影检查。

(六)预后

脐膨出的存活率为 70%～95%。大多数的患儿死亡与伴发的心脏或染色体异常有关。研究报道脐膨出患儿的死亡与其出生体重、缺损大小或关闭腹腔的首选方式无关。死亡率主要与伴发畸形有关。腹裂患儿最近 10 年的存活率增加到了 91%,死亡率主要与未成熟儿、肠道并发症、短肠综合征和全静脉营养的"假丝酵母属"败血症(candida sepsis)等有关。

后期的心血管呼吸和肺部的负面效应在脐膨出或腹裂的患儿中很少存在。许多患儿在随后的生活中表达了对没有脐部的关心。尽管应警觉异位心脏、头褶和尾褶缺损的脐膨出患儿的近期和远期预后,但侧褶缺损的脐膨出、脐带疝和腹裂患者具有良好的存活率和远期效果,许多问题与伴发疾病有关,而与腹壁缺损或它的修补术方式无关。

(七)小结

目前对新生儿腹壁缺损(脐膨出和腹裂)是否行一期关闭术还存在争议。我们曾对近 20 年(1987—2006)发表的中英文相关文献进行系统评价(Meta 分析),结果显示一期手术关腹组和 Silo 袋分期修复组的存活率差异无明显统计学意义,Meta 分析显示在术后呼吸机使用时间、TPN 使用时间、开始经口进食时间、完全经口进食时间、住院时间上,一期关腹组均明显短于 Silo 组。分析其原因,可能由于病例的选择性偏倚及治疗方法的不同所造成的,一般情况差或一期无法关腹而采用 Silo 袋分期修复的患儿,术后呼吸功能、胃肠功能恢复时间可能会迟于顺利一期关腹的患儿。此外,Silo 技术分期修复包括了内脏逐渐回纳的过程,这就使得进食时间、住院时间延长。另外,Meta 分析结果显示一期关腹组和 Silo 分期修复组在再次手术率、术后并发症率(伤口感染、败血症、NEC、腹壁疝、短肠综合征、肠梗阻)上无统计学差异。

我们认为,脐膨出和腹裂的治疗方式选择应根据患儿内脏腹腔不对称程度而定:如果腹腔外脏器容积稍高于腹腔内容积,一期回纳腹内压在安全范围,则可行一期关腹;如果腹腔外脏器容积明显高于腹腔内容积,腹腔外脏器一期回纳入腹腔可能导致腹内压过高产生腹腔间隙综合征危及患儿生命,则应该行 Silo 技术分期关腹。目前国内还没有建立对此进行评估的临床标准。我们认为应用 CT 扫描及图像重建可精确测量腹裂患儿内脏和腹腔的体积,结合腹内压(膀胱内压)的测定,可作为评估脐膨出和腹裂患儿能否一期关腹的标准。

在基层医院,没有新生儿监护、麻醉、人工呼吸机、肠外营养等条件下,大多脐膨出和腹裂患儿早期治疗棘手。我们推荐早期应用 Silo 技术将外露肠管及脏器置于储袋内,再转送入有条件的小儿外科治疗中心,为这些患儿的进一步治疗和最终治愈赢得时间,使我国新生儿腹壁缺损的治愈率逐步达到发达国家水平(>90%)。

(洪　莉)

第七节　卵黄管发育异常引起的疾病

在胚胎发育早期,卵黄管(Vitelline duct)连接中肠与卵黄囊,正常卵黄管在胚胎第5～7周逐渐萎缩、闭塞,纤维化后形成纤维索带;在胚胎第8周时,索带从脐端开始吸收而至完全消失,遂使中肠与脐孔完全分离。若卵黄管在发育过程中出现停滞或异常,则可导致卵黄管全部或部分残留,形成新生儿期乃至成年人不同类型的卵黄管异常,常见的有以下几种:①肠端闭合而脐端未闭则形成脐窦;②脐端闭合而肠端未闭则形成梅克尔憩室,是卵黄管未闭畸形中最常见的一种;③卵黄管完全未闭则形成脐肠瘘;④卵黄管中部未闭而二端闭合发生囊状扩张,则形成卵黄管囊肿。有时卵黄管虽已闭合,但未被完全吸收,表现为自脐孔至回肠末端的一条纤维索带,该索带压迫肠管可阻塞肠腔引起肠梗阻。

一、脐　肠　瘘

(一)临床表现

卵黄管完全未闭,形成回肠末端与脐间的瘘管,称为卵黄管未闭(patent omphalomesenteric duct),又称脐肠瘘或卵黄管瘘。在脐带脱落后,脐孔处可见凸出的鲜红色黏膜,中央有小孔。因瘘管与小肠相通,经常有恶臭分泌物,时有黏液、肠气、胆汁样液或粪便自瘘管排出,是最明确的小肠与脐孔相通的征象。漏出的肠内容物长时间刺激周围皮肤产生湿疹样改变。瘘管的口径大小不一,从数毫米到数厘米不等。如果瘘管较大,婴儿腹压增加时可造成卵黄管脱垂,卵黄管外翻形成息肉样隆起;严重者可有部分小肠经瘘管向外翻出,外形如牛角状,受脐环的压迫可造成肠嵌顿或绞窄、坏死,需要紧急处理。

(二)诊断及鉴别诊断

1. 脐带脱落后即可发现瘘管。

2. 用探针可深入腹腔内。

3. 口服活性炭后可从瘘管排出。

4. 瘘管造影X线检查可发现瘘管与肠腔相通,显示整个卵黄管,了解瘘管长度、找到瘘管与回肠的连接部位。

临床上脐肠瘘应与脐尿管瘘相鉴别。一般脐尿管瘘分泌物有尿臭味,且不带粪质,瘘管造影可见造影剂进入膀胱,膀胱逆行造影见造影剂自瘘口溢出。

(三)治疗

尽早手术防止肠管外翻。脐部下方作弧形切口,手术时必须分离整个瘘管直达回肠末端,然后切除整个瘘管,并缝合肠腔修补肠壁。有10%的卵黄管未闭与肠旋转不良合并发生,应同时处理。如瘘管基底宽大,有肿胀、炎性浸润或肠绞窄、坏死应做肠切除,脐部尽可能保留正常形态。

二、脐窦和脐茸

(一)临床表现

脐窦(omphalomesenteric duct sinus)是卵黄管的脐端未闭,遗留较短的盲管。表面有圆形的凸起,有黏膜覆盖,黏膜分泌少量无色黏液,无恶臭,不带粪质。窦道久不愈合后周围皮肤糜烂,容易并发感染。窦道长1～3cm。如果脐部仅仅残留极少一片黏膜,外形呈息肉样的红色突起,称之为脐茸(umbilical polyp),表面有可少量黏液和血浆样液,它与脐窦的鉴别在于不能探得开口。

(二)诊断及鉴别诊断

1. 用探针检查窦道呈盲管状,与肠腔不通,深插探针时受阻。

2. 窦道造影可显示盲管的走向和长度,造影剂不进入回肠或膀胱。

脐窦、脐茸有时需与脐肉芽肿相鉴别,后者为脐部感染造成,肉芽肿的颜色暗红,不如脐窦、脐茸那样鲜红,经局部清洗和硝酸银烧灼后可以消退。

(三)治疗

脐茸的治疗可用液氮冷冻、硝酸银烧灼或电灼破坏黏膜,无效时切除残留的黏膜。有人用丝线结扎黏膜与皮肤交界处,使脐茸干枯、脱落,创面能自行愈合。脐窦则需手术治疗,用探针插入窦口分离腹膜外的窦道,慎防损伤其他组织。要求完整切除窦道不能残留黏膜。术中必须注意窦道是否通入腹腔,或有无索带与回肠相连。窦道有感染时应先控制炎症。

三、卵黄管囊肿

1. **临床表现与诊断**　卵黄管的两端闭塞,中间部分保留原有的内腔形成卵黄管囊肿(omphalomesenteric duct cyst),囊腔积聚有囊壁分泌的黏液。在卵黄管发育畸形中最为少见。囊肿位于脐部下方,一般无自觉症状,界限清楚,大小不等,可以活动。脐部外观多为正常。其主要表现为下腹部包块、肠梗阻、腹痛等。彩超检查可显示局部有囊性肿物。

2. **治疗**　治疗要求切除囊肿及囊肿两端的纤维索带,以防止索带造成肠梗阻。

四、梅克尔憩室

梅克尔憩室(Meckel diverticulum)是由于卵黄管退化不全引起的肠道发育畸形,是最常见的卵黄管畸形,由 Meckel 首先对此作了完整的描述而得名。梅克尔憩室是一种真性憩室,含有肠管的所有层次,其血液供应来自于残留的原始右侧卵黄动脉。"2 原则"经常用来说明与梅克尔憩室有关的情况:①2%的患病率,男性为女性的 2 倍;②2 种常见类型的异位黏膜(胃黏膜及胰腺组织);③位于距回盲瓣 2ft(1ft=0.304 8m)内;④大约 2in(1in=2.54cm)长;⑤大多数终身无症状,只是在手术或尸检时偶然发现,有症状者通常发生在 2 岁时。在小儿中如发生并发症常很严重,急需手术。

(一)病理

梅克尔憩室多位于距离回盲瓣 15～100cm 的回肠末端系膜缘对侧,以离盲肠 40～60cm 处较为常见,其基底部绝大多数位于肠系膜对侧肠壁上,但也有约 5%的病例其开口是在肠管的系膜面。憩室的大小、形态和长度各不相同,基底部较短,大多平坦,盲端游离在腹腔内,形成圆锥形或圆柱形突起,靠近肠壁部分呈瓶颈状、略细。它附有的纤维束样结缔组织走向脐部或称脐肠索带。有时纤维带从憩室顶部延伸到肠系膜,相当于卵黄管及血管纤维残留的索带。

梅克尔憩室可伴发很多其他先天性畸形,如食管闭锁、十二指肠闭锁、肛门闭锁、脐膨出、肠旋转不良、先天性巨结肠、Down 综合征、先天性膈疝和各种先天性神经系统及心血管畸形。

梅克尔憩室的组织结构通常与肠壁结构相同,唯肌层发育较薄,在临床上极其重要的是憩室存在异位组织,约 50%的梅克尔憩室含有异位的胃黏膜组织,约 5%的病例含有胰腺组织,少数含有十二指肠、空肠、结肠黏膜等。异位组织常引起憩室溃疡并可发生出血、穿孔,甚至消化道大出血而休克。梅克尔憩室也可发生急性或慢性炎症,继发坏死、穿孔或粘连。

（二）临床表现

梅克尔憩室多数可终身无症状，但一旦发生并发症，病情就很严重，最常见的临床表现包括是出血、肠梗阻和炎症。

1. **出血** 在<5岁的幼儿中，往往无前驱症状，突然发生无痛性下消化道出血是梅克尔憩室最常见的临床表现，粪便呈特征性的褐色，大量出血时呈鲜红色，不伴有呕吐或呕血。严重者患儿很快出现贫血，面色苍白，烦躁不安，继而休克。如不及时采取措施，可导致死亡。多数病例经过输血及其他支持疗法，便血可暂时停止，但不久又可复发，间隔时间不一，表现为反复发作性，很少表现为慢性，可自然停止。异位胃黏膜所引起的消化性溃疡出血通常在憩室的基底部，在异位黏膜和正常黏膜交界处，但溃疡也可位于异位黏膜内或邻近憩室对侧的肠系膜侧的正常回肠上。这些溃疡通常较小，只有通过组织病理学检查才能发现。

2. **肠梗阻** 有以下几种形式。

（1）憩室的纤维索带与腹壁或腹腔脏器粘连，压迫形成肠梗阻，或由于憩室炎的纤维粘连所致。表现为突发的剧烈腹痛，伴有恶心、呕吐。腹部膨胀较明显，压痛明显，尤以下腹部为显著。一般情况迅速恶化，出现中毒性休克。

（2）憩室顶端有卵黄管残迹所致的纤维索带与脐、肠系膜或肠管相连，可引起腹内疝或肠扭转，常导致肠管绞窄而坏死或穿孔。其发病较急，梗阻症状严重，应及早手术。

（3）憩室内翻套入回肠腔内形成肠套叠头部，或憩室并未内翻，而是由于憩室与基底部回肠壁同时套入肠管内造成肠套叠，其在临床上并无特殊的体征，与一般急性肠套叠表现相同。由这种憩室引起的肠套叠采用空气灌肠或B超下水压灌肠复位常不能成功，有手术切除指征。

（4）梅克尔憩室疝入腹股沟斜疝疝囊内（称Litter疝）或脐疝疝囊内可引起肠梗阻。梅克尔憩室单独嵌闭在疝囊内诊断困难，常常易误诊为精索囊肿、精索炎、淋巴结炎等。延误处理可引起坏死、穿孔甚至肠瘘。检查时如局部异常敏感或有双精索感时，应怀疑为Litter疝。

（5）憩室过长扭结压迫肠管造成肠狭窄引起梗阻（图14-6）。

3. **梅克尔憩室炎** 炎症通常与憩室内异位胃黏膜或胰腺组织有关，产生的症状常与阑尾炎十分相似，主要表现为右下腹疼痛、压痛、腹肌紧张、发热及白细胞计数增高等炎症反应，与急性阑尾炎很难鉴别，偶尔会出现穿孔，引起弥漫性腹膜炎或局限性脓肿。梅克尔憩室穿孔机制可能与急性阑尾炎穿孔机制相同，但有的是由于其壁内含有异位胃黏膜引起其邻近正常的回肠黏膜发生消化性溃疡，再加上细菌感染，引起肠坏死、穿孔，其导致的腹膜炎为化学性和细菌性。由于梅克尔憩室常呈游离状，其炎症不易被包裹、局限，因而其穿孔造成的危害性比阑尾炎穿孔的危害性要大。

4. **憩室肿瘤** 并发症中以肿瘤最为少见，临床以下腹部疼痛、便血、隐血，有时因继发肠套叠而被发现。良性肿瘤有脂肪瘤、血管瘤、平滑肌瘤等，恶性肿瘤以平滑肌肉瘤较为多见，类癌是发生在梅克尔憩室的最常见的肿瘤，往往无临床症状，通常是小的、非对称性和单发，在免疫表型及生物学上类似于空肠、回肠类癌而不像阑尾类癌。总之，憩室肿瘤的症状报道不一，罕见术前做出诊断。对于同时患有类癌和梅克尔憩室的患儿，有发生第2种原发性恶性肿瘤的报道。

（三）诊断及鉴别诊断

1. **超声检查** 患梅克尔憩室炎时，可在下腹探测到数厘米长和异常增厚的、具有盲端的小的肠管。

2. **^{99m}Tc核素扫描** 可以使胃黏膜显影，当怀疑有梅克尔憩室时，可作为首选检查方法，准确率为90%，敏感性为85%，特异性为95%，假阴性率为1.7%，假阳性率为0.05%。五肽胃泌

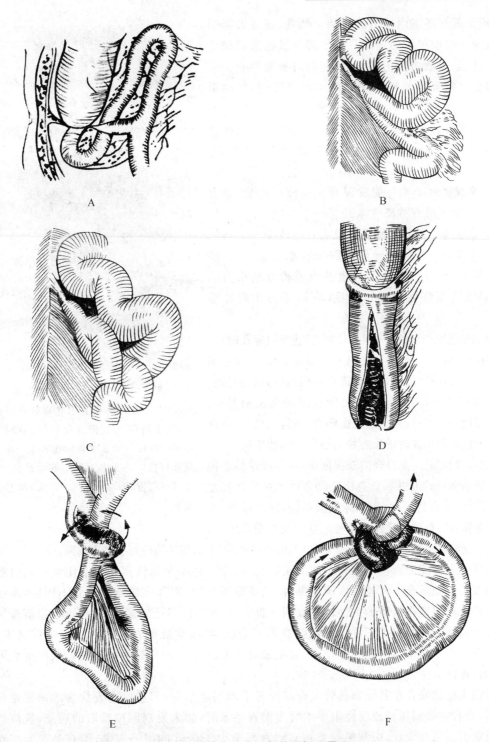

图 14-6　梅克尔憩室引起的肠梗阻原理

A. 憩室或纤维索带压迫邻接肠襻；B. 粘连牵拉过紧导致肠襻过度屈曲、成角；

C. 肠襻沿憩室长轴扭转；D. 憩室引起肠套叠；E. 憩室引起肠扣结；F. 憩室引起肠扣结

素、组胺阻滞药及胰高血糖素可增加扫描的准确性。五肽胃泌素促进胃对高锝酸盐的摄取，当高锝酸盐被摄取后，组胺阻滞药可抑制其分泌。胰高血糖素可抑制蠕动，减少胃将高锝酸盐排入小肠,并增加其在憩室内停留的时间。禁食、鼻胃管吸引及留置导尿增加扫描的效率。如果第1次核素扫描结果为阴性,但诊断结果仍然可疑,有时可重复检查。有异位胃黏膜的肠重复畸形引起的出血^{99m}Tc扫描结果为阳性。当含有胃黏膜的梅克尔憩室存在时,常在右中下腹部或脐旁可见异位的放射性浓聚区,一般在静脉注射^{99m}Tc后30~60min或以后显影最清楚(图14-7)。

3. X线腹部平片　能发现有无肠梗阻改变,如有憩室穿孔,膈下可有游离气体。

4. 钡灌肠　除外结肠息肉及血管瘤改变。

5. 腹腔镜　近年来随着腹腔镜技术的推广,腹腔镜应用越来越广泛,当核素扫描及内镜检查结果为阴性,但仍然高度怀疑梅克尔憩室,可以考虑用腹腔镜探查。

梅克尔憩室引起的肠梗阻、出血、憩室炎或穿孔时,出现的症状及体征与一般的肠梗阻或阑尾炎很相似,或基本一致,术前不易明确诊断。消化道出血时,要与结肠息肉、出血性坏死性小肠结肠炎、十二指肠溃疡出血相鉴别。①结肠息肉:一般有长期少量便血病史,呈鲜红色,如有息肉脱落突然大量出血时带凝血块,呈鲜红色,较少暗红色,可致贫血。钡灌肠可见息肉的缺损阴影,应用纤维结肠镜或乙状结肠镜可诊断并摘除息肉。②急性出血性坏死性小肠结肠炎:多有腹泻,呈淘米样黏液稀便,伴有高热、腹痛及中毒休克等症状。常伴有肠梗阻症状及腹膜炎体征。③十二指肠溃疡出血多有胃部不适,便血为柏油样便,胃十二指肠镜检查有助于诊断。

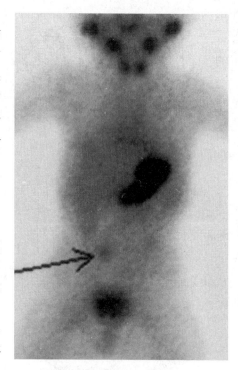

图14-7　梅克尔憩室核素扫描

^{99m}Tc在胃和梅克尔憩室处选择性聚集,它由胃向十二指肠及近端小肠排泄。在尿中被排泄的核素被膀胱收集。核素聚集处扫描时为黑色区域。在该病例中,核素显示出胃、梅克尔憩室(箭头)和膀胱的轮廓

急性憩室炎或憩室溃疡穿孔引起的腹膜炎,临床上最易与急性阑尾炎或阑尾穿孔引起的腹膜炎相混淆。尤其是小儿患急性阑尾炎时,症状常不典型,腹部压痛点的位置不固定,术前诊断不易。但一般憩室炎所致的炎性体征较偏于腹中部,腹泻的机会较多,大便中可能带有血液。剖腹探查手术如发现阑尾炎程度与临床症状不符合时,必须常规探查至少150cm的回肠末端,检查是否为梅克尔憩室所引起的并发症,避免遗漏真正的病因而任其继续发展,造成严重后果。

(四)治疗

有临床症状或存在其他卵黄管发育畸形是手术切除指征,但憩室并发症在术前很难作出正确诊断,只有在做阑尾炎或肠梗阻手术时或探查手术时,如未发现原拟诊断的病变,就应想到梅克尔憩室引起的并发症,应常规探查距离回盲部至少150cm的回肠末端,检查是否为梅克尔憩室所引起的并发症。肠套叠手术复位时,也应注意是否为憩室内翻所致并给予相应处理。在处理索带、内疝、肠扭转时,注意有否梅克尔憩室所引起的肠梗阻。明确诊断,有利于治疗。

术中根据梅克尔憩室的形状、大小、病理变化以及附着部回肠的病变情况,可做憩室切除或部分回肠切除。常用的术式有以下几种。

1. 单纯结扎、切除及荷包缝合法。适应于憩室类似阑尾大小,基底部不超过1cm者,注意分

布到憩室去的血管必须个别予以结扎。

2. 憩室楔形切除、横行缝合回肠。适用于憩室及该部位回肠有炎症、壁厚而硬,憩室基底部较宽者,是疗效满意的手术方式。

3. 憩室同附近回肠切除术。该术式适合于憩室所致的肠套叠、内疝、肠扭转、索带扭转打结所致肠坏死者;憩室基底部异常宽大或有较明显的迷生组织者;病变累及回肠,有明显的炎症、水肿等情况,连同憩室行受累段回肠切除,一期端-端吻合术。

不论用何法截除,必须注意将憩室整个切除,勿留下憩室的颈部,否则病变及异位的胃黏膜组织仍可能残留,有复发溃疡和出血等症状的危险。

4. 随着外科手术的微创化,本病的诊治引入了腹腔镜技术,现将腹腔镜辅助梅克尔憩室切除术介绍如下。

(1)适应证:①梅克尔憩室导致的炎症、出血、穿孔或肠梗阻;②急腹症腹腔镜探查时,发现梅克尔憩室及其并发症;③同样适用于肠重复畸形。

(2)禁忌证:①合并严重心肺发育畸形;②一般情况差,难以耐受气腹;③严重水、电解质、酸碱平衡失调,休克未纠正者;④并发肠穿孔、急性腹膜炎,估计肠粘连严重者。

(3)手术方法

①体位:患儿仰卧位,头略低,脐上0.5cm半弧形切口开放式置入5mm或10mm Trocar,建立人工气腹,气腹压力在8～12mmHg。左、右下腹置入5mm Trocar及操作器械。

②腹腔探查寻找病变:无损伤抓钳在右下腹找到回盲部,提起回肠逆行顺回肠向近端小肠探查找到病变(图14-8)。

③拖出病变肠管:找到病变肠管后,用无损伤抓钳固定住憩室,并拖向脐部切口附近。停止气腹,扩大脐部切口为1.5～2cm,将病变肠管从脐部拖出外置进行体外处理(图14-9)。

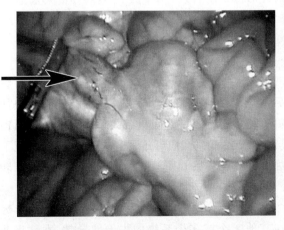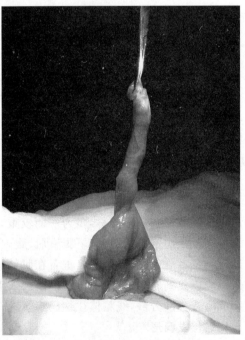

图14-8 腹腔镜下切除出血的梅克尔憩室
从回盲部开始,提起回肠逆行顺回肠向近端小肠探查找到憩室(箭头)

图14-9 将病变肠管从脐部切口
拖出外置,进行体外处理

④肠切除肠吻合术：与开腹手术方法相同。切除病变肠管行肠吻合手术后，将肠管送回腹腔。

⑤检查吻合肠管：手术缝合脐部切口后重建气腹，从左下腹套管放入腹腔镜观察肠管吻合情况，及时发现由于还纳吻合肠管造成的撕裂或出血，若无异常则逐层缝合切口。

（4）手术要点

①镜下探查要全面，以免遗漏多发病变。

②脐部皮下的白线切口一定要足够大，避免其对肠系膜血管的压迫和造成肠管还纳困难。

③出现严重粘连或肠管极度扩张的患儿，应依据手术难度及时中转开腹。

④也可使用镜下胃肠吻合术或内镜下自动吻合器在腹腔内直接吻合。

（5）并发症

①肠管血供不良：与脐部切口不足有关，扩大切口立即缓解。

②肠管损伤：脐部切口小，以及在还纳肠管过程中用力或器械使用不当造成肠管撕裂、穿孔等损伤。手术缝合脐部切口后，要从另一 Trocar 导入镜头，观察肠管情况并酌情处理。

对开腹进行其他他手术中偶然发现的无症状的梅克尔憩室是否切除存在争议。由于憩室并发症的发生率与年龄、憩室的长度、形态、异位胃黏膜或胰腺组织有关，婴儿和幼儿期有症状的梅克尔憩室存在高发病率，提示可以选择切除偶尔发现的梅克尔憩室。对偶然发现的梅克尔憩室怀疑有异位黏膜或通过持续存在的索带附着在肠系膜或脐下方，或者憩室在 2cm 以上、基底部较狭窄易发生梗阻者，以及有粘连或瘢痕的憩室应该切除，以免日后发生并发症而需再次手术。但对危重病儿或侵袭大而复杂手术，如憩室无明显炎症改变，则不宜将其同时切除，但要明确记载，一般在 6～8 周或以后行憩室切除。

（陶 强）

第八节 先天性腹壁肌肉发育不良

先天性腹壁肌肉发育不良是指前腹壁肌肉的发育不良，是一种罕见的先天性畸形，多见于男性。该病除腹肌发育不良外，常合并有隐睾及先天性巨膀胱，故称之为"三联畸形"。因全腹壁肌肉缺如或发育不良时，腹壁松弛、皮肤形成皱褶外形像梅脯，故称梅干腹。Osler(1901)将合并有膀胱扩张肥厚、肾积水、输尿管扩张、睾丸未降等畸形，形象地命名为梅干腹综合征(Prune-Belly syndrome，PBS)。

（一）病理

先天性腹肌发育不良病理主要表现为腹壁肌肉完全缺如或由一薄而无功能的纤维组织代替。在腹部各部分常不匀称，多为一侧较重，另一侧轻较；上腹部比下腹部轻。腹壁肌肉缺如发生率的高低依次为腹横肌、脐下腹直肌、腹内斜肌、腹外斜肌、脐上腹直肌。大体观察腹壁肌肉轻度发育不良者肌肉变化不明显，重者在肌筋膜间极少或不存在肌纤维肌肉。严重病例光镜下观察虽然可以找到肌肉纤维，但多已经断裂或破碎，电镜下观察到肌原纤维节断裂细胞内糖原颗粒聚集成堆或弥漫分散，线粒体往往已溶解。

（二）伴发畸形

绝大多数先天性腹肌发育不良者同时存在其他 1 个或多个系统的先天性异常，女性患儿伴发畸形较男性少。

男性患儿最常伴发隐睾。Welch 报道 42 例男性患儿中，有 41 例隐睾，其中双侧 37 侧，单侧

4 例,伴发率为 97.9%。

泌尿系统畸形伴发率高,形式多样。PBS 者常存在肾发育不良孤立肾多囊肾肾囊肿或肾积水等。Welch 曾报道一组 43 例患者中有 81 侧肾畸形,伴发率为 91%。PBS 者伴发的其他泌尿系畸形如:输尿管节段性扩张纡曲及蠕动不良,膀胱扩张增大。

肺发育不良是新生儿 PBS 生后 1 周内死亡的主要原因,也是先天性腹肌发育不良者常伴发的畸形。PBS 者较常伴发先天性截肢髋关节发育不良、先天性马蹄足、脊柱侧弯、胸廓畸形等。其他伴发畸形如肠旋转不良、肛门直肠畸形等。

(三)临床表现及诊断

腹壁肌肉发育不良通过其典型的外观在新生儿其即可诊断,表现为腹壁松弛无力、皮肤形成皱纹。由于腹肌缺如,腹壁只有皮肤和腹膜,因此腹壁可轻易被两个手指提起。透过菲薄的腹壁可见到腹腔内容物,如内脏外形、肠型、肠蠕动等。触诊易扪到肠管或巨大的膀胱轮廓等。

依据典型的临床表现很少被漏诊,重要的是及早发现伴发畸形如肺功能不良及泌尿系统的畸形等。

PBS 通过外观诊断后应行相关检查确定伴发畸形。如排泄性膀胱造影和肾盂静脉造影了解膀胱、输尿管、肾的形状及功能。CT 扫描了解腹壁肌肉、呼吸系统、泌尿系统的畸形程度等。化验血尿素氮、肌酐及肌酐清除率等评定肾功能。

(四)治疗

治疗先天性腹肌发育不良,应首先重点治疗威胁生命的肺功能发育不良及肾功能不良,随后考虑先天性腹肌发育不良的修复。

如合并有肺发育不良引起的呼吸功能不全,暂无根治办法,应行对症治疗,如保持呼吸道通畅、吸氧、呼吸机支持治疗等。

如合并有重度泌尿系畸形,应尽早解除尿路梗阻,积极防治泌尿系感染,保护肾功能。目前有两种观点:一出生后立即行肾盂造口,而后行尿路重建;二是非手术治疗。

对轻度腹肌发育不良的患儿,体态尚可劳动不受限制者不需治疗,也可穿弹性腹带或内衣,局部腹肌发育不良已形成腹壁疝者应做局部修补术。

对全腹肌发育不良综合征患儿多主张行保守治疗,即应用弹力绷带或腹带包扎腹部保护内脏器官,利于患儿行走。

对于严重腹肌发育不良者应行腹壁重建术,但由于该病比较罕见,临床中还没有比较成熟的术式,结合文献归纳术式有 3 种:Ehrlich 术、Mongort 术、Randolph 术。

(五)预后

PBS 患者的病死率较高,有报道病死率达 60%,新生儿期死亡的原因多为肺发育不良或肾发育不良,在成长过程中死亡的原因多为肾衰竭。

PBS 患者的肾功能与其预后关系密切,早期发现及适时解除尿路梗阻,保护肾功能、防治尿路感染、预防肾衰竭是提高 PBS 患儿存活率的重要措施。

(王 斌 刘 磊)

第九节　新生儿胃扭转

急性胃扭转由 Berti 在 1866 年第 1 次描述,它是一种很少见,有潜在的生命危险的一种疾病。在 1980 年的全球病例分析中,在 12 岁以下的病例确诊胃扭转的有 51 例,其中 26 例(52%)

是婴儿,在这些婴儿中有 50% 是新生儿。在最近的报道中,新生儿的比例越来越重。近 10 年国内儿科陆续报道 280 余例,其中新生儿特发性胃扭转 150 例(65.21%)。男性发病率较女性高。

一、病　　因

胃通常由韧带固定于腹内,主要有胃结肠韧带、胃膈韧带、胃肝韧带、胃脾韧带和十二指肠腹膜后韧带。如果这些韧带出现先天性异常或膈肌出现某些发育异常,就会导致胃扭转。

胃扭转病因有胃本身内在的原因即原发性胃扭转,也有胃本身以外的原因即继发性胃扭转。继发性胃扭转在小儿最为常见。其中膈膨升和膈疝是继发性胃扭转最常见的病因,因为先天性膈肌发育不良,造成胃固定韧带松弛或胃肠道疝入胸腔,最后导致胃扭转。另外腹腔内粘连或束带,膈神经麻痹,胸膜粘连和左肺切除可导致胃扭转。

另一类找不到原因的胃旋转称为特发性胃扭转,其可能与进奶后取仰卧位有关,也有报道性 Nissen 胃底折叠术后也可导致胃扭转。先天性无脾也可伴有胃扭转。新生儿特发性胃扭转于生后即有呕吐者,提示胎儿期可能已有胃扭转形成,且与胎儿在宫内体位有关,如纵产式头先露者,因重力关系胃垂向横膈,易形成器官轴型胃扭转,而横产式则可引起系膜轴型胃扭转。

在新生儿期先天性发育异常导致胃扭转的发生率较高,在新生儿期出现胃扭转的患儿对于病因的明确显得尤为重要。

二、病理及分型

胃扭转可根据胃旋转平面解剖角度进行分类,可分为 3 种类型:①系膜轴型;②器官轴型;③混合型。在小儿,器官轴型较多见,而混合型较少见。

系膜轴型扭转是发生在矢状平面,胃从大弯到小弯绕着肝胃网膜的长轴(从胃大弯,小弯中点连线为轴)旋转,方向可以是从右向左或从左向右。通常是从右向左。扭转可以是完全的(整个胃)或部分(限制在幽门端)。多发生在膈肌正常的患儿(图 14-10)。

器官轴型扭转是当胃在冠状面绕着胃长轴(贲门和幽门纵轴线)旋转时发生。即沿贲门和幽门纵轴旋转,由于胃小弯较短,而贲门和幽门又相对固定,使胃大弯较易沿器官轴向上扭转,即通常经过前方向上扭转,但有些病例可以向后移位。多发生在膈肌异常患儿。

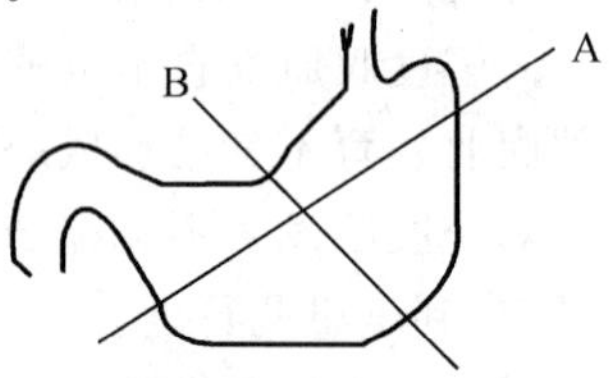

混合性扭转兼有上述两型的特点,在慢性胃扭转患儿中较多见。

图 14-10　扭转的轴线
A 线代表器官轴向的扭转,
B 线代表系膜轴线的扭转

另外按扭转的程度可以分为完全性和不完全性的胃扭转,完全性是指扭转达到或超过 180°,而不完全性的是指扭转小于 180°。根据病程的快慢可将胃扭转分为急性胃扭转和慢性胃扭转。

三、临床表现

小儿胃扭转临床表现错综复杂,与其病因、病理、临床类型及年龄密切相关。

1. 呕吐　为本病之主要症状(70%),甚至是唯一的症状(38%),以呕吐为首发症状者占 42%,非喷射性呕吐居多(80%)。多于出生后即有吐奶或溢奶史,也可在出生后数周才开始呕吐,吐奶量不多,20% 病例呕吐物中含有胆汁(取决于幽门或贲门内梗阻是否完全)。多数患儿在喂奶数分钟后呕吐,特别在移动患儿时更为明显。吐奶前一般无异常表现,仅少数出现恶心、脸红和哭闹不安,吐后食欲良好。呕吐数天至数十天不等,可能与父母对呕吐重视情况有关,以致就诊早晚不一。

2. 恶心　如胃扭转为完全性,伴胃近端梗阻者,常有严重恶心而表现为剧烈干呕,个别慢性器官轴型胃扭转的年长儿患者,恶心竟长达 13 个月而无呕吐、腹痛等症状。早期呕吐、继之难以消除的干呕为 Brochardt 三联症(呕吐、腹膨胀、胃管不能插入)之一。

3. 腹胀　急性胃扭转患儿上腹部常有明显胀满,并以左侧为甚,而下腹部平坦。有轻度压痛,但无肌紧张。亦有少数病例合并食管裂孔疝,胃体翻入胸腔而无腹胀。慢性胃扭转约 60%患儿合并腹胀,仅有腹胀者占 30%,其中上腹胀及全腹胀各占 1/2;腹胀伴呕吐者占 33%,某些病例腹胀表现略迟,约于发病 1 个月后出现,腹胀明显者常因疑有先天性巨结肠而就诊,经钡灌肠及直肠肛门内压力测定正常即诊断为"空气吞咽症",未再进一步检查导致误诊。本病患儿即使腹胀显著,但全身状况良好。腹部柔软,多无肠型,少数(12%)新生儿病例可见肠型,灌肠治疗后腹胀仅稍微缓解,而先天性巨结肠患儿一般经灌肠处理后腹胀明显缓解。

4. 腹痛　年长儿急性胃扭转表现为骤然上腹部剧痛,放射至左季肋区、左胸及后背,伴频繁呕吐及嗳气。部分患儿为阵发性腹痛,睡卧不安。约 50%新生儿及婴幼儿患者表现为不明原因的哭闹、烦躁不安和拒奶等。

在新生儿胃扭转的症状表现不具备典型的特征,持续的胃食管反流和呕吐仍是常见的症状,呕吐含有或不含胆汁取决于幽门的梗阻情况。呕吐血性物,贫血,喷射状呕吐在临床都可见。呼吸道感染和危及生命的情况也可能发生。偶尔可以发现上腹部饱满或有包块。有些患儿很快出现绞窄性肠梗阻表现,出现胃肠道出血,胃穿孔,甚至休克,有较高的死亡率。

在新生儿安置胃管失败有很多的原因,而且安置胃管成功也不能除外胃扭转。

急性完全性重症胃扭转可引起胃部血循环障碍,导致胃组织坏死、穿孔,继发腹膜炎及休克等,甚至引起死亡。少数病例继发粘连性肠梗阻,约 15%病例有不同程度之营养不良。

四、诊断及鉴别诊断

有临床症状,结合腹部和胸部 X 线摄片通常可以诊断。

临床症状:①新生儿以吐奶为主,尤其在改变体位时更为明显;②上腹部饱胀不适,隐痛,其他消化系统症状不明显,而又无其他疾病可解释者,或仅在呕吐前上腹部稍胀,而腹部无阳性体征者;③间歇性发作性呕吐伴不同程度腹胀;④腹胀呈持续性,不因排便、排气而缓解;⑤急腹症样发作,上腹部剧痛,放射至左季肋区、左胸及后背;⑥恶心很重而呕吐物甚少,或仅有剧烈干呕,上腹部膨隆,下腹部平坦;⑦试插胃管不易通过或放入胃管后抽出大量腥臭胃内容物;⑧呼吸困难与胃梗阻症状(呕吐、上腹胀)同时存在(可能为胃、膈肌病变引起之胃扭转)。

X 线诊断:本病以 X 线诊断措施为主,X 线表现依扭转类型、范围、方向而不同。①腹部透视和平片特征,胃内有大量气体和液体时可见双液面、双胃泡,胃大弯向上翻转,横于膈下,在伴有膈疝或膈膨升时,立位可见胸腔内有倒转的胃影。②胃肠道钡剂造影,器官轴型胃扭转可见以下 X 线特征,食管黏膜与胃黏膜有交叉现象;胃大弯位于胃小弯之上,使胃外形似大虾状;幽门窦部的位置高于十二指肠球部,垂直向下,使十二指肠球部呈倒吊状;双胃泡、双液面;食管腹段延长,且开口于胃下方。系膜轴型胃扭转的 X 线特征如下。食管腹段不延长,胃黏膜呈十字交叉;少量服钡时胃体呈钡环状;胃影下可见一液面;幽门位置提高接近贲门平面,胃底向右下(图 14-11)。

对于持续性呕吐患儿,应行 X 线腹部射片及 X 线钡剂检查;梗阻的表现可以有胃-食管连接部位的和幽门处的梗阻所导致。

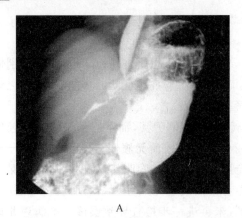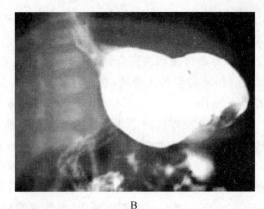

A B

图 14-11 胃扭转影像学表现

A. 系膜轴性胃扭转的钡剂图片,导致完全的十二指肠梗阻;B. 器官轴性胃扭转的钡剂图片,胃大弯向前扭转到胃小弯的上方

本病需要与其他急腹症鉴别。

1. 食管闭锁 超过 90％的患儿食管闭锁伴有或不伴有气管食管瘘的患儿都有羊水过多,临床表现为患儿不能吞咽,口吐泡沫,胃管不能置入,在食管内放置胃管后做胸部摄片能作出鉴别诊断。

2. 幽门闭锁 在新生儿期幽门闭锁是一种相对少见的肠梗阻,临床表现为患儿上腹部轻度膨隆,非胆汁性呕吐,腹片可见上腹部单个气泡影,胃腔以外不能看见气体或围墙内有大的液气平,腹部 B 超可见幽门管扩张,容易鉴别诊断。

3. 新生儿自发性胃穿孔 自发性胃穿孔常发生于出生时有复苏和低氧发作的患儿,常见于出生后 3～5d,表现为整个腹部突然膨胀,心动过速,嗜睡以及由于低血容量引起的灌流不足的表现腹部 X 线片可见气腹征,容易鉴别诊断。

4. 先天性幽门肥厚性狭窄 是新生儿最常见的外科疾病,典型的表现是喷射状的非胆汁性呕吐,可触及幽门区包块,出现症状的年龄范围为出生后 1～12 周,B 超和钡剂检查可以帮助确诊。

5. 新生儿水平横胃 临床表现与胃扭转很相似,但 X 线特征及治疗体位不同。新生儿水平横胃者,胃窦部抬高,与胃体、胃底同一水平,同时胃大弯侧向前上方举起,大小弯不易分清,十二指肠向后,与胃窦部重叠。侧位观胃窦与胃底前后重叠,位于膈下,横向走行,腹侧胃上方可见小弯角切迹较深,十二指肠球顶指向脊柱。水平横胃之体位治疗,应使患儿头高 45°～60°,并左前斜位 45°～60°。

五、治 疗

胃扭转是一种有截然不同的临床表现的疾病类型,可分为急性和慢性表现。对于急性胃扭转手术的干预是必须的。非手术和观察治疗的指征一定要掌握严格,防止出现危及生命的并发症的发生。

本病治疗方案的选择结合具体病例,分别采用体位喂养、整复治疗、一般非手术治疗、内镜下转复及手术治疗。新生儿特发性胃扭转及胃折叠病例经体位喂养法治疗后 80％痊愈。慢性胃扭转在透视下手法整复成功率达 85％。急性、重症胃扭转约 1/5 须手术治疗。

一般治疗主要是体位喂养法,在喂奶前应避免小儿哭闹,以免吞入空气,将小儿上半身抬高呈半卧位向右侧卧,或右侧前倾位。人工喂养者须注意使奶瓶前部充满奶液,勿使吸进空气。喂奶后仍保持原位,0.5~1h 或以后再平卧,以上体位有利于乳汁流入胃体和幽门窦部,滞留胃底的气体易于排出,可避免或减轻呕吐,并使胃扭转部分松弛。坚持 4~6 个月胃扭转可自行复位,症状逐渐消失。如系新生儿水平横胃,则采用患儿头高 45°~60°并左前倾位 45°~60°的双角度体位疗法。

干预治疗是对于急性胃扭转非手术治疗无效的一种治疗手段。急性胃扭转或慢性胃扭转急性发作时,先试行放置胃管,进行胃肠减压,吸出大量气体及液体后,再进一步检查,考虑是否需手术治疗。如不能插入胃管,则应及早手术治疗,目的是使胃复位,切除坏死部分,胃固定修补同时处理存在的诱发病变,如膈疝等。

治疗方法为 X 线透视下手法整复:①推压整复。患儿服钡剂后,适当用力推压胃部,用力方向视扭转情况而定,器官轴型,可将胃大弯向下推压,如系年长儿辅以下蹲和起立动作。②颠簸整复,患儿服较多钡剂,俯卧于长凳或椅上,操作者抬起其足侧端,上下反复颠簸,令患儿上身先抬高然后站起。③立位整复,患儿服多量钡剂,然后身体前倾,放松腹部或行腹式呼吸,操作者用手反复拍击其腹部。④卧位整复,患儿服较多钡剂后,俯卧位以膝和肘支撑身体,使腹部略抬高并放松,或行腹式呼吸,操作者用手反复拍击其腹部,抬起肘,头先抬高,然后向右后旋转起立。⑤震动胃体整复,新生儿患者经鼻饲管注入稀钡剂 20~50ml,抱患儿呈竖直位,在 X 线下操作者右手放在患儿腹部脐平处,先向后而后向上托并轻轻震动 3~5min,然后离开 X 线机,操作者左手抱患儿呈半卧位,右手反复托起患儿胃体轻轻震动,1h 后再行透视,胃排空 30%~50%,胃形态恢复正常。

手术干预方法,在上述治疗无效,须采取积极手术治疗,开腹后,在胃显露面的胃壁做荷包缝合,将套管针或管子插入扩张的胃腔迅速减压,防止缺血,促进扭转复位。由于术前不能插入胃管,这是非常重要的一步。当扭转复位时,伴随的畸形,尤其是影响膈肌的畸形(食管裂孔疝,膈疝和膈膨升)可以探查评估。胃需要仔细检查以确保没有需要切除的缺血坏事区。大多数情况下没有必要行胃切除;然而对于局限性缺血坏死区可能有指征行切除治疗。必须行胃固定术防止扭转再发。最好通过 Stamm 胃造口术将胃前壁固定于前腹壁。

六、预　后

综合国内 280 余例资料,本病经非手术或手术治疗后,绝大部分病例获得痊愈,引起死亡者极少,仅占 0.1%。死亡原因为确诊过晚导致严重并发症(坏死、穿孔及休克)或因吸入性肺炎和新生儿突然猝死。但有相当一部分病例因确诊不及时,导致贫血、营养不良而影响患儿生长发育,应引起临床医师关注。提高对本病的认识,做到早期确诊,及时治疗。

(李晓庆)

第十节　先天性肥厚性幽门狭窄

先天性肥厚性幽门狭窄是新生儿常见的消化道畸形。本病依据地理、时令和种族的不同,发病率各异,在国外发病率较高,达 1.5‰～ 4.0‰,国内稍低,为 0.3‰～1.0‰,头胎多见,男性占 80%,男女发病率比例为(4~8):1。

一、病 因

为了阐明幽门狭窄的病因和发病机制，多年来进行了大量的研究工作，包括病理检查、动物模型的建立、胃肠激素的检测、病毒分离、遗传学研究等，但病因至今尚无定论。遗传性及家族易患性已被指为重要因素，幽门狭窄者的体液控制、幽门神经分布、胞外基质蛋白的异常亦被报道。分子生物学的最新进展为阐明平滑肌肥厚的分子学基础也提供了可能。

1. 遗传因素 本病有明显的家族遗传倾向，单卵双胎多于双卵双胎。双亲有幽门狭窄史的子女发病率可高达 6.9%。幽门狭窄的遗传机制是多基因遗传，这种遗传倾向在一定的环境因素作用下发生突变，而出现幽门狭窄征象，近年一氧化氮合酶的分子生物学机制成为研究热点。

2. 神经功能 许多学者认为神经细胞发育不良是引起幽门肌肉肥厚的机制，研究表明幽门狭窄与卡哈尔间质细胞有关，肽能神经的结构改变和功能不全可能也是主要病因之一。

3. 胃肠激素 免疫组化研究提示，幽门环肌中脑啡肽、P 物质、血管活性肠多肽等肽能神经纤维减少甚至缺如；近年研究胃肠道刺激素，测定血清和胃液中前列腺素（E_2 和 E_{2a}）浓度，提示患儿胃液中含量明显升高。由此提示胃肠道激素紊乱可能是造成幽门肌松弛障碍，并持续痉挛的重要因素。而幽门肥厚可能是幽门持续痉挛所形成的继发性改变。

4. 环境因素 发病率有明显的季节性高峰，以春秋季为主，在活检的组织切片中发现神经节细胞周围有白细胞浸润。推测可能与病毒感染有关，但检测患儿及其母亲的血、粪和咽部均未能分离出柯萨奇病毒。检测血清中和抗体亦无变化。用柯萨奇病毒感染动物亦未见病理改变，研究在继续中。

综上所述，尽管幽门狭窄的发病机制尚未完全明了，相信随着研究方法与手段的进一步提高，将有更多的研究发现来揭示其发病机制。

二、病 理

幽门肌全层增生、肥厚，以环肌更为明显。幽门明显增大呈橄榄形，颜色苍白，表面光滑，质地如硬橡皮。肿块随日龄而逐渐增大。肥厚的肌层渐向胃壁移行，胃窦部界限不明显，十二指肠端则界限分明，肥厚组织突然终止于十二指肠始端，因胃强烈蠕动使幽门管部分被推入十二指肠，使十二指肠黏膜反折呈子宫颈样。幽门管腔狭窄可造成食物潴留，致使胃扩大，胃壁增厚，黏膜充血、水肿，并可有炎症表现甚至溃疡。

三、临床表现

典型症状和体征为无胆汁的喷射性呕吐、胃蠕动波和右上腹肿块。

1. 呕吐 为本病主要症状，一般在出生后 2～4 周，少数于出生后 1 周发病，也有迟至出生后 2～3 个月发病者。开始为溢乳，逐日加重呈喷射性呕吐，几乎每次喂奶后半小时之内即吐，自口鼻涌出；吐出物为带凝块的奶汁，不含胆汁，少数患儿因呕吐频繁使胃黏膜毛细血管破裂出血，吐出物可含咖啡样物或带血。患儿食欲旺盛，呕吐后即饥饿欲食。呕吐严重时，大部食物被吐出，致使大便次数减少，尿少。

2. 胃蠕动波 蠕动波从左季肋下向右上腹部移动，到幽门即消失。在喂奶时或呕吐前容易见到，轻拍上腹部常可引出。

3. 右上腹肿块 为本病特有体征，具有诊断意义，用示指、中指端在右季肋下腹直肌外缘处轻轻向深部按扪,可触到橄榄大小、质较硬的肿块,稍活动。但由于受到多种因素影响,如:肥胖、哭吵、医师经验手法等,部分病例未能触及橄榄样包块。

4. 黄疸 2％～8％患儿伴有黄疸间接胆红素增高,可高达 15～20mg/dl,手术后数日即消失。原因不明,可能与饥饿和肝功能不成熟、葡萄糖醛酸基转移酶活性不足以及大便排出少、胆红素肝肠循环增加有关。

5. 消瘦、脱水及电解质紊乱 因反复呕吐,营养物质及水摄入不足,患儿初起体重不增,以后进一步下降,逐渐出现营养不良、脱水、低氯性碱中毒等,晚期脱水加重,组织缺氧,产生乳酸血症,低钾血症;肾功能损害时,酸性代谢产物潴留,可合并代谢性酸中毒。

四、诊 断

依据典型的呕吐表现,肉眼可见胃蠕动波、腹部扪及幽门肿块诊断即可确定。其中最可靠的诊断依据是触及幽门肿块。如未能触及肿块,则可进行实时超声检查或钡剂检查以帮助明确诊断。

(一)超声检查

超声检查已广泛应用于肥厚性幽门狭窄的诊断。尤其是使用高频探头,由于可清晰地显示幽门管长度、幽门肌厚度,还可了解胃的蠕动和排空情况,诊断符合率高,故目前较多采用该方法进行诊断和随访。目前尚无 B 超诊断幽门狭窄的统一标准,在不同的研究机构有不同的诊断标准。1988 年 Blumhagen 等曾制订幽门肥厚的标准为幽门管长度≥20mm,厚度≥4mm,横断面直径≥15mm。亦有学者提出幽门环肌厚度 4～8mm,幽门长度 20～25mm 可作为先天性肥厚性幽门狭窄的诊断标准。各学者都试图通过某种方法来制订出一个比较全面、合理、有效的诊断标准。Westra 等认为幽门直径、幽门管长度、幽门肌层厚度三个数据作为超声诊断幽门狭窄的标准尚有欠缺,提出可以通过 B 超测定幽门容积诊断肥厚性幽门狭窄。幽门容积＝1/4π×幽门直径 2×幽门管长度。肥厚性幽门狭窄患儿的幽门容积为 1.4～5.1ml,正常患儿幽门容积为 0.4～1.3ml。幽门容积≥1.4ml 对诊断日龄小、早期幽门狭窄患儿更有价值。Carver 等认为幽门容积与体重有密切的相关性,故将幽门容积以体重加以矫正,即幽门肌层指数(muscle index,MI＝幽门容积/婴幼儿体重)应用于肥厚性幽门狭窄的诊断。陈勇刚等通过 B 超测量了 30 例幽门狭窄患儿和 50 例正常婴幼儿的幽门管长度、直径和幽门部肌层厚度计算出幽门容积,认为对有典型症状的患儿,若 PV ≥1.4ml 未见幽门松弛及胃内容物通过幽门管,则应作为肥厚性幽门狭窄看待和治疗。同时得出结论随着病情延长,幽门狭窄患儿反复呕吐、脱水后,体重反而减轻,幽门容积与患儿体重没有相关性或者相关性较差,认为诊断幽门狭窄没必要引入体重。Lowe 等通过对 87 例幽门狭窄患儿的超声资料分析,提出幽门比率＝幽门肌层厚度/幽门管直径,正常儿童与肥厚性幽门狭窄患儿的幽门比率分别为 0.205 和 0.325,认为幽门比率≥0.27 为诊断肥厚性幽门狭窄的标准。而 Shinichi Ito 等通过对 57 例肥厚性幽门狭窄患儿超声检查结果分析,提出了 B 超评分系统,评分标准如表 14-3,认为评分≤2 可除外肥厚性幽门狭窄,若评分≥3 则应考虑肥厚性幽门狭窄。严志龙等认为评分分值≤2 的为正常患儿,分值≥4 为幽门狭窄患儿,分值＝3 需做上消化道造影以进一步确诊。

表 14-3　超声评分表

	测量（mm）	评分
幽门直径	<10	0
	10~15	1
	15.1~17	2
	>17	3
幽门厚度	<2.5	0
	2.5~3.5	1
	3.6~4.5	2
	>4.5	3
幽门管长度	<13	0
	13~19	1
	19.1~22	2
	>22	3

（二）钡剂检查

既往幽门狭窄的诊断主要依靠上消化道造影即 X 线钡剂造影检查，该检查能以清晰可靠的图像对呕吐患儿的上消化道各种疾病进行诊断及鉴别诊断。典型的影像表现包括①胃蠕动增强，钡剂通过幽门管时间延长，梗阻严重时，2~3h 或之后钡剂仍然潴留在胃内；②鸟嘴征：钡剂难以通过幽门管，而在幽门前区形成尖端指向十二指肠的鸟嘴样突出；③线样征及双轨征：钡剂充盈细长而狭窄的幽门管时，由于小弯侧幽门肌特别肥厚，细长的幽门管常呈凹面向上的弧形弯曲，呈单一细条样，即线样征，偶尔由于黏膜皱襞所致，可见两条平行线影，中间可见一条透亮带，即双轨征；④幽门小突征：系持续的蠕动波不能通过幽门管，在胃小弯侧形成尖刺状的突出，持续数秒钟以上；⑤肩样征：肥厚的幽门肌压迫胃窦呈环形压迹，形如肩状，可出现在幽门管开口处大小弯侧或小弯侧；⑥蕈伞征：系肥厚的幽门环肌于十二指肠球部基底形成的弧形压迹。X 线钡剂造影只能提供间接征象，不能直观观察到幽门肌层病变全貌，尤其对幽门前瓣膜及梗阻严重引起频繁呕吐的患儿常不能获得满意的影像效果。另外由于胃排空延迟，服用钡剂 4~6h 或以后胃中仍有大量钡剂潴留，只有少量钡剂进入小肠，故诊断后还应及时吸出钡剂并用温盐水冲洗，以免加重病情或因呕吐时误吸入呼吸道引起吸入性肺炎。

（三）内镜检查

不少学者推荐内镜检查可以早期发现幽门狭窄，且诊断的敏感性及特异性高，但鉴于内镜是一项侵入性检查，同时费用较贵，限制了其在临床中的使用。由于超声和钡剂能正确诊断绝大多数幽门狭窄病例，故胃镜检查不作为常规方法，但可以作为辅助手段用于进一步诊断和鉴别诊断。

五、鉴 别 诊 断

婴儿呕吐有各种病因，应与下列各种疾病相鉴别，如喂养不当、全身性或局部性感染、肺炎和先天性心脏病、增加颅内压的中枢神经系统疾病、进展性肾疾病、感染性胃肠炎、各种肠梗阻、内分泌疾病以及胃食管反流和食管裂孔疝等。

1. 喂养不当　由于喂奶过多、过急，或人工喂养时奶瓶倾斜使过多气体吸入胃内，均可导致新生儿呕吐。如系喂养不当引起的呕吐,应防止喂奶过多过急,进食后轻拍后背使积存于胃内的气体排出,呕吐可缓解。

2. **胃食管反流** 在小儿十分常见,绝大多数多属于生理现象,是由于食管下端括约肌发育不良,胃贲门部缺乏肌张力经常处于开放状态,导致胃和(或)十二指肠内容物反流入食管。奶后呕吐为典型临床表现,约85%患儿出生后第1周即出现呕吐,呕吐多于喂奶后特别是将患儿放平时发生,如将病儿竖立即可防止。钡剂检查可见胃内钡剂向食管反流。治疗主要是体位治疗和调整饮食喂养,喂养黏稠、糊状食物。

3. **幽门前瓣膜** 幽门前瓣膜症是一种比较少见的消化道畸形,属于幽门闭锁的一种类型。根据瓣膜的位置不同,可分为两型:幽门部瓣膜(Ⅰ型)和胃窦部瓣膜(Ⅱ型),每型又可分实质性闭锁和瓣膜性闭锁,瓣膜性闭锁又有完全闭锁和中央有孔隔膜型。幽门前瓣膜症的主要临床表现为间歇性呕吐,呕吐物为胃内容物,不含胆汁,呕吐出现的早晚与隔膜是否有孔以及孔径的大小有关。完全闭锁型表现为幽门完全性梗阻,出生后即开始呕吐,而有孔隔膜型患儿早期食物能完全通过瓣膜孔而无症状,随着生长发育和进食量的增加,逐渐出现梗阻症状。钡剂和腹部B超对本病术前的诊断有重要的意义。腹部B超检查幽门环肌和幽门管应为正常表现。对钡剂检查为幽门梗阻的病人,若腹部B超发现幽门环肌和幽门管正常,应高度怀疑幽门前瓣膜症。

4. **胃扭转** 胃扭转可以是全胃或部分胃绕系膜轴或器官轴旋转,引起腹痛、腹胀、呕吐等症状。多于出生后有溢奶或呕吐,也可在数周内出现呕吐,呕吐物为奶汁,不含胆汁,偶呈喷射性,一般在喂奶后,特别是移动病儿时呕吐更明显,腹部查体无阳性体征。钡剂检查可确诊。其X线特点为:食管黏膜与胃黏膜有交叉现象;胃大弯位于小弯之上;幽门窦的位置高于十二指肠球部。采用体位治疗有效,一般在3~4个月或以后症状自然减轻或消失。

5. **幽门痉挛** 多在出生后即出现呕吐,为间歇性,不规则的呕吐;呕吐次数不定,吐出量也较少,呕吐程度也较轻,无喷射状呕吐。少数病儿偶可见胃蠕动波,腹部查体无阳性体征。X线检查仅有轻度幽门梗阻的改变,无典型幽门狭窄的影像。用镇静药及阿托品等效果良好,可使症状消失。

六、治 疗

(一)非手术治疗

幽门狭窄的病因尚未明确,其中乙酰胆碱及毒蕈碱受体功能受损可能在幽门狭窄的发病中起了重要的作用,阿托品是胆碱能受体阻断药,有较强的抗毒蕈碱作用,通过松弛平滑肌减少胃肠道的蠕动性收缩,从而改善症状,1962年Jacoby首先提出口服阿托品治疗幽门狭窄,1996年Nagita等又提出了静脉应用阿托品的治疗方法,随着开腹或腹腔镜幽门肌切开术手术的推广及其良好的治疗效果,药物治疗逐渐被淘汰。

(二)外科手术

1. **术前准备** 术前充分的准备对于幽门狭窄患儿的麻醉与手术治疗是很必要的。主要是纠正脱水、电解质紊乱和营养不良。患儿多存在低钠低氯低钾性碱中毒。应根据患儿的脱水程度给予相应处理。有贫血和营养不良的患儿术前应给予输血或静脉高营养。术前应停止经口喂养,不必常规留置胃管,因为胃液的丢失会进一步加重电解质紊乱。

2. **手术方法**

(1)开腹手术:幽门环肌切开术(Fredet-Ramstedt手术)为治疗幽门狭窄 标准的手术治疗方法。该术式由Fredet和Ramstedt所倡导,由于操作简单、直观、治愈率高、死亡率低,广泛应用于临床。

手术要点：①切口的选择，右上腹横切口或脐上弧形切口，进入腹腔。②经切口用右手示指向腹腔上部触摸肥大增厚的幽门，用卵圆钳轻轻夹出胃大弯侧，向左轻柔牵拉显露幽门；术者用左手拇指和示指固定幽门，于幽门前上方无血管区沿幽门纵轴切开幽门浆膜层与浅肌层，然后用幽门钳或纹式钳钝性分离肌层至黏膜完全膨出。③在将幽门放入腹腔前应仔细检查是否存在黏膜破裂。因幽门肥厚部在十二指肠段突然中止，在该部位切开时不宜过深，以免造成黏膜破裂。如术中出现黏膜破裂应及时缝合。④有学者主张倒"Y"形幽门肌切开术，自胃窦部开始切开约2/3幽门环肌，然后分别向两侧斜行切口，夹角约100°，形成倒"Y"形切口。该术式可降低十二指肠黏膜损伤率。

(2)腹腔镜手术：近年随着腹腔镜技术的提高及设备的改进，应用腹腔镜技术治疗先天性肥厚性幽门狭窄逐渐开展起来。自1991年Alain等报道了腹腔镜幽门环肌切开术治疗先天性肥厚性幽门狭窄后不断有这方面的报道。前期文献报道显示，与开腹手术比较，腹腔镜手术时间较长、并发症较高，这可能与腹腔镜手术开展初期，手术经验不足有关；后期研究显示腹腔镜幽门环肌切开术的临床疗效优于开腹手术。近年国内、外多位学者对此进行了对照研究，结论支持腹腔镜手术，证实其具有切口小、创伤小、并发症小、粘连小、疼痛轻、恢复快等优点。

手术方法：于脐部取5mm切口，提起腹壁，直视下穿入5mm Trocar，注入CO_2气体，建立人工气腹，使压力波动在8～10mmHg，插入镜头。腹腔镜直视下左、右上腹肋缘下一指锁骨中线处各置1个3mm Trocar，助手用抓钳自左上腹抓住并固定幽门管十二指肠端，旋转以清晰显露幽门管无血管区，术者经右上腹在幽门管无血管区纵行电切浆膜层及部分肌层，幽门钳分开所有肌层至黏膜膨出，由胃管注入气体检查十二指肠黏膜有无损伤，证实无损伤后，去除操作器械，解除气腹，拔Trocar，缝合戳孔。

近年有学者采用两孔法腹腔镜治疗先天性肥厚性幽门狭窄，经过不断的改进和完善，取得了良好的效果。两孔法与三孔法的操作区别主要是没有操作钳固定幽门，操作技巧是手术成败的关键。操作要点：①插入操作钳后，需钝性将幽门推离肝，并良好地显示前内侧无血管区。②微型电钩尖端锐利，易于切开，而且尖端电极裸露较少，其上方的绝缘部分可避免对周围组织的灼伤，可达到和使用幽门切开刀同样效果。③在单钳进行分离过程中，由于幽门未固定，因而极易滑动，所以操作时要将幽门钳插至切开的幽门中段深肌层，适度垂直顶压幽门，注意幽门纵轴须与分离钳的垂直投影重叠，均匀、缓慢用力，逐渐分开，这样才可避免分离过程中幽门滑脱或肌层豁碎。

(三)内镜治疗

Ibarguen-Secchia 2005年报道了电子胃镜下幽门环形肌切开术治疗10例肥厚性幽门狭窄，因其所使用的胃镜直径8.4mm，不能通过幽门，按照幽门到十二指肠球部方向用针刀切开环肌，其中3例用乳头肌切开刀进行，通过注射造影剂来帮助确定切开刀的位置，切开后内镜能进入球部。国内黎庆宁等用超细电子胃镜(直径5.9mm)完成幽门环形肌切开术9例，在内镜直视下，从幽门管的远端(球侧)开始向胃窦侧进行电切幽门管前壁和后壁肥厚的环形肌。胃镜下幽门环形肌切开术治疗幽门狭窄患儿，近期有效率高，操作相对简单，并发症轻微，避免了外科手术，患儿家长易于接受，但此种治疗手段的安全性、远期疗效有待扩大样本量和进一步随访来证实。

综上所述，超声检查不仅简便快捷，无创伤，而且诊断符合率高，故推荐作为诊断幽门狭窄的首选方法，必要时再结合X线钡剂造影及胃镜检查协助进一步诊断及鉴别诊断；目前治疗幽门狭窄最有效的方法是开腹或腹腔镜幽门环肌切开术，而胃镜下幽门环形肌切开术作为一种新的治疗方法也有良好的近期疗效,但其安全性、远期疗效有待进一步证。

(任红霞)

第十一节　先天性胃壁肌层缺损

先天性胃壁肌层缺损(congenital defects of gastric musculature)是胃壁肌肉在胚胎发育过程中出现障碍,导致胃壁肌层的薄弱或缺如,出生后不久即可发生胃穿孔;是新生儿自发性胃穿孔最常见的病因。1826 年 Siebold 首次描述了一例不明原因的新生儿胃肠穿孔病例;Herbur 于1943 年首次描述了先天性胃壁肌层缺损;本病虽在临床上较少见,但病死率较高,至今仍为 35%～72%。

一、病　因

本病发病原因尚不清楚,目前有以下两种观点。

1. **胃壁肌层发育缺陷**　在胚胎早期胃壁肌层发育形成的过程中,来自中胚叶的环肌从食管下端开始发育,向胃底及胃大弯部伸展,到胚胎第 9 周时出现斜肌,最后形成纵肌;在此过程中,如有发育障碍或血管异常即可能造成胃壁肌层缺损。

2. **胃壁局部缺血**　在围生期因呼吸障碍、低体温、窒息等致缺氧,为保证重要器官大脑、心脏的供氧,婴儿体内出现代偿性的血液选择性再分配,使胃肠道血供显著减少,胃缺血后发生坏死。病理检查坏死局部无正常的胃壁肌肉结构。

胃内压增高是胃壁肌层缺损患儿出生后发生胃穿孔的主要促发因素。新生儿胃壁黏膜下层组织脆弱,弹性纤维欠发达,极易出现胃扩张。当发生窒息或呼吸障碍采用呼吸支持疗法时,常应用面罩加压或鼻管给氧,可使胃内压迅速增高,致使肌层缺损处胃壁变薄而发生破裂。曾有文献报道上述供氧方式较经插管的正压呼吸所致胃穿孔机会大 30 倍。此外,出生后吞咽大量空气、呕吐、为内容物排空延迟、哺乳吸吮等均可使胃内压上升,肌层缺损处的血供障碍而发生坏死穿孔。目前最新研究还发现,新生儿自发性胃穿孔是由于 C-KIT$^+$ 的缺乏,C-KIT$^+$ 是一种酪氨酸激酶受体,它对肥大细胞发育至关重要。小鼠动物实验发现缺乏 C-KIT$^+$ 肥大细胞就会导致小鼠发生自发性胃溃疡或穿孔;自发性胃穿孔新生儿死亡后尸检也发现 C-KIT$^+$ 肥大细胞数量减少。

二、病　理

胃底部及胃大弯处的胃前壁是胃壁肌层缺损的常见部位,尤其在贲门部最多见,而胃后壁肌层缺损非常少见。当各种原因导致胃扩张时,胃壁压力就会传导至胃底,胃底是自发性胃穿孔最常见的部位。胃扩张也会导致胃壁缺血性改变。先天性胃壁肌层缺损范围大小悬殊,不仅仅局限于穿孔部位;穿孔部位边缘的胃壁组织不规则,呈青紫色或黑色,穿孔旁黏膜及黏膜下层均变薄,在与正常胃壁交界处肌层中断,穿孔处无肌纤维,胃壁发育不良或缺如。

三、临床表现

胃壁肌层缺损发生穿孔前无明显前驱症状,少数患儿可表现拒食、神委、嗜睡及呕吐。穿孔常发生在出生后 1 周内,多见于出生后 3～5d,也有患儿穿孔发生在其他先天性畸形手术后,如肛直肠畸形术后。

穿孔发生后,大量气体进入腹腔使横膈抬高,影响肺部气体交换,患儿出现气急、呼吸困难及发绀;同时穿孔后,胃肠内容物流入腹腔,毒素吸收后使患儿病情迅速恶化,出现面色苍白、体温不升、四肢花纹等感染中毒性休克表现。腹部体征可见腹部高度膨隆,且穿孔部位越大、时间越长则腹胀越重;腹式呼吸迅速消失,腹壁皮肤发亮、水肿、发红,浅表静脉怒张,腹肌紧张,叩诊肝浊音界消失,移动性浊音阳性,肠鸣音减少或消失。

四、诊 断

新生儿胃穿孔的诊断并不困难,根据上述临床表现和体征,结合腹部 X 线直立位平片显示气腹、液气腹、胃泡消失,两侧膈肌升高及肠管向中央集中但充气正常即可确诊。但造成胃穿孔的原因不仅只是胃壁肌层缺损所致,所以需排除其他可能性。

1. 胃溃疡 新生儿胃溃疡多继发于产伤窒息、休克、脓毒败血症、低血糖、严重烧伤、呼吸衰竭或肾衰竭,表现为突发性出血或穿孔。穿孔部位常发生在胃小弯近幽门部胃前壁,穿孔直径为 0.5～1cm,穿孔部位周围的胃壁组织基本正常,术中能和胃壁肌层缺损相鉴别。

2. 幽门闭锁或十二指肠闭锁 胃及十二指肠的梗阻致使近端胃囊极度扩张而发生破裂,也可能与胃壁肌层缺损同时发生。新生儿胃壁在正常状态下可承受 $6.6kPa(50mmHg)/cm^2$ 的压力,超过此极限后,可导致大弯侧浆肌层血运不足,继后胃肌层撕裂或分离,黏膜发生坏死而破裂或穿孔。

3. 医源性损伤 最常见的是胃管或鼻饲管放置不当或胃管过硬直接穿破胃壁造成胃穿孔;也有报道分娩过程中发生损伤性胃破裂。

4. 其他 新生儿败血症也可引起胃壁坏死穿孔;还有部分原因不明的胃穿孔称为特发性胃穿孔。

五、治 疗

1. 术前准备 重点是积极改善呼吸和控制中毒性休克。应立即置胃肠减压,建立静脉输液通道,输液速度 20ml/(kg·h),总液体量 75～100ml/kg,输血或血浆 10～20ml/kg;尽快行腹腔穿刺减压以缓解腹胀,但排气需缓慢进行以免发生反应性休克。如出现发绀、呼吸困难应尽早气管插管,人工呼吸机辅助呼吸,可采用持续正压呼吸模式,FiO 为 60%,PEEP 0.29kPa(3cmH$_2$O),呼吸 30～35/min;同时注意保暖和应用广谱抗生素;尽快完善术前准备,急诊手术。

2. 手术操作 全麻下取上腹正中或左侧腹直肌分离切口。探查穿孔部位及有无其他胃肠道畸形。无论巨大或微小的缺损胃壁,原则上均应做修补缝合术。先将穿孔边缘坏死组织完全切除,直至出现活跃的出血(健康的胃壁),然后将残留的胃先做全层缝合,再做浆肌层内翻缝合,并将周围大网膜组织覆盖在吻合口上。若大片胃壁肌层缺损或广泛坏死,有时须行部分或全胃切除。胃部分切除后,可行食管胃吻合术;胃全切后,可行结肠替代手术、食管空肠 Roux-en-Y 吻合术。胃壁缺损或穿孔范围大,修补或局部血运不理想,可考虑行胃造口术。必需用大量温盐水冲洗腹腔,冲洗后放置腹腔引流;但近年来报道大部分胃穿孔术后都不需要行腹腔引流。重庆医科大学附属儿童医院新生儿外科普遍采用胃穿孔修补、胃造口术,术后 1 周通过胃造口管注射牛奶或进食;2 周后造影了解胃形态及容受性,恢复良好可拔出胃管。因为胃修补术、胃造口术实施简单,有效缩短手术时间,防止复杂手术及长时间麻醉所带来的手术风险及严重术后并发症;同时胃造口能更好的缓解胃内压力,有利于手术创缘的愈合;且对咽喉部的刺激小,对呼吸的影响更轻。统计该院从 2007—2009 年,共收治 12 例新生儿胃穿孔,全部实施胃穿孔修补、胃造口术,术后 1 例因严重的感染死亡,其余 11 例均治愈出院。

3. 术后处理　术后使用广谱抗生素和 H_2 受体拮抗药,同时全肠道外营养。继续注意保暖,防止发生硬肿症。持续胃肠减压,保持通畅、有效。继续做好呼吸管理,必要时保留气管插管,以呼吸机辅助呼吸。多数病例术后仍存留着中毒性休克,加上术前血培养阳性者,可很快发展为败血症而导致肾衰竭、呼吸衰竭及 DIC 死亡;为此,必须加强防治。术后造影显示胃完整才可以进食。

六、预　后

1950 年,Leger 报道第 1 例成功修补新生儿胃穿孔;但新生儿胃穿孔患儿的总体病死率在 25%～50%;患该病的未成熟新生儿死亡率更高。该病预后取决于就诊时间、发病至手术时间、术前全身情况及胃壁缺损的范围等因素。上海第二医科大学附属新华医院的资料显示存活组自出现穿孔症状至手术时间平均 20h,死亡组平均为 42h。本组病死率为 51.5%,死亡多为就诊较晚、缺损广泛及难以救治的中毒性休克的病例。目前,随着新生儿外科的发展,新生儿疾病诊治水平的提高,新生儿胃穿孔的诊治水平及疗效已有了极大的提高;只要早期明确诊断、积极手术,术后予有效的呼吸循环支持、全肠道外营养及控制感染,该病的总体预后良好,且愈合后对小儿胃肠功能影响不大,对生长发育影响小。

（王　侠　李晓庆）

第十二节　先天性肠闭锁和狭窄

先天性肠闭锁和狭窄(congenital intestinal atresia and stenosis)是指在从十二指肠到直肠之间发生的肠道先天性闭塞和变窄,是新生儿期常见的消化道梗阻畸形。发生率约 1/5 000,男女发病率无明显差异。以前该病死亡率较高,近年来,随着手术技术的改进、术后营养支持、围术期管理水平和麻醉技术的提高,存活率已显著提高。根据病变部位分为十二指肠闭锁和狭窄、小肠闭锁和狭窄、结肠闭锁和狭窄。

一、十二指肠闭锁和狭窄

十二指肠闭锁和狭窄(congenital duodenum atresia and stenosis)是先天性十二指肠梗阻最主要病因,占十二指肠梗阻病例的 0.8%～2.5%,在全部小肠闭锁中占 37%～49%,闭锁和狭窄比例约为3∶2或相等。

(一)病因

先天性十二指肠闭锁和狭窄的发病原因至今尚不完全清楚,多数学者认为本病与胚胎期消化道和全身发育缺陷有关,多采用十二指肠腔化过程异常来解释本病的病因。在胚胎第 4～5 周时肠管形成单一的直管,肠腔内上皮细胞迅速增生充满肠腔致使肠腔暂时性闭塞,称为“充实期”。胚胎第 8～10 周时,充实的上皮细胞组织内出现空泡,这些空泡逐渐扩大、相互融合,使肠腔再度贯通,称为“空化期”。到胚胎 12 周时空化过程完成,肠管发育为正常的消化道。若肠管肠腔空化过程发生障碍,肠管空化不全、融合不全,将形成十二指肠闭锁或狭窄。也有人认为本病与胚胎期肠管血供障碍有关,若肠管因系膜血管扭转、屈曲或血管分支畸形等造成局部缺血、坏死和解剖异常,也可发生十二指肠闭锁和狭窄。

（二）病理和分型

十二指肠闭锁和狭窄可发生于十二指肠的任何部位，但最多见于降部，尤以壶腹部为著，病理上分为 4 型。

1. **闭锁Ⅰ型**　闭锁两端的肠管保持连续性，肠腔内有一个隔膜，隔膜由黏膜和黏膜下层组成，使十二指肠完全或部分性梗阻，隔膜多在壶腹部远端。

2. **闭锁Ⅱ型**　闭锁两端均为盲端，其间有一条纤维索带连接。

3. **闭锁Ⅲ型**　闭锁两盲端完全分离，无纤维索带相连。

4. **闭锁Ⅳ型**　隔膜型闭锁，隔膜脱垂到远端肠腔，形如"风袋"。

十二指肠闭锁和狭窄近端的胃、十二指肠高度扩张，肌层增生肥厚，甚至形成巨十二指肠，蠕动功能差，远端肠管细小、萎瘪、肠壁菲薄，肠腔内不含或仅含少量气体。

因十二指肠闭锁和狭窄多发生壶腹部，需特别注意其与胆总管开口的解剖关系，如闭锁位于或接近于壶腹部，胆总管可能开口于闭锁的上方或下方。有时胆总管末端分为两根管道，分别进入十二指肠闭锁的近远端盲袋或开口于隔膜的上方和下方，手术时需特别加以注意，避免损伤胆总管开口。

十二指肠闭锁和狭窄可同时伴发其他畸形，主要有消化道畸形如肠旋转不良、环状胰腺、肛门直肠畸形、食管闭锁等，其他如 21-三体综合征、先天性心脏病及泌尿生殖系统畸形等。

（三）临床表现

1. **十二指肠闭锁**

（1）随着产前超声检查的推广和普及，产前检测水平的提高，可发现 60%～80% 患儿母亲孕期有羊水过多史。

（2）呕吐：呕吐出现时间早，常于生后不久或第 1 次喂奶后出现呕吐，呕吐物多含胆汁，频繁、持续性加重，严重者可成喷射状。若梗阻位于十二指肠乳头开口近端，呕吐物可不含胆汁，而含有血丝或咖啡样物，同时应警惕胰胆管分支畸形。

（3）腹胀：上腹部饱满，有时可见胃型或胃蠕动波，下腹部平坦甚至凹陷。频繁、剧烈呕吐后腹胀不明显。

（4）无胎粪排出：大部分患儿生后无胎粪排出，仅排出少许灰绿色米粒样干便或灰白色黏液样物。

（5）黄疸：由于十二指肠梗阻，胆红素肝肠循环增加，血清中间接胆红素增高，可出现高胆红素血症。

（6）全身情况：因反复频繁呕吐，患儿出现脱水、电解质紊乱、酸碱平衡失调，营养不良，精神委靡。常伴发吸入性肺炎。

2. **十二指肠狭窄**　十二指肠狭窄症状出现的时间决定于狭窄的程度，可在新生儿期或数月到几岁发病，表现为间歇性呕吐，呕吐物多为含胆汁的未消化食物。患儿常伴有不同程度的营养不良、贫血和发育障碍。狭窄近端胃和十二指肠扩张肥厚，致上腹部膨隆，而下腹部平坦或凹陷。

（四）辅助检查

1. **产前检查**　产前超声可于胎儿左上腹和右上腹分别显示胃和十二指肠扩张的液性暗区，即"双泡影"。

2. **腹部立位平片**　可见胃和扩张的十二指肠第一部充气的液平，即"双泡征"，偶尔可见"单泡征"或"三泡征"，而梗阻以下肠管不含气体。十二指肠狭窄者，除胃和十二指肠近端可见液气影外，远端小肠可含少量气体。

3. 胃肠造影　胃、十二指肠造影显示胃和梗阻近端十二指肠明显扩张,同时显示梗阻部位,造影剂通过困难。造影后应立即通过胃肠减压洗净造影剂,以免呕吐误吸。灌肠造影显示细小结肠。

(五)诊断

根据产前超声检查有"双泡影",出生后出现持续性、胆汁性呕吐和无正常胎粪排出的病史,上腹部饱满的体征,结合腹部立位片见"双泡征",胃、十二指肠造影显示胃和近端十二指肠明显扩张,远端梗阻的特点,十二指肠闭锁和狭窄可基本明确诊断。

(六)鉴别诊断

1. 环状胰腺　环状胰腺对十二指肠降部造成肠腔内外压迫致十二指肠完全或不全性梗阻,术前鉴别不易。但环状胰腺患儿呕吐物含或不含胆汁均可,新生儿期多有正常胎粪排出,胃、十二指肠造影显示胃和十二指肠球部扩张,十二指肠降部内陷呈线状狭窄或节段性狭窄,灌肠造影显示结肠形态正常。

2. 先天性肠旋转不良　多表现为十二指肠不全性梗阻,出生后 1 周内出现胆汁性呕吐,有时呈间断性,多有正常胎粪排出。胃、十二指肠造影显示十二指肠第二、三段肠外压迫性狭窄、十二指肠框消失、屈氏韧带位置异常,灌肠造影显示盲肠位置异常。

3. 婴儿肥厚性幽门狭窄　婴儿肥厚性幽门狭窄多见于足月儿,多于生后 3～4 周出现呕吐,呕吐具有规律性并进行性加重,甚至呈喷射状呕吐,腹部可见胃型和胃蠕动波,右肋下扪及橄榄样肿块,B 超可明确肥厚幽门的长度和厚度。

4. 幽门瓣膜闭锁或狭窄　本病罕见,完全闭锁者出生后即呕吐胃内容物,不含胆汁;腹部立位平片见单泡征。狭窄者可在不同年龄出现间歇性无胆汁呕吐,呈宿食并有酸臭味。胃、十二指肠造影显示巨大胃泡,造影剂通过幽门困难,腹部查体无包块扪及。

(七)治疗

十二指肠闭锁和狭窄一经诊断应给予早期手术治疗。术前应置于保暖箱中,放置胃肠减压,检查血生化、凝血常规、血气分析、心脏超声等,纠正体液、电解质、酸碱平衡紊乱,静滴抗生素,尽早手术。根据畸形类型,手术方法可采用下列几种。

1. 隔膜切除、十二指肠纵切横缝术　本术式适用于隔膜型闭锁和狭窄。确定隔膜位置后在狭窄和扩张段交界处沿对系膜侧肠壁跨越隔膜纵行切开 1.5～2cm 长,显露隔膜并将其环形切除,留下 1～2mm 隔膜边缘,用无损伤线间断缝合隔膜边缘止血。并向肠腔远端插入细硅胶管并注入生理盐水,检查远端肠管是否合并多发闭锁和其他梗阻并同时矫治。确定远端肠管通畅后,用 5-0 无损伤线做单层内翻横行缝合肠壁切口。切除隔膜时应避免损伤十二指肠胰胆管开口。剪除隔膜前先按摩胆囊观察胆汁由乳头开口流出,剪除隔膜时保留乳头附近隔膜、不必缝合,以免损伤或误扎胰胆管开口,其余隔膜间断缝合止血后,再次按摩胆囊至胆汁流出,证明胰胆管开口正常方可缝合肠壁切口。

2. 十二指肠-十二指肠菱形吻合术　本术式适用于隔膜型闭锁伴肠壁纤维化或并存环状胰腺的病例或盲端完全分离的闭锁。先切开右侧侧腹膜游离右半结肠并将其推向左侧,松解十二指肠周围韧带及屈氏韧带,拉直十二指肠,按图 14-12 所示在梗阻近端十二指肠对系膜侧肠壁横行切开 2cm,定 A、B、C、D 四点。各缝一针牵引线,梗阻远端肠管做相应长度的纵行切口,使两切口能无张力靠拢。按 A′、B′、C′、D′ 四点同样做牵引线。用 5-0 无损伤线对合 AA′、BB′、CC′、DD′ 点做单层内翻菱形吻合。

3. 十二指肠-十二指肠吻合术　本术式适用于Ⅱ、Ⅲ型闭锁,符合生理,方法简便。游离十二

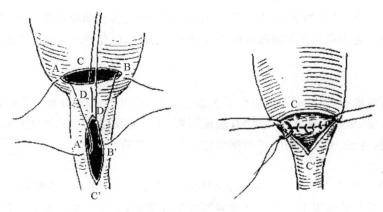

图 14-12　十二指肠菱形吻合

指肠,在梗阻近端做横或纵切口,切除梗阻远端盲端,将十二指肠两断端用 5-0 无损伤线单层吻合。因梗阻近端十二指肠扩张,肠壁肥厚,该段肠管蠕动功能不良,仅行单纯吻合术不能解除功能性梗阻,需将扩张的十二指肠进行裁剪切除、尾状成形,使近断端口径与闭锁远端肠管口径接近,行十二指肠端-端吻合术。有学者建议将扩张肠管内翻折叠缝合缩小肠腔口径,可促进肠功能恢复。

术后处理:术后置于暖箱中保暖、吸氧、心电监护,正确使用抗生素,保持胃肠减压通畅,合理使用全静脉营养和支持治疗直至经口喂养,补充维生素、微量元素,注意血气分析、血生化监测。

二、小肠闭锁和狭窄

小肠闭锁是新生儿肠梗阻的重要原因,约占新生儿小肠梗阻的 1/3,发病率为 1:(5 000~20 000)活产新生儿。小肠闭锁发生在空、回肠的概率相近。

(一)病因

肠闭锁和狭窄的发病原因至今尚不完全明确,目前存在以下几种学说解释其发生。

1. **肠管空化障碍学说**　胚胎第 5 周时,十二指肠和空肠上段已形成一个贯通的管腔,后来肠管上皮细胞增生致使管腔阻塞,形成一个暂时性肠管实变期。此后,在实变的管腔内出现很多空泡,并逐渐扩大,到 12 周时空泡互相融合,肠腔再贯通。在胚胎第 2~3 个月如肠管发育停止即形成闭锁;如管腔贯通不全即形成狭窄:管腔内遗留一层隔膜,隔膜中心有一个小孔。

2. **血管意外和肠道损伤学说**　空肠中下段及回肠在胚胎发育过程中,无上述暂时性肠管实变期存在。肠系膜血管畸形、损伤或缺如导致胎儿肠道局部血液循环发生障碍,使肠管发生无菌性坏死、吸收修复等病理过程而导致肠闭锁;胎儿期脐环收缩过快压迫中肠、异常索带压迫、胎儿期肠扭转及肠套叠、内疝后,一段胎肠发生坏死、吸收、断裂或缺如,发生肠管闭锁。胎儿局部血液循环障碍或损伤不仅导致肠闭锁或狭窄,而且使受累的一段肠管消失,出现不同程度的肠管短缩。

3. **炎症学说**　临床上肠闭锁患儿常有腹腔粘连、胎粪性腹膜炎,闭锁肠管两端可见肉芽组织和瘢痕组织,提示肠管炎症、肠穿孔腹膜炎也可能导致肠闭锁。胎儿坏死性肠炎、胎儿阑尾炎穿孔、肠坏死胎粪性腹膜炎可能是这部分小肠闭锁的原因。

4. **家族性遗传因素**　虽然确切的遗传基因和机制尚未完全明确,但已有较多报道孪生儿同患肠闭锁,以及家族中多人患肠闭锁,提示遗传因素可能在肠闭锁中发挥作用。

(二)病理和分型

小肠的任何部位都可以发生闭锁和狭窄,以回肠多见。另有 10%～15% 的病例呈多发闭锁。

1. 肠狭窄　最多见于十二指肠和空肠上段,常呈隔膜状,脱垂于肠腔内,形态如"风帽"状,中央有 2～3mm 直径的小孔。有时肠管有一段狭窄区域,细而僵硬,造成肠腔梗阻。

2. 肠闭锁　可分为 4 型。

(1)闭锁Ⅰ型:肠管外形连续性未中断,仅在肠腔内有一个或偶尔多个隔膜使肠腔完全闭锁。

(2)闭锁Ⅱ型:闭锁两端均为盲端,其间有一条纤维索带连接,其毗邻的肠系膜可能有一"V"形缺损。

(3)闭锁Ⅲ型:闭锁两盲端完全分离,无纤维索带相连,毗邻的肠系膜有一"V"形缺损,此为Ⅲa 型。Ⅲb 型者两盲端系膜缺损广阔,远侧的小肠如刀削下的苹果皮样成螺旋状排列(apple-peel 闭锁)。此型闭锁肠系膜上动脉发育不全,回结肠动脉是远端小肠唯一的营养血管,小肠系膜缺如,肠管缺乏固定易发生扭转。小肠全长有明显的短缩,甚至形成短肠综合征。

(4)闭锁Ⅳ型:为多发性闭锁,各种闭锁类型均可发生,各闭锁段间有索带相连,酷似一串香肠,有时有的闭锁肠系膜有一"V"形缺损。

肠闭锁近端肠管因长期梗阻而发生扩张膨大,直径可达 4～6cm,肠壁水肿肥厚,血供及蠕动功能不良。严重者盲端肠壁变薄,血液循环障碍,可发生坏死、穿孔。闭锁远端肠管萎陷、细小,其直径仅 0.4～0.6cm 甚至更细,肠腔内无气体和胎粪,仅有少量黏液和黏膜分泌物。近年来研究提示闭锁近端扩张的肠管存在肌肉及肠神经系统发育异常,是术后功能性肠梗阻的原因之一。

有些病例同时伴发胎粪性腹膜炎,即除了上述病理改变外,尚有广泛的肠粘连和钙化斑块。此外,部分肠闭锁还伴有其他先天性畸形,如其他消化道畸形、先天性心脏病和先天愚型等。

(三)临床表现

小肠闭锁表现为完全性肠梗阻,包括呕吐、腹胀、胎粪排出异常等,而症状的出现的早晚和轻重取决于闭锁的部位和程度。

1. 妊娠史　母亲妊娠时常有羊水过多史,尤以空肠闭锁多见。

2. 呕吐　肠闭锁位置越高,呕吐出现越早,高位空肠闭锁常在出生后不久或第 1 次喂奶后即发生频繁呕吐,呕吐物含胆汁。肠闭锁位置越高,呕吐出现越早,远端空肠和回肠闭锁呕吐出现时间较晚,呕吐物早期为胆汁,后期为粪汁样物。呕吐出现后呈进行性加重,吐出量较多。

3. 腹胀　腹胀是肠闭锁的常见体征,其程度与闭锁的位置和就诊时间有关。闭锁的位置越低、就诊时间越晚,腹胀程度就越重;反之就越轻。高位闭锁的腹胀仅限于上腹部,多不严重,在大量呕吐之后或胃管抽出胃内容物后,腹胀可明显减轻或消失。低位闭锁的病例,全腹呈一致性膨胀,进行性加重,大量呕吐或抽出胃内容物后,腹胀仍无明显改变,往往可见到扩张的肠襻。

4. 无胎粪排出　肠闭锁患儿出生后无胎粪排出,仅见少许灰白色黏液便,个别患儿可有少许胎便排出,多为胎儿晚期因宫内肠套叠、肠扭转等原因引起的肠闭锁。

5. 直肠指检　出生后无胎粪排出者,直肠指检或生理盐水、开塞露灌肠仍无胎粪排出,仅有少许灰白色黏液干便。

6. 全身情况　在生后最初几小时,患儿全身情况尚好,以后由于频繁呕吐,可出现脱水、吸入性肺炎,全身情况迅速恶化。如同时有肠穿孔、腹膜炎,腹胀更加明显,腹壁水肿发红,同时有呼吸困难、发绀和中毒症状。

肠狭窄临床症状视狭窄的程度而有所不同。少数严重狭窄的病例,出生后即有完全梗阻的表现,与肠闭锁很难区别。多数为不完全性梗阻,可以吃奶,但反复多次呕吐,呕吐物为奶块和胆汁。出生后有胎粪排出,以后也可有大便。腹胀程度视狭窄部位而定,高位狭窄腹胀限于上腹部,低位狭窄则全腹膨胀,少部分患儿表现为慢性不全性肠梗阻,要到数月才来就诊和确诊。

(四)辅助检查

1. **腹部 X 线平片** 对诊断肠闭锁和狭窄定位有很大价值。高位空肠闭锁腹部立位 X 线平片显示上腹部宽大的胃部液平和 3～4 个扩张的十二指肠、空肠液平,其余部位无气体影。小肠低位闭锁显示较多的扩张肠襻和多数液平面,液平愈多表示闭锁部位越低。有时可见一个大的液平面,为最远端的肠襻极度扩张所致。

2. **X 线钡剂造影** 对肠闭锁患儿进行钡剂灌肠检查有时是必要的,可以根据胎儿型结肠确定肠闭锁诊断,还可以除外先天性巨结肠或肠旋转不良。

3. **超声检查** 肠闭锁胎儿产前超声检查可见羊水过多,同时探及肠管扩张,对产后诊断有提示作用,生后超声检查可提示肠管扩张的区域和腹腔积液情况,同时可排除腹部肿块。

(五)诊断

母亲妊娠期有羊水过多史,出生后出现持续性呕吐、进行性腹胀、无正常胎粪排出,即应怀疑肠闭锁。根据呕吐出现早晚、呕吐物性质、腹胀轻重初步可确定闭锁位置高低。进一步检查以明确闭锁部位及有关疾病的鉴别诊断。

(六)鉴别诊断

1. **先天性肛门直肠畸形** 表现为低位肠梗阻,出生后呕吐、腹胀、无正常胎便排出,但进行会阴部及肛门检查即可明确诊断,注意肛门检查非常重要。

2. **先天性巨结肠** 表现为低位肠梗阻,出生后呕吐、腹胀、无正常胎便排出,直肠指检后出现"爆破征"并排出大量黏稠或稀臭胎便,即可诊断,对重症巨结肠直肠指检后亦无胎便排出者,可进行灌肠造影检查以助鉴别。

(七)治疗

肠闭锁和狭窄一经确诊,即需手术治疗,手术是唯一能挽救生命的方法。术前准备是保证手术成功必不可少的条件,病情越重,术前准备越显重要。术前需置于暖箱保温,留置胃肠减压,纠正脱水和电解质、酸碱平衡紊乱。肠闭锁的手术方法很多,不同部位闭锁的治疗方法亦不尽相同。近年来随着完全肠道外营养的广泛应用,治愈率较过去有明显提高。

1. **隔膜切除、肠管纵切横缝术** 适用于空肠上段隔膜闭锁或狭窄。在狭窄和扩张段交界处沿对系膜侧肠壁跨越隔膜纵行切开约 1.5cm 长,显露隔膜并将其环形切除,留下 1～2mm 隔膜边缘,用无损伤线间断缝合隔膜边缘止血。并向肠腔远端插入细硅胶管并注入生理盐水,检查远端肠管是否合并多发闭锁和其他梗阻并同时矫治。确定远端肠管通畅后,用 5-0 无损伤线做单层内翻横行缝合肠壁切口。

2. **肠切除肠吻合术,适用于盲端型闭锁** 小肠闭锁以切除近侧膨大的盲端,行肠管端-端吻合术最为理想。手术中检查近端扩张肠管直径、长度及有无炎症、坏死、穿孔,再检查远端肠管直径、长度及血供情况。尽量切除近端扩张肠管 10～20cm 或进行斜行成形,向远端盲端注入生理盐水排除多发闭锁后切除盲端 2cm,并自系膜对侧缘 45°斜行切除,以增大其口径,必要时还可适当剪开系膜对侧肠壁,使闭锁肠管近远端口径接近,利于端-端吻合,同时以避免遗留神经肌肉发育异常的肠壁,影响术后功能恢复。吻合时应用无损伤针做一层间断缝合,不可向内翻入过多,以免发生吻合口狭窄。手术时进行闭锁远端肠管组织活检,以排除肠神经发育异常。有报道在腹腔镜辅助下进行先天性肠闭锁手术,取得较好疗效。

3. 肠造口术 对患儿情况不良、体重低、合并畸形复杂、腹腔感染重、肠管质量差不能耐受一期手术者,应选择肠造口术。可分为单纯肠造口和吻合加肠造口。吻合加肠造口有两种,一为Santulli造口术:将近端扩张的肠管与远端肠管行"T"字形端-侧吻合,近端肠管造口;另一为Bishop-Koop造口:将近端肠管与远端肠管"T"字形端-侧吻合,远端肠管造口;数月后再行关口术。

术后应将患儿置于保温箱内,保持恒定温度和湿度。一期吻合术者,术后肠功能一般需7~10d甚至更长时间才能恢复正常,故应保持胃肠减压通畅,给予胃肠外营养支持,注射抗生素,以防切口感染。肠管切除过多、剩余小肠过短和肠瘘的患儿,术后应长期采用完全胃肠道外营养疗法。近年来对空肠闭锁患儿手术时放置空肠营养管,可以及早开始肠内营养,减少静脉营养的并发症。

(八)术后并发症

1. 吻合口梗阻 为术后常见并发症,包括功能性和机械性梗阻两种。功能性梗阻多由于闭锁近端肠管扩张、肥厚,蠕动功能不良引起,手术时应尽量多切除扩张肠管。近年来国外学者采用将近端扩张肠管内翻折叠缝合,缩小肠管口径,增加肠腔内压,以促进近端功能恢复,取得良好的效果,同时可避免切除过多肠管。若吻合时内翻组织过多或进行双层吻合,可造成吻合口狭窄引起机械性梗阻,操作时应予以注意。

2. 吻合口漏 吻合技术不佳如缝线过粗、缝合针距过粗或过密、吻合时肠壁对合不良黏膜外翻、吻合口血供不良等情况或全身情况不良如营养不良、低蛋白血症、维生素缺乏,影响吻合口胶原纤维形成和组织愈合,导致吻合口漏。近年来随着缝合技术提高、缝线质量改进和围术期管理水平的进步,术后吻合口漏发生率已大大降低。

3. 肠粘连肠梗阻 多见于肠闭锁有肠坏死、肠穿孔或合并胎粪性腹膜炎的患儿,术后不能进食、腹胀,大便量少。不完全梗阻时,行非手术治疗;完全性梗阻时应再次行粘连松解术。

4. 坏死性小肠结肠炎 多见于早产、低体重儿或有窒息、缺氧、休克、严重感染的患儿,并发肠壁缺血缺氧,同时新生儿肠黏膜缺乏 IgA 保护,致使肠道内致病菌繁殖过盛而发生本病。表现为腹胀、呕吐、发热、便血,伴有明显中毒症状。一旦出现肠梗阻或肠坏死时应急诊手术。

5. 短肠综合征 肠闭锁患儿由于先天发育缺陷,往往本身肠管长度就少于正常儿,特别是多发性闭锁和苹果皮样闭锁尤为常见,若合并肠扭转、肠坏死或需要切除过多扩张肠管,那么剩余小肠过短将造成短肠综合征,严重影响患儿生长发育,需长期依赖全静脉营养维持生命。

三、结 肠 闭 锁

结肠闭锁(colonic atresia)较少见,有报道发病率为 1:(40 000~110 000)活产新生儿,占全部肠闭锁的 5%~6%。

(一)病因

病因不明,胚胎肠道空化不全、肠系膜血液供应障碍等因素是结肠闭锁和狭窄可能病因。目前以胎儿肠管宫内缺血、扭转坏死的学说较为普遍接受。

(二)病理

按小肠闭锁分型标准,结肠闭锁分为隔膜型闭锁(闭锁Ⅰ型)、盲端条索型闭锁(闭锁Ⅱ型)、盲端肠系膜缺损型闭锁(闭锁Ⅲ型)。我们也曾发现结肠多发性闭锁的病例。闭锁可发生于结肠任何部位,以横结肠为最多见。结肠闭锁近端肠管发生坏死和穿孔的概率多于小肠闭锁,这可能因回盲瓣的关闭作用,使闭锁近端的结肠处于高压状态,导致肠壁血供障碍发生坏死和穿孔。闭锁近端肠管明显扩张、肥厚、水肿,缺乏蠕动功能,远端肠管萎瘪细小。

结肠狭窄多发生于升结肠和降结肠,以管状狭窄为多见。

(三)临床表现

结肠闭锁表现为完全性低位肠梗阻,出生后不久即出现腹胀,呕吐样胆汁样液体甚至粪便样液体,没有胎粪排出。腹部立位片见多个伴有液气平面的扩张肠襻。灌肠造影见结肠充盈不全和胎儿型结肠,同时可确定闭锁或狭窄的部位,还可与先天性巨结肠、先天性左小结肠鉴别。

结肠狭窄症状可不典型,在生后一段时间出现腹胀、呕吐、便秘或排便困难等不全性低位肠梗阻的表现。

(四)诊断

产前超声检查可发现胎儿肠管扩张,出生后出现全腹胀、呕吐、无胎粪排出或排便困难,腹部立位片显示多个扩张液平,同时可见闭锁近端结肠巨大液平。灌肠造影显示胎儿型结肠或逆行充盈一段肠管后发生梗阻,即可诊断。

(五)治疗

结肠闭锁确诊后应立即手术,以免结肠的闭襻梗阻造成结肠张力过高而穿孔。术前留置胃肠减压,纠正脱水和电解质、酸碱平衡紊乱。根据病变部位、有无并发症或伴发其他畸形选择合适术式。由于存在黏稠的胎粪、大量的细菌和肥厚扩张的肠壁,使结肠闭锁一期吻合术后易于发生梗阻和吻合口瘘,一般需先行闭锁近端结肠造口,3～6 个月或以后再做近远端肠管吻合术,闭锁远端肠管应定时注入生理盐水以促进远端结肠扩张和蠕动。但亦有学者根据临床体会,推荐脾曲近端结肠闭锁采用一期肠吻合术,而脾曲远端结肠闭锁则先行暂时性结肠造口术。最近的观点认为只要病人没有严重的内外科并发症及肠穿孔、腹膜炎,即可行一期肠切除肠吻合术。位于乙状结肠远端的闭锁和狭窄,在腹腔内做肠切除肠吻合很困难,以做经腹会阴拖出型肠切除吻合术为宜。

结肠狭窄者术前需认真做肠道准备,口服抗生素及清洁回流灌肠,改善全身营养状况,择期施行病变肠段和扩张肠管切除端-端吻合术。

(唐维兵)

第十三节　肠旋转不良

一、定　　义

肠旋转不良(malrotation of intestine)是指在胚胎期肠道以肠系膜上动脉为轴心的旋转运动不完全或异常,使肠管位置发生变异和肠系膜的附着不全而引起肠梗阻,是十二指肠梗阻中的重要类型。发病率约为 1/5 000 个活产,男性多于女性。55% 的肠旋转不良在生后第 1 周出现症状,75% 在出生后 1 月内出现症状,90%<1 岁。少数病例可延至婴儿、较大儿童甚至成年人发病,约有 0.2% 的肠旋转不良终身无症状。

二、历　　史

1898 年约翰霍普金斯大学解剖学教授 Mall 与著名的胚胎学家 His 共同研究,第 1 次描述了肠旋转和固定的过程。Fraser 和 Robbins 通过大规模的胚胎学研究扩展了 Mall 的发现。1923年 Dott 发表了关于肠旋转异常胚胎学和外科表现的经典文章,首次阐明了临床和胚胎表现之间的相关性。其后多数文章中报道的临床病例均与 Dott 报道的胚胎期发育异常的分析有关。1928 年 Waugh 描述了 2 例由于肠不旋转造成的肠扭转。1932 年 William Ladd 描述了 10 例合并肠扭转的肠旋转不良,他通过逆时针旋转复位进行矫治;1936 年 Ladd 发表了经典的肠旋转不良治疗的文章,共完成了 21 例手术,他强调手术要松解跨越、压迫十二指肠的束带,然后将回盲部置于左上腹的重要性,其奠定了肠旋转不良的手术基础,一直沿用至今。1953 年 Gross 对 156例肠旋转不良进行了回顾性分析。1954 年 Snyder 和 Chaffin 对肠管胚胎发育旋转的过程通过一个中央有带子(用来表示肠系膜上动脉)绳襻的扭转来展示,使外科医生对胚胎肠扭转过程有一个更清楚的了解。

三、胚　胎　学

胚胎时期的中肠演变成十二指肠(胆总管开口以下)、空肠、回肠、盲肠、阑尾和升结肠和横结肠的右半部分。在胚胎的第 4～10 周,中肠的生长速度比腹腔快,因此中肠不能容纳在腹腔内而被挤到脐带底部,形成一个生理性脐疝。到第 10～12 周时腹腔的生长速度加快,容积增加,中肠由小肠开始、回盲部最后逐渐回纳到腹腔内。

中肠的正常旋转过程:中肠的旋转过程好比在一块木板上的一根铁丝上下附着的一段绳圈的变化。用左手抓住绳圈向左旋转 3/4 圈,绳圈上臂的近端部分从铁丝的上方转到铁丝的右侧,然后其下方再到左侧。与此同时,下半段从铁丝的下方开始旋转,到达左侧、上方,最终到达铁丝的右侧(图 14-13)。如果将上半段的绳子比作十二指肠空肠襻、下半段绳子比作盲肠结肠襻、中间的铁丝比作肠系膜上动脉,这些结构在旋转过程中的位置变化就很清楚了。整个过程可以通过立体显微镜下对一系列 4～12 周大的胚胎研究了解细节,在胚胎的第 4 周或者胚胎只有 5mm 大小时,肠道几乎是直的管道,中间稍稍向前膨出,肠系膜上动脉从主动脉垂直向前达肠管膨出部分的中点(图 14-14,图 14-15),肠的形态在扩张的腹腔和脐索中时开始迅速的变化,胃还是处于原始位置,肠系膜上动脉的上方和前面,十二指肠开始向下弯曲并到达动脉的右侧(逆时针旋转 90°),空肠和小肠延伸进入脐索,伴随而后是盲肠、升结肠和部分横结肠。所有的肠襻均从动脉前面的位置到达动脉的一边(图 14-16,图 14-17)。

以前认为所有的肠襻在脐索中没有回纳到腹腔之前时位置不变,但 Mall 证明在肠道回到体腔之前十二指肠空肠襻也在持续旋转,到第 8 周时十二指肠第三部到达肠系膜上动脉的下方(图14-18),这部分的旋转增加到了 180°,最后大约在第 10 周(或者胚胎有 40mm 长时)肠道回到腹腔,这是一个非常快的过程,小肠最先进入腹腔,然后推动十二指肠第四部和空肠到肠系膜上动脉的左侧,完成小肠的完全旋转(图 14-20)。盲肠和升结肠最后进入腹腔,位于左侧腹(图 14-18),并最终从前方或上方跨于肠系膜上动脉(图 14-19)定位于动脉的右侧(图 14-21)总共逆时针旋转 270°。

在中肠旋转完成后,升结肠系膜与右侧腹壁固定,降结肠系膜与左侧腹壁固定,小肠系膜自十二指肠悬韧带(Treitz 韧带)开始,由左上方斜向右髂窝,附着于后腹壁,具有宽阔的小肠系膜根部,完成肠管发育的全部过程(图 14-22)。

在中肠扭转和系膜固定的过程中,任何一步发生变化或停顿均可造成一系列的肠旋转不良。

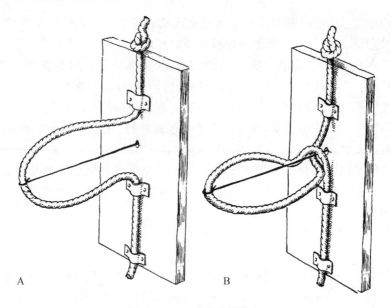

图 14-13　肠道旋转的模拟

一根绳索两端固定在一块板上,中央有一铁丝成直角从板拉到线圈的基底。A. 绳圈的上半部分代表十二指肠空肠襻,那根线代表肠系膜上动脉,底部代表回盲部;B. 绳圈被手抓住然后以线逆时针旋转 270°或者 3/4 圈。这样上面的部分转到下面,下面部分转到上面。通过转动,绳子的两部分离板更近了,可以在胚胎中观察到肠道旋转的过程

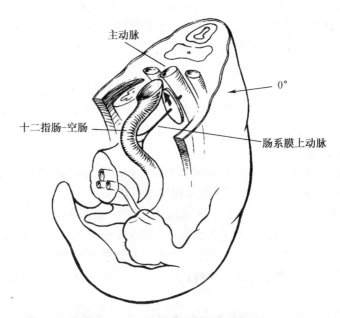

图 14-14　5mm(孕 4 周)胚胎的腹侧简图

肠道形成一个轻微向前的弯曲,肠系膜上动脉(SMA)呈直角从主动脉到达肠管的弯曲。围绕肠系膜上动脉根部画一个圆盘,箭头上方指向点是十二指肠空肠襻起始点或者是 0°旋转,以 SMA 为轴心发生旋转

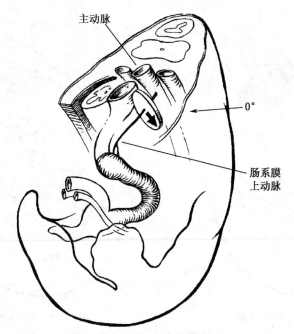

图 14-15 5mm 胚胎

显示肠道向前弯曲,强调回盲襻在肠系膜上动脉
(SMA)的下方,围绕 SMA 根部画的圆盘箭头所指方向
为回盲襻 0°旋转的位置,此襻 0°位时正好在 SMA 的下
方,而十二指肠空肠襻则在其上方

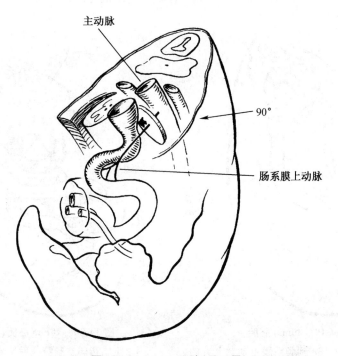

图 14-16 10mm 胚胎(孕 5 周)

十二指肠空肠襻从 SMA 上方到动脉的右侧,从其原
始的位置旋转了 90°的弧度,如图中箭头所示

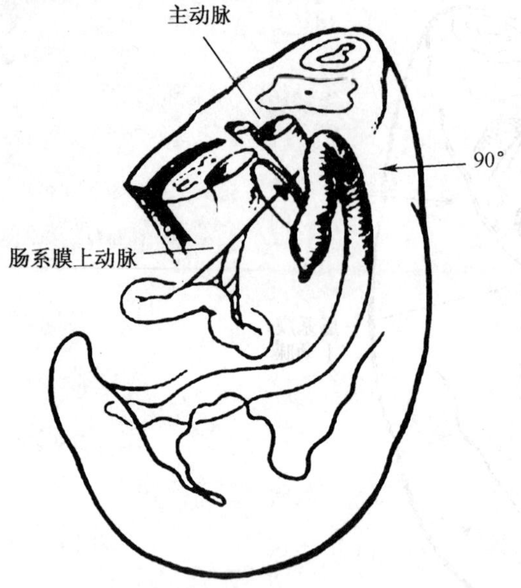

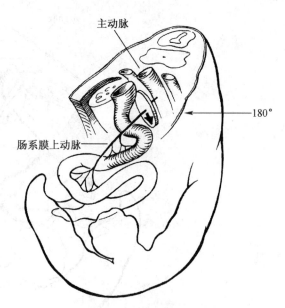

图 14-17　40mm 胚胎

显示回盲襻在 SMA 的左侧,此时肠管从脐带内逐渐回纳至腹腔

图 14-18　25mm 胚胎(孕 8 周)

十二指肠空肠襻进一步旋转到肠系膜上动脉(SMA)下方,其旋转弧度为 180°,肠道向脐带内延长的部分在此图中没有显示

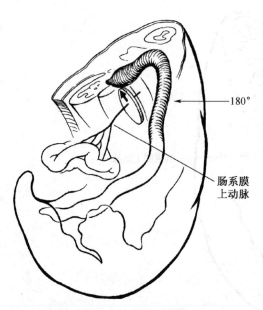

图 14-19　40mm 胚胎

回盲襻旋转 180°到肠系膜上动脉上方的位置。这一过程在肠管从脐带回纳到腹腔内时立即发生

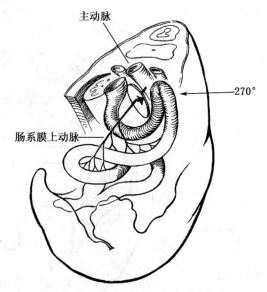

图 14-20　40mm 胚胎(孕 10 周)

十二指肠空肠襻最后旋转至肠系膜上动脉(SMA)的左侧,此襻先从起始部旋转到右下然后到达左侧,总共逆时针旋转了 270°,同时肠管从脐带内逐渐回纳入腹腔

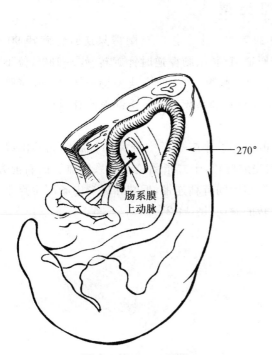

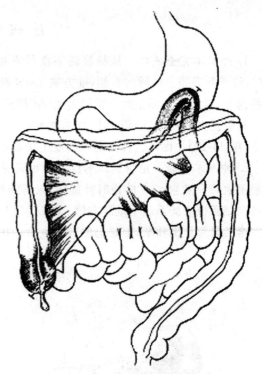

图 14-21 40mm 胚胎

回盲襻的最终位置是在肠系膜上动脉(SMA)的右侧,该襻从 SMA 的下面旋转至左侧,然后到上方,最后到 SMA 的右侧,总共逆时针方向旋转了 270°

图 14-22 正常中肠的系膜固定

四、病　　理

1. **十二指肠受压**　由于中肠回纳腹腔后旋转中止,盲升结肠位于幽门部或上腹部胃的下方,从盲肠和升结肠出发的腹膜系带(Ladd's 带)跨越十二指肠第二段的前面,并附着于腹壁右后外侧,十二指肠被它压迫而发生不完全性梗阻。有些病例盲肠旋转正好停留在十二指肠降部的前面,而被腹膜壁层固定,也造成十二指肠受压形成梗阻。

2. **肠扭转**　在肠旋转不良时,整个小肠系膜未能正常地从左上腹到右下腹宽广地附着于后腹壁;相反它仅在肠系膜上动脉根部附近有很狭窄的附着。这种情况下,小肠易环绕肠系膜根部发生扭转。有时盲肠与升结肠非常游离,也可与小肠一起发生扭转,即中肠扭转,扭转多是顺时针方向的。扭转的结果是肠管在十二指肠空肠连接处和右结肠某处曲折成角而产生梗阻,扭转时间长或扭转角度大,可造成肠系膜上动脉闭塞,使整个中肠发生梗死性缺血性坏死。

3. **空肠上段膜状组织压迫和屈曲**　有些病例的十二指肠襻停留于肠系膜上动脉的前方而不进行旋转,则成为腹膜后器官。在这种情况下,空肠第一段多被腹膜系带所牵缠,有许多膜状组织压迫,并使它屈曲成角而形成不完全梗阻。

在肠旋转不良的各种病理类型中几乎有十二指肠被压迫发生不完全性梗阻,约 2/3 同时发生肠扭转,也有约 1/3 同时有空肠第一段屈曲和膜状组织牵缠。

五、病 理 类 型

1. **中肠不完全旋转** 是肠旋转不良最常见的类型。十二指肠空肠襻只逆时针旋转90°～180°，位于肠系膜上动脉的右侧，前方被 Ladd 带压迫，盲肠结肠襻逆时针旋转90°～180°，位于血管的前方，以后回盲部在此位置发出 Ladd 带固定到右侧腹，产生两个典型特征：①Ladd 带跨越十二指肠前方，使十二指肠受压；②近端和远端中肠仅在肠系膜上动脉根部附近有很狭窄的附着固定（图14-23）。因而这种类型极易发生中肠扭转。

2. **中肠不旋转** 是肠旋转不良另一种常见的类型。十二指肠空肠襻和盲肠结肠襻围绕肠系膜上血管只发生＜90°的逆时针旋转，未再继续完成旋转，十二指肠位于肠系膜血管的右前方，盲肠与结肠位于肠系膜上动脉左侧，十二指肠与升结肠间有粘连带，近端和远端中肠固定点不像不完全旋转那样的狭窄，但是仍然有发生中肠扭转的倾向（图14-24）。

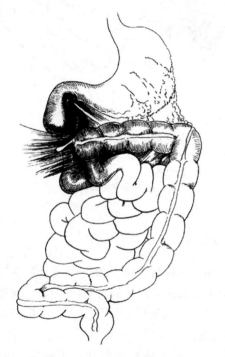 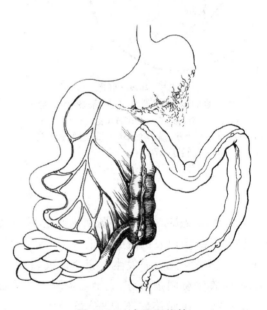

图14-23 中肠不完全旋转 Ladd 带
　　　　造成十二指肠不全梗阻

图14-24 中肠不旋转

3. **十二指肠空肠襻旋转异常** 结合盲肠结肠襻的旋转不同，可以分为3个不同类型。

(1)十二指肠空肠未襻旋、盲肠结肠襻旋转正常，十二指肠空肠襻在肠系膜上动脉右侧垂直下降，盲肠结肠襻旋转和固定正常，但有异常索带跨越和压迫十二指肠，表现为十二指肠不全性梗阻。该型少见，婴儿或儿童期发病。

(2)十二指肠空肠襻反旋转、盲肠结肠襻旋转正常，形成十二指肠旁疝或"右侧结肠系膜疝"。十二指肠空肠襻顺时针旋转至肠系膜上动脉前方，盲肠结肠襻逆时针方向旋转，经过十二指肠和小肠前面，盲结肠及其系膜包裹十二指肠和小肠并向右牵拉。随着盲肠下降和右侧结肠固定于右侧后腹膜而形成"右侧结肠系膜疝"。疝内肠管受压形成肠梗阻，也可发生肠扭转。

(3)十二指肠空肠襻和盲肠结肠襻均反旋转，简称中肠反旋转。中肠以肠系膜上动脉为轴顺时针方向旋转270°,肠系膜上血管位于横结肠前并压迫横结肠中段,十二指肠空肠襻位于肠系膜血管前。中肠反旋转发生率占本病的1%,儿童和青少年时期才出现横结肠不完全梗阻,肠梗阻逐渐严重,至成人时才完全梗阻。钡灌肠能够明确诊断。

4. 十二指肠空肠襻旋转正常而盲肠结肠襻旋转异常

(1)十二指肠空肠襻旋转正常、盲肠结肠襻未旋转,十二指肠空肠襻经肠系膜上动脉并位于其左侧,导致十二指肠、横结肠中段和肠系膜上血管包绕在一起,形成狭窄的蒂柄,以此为轴极易引起中肠扭转,临床也是多见的类型。

(2)右半结肠固定不良和Ladd带压迫十二指肠。十二指肠位置正常,结肠位置亦正常,但结肠肝曲发生Ladd带跨越并压迫十二指肠,固定于右侧后腹膜。常在婴儿期发病,患儿向左侧卧时由于结肠小肠向左移,使Ladd带紧张压迫,导致十二指肠梗阻,呕吐胆汁样液,向右侧卧呕吐症状消失,呈间歇性十二指肠梗阻。

(3)盲肠未固定,中肠扭转正常,回肠末端、盲肠和升结肠未固定于后腹壁。人群中10%～20%有这种异常,临床很少发病。

(4)十二指肠旁疝和其他类型内疝:十二指肠旁疝是先天性内疝中最常见者,发病率占本病的1%～9%,左侧旁疝是右侧旁疝的3～4倍。发生机制为左结肠系膜未完全固定于腹壁,留有间隙,小肠由此间隙进入左结肠系膜后形成左十二指肠旁疝,疝囊口在横结肠下开向右侧,疝囊前壁为左结肠系膜,后壁为左侧腰大肌、左肾和输尿管,疝囊口的前缘有左结肠动静脉。右结肠系膜和小肠系膜与后腹壁未完全固定,留有间隙,小肠由此间隙进入右结肠和小肠系膜后,则形成右十二指肠旁疝,疝囊口开向左侧,疝囊口前缘有肠系膜上动静脉和回结肠动静脉。左右十二指肠旁疝在任何年龄均可发病但多数在青少年或成年人时以小肠梗阻发病。其他尚有盲肠隐窝、十二指肠悬韧带旁隐窝或乙状结肠旁隐窝等,均为肠系膜未完全固定引起,小肠进入后均可引起相应的内疝,导致肠梗阻。

六、合 并 畸 形

30%～60%的肠旋转不良患儿有合并畸形,常见的并发畸形如下。

1. 胚胎早期体腔和腹壁发育与肠管发育密切相关,两者发育不良可同时存在,如脐膨出,腹裂、先天性膈疝和Prune-belly综合征等,均可并发肠旋转不良。

2. 消化系统畸形,常见并发畸形有十二指肠、空肠闭锁或狭窄,环状胰腺;另外还有合并先天性肥厚性幽门狭窄、胃食管反流、直肠肛门畸形、先天性巨结肠、胆道闭锁等的报道。

3. 内脏异位综合征,有先天性心脏病,多脾或无脾症等,常并发肠旋转不良。肠旋转不良也可并发肾盂积水畸形、脊柱骨骼畸形、脊膜膨出等。

七、临 床 表 现

肠旋转不良任何年龄均可发病,临床表现随年龄不同而异。新生儿出现肠梗阻症状者占全部肠旋转不良有症状患儿的40%～74%,在1岁前出现症状者占90%。年长儿症状不典型,常被延误诊断。除先天性膈疝、脐膨出、腹裂等常并发肠旋转不良外,因其他腹部疾病剖腹探查时偶然发现肠旋转不良占本畸形的25%～30%,少数患者可终身无症状。

1. 新生儿肠旋转不良　绝大多数病儿出生后24h内均有胎粪排出,量与性状基本正常或稍少。起初喂奶经过多良好,一般是在第2天左右喂养开始后出现呕吐。呕吐为本病最突出的症状,其特点是含有大量胆汁,呕吐物呈碧绿或黄色,每日至少3～6次。严重时禁食水情况下仍会继续呕吐。由于十二指肠梗阻为不完全性或间歇性发作,故发病后症状仍可暂时好转,但呕吐很快复发。腹部体征不多。梗阻位于十二指肠第二三段,故只有胃和十二指肠近端的充气和扩张,由于呕吐频繁,上腹膨隆并不严重。个别病例偶然可以见到上腹部从左到右的胃蠕动波。肛门指检可有胎便或黄色大便。

一些患儿由于中肠扭转出现绞窄性肠梗阻,呕吐频繁,呕吐物中可含有血性物,亦可排出血性便,腹部呈现弥漫性膨胀、压痛和腹肌紧张,并出现休克症状,如肠管发生扭转坏死及穿孔则腹部红肿发亮并可出现坏死瘀斑,迅速进入感染中毒性休克期,死亡率极高。

2. 婴儿及儿童肠旋转不良　有些婴儿在出生后曾有过呕吐,但其程度不严重,旋即停止,经过几周或几个月后,婴儿又发生含胆汁的呕吐,并可长期间歇性地发作,患儿往往因进食而出现腹痛、食欲缺乏、消瘦及营养不良。少数患者可以一直无症状,突然因肠扭转产生剧烈腹痛而来就诊。这些不典型的症状是由于盲肠升结肠的腹膜系带较宽,压迫力量不大,肠系膜附着不全可使小肠发生扭转,扭转度不高,如45°或90°,则可能随着肠的蠕动和体位改变而自动复位,故在扭转发作时出现肠梗阻表现,自动复位后症状消失,如不能复位或扭转加重,则发生急性肠梗阻而需紧急手术治疗,通常中肠扭转超过270°,自行反向旋转复位的可能性极小。

八、诊　　断

新生儿肠旋转不良的诊断并不十分困难,手术前诊断正确率可达90%左右。凡是新生儿有高位肠梗阻的症状,呕吐物含大量胆汁,曾有正常胎粪排出者,应考虑本病,并做 X 线腹部平片及腹部 B 超检查加以证实。对婴儿和儿童病例的诊断相对比较困难,如有间歇性呕吐表现为高位肠梗阻症状者也要想到本病,X 线检查对确诊至为重要。

1. 腹部立位平片　新生儿在生后第1周内发生肠梗阻(腹膜带压迫兼有肠扭转),因十二指肠内容物不能下行,所以空肠和回肠萎瘪,部分病人肠内可有少量气体,甚至完全无气体充盈,因此 X 线平片显示下腹部只有少数气影或显示一片空白致密影,胃和十二指肠球部扩张,左上腹和右上腹略低处各有一个液平面,但右部的液平面较窄,不及十二指肠闭锁病例夜平面宽广(图 14-25)。

2. 腹部 B 超检查　检查肠系膜上静脉(SMV)和肠系膜上动脉(SMA)的关系,是无创的诊断肠旋转不良的重要方法。正常情况下 SMV 位于 SMA 的右侧,而肠旋转不良者 SMV 则位于 SMA 的左侧。不仅如此,经验丰富的检查者还能够准确判断中肠扭转的度数,大大提高了术前的诊断机会,减少了因中肠扭转造成肠管坏死的情况发生,故腹部超声检查作用非常重要,可作为十二指肠梗阻鉴别诊断的首选检查方法,北京儿童医院统计的 79 例十二指肠梗阻病例,腹部 B 超检查十二指肠梗阻诊断率为98.73%,其中肠旋转不良的诊断率为95.70%。

3. 造影检查

(1)上消化道造影检查(UGI)是放射学诊断肠旋转不良和肠扭转的金标准。上消化道造影检查可清晰显示异常的十二指肠外形,十二指肠球部明显扩张,钡剂通过受阻或减慢,十二指肠空肠连接部位于中线的右侧、位置低,小肠位于右侧腹(图 14-26);当有肠扭转时,十二指肠和近端空肠呈"螺旋状"。虽然这一诊断通常可以明确诊断,但是 15% 的 UGI 检查是不明确的并可出现假阳性或假阴性结果。如果诊断可疑时,应进行重复的 UGI 检查,当 UGI 检查仍然不能确定时,而病人稳定,可以做钡灌肠确定盲肠的位置,从而确定中肠的肠系膜近端和远端附着位置。

(2)钡剂灌肠:是传统的放射学诊断方法,适用于新生儿肠旋转不良者,如显示盲肠位置异常,位于上腹部或左侧(图 14-27),对诊断具有重要意义,钡灌肠对本病的确诊率为80%~85%。但是如果盲肠位置正常并不能排除肠旋转不良,6% 的肠旋转不良患儿盲肠位置正常,但存在十二指肠空肠祥旋转异常。

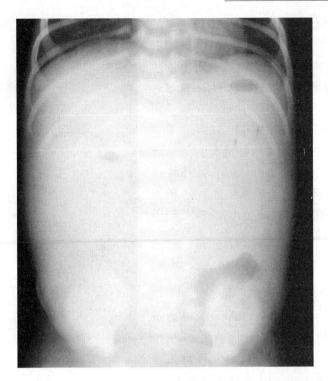

图 14-25　肠旋转不良腹立位 X 线平片示"双泡征"

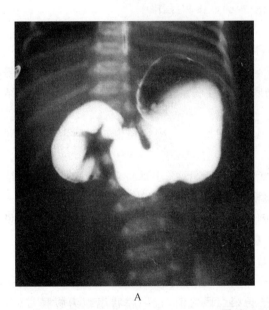

A

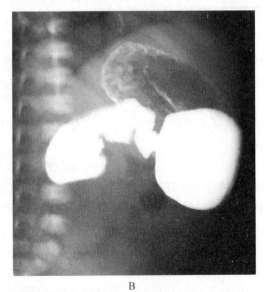

B

图 14-26　钡剂检查

显示十二指肠梗阻,异常的十二指肠外形,十二指肠空肠连接部位于中线的右侧

4.CT 检查　可以显示肠系膜上动脉曲张和小肠肠襻呈螺旋状。对于症状不典型的肠旋转不良者可以进行此项检查。

九、鉴 别 诊 断

新生儿肠旋转不良的鉴别诊断主要是先天性十二指肠闭锁、狭窄和环状胰腺,这些畸形的临床症状都非常相似,呕吐均带胆汁,在 X 线直立位平片上可见到 2 个高位液平面,下腹无气,可能诊断为十二指肠闭锁,下腹有少量气体者则可能诊断为环状胰腺或十二指肠狭窄或肠旋转不良,腹部超声检查对确诊本病最为关键,需要注意的是肠旋转不良可以与上述几种先天畸形同时存在。

较大婴儿和儿童的肠旋转不良应与其他原因引起的十二指肠不完全性梗阻相鉴别,如环状胰腺、十二指肠隔膜、肠系膜上动脉压迫综合征、肠道外肿瘤压迫等,可消化道造影及超声检查,若仍不能完全确诊,应考虑开腹探查。

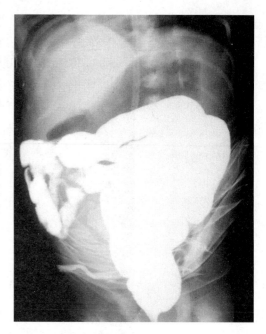

图 14-27　钡灌肠
盲肠位于右上腹

十、治　疗

(一)术前处理

肠旋转不良应急诊手术,中肠扭转造成的绞窄性肠梗阻者应尽短时间术前准备后立即手术。

手术前准备包括静脉补液,严重者输血浆或成分血,给予广谱抗生素和维生素 K 和维生素 C,插入胃管减压,吸出聚积的气体和液体,以利于腹腔手术的显露和操作。

(二)手术方法

肠旋转不良的手术称为 Ladd 术式(图 14-28),由 William Ladd 在 20 世纪 30 年代最早应用并描述。至今仍被普遍采用,主要原则一直没有改变,其包括当存在肠扭转时,复位扭转的肠管;松解十二指肠周的异常粘连带;将十二指肠和回盲部彻底分离,使肠系膜扩展;将小肠置于右侧腹,结肠置左侧腹;切除阑尾。

手术可采用右上腹横切口,切开腹膜后仔细观察病理情况,大多数新生儿两种主要病变同时存在。

1. **肠扭转复位**　首先见到的是肠壁色泽发紫和瘪陷无气、细小如鸡肠的小肠团块,横结肠清晰,速将整个小肠取出腹腔外,即可看到肠系膜根部扭转,因为肠扭转多是顺时针方向的,一般扭转 360°,有时扭转 2～3 圈,有时只有小肠扭转,部分病例游离的盲升结肠也扭曲于肠系膜根部,即整个中肠发生了扭转。要循反时针方向整复到肠系膜根部完全展开(十二指肠和盲肠平行)为止,此时可见小肠色泽转为红润,肠腔内开始充气(图 14-29,图 14-30)。

2. **松解压迫十二指肠的异常粘连带**　肠扭转复位后,可见盲、升结肠位于上腹部,并有一层薄膜从盲、升结肠延伸到右后腹壁,跨越于十二指肠第二段之前,这层膜状组织为腹膜带(也称 Ladd 带)。用电刀切开这条菲薄无血管的腹膜带带,将覆盖在十二指肠上的膜状组织尽可能分离,检查十二指肠空肠连接处附近及空肠第一段有无膜状组织缠盖和屈曲,将其完全切开分离,将十二指肠拉直,同时彻底松解屈氏韧带及近端空肠与系膜根部以及肠襻间的异常粘连,使十二指肠与回盲部彻底分离,肠系膜展开。

3. **切除阑尾**　由于回盲部解剖位置的变化,术后根据压痛点位置判断确诊阑尾炎时有一定的困难,故术中常规切除阑尾。考虑到新生儿和小婴儿阑尾在腹腔基础免疫中的重要作用,同时随 B 超诊断技术的广泛普及和推广,非典型性及异位阑尾炎的诊断已无困难,故有学者开始尝试

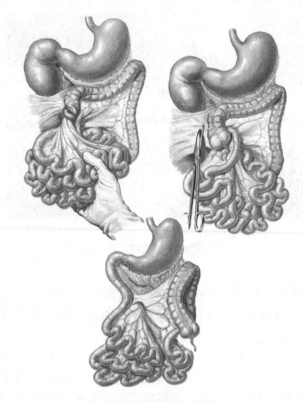

图 14-28 Ladd 手术步骤

肠扭转的逆时针旋转复位;分离跨越十二指肠前的腹膜带(也称 Ladd 带);盲肠及其系膜置左上腹,小肠置右侧腹

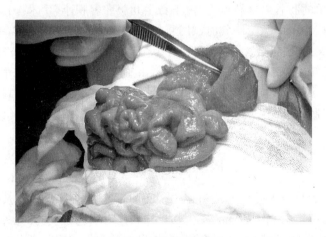

图 14-29 肠旋转不良

中肠顺时针扭转

术中保留阑尾。所以今后是否需要术中常规切除阑尾值得商榷。

还纳肠管时,将十二指肠和近端空肠置右侧腹,回盲部和升结肠置左上腹。不要试图将盲肠、升结肠拉倒右侧正常的解剖位置。手术时应注意探查有无并发十二指肠膜式狭窄及环状胰腺,发现后要做相应处理。

4. **坏死肠管的处理** 复位后肠管色泽无改变,有肠坏死者,应将完全坏死无生机的肠管切

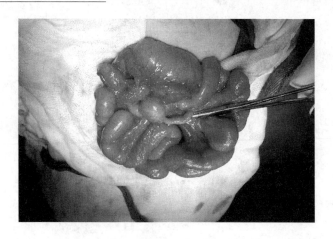

图 14-30　扭转复位后阑尾位于中上腹

除,正常肠管端-端吻合。对肠管是否坏死不能确定时,将生机可疑的肠管放回腹腔,暂行肠外置术,术后积极抢救,改善全身情况,24～48h 后可再手术探查,此时,坏死肠管与正常肠管分界清晰,患儿一般情况转好,可将完全坏死的肠管切除,行肠吻合术。

5.腹腔镜手术　　自 1995 年 Van der Zee 等报道应用腹腔镜成功治疗 1 例肠旋转不良伴急性肠扭转的新生儿患儿以后,不断有这方面的报道。国内李索林等报道腹腔镜成功治疗 5 例新生儿肠旋转不良,其中 4 例伴有中肠扭转。腹腔镜可以用于肠旋转不良的治疗,但是当发生肠扭转时,不是所有患儿都适于腹腔镜治疗。Kalfa 等认为腹腔镜治疗肠旋转不良伴有中肠扭转的手术指征为:患儿呕吐胆汁样液,腹部平软,没有血便,血流动力学稳定,没有肠穿孔,彩超检查没有肠管的血供障碍(严重的肠管局部缺血)。由于新生儿腹腔容积小,手术操作较困难,特别是肠管胀气时操作就更困难,当术中肠管胀气时试图将扭转肠管整体复位较困难,一些学者提出对于扭转的肠管先不处理,集中分离十二指肠,然后顺序分离牵拉小肠,这样扭转的肠管将自然复位。但有时只有将扭转肠管复位后才能显露十二指肠,由于手术操作困难常有中转开腹手术者。

(三)术后处理

术后予禁食和胃肠减压、输液、应用抗生素,要注意保温,一般 3～4d 可以开始逐渐经口喂养。

十一、预后及并发症

肠旋转不良的预后与有无肠坏死密切相关。随着超声诊断技术的普及与提高,可以及早诊断、及时手术,防止肠扭转造成肠坏死的发生,如今除有肠扭转大段肠坏死外,几乎没有死亡。患儿经手术治疗,呕吐症状术后消除,愈后良好,生长发育基本和健康同龄儿相同。

肠旋转不良并发症虽然不多但处理棘手。

1.短肠综合征　　18%的短肠综合征是肠旋转不良合并肠坏死后肠管切除过多所致。有数据表明肠旋转不良合并部分肠管生机可疑的肠管切除率达 15%。而且相当一部分病人需要肠道内或肠道外营养支持,费用高、肝肾损害明显、生活质量相对较低。残肠延长术及扩大术均有助于改善生存状态,小肠移植亦可尝试,但目前技术仍未成熟、效果尚不确切。

2.肠扭转复发　　术后由于肠系膜根部相对游离且与后腹膜附着性差、活动度较大,加之术中松解不彻底,有可能术后再次发生肠管扭转。出现全肠扭转坏死时,病情凶险,进展快,如不能及时得以诊断治疗,数小时内即可出现感染中毒性休克,生存机会很小。病人首发症状为呕吐、脱水,往往被诊断为急性胃肠炎于内科抗炎、补液、观察而贻误了再次手术的宝贵时机,故术后病人出现不明原因的呕吐应首先摄腹部立位平片及彩超检查除外外科急腹症。所幸的是术后肠扭转复发者临床罕见。

此外也可有部分病人术后虽有肠管扭转但角度不足 1 周(360°),偶尔有腹部不适感觉,临床无明显肠梗阻征象,不影响正常生长发育,家属亦无再手术要求,应反复告知病情可能的转归并高度重视,主张旋转角度超过 270°即应考虑再次手术,术中排除医源性因素所致肠管再扭转后应行肠管固定术,结合三点固定一个平面的物理学原理,在双上腹及右下腹部固定肠管于侧腹膜处,如此处理术后仍再发扭转,可考虑行肠排列固定术。

(陈永卫)

第十四节　胎粪性腹膜炎

胎粪性腹膜炎(meconiumperitonitis)是在胎儿期肠道穿孔,胎粪进入腹腔后引起的无菌性化学性腹膜炎。本病 1761 年由 Morgaargri 首次记载,是新生儿及婴儿较常见的急腹症之一。发病率各家报道不一,据 Bendal 统计,每35 000个新生儿中约有 1 例,文献报道超声检查发病率为 0.01%~0.03%。男女发病率差异无统计学意,本病多发生于未成熟儿,病情较严重,特别是腹膜炎型,常导致感染性休克危及生命。自 20 世纪 70 年代以来,国内外学者对本病的病因、病理、特别是胚胎期的病理演变规律及钙化斑形成的机制进行了深入的实验和临床研究,尤其是利用 B 型超声开展了产前诊断,使诊治水平有明显提高。1966 年文献报道胎粪性腹膜炎的病死率43.7%~59.6%,1986 年报道病死率 48%,近年文献显示胎粪性腹膜炎预后已明显改善,存活率达 80%~84%。这种良性变化趋势与产前诊断水平提高和围生期处理得当有关。

一、病　因

胎粪性腹膜炎是一种发生在子宫内的病理过程,Cross 认为本病为胎儿期肠穿孔引起。胚胎期由于某种原因造成肠管穿孔,含有各种消化液和消化酶的无菌胎粪进入腹腔引起无菌性、异物及化学性炎症的结果,对肠穿孔的原因尚不十分清楚,目前有以下几种已知的病因。

1. **先天性肠梗阻**　最常见,约占 50%。包括肠闭锁、肠腔狭窄、肠扭转、肠套叠或胎粪性肠梗阻。有病理梗阻原因的以肠闭锁为最多见。涂长玉对 17 例胎儿胎粪性腹膜炎引产后进行尸体解剖,10 例发现原发病变,其中肠道闭锁 6 例,肠管狭窄 3 例,肠重复畸形 1 例。

2. **肠系膜血供不足**　导致受累肠段肠管缺血、坏死、穿孔。

3. **肠壁肌发育不良**　与低出生体重儿局灶性肠穿孔机制相似,胎儿在宫内由于肠壁肌发育不良也易发生肠穿孔。

4. **宫内感染**　如巨细胞病毒、风疹病毒和人类微小病毒 B19,后者可导致肠系膜血管炎,进而发生肠穿孔。

5. **囊性纤维变性**　囊性纤维化是一种常染色体隐性遗传疾病,早期可表现为胎粪性肠梗阻,白种人中杂合子的发生率为每 29 名新生儿中有 1 名。是西方国家新生儿肠穿孔最常见的原因。但在黑色人种中罕见(1/17 000 活产儿),在亚洲人(1/90 000 活产儿)和非洲人中几乎未听说过这种病。因此本病是否为胎粪性腹膜炎的病因还有待深入研究。

6. **其他**　染色体畸变、Meckel 憩室、高免疫球蛋白 E 综合征(Job 综合征)也可能是胎粪性腹膜炎的病因。对原因不明的病例则认为是自发性穿孔,在文献报道中占 40%～50%。

二、病理及分型

胎粪在胎龄 4 个月时到达回盲瓣,5 个月时达直肠。在宫内胎粪一直是无菌的,胎儿的肠蠕动推动胎粪由上向下运动,一旦肠道穿孔,含有消化酶的无菌胎粪溢入腹腔,引起强烈的化学性反应。大量液体渗出,可形成纤维素,将肠襻粘连在一起,造成腹腔内广泛粘连,黏稠的胎粪堆积在穿孔的周围与腹腔炎性渗出液混合,受胰液的影响钙质沉淀而形成钙化斑,这是本病的特征性表现。钙化斑将穿孔完全阻塞,大部分肠穿孔在出生前已愈合,患儿出生后可无任何症状,但随时有出现粘连性肠梗阻的可能。腹腔内大量渗液由于母体通过胎盘的代偿和维持,通常并不引起胎儿的水电解质紊乱,不危及胎儿的生命,胎儿发育继续进行,但也有因胎粪性腹膜炎导致死胎的报道。随着胎龄增长,粘连及钙化逐渐吸收。如肠穿孔未愈合,纤维组织继续增多,肠管互相粘连成团,可有膜状组织包裹部分肠襻,形成假性囊肿,固定于后腹壁,囊壁可能钙化,此时胎粪仍继续溢出,囊肿可以胀大,甚至充占整个腹腔。有的患儿至出生后穿孔仍未封闭,出生后病儿吞气进奶,则囊肿内进入气体,囊肿增大且继发感染(图 14-31,图 14-32)。由于细菌侵入可引起化脓性腹膜炎,也可出现限局性液气腹或腹腔脓肿。如肠穿孔发生在产时或刚出生时,纤维组织尚未来得及产生,在发生广泛的无菌性腹膜炎后即出现气腹和细菌感染性腹膜炎。一般认为X 线片上显示钙化阴影,表示穿孔至少发生在出生前 10d。

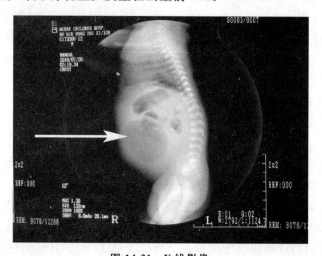

图 14-31 X 线影像

与图 14-37 为同一患儿出生时 X 线片,箭头示巨大囊性包块

有人用家兔制成胎粪性腹膜炎的动物模型,观察胎粪性腹膜炎胚胎期的病变、对胎儿发育是否有影响以及钙化形成的机制、成分等问题。发现:①胎粪性腹膜炎的胎仔较同胞胎仔发育明显落后,将胎粪及胆汁分别注入胎仔腹腔内,观察腹腔内病变,胎粪组较胆汁组病变严重;②腹腔内病理改变以纤维素性渗出及纤维母细胞增生为主,腹腔内可见钙化,呈黑色细颗粒状,以上改变术后第 4 天最明显;③利用 X 线衍射图谱及红外线吸收光谱分析,证明了胎粪性腹膜炎腹腔内钙化斑结晶程度较好,结晶成分占 70%,其中 90% 以上是羟磷灰石,其次有少量的碳酸钙、硫酸钙等,非结晶物质主要是磷酸盐;④利用 ^{45}Ca 整体放射自显影技术,即将示踪剂 ^{45}Ca 由母兔皮下吸收人血,经胎盘血液循环到达胎粪性腹膜炎模型体内,放射自显影显示随着 ^{45}Ca 在肠间沉积,肝、

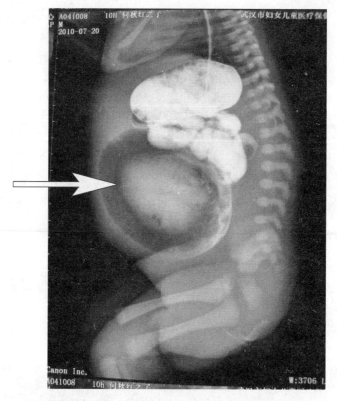

图 14-32 与图 14-37 为同一患儿出生后 10h 碘水造影
因肠穿孔未闭合,吞咽的空气进入囊腔使囊肿增大。图示消化道造影显
示造影剂进入囊腔,提示肠穿孔未闭合。箭头示进入囊腔的造影剂

胃、肠等软组织内 Ca 的放射性逐渐减弱,说明腹腔内钙化斑是由于胎粪溢入腹腔后引起的血钙在肠间沉积。钙化斑中的钙来源于血钙。

胎粪性腹膜炎患儿阴囊内可见钙化斑及合并隐睾。胚胎 6 个月时,腹膜鞘状突始向阴囊延伸,睾丸亦同时下降,胚胎 7 个月时腹膜鞘状突开始闭合。如在腹膜鞘状突闭合前发生肠穿孔,胎粪不仅进入腹腔,亦可进入阴囊,生后在阴囊内可见钙化斑及合并隐睾。有学者随访发现其隐睾症的发病率较不伴胎粪性腹膜炎隐睾症者明显升高。达 20.82%。并认为这是由于胎粪在腹腔内沉积,引起腹腔内广泛粘连,使腹膜鞘状突过早闭合,影响睾丸下降所致。

Lorimer 和 Ellis 将胎粪性腹膜炎分为 3 种病理类型。①纤维粘连型(肠梗阻型):穿孔已愈合,因胎粪内消化酶引起的化学紧密粘连使部分或全部肠段互相粘连成团、成角,形成粘连性肠梗阻。②弥漫型(或广泛性腹膜炎,自由气腹型):在围生期发生,腹腔内可见弥漫性钙化点和薄纤维素性粘连,此型最常见,约占 74%。③胎粪性假性囊肿型(或包裹性液气腹,局限型):穿孔后胎粪进入腹腔,胎粪浓缩,外表包绕着纤维素形成囊肿,周围肠襻可粘连成团并构成囊肿的一部分(图 14-33)。原始肠穿孔部位也可被包裹在囊肿内。该型穿孔时间较早,假性囊肿壁可有钙化。如果包裹在囊肿内的穿孔在出生时仍未闭合,就可能出现局限性气腹,囊内有气液平面(图 14-34),膈下无游离气体,进而发展为局限性脓肿。脓肿破溃,感染扩散可致弥漫性腹膜炎。

三、临床表现

根据穿孔时间及部位不同,病情轻重不一,胎粪性腹膜炎的临床表现各有特点,可分为两类。

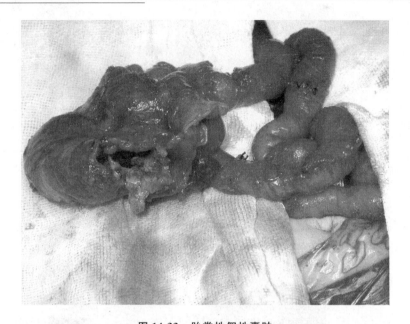

图 14-33　胎粪性假性囊肿

周围肠襻可粘连成团并构成囊肿的一部分,原始肠穿孔部位也可被包裹在囊肿内

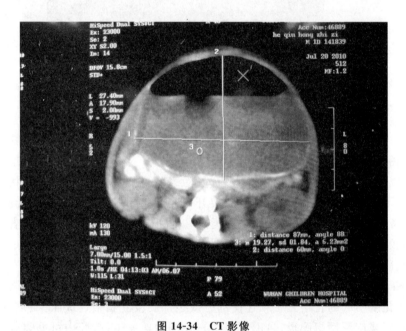

图 14-34　CT 影像

与图 14-35 为同一患儿,显示包裹性液气腹

1. **肠穿孔性腹膜炎**　患儿多为未成熟儿,出生后一般情况差,体温下降,主要症状为呕吐、腹胀,可能有少量胎粪或没有胎粪排出,此称为 Rossier 腹胀、呕吐、胎粪少或无的三大征。呕吐多发生在第一次喂奶以后,呕吐频繁,呕吐物含胆汁或粪便样物,有时有陈旧性血液。因小儿不断啼哭,咽下大量气体可出现"张力性气腹",腹胀程度严重,且逐渐加重,使腹壁发亮、红肿或发紫,静脉怒张伴阴囊或阴唇水肿(图 14-35),往往引起呼吸困难、发绀、缺氧等症状。检查腹部时病儿哭闹(压痛)及痛苦面容,新生儿腹肌不发达,反应能力低下,可无明显的腹膜刺激症状。腹

部叩诊呈鼓音,并有移动性浊音,听诊肠鸣音减弱或消失。如为局限型液气腹,可无肠梗阻现象,但腹部有局限性隆起,有时能触及坚硬的钙化块,一般多在下腹部,伴红肿、高热等炎性症状。X线腹部立位平片可见膈下有大量积气或包裹性液气腹,膈肌升高,肠管粘连积聚成团,并有大小不等的液平,腹腔内有钙化胎粪阴影。

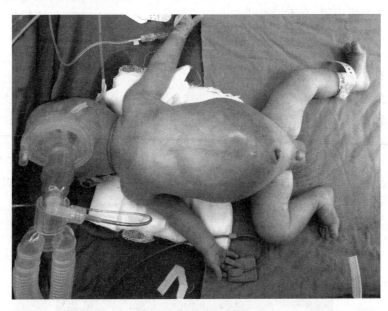

图 14-35　张力性气腹
腹胀严重,腹壁发亮、红肿

2. 粘连性肠梗阻　在穿孔已经闭合的病例中,腹腔内遗留广泛的肠粘连,出生后可随时出现呕吐、腹胀和便秘等肠梗阻症状。与一般机械性肠梗阻一样,表现为完全性,不完全性或绞窄性肠梗阻,梗阻可以是高位的,亦可以是低位的。肠闭锁引起的都是完全性肠梗阻,很快出现脱水及酸中毒症状。一般以回肠末端梗阻较多见,穿孔亦好发在这个部位。由于呕吐,特别是未成熟儿常并发吸入性肺炎。本型多于新生儿时期发病,亦可见于婴幼儿时期。随年龄增长而逐渐减少。因为时间越久粘连在逐渐吸收,发生肠梗阻的机会日渐减少。另外,可能与腹腔内钙化逐渐吸收,在临床上失去了诊断本病的根据亦有关系。在儿童期常见的粘连性肠梗阻,如无其他原因时,其中部分病例可能是胎粪性腹膜炎所致。袁爱华报道 3 例成年人患者,年龄 19～53 岁,均表现为就诊前 10 年就出现不全性肠梗阻症状,以腹痛并腹部肿块就诊,被误诊为腹部肿瘤,手术中才得到诊断。病理属纤维粘连型,特点是较厚实的纤维膜粘连包裹肠管形成腹部肿块,囊内肠管拥挤狭窄,胃及上端小肠代偿肥厚扩张。上述病例经非手术治疗无效,行单纯粘连松解手术恢复良好。X线腹部立位平片,显示胀气肠段呈阶梯状液平,盆腔及结肠内无气体,右下腹可见颗粒状胎粪钙化灶阴影。

四、诊断及鉴别诊断

胎粪性腹膜炎的诊断包括产前及出生后,主要诊断方法是 X 线、B 超、CT 及 MRI。

1. 胎粪性腹膜炎的 X 线表现　1944 年 Neuhauser 指出 X 线检查时,可凭腹腔内钙化斑诊断本病。腹部平片显示以腹部胎粪钙化、穿孔性腹膜炎及粘连性肠梗阻为其特点,腹腔内钙化斑块作为特征性表现,出现率可达 90% 以上。但如果未见钙化影,也不能否定诊断。数字化 X 线摄影的应用,更有利于钙化影的发现。根据不同病理分型及临床表现,腹部 X 线平片将有不同影像。

(1)腹膜炎型:①单纯性腹膜炎型,出生时肠穿孔已愈合,主要表现为胎粪钙化,右下腹最多见,肠管广泛粘连聚集成团,肠外形不规则,肠间隙增厚,有时可见大量腹水。②自由气腹型,出生时穿孔未愈合,X 线腹部平片可见腹腔内大量积气、积液,肝下垂,全腹部不透明,仅见少量肠道气体,肠管粘连聚集成团,有不同形状与范围的钙化征。其钙化影常呈团块状、大环状或散在的小斑块状,粘连于腹壁某部,少数为细条状或小点状。③包裹性气腹型,肠穿孔出生时未愈合,气体和渗液局限于腹腔的一处或几处包裹而形成假性囊肿,囊壁不规则,有时可见钙化斑块散在假性囊肿壁上,充气肠管受压移位,亦可有粘连。

(2)肠梗阻型:又可分为单纯索带粘连、局部粘连、广泛粘连及粘连绞窄 4 种表现。①单纯索带粘连,肠管可自由扩张,有阶梯状气液平面,梗阻附近可见成团的钙化影(图 14-36)。钙化灶有时似桑椹状或似煤渣状。②局部粘连可见局限性肠管聚集成团,形态固定,其近端肠管扩张有肠梗阻表现,多见于右下腹部。③广泛粘连时肠管扩张不连续,气液面大小不等,肠外形不规则,肠张力低下。④绞窄性肠梗阻时有时可见特殊形态的肠襻,有占位征及出现腹水。

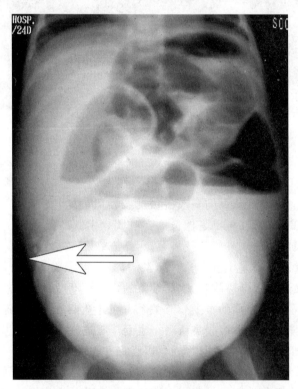

图 14-36　X 线影像

胀气肠段呈阶梯状液平,盆腔及结肠内少气体,
箭头示右下腹颗粒状胎粪钙化灶阴影

(3)单纯钙化型:占少数,就诊时皆无明显急腹症表现,在腹部摄片时发现腹腔内钙化胎粪影及轻度肠粘连。

(4)无可见钙化型:此型均为术前未能确诊,而在手术或尸解中证实。

2. 胎粪性腹膜炎的超声表现　1979 年 Brugman 首次报道产前超声诊断胎粪性腹膜炎,至今超声仍是产前诊断的主要方法。胎粪性腹膜炎超声诊断标准为腹腔内钙化灶(排除肠管增强回声、胆结石、肝内钙化、肿瘤等可能），伴或不伴腹水、假性囊肿、肠管扩张和羊水过多等 1 个或多个超声声像。Zangheri 报道胎粪性腹膜炎产前 B 超检出率 0.03%，国内涂长玉用超声对 148 960 例中晚孕胎儿产前检查，检出 17 例胎粪性腹膜炎胎儿，均经住院引产后解剖证实。超声检出率为 0.01%。虽然胎粪性腹膜炎可在孕中期后的任意时期获得诊断，但由于妊娠 16 周正常胎儿肠道内胎粪只抵达回肠末端，到妊娠 20 周时胎粪才充满整个肠道，远端达直肠。20 孕周前缺乏肠蠕动，即便发生肠穿孔，胎粪也难以从肠破孔处进入腹腔。只有孕中晚期以后发生的肠穿孔，胎粪才能外溢引起胎粪性腹膜炎。导致部分胎儿在发病早期漏诊，至晚孕期才被发现。故有学者提出超声诊断时机应推迟至妊娠 20 周后。与病理发展过程一样，超声表现亦呈动态变化。肠梗阻穿孔引起的胎粪性腹膜炎早期表现为肠管扩张、肠蠕动活跃，穿孔后胎粪进入腹腔产生炎性腹水，随后粘连包裹形成假性囊肿，胎粪中钙盐沉积形成钙化斑块。上述表现中腹腔内钙化和腹水较常见，Shyu 报道两者分别占 94% 和 71%。同 X 线一样，B 超也将腹腔内钙化作为胎粪性腹膜炎的特征性表现。但超声对钙化的检出率变异很大，从 0～94%。这是因为形成钙化需要较长时间。动物实验表明胎粪进入腹腔后至少 8d 超声才能检出钙化灶回声。钙化灶在 B 超下表现为点状或线状强回声不伴后方声影。目前有两种 B 超分型方法。Dirkes 将其分为两大类，单纯性和复杂性。前者主要表现为单纯腹腔内钙化，不伴胎儿腹水、肠管扩张、胎粪性假性囊肿和羊水过多；后者除腹腔内钙化之外，还伴有其他一个或多个异常超声声像。Kamata 将其分为 3 型，Ⅰ 型为大量腹水型，腹水几乎占据整个游离腹腔；Ⅱ 型为巨大假性囊肿和中量腹水型，腹水占游离腹腔 1/2 以上；Ⅲ 型为纤维粘连型，腹腔内钙化及小的胎粪性假性囊肿或少量腹水。3 型的共同特点是均可伴羊水过多。目前普遍认为胎粪性腹膜炎的产前超声声像和产后新生儿结局关系密切。尤其是分娩前的最后一次超声声像特征对于评估胎儿预后更有直接价值。何花等对 38 例胎粪性腹膜炎产前超声诊断及其预后进行分析，按产前末次超声表现将病例分为 4 组，A 组为单纯腹腔内钙化灶；B 组为腹腔内钙化灶伴腹水或假性囊肿或肠管扩张；C 组为腹腔内钙化灶伴 2 种相关异常声像；D 组为腹腔内钙化灶伴 3 种或以上相关异常声像。38 例中有 29 例出生，出生后手术率：A 组为 0(0/13)，B 组为 33.3%(3/9)，C 组 66.7%(2/3)，D 组 100.0%(4/4)，不同组别手术率比较差异有统计学意义($P<0.01$)。出生病例病死率 10.3%(3/29)。出生后手术率随超声检查异常声像增多而增高；大部分单纯腹腔钙化灶病例临床结局良好。但产前超声检查不能明确肠穿孔是否已自行愈合，其预测产后手术率准确性只有 50%。Shyu 的研究表明 B 超发现顽固性腹水、肠管扩张和胎粪性假性囊肿是最特异的声像指标，对产后手术的阳性预测价值均达 100%。黄轩等研究胎粪性腹膜炎胎儿在新生儿期死亡的相关因素，认为早产、顽固性腹水、膈肌上抬导致肺受压、肺发育不良以及出生后未禁食是主要原因。其中早产是首要因素。用超声诊断胎粪性腹膜炎时应注意很多病例并不具备以上全部超声声像图，有些病例往往只见其中一种声像图。特别是仅有较小且范围局限的钙化强回声时，容易漏诊误诊。作者曾遇一例局限在右下腹的胎粪性腹膜炎，B 超检查发现"靶环征"诊断为肠套迭，行手术探查时才发现是粘连成团的肠管使 B 超误诊。

3. CT 或 MRI　CT 及 MRI 可提示严重的胎粪性腹膜炎四大征象：胎儿肠管肿胀、大的囊状肿块，腹水及羊水过多（图 14-37）。假性囊肿在 T_2WI 呈高信号，其内胎粪在 T_1WI 亦呈高信号。此可与其他类型的胎儿腹水和囊肿相鉴别。胎儿腹水可以单独存在，与水肿、感染、肿瘤，或胃肠道、泌尿生殖道穿孔相关。在 T_2 加权像，自由漂浮的肠管在高信号羊水中衬托显示。有小肠闭锁或肠梗阻时，MRI 有助于明确肠管扩张的部位，区分正常肠管、扩张肠管和梗阻后肠管（图 14-38）。小肠闭锁近段肠管扩张，在 T_1WI 呈低信号、T_2WI 呈高信号，而在梗阻的末段肠管，其内充满胎粪,在 T_1WI 呈高信号、T_2WI 呈低信号。Chan 报道胎粪性腹膜炎的超声产前诊断率是 42%,辅以 MRI 后其产前诊断率 57.1%。

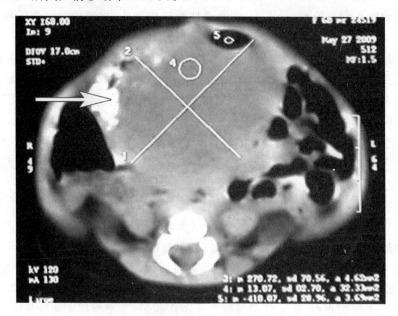

图 14-37 CT 影像
显示大的囊状肿块、腹腔积液,箭头示钙化斑

　　胎粪性腹膜炎主要应与以下疾病鉴别。①先天性胃壁肌层缺损:是新生儿自发性胃穿孔的常见原因,患儿于生后 3～5d 发病,出现典型的新生儿腹膜炎的症状及体征,病情迅速恶化,出现面色苍白、体温不升、心率快而弱、四肢花纹等中毒性休克体征。全腹高度膨胀、腹肌紧张有压痛,置胃管后回抽多无胃液或胆汁。X 线摄片可见二侧横膈抬高、大量液气腹、胃泡影消失。肠管向中央集中但充气正常。②新生儿急性坏死性小肠结肠炎:多见于未成熟儿,于出生后 7～10d 发病,主要症状有高热、呕吐、腹泻或血便。腹部 X 线 90% 显示肠管扩张,有报道称 75% 可发现肠壁积气,无钙化斑,可与胎粪性腹膜炎鉴别。③其他原因所致的粘连性肠梗阻:肠梗阻型胎粪性腹膜炎多于婴儿期发病,腹部影像学检查见肠腔充气不均匀,肠襻大小不等,肠腔内有多数液平面,钙化阴影多数局限,有时很明显,也有的不清楚,如影像学检查发现钙化阴影即可确诊。婴幼儿出现粘连性肠梗阻,如无腹腔炎症及外伤史时应首先想到本病。此外,胎粪性腹膜炎致阴囊内出现钙化斑时,还需与有钙化的精原细胞瘤鉴别,前者表现为沙粒样钙化影并向上延伸至双侧腹股沟区。另外,超声表现为假囊肿者,要注意与腹部囊性占位性病变如肠系膜囊肿、肾来源的囊肿、卵巢囊肿等鉴别。假性囊肿超声特点是包裹性液性暗区,混以钙化强回声,囊壁不规整,囊内透声性较差,不是一个单纯性囊肿。腹腔内钙化灶则需与胆结石、肝内钙化、肿瘤内钙化灶等鉴别。早期肠管扩张还需与先天性巨结肠鉴别。

五、治 疗

　　1. 大量腹水胎儿的产前处理　现今胎儿外科发展迅速,有些先天畸形已能在胎儿期进行干预,Kamata 认为大量腹水引起胎儿膈肌显著上抬导致肺受压和发育不良,应于产前或出生后即行腹腔穿刺腹水减量术。腹腔穿刺是可靠的产前诊断和治疗手段,有利于清除腹腔内坏死物质、减轻炎性反应,降低腹腔内压力,改善肠系膜血供,解除腹水对肺的长期压迫,降低新生儿肺不张

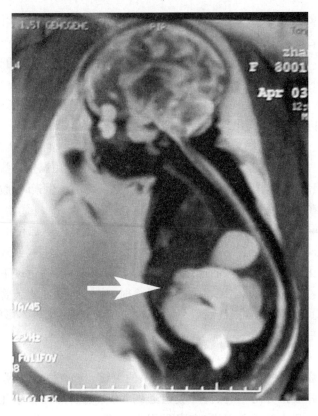

图 14-38　MRI 影像

箭头示胎儿扩张的肠管

的发病率。腹水减量后复发大量腹水者可重复腹腔穿刺。有人认为腹水严重的胎儿,彻底的腹水减量比不彻底的腹水减量预后更佳。若腹水增长迅速,腹围明显增大,羊水恶性增多影响母体心肺功能,需尽早娩出胎儿。绝大多数胎粪性腹膜炎胎儿可选择经阴道分娩,但应警惕腹难产的发生。Shyu 认为胎儿腹围过大,可能发生腹难产者,产时腹腔穿刺腹水减量有利于胎儿经阴道顺产。但 Konje 认为这种情况下剖宫产是更好的选择。

2. **非手术治疗**　对出生后病情不重的不完全性肠梗阻且无腹膜炎者,可采取非手术治疗,禁食、胃肠减压,防止发生窒息及吸入性肺炎;补充液体及电解质的丢失,初步纠正脱水和酸中毒。必要时输血或血浆;应用抗生素预防及控制感染;有张力性气腹时,做腹腔穿刺放气减压,以改善呼吸。但采用非手术疗法的时间不宜过长,应在治疗过程中密切观察病情,当梗阻症状不见缓解或反而加重时,应及时手术治疗。如果禁食观察 2~3d,有胎便排出,无呕吐,腹胀渐退,证明肠道通畅,即开始喂给糖水,酌情喂奶,并逐渐增加喂奶量。

3. **手术指征**　非手术治疗无效出现肠梗阻症状;腹腔有游离气体;可扪到明确的肿物;有感染性腹膜炎表现;腹壁已有局限或弥漫性蜂窝织炎;有败血症和全身感染的征象;腹水中含有胎粪且全身情况急剧恶化,尤其是有上述情况又同时发现腹腔有钙化影者。

4. **术中处理**　①对于穿孔的病例,如果能找到穿孔的部位,情况许可时做修补术或肠切除后做肠吻合术。②患儿情况较差及术中发现穿孔,可作修补及腹腔引流术。如未能发现穿孔,或为局限性气腹者,仅做腹腔引流术。③粘连性肠梗阻者,找到主要粘连梗阻部位,行松解术,达到通气即可。如未能发现梗阻部位,则做捷径吻合术。如回肠横结肠短路,可将病变肠管旷置。对钙化的胎粪不宜强行剥除,以免再发穿孔。④肠管粘连成团而较局限或集中者,患儿情况允许下可做肠切除及一期吻合术。在切除肠管时必须评估剩余肠管的长度,保守性切除是很关键的。特别是合并其他畸形,如肠闭锁、肠旋转不良或脐膨出时,这类患儿肠管的长度仅为正常儿的一半,切除过多的肠管很容易出现短肠综合征。回盲瓣的切除将使结肠失去 50%的功能。⑤术中发现肠闭锁时,按先天性肠闭锁处理,即切除近侧之部分扩张肠段,近端肠管鼠尾状裁剪成形后再与远端肠管做端-端吻合术。⑥出现弥漫性细菌性腹膜炎时,不宜施行一期吻合术,应考虑行肠造口术,待病情稳定后再行肠吻合术。弥漫性腹膜炎术后发生腹内残余脓肿和粘连性肠梗阻等并发症的机会很多,病率也高达 20%~30%。故笔者主张应使用温生理盐水反复冲洗腹腔直至吸出的液体变清亮。腹腔内感染已局限者,则不宜冲洗。全身应用抗生素时,腹腔渗液中的药物能达到治疗浓度,故不主张在冲洗液内加用抗生素防治腹腔内感染。

5. 术中注意　①本病腹腔内广泛粘连,应以单纯分离松解梗阻部位的粘连束带,解除梗阻为原则,不应过多的分离粘连的肠管,以免粘连分离过于广泛,渗血多,导致患儿休克,术后也会再次粘连。②关于钙化斑是否需切除的问题,应根据病情而定,因钙化斑下边即肠穿孔的部位,剥离时易造成肠穿孔,如不切除钙化斑梗阻不能解除时,应连同附着的肠管一并切除;如钙化斑块很小,稍行剥离即能切除而不致损伤肠管只将钙化斑切除;如钙化斑不影响肠管梗阻时可不必将钙化斑块切除。

6. 术后处理及术后并发症的防治　本病特别是腹膜炎型多在新生儿时期发病,术后常见的并发症为肺炎及硬肿症。故术后管理是提高治愈率的关键,应注意:①加强呼吸管理,纠正低氧血症,吸氧、及时清除呼吸道分泌物,保持呼吸道通畅;②保温及加强新生儿室的无菌管理,寒冷损伤综合征是导致患儿死亡的重要因素,室温要保持在 25~28℃,湿度在 60%~65%;③联合使用有效的抗生素;④对肠造口及短肠综合征患儿,术后从周围静脉向中心静脉置管进行肠外营养支持。过去认为术后不能过早进食,禁食及 TPN 时间较长,造成肠道黏膜萎缩、屏障功能降低、肠道细菌移位,诱发或加重感染;患儿营养不良免疫功能低下。现在认为肠内营养能够刺激不成熟的肠道解剖和功能发育,营养素、胰胆管分泌物、循环激素与肠道的直接接触使肠道动力及屏障功能得到改善,因此,只要肠道有功能就应开始肠内营养,考虑到可能存在的消化功能不足及肠道耐受性,开始时的用量可低至 2ml,每4~6h 1 次,同时注意观察胃排空,良好的胃排空是肠道成熟的标志。最好选择母乳喂养,母乳缺乏时可选择水解蛋白奶。

(余　雷)

第十五节　新生儿胃食管反流

胃食管反流(gastroesophageal reflux,GER)。是指胃内容物包括从十二指肠流入胃的胆盐和胰酶,反流入食管。可分为病理性和生理性,生理性反流可发生在正常的儿童,多见 6 个月以下婴儿,出生后 1~4 个月为好发年龄,尤其新生儿,表现主要为溢乳,常发生在日间餐时和餐后,空腹及睡眠时基本不发生,生长发育不受影响,症状随年龄增长逐渐减轻,至 12~18 个月时会自行好转,常不需治疗。病理性反流是指反流频繁或持续发作,引起了一系列症状及并发症如:食管炎、吸入性肺炎、窒息等,称为胃食管反流病(gastroesophageal reflux disease,GERD)。参照成年人 GERD 的分类,根据食管内镜下食管黏膜的表现,GERD 可分为非糜烂性反流病(NERD)、反流性食管炎(RE)、Barrett 食管(BE)。

一、流 行 病 学

胃-食管反流是儿科常见的临床问题,各个年龄段的儿童均可发生,但以新生儿和婴幼儿发病最多,约占 50%;GERD 的发生≤3 岁者约占 75%,≤1 岁者约占 62.5%;无性别差异。

二、病　　因

引起新生儿 GER 的原因较多,目前多认为是抗反流机制下降和反流物对食管黏膜攻击等多种因素共同作用的结果。

(一)解剖结构的异常

包括食管腹腔段过短、食管裂孔疝、胃-食管角(His 角)过钝、贲门部黏膜皱褶的抗反流作用降低等;食管腹腔段的长度随着年龄的增长而增长,3 岁以后发生 GER 减少;新生儿食管腹腔段长度较短是引起 GER 的主要原因。

(二)LES 压力降低和一过性松弛

食管下段括约肌(lower esophageal sphincter pressure,LES)位于横膈食管裂孔处,连接了食管和胃,由内、外环的平滑肌组成,形成静息高压带,使食管下端关闭,能有效防止胃内容物反流;静息状态下,LES 张力和长度起主要的抗反流屏障作用;在深吸气和腹内压升高时,膈肌脚收缩叠加在 LES 上,起到抗反流的第二道防线的作用。目前认为,一过性的 LES 松弛(transient lower esophageal sphincter relaxation,TLESR)是导致儿童 GER 更为重要的病因之一。TLESR 受迷走神经反射调节,胃扩张(如餐后、胃排空异常、空气吞入等)是引发 TLESR 的主要刺激因素,胃扩张刺激迷走神经传入纤维,经迷走神经背核下传到迷走神经传出纤维,促发TLESR。

(三)食管黏膜的屏障功能破坏

正常的食管黏膜屏障可阻挡胃蛋白酶的消化作用,中和反流物中的胃酸,上皮细胞间的紧密连接使反流物难以通过。但当食管黏膜屏障防御机制受损时,黏膜抵抗力减弱,胃酸和胃蛋白酶及十二指肠反流物,如胆酸、胰酶等刺激食管、损伤黏膜,引起反流性食管炎等。

(四)食管廓清能力降低

正常情况时,大部分反流物由于其自身重力和食管有效地蠕动而被迅速清除,当食管蠕动振幅减弱或消失,或出现病理性蠕动时,食管的廓清能力下降。睡眠时身体往往处于平卧位,重力对食管内物质的移动作用几乎消失,再加上唾液分泌减少和食管蠕动减弱,食管的廓清能力下降易发生反流。

(五)胃排空延迟

胃排空延迟使胃容量和压力增加,当胃内压增高超过 LES 压力时,LES 开放导致 GER 的发生。

三、临 床 表 现

新生儿 GER 临床症状多样且复杂,除出现消化道症状外,还会导致消化道外症状,如哭闹、拒奶,严重者出现体重增加减慢或不增。

1. 呕吐与反流有着密切关系,新生儿反流以呕吐为首发症状就诊,但有相当部分婴幼儿反流不出现呕吐,表现为溢乳、反刍。年长儿有时会自诉反酸或餐后及平卧时有酸性液体反流至口腔;也可表现为反胃、嗳气、胸骨后或剑突下烧灼感。随着年龄增长症状与成年人相似,大部分患儿不出现呕吐,主要为反流性食管炎的表现。

2. 新生儿发生反流性食管炎的概率较低,如发生多表现为烦躁、哭闹、拒食、咽下困难,严重病例出现呕血。

3. 消化道外表现为全身和呼吸系统及其他系统的症状,严重的反流还可导致营养不良、体重不增或减轻、生长发育迟缓,也可导致贫血;甚至可导致窒息或发生新生儿猝死;呼吸系统表现为慢性咳嗽、反复发作的肺炎等。可并发喘息、声音嘶哑、中耳炎、鼻窦炎、口腔溃疡等。

四、辅 助 检 查

目前任何单一的辅助检查方法均难以确诊,必须采用综合诊断技术。临床上可采用的检查方法多数针对以下几个方面:反流、食管炎、食管动力功能、食管解剖学和形态学评估。对新生儿GER一般不需要进行下列的检查,如症状严重则要行相应的检查,重要的是针对病因诊断的检查。

(一)食管 pH 动态监测

24h 食管下端 pH 测定是将 pH 电极放置于食管下括约肌上 3cm 左右处,测定该部位 pH,并记录反流的频率、时间。监测指标有:①总酸暴露的时间(24h 站、立位和卧位时食管 pH<4 的时间占总监测时间的百分比);②酸暴露的频率(食管 pH<4 的次数);③连续酸暴露的持续时间(反流持续>5min 的次数和最长反流持续时间)。将此数据进行分析,根据不同时间、年龄情况判断出是否存在胃食管反流,是目前诊断反流的首选方法。

食管近端和远端各放置一个电极时则为双通道 pH 监测,可用于以食管外症状为主的GERD 的诊断,如慢性咳嗽、喘鸣和哮喘。当近端食管酸暴露的时间占总监测时间的 1% 以上即可诊断。如 2 个电极分别放置于食管下段及胃底区,即为胃-食管双 pH 电极 24h 动态监测,可测得不同的 pH,使其诊断准确率达 90% 以上。

(二)食管胆红素监测

是根据胆汁内天然的胆汁标志物——胆红素在 450nm 处存在特异吸收峰的特点,利用分光光度计原理设计而成。食管黏膜损伤多见于混合反流,其次为酸反流,胆汁反流少见。由于不少GERD 患儿无酸反流而存在十二指肠内容物反流,有反流症状而 pH 监测正常,因此联合监测食管 pH 与胆红素更具诊断价值。单用食管 pH 监测诊断 GERD 的敏感性为 56%,特异性为69%,而联合胆红素监测敏感性可增加到 79%,特异性可达 83%。

(三)食管阻抗测定

多通道食管腔内阻抗(multi-channel intra-luminal impedance,MII)是根据物质传导性不同,阻抗也不同的原理,通过测定反流物的阻抗来分析反流物中气体、液体的组成。与 pH 同步监测能提高反流检出率,区分反流成分,判断酸或非酸反流,监测食管的蠕动情况,并可辅助了解反流与症状相关性。

(四)胃-食管核素闪烁扫描

胃-食管核素闪烁扫描具有无创、简便、符合生理状态等特点,可观察食管功能,动态反映GER 的情况,测出食管反流量,记录反流次数、频率,量化 GER 的严重程度。同时,该方法对诊断胃排空有特殊价值,可测定胃排空率,了解胃排空与 GER 之间的关系,是检测胃排空的"金标准"。

(五)胃镜检查

胃镜检查是一种安全可靠的方法,可以准确地判断反流所导致的食道损伤,如糜烂、溃疡等,最后狭窄的程度以及 Barrett 食管,并可鉴别上消化道其他疾病。另外,还可进行活检,了解其病理改变。虽然反流性食管炎是支持反流存在的有力证据,但内镜检查不能证实 GER 的存在,不能反映 GER 的严重程度;放大内镜、色素内镜和聚焦内镜等新兴的成像技术来检测微小病变在成年人中已应用于临床,对 GERD 的诊断有一定的意义,但儿童中尚未开展。

(六)食管测压

食管测压可以测定:①胃内压;②LES 静息压、长度、松弛情况;③TLESR;④食管和胃蠕动的频率和幅度;⑤LES 静息压、长度、松弛情况。而 LESP 的测定是 LES 对胃液反流阻抗力量的一种定量检测方法。若婴幼儿 LESP 低于 1.33 kPa(10mmHg)或 LES 功能不全均可导致 GER;当 LESP 超过 2 kPa(15mmHg)时为正常情况。对于 LESP 测定的临床意义,目前还存有争议。

(七)食管-胃钡剂 X 线造影

食管-胃钡剂 X 线造影可观察食管的形态、运动状况,显示胃-食管连接处及胃肠道的解剖结构异常。对有呕吐和吞咽困难的患儿,可排除 GER 以外的上消化道疾病,如食管裂孔疝、食管狭窄、贲门失弛症、胃扭转、幽门狭窄、肠旋转不良、环状胰腺等。钡剂反流进入食管部位的高度及频率对诊断有参考价值。其诊断 GER 的敏感性低于其他检查手段,且不能确定食管炎的存在与否。但因该方法简便、安全、常用,依然可作为诊断 GER 的初筛手段之一,排除食管、胃的器质性疾病,特别适用于小儿及基层医院。

(八)B 型超声检查

实时超声显像为食管裂孔疝和 GER 的诊断提供了一种符合生理的无创性检查手段,可用于测量试餐前后胃窦的宽度,测定胃容量和胃排空,观察食管腹腔部分和贲门的形态和生理功能。喂牛乳或水后至少有半段食管充盈,且在下端食管有液体来回运动可认为是阳性结果。也可利用测定腹内段食管长度辅助诊断。

五、诊 断 标 准

GER 临床表现复杂且缺乏特异性,但 GER 诊断的关键是区分是生理性还是病理性,前者无需特殊处理,后者则要根据病情进行治疗;临床上仅凭临床症状和体征难以区分生理性或病理性GER,根据辅助检查综合判断,目前无新生儿诊断标准,参照儿童诊断,依据如下:

1. 有反流症状。

2. 24h 食管 pH 监测,Boix-Ochoa 综合评分≥11.99。

3. 胃-食管核素闪烁扫描:①阅片法发现食管部位有放射性积聚;②胃食管反流指数(RI)≥3.5%。

4. 食管内镜,黏膜充血、糜烂、溃疡,活检组织病理检查有嗜酸性粒细胞浸润。

5. 食管钡餐造影,5min 内有 3 次以上反流。

6. 食管动力功能检查,LES 压力低下、长度短缩,短暂性 LES 松弛。

7. 超声波检查,腹段食管长度缩短、黏膜纹理紊乱。

8. 伴食管炎症状、食管外症状或全身症状。

诊断评价如下。功能性 GER 诊断标准,符合 1,Boix-Ochoa 综合评分<11.99。病理性GER 诊断标准:符合 1,并符合 2、3②中任何一条。病理性 GER 疑诊标准:符合 1,并符合 3①、5、6、7 中任何一条。GERD 诊断标准:在病理性 GER 诊断基础上,符合 4 或 8。此标准是否符合新生儿 GER 和 GERD 的标准,还需进一步论证。

六、治 疗

新生儿 GER 不需要治疗,主要是教育其父母及看护者防止患儿误吸和呕吐物所致窒息.凡诊断为 GERD 的新生儿,需及时进行治疗。治疗目的是缓解症状,预防复发。治疗以一般治疗主,严重者需药物和外科手术治疗。

(一)生活方式调整

1. 体位 经过多种体位的对比研究,新生儿最佳体位是俯卧位,这种体位能够减少反流,促进胃排空,减少能量消耗,减少反流的吸入,对呼吸系统疾病有较好的作用,但俯卧位能明显增加发生新生儿猝死的概率,因此轻度 GERD 一般不用此体位;减少新生儿哭闹和减少可能增加腹部压力的动作和行为,增加睡眠时间,对减少反流有益。

2. 食物 将食物增稠剂加入牛奶,提高食物黏稠度(以能通过橡胶奶头吸出为宜);另外,少量多次喂养,尽量减小胃的容量,进食的间隔不少于 1h;营养状况正常的儿童,睡前 2～3h 应禁食,应避免喂高酸性的食物及酸性饮料(如橘子汁、番茄汁等),因为,酸饮料可以降低 LES 的张力和增加胃酸的分泌,低渗透压的食物可以减少反流。

3. 其他治疗 尽可能穿宽松衣服,减慢进食速度,避免被动吸烟,非必要情况下禁用增加反流的药物。

(二)药物治疗

药物治疗包括制酸和抗酸药、黏膜保护药和促动力药。各种药物的应用根据诊断结果而定,成年人研究表明 PPIs 对缓解胃灼热和食管炎的其他症状明显优于 H_2RAs、抗酸药和黏膜保护药,这在年长儿的研究中也得到相同的结果。"升级"或"降级"策略用药,"升级"则是先用 H_2RAs,后升用到 PPIs;"降级"则相反,研究表明"降级"能较好的控制症状。部分患者观察到白天用 PPIs,晚上用 H_2RAs,1 周后出现了对 H_2RAs 的耐药;部分患者用 PPIs 不能缓解症状,要考虑以下的原因①诊断是否正确。②用药方式是否正确。③个体基因变异,肝细胞色素 C(P-450-2C19)能快速代谢 PPIs。儿童不应用 PPIs 的胶囊而用微粒剂,这样可到达肠道溶解吸收。新生儿最好选用 PPIs,奥美拉唑(Omeprazol),$0.8～1mg/(kg \cdot d)$,不用胃肠动力药和黏膜保护药。

(三)外科治疗

早期诊断,及时采取非药物手段,必要时加用药物治疗,大多数 GERD 患儿症状能明显改善,一般不需手术治疗。如食管裂孔疝伴严重呕吐、上消化道出血不止内科治疗无效者可考虑手术。

(龚四堂)

第十六节 胎粪性肠梗阻

胎粪性肠梗阻(meconium obstruction)又称之为胎粪栓综合征(meconlum syndrome)或黏滞病(muscorisdosis),是由于胰腺囊性纤维性变,导致肠腔内的胎粪黏稠不易排出而形成肠梗阻。是新生儿肠梗阻中较少见的一种,多发生在白色人种,东方人极为少见。

一、病因及病理

囊性纤维化是一种常染色体隐性遗传疾病,白种人中杂合子的发生率为每 29 名新生儿中有 1 名。在黑色人种(1/17 000 活产儿)、亚洲人(1/90000 活产儿)和非洲人中罕见。胎粪性肠梗阻是囊性纤维化特有的、以肠腔内累积浓缩干燥的胎粪引起肠梗阻为特征的新生儿疾病。目前认为胎粪性肠梗阻有两个同时存在的发病机制：胰腺外分泌酶缺乏和病理学上异常的肠道腺体分泌高黏度的黏液。20 世纪 40 年代以前，胰腺消化液缺乏被认为是胎粪性肠梗阻的发病机制。Landsteiner 于 1905 年首次描述了胎粪性肠梗阻，将胎粪阻塞小肠的发现与胰腺的病理学改变联系起来，并推测后者是由于一种酶缺乏引起的。1936 年 Fanconi 首先提出胰腺囊性纤维化这个名词，用以描述婴儿慢性肺病与胰腺功能不全之间的关系。1938 年 Anderson 发现胎粪性肠梗阻和囊性纤维化有相同的胰腺异常的组织学表现，并提出胎粪性肠梗阻是全肺及胰腺功能不全的早期且更严重的表现。之后的学者确定了胎粪浓缩的本质：发现其与胰腺功能不全和囊性纤维化患儿肠道腺体分泌异常的黏液有关。

囊性纤维化的缺陷是外分泌腺功能障碍，特别是黏液分泌腺和汗腺功能障碍。1989 年 FrancisCollins 确定了编码被称为囊性纤维化跨膜调节蛋白的细胞膜蛋白的基因突变，该位点和囊性纤维化的诊断有关，它位于 7 号染色体的长臂上的 q31 带。这种蛋白质被确定为一种环磷腺苷诱导的、能够调节离子通过上皮细胞顶端表面的氯通道。引起上皮细胞膜顶端外环境的电解质含量异常。小管细胞再吸收水钠电解质障碍以及这些细胞对氯离子的不可渗透性导致排泄物含大量的钠和氯，这可能是囊性纤维化患儿特征性的外泌汗腺分泌物中钠离子和氯离子水平升高的原因。受影响的上皮管状结构排列的特点是干燥及分泌物清除降低，受影响的系统包括呼吸道、胃肠道、胆道、胰腺和生殖道的上皮细胞。其病理生理学的临床表现包括胰腺功能不全（90％）、胎粪性肠梗阻（10％～20％）、糖尿病（20％）、阻塞性胆道疾病（15％～20％）和无精症（几乎 100％）。由于对先天性胰管狭窄的患儿伴发胎粪性肠梗阻很早就有报道，所以胰腺消化液缺乏被认为是胎粪性肠梗阻的发病机制。然而，后来的数据显示囊性纤维化患儿的胰腺病变具有变异性，在＞1 岁的患儿中最复杂。相比之下，囊性纤维化伴胎粪性肠梗阻患儿亚组中的肠黏膜腺体异常更加突出，说明这些腺体病变更可能是引起胎粪性肠梗阻患儿肠腔内梗阻的黏性物质产生的原因。其他的病理学资料也显示在胎粪性肠梗阻的发病机制中肠道腺体病变起主要作用，而胰腺病变起次要作用。

关于腺体异常是否能解释或引起这些改变，尚不很确定。目前有两种假说来解释这些异常。第一种假说包括钙离子介导的腺体分泌高渗黏液使得黏液的理化性质变得黏滞并有渗透性导致水分流失，促进管腔内的分泌物浓缩。这种腺体阻塞性黏液可引腺体的病理学损害。第二种假说是液体通过分泌细胞出入血管外的空间减少，这可能阻止了细胞腔的正常稀释。高度浓缩的物质可对那些充满分泌物的细胞产生毒性。

综上所述，本病的病理特征是：①胰腺腺泡萎缩、功能减退，胰管显著扩大，内皮细胞扁平，管腔内充满嗜酸性物质，腺泡间结缔组织显著增加。②胰液减少，胰酶含量及活性均降低或无。新生儿胰腺破坏尚不严重，胰蛋白酶活性检查可为阳性。③消化系统和呼吸系统的分泌腺呈杯状，分泌液稠厚，量减少。④主要受累的器官为胰、肺、汗腺和肠管。⑤在胎儿期就有上述的分泌异常。增厚的胎粪像柏油样黏滞、逐渐累积，在子宫内就开始阻塞肠道，使肠道扩张、肠壁增厚，胎粪在小肠中段尚属稀薄，但下行至回肠下段则呈黑棕色、黏稠，酷似油灰，与肠壁紧密相连，不易排出。同时，远端结肠细小或失用，呈细小结肠。胎粪的累积解释了胎粪性肠梗阻并发症的发生机制：即巨大的肠襻扭转后发生穿孔、腹膜炎、囊肿或闭锁。

胎粪性肠梗阻患儿的胎粪标本蛋白氮含量较高，而糖类含量较低，这也区别于正常胎粪。分析异常胎粪的蛋白含量可进一步发现异常的糖类蛋白。这些产物 2/3 为蛋白质，1/3 为糖类，但蛋白质的来源不确定，可能来自腺体分泌或胎儿在子宫内吞咽的羊水。由于囊性纤维化患儿胎粪中白蛋白含量升高,因此出现了胎粪筛查试验用以诊断该病。

也有人指出胎粪性肠梗阻与胰腺囊性纤维性变无关。不伴胰腺囊性纤维性变的胎粪性肠梗阻已有人相继报道。1992 年中国台湾省 Chang PY 报道 16 例胎粪性肠梗阻,临床症状与胰腺囊性纤维性变无大差别。实验室检查发现胰蛋白酶活性均为强阳性,发汗试验阴性。8 例用免疫扩散法测定胎粪中异常蛋白增高,含量为 9.2～93.3mg/g,明显高于正常值。8 例做基因分析,未查到与胰腺囊性纤维性变有关的基因,指出胎粪性肠梗阻与胰腺囊性纤维性变无关,可能是由于羊水中小肠分解蛋白酶活性降低,胎粪中异常蛋白物质增加,胎粪黏稠而发病。国内陈功报道 5 例不伴有胰腺囊性纤维化胎粪性肠梗阻病例,均无家族史,术后随访 B 超亦未发现胰腺囊性病变,在一定程度上验证了这一理论。

二、临床表现

本病有家族发病倾向,第一胎多见,多见于低体重儿或早产儿,Greenholz SK(1996)报道的 14 例中 13 例为早产儿,文献报道 10％～33％胎粪性肠梗阻患儿有囊性纤维化的家族史。新生儿的胎粪性肠梗阻表现可分为单纯型和复杂型。①单纯型:约 2/3 的患儿属单纯型,其梗阻主要在回肠中部,暗绿色或柏油样黏稠的胎粪牢固地阻塞在肠腔内;梗阻近侧的肠管扩张充血,远端肠管变细,成为失用性小结肠(图 14-39)。患儿在出生时外观正常,48h 内出现呕吐,呕吐物中含有胆汁。患儿腹部膨隆,这是浓缩的胎粪充满并阻塞远端小肠的独特表现。常可见蠕动波,在腹部可触及面团样肠襻或结实的块状物,多在右下腹部。指压坚实的肠襻可留下压痕,这就是所谓的油灰征。患儿无胎粪排出,直肠指检可触到干粪块,有时可有少量黏稠的肠黏液,肛管和直肠一般细小,可被误认为肛管直肠狭窄。检查者手指抽出后,患儿典型地表现为不能自发排出胎粪。②复杂型:约占 1/3,患儿母亲孕期常有羊水过多史,合并其他先天性畸形者并不多见,早产者也不多,多数是低体重的成熟儿。除胎粪性肠梗阻外,可能有肠扭转、肠闭锁、胎粪性腹膜炎、假性囊肿形成或合并有肠穿孔等。复杂型的临床表现早且严重,可表现为宫内或出生后有肠梗阻,同时之前有并发肠穿孔和(或)肠坏死的迹象:即腹腔内出现新月形或斑点状的钙化。出生后很快出现呕吐,呕吐物为大量暗绿色消化液。可因肠穿孔出现腹膜炎,腹胀明显,腹壁红肿,腹壁静脉怒张,肠穿孔引起气腹,使肝浊音界消失。部分病例出生后立即出现呼吸困难。伴发吸入性肺炎可使临床症状更加严重。可扪到腹部肿块,但也可因腹胀明显而扪不清肿物。这些患儿多伴有败血症。

三、诊断及鉴别诊断

1. 实验室检查

(1)胰蛋白酶活性试验:胰腺囊性纤维性变时,患儿胎粪及十二指肠液中胰蛋白酶活性阴性。无囊性纤维性变的胎粪性肠梗阻,胰蛋白酶活性阳性,粪便的胰蛋白酶和糜蛋白酶分析是筛查胎粪性肠梗阻的常用试验。每克粪便中胰蛋白酶水平低于 80mg,并结合手术探查的结果,可支持胎粪性肠梗阻的诊断。还有人提倡在人群中通过检测血液中的免疫反应性胰蛋白酶原来筛查囊性纤维化。

(2)汗液试验:能够确诊囊性纤维化的检查为发汗试验。胎粪性肠梗阻患儿的汗液中钠离子及氯离子含量明显增高,因此早在 18 世纪,欧洲即有"亲吻起来很咸的新生婴儿将会夭折"的说法。通过毛果芸香碱刺激出汗,收集患儿前臂、腿部或背部无污染的汗液并定量,然后测定汗液样本中钠和氯的浓度。最少需收集 100ml 的汗液,如果汗液中氯离子浓度超过 60mmol/L 就可诊断囊性

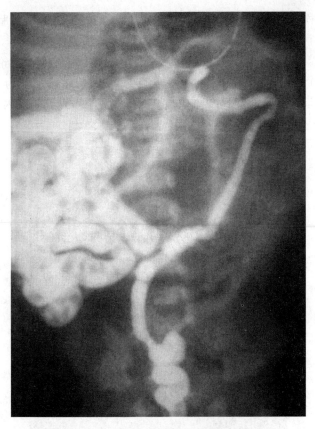

图 14-39　造影剂灌肠检查

证实有小结肠或失用性结肠,造影剂反流入近端扩张的小肠,
可见肠腔内有小块状的浓缩胎粪形成充盈缺损。这些发现强烈提
示胎粪性肠梗阻的诊断(摘自 Jay L. Grosfeld 等主编,吴晔明主译.
小儿外科学,第 6 版 1318 页)

纤维化。因为需要收集足够的汗液,所以,这项检查常常不能应用于新生儿,但是也有相反的报道。
个别汗液中的氯含量升高,但没有囊性纤维化的其他特征。由于这些问题,再加上出生 4～6d 新生
儿汗液中钠和氯的水平比正常值高,故需将这项试验延迟至出生后 4～6 周或以后再进行。

(3)试纸检查:属非特异性方法。这项试验用四溴苯酚乙酯蓝作为指示剂,当每克胎粪中白蛋
白浓度超过 20mg 时;试纸出现深绿色。正常新生儿每克胎粪中白蛋白浓度低于 5mg,而囊性纤维
化患儿每克胎粪中白蛋白浓度有时超过 80mg。假阳性结果可见于早产、黑粪症、腹裂、宫内感染及
其他原因的新生儿肠梗阻等情况。因此新生儿肠梗阻试纸检查阳性尚不能确诊为囊性纤维化。
假阴性率也有报道。这个简单且相对便宜的方法直接、快速,其比色指示剂简明易懂。故将它作
为诊断性筛查方法。

2. B 超　胎粪性肠梗阻产前超声表现为中孕期以后胎儿的肠管不仅表现为膨胀,而且肠管
回声明显增强,回声强度可与骨回声相似。这具有诊断价值。梗阻以上肠管扩张,肠内容物增
多,腹腔内钙化灶或胎粪性假囊肿偶可检出。

3. X 线检查　胎粪性肠梗阻患儿腹部平片上有典型的梗阻表现。立位 X 线摄片显示梗阻
近端肠襻有不同程度扩张,由于胎粪黏滞不易形成气-液平面,故 X 线片上没有或极少有气-液平
面;且仰卧位和直立位平片表现相似。侧位片显示结肠细小或骶前无气体影。部分患儿右下腹

可见颗粒状、"肥皂泡样"或"毛玻璃样"影，这是由吞咽下的气泡与黏性的胎粪混合而形成的（图14-40）。但这些特征中的每一个都不能单独特异性地诊断胎粪性肠梗阻，因为它们也可见于其他原因引起的肠梗阻。最有价值的确诊性检查是对比灌肠。对比灌肠（无论使用钡剂、泛影葡胺或任何水溶性造影剂）将显示出位置正常、长度适当的结肠，但结肠可能为典型的胎儿结肠或细小结肠。结肠内可能是空的，造影剂可反流入近端扩张的小肠，可见肠腔内有小块状的浓缩胎粪形成的充盈缺损。

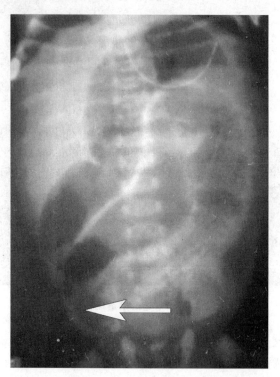

图 14-40 腹部 X 线平片符合胎粪性肠梗阻的诊断

肠襻扩张、大小不等、少量气-液平面、右下腹呈"肥皂泡"样外观。（摘自 Jay L. Grosfeld 等主编，吴晔明主译. 小儿外科学，第 6 版 1318 页）

4. 病理学检查 对手术取得的消化道组织标本进行病理学检查，如发现特异的病理性改变，包括杯状细胞增生、隐窝或管腔内分泌物积聚，则有助于诊断囊性纤维化。同时可排除先天性巨结肠及其类缘病。

四、鉴 别 诊 断

主要鉴别各种新生儿肠梗阻，包括回肠闭锁、全结肠型或长段型先天性巨结肠、新生儿小左结肠和胎粪栓塞综合征。回肠闭锁在平片上常显示为远端肠梗阻伴气-液平面。如果对比灌肠证实为小结肠，造影剂不会反流至近端扩张的"闭锁"肠段（图 14-41，图 14-42）。而胎粪性肠梗阻和先天性巨结肠则有这种现象。一旦疑为回肠闭锁，最终确诊需手术探查。需注意的是胎粪性肠梗阻可伴有回肠闭锁。先天性巨结肠，特别是扩展至小肠的神经节细胞缺失，可与胎粪性肠梗阻类似。确诊先天性巨结肠可通过 X 线、肛门直肠测压、组织化学检查及直肠活检。组织病理学检查结果示神经节细胞缺失是诊断的金标准。全结肠型先天性巨结肠钡剂灌肠的 X 线特征包括乙状结肠较短、结肠细小、肠管形态僵硬,24h 钡剂残留多,全结肠呈"问号征"(图 14-43)。造影剂可反流至末端回肠,有气-液平面和近端扩张的肠管,但不显示胎粪性肠梗阻的充盈缺损。胎粪性肠梗阻钡灌虽然结肠细小,但多数 24h 无钡剂残留。

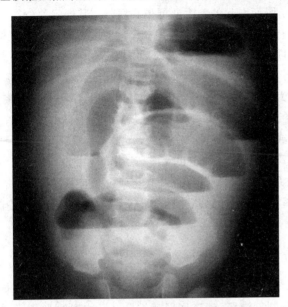

图 14-41 回肠闭锁

腹部多个扩大的肠曲及阶梯状液平面

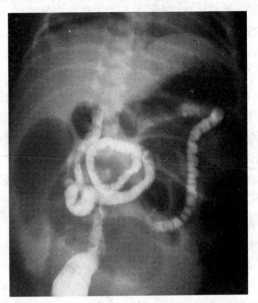

图 14-42 肠闭锁钡灌肠

显示细小结肠,但造影剂不会反流至近端扩张的肠段

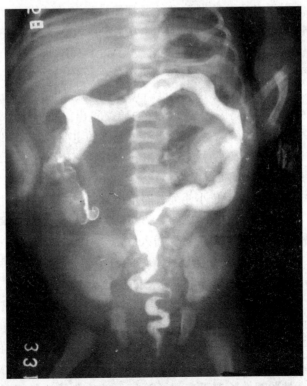

图 14-43 全结肠无神经节细胞症

钡剂灌肠显示肠管僵硬,乙状结肠短,结肠呈"问号征"。

新生儿小左半结肠综合征也要与胎粪性肠梗阻相区别。这种病变局限于左半结肠,对比灌肠显示肠管变细呈漏斗样,并常与母亲的糖尿病、甲状腺功能亢进症、药物滥用或子痫有关。需行直肠活检以排除先天性巨结肠。一般没有胎粪性肠梗阻的其他特征。

胎粪栓塞综合征是指胎粪聚集在直肠、乙状结肠而引起的新生儿低位肠梗阻。其梗阻部位在结肠,很少合并囊性纤维病等全身性系统性病变,没有明确的遗传学基础。本病容易从名词和概念上与胎粪性肠梗阻相混淆。胎粪栓塞的发病机制尚未明确,可能和肠管运动不足有关。也与早产、肌张力减退、高镁血症、呼吸窘迫、败血症、甲状腺功能减退、糖尿病和先天性巨结肠有关。胎粪滞留于直肠、乙状结肠后,其水分过度吸收,增加了胎粪表面张力,致胎粪浓缩。腹部平片显示小肠、结肠充气扩张。直肠指检可触及潴留的粪块,手指拔出后有大量胎便及气体排出,腹胀随之缓解,以后不再出现。用造影剂灌肠摄片可显示乙状结肠或降结肠内的栓状或模具状胎粪栓。胎粪栓常可在灌肠管抽出、灌肠剂排出后自行排出。检测胎粪发现其胰蛋白酶正常,汗液氯化物测定也无增高。尽管如此,仍有人认为胎粪栓塞综合征和其他胃肠道畸形之间有明显联系,多达14%的囊性纤维化新生儿有胎粪栓塞综合征。这些联系说明在肠梗阻症状缓解后,需对胎粪栓塞综合征患儿进行发汗试验和直肠活检以分别排除囊性纤维化和先天性巨结肠。

五、治 疗

胎粪性肠梗阻的治疗包括非手术疗法和手术疗法。非手术疗法主要适用于没有合并症的单纯型胎粪性肠梗阻,主要手段是应用不同的灌肠制剂灌肠,促进回肠远端及结肠内黏稠胎便的排出。手术疗法适用于非手术治疗失败或有并发症的复杂的胎粪性肠梗阻。主要为各种不同的肠造口手术,术后从造瘘口或造口管向远端注入洗肠液,促进远端肠腔的排空。

1. 非手术疗法 适用于多数单纯型胎粪性肠梗阻。1969 年 Noblett 提出采用高渗的灌肠液消除症状。灌肠前准备与手术前准备相同。所用灌肠液包括泛影葡胺(Gastrografine)、表面活性剂、0.1％聚山梨酯-80、N-乙酰半胱胺氨酸溶液。Mark S Burke 进行体内和体外试验研究,发现泛影葡胺和表面活性剂效果最佳,且对肠黏膜无损伤。泛影葡胺是一种高渗的、水溶性、不透辐射的溶液,此高渗溶液的渗透压浓度为 $1\,900\text{mOsm/L}$,用于灌肠时,加水稀释成 $1:(1\sim2)$ 的浓度。其特性是可使液体流向肠腔并帮助浓缩的胎粪排出。使用泛影葡胺后,可发生暂时性的渗透性腹泻及可能的渗透性利尿,故强调积极液体复苏的重要性。Noblett 介绍使用这种疗法前需要遵循以下标准:①首先需行诊断性对比灌肠排除其他原因引起的远端肠梗阻;②必须排除肠旋转不良、肠闭锁、肠穿孔或腹膜炎等并发症;③必须在透视监视下进行灌肠;④应给予静脉内抗生素;⑤操作过程中患儿应该由一位小儿外科医生照看;⑥在操作过程中应给患儿积极补充液体($1\sim3$ 倍的维持量),以保证充分的液体复苏;⑦如果发生并发症,准备紧急手术。灌肠具体做法是灌肠前置胃管和静脉输液,用细软橡皮管插入肛门,同时将两臀部捏挤在一起,防止软管脱出。在 X 线监视下用 50ml 注射器经软管将稀释好的泛影葡胺溶液缓缓注入直肠。透视下首先可见细小、失用的结肠,在持续注入药液后可显示末端回肠和胎粪的影像。造影剂能反流入扩张的回肠,提示灌肠成功,应停止检查。送患儿回病房接受监护及补液(2 倍的维持量),并使体温恢复正常。随后浓缩的胎粪可自行经直肠排出。$8\sim12\text{h}$ 或以后应复查腹部 X 线平片以确定梗阻是否减轻。必要时可重复灌肠。如果造影剂不能反流至扩张的肠段或在成功的反流性灌肠后没有排便,甚至有梗阻加重、腹胀者,应停止灌肠准备手术。

2. 手术疗法 复杂性胎粪性肠梗阻或灌肠治疗无效的胎粪性肠梗阻需手术治疗。需要引起重视的是胎粪性肠梗阻在亚洲人发病率非常低,首发症状和 X 线表现均与全结肠型无神经节细胞症非常相似,因此术前正确诊断的比例很低。大样本胎腹性肠梗阻的报道很少,诊治的经验十分有限。很多病例都是因肠梗阻行探查手术时才得以确诊。由于肠管的解剖形态上存在痉挛段、移行段、扩张段改变,故术中必须取组织标本作病理学检查以排除先天性巨结肠。

手术指征:①非手术疗法无效者;②合并肠穿孔、肠坏死、腹膜炎等并发症;③伴有肠闭锁、胆道闭锁等复杂型。

(1)单纯型胎粪性肠梗阻手术:目前最常用的方法是肠切开灌洗及局限性肠管切除。开腹后将充满胎粪的肠管提出腹腔,在肠系膜对侧缘切开扩张肠管,从切开处插入导管向肠腔内注入灌洗液,将胎粪软化后挤入远端结肠或从肠切开处排出。胎粪全部清除后关闭肠壁切口,术后继续采用非手术治疗方法。吴文华等总结 4 例手术经验,其中 1 例做一处肠管切开冲洗,结果术后梗阻持续存在,使用泛影葡胺溶液灌肠也不能完全解除回肠梗阻,患儿最终死亡。另 3 例采取小肠多处切开取粪块及术中反复冲洗,彻底清除回肠远端的球状干结胎粪后,3 例患儿全部康复。他认为只要术中能将胎粪清除干净,就不必行肠切除或肠造口术。但回肠远端的球状胎粪很干,需较长时间才能软化,且结肠距冲洗部位较远,一次灌肠很难将胎粪彻底清除干净,有时胎粪附壁会导致梗阻复发。可在灌肠后行肠造口术,以防再次梗阻。陈功等报道 5 例胎粪性肠梗阻行肠造口术,平均术后 6 周关闭瘘口,4 例恢复良好,1 例关瘘后仍腹胀放弃治疗,但患儿出院后病情平稳。造口术式有以下几种,即 Mikalicz(Gross)回肠双口造口术、Rehbein 回肠单口造口术及Bishop-koop 手术(图 14-44)。多数人主张采用 Bishop-koop 手术,即切除过分扩张和疑有功能不良的肠段,把远端回肠提出腹壁造口,近端回肠吻合在远端回肠距造瘘口 4~5cm 肠壁的对系膜缘,即端-侧吻合。该术式的优点在于近端肠内容物可经吻合口进入远端肠管,减少肠液的丢失,再经远端肠管的造瘘口排出,可以早期进行肠内营养,缩短TPN 的使用时间,还可经远端造

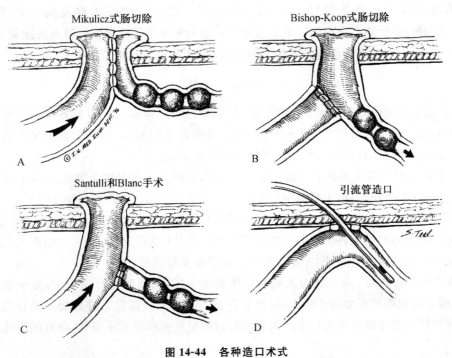

图 14-44　各种造口术式

摘自 Rescorla FJ, Grosfeld JL. Contemporary management of meconium ileus.

World J Surg 1993,17:381

瘘口插管注入生理盐水或泛影葡胺灌肠液使胎便软化排出,防止再发梗阻;且闭合瘘口简单。Mc Partlin 等报道应用该手术使胎粪性肠梗阻的外科生存率由早期的 30% 提高至 70%。由于 2 岁以下的小儿特别是新生儿肠神经节细胞本身有一个发育成熟的过程,对病理报道肠神经节细胞发育欠成熟者一定要结合临床进行分析,有时患儿肠功能恢复需一段时间,等待关闭造瘘口要有耐心,对这类患儿关闭瘘口前有必要再做病理学检查。

(2)复杂型胎粪性肠梗阻手术:复杂型胎粪性肠梗阻均应手术治疗,因其病情复杂、就难度大,应根据术中情况采取不同术式。有肠扭转者应急诊手术。术中应切除近端巨大充满胎便的肠段,对胎粪性腹膜炎形成的假性囊肿也必须切除,然后选择前述的肠造口术,术后应继续治疗残留的胎粪性梗阻,以便尽早恢复肠功能。

由于囊性纤维变性引起的胎粪性肠梗阻除肠梗阻外,呼吸系统、肝可能同时有病变,但发病较晚。因此,在肠梗阻解除后应继续长期预防和治疗遗留的疾病。雷学锋报道 2 例胎粪性肠梗阻,肺部在出生时正常,虽经手术解除肠梗阻,但由于小支气管被黏稠的黏液堵塞,肺部发生继发感染,逐渐出现弥漫性病变。最终治疗无效死亡。

(余　雷)

第十七节　消化道重复畸形

消化道重复畸形是一种比较少见的先天性畸形。它是指附着于消化道一侧或与消化道某部分有着密切解剖关系、具有消化道组织结构的、圆球形或管状空腔脏器。由于其发生部位、病变形态、临床表现差异很大,文献上曾冠以各种不同的名称,如食管囊肿、肠源性囊肿、胃肠道巨大憩室、不典型梅克尔憩室及重复回肠、重复结肠等。据文献统计本症发病率差异很大,为 0.025%～1.0%,男性略多于女性。消化道重复畸形大多在小儿时期因各种并发症就诊,国内有学者报道 3 岁以内发病者占小儿总发病率的 65%,新生儿期发病者相对少见。

一、病　　因

对于消化道重复畸形的病因有多种学说,且很难用单一学说完全解释各部位重复畸形的发生原因,因此而推测本症可能是由多种原因所致,发生在不同部位、不同病理表现的重复畸形其发病原因也不尽相同。目前认为至少与下列几种因素有关。

1. 胚胎期肠管腔化过程异常　此种学说认为部分消化道重复畸形和先天性十二指肠闭锁及狭窄发生的原因相同,是由于胚胎期肠管腔化过程异常所致。即在胚胎第 5 周后,原肠腔内的上皮细胞迅速增生使肠腔出现暂时性闭塞,以后闭塞肠腔的上皮细胞间又出现许多空泡,空泡相互融和,可以使闭塞的肠腔再次贯通。如此期肠管腔化过程发生障碍,肠管内出现与消化道并行的间隔,或于肠壁内残留空泡,即可能发育形成囊肿型重复畸形。

2. 憩室样外袋学说　有人认为人类和某些动物一样,在胚胎发育过程中,由于被结缔组织覆盖的小肠上皮细胞增生而向外膨出,以致在消化道某部分出现憩室样外袋。随着机体正常发育,这种憩室样外袋逐渐退化而消失。如某种原因致使憩室样外袋不退化,就可能形成囊肿型重复畸形。

3. 脊索——原肠分离障碍学说　在胚胎第 3 周,内、外胚层间有脊索形成。如此时在将要发育成神经管的外胚层与内胚层之间发生粘连,粘连处将形成一根索带或管状物即为神经管——原肠。当内胚层发育成肠管时,受粘连索带或管状物牵拉的肠管背侧可形成憩室样突起,该突起以后可以发展成为多种类型的重复畸形。粘连可以发生在消化道的任何部位,以前肠、中肠较多。由于内外胚层间粘连总是发生在内胚层即原肠的背侧,所以重复畸形必然位于消化道系膜侧。因粘连同样可以影响神经管即椎体发育,所以重复畸形常伴有半椎体、蝴蝶椎等椎体畸形。此学说可以较好地解释发生于前肠和中肠重复畸形的形成原因。李龙等将肠重复畸形分为两型,其中系膜内型重复畸形肠管恰位于两层系膜之间,有 91.6％合并胸椎畸形,据此认为此型是由于脊索与原肠分离障碍所致。临床上常将椎体畸形的存在,作为消化道重复畸形的客观诊断依据。

4. 后肠和尾端孪生畸形学说　部分病例被认为是一种后肠的异常发育,与尾端共同形成孪生畸形。因结肠、直肠的管状重复畸形往往伴有泌尿和生殖器官重复畸形,并同时存在腰骶部异常,只有用胚胎期后肠和尾端孪生畸形的理论才能解释其发生原因。

5. 原肠缺血坏死学说　近年一些学者研究认为,在原肠发育完成之后,由于某种原因使原肠发生缺血、坏死,可出现肠闭锁、狭窄及短小肠等病理改变。坏死后残留的肠管片断如能接受来自邻近器官的血液供应,可自身发育成重复畸形。所以,有些小肠重复畸形可同时伴有肠闭锁、狭窄及短小肠等。

二、病　　理

重复畸形可以发生于消化道从舌根至肛门的任何部位,以小肠最为多见,特别是末段回肠和回盲部。来自 Heiss K 的荟萃分析报道了 580 例消化道重复畸形的发生部位,也显示其中大部分位于腹腔,其次发生于胸腔(表 14-4)。

表 14-4　580 例消化道重复畸形发生部位

部位	例数	％
颈部	6	1
纵隔	95	18
胸腹部	13	2
胃	35	7
十二指肠	30	6
空、回肠	282	53
结肠	68	13
直肠	19	4
其他	3	0.5
总计	580	100

1. 解剖和组织学特征　重复畸形多与其依附的主消化道关系密切,贴附于系膜侧或与主肠管融合成共同的管壁,一般具有发育正常的消化道组织结构。既往大多认为发生于腹部的重复畸形与主肠管享有共同的肠系膜和血液供应。近年李龙等进研究了 78 例小肠重复畸形与主肠管系膜血供的关系,提出了新的认识,并将其分为两种类型。①并列型:肠系膜内边缘动脉向两肠管壁发出的直动脉分离,两血管分别从两页腹膜侧至所供血的肠壁,供主肠管的血管不经过重复肠管,断离重复肠管的血供不影响主肠管血供。本型占研究组的 75.3％,以囊肿型居多。②系膜内型:重复肠管位于肠系膜两页腹膜之中,直动脉从两侧跨过重复肠管达主肠管,其行程

中发出短支到重复肠管和长支到主肠管。仅断离进入重复肠管的短支血管也不致影响主肠管血供。本型占研究组的 24.7%，以管状型居多。以上理论和分型可以作为保留主肠管、单纯重复畸形切除手术的解剖学基础。

重复畸形与主消化道之间可被肌层和（或）黏膜层相互分隔，约 80% 为完全分隔，其余可有部分内腔相通。重复畸形内腔与主消化道完全分隔或管状重复畸形仅有近端开口，可导致腔内积聚黏膜分泌液，形成圆形、卵圆形或管状囊肿。重复畸形内腔大多衬以与本阶段消化道相同的黏膜，有报道 20%～35% 存在异位的消化道黏膜、胰腺组织、甚至呼吸道黏膜。异位黏膜中以胃黏膜最多见，偶见在两处存在异位黏膜或同一患儿存在两种以上的异位黏膜。本症多数为单发，极少数患儿消化道同时存在两处以上重复畸形。重复畸形在小儿均为良性病变，但日后可能恶变，因文献屡有报道手术中发现癌变的成年人肠重复畸形。

2. 病理和临床分型　根据重复畸形的病变形态通常分为两种类型。

（1）囊肿型重复畸形：又分为肠外囊肿型和肠内囊肿型两种。

①肠外囊肿型：囊肿主要位于主消化道肌层以外，并向外突出，为重复畸形中最多见类型，约占 80%。囊肿形态多为圆形或卵圆形，均位于肠系膜侧。囊肿大小不一，小的直径仅 1cm，大者甚至占据大部分腹腔。囊肿内通常充满无色透明或淡黄色的黏膜分泌液。此型囊腔大多与主消化道互不相通，少数可有小的交通孔。因液体积聚、囊肿增大到一定程度可压迫主肠管或导致肠扭转。囊腔内壁如存在异位胃黏膜或胰腺组织，可导致消化性溃疡，引起囊腔内出血、感染甚至穿孔。此时，囊肿在短时间迅速增大，囊内液体可变为血性或脓性，并出现腹痛。

②肠内囊肿型：囊肿多位于主消化道肌间及黏膜下层，最多发生于末段回肠或回盲部，但也可发生于其他部位。赵莉报道 13 例肠内囊肿型重复畸形中有 11 例位于回肠末端距回盲瓣 5cm 以内。囊肿通常不很大、直径很少超过 4cm，且大多与主肠管无交通。因囊肿向肠腔内突出，体积不大时就可能引起肠梗阻或诱发肠套叠。

来源于食管的重复畸形也多为囊肿型，囊肿通常与食管关系密切，并往往伴有胸椎异常。十二指肠重复畸形亦多见囊肿型。

（2）管状型重复畸形：管状型重复畸形有两种基本形态。

①重复畸形呈长管状，附着于肠系膜侧，与主肠管并列而行。管状畸形的长短不一，短的长度仅数厘米，长者可达数十厘米，甚至波及全部小肠或结肠、直肠。此型大多数重复肠管与正常的主肠管相通，且为近端盲闭、远端开口。结肠、直肠管状重复畸形肠管的远端可开口于会阴或阴道。本型重复肠管壁内存在异位胃黏膜或胰腺组织者较囊肿型更为多见，易形成溃疡，导致消化道出血，甚至出现穿孔。少数重复肠管与主肠管不相通，或远端盲闭、近端开口于主肠管，可导致重复肠管腔内积聚大量黏膜分泌液，形成巨大的管状囊肿。此时，腹部可触及巨大或卷曲的囊性肿块。按压腹部可以使近端开口的重复肠管积聚液排到主肠管内，腹部包块可因此而缩小。较大的肿块推移或压迫主肠管也可引起肠梗阻。偶见重复肠管远、近端均有开口通向主肠管。

②憩室样重复畸形，来源于主肠管系膜侧，近端常开口于主肠管，并有部分走行于肠系膜间，但前端可伸向腹腔的任何方位，呈游离状态或与所接触的肠管及脏器粘连。此型可能有独立的系膜和供应血管，手术应争取完整切除。

另有一种较为少见、贯通于胸、腹腔的消化道重复畸形。多起源于空肠，畸形呈长管状由主肠管的系膜侧发出，于腹膜后通过膈肌某一异常裂孔或食管裂孔进入后纵隔，畸形末端可向上延伸至胸膜顶，也可附着于颈椎或上位胸椎。重复畸形的胸段可由支气管动脉、食管动脉及肋间动脉供血。此型常并存多种脊柱畸形，如：半椎体、椎体融合、脊柱前裂或椎管内神经管原肠囊肿等。此种重复畸形一般不和食管相通，也无严重粘连，手术时易于剥离。值得一提的是此型囊壁常存在异位的胃黏膜组织，并导致消化性溃疡。

三、临床表现

消化道重复畸形可以在任何年龄发病，王义等报道 86 例消化道重复畸形中有 11.6% 于新生儿期发病。临床表现呈多样性，根据病变所在部位、类型、大小、与主消化道有无交通及内衬黏膜的情况而有所不同。患儿往往因发生各种并发症、且多为急腹症而就诊。常见临床表现归纳如下，而实际所见病例往往是数种表现共存。

1. 肠梗阻　在新生儿期发病者最为常见。李心元曾报道 65 例以急腹症就诊的小儿肠重复畸形中，有肠梗阻 39 例（60%）。王练英报道 8 例新生儿肠重复畸形均有肠梗阻表现。由于腔内滞留的分泌液不断增加，使重复肠管体积增大，压迫正常的主肠管或堵塞肠腔，是引起肠梗阻的最常见原因。其中十二指肠重复畸形常因巨大囊肿压迫肠管，出现完全性或不完全性十二指肠梗阻症状，且常在新生儿期发病。首都儿科研究所曾收治 2 例产前诊断的囊肿型十二指肠重复畸形，新生儿期手术治愈。发生于小肠的囊肿型重复畸形除囊肿压迫、堵塞肠腔造成不同程度的肠梗阻外，较小的肠内囊肿容易成为套入点诱发肠套叠。突发的呕吐、腹痛、果酱样便等症状可能提示诊断。肠外型囊肿体积逐渐增大时可因重力作用导致肠扭转。结肠重复畸形多表现为低位不全性肠梗阻症状，如腹胀、腹痛、便秘、排便困难或粪便形状异常等，但新生儿期很难发现。发生于游动盲肠和乙状结肠的囊肿型重复畸形偶可诱发盲肠和乙状结肠扭转。

2. 消化道出血　为消化道重复畸形比较常见表现，但新生儿期发病者较少。重复消化道腔内如存在异位的胃黏膜、胰腺组织，可导致溃疡及出血。与主肠管相通者，将出现不同程度和类型的消化道出血临床表现。具体表现取决于出血部位、出血速度和出血量。发生于纵隔的重复畸形，如与食管相通，可发生呕血；与肺紧密相连者，甚至引起支气管溃疡而发生咯血。胃和十二指肠重复畸形引起的出血常为上消化道出血表现，排柏油样便。发生于小肠的重复畸形，根据其具体出血部位和速度，可出现暗红、紫红色或果酱色血便，结肠重复畸形出血量大时可排鲜血便。有作者认为管状及憩室状重复畸形常存在异位的胃黏膜或胰腺组织，并常与主消化道相通，所以便血往往成为首发症状。便血常为中等量，大多可自行停止，但不久可再次出现，或反复发作。婴幼儿多表现为急性下消化道出血，有时便血前出现腹痛，而其他伴随症状不易被发现。年长儿常以间歇性血便伴腹痛或腹部不适为主诉，便血前无明显前驱症状。反复出血可造成患儿贫血，偶有急性大量便血可导致休克。

3. 腹部肿块　新生儿因腹壁薄，在患儿安静状态下比较容易触及腹部肿块。囊肿型重复畸形肿块呈圆形或卵圆形，囊性感、呈中等张力。肿块表面光滑、界限清楚，病变位于腹部者可有一定活动度，大多不伴压痛。管状型重复畸形常开口于主消化道，腔内液体可以排出，触及肿块的机会较小。如果引流不畅或开口位于消化道的近端，将导致重复肠管内液体聚积，即可能触及腹部的条形囊性肿块，个别肿块巨大或卷曲。当溃疡、外伤、感染等因素导致囊肿内出血或发炎时，肿块可以在短时间内迅速增大，囊壁张力增高，并出现肿块的触痛。此时应避免过度按压，防止破裂。

4. 腹痛或腹部不适　重复畸形出现并发症的早期可能伴有局部不适，但低龄患儿常不能表述，只表现为不明原因的烦躁不安或哭闹。随后，肠梗阻、消化道出血等并发症将可能逐渐显露。部分年长患儿可以长期感觉腹部不舒适或慢性间歇性腹部疼痛。

5. 肠坏死、腹膜炎　因重复型畸形引起肠扭转、肠套叠或肿块压迫肠系膜血管可以使相应肠段的血液供应受阻,造成肠坏死及腹膜炎。异位的胃黏膜及胰腺组织可以使重复肠管形成溃疡,重者导致穿孔、破裂也是引起腹膜炎的常见原因。腹膜炎可能掩盖了原发疾病的表现,特别是新生儿和小婴儿,体征更不明显,且病情进展快。术前仅需选作较为简单、快捷的影像学检查。即使不能发现原发病变,一旦确定腹膜炎的诊断,也应尽快开腹探查。延误治疗时机是新生儿死亡的重要原因。

6. 压迫综合征 位于纵隔的重复畸形因分泌液聚积、导致肿块明显增大时,可压迫心、肺、静脉等器官,引起气促、发绀、胸部不适及胸痛等一系列症状,严重者可导致心、肺移位。应作为急症处置。

7. 合并畸形及多发性重复畸形 消化道重复畸形常伴发其他消化道畸形,如肠闭锁、肠旋转不良、胎粪性腹膜炎、梅克尔憩室、肛门闭锁等。消化道重复也可以发生在两个以上的不同部位或伴有其他器官重复,如双子宫、双阴道、双膀胱、双尿道,甚至双外生殖器官等。以上情况可以使患儿的临床表现更加多样,增加术前诊断的难度。反之,了解以上情况,则有利于对疾病的认识,尽量做到术前明确诊断,术中进行相关探查,以减少漏诊的可能性。合并肠闭锁、胎粪性腹膜炎、肛门闭锁等常在新生儿早期急诊手术治疗,于术中发现重复畸形。

四、影像学检查

1. X 线检查

(1)X 线平片:①胸部正位 X 线平片可以显示位于纵隔旁、边缘清晰、呈弧形的软组织密度阴影,右侧多于左侧,中上纵隔居多,也可以达下肺野及横膈。侧位 X 线平片则显示肿块位于后纵隔。低龄患儿肿物相对大,可占据胸腔的 1/3～1/2。纵隔和气管、支气管可以受压移位,个别引起肺不张或肺气肿。②腹部 X 线平片在生理状态下充气的新生儿及小婴儿具有一定意义。体积较大的肿块可以使肠管移位,显示腹腔内占位性病变。在大多数情况下 X 线平片只能显示有无肠梗阻等并发症的表现。③在上述表现的同时,如胸/腹 X 线平片发现半椎体、蝶形椎等脊柱异常,则消化道重复畸形的可能性大增。椎体畸形一般略高于发生重复畸形消化道的水平。

(2)钡剂造影:可能发现食管、胃、十二指肠等较固定器官受压和(或)移位和位于腹腔的病变对肠管的排挤,而提示相应部位的占位性病变。以上均为间接征象,因此对于影像的识别应具有足够经验,并密切结合临床和其他影像学检查。偶有造影剂通过其间开孔由主肠管进入重复畸形。

(3)钡剂灌肠:病变与结肠关系密切者可能提示诊断。囊肿型重复畸形可以见到肠管受压、管腔狭窄等征象。如同时存在双肛门、双直肠,可分别插管造影。重复结肠开口在阴道,则不易找到。完全的结肠重复畸形,如钡剂同时进入两肠腔内,可显示结肠呈双管状。有一种罕见病例为重复直肠与椎管相通,称为神经后肠畸形。造影时应警惕,避免将造影剂灌入椎管。

2. 超声检查

(1)产前超声检查:近年超声检查广泛应用于产前保健和畸形筛查,使部分患儿在产前发现病变或得到诊断。一般来说由于胎儿期无气体影响,对于腔内有液体积聚的囊肿型或管状型重复畸形易于被发现,且无论肿物是位于胸腔、上腹、还是下腹部。但胎儿超声因个体小,受干扰因素多,超声图像不如生后检查清晰,囊壁层次等不易分辨,且需要相互鉴别的腹部囊性肿物种类较多。产前诊断往往需要数次超声随诊并经超声、产科和小儿外科医师慎重讨论。其中大部分病例仍需要出生后做进一步影像学检查或手术和病理才能确诊。

(2)出生后超声检查:适用于发生在腹部肠重复畸形的诊断。①肠外囊肿型重复畸形大多能显示腹部圆形或卵圆形囊性肿物,发育良好的重复肠管壁厚 2~3mm,目前超声仪器可以清晰分辨高回声的黏膜层和较低回声的肌层组织,部分病例可以观察到囊肿与肠管的关系,并因此而确定囊肿型重复畸形的诊断。肠内囊肿型畸形有时因为囊肿体积较小,超声检查时易受肠气干扰而不易确诊。②管状畸形有时可显示一段瘪缩或不规则充液、黏膜层明显增厚的管状结构,部分病例也可以观察到肿块与肠管关系密切。③当重复畸形与肠管相通以致肠内容物进入重复肠管、合并囊内出血或炎症时,囊内容物可能由无回声变为各种不同强度的回声及光点,囊壁层次也不再清晰。此时应结合临床表现鉴别。④以上超声征象应与肠系膜囊肿、大网膜囊肿、卵巢囊肿等腹腔囊性肿物鉴别,以上肿物囊壁更薄,张力较低,且无明显囊壁分层结构。

3. **核素检查** 应用核素 ^{99m}Tc 腹部扫描,对含有胃黏膜组织的消化道重复畸形诊断有帮助,但阳性率有限。核素检查阴性结果并不能排除重复畸形的诊断,且发生在回肠末端的重复畸形不易与梅克尔憩室鉴别。因在新生儿期就诊者均为急症,故实际应用甚少。

4. **CT 检查** 增强 CT 检查可显示位于胸部(后纵隔)、腹腔及盆腔的界限清楚的低密度囊性肿块,囊壁较厚且能得到增强。有时可以显示囊性或管状重复畸形与主消化道的关系,或胸部重复畸形与相应部位脊柱间的联系而有助于诊断与鉴别诊断。如 CT 检查发现脊柱畸形也提示肠重复畸形的可能性。

五、诊 断

消化道重复畸形病变发生部位广泛,病理类型各异,临床表现也多种多样而缺乏特征性,且患儿往往由于各种并发症而紧急就诊。据目前统计,术前确诊率仅为 20%~30%。当发现小儿有不明原因的便血、呕吐、腹痛、腹部活动性囊性肿块、特别是上述数种情况同时出现时,应考虑到消化道重复畸形的可能性。对于呼吸急促、呕血等症状就诊患儿也要考虑到食管重复畸形的可能性。

新生儿临床症状更为模糊,且常被并发症所掩饰。王练英报道 8 例新生儿消化道重复畸形主要以哭闹不安、呕吐、停止排气、排便的肠梗阻表现而急诊入院。应根据患儿病情和条件选做适合的影像学检查。X 线平片作为常规检查。超声检查无创、易行,并可能对病变和并发症提供多方面信息。CT 适用于胸腹部各部位检查。如患儿以急腹症就诊通常不适宜行钡剂造影及钡灌肠。必须强调:一旦确定肠梗阻、腹膜炎等急腹症诊断并具备手术指征,即应停止继续的影像学检查,及时手术。过分追求疾病定性诊断而延误治疗将明显影响预后。

部分通过产前超声检查发现病变(尤其是囊性病变者)的患儿将在孕期得到超声科、产科和小儿外科医生的共同关注,并在出生早期有计划地进行相应检查,使诊断时间明显提前,并得以在新生儿期、尚未发生并发症时接受手术治疗。当然,目前大部分消化道重复畸形最终确诊还是依靠手术和病理。

六、鉴 别 诊 断

1. **肠系膜囊肿** 由于超声检查的广泛应用,无症状的腹部囊性病变更易于被发现,本症为经常需要鉴别的疾病之一。肠系膜囊肿位于肠系膜两层间,并不一定紧邻肠管,囊壁很薄,无分层结构,张力较低,囊内多含清亮淋巴液,超声表现为无回声。当合并出血时,囊内可出现较强回声的团块或光点。

2. **梅克尔憩室** 可因消化道出血及肠梗阻等并发症就诊,有时伴右下腹不适或压痛,此点手术前很难与发生在右下腹的肠重复畸形鉴别。手术中所见,梅克尔憩室位于回肠远端肠系膜对侧缘,即使是憩室型的重复畸形也一定位于肠系膜侧,可作为鉴别要点。囊肿型重复畸形术中鉴别无困难。梅克尔憩室并发症在新生儿期极少发生。

七、治　　疗

消化道重复畸形常因并发症就诊,或可能发生严重的并发症,所以诊断一旦明确,以优先手术治疗为原则。手术方式应根据畸形发生的部位、病理分型、与周围器官的关系、是否合并其他畸形等因素来决定。手术时患儿的一般状况和并发症类型也是选择术式的重要参考因素。以超声为主的产前影像学诊断技术的广泛应用,为本症治疗时机的大幅度提前,提供了可能性。且使更多患儿得以在尚未发生并发症、一般情况较好的状态下接受手术,有利于选择更合理的术式和平稳度过围术期,为近年的明显进步。应优先选择重复畸形切除、主消化道修复或包括重复畸形在内的肠切除及肠吻合等,由于解剖结构所限有时做重复畸形和主消化道间的开窗术等姑息手术。新生儿期因急症手术而全身状态不佳者,应首先考虑有利于挽救生命的治疗方式。

1. 重复畸形囊肿切除术　对于孤立的、与主肠管无紧密联系的囊肿型重复畸形,尤其具有单独的系膜和血液供应者,应首选将囊肿完整剥离、切除。

2. 保留主肠管、重复畸形切除术　以往认为此种术式难度很大,切除重复肠管可能影响主肠管的血液供应。目前研究认为重复肠管与主肠管均有各自相对独立的血运,为单纯切除重复肠管提供了理论根据,并经过实践证明是可行的。具体手术方法如下。

(1)并列型:在系膜与重复肠管交界处分离系膜,切断结扎及直动、静脉,然后靠近重复肠管壁向远端游离肠管。当游离到两肠管呈沟状的共壁处,临近畸形肠壁侧用电刀沿肠管走行方向切开浆肌层,剥离共壁处重复肠管的黏膜而保留共壁肌层于主肠管。切除重复肠管后,将系膜的切开缘与相应部位的主肠管壁缝合。

(2)系膜内型:首先在重复肠管近端腹膜无血管区平行于直动脉切开,游离提起盲端,切断结扎直动、静脉进入重复肠管的短支,贴近重复肠管壁向远端游离。游离约10cm后,切开相应部位的系膜无血管区,并经此口提出已游离的肠管,再向远端游离,直至切除整个重复肠管。共壁处需剥离并切除重复肠管的黏膜层。

3. 重复畸形与主肠管切除、肠吻合术　将重复畸形与附着的主肠管同时切除后再行一期肠端-端吻合术,恢复正常消化道。本术式基本适用于发生在空、回肠各部位、各种类型的重复畸形,并沿用多年。手术操作相对简单,时间短,效果确实,与手术相关的并发症也较少。对于憩室状重复畸形,为尽量保留患儿自身肠管,应首先尽量分离游动部分,再将其与主肠管连接部一并切除,而后行肠吻合术。对起源于小肠、贯通于胸腹腔的长管状重复畸形,可经胸腹联合切口或分别做切口手术。游离位于胸部的重复肠管一般无困难,显露其与小肠连接部后也常需一并切除,再行主肠管端-端吻合术。在理论上当然应尽量保留消化道的主肠管,切除肠管过长,恐影响消化、吸收功能,造成短肠综合征。新生儿或小婴儿代偿能力强,有时不得已切除5%以上小肠,患儿仍可能在不很长时间内得到代偿。发生在回肠末端的重复畸形要慎重处理,尽量保留回盲瓣。对于回盲瓣功能还不完善的新生儿及小婴儿不必将距回盲部小于10cm作为肠吻合的禁忌。基于同样理由有作者提出对于回盲部或紧邻回盲瓣的囊肿,采用肠壁肌层切开,剥除囊肿壁,而保留回盲部的手术方式。

4. 重复畸形肠黏膜剥离术　适用于不能做切除、切除时容易误损伤或造成短肠者,如来源于食管的囊肿型重复畸形、十二指肠的囊肿型重复畸形和部分小肠的管状重复畸形。手术时沿重复肠管的纵轴切开浆肌层达黏膜下层,将黏膜层完整剥离并切除。再切除多余的重复畸形的浆肌层肠壁,缝合切缘、建立正常消化道。

5. 重复畸形开窗术　当手术切除重复肠管有困难或存在一定危险时可采用相对简单的重复肠管开窗术。

(1)十二指肠重复畸形开窗术:发生于十二指肠部位的重复畸形与主肠管共有血液供应和肌层肠壁,且肠壁内存在胰、胆管等重要解剖结构,手术中辨别和切除重复肠管有时出现困难,可采用开窗术。首先切开十二指肠前外侧壁,显露重复畸形与十二指肠间的共壁,于重复畸形囊壁的最低位开窗引流,窗口应尽量大,以使引流充分。窗口缘用可吸收线缝合止血,再缝合切开的肠壁。当然,如术者有足够的经验,解剖清楚,患儿情况好,还应首选重复畸形黏膜剥离术或重复畸形切除、肠修补术。

(2)结肠重复畸形开窗术:结肠长段型或全结肠型重复畸形手术切除有一定困难,可以采用重复畸形远端肠管的共壁部分切除、开窗术,使重复肠管的内容物引流到主肠管。对于重复直肠或延伸到直肠的重复结肠,可经肛门将两肠管的间隔部分切除或钳夹去除,使重复肠管与正常直肠合二为一。但有人提出此类手术,由于保留了重复畸形的肠管,术后仍可能发生并发症,且结肠发生恶变的概率明显高于小肠,故应定期随访。

6. 囊肿外引流术　当囊肿合并严重感染或穿孔、腹腔有大量渗液、肠管广泛粘连及患儿全身性情况欠佳时,不宜一期实施囊肿切除或肠切除吻合术。此时,应考虑行暂时性外引流术,将囊壁与腹膜袋状缝合或囊内置管。待感染控制、患儿全身状况改善后行二期根治性手术。

八、预　后

总体来说消化道重复畸形经及时、恰当的手术治疗,近、远期效果良好。有国内文献综述255例中死亡9例,病死率为3.5%。也有学者认为新生儿消化道重复畸形术后死亡率较高,有2组资料共报道肠重复畸形159例,死亡4例均为新生儿,其中3例的死亡原因为肠扭转术后中毒性休克。死亡原因与病情复杂、多发畸形和并发症严重有关。新生儿消化道重复畸形预后的进一步改善有赖于以下努力:①早期诊断,对于部分病例力争产前发现病变,出生后及时检查,争取在未发生并发症之前予以手术治疗;②对于肠梗阻、腹膜炎、消化道出血等常见并发症认识的提高并果断决定手术;③新生儿外科围术期综合管理水平的进步。

(马继东)

第十八节　环状胰腺

环状胰腺(annluar pancreas)是一种先天性的胰腺发育畸形,是指胰腺组织未正常分布在十二指肠框内,而是呈环状或者钳状部分或完全包绕十二指肠降段,从而压迫十二指肠致使肠腔狭窄。本病于1818年由Tiedemann首先在尸检中发现,1862年Ecker首先报道。发病率为1:6 000,是先天性十二指肠梗阻原因之一,占十二指肠梗阻性疾病的10%～30%。

一、病因及发病机制

胚胎第4周原肠的肌层突出两个隆起,是为胰腺始基(胰芽),背侧始基在十二指肠的后方向左侧迅速生长,发育成胰腺体部、尾部和头部的一部分;腹侧始基则位于十二指肠前方,又分为位置相对的左右两叶,始基左叶随着胎龄增加逐渐萎缩消失。胚胎第6周时,腹侧始基右叶连同Wirsung管(即胰管)伴随十二指肠由右向后旋转,与胰腺背侧始基融合成为胰头的另一部分,同时 Wirsung 管与背侧始基的 Santorini 管（副胰管）融合成主胰管，当 Santorini 管存留时，即形成副胰管。

对于胚胎发育过程中形成环状胰腺的确切病因目前尚不完全明了，学说很多，主要的胚胎学学说有：①胚胎期背侧始基头部和腹侧始基的胰腺组织由于炎症原因增生肥大，并从十二指肠的两侧围绕肠壁形成环形；②腹侧始基右叶尖端固定于十二指肠壁，在十二指肠向右旋转时，始基右叶被牵拽绕过十二指肠右侧面，并与背侧始基融合形成环状胰腺；③腹侧始基左叶存留，正常情况下，胰腺腹侧始基的左叶会在胚胎早期萎缩并逐渐消失，如果由于各种原因左叶未退化，则两叶始基可环绕十二指肠的前面和后面形成环状胰腺；④潜在胰芽融合停滞，胚胎早期，有构成胰腺组织能力的潜在胰芽保留于原肠内，正常情况下这些潜在的胰芽可以相互融合，形成胰腺的腹侧和背侧始基，再由原肠发出，如果这种过程中途停滞，而在稍晚时候在同一平面的腺体在进行环形融合，则形成环状胰腺。

二、病　　理

环状胰腺是真正的胰腺组织，具有胰岛和腺泡组织，常表现为宽度 0.5～0.8cm 不等的一片薄薄的狭长带样结构，环绕于十二指肠降段，相当于胰胆管开口的壶腹部水平或其稍远端。环状胰腺也同样具有内分泌和外分泌功能，其内的导管由前面绕过十二指肠右后外侧，注入主胰管或单独开口于十二指肠。

环状胰腺虽然属于十二指肠外部组织，但由于其形成机制来源的缘故，并不能与十二指肠完全分开，常常向十二指肠壁内生长，并且与肠壁各层组织相互交织直达黏膜下层。有时候胆总管下部通过环状胰腺的后面进入十二指肠，有可能由于腺体压迫或成角导致堵塞。

另外由于十二指肠发育过程中的肠壁腔化期与胰腺的两个始基融合的阶段恰好在同一胚胎期，如果这个阶段有发育障碍，就会产生环状胰腺和十二指肠闭锁等合并畸形。

有 30％～75％的环状胰腺患者合并其他畸形，常见的有先天愚型、肠旋转不良、先天性心脏病、梅克尔憩室、直肠肛门畸形及食管闭锁等。

对上述事实的正确认识，对指导临床选择正确手术方法至关重要，也说明了为什么切断环状胰腺或部分切除腺体会导致不良后果。

三、临床表现

环状胰腺的患者是否产生临床症状取决于环状胰腺对十二指肠的压迫程度，主要表现为十二指肠完全或不完全梗阻，部分环状胰腺患者可终生无梗阻症状，而是由于其他原因如开腹探查或者尸解偶然发现而得以诊断。

1. 母亲妊娠期羊水过多　与其他先天性高位肠梗阻情况相似，由于胎儿吞咽羊水功能异常，导致患者母亲常有羊水过多病史，多者可达到 8 000ml。约 50％患儿出生体重在 2 500g 以下。

2. 发病年龄　临床上常将环状胰腺分为新生儿型和成人型，其临床表现与十二指肠的受压程度和伴随的其他病理改变密切相关。压迫严重者，新生儿期出现症状，不完全梗阻者可在任何年龄发病，甚至到晚年出现症状。

3. 十二指肠完全梗阻　十二指肠降部完全梗阻是由环状胰腺压迫紧窄所致。患儿主要的症状是呕吐，往往在出生后 1～2d 或者第 1 次喂奶即出现呕吐，呕吐持续性，大多数含黄绿色胆汁样物。少数患者环状胰腺压迫位置位于十二指肠乳头近端，则呕吐物不含胆汁，以胃内容物为主，合并黏膜出血则为咖啡色。体检的时候可以见到胃区饱满膨胀，但中下腹平坦，病程长者可以见到胃型和胃蠕动波。但部分病例因为连续呕吐,胃和十二指肠内容物排空而腹胀消失,且由于频繁呕吐患儿迅速出现消瘦、脱水、电解质紊乱、酸碱平衡失调和体重减轻。部分患儿因为误吸并发吸入性肺炎时,出现呼吸急促、呛咳,甚至导致心力衰竭,使病情更为严重。

需要说明的是环状胰腺的患儿一般生后均有胎便排出,多数时间正常,仅少数有延迟。但每次排胎便量少且黏稠,胎便排尽的时间也相应延长。出现这种现象的原因主要是缺少胆汁等消化酶作用所致。

4. 十二指肠不完全梗阻 患者呕吐症状出现较迟,表现为间歇性呕吐发作,呕吐物中含有胆汁样物,而且多呈带酸性的宿食。患者常有呕吐、禁食、缓解、进食、再呕吐的周期发作,而且间隔时间会逐渐缩短。发作期患者进食后上腹部饱满膨胀、打嗝、嗳气、胃纳不佳。有时胃部可叩击出振水音。患者症状一旦始发,就会逐渐加重而不能自愈,并逐渐出现身体发育和营养状态的障碍。

5. 黄疸 新生儿病例可以出现黄疸,其原因在于环状胰腺压迫胆总管下端致胆道梗阻,使胆汁淤积,进而出现黄疸,另外患儿营养不良以及呕吐导致的黏膜水肿也会加重黄疸的发生。

6. 胃、十二指肠溃疡 有人认为,环状胰腺压迫位置位于十二指肠乳头近端时,胆汁和十二指肠内碱性液量减少,削弱了对胃酸的中和作用,致胃、十二指肠黏膜受胃酸侵蚀而发生消化性溃疡及溃疡出血,这种症状在年龄稍长的儿童中可见。但还有部分学者则认为正是反流的胆汁激活了胃蛋白酶的消化作用,从而促进了溃疡的发生。

四、诊 断

临床上,对环状胰腺的术前明确诊断很难,多数患者是诊断为十二指肠梗阻后手术探查得以确诊,但总结本病的发生机制结合影像学检查,在有经验的医疗中心本病的诊断率也逐年提高。诊断要点如下:①胆汁性呕吐病史,新生儿患者多有正常胎便排出,出生后 1 周内尤其是 3d 之内即发病者居多;②腹部立位 X 线平片可以见到典型的"双泡征","单泡征"或"三泡征";③消化道钡餐或者碘油造影可以见到十二指肠梗阻部位位于降部;④高频探头超声检查可以发现胰腺形态异常,环状或钳状包绕十二指肠,十二指肠近端扩张;⑤CT 增强扫描以及 MRI 可以证实环状胰腺包绕压迫十二指肠。

五、鉴 别 诊 断

因为环状胰腺的主要症状是十二指肠梗阻导致的呕吐,所以临床上鉴别诊断的主要疾病在新生儿期有先天性十二指肠狭窄或闭锁、先天性肠旋转不良、高位空肠闭锁或狭窄、肥厚性幽门狭窄、幽门闭锁或瓣膜等,在年长儿或成年人则主要为十二指肠淤滞症、肠旋转不良、肠狭窄等,此外还应注意与胃扭转、食管裂孔疝、胃食管反流、食管闭锁等相鉴别。

1. 先天性十二指肠狭窄或闭锁 患儿出现胆汁性呕吐时间与环状胰腺相当,或许更为严重,但肠闭锁的患儿不会有正常的胎便排出或仅仅排出少量的灰白色糊状或者结晶样物,在消化道造影时可以见到十二指肠扩张,盲端一般呈钝圆形,远端肠管气体极少甚至无气体影。而在环状胰腺患者造影时显示十二指肠降段线样狭窄或者节段狭窄,造影剂排空延迟。但需要注意的是存在环状胰腺合并肠闭锁的可能。

2. 先天性肠旋转不良 新生儿期发病的肠旋转不良患者也存在胆汁性呕吐,而且经常合并中肠扭转致咖啡样物呕吐,发病凶险必须急诊手术,此类患儿腹部平片可以见到"双泡征"或"三泡征",消化道造影显示十二指肠水平段梗阻,若合并中肠扭转则可以见到十二指肠至上段空肠呈螺旋样下降,肠管形态分布异常。钡剂灌肠则可以见到盲肠高位,甚至在中上腹或者左上腹。

有经验的超声医师可以见到肠系膜血管扭转征象。在环状胰腺患者则梗阻位于十二指肠降段且盲肠位置正常，很少出现消化道出血症状。

3. 高位空肠闭锁或狭窄　当肠闭锁部位位于上段空肠时，患者也会出现呕吐症状，但发生时间略晚，体检时常可以看到上腹部扩张的肠型和蠕动波。腹部立位平片可以看到上腹部较大的液-气平面，有时也表现"多泡征"，下腹空虚。有部分肠狭窄患者可以到稍长时方发病，表现为呕吐周期性加重，消化道造影可以见到近端小肠扩张和狭窄部位。

4. 肥厚性幽门狭窄　肥厚性幽门狭窄的患者多在生后两周时开始发病，表现为喷射性呕吐进行性加重，呕吐物不含胆汁，病程长者患者呕吐物含宿食，酸而含奶酪样块状物，患者呕吐后求食欲强。体检的时候多可以在腹直肌右缘处触及橄榄形肿块。上消化道造影可以见到幽门狭窄，幽门管延长，胃潴留。超声检查幽门肌层肥厚，幽门管变长。

5. 幽门闭锁或瓣膜　临床少见，患儿呕吐早且不含胆汁，消化道造影显示造影剂不能通过幽门，幽门近端胃扩张明显，超声检查幽门肌层正常。

六、治　　疗

十二指肠梗阻诊断成立，并且检查提示环状胰腺可能，即具备手术指征。但由于发病者多为新生儿，所以完善的围术期处理至关重要。

(一)术前准备

一般病情愈重，所需准备时间愈长。

1. 保温　新生儿，特别是早产儿和低体重儿易受环境温度的影响，出现体温过低。体温低于36℃可导致呼吸抑制，循环、中枢神经系统功能低下，代谢紊乱，同时出现硬肿症。因此入院后应将新生儿裸体置于保温箱内，温箱内温度32～34℃，湿度在60%～70%，保持患儿腹部皮肤温度在36.5℃。所有处置如采血、输液、给氧等，以及运送患儿去手术室均不应干扰患儿的环境。另外患儿裸体也易于护理和观察，可早期发现呼吸、循环功能的改变。患儿体温未恢复正常前不能手术。

2. 胃肠减压　经鼻孔置入8～10号胃肠减压管，进行持续有效的胃肠减压，以减轻胃、十二指肠及高位空肠的扩张程度。如胃内容物黏稠，可用温盐水冲洗。

3. 补液　根据病儿脱水情况及正常需要量估计补液量，必要时应用静脉高营养，抽血检验血气分析及离子变化情况予以纠正，当脱水及离子紊乱基本纠正时手术。

4. 输血　有重度营养不良、重度贫血者，可以输全血、血浆或白蛋白液。手术备同型血。

5. 呼吸管理　肠梗阻病儿由于频繁呕吐，入院时往往合并不同程度的吸入性肺炎。因此保持呼吸道通畅，供应湿化的氧气十分重要。一般采用鼻腔插管和面罩下给氧，氧浓度为30%～40%，流量为1～3L/min。为确保呼吸道通畅，防止呼吸道黏膜干燥，促进分泌物排出，应用超声雾化器进行湿化疗法，在液体中加入抗生素、激素或糜蛋白酶，定期清除咽喉部分泌物。

对有严重呼吸困难的患儿，$PCO_2 > 8.66kPa(65mmHg)$，$PO_2 < 5.33kPa(40mmHg)$，$pH < 7.25$时，应进行辅助呼吸。

6. 抗感染　给予抗生素，以预防感染。

7. 其他　常规注射维生素K和维生素C，预防术后出血。

(二)手术

1. 十二指肠-十二指肠菱形吻合术　适用于环状胰腺较狭小的新生儿患者。本术式的优点有操作简便，能完全解除十二指肠梗阻并恢复十二指肠连贯性，又能保持胃的功能，而且没有损伤胰管、发生胰瘘的危险,因此比较符合肠道生理,缝合后吻合口呈菱形开放,不易造成梗阻,并具有吻合口功能早期恢复和避免盲襻形成或吻合口狭窄的优点。可作为首选的术式。

麻醉选择气管内插管全麻。体位选择仰卧位,右上腹略抬高,做好保温,四肢用棉花包裹后固定。

手术步骤如下。①切口:右上腹横切口或经腹直肌切口。逐层切开皮肤、皮下、肌肉及腹膜。②显露十二指肠:剪断肝结肠韧带,游离横结肠肝曲,显露十二指肠(图 14-45)。在十二指肠降部外侧腹膜返折处 Kocher 切口(图 14-46),用手指沿十二指肠降部后侧轻轻游离肠管,使环状胰腺上下部十二指肠球部和降部充分松解(图 14-47)。同时松解屈氏韧带,使十二指肠远端游动。③吻合十二指肠:在梗阻近端十二指肠前壁横行切开 2cm(图 14-48),于 A、B、C、D 点分别缝牵引线,梗阻近端十二指肠前壁做纵行切开 2cm,于 A′、B′、C′、D′ 点分别缝牵引线,用无损伤 5-0 可吸收线将两切口做单层间断缝合,先缝合 AA′、BB′、DD′ 后(图 14-49)3 针同时打结,并在 3 针间作后壁间断缝合吻合口,针距 1.5mm(图 14-50)。前壁将 CC′ 缝线结扎后作间断内翻缝合,吻合口呈菱形开放(图 14-51),将近端气体挤入远端,证实吻合口通畅。然后于 A、B 点分别加一针浆肌层内翻缝合,以减少吻合口张力(图 14-52)。④关腹:按层缝合腹膜、肌层、皮下及皮肤。

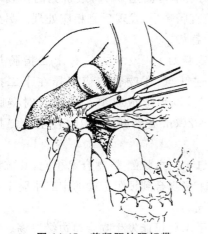

图 14-45　剪断肝结肠韧带

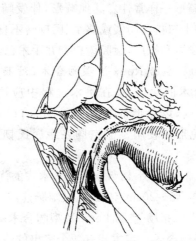

图 14-46　十二指肠外侧腹膜做 Kocher 切口

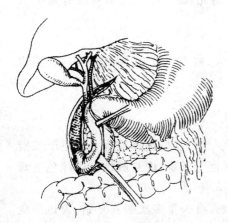

图 14-47　拉开降部显露后壁

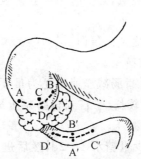

图 14-48　环胰远近端切口

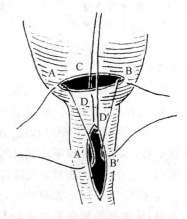

图 14-49　先缝合 DD′ 点,继之缝合 AA′、BB′ 点,打结后形成横向吻合口

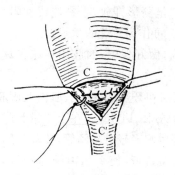

图 14-50 继续缝合吻合口后壁

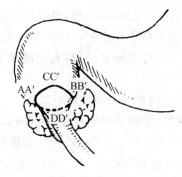

图 14-51 吻合口呈菱形开放

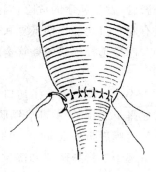

图 14-52 吻合口各加一针
浆肌层内翻缝合

另外需要强调的是在行十二指肠前壁菱形侧侧吻合前,应先剪开十二指肠右侧侧腹膜,彻底游离松解十二指肠降段远近端,使在无张力下行吻合术。吻合前可将胃肠减压管送入吻合口远端或十二指肠扩张段内,术后有利于胃肠减压,防止吻合口瘘。而且还要注意一点,即环状胰腺和其他先天性畸形一样常伴发其他畸形,伴发畸形的发生率可高达 69%,最常见的伴发畸形为消化道畸形,如十二指肠闭锁或狭窄、肠旋转不良、肛门直肠畸形,发现后宜相应处理。另外随着腹腔镜技术的发展和推广,腹腔镜检查并手术已经成为趋势。

2. 十二指肠-空肠 Roux-Y 型吻合术(结肠前或结肠后) 该术式具有十二指肠与十二指肠侧-侧吻合术的优点,但在手术过程中应注意下述几点:①吻合口应选择在十二指肠梗阻近端的最低点,以免形成盲襻。②吻合口不易过小,以免形成狭窄。③吻合时空肠不要扭转成角,以免形成梗阻。④空肠在距屈氏韧带 15~20cm 处切断,远端吻合至十二指肠梗阻近端最低点。

3. 十二指肠-空肠侧-侧吻合术 该术式的优点也与十二指肠侧-侧吻合术相同,其方法是将一段距屈氏韧带 15~20cm 空肠,在横结肠前或后方,侧-侧吻合到梗阻近端的十二指肠上。手术中注意事项与十二指肠-空肠 Poux-Y 型吻合术基本相同。

4. 胃-空肠吻合术 本术式有两个突出的特点:①手术后可能发生吻合口边缘溃疡。②梗阻近端的十二指肠引流不好,不能很好地解除十二指肠梗阻。因此,除因十二指肠周围有紧密粘连,无法施行其他捷径手术外,一般不宜采用本术式。

(三)术后处理

1. 术后应给予心电监护、保温、吸氧,必要时超声雾化吸入,减少呼吸道及肺部并发症,预防和治疗硬肿症。

2. 合理静脉高营养、输血浆、全血及白蛋白。

3. 选择合适的抗生素,防止交叉感染。

4. 术后注意防止呕吐误吸,保证胃肠减压通畅尤为重要。十二指肠闭锁或合并有巨十二指肠狭窄者,术后胃肠减压放置时间应较长,一直到胃肠减压量逐渐减少,而且颜色由黄绿色逐渐变成白色泡沫状,才能暂时关闭胃肠减压。

5. 观察 24~48h,无呕吐时,进少量糖水 1~2d,然后进奶,有少量多次喂养开始,为达到全奶量时,应继续静脉营养补液。十二指肠闭锁肠蠕动功能恢复较慢,一般在 12~41d,因此术后护理极为重要。

七、术后并发症的处理

1. **吻合口狭窄**　是较常见的手术后并发症。十二指肠吻合切口过小,吻合时切口边缘组织内翻过多,吻合口呈直线形而非菱形等均可造成吻合口狭窄。手术后十二指肠梗阻症状持续存在,往往需再次手术重做菱形吻合术解除梗阻。

2. **十二指肠盲端综合征**　十二指肠吻合口位置过高,切口远离环状胰腺上缘,吻合后易发生十二指肠盲端综合征。患儿经常呕吐含胆汁胃内容物,影响营养物质摄取及生长发育。需要手术重行十二指肠-空肠 Roux-Y 吻合术。

3. **吻合口瘘**　多因吻合技术欠佳所致,如缝合过密或过稀,单层吻合时缝针穿过黏膜太深,缝合线结扎太紧影响吻合口处血供,肠壁切缘对合不良以及吻合口处张力过大均可能导致吻合口瘘发生。此外全身低蛋白血症和营养不良、全身感染等也是造成吻合口愈合不良的重要原因。因此,充分的术前准备改善基础状态,手术操作细致、娴熟、规范等都很重要。一旦发生吻合口瘘,应该保证胃肠减压通畅,开腹置管腹腔引流或者持续冲洗及负压吸引,必要时胃造口置导管于十二指肠腔内引流和空肠造口插管滴注营养液,加强支持疗法或 TPN 治疗。在有条件的医院还可以在胃镜监视下经皮胃穿刺行十二指肠或空肠置管,具有恢复快疗效确切的优点。

4. **黄疸**　多为梗阻性黄疸,原因可能与吻合口水肿压迫十二指肠乳头、缝合时误缝合十二指肠乳头、合并胆道畸形等有关,所以手术中如果发现环状胰腺较肥厚,在切开肠壁时要注意观察十二指肠乳头部有无胆汁溢出,以防误伤。一旦发生并且检查证实为梗阻性黄疸,近端胆管扩张,经保守观察无效则需手术治疗。

（郭俊斌）

第十九节　新生儿肠套叠

肠套叠好发于婴儿期,是该年龄段最常见的急腹症,偏离以上年龄发病率则明显降低。新生儿肠套叠很少见,国外有文献报道新生儿肠套叠的发生率低于 1.3%,而国内报道此数字为 3%。新生儿肠套叠与好发于婴儿期的原发性肠套叠相比有明显特点:即新生儿常伴有肠管的先天性异常,小肠套叠相对多见,极易因绞窄导致肠坏死。新生儿肠套叠早期主要为肠梗阻表现,晚期多发展成肠坏死、肠穿孔和腹膜炎,尽早手术为新生儿肠套叠的基本治疗原则。

一、病　因

新生儿肠套叠同样可以根据其发病原因分为原发性和继发性两种。一般认为新生儿肠套叠更多为继发性,但也有为数不少的原发性肠套叠。对原发性和继发性肠套叠分别有不同的病因学解释。

1. **原发性肠套叠**　国内张树成等对原发性肠套叠病因进行了分析,认为除回盲部较为游动、回肠末端淋巴滤泡丰富、易发生肠蠕动节律紊乱等婴幼儿原发性肠套叠的易感因素外,还具有明显的自身特点。①新生儿原发性肠套叠的发生和窒息、缺氧有着密切关系。当机体严重缺氧时,蓄积的二氧化碳刺激肠壁神经节细胞,使肠蠕动亢进,于是发育良好的肠管频繁收缩并被亢进的蠕动波渐渐推入松弛的肠管,形成肠套叠。②可能与新生儿肠壁的发育特点有关。组织病理学检查显示套入部肠壁平滑肌发育较好,环形肌明显发达;鞘部肠壁平滑肌发育较差,纵形肌明显发育不良,部分肌纤维稀疏,肌间神经丛神经节细胞减少。③新生儿期接种的各种疫苗,尤其是轮状病毒疫苗可能使肠套叠的发病率增加。

2. 继发性肠套叠　继发性肠套叠所占比率各家报道不一,有报道60%～75%新生儿肠套叠伴有器质性疾病,也有报道认为新生儿肠套叠伴有器质性病变者占1/3。诱发肠套叠最多见的疾病为回盲部重复畸形,1977年Patiquin等曾报道新12例生儿肠套叠,其中1/3病例继发于肠重复畸形。肠套叠还可以继发于肠息肉、错构瘤、梅克尔憩及其他肠壁肿瘤等。有学者报道胎粪性腹膜炎合并肠套叠及肠闭锁,显然肠套叠是发生在出生以前,因胎儿期肠套叠导致肠闭锁和胎粪性腹膜炎。近年来国内也有作者陆续报道宫内肠套叠,并一致认为是导致小肠闭锁的原因。首都儿科研究所也先后收治2例由宫内肠套叠引起的肠闭锁,经手术治愈。也有报道宫内套叠合并肠狭窄,考虑肠套叠为导致肠狭窄的原因。

二、病　　理

发生于婴儿期的原发性肠套叠最常见类型是回结型,新生儿肠套叠的发生部位各家报道不一。有报道为新生儿肠套叠发生于回盲部者约占75%,小肠套叠占25%。Martinez Biarge M等报道在新生儿肠套叠中小肠套叠的发生率竟然高达91.6%。总体来说,新生儿期发生的小肠套叠明显高于婴儿期小肠套叠的发生比率。此外,也有报道新生儿肠套叠发生于十二指肠的罕见病例。

1. 分型　新生儿肠套叠仍沿用传统分类方法,将肠套叠分为5种类型。

(1)小肠型:小肠套入小肠,新生儿发生比率高。

(2)结肠型:结肠套入结肠;又可细分为盲结型、结结型及盲肠袋套叠。

(3)回结型:回肠套入结肠,为常见类型。

(4)复杂型(复套):已形成的肠套叠再套入远端肠腔内;最常见的情况为回回结型。此型更易早期发生肠坏死,且压力灌肠难以复位。

(5)多发性肠套叠:在肠管的不同部位分别发生肠套叠,极为少见。

2. 病理生理

(1)肠腔内或肠壁的先天性畸形或器质性病变,使肠管局部结构异常,肠蠕动的节律性和连续性发生中断和紊乱,是诱发肠套叠的常见诱因。

(2)新生儿肠管细小,一旦发生肠套叠后不能及时复位,将极易发生肠管血供障碍并进一步导致肠坏死、肠穿孔和腹膜炎。肠坏死的严重程度和肠系膜血管受阻程度有关,并且与受阻的时间成正比。肠系膜血管受阻时间越长,受阻程度越完全,肠坏死的程度越严重。根据发生血供障碍的性质,将肠管坏死分为静脉性坏死(淤血性坏死)及动脉性坏死(缺血性坏死)。静脉性坏死主要发生在套入部,肠管套入后因该段肠系膜受到牵拉及压迫,使静脉回流受阻,引起肠管淤血、水肿和渗出。静脉压的进一步增高,导致动脉血供受损或发生血管栓塞,最终可使肠管血供完全停止,造成套入部坏死。静脉性坏死导致的肠穿孔可发生于稍后期。动脉性坏死较为少见,可发生于肠套叠鞘部。由于肠管套叠使鞘部受到严重挤压,并可发生末梢动脉的强烈痉挛,以致发生完全性血供障碍,较早即可发生肠管坏死。动脉性坏死部肠管苍白,失去可辨的组织结构,完全不能承受张力,任何外力作用均可使其立即穿孔。

(3)新生儿肠管细小、肠壁薄,肠套叠后易于发生肠管血运障碍、并更早发生肠坏死、肠穿孔,是新生儿肠套叠应首选手术治疗、而慎用压力灌肠复位的病理生理学基础。

三、临 床 表 现

好发于婴儿期的原发性肠套叠的典型临床表现为:阵发性哭闹、呕吐、腹部肿块及血便。新生儿肠套叠起病更急,而往往缺乏典型的临床表现。早期多为拒乳、烦躁不安,随后可能出现频繁呕吐,呕吐物为大量胃内容物及胆汁。频繁呕吐易引起窒息。腹胀为另一个常见表现,严重腹胀可导致呼吸困难。而大多数婴幼儿原发性肠套叠早期由于呕吐使腹部充气减少,不发生腹胀。有规律的阵发性哭闹在新生儿也极为少见,或难以识别。因新生儿腹壁较薄,部分病例可能触及腹部腊肠样肿块,伴触痛。血便常在较晚期出现,可能与套叠发生部位较高,且易在套叠早期即发生肠麻痹,影响肠内容物排泄时间有关。随病程进展,可逐渐出现不同程度的腹壁发红、腹部压痛与肌紧张,肠鸣音由减弱到消失。患儿很快出现脱水和酸中毒,全身状态不佳。如并发肠穿孔,病情急剧恶化,并出现液、气腹征象。

四、影像学检查

1. X 线检查

(1)腹立位 X 线平片:作为传统影像学检查至今仍在广泛应用,并可提供重要的医学信息,应密切结合临床解析影像学意义。在发病早期主要为急性小肠梗阻表现,显示腹胀、小肠内多个扩张肠襻和气-液平面。已发生肠穿孔者可显示气腹征象。虽以上 X 线表现均无特异性,但肠梗阻和气腹征象均提示急腹症诊断,并作为进一步检查或手术治疗指征。

(2)空气灌肠:空气灌肠目前广泛应用于婴幼儿肠套叠的诊断与治疗。空气灌肠主要适用于回结型肠套叠,对小肠套叠的诊断及治疗意义极为有限。空气灌肠方法用于新生儿肠套叠则必须承担很大风险。①新生儿肠壁薄,即使是正常肠管可承受的压力也明显低于小婴儿;②新生儿肠套叠与婴幼儿相比常更早期发生肠坏死及肠穿孔;③新生儿小肠套叠发生比率高;④新生儿继发于器质性病变者多;⑤新生儿肠套叠临床症状模糊、不易识别、难以判断发病时间,就诊时常常已是病变晚期。因此,无论是诊断性质的低压气灌肠或以治疗为目的的较高压力气灌肠,均可能在实施气灌肠时发现或发生肠穿孔。更危险的情况是,具有张力的气体突然进入腹腔,可以在瞬间抬高横膈、使呼吸心搏骤停。综上所述,将空气灌肠用于新生儿肠套叠诊断时应取非常慎重的态度,严格选择适应证,并压力不能过高。肠套叠的空气灌肠的 X 线征象为:结肠注气后肠套叠顶端显示致密的软组织肿块影,如气体进入鞘部则形成杯口状阴影(杯形)。新生儿肠套叠应作为空气灌肠复位的相对禁忌证。

(3)钡剂灌肠、超声监视下水灌肠:部分医院将钡剂灌肠和超声监视下水灌肠用于肠套叠的诊断与治疗,其对于新生儿肠套叠的适应证和意义请参照空气灌肠。

2. 超声检查 随着超声检查的广泛应用、仪器性能的不断改善和临床经验的积累,其对于小儿急腹症的诊断价值不断提高,适用范围也更加广泛。很多医院已将超声检查作为肠套叠首选的影像学诊断方法,对于新生儿肠套叠也不例外。有文献报道超声对肠套叠诊断的准确率可达 90% 以上,并且对发生于各部位的肠套叠几乎具有同样诊断意义。有学者提出即使尚未怀疑到肠套叠诊断,对于无明显原因呕吐、拒奶、哭闹的新生儿均应例行超声检查。发现肠套叠肿块为最直接的诊断依据,其典型超声征象为"同心圆征"。富有经验的医生有时可见位于套入部、水肿增厚的肠系膜和肠系膜淋巴结,甚至发现作为肠套叠诱因的肠管原发病变,如囊肿型肠重复畸形、肠道肿瘤等。但大多数情况下无法区分肠套叠是继发性还是原发性,最终仍需要手术证实并予以治疗。也有学者认为如果腹部肠管扩张严重,且胀气为主,将可能探查不到包块,而造成漏诊。因此,超声检查对于尚未出现腹胀的病例更为适用。

与空气灌肠方法相比,超声检查用于新生儿肠套叠诊断具有的优势主要为:①不受肠套叠分型的限制,适用于各部位肠套叠的诊断;②不会因诊断而导致肠穿孔;③可以同时发现腹水、肠麻痹等急腹症相关征象;④避免了放射线照射。

五、诊断与鉴别诊断

新生儿肠套叠早期表现为急性肠梗阻,晚期可发展为肠坏死、肠穿孔、腹膜炎。应结合病史、体格检查、腹部 X 线检查征象和超声检查结果综合分析判断。超声检查作为近年开展、并迅速推广的影像学检查技术,对新生儿肠套叠诊断具有更重要意义。新生儿肠套叠均为急腹症,病情进展迅速,尽早实施手术为基本治疗原则,延误治疗时机将明显影响预后。所以,不必强求对病因的诊断,对于病情进展、情况欠佳的患儿,只要确定为肠梗阻,特别是消化道穿孔、腹膜炎诊断,即有手术指征,应果断决定手术探查。

主要与其他新生儿消化道梗阻性疾病引起的急腹症鉴别,如:肠旋转不良、胎粪性腹膜炎、粘连性肠梗阻、先天性肠闭锁及肠狭窄等。如上所述,确认已并发肠穿孔、腹膜炎者,无需进一步鉴别,而果断决定手术。出现血便的新生儿肠套叠,应首先与新生儿坏死性肠炎作鉴别。肠套叠患儿往往在早期出现呕吐、腹胀等肠梗阻症状,而坏死性肠炎多以肠道感染症状更为突出,排腥臭味血样便,病情进展后才发生麻痹性肠梗阻。腹部 X 线平片对鉴别诊断很有价值。肠套叠早期常为小肠梗阻表现,病情进展可出现腹水,肠坏死、穿孔后出现气腹或液气腹。坏死性肠炎的典型表现为:肠管不等程度扩张,分布不均,立位 X 线片可出现浅小气液面,肠间隙增厚,严重者可出现肠壁积气,晚期出现肝门静脉积气。

六、治疗及预后

根据不同医院的习惯和条件,婴幼儿原发性肠套叠通过超声检查或空气灌肠、钡剂灌肠诊断。诊断后多数在放射科采用空气灌肠、钡剂灌肠或在超声监视下水灌肠试行复位,其中大部分早期病例可以获得成功,而避免了手术。新生儿肠套叠因其解剖和生理学特点,压力灌肠复位的风险极大,且有部分类型肠套叠根本不适合压力灌肠复位。张树成等报道 5 例新生儿原发性肠套叠中,仅有 1 例接受水灌肠治疗,而且失败。还有学者综合报道 20 例新生儿肠套叠,仅 4 例手法复位成功,其余均因肠坏死或存在器质性病变行肠切除手术。因此,对于新生儿肠套叠诊断明确或拟诊后,应尽早实施手术为基本治疗原则。虽有学者报道选择性地进行新生儿和小婴儿空气灌肠,并取得成功,但总体上来说,空气灌肠、钡剂灌肠或水灌肠整复率很低,危险性极高,不宜常规使用。

新生儿肠套叠的预后与诊断和治疗时间密切相关。有报道新生儿肠套叠病死率为 50％,死亡病例大多与诊断时间过晚或应用了压力灌肠等不正确的治疗措施有关。如能获得早期诊断并及时手术治疗,可能使预后得到明显改善。

(马继东)

第二十节　新生儿阑尾炎

急性阑尾炎是小儿最常见的急腹症之一,但随着年龄减小,发病率也明显降低。国外有报道 3 岁以内发病者低于小儿阑尾炎总发病率的 10％,国内报道 5 岁以内发病者占 4.8％～16.3％,

小于2岁的阑尾炎仅占手术病例的2%,新生儿则更为少见。据文献报道,新生儿阑尾炎仅占小儿阑尾炎病例的0.04%。由于新生儿阑尾炎罕见且临床表现极不典型,故诊断的难度相当大,穿孔率及死亡率均很高,经常是通过手术甚至尸检才能证实诊断。近年,随着新生儿外科的普及开展和小儿急腹症总体诊治水平的提高,新生儿阑尾炎的治疗效果也得到了改善。

一、解剖与病理生理学特点

1. 新生儿阑尾基底部较宽,末端较细,呈圆锥形,阑尾与盲肠连接部似漏斗状,阑尾腔与结肠交通顺畅。此外,新生儿以吃奶为主,消化道内液体成分较多,阑尾腔内容物易于引流,而不易发生阑尾腔梗阻。以上为新生儿期阑尾炎发病率低的重要解剖因素。有人认为平卧位和此年龄段较少发生肠道感染和继发性淋巴结肿大也是较少发生阑尾炎的原因之一。

2. 新生儿阑尾壁较薄,淋巴滤泡增生不明显,阑尾腔相对较细;阑尾动脉是一个无侧支循环的终末动脉,与盲肠血供无交通支,且新生儿阑尾动脉细小,由于炎症等原因易导致阑尾发生血供障碍,且迅速发展为阑尾壁全层坏死、穿孔、甚至断裂。

3. 新生儿免疫系统尚未成熟,大网膜发育不完善,肠腔内积气较多,盲肠顺应性较差,不能有效缓冲阑尾内压力,也是导致新生儿阑尾发炎后易于穿孔的原因,且阑尾穿孔后炎症不易被局限包裹,而易引起弥漫性腹膜炎,并可进一步导致肠麻痹、肠梗阻等。也有个别患儿形成局限性脓肿。

新生儿腹壁薄、肌肉发育较差,腹腔炎症刺激后可早期出现腹壁红肿。但由于神经系统发育尚不健全,应激反应远不如年长儿敏感,故右下腹压痛、肌紧张及反跳痛等典型阑尾炎体征,很难完全套用于新生儿。因新生儿肠管为充气状态,阑尾穿孔后可能有较多气体进入腹腔而导致气腹征。

4. 新生儿体腔小,盲肠较为游动,常因哭闹、消化不良、腹泻等原因导致腹压增高。因此,当患儿存在鞘状突未闭畸形时,盲肠及阑尾可成为腹股沟斜疝的内容物。右侧多见,但也可发生于左侧。阑尾及盲肠进入疝囊可能形成特殊类型的阑尾炎。包括:①腹股沟斜疝内阑尾炎,由于疝环和疝内容物的压迫,导致阑尾受压和血供障碍,并进一步引起阑尾炎症性改变或伴有出血坏死。有文献报道腹股沟斜疝内阑尾炎占新生儿阑尾炎发病率的28.7%。②个别情况下疝内阑尾炎由于粪石梗阻所致。③腹股沟斜疝嵌顿并发阑尾炎。新生儿嵌顿疝并不少见,当盲肠和阑尾疝入,将可能同时发生肠管血供障碍、坏死和炎症。有时很难分辨病变的先后与因果。腹股沟斜疝嵌顿可导致肠梗阻而利于被早期发现,尽早手术为基本原则。当然,伴有肠坏死的病例手术处理更为复杂。

二、病　　因

1. 由于细菌的侵入而发生阑尾炎,也适用于对部分新生儿阑尾炎病因的解释。其途径可直接从肠腔侵入,也可经血循环到达阑尾,阑尾腔内的细菌主要为大肠埃希菌、肠球菌或厌氧菌等,原发与继发的肠道感染为最可能的侵入途径。

2. 各种原因导致阑尾腔梗阻、扭曲、阑尾壁受压、原发或继发因素导致的阑尾血运障碍也是引起阑尾炎的常见因素。阑尾腔内粪石罕见。

3. 有人认为新生儿阑尾炎是新生儿坏死性肠炎在阑尾的一种局部表现,因阑尾壁的缺血性坏死造成肠穿孔,与坏死性肠炎的病变相似。

4. 有学者提出新生儿阑尾炎与患儿全身状态不佳有关。1982年莫斯科费拉托夫儿童医院总结了该院 20 年来共 22 例新生儿阑尾炎,均为早产儿,且都出现过缺氧、血循环障碍或器官功能不全等。

三、伴 发 疾 病

新生儿阑尾炎常伴发于某些疾病的观点已基本被认可。

1. 先天性巨结肠　有多家学者报道新生儿阑尾炎合并先天性巨结肠。Martin 曾报道 3 例新生儿阑尾炎都和巨结肠症有关,国内有人报道在阑尾穿孔前即有先天性巨结肠症状的病例,有人因此而提出新生儿发生阑尾穿孔时,均应该怀疑到长段型或全结肠型巨结肠的可能性。巨结肠患儿结肠腔内压力明显增高,并因大便排泄不畅等因素导致肠道菌群紊乱和肠炎,加上新生儿盲肠的顺应性差,使薄壁的阑尾承受更大的压力,因此而导致阑尾炎症并容易发生穿孔。基于以上原因,在处理新生儿阑尾穿孔病例时,要特别警惕有无其他疾病共存,尤其是先天性巨结肠。对阑尾发病前已经有巨结肠症状或术中所见高度怀疑巨结肠者,应取相应部位的肠壁组织送病理检查,必要时选择合适部位行肠造口术。待患儿病情稳定,病理结果明确诊断后,再行巨结肠根治术等进一步的处置。对新生儿阑尾穿孔术后存活而未能进行探查及病理检查者,则应继续观察有无排便异常的症状。

2. 新生儿坏死性肠炎　如上述新生儿阑尾炎可能是新生儿坏死性肠炎在阑尾的一种局部表现或为相互伴发。曾有报道因胎儿红细胞增多症换血后发生坏死性肠炎,伴发阑尾穿孔。

3. 胃肠炎　胃肠炎可以导致患儿肠功能不良、肠道感染及肠道菌群紊乱,阑尾黏膜也可以由此而受损,使肠道细菌易于侵入而发生炎症。

4. 胎粪塞综合征　由于胎粪稠厚,积聚在肠内,肠蠕动不能将其排出而引起肠梗阻,亦可能导致新生儿阑尾炎的发生。

5. 易位胰腺组织　有人认为异位的胰腺组织分泌胰液,可以导致阑尾黏膜溃疡出血及穿孔。

6. 阑尾扭曲成角　可以使阑尾腔梗阻,并进一步导致炎症和穿孔。

四、临 床 表 现

1. 新生儿期的阑尾炎常无典型或特征性临床表现。发病早期可出现哭闹不安、拒乳、体温不稳定等。部分患儿出现呕吐,呕吐胃内容物、也可含有胆汁。病情进展,出现阑尾穿孔、腹膜炎后患儿常表现精神不佳、嗜睡、体温不稳定或发热及腹泻等。还有报道新生儿便血最终确诊为阑尾炎。但以上情况并非为特异性,很多新生儿期内、外科疾病都可以有类似表现。

2. 腹胀为最常见的体征,早期可为轻度腹胀,随病情进展腹胀逐渐加重,并出现由下腹扩散到全腹的腹壁水肿、发红和腹壁静脉曲张,提示可能发生了阑尾穿孔和不同程度的腹膜炎。腹部压痛和肌紧张的范围和严重程度与腹腔炎症的状况相关,初期主要表现为右下腹、继而扩散到全下腹及全腹,但始终以右下腹最为严重。阑尾穿孔可导致气腹,气腹量大时叩诊呈鼓音、肝浊音界消失。此时,肠鸣音将明显减弱或消失。由于新生儿解剖生理特点,病情进展非常快,但体征远远不如年长明显,尤其是在发病早期。以上征象的发现和细微变化的描述常常仅限于经验丰富的新生儿外科医生,并需要一个连续、系统的观察过程。

3. 血白细胞大多增高,中性粒细胞比率增高,CRP 也常常增高。有时发热和白细胞增高不成比例。

五、影像学检查

1. X 线检查　腹部 X 线平片可能有助于部分病例的诊断。可以提示诊断的征象包括：膈下游离气体、腹腔渗液、右侧腹壁增厚、右侧腰大肌边缘模糊、及腰椎侧弯等。腹腔气体及游离液体于腹立位 X 线片更易于识别，患儿情况许可，应优先选用；病情危重情况下可摄左侧卧位水平投照的 X 线平片识别气腹。关于阑尾穿孔导致气腹的发生率及气体量尚无统一认识。有学者认为阑尾穿孔显示气腹者少见，而大多数报道将气腹列入重要的临床表现，且有时气腹量较大。以上均为非特异性，X 线征象应结合临床综合分析。

2. 超声检查　目前当临床医生怀疑新生儿腹膜炎时，通过超声检查试图发现感染病灶是常用的选择。新生儿阑尾炎发病早期超声征象仅为右腹部分肠管及肠系膜增厚，可伴局限性肠间隙及腹腔渗液。当明确见到阑尾增粗、阑尾壁增厚，或伴有阑尾腔内积液或粪石时，则高度提示阑尾炎诊断。实际上大部分患儿就诊接受检查时已经发生了阑尾穿孔。此时，除阑尾显像率增加外，还可以显示腹腔渗液增多，右下腹肠管明显增厚，有时可观察到肠管间粘连及肠蠕动减弱。由于超声诊断仪器性能不断改善，对阑尾炎的诊断价值也逐步提高，唯需要影像学科医师一步积累经验，并密切结合新生儿阑尾炎临床特点。

六、诊　　断

依据病史及临床表现很难在早期确诊，穿孔之前诊断已属不易，以致大多数病例发生阑尾穿孔、腹膜炎，经开腹手术方得到诊断。有人统计在 1976 年之前报道的新生儿阑尾炎中，有 57% 是通过尸解作出诊断，而 1976—1984 年报道的 17 例患儿中 16 例经开腹探查明确诊断。可见对新生儿阑尾炎的诊治还是在不断进步之中。当临床上怀疑到新生儿腹膜炎症时，超声经常作为首选的影像学检查。肠管增厚、腹腔渗液等为常见的间接征象，而发现阑尾增粗、阑尾壁增厚的直接征象，则高度提示阑尾炎诊断。腹立位 X 线平片如发现右下腹壁增厚、腹壁脂肪线消失、腰椎侧弯、腹腔渗液、及膈下游离气体等征象时，要考虑到阑尾炎及穿孔的可能性。必要时应进行右下腹腹腔穿刺，如能抽出脓性液，将是阑尾穿孔及弥漫性腹膜炎的重要诊断依据，并可作为手术指征。

腹股沟斜疝内的阑尾炎常表现为同侧阴囊和腹股沟区红肿伴局部压痛。单独阑尾发炎局部微肿，而嵌顿疝伴发阑尾炎，局部肿块较大，并可出现肠梗阻。术前诊断应借助于超声检查。合并嵌顿疝者通过腹立位 X 线平片确定肠梗阻。

七、鉴 别 诊 断

1. 需要与新生儿阑尾炎和阑尾穿孔、腹膜炎鉴别的疾病包括败血症、坏死性小肠结肠炎、先天性巨结肠、胎粪性腹膜炎、胃肠炎等。

2. 发生在腹股沟斜疝内的阑尾炎需与单纯的腹股沟嵌顿疝、腹股沟部软组织感染、鞘膜积液继发感染、隐睾症继发睾丸或附睾炎及睾丸扭转等鉴别。

八、治　　疗

1. 新生儿阑尾炎常无典型或特征性临床表现，手术前确诊非常困难，而延误诊断和治疗将明显影响预后。目前能够获得小儿外科医生共识的是：只要确定腹腔感染、腹膜炎、消化道穿孔等诊断即具备手术指征，应尽快进行术前准备，尽早手术探查。对于新生儿尤其是这样。

2. 新生儿腹部探查手术既往经常采用右侧经腹直肌切口,目前更多采用下腹部偏右的横切口。横切口显露好,必要时便于切口延伸,术后伤口不易裂开。根据术中情况决定手术治疗方案,阑尾切除为基本术式,大部分阑尾穿孔导致弥漫性腹膜炎患儿需要留置腹腔引流管。如病程早、手术处理满意、患儿全身情况较好、术后应用强有力的广谱抗生素,少数患儿可免除腹腔引流。

3. 发生于腹股沟斜疝内的阑尾炎,体征相对明显,利于早期发现病变,即便不能确定阑尾炎诊断也应尽早手术探查。手术应规范操作,逐层切开显露,避免损伤脏器。应争取在腹股沟管内实施阑尾切除术,而尽量避免将阑尾还纳腹腔后再进行切除,以减少对腹腔的污染。腹股沟斜疝嵌顿,可能同时发生回盲部肠管和阑尾坏死,需要行包括回盲部及阑尾在内的肠切除吻合。疝囊及外环口处理原则同一般腹股沟斜疝,因局部炎症水肿组织极为脆弱,操作应尽量轻柔。必须与腹股沟部软组织感染鉴别,如将疝内阑尾炎、嵌顿疝合并阑尾炎,误作为单纯的软组织感染切开引流,将可能发生肠-阴囊瘘或导致更为严重的后果。

4. 新生儿阑尾炎可能继发于先天性巨结肠、坏死性小肠结肠炎等疾病,手术中一定要注意探查,发现原发疾病,并进行相应处置。如漏诊对原发疾病的诊断常明显影响预后。

疑为先天性巨结肠患儿,术中最好取肠壁组织做病理检查,必要时行肠造口。根据术中病理冷冻切片结果作为诊断和选择造瘘部位最为合理,但患儿病情往往不允许等待,而根据术者临床经验确定术式。造口原则为双口瘘,且应选择在临近移行部的扩张段,因此全结肠型巨结肠常行回肠末端造口。有学者提出在一定条件下,可在阑尾切除术后暂对巨结肠行非手术治疗,而避免肠造口。此方案仅适用于短段型或部分常见型巨结肠,用于长段型及全结肠型巨结肠风险较大。

新生儿坏死性肠炎因病变广泛或呈弥漫性,手术治疗常难以奏效,应以全身非手术治疗为主,慎行手术探查,而原发或伴发阑尾炎者治疗原则恰好相反,应积极手术。以上情况在手术前鉴别、并决定是否手术探查确实困难,只能根据患儿情况并结合超声、X线等影像学检查综合分析。新生儿坏死性肠炎伴发阑尾炎者应根据全部病变肠管情况综合考虑治疗方案。病变的阑尾必需切除,常常不得已切除坏死肠管后行肠造口手术,有时需要做临时性肠外置术。一期肠切除吻合慎行。

5. 术后按腹膜炎的处置原则。胃肠减压、吸氧等治疗常常是必要的。保持头高体位,有利于腹腔引流,避免发生膈下脓肿。静脉应用强有力的广谱抗生素控制感染,部分患儿需要积极进行全身支持治疗。

九、预　　后

新生儿阑尾炎多早期发生穿孔,如诊断治疗不及时,预后很差。根据英国文献111例新生儿阑尾炎资料统计(1901—1984年):腹腔内阑尾炎82例,死亡58例,病死率达高70%;而疝囊内阑尾炎29例,没有死亡。

近年来随着新生儿外科的普及开展及影像学科水平的提高,对新生儿阑尾炎的认识和诊治手段也在不断进步,病死率已有明显下降。自1980年以来中华小儿外科杂志发表新生儿阑尾炎报道共14例,其中12例经手术治愈。孙建中报道10例新生儿阑尾炎,均经手术治愈。尽早手术,切除发炎的阑尾病灶,进行充分的腹腔引流是手术治疗的关键,任何的延误都可能影响预后。腹股沟斜疝内的阑尾炎由于病变较为局限,感染易于控制,故预后较好。伴发疾病对于后也会产生明显影响,此方面报道不多。

(马继东)

第二十一节　新生儿先天性巨结肠

先天性巨结肠(congenital megacolon)又称肠管无神经节细胞(aganglionosis),Hirschsprung 于 1886 年对该病进行了详细的描述,所以人们常称之为赫尔施普龙病(Hirschsprung disease,HD)。

1691 年,荷兰解剖学家 Frederick Ruys 在一名 5 岁女孩尸检中发现结肠扩张,虽然当时没有确切的诊断,但根据其描述判断该患儿可能为先天性巨结肠。此后,陆续有腹胀便秘患儿死后尸检发现结肠扩张的报道,但并未引起足够的重视。1886 年,丹麦儿科医生 Hirschsprung 首先对 HD 进行详细描述,他注意到患儿均有乙状结肠和横结肠的扩张,并且在以后的研究中坚持认为肠管的扩张和肥厚是原发性的。1920 年,Dalla Valla 首先发现 2 名患儿乙状结肠神经节细胞消失,而近端结肠神经节细胞正常。1923 年,Ishikawa 在 1 名患儿末端结肠中发现副交感神经缺失,并通过动物实验证实,切断副交感神经可导致巨结肠。其后有关 HD 的病因研究集中在神经节细胞缺失的原因上,并且发现 RET 等基因突变与 HD 的发生密切相关。1948 年,Swenson 以及放射科医生 Neuhauser 等首先用钡剂灌肠检查证实巨结肠远端狭窄,并采用直肠切除,结肠拖出与肛管吻合术治疗 HD,取得良好效果。这一术式一直沿用至今,虽然原始 Swenson 手术采用者不多,但它是各种术式发展的基础,从而使这一病因极其复杂的、诊断困难和疗效不佳的疾病,终于找到了有效的根治方法。

佘亚雄、王赞尧、周蓉儿等是国内最早一批有关 HD 研究的文献报道者。赖炳耀将 Duhamel 手术加以改良,消除了原术式的盲袋与闸门,减少了 Swenson 术式的巨大损伤。1965 年,张金哲介绍环钳法治疗 HD,这一方法不但使结肠直肠形成一直贯通道,而且使用吻合钳夹更加方便,且不易滑脱。1972 年王果等开始用中西结合非手术疗法治疗婴幼儿先天性巨结肠症,总结 90 例,有效率达到 75% 以上,并在国外杂志刊登,受到儿外同道们的重视。王果于 1986 年设计出一种"心形吻合术"。此术式既保了全部扩约肌的功能,又解除了内扩约肌痉挛及便秘症状复发,同时基本上解决了各种并发症的发生。这一术式已在全国推广应用,国外同道亦感兴趣。2001 年高亚介绍 Tore 报道的"经肛门巨结肠手术",适用于短段型及常见型 HD,今已在全国普遍开展。对于长段型或横结肠已发生继发病变,术后不能恢复正常功能者则应施行腹腔镜辅助下经肛门根治术或传统的开腹根治术。

一、发　病　率

HD 在人群中的发生率报道不一,目前多数文献报道为 1∶5 000 左右。同济医院对某县进行了一次普查。调查结果 HD 发病率为 1∶4 237。HD 男多于女,男女之比为(3～5)∶1。男女之比率与病变类型也有区别,短段型为(4.2～5.5)∶1,长段型男∶女为(1.2～1.9)∶1。另外,大约有 30% 患儿同时有染色体异常,例如唐氏综合征患儿 HD 发病率为 5%,明显高于正常人群。但有趣的是在唐氏综合征患儿中,男女比例是相等的。

二、病　　因

(一)基因突变

1992 年,Martucciello 等发现一例全结肠型 HD 患者 10 号染色体长臂上出现缺陷,之后学者证实其为 RET 基因突变。目前已发现的与 HD 可能相关基因有 GDNF、NRTN、ECE1、

EDN3、EDNRB、SOX10、ZFHX1B、PHOX2B、KIAA1279等。有基因突变的患儿多为家族性、全结肠型或长段型;短段型、散发型突变率低。与HD关系较密切的主要分布在两个受体、配体系统,即酪氨酸激酶受体(RET)——胶质细胞源性神经营养因子(GDNF)/neurturin(NTN)基因和内皮素B受体(EDNRB)——内皮素3(EDN3)基因。

1. RET-GDNF系统 RET原癌基因(receptor tyrosine kinase proto-oncogene)位于染色体10q11.2,包括20个外显子,其编码产物RET是一种具有酪氨酸激酶活性的跨膜受体,它可以调控正常细胞生长和分化,尤其在肠神经系统的发育中起主要作用。突变导致受体功能障碍,使细胞发育调控信号不能正常传递,以致肠道神经发育不良,动物实验证实RET基因剔除后可导致鼠全部消化管壁内神经节细胞缺如。RET原癌基因的突变包括RET编码序列的删除、插入、框架移位、无义和误义。家族性HD病人中RET基因突变占为50%,散发性病例占15%~20%。

RET有4个配体,分别是GDNF、NTN、Persephin(PSPN)和Artemin。其中研究最多的是胶质细胞源性神经营养因子(glail cell line-derived neurotrophic factor,GDNF)。有研究在HD患儿中检测到GDNF突变,也有报道无神经节细胞段GDNF蛋白表达显著降低。GDNF基因的突变或基因表达缺陷都可使传递给RET的信号中断,影响肠神经系统的移行和发育。

2. 内皮素受体EDNRB-EDN3系统 EDNRB(endothelin-B receptor)其基因位于染色体13q22,长约24kb含7个外显子和6个内含子。表达产物为442个氨基酸的蛋白质与三个紧密相关配体EDNRB,后来它还存在于人结肠的肌间神经丛、黏膜层以及神经节细胞内。EDNRB的表达伴随胚胎发育整个过程中,它的功能是使神经嵴细胞发育至成熟的神经节细胞。文献报道高达5%的HD患儿可检测到ENDRB突变。在动物实验中靶向性破坏EDNRB基因,可以导致无神经节细胞的肠管出现。

EDNRB的配体有EDN(endothelin)1、2、3,但只有EDN3敲除的小鼠和EDNRB敲除的小鼠表型相似。因此认为EDN3是EDNRB的主要配体。EDN3位于20q13.2-3,其基因突变率较EDNRB罕见。Swenson等报道在66个散发和9例家族性HD病例EDN3基因的检测结果,在外显子2发现了一种新的杂合性突变。

3. SOX10 SOX10基因位于22q12—q13,它在胚胎期表达于神经嵴细胞,参与外周神经系统的形成。已明确SOX10突变可造成肠管无神经节细胞,SOX10基因敲除小鼠全肠管无神经节细胞。

4. PHOX2B PHOX2B基因位于4p12,编码一种转录因子,在维持自主神经系统的正常功能中发挥重要作用。PHOX2B基因的突变可能与HD和先天性中枢性肺换气不足综合征(congenital central hypoventilation syndrome,CCHS)有关。

(二)肠神经系统发育的内在环境因素

对HD的病因有两个基本理论,即"移行终止"和"环境不佳"理论。胚胎肠道神经发育环境缺陷是HD遗传病因研究的另一个方向,对于环境缺陷,可能有如下因素作用。

1. 细胞外基质 胞外基质中的层黏蛋白和Ⅳ型胶原是有助于神经移行和神经细胞生长的两种重要糖蛋白,如果这些蛋白大量积累在细胞外空间则可阻止神经节细胞的移行。

2. 黏附分子 它在胚胎发育中对神经细胞移行和神经细胞定居,在特定部位都具有重要作用。对HD检测发现其NCAM减少并使细胞黏附性的丧失。

3. 缺血、缺氧因素 临床与动物实验均已证实,神经系统对缺氧最为敏感,一旦破坏就很难再生。脑细胞缺氧3~5min将发生不可逆性改变,肠壁神经缺氧1~4h将被损坏。

4. 毒素、炎症因素 Chagas病主要由于感染枯西锥体鞭毛虫所致,因该虫产生毒素引起消化道神经节细胞萎缩变性而导致发生巨结肠。

5. 其他因素　一些研究者们已发现在 HD 患者的许多肠管无神经节段的一氧化氮合酶缺少。内皮素信号传递到内皮素受体,与一氧化氮的形成之间存在着密切的关系,胚胎中这种信号的缺乏可能是一氧化氮合成的障碍引起。Kuroda 等又提出 HD 的免疫学机制。他们证实 HD 病人的结肠黏膜下的Ⅱ类抗原的异常表达,可能引起胚胎发生一种抗神经母细胞的免疫反应,但这种免疫反应还未被他人证实。

三、遗　传

(一)家族性

在全部巨结肠病例中有家族史者占 1.5%～7%。家族病例中长段型明显增多。无神经节肠管越长,同胞患病概率越大。病变在乙状结肠的 HD 患儿家族发生率为 3.6%～5.7%;在全结肠型 HD 中家族发生率为 15%～21%;而全肠管无神经节细胞症患儿家族发生率高达 50%。

(二)遗传

目前有关 HD 有遗传研究尚无明确结论。有 12% 的 HD 患儿可检测到染色体异常,有研究提示 HD 遗传病变基因可能在第 21 号染色体上,但尚无定论。目前的看法是 HD 确有明显的遗传因素。然而单纯的遗传因子尚不能发病,而必须有环境因素的共同作用才能导致 HD 的发生。

四、合并畸形

先天性巨结肠症合并其他畸形者为 5%～19%,主要畸形有脑积水、先天愚型、甲状腺功能低下、肠旋转不良、内疝、直肠肛门闭锁、隐睾、唇裂、腭裂、先天性心脏病、肺动脉狭窄、马蹄足、多指(趾)、肾盂积水等。在诸多畸形中,中枢神经畸形发生率最高,其次是心血管系统,泌尿系统和胃肠道。尤其是先天愚型占 2%～3.4%,至于中枢神经系统畸形多见的原因可能由于神经细胞对有害环境耐受力低,并同时被相同因素损害所致。

五、病　理

HD 的受累肠段可以见到典型的改变,即明显的狭窄段和扩张段。狭窄段位于扩张段远端,一般位于直肠乙状结肠交界处以下距肛门 7～10cm。狭窄肠管细小,与扩大肠管直径相差悬殊,其表面结构无甚差异。在与扩大结肠连接部形成漏斗状的移行区(即扩张段远端移行区),此区原属狭窄段,由于近端肠管的蠕动,推挤肠内容物向远端滑动,长期的挤压促使狭窄段近端肠管扩大成漏斗形。扩张段多位于乙状结肠,严重者可波及降结肠、横结肠,甚至小肠。该肠管异常扩大,其直径较正常增大2～3倍,最大者可达 10cm 以上。肠壁肥厚、质地坚韧如皮革状。肠管表面失去红润光泽,略呈苍白。结肠带变宽而肌纹呈纵形条状被分裂。结肠袋消失,肠蠕动极少。肠腔内含有大量积粪,偶能触及粪石。切开肠壁见原有的环形肌、纵形肌失去正常比例,甚至出现比例倒置。肠壁厚度为狭窄段 2 倍,肠黏膜水肿、光亮、充血而粗糙,触之易出血,有时可见有浅表性溃疡。

先天性巨结肠症的主要病理改变如下。

1. 神经节细胞缺如　狭窄段肌间神经丛(Auerbach 丛)和黏膜下神经丛(Meissner 丛和 Henley 丛)内神经节细胞缺如,其远端很难找到神经丛。神经纤维增粗,数目增多,排列整齐呈波浪形。有时虽然找到个别的神经节细胞,形态亦不正常。与狭窄段相邻的是移形段,其病理特点是神经节细胞减少或形态异常。移形段长度不等,在 HD 肠梗阻症状中也起重要作用。

2. 胆碱能神经系统异常 国外及我们的研究发现,病变肠壁副交感神经节前纤维大量增生增粗。其原因主要由于壁内缺乏神经节细胞,使外源性神经找不到靶细胞,故而增生延长,此种现象称为向神经性(Neutropisim)。肠壁内乙酰胆碱异常升高约为正常之2倍以上,乙酰胆碱酯酶活性也相应增强。以致大量胆碱能神经递质作用肠平滑肌的胆碱能神经受体,引起病变肠管持续性强烈收缩,这是造成无神经节细胞病变肠管痉挛收缩的主要原因。

3. 肾上腺素能神经(交感神经)异常 免疫荧光组织化学研究发现,在无神经节细胞段交感神经纤维数量是增加的,但排列混乱,而且对肾上腺素的敏感性也并没有因为数量的增加而增加。去甲肾上腺素在无神经节细胞段是正常结肠的2～3倍,而且去甲肾上腺素的合成酶之一酪氨酸羟化酶的浓度也是升高的。然而肾上腺素能神经在正常情况下介导肠管松弛,因此它的增加并不能解释肠管痉挛性收缩。

4. 非肾上腺能非胆碱能神经(NANC)异常 20世纪60年代人们发现肠壁内除胆碱能神经、肾上腺素能神经外还存在第三种神经,它对肠肌有非常强烈的抑制和舒张作用,Bwinstock称谓"嘌呤能神经"。20世纪70年代Bloom进行了大量的研究,发现这类神经末梢释放肽类物质故称谓"肽能神经"。20世纪80年代研究发现胃肠道各段反应性抑制均系由NO(一氧化氮)介导,1990年Butt等提供了肠道非肾上腺素能非胆碱能(NANC)神经兴奋后释放NO的证据,故目前仍称之谓"非肾上腺能非胆碱能神经"。国外及我们也在人、鼠的大量研究中发现病变肠段VIP(血管活性肽)、SP(P物质)、ENK(脑啡肽)、SOM(生长抑素)、GRP(胃泌素释放肽)、CGRP(降钙素基因相关肽)等均发生紊乱,都有不同程度的缺乏甚至消失。我们也发现正常组儿童肌间神经丛、黏膜下丛和深肌丛神经元均出现NO强酶活性,肠壁各层亦富含NO神经纤维,巨结肠有神经节细胞段与正常组基本相同,而无神经节细胞段则无NO阳性神经丛,在肌间隙或肌束之间代之以粗纤维或小神经干,黏膜层内阳性纤维增多。现已证实NO是NANC的主要递质,胃肠道的松弛性反应均由NO介导。肌层内散在的神经纤维可能为外来传入神经末梢。Rattan等研究提出肠道肽类递质发挥作用需通过NO中介,或者至少部分通过NO作为信使而发挥调节肠道功能的作用。因此可认为狭窄段肠管痉挛与无神经节细胞肠段缺乏产生NO神经有关。

5. Cajal细胞异常 Cajal间质细胞(interstitial cells of Cajal,ICC),是胃肠慢波活动的起搏细胞。以网状结构存在于胃肠道。ICC网状结构通过缝隙连接(为低电阻通道),将慢波传递到平滑肌,导致平滑肌细胞的电压依赖性钙通道激活,产生动作电位,使胃肠道平滑肌产生节律性收缩。由于其在控制胃肠动力方面独特和重要的地位,已逐渐成为胃肠动力领域的研究热点之一,最初识别ICC是利用电镜和亚甲蓝活体染色,20世纪90年代初发现ICC表达的原癌基因产物——酪氨酸激酶受体(c-kit)是特异性标记物,可以通过抗c-kit的抗体识别。

Vanderwinden等首先应用抗c-kit抗体检测到HD无神经节细胞段ICC数量减少,伴ICC网络破坏;而在HD正常肠管,ICC数量与分布未见异常。Rolle等研究发现在整个切除的肠管中均发现ICC分布异常,并不仅局限于无神经节细胞肠管,因此推测,HD根治术后复发可能与保留肠管ICC异常有关。另外,还有研究利用抗连接蛋白43抗体发现ICC的缝隙连接在无神经节细胞肠管消失,而在移形段显著减少。然而,也有研究发现ICC在无神经节段肠管和正常肠管无明显区别。

六、病 理 生 理

HD的病理改变是由于狭窄肠段无神经节细胞,冈本英三研究证实在病变肠段未找到神经与肌肉的连接点(缺如),并在神经递质受体定量测定时,发现无论是胆碱能受体或肾上腺能 β 受体的含量均较正常肠段明显减少,从而造成病变肠管及内括约肌痉挛狭窄和缺乏正常的蠕动功能,形成功能性肠梗阻。本应与神经节细胞建立突触联系的副交感神经节前纤维在无神经节细胞肠段大量增生变粗,大量释放乙酰胆碱被认为是引起肠段痉挛的主要原因之一。此外,也由于神经节细胞缺如,增生的交感神经中断原有的抑制通路,不能由 β 抑制受体去影响胆碱能神经,从而产生肠壁松弛,而是直接到达平滑肌的 α 兴奋受体产生痉挛。壁内 NANC 系统抑制神经元也缺乏,因而失去有效的松弛功能。内括约肌长期处于收缩状态,直肠、内括约肌保持在持续性收缩状态,导致肠道的正常推进波受阻。久之,近端正常肠段发生代偿性、继发性扩大肥厚。神经节细胞亦产生退化变性直至萎缩,以致减少或消失。

七、分　　型

HD 的分型相当混乱,有人以解剖为依据,有人以临床为准绳,也有人按治疗方法的不同而分类。甚至名词相同而病变范围各异,如"短段型"的定义,有的作者以病变局限于直肠远端为准,而另一些学者则认为病变累计直肠近端,直肠、乙状结肠交界处亦属短段。有鉴如此,我们参照病变范围,结合治疗方法的选择,临床及疗效的预测暂作如下分型。

1. 超短段型　亦称内括约肌失弛缓症,病变局限于直肠远端,临床表现为内括约肌失弛缓状态,新生儿期狭窄段在耻尾线以下。有研究者认为此型并非 HD。

2. 短段型　病变位于直肠近、中段,相当于 S_2 以下,距肛门距离不超过 6.5cm。

3. 常见型　无神经节细胞区自肛门开始向上延至 S_1 以上,到乙状结肠以下。

4. 长段型　病变延至降结肠或横结肠。

5. 全结肠型　病变波及全部结肠及回肠,距回盲瓣 30cm 以内。

6. 全肠型　病变波及全部结肠及回肠,距回盲瓣 30cm 以上,甚至累及十二指肠。

上述分型方法有利于治疗方法的选择,并对手术效果的预测和预后均有帮助。以上各型中常见型占 75% 左右,其次是短段型。全结肠型占 3%～10%。

八、症状及体征

(一)临床症状

1. 不排胎便或胎便排出延迟　所有新生儿期排便延迟的患儿均应怀疑 HD。据统计正常足月新生儿 98% 于出生后 24h 内排出黑色黏稠胎粪,其余在 48h 内排胎便。而 90% 的 HD 患儿在出生后 24h 内不排便。由于胎粪不能排出,患儿发生不同程度的梗阻症状,往往需要经过洗肠或其他处理后方可排便。数日后症状复发,帮助排便的方法效果愈来愈差,以致不得不改用其他方法。久后又渐失效,便秘呈进行性加重,腹部逐渐膨隆。常伴有肠鸣音亢进,虽不用听诊器亦可闻及肠鸣,尤以夜晚清晰。患儿也可能出现腹泻,或腹泻、便秘交替。便秘严重者可以数天,甚至1周或更长时间不排便。患儿常合并低位肠梗阻症状,严重时有呕吐,但呕吐次数不多,其内容为奶汁、食物。最后由于肠梗阻和脱水而急诊治疗,经洗肠、输液及补充电解质后病情缓解。经过一段时间后上述症状又复出现。少数病例因为粪便积贮过久,干结如石,虽结肠灌洗也不能洗出粪便,腹胀更加严重,以致不得不做结肠造口以解除肠梗阻。

2. 腹胀　患儿都有程度不同的腹胀,腹胀轻重程度根据病情的发展及家庭护理是否有效而定。患儿腹部呈蛙形,早期突向两侧,继而全腹胀大。腹围明显大于胸围,腹部长度亦大于胸部。腹胀如便秘一样呈进行性加重,大量肠内容、气体滞流于结肠。腹胀严重时隔肌上升,影响呼吸。

患儿呈端坐式呼吸,夜晚不能平卧。

3. 一般情况 小儿全身情况不良,呈贫血状,食欲缺乏。由于长期营养不良,患儿消瘦,发育延迟,年龄愈大愈明显。患儿抵抗力低下,经常发生上呼吸道及肠道感染。加之肠内大量细菌繁殖毒素吸收,心、肝、肾功能均可出现损害。严重时患儿全身水肿,以下肢、阴囊更为显著。

(二)体征

腹部高度膨大、腹壁变薄,缺乏皮下脂肪,并显示静脉曲张。稍有刺激即可出现粗大的肠型及肠蠕动波。腹部触诊有时可以扪及粪石。听诊时肠鸣音亢进。肛门指诊常可查出内括约肌紧缩,壶腹部有空虚感。如狭窄段较短,有时可以触及粪块。当手指从肛管拔出时,常有气体及稀便呈爆破样排出,为巨结肠的典型表现。

(三)小肠结肠炎

如果 HD 患儿出现腹泻、发热、腹胀加重,应考虑小肠结肠炎。根据不同的诊断标准,文献报道小肠结肠炎的发病率为 12%～58%,不论何种手术前后均可能发生。小肠结肠炎是引起死亡最多见的原因,占 20%～58%,重型病例其死亡率极高。肠炎可以发生在各种年龄,但以 3 个月以内婴儿发病率最高。90% 的肠炎病例发生于 2 岁以内,以后逐渐减少。引起肠炎的原因和机制至今尚不十分明了。

肠炎发生时进行结肠镜检查,可以见到黏膜水肿、充血以及局限性黏膜破坏和小型溃疡。轻擦也容易出血。病变加重时向肌层发展,出现肠壁全层水肿、充血、增厚,在巨大病灶的浆膜层可见有黄色纤维膜覆盖。如病变进一步发展即可发生肠穿孔,并导致弥漫性腹膜炎。其病理检查可见隐窝脓肿、白性细胞聚集,深达浆膜的小溃疡和潘氏细胞化生。Kobayashi 用单抗检测细胞内黏分子(ICAM-1)以了解其在 HD 合并肠炎中的作用,结果发现肠炎时黏膜下血管上皮均可见到明显着色,而对照组则很少见到。ICAM-1 能诱导炎症时许多组织的白细胞浸润,且诱导各种细胞出现炎性激素,如干扰素、白细胞介素-1 及肿瘤坏死因子,它在白细胞的黏着及调节血管外白细胞起着重要作用,因此即使在肠炎发作间隙或未出现前,如果 ICAM-1 显色表明有肠炎发生的危险。

在有严重肠炎时,患儿有频繁呕吐、水样腹泻、高热和病情突然恶化。腹部异常膨胀并呈现脱水症状。进而发生呼吸困难、衰竭、全身反应极差。少数病儿虽未出现腹泻,当进行肛门指检或插入肛管时迅即见有大量奇臭粪水及气体溢出。腹胀可随之消减,但不久又行加重。小肠结肠炎往往病情凶险,治疗若不及时或不适当可导致死亡。由于肠炎时肠腔扩张,肠壁变薄缺血,肠黏膜在细菌和毒素的作用下产生溃疡、出血甚至穿孔形成腹膜炎,肠炎并发肠穿孔死亡率更高,尤其是新生儿。

九、诊断方法

凡新生儿时期出现胎便出异常,或以后反复便秘、肛门指检壶腹部空虚,随之有大量气便排出症状缓解者,均应怀疑有先天性巨结肠症之可能,但是为了确诊仍需进一步检查。

(一)X 线检查

X 线检查包括平片和钡剂灌肠,能提供非常有价值的资料。

1. **直立前后位平片** 平片是简单易行的初步检查方式。平片上可以看到低位性肠梗阻,瘀胀扩大的结肠及液平,这种积气的肠段往往从骨盆开始,顺乙状结肠上行,而其远端则一直未见气体。新生儿时期结肠扩张不如儿童明显,单靠平片诊断比较困难,必须结合病史及其他检查。

2. **钡剂灌肠** 钡剂灌肠检查在巨结肠的诊断中有重要价值,可见病变肠段肠壁无正常蠕动,肠黏膜光滑,肠管如筒状,僵直、无张力。如果显示典型的狭窄与扩张段和移行段,即可明确诊断,其准确率达 80% 左右。对于新生儿及幼小婴儿,因结肠被动性扩张尚不明显,与狭窄段对比差异不大,或因操作不当均可造成诊断错误,Swenson 报道的 453 例有 11% 漏诊,新生儿误诊率达 23%,多为直肠以下和肝曲以上,故应注意以下事项。①钡剂灌肠前不应洗肠,尤其对新生儿,以免由于结肠灌洗后肠内容物排出,扩大肠段萎瘪,致使扩张肠段消失而影响诊断。②注钡肛管宜用细导尿管,粗大肛管可将狭窄部扩大,影响狭窄肠管直径对比,导管也不可插入过深,以致钡剂注入乙状结肠以上,而病变部分未能显影。③钡剂压力切勿过高,不宜使用灌肠流筒,可用 50ml 注射器,将稀钡缓慢推入,当出现狭窄扩张段时立即摄片。④摄片宜摄侧位为好,因正位时直肠上端向后倾斜,影像重叠,以致了解狭窄长度和距肛门距离不够准确。⑤如遇疑难病患儿不能确诊,应在 24h 后重复透视,以观察钡剂滞留情况,如果钡剂潴留,仍有确诊价值。⑥偶尔有个别病例钡灌肠及 24h 排钡情况仍不能诊断时,可以口服钡剂,追踪观察钡剂在肠道的运行及排出情况,多可作出正确诊断。

(二)直肠肛门测压

正常情况下当直肠内压力增高时,肛门内括约肌会出现松弛反射,而在 HD 患儿,直肠肛门痉挛性狭窄,上述反射消失。其敏感性和特异性均较高,国外报道准确率多在 90% 以上。

然而正常新生儿,特别是早产儿,由于肠神经未发育完全。可在生后数天(国外报道多为 14d)内不出现内括约肌松弛反射。如首次检查阴性者,应在 7~14d 再次检查以肯定诊断。

(三)直肠肌层组织活检

患儿麻醉后取活检至直肠肌层,切片染色,检查有无神经节细胞,如确无神经节细胞存在,即可诊断为先天性巨结肠症(这是诊断的金标准)。如果取材够大,部位适当,病理医师经验丰富,其诊断是相当准确的。但由于小儿肛管细小,组织应在距肛门 4cm 以上取出(齿线上 2cm 以内为正常缺神经节细胞区),操作必须在麻醉下施行,术中可能出血较多,术后或有肠穿孔的危险;有时取材浅表,很难明确判断,亦可造成误诊,因此限制了临床应用。

(四)直肠黏膜吸引活检组织化学检查

HD 的特征之一就是无神经节细胞段肠管副交感神经纤维大量增生,增生的神经纤维主要位于黏膜固有层和黏膜肌层。用特制吸取器,在齿线 1.5~2cm 上吸取黏膜及黏膜下组织直径约 4mm,厚 1mm,行乙酰胆碱酯酶(AChE)组织化学染色。HD 患儿可以看到无神经细胞段出现乙酰胆碱酯酶阳性的副交感神经纤维,通常于靠近黏膜肌层处分支最为丰富,可见直径增粗数目众多的阳性纤维。此检查在组织化学检查中具有不可替代的作用,是诊断超短端型巨结肠唯一准确可靠的方法。作者所在医院自 1973 年以来,共检查 5 000 余例,正确率达到 96% 左右。如与临床症状不符,必要时应进行复查。本法简单易行,均在门诊进行,不需住院及麻醉。Roes 报道 1 340 例吸引活检发生 3 例穿孔,其中 1 例死亡。所有并发症均出现于新生儿,因此作者提醒新生儿勿做吸引活检。我们的经验是只要小心谨慎,严格操作规程,一般均较安全,30 余年来,极少发生严重并发症,此法已列入 HD 常规诊断方法之一。

十、鉴 别 诊 断

(一)获得性巨结肠

毒素中毒可导致神经节细胞变性,发生获得性巨结肠。最有代表性的是南美洲发现的锥体鞭毛虫病(Chages 病)。由于毒素的影响,不但结肠扩大,而且可出现巨小肠、巨食管。组织学检查贲门肌呈慢性改变。钡餐检查从食管到结肠全部扩张。此外还有人报道维生素 B_1 缺乏和结核性肠炎可引起神经节细胞变性发生巨结肠。克罗恩病引起中毒性巨结肠者约占6.4%。

(二)继发性巨结肠

先天性直肠肛管畸形,如直肠舟状窝瘘、肛门狭窄和先天性无肛术后等引起的排便不畅均可继发巨结肠。这些病儿神经节细胞存在,病史中有肛门直肠畸形及手术史,结合其他检查诊断并不困难。而HD合并直肠肛门畸形者亦偶有发生。

(三)神经系统疾病引起的便秘

患有先天愚型、大脑发育不全、小脑畸形和腰骶部脊髓病变者常可合并排便障碍、便秘或失禁。患儿都有典型的症状和体征,必要时可做黏膜组化检查及直肠肛管测压和脊椎摄片,确诊后对症治疗。

(四)内分泌紊乱引起的便秘

甲状腺功能不全(克汀病)或甲状腺功能亢进均可引起便秘。患儿除便秘外尚有全身症状,如食欲缺乏和生长发育不良等。经内分泌及其他检查可明确诊断,前者可口服甲状腺素,后者须手术治疗。

十一、治 疗

(一)一般治疗

1. 新生儿、婴儿一般情况差,梗阻症状严重合并小肠结肠炎或合并严重先天性畸形,尤其是全结肠型者,宜暂行肠造口,然后控制感染,加强支持治疗并给予静脉全营养,待一般情况改善,于6~12个月或以后再行根治手术。

2. 若患儿一般情况良好,诊断明确,为短段型或常见型行一期根治术。但新生儿手术并发症多,术中应细致操作,加强术后管理,预防各种并发症的发生。

3. 患儿一般情况尚好,疑为巨结肠同源病者,可先试行非手术治疗。治疗方法为每日定时扩肛,控制饮食,必要时行结肠灌洗。

(二)先天性巨结肠根治手术

1. 经肛门巨结肠手术 1998年Torre D L报道经肛门分离切除无神经节细胞肠段,并将近端正常结肠拖出与肛管吻合。此手术不必开腹,损伤小、出血少,术后次日即可进食。全身情况恢复快、住院时间短、费用低、腹部无伤口瘢痕、美观。我国自2001年开展该术式以来,至2006年2月全国有条件的医院已普遍应用,已施行1 389例充分证明上述优点。采用此术式之关键有两个,一是诊断正确,包括术前、术中及术后诊断。国外报道术前均需活检(经肛门或腹腔镜)确诊。而我国一般医院仅凭症状及钡灌肠检查,故可能将一些特发性便秘及巨结肠同源病等,本可以用非手术治疗者而施行此术式,以致有扩大手术之嫌。二是掌握适应证:该术式适用于常见型及短段型巨结肠,长段型及重型巨结肠同源病(HAD)因病变肠管切除不够术后容易症状复发,或者术中被迫中转开腹手术或腹腔镜手术。因此不可过度强调其优越性而忽视其局限性。

2. 腹腔镜巨结肠根治手术 1994年Smith BM在腹腔镜辅助下成功地为一例2岁巨结肠患儿施行Duhmel式拖出术,之后国内外相继开展,多采用Soave术式。亦有人施行"心形斜吻合术",效果更为满意。手术步骤为采用脐窝下切口置入Trocar,注入CO_2建立气腹(压力6~12mmHg,婴幼儿在8mmHg以下,流量2.8L/min)。右上腹置套管放入腹腔镜,左上腹及右下腹置套管,放分离钳、超声刀、吸引器等器械。小儿腹壁薄,Trocar易移动或脱出,必要时缝线固定。腹腔检查确定狭窄的长度、扩张段近段的位置以及需切除结肠的长度并做缝线标记。超声刀游离结肠系膜,保留肠侧血管弓,用钛夹钳闭乙状结肠动静脉,使移行段近端正常结肠可无张力的拖至肛门外吻合。紧靠肠壁向盆腔游离,避免损伤输尿管。游离至直肠侧韧带或打开腹膜反折。会阴部扩肛,分离直肠黏膜同经肛门手术。小心切开前壁肌鞘及腹膜,证明已进入腹腔后紧贴肠管将肌鞘全部切开 1 周,此时可将腹腔镜下游离的结肠全部拖出。直肠肛管背侧纵切至齿线上 0.5cm 处,结肠直肠浆肌层缝 4 针,12 点、3 点、6 点、9 点处作为标准线,然后呈心形缝合 1 周。切除多余肠管全层吻合,均如心形吻合术(参考心形吻合术)。最近我们采用经脐腹腔镜巨经肠根治手术,避免了腹壁出现瘢痕,取得了极佳的美容效果。

3. 直肠肛管背侧纵切、鸡心领形斜吻合术(简称心形吻合术) 即直肠背侧纵行劈开至齿线而不切除内括约肌,然后将拖出的正常结肠与直肠肛管做鸡心领式斜吻合术。其目的在于防止切除内括约肌过多或过少,防止术后引起污粪、失禁或便秘,以及内括约肌失弛缓症和减少小肠结肠炎等。

4. 直肠黏膜剥除,鞘内结肠拖出术(Soave 手术) 此术式之优点是不需要游离盆腔,结肠经直肠鞘内拖出,不易发生吻合口漏,对盆腔神经损伤少。但是它保留了无神经节细胞的肠管,直肠段为双层肠壁,常导致内括约肌痉挛症候群。直肠黏膜如剥离不完整,遗留黏膜于夹层内生长,分泌黏液,可引起感染及脓肿。此术式除用于 HD 根治术外,也常用于结肠息肉症及其他再手术者。

5. 拖出型直肠结肠切除术(Swenson 手术) 此手术的特点是经腹腔游离直肠至皮下,在腹腔内切断直肠上端切除扩大结肠。封闭两端断端,然后将直肠内翻结肠由直肠腔内拖出肛门外进行环状吻合。由于分离面广泛,出血多,术后并发症多,如吻合口漏、狭窄、尿潴留、盆腔感染、便秘、失禁等。虽然国内目前已少有人使用此法,但此术式为 HD 根治术的首创手术,许多手术均在此基础上加以改进。

6. 直肠壁、内括约肌切除术 自 1989 年开始,对新生儿及小婴儿短段型 HD 或巨结肠根治术后复发的病例,作者所在医院采用经肛门右前侧内括约肌切除术,此术式简单可行,适用于超短段型巨结肠及 HAD。

7. 回肠降结肠侧-侧吻合术(Martin 术) 本手术主要用于全结肠型巨结肠,切除升结肠、横结肠,回肠游离,由直肠骶前间隙拖至肛门口。回肠、降结肠均在系膜及血供对侧纵形剖开,将两肠管前后壁对齐缝合两层,形成一新的肠腔。肠腔一侧为结肠,有吸收水分功能,另一侧为回肠,有蠕动排便的功能。近年来有人出升结肠吸收水分、电解质功能更佳,故行切除横结肠、降结肠,保留升结肠吻合的改良术式。回肠后壁与肛管吻合,其前壁与直肠后壁钳夹,钳夹应有足够的长度,以超过两肠管已吻合的下缘。否则肠腔内遗留隔膜,影响通畅,需再次手术切除或钳夹。

十二、并发症的预防及处理

(一)吻合口漏

吻合口漏发生率占 3.4%~13.3%,是根治术早期最严重的并发症,往往造成盆腔脓肿,腹膜炎,甚至危及生命。但近年来,由于经肛门巨结肠根治术以及腹腔镜辅助下经肛门手术的普遍开展,使吻合口位于肛门,有效的避免了这一并发症,然而合并直肠回缩的患儿仍可能发生。吻合口漏原因较多,有以下几种。

1. 结肠末端血供不良,术后缺血坏死吻合口裂开,因此在决定下拖肠管前必须确认末端肠管血供良好。下拖过程中系膜不可旋转扭曲或牵拉过紧,以致损伤血管。吻合时一旦出现肠管血供不良,必须切除该肠管,直至血供良好处方可吻合。

2. 盆腔感染。凡是在盆腔内吻合的术式如 Rehbein、Ikeda. Kasai 等均易发生盆腔感染,吻合口浸泡于脓腔之中造成吻合口漏。

3. 钳夹过高。Duhamel 手术时距盲端缝合线<0.5cm,直肠残端缺血坏死。Duhamel 手术及其各种改良钳夹术均需在耻骨联合水平切断直肠,封闭残端。结肠通过直肠后拖出肛门缝合,结肠前壁与直肠后壁钳夹,两夹钳间肠壁坏死,使两肠管贯通成一肠腔。若钳夹时钳子顶端距封闭之盲端过近,以致缝合处缺血坏死,肠内容物漏入腹腔。原始 Duhamel 术钳夹时用鼠齿钳,顶端尖齿咬穿肠壁致使穿孔感染。现多数术者已改用特制环钳。

4. 钳夹后肠壁张力过大,粘连处撕裂,为了消除原始 Duhamel 术式的盲袋与闸门,许多术者改用结肠直肠前壁直接钳夹,因两肠管牵拉过紧,张力过大,以致坏死后粘连处裂开穿孔。近年经肛门拖出 Soave 术式张力过大亦有吻合口漏发生。

5. 吻合口肠壁间夹杂脂肪垂及大量疏松结缔组织,以致愈合不良吻合口裂开,这是非常多见的原因之一。在腹腔游离结肠时,可见预定吻合肠段常附有大量脂肪垂及血管组织,必须予以分离结扎,使肠壁浆肌层裸露,以利吻合口愈合。直肠分离盆腔段用手指钝性分离,往往将直肠周围结缔组织一并分下,如不进行清除,则结肠直肠吻合后,两侧肌层无法紧贴愈合,必将造成愈合不良而产生吻合口漏,曾有术者经常发生吻合口漏,自采用此步骤后已杜绝再次发生。

6. 夹钳脱落过早,Duhamel 手术均须使用夹钳,一般将钳子合拢 1～2 齿即可,脱钳最佳时间为术后 7～8d,第 5 天可以紧钳一次。如果 9d 后夹钳仍不脱落,需切除钳间坏死组织取下夹钳。然而有时钳夹过紧,肠壁坏死过早,于 3～4d 夹钳脱落,由于直肠结肠尚未牢固粘连,以致吻合裂开,盆腔腹腔感染。

7. 缝合不当,改良 Duhamel,须将直肠肛管壁后 1/2 切除与结肠吻合,其前壁 1/2 钳夹,有时在缝、夹交界处漏针或留一段既未缝到也未夹住,术后可能粪液外渗而产生直肠周围感染,影响吻合口愈合。

一旦出现吻合口漏,并已扩散到盆腔或腹腔,估计单纯引流、禁食、抗感染不能控制者,应及时做回肠造口,否则不但感染发展危及生命,而且盆腔、肛周多处形成壁龛、窦道、无效腔。久之肉芽增生,黏膜被覆,以致再次手术无法切除干净,感染反复发作,盆腔大量瘢痕形成及肛门失禁,虽多次再手术,亦无法建立正常功能。

(二)腹腔盆腔出血

盆腔分离后可能少量渗血,如术后大量出血,血容量低而发生休克者,多为肠系膜动静脉结扎不牢,术后结扎滑脱所致,所以强调重要血管必须缝、扎 2～3 道,在分离盆腔痔上、痔中动、静脉亦应妥善结扎切断,尤其是一些术式需全部游离直肠或两侧及后方者,应仔细止血,关腹时应再次核查盆腔、后腹膜分离处、肝下、胃、脾等处有无大量渗血,如有出血必须加以处理,国内曾有巨结肠根治术后大出血而死亡病例,经肛门手术如出血过多应开腹止血。

(三)直肠回缩

1. 早期 Swenson 手术,因近端结肠游离长度不够充分,勉强拖下吻合,术后结肠回缩吻合裂开。遇此情况只有暂行回肠造口,并等待回缩停止,根据回缩之长短、愈合情况,再决定治疗方法。其根本预防方法是拖出结肠必须具有足够长度,张力不可过大。

2. 在施行 Soave 手术时,目前多用一期吻合,拖出结肠应在无张力情况下,比吻合部长 0.5～1cm 切断吻合给术后结肠回缩留有之余地,切不可在强拉下切断吻合。而在 TCA 或息肉病做 Soave 手术时,可能将回肠由直肠鞘内拖出吻合,因回肠回缩率高达 5cm 左右,如一期切断吻合常需预留长度以防吻合口裂开回缩,造成盆腔感染肛管瘢痕形成而狭窄。我们常于肛门外留置回肠 10cm,用海绵钳钳夹 1/3,肠腔内放留置肛管,既保证排出液、气通畅,又可防止回缩。

约 10d 后,回肠与肛管粘连,再切除肛门外多余肠管。

(四)吻合口狭窄

1. 吻合口狭窄者,早期占 10.5%~23.8%,晚期仍有 10%左右。引起狭窄最多见的原因是钳夹,Duhamel 术为使结肠直肠贯通必须用血管钳或特制夹具钳夹。钳夹后两层肠壁被压轧缺血坏死,而相邻肠管炎性反应严重增厚粘连,形成宽厚的瘢痕狭窄环。因而有人主张常规进行扩张 6 个月,以治疗此类狭窄。

使用血管钳钳夹者,因肛门直径仅 1.5cm 左右,两钳呈倒"V"形置入,钳间距离很小,实际上夹除之肠壁仅为一小裂隙,故引起狭窄。以笔者之见夹钳弊多利少,实应拚弃和改进。

2. 环形缝合,Swenson 及 Rehbein 术,均需将结肠直肠对端吻合,术后瘢痕挛缩环形狭窄,如用心形斜吻合术,扩大吻合口周径,已可防止这一并发症。

3. Soave 术式,经肛门手术术式结肠由直肠鞘内拖出,肛管为双层肠壁组成,容易收缩狭窄。其预防方法为直肠鞘上部切开,术后扩肛数月。

4. 盆腔感染后吻合口裂开,愈合后直肠周围大量瘢痕形成"冰冻骨盆"严重狭窄,一旦发生只有早期坚持扩肛。

(五)输尿管损伤

输尿管损伤是一非常严重的并发症,主要原因是由于手术者经肛门强行拖拉而误伤或开腹手术未看清输尿管位置,盲目切开腹膜分离、剪断或撕裂所致。输尿管损伤或切断后,如即时发现应立即修补或端-端吻合,放支架管 10d 后拔除。术后早期用 B 超及静脉肾盂造影复查肾盂和输尿管情况,如有积水应及时治疗。输尿管损伤如未及时发现,术后可发生尿腹或腹腔尿液性囊肿。

(六)伤口感染

传统的开腹手术伤口感染占 7.4%~17.6%,Skaba 报道有 6.4%合并伤口裂开,主要由于肠道未充分准备,粪石、肠内容物贮积。手术时由于在腹腔内切除巨大肠管、吻合等操作,大量粪石掘出时粪便外溢污染所致。因此根治手术必需充分灌洗结肠,吻合时防止外溢粪便污染腹腔。遇有横结肠、降结肠、乙状结肠大块粪石时,可将两端肠管夹住切断,将粪与肠段整块取出,封闭两侧断端以减少污染机会。

(七)尿潴留

尿潴留多数可在 3~5d 恢复,少数持续时间较长。Swenson 术因盆腔广泛分离,易损伤盆丛神经,造成术后膀胱收缩无力尿潴留。有文献报道成年后影响阴茎勃起、射精不良的病例。作者所在医院早期曾遇一例术后尿潴留,1 个月后仍须腹部加压帮助排尿,直至 1 年后恢复正常。预防这一并发症的方法主要是减少盆腔损伤,尤其是新生儿应贴近肠壁分离,减少拉钩向两侧挤压牵拉,以致拉钩在盆壁上压榨神经分支造成损伤,我院自采用上述措施后,近 10 余年来常规不放导尿管,术后 3h 左右,恢复正常排尿。一旦发生尿潴留,应留置导尿管,定时钳夹开放,辅以针灸、理疗等措施,多可顺利恢复。

(八)小肠结肠炎

巨结肠根治术后发生小肠结肠炎者占 10%~18%,其原因尚未完全明了,学者们认为与狭窄段痉挛梗阻、细菌繁殖毒素侵蚀肠黏膜以及免疫功能异常有关。小肠结肠炎可发生于围术期或数月以后,特别是术前已有结肠炎者术后更易发生。

近年来时有报道根治术后合并缺血性坏死性肠炎,发病率约为 4.5%,预后凶险死亡率更高。

假膜性肠炎是根治术后肠炎的另一类型,病死率高达 50%。患儿粪便培养可发现顽固性梭状芽胞杆菌,做血清或粪便毒素检查多呈阳性。结肠镜检,见肠壁出现大量黄色假膜斑块,镜检见斑块在黏膜腺开口处,由多形核中性白细胞及纤维蛋白渗出物组成。其有效治疗方法是口服或静脉给予万古霉素或甲硝唑,常用广谱抗生素无益且有害。

(九)术后肠梗阻

根治术后发生肠梗阻占 9.6%～12.7%。引起梗阻的原因多为术后肠粘连,极少数为术后肠套叠。腹腔镜手术盆底已分离未加修复小肠堕入粘连,肠管大量切除后,腹膜创面暴露,易引起粘连,关腹时均应将其腹膜化。肠系膜根部缺损应仔细封闭,以防形成内疝。肠管整理检查有无憩室等。尤其结肠大量切除时应注意肠系膜勿旋转扭曲。早期出现症状者给予非手术治疗:胃肠减压、禁食、中药灌胃等,多数可以达到缓解症状而治愈,需剖腹探查者极少。术后晚期出现梗阻者,如非手术治疗无效应及时手术。

(十)盲袋和闸门症状群

盲袋和闸门为 Duhamel 手术特有并发症,发生率占 6%～17.5%,其原因乃直肠结肠间隔钳夹过低。隔前直肠形成盲袋,隔本身下垂形成闸门。肛门收缩时粪便向前进入盲袋,久而久之盲袋内形成一大粪石。向前压迫膀胱,导致尿频尿急。向后压迫结肠引起梗阻。闸门下垂,致使括约肌不能收紧关闭肛门,导致污粪。遇此情况需重新钳夹去除直肠结肠间隔,保持排便通畅。

(十一)污粪、失禁

巨结肠术后早期发生污粪失禁高达 30%～40%,患儿排稀便时常常有少量粪便污染内裤,尤其是夜晚熟睡,粪水溢出污染被褥。轻者偶有发生,重者每晚出现。甚至肛门失禁,失去控制能力。污粪多数在 6 个月后好转,1 年左右痊愈。晚期仍有污粪者占 20.5%,失禁约 10%。引起这一并发症的原因,主要在于切除括约肌过多,通常切除 1/2 或者更多。内括约肌切除过多容易发生污粪,相反保留过多,又可出现内括约肌痉挛便秘复发,究竟切除多少为恰当,临床医师难以掌握。国外学者亦有同感。因此,笔者改用直肠肛管背侧纵切,鸡心形斜吻合术。既全部保留了括约肌功能,又彻底解除内括约肌痉挛,有效地防止了上述并发症的发生。

(十二)便秘复发

根治术后约有 10% 的患儿发生便秘,其原因如下。

1. **狭窄段切除不足** 巨结肠的根本病因是由于结肠末段缺乏神经节细胞,丧失蠕动功能造成功能性肠梗阻。近端结肠扩大肥厚,继发性神经节细胞变性,以致加重梗阻及全身症状。倘若病变肠段切除不足或由于某一术式而保留过长(5～7cm),术后必然发生无神经节细胞肠管痉挛狭窄,便秘。若诊断为切除不足者,应进行扩肛治疗。无效者行肛门路内括约肌切除术,甚至需再次手术。

2. **近端扩大肠管切除不足** 患儿病程越久,则近端结肠继发性扩大变性越长而严重。肠壁神经节细胞出现空泡变性功能丧失。所以手术时宜尽量切除病变肠段,保证拖下肠管功能正常。倘若切除不足,症状复发,不但治疗不易,再次手术损伤及并发症更多。个别病例,术时拖下肠管病理检查正常,术后症状复发,再次活检时发现神经节细胞缺乏或消失,其原因可能与术后感染、梗阻或术中损伤及缺血有关,因此必须注意术前明确诊断及术中预防措施。

3. **肠炎反复发作** 患儿术后小肠结肠炎,反复发作经久不愈,大量细菌毒素吸收,肠壁神经节细胞变性退化失去蠕动功能。梗阻和肠炎互为因果,导致便秘复发。必须强调对肠炎应及时诊断给予有效治疗,防止症状复发。

4. **巨结肠同源病** 其临床症状酷似巨结肠症。如神经元发育不良、神经节细胞过少症,神经节细胞未成熟症。这些疾病往往不易鉴别,过去多以先天性巨结肠症而手术。当术后复发时再次核查病理切片时方被诊断。其预防方法是术前正确诊断切除全部病变肠管,如病变范围广泛预后不佳。

5. 合并神经系统病变 文献报道巨结肠合并有先天愚型及神经性耳聋以及中枢神经病变者,治疗效果不佳,易出现便秘复发症状。

(十三)再手术问题

再次手术的原因多为吻合口漏、粘连性肠梗阻、术后肠套叠、伤口崩裂等。术后便秘需附加内括约肌切除者约占12%。而根治手术失败需再次手术者占8%。

再次手术前必须对前次手术资料认真复习阅读,进行详细的询问检查,力求全面掌握复发过程,找出真正引起症状复发的原因。钡剂灌肠以了解扩张肠管之粗细、长度,以决定术时切除范围及吻合方法。进行组织化学或黏膜吸引活检,以了解肠壁病理改变性质。纤维结肠镜检了解肠道黏膜及蠕动状态。术前应进行全面讨论,最好有前次术者参加,患儿应做好充分准备,纠正水、电解质失衡,低蛋白血症,检查心、肝、肾功能,改善营养及体质。术前应充分估计术中可能遇到的危险及困难,并拟出各种应变术式及克服方法。手术应由经验丰富、技术熟练的医师施行,力求成功,不再出现并发症。

十三、巨结肠同源病

HD 的典型表现是新生儿胎粪排除延迟、腹胀,或婴幼儿出现慢性肠梗阻现象,病理检查示神经节细胞缺乏和乙酰胆碱酯酶阳性神经纤维增生。但临床上可见到部分患儿表现类似 HD,直肠活检却发现有神经节细胞。以往曾用慢性原发性假性肠梗阻(chronic idiopathic intestinal pseudoobstruction,CIIP)、假赫尔施普龙病(pseudo-Hirschsprung disease)新生儿假性肠梗阻(neonatal intestinal pseudoobstruction)等名称来命名这些疾病。目前多数学者称之为巨结肠同源性疾病(Hirschsprung disease allied disorders,HAD)。

HAD 有神经节细胞,然而其细胞数量、质量异常。随着对其认识的加深以及病理技术的提高,发现有些诊断为"先天性巨结肠"患儿实为巨结肠同源病。Scharli 等报道巨结肠手术 115 例,回顾性病理复查,HD 仅占 2/3 左右。而在我院行巨结肠根治术的患儿,术后病理结果提示 HD 仅占 1/3 左右,大部分为 HAD。

由于 HD 与 HAD 的病理改变、治疗及预后等方面都有相当多的差异,所以术前诊断鉴别非常重要。

先天性巨结肠:出生后 90% 以上不排胎便或排出延迟。顽固性便秘进行加重,腹部明显膨胀,可见肠型及蠕动波。钡灌肠:见狭窄、扩张段,24h 摄片复查钡剂潴留。测压检查无内括约肌松弛反射,直肠黏膜组化检查 AChE 呈阳性反应(+～+++)。术后病理检查狭窄段无神经节细胞存在。

巨结肠同源病:在出生后数月或 1 年后发生便秘,腹胀不明显。便秘逐渐加重或有短期缓解。扩张段依病情长短不一,一般局限于直肠及乙状结肠。钡灌肠常不能发现明显的狭窄、移行段,但有明显的结肠扩张,常可见到直肠远端紧缩。24h 钡剂滞留。组化检查取材表浅多呈阴性。测压检查 85% 以上的患儿都存在有内括约肌松弛反射。但与正常组相比,其反射波波形发生明显改变,如反射阈值增大、迟缓、波幅恢复变慢,出现特征性的"W""U"波形,有时反复多次刺激后才能出现反射波。最后需病理切片甚至免疫组化检查才能肯定诊断。

HAD 根据肠神经元数量或质量的异常分为肠神经元发育不良症、神经节细胞减少症、神经节细胞未成熟症等。

肠神经元发育不良症（intestiinol neuronal dysplasia，IND）：IND 占 HAD 的绝大部分，可分为 A、B 两型。A 型属先天性交感神经发育不良，表现为新生儿期急性小肠结肠炎，病情危重，占 IND 全部病例 5% 以下。B 型为副交感神经发育不良，占 95% 以上，临床表现与 HD 相似。病理特点为肌间及黏膜下神经丛中节细胞增多、巨神经节、异位神经节细胞、黏膜固有层和黏膜下血管周围 AChE 活性增高。

神经节细胞减少症（Hypoganglionosis）：单纯性神经节细胞减少症较少见，临床表现与 HD 相似。直肠黏膜吸引活检示 AChE 活性减低，黏膜下层神经节细胞减少。直肠全层活检可见稀疏的肌间神经节、黏膜肌层和环形肌层肥大。

神经节细胞未成熟症（Immature ganglionosis）：神经节细胞未成熟症多见于发生功能性肠梗阻的早产儿。NADPH 心肌黄酶染色可以清晰的显示较小的神经节细胞，如同肠胶质细胞大小。组织蛋白酶 D 染色可以显示其成熟度。神经节细胞未成熟症一般仅需灌肠、导泻等非手术治疗。

对于早期和轻型 HAD 患者，倾向于非手术治疗；晚期及病变广泛者则行巨结肠根治术式。病理研究提示，HAD 的肠道神经系统的病变要比 HD 广泛，并非像 HD 无神经节病变只局限结肠远端，继发近端扩张。因此 HAD 患儿术中肠管切除较多，否者容易复发。Banani 报道一组 215 例巨结肠根治术术后复发 20 例（9.3%），再次手术检查证明全部为 HAD。另有学者强调，25%～35%HD 患儿在近端肠管合并 HAD 病变，因此巨结肠根治术后遗留 HAD 肠管可能是便秘复发的重要原因。近年来许多医院开展经肛门巨结肠根治术，术前未注意巨结肠同源病的诊断，仅仅切除狭窄段及部分扩张肠管，术后遗留 HAD 病变肠段，导致各地复发病例有所增加。

另外值得指出的是，国内已多次发现新生儿期临床症状、体征及钡灌肠诊断为巨结肠，行造口术时取活检见神经节细胞缺失或减少，数月后测压有反射，钡灌肠上、下肠管 24h 均排空，故行关口术，术后每日排便。甚至有一例疑为全结肠型 HD 行造口术，除病理报道神经节细胞减少外，术后行测压无反射波，AChE 阳性神经纤维增生，呈典型的 HD 改变，然而数月后再查钡灌肠 24h 排空，故施行关口术，术后每天排便两次发育良好。由此不难看出，HD 及便秘患儿不但病因复杂、诊断困难，其治疗方法更需依靠实际情况而定，有时简单的钡灌肠甚至比病理、免疫组化更为实用。

（冯杰雄）

第二十二节　先天性肛门直肠畸形

先天性肛门直肠畸形（congenital anorectal malformation）占消化道畸形第一位，发病率在（1/1 500～1/5 000）；男女性别的发病率大致相等，男性稍多。肛门直肠畸形病理改变复杂，不仅肛门直肠本身发育缺陷，肛门周围及盆底肌肉、内括约肌以及周围的神经系统均有发育异常；并可同时伴发其他系统畸形，如心血管系统、泌尿系统、骨骼系统及生殖系统等。

一、病　因

肛门直肠畸形的发生是正常胚胎发育期发生障碍的结果。肛门直肠的正常胚胎发育过程为：在胚胎第 3 周末，后肠末端膨胀与前面的尿囊相交通，形成泄殖腔，中肾管——原肾管开口于泄殖腔中。泄殖腔的尾端被外胚层的一层上皮细胞膜所封闭，称为泄殖腔膜，使与体外相隔。胚胎第 4 周,位于泄殖腔与后肠间的中胚层皱襞形成并向尾侧生长,同时间充质于泄殖腔两侧壁的内方增生形成皱襞向腔内生长;它们构成尿直肠隔,将泄殖腔分为前后两部分,前者为尿生殖窦,后者为直肠。尿直肠隔使两个系统的交通越来越小,逐渐形成一个小管道,称为泄殖腔管,于胚胎第 7 周时完全封闭。尿直肠隔由两个内胚层板构成(尿生殖层和直肠层),在两层之间充满中胚层组织和生殖胚芽。尿直肠隔与泄殖腔膜的中央处融合,并向外突出成为会阴矩状突—未来会阴的胚芽。同时泄殖腔膜也被分为前后两部分,前者为尿生殖窦膜,后者为肛膜。胚胎第 7~8 周时,两个膜先后破裂;肛门的出现不仅由于肛膜破裂,在此以前,从胚胎第 5 周开始,外胚层向肛膜的外表面发展,形成肛凹,肛凹逐渐加深接近肠管,肛膜破裂使起源于外胚层的肛凹与内胚层发生的直肠相通。

胚胎第 4 个月,会阴向前后方向迅速增长,因此使肛门后移至通常位置。生殖器官和会阴的形成与上述过程同时进行。在女胎,内生殖器官由米勒管形成,该管开始与中肾管一起发展,向下延伸至中胚层的尿直肠隔的深部。米勒管的中段和下段靠近并融合在一起,形成子宫和阴道;其上部没有融合则形成输卵管,午菲管退化。

在女胎泄殖腔分隔以后,生殖皱襞的后半部与尿直肠隔的会阴矩状突愈合在一起,形成会阴和叉状的阴道前庭原基;生殖隆突没有愈合,变成大阴唇;生殖皱襞的前半部也没有愈合,形成小阴唇。

在没有分化性别期,泄殖腔的分隔过程在男胎和女胎都一样,其基本差别是在内、外生殖器官和会阴形成时期出现的。午菲管发育成睾丸和中肾管变为输精管的同时,米勒管退化。

在男胎形成会阴时,生殖结节增长形成阴茎。生殖皱襞左右愈合,覆盖于尿生殖窦的表面。形成前部尿道和尿道球部。在生殖皱襞外侧的生殖隆突则形成阴囊,沿矢状线愈合处为阴囊正中缝。和女胎一样,男胎在第 4 个月以后的发育中会阴迅速向前后方向发展,将肛门推移至正常位置。

胎儿直至出生时直肠仍呈纺锤状,上端球状膨胀部称肛球,相当于成年人的直肠壶腹部,纺锤状管以下另有一短而不明显的膨大部,称尾球,相当成年人的直肠肛门部的下部。尾球存在的时间较短,第 8 周时大部已基本消失。正常的直肠闭锁,往往发生在肛球上端,相当于肛门上 3~4cm 处,可能与胚胎性狭窄有关。

会阴部肌肉是就地发育的,它起源于会阴部间质,在胚胎第 2 个月时已存在皮肌的形态,称泄殖腔括约肌,第 3 个月时皮肌分化为肛门外括约肌、肛提肌和尿生殖窦括约肌。当生殖器官形成后,尿生殖窦括约肌又分出膜部尿道括约肌、坐骨海绵体肌、会阴浅横肌等,以后再分出会阴深横肌。肛门直肠畸形患儿上述各肌虽然存在,但在高中位畸形时,外括约肌和肛提肌有不同程度的改变。

肛门直肠畸形的病因尚不清楚,目前认为是遗传因素和环境因素共同作用的结果。流行病学和动物实验表明,遗传因素在肛门直肠畸形发病过程中发挥重要作用,其可能为多基因遗传病。相关基因研究已有动物实验证实 HOX、Sonic hedgehog(SHH)、fibroblast growth factory 10(FGF10)、bone morphogenetic protein 4(BMP4)、SD 和 EphB2 基因与肛门直肠畸形的发生关系密切。

肛门直肠畸形的发生和其他畸形的发生一样,可能与妊娠期,特别是妊娠早期(4~12 周)受病毒感染、化学物质、环境及营养等因素的作用有关。胚胎期发生发育障碍的时间越早,所致畸形的位置越高,越复杂。

二、病理及分型

(一)病理分型

先天性肛门直肠畸形的分类方法很多,目前广泛应用的分类法为 Wingspread 分类法,具体分类如表 14-5。

表 14-5 肛门直肠畸形 Wingspread 分类法

男 性	女 性
(一)高位	(一)高位
1. 肛门直肠发育不全	1. 肛门直肠发育不全
(1)直肠前列腺尿道瘘	(1)直肠阴道瘘
(2)无瘘	(2)无瘘
2. 直肠闭锁	2. 直肠闭锁
(二)中间位	(二)中间位
1. 直肠尿道球部瘘	1. 直肠前庭瘘
2. 肛门发育不全,无瘘	2. 肛门发育不全,无瘘
(三)低位	(三)低位
1. 肛门皮肤瘘	1. 肛门皮肤瘘
2. 肛门狭窄	2. 肛门狭窄
(四)罕见畸形	(四)泄殖腔畸形
	(五)罕见畸形

随着对肛门直肠畸形的认识和骶后正中入路肛门直肠成形术的广泛应用,此分类法仍然存在类型繁杂,不利于指导外科手术术式的选择。2005 年 5 月在德国 Krinkenbeck 举行的肛门直肠畸形诊疗分型国际会议上,提出了新的分型标准,即 Krinkenbeck 分类法,该分类取消了原有的高、中、低位分型,根据瘘管不同进行分类,并增加少见畸形,其目的使其进一步实用化,对手术术式选择提供指导(表 14-6)。

表 14-6 肛门直肠畸形国际诊断分型标准(Krinkenbeck,2005)

主要临床分组	罕见畸形
会阴(皮肤)瘘	球形结肠
直肠尿道瘘	直肠闭锁/狭窄
尿道球部瘘	直肠阴道瘘
前列腺部瘘	"H"瘘
直肠膀胱瘘	其他畸形
前庭瘘	
一穴肛	
无瘘	
肛门狭窄	

与 Winspread 分类法相对应,上述分型中的会阴瘘、前庭瘘和肛门狭窄属于低位畸形,尿道球部瘘、无瘘和多数直肠阴道瘘属于中位畸形,前列腺部瘘和膀胱颈部瘘为高位畸形。

(二)病理改变

肛门直肠畸形的病理改变较复杂,不仅肛门直肠本身发育缺陷,同时盆底肌肉、骶骨、神经及肛周皮肤等均有不同程度的病理改变,肛门直肠畸形的位置越高,这种改变越严重。

1. 肌肉改变

(1)骨骼肌复合体:盆底骨骼肌复合体呈内纵外环两层排列。由纵肌向下延伸呈袖状包绕直肠抵肛门,由上向下分别为肛提肌纵层、肛门悬带、肛门皱皮肌。外环肌由上向下逐渐增厚,依次形成耻骨直肠肌,外括约肌深部、浅部、皮下部。内纵肌由肛提肌神经支配,是肛管的扩张器。外环肌由肛门神经支配,是肛管的收缩器,两者协调收缩共同维护排便活动。肛门直肠畸形患儿盆底骨骼肌复合体从发育正常到完全不发育均可见,畸形位置越高发育越差。

(2)耻骨直肠肌:肛门直肠畸形患儿的肛提肌,包括耻骨直肠肌的发育可正常、缺如或发育不良。由于畸形类型不同,耻骨直肠肌的位置可发生改变,即高位畸形该肌明显向上向前移位,并短缩,呈闭锁状,依附于前列腺、尿道或阴道后方,并与直肠盲端和外括约肌有一定距离。因此高位畸形行肛门成形术时,应设法使直肠准确地通过耻骨直肠肌环。中位畸形时直肠盲端位于耻骨直肠肌之中,被该肌所包绕,其肌纤维与外括约肌纤维相连。直肠前庭瘘和低位畸形耻骨直肠肌环绕于直肠后壁,基本处于正常位置。

(3)外括约肌:在正常儿盆腔正中矢状断面上,肉眼观察外括约肌呈前、后两团,位于肛管的前后方。肛门直肠畸形病例直肠盲端的位置越高,两团肌肉结构越不明显,不易分开,甚至失去正常形态。在镜下观察外括约肌纤维走行方向,正常儿外括约肌深浅部肌纤维呈横断面,低位畸形其肌纤维也为横断面;而中位畸形肌纤维多为斜行,仅少部分为横断面;高位畸形时,深浅部肌纤维多为斜行及纵行,呈横断面者甚少,有的病例几乎以纵行肌纤维为主,呈高柱状,总之外括约肌肌纤维走行方向异常紊乱。肛门直肠畸形肛门外括约肌的超微结构改变有部分肌原纤维排列紊乱,结构不清,有的呈溶解状态;Z带有不规则改变,扭曲、断裂;线粒体大小不等、嵴有缺失、断裂、空泡变,有早期髓鞘样变,这些改变可能与该畸形有骶髓和肛周组织中神经发育不良有关。

(4)内括约肌:肛门直肠畸形病儿内括约肌的发育程度与畸形类型有关,即位置越高,发育越差,甚至完全缺如。

2. 神经改变

(1)骶髓改变:先天性肛门直肠畸形儿骶髓前角内侧群的运动神经元的数目较正常儿减少,高、中位畸形和低位畸形分别为正常的 34.4% 和 70.5%。骶髓前角内侧群的运动神经元是盆底肌肉和肛门外括约肌的运动神经中枢,肛门直肠畸形儿此群运动神经元散目减少,与其周围神经的改变一致。骶髓副交感核的副交感神经对直肠活动有显著影响,如果骶髓副交感神经元存在异常可能明显影响直肠的收缩和蠕动功能。

(2)骶神经改变:肛门直肠畸形病儿常伴有骶椎畸形。当骶椎椎体缺如时,可伴有骶神经的改变,缺如的节段越多,骶神经改变越明显。骶神经的发育异常,直接影响本病的治疗和预后。

(3)肛周组织中神经末梢改变:在正常儿盆底及肛周组织中共有4种感觉神经末梢存在:肌梭,位于耻骨直肠肌的前 2/3 段内和肛门外括约肌的中段内;环层小体,位于内括约肌与外括约肌之间的组织中和骶前间隙内;球样末梢,位于骶前间隙内;游离神经末梢,分布于肛管的黏膜上皮和肛周皮肤中。

目前已经明确,肌梭、环层小体和球样末梢分别为牵张反射、压力感觉和温热感觉的感受器。许多学者认为,正常人耻骨直肠肌和肛门外括约肌中的肌梭是构成该肌肉在一般状态下持续收缩反射和扩张直肠时肛门外括约肌收缩反射的感受器,同时它与肛周组织中的环层小体、球样末梢、触觉小体等共同参与便意产生过程。

低位的肛门直肠畸形儿耻骨直肠肌和肛门外括约肌中运动神经末梢的分布,运动终板的分布与正常儿相似,高、中位畸形儿两肌肉中运动终板的密度较正常儿明显降低。高、中位肛门直肠畸形儿两肌肉中神经束的密度较正常儿明显降低。

运动神经末梢是控制肌肉活动的重要环节,高、中位肛门直肠畸形儿耻骨直肠肌和肛门外括约肌中的运动神经末梢呈发育不良改变,其程度与两肌肉中感觉神经末梢的改变一致。

(4)直肠远端肠壁内神经系统改变:肠神经系统包括神经节细胞、中间连接纤维、神经胶质细胞和 Cajal 间质细胞,肠神经系统与其他系统的联系需要一些化学物质的参与,这些化学物质称为神经递质或神经肽。目前的研究显示肛门直肠畸形直肠神经节细胞、Cajal 间质细胞和一些神经递质如胆碱能、肽能和肾上腺能神经等均有不同程度的改变。肛门直肠畸形患儿直肠末端神经系统的改变可能与患儿术后便秘有关,因此研究者主张术中不能过多保留直肠盲端。

(5)肛门部皮肤神经改变:正常儿肛门部皮肤有丰富的感觉神经末梢,能辨别直肠内容物的性质是固体、液体和气体。因此许多学者强调行肛门成形术时应充分利用肛穴部的皮肤形成肛管,以保留感觉功能。

有文献报道对肛门直肠畸形病例肛穴部皮肤进行组织学研究,发现该处皮肤菲薄,乳头变平,全部表皮被 2～3 层细胞和角化层覆盖,特别是没有神经纤维和神经末梢,像神经切除术后的皮肤组织学改变一样。但也有文献报道,肛门直肠畸形病例肛穴部皮肤及皮下组织中均有神经纤维存在,只是不是高位和中位畸形儿神经纤维的密度明显低于正常儿。

3. **伴发畸形** 先天性肛门直肠畸形经常伴发其他系统畸形,一般报道其发生率为 28%～72%。有人收集 3 223 例肛门直肠畸形,伴发畸形的发生率为 43.4%。多数学者一致认为,高位肛门直肠畸形伴发畸形的发生率多于低位畸形,而且更严重。伴发畸形最多的为泌尿生殖系统畸形,其次为脊柱,特别是骶椎,消化道、心脏以及其他各种畸形。有人将肛门直肠畸形以其伴发畸形归纳为 VATER 综合征(V:脊柱、心血管;A:肛门;T:气管;E:食管;R:肾及四肢)。

肛门直肠畸形伴发的泌尿生殖畸形,多为上尿路复合性严重畸形,包括单侧肾缺如、肾发育不良、孤立游走肾、融合异位肾、马蹄肾、单或双侧肾积水、巨输尿管、膀胱输尿管反流等,以单侧肾缺如、肾发育不良和膀胱输尿管反流较常见。下尿路畸形包括神经膀胱、膀胱外翻、尿道狭窄、尿道下裂等。合并泌尿系异常的发生率与肛门直肠畸形类型有关,肛门直肠畸形的位置越高,合并泌尿系异常的可能性越大,且畸形严重。在合并泌尿系异常中,以膀胱输尿管反流、肾积水和肾缺如多见。肛门直肠畸形合并有泌尿系异常早期多无泌尿系症状,往往易被忽视。因不能及时诊断和处理,使很多泌尿系畸形不能得到矫治。一些重要的泌尿系异常如肾积水、膀胱输尿管反流等,由于未能及时诊断和治疗,易造成尿路感染,甚至导致肾功能障碍。

脊椎特别是腰骶椎畸形也是肛门直肠畸形经常伴发的畸形,腰骶椎畸形的发生率与肛门直肠畸形类型有关。腰骶椎畸形可有腰椎融合、半椎体,旋转畸形,骶椎缺如和发育不全,腰椎骶化;有的表现为椎体侧块缺如,多为一侧,也有两侧者;有的椎体发育较小,或同时有 2～3 个椎体融合在一起,骶骨平直或反曲,即骶骨正常弯曲消失,甚至远位骶骨向后方反曲,隐性骶椎裂也较常见,多发生在 S_1、S_2,个别的为全骶椎裂,骶椎腰化。一般骶椎缺如与骶神经缺如是一致的,S_3 以上缺如或发育不全可严重地累及肛提肌及其支配神经,导致术后肛门功能障碍,引起完全的或部分的大小便失禁。但也有少数病例,骶骨虽缺如,骶神经尚存在,其功能良好。

鉴于肛门直肠畸形伴发脊椎畸形的发生率很高,因此,对每个肛门直肠畸形患儿,特别是高、中位畸形者应做脊椎 X 线片检查,以便及早了解伴发畸形,对估计预后和及时采取治疗措施有益。

除脊柱畸形外,肛门直肠畸形伴发四肢骨骼畸形者也常有报道。有人报道肛门畸形患儿中有2%有桡骨发育不全,多指等。

肛门直肠畸形伴发心脏及大血管畸形者也较常见;法洛四联症和巨大室间隔缺损是最常见的畸形。肛门直肠畸形也可伴发食管闭锁,巨结肠肠闭锁、环状胰腺、肠重复畸形、肠旋转不良等畸形。因此,对肛门直肠畸形患儿腹部X线片上腹腔无气体者,应警惕消化道其他部位也有梗阻。另外肛门直肠畸形也可合并有罕见的多种畸形组合在一起的复杂畸形,如内脏外翻、膀胱小肠裂等。总之,肛门直肠畸形病儿同时可伴发其他脏器畸形,而且可以有几种畸形同时存在;有的伴发畸形可直接影响预后,甚至危及患儿生命。因此,对肛门直肠畸形患儿应进行全面检查,特别是对泌尿系和骶椎检查不容忽略,以免遗漏伴发畸形。

三、临床表现

先天性肛门直肠畸形的种类很多,临床症状不一,出现症状的时间也不同。

(一)肠梗阻症状

绝大部分完全性肛门闭锁在生后不久就可发生低位完全性或不完全性肠梗阻症状。只要仔细检查会阴部即可发现在正常肛门位置没有肛门,特别是在婴儿出生后24h不排胎便,就应及时检查肛穴处有没有肛门。患儿出现腹部逐渐膨胀伴呕吐,可有粪样呕吐,病情日趋严重,出现消瘦、脱水及电解质紊乱,甚至并发吸入性肺炎。严重者因乙状结肠过度膨胀而并发肠坏死及肠穿孔。另有一部分病例,包括肛门狭窄、阴道瘘、前庭瘘及会阴瘘而瘘管粗者,在出生后一段时间内不出现肠梗阻症状,而在几周、几月甚至几年后出现排便困难,腹部膨胀,有时在下腹部可触到巨大粪块或粪石,已有继发巨结肠改变。

(二)肛门局部所见

1. 高位畸形 约占肛门直肠畸形的40%,男孩较女孩多见,常伴有脊柱和上部尿路畸形。此型肛门直肠畸形在正常肛穴处无肛门,仅有皮肤凹陷,色泽浅,哭闹时凹陷处不向外膨出,甚至向内凹陷,用手触摸亦无冲击感,用针刺激此处皮肤亦无收缩。此类畸形80%～90%伴有瘘管。男孩可有直肠与膀胱或尿道瘘,尿浑浊且有粪便。直肠与膀胱相通者因胎粪进入膀胱与尿液混合,故排尿的全过程中尿呈浑浊状,可含有胎便,同时排出气体。如压迫膀胱区,可经尿道外口排出胎粪和气体。在不排尿时,因受膀胱括约肌的控制而无气体排出。直肠与尿道相通者仅在排尿开始时排出少量胎便,以后排出尿液不含胎便呈透明外观,因为没有括约肌控制,从尿道外口排气排便与排尿动作无关。此型因与尿路相通,可反复发生尿道炎、阴茎炎和上行性尿路感染,甚至出现外瘘。上述症状对诊断泌尿系瘘有重要意义,但由于瘘管粗细不同,或被黏稠胎便阻塞,上述症状可不出现,应做尿道逆行造影以了解是否有直肠泌尿系瘘。

女孩可伴有阴道瘘,多开口于阴道后穹窿部,此类病儿往往伴有外生殖器发育不良,呈幼稚型,因无括约肌控制,粪便经常从阴道外口流出,易引起泌尿生殖道感染。

2. 中间位畸形 约占15%,有瘘者其瘘管开口于尿道球部、阴道下段或前庭部,这种畸形肛门部位外观与高位畸形相似,也可自尿道或阴道及前庭部位排便。在女孩直肠前庭瘘较阴道瘘多见,瘘孔开口于阴道前庭舟状窝部,也称舟状窝瘘;探针可通过此瘘进入直肠向后上方,用手指触摸肛穴部皮肤不易触到探针的尖端;瘘孔较大者早期通过瘘孔基本能维持正常排便,甚至可维持较长时间,仅在稀便时有便失禁现象,一些患儿可引起阴道炎或上行性尿路感染,随着年龄增长可出现排便困难症状。

3. 低位畸形　约占肛门直肠畸形的 40％，少并发其他畸形。临床表现在正常肛穴处无肛门，局部有凹陷或平或外突，肛管被一层隔膜完全封隔，隔膜有薄有厚，直肠盲端充满胎粪，患儿哭闹时凹陷处明显向外膨出，用手指触摸时有明显冲击感，刺激肛时肛周肌肉有明显收缩。闭锁的隔膜很薄时，透过它可看到肛管内的胎粪，呈深蓝色。有的肛膜虽破，但不完全，其口径仅有 2～3mm，排便困难，便条很细，像挤牙膏一样。

有的肛门正常，但位置靠前，介于正常肛门与阴囊根部或阴唇后联合之间，称会阴前肛门，临床上则不出现任何症状。多数低位畸形病儿在肛门闭锁的同时伴有肛门皮肤瘘管，瘘管内充满胎粪而呈深蓝色条索，瘘管开口或终止于会阴部，可达阴囊中缝线或阴茎腹侧正中的任何部位。在女孩瘘管走行有时不易在体表看到，如自瘘口插入探针，则紧挨皮下直接向后上方走行。

在女孩中，许多低位畸形在靠近小阴唇后联合处的略下方正中外阴部有一开口，有的外观与正常肛门相似，称前庭肛门或外阴部肛门。肛门外阴瘘是肛门隔膜的变异。

在肛门前庭瘘，肠管已通过耻骨直肠肌，但未形成肛管，肛管末端仅有一瘘管与前庭相通，比直肠前庭瘘位置低。探针插入时，紧挨皮下直接向后走行，用手指触摸正常肛穴处易触及探针头。

另外还有一些罕见畸形，女婴还有罕见的泄殖腔畸形，此时外阴发育也呈幼稚型，大阴唇发育瘦小，会阴处仅有一个开口，自此口排尿和排便，开口处大部分看不到尿道及阴道外口，还有的女孩在肛门与阴道前庭之间有一湿润的具有上皮的裂隙，以及伴有正常肛门的直肠前庭瘘等。

四、诊断及鉴别诊断

先天性肛门直肠畸形的诊断一般不困难，重要的是准确判定病理类型，包括直肠末端的位置，直肠末端与耻骨直肠肌的关系，是否合并有瘘管及瘘管的位置，有无泌尿生殖系畸形、脊椎畸形以及其他系统和器官畸形的存在，以便更合理地采取治疗措施。先天性肛门直肠畸形的诊断主要依据其临床表现和影像学检查。

1. X 线检查　X 线是最为传统和经典的诊断肛门直肠畸形的方法，包括腹部立位片、腹盆腔部倒立侧位 X 线平片和瘘管造影。腹部盆腔倒立侧位 X 线平片常常作为肛门直肠畸形首选的检查方法，由于气体到达直肠盲端约需 12h，故出生后不久即来诊住院患儿可暂不行胃肠减压，出生后 24h 后行腹盆腔部倒立侧位 X 线平片腹，在检查前患儿头低位 5～10min，用手轻揉腹部，使气体充分进入盲端，在正常肛穴处贴一金属标志，一定贴在肛穴中心皮肤上，不要浮起。也有人在肛穴处涂以少量钡剂做标志。再提起患儿双腿倒置 2～3min，X 线中心与胶片垂直，X 线球管与患儿间距离应为 2m，患儿取倒立侧位，双髋并拢屈曲位（70°～90°）和前后位摄片，射入点为耻骨联合，在患儿吸气时曝光。盆腔内直肠末端气体阴影与肛穴皮肤金属标志之间距离即代表直肠盲端与肛穴皮肤的距离。过去标准大致以超过 2cm 为高位，1～2cm 为中位，1cm 以下者为低位。

Stephens 提出依 PC 线测量，即从耻骨联合上缘至骶尾关节的连线，此线相当于耻骨直肠肌环的侧切面，目前已被广泛采用。直肠末端在气体影高于此线者为高位畸形。

近年来不少学者认为，PC 线并非耻骨直肠肌的位置，而是肛提肌上缘，I 线（经坐骨结节平行于 PC 线）相当于肛提肌下缘。PC 线与 I 线的等分线为 M 线，如直肠盲端在 PC 线上或在 PC 线与 M 线之间为高位畸形，M 线与 I 线之间为中间位畸形，I 线以下为低位畸形。

在观察 X 线片时，注意骶尾骨有无畸形、反曲、融合、半椎体及缺如等改变。同时应观察膀胱内有无气体或液平面,直肠盲端的形态,直肠盲端若逐渐变细指向尿道方向则可能合并有泌尿系瘘畸形。发现此种改变可行逆行性尿道膀胱造影,此时可见造影剂充满瘘管或进入直肠,对明确病理类型有意义。对有结肠造口的患儿采用经造瘘口肠腔或瘘管造影,可以了解瘘管长度、瘘管走行方向及直肠末端位置等。

2. B 型超声波检查　患儿检查无需特殊准备,取平卧截石位,探头接触患儿肛穴处会阴皮肤,做矢状切面扫查可获得肛门直肠区声像图。检查时如发现会阴皮肤的回声显示不清,可在皮肤表面加水囊,以增加水囊与皮肤界面的清晰度。如果有会阴瘘、舟状窝瘘者可经瘘管外口插入导管注入生理盐水 20～40ml,最好取头高足低 30°位,使直肠盲端充分充盈,防止水外溢。按上述方法扫描,不但可以显示直肠盲端与肛门皮肤间距,而且可以观察瘘管走向和长度。直肠膀胱瘘者,膀胱内均见游动的强回声或较强回声光点,按压下腹部时光点明显增多。

正常直肠在骶前穿过盆腔肛提肌与外括约肌至肛门通往体外。直肠闭锁的直肠盲端与会阴皮肤之间常有软组织相隔。盆腔底的软组织在超声检查中常显示非均质强回声,直肠盲端多充满胎粪,显示盲管形。但要注意盲腔内胎粪稀稠可导致回声有差异,稀薄胎粪呈低回声或近似无回声,如盲腔内含有气体则有强回声区,体位改变时,强回声位置常随之移动。患儿哭闹腹内压有改变时,盲腔即随呼吸上下摆动,此时应待直肠盲端图像移至与皮肤最近位置时停帧,或改变探头方向使呈冠状切面扫查而停帧测量与肛区皮肤最短距离。B 超检查不受时间限制,患儿仰卧,同时不须做检查前准备,也不必给予镇静药。此法安全简便,测量数据可靠,较 X 线误差小,重复性好,是临床上可适用的一种诊断检查方法。

3. CT 检查　检查前患儿禁食 4～6h,给予镇静,仰卧位,双下肢伸位进行检查。对于单纯的直肠肛管闭锁,肛管发育不全 CT 可以做到较准确的诊断,但是合并复杂的瘘时,对于瘘管的走行和相互关系的评价受限。应用 CT 可直接了解直肠盲端与耻骨直肠肌环的关系,对指导治疗是十分有意义的。

4. MRI 检查　患儿仰卧位,镇静,在正常肛穴位置和瘘孔处用鱼肝油丸做标志,可对盆腔做矢状、冠状和横断面扫描,层面厚度 1～2mm,层间距 0～1mm,矢状、冠状断面从直肠中央向外和向后扫描,横断面从肛门标志处向上扫描。检测指标:直肠盲端到肛门的距离,直肠盲端与 PC 及 I 线的关系,评价盆底肌肉发育情况,了解直肠瘘口位置。

正常新生儿肛周肌群在 MRI 各断面上表现为:耻骨直肠肌在矢状面上位于 PC 线部位骶尾骨前方;冠状面位于直肠远端两侧;横断面位于直肠远端前后方。肛门外括约肌在横断面位于直肠远端,呈圆形肌束围绕于肛门周围;在矢状、冠状面位于肛管前后或左右。

MRI 具有较高的软组织分辨率,并且胎便是良好的 MRI 自然对比剂,因此肛门直肠畸形患儿术前行 MRI 检查能很好的显示盆底肌肉发育情况,直观清晰地显示直肠盲端与肌肉系统,从而能准确地判断畸形的程度和类型,为手术术式的选择、手术的成功及减少术后并发症提供重要的信息。MRI 对瘘管的显示也有一定的帮助,能将瘘管内外口以及和肛门直肠肌群的关系清晰地显示。

MRI 另外一个优点就是可以同时发现其他联合畸形,尤其是合并脊髓、脊柱及泌尿生殖系畸形。例如合并脊柱畸形、脊神经管闭合不全和泌尿生殖系畸形等,如肾发育不全、肾发育异常、异位肾马蹄肾、多囊肾及巨输尿管症等。

无瘘的肛门直肠畸形患儿直肠盲端扩张,充满胎粪,可清晰地看到它与 PC 线的关系和距肛穴的距离。有瘘或结肠造瘘后的患儿直肠内空虚。在 MRI 片上不能显示内括约肌改变,因为直肠盲端内充满胎粪,肠壁菲薄。

MRI 检查可以观察肛门周围肌群的改变,骶尾椎有无畸形。MRI 对患儿无损害,可从 3 个方面观察肛周肌群的改变,较 CT 只做横断面更全面。为了获得清晰影像必要时经瘘口注入气体充盈直肠盲端,使影像更清晰是非常必要的。

五、治　疗

(一)低位肛门直肠畸形手术

1. 手术时间及术式选择　肛门直肠畸形包括无瘘或有细小瘘孔不能通畅排便者,应于出生后立即手术。对伴有较大瘘孔,如前庭瘘或会阴前肛门,可在出生后 3～6 个月行肛门成形术;对于中、高位肛门直肠畸形大多数学者主张在新生儿期先施行结肠造口术,3～6 个月或以后再做肛门成形术。理由是由于随年龄的增长,盆腔结构发育逐渐成熟,直肠易于通过耻骨直肠肌环,术后能保持良好的排便功能。结肠造口术损伤小,术后并发症显著减少,伴有泌尿系瘘者,造口术后能仔细清洁末端结肠,改善泌尿系感染,亦可预防骶部及肛门切口感染减少术后各种并发症,结肠瘘还可提供结肠造影,帮助判断畸形类型,发现泌尿系瘘管的位置及走行。但亦有人认为多次手术不易被家长接受,对中、高位肛门直肠畸形主张新生儿期行一期肛门成形术。

2. 手术操作要点　低位锁肛:截石位,于正常肛门位置做一"X"形切口,边长为 1.2～1.5cm,切开皮肤后,在电刺激下找到肛门收缩环中心处向深部皮下组织分离至直肠末端,沿直肠壁四周游离直肠,先从直肠后壁向两侧壁游离,最后达前壁,前壁距尿道及阴道较近,为防止尿道(阴道)损伤,术前须经尿道留置尿管;游离直肠要充分,一般要在无张力情况下,使直肠盲端越过肛口水平 0.6～0.8cm 为宜。肛门成形:将直肠的浆肌层固定于肛周皮下组织,切开直肠盲端。将直肠全层与皮肤确切缝合,置入直径 1.0～1.5cm 的肛管,插入肛内压迫止血。另外几种低位肛门直肠畸形的手术要点。

(1)膜样肛门闭锁:其厚度在 0.1～0.2cm 者,在局麻下将肛膜做十字切开。留置肛管 24h。压迫止血。如肛膜厚达 0.5cm 以上,则需行会阴肛门成形术。

(2)肛门狭窄:如会阴前肛门无狭窄,排便功能无障碍。不需手术治疗。肛门或直肠下端轻度狭窄,一般采用扩张术多能恢复正常功能。扩张术多采用金属肛探,自肛门插入直肠内,开始每日 1 次。每次留置 15～20min,逐渐改为隔日 1 次或每周 1～2 次。一般持续 6 个月左右,直到排便正常,且能保证狭窄不再复发为止。肛探应由小到大,直到能通过示指的第二指为好,并应教会家长用手指进行扩肛。如肛门显著狭窄,肛探亦不能插入时须行手术治疗,即在狭窄的肛门后缘呈倒"V"字形切开皮肤.向上稍游离直肠后壁及两侧壁,剪除狭窄的部分肠壁后,将正常的肠壁与插入的皮瓣切缘仔细缝合。

(3)肛门闭锁直肠会阴瘘:沿瘘孔两侧及后缘呈半环形切开皮肤,并于其中点向后延长切开 1.2～1.5cm。充分游离直肠后壁及两侧壁,前壁不游离,与皮肤切缘缝合。由于保留直肠前壁,仅缝合侧壁及后壁,可避免疤痕所致的肛门狭窄,即使瘘孔距阴唇后联合很近的病例,行肛门后切术,亦可同样达到良好的效果。而且,该法简单,操作方便,手术时间短。术中不会损伤肛提肌,也不会引起瘘复发、直肠回缩等并发症。

(4)肛管前庭瘘:在正常肛门位置行"X"形切口,以保存阴唇后联合的完整性。切开皮肤、皮下组织,充分游离直肠盲端,由后壁及两侧壁开始,在充分显露直肠盲端和瘘管以后,用探针插入瘘管内,横断瘘管,自下而上地将直肠前壁与阴道后壁分开。相反,如先游离切断瘘管,因接近瘘管处直肠与阴道后壁紧密相连,婴儿阴道壁较薄,稍不注意即可造成阴道损伤或直肠损伤。当直肠前壁与阴道充分游离后,再将瘘管由前庭窝处的瘘孔向外翻出,并于靠近瘘管口处将其贯穿缝合结扎;或在肛门切口内将瘘管贯穿结扎缝合闭合,将直肠向上游离,按上述方法缝合直肠与皮肤。

3. 术中注意事项及异常情况的处理

(1)肛口选择的原则:在电刺激下肛门皮肤可呈向心性收缩,应以收缩环中心为肛口,游离皮下时,勿损伤外括约肌。切口的长度为 1.2～1.5cm 的"X"形切口为宜,切口过大超过 2.0cm,术后易于发生直肠黏膜外翻;切口<1.0cm 是术后引起肛门狭窄的重要原因;切口位置偏前,女孩的肛门外口与阴唇后联合太近,一旦切口感染可致会阴裂开,直肠盲端切口为等长的"+"字形切口,将皮瓣插入其中与皮肤交叉缝合。

(2)游离直肠要点:游离直肠时应紧贴肠壁行钝性分离,操作需细致、轻柔,以免损伤尿道、盆腔神经丛。应充分游离直肠,以便直肠与皮肤缝合后无张力;如张力过大导致直肠回缩将形成肛门瘢痕狭窄。由于直肠末端尚具有直肠感觉神经及内括约肌,故应尽量保留,不应将直肠盲端做过多的切除。

(3)改变术式:在手术中发现术前病理类型诊断错误,如将中、高位肛门直肠畸形诊断为低位型,行会阴部切口时始发现直肠盲端位置很高,此时可根据病儿情况及医生的经验,行骶会阴肛门成形术或结肠造口术,造口术后需 3～6 个月或以后行肛门成形术,待肛门处愈合后行闭口术。

4. 术后处理 暴露肛口,清洁干燥护理,每次便后用盐水棉球清洁局部,以免切口被粪污染,术后 48～72h 或以后可进食。一般于术后 24～48h 拔除肛管,如发现自肛管周围流出粪便时,可提前拔出。留置尿管于术后 48～72h 拔出,肛门切口缝线用可吸收线缝合不必拆线,为防止感染,应给予抗生素。术后 2 周后开始扩张肛门,最初每日 1 次,每次 10～15min,逐渐改为每周1～2 次,应持续 6 个月。

(二)中间位肛门直肠畸形骶会阴肛门成形术(Sacroperineoanoplasty)

中间位肛门直肠畸形,特别是伴有直肠尿道球部、尿道膜部瘘或直肠阴道瘘、直肠前庭瘘者,因瘘管的位置较高从腹部及会阴部均不易暴露,应行骶会阴肛门成形术。此手术应在行结肠造口术后3～6 个月时进行。

1. 术前准备及麻醉 对于行肠造口者入院经瘘口远端清洁洗肠,术前瘘口远近端肠管洗净,术前留置导尿管,采用气管内插管麻醉,俯卧位。

2. 手术操作要点 ①骶尾部切口:于尾骨尖下方做横切口,长约 5cm,沿正中线切开肛尾筋膜,靠近中线向深部分离,避免损伤支配肛提肌的神经,分离耻骨直肠肌环,从包绕于瘘管及直肠盲端的后下方,用直角钳将直肠做钝性分离,边向前分离边张开两钳叶,直到钳尖深入肌环。此时操作要轻柔,以免撕断肌纤维。②会阴切口:与低位锁肛会阴肛门成形术相同,切开皮肤,显露外括约肌,于外括约肌中间向上分离,直达骶尾部切口。然后将一条橡胶带穿过外括约肌中心及耻骨直肠肌环,从二切口引出作牵引用。用宫颈扩张器将二肌环逐渐扩大,形成一"肌袖"以能通过直肠为度。游离直肠,从骶尾部切口显露直肠,紧贴肠壁钝性分离。对伴有尿道及阴道瘘者,应在直视下游离瘘管,将其切断,缝合残端。以使直肠无张力地自然下降到肛门切口为宜。从切口将直肠盲端缓慢地牵至肛门,直肠壁与皮下组织缝合固定,"+"字形切开直肠盲端,直肠瓣与皮肤瓣嵌插,用 5-0 可吸收线缝合。

3. 术中注意事项及异常情况的处理

(1)游离直肠前壁的注意事项:男孩尿道往往与直肠前壁紧密粘连,被球海绵体肌、会阴浅横肌纤维包绕,女孩则往往与阴道相连,因此在游离直肠前壁时应特别注意勿伤尿道或阴道。在没有认清附着在直肠壁上的组织是不是尿道或阴道之前,不能轻易将该组织切开,此时可以借助尿道或阴道内的导管加以判定,宁可将直肠前壁的浆肌层部分损伤,亦不应该误伤尿道或阴道。术中发现尿道损伤,应及时用可吸收线修补,同时行耻骨上膀胱造口术。阴道壁损伤亦应及时修补。在结扎或缝扎尿道瘘时,应注意距尿道不可太近或太远,以免术后形成尿道狭窄或尿道憩室。

(2)充分游离松解直肠盲端:这是手术成功的关键。在分离直肠末端时将附着在直肠表面的纤维组织充分游离切断,可充分延长直肠末端,贴附于直肠壁外的小血管也可以切断,因直肠上、下动脉及肛门动静脉在黏膜下层有丰富的侧支循环,足以保证直肠的血供。

(3)游离直肠后壁时应注意勿损伤骶前的骶中动脉:骶前血管损伤可致较大出血,若出现骶前血管损伤时可用热盐水纱布压迫,将尾骨切除,显露视野,将骶中动脉断端结扎、止血。

(三)高位肛门直肠畸形腹骶会阴肛门成形术(Abdominoperineoanoplasty)

高位肛门直肠畸形包括有瘘和无瘘及直肠闭锁,在新生儿时期,应先行结肠造口术,以解除肠梗阻,待3~6个月或以后,行腹骶会阴肛门成形术。

1.手术操作要点　骶尾部及会阴部切口与骶会阴肛门成形术相同。分离耻骨直肠肌环,高位畸形时耻骨直肠肌向前上方移位,或伴该肌发育不良甚至缺如,故应在阴道壁或尿道壁后方分离,以便显露该肌,直到钳尖插入肌环,然后将直角钳尖端向后至会阴部肛门口处。腹部应行左下腹经腹直肌切口。游离直肠及乙状结肠,将膨胀的乙状结肠提出于腹壁切口外,切开乙状结肠两侧腹壁腹膜,注意保护输尿管切勿误伤。显露直肠盲端,如有瘘管,应充分显露后切断,断端用碘伏处理,分别用4-0号丝线做贯穿缝合、结扎。同时应剥除残端遗留的黏膜,以免分泌的黏液积聚。充分游离直肠、乙状结肠,使其能无张力地达到会阴切口。在靠近骶前窝用手指向会阴部做钝性分离,以免损伤控制排便、排尿的盆神经丛,一直分离到近肛门处为止。向下牵引直肠盲端至会阴切口之外,在牵引时应将直肠的位置摆正,防止发生扭转,缝合固定直肠壁与皮下组织,尽量保留直肠组织行肛门成形术,分别缝合骶尾部及腹部切口。

2.术中注意事项及异常情况的处理

(1)防止直肠末端坏死:在游离直肠、乙状结肠时,为使肠管无张力地拖出至会阴切口,有时必须切断直肠上动脉或肠系膜下动脉,如血管处理不当,该段肠管血供障碍导致肠坏死。如结扎或切断直肠上动脉或肠系膜下动脉时,应在其中段切断,以保持充分的侧支循环,切忌在血管起点或终末处切断。当发现直肠盲端过宽,应做适当的剪裁,以免肠管通过狭窄的肛门口时受压,血供障碍致肠管坏死。将直肠或乙状结肠向会阴部拖出时,一定要注意防止扭转。当发现直肠损伤时应及时修补缝合,如肠管血供不佳或肠坏死,应将其切除。

(2)注意勿损伤输尿管:当游离直肠、乙状结肠及降结肠时,应认清输尿管的位置及走向,左侧输尿管在乙状结肠系膜根部距肠系膜下动脉、静脉很近,故在剪开两侧乙状结肠系膜,结扎、切断肠系膜下动静脉时,必须靠近肠管,在显露输尿管时,勿损伤输尿管的血供。如术中发现输尿管被切开,应及时修补缝合;输尿管被切断,应做输尿管吻合术。

(3)保护膀胱:在切开左下腹切口时,注意保护好膀胱,以免损伤膀胱,亦应注意术前是否放置导尿管、尿管是否通畅,当膀胱充盈时,亦可能误伤膀胱。术中一旦发现膀胱损伤,应及时修补,放置耻骨上膀胱造瘘管引流。如术中未发现膀胱损伤,当手术后出现泌尿系统症状或从肛门排尿时,应行逆行性泌尿系造影,确诊后及时手术。

(4)直肠膀胱瘘的处理:其瘘口多位于膀胱三角的基底部,易于显露修补,切断瘘管时,不要离膀胱太近,必须留有足够的组织,以便结扎,注意勿损伤输尿管入口。

(5)注意勿损伤盆腔神经:骨盆部的交感神经来自腹下神经,在下行的过程中,于骶骨前分为左右两个分支,在游离直肠时,应贴近直肠,以免损伤该神经。副交感神经来自于骶3骶4的盆神经,当从骶骨下行后,相当于PC线的水平,与腹下神经在直肠前壁相连构成盆神经丛。从盆神经丛近端发出的分支分布在膀胱后外侧、尿道末端、精囊;远端的分支分布在前列腺部,女孩分布在子宫和阴道。盆神经丛尚有许多分支分布在直肠末端,故术中如损伤该神经,术后将致排便功能障碍,便秘或便失禁。乳幼儿的PC线高度相当于膀胱颈高度,因此在游离直肠前壁时,极易损伤向泌尿生殖系统发出的神经分支,将会引起尿潴留或性功能障碍。一般术后尿潴留经留置导尿管,排空膀胱,严格控制尿路感染,多在术后1～2周恢复排尿功能。防止盆神经损伤主要是靠近直肠壁游离直肠,不要贴近盆壁。

(四)高、中位肛门直肠畸形后矢状入路肛门直肠成形术(posterior sagittalanorectoplasty,PSARP)

1982年de Vries和Peña提出的后矢状入路肛门直肠成形术的基本原则是术前必须行结肠造口,在骶尾部正中纵行切口,合理地使用电切及电刺激器,充分游离直肠及确切地修复骨骼肌复合体,以期最大限度地恢复正常生理解剖功能;手术在直视下正中位进行,使手术创伤减到最低限度,可用于中、高位肛门直肠畸形。

1. 手术操作要点 患儿俯卧位,术前留置导尿管,如伴有尿道狭窄或尿道瘘的部位呈扭曲状时,可用金属尿道探子于膀胱切开后,从尿道内口直视下将导尿管置入尿道内。将腰部及臀部垫起,使骨盆高位,两下肢略外展固定。自骶尾关节上方至肛门窝前正中线上切开皮肤、皮下,纵行切开尾骨。为保证切口居于正中且术野显露清楚,应用针形电刀以小放电量依次切开皮肤、皮下组织。切开皮下组织后,通过电刺激可清晰地显示两侧肌肉的发育程度,从正中分开抵止于尾骨的外括约肌及肛提肌(坐骨尾骨肌、耻骨尾骨肌),各从正中分为左、右两部分,再稍向深部剥离,即可见直肠盲端。如中间位畸形直肠盲端位于尾骨稍下方,高位畸形在尾骨上方。在游离直肠时应从直肠后壁及两侧壁开始以免损伤尿道或阴道。

2. 瘘口的处理 直肠盲端游离后,应根据直肠尿道瘘的位置和走向决定瘘口的处理。如直肠尿道瘘瘘管较短,无法从直肠前壁与尿道后壁中间游离瘘管,勉强剥离极易损伤尿道,应先将直肠盲端缝支持线,切开肠腔,在直肠前壁发现一凹陷处,即为瘘的内口,极易辨认。如瘘口较粗大,可见尿道内的导尿管,继续从直肠前壁与尿道后壁之间小心分离,以宁可将部分肠壁肌层留在尿道一侧,也勿损伤尿道为原则。在直视下将瘘管距尿道壁3mm处切断,用6-0可吸收线做黏膜层结节缝合若瘘口小可行烟包缝合,用4-0或5-0可吸收线做瘘管浆肌层修补,把直肠末端用支持线轻轻提起,从两侧切开直肠与尿道的共同筋膜,继续在直肠与尿道间隔中间轻轻向上方钝性分离,勿损伤精囊及前列腺,直到直肠可达肛穴处无张力时为止。

3. 直肠剪裁及肌肉修复 如直肠盲端极度扩张,可将后壁做一倒"V"字形剪裁,新生儿以直肠能通过直径为1.2～1.3cm的肛探子为度,婴幼儿以直肠能通过直径1.3～1.5cm的肛探子即可。把切开的骨骼肌复合体相对应位置用4-0号丝线缝合,注意将耻骨直肠肌对合完整包绕直肠。缝合外括约肌深部时与直肠浆肌层固定5～6针,以防术后直肠回缩或肛门直肠黏膜脱出,把分离的尾骨、皮下组织、皮肤逐层缝合。将直肠与皮肤缝合形成肛门。

根据Peña的经验对于行后矢状入路肛门成形术时,要求术前必须结肠造口、术中使用电刺激器及直肠盲端务必实行剪裁。

但许多家长难于接受结肠造口及分期手术,一些医生认为手术分3期,历时6个月左右,给患者带来很大痛苦,使患者家属承受巨大经济负担,同时横结肠造口术后需瘘口护理,造口可有并发症,因此新生儿期可行 PSARP 术。新生儿期解剖学特点有利于一期行 PSARP:①骨盆浅,尾骨至肛门距离近,皮肤脂肪组织较薄,手术野较浅,分离创面小,显露良好,有利于操作。②直肠远端扩张轻对手术有利。③出生后手术因未进食肠道内细菌污染机会少,手术创面感染机会少。④出生后行一期行 PSARP,排便活动在新生儿期进行,肛门括约肌、耻骨直肠肌的功能早期得到应用和训练,有利于复杂的排便反射早日完善。

(五)腹腔镜辅助下高、中位肛门直肠畸形成形术

腹腔镜辅助下高、中位肛门直肠畸形的肛门成形术目前已成为一种新的治疗肛门直肠畸形的手术方式,其优点在于出生后即可进行,腹腔镜直视下游离肠管,将其从骨骼肌复合体纵肌中心部位穿过至肛门窝表面,腹腔镜下可清楚看到肛提肌结构及直肠瘘管;易于判定肛提肌中轴,分离肠管充分,肛提肌不受分离及切割损伤,保证了肛提肌的完整性及与直肠的正常关系,最大程度上维护了排便功能的解剖结构。从中期随访资料来看,其疗效优于传统的经后矢状入路肛门成形术。

腹腔镜治疗高、中位肛门直肠畸形目前分为两种情况:一种为不进行结肠造口,在新生儿期一期行肛门成形术;另一种为在新生儿期造口,二期手术时应用腹腔镜进行腹腔盆腔的直肠游离,再结合会阴部切口行肛门成形术。

1. 手术操作要点 头低仰卧位,在脐与剑突中点插入气腹针,建立气腹,压力 8～12mmHg,然后在气腹针处和两侧腹放置 5mm 的 Trocar。首先切开直肠和乙状结肠系膜腹膜,分离显露直肠上动脉和乙状结肠动脉,靠近系膜根部结扎离断血管,保留三级血管弓完整。提起直肠,切开返折腹膜,贴近直肠壁向远端分离到直肠逐渐变细处。靠近尿道壁用缝线结扎切断尿道瘘管。将直肠远端拉入腹腔,把镜头直视盆底,分离盆底的脂肪组织,显露盆底肌肉。同时在电刺激仪引导下,经肛门外括约肌的中心纵行切开皮肤 1.5cm。刺激肌肉的同时,在腹腔镜下可以清晰地看到盆底肌肉的收缩反应,辨认肌肉收缩的中心轴。从会阴肌肉的中心轴向盆底游离,在腹腔镜监视下从盆底肌中心进入形成盆底隧道,将直肠从隧道中拖出,5-0 可吸收线将直肠与会阴皮肤相缝合。

在新生儿期行乙状结肠造口后患儿,腹腔镜下游离瘘口的近侧和远侧肠管,断离瘘管。沿瘘口边缘游离肠管,将其远端直肠切除,然后把近端正常结肠从盆底肌中心拖出。

2. 术中注意事项及异常情况的处理

(1)气腹压力及气腹并发症:腹腔镜手术用的人工气腹,可导致小儿呼吸、循环神经内分泌等发生一系列生理改变。小儿腹腔容积小,腹膜吸收 CO_2 快,对缺氧耐受差,易发生严重的生理紊乱。在术野显露充分的情况下,压力越低对患儿的呼吸影响越小。因此小儿腹腔镜气腹压力应控制在 8～10mmHg。若手术时间较长,为减轻高碳酸血症,在进行腹外操作时应暂停气腹,需要时在重建。腹腔镜手术对小儿循环、呼吸的干扰可持续至术后,包括外周阻力升高和循环高动力状态,高碳酸和低氧血症等,所以腹腔镜手术术后应常规吸氧。

(2)腹腔镜操作空间:新生儿期手术,没有结肠造口,直肠盲端均扩张,占据了盆腔的空间,影响到手术操作,术中需对肠管进行减压处理。可采用经腹壁穿刺肠腔减压术,也可通过阑尾造口插管及通过尿道瘘管向直肠内插管洗肠减压。

(3)瘘口显露:对于高位肛门闭锁合并直肠尿道瘘患儿,瘘管部位显露困难,可经腹壁穿入丝线将膀胱悬吊于腹壁并将腹腔镜镜头深入盆腔,有助于显露瘘管部位,避免尿道或阴道损伤。腹腔镜辅助下高、中位肛门直肠畸形成形术具有以下优点。①对患儿损伤小,术后恢复快。②有利于处理直肠泌尿生殖系瘘管,由于高位肛门闭锁患儿直肠尿道瘘多位于尿道的前列腺部,无论是开腹手术,还是经会阴手术均显露困难,不易准确修补。而腹腔镜镜头可以轻而易举地深入盆腔,清晰地显示瘘管部位,有利于准确分离和结扎瘘管,避免尿道损伤。③有利于从盆底侧准确地辨认骨骼肌复合体纵肌漏斗的中心,利用腹腔镜的放大功能,可以从盆面观看到两侧耻骨尾骨肌肌腹的中心点,同时再配合电刺激进一步显示肌肉的收缩中心,指导直肠从盆底拖出的隧道准确地位于肌肉中心,减少了对肌肉的损伤,这可能是该手术后排便控制功能良好的一个重要原因。④女孩一穴肛畸形的患儿常常合并卵巢、子宫和阴道畸形,因为开腹手术侵袭大,人们一直主张分期手术,逐步解决尿道、直肠和阴道畸形。腹腔镜有利于全面地了解腹腔内情况,对阴道和子宫的变异及时采取正确的治疗方案。并且其具备的微侵袭的特点,让患儿能够承受一次性泌尿生殖和直肠肛门系统成形手术。⑤对新生期已经行乙状结肠造口后的幼儿,腹腔镜辅助可以减少手术对盆腔的干扰,准确地将肠管从骨骼肌复合体纵肌的中心拖出,缩小腹部切口长度。⑥腹腔镜辅助下高、中位肛门直肠畸形成形术不但适用新生儿期患儿,而且适用于已经行结肠造瘘的婴幼儿。

但腹腔镜辅助下高、中位肛门直肠畸形成形术要求手术医生有娴熟的腹腔镜操作技术,以免因操作原因损伤盆底重要的泌尿生殖通道及对术后排便功能至关重要的盆底肌肉组织;又需要有传统开放性手术的经验,对盆底肌肉组织解剖结构非常熟悉和了解,才能保证手术的成功完成。因此,对于新开展腹腔镜手术的医生和没有一定开放性肛门成形手术经验积累的医生,开展该项手术具有较大的风险因素,甚至可能给患儿造成无法弥补的损伤。

(六)腹骶会阴黏膜下切除直肠成形术

经骶部切口手术步骤与腹骶会阴术式相同,为避免过多游离直肠,另经腹切口做远端直肠黏膜下袖套状剥离,将新的成形直肠经过此肌鞘拖出至肛门外缝合。此法的缺点仍为对耻骨直肠肌环及外括约肌的分离带有盲目性,直肠黏膜的传入神经感受器被切除。

(七)会阴前直肠肛门成形术

肛门前方的会阴部做一弯形横切口,在尿道或阴道后方显露瘘管、耻骨直肠肌及肛提肌。经腹部切口游离、黏膜下袖套状分离及直肠拖出等步骤同上述术式。其优点是对耻骨直肠肌及尿道暴露很清楚,但外括约肌不能完全显示,直肠脱垂率高,可能损伤支配尿道的神经。

(八)泄殖腔畸形的治疗

泄殖腔畸形亦称为一穴肛畸形,由于该畸形病理改变复杂,术式应按类型决定。出生后可根据患儿情况若出现便困难及逆行感染者应行结肠造口术,右侧结肠造口较合理,注意不要损伤结肠中动脉、左结肠动脉和乙状结肠动脉,带血管的乙状结肠可用以将来用作替代阴道。如有尿潴留或阴道积水,可将尿生殖窦向后切开,以便间歇性放置导尿管排空膀胱及阴道,无效时做暂时性膀胱或阴道导管式造口。根治术实施时间应根据患儿情况、畸形复杂程度及术者的经验而定。术前从一穴肛口逆行造影了解:①一穴肛共同管道的大小及长度;②尿道和阴道的长度;③直肠瘘的高低。超声检查前从一穴肛口注入生理盐水使之充盈,有助于区别直肠、尿道及阴道,同时可发现有无肾、输尿管积水。CT、MRI 亦可较好地显示畸形的类型。

手术操作要点:体位同后矢状入路肛门成形术,术前置 Folley 尿管,从骶部至泄殖腔上分开外括约肌、耻骨直肠肌群,显露直肠后壁及泄殖腔管。分离直肠与阴道,注意直肠前壁必须有足够长度,以保证无张力的吻合到肛穴皮肤。分离阴道与尿道时,因此处组织弹性差,且阴道约50%环绕在尿道周围。注意分离至膀胱颈部时勿损伤输尿管,少数病例可能存在输尿管外翻。尚需注意阴道前壁血供,由于试图尽量保留尿道组织防止尿失禁,以致阴道壁分离过长,使阴道壁发生供血不足。如共同管的长度在 3cm 以上者,需行阴道壁代替手术(如利用肠管阴道穹隆片及皮肤片等)。①重建尿道:以 Folley 尿管作支撑,以 5-0 号可吸收线无张力缝合,需缝合双层,尤其是尿道最上部,多为尿道瘘好发部位。用刺激器检查共同管两侧骨骼肌收缩功能,该肌对排便控制作用十分重要。一般骶骨发育正常者,术后排尿功能均正常。应注意尿道括约肌并非如有人报道为小的环状肌肉,而是从肛提肌水平起始向下直至共同管两侧皮肤处的连续性肌结构。②重建阴道:阴道分离后,直接拖到会阴皮肤处,以 5-0 号可吸收线间断缝合,用刺激器判断肛门外括约肌前后部的范围大小,以确定重建会阴体的大小。如阴道前壁在分离过程中损伤,则应尽量避免直接与尿道后壁贴近,否则易引起尿道阴道瘘,可用阴道壁旋转的办法使侧壁转为前壁以利于愈合。③重建直肠:建立会阴体后,直肠必须通过括约肌复合体和肛门外括约肌中心,肛提肌在直肠后应做适度张力的缝合,肛门成形用 5-0 可吸收线缝合。

常规作耻骨上膀胱造口术,术后 14d 闭管试验,记录每次排尿量、残余尿量(排尿后放开钳夹测量),观察排尿间歇期有否尿失禁等。如排尿功能好,可拔出造口管。否则,在阴道伤口完全牢固愈合后,做间歇冲洗膀胱,当排尿后残余尿量很少时,拔除膀胱造口管。由于患儿多伴有严重骶骨和骶尾神经发育不全,影响术后控制排尿,有时需做膀胱颈成形术。术后 2 周后肛门及阴道需扩张,开始每日 1 次,以后次数逐渐减少。年龄稍大后还要复查阴道发育情况。

目前有人主张分期手术,一期行直肠肛门成形术,解决尿、粪分流,患儿学龄期以后再行尿道及阴道重建根治术。

也有人主张利用腹腔镜的特点,在腹腔镜指导下行一期手术。对一穴肛患儿腹腔内操作后,从共同管的后缘至肛穴后缘正中劈开皮肤及肌肉切口长 2.2cm,进入盆腔;首先行膀胱颈和尿道成形,然后在腹腔镜引导下将直肠及乙状结肠从盆腔拖出到会阴。若共同管较长需行阴道成形,切取保留系膜血管蒂的远端直肠 10cm 肠襻,缝合其近端代替阴道,远端与尿道开口后方的会阴前庭黏膜相缝合,形成阴道外口。对合缝合两侧的会阴横肌形成会阴体,最后将乙状结肠穿过盆底肌和肛门外括约肌中心形成肛门。

(九)术后并发症 Complications

肛门成形术后的肛门狭窄、瘘管再发等并发症,多需再次手术矫治。而手术次数与排便功能密切相关,手术次数越多,排便功能越差。常见的并发症如下。

1. 术后暂时性尿潴留　多由于腹会阴手术刺激盆神经向泌尿生殖系统发出的分支所致,为神经性膀胱。一般情况下,经留置尿管、排空膀胱、针灸、按摩、理疗、严格控制尿路感染等措施,于术后 1~2 周即可解除。

2. 便秘　不论何种肛门成形手术,便秘都是常见的术后并发症。早期可因肛门部切口疼痛或创伤的影响所致。如能注意调整饮食、坐浴等,待肛门部切口愈合,便秘多可自然缓解;如有肛门狭窄,应指导家长做扩张肛门护理;症状仍不缓解,需考虑是肛门成形术后出现的直肠末端粪便贮留综合征。直肠末端粪便贮留综合征又称直肠无力或直肠扩张症,发病率较低,文献报道甚少;临床表现肛门直肠术后肛门切口位置、大小正常,肛门无瘢痕狭窄,但有持续便秘、腹胀、不全肠梗阻症状不缓解,营养不良,长期非手术治疗无效。

直肠末端粪便贮留综合征的病因不清,有人认为有两种可能。①原发因素:先天性肛门直肠畸形伴发先天性巨结肠症或肠神经系统发育不良,以及肛门直肠畸形合并直肠蠕动无力或不蠕动等,手术只能解决肛门成形,而近端直肠功能未改善。②继发因素:近端直肠和乙状结肠由于术前排便困难,继发扩张、肥厚、组织结构变性,丧失紧张性及蠕动功能。结肠容积过大,近端推下的肠内容物不能产生压力反射,无便意,亦不能引起排便。治疗原则:不论是继发或原发引起的轻型便秘,均应首先采用非手术疗法,如扩肛、洗肠、训练排便、调节饮食及服用缓泻药等。非手术疗法无效,症状逐渐加重者应考虑二次手术,可选用黏膜剥除、保留直肠肌鞘的腹会阴手术。

3. 肛门狭窄 是肛门成形术后较常见的并发症。引起肛门狭窄的原因有:①肛门切口太小;②直肠黏膜与肛门皮肤切缘缝线过密或缝线结扎过紧,影响血供,切口愈合不佳;③直肠游离不充分,直肠回缩,瘢痕形成;④术后肛管放置时间过长,或肛管硬、直径过大压迫切口引起缺血、坏死、感染;⑤术后护理不当,尿、粪污染致切口感染;⑥术后未坚持扩肛。

肛门狭窄预防:肛门皮肤切口大小适宜,切口不应<1.0cm;有瘘者术前做好肠道准备;术中要充分游离直肠盲端;确切地缝合肛门切口;术后注意肛口护理,以防尿、粪污染,可用灯泡照烤,保持局部清洁干燥;术后 2 周开始按要求扩张肛门。

治疗:应按狭窄程度处理。①膜样狭窄,瘢痕浅表、不伴直肠狭窄,肛查成年人示指尖可通过。仅便条细,可采用扩张肛门的非手术疗法,多可治愈。②肛门狭窄严重,成年人小指尖亦不能通过,但无直肠狭窄,经钡剂灌肠造影,狭窄段仅在 1.5~1.0cm 或以下,可采用瘢痕切除、会阴肛门成形术,术后坚持扩肛。③肛门直肠狭窄,继发巨结肠,应行肛门部瘢痕切除,直肠黏膜剥离,结肠直肠鞘内拖出术(Soave 法)。④必要时术前先行结肠造口,清除结肠内贮留的粪块,做好肠道准备。

4. 直肠黏膜外翻 因肛门开口过大,保留在肛门外口的肠管过多或瘢痕挛缩致肛门不能完全关闭,或游离肠管过多造成直肠黏膜外翻,临床可出现不同程度的污便或便失禁,影响排便功能。轻者每日用温盐水坐裕,促进瘢痕软化,多可随肛门括约肌功能的恢复而自愈。如黏膜外翻过多,非手术疗法不见好转,应行多余的黏膜切除。

5. 瘘管复发 肛门成形术后瘘复发是较常见的并发症。其主要原因:①术前对于直肠尿道瘘漏诊,只做肛门成形术,造成遗漏瘘管处理;②术中处理不当,游离直肠,特别是直肠前壁游离不充分,直肠回缩,原有瘘管因直肠回缩,粪便污染感染,影响瘘管愈合而引起瘘管复发;③术中瘘管处理不当,瘘管处修补不确切,导致尿液外渗感染瘘管不愈;④术后未留置导尿管,尿流未阻断,排尿时尿流压力作用瘘管致瘘管再发。预防主要是针对上述原因来预防。

肛管前庭瘘复发后不必急于手术处理,只要坚持坐浴,经常保持会阴部清洁,保持排便通畅,控制感染,同时坚持扩张肛门,防止肛门狭窄,经过一段时间,由于肉芽组织增生,填满瘘管腔可达到自行愈合。非手术治疗无效者需再次手术矫治。如第一次手术失败,不仅瘘复发,会阴部切口亦会全部裂开,使会阴皮肤缺损,再次手术时,应考虑会阴体修复。

肛门闭锁直肠尿道瘘复发者早期可保留膀胱造口管观察一段时间,若 6 个月不愈且瘘管无缩小者应考虑再次手术,再次手术时,应充分考虑以下因素:患儿有无肛门狭窄,尿道瘘的部位、深度、口径大小及其走向、有无继发结肠病变、患儿周身情况及术者经验等。常用的术式有以下3 种可供选择:一是肛门瘢痕呈线状狭窄,尿道瘘内口距肛缘在 1.5cm 之内,为较小的孔穴状瘘,可行直肠内瘘修补术。二是尿道瘘内口距肛缘 1.5cm 以下的低位瘘管且瘘管较细长者,可先选用经会阴瘘修补术。经会阴修补直肠尿道瘘的操作要点是让患儿取截石位,经尿道内置导尿管,做会阴前横切口,切开海绵体肌后游离尿道,在尿道与直肠之间进行仔细分离。术者示指伸入肛门,将直肠前壁向上托起,有利于识别瘘管并能起到止血作用。瘘管多数在尿道第二狭窄处,如已将瘘管切断,继续将直肠与尿道做钝性剥离,尿道侧瘘口应距尿道壁 3mm 处用 6-0 无损伤线间断单层修补瘘口,以防术后发生尿道狭窄或尿道憩室。如尿道狭窄应切除狭窄段行端-端吻合术,再用球海绵体肌覆盖缝合。但因为再次手术,在瘘管周围已形成瘢痕,海绵体肌部分破坏,术后一旦切口感染,瘘将复发。此术式成功的关键在于为直肠、尿道两侧瘘口切断结扎后的间隙提供一有血供的组织,才能防止复发。而直肠与尿道之间又缺少可利用的组织,有报道利用带蒂的阴囊肉膜堵塞修补,取得满意的效果。三是肛门闭锁直肠尿道瘘,经骶会阴肛门成形术失败,高位畸形的高位尿道瘘或膀胱瘘者,应选用直肠黏膜剥离、直肠结肠鞘内拖出术(Soave 法)。瘘管再发多合并肛门狭窄、直肠回缩,故术中充分游离直肠、避免直肠回缩,是预防肛门瘢痕狭窄及瘘管复发的重要措施。因直肠回缩,肛周形成厚而硬的瘢痕使肛门外口明显狭窄或肛门外口闭合不全,导致便失禁。

6. 泌尿系并发症 肛门直肠畸形,特别是伴直肠尿道瘘者术后可发生一系列泌尿系并发症,如尿道狭窄、憩室、闭塞以及神经性膀胱等。泌尿系并发症发生的主要原因是处理瘘管不当,在游离、切断、缝合尿道瘘时,如过于靠近尿道,或将尿道壁损伤,或缝合瘘口时过紧,过于牵拉瘘管致使尿道屈曲成角,导致尿道狭窄。反之,如保留瘘管过多,可形成尿道憩室。从解剖学上看,前列腺部和膜部尿道的后壁薄弱,高、中位肛门直肠畸形患儿耻骨直肠肌、膀胱外括约肌与后尿道紧密相连,行根治术时,由于广泛游离直肠和耻骨直肠肌环,并经该肌环拖出直肠时,易造成后尿道损伤;另外,游离时损伤了盆神经也可引起排尿功能障碍,如神经源性膀胱。

泌尿系并发症的防治在于正确选择术式,对伴有尿道瘘的肛门直肠畸形,应在术前行瘘管造影,了解瘘管的走向,先行结肠造口,采用后矢状入路肛门成形术,在直视下处理瘘管,可减少并发症的发生。为了及时发现和处理泌尿系并发症,定期随访观察十分必要。对尿道狭窄行尿道扩张术多可治愈,尿道憩室无症状者可不处理,如经常出现尿路感染或出现尿路结石应手术治疗。

7. 肛门失禁 肛门失禁多见于高位肛门直肠畸形术后,但中、低位畸形术后亦可见。主要原因:①肛门外括约肌损伤;②肛门切口过大或保留黏膜较多,出现黏膜外翻;③肛门切口感染,哆开,直肠回缩较多,肛周形成厚而硬的瘢痕,使肛门明显狭窄及闭锁不全;④高位畸形肛门成形术时,直肠盲端未能通过耻骨直肠肌环;⑤在会阴部及盆腔分离直肠时,损伤盆神经及阴部神经,引起肛提肌或肛门外括约肌收缩无力;⑥高位畸形常伴有盆腔组织结构异常,由于高位畸形,直肠盲端位于腹膜返折之上,耻骨直肠肌短缩,明显向前上方移位,内括约肌缺如或仅处于雏形状态,外括约肌处于松弛状态,其间充满脂肪组织,肌纤维走向异常紊乱等解剖异常是肛门失禁的病理因素。

预防措施在于拖出直肠应通过耻骨直肠肌环及外括约肌中心,尽量保留和利用肛门内括约肌,会阴部切口不要>2cm;术中充分游离直肠盲端,以防直肠回缩及切口感染;注意勿损伤盆神经及肛周肌群;加强术后护理,定期扩肛及排便训练等十分重要。

治疗应根据不同原因采取不同方法:如黏膜外翻可将多余的黏膜切除,瘢痕狭窄应行瘢痕切除;严重者可再次行 Soave 肛门成形术。肌肉发育不良或肛周肌肉损伤、神经损伤的肛门失禁经过系统的排便训练,症状仍不改善者应行括约肌成形术。常用术式有以下几种:①肛门皮肤成形术;②肛门外括约肌修补或重建术,如肛门外括约肌修补术、括约肌折叠术、股薄肌移植括约肌重建术及带蒂臀大肌瓣移植外括约肌重建术。

生物反馈疗法对治疗肛门失禁有一定的疗效,其原理是通过三腔气囊测压导管将扩张直肠时肛门内、外括约肌的压力改变,经过声光信号转换,使病人通过视听觉有目的地加强肛门外括约肌的收缩锻炼,提高与直肠扩张同期收缩的协调性,从而改善排便功能。主要设备由肛门直肠测压导管、压力换能器、显示器等组成。目前已有较完备的由计算机控制排便生物反馈治疗系统。

生物反馈治疗肛门失禁步骤如下:首先对失禁患儿的肛门功能进行客观评定,包括便失禁病程、失禁程度、肛诊检查和 X 线钡灌肠造影等,以肛门直肠压力测定最为主要,包括引起直肠感觉的压力容量阈值、肛门直肠松弛反射是否存在、肛门外括约肌收缩压及持续时间,以及肛门外括约肌肌电图检查。接受生物反馈疗法的小儿应具备以下条件：①能听懂并配合医生的指导；②能自主收缩肛门外括约肌和臀大肌；③有一定的直肠感觉。

治疗注意事项：治疗前应对肛门功能及失禁原因进行评估，一般由于肛门括约肌手术或外伤引起的失禁效果较好。而神经源性失禁如脊髓拴系和肛门括约肌神经发育异常以及直肠扩张感觉丧失的小儿效果相对较差。此外，接受治疗的小儿年龄要相对大一些，以学龄期为佳，以取得配合和坚持经常训练。

（黄　英）

第二十三节　新生儿坏死性小肠结肠炎

新生儿坏死性小肠结肠炎（necrotizing enterocolitis，NEC）是一种常见的新生儿急腹症，在美国等发达国家其发病率可达 3/1 000。出生时体重<1 000g 者发病率为 1%，极低体重儿的发病率可高达 12%，占 NICU 入院患儿的 5%。男多于女，男女之比为 2∶1。随着科技进步及经济水平的提升，我国早产儿救治水平已有了很大程度的提高，早产儿及低体重儿的生存率也随之提高，但与之相伴的一些疾病如 NEC 的发病率也有增高的趋势。但目前该病的病死率仍高达40% 左右，占所有新生儿死亡病例的 50%。幸存下来的患儿也常合并短肠综合征等后遗症，给社会及患儿家庭带来沉重的经济负担。

1888 年 Paltauf 首先报道了 3 例肠壁全层坏死和多次穿孔的坏死性小肠结肠炎病例。1891年，Genersich 收治了一例回肠穿孔但远端无肠梗阻的足月新生儿。随后，类似病理、病因的肠穿孔有散发报道，但未引起足够的重视。1959 年 Rossier 对该病进行了详细描述并命名为"坏死性小肠结肠炎"，其后多位临床医师对该病的临床表现进行了详细观察，并对该病的发病机制、诊断与治疗进行了探讨。

一、病因与发病机制

该病坏死肠管呈缺血性改变，而病变发生的部位多为回盲部，此处为肠系膜上动脉的终末分支，容易发生缺血性损伤，所以早期对该病发病机制的研究多集中在肠缺血缺氧上。但流行病学调查发现，NEC 的发生与新生儿窒息等肠道缺血缺氧性损伤无明确相关性，而该病与早产明显相关。其后，人们还发现该病的发生与人工喂养、细菌增殖等有关。

（一）高危因子

1. 早产　早产与 NEC 的关系最为密切，甚至有人认为早产是唯一可以确定的高危因素。胎龄越小，NEC 的发病率越高。一方面，发育未成熟的胃肠道分泌胃液及胰液的能力降低，使得细菌易于在胃肠道内繁殖；另一方面，杯状细胞分泌黏液的能力不足而肠上皮细胞间的连接松弛，从而产生细菌移位，触发炎症反应而引起 NEC。而早产儿肠蠕动减慢又延长了细菌在肠道内存留的时间，加重了细菌感染引发的炎症反应。

2. 肠道缺血缺氧　新生儿缺氧有关的损伤如机械通气、出生后低 Apgar 评分、吲哚美辛、长期脐动脉插管等也与 NEC 的发生有关。新生儿缺氧、窒息时引起机体的保护性反射（即所谓潜水反射），为了保证脑、心等重要器官的血供，体内的血液重新分布，胃肠道的血供急剧下降，肠壁因此受损。

3. 人工喂养　快速超量的人工喂养可因肠道渗透压增高、食物中缺少必要的生长因子和抗体、诱发细菌移位等原因引起肠壁损伤。

4. **感染** 细菌的增殖也与 NEC 发生密切相关,而调节肠道菌群也可减少 NEC 的发生率。Parilla 对一组早产儿用 Logistic 回归分析后发现,24 例 NEC 患儿有 14 例合并败血症,而对照组 96 例只有 1 例合并败血症。Caplan 等发现双歧杆菌可通过减少肠道致病菌的数量、减少内毒素的生成、降低肠上皮细胞磷酯酶 A_2 的表达以及减轻细菌移位等作用而降低 NEC 的发生率。

(二)发病机制

早产、缺氧、人工喂养、细菌感染等与 NEC 的发生密切相关,这些因素引起肠壁损伤的可能机制有以下几种。

1. **PAF** PAF 是来源于炎性细胞、上皮细胞、内皮细胞、血小板和细菌的内源性磷脂介质,大鼠注射大剂量 PAF 后可迅速发生肠坏死。PAF 可使肠壁血管通透性增高、白细胞游出、细胞黏附分子的合成增多及活性氧生成增加,从而损伤肠壁。

2. **LPS** 细菌产物之一的 LPS 可诱导肠上皮细胞高表达 iNOS,NO 生成增加可诱导细胞凋亡并抑制细胞增生,从而损伤肠上皮细胞。有实验表明 LPS 与 PAF 对肠道损伤有协同效应。

3. **NO** NO 是由一氧化氮合酶(NO synthase,NOS)催化生成,其中诱导型 NOS(inducible NOS,iNOS)可在多种炎性因子的刺激下高表达,从而使组织产生过多的 NO,后者可进一步转化为氧自由基,后者使位于细胞膜、线粒体膜上的不饱和脂肪酸过氧化而导致肠道组织直接受损。此外,氧自由基还可诱导细胞凋亡、抑制细胞增殖而造成组织的损伤。

4. **肿瘤坏死因子(tumor necrosis factor,TNF)** TNF 可激活多形核白细胞和内皮细胞、诱导产生内皮细胞和白细胞黏附分子、促进中性粒细胞向内皮细胞迁移、产生前列腺素、血栓素、白三烯和 PAF 等细胞因子和磷脂介质。正常肠道潘氏细胞 TNF 表达水平非常低,在 NEC 急性期肠壁中潘氏细胞、固有层嗜酸细胞和浸润的巨噬细胞 TNF 基因转录明显增强。研究 TNF 还可与 LPS 协同作用加重肠损伤。

5. **黏附分子** 白细胞迁移是炎症反应的重要病理改变,黏附分子在白细胞迁移过程中起重要作用,其中选择素起主要作用。

6. **核因子-κB(nuclear factor-κB,NF-κB)** 当细胞受到 TNF-α 等刺激后胞浆中 NF-κB 结合蛋白发生磷酸化,继而降解成有活性的二聚体,转录因子 NF-κB 与之结合后可上调众多促炎因子的表达,从而造成肠道损伤。

总之,一些始动因素(肠道发育未成熟、围生期缺氧或轻度感染)可导致肠黏膜轻微受损,人工喂养后引起肠道菌群增殖,细菌移位到达受损的肠上皮,诱发产生内源性 PAF 和 TNF,而后 PAF 与 LPS 和 PAF 或 TNF 协同作用,激活 PMN 与活化补体、释放炎性介质、收缩肠壁血管、导致缺血和再灌注损伤、产生大量氧自由基,从而造成黏膜屏障严重受损和细菌大量入侵,并形成恶性循环,引起肠壁坏死,从而导致休克、败血症、甚至死亡。

二、病 理

该病最常发生的部位是回盲部、回肠末端、升结肠和横结肠,降结肠较少受累。大体解剖学上,常可见肠管水肿、出血、瘀斑、坏死,甚至肠壁积气。肠壁黏膜面水肿、片状出血,严重者出现溃疡,肠段浆膜面水肿和浆膜下出血。肠管的对系膜缘肠壁发生肠壁全层坏死。穿孔发生后常有全腹膜炎,穿孔部位肠襻明显粘连成团,局部脓肿形成。

镜检在不同时期有不同的表现。在疾病早期,黏膜表面轻度或凝固性坏死,有炎症细胞浸润,而并无肠壁的坏死,然而,黏膜和黏膜下层可见细菌,黏膜和黏膜下层水肿、出血,血小板在末梢血管聚集,丛状毛细血管床及其近心端静脉栓塞。在疾病后期或重症病例,除炎性细胞浸润、血栓形成、细菌定植外,可见肠壁全层坏死,气体在肠壁组织积聚。在病变中晚期,可见上皮增生、腺体和黏膜隐窝的再生和变形,肉芽组织增生,高度增生的肉芽组织及纤维化可导致肠狭窄。

三、临 床 表 现

该病多发生在早产儿及低胎龄、低出生体重儿中。起病多在生后 10d 内,但亦有生后数月发病者。该病多呈散发,也可流行,经胃肠喂养者多见。

(一)症状

新生儿于出生后不久出现嗜睡、拒食、呼吸暂停、体温不稳定。后逐渐出现呕吐、便血、腹泻、腹胀。呕吐最常见,约占 3/4 的患儿呕吐物含有胆汁;常见血便,可表现为血水样便,或血丝便,或粪便隐血阳性,而大量出血者很罕见;约 1/5 的患儿在呕吐前即出现腹泻,每天 5～10 次。严重者可出现高热或体温不升、反应差、四肢、皮肤呈花斑样等休克表现。

(二)体征

1. 望诊 腹胀非常明显,并呈进行性加重,有时可见肠型。少部分病人(约 1/20)可见腹壁水肿发亮和红斑。

2. 触诊 早期一般腹部较软,随着疾病不断进展,腹部张力增高;可触及移动或固定的肿块,这多为扩张的肠襻。有时腹壁可触及捻发感,提示有腹膜炎的存在。

3. 叩诊 部分病人可有移动性浊音。

4. 听诊 发病早期肠鸣音活跃,或有高调肠鸣音,后期肠鸣音弱甚至消失。

(三)辅助检查

1. 血常规 显示白细胞计数和中性粒细胞比例升高,多有核左移。如出现粒细胞严重减少,则提示预后不良。血小板计数如降至 $10 \times 10^9/L$ 以下,病死率可达 50% 以上。

2. 大便常规 大多在早期即表现为大便隐血试验阳性。

3. 血培养 部分病例血培养阳性,大多为大肠埃希菌。

4. 影像学检查

(1)腹部立卧位片:常取前后位及左侧卧位,也可取立卧位。该病最具特征性的表现是肠壁积气、门静脉积气、气腹、肠襻扩张及腹腔积液等。Ⅰ期病例可能仅表现为腹部肠管积气,对高危患儿应进行动态系列观察。

①肠壁积气:肠壁积气是坏死性小肠结肠炎的特征性表现,绝大部分病人会出现,一般在发病早期即可见到,但一般出现很短暂。严重者大部分小肠、结肠壁可见积气,这往往是暴发型或大范围肠坏死的病例。一般情况下,因积气多少和分布范围的不同,肠壁积气表现为不同的形态特点,根据积气的形态特点,分为囊状积气和线状积气,前者更多见,黏膜下可见有颗粒状或泡沫状气体出现,线状积气有时和囊状的同时出现,有时发展为浆膜下积气,这时肠壁的轮廓会清晰显示。

②肝门静脉积气:积气沿肝门静脉分布呈树枝样,可能由肠壁将气体吸收到肝门静脉所致。由于肝门静脉积气出现短暂,较少发现,大范围肠坏死病例出现肝门静脉积气的比例则较高。

③气腹:即腹腔出现游离气体,多由腹部空腔脏器穿孔所致,形成气腹的同时肠腔内气体减少。

④腹水:可见腹部密度增高,模糊,中腹部见肠管充气,立位片显示中下腹密度增高。

⑤固定的肠襻征:腹部出现 1 个或多个扩张的小肠襻,肠壁水肿增厚,不随体位的变化而变化,持续出现 24～36h,常表明肠管缺乏蠕动,很可能已有肠管壁全层坏死。

(2)腹部 CT:可以了解有无固定肠襻的存在,以及肠壁水肿增厚、肠壁积气、肠腔扩张的范围及部位,腹水、肝门静脉积气等情况。

(3)腹部 B 超:用以了解有无腹水及其量的多少,也可定位引导穿刺,观察肝实质及门静脉有无微小气泡、观察肠管血供情况,利于判断肠壁循环。如探测到肝前强反射信号,也提示有腹腔游离气体的可能。

四、诊 断

早产儿出现腹胀、呕吐、腹泻、便血,腹部平片显示肠管扩张、肠壁积气、血象升高或降低者可诊断新生儿坏死性小肠结肠炎。

1978 年 Bell 等提出了 NEC 的分期,该分期对 NEC 的诊断和治疗有很大的帮助。

Bell 分期如下。

1. Ⅰ期 有轻微的全身症状,如:体温不稳定、呼吸暂停、嗜睡等。也可有轻度的腹胀、呕吐、胃潴留。约 40% 的 NEC 患儿大便隐血阳性。

如下列 4 个症状中出现 2 个,应高度怀疑 NEC:持续腹胀但无其他病因、肉眼血便、反复呕吐、可扪及肠曲或腹块而无其他情况可以解释。

2. Ⅱ期 全身症状加重,腹胀明显、肠鸣音消失。多有腹壁水肿,尤其在脐周更多见。X 线片显示有肠壁积气片。Ⅰ期 4 个症状中任何 1 个加上肠壁气囊肿或肝门静脉积气可确诊。

3. Ⅲ期 即伴有肠坏死、穿孔、腹膜炎等。除了Ⅱ期的表现以外,出现全身衰竭、低钠血症,合并代谢性酸中毒,甚至 DIC。

依据相应的症状、体征和相关检查及 Bell 分类法来确立诊断,当诊断或分期不能明确时,动态观察并动态检查,如定时摄腹部平片,超声的检查等。腹膜炎体征、局限性肠襻、肠壁积气、血小板减少等是重要参考指标。

五、鉴 别 诊 断

新生儿坏死性肠炎应与以下疾病相鉴别。

(一)先天性巨结肠合并小肠结肠炎

先天性巨结肠常合并小肠结肠炎,表现为腹胀、呕吐、高热、腹泻,易与新生儿坏死性小肠结肠炎相混淆。前者常有胎粪排出延迟,而新生儿坏死性小肠结肠炎患儿胎便排出正常。

(二)脐源性腹膜炎

由脐炎引起的腹膜炎称脐源性腹膜炎,亦可表现为腹壁红肿、高热、腹胀,但脐部有脓性分泌物,腹部 X 线平片无肠壁积气等可与之鉴别。

(三)新生儿消化道穿孔

该病发病时间早,多在出生后数小时内出现呕吐、腹胀、高热,而新生儿坏死性肠炎起病时间多在生后 2d 之后。

(四)新生儿出血症

该病由维生素 K 缺乏引起,表现为胃肠道或其他部位出血,但无高热、腹胀,腹部 X 线平片无气腹、肠壁积气等表现。

六、治 疗

根据 Bell 分期制定治疗方案。Ⅰ期者可非手术治疗。Ⅱ期亦可非手术治疗,但要对病情进行动态评估。Ⅲ期需手术治疗。

(一)非手术治疗

1. 禁食并持续胃肠减压 保持胃肠减压的低负压吸引。胃肠减压要进行到胃肠功能完全恢复,一般最少7~10d,同时尚需观察有无呕吐、腹胀、便血等。

2. 抗感染治疗 在细菌培养和药敏实验结果出来之前,可根据经验用药,首选针对大肠埃希菌、克雷伯杆菌、阴沟杆菌、假单胞菌的广谱抗生素。细菌培养结果出来以后,依药物敏感试验选用敏感的抗生素。保证足量、有效抗生素连续应用10d以上。

3. 水、电解质平衡及胃肠外营养 维持血容量,纠正水、电解质和酸碱平衡的紊乱。补充营养要素、维生素和微量元素,并保证热卡的供应。

4. 观察病情变化 最好能6~8h拍腹部X线平片一张,做到动态观察,并注意白细胞、血小板、pH及血气分析的动态检测。经非手术治疗无效或进行性加重,应及时进行手术治疗。

(二)手术治疗

1. 手术指征 当进入第Ⅲ期,或经过非手术治疗无好转,并出现持续的酸中毒、进行性血小板减少、腹壁水肿红斑、固定扩张的肠襻、腹穿结果阳性、肝门静脉积气时需手术治疗。

2. 术前准备 监测生命体征的变化,完善术前相关检查,纠正水、电解质和酸碱平衡的紊乱,改善凝血功能,保护肾功能,维持生命体征的稳定。术前如血小板明显减少、凝血机制异常,应输用血小板、新鲜血浆,予以纠正。

3. 术中处理

首先探查了解肠管血供情况,观察有无肠坏死,坏死的范围,估测剩余的有生机肠管的长度,腹腔污染的程度,腹腔内器官粘连的程度,腹腔渗液情况等。据此进行相关决策。

(1)坏死穿孔的肠管予以切除直接行肠吻合。

(2)尚有50%肠管存活者:坏死肠管仅一段者,能耐受手术者切除坏死肠管后直接吻合,病情危重不能耐受手术者行肠造口术,4~6周或以后关闭瘘口;坏死肠管为多段者,切除坏死肠管,近端造口,远端旷置,4~6周或以后关闭瘘口。

(3)存活肠管不足50%者:不伴肠穿孔者,分辨明显有生机和明显坏死分界处进行分离,近端造口,6周后再封闭瘘口。如远侧肠管单个穿孔者,小范围切除坏死穿孔肠管并行肠吻合,多发性穿孔者多段切除,多段旷置肠管的近端和远端分别造口。为尽量保留残余肠管的长度,可用硅胶管串联多段肠管,各段间用可吸收线稀疏缝合,并近端造口,远端持续有效吸引;全胃肠外营养,6周后关闭近端瘘口。

(4)大范围坏死,残余肠管很短,体重很轻,病情危重难以承受手术者,可在局麻下腹腔引流,24h仍无改善开腹手术,有改善者可能就此治愈,必要时再开腹处理。

4. 注意事项 术中尽量减少水分的丢失,保持肠管尽量在腹腔内,尽量缩短手术时间,术中尽量保留有生机的肠管。

七、术后并发症

(一)近期并发症

1. 肠管继发坏死甚至穿孔 一旦发生,须及时进行进一步处理,视穿孔大小进行近段造口或加强腹腔引流。

2. 肠道吻合口瘘 术后8h内发现吻合口瘘,可考虑剖腹探查并再次重新吻合,或腹腔引流或近侧肠造口,如术后未能及时发现或术后较长时间发生吻合口瘘,则行腹腔引流或行吻合口近侧肠造口术。

3.腹腔感染　可为全腹膜炎或局部性炎症,须加强抗感染,充分腹腔引流。

4.肠粘连肠梗阻　术后多有肠粘连,是否发生梗阻要看粘连发生的部位、粘连的特征、与局部肠管的解剖关系,术后1周往往是炎性肠梗阻的发生高峰,随着感染的控制,炎症的减轻,常可得到控制和缓解。粘连性肠梗阻的发生率较高,预防其发生有重要的价值。术中少显露肠管,尽量将肠管留在腹腔、必须显露的肠管部分,注意肠管外露时的防护,可用温盐水纱布湿敷,动作轻柔、减少腹腔积血,尽量保持浆膜的完整,充分冲洗腹腔,预防感染,均可减少肠粘连的发生并减轻其程度。

(二)远期并发症

1.肠道狭窄形成　是由于肠管壁严重损伤后组织修复、局部瘢痕组织挛缩所致,发生率为11%~35%,发生的部位最常见的是结肠,其次是回肠末段。肠道狭窄往往表现为不全性肠梗阻,但因肠狭窄多发生在肠造瘘口远侧,所以肠造口关闭之前,很难发现肠狭窄,因此在封闭瘘口之前先行造瘘口以远肠管造影很有必要,有肠狭窄者在封瘘之前先行处理或封瘘时一并切除狭窄段肠管。

2.短肠综合征　坏死肠段太长,肠切除后剩余小肠不足70cm者营养吸收难以维持身体发育所需。

3.生长发育延迟甚至发育缺陷　是由于术后肠功能不良、肠吸收不良、营养障碍所致。

八、预　　防

尽管医疗水平进展迅速,重症监护、营养支持及科学的治疗措施都已应用于 NEC 的处理,但该病的病死率仍居高不下。一旦发生 NEC,无论采用何种治疗措施,其病死率均在40%左右。所以早在20世纪80年代就已有人针对 NEC 发病的可能原因进行预防性治疗,以期减少 NEC 的发病。

(一)糖皮质激素

1984年 Bauer 等率先报道了产前应用糖皮质激素降低 NEC 的发生率。他们对745名高危胎儿进行多中心、双盲、对照研究,发现产前应用糖皮质激素使 NEC 的发生率从7.1%降低到2%,说明产前应用糖皮质激素不仅可以促进肺发育,而且可以促进肠道的发育,因而可以降低 NEC 的发生。1990年,Halac 对比了产前与产后应用糖皮质激素预防 NEC 的效果。产前应用组 NEC 的发生率为3.4%,明显低于产后应用组的6.9%及对照组的14.4%,NEC 的病死率(0)也明显低于产后组的11%及对照组的56%。说明产前应用激素组的效果优于产后应用组。尽管如此,产后应用激素对 NEC 仍有一定的预防价值。

(二)母乳喂养

1974年 Barlow 通过动物实验证实母乳可降低大鼠 NEC 的发生率。这一研究结果也被其后的临床观察所证实。1990年 Lucas 报道了一组母乳喂养预防 NEC 的多中心、前瞻、对照研究,结果发现母乳喂养组 NEC 的发生率是配方奶粉组的1/6,即便是混合喂养(奶粉加母乳)也能有效降低 NEC 的发生。

(三)喂养方式

虽然母乳喂养能有效降低 NEC 的发生率,但喂养的量还有许多争议。以前有研究者建议对小于32周的早产儿喂奶量控制在20~25ml/(kg·d)是安全的,也有人认为对极低体重儿喂养量应控制在16ml/(kg·d)。过多水分的摄入与 NEC 的发生有关,所以对高危新生儿应限制水的摄入。标准化的喂养制度也可降低 NEC 的发生率。Patole 等对标准化喂养与 NEC 的关系进行了系统性回顾及荟萃分析,结果发现标准化喂养可使低体重儿 NEC 的发生率下降 87%(相对危险度 0.13,95%可信区间 0.03~0.5),但对极低体重儿的预防效果欠佳(相对危险度的 95%可信区间 0.31~1.06)。

(四)益生菌

益生菌是对人体有益的肠道菌群,如乳酸杆菌和双歧杆菌。这些细菌可通过改变肠道通透性、增加黏膜对 IgA 的反应、增加抗炎细胞因子的释放等作用保护肠道功能。Lin 等给 180 名低体重儿母乳中加入益生菌,而对照组的 187 名低体重儿仅行母乳喂养。结果发现益生菌能明显减轻坏死性小肠结肠炎的临床分级,而且全部的 3 级病例均发生对照组。另外的实验也有类似的结果,益生菌不仅能降低坏死性肠炎的发生率(4%和 16.4%),而且还能减轻该病的临床分级(1.3±0.5 和 2.3±0.5),所有的死亡病例均出现在对照组中。

(五)精氨酸

精氨酸是合成一氧化氮的底物,它对细胞分裂、组织修复、机体免疫调节等有重要作用。有人将低于 1 250g 的新生儿分为两组,一组添加精氨酸,另一组作对照组,结果发现精氨酸组坏死性小肠结肠炎的发生率明显低于对照组。

(冯杰雄)

第二十四节　胆道闭锁

胆道闭锁(biliary atresia,BA)是引起小儿阻塞性黄疸最常见的疾病,以进行性胆管破坏和肝纤维化为特征、最终发展至肝硬化和门脉高压而需要肝移植,并危及患儿生命。胆管闭锁的发生时间可以是胎儿期或新生儿期,因此旧称"先天性胆道闭锁"一词应改为"胆道闭锁"更为恰当。

一、病因及发病机制

胆道闭锁病因较复杂,病因目前尚未清楚,主要有先天性发育异常、病毒感染等学说。

1. 先天性发育异常

(1)先天性胆道发育异常:本病以前多被认为是先天性胆管发育不良的结果,如基因突变是导致 BA 的病因之一。有研究发现,BA 并多脾综合征患儿中有 CFC1 基因的突变;敲除 Inv 基因的小鼠模型表现与 BA 患儿有相似的临床表现,如以直接胆红素增高为主的高胆红素血症、肝内胆管形态异常等,且敲除 Inv 基因的小鼠可作为 BA 动物模型。但目前仍无确凿的证据证明 CFC1 和 Inv 基因与 BA 的发生有必然联系。另外,但近年来越来越多的病理及临床研究认为这一学说并不完全准确。①临床上常见的先天畸形,如肛门闭锁、肠闭锁、食管闭锁等,常伴发其他畸形,但 BA 则少有伴发畸形;在胎儿尸解中,亦未见 BA 畸形的报道。②本病的临床症状可在生后数周后才开始出现,或在生理性黄疸消退后再现黄疸。③有研究发现,在 BA 患儿肝门部中细小索条状胆道残迹的组织切片可见胆管内腔、胆管上皮、残存的胆色素及炎性细胞浸润等。很多学者已认识到 BA 不能简单归于先天性疾病,而更可能是围生期的一种进行性病变。

(2)先天性胰管胆管合流异常:胰管胆管合流异常是指在胚胎期胰管和胆管不在十二指肠壁内汇合而在壁外汇合的先天畸形。由于胰管内压高于胆管,致使胰液进入胆管;当胰酶被胆汁激活后可损害胆管,引起炎症并进一步导致胆道闭锁。

（3）HLA 相关母源性微嵌合体：最近有研究发现，男性 BA 患儿的细胞具有母源性嵌合状态，并指出女性患儿的母源性嵌合状态是以母源性人类白细胞抗原（HLA）来表现，认为母源性嵌合体可能是导致 BA 的潜在原因，即 BA 是母细胞诱发的免疫排斥反应的结果，此过程类似于移植物抗宿主病。

2. 感染因素　关于 BA 的病原学已有了较为广泛的研究，目前已报道与本病相关的病毒有人巨细胞病毒（HCMV）、呼肠 3 型病毒（Reovirus type 3）、EB 病毒（EBV）、人乳头状瘤病毒（HPV）等。

（1）人巨细胞病毒：大量的相关实验证实该病与 HCMV 感染之间存在相关性。我国成年人 HCMV 的感染率较高，约有 90% 接触过 HCMV，大多表现为潜伏感染状态。笔者所在单位最近利用特异度和敏感度较高的荧光定量 PCR（FQ-PCR）检测随机选取的 85 例胆道闭锁和 10 例对照组患者肝组织中的 5 种嗜肝 DNA 病毒，包括 HCMV、腺病毒（ADV）、EBV、单纯疱疹病毒（HSV）和乙肝病毒（HBV），结果发现嗜肝 DNA 病毒阳性 56 例（65.8%），其中 HCMV 阳性 51 例（60%），明显高于同时检测的其他 4 种病毒及对照组（0）。由于 HCMV 感染存在地区性差异，且中国普通婴幼儿 HCMV 感染率较高，而 HCMV 可导致胎儿肝炎同时也可导致中枢神经、心血管、血液等系统的畸形，但以上畸形则在 BA 患儿中罕见，因此 HCMV 感染是否能引起胆道闭锁尚需要进一步研究。

（2）呼肠 3 型病毒：目前呼肠 3 型病毒被较多的报道提到与 BA 有较密切的关系，因为用该病毒可在新生小鼠中制造胆道闭锁动物模型，其肝及肝内外胆管病理改变与在人类所见相似；而提示该病毒与胆道闭锁关系最有力的证据是运用 RT-PCR 方法在 55% 胆道闭锁患儿和 78% 胆总管囊肿患儿的肝和（或）胆管组织发现该病毒 RNA，而来自尸体和其他肝病婴儿标本只有 8%～15% 可查到。

最新的研究表明，胆道闭锁是一类病毒诱导的自身免疫性疾病，机体在致病因素的作用下对胆道特异性抗原产生了自身免疫性损伤；而在此观点中，T 细胞介导的免疫功能紊乱机制在整个疾病的发病机制上可能是一个中心环节、起着中心枢纽的作用。即肝及胆道经病毒感染以后，导致相关的胆道系统一系列的免疫炎症反应，造成肝呈巨细胞性变、胆管上皮损坏、胆管周围炎症细胞浸润，导致管腔阻塞，形成胆道闭锁或胆总管囊肿，炎症亦可因产生胆管周围纤维性变和进行性胆管闭塞。

二、病　　理

BA 患儿肝常显著增大，呈灰暗色，质地硬，切面为暗绿色；而月龄较大者（如 2～3 个月或以后）肝硬度明显增加，表面呈结节状，浆膜下小静脉发生网状怒张，出现胆汁淤积性肝硬化。其组织学上符合炎性、淤胆改变，肝小叶有不同程度的肝细胞变性坏死、胆汁淤积，部分可见肝多核巨细胞和假小叶形成，汇管区有胆栓形成、胆小管增生、胆道上皮细胞变性。以胆小管为中心，淋巴细胞和粒细胞浸润生长，不同程度的纤维束包裹胆小管。

肝外胆管的形态及闭锁部位各异，因此依形态分型较复杂。而目前临床上常将 BA 分为 3 个基本类型：Ⅰ型为胆总管闭锁；Ⅱ型为肝管闭锁；Ⅲ型为肝门部肝管闭锁（图 14-53）。并还可根据胆总管远端的形态和肝管的形态分为多种亚型，但临床上少用。

三、临　床　表　现

临床上以黄疸为首发症状，一般在生后 1～2 周开始逐渐出现，少数病例直到 3～4 周或在第

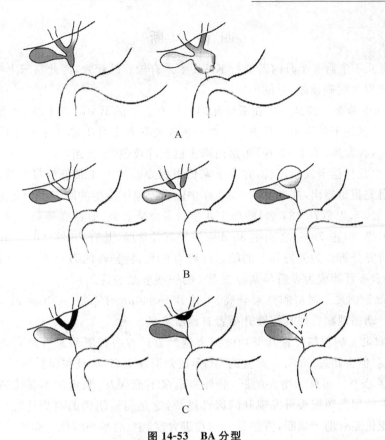

图 14-53　BA 分型

A. Ⅰ型,胆总管闭锁;B. Ⅱ型,肝管闭锁;C. Ⅲ型,肝门部肝管闭锁

1 周内出现黄疸。可分为围生期型和胚胎型,前者约占 2/3,表现为较迟出现黄疸,即在生理性黄疸消退后再出现黄疸,肝十二指肠韧带内常有残留的胆管,不合并其他畸形;后者约占 1/3,表现为生后持续黄疸,肝十二指肠韧带内无胆管残留,常合并其他畸形。黄疸一般呈进行性加重,黏膜、巩膜亦明显变黄,至晚期甚至泪液及唾液也呈黄色。在黄疸出现的同时,粪便亦变成淡黄色,并随着黄疸的加重逐渐趋于浅黄、偏白色乃至陶土样灰白色,尿的颜色随着黄疸的加重由变深至浓茶色;少数在病程进行中偶可转回黄白色或淡黄色,这是因为胆红素在血液和其他器官内浓度增高,少量胆红素能经过肠腺而进入肠腔,使部分大便呈淡黄色。

　　体查除可见全身皮肤、巩膜中至重度黄染外,腹部可见明显膨隆,肝显著增大,病程越长(4～5 个月或更长者)肝亦越大,可比正常大 1～2 倍,其下缘可超过脐平线达右髂窝,边缘清晰,触诊时肝质地坚硬;多数同时脾有肿大,边缘在肋缘水平或以下数厘米;腹壁静脉均显露;极晚期病例,腹腔内可有一定量的腹水,叩诊有移动性浊音。

　　未治疗的 BA 患儿营养发育一般在 3～4 个月尚无多大变化,进奶好,体格发育与正常婴儿无明显差别,偶尔可出现精神倦怠,动作及反应较健康婴儿稍为迟钝;病程到 5～6 个月者,外表虽可能尚好,但体格发育已开始变慢,精神委靡。由于肝受损,有些病例可表现有出血倾向如皮肤淤斑、鼻出血等。各种脂溶性维生素缺乏的现象均可表现出来;维生素 A 缺乏时,出现干眼病和身体其他部分的上皮角质变化;维生素 D 缺乏可伴发佝偻病或其他后遗症。未经治疗的胆道闭锁患儿大多数在 1 岁左右,因肝硬化、门脉高压、肝性脑病而死亡。

四、诊　断

由于 BA 患儿于生后 2 个月内若能行 Kasai 术才有较好的疗效,因此临床上考虑有 BA 者应积极行相关检查以尽明确诊断、早期治疗。

1. 大便比色卡筛查　这是一项在新生儿期比较有前景的 BA 筛查手段,已在中国台湾地区进行研究,大陆地区尚未见应用。其方法是在一张粪便彩色卡片上将粪便颜色(共 7 种颜色)划分为正常和异常,异常组(第 1~3 种)包括白陶土色至浅黄色,正常组(第 4~7 种)包括黄色至绿色,此卡片随新生儿保健卡发给家长,并要求家长根据婴儿的粪便颜色填写卡片,出生 1 个月携带卡片体检。研究报道指出,在 2002—2003 年中国台湾地区出生的所有新生儿进行跟踪粪便彩卡筛查,约占总数 65.2%(78 184 名)的新生儿参与了此项研究,通过粪便彩卡筛查发现了 30 例 BA 患儿。其中 23 例(占 79%)在出生 30 d 内被发现并诊断,共有 26 例(90%)出生 60 d 内被发现并确诊。本研究分析认为粪便彩卡的敏感性约为 90%,特异性约为 99%,阳性预测值为 29%。因此,粪便比色卡有可能成为今后早期筛查 BA 的一项重要工具。

2. 血清胆红素测定　血清胆红素升高,可达 85~340μmol/L(5~20mg/dl),特别是直接胆红素显著升高。动态观察发现其持续升高者有诊断意义。

3. 肝生化测定　病程越长者其肝功能损害越严重。谷丙转氨酶及谷草转氨酶多数显示轻度或中等度升高,但少超过 500U。血清的 GGT 通常明显更高,而且与年龄相关。

4. B 型超声检查　可显示增大的肝,肝外胆道多不能探及,胆囊多不显像或明显瘪小。有经验的超声医生使用高频探头可发现肝门区纤维块,这是胆道闭锁的典型特征。动态观察胆囊进食前中后的变化亦有助于诊断,方法是分别在进食前、中、后半小时测定胆囊的长径和前后径,以其最大长径和前后径乘积作为胆囊面积,胆囊收缩率 ＝(最大胆囊面积－最小胆囊面积)/最大胆囊面积×100%;胆囊收缩率达 50% 以上者,可排除胆道闭锁。

5. 肝胆核素动态检查

(1)[131]I 标记玫瑰红(^{131}I-RB)排泄试验:正常[131]I静脉注射后为肝多角细胞摄取,并通过胆汁排泄到肠腔,不被肠道再吸收;BA 患儿的玫瑰红不能进入肠道而滞留在肝内,因此测定粪便中[131]I 的含量可了解胆道阻塞的情况。但此项检查需历数日,且女孩常被尿液污染,临床应用有所受限。

(2)[99m]Tc 肝胆显像:[99m]Tc 标记各种亚氨基乙酸衍生物肝胆显像是鉴别胆道闭锁和肝炎较可靠方法,比[131]I-RB 排泄试验敏感,[99m]Tc-IDA 显像剂具有迅速通过肝、胆汁中浓度高、血高胆红素水平时,胆道系统仍可显像等优点,此检查方法的诊断根据是胆道闭锁因胆道完全阻塞,肝外胆道和肠道内始终无放射性 Tc 出现,但由于 IDA 显像剂与胆红素一样,均经阴离子转输机制进入肝细胞,因此血清胆红素对 IDA 被肝细胞摄取有竞争抑制作用,使肝炎患儿肝外胆道和肠道也无放射性 Tc 出现,苯巴比妥可加强胆红素及[99m]Tc-IDA 经胆汁排出,故应在检查前 5d,口服苯巴比妥 5mg/(kg·d)。

但是,此检查对胆道闭锁的特异性也不强,而且其他的严重肝内胆汁淤积性疾病如 Alagille 综合征的患儿也有阳性结果。

6. 十二指肠肠液胆红素的测定　本法原理是利用胆道闭锁病儿胆汁不能进入消化道,十二指肠液中不含胆色素。有以下两种方法。

(1)肠引流液胆红素测定法:采用带金属头的新生儿十二指肠引流管,经鼻腔(或口腔)插入胃内,抽尽胃液,置病儿于右侧卧位,髋部略垫高,注入清水 20ml 以刺激胃蠕动。在 X 线荧光屏下继续插管,使金属头进入十二指肠第二段。抽取十二指肠液,在抽完第一管后(胆汁装人试管)从引流管注入 33％硫酸镁 2～5ml/kg,随后每隔 15min 抽取十二指肠液,分别装入"甲""乙""丙"管,检查 pH、白细胞和胆红素。有学者报道 19 例十二指肠液不含胆红素者中,18 例确诊为胆道闭锁,11 例十二指肠液含胆红素者中 2 例确诊为胆道闭锁,此 2 例为重度黄疸患儿,与血清胆红素过高,从肠壁渗入肠腔有关。

(2)肠液内胆红素光吸取值测定法:胆红素在可视范围内有强而广的主要吸收光带,吸收峰值为 390～460nm;已知胆红素对波长 453nm 的光有最高吸收峰值,因此,当出现 450nm 吸收峰值,可认为十二指肠液中含有胆红素。Bilitec 2000(由瑞士 Synectics Medical 公司生产)是一种根据光谱吸收原理设计的用于监测消化道内胆红素水平的便携式记录仪。笔者所在医院利用 Bilitec2000 对 23 例 BA 患儿 42 例婴儿肝炎综合征患儿十二指肠内的胆红素光吸收值进行监测,结果当其光吸收值诊断标准为 0.25U 时,该方法准确率 95％,特异度 93％,阳性预测值 88％,阴性预测值 100％。

对比两法,前者无需特殊仪器,应用较广,但有时逆行抽吸较为困难,液体量难以保证;后者为连续性监测,较为准确;但两者的确诊率均达 90％以上,有助于胆道闭锁的早期诊断。

7. 经皮穿刺肝组织活检 在英国及中国一些医院,经皮穿刺行肝组织活检是常用的诊断方法,通过对门管区纤维化、水肿、胆管增殖、胆栓所致胆汁淤积程度的不同分级,可以为肝外胆管闭锁的诊断提供典型的依据。目前由于穿刺针及操作技术的改进,少有出血及胆汁漏等并发症,可有效的诊断本病,诊断率达 60％～92％。但由于胆道闭锁肝病理组织学的诊断标准尚不统一,肝穿活检仍为一项有创伤的检查方法,目前广泛应用依然受限。

8. 腹腔镜检查 该检查创伤性小,能在镜下直接观察至肝、肝外胆管和胆囊的情况,亦可在镜下取肝组织进行活检。镜下若找不到胆囊或胆囊苍白瘦小时,多可确诊为胆道闭锁;此外,亦可用细针穿刺行胆管造影以明确胆道情况。若造影显示肝外胆管开放,并有造影剂流注十二指肠者,可排除肝外胆道闭锁。在经济条件许可时,此法是一种直接、快速的诊断与鉴别诊断的好方法。

9. 其他 另有肝穿刺检查、经皮肝穿胆管造影、经内镜逆行性胰胆管造影等均因多种原因而渐少开展。

因此,BA 的诊断依据主要有①病史:生后或生后不久出现皮肤、巩膜等持续性、进行性黄染,伴粪便从黄色逐渐浅黄至陶土色,尿色渐深黄至浓茶色。②体征:腹部膨隆,肝、脾增大,肝下缘可超过脐平线达右髂窝。③血胆红素及肝功能:血胆红素含量则明显增高,可达 80～100μmol/L 或以上,直接胆红素高于间接胆红素;肝功能轻度或中度损害。④B 超检查:胆囊及肝外胆道发育不良或缺如。⑤十二指肠液中无胆红素。

但目前临床上尚无方法在术前完全明确 BA 的诊断,往往需剖腹探查术(或腹腔镜胆道探查)和术中胆管造影最终诊断。

五、鉴 别 诊 断

1. 新生儿肝炎 BA 与新生儿肝炎的鉴别极其困难,两者的主要鉴别要点见表 14-7。

有少数新生儿肝炎在病程中可出现胆道完全性阻塞阶段,表现阻塞性黄疸的临床症状,但此类病儿大部分肝外胆管正常,少有脾大,经内科治疗 4～5 个月或以后大部分可痊愈。但与之相矛盾的是,胆道闭锁于出生后 2 个月内若能行 Kasai 术才有较好的疗效,而超过 2 个月手术者,胆汁淤积已造成肝的不可逆损害,预后不良。因此,对于极难排除 BA 者不应提倡长期内科治疗观察,为了避免延误手术时机,应尽早行胆道探查术。

表 14-7　BA 与新生儿肝炎的鉴别

项　目	BA	新生儿肝炎
性别	女性多	男性多
陶土样大便	开始早,持续时间长	间断性,持续时间短
肝体查	肝大明显(常超过肋下 4cm),质硬	肝稍增大,质软
血胆红素监测	持续升高,幅度大 以直接胆红素为主	非持续升高,有波动 总体呈逐渐下降趋势
十二指肠液中胆红素	阴性	阳性
超声检查	胆总管呈条索状,胆囊不显影或萎缩,肝门区有纤维块	胆总管及胆囊接近正常,肝门有管状结构

2. 新生儿溶血症　在我国主要病因是 ABO 血型不合,而 Rh 血型不合者少见。此病早期表现与 BA 相似,有黄疸、肝脾增大等,但其特点是在出生时患儿皮肤呈金黄色,有显著贫血表现,肌张力松弛及神经系统症状,导致核黄疸等可危及生命;末梢血象检查有大量有核红细胞,随着患儿长大,血象多自行或在输血后恢复正常,黄疸逐渐减轻,粪便色泽正常。本病在我国少见,当血清胆红素浓度过高时,胆道可能产生胆色素沉积,即形成所谓“浓缩胆栓综合征”,而致胆道阻塞,严重时需行手术予胆道冲洗。

3. 哺乳性黄疸　其病因与新生儿胆红素代谢的肝-肠循环增加有关,可能是母乳中的 β-葡萄糖醛酸苷酶进入患儿肠内,这种酶可以催化结合胆红素变成游离胆红素,使肠内未结合胆红素增多,加之新生儿的肠蠕动较慢,致使吸收增多所致。一般在出生后 4~7d 黄疸明显加重,2~3 周黄疸渐减轻,维持低水平 3~12 周,停止哺乳 2~4d 后,高胆红素血症迅速消退,哺乳停止后 6~9d 黄疸消失,此间哺乳、发育等均正常,大便色黄或淡白,但本病临床上无肝脾增大及陶土色粪便。

4. 先天性胆总管扩张症　本病亦可在新生儿时期出现黄疸,多为囊肿型,常以腹胀或上腹部包块而就诊,B 型超声可见胆总管囊性扩张。当囊肿较小时,易误诊为胆道闭锁,而囊肿型胆道闭锁有时则误诊为胆管扩张症,但随着近年来 CT 检查的普及,其误诊率降低。

5. 胆道系统受压及上部肠道梗阻所致黄疸　肝外胆管附近的肿物或胆总管下端旁淋巴结肿大,可以压迫胆道而发生阻塞性黄疸,这类病例胆总管及胆囊皆有轻度扩张,可经 B 型超声证实。此外,先天性十二指肠闭锁,环状胰腺及先天性肥厚性幽门狭窄等部分病例亦可并发黄疸,此类疾病除黄疸外,临床上有原发病的表现,较易鉴别。

六、治　　疗

胆道闭锁只有 Kasai 肝门-空肠吻合术和肝移植这两种治疗方法,凡确定诊断或未能排出本病均应尽早行手术治疗。该病特点是肝纤维化的进程并不随术后胆汁的排出而停止,往往持续数年以上,这正是 Kasai 术疗效不高的原因,因此强调早期诊断、早期治疗。有研究发现,在生后 60d 以内手术者其黄疸消退率在 90% 以上,而在出生后 90~120d 或以上手术者,黄疸消退率在 30% 以下,即使手术做到良好的胆汁引流,也难免术后死于肝衰竭,故胆道闭锁手术的时间,最好在生后 2 个月内,不宜超过生后 90d。

对无法排除胆道闭锁者,为避免延误手术时机,可行小切口或腹腔镜下探查,若发现并非胆道闭锁者则行胆道冲洗术,闭锁者则改行 kasai 手术。

此外,有条件者可在早期行肝移植术。但肝移植对 BA 亦并非一劳永逸的治疗,术后的排斥反应等都会影响到患儿的生命或生活质量。

Kasai 肝门-空肠吻合术后并发症的防治是手术成功的关键,可分为近期并发症及远期并发症。

1. 近期并发症

(1)术后大出血:多发生在术后 24h 之内,多数是因为术中血管处理不当或剥离面渗血、术中强力牵拉肝造成损伤未加处理所造成的,临床表现为腹腔引流管出现持续性进行性鲜红血液,脉快、血压下降等失血表现。轻者应用止血药物可使血量减少而最终停止,严重者应行急症剖腹探查并作出相应处理。但随着手术技术的不断提高,该并发症已少见。

(2)急性肝衰竭:常发生在生后 3 个月以上手术的晚期患儿,术后常因肝功能损害加重,出现肝性脑病、腹水、消化道出血。防治的措施是严格掌握手术适应证,术后注重护肝治疗及预防感染。

(3)吻合口漏:是严重的并发症,多在术后 3～7d 发生。常由因吻合口缝合不严密、吻合口血液循环不良、吻合口有张力或吻合肠管扭曲排胆不畅等所致。临床表现为体温增高、腹胀,腹腔引流液中有胆汁或肠液流出。已拔除腹腔引流管者有腹胀、腹肌紧张、腹腔内积液、黄疸加重,腹腔穿刺可抽出含胆汁的液体。应行急症手术进行胆瘘修补,再用网膜填补覆盖,彻底清除腹腔积液后,重新放置腹腔引流,术后加强抗生素的应用及支持疗法。

(4)术口裂开:多发生在术后 5～7d,由于腹胀、哭闹不安、患儿营养状态不佳及切口感染所致,应及时缝合。

(5)逆行性胆管炎:逆行性胆管炎是术后最常见的并发症,也是造成手术失败的重要原因之一。多数术后胆汁引流不畅的病例容易发生逆行性胆管炎,由于胆管细微,当发生胆管炎时,管壁因炎性肿胀,使胆汁引流阻塞。本病术后 40％～60％ 并发胆管炎。发生于术后 1 个月内的胆管炎称早期胆管炎,炎症可引起肝门部胆管梗阻,使开放的胆管重新闭塞,致手术失败。术后一过性良好的胆汁引流,最后又失败的病例,约 80％ 以上是逆行性胆管炎所致,故术后应选用有效的抗生素。逆行性胆管炎的致病菌多为需氧菌和厌氧菌混合感染,亦有报道真菌感染也是致病菌之一。国内采用中药消炎利胆剂,如茵陈蒿汤及其变方茵栀黄均有明显的消炎利胆作用。

(6)营养缺乏:胆道闭锁术后患儿易出现脂肪、脂溶性维生素缺乏,因此营养维持应引起足够的重视,必须补充足量的维生素 A、维生素 D、维生素 E、维生素 K 以及某些中链三酰甘油(甘油三酯)等大部分脂肪热量的配方。

2. 远期并发症　主要是肝门静脉高压和肝硬化,有报道肝门静脉高压症的发生率为 40％～60％,尤其术后合并逆行性胆管炎、黄疸再发者其发生率更高,约 70％ 在术后 5 年内发生,因此术后 2～3 年建立长期观察的制度十分重要。

目前认为预防性抗生素、激素、熊去氧胆酸可以加速胆汁的清除,预防术后胆管炎的发作,其中激素对于改善 BA 的预后的意义重大。经过 20 余年的研究发现,激素其不仅可促进胆汁的引流,而且可利用其抗感染和免疫抑制的作用以防止术后微型胆管因炎性反应而闭塞,进一步防止肝纤维化,延长自体肝生存的年限。有研究推荐,Kasai 术后第 7 天起以 20mg/d 为初始剂量,每隔 3d 逐次减量为 15mg/d、10mg/d、5mg/d、2.5mg/d,胆汁引流不畅时可再次从初始剂量起治疗。尽管有较多的研究证实激素治疗对 BA 有多种好处,但是现在国内外对于 BA 术后是否进行激素治疗仍未达成一致,也缺乏一个指导用药剂量的标准、给药途径和使用时间,亦尚无强有力的证据证明激素能延缓 BA 的炎性反应进程及提高生存率。因此,目前国内外均在开展激素应用的大规模多中心、随机双盲的对照试验,以期为指导临床使用激素提供帮助。熊去氧胆酸能显著改善必需脂肪酸的缺乏,并能降低胆红素水平,目前临床上已常规使用并获得良好疗效,尚未有不良反应报道。另外国内亦有应用中药消炎利胆剂,如茵陈蒿汤及其变方茵栀黄均有明显的消炎利胆作用,并对提高 Kasai 术后患儿黄疸消退率及预防术后胆管炎发生均有一定效果。

七、预　　后

目前世界各地对胆道闭锁已广泛开展 Kasai 肝门-肝肠吻合术治疗,其近、中期疗效令人鼓舞。在一些大型的医疗中心,有约 60% 的 BA 患儿在 Kasai 术后可以实现通畅的胆汁引流,并且6 个月内血清胆红素都可以保持在正常范围;而建立了通畅胆汁引流的 BA 患儿中有 80% 可以无需肝移植而顺利成长至青春期。已有学者报道 Kasai 术后 20 年以上存活病例,且有病例已婚已育。但是,目前多数研究数据指出,60%~70% 的 BA 患儿最终需要行肝移植治疗。

肝移植治疗 BA:其方式主要有原位肝移植、劈离式肝移植、活体部分肝移植。由于目前临床上肝源紧缺、同时部分 BA 患儿父母愿意供肝,因此活体部分肝移植成为临床上的较多见的手术方式;因为供肝由患儿的双亲提供,术后应用免疫抑制药,很少出现抗排异反应。20 世纪 80 年代前的肝移植病死率约为 50%,仅有 10%~20% 的患儿生存期超过 10 年。近年来,随着肝移植新术式的应用,抗排斥药物的不断更新,肝移植 1 年存活率达到 85%~90%,10 年存活率可达70%~80%。

目前对胆道闭锁的治疗方法,尽管有肝门肝肠吻合术和肝移植两种方法,肝移植有长足的进展,无论在我国还是在国外,仍是一种复杂、昂贵和死亡率较高的治疗手段,结合我国国情,应提倡早期诊断、早期行 Kasai 手术,当 Kasai 手术失败或就诊较晚的病例考虑肝移植,这样将会使胆道闭锁的疗效有更大的提高。

(余家康　何秋明)

第二十五节　先天性胆管扩张症

先天性胆管扩张症(congenital dilatation of the bile duct)又称胆总管囊肿(congenital chole-dochal cyst),是小儿较常见的胆道畸形。1723 年 VATER 首次报道本病,Babbitt 于 1969 年提出本病与胰胆管合流异常有关,引起国内外学者的关注。发病率约 1:(2 000 000~13 000),亚洲人发病率较欧美为高;该病可在各年龄发病,10 岁前被发现者约占 2/3,约 20% 在成年人期发病;女性发病率较男性为高,约为 4.5:1。随着胎儿检查技术的提高和设备的更新,发现越来越多的胎儿和新生儿患儿。本病癌变率随年龄增长而增加,故本病应早期诊断,早期治疗为宜。目前普遍接受 Todani 的 5 型分类,其中 I 型占 90%~95%(图 14-54)。

一、病　　因

胆管扩张症的病因尚不十分清楚,有多种学说,由于婴儿和儿童患者占大多数,很多学者认为与胆管发育异常,包括胆总管壁发育薄弱及胆总管远端狭窄(梗阻)等先天因素有关。1969年,Babbitt 发现很多该病患者存在胰胆管交接部结构异常,正常情况下两者汇合后的共同通道在儿童应 <5mm,而这些患者的共同通道往往 >20mm,Oddi 括约肌无法发挥正常功能,胰管内

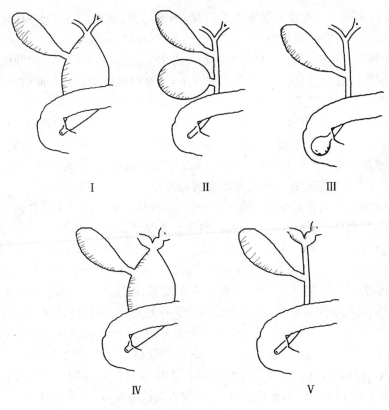

图 14-54　Todani 分型

压(30～50cmH$_2$O)高于胆总管内压(25～30cmH$_2$O)，使胰液进入胆总管内，破坏管壁，造成胆管扩张。Komi 报道本病中胰胆管合流异常者占 80％～100％。感染学说则认为，胆总管囊肿、胆道闭锁、新生儿肝炎均是由病毒感染引起，只是病变部位不同而已，目前病原学研究证实某些病毒与以上病变密切相关。

　　以上的学说可解释Ⅰ、Ⅲ和Ⅳ型胆管扩张症的发病机制，但无法解释Ⅱ、Ⅴ型的发病机制，因为这两型的胆总管是正常的。所以，还有胆总管远端神经肌肉发育异常学说及遗传因素等多种学说。

二、病　理　改　变

　　胆总管扩张的程度，胆总管远端狭窄的直径大小，可因病程长短、病理分型及有无并发症而不同。在早期囊肿较小、感染不重时，胆总管壁结构接近正常。随着病情进展，胆总管远端梗阻，胆汁淤滞不断增加，富含胰酶的胆汁可达数百毫升以上，囊内压增加，囊肿扩大，反复感染，以至管壁增厚，内层黏膜上皮消失，弹性纤维断裂被结缔组织代替，表面覆以一层胆色素沉积物，致胆色素沉积构成了结石的核心，结石形成后亦可成为胆道感染及胰腺炎的诱因。这一并发症的发生率将随病儿年龄增长、病程延长而增加。反复发生胆管炎者，胆汁浑浊，并可见黄绿色脓苔附着于囊壁内层，囊壁水肿，表面血管增多形成致密的血管网，组织切片上见有炎性细胞浸润，术中剥离极易出血，若反复感染，周围形成广泛粘连，层次不清给囊肿切除造成极大困难。扩张的胆总管远端可见一直径大小不一的狭窄段，有时可达胰腺被膜以下。Ⅳ、Ⅴ型者，肝内胆管呈梭状或囊状扩张且延续到胆总管，扩张部位的远端胆管通常狭窄。炎症改变，通常肝内囊肿比肝外囊肿更严重。胆囊均呈现不同程度的胆囊炎的改变,胆囊增大,壁厚,充血,水肿,炎性细胞浸润亦可合并胆囊结石,晚期可发生胆囊癌。

恶变是长期的胆汁淤积、囊肿壁慢性炎症和上皮化生的结果,可出现于囊肿壁或者其他部位的胆管,即使囊肿得到充分引流,如囊肿空肠吻合术,恶变的概率是正常人群的20倍以上。典型的恶变是腺鳞状癌,个别病例是小细胞癌。恶变与患者年龄相关,10岁前已行囊肿切除术者,出现恶变机会是0.7%,11~20岁为6.8%,20岁以后14.3%。50%以上的肿瘤长自囊肿壁。即使把囊肿完整切除,也不能预防残留胆管恶变。肿瘤可以在手术多年以后在远离囊肿的胆管出现,如保留的胆囊、胆总管的末梢。各型的胆管扩张都可以出现恶变,但最多见于Ⅰ、Ⅳ、Ⅴ型。因此,即使根治术后,所有胆管扩张症的患者都要密切追踪。

按胆管扩张的形态和直径大小分为囊肿型,梭(柱)状型。囊肿型的胰胆合流表现为胆管汇入胰管,形成共同通道;梭(柱)状型则是胰管汇入胆管。囊肿型常为肝外胆管局限扩张,同时有30%~40%的病例合并肝内胆管扩张,且有胆总管末端狭窄。梭(柱)状型多伴胰胆管合流异常,多合并胆石,胰石,癌变等并发症,通常为胆总管梭状或柱状扩张,较少合并肝内胆管扩张和胆总管远端狭窄。发生恶变的囊肿型中,胆管癌占70%。胆囊癌为30%,而柱状型者,90%为胆囊癌。

先天性胆管扩张症的病理研究,现已不仅限于肝外胆管——即胆总管的形态异常,并应注意肝内各级胆管有无扩张,狭窄及胰胆管结合部的形态异常,对术式选择及预后判定十分重要。

由于胆管长期受阻,胆汁淤积,反复感染以至肝功能受损,其损害程度与病程长短,梗阻轻重有关。光镜下观察轻者肝汇管区少有或没有纤维组织增生、炎性细胞浸润。严重者肝小叶间大量纤维组织增生,中等量炎性细胞浸润,小胆管增生,肝细胞变性坏死,逐渐呈现典型的肝硬化改变。如早期手术解除梗阻,肝病变可以恢复。并发门静脉高压有两种原因,其一为巨大囊肿压迫门静脉及肠系膜上静脉,造成肝门静脉血流受阻,形成肝外型门脉高压症;其二为疾病晚期胆汁淤积性肝硬化,肝内广泛形成纤维索条及硬化结节,压迫肝内门脉小分支及肝小叶肝窦,使其变窄或闭锁,肝门静脉与肝动脉间的短路开放,肝动脉血流入肝门静脉系统,使肝门静脉压力随之升高。

胆总管扩张合并症的急慢性胰腺炎已被人们重视,尤其伴胰胆管合流异常者,是引起胰腺病变的原因。胆总管内胆汁逆流入胰管,损害胰小管及腺泡,使胰液渗入腺实质,胰蛋白酶激活胰血管舒缓素、弹性纤维酶及磷质酶A2等,引起胰腺的自体溶解,导致胰腺的急慢性炎症;胰腺病理所见为胰腺充血,水肿,变硬,严重者可见红褐色坏死灶,在坏死灶周围的肠系膜或大网膜上有许多灰黄色皂化点。慢性胰腺炎时胰腺变硬,色苍白,纤维化及白细胞浸润,胰管扩张及蛋白栓等改变。

三、临 床 表 现

本病接近70%在婴幼儿期发病,症状出现年龄在3岁左右,有时在出生几个月就发病。1岁以内患儿的临床表现不典型,通常为黄疸和白陶土样大便,可有明显肝大。新生儿腹壁薄,家人常无意中发现腹部包块。3个月大以内婴儿黄疸,如果没有扪及右上腹部包块,应注意和胆道闭锁鉴别,即使超声提示有肝下小囊肿,也要排除囊肿型胆道闭锁。

1岁后的患儿症状比较典型。腹痛、黄疸及腹部肿块为本病的3个基本症状,即所谓"三联症",但并非所有病儿在就诊时均具有3个症状,临床上往往出现1个或2个,3个以上者仅占20%~30%。近年来,由于超声检查等影像技术的发展和普及,目前扪不到肿块的病例日益增多。

1. 腹痛　多为右上腹部疼痛,腹痛的性质不定,可为绞痛,间歇性发作,但多数为钝痛,当合并胆管炎或胰腺炎时,可为持续性疼痛并伴有发热、恶心、呕吐、厌食等消化道症状者占60%~

80%。部分病例没有疼痛不适。

2. 黄疸　间歇性黄疸为其特征，间隔时间长短不一，黄疸程度亦不一，黄疸加重时说明胆总管远端狭窄或合并感染，胆汁引流不畅，经治疗后黄疸可减轻或消退，黄疸的出现率为51%～70%。症状轻者临床上可无黄疸，但随感染发作后会出现黄疸。

3. 腹部肿块　腹部肿块常为病儿就诊的重要体征，肿物位于右上腹肝缘下，呈囊性感，上界多为肝边缘所覆盖，巨大者可超越腹中线，亦可达脐下。肿物表面光滑，呈囊性感，界限清楚，部分病例囊肿张力较大或可轻度活动。在黄疸、腹痛发作期肿块可增大，抗炎治疗后肿块又可略为缩小。

4. 发热和呕吐　合并感染时，体温可高达38～39℃，且常合并恶心呕吐，是炎症引起的胃肠道反应性表现，而非囊肿压迫消化道所引起。

5. 粪便和尿　若出现胆道梗阻，患儿黄疸加重时，粪便颜色变淡，乃至呈白陶土色，尿色深黄。

6. 其他　如果未能及时治疗，可出现以下并发症：胆管炎、肝内感染及胆囊炎、胰腺炎、囊肿穿孔、胆管结石、癌变、肝硬化和门脉高压症。

四、诊断与鉴别诊断

(一)诊断

1. 临床表现　若患儿具有黄疸、腹痛、右上腹部囊性肿物3个临床特征，诊断并不困难，但大部分患儿仅有间歇性腹痛，反复发作或间歇性黄疸，发热。

2. 实验室检查　应常规进行血、尿、便常规检查，根据白细胞及红细胞计数，了解有无感染及贫血。血生化学检查，包括血清中总胆红素、直接胆红素、间接胆红素的含量，了解黄疸的性质和程度。血清胰淀粉酶及尿淀粉酶，了解有无胰胆管合流异常及胰腺炎的改变。肝功能的各项测定包括碱性磷酸酶、转氨酶、谷氨酸环化转移酶和凝血功能等，以便了解肝功能受损的程度。

3. B型超声检查　具无创性，是首选检查方法。能显示肝内外胆管扩张的部位、程度、胆管壁的厚度，囊内及肝内有无结石，肝有无纤维化，胰管有无扩张，胰体有无水肿等。

4. 电子计算机体层摄影(CT)　可显示肝的病变、肝硬化的程度、胆管和胰管的形态，以及囊肿周围结构。胰胆管汇合部是否有胰胆管合流异常常显示不清。对于成年患者，CT结合胆道造影的效果不错(图14-55)。

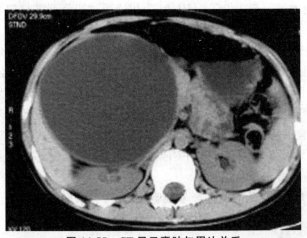

图14-55　CT显示囊肿与周边关系

5. X 线检查

（1）腹部平片：可见右上腹有占位性致密的肿物阴影，大囊肿可明显地将胃和结肠推移，并可见胆囊或胆总管内有无结石影。

（2）钡剂 X 线检查：正位片可显示胃受压向左移位，十二指肠变薄，肠框扩大，呈弧形压迹，侧位可见胃、十二指肠向前移位。对巨大的囊肿型先天性胆管扩张症有诊断价值。

（3）术中胆管造影（IOC），纤维内镜下逆行性胰胆管造影（ERCP）：是了解胆管、胰管以及胰胆管结合部是最为有效的检查方法，对于本病有无胰胆管合流异常及其类型可提供重要的客观依据（图 14-56）。

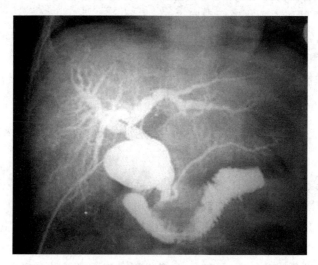

图 14-56　术中胆道造影
胆总管远端狭窄、肝内胆管扩张、胰胆共同通道长

6. 磁共振胰胆管造影（MRCP）　已经逐渐替代 ERCP。相比之下，MRCP 具无创性、不用麻醉、不用任何造影剂，不会诱发胰腺炎，图像分辨率高，三维立体结构影像等优点。可用于胎儿到成人的各年龄段。除小囊肿和轻度胆管异常外，敏感性为 90%～100%，特异性 73%～100%。

7. 核素扫描　能显示胆管扩张的部位、大小，还可根据放射物排入胆道的情况而判断胆道远端梗阻的程度，常用的显示剂为 ^{99m}Tc-HIDA，为快速通过胆管型的显像剂。

（二）鉴别诊断

1. 胆道闭锁　对于出生后 2～3 个月出现黄疸，进行性加重，粪便发白、尿色深黄和肝增大的婴儿，应首先考虑胆道闭锁或新生儿肝炎。B 超、核素和十二指肠胆汁监测有助诊断。

2. 肝包虫囊肿　肝包虫囊肿同样在肝部位有肿块，局部可有轻度疼痛和不适，感染时可出现黄疸。所不同者是肝包虫囊肿多见于畜牧区，病程缓慢，囊肿呈进行性增大，包虫囊液皮内试验和血清补体结合试验可明确诊断。

3. 胰腺囊肿　儿童胰腺假性囊肿合并感染时可有发热、上腹部包块及腹痛症状，诊断多有外伤史，血清中胰淀粉酶增高等。

4. 肿瘤　右侧肾母细胞瘤、右侧神经母细胞瘤、大网膜或肠系膜囊肿等，CT、MRI 等影像学手段往往能明确诊断。

（三）产前诊断

产前超声技术的进展，使越来越多的胆管扩张症在患儿出生前得到确诊。早至第 15 周的胎儿,就能探测到胆总管囊肿,此时正是胰酶开始合成的时期。产前超声发现胎儿肝下方囊状结构者,提示该病可能,此后应定期超声检查,监察病变进展。对于孕后期胎儿和新生儿患儿,典型的超声图像显示一个大囊肿及胃大泡(受压所致的不全幽门梗阻)。磁共振(MRI)对胎儿胆管扩张症的诊断也有帮助。

五、治 疗

本病一经确诊,除了Ⅴ型选择非手术治疗,包括经皮穿刺引流和药物治疗以外。其余各型应尽早手术治疗,若耽误太久,不但增加病儿的痛苦,而且增加了并发症出现的机会。

目前,囊肿外引流术的使用逐渐减少,其并发症较多,如反复胆管炎、胆瘘等。在美国,对于急性发作和危重患儿,多采用经皮穿刺胆囊造口术。内引流手术,如囊肿十二指肠吻合术,或者囊肿空肠 Roux-en-Y 吻合术,已经不再使用。这些手术保留了囊肿和胰胆异常合流通道,结石、反复胆管炎、狭窄和肿瘤发生率相当高,术后 65% 患者症状不消失,40% 10 年内再次手术。

对于新生儿患者,很多医学中心倾向于在患儿出生后数天内切除囊肿。但有学者建议应等待数周,使患儿全身情况稳定,并做充分的术前准备。新生儿可很好地耐受手术打击,该时期行根治术是可行的。

胆管扩张症伴有轻度感染时,使用广谱抗生素,待感染控制后,即可行根治术;感染不能控制,应行造口术,待患儿全身及局部炎症消失,1～3 个月行二次根治术。

术前常规检查,包括血常规、肝功能,血清及尿淀粉酶测定;出现贫血、低蛋白血症者,术前应输血、血浆或白蛋白,争取血红蛋白达 100g/L,白蛋白达 3.0g/L 以上时施行手术。术前配血,清洁洗肠。术前 3d 开始口服肠道抗生素。

对于Ⅰ、Ⅱ、Ⅳ型胆管扩张症,囊肿完全切除后,肝总管-空肠 Roux-en-Y 吻合术已被作为首选,其疗效明显优于肝管-十二指肠吻合术。该手术包括切除远端的胆总管和胆囊,因此,阻断了胰酶反流入胆道,降低了恶变的概率。

对于婴幼儿患者,囊肿一般容易彻底切除。但对于曾经反复胆管炎和囊周炎症的年长患儿,较好的方法是切除囊肿的前外侧壁,然后剥除剩余部分的内壁,保留紧靠门静脉的后壁的外层。该方法实用、创伤小,也可以用于术前已行囊肿造口或由于反复胆管炎需再次手术的患儿。

胆道重建采用的肝总管-空肠 Roux-en-Y 吻合术中,距屈氏韧带 15cm 处切断空肠,胆支长 45cm,空肠远侧断端穿过横结肠系膜与肝总管做端-端吻合,也可以空肠远侧断端缝合封闭,与肝总管做端-侧吻合,肝总管与空肠的吻合口应尽量靠近肝门,支架是不需要的;距肝总管-空肠吻合口 45cm 处,空肠与近段肠襻做端-侧吻合。术中囊肿穿刺或胆囊穿刺胆管造影术应常规实施,可显示囊肿的精确解剖结构和与胰管的关系。

已有多位学者报道腹腔镜辅助下,或腹腔镜下成功实行囊肿全切除和肝总管-空肠 Roux-en-Y 吻合术,术后并发症发生率相当于开腹手术,但住院时间缩短。

Ⅱ型胆管扩张症比较罕见,若憩室较小,只需要简单地切除憩室和胆管整形术,以重建胆总管即可。也有腹腔镜手术的报道。

Ⅲ型胆管扩张症常用的手术治疗:切开十二指肠外侧壁,将脱垂在肠腔内的囊肿去顶,使胆汁和胰液能直接排入十二指肠;术中应细心检查胆总管和胰管的开口有无狭窄,必要时行胆管、胰管整形术。

对于Ⅳ型这类合并有肝内胆管扩张的病例,应具体问题具体分析,主要目的是达到充分的胆汁引流效果。尽量切除扩张的肝外胆道至肝门,然后行肝总管-空肠吻合,可以使胆汁很好地引流,肝内胆管囊肿压力得到下降。如果肝内胆管囊肿局限在肝的某一段叶内,可考虑部分肝切除。

Ⅴ型胆管扩张症的病例,如果病变局限,行肝叶切除。但如果病变广泛,肝左右叶均受累,只能是非手术治疗,病情严重者,肝移植不可避免。

六、术后并发症

1. 术后出血 常见原因:剥离面渗血加上肝功能严重受损、凝血功能差。表现为腹胀,血红蛋白浓度持续下降,腹腔引流为血性。预防:对于囊周炎症和粘连严重病例,剥除囊肿内壁,保留紧靠门静脉的后壁的外层;另外,一边小心剥离,一边电凝和结扎止血;剥除囊壁后,对合缝合剥离面。治疗:输血、应用止血药、维生素 K 静脉滴注,腹腔引流管中血性渗液逐渐减少,可严密观察,若红细胞压积不上升,腹腔引流管中继续出血者,应剖腹探查。

2. 胆瘘肠瘘 常见原因:吻合技术不良,缝合时黏膜撕裂或从针孔处外溢胆汁,尤其两端口径相差太大时;肝功能严重受损缝,吻合口愈合不良。表现为术后切口处有大量胆汁外溢,或腹腔引流管内均为胆汁时,小的肠瘘直立位腹平片多看不到游离气体,常表现为不断增加的腹水。预防:吻合口针距 0.1mm,使用单股吸收线,若两端口径相差太大,不要使用连续缝合,采用间断缝合,单层吻合就可以。另外术前要改善肝功能和营养状况,血红蛋白达 100g/L,白蛋白达 3.0g/L 以上时施行手术。治疗:一旦怀疑,应尽早剖腹探查,修补吻合口,重置引流管;若术后 1 周以后发生胆瘘,由于局部已形成粘连,只要吻合口远端通畅,予禁食、胃肠减压、抗生素等治疗亦可愈合。

3. 胆管炎 据报道,术后发病率为 2.3%～88%,可在术后数十年发作。目前病因还没有完全清楚,可能与肠内容物反流入胆道、吻合口狭窄、残留死腔继发感染有关。表现为发热、呕吐、黄疸和白陶土样大便。预防:虽然有各种防反流瓣成形术的应用,但许多临床研究表明,这些术式并不能完全防止反流,有学者认为,空肠襻(胆支)足够长度才是关键,起码要 45cm 以上。治疗:出现胆管炎后,应禁食,使用广谱抗生素;对于反复胆管炎者,应考虑再次手术,术中检查吻合口是否存在狭窄和引流不畅,再次重建胆道,设置足够长度的胆支。

4. 胆道结石 Chijiiwa 报道囊肠吻合术后 25% 病例出现胆总管结石,33% 肝内胆管结石。即使囊肿切除,空肠肝门吻合的病例,也有报道出现肝门部结石和肝内胆管结石。结石也可以出现在胰腺内的胆总管中,这些患儿通常伴有反复胆管炎。病因可能是:吻合口狭窄、残留在肝内胆管的泥沙、扩张的肝内胆管特别是Ⅳ、Ⅴ型胆管扩张症。治疗:出现反复胆管炎和梗阻,应考虑手术清除结石,局限性多发肝内结石者,可行肝叶切除。

5. 吻合口狭窄 一个完美的吻合口,口径也会在数周后缩小 20%～30%。除了吻合技术的原因,血供不足、反流、反复感染也是导致狭窄的原因。因此正确的吻合技术和足够口径的吻合口是预防狭窄的措施之一,通常口径与肝门宽度相等,>2cm。如果狭窄导致梗阻和胆管炎,应重建吻合口。

6. 肝内胆管扩张 通常切除囊肿和肝门空肠吻合重建胆道后,婴幼儿患者肝内扩张的胆管会逐渐缩小,但年长儿和成年人患者则不会缩小,仍持续扩张。扩张的肝内胆管和残留的泥沙会引起胆管炎和结石形成。

7. 肿瘤 保留囊肿的囊肠吻合术的病例,50% 出现恶变,是普通人群的 20 倍。囊肿的完全切除,似乎清除了恶变的诱因,但也有零星的恶变病例的报道,通常源自肝内胆管和残留的远端胆总管。所以在手术中应将远端的胆总管一并切除,必要时切开胰腺包膜,将胰腺内胆管彻底切除。充分的引流可预防肝内胆管的恶变。

（余家康）

第二十六节 新生儿腹股沟斜疝

新生儿腹股沟斜疝是一种先天性疾病,多因胚胎期睾丸下降过程中腹膜鞘状突未能闭塞所致,发生率为 0.8%～4.4%,男性多见,右侧较左侧多 2～3 倍,双侧者少见,占 5%～10%,在早产儿中发病率较高,16%～25%,为小儿外科常见的疾病之一。

一、病 因

1. 腹膜鞘状突(Nuck 管)未能退化闭锁是腹股沟斜疝的病理基础。在胚胎发育期,胎儿睾丸位于腹膜后肾下方,其下端有睾丸引带连到阴囊,随着胎儿生长发育,睾丸逐渐下降,经腹股沟管进入阴囊,在内环口处随睾丸的下降腹膜向外突出形成一憩室样管状突起,称鞘状突,正常情况下鞘状突远端包绕睾丸形成睾丸固有鞘膜,随睾丸出外环口后,鞘状突亦被牵拉至阴囊内,当睾丸下降完全后,鞘状突均闭锁退化,如果鞘状突未完全闭合则可形成斜疝或鞘膜积液,腹内脏器或组织甚易从残留的腹膜鞘状突经腹股沟管突出外环形成斜疝。女孩腹股沟管中含有圆韧带,自子宫至大阴唇,在相当于男性胎儿睾丸下降时,亦有一腹膜鞘状突,称 Nuck 管;大约在孕 7 个月时关闭,其沿圆韧带穿过腹股沟管降入大阴唇,Nuck 管退化不完全,形成斜疝或 Nuck 管囊肿。

2. 腹腔内压力增加及腹壁肌肉薄弱等,是腹股沟疝的促发因素。有人报道 80%～90% 的新生儿出生时腹膜鞘状突尚未闭合,其关闭的时间和机制尚不明确,认为鞘状突的存在只是发生腹股沟疝的基础,仍有其他诱发因素如腹腔内压力增加,早产婴腹壁肌肉薄弱等,促使腹股沟疝的出现。

二、病理与分型

根据腹膜鞘状突的闭塞程度以及疝囊与睾丸固有鞘膜腔的关系不同,小儿腹股沟斜疝分为睾丸疝和精索疝两种,睾丸疝的整个腹膜鞘状突未闭,疝囊由睾丸固有鞘膜腔和精索鞘膜构成,疝囊内可看到被鞘膜包裹的睾丸,精索疝的腹膜鞘状突近睾丸部分闭塞而精索部分鞘膜未闭,疝囊止于精索部,与睾丸固有鞘膜腔不通,疝囊内看不到睾丸。

三、临床表现

腹股沟斜疝可在出生后不久即出现,在腹股沟或阴囊内呈现一个有蒂柄的可复性包块,往往于哭闹、用力排便时出现,睡眠或安静时消失。斜疝未嵌顿时患儿无特殊不适。

主要体征为腹股沟区可复性包块。包块大小不等,光滑柔软;包块较小者,多位于腹股沟管内或由腹股沟管突出到外环口,呈椭圆形;大者可突入阴囊,其上界与腹股沟管、腹股沟内环均无明显界限,似有蒂柄通向腹腔内。内容物多为肠管,用手轻轻向上推挤,包块可还纳腹腔,还纳过程中有时可闻及肠鸣音。疝内容物还纳后可触及外环增大、松弛。刺激患儿哭闹时,将手指伸入外环可感觉有冲击感。以手指尖压住腹股沟管内环处,包块不能再膨出,移开手指后肿物再度出现。对继往有腹股沟区包块突出史、就诊时检查并未发现疝块的小儿,仔细检查局部可发现患侧腹股沟区较对侧饱满,疝内容物能坠入阴囊者其患侧阴囊较对侧大。

疝囊颈细小或外环比较狭小的初发疝,在剧烈哭闹、阵咳时可导致腹内压突然升高,可推挤较多脏器扩张疝环并进入疝囊,腹内压暂时降低时,疝环弹性回缩,疝内容不能回纳而发生嵌顿。嵌顿的疝内容物以肠管居多,嵌顿后出现肠梗阻的症状和体征。由于局部疼痛和肠管绞痛,患儿越发哭闹,腹内压持续增高,加之局部疼痛可反射性引起腹壁肌肉痉挛,加重嵌顿,难以还纳。另外,新生儿嵌顿性腹股沟斜疝就诊时发病时间多描述不清,发生肠管绞窄坏死的概率明显升高,可表现为阴囊红肿,并伴有全身中毒症状。精索长时间受压,睾丸血供受阻可发生梗死,发生率10%～15%。女性患儿的疝内容物可有子宫、卵巢、输卵管,卵巢嵌顿和坏死的发生率高,阔韧带或卵巢血管蒂可进入疝囊并成为滑动疝疝囊的一部分。

四、诊断及鉴别诊断

典型斜疝有还纳现象或还纳的历史者诊断无困难。小婴儿诊断困难时,首先可行肛门指检,试扣腹股沟内环处是否有疝入的肠管。必要时可以照腹股沟肿物切线位 X 线片,X 线透明者为含气的囊可以诊断为疝。禁忌做盲目穿刺试验。

新生儿嵌顿疝的特点:新生儿由于其腹股沟的解剖特点以及嵌顿疝形成后出现的一系列病理生理变化,使新生儿嵌顿疝容易出现肠坏死及睾丸坏死;新生儿的腹股沟管很短,约 1cm,且窄小,外环口几乎紧贴内环口。当出现腹股沟斜疝时,疝内容物经过窄小内环口,缺乏伸展性。肠管受压后淋巴回流受阻,引起组织充血水肿,组织充血水肿后紧紧压迫精索血管也引起睾丸缺血缺氧,如果诊断和治疗及时可以减少肠管及睾丸的坏死率。此外,容易造成新生儿嵌顿疝延误诊断的原因有:①新生儿对疼痛刺激反应迟钝,表现临床症状不明显,加上新生儿皮下脂肪较厚而疝块较小,腹股沟肿块不明显,很容易被家属及医生忽视。②医生没有做全面的体检,甚至有些病例已经有肠梗阻的表现,医生只做 X 线检查而忽视腹股沟的检查;当 X 线上表现为肠梗阻征象,发展到肠坏死时常出现气腹。③医生没有丰富的临床经验,新生儿肠壁发育薄,有时透光试验可能为阳性,和精索鞘膜积液不易鉴别。常规应做 B 超检查,B 超下表现为腹腔相通的管状无回声暗区应考虑腹股沟斜疝的存在。④医生没有常规做双合诊。行下腹肛门双合诊,能比较双侧内环处有无块状物突出。

腹股沟斜疝应与以下疾病鉴别。

1. 鞘膜积液 鞘膜积液与先天性腹股沟斜疝的发病机制有相同之处,均系腹膜鞘状突发育延缓或停顿、出生时仍未闭塞或仅部分闭塞、与腹腔相通所致,其区别不过是未闭的腹膜鞘状突比较狭细而已。

(1)精索鞘膜积液:腹膜鞘状突在睾丸上极闭塞,仅精索部与腹腔相通,液体积聚于睾丸以上的精索部位。肿块呈圆形或椭圆形,位于腹股沟管内或阴囊上方,能随精索移动,透光试验阳性,睾丸可触及。女性鞘膜积液位于腹股沟管内或大阴唇部。

(2)睾丸鞘膜积液:整个腹膜鞘状突全程未闭,液体经精索鞘膜进入睾丸固有鞘膜腔。肿块位于阴囊内,囊性,用手挤压后缓慢变小,睾丸被包在鞘膜囊之中,肿块透光试验阳性。

2. 隐睾 睾丸位于腹股沟管内或阴囊上部,为实质性肿块,但较小,挤压胀痛。患侧阴囊发育较小,空虚、瘪缩,阴囊内触不到睾丸。轻挤时有下腹部胀痛。因常合并有鞘状突闭锁不全,故兼有隐睾、斜疝或鞘膜积液体征。

3. 腹股沟淋巴结炎 嵌顿疝或绞窄疝应与之鉴别。腹股沟淋巴结炎患儿既往无腹股沟区包块史,伴有腹股沟区疼痛、发热,但无肠梗阻的症状和体征。肿块位于外环的外侧,边界清楚,与腹股沟管关系不密切,局部皮肤有红肿、温度升高和压痛等炎症改变。而疝块上界则与腹股沟管、腹股沟内环无明显界限,并呈蒂柄状通向腹腔。此外,一些腹股沟淋巴结炎患儿在腹股沟淋巴引流区域内有时可发现外伤或感染性病灶。B 超检查有助于诊断。

此外,早产儿、极低出生体重儿腹股沟斜疝有着自身的临床特点。

(1)发病率高、更易出现双侧疝:据统计,随出生体重下降,腹股沟斜疝发病率增高,足月新生儿腹股沟疝的发病率仅为 1%～5.0%,而早产儿的发病率可高达 6%～30%,极低出生体重儿为 16%,出生体重低于 1 000g 者,斜疝发病率为 30%;双侧腹股沟斜疝的发生也较一般足月新生儿常见,文献报道低出生体重儿患者中约 55% 为双侧腹股沟斜疝,早产儿患者中约 44% 为双侧腹股沟斜疝,而成熟婴儿双侧疝仅为总发生率的 8%～10%。

(2)疝嵌顿和并发症的发生率高:据统计,早产儿嵌顿疝的发生率为年长儿的 2～5 倍,年龄<3 个月的小儿腹股沟斜疝睾丸梗死的发生率为 30%,显著高于一般小儿难复性嵌顿性腹股沟斜疝睾丸梗死的发生率(7%～14%)。尤以腹股沟斜疝伴发隐睾,未降睾丸恰好位于腹股沟内环外侧者更易发生睾丸梗死。部分女婴的卵巢或输卵管可因疝囊压迫,或生殖器官自身扭转导致卵巢缺血梗死。

(3)肠管嵌顿和绞窄是其最为严重的并发症:一旦发生肠管嵌顿,全身症状重笃。可有胆汁性呕吐、明显腹胀等表现,疝入脏器呈黑色或暗蓝色。腹部 X 线平片示小肠梗阻征象。病情进展迅速,严重者可有中毒症状,如心动过速(脉率>160/min),白细胞计数>15×10⁹/L、核左移,水、电解质及酸碱平衡紊乱。

五、治　疗

新生儿嵌顿疝的治疗,分保守疗法和手术疗法。关键在于手术时机的选择和围术期的处理。

1. 非手术治疗　对于一般情况好,嵌顿时间不超过 12h,阴囊皮肤无明显红肿及颜色变紫,无血便及腹胀,可由专科医生试行手法复位,切记勿强行复位。

(1)手法复位操作步骤:①手法复位前先给予适量的解痉及镇静药。②垫高患儿臀部并屈髋屈膝,使腹肌松弛。③患儿安静或睡眠后,术者用左手拇指及示指在外环处轻柔按摩,以使局部水肿减轻、缓解痉挛和使腹壁肌肉松弛。然后将左手拇指和示指分别放在外环口两侧以固定"疝蒂",阻止复位时疝内容物被推挤到外环上方,并防止疝内容物在复位时因挤压滑入腹壁组织间隙形成腹壁间疝。④右手五指握住并托起疝块,手指并拢紧压疝块底部,向外环和腹股沟管方向均匀持续地加压推挤。此时患儿多醒来并哭闹,在其哭闹腹内压增加时,右手应持续用力以保复位压力不减,在患儿换气、腹压降低的短暂时间内,适当增加推挤力,以促使疝内容物复位。在复位的瞬间,术者能清楚地感觉到疝块滑入腹腔而消失,有时可听到肠管回纳腹腔时的"咕噜"声。复位时手法要轻柔,切忌暴力按压。因新生儿肠管壁薄,且嵌顿后肠管水肿,质地变脆,易撕裂和穿孔,复位后应留院观察 24～48h,注意患儿是否有腹胀、呕吐、血便等不适,所以强调手法复位应严格控制指征,一旦手法复位失败,应尽早手术。

(2)手法复位的并发症

①假性整复或形成腹壁间疝:复位时并未真正将疝内容物还纳腹腔,而是推挤时将其强行挤过内环,疝内容物未能全部还纳而嵌顿在疝囊颈处,疝内容物及疝囊被推挤到腹膜外与腹壁肌肉之间的间隙内形成腹膜前腹壁间疝。此时患儿虽腹股沟区和阴囊肿块消失,但右下腹仍有疼痛、肠梗阻症状可能继续存在,髂窝部有压痛性肿块,睾丸常被提到阴囊根部。必要时行 B 超检查,有助于诊断。

②肠穿孔:发生原因包括:家长自行挤捏复位或医生手法粗暴导致肠管破裂穿孔;已绞窄坏

死的嵌顿肠管被复位。手法复位后患儿出现便血或气腹,以及发热、腹痛加重、腹膜刺激症状等弥漫性腹膜炎的表现。腹腔穿刺可有助于诊断。

③肠壁挫伤:多系复位时手法不当或粗暴所致。轻者仅有小的肠壁血肿,无明显临床症状或症状较轻,未引起家长及临床医师的注意和重视。重者可出现肠浆膜下或黏膜血肿,或迟发性肠壁坏死穿孔。

2. 手术治疗 对于嵌顿时间长,或嵌顿时间不详的患儿,不建议试行复位,应立即手术。这些患儿往往阴囊皮肤有明显红肿或颜色变紫,有明显腹胀,甚至血便。新生儿疝嵌顿时睾丸坏死常早于肠管坏死,且睾丸坏死较肠管坏死更常见。因此,早期诊断及时手术是避免新生儿嵌顿疝并发睾丸及肠管坏死的最主要方法。

(1)手术时机:从理论上讲,小儿腹股沟疝有自愈的可能,临床上也见到少数自愈的病例,但自愈率较低。近年来,小儿麻醉技术和手术技术已大大提高,包括早产儿在内的腹股沟斜疝手术已非常安全。因此,年龄已不再是限制手术的主要因素。大量临床资料分析发现,小儿年龄越小腹股沟斜疝嵌顿率和并发症的发生率越高,年龄<2个月的腹股沟斜疝嵌顿发生率达31%,新生儿嵌顿疝和各种肠管并发症的发生率为34%,肠坏死率高达45%,出生后8周内手术者各种并发症(包括反复嵌顿所导致的睾丸萎缩、肠管坏死等)发生率最低。故愈来愈多的学者主张尽早手术为宜。凡反复嵌顿者应不受年龄限制。对手法复位失败或不宜行手法复位的嵌顿疝应急症手术。国外手术年龄较早,大多数医生认为在确诊后即行疝手术,这可大大减少疝手术的并发症,对于早产儿,大多数国外医生主张在患儿出院前,体重达到2kg以上时上手术。我们国家大多学者主张6个月至1岁手术,但对于患有发绀性先天性心脏病、肺结核、营养不良、传染病等严重疾病以及病后身体虚弱的患儿可暂缓手术。

(2)常见手术方法

①疝囊高位结扎术:取患侧外环体表投影处小切口。切开皮肤皮下组织及筋膜,分开提睾肌,在精索内前方找到疝囊;切开疝囊探查后将其横断,近端分离至疝囊颈部,"8"字贯穿结扎,去除多余的疝囊,止血后分层缝合切口并重建或缩窄外环。

②腹腔镜下腹股沟斜疝高位结扎术:腹腔镜手术可直接经腹缝合内环口,毋须破坏腹股沟区解剖结构,不破坏提睾肌,不游离精索,同时腹腔镜下内环口及内环口周围的血管、输精管清晰可见,手术可避免因血管、神经损伤及导致缺血性睾丸炎发生,而且能同时检查和发现另一侧是否存在隐性疝,具有常规手术不可比拟的优越性。近年来一些学者相继开展了微型腹腔镜手术或针式腹腔镜手术治疗小儿腹股沟斜疝的研究。

手术时应注意:①术前建立静脉通道,积极维持水、电解质及酸碱平衡,手术切口应足够大,便于探查疝内容物及回纳;②沿腹股沟打开内环口,解除压迫,充分显露术野;③注意肠管血供,检查肠管系膜动脉的搏动及肠管颜色,尤其注意W形疝,需将腹腔内的肠管完全提出腹腔外检查,避免漏诊;④术前常规检查彩色多普勒超声,可显示疝内容物、睾丸的形态变化和血流灌注,有助于术前了解睾丸情况,常规探查睾丸,如有坏死应予切除,避免影响对侧睾丸发育;⑤于内环结扎疝囊时应高位,防止撕裂以防复发;⑥术后对症处理,加强支持治疗。

(3)术后并发症

①阴囊水肿或血肿:术后第2天即可发生,多因疝囊大、手术时分离面广、止血不完善引起。手术时应仔细检查疝囊断端及精索的出血情况,严格结扎止血。阴囊水肿和小的血肿均可自然吸收,不需特殊处理,有时至术后2~3个月才能吸收完全。如血肿进行性增大、疼痛,阴囊发绀、张力大,应立即打开切口,清除血肿,止血引流,缝合切口,全身应用抗生素,防止继发感染。

②肠管损伤迟发坏死:肠管损伤可发生在嵌顿疝手术切开外环时,或盲肠滑疝切开疝囊时,应立即修补。为预防肠管损伤,在切开嵌顿疝的外环时,应先在外环口处放入一支撑物,如血管钳或带槽的探针,然后再切开外环,切开疝囊时应提起疝囊。有时嵌顿肠管复位时生机正常,但因局部肠系膜血管栓塞而发生还纳肠管的片状或节段坏死,患儿临床表现发热、腹胀、腹部压痛、血便,应开腹探查。

③斜疝复发:患儿手术麻醉清醒后,腹内压增高,腹股沟肿物又复现为即刻复发,多为错将其他组织误为疝囊结扎,疝囊未做处理,应立即再手术。术后 1~2 周复发称近期复发。疝囊结扎过低,留有盲袋、疝囊颈结扎不牢、单线结扎线结脱落、结扎的疝囊因荷包缝合针距过大留有空隙、疝囊分离时撕裂未发现、疝外环口宽大未修补、滑疝误为一般斜疝以及切口感染等均可造成复发。复发后需再次修补。国内统计复发率为 1%~2.5%,嵌顿疝术后复发率较高。

④睾丸高位固定:斜疝手术时游离疝囊,往往将睾丸提至切口外,术毕未复位或在重建外环时将精索缝在一起,造成精索缩短,睾丸移至阴囊上方,因此处理疝囊后,缝合切口前,应将睾丸置于阴囊底部,并用手适当牵拉睾丸 1~2 次,以使睾丸和精索恢复原位。如在术毕发现睾丸高位,应立即拆开切口将睾丸复位,如在围术期以后发现,亦应择期手术。

⑤睾丸萎缩:斜疝修补术时精索血管损伤、睾丸复位发生扭转、睾丸血供受压时间过长,远期均有发生患侧睾丸萎缩的危险,发生率为 2.6%~5%,嵌顿疝术后发生率较高。如嵌顿疝手术时发现睾丸缺血、发绀、针刺有蓝紫色血液流出,虽对其生机可疑,亦应将睾丸放回阴囊。小儿血管弹性好,大多数睾丸血供均能恢复,部分患儿发现患侧睾丸逐渐缩小变软,即睾丸萎缩。

(任红霞)

第二十七节　新生儿短肠综合征

新生儿短肠综合征(short bowel syndrome,SBS)系指因各种病因行广泛小肠切除或旷置后,致剩余小肠过短,肠道吸收面积显著减少,从而产生以严重腹泻,水、电解质紊乱,营养素吸收不良和体重丢失为特征的综合征。凡小儿小肠切除 2/3 以上或剩余小肠不足 75cm 者即广泛小肠切除。小儿短肠综合征危害性较成年人大,因为小儿小肠的消化和吸收功能不仅需要维持小儿正常生存所需的营养,而且还要满足生长发育的需要。过去,该病死亡率很高,现在,随着对SBS 病理生理和代偿机制研究的不断深入,临床营养支持技术的不断提高,尤其是肠外营养(parenteral nutrition,PN)支持的成功实施与不断完善,使该病的治疗和预后有了很大的改观。

1. 发病原因　小儿 SBS 的病因近 25 年来有了很大变化。新生儿期最常见病因是坏死性小肠结肠炎致肠大部切除(占 35%);其次,小肠闭锁(因胎内新生儿小肠血管意外造成小肠发育障碍引起)和肠扭转(肠旋转不良或肠系膜后腹壁固定不全所致)分别占了 23% 与 18%;其他可导致 SBS 的疾病还包括腹裂、肠无神经节细胞症、胎粪性腹膜炎等,以及继发于血液高凝状态、先天性心脏疾病、动静脉插管不当等所致小肠系膜栓塞或血栓形成;较大儿童的常见病因则为克罗恩病等。

2. 病理生理改变　小肠是人体最重要的消化与吸收器官,几乎所有的营养物质包括脂肪、蛋白质、糖类、无机盐、微量元素和水都在此被消化和吸收。

广泛小肠切除后由于小肠长度明显缩短,肠黏膜吸收面积减少,营养物质在肠内停留时间过短,引起一系列病理生理改变。正常成年人每天有 7~9L 水经过小肠(小儿相应稍少),小肠吸收80%,余下约 1.5L 进入结肠。广泛小肠切除后,肠道过短,肠内食糜通过过快,造成严重腹泻,进一步导致水、电解质紊乱和各种营养物质吸收不良,最终可因严重脱水,重度营养不良危及生命。由于空肠是许多矿物质吸收的部位,如切除会引起铁、钙、叶酸等的缺乏。回肠末端是维生素 B_{12} 和胆酸的特殊吸收部位,过多回肠切除引起的维生素 B_{12} 缺乏可致巨幼红细胞性贫血;胆酸吸收障碍则直接影响了胆盐的肝肠循环,导致在空肠内与三酰甘油结合形成乳糜微粒的胆盐减少,继而造成脂肪吸收不良,产生脂肪痢和脂溶性维生素缺乏症;而不能吸收的脂肪酸和胆酸又可刺激结肠分泌水、钠,进而加重腹泻;同时,胆盐吸收减少又使胆汁中胆固醇浓度重增高,甘氨胆酸和牛磺胆酸比例发生变化,容易形成胆结石。

回盲瓣是一个单向阀门,定期开放,保证营养物质在胃及小肠内充分停留,有利于食物的消化吸收;此外,回盲瓣的关闭阻止了结肠内容物向小肠反流,当回盲瓣切除后,结肠内细菌易进入小肠过度生长、分解胆盐和脂肪酸,进而加重脂肪痢和腹泻。

正常情况下,草酸盐和钙在肠道结合形成人体不能吸收的草酸钙随粪便排出体外。而短肠综合征病人,不能吸收的脂肪酸与草酸竞争与钙结合,形成钙皂流失,造成低血钙;同时,草酸盐与钠结合产成可溶性的草酸钠,进入体内后进一步发生高草酸盐尿症,易引起肾结石。

小肠广泛切除还可引起胃酸分泌亢进和促进胃酸分泌的激素(如胃泌素)水平增高,胃酸分泌亢进可加重腹泻。胃酸分泌量与小肠切除长度成正比,机制尚不十分清楚,可能与下列因素有关:①小肠切除后,小肠分泌肠激素减少,反馈抑制胃酸分泌减少;②胃泌素水平增高,可能使胃酸分泌增加或降解减缓;③胃壁细胞代偿性增生。

3. SBS 的代偿机制 正常足月新生儿平均小肠长度为 $200\sim250cm$,广泛小肠切除后剩余小肠的生长速率影响 SBS 的预后。剩余小肠代偿最早出现在术后 48h 内,可维持 1 年以上。这种代偿涉及小肠黏膜全层,表现为绒毛膜增厚、绒毛高度和隐窝深度增加,并有小肠宽度和直径增加。很多研究证明,肠道黏膜层增加,增加了蛋白质、DNA 和 RNA 含量,是引起肠代偿改变的原因之一。肠的代偿程度还与肠切除的部位、长度,是否存在回盲瓣和结肠有关。

肠内营养物质能有效地刺激剩余小肠的代偿改变。食物不仅从总体上,而且从种类上影响小肠的代偿。SBS 早期采用 TPN 支持,会引起肠黏膜萎缩,此时,可通过经口给予蛋白质、多糖起到部分防治作用,如给予脂类可完全阻止。脂类中,中链三酰甘油(MCT)无需脂酶可直接经肠吸收,故长链三酰甘油(LCT)比 MCT 更能刺激肠黏膜生长;游离脂肪酸(FFA)虽只占总热量的 10%,但持续给予,其作用与 LCT 相同。各种糖类,如葡萄糖、甘露醇、果糖、半乳糖、甘露糖、3-甲氧基葡萄糖等,都能刺激肠黏膜生长。近来有许多研究证实,在 TPN 营养液中加入谷氨酰胺,可以预防肠黏膜萎缩,刺激小肠代偿。动物实验表明,联合运用肠外营养加普通食物蛋白,比单独采用肠外营养或要素膳更有利于刺激肠黏膜生长。此外,食物果胶、纤维、锌也有相同作用。

除营养因素外,其他如激素、生长因子、胰胆汁分泌等因素,也有助于小肠代偿性变化。

4. 治疗 SBS 的治疗包括内科非手术治疗和外科手术治疗。

(1)非手术治疗:内科非手术治疗根据 SBS 的病理生理变化,临床上可分为 3 期,即肠失代偿期、肠部分代偿期和肠完全代偿期,不同时期采取相应治疗措施。

①肠失代偿期:手术后至 2 个月左右,主要表现为腹泻,由于大量消化液通过鼻胃管、伤口和腹泻丢失,故常伴有严重脱水、电解质紊乱。治疗关键首先需纠正脱水和电解质代谢紊乱;此阶段患儿基本禁食,应尽早给予肠外营养(PN)支持,以供给足够热能和营养素,建立正氮平衡,防止体重显著降低。肠外营养液应含有各种维生素和微量元素,以及足够的钠、钾、钙、镁等,并需密切监测血糖、电解质等指标。通常根据剩余肠段长度,有否保留回盲瓣,及腹泻严重程度来决定 PN 支持的维持时间,通常为几周到数月。

广泛小肠切除后的胃酸分泌亢进,可能导致消化性溃疡,需给予 H_2 受体阻滞药如西咪替丁、雷尼替丁、法莫替丁等,抑制胃酸分泌。治疗腹泻可予碳片、碳酸氢钙、洛哌丁胺(易蒙停)等。也可选择生长抑素(善得定或施他宁)来抑制胃肠道的分泌,使胃酸分泌、瘘口漏出量和腹泻程度减轻。

②肠部分代偿期:术后 2 个月到 2 年,此期小肠黏膜已开始出现明显的代偿性变化,病情一般较稳定,腹泻量逐渐减少。此阶段除了继续给予控制肠蠕动药物、PN[或家庭 PN(HPN)]支持外,应该尽早逐步恢复肠内营养(Enteral Nutrition,EN)。首先应经鼻胃管或胃肠道造口管缓慢输注与年龄相配的小儿肠内营养配方,如新生儿可试给母乳,输注速度和浓度以不加重腹泻为宜。如肠道不耐受,可选用肽类(半要素膳)或氨基酸类(要素膳)配方。随着小肠代偿和腹泻次数减少,逐渐增加配方的浓度和输注量,然后再过渡到间隔推注或口服的喂养方式。

从促进肠道代偿角度看,整蛋白配方优于肽类配方。动物实验表明,与要素膳比较,半要素膳较少引起难治性腹泻。对于新生儿应鼓励尽可能母乳喂养,因为母乳所含前列腺素、甲状腺素、泌乳素、上皮细胞生长因子等物质有助于黏膜生长,而且吸吮本身也可以促进小肠代偿。开始量为 50~60ml/d,分 10~20 次摄取,以后逐渐增加;同时,母乳喂养应与半要素膳联合应用。最后可过渡到经口摄入高蛋白、高糖类和适量脂肪的饮食。当患儿存在脂肪泻时,控制食物中的脂肪含量非常重要,当肠道不能耐受太多脂肪时,可导致钙、锌、铁、镁等元素的丢失和高草酸盐尿症,极易继发肾盂和输尿管结石。因此,营养液中应包含各种维生素和微量元素,以及丰富的钙、锌、铁、镁等阳离子。末端回肠切除患儿尤应注意补充维生素 B_{12} 和脂溶性维生素。额外补充活性维生素 D 可促进小肠和肾小管钙离子的吸收,既可提高体内钙元素的储存,又可防止因高草酸盐尿症所致的肾盂和输尿管结石。

另外,在 SBS 病例中还存在小肠细菌过度生长(small intestinal bacterial overgrowth,SIBO)现象,其原因可能是由于 SBS 病人肠道在解剖和生理学上的改变,以及一些药物治疗的影响,为小肠内细菌的种类和数量的过度增长提供了条件,进一步加重小肠对营养素吸收不良所致的不耐受。因而,需重视肠道微生态的调节,适当给予益生菌和益生原制剂口服。

热量供应早期以 PN 为主,以后逐渐增加 EN 量,最后能量全部由 EN 提供。应定期进行体格测量,监测相关的生化指标如电解质、氮平衡、白蛋白、维生素和微量元素的血清值来评价营养状况,指导治疗方案的调整;定期行尿液和肾 B 超等检查,尽早发现并纠治相关的并发症;D-木糖试验、氢气呼吸试验可估计营养素吸收情况。吸收不完全的患儿有时甚至需要推荐量 2 倍的营养素补充。在严密监测保证其正常生长速率的前提下进行 PN 减量,当其正常生长主要由肠内营养支持保证时 PN 可予停止。

③肠完全代偿期:指术后 2 年以上。剩余小肠的代偿功能达到 90%~95%,经口喂养可基本满足生长发育需要。不过,部分病人仍需定期给予 PN 辅助治疗,如每周 2~3 次;如果小肠功能依旧不能代偿到维持正常需要,或出现以下情况:病儿每周体重下降≥1kg,或每天腹泻量＞600g,或实验室生化指标低于正常时,应考虑长期 PN 支持。如条件允许,也可采用家庭 PN。

据报道,在新生儿期,当剩余小肠＜15cm,保留完整回盲瓣时肠功能仍能得到代偿和康复。而在较大儿童则至少需要剩余 40cm 以上的小肠才能完全脱离人工营养,小肠的足够代偿可保证其正常的生长。Caniano 等报道在 14 例剩余小肠短于正常长度 25% 的新生儿,平均肠康复时间为 450d。Goulet 报道儿童期发生的短肠,剩余小肠＜40cm 时,平均肠康复时间为 27.3 个月;剩余小肠 40~80cm 时,平均肠代偿时间为 14 个月。并且,当剩余小肠 40~80cm 伴回盲瓣切除的患儿,其肠康复时间等同或落后于剩余小肠＜40cm 回盲瓣保留的患儿。上海交通大学医学院附属新华医院在 36 例小儿 SBS(剩余小肠 25～75cm,其中因大部分小肠旷置 14 例)的治疗经验中发现,剩余小肠>40cm(无任有无回盲瓣),患儿肠康复时间均<12 个月;而小肠<40cm 伴回盲瓣切除的患儿,其小肠康复时间不短于 24 个月。

(2)外科手术治疗:通常在儿科(尤其是新生儿),广泛小肠切除后剩余小肠的代偿能力较强,可通过营养支持,包括 PN、HPN、经鼻胃肠管(或经肠道造口置管)持续滴注喂养要素或半要素配方、或标准配方等方式,过渡到剩余小肠完全代偿,满足机体生长发育需要。但少数病儿因剩余小肠不能代偿或出现 PN 严重并发症,无法继续 PN 支持,需外科手术处理。手术目的在于增加小肠的长度和黏膜吸收面积、减慢食糜在肠内的推进,增加食糜与黏膜的接触时间、改善肠蠕动。鉴于回盲瓣的重要生理作用,手术时应尽量保留。

①减慢肠内食糜推进的手术方法如下。

小肠瓣膜成形术:选择肠大部切除术后小肠吻合口近、远端各 4cm 处做两个人工瓣膜,环形切除小肠的肠壁浆肌层,并将上、下二层对拢缝合,使黏膜向肠腔内翻入,形成环形黏膜瓣。有效的瓣膜会造成近端小肠扩张,引起梗阻症状,以减慢肠蠕动。不过瓣膜也是潜在性肠套叠的原因。此外,切除浆肌层和重建瓣膜后将随时间延长而失去它们的括约功能。

肠倒置术:选择一段小肠,切下后旋转 180°倒置,与远近端肠段分别做端-端吻合。通过肠段逆蠕动,减慢食糜向前推进,理想倒置小肠长度为 10cm,婴儿 3cm 即有效。不过,极短小肠综合征患儿无法采用此方法。

结肠间置:选择顺向或逆向蠕动的 8～24cm 长的一段结肠,远近端分别与空肠和回肠做端-端吻合。间置结肠可延迟小肠运行,增加水、电解质及营养物质的吸收。

小肠肠襻再循环成形术:将剩余小肠近端的末端肠襻绕成一个圈,做端-侧吻合,再将远端小肠断端与圈的肠襻做端-侧吻合。经研究证明,这能增加营养物质的吸收。

②增加肠黏膜面积的手术方法如下。

小肠延长术:选择一段 8cm 长的剩余小肠,按其肠系膜纵形切开成两片,将两片肠壁缝成二段直径比原来肠管小 1/2 的小肠,再将二小肠顺向蠕动,从而延长小肠长度。

小肠新黏膜成形术:选择剩余小肠的系膜对侧肠壁做纵行切口,并将邻近横结肠的浆膜面贴近切口上,作间断缝合固定,使 1.5～2.5cm 宽的结肠浆膜面显露于小肠肠腔,4～6 个月或以后形成新的小肠黏膜,增加黏膜面积。

小肠移植术:这是最有效的手术方法,但小肠移植后的严重排异反应阻碍了肠移植的发展,随着其他器官移植和免疫抑制的发展,小肠移植的成功率也将得到提高。目前全球小肠移植的 1 年生存率 60%～70%,移植肠 1 年存活率 50%～60%。国内报道在成年人行小肠移植成功 2 例,第 1 例存活 310d,第 2 例存活 4 年。

5. 预后　由于肠外营养支持技术发展及成功应用,SBS 的治愈率明显提高,达到 78%～94%,且明显改善了患儿的生存质量。当然,长期 PN 或 HPN 的费用昂贵,SBS 患儿需特别护理仍是不容忽视的问题。有报道:保留回盲瓣、剩余小肠最短 11cm;或切除回盲瓣、剩余小肠最短 25cm 的患儿,最终可无需长期 PN 支持,正常生活。

上海交通大学医学院附属新华医院 4 年前曾经收治过 1 例残存小肠 25cm,保留回盲瓣和完整结肠的 2 个月大婴儿,术后第 4 周开始肠康复治疗,从依赖肠外营养转为间断肠外营养,在治疗 13 个月后完全脱离 PN 出院,目前已 4 岁,生长发育基本赶上同龄儿童。另外,曾对脱离 PN2 年以上的 9 例 SBS 患儿进行智力测试和随访,均未见落后迹象,并能保持良好的生活质量。

(蔡　威)

参 考 文 献

[1] 张志波,王练英,黄英.新生儿胎粪性肠梗阻诊治体会.中国当代儿科杂志,2008,2:253-255.

[2] 吴晓娟,冯杰雄,魏明发.神经节细胞减少症引起新生儿急性肠梗阻的诊治.中华小儿外科杂志,2009,30(7):460-463.

[3] 孟云,赵德华,刘锐娟,等.新生儿先天性甲状腺功能减低症误诊 83 例分析.中国误诊学杂志,2007,16:3699.

[4] 李德渊,陈娟,陈大鹏.新生儿先天性消化道畸形 64 例临床分析.中国新生儿科杂志,2006(01):34-35.

[5] 郭卫红,陈永红,侯大为.围产期先天性消化道发育畸形的外科处置.中华小儿外科杂志,2005(09):493-495.

[6] 周嘉嘉,邓小耿,孟哲.新生儿阑尾炎性包块一例.中华小儿外科杂志 2008,29(12):713.

[7] 何炜婧,郑珊,沈淳,等.新生儿腹膜后占位性病变诊治分析.临床小儿外科杂志,2008,7(6):15-17.

[8] 高鑫,赵建设,王锡明.新生儿肝脏血管内皮细胞瘤 1 例.医学影像学杂志,2007,17(12):1318.

[9] 贾绚,杨兴惠,赖灿.新生儿胃后壁畸胎瘤 1 例.实用放射学杂志,2007,23(8):1144-1145.

[10] 朱蕾.新生儿卵巢畸胎瘤 1 例.实用儿科临床杂志,2007,22(11):836.

[11] 赵洁.儿童应激性溃疡的易患性及预防进展.国外医学(儿科学分册),2005,(06):356-359.

[12] 林广,Lily Kao.新生儿坏死性小肠结肠炎研究现状.中国实用儿科杂志,2004,(10):340-342.

[13] 黄亚萍.新生儿消化道出血的临床分析与治疗.中国小儿急救医学,2008,15(z1):94-95.

[14] 廖红,黄云生,贾东岗.维生素 K 缺乏性出血症 26 例分析.中国小儿急救医学,2008,15(z1):48-49.

[15] 刘俐.我国新生儿黄疸诊治现状和面临的挑战.中国新生儿科杂志,2009,(04):198-202.

[16] 邵国强,侯桂华,刘岱,等.肝胆动态显像对先天性胆道闭锁和乳儿肝炎综合征的诊断价值.中国现代普通外科进展,2007,1:81-82.

[17] 马欢,陈雪红,胡金贵,等.SPECT 肝胆显像联合粪便放射性测定对先天性胆道闭锁的诊断价值.中国临床医学影像杂志,2010,2:112-113.

[18] 陈维安,李春亿,梁宏,等. ^{99m}Tc-二乙基乙酰替苯胺亚氨二醋酸显像在婴儿持续性黄疸鉴别诊断中的意义.实用儿科临床杂志,2007,7:502-503.

[19] 刘钧澄,李桂生,司徒升,等.影响胆道闭锁早期诊治的原因分析.中华小儿外科杂志,2002,3:220-221.

[20] 邓海莉,张巧月,任智.先天性胆道闭锁症的诊断治疗.中国优生与遗传杂志,2008,6:104-105.

[21] 胡玉莲,黄志华,夏黎明.磁共振胆管成像和动态十二指肠液检查鉴别诊断婴儿肝炎与胆道闭锁.中国医学影像技术,2006,3:420-422.

[22] 程秀芳.新生儿呕吐 512 例临床分析.华中医学杂志,2009,33(6):327-328.

[23] 丁桂芝,李建民,姜淑琴,等.新生儿呕吐 1 010 例临床分析.小儿急救医学,2004,4:249-250.

[24] 陈中献,刘文英,李福玉,等.新生儿先天性十二指肠闭锁的诊治.华西医学,2005,2:320-321.

[25] 施诚仁.新生儿期先天性巨结肠诊治.临床外科杂志,2007,5:301.

[26] 常青锋,刘玉献,周光辉,等.新生儿先天性肠旋转不良 48 例临床分析.中国实用医刊,2008,13:47-48.

[27] Vermeij-Keers C,Hartwig NG,van der Werff JF. Embryonic development of the ventral body wall and its congenital malformations. Semin Pediatr Surg,1996,5(2):82-89.

[28] Gastroschisis and omphalecele. Daniel Ledbetter. Clinics of North America,2006:249-260.

[29] Bruch SW,Langer JC. Omphalocele and gastroschisis. In:Puri P(ed)Newborn surgery. Arnold,London,2003:605-613.

[30] 周光萱,朱军,代礼.1996 至 2000 年全国先天性腹裂畸形监测资料分析.中华预防医学杂志,2005,39:257-259.

[31] 陈盛,吴晔明,洪莉,等.先天性腹裂治疗方式 20 年系统评价.临床小儿外科杂志,2008,7:11-15.

[32] Yahchouchy EK,Marano AF,Etienne,et al. Meckel's diverticulum. J Am Coll Surg,2001,192:658-662.

[33] St-Vil D,Brandt ML,Panic S,et al. Meckel's diverticulum in children:a 20-year review. J Pediatr Surg,1991,26:1289-1292.

[34] Bona D,Schipani LS,Nencioni M,et al. Laparoscopic resection for incidentally detected Meckel diverticulum. World J Gastroenterol,2008,14:4961-4963.

[35] Palanivelu C,Rangarajan M,Senthilkumar R,et al. Laparoscopic management of symptomatic Meckel's diverticula:a simple tangential stapler excision. JSLS,2008,12:66-70.

[36] Chan KW,Lee KH,Mou JW,et al. Laparoscopic management of complicated Meckel's diverticulum in children:a 10-year review. Surg Endosc,2008,22:1509-1512.

[37] Shalaby RY,Soliman SM,Fawy M,et al. Laparoscopic management of Meckel's diverticulum in children. J Pediatr Surg,2005,40:562-567.

[38] Milbrandt K and Sigalet D. Intussusception associated with a Meckel's diverticulum and a duplication cyst. J Pediatr Surg,2008,43:21-23.

[39] Jelenc F,Strlic M and Gvardijancic D. Meckel's diverticulum perforation with intraabdominal hemorrhage. J Pediatr Surg,2002,37:18.

[40] Swaniker F,Soldes O and Hirschl RB. The utility of technetium 99m pertechnetate scintigraphy in the evaluation of patients with Meckel's diverticulum. J Pediatr Surg,1999,34:760-764.

[41] Dolezal J and Vizda J. Experiences with detection of the ectopic gastric mucosa by means of ^{99m}Tc pertechnetate disodium scintigraphy in children with lower gastrointestinal bleeding. Eur J Pediatr Surg,2008,18:258-260.

[42] Menezes M,Tareen F,Saeed A,et al. Symptomatic Meckel's diverticulum in children:a 16-year review. Pediatr Surg Int,2008,24:575-577.

[43] Hurley H,Cahill RA,Ryan P,et al. Penetrating ectopic peptic ulcer in the absence of Meckel's diverticulum ultimately presenting as small bowel obstruction. World J Gastroenterol,2007,13:6281-6283.

[44] Chandramohan K,Agarwal M,Gurjar G,et al. Gastrointestinal stromal tumour in Meckel's diverticulum. World J Surg Oncol,2007,5:50.

[45] MacMahon B. The continuing enigma of pyloric stenosis of infancy:a review. Epidemiology,2006,17(2):195-201.

[46] Dick AC,Ardill J,Potts SR,et al. Gastrin,somatostatin and infantile hypertrophic pyloric stenosis. Acta Paediatr,2001,90(8):879-882.

[47] Huang LT,Tiao MM,Lee SY,et al. Low plasma nitrite in infantile hyper trophic pyloric stenosis patients. Dig Dis Sci,2006,51(5):869-872.

[48] Jablonski J,Gawronska R,Gawlowska A,et al. Study of insulin like growth factor 1(IGF 1)and platelet derived endothelial cell growth factor(PDEGF)expression in children with infantile hypertrophic pyloric stenosis. Med Sci Monit,2006,12(1):27-30.

[49] McVay MR,Copeland DR,McMahon LE,et al. Surgeon-performed ultrasound for diagnosis of pyloric stenosis is accurate,reproducible,and clinically valuable. J Pediatr Surg,2009,44(1):169-171.

[50] Malcom GE 3rd,Raio CC,Del Rios M,et al. Feasibility of emergency physician diagnosis of hypertrophic pyloric stenosis using point-of-care ultrasound:a multi-center case series. J Emerg Med,2009,37(3):283-286.

[51] Forster N,Haddad RL,Choroomi S,et,al. Use of ultrasound in 187 infants with suspected infantile hypertrophic pyloric stenosis. Australas Radiol,2007,51(6):560-563.

[52] 陈勇刚,全学模,李晓庆,等.B超测定幽门容积对肥厚性幽门狭窄的诊断价值.中华小儿外科杂志,2005,26(3),119-121.

[53] Lowe LH,Banks WJ,Shyr Y. Pyloric ratio:efficacy in the diagnosis of hypertrophic pyloric stenosis Journal

of Ultrasound in Medicine,1999,18(11):773-777.

[54] Shinichi Ito,Konoshin Tamura,Itsuro Nagae,et al. Ultrasonographic diagnosis criteria using scoring for hypertrophic pyloric stenosis. Journal of Pediatric Surgery,2000,35(12),1714-1718.

[55] 严志龙,吴晔明,杜隽,等.先天性肥厚性幽门狭窄的诊断标准与B超评分系统.中华小儿外科,2002,23(4):298-300.

[56] 陈兰萍,任红霞,吴晓霞.两孔法腹腔镜下幽门环肌切开术270例.临床小儿外科杂志,2008,6(3):8-9.

[57] Ibarguen S E. Endoscopic pyloromyotomy for congenital stenosis. Gastrointest Endosc,2005,61(4):598-600.

[58] 黎庆宁,聂玉强,张又祥,等.超细胃镜治疗先天性肥厚性幽门狭窄9例.中国消化内镜杂志,2008,2(3):9-11.

[59] Rosser S B,Clark CH,Elechi EN. Spontaneous neonatal gastric perforation. J Pediatr Surg,1982,17:390.

[60] Leger JL,Ricard PM,Leonard C,et al. Ulcere gastrique perfore chez un nouves-ne avec servie. Union Med Can,1950,79:1277.

[61] Yamataka A,Yamataka T,Kobayashi H,et al. Lack of C-KIT+ mast cells and the development of idiopathic gastric perforation in neonates. J Pediatr Surg,1999,34:34.

[62] Choudhry MS,Rahman N,Boyd P,et al. Duodenal atresia:associated anomalies,prenatal diagnosis and outcome. Pediatr Surg Int,2009,25(8):727-730.

[63] Hemming V,Rankin J. Small intestinal atresia in a defined population:occurrence,prenatal diagnosis and survival. Prenat Diagn,2007,27(13):1205-1211.

[64] Spitz L. Observations on the origin of congenital intestinal atresia. S Afr Med J,2006,96:864.

[65] Cacciari A,Mordenti M,Ceccarelli PL,et al. Ileocaecal valve atresia:our surgical approach. Eur J Pediatr Surg,2004,14(6):435-439.

[66] Yamataka A,Koga H,Shimotakahara A,et al. Laparoscopy-assisted surgery for prenatally diagnosed small bowel atresia:simple,safe,and virtually scar free. J Pediatr Surg,2004,39(12):1815-1818.

[67] Ismail A,Alkadhi A,Alnagaar O,et al. Serial transverse enteroplasty in intestinal atresia management. J Pediatr Surg,2005,40(2):5-6.

[68] Burjonrappa SC,Crete E,Bouchard S. Prognostic factors in jejuno-ileal atresia. Pediatr Surg Int,2009,25(9):795-798.

[69] Pueyo C,Maldonado J,Royo Y,et al. Intrauterine intussusception:a rare cause of intestinal atresia. J Pediatr Surg,2009,44(10):2028-2030.

[70] Lima M,Ruggeri G,Domini M,et al. Evolution of the surgical management of bowel atresia in newborn:laparoscopically assisted treatment. Pediatr Med Chir,2009,31(5):215-219.

[71] Harper L,Michel JL,Napoli-Cocci S,et al. One-step management of apple-peel atresia. Acta Chir Belg,2009,109(6):775-777.

[72] Tander B,Bicakci U,Sullu Y,et al. Alterations of Cajal cells in patients with small bowel atresia. J Pediatr Surg,2010,45(4):724-728.

[73] Baglaj M,Carachi R,MacCormack B. Colonic atresia:a clinicopathological insight into its etiology. Eur J Pediatr Surg,2010,20(2):102-105.

[74] Dassinger M,Jackson R,Smith S. Management of colonic atresia with primary resection and anastomosis. Pediatr Surg Int,2009,25(7):579-582.

[75] Kamata S,Nose K,Ishikawa S,et al. Meconium peritonitis in utero. Pediatr Surg Int,2000,16(5-6):377-379.

[76] Kuroda T,Kitano Y,Honna T,et al. Prenatal diagnosis and managementof abdominal diseases in pediatric surgery. J Pediatr Surg,2004,39(12):1819-1822.

[77] Veyrac C, Couture A, Saguintaah M, et al. MRI of fetal GI tractabnormalities. AbdomImaging, 2004, 29 (4):411-420.

[78] Chan KL, Tang MH, Tse HY, et al. Meconium peritonitis:prenataldiagnosis, postnatal management and outcome. Prenat Diagn, 2005, 25(8):676-682.

[79] Dirkes K, Crombleholme TM, Jacir NN, et al. Prenatl natural historyof meconium peritonitis diagnosed in utero. J Pediatr Surg, 1995, 30(7):979-982.

[80] Casaccia G, Trucchi A, Nahom A. The impact of cystic fibrosis onneonatal intestinal obstruction:the need for prenatal/neonatal screening. Pediatr Surg Int, 2003, 19(1-2):75-78.

[81] Shyu MK, Shih JC, Lee CN, et al. Correlation of prenatal ultrasound andpostnatal outcome in meconium-peritonitis. Fetal Diagn Ther, 2003, 18(4):255-261.

[82] StaeblerM, Donner C, RegemorterNV. Should determination of the karyotype be systematic for allmalformations detected by obstetrical ultrasound? Prenat Diagn, 2005, 25:5672-5731.

[83] 何花,谢红宁.胎粪性腹膜炎产前超声诊断及其预后分析.中国实用妇科与产科杂志,2008,24(5):357-359.

[84] 陈光祥,胡高云.胎粪性腹膜炎的临床与影像诊断(附12例报告及文献复习).实用放射学杂志,2008,24(1):90-92.

[85] 黄轩.胎粪性腹膜炎的产前诊断和处理国外医学妇产科学分册,2006,33(6):395-398.

[86] 涂长玉.胎儿胎粪性腹膜炎的超声诊断.中华医学超声杂志,2009,6(2):307-311.

[87] 黄轩,方群.复杂性胎粪性腹膜炎胎儿产前超声征象与新生儿结局的探讨.中国新生儿科杂志,2009,24(2):85-88.

[88] 黄轩.胎粪性腹膜炎的产前诊断和处理.国外医学妇产科学分册,2006,33(6):395-398.

[89] 中华儿科杂志编辑委员会.中华医学会儿科学分会消化学组.小儿胃食管反流病诊断治疗方案(试行).中华儿科杂志,2006,44(2):97.

[90] 龚四堂.小儿胃食管反流病的治疗.临床儿科杂志,2007,25(05):329-331.

[91] Condino AA, Sondheimer J, Pan Z, et al. Evaluation of infantile acid and nonacid gastroesophageal reflux using combined pH monitoring and impedance measurement. J Pediatr Gastroenterol Nutr, 2006, 42(1):16-21.

[92] 周丽雅,陈旻湖.胃食管反流病.北京:北京大学出版社,2007:1-27.

[93] 吴文华,谭建忠,邱禹洪.肠切开清除胎粪治疗单纯性胎粪性肠梗阻.中华小儿外科杂志,2000,21(3):186.

[94] 陈功,郑珊,周以明.胎粪性肠梗阻临床诊治.临床小儿外科杂志,2004,3(5):340-342.

[95] 张志波,王练英,黄英.新生儿胎粪性肠梗阻诊治体会.中国当代儿科杂志,2008,10(2):253-255.

[96] 雷学锋,崔耕刚,孙劲松.新生儿胎粪性肠梗阻2例报告.济宁医学院学报,1994,17(4):58.

[97] Pel-Yeh Chang, Fu-YuanHuang, Ming-Lun Yeh, et al. Meconium ileus-Like Condition in Chinese Neonates. pediatr Surg, 1992, 27(9):1217-1219.

[98] Quinton PM. Cystic fibiosis lesson from the sweat gland Physiology, 2007, 22:212-225.

[99] 宋连城,吕丽娟.新生儿小肠胎粪栓梗阻.实用儿科临床杂志,1990,5(4):221-222.

[100] Mcpartlin JF, DicksonJAS, SwainVAJ. Mecoonium ileus:immediate and long-term survival. Arch Dis Child, 1972, 4(7):207-210.

[101] 王德生.实用婴儿外科.合肥:安徽科学技术出版社,1984:347-350.

[102] Mark S Burke, Jennifer M Ragi, Hratch L, et al New Strategies in Nonoperative Management of Meconium ileus pediatr Surg, 2002, 37(5):760-764.

[103] 李恭才,王修忠,顾建章,等.消化道重复畸形40例分析.中华小儿外科杂志,1986,7:271-272.

[104] 王义,张金哲.消化道重复畸形的急性并发症.中华小儿外科杂志,1988,9:219-221.

[105] 李心元,王慧贞,李正.小儿肠重复畸形引起的急腹症.中华小儿外科杂志,1989,10:84-85.

[106] 赵莉,李振东,牟弦琴,等.肠腔内肠源性囊肿的诊断体会.中华小儿外科杂志,1994,15:210.

[107] 韩福友,于泓,孙岩,等.小肠重复畸形的分型与诊断.中华小儿外科杂志,1997,18:91-93.

[108] 李龙,张金哲,王燕霞,等.小肠重复畸形血运的观察及新术式应用.中华小儿外科杂志,1997,18:142-144.

[109] 徐赛英.实用儿科放射诊断学.北京:北京出版社,1999:430-434,594-595,615-616.

[110] 李正,王慧贞,吉士俊.实用小儿外科学.北京:人民卫生出版社,2001:711-716.

[111] 王练英,李恩杰,李正.新生儿肠重复畸形的临床特点.中华小儿外科杂志,2001,22:87.

[112] 施成仁.新生儿外科学.上海:上海科学普及出版社,2002:543-546.

[113] 贾立群,王晓曼.实用儿科腹部超声诊断学.北京:人民卫生出版社,2009:178.

[114] L Grosfeld,A ONeill,Jr W Fonkalsrud,et al,吴晔明主译.小儿外科学.6版.北京:北京大学医学出版社,2009:1415-1423.

[115] Kusunoki N,Shimada Y,Fukunmoto S,etal. Adenocarcinoma arising in a tubular duplication of the jejunum . J Gastroenterol,2003,38(8):781-785.

[116] Jianhong L,Xuewu J,Xianliang H. An exceptional combined malformation:duplication of the urinary and intestinal tracts and the vulva(04-80CR). J Pediatr Surg,2005 Mar,40(3):5-9.

[117] JA Cauchi,RG Buick. Duodenal duplication cyst:beware of the lesser sac collection. Pediatr Surg Int,2006,22:456-458.

[118] G Lisi,MT Illiceto,CRossi,et al. Anal canal duplication:retrospective analysis of cases from two European Pediatric surgical department. Pediatr Surg Int,2006,22:967-973.

[119] Liu H,Che X,Wang S,etal. Multiple-stage correction of caudal duplication syndrome:a case report. J Pediatr Surg,2009,44(12):2410-2413.

[120] 翁淑萍,朱维镰,庞万良,等.新生儿十二指肠梗阻的放射线诊断.实用放射学杂志,2005,21(10):1087-1089.

[121] 邵雷朋,李丽娟,侯广军.环状胰腺所致十二指肠梗阻的诊断与治疗.中国实用医刊,2009,36(1):62-63.

[122] 韩福友,于有,将志涛.小儿环状胰腺五例报告.中华普通外科杂志,2003,18(8):458-460.

[123] 李索林,王志超,李英超,等.腹腔镜下十二指肠吻合术治疗新生儿十二指肠梗阻.中华小儿外科杂志,2009,30(6):357-360.

[124] 王忠荣,王德生,承大松,等.新生儿肠套叠的诊治.安徽医学,1990,11:24-25.

[125] 伍连康,张丽瑜,蔡民宇.小儿坏死性肠套叠147例分析.中华小儿外科杂志,1992,13:321-322.

[126] 李正,王慧贞,吉士俊.实用小儿外科学.北京:人民卫生出版社,2001:748-749.

[127] 章家友.新生儿肠套叠12例漏诊分析.临床误诊误治,2001,14:423.

[128] 施成仁.新生儿外科学.上海:上海科学普及出版社,2002:556-558.

[129] 刘文英,唐耘燰,胡廷泽,等.胎儿、新生儿和小婴儿肠套叠.中华小儿外科杂志,2002,23:65-66.

[130] 张树成,王练英,王维林,等.新生儿原发性肠套叠临床诊治特点浅析.中华小儿外科杂志,2006,27:403-405.

[131] 贾立群,王晓曼.实用儿科腹部超声诊断学.北京:人民卫生出版社,2009:178.

[132] Oqundoyin OO,Oqunlana DI,Onasanya OM. Intestinal stenosis caused by perinatal intussusception in a full-term neonate. AM J Peritatol,2007,24(1):23-25.

[133] Slam KD,Teitelbaum DH. Multiple sequential intussusceptions causing bowel obstruction in a preterm neonate. J Pediatr Surg,2007,42(7):1279-1281.

[134] 吴荣德,刘润玑.新生儿阑尾炎.中华小儿外科杂志,1990,11:89-90.

[135] 孙建中,王学文,张立根.新生儿急性阑尾炎五例报告.中华小儿外科杂志,1993,14:337.

[136] 李正,王慧贞,吉士俊.实用小儿外科学.北京:人民卫生出版社,2001:857-858.

[137] 施成仁.新生儿外科学.上海：上海科学普及出版社,2002:558-561.

[138] 孙建中,孙新平,王琪,等.新生儿急性阑尾炎.临床小儿外科杂志,2003,2:152-153.

[139] 贾立群,王晓曼.实用儿科腹部超声诊断学.北京：人民卫生出版社,2009:199.

[140] Srouji FN. Neonatal appenditisis chemie infarction in inearerated ingcinalhernia. J Pediatr Surg,1978,3 (13):177.

[141] Singh I. Neonatal appendicitis. york State ffouranl of Medicine,1986:109.

[142] Sachwita D,Hass H J,Aumann V,et al. Incidental finding of an acute appendicitis in a premature newborn with haematochezia. Zentralbl Chir,2009,134(6):557-559.

[143] 孙晓毅.神经标志物免疫组化方法与先天性巨结肠及其同源病研究.中华小儿外科杂志,2008,29: 628-630.

[144] 吴晓娟,魏明发,冯杰雄.先天性巨结肠并发小肠结肠炎发病机制的研究进展.中华小儿外科杂志,2008, 29:184.

[145] 王小林,冯杰雄.婴幼儿与儿童便秘的诊断治疗程序.实用儿科临床杂志,2008,23:1538-1540.

[146] 邓科,魏明发.先天性巨结肠症分子遗传学的研究.临床外科杂志,2008,16:349-351.

[147] 魏明发,吴晓娟,易斌,等.巨结肠根治术后便秘复发的原因探讨.临床外科杂志,2008,16:324-326.

[148] 吴晓娟,魏明发,郭先娥,等.先天性巨结肠及同源病患儿术后直肠肛管测压与分析.实用儿科临床杂志, 2007,22:1792-1793,1833.

[149] 宣晓琪,魏明发,周学峰,等.Cajal间质细胞在先天性巨结肠和巨结肠同源病结肠中的分布研究.中华普 通外科杂志,2007,22:619-622.

[150] 周峻,魏明发,冯杰雄,等.先天性巨结肠症及其同源病手术中组织化学快速诊断方法.中华胃肠外科杂 志,2006,9:456-457.

[151] 张霞,王霞,梅盛平,等.先天性巨结肠与巨结肠同源病的Ret蛋白免疫组织化学研究.中华儿科杂志, 2005,43:911-915.

[152] 易斌,王小林,魏明发,等.肠神经发育不良患儿直肠肛门测压与分析.实用儿科临床杂志,2005,20: 809-811.

[153] 黄姗,易斌,魏明发.先天性巨结肠内皮素B受体基因的研究.中华实验外科杂志,2004,21:1565.

[154] 冯杰雄,史慧芬,王果,等.1008例便秘患儿直肠粘膜乙酰胆碱酯酶检测结果分析.中华小儿外科杂志, 2004,25:518-520.

[155] 王果,孙晓毅,郭先娥.家族性巨结肠同源病1例报告.中华小儿外科杂志,2004,25:375.

[156] 魏明发,王果,朱珉,等.先天性巨结肠症RET和EDNRB基因的突变.世界华人消化杂志,2004,12: 635-638.

[157] 王果.先天性巨结肠治疗进展与微创手术.中华小儿外科杂志,2003,24:103-104.

[158] 王果,翁一珍,魏明发,等.心形吻合术治疗先天性巨结肠的远期效果.中华外科杂志,2002,40:344-346.

[159] 李娜萍,吴人亮,周晟.肠神经元性发育不良的病理形态学研究.中华小儿外科杂志,2000,21:221-222.

[160] 刘明.新生儿直肠肛管测压.中华小儿外科杂志,1989,10:87.

[161] 王果.先天性巨结肠与遗传关系的探讨.中华小儿外科杂志,1981,2:170.

[162] 王果.先天性巨结肠根治术后晚期并化症的探讨.武汉新医药,1978,3:31.

[163] 王果.中西医结合治疗婴儿先天性巨结肠症.武汉新医药,1976,1:45.

[164] 艾民康.先天性巨结肠粘膜内胆碱酯酶阳性神经-黏膜活检材料的组织化学诊断.武汉新医药,1976, 1:49.

[165] Rao SS. Constipation:evaluation and treatment of colonic and anorectal motility disorders. Gastrointest Endosc Clin N Am,2009,19:117-139.

[166] Zhang HY,Feng JX,Huang L,et al. Diagnosis and surgical treatment of isolated hypoganglionosis. World J Pediatr,2008,4:295-300.

[167]　Guo X,Feng J,Wang G. Anorectal electromanometrical patterns in children with isolated neuronal intesti-
　　　　nal dysplasia. Eur J Pediatr Surg,2008,18:176-179.

[168]　Suita S,Taguchi T,Ieiri S,et al. Hirschsprung's disease in Japan:analysis of 3852 patients based on a na-
　　　　tionwide survey in 30 years. J Pediatr Surg,2005,40:197-201.

[169]　Southwell BR,King SK,Hutson JM. Chronic constipation in children:organic disorders are a major cause.
　　　　J Paediatr Child Health,2005,41:1-15.

[170]　Kanamori Y,Hashizume K,Sugiyama M,et al. Type B intestinal neuronal dysplasia. Pediatr Int,2005,47:
　　　　338-340.

[171]　Dasgupta R,Langer JC. Transanal pull-through for Hirschsprung disease. Semin Pediatr Surg,2005,14:
　　　　64-71.

[172]　Brooks AS,Oostra BA,Hofstra RM. Studying the genetics of Hirschsprung's disease:unraveling an oligo-
　　　　genic disorder. Clin Genet,2005,67:6-14.

[173]　Meier-Ruge WA,Bruder E,Holschneider AM,et al. Diagnosis and therapy of ultrashort Hirschsprung's
　　　　disease. Eur J Pediatr Surg,2004,14:392-397.

[174]　Kobayashi H,Yamataka A,Lane GJ,et al. Inflammatory changes secondary to postoperative complications
　　　　of Hirschsprung's disease as a cause of histopathologic changes typical of intestinal neuronal dysplasia. J
　　　　Pediatr Surg,2004,39:152-156.

[175]　Galvez Y,Skaba R,Vajtrova R,et al. Evidence of secondary neuronal intestinal dysplasia in a rat model of
　　　　chronic intestinal obstruction. J Invest Surg,2004,17:31-39.

[176]　Keshtgar AS,Ward HC,Clayden GS,et al. Investigations for incontinence and constipation after surgery
　　　　for Hirschsprung's disease in children. Pediatr Surg Int,2003,19:4-8.

[177]　Wu X,Feng J,Wei M,et al. Patterns of postoperative enterocolitis in children with Hirschsprung's disease
　　　　combined with hypoganglionosis. J Pediatr Surg,2009,44:1401-1404.

[178]　Feng J,El-Assal ON,Besner GE. Heparin-binding EGF-like growth factor(HB-EGF)and necrotizing en-
　　　　terocolitis. Semin Pediatr Surg,2005,14:167-174.

[179]　De Plaen IG,Liu SX,Tian R,et al. Inhibition of nuclear factor-kappa B ameliorates bowel injury and pro-
　　　　longs survival in a neonatal rat model of necrotizing enterocolitis. Pediatr Res,2007,61:716-721.

[180]　冯杰雄. 美国新生儿坏死性小肠结肠炎研究现状. 中华小儿外科杂志,2006,27:386-387.

[181]　Arnold M,Moore SW,Sidler D,et al. Long-term outcome of surgically managed necrotizing enterocolitis in
　　　　a developing country. Pediatr Surg Int,2010,26:355-360.

[182]　Elimian A,Garry D,Figueroa R,et al. Antenatal betamethasone compared with dexamethasone(betacode
　　　　trial):a randomized controlled trial. Obstet Gynecol,2007,110:26-30.

[183]　Bell EF. Preventing necrotizing enterocolitis:what works and how safe Pediatrics,2005,115:173-174.

[184]　Davit-spraulA,Baussan C,Hermeziu B,et al. CFC1 gene involvement in biliary atresiawith polysplenia
　　　　syndrome. J Pediatr Gastroenterol Natr,2008,46(1):111-112.

[185]　Mazziotti MV,Willis LK,Heuckeroth RO,et al. Anomalous development of the hepatobiliary system in
　　　　the Inv mouse. Hepatology,1999,30(2):372-378.

[186]　Schön P,Tsuchiya K,Lenoir D,et al. Identification,genomic organization,chromosomal mapping and mu-
　　　　tation analysis of the human INV gene,the ortholog of a murine gene implicated in left-right axis develop-
　　　　ment and biliary atresia. Hum Genet,2002,110(2):157-165.

[187]　Petersen C,Biermanns D,Kuske M,et al. New aspects in a murine model for extrahepatic biliary atresia. J
　　　　Pediatr Surg,1997,32:1190-1195.

[188]　Tyler KL,Sokol RJ,Oberbaus SM,et al. Detection of reovirus RNA in hepatobiliary tissues from patients
　　　　with extrahepatic biliary atresia and choledochal cysts. Hepatology,1998,27(6):1475-1482.

[189] Petersen C. Pathogenesis and treatment opportunities for biliary atresia. Clin Liver Dis,2006,10(1): 73-88.

[190] Chen SM,Chang MH,Du JC,et al. Screening forbiliary atresia by infant stool color card in Taiwan. Pediatrics,2006,117(4):1147-1154.

[191] 钟微,余家康,夏慧敏,等.胆红素监测仪对胆道闭锁的诊断价值.临床外科杂志,2007,15(5):318-320.

[192] 王玮,郑珊,沈淳,等.胆道闭锁术后大剂量类固醇的疗效和安全性.中华小儿外科杂志,2006,27(9): 460-463.

[193] 刘均澄,李桂生.胆道闭锁手术空肠胆支造瘘与防返流瓣的比较研究.中华医学杂志,2001,114(9): 986-987.

[194] Hartley JL,Davenport M,Kelly DA. Biliary atresia. Lancet,2009,374(9702):1704-1713.

[195] D'AlessandroAM,Knechtle SJ,Chin LT,et al. Liver transplantation in pediatric patients:Twenty years of experience at the University of Wisconsin. Pediatr Transplant,2007,11(6):661-670.

[196] Todani T,Watanabe Y,Narusue M,et al. Congenital bile duct cysts:Classification,operative procedures, and review of thirty-seven cases including cancer arising from choledochal cyst. Am J Surg,1977,134(2): 263-269.

[197] Yamaguchi M. Congenital choledochal cyst. Analysis of 1,433 patients in the Japanese literature. Am J Surg,1980,140(5):653-657.

[198] Postema RR,Hazebroek FW. Choledochal cysts in children:a review of 28 years of treatment in a Dutch children's hospital. Eur J Surg,1999,165(12):1159-1161.

[199] Suita S,Shono K,Kinugasa Y,et al. Influence of age on the presentation and outcome of choledochal cyst. J Pediatr Surg,1999,34(12):1765-1768.

[200] Kamisawa T,Okamoto A,Tsuruta K,et al. Carcinoma arising in congenital choledochal cysts. Hepatogastroenterology,2008,55(82-83):329-332.

[201] Imazu M,Iwai N,Tokiwa K,et al. Factors of biliary carcinogenesis in choledochal cysts. Eur J Pediatr Surg,2001,11(1):24-27.

[202] Mackenzie TC,Howell LJ,Flake AW,et al. The management of prenatally diagnosed choledochal cysts. J Pediatr Surg,2001,36(8):1241-1243.

[203] Kim SH,Lim JH,Yoon HK,et al. Choledochal cyst:comparison of MR and conventional cholangiography. Clin Radiol,2000,55(5):378-383.

[204] Zhong L,Yao QY,Li L,et al. Imaging diagnosis of pancreato-biliary diseases:a control study. World J Gastroenterol,2003,9(12):2824-2827.

[205] Fu M,Wang Y,Zhang J. Evolution in the treatment of choledochus cyst. J Pediatr Surg,2000,35(9): 1344-1347.

[206] Shimotakahara A,Yamataka A,Yanai T,et al. Roux-en-Y hepaticojejunostomy or hepaticoduodenostomy for biliary reconstruction during the surgical treatment of choledochal cyst:which is better. Pediatr Surg Int,2005,21(1):5-7.

[207] Li L,Feng W,Jing-Bo F,et al. Laparoscopic-assisted total cyst excision of choledochal cyst and Roux-en-Y hepatoenterostomy. J Pediatr Surg,2004,39(11):1663-1666.

[208] 李正,王慧贞,吉士俊.实用小儿外科学.北京:人民卫生出版社,2001:526-537.

[209] 肖现民.临床小儿外科学——新进展、新理论、新技术.上海:复旦大学出版社,2007:513-515.

[210] 童尔昌,季海萍.小儿腹部外科学.北京:人民卫生出版社,1991:98-104.

[211] Vaos G,Gardikis S,Kambouri K,et,al. Optimal timing for repair of an inguinal hernia in premature infants. Pediatr Surg Int,2010,26(4):379-385.

[212] Nagraj S,Sinha S,Grant H,et,al. The incidence of complications following primary inguinal herniotomy in

babies weighing 5 kg or less. Pediatr Surg Int,2006,22(6):500-502.

[213] Albert Shun,Prem Puri. Inguinal hernia in the newborn A 15-year review. Pediatr Surg Int,1998,3: 156-157.

[214] 刘晓东,刘磊.新生儿腹股沟斜疝的诊断及处理原则.临床小儿外科杂志,2005,4(5):378-379.

[215] 董其刚,余世耀.新生儿嵌顿性腹股沟斜疝的诊断和治疗.实用外科杂志,1989,9(8):142-143.

[216] 赵德富,肖之珍.新生儿腹股沟嵌顿性斜疝 4 例.中国普通外科杂志,1997,6(2):129.

[217] 施诚仁.短肠综合症.新生儿外科学.上海:上海科学普及出版社,2002,8:561-564.

[218] Goulet O. Short bowel syndrome in pediatric patients. Nutrition,1998,14(10):784-787.

[219] 蔡威,汤庆娅,于黎华,等.肠外营养在新生儿短肠综合症治疗中的作用.中华小儿外科杂志,2003,3 (24):227-229.

[220] DiBaise JK,Young RJ,Vanderhoof JA. Intestinal rehabilitation and the short bowel syndrome:part 1. Am J Gastroenterol,2004,99(7):1386-1395.

[221] DiBaise JK,Young RJ,Vanderhoof JA. Intestinal rehabilitation and the short bowel syndrome:part 2. Am J Gastroenterol,2004,99(9):1823-1832.

[222] DiBaise JK,Young RJ,Vanderhoof JA. Enteric microbial flora,bacterial overgrowth,and short-bowel syndrome. Clin Gastroenterol Hepatol,2006,4(1):11-20.

[223] Kaufman SS,Loseke CA,Lupo JV et al. Influence of bacteria overgrowth and intestinal inflammation on duration of parenteral nutrition in children with short bowel syndrome. J Paediatric, 1997,131(3): 335-336.

[224] Quiros-Tejeira RE,Ament ME,Reyen L,et al. Long-term parenteral nutritional support and intestinal adaptation in children with short bowel syndrome:a 25-year experience. J Pediatr,2004,145(2):157-163.

[225] 陆丽娜,汤庆娅,蔡威.婴儿超短型短肠综合征肠康复治疗 1 例报告.肠外与肠内营养,2007,14(6): 378-384.

[226] J Huang,W Cai,Q Tang. Long term cognitive functions in neonatal short bowel syndrome patients. Eur J Paedia Surg,2008,18:89-92.

第 15 章
泌尿生殖系统疾病

第一节 新生儿泌尿外科概述

新生儿期是指自出生后脐带结扎时起至生后足 28d 这一时段。这一时期小儿脱离母体开始独立生活。新生儿期(neonatal period)最大特点是胎儿在母体内"寄生"的结束,由原来的宫内生活转变为宫外的新环境。为适应新环境的变化,新生儿经历着一系列生理功能的变化。

从肾功能的角度分析,可以发现在胎儿期、新生儿期以及婴幼儿期和成年人比较各有特点。过去人们普遍认为,胎儿期肾是依靠胎盘来维持体液平衡的,因此这一时期的肾还不具备成年人肾的功能,但是随着围生医学的发展,特别是围生期泌尿外科的发展,对泌尿系的先天性疾病的病理生理有了进一步的认识:自胎儿期到出生之前其肾功能已经发生了各种各样的变化,但也可能存在着发育障碍。新生儿肾浓缩能力低,为了排出过多的溶质,就需要较多的水分。一般生后数天尿量少,仅 60%~70% 的新生儿生后 12h 内有排尿,92% 在生后 24h 有排尿,近 8% 延迟到 24h 以后,如果生后 48h 未见有尿排出,就需要检查以明确原因。因此有必要重视新生儿的泌尿系统疾病,并对先天性疾病的治疗方案进行补充和完善。

胎儿的中肾从第 7 周左右开始排尿,而后肾在妊娠第 9~12 周开始产生尿液,出生前已达 50ml/h。肾小球滤过率在妊娠 34 周后随着妊娠周数的增加按一定比例上升,出生 2 周后达到出生时的 2 倍,1.5~2 岁时和成年人一样。出生后,尿液的浓缩功能在 500~700mOsm/L,3~6 个月后到成年人水平。但是尿液的稀释功能自新生儿期到婴幼儿期和成年人是一样的。新生儿的尿量是诊断肾功能障碍的最重要指标。水分平衡、电解质和尿浓缩功能等是决定尿量多少的因素。新生儿尿量少于 1ml/(kg·h) 可以诊断为少尿。在胎儿时期通过 B 超测定尿量、羊水量和脏的形态变化可以预测出生后肾功能的变化。胎儿的膀胱和排尿功能已经受到广泛的关注,文献报道胎儿每次的排尿间隔在 25min 左右,残余尿<10%。Olsen 通过专门的特殊超声流量探测器测量了 29 例早产男婴的尿流率,发现测量尿流率是可行的并且发现尿流率的模式高度不协调,但是有朝着协调混合模式发展的趋势。

正常新生儿泌尿系统的解剖和成年人差别较小。新生儿肾表面多呈胚胎期的分叶状,叶间裂至2~4 岁才基本消失。新生儿肾重量约为成年人的 10%,重 11~15g,而相对重量是成年人的 2 倍。新生儿脏总重量占体重的 1/130~1/100,成年人肾总重量占体重的 1/225~1/200。新生儿的肾相对较大,位置相比成年人较高,上极达 T_{11} 水平,下极达 L_4 平面,低于髂峰。肉眼观新生儿肾皮质较薄,肾单位数量和成年人基本相同,但因为组织上还未成熟,滤过面积和肾小管容积不足,故只能承担一般的代谢负担。输尿管位于后腹膜腔,随年龄不同其长度不同,新生儿输尿管较短较粗,长 6～7cm,直径 4～7mm。管壁的肌肉和弹性纤维发育不完全,输尿管上端发育相对完全,有时管腔内可见黏膜皱襞。膀胱的容量也随年龄增长而增加,新生儿的膀胱容量为20～50ml,位置比成年人高,大部分位于腹腔内,尿道内口可达耻骨联合上缘的平面。膀胱前壁大部分靠近腹前壁,即使处于收缩状态,膀胱顶部仍在耻骨联合上线平面以上,充盈时位置更高,腹部扣诊很易触及。其形状未充盈时呈纺锤形或者梨形,充盈时和成年人一样是圆形。新生儿膀胱黏膜薄弱,肌层及弹性纤维发育不足。足月产正常新生儿出生时睾丸已经下降到阴囊内,男性新生儿尿道 5～6cm,到青春期才迅速增长,达到成年人的 16～22cm。新生儿尿道黏膜发育较差,黏膜上皮容易脱落及受伤。尿道黏膜腺体、弹性纤维和结缔组织发育均较差。

　　新生儿泌尿生殖系统疾病中,尿路感染是常见病,也是泌尿系统结构异常、尤其是尿路梗阻最常见的合并症。新生儿尿路感染临床上以全身症状为主,如发热、嗜睡、吃奶差、呕吐、腹泻、面色苍白等非特异性表现。60％患儿可有生长发育迟缓、体重增加缓慢。血尿是另一个常见病,多为原因不明或生理性血尿,并不提示肾有病变,可能是小儿每日可排出少量的红细胞和蛋白。但是遇到血尿的新生儿也需予以重视,因为患儿无法用言语表达和诉说。血尿可来自肾实质、肾间质、肾血管、输尿管、膀胱以及泌尿系统邻近脏器病变,如炎症、肿瘤、外伤和结石等。腹部肿物是新生儿期最容易被患儿家长和医师发现的体征。新生儿腹部肿块中约 40％病变来源于泌尿系,在泌尿系肿物中常于膨胀的膀胱、肾积水、多房性肾囊性变,少数见于巨输尿管、肾母细胞瘤、阴道积水和卵巢囊肿等。阴茎发育畸形可以第一时间被发现,阴茎畸形中最常见的是尿道下裂,其次为尿道上裂、阴茎发育不良及性别异常等。与尿道下裂相比,睾丸发育异常却往往容易被忽视,故仔细的体格检查非常重要。应仔细鉴别隐睾、睾丸发育不良或睾丸缺如等。先天性膀胱外翻,鞘膜积液出生后均可通过体检诊断。近年来常遇到新生儿期阴囊肿物,术中发现睾丸缺血性坏死,有的病例并无睾丸扭转发生,值得重视。性别发育异常大多可以通过肉眼观察、染色体核型分析鉴别。

　　随着胎儿外科发展和超声技术的普及与进步,泌尿系梗阻性疾病如肾积水、重肾重复输尿管膨出、多囊肾、多房性肾囊性病变、巨输尿管、后尿道瓣膜等病变在胎儿期经产前超声检查基本可以预诊断。虽然成年人泌尿外科的绝大多数检查也可以应用在新生儿的检查诊断上,但新生儿各器官发育并未完全,对外界的刺激特别敏感,所以应尽量使用无创伤的检查,如 B 超和 MR等。Dias 等用 B 超评估肾积水程度对膀胱输尿管反流严重程度的指导作用发现当胎儿时和产后肾盂扩张<10mm 的患儿其临床反流征象在观察一段时间后都明显的改善了,故被认为对反流的诊断是一个阴性的指标。Kim 等还观测到在妊娠 20～24 周时胎儿肾盂积水>10mm,在妊娠超过 33 周时肾盂积水>16mm 被认为是出生后肾功能下降的危险信号。放射性检查如 X 线、核素检查应严格掌握适应证和剂量。新生儿和小儿尿动力学将是今后诊断患儿膀胱和排尿功能的主要手段,也将有更广阔的发展前景。新生儿腹部包块,尤其是实质性肿块,应视具体情况选用超声、静脉尿路造影或 MR、CT 扫描、SPECT 等检查明确诊断。

　　关于需要手术矫正的新生儿泌尿外科疾病,目前大多采用比较审慎的态度。虽然目前的麻醉水平和外科技术已能安全施行新生儿期的各种手术,但也要充分考虑到患儿的耐受能力和麻醉及手术对患儿的创伤与打击可能所带来的不良后果。因此,在不影响治疗效果的前提下,手术可选择适当时机施行。手术时机的选择主要取决于疾病的性质和患儿的自身条件。对于腹部实质性肿块在诊断明确后应尽快手术,对有症状的尿路梗阻(如后尿道瓣膜、输尿管囊肿致膀胱出口梗阻及合并尿路感染的机械性尿路梗阻等)应尽早手术解除梗阻,有文献报道完全性膀胱外翻耻骨联合分离在生后 1 周内修复膀胱不需做髂骨截骨手术。尿道下裂最佳手术年龄在 0.5～

1.5 岁,如果在 1.5 岁接受了成功的尿道下裂手术可完全消除患儿心灵创伤,有利于患儿生理与心理的发育,隐睾主张在 1.5 岁前手术,对于性别畸形主张在 1.5 岁前通过性腺探查及病理检查明确性别后再做相应处理。新生儿肾盂输尿管交界处梗阻所致的无症状性肾积水的手术时间及必要性存在许多争论,目前较为一致的意见认为:产前诊断的胎儿肾积水出生后 7～10d 应做超声检查,对于出生后仍有肾积水者,应进一步行系列超声及利尿肾图检查,以评价其预后及决定处理措施。一般来说对于积水量大肾皮质明显变薄的重度积水(3～4 级)、相对肾功能降低或者症状十分明显者则应尽快手术。而对于肾积水程度相对较轻,一般般应定期随访复查,3 个月左右做 1 次双肾超声检查,在随访过程中积水无加重者,则不急于手术干预,应继续观察至积水减轻或消失。

综上所述,新生儿泌尿系统和婴幼儿及成年人比较,在生理、病理、疾病谱、诊断和治疗方面有诸多不同。故此,研究新生儿泌尿外科学的特点可以指导临床治疗,通过探索新生儿泌尿外科发展的规律,能规范临床治疗行为,推动新生儿泌尿外科的发展。

(袁继炎)

第二节 新生儿泌尿系统影像学特点

影像学检查是诊断新生儿泌尿系疾病的重要技术之一,能为疾病的定位和定性提供重要的信息。影像学检查主要包括超声、X 线、CT、磁共振(MRI)及核素检查。

一、影像检查方法

(一)超声检查

超声检查(ultrasonography,US)无辐射、不使用对比剂、无创伤、可重复方便易行,可以探测脏器及病变的大小、形态、位置、回声特点、与周围组织关系,超声多普勒(Doppler)还可以了解器官及病变的血流情况,目前 US 具有其他检查方法无可比拟的优势。尤其是新生儿,对放射线敏感、对比剂耐受性差,因此 US 是新生儿泌尿系疾病首选的影像检查方法。但超声检查的结果会受操作者技术水平的影响,主观因素较强。

超声检查检查前 20～30min 口服奶液 60～120ml,使肾盂、肾盏充分扩张,不用排尿,不需镇静。因新生儿体表面积较小,US 宜选用相控阵及微凸探头,频率可选 5～10MHz。在左右侧卧位或仰卧位做双肾纵形、横形切面,观察肾大小、形态、位置、肾实质厚度及肾盂有无扩张。于仰卧位测量肾盂前后径,观察近端输尿管有无扩张。最后观察膀胱大小、形态、充盈情况、有无占位、膀胱壁厚度及光滑度等。

US 主要用于以下检查:①先天性泌尿系畸形,如肾缺如、肾发育不良、融合肾、异位肾、输尿管囊肿、膀胱重复畸形等;②肾占位性病变,鉴别占位是实质性、囊性还是囊实混合性,了解病变范围、位置与周边关系及肾脏受累程度;③肾盂积水,判断病变的有无及分度,并探测梗阻部位;④肾结石;⑤肾创伤,可显示肾实质是否撕裂、血肿位置、范围及肾周边情况;⑥当患儿出现与泌尿系相关的血尿、尿路感染、排尿异常、肾功能异常及无法解释的发热等临床症状时,判断泌尿系有无异常。

(二)泌尿系平片

泌尿系 X 线平片(KUB)上缘约包括 T_{10} 水平,下界包括尿道。新生儿由于含大量肠气的肠管遮挡,以及肾周脂肪层较薄,在 X 线平片上肾轮廓显示不清。因此主要观察泌尿道走行区有无阳性结石、钙化,还可显示腹部有无占位,并可观察骨骼情况。

(三)静脉尿路造影

静脉尿路造影(intravenous urography,IVU)是经静脉注入对比剂后观察泌尿系的解剖及功能状况,目前仍是泌尿系最常用的有效的影像学诊断方法。新生儿不需做肠道准备,不需镇静,禁食 2h,检查前先做碘过敏试验,检查时做好抢救准备。为降低对比剂过敏反应,目前国内医院多使用非离子型对比剂如碘异酞醇(商品名碘必乐)、碘普罗胺(商品名优维显)、碘苯六醇(商品名欧米帕克)等。用量是 1~2ml/kg,经静脉缓缓推注。

检查时造影前先摄全腹部仰卧位经 X 线平片,观察有无阳性结石、钙化及了解腹部情况,并用作造影后对比。注射对比剂后分别于 7min、15min、30min 摄仰卧位腹部正为片,必要时可根据情况延迟 1h、2h、4h 摄片。新生儿不使用腹部加压,可采用头低脚高位。检查中可结合间断性透视,观察肾实质、肾盏、肾盂、输尿管及膀胱的显影情况,选择影像显示最佳时机摄片。若因肠气干扰显示欠佳,可转换患儿体位以获取最佳图像。当肾积水较重时,肾盂会延迟显影,可令患儿采取俯卧位,使对比剂易于进入积水肾盂,并延迟摄片。

IVU 禁忌证是对碘对比剂过敏者及肝肾功能不全者。凡是无 IVU 禁忌证、疑有泌尿系梗阻、炎症、结核、损伤、先天性畸形、肾功能异常的,均可行此检查。但因新生儿尿浓缩功能较差,并且肠道大量充气有遮挡,IVU 的检查效果往往不佳。

(四)排尿性膀胱尿道造影

排尿性膀胱尿道造影(voiding custourethrography,VGUG)用以观察膀胱形态、大小、位置、有无占位及憩室、排空能力及膀胱壁是否光滑、有无窦道等;有无膀胱输尿管反流;尿道的走行、粗细及有无梗阻。

VGUG 可经尿道插入导管,注入对比剂;也可经膀胱穿刺或膀胱造瘘口注入对比剂;使用此两种方法时有泌尿系感染者为禁忌证。还可在 IVU 后利用膀胱内充盈了足够量的对比剂继续观察。

造影前先摄腹部 X 线平片,之后向膀胱内引入 15%泛影葡胺,透视下膀胱充盈后摄膀胱正、侧位片。拔管后于透视下观察患儿排尿情况。男孩采取斜卧位,近床侧大腿向前弯曲,男性新生儿尿道为 5~6cm;女孩采用侧卧位或斜位;摄片时需包括尿道排尿像。并使用仰卧位观察是否有膀胱输尿管反流。VGUG 检查尿道疾病准确、清晰,是其他检查方法无法替代的。

当尿道外伤、前尿道狭窄无法插管时,可将导管插入尿道末端约 2cm 处,固定导管注入对比剂观察尿道情况。

(五)CT 检查

CT 能提供断面图像,图像清晰,密度分辨率高,无创,操作简单,能够很好的显示泌尿系的形态、结构。为了增加病变与正常组织的对比度,降低平扫可能造成的漏诊和误诊,显示病变的血供情况,提高对病变的定性能力,可在平扫的基础上进行增强 CT 检查。凡是肾疾病如肿瘤、创伤、结石、囊性疾病、肾盂积水、腹膜后占位、肾上腺疾病均可进行 CT 检查,并可结合增强 CT,进一步观察病变大小、形态、密度、位置、结构、肾脏受累情况,为疾病的定位、定性诊断提供可靠依据。

检查前 30min 口服适量清水减少充气肠道干扰,10%水合氯醛 0.5ml/kg 口服或灌肠用以镇静,需增强者扫描前应做碘过敏试验,增强前禁食 2h。

根据不同疾病情况,扫描范围可自 T_{10} 至肾下极或耻骨联合,使用横断面螺旋扫描,层厚 7mm,螺距 1.5∶1,重建层厚 3mm,间隔 15mm,后重建采用 1.5mm 重叠重建。增强扫描多用非离子型对比剂,如 300 优维显(碘普罗胺)等,新生儿用量 1~2ml/kg,经静脉使用高压注射器团注法注入,速度 1.8～2ml/s,于 15s、60s 和 5min 扫描,分别显示肾皮质期、髓质期和延迟期。

泌尿系常用的 CT 图像后处理技术包括多层面重建技术(multiplanar reconstructions,MPR)、多层面容积重建技术(multiplanar volume reconstructions,MPVR)、表面遮盖法重建技术(surface shaded display,SSD)。MPR 可获得冠状位、矢状位及任意平面重建图像,可更加清晰地显示病变形态及与相邻器官、组织的关系。MPVR 将三维解剖以二维图像从不同的角度反映出来,可显示血管的细微病变。SSD 可立体显示病变的外形、轮廓、位置以及与泌尿系的关系。

CT 检查辐射较大,新生儿对辐射最为敏感,因此对于新生儿要严格掌握 CT 检查适应证,并在保证图像质量的前提下尽可能降低扫描参数、减少辐射剂量。

(六)MRI 检查

MRI 检查无电离辐射,无创伤,可以多平面成像,并且可使用不同序列提供更丰富的信息,尤其当患儿碘剂过敏无法做 CT 增强检查时,MRI 增强检查是最好的选择。

磁共振泌尿系水成像(MR urography,MRU),根据静态液体具有长 T_2 弛豫时间的特点,利用重 T_2 加权成像技术,不使用对比剂直接使尿路内的尿液呈高信号,清晰显示含尿液的肾盂、肾盏、输尿管及膀胱的形态、结构。

另外功能 MRI 越来越多的应用到泌尿系疾病的检查中。主要有扩散加权成像(DWI)和灌注加权成像(PWI)。DWI 是唯一能无创的在活体组织检测细胞内水分子扩散运动的检查技术,用于研究肾肿瘤、积脓肾盂、肾积水肾实质水分子扩散的快慢,从而判断疾病性质及肾功能状况。而 PWI 反映血流灌注,用于了解病变的血液供应,目前主要用于研究肾脏的灌注功能情况。现有研究显示功能与代谢的 MR 信息作为常规 MR 影像的补充具有良好的应用前景,但在临床应用还需要更要成熟的检验。

新生儿 MR 检查前 2h 禁食水,用 10% 水合氯醛 0.5ml/kg 口服或灌肠镇静,平扫常规扫描使用自选回波(SE)序列行冠状位 T_1WI 扫描,及横断位 T_1WI、T_2WI 扫描,T_2WI 扫描时通常使用脂肪抑制技术。MRU 使用脂肪抑制快速自旋回波(fat-suppreddion fast spin-echo pulse,FS-FSE)序列,行冠状位重 T_2WI 扫描,再将采集的信息在工作站使用最大信号强度投影(MIP)重建图像。扫描时均采用呼吸门控,以减少呼吸伪影。

为了增加病变组织的信号强度,提高病变的检出率,提供更多信息,平扫后可继续增强扫描,扫描前 2h 内禁食。MRI 对比剂根据 MR 特性可分为顺磁性、铁磁性和超顺磁性,目前应用较多的是钆喷酸葡胺(商品名为马根维显),按生产厂家的剂量,新生儿 0.2ml/kg,经静脉推注,不需做过敏试验。

肾疾病如肿瘤、创伤、囊性疾病、肾盂积水、腹膜后占位、肾上腺疾病均可进行 MRI 检查。MRU 应用于肾盂、肾盏、输尿管积水的各种疾病,尤其患儿不能做 IVU 和 CT 增强时,不需对比剂即可显示积水尿道的形态、位置和走形。

但 MRI 信号采集较慢,扫描时间长,危重患儿不能进行检查;伪影相对较多;对钙化和结石的显示不如 CT。

(七)核素检查

核素检查可了解肾的形态、大小、位置,但其最重要的价值是能够提供的有关肾功能的定量信息,而其他影像学检查均难以准确获得。核素检查前不需禁食、不用做肠道准备,镇静后经静脉注入肾小球滤过型显像剂[99m]Tc-DTPA,通过肾小球快速排出浓集于尿中,使肾盂肾盏、输尿管、膀胱显影。

新生儿核素扫描主要应用于先天性泌尿系畸形的检查,评价肾的功能状态,如检查肾积水、重复肾、肾发育不良、肾动脉狭窄及膀胱输尿管反流等。

二、正常影像学表现

(一)超声检查

肾脏位于脊柱两侧,横切面呈卵圆形,纵切面呈椭圆形。肾包膜与肾窦回声较强,肾实质回声较低。新生儿肾周脂肪较少,肾表面强回声的轮廓线不显著。新生儿肾皮质呈均匀弱回声,与肝相似。髓质锥体呈圆锥状更低回声,皮髓质易于分辨。肾窦由肾盂肾盏、血管、脂肪及结缔组织构成,呈椭圆形强回声,位于肾的中央。新生儿肾盂可有少量尿液,于肾窦中间出现液性无回声区,前后径应小于 1cm。肾门部血管结构可以显示,呈椭圆形无回声区,彩色多普勒可显示血流方向。肾动脉位于静脉后方,分别汇入腹主动脉和下腔静脉。

正常情况探测不到输尿管,若观察到输尿管应疑为输尿管扩张。膀胱大小、形态及壁的厚度与膀胱内充盈尿液量有关,尿液呈无回声暗区。膀胱充盈较好时呈卵圆形或圆形,壁光滑、较薄;充盈欠佳时壁厚且欠光滑。膀胱内黏膜呈较薄条形强回声,肌层为中等回声。新生儿膀胱三角黏膜有皱襞,与成年人光滑黏膜不同。超声可见输尿管口向膀胱内喷尿现象,于单侧或双侧输尿管口间断出现由许多光点构成的带状强回声。男孩可探查到前列腺,女孩可观察到子宫和阴道。

(二)静脉尿路造影

肾位于脊柱两侧,因肝关系,肾左高右低,新生儿期两侧肾高度差别应小于 1 个椎体高度。新生儿肾长径可相当于 5~6 个椎体及所包含椎间隙高度,上界约平 T_{11} 水平,下极达 L_4 平面,有的甚至低于髂嵴。

经静脉注射对比剂 7min 时肾实质轮廓显影,肾盂肾盏内对比剂逐渐浓集,可显示肾小盏汇合成 2~3 个肾大盏,肾大盏汇合呈肾盂。肾小盏远端呈杯口状,穹窿锐利。肾盂分为常见型、分支型和壶腹型。常见型像喇叭,上缘较圆隆,下缘略凹陷;分支型肾盂本身不显著或较小,由两个或两个以上的肾大盏代替;壶腹型肾盂饱满呈壶腹状,肾小盏与其直接相连,此型易被超声诊断为肾盂积水,但 IVU 显示杯口清晰、穹窿锐利,可作鉴别。

新生儿输尿管较短较粗,位于腰椎两侧,间断显影,直径为 4~7mm,若持续全程显影,常为病理征象。当膀胱内对比剂量少时,输尿管远端蠕动将含有较浓对比剂的尿液射入膀胱,可见尿液呈细线状射至对侧膀胱壁,称"射流征"。可判断输尿管开口位置。

(三)排尿性膀胱尿道造影

新生儿膀胱容量为 20~50ml,位置比成年人高,可大部分位于腹腔内。充盈膀胱呈圆形或椭圆形,边缘光滑,顶部由于充气肠管压迫可变平。膀胱未完全充盈或排尿时膀胱壁收缩,边缘可不光整。新生儿膀胱充盈时,可向两侧腹股沟膨出,称"膀胱耳",排尿后消失,为正常现象。

男性尿道分为前后两部,后尿道包括前列腺部和膜部,前尿道包括球部和海绵体部。膜部是尿道最窄处,最易受到损伤。女婴尿道短而直,形状略呈梭形,尿道口处最窄,向上逐渐增宽,膀胱颈部又变窄。

(四)CT 检查

新生儿肾横断面上下极呈椭圆形,肾门呈马蹄形,外形多有胚胎期残留的分叶,皮质较薄,皮髓质之比约为 1:4。平扫时肾实质密度均匀,低于肝和脾密度,皮髓质不能区分,肾盂内为尿液呈水样低密度。增强 CT 扫描,动脉期可见肾皮质增强,呈高密度环状影围绕肾周边,并可见短小条形高密度深入髓质。实质期肾髓质明显增强,皮髓质分界消失,肾实质呈均匀高密度,CT值可为 120~140Hu。之后肾髓质较皮质强化明显,接下来对比剂在肾乳头和肾盏内浓集、密度增高,高过肾实质,而肾实质密度降低。肾盂按照位置可分为肾外型、肾内型和中间型。新生儿可见小的肾内型肾盂,其他年龄组多为中间型,即肾盂部分位于肾窦内部分位于肾窦外。肾外型大部分位于肾窦外,易误认为肾积水。肾的动静脉位于肾盂前方,通过与下腔静脉及腹主动脉的关系来判断。

新生儿双肾内上方 1/3 覆盖肾上腺,腹侧下 2/3 相邻腹腔脏器。6 个月后肾上腺向上退缩、结肠位置下移,肾面积增大。右肾与邻近器官关系,自上而下为:肝、十二指肠降段、水平段、胰头、小肠、横结肠及升结肠。左肾周围自上而下为:脾、胰尾、空肠及胃、横结肠和近端降结肠。

输尿管沿腰肌下行,管径不超过 7mm,于膀胱后下方进入膀胱。膀胱位于盆腔,形态与充盈程度有关,对比剂进入可见液-液分层,上方为尿液,下方为对比剂。充盈饱满膀胱可上达腹腔,其壁光滑。膀胱前方为腹直肌,后方为精囊或子宫。

肾周由肾包膜和筋膜构成 3 个潜在间隙:肾前间隙、肾周间隙和肾后间隙。正常时包膜和筋膜在 CT 上不能显示,当后腹膜有渗出、积液时,有时可显示肾旁间隙和肾筋膜。

(五)MRI 检查

T_1WI,肾实质信号与肌肉相似,为等信号,周围包绕高信号脂肪层,肾盂为水样低信号。皮质信号较髓质高,皮髓质分界可以辨别。但因新生儿呼吸较快,呼吸伪影有时会使皮髓质较难清晰区分。T_2WI,肾实质呈稍高信号,髓质信号称皮质高信号,皮髓质可以区分;同时使用脂肪抑制技术,肾窦内脂肪高信号被抑制呈低信号,高信号肾盂可清晰显示。T_1WI、T_2WI 肾血管均表现为管状流空信号,肾动、静脉根据形态和信号不能区分,可通过与下腔静脉及腹主动脉的关系来判断。

冠状位显示肾呈蚕豆状,位于脊柱两侧,长轴与成年人不同,或自外上斜向内下,或平行。婴儿肾活动性较大,可向周围移动 $10\sim30mm$,易被误认为游走肾。因肾周脂肪高信号衬托,肾轮廓清晰。肾窦位于肾内侧,形态、大小、位置较为直观,对诊断肾盂积水、重复肾、判断病变与集合系统的关系有很大帮助。肾脏内上方可见三角形 T_1WI 低信号的肾上腺。

MRU 显示含尿液的肾盂、肾盏、输尿管、膀胱呈高信号图像,类似 IVU 表现,并可转动图像从任意角度三维立体观察。

(六)核素检查

核素检查获得肾血流相和功能相图像,显示腹主动脉、肾、肾盂及膀胱位置、形态,并获得反映肾血流灌注功能、分泌功能和排泄功能的肾图。同时可测定分肾肾小球滤过率(GFR),是反映肾小球滤过功能的金标准。注射显像剂后 30min,患肾仍显影,表示有梗阻存在,但患肾仍有功能;如 30min 后患肾仍无放射性核素显影,提示该肾已丧失肾功能。一般认为患肾功能低于总肾功能 10% 以下,是进行肾切除的适应证。

综上所述,US 目前仍为新生儿泌尿系疾病的首选影像方法,合理的联合其他影像学检查,可从形态和功能方面对新生儿泌尿系疾病进行综合评估,为临床诊断提供准确、可靠的依据。

(林飞飞 刘 磊)

参 考 文 献

[1] Kolon TF Patel RP, Huff DS. Cryptoorchidism:diagnlosis,treatment and long-term prognosis Urol Clin N Am,2004,31:469-480.

[2] Austin JC. Cooper CS. Vesicoureterial reflux:surgical Approaches. Urol Clin N Am,2004,31:543-557.

[3] Olsen LH, Grothe I,Rawashdeh YF, et al. Urinary flow patterns in premature males. Urology,2010,183

(6):2347-2452.

[4] Shimada K,Matsumoto F,Kawagoe M,et. al. Urological emergency in neonates with congenital hydrone-phrosis. J Urol,2007,14(5):388-392.

[5] Ismaili K,Avni F. E,Alexander M,et al. Routine voiding cystourethrography is of no value in neonates with unilateral multicystic dysplastic kidney. PEDIATR,2005,146(6):759-763.

[6] Santos XM,Papanna R,Johnson A,et al. The use of combined ultrasound and magnetic resonance imaging in the detection of fetal anomalies. Prenat Diagn,2010,30(5):402-407.

[7] Phillips TM,Gearhart JP. Primary closure of bladder exstrophy. BJU Int,2009,104(9):1308-1322.

[8] Goto H,Kanematsu A,Yoshimura K,et al. Preoperative diagnosis of congenital segmental giant megaureter presenting as a fetal abdominal mass. Pediatr Surg,2010,45(1):269-271.

[9] LIU Gou-qing,Tang Hua-jian,ZHAO Yao-wang et al. One Stage Repairing Operation in Neonatal Hypospa-dias. National Journal of Andrology,2006,12(1):66-67.

第三节　产前检测到的肾盂积水的处理

胎儿肾盂积水是指一系列病因导致的以胎儿集合系统不同程度扩张为表现的临床综合征。集合系统是接收肾浓缩的尿液,并经输尿管和膀胱将尿液排出的连接点。肾盂积水亦可认为是肾的肿胀或水肿,由于超声可以清楚看到肾集合系统,肾盂积水通常在产前的超声常规检查中被发现,并经泌尿或儿科医生诊断。在美国,每年有 300 万左右的孕妇进行产前超声检查,而肾盂积水是最常见的异常,可发现 4.2 万胎儿存在肾盂积水。面对高达 1.4% 的发病率,产科和小儿泌尿外科医生常常需要面对产前胎儿肾盂积水的诊断和产前评估。

一、病　　因

胎儿肾盂积水的病因是多种的,不同部位与形态的畸形由不同的病因引起。

1. 一过性肾盂积水、生理性肾盂积水可能的病因

(1)在出生前后,肾血管阻力逐渐下降,总肾血流增加,肾小球滤过率(glomerular filtration rate,GFR)增加,肾小管浓缩能力未成熟,使得胎儿尿量比新生儿多 4~6 倍,尿量的急剧增加使得尿路在无梗阻的情况下亦可呈现输尿管、肾盂扩张。

(2)部分性或一过性解剖及功能性梗阻导致的肾盂积水,也可在出生后自行缓解。

(3)也有学者认为,孕期激素可导致胎儿暂时性宫内肾盂扩张。

2. 病理性肾盂积水的主要病因

(1)肾盂输尿管接合处梗阻(ureteropelvic junction obstruction,UPJO),UPJO 是胎儿肾盂积水最常见的病因,主要是涉及肾集合系统到输尿管的接合处梗阻以及尿流梗阻可能导致感染、瘢痕和长期肾损害。UPJO 常见的原因有连接部狭窄、息肉、扭曲、瓣膜、高位输尿管开口、纤维索带或迷走血管压迫、功能性梗阻等。其中连接部狭窄占 85%~90%(图 15-1)。

(2)先天性膀胱输尿管反流:多为膀胱黏膜下输尿管段的先天异常,黏膜下段输尿管缩短,从而失去抗反流的能力,反流成为一个重要的因素,膀胱尿液反流至肾,如果尿液有细菌感染,则有可能导致感染、瘢痕和肾损害。先天性膀胱输尿管反流的发病有种族差异和家族遗传倾向。

(3)先天性巨输尿管症:与远端输尿管节段失去蠕动功能有关。表现为输尿管扩张而无反流,且膀胱正常,输尿管扩张与肾盂积水程度不呈比例。先天性巨输尿管的原因少数是单一的,多数常常与几种因素有关(图 15-2)。

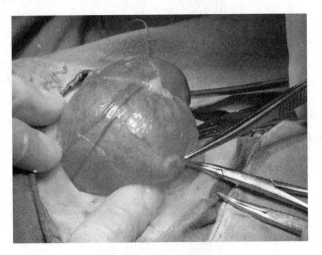

图 15-1　肾盂输尿管梗阻

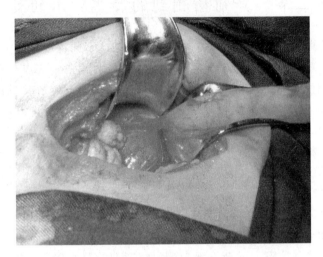

图 15-2　巨输尿管症

（4）后尿道瓣膜：因后尿道内的膜样物导致尿路梗阻。当发现为男性胎儿有如下征象时,可诊断为后尿道瓣膜：双侧肾盂输尿管积水,厚壁和中度扩张的膀胱,扩张的后尿道和肾结构的改变以及羊水容量减少。

（5）其他：如梅干腹综合征、重复畸形、异位输尿管、输尿管囊肿等。

3. 分子生物学研究　血管紧张素（angiotensin Ⅱ,Ang Ⅱ）通过其Ⅰ型受体（angiotensin Ⅰ type Ⅱ receptor,AT Ⅰ）参与维持肾的正常结构和功能,当 AT Ⅰ 基因发生突变,可能影响肾盂输尿管的发育及蠕动功能,或通过改变某种细胞因子的表达来影响肾间质细胞的增生和纤维化过程,在胎儿肾积水形成过程中起作用。nNOS 及 NPY 在肾盂输尿管狭窄段分布明显减少,nNOS 的 mRNA 表达明显降低,而 Smactin mRNA 在肾盂输尿管狭窄段高表达,ICAM21 在重度小儿先天性肾积水患儿肾组织中高表达。表皮生长因子（epidermal growth factor,EGF）参与肾发育及肾积水病理过程。梗阻性肾积水患儿肾组织中 EGFmRNA 表达减少。

二、病　　理

胎儿肾盂积水肾的病理改变因损害程度不同,表现为不同程度的肾皮质变薄、肾小球数目减

少,肾小球直径变小、肾小管萎缩及肾间质纤维化。不同病因部位的病理改变各有其自身的
特点。

　　1. 肾盂输尿管接合处狭窄　电镜下可见接合处狭窄部位平滑肌细胞明显变短,丧失收缩功
能,狭窄部位无蠕动能力。

　　2. 膀胱输尿管反流　膀胱黏膜下段输尿管纵形肌纤维缺陷,微管密度在这一区域明显减
少,肌肉和神经被胶原基质替代,从而产生了膀胱输尿管反流的病理变化。

　　3. 先天性巨输尿管症　术后病理表现为慢性炎症、胶原纤维增生,亦有纵形肌纤维稀疏不
整现象。

　　4. 染色体核型异常　部分胎儿合并存在多系统畸形,需注意存在染色体核型异常。

三、临床表现

　　胎儿肾盂积水在胎儿出生前无特殊临床表现,通常在产前筛查中被发现。在胎儿出生后绝
大部分亦无特异性临床表现。随着病情的发展,因病因不同,各自临床表现不同。

　　1. 肾盂输尿管接合处狭窄　缺乏特异临床表现,通常在出生后超声检查中发现。严重肾积
水者可出现反复泌尿系统感染、腹胀、贫血等。临床上多因泌尿系统感染就诊而发现。

　　2. 膀胱输尿管反流　缺乏特异临床表现,当并发尿路感染时,表现出并发症症状,如尿路感
染急性期可表现发热、食欲缺乏、排尿哭闹、尿后淋漓、膀胱刺激症状、遗尿、腰背痛等。当出现肾
实质及肾功能损害时,临床可出现蛋白尿、高血压,伴程度不同肾功能损害,肾实质可见瘢痕
形成。

　　3. 先天性巨输尿管症　先天性巨输尿管症也无特异性临床症状,多因其并发症如尿路结
石、尿路感染症状就诊,如腰痛、血尿、脓尿,往往先发现其并发症,在进一步检查中才发现本病。

四、辅助检查

　　1. 超声　由于超声检查具有无创性、可重复性、价格低的优点,现已广泛应用于产前检查。
尽管如此,妊娠超声(宫内)在母胎医学领域的应用仍然存在着争议。超声检查的指征包括高龄
产妇、母亲的 AFP 增高,或有畸形的孕史。不论是否有争议,进行妊娠超声检查时,某些基本的
内容必须涵盖在内。

　　(1)评估胎儿的大小和成熟度。

　　(2)羊水容量。

　　(3)标准测量:包括胎头、脊柱、心、肺、四肢和腹部。

　　(4)评估肾:包括位置、大小和质地。

　　(5)输尿管和集合系统的轮廓。

　　(6)膀胱容量、壁的厚度和排空。

　　(7)其他盆腔器官。

　　(8)外生殖的轮廓。

　　妊娠 12 周以后,胎儿的器官结构基本形成,14 周后可见胎儿肾轮廓,胎儿在 18 周时肾单
位已经完全发育成熟,包括肾小球、肾小管(近曲小管、远曲小管)、输尿管、膀胱及尿道,肾单
位形成即有尿的分泌和输送,孕 20 周可见肾内部结构。产前检查中羊水的多少和泌尿系发育
密切相关,尤其是羊水容量过少,是评估胎肾功能的特定标准,是产前诊断和胎儿评估中不可
缺少的一个重要环节。正常的胎儿输尿管超声无法看到,实际泌尿生殖畸形的发生率,在超

声检查为 2%。肾盂积水是产前超声最常见的异常,约 50% 在产前发现。由于超声检查无法区别生理性肾盂积水,泌尿系梗阻、肾发育异常和反流,因此超声检查不能分辨一过性肾盂积水、良性性肾盂积水与病理性肾盂积水。经超声检查筛查出的肾盂积水的胎儿在出生前或新生儿期有近 50% 的肾盂积水可自行消失,为一过性肾盂积水、良性性肾盂积水。而剩下的 50% 则为病理性肾盂积水,在诊断的范围。主要的是 UPJO(64%),而其他(34%)则为膀胱输尿管反流(vesi-coureteral reflux,VUR)、巨输尿管症、后尿道瓣膜等(图 15-3~图 15-6)。获取并存的阳性征,包括输尿管扩张或膀胱发育异常是精确诊断的基础。

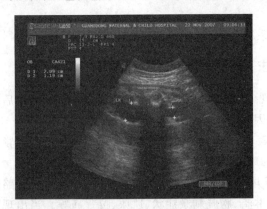

图 15-3 肾盂输尿管梗阻 B 超下声像

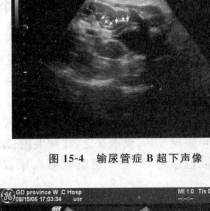

图 15-4 输尿管症 B 超下声像

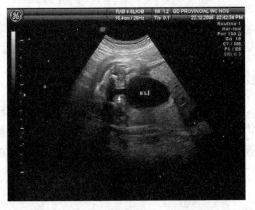

图 15-5 后尿道瓣膜 B 超下声像

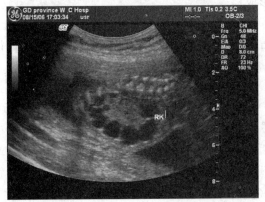

图 15-6 肾囊性变 B 超下声像

2. 磁共振 磁共振检查是胎儿期泌尿系统异常评估的必要辅助检查。对于超声筛查发现的泌尿系统畸形,包括肾盂积水、肾囊性发育不良、重复肾畸形等,均有较好的诊断和辅助诊断意义。磁共振是直接利用尿路内的尿液信号成像的检查技术,能清晰显示上尿路系统的形态、结构。检查过程无需任何造影剂,无电离辐射,即使在肾功能不良或肾盂显著扩张的情况下仍能借尿液信号显示尿路形态,而且能显示输尿管全程。此外,对于羊水过少的胎儿,由于超声失去液体界面的分隔,诊断难度较大,羊水量极少时,产前超声根本不能诊断。此时磁共振检查的意义尤为重要(图 15-7)。

3. 排泄性尿路造影 排泄性尿路造影在评估产前检查发现肾盂积水的新生儿病情中的作用始终饱受争议。近来有学者认为,产前诊断为肾盂积水的患儿有 10%~15% 存在膀胱输尿管反流,且很难在产前做出预测,胎儿期存在反流的患儿常常首先被诊断为尿路感染,很可能须预防进一步的肾功能损害。适当地应用排泄性尿路造影检查是全安的,且出现感染及非感染性并发症的风险低。因此,排泄性尿路造影适用于产前检查发现肾盂积水的患儿(图 15-8)。

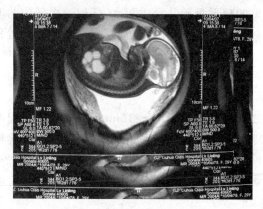
图 15-7　肾囊性变 MRI 表现

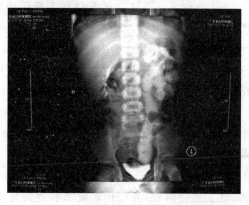
图 15-8　巨输尿管症排泄性泌尿造影

4. 逆行尿路造影　排泄性尿路造影有部分病例不能显示功能梗阻段,其原因是无狭窄或狭窄较轻侧肾,其造影剂较快进入膀胱,使膀胱过早充盈,遮盖狭窄较重侧输尿管狭窄段的显影。也可能因患侧继发性肾盂积水,肾排泄功能差,使得患侧输尿管显影浅淡。因而相对梗阻段难于显示。做逆行尿路造影检查时,能清楚显示相对狭窄段,是因为逆行尿路造影避免了充盈造影剂的膀胱将输尿管末端相对梗阻段遮盖。

5. 放射性核素检查　对排泄性尿路造影不显影者,可行放射性核素检查,只要患肾有 5% 以上的肾功能就能显示出影像。经注射核素药物后 30min,患侧放射性核素仍不消失,表示有梗阻存在,但患肾有功能。如经 30min,患侧无放射性核素显现,表示该肾已丧失肾功能。经核素动态检查,患肾开始显像延迟,以后逐渐增浓,当正常侧肾影排泄后快要消失时,患侧影像逐渐增浓,称为"倒像"现象。

6. CT　CT 具有非侵袭性、分辨率高的优点,能够很好的显示泌尿集合系统的细微结构,还能较好显示尿路局部解剖形态,与排泄性尿路造影联合检查,可补充排泄性尿路造影分辨率低的缺点,且能弥补排泄性尿路造影因肾功能受损而不能显影的不足之处。但 CT 检查不适合胎儿期的检查(图 15-9、图 15-10)。

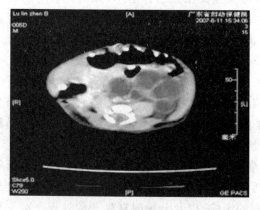
图 15-9　肾囊性变 CT 断层

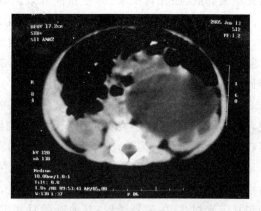
图 15-10　肾盂输尿管梗阻 CT 断层

五、诊断及鉴别诊断

1. 诊断标准及分级 胎儿泌尿系畸形中最常见的畸形是胎儿肾盂积水,任何一个部位的畸形均可产生梗阻,出现近端扩大积液,产前超声影像可见肾盂集合系统分离。目前对胎儿肾盂积水的诊断暂无统一标准,国内外大多数学者根据肾盂前后径(APD)来定义先天性肾积水的程度,当分离＞10mm,临床即诊断胎儿肾盂积水。目前常用的胎儿肾盂积水诊断及分级标准有 3 种:Grignon 分级、Arger 分级、1988 年美国胎儿泌尿学会标准。

(1)Grignon 分级:一级为肾盂扩张＜10mm;二级为肾盂扩张 10～15mm;三级为扩张程度同上伴肾盏轻度扩张;四级为肾盂扩张＞15mm 伴肾盏中度扩张;五级为肾盏中度扩张,肾实质变薄。

(2)Arger 分级:一级为肾盂扩张＜10mm;二级为肾盂扩张 10～15mm;三级为除肾盂肾盏扩张、肾实质变薄外,尚包括多囊肾和肾发育不良。

(3)1988 年美国胎儿泌尿学会标准:排除膀胱输尿管反流后,肾盂积水分 4 级:0 级为无肾盂积水;1 级为肾盂轻度分离;2 级为除肾盂扩张外,一个或几个肾盏扩张;3 级为所有肾盏均扩张;4 级为肾盏扩张伴有肾实质变薄。

2. 鉴别诊断 胎儿肾盂积水需与胎儿肾区域所有囊性结构相鉴别,如多囊肾、肾囊性变、肾孤立性囊肿、肾重复畸形等,一般 B 超、MRI 检查即可从形态学上进行鉴别。

六、治 疗

胎儿泌尿系畸形的干预分产前和产后两个阶段,产前主要是针对梗阻采取的引流治疗,产后则可早期手术治疗或长期随访。

1. 胎儿期治疗 对产前诊断为胎儿肾盂积水胎儿,有必要进行系统的超声检查以及侵入性诊断检查,如羊水诊断、PUBS 和绒毛膜活检。超声检查能够提供直观的肾组织的外形信息,但很难判断胎儿的肾功能,并非简单无创的评估并预测肾功能损害程度的方法。

在过去的 25 年里相继出现各种形式的胎儿期干预性治疗,包括不同程度地应用静脉镇静药、局部麻醉、超声引导等。如对后尿道梗阻伴有肾积水的男性胎儿进行膀胱-羊膜腔分流术,有效地改善了新生儿肺发育状况。B 超指示下进行膀胱-羊膜腔分流术或胸腔-羊膜腔分流术治疗胎儿巨大膀胱、胎儿肾积水、胸腔积液等效果较好,可以提高胎儿的存活率,降低肾衰竭的发生率。另外因输尿管囊肿导致在孕 28 周时胎儿双肾积水,在 B 超引导下激光治疗胎儿输尿管囊肿,成功地解除了输尿管梗阻。虽然胎儿宫内治疗能及时地缓解症状,但也存在着一定的风险。对胎儿的伤亡约占 5%,置管引流的风险高达 30%～50%。此外,对每个个体需要作出个体化治疗计划,需要在进行任何胎儿干预性治疗前,与病人和整个家庭解释潜在的风险、优点和缺点。

目前关于胎儿肾积水宫内的治疗,仅在国外有此方面的报道,在国内尚属空白。而且迄今为止,尚无系统的循证医学资料可用于规范胎儿期的干预性治疗操作。胎儿期的干预性治疗仍然存在着很大的争议。因此,关于胎儿肾积水的宫内治疗还有待我们进一步研究探讨。

2. 出生后的肾盂积水治疗 胎儿肾积水的产前认识使得泌尿系统疾病在新生儿期诊断和治疗成为可能,并且有效地减少了并发症发生,包括肾盂肾炎和梗阻的发生。首先最重要的是处理包括羊水过少、生殖器畸形、其他畸形对新生儿期的影响,以及分娩时新生儿的处理。对于重度肾积水的胎儿,分娩方式需要慎重选择,考虑首选剖宫产分娩,亦可在分娩前先行胎儿肾积水引流减压。

患儿出生后立即进行一系列检查以排除相关畸形。大多数产前诊断为肾盂积水的患儿出生后可以在门诊进行检查。泌尿系统畸形的排查通常是泌尿外科医生在 X 线检测下行排空性肾盂输尿管造影（VCUG），即将造影剂注射缓慢进膀胱，然后排空膀胱，这项检查有助于检查膀胱的畸形及是否存在尿路反流。是否所有的肾盂积水患儿，包括轻度肾盂积水患儿都需要做 VCUG 检查，目前仍有争议。我们的观点倾向于 Mandell 和 Retik 指南中提出的，产前诊断肾盂积水患儿在出生后需行 VCUG 检查，即患儿肾盂扩张＞8mm，或存在输尿管扩张，则有必要行 VCUG 检查。即使超声检查提示生后肾盂积水已经消失，仍有必要行 VCUG 检查。根据 VCUG 检查结果，经验丰富的小儿放射科医生即可对患儿的泌尿系统疾病严重程度作出评估。对高度怀疑存在反流或排空不全的患儿，如果 VCUG 检查显示无反流，则需再次缓慢注射造影剂进膀胱行 VCUG 检查。

由于新生儿出生后生理性脱水，超声检查需在出生后 3d 之后进行，否则会影响超声对肾盂积水的判断。第 1 次的超声检查常选择在出生后 3～4 周进行。当患儿出生后复查超声提示严重的肾盂扩张（集合系统分离＞15mm）且有输尿管扩张时，排泄性尿路造影是评估泌尿系梗阻和肾功能的必要检查，理想的检查年龄是在生后 1 个月，也可选择^{99m}Tc 核素扫描。

UPJO 引起的泌尿系统梗阻的外科治疗尚有诸多争议。外科治疗方式大多数是安全有效的。争议的焦点在于是否需要外科治疗和手术时机的选择。大多数的争议源于超声和影像学不能精确评估肾梗阻的程度和肾的功能。随着医学的发展，对 UPJO 认识的不断加深，感染等并发症的发生已经明显减少，患儿生活质量已经明显提高，UPJO 的治疗原则正在逐步建立过程中。出生后是否早期手术干预仍是争议焦点，有观点认为新生儿期不宜手术。但是在临床工作中，我们观察到对于胎儿期的重度肾积水，出生后提示有明确的肾功能损害，建议尽早外科治疗，以防梗阻损害发育不良的肾。因为生后 1 年内手术治疗肾功能可以得到良好的恢复。

我们认为伴有轻、中度肾盂积水（APD＜15mm）的患儿可以在家观察，建议预防性应用抗生素，无须进一步住院检查，可于 2～3 个月门诊后复查 B 超，共随访 2 年。对中、重度肾盂积水（APD 为 15～20mm）的患儿则建议住院行一系列相关检查，如 IVP、VCUG、超声、CT 平扫增强、^{99m}Tc 核素扫描等，充分评估患肾功能，根据评估结果确定是否需要外科治疗。对重度肾积水（APD＞20mm）并有肾盏扩张、肾皮质变薄、输尿管上段扩张等的患儿，则需手术治疗。所有非手术治疗的患儿在保守观察过程中，如核素扫描检查提示存在肾排空障碍，则均需手术治疗解除梗阻。总的来说，约有 25％的小儿存在着肾功能减退或肾排空障碍，最终需要外科治疗。

七、胎 儿 评 估

胎和肾盂积水是产前检查中较为常见的胎儿泌尿系统发育异常。临床上一旦诊断为胎儿肾积水，则需进一步判断是否有必要终止妊娠，此时正确的胎儿产前评估显得尤为重要。自 20 世纪 90 年代末期始，国内由上海儿科医院率先开展胎儿产前临床评估。胎儿肾积水是其中最主要的评估内容之一。据报道，胎儿泌尿系统畸形占胎儿产前评估内容＞40％，广东省妇幼保健院小儿外科胎儿评估中胎儿泌尿系统畸形占整个评估内容的 47％。

在临床工作中，我们发现全面了解晚期妊娠胎儿肾积水的转归，定期随访尤为重要。在动态监测胎儿肾盂积水时，应结合肾声像图特征，准确测量肾盂积水程度，充分了解患肾大小、肾实质厚度、膀胱充盈情况、羊水量、对侧肾功能情况。羊水容量过少是评估胎肾功能的一项重要指标，胎儿尿生化分析在诊断胎儿预后方面可能更可靠。

此外，产前检查还可以发现其他胎儿肾发育异常，如肾重复畸形、肾囊性改变，输尿管的异常如巨大输尿管症、膀胱输尿管反流以及后尿道瓣膜等。

对双侧或孤立肾的重度肾积水、肾实质菲薄、肾盂和肾盏扩张呈球状的胎儿,或是合并其他致命性畸形、染色体病的胎儿,可建议终止妊娠。而对侧肾正常的单侧肾积水胎儿,其存活率不受肾盂积水影响。

在胎儿产前评估的工作中,常需面临医学的伦理问题,有效的充分的医患沟通是每位胎儿产前评估工作者临床工作的重要内容,也是胎儿评估工作的终端环节。

八、预　后

胎儿肾盂积水的预后主要取决于是双侧还是单侧肾积水,是否为孤立肾肾盂积水。由梗阻所致的双侧肾盂积水或孤立肾肾盂积水对胎儿肾功能的影响是致命的。与预后密相关的因素还有:胎儿肾积水的病因、肾积水出现的时间、集合系统分离的程度、肾皮质萎缩及胎儿肾功能、有无羊水减少、有无伴随其他畸形。其中羊水减少常预示预后欠佳。对侧肾正常的单侧肾积水胎儿,其存活率不受肾盂积水影响。大多数的良性肾盂积水在出生前都能自行缓解。相对而言,中、重度肾盂积水很少在宫内自行缓解,肾盂积水程度可以无明显变化,但也可能加重,其中一部分需要手术治疗。因肾发育不全、多囊肾、伴有染色体异常等引起的肾积水的胎儿多在宫内或出生后死亡。总体来说,持续性存在肾盂积水的胎儿,仅有少部分在生后需要外科治疗,除极少数需要肾透析、移植外,多数婴幼儿有正常的肾功能及良好的生活质量。

（俞　钢　朱小春　傅晓静）

第四节　常见肾发育异常

新生儿肾及泌尿生殖系统畸形的发生率仅次于心血管系统畸形,且近来尚有增加趋势。新生儿期因疑有肾发育畸形而就诊者不外乎两种原因,一是随着新生儿产前检查逐渐规范和完善,特别是对肾先天性畸形具有重要诊断价值的B超检查在临床的广泛应用,使得大多肾先天畸形在产前即得到了提示,因此在新生儿期即要求明确诊断。二是因出现了如肾功能不全、腹部包块、尿路感染等临床症状而疑有肾发育先天畸形而就诊者。

新生儿期的肾疾病多为胚胎时期肾发育异常所致。泌尿器官的发生经历前肾、中肾和后肾三个阶段,它们依次由头侧向尾侧发育。胚胎发育到第3周末,第7～14对体节的间介中胚层向腹侧移动,并与体节分离成索状,成为生肾索。生肾索迅速分化发育,形成两条纵形隆起,称为尿生殖嵴,其后分化发育为肾及生殖系结构。同时生肾节形成,第7～14对体节两侧的生肾节内发生7～10对前肾小管,小管外侧向尾侧弯曲,并与相邻小管连通,形成一条纵形的管道,即前肾管。前肾小管依次发生,并逐步退化。但前肾管不退化,继续向胚体尾端延伸。胚胎4周末,前肾小管尚未完全消失时,中肾小管已开始在生肾索尾侧发生,很快发展增多。并与正向尾端延伸的前肾管连接,此时的前肾管改称中肾管或Wolffian管,继续向胚体尾端延伸,直至通入泌尿生殖窦。约胚胎第5周,生肾索尾端间充质分泌胶原细胞系源性神经营养因子,诱导中肾管尾端向背侧长出一上皮性盲管,即输尿管芽。输尿管芽伸入到尾端间充质内,诱导其分化为后肾原基。此时输尿管芽顶端扩大,形成原始肾盂,后形成肾盂和肾大盏,每个肾大盏又形成两个新的分支,在后肾原基内继续分支达12级以上,第3、4级小管形成肾小盏,第5级以上形成各级集合小管。后肾原基在输尿管芽的诱导下,分为内外两层,位于集合小管头端的内层细胞形成多个细胞团,并进一步形成肾泡。肾泡分为两条弓形小管,一端连接于集合小管,另一端膨大,顶端凹陷为肾小囊。伸入囊内的毛细血管成为毛细血管球,与小囊共同组成肾小体。此后弓形小管逐渐增长,近集合小管部分形成远端小管,远离集合小管部分形成近端小管,中间部分伸长形成髓襻,共同构成肾单位。生肾原基的外层形成肾被膜及肾内结缔组织。当肾发生发育过程中受到某种因素的干扰时,包括输尿管芽发育异常等均可导致肾发育异常。

有研究表明鼠类肾发育过程中,有 40 多个基因参与。而人正常肾发育过程中也有众多基因参与,目前已有研究提示影响肾发育的因素主要有细胞因子,细胞外基质,以及介导二者相互作用的中介物,如 GDNF、肝细胞生长因子(HGF)、表皮生长因子(EGF)、转化生长因子-β(TGF-β),骨形成蛋白(BMP)等。因此这些影响基因发生异常也可导致各种肾发生异常。

最常见的肾畸形是肾数目异常、囊肿性疾病、肾位置异常和融合异常等。

一、肾发生异常

(一)肾不发育

1. 双肾不发育　此畸形临床极少见,1946 年和 1952 年 Potter 对该病的临床表现做了全面的描述,文献中仅有 400 余例报道。Wilson 和 Baird 1985 年报道胎儿期羊水过少者中双肾不发育畸形在 3 000~4 000 个新生儿中有 1 个,男与女之比为 2.45：1,有显著的男性优势,同时也发现几乎占 75% 肾完全缺如,偶尔可能有一个小的间质组织肿块,罕有原始肾小球成分。输尿管可完全或部分缺如,膀胱多缺如或发育不良。

因为尿液是羊水的主要来源。所以在孕期检查时,凡肾不发育者孕母羊水量均明显减少,甚至缺如,也可见肾的多囊性病变、双肾发育不良、尿道瓣膜症等。出生时小儿体重低为 1 000~2 500g。呈未成熟的衰老状,患者不但大多伴有肺发育不良,50% 的病儿还可合并心血管和肠道系统的畸形,而且多表现眼距宽,两眼上方有突起的皮肤皱褶,并延伸到颊部。鼻子扁平,有时无鼻孔。下颌后缩,向下外折叠,耳朵低位。皮肤异常干燥而松弛。手相对大并呈爪形。下肢常呈弓状或杵状,髋和膝关节过度屈曲,此一特有的临床症状群已被称为为 Potter 综合征。因此当围生期 B 超检查证实羊水极少甚至缺如,同时双肾缺如时,早期终止妊娠应是最佳选择。即使出生时存活,亦因肺发育不良,存活很难超过 24~48h。90% 的正常新生儿在生后的第 1 天内均有排尿,如果生后的第 1 个 24h 后无尿,又无扩张的膀胱,将提示肾不发育。由于肺发育不良,许多新生儿在生后的第 1 个 24h 首先表现为呼吸困难,必将成为临床医师注意的焦点,往往容易忽视肾畸形的存在。

因此,当新生儿在 24h 内无尿时应高度怀疑肾不发育可能,超声可作为初步筛查,如果腹部超声检查无确定的结果,应当施行肾核素扫描。肾窝中放射性核素吸收缺乏,将提示双肾不发育的诊断。

2. 单侧肾不发育　单侧肾不发育临床并非少见,比双肾不发育的发生频率高。因单侧者新生儿期可无临床症状,也无特异性的临床症状或体征能提示单侧肾不发育,因此无准确发病率统计。多数尸检组提示,约 1 100 个新生儿中有 1 例;Masahiro Hiraoka 等对 4 000 例新生儿筛查中发现 3 例,估计其发病率约为 1/1 300;而 MayoClinic 施行静脉尿路造影的一项研究中,提示临床发生率接近 1/1 500。男、女比为 1.8：1,左侧多见。有家族倾向。

单侧肾发育不良中有 10%~15% 的男性和 25%~50% 的女性合并生殖器畸形。但多起源于 Mullevian 管或 Wollffian 管的结构常存在畸形改变,在男性可有附睾尾、输精管、精囊壶腹和射精管的缺如;在女性可有子宫及输卵管等内生殖器的多种畸形改变。但无性别异常。因此,女孩有内生殖器畸形者,临床医师应做泌尿系统检查。

单侧肾不发育者,因对侧肾功能正常,临床上无任何症状,可终生不被发现。当体检时在男孩发现输精管、附睾体、附睾尾的缺如,在女孩有阴道发育不良或分隔,合并单角或双角子宫等生殖系统畸形时,应想到单侧肾不发育的可能性。应进行相应的检查以除外肾异常,在对生殖系统畸形治疗时则宜慎重进行。腹部 B 超和静脉尿路造影等可以显示一侧肾缺如和对侧肾代偿性增大。核素扫描常有助于诊断。在有一侧肾不发育时,对侧可能发生先天性肾或输尿管积水。因此在诊断中应予注意。

单侧肾不发育大多无需治疗,但有并发症或伴有对侧肾畸形时,应根据病情选择适当的治疗方法。

(二)肾发育不全

肾发育不全是指肾发育分化虽正常,但肾单位数目减少;肾外形虽正常,但体积小于正常的 50% 以上者。最小的肾可似蚕豆大小。临床少见,占出生新生儿的 1/5 000～1/3 000,无性别差异。病因至今仍不明确,遗传因素可能参与了肾发育不全的发生。同时已有研究表明部分肾发育不全患儿存在 Ret 基因突变,GDNF 基因异常等也可能参与该病的发生。

本症以单侧为主,但也有双侧发育不全者。单侧者对侧肾可有代偿性增大,患肾可位于正常肾窝内或位于自盆腔至肾窝间的任何部位,如盆腔内、髂血管水平、腰部等。病理改变常表现为不规整的小肾,切面可见正常的皮质与髓质;光镜下可见正常的肾小球与肾小管,但数量少。

本症可无症状,也可因血管畸形而产生高血压,或因输尿管开口异位而有尿失禁或反复泌尿系感染;也可合并输尿管膨出而导致排尿困难或有泌尿系感染。双肾发育不全表现为慢性肾功能不全,多饮、多尿、烦渴,生长发育迟滞等。

B 超、静脉尿路造影和逆行肾盂造影有助确诊,但过小的肾因排出造影剂量过少而使静脉尿路造影常不显影。B 超对 1～2cm 的小肾也不易显示,或不易与该范围内淋巴结区别,螺旋 CT 增强扫描或可协助检出小肾。如为治疗确有必要了解病肾的位置时,腹腔镜检查常是最有效的办法。

肾发育不全并发高血压时,若对侧肾功能正常可做小肾切除术。开放性手术损伤较大,且有时寻找小肾甚为困难。腹腔镜损伤小,寻找范围较广,有利于寻找,可清楚观察到发育不全的小肾和细小的输尿管。因此,经腹腔镜切除小肾是目前较为理想的治疗方式。合并输尿管开口异位、静脉尿路造影显示肾功能良好者,可行输尿管膀胱再植术。双侧者治疗常极艰难,对已存在肾衰竭者,多依靠肾移植才能获得改善。

二、肾囊性病变

肾囊性病变是一组先天性、遗传性及获得性肾实质囊性疾病的总称,其共同特点为肾出现覆有上皮细胞的囊肿。可因其原因不同而形态学特征及临床表现亦不同。可发生在肾的任何部位,囊肿可为单发,也可多发,也可在任何年龄发病。随着 B 型超声等产前诊断技术的提高及 CT、MRI 等影像学技术在新生儿期的应用,肾囊性疾病在新生儿期出现症状者已能被儿科医师认识及得到治疗。新生儿期肾囊性疾病多见于婴儿型多囊肾、单纯性肾囊肿和肾发育不良。

(一)婴儿型多囊肾

婴儿型多囊肾为常染色体隐性遗传病,又称为常染色体隐性多囊肾病(ARPKD),主要因定位于染色体 6p12 的 PKHD1 基因突变所致。多发生在婴儿,其发病率为 1/10 000～1/4 000。

大体标本表现为双肾明显增大,外形光滑,肾囊性变,切面呈蜂窝状,手感似海绵,远端肾小管和集合管呈梭形囊状扩张,放射状排列。肾盂肾盏被膨胀的肾实质压迫而变形。肝门脉区胆管数目增加并伴结缔组织增生,从而因门脉周围纤维化而并发门脉高压。根据起病年龄,肾小管病变的数量,和肝脏损害的程度分为四型。

1. 围生期型　肾显著增大,90%以上的肾小管囊状扩张,伴轻度门脉周围纤维化,大多生后6~8周死于肾衰竭。

2. 新生儿型　约60%的肾小管受累,肝的变化明显,1岁以内时死于肾衰竭。

3. 婴儿型　25%肾小管扩张,严重门脉周围纤维化,可存活到青春期。

4. 少年型　以肝病变为主,门静脉纤维化,<10%的肾小管扩张,大多5岁时出现症状,有的可活到30岁。

严重型的婴儿型多囊肾,大多在产前和新生儿期死亡,有的出生后数日内因肺发育不良死于呼吸功能衰竭。这类病儿多有孕期羊水过少和出生后的 Potter 综合征表现。生产时因肾异常肿大,腹部膨隆而导致难产。虽然新生儿通常是少尿的,但很少死于肾衰竭,大多可在生后数日内逐渐出现贫血、脱水、失盐等肾功能减退的症状。随年龄增长,逐渐发生肾衰竭。幼儿和少年可有高血压和充血性心力衰竭。儿童期因门脉高压可致食管静脉曲张出血、脾功能亢进。伴随的症状包括恶心、呕吐、生长发育迟滞等。实验室检查主要表现为与肾功能损害有关,如血清尿素氮、肌酐升高,尿比重降低,轻微蛋白尿,酸中毒和贫血等。

根据发病年龄、临床表现和阳性家族史大多可作出诊断。超声和静脉尿路造影是主要检查方法。超声显示肾增大,整个肾实质回声增强。静脉尿路造影表现为造影剂在皮质和髓质的囊肿中滞留,显示不规则斑纹或条状影像。小婴儿因造影剂排出减少,肾盂肾盏几乎不显示,年长儿造影剂迅速排泄。可显示轻微变形的肾盂肾盏影像。逆行肾盂造影可示肾盂肾盏轻微受损和肾小管反流。新生儿期需与其他引起肾肿大的疾病相鉴别,特别是有囊性改变的双侧多房性肾发育不良、双侧肾积水、双侧肾肿瘤及双侧肾静脉栓塞等。儿童期鉴别诊断应包括进行性肾损害的其他病因,如儿童期发病的成年人型多囊肾,肝病者应与先天性肝纤维化相鉴别。

本症无治愈办法。主要是对症治疗。对肾功能不全者,透析疗法可延长寿命,有条件时可考虑肾移植。无论肾损害或肝损害,预后均不良。

(二)单纯性肾囊肿

单纯性肾囊肿又称孤立性肾囊肿,是肾囊性疾病中最常见者。其病因至今仍不清楚,目前有人认为囊肿由肾小管和集合管的憩室发展而来;也有人认为是出生后炎症及其他病变导致肾小管阻塞及血供障碍引起局限性肾实质缺血是形成本病的基本原因。本病过去多见于50岁以上的成年人,发病率高达人群的50%,但随着儿童常规体检增加,在儿童中已有较高的发生率。

囊肿多为孤立和单侧发病,也有多发或双侧发病者。囊肿起源于肾实质,内覆单层扁平细胞,不与肾盂、肾盏相通。囊肿大小不一,直径为2~10cm,压迫周围肾实质成一薄壁,囊内为浆液,含蛋白质、氯化物及胆固醇结晶,囊内如有出血则为血性液体。

小的囊肿可完全无症状,常因其他原因做腹部影像学检查时偶然发现。大的囊肿可表现为腹部肿块,肿块表面光滑,囊性感,肾区胀痛或不适,偶有血尿、尿路感染、高血压等。B超和CT可明确诊断,易与肿瘤区别。

无症状者不需治疗。如囊肿较大,可压迫正常肾组织,影响肾发育或直接造成肾功损害。因此囊肿直径>3cm者,应给予治疗,在成年人中常采用经皮囊肿穿刺,抽出液体后,注入等量硬化剂,如95%乙醇或四环素液等,其有效率可>95%。但在小儿中,因担心这些硬化剂造成发育中的肾损害,故多主张采取开放或腹腔镜下行囊肿去顶术。

（三）肾发育不良

肾发育不良（renal dysplasia）是指组织学上具有胚胎结构的分化不良，如囊肿、异常的肾小管、未分化的间充质或非肾成分的软骨等。国内围生儿的调查中发现该病发生率约为 0.29/10 000。无家族倾向，无性别差异，多为单侧发病。如果整个肾发育不良，以囊肿占优势，则称为多房性肾囊性变。多房性肾囊性变也可发生在重复肾的上肾部和蹄铁形肾的一侧，而肾的另一部分是正常的。其病因除肾本身发育异常所致外，还可能包括胎儿早期肾形成期中发生输尿管梗阻，严重的后尿道瓣膜症等。

发育不良肾多已失去正常形态，被大小不等的多个囊样结构所替代，体积大小不定，外观像一堆大小不等的葡萄，看不到正常肾组织。囊壁薄而透明，彼此互不相通。囊壁内覆立方或扁平上皮细胞，囊肿间组织中偶见软骨灶，肾小球和肾小管呈初级形态，但也可见正常结构。可合并输尿管远端狭窄或闭锁所致的巨大输尿管积水，也可见患侧长段输尿管闭锁。

因本病多为单侧，且发育不良肾所形成肿块可大可小，故在新生期临床表现各异，肿块较小者可无任何不适，肿块较大者则以腹胀就诊。腹部肿块是本病最常见的症状，是新生儿期腹部肿块最常见原因之一。可因合并远端闭锁而致巨大输尿管积水，腹部出现 S 形囊性肿物。发生在重肾者可因异位输尿管开口而有尿失禁。双侧病变在新生儿期可有 Potter 面容、肺发育不良或羊水过少等。

B 超可见肾由大小不等的囊肿所替代，囊肿互不交通，不能探及肾实质的存在。肾核素扫描，患肾无功能，IVP 患肾不显影，发生在重肾者，可显示下肾部向下向外移位。根据这些临床表现和检查结果容易作出准确诊断。

因本病有潜在的恶变倾向，因此诊断明确后多主张单侧病变应做肾切除术，发生在重肾者应做上半肾切除。手术宜在小儿 6 个月龄至 1 岁时进行。单侧病变者，5%～10% 的患儿可有对侧肾积水，15% 的患儿对侧可有膀胱输尿管反流。因此在明确诊断及选择治疗方法时应予注意对侧肾情况。双侧病变者，治疗极为困难，大多在新生儿期死于呼吸衰竭或肾衰竭。

三、肾位置异常与融合肾

（一）盆腔肾

发育成熟的肾应位于肾窝内，当肾未能达到它的正常位置时即称为异位肾（ectopic kidney）。异位肾通常较正常肾小，形态也与正常肾不一致，因肾旋转不良，肾盂常位于前方，90% 肾轴是倾斜的，甚至横卧于水平位，输尿管短或仅轻度弯曲，但多在同侧进入膀胱，罕有开口异位。本畸形肾血管多有异常，常见肾动脉来源于腹主动脉远侧或其分叉处，伴一个或多个来自髂总动脉、髂外动脉，甚至肠系膜下动脉的迷走血管。这些特有的解剖结构及血供改变主要与异位肾形成病因有关。胚胎的第 4 周末、第 5 周初，后肾位于盆腔中，其血液供应来源于腹主动脉的分支。其上升过程中不断接受从腹主动脉较高水平发出的分支供血，而原先低位的分支血管则逐渐退化。如果这些低位的供应血管不退化，而变成永久性供应血管（迷走血管），对肾产生牵拉作用，则肾的上升会受阻，形成低位的异位肾。因此低位异位肾通常伴有肾血管的异常。虽然异位肾可发生于从胸腔到盆腔的任何位置，但盆腔异位肾最为常见。

盆腔异位肾在尸检中的发生率为 1/2 100～1/3 000，孤立异位肾为 1/22 000，双侧盆腔异位肾罕见。尸检组男女发病率无差异，临床上多见于女性，可能与女性泌尿系感染和生殖器畸形发生率较高而接受影学检查的频率较高有关。左侧多于右侧。

在盆腔异位肾中，虽然对侧肾多为正常，但生殖系患有先天性畸形者并不少见。15%～45%

患者伴有生殖器畸形,女性中如双角或单角子宫伴一个角闭锁,子宫和近侧阴道或远侧阴道发育不全或缺如、双阴道等。男性中如睾丸未降、双尿道、尿道下裂等。同时还可能伴发其他系统畸形,因此在异位肾患者中应密切关注伴发畸形的诊断治疗。

异位肾常无临床症状,可因肾的位置和旋转异常、异常血管的压迫和高位输尿管出口,而引起肾绞痛、肾积水和结石形成等,因腹痛可发生在下腹部或盆腔,故可误诊为急性阑尾炎或盆腔器官疾病。也可表现为尿路感染和可扪及的腹部肿块。异位肾异常血管也可致肾性高血压。甚至可因孤立的异位肾被误认为盆腔恶性病变而错误地被切除,造成灾难性的结果。

单纯的异位肾虽常较正常肾大,但大多有较好的肾功能,因此,静脉尿路造影不但可确定其位置,也可了解其肾功能状况,对确诊很有价值,但因肾位于盆腔内,受骨骼和膀胱的掩盖可导致误诊。B 型超声、CT、核素扫描、逆行尿路造影也有助于诊断。随着上述技术的广泛应用,无症状的异位肾准确的诊断率也在增加。

因本畸形不但肾位置异常,而且同时伴肾形态,特别是肾血供,输尿管的解剖异常,因此对无症状者,绝无手术干预必要,对有并发症者也仅能在保存肾功能的前提下采用对症姑息的治疗方法。

(二)蹄铁形肾

本应分离的两侧肾出现交叉异位融合称为融合肾。病因至今仍不明白,估计与胚胎发育早期两侧后肾原基受各种因素影响而发生融合有关,目前认为引起该畸形的主要因素有:脐动脉位置异常、输尿芽异常生长、胎儿尾端旋转异常、致畸因子及遗传因素等。此时期,原始肾还在盆腔,位置很低,因而临床上所见融合肾很少发生在正常肾位置。

常见的融合肾有乙状肾、块状肾、L 形肾、盘状肾及蹄铁形肾。其中蹄铁形肾最为常见,蹄铁形肾是两肾下极由横越中线的实质性峡部或纤维性峡部连接所致。其峡部位于主动脉和下腔静脉的前方。在 $L_{4\sim5}$ 腰椎水平,有时位置更低。实质性峡部常较粗大,有固有的血液供应。由于肾旋转不良,肾盂常位于前面。本畸形虽在融合肾中为最常见者,但临床也并非常见,约 400 个新生儿中有 1 例,男性多见,可见于任何年龄。

蹄铁形肾可终生无症状,常以腹部包块、尿路感染和结石等并发症做相应检查而疑及本病。因为双侧肾在脊柱前融合,加之本病常伴发肾积水,因此有的患儿可以腹部包块为首发症状,5%~10% 患儿可扪及无症状的腹部肿块。因为本病可存在输尿管高位开口、肾的旋转异位,以及输尿管通过峡部的过程异常及异位血管压迫等而并发肾积水。尿路感染及结石形成也是本畸形中常见表现,至少 1/3 患儿合并其他系统畸形,包括骨骼、心血管、胃肠道和生殖系统畸形。蹄铁形肾也可见于 18-三体综合征(18-trjsomy syndrome)和 Turner 综合征患儿。泌尿系统畸形包括重肾双输尿管、输尿管口异位、输尿管膨出等,也有报道并发肾发育不良和多囊肾者。

诊断主要靠静脉尿路造影,因为除腹部中线可触及横行肿块外,腹痛、感染、消化道等症状,都是非特异性的。典型的尿路造影表现肾位置偏低,靠近脊柱,肾长轴旋转不良,肾下极向中线内收,使两肾长轴呈倒八字形,腹部 B 超、肾盂逆行造影、CT 及核素扫描对诊断也有帮助。

如无任何临床症状,仅在中腹部扪及肿块者多无需治疗。如有合并症时,可针对肾的具体病变对症处理。切断峡部的手术,因不能缓解症状,已不采用。

第五节　常见输尿管异常

输尿管异常疾病可因输尿管本身发育异常,也可并发于肾先天畸形,因此临床上并不少见。

随着产前检查的规范及完善,特别是B超检查的广泛应用,加之输尿管异常者不少可在新生儿期出现临床症状,因此新生儿期就诊者已并非少见。

正常输尿管的胚胎发生是在胚胎第4周时输尿管芽从中肾管的肘部(即弯曲处)发出,并迅速生长穿入后肾胚基,以后生成肾集合系统的各部分,包括输尿管、肾盂、肾盏,肾曲小管等。输尿管芽发生点的远端为共同排泄管道,于胚胎第8周时逐步吸收成泄殖腔的一部分而形成尿生殖窦。此时输尿管与中肾管互相独立地与尿生殖窦相连,但二者相距甚近。其后输尿管口向头外侧迁移,而中肾管则相对向尾端中线方向移动,形成含有精阜的后尿道进入膀胱的入口。其后中肾管退化演变成生后的附睾、输精管和精囊。此演变过程在胚胎第12周时完成,由于输尿管和中肾管的相对迁移,因此输精管在输尿管的前上方通过。正常胚胎发育中,中肾管与尿生殖窦相连接处为将来膀胱颈的位置,共同排泄管与尿生殖窦会合后形成膀胱三角区。发育过程中,如中肾管发生双输尿管芽则形成双输尿管畸形;如输尿管芽发生的位置过高或过低,则引起开口位置的异常或反流;如输尿管芽分支过早则引起"Y"形输尿管。同时各种异常在临床上还常相互关联。在新生儿期常见的输尿管畸形有输尿管重复畸形、巨输尿管症、先天性巨大输尿管积水、输尿管异位开口、输尿管膨出等

一、输尿管重复畸形

输尿管重复畸形是由于输尿管芽分支发生过早或发生数目异常所致的畸形。胚胎发育时,如输尿管芽在第15周时长入后肾胚基后才分叉,则形成分支型肾盂,若第5周前分叉则形成临床所见的"Y"形输尿管重复畸形,远端开口于膀胱,常无临床症状。另一种情形则是输尿管芽发生时即为2根或更多,并因此形成完全性的重复输尿管,即双输尿管,或3~4根输尿管。导致这些畸形发生的原因不明,有报道认为其发生与遗传有关,亦有报道认为与环境因素有关。临床上"Y"形输尿管及三、四重畸形者少见,也许与这些畸形较少发生并发症有关,最为常见的还是双输尿管畸形。

双输尿管畸形是输尿管畸形中最常见者,且多伴有重复肾。Campbell(1970)通过尸检发现重肾双输尿管的发病率为0.65%;单侧较双侧者多6倍。左右侧无差异,女性多见。

双输尿管是由于胚胎时期中肾管发出双输尿管芽所致。双输尿管形成又分两种情况,一是由于胚胎时期两输尿管芽发生的位置正常而形成的双输尿管,临床上可无任何症状,故也较少见;二是输尿管芽发生的位置过高或过低,不但因此大多伴有重肾,而且双输尿管中,特别是引流上肾的输尿管多有开口异位,如尿道、会阴及阴道等膀胱以外位置,并因此导致新生儿期即可出现临床症状,如尿失禁、反流、尿路感染等。

因双输尿管畸形并不引起肾功能异常,故不少病例是被偶然发现,其中因尿路感染被检出的双输尿管畸形尤为常见。双输尿管伴有重肾时,常出现上输尿管开口异位及异位输尿管膨出。临床表现为尿失禁、排尿困难、尿路感染等,在新生儿期也可因此做相应检查而明确诊断。本畸形中,特别是引流上肾的输尿管,也可因开口处异常改变而导致输尿管积水或反流,并因此导致尿路感染,也是新生儿期双输尿管畸形最常见的并发症。

本病易于诊断,凡新生儿期明确有尿失禁,特别是有尿路感染时应想到本畸形可能。B超检查简单可靠,但当重肾及输尿管无积水时,常很难确定诊断。尿路造影可显示重肾扩张、输尿管积水扭曲,有重要的诊断价值。但大多重肾功能较差,无法显影,多只能根据患侧肾下移及B超可见输尿管积水而提示诊断。逆行尿路造影时可在会阴、尿道或女性阴道内寻到异位开口,并经异位开口插管造影,满意显示重肾及输尿管。但有时异位开口很难寻找或无法插管,此时磁共振

水成像(MRU)检查应是最佳选择。同时,下肾及输尿管也可有反流性积水,有的双输尿管也常伴其他畸形,因此在检查诊断时应予注意。

无临床症状的双输尿管畸形可不予治疗,但大多双输尿管畸形多伴有重肾,且肾多发育较差,并伴有肾积水,其输尿管末端多有异位开口,且开口多有狭窄、输尿管膨出或反流存在,因此该输尿管多有积水扩张、扭曲改变。这些改变即导致了本病常见的尿失禁,排尿受阻,感染等,因此需要手术治疗。手术方法主要有两种,一是切除大部分扩张的输尿管,与另一正常输尿管端-侧吻合,保留重肾;二是切除重肾及大部分扩张输尿管。因重肾大多功能较差,且伴有明显的肾积水,故目前多采用后者术式,此两种术式即可经腹膜后开放手术,也可在腹腔镜下进行,效果均满意。

二、输尿管结构异常

(一)先天性巨大输尿管积水

先天性巨大输尿管积水(congenital giant megaureter)是指输尿管远端狭窄或闭锁,导致输尿管极度扩张、伸长、纤曲,直径大于正常10倍以上。与之相连的多为发育异常的无功能小肾,可合并重肾双输尿管畸形,临床较少见。

本病与胚胎时期输尿管发育有关,主要是输尿管芽发育过程中出现异常或发育不全引起输尿管远端狭窄或闭锁所致。狭窄段可位于输尿管下端或与膀胱交界处,狭窄程度不一,上段输尿管极度扩张,直径可达10cm以上,形成3～4个相连的大管形囊肿,囊肿积液量500～2 000ml,最多可达5 000ml,同时与纤曲扩张输尿管相连的肾发育异常,且功能极差,体积常很少,呈囊泡状,镜下多为发育不成熟的肾组织,在合并同侧双肾盂双输尿管畸形时,病变输尿管多引流上肾部。

主要症状为腹部膨大及囊性肿块,多呈分叶状,透光试验可阳性。产前B超检查多可发现,因此新生儿期要么因产前检查提示而就诊,要么因腹部膨隆或腹部肿块而就诊。在继发感染时,可有发热、脓尿。伴发输尿管膨出则可有排尿困难。伴输尿管口异位时,在女性可有滴尿表现。

根据病史、查体及辅助检查,诊断并不困难。B超可发现扩张的输尿管及发育不良的肾,IVU多患肾不显影。当B超、IVU等不能明确诊断时,MRU是最佳选择,可作出精确的定性和定位诊断。因囊肿巨大,有时还越过腹中线,虽来自后腹腔,但有时完全似腹腔肿块,因此,需要注意以囊肿改变为主的肾积水,腹膜后畸胎瘤、卵巢肿瘤、肠系膜囊肿等鉴别。

本病与巨输尿管症不同,即有输尿管下端机械性梗阻,输尿管极度扩张,呈大的囊肿改变,且相应肾也多发育异常,功能极差。因此,明确诊断后,应尽早择期行患肾及输尿管切除术。若为重肾双输尿管则行上肾部及相应输尿管切除。该病多为单侧病变,故预后良好。

(二)巨输尿管症

巨输尿管症(megaureter)原仅局限于指扩张的输尿管没有或仅有轻度纤曲,虽源于远端梗阻,却无明显解剖性梗阻的一类原发性梗阻性疾病,患侧肾多正常,或伴有肾盂、肾盏扩张表现。其病因多解释为末端输尿管壁内副交感神经节细胞减少、发育不全或缺如,或者内纵肌缺乏;或者两者正常而是因肌层内存在异常的胶原纤维干扰了细胞层的排列,从而阻碍了蠕动波传送而产生的功能性梗阻。但事实上,临床因不同病因引起相同的病理改变的病种较多,故目前多将由各种原因引起的输尿管异常扩张,其管径超过正常值上限的一类疾病均归入巨输尿管症,一般认为小儿输尿管直径>0.7cm即为巨输尿管症。

巨输尿管症的临床类型与病因有关,目前病理分类虽有多种方法,但大多较认同1976年国际小儿泌尿外科会议(美国费城)的意见,将巨输尿管症分为反流性、梗阻性、非反流非梗阻性三类。

1. 反流性巨输尿管症　根据发病原因将其分为两类。①原发性反流性巨输尿管症:多因胚胎时期输尿管发育异常所致,常见的异常改变有膀胱壁内输尿管过短、输尿管开口位置异常、先天性输尿管旁憩室或其他输尿管膀胱连接部紊乱等,这些改变均无明确的梗阻部位。②继发性反流性巨输尿管症:多因下尿路梗阻所致。常见的原发病有尿道瓣膜症、神经源性膀胱、外伤性尿道狭窄,其他如输尿管膨出、肿瘤,放射性膀胱炎等,也可引起输尿管反流。输尿管反流同时合并狭窄梗阻较少见。梗阻是由于输尿管壁肌肉被破坏、输尿管口憩室等造成。轻度输尿管反流可随年龄增长而自愈,但输尿管狭窄存在对肾功能有危害。

2. 梗阻性巨输尿管症　临床上分为三类。

(1)原发性梗阻性巨输管症:包括远端输尿管无蠕动功能、输尿管狭窄、瓣膜闭锁及异位输尿管开口等。远端输尿管无蠕动功能者临床上最为常见,是指输尿管远端长 3～4cm 无蠕动功能,输尿管本身无解剖狭窄,近端输尿管扩张。此病较多见于男性,左侧较右侧多,25％为双侧病变,1 岁以内双侧病变更常见。其病因还未完全明确,虽有人曾认为病因与先天性巨结肠相似,但至今无确切证据证实。目前较有说服力的解释是远端输尿管发育不良,因为病理组织学可见病变输尿管内胶原纤维增加、肌肉相对缺乏、环形肌肉增生等。同时电镜下也可观察到肌肉细胞之间的胶原纤维增生,并干扰了细胞之间的紧密连接,从而阻止正常电传导及蠕动。但未发现肌细胞超微结构异常;先天性输尿管狭窄并不多见,狭窄可发生在输尿管的任何部位,狭窄段长短不一,最常见部位是输尿管膀胱连接部。病因可能是胚胎 11～12 周输尿管发生过程中假性肌肉增生或血管压迫所致;输尿管瓣膜所致梗阻更少见,多为含有平滑肌纤维的横向黏膜皱褶呈瓣膜样改变导致梗阻,常发生在上下段输尿管。病因可能是胚胎期输尿管腔内正常多发横向皱褶的残留。也有如心脏瓣膜,帆布样瓣膜发生在远端输尿管的报道。也有人认为远端输尿管鞘增厚也是梗阻的原因。

(2)继发性梗阻性巨输尿管症:多见于尿道瓣膜症、神经源性膀胱、肿瘤、输尿管膨出,以及其他下尿路梗阻引起的膀胱内压增高。也有膀胱壁或输尿管远端纤维化形成狭窄者。后尿道瓣膜症最为常见,在电灼瓣膜后,膀胱压力下降,输尿管扩张好转。输尿管膨出所致输尿管扩张多同时伴有输尿管口狭窄,有的膨出还可造成对侧输尿管扩张。

(3)医源性梗阻性巨输尿管症:最常见于输尿管再植术后继发性输尿管狭窄,也有外伤性输尿管狭窄者。部分表现为一过性。部分表现为输尿管蠕动功能减退。

3. 非梗阻非反流性巨输尿管症　临床上可分为两类。①原发性非梗阻非反流性巨输尿管症:无解剖狭窄,无膀胱输尿管反流,而表现为全程输尿管扩张,输尿管无纤曲。病因不明,可能为输尿管发育中的异常或输尿管梗阻解除后残留的输尿管扩张。②继发性非梗阻非反流性巨输尿管症:输尿管扩张可继发于多尿,如糖尿病、尿崩症等。在小儿中,更多见于反流性、梗阻性巨输尿管症患儿在原发病因已解决后,如后尿道瓣膜电灼术后、输尿管再植术后,因输尿管自身蠕动功能减退而持续存在的输尿管扩张积水改变。

(1)巨输尿管症的临床表现:因巨输尿管症是因多种病因引起,故临床表现可因原发病不同而不同。巨输尿管症本身如无并发症发生常无明显临床症状,而出现的临床症状大多与引起巨输尿管症的原发疾病有关。如输尿管开口异位的尿失禁,神经源性膀胱的排尿异常,尿道瓣膜的排尿受阻等。因本病极易并发感染,所以反复尿路感染常见,同时还可见血尿、尿失禁及腹痛、腰痛等,可因肾及输尿管明显积水而扪及腹部肿块,也可出现患儿生长发育迟缓等表现。有时可因其他疾病检查时偶然发现巨输尿管症。继发性巨输尿管症往往是在原发病检查时被发现。

(2)巨输尿管症的诊断:对有反复尿路感染及排尿异常等症状者常提示有泌尿系统畸形存在,均应进一步检查。常用的检查方法如下。

①B 超:B 超操作简单、无创伤性,通常作为泌尿系统疾病的首要检查手段。它可以清楚显示扩张的输尿管,对巨输尿管症的诊断效果好。可作为筛查和随访的主要检查方法。但 B 超多仅对形态学改变有诊断价值,而对输尿管扩张的具体原因常无更多提示。

②静脉尿路造影(IVU):IVU 是泌尿系统畸形的首选检测方法。可以了解肾功能及上尿路形态。可以发现扩张的输尿管,输尿管膨出等。但是仅依靠 IVU 不能准确判断肾功能,尤其是新生儿期的肾浓缩功能差,或者肾积水损害太重时效果不佳。

③排尿性膀胱尿道造影(VCU):VCU 是检查下尿路畸形及膀胱输尿管反流的重要方法,可显示反流性巨输尿管及继发性输尿管反流的原发病,如尿道瓣膜症、神经源性膀胱,还可以了解输尿管反流的程度及肾积水形态。

④经皮肾穿刺造影:可用于诊断梗阻性巨输尿管症。特别在尿路造影显影不佳或未显影时更有实用价值。经皮穿刺肾盂注入造影剂,15min 后拍片,了解造影剂的排出情况。正常情况下,注入造影剂 15min 内可排至膀胱,如排出延迟或未排出,应考虑梗阻性巨输尿管,同时也可提示梗阻部位。

⑤膀胱镜检查及逆行肾盂造影:膀胱尿道镜可直接观察有无尿道瓣膜症、尿道狭窄,了解膀胱内有无肿块及膀胱黏膜的情况,观察输尿管口位置等。输尿管插管行逆行肾盂造影,可帮助了解有无梗阻性巨输尿管及梗阻部位。

⑥磁共振水成像(MRU):MRU 可清晰显示双侧尿路形态,对明确诊断巨输尿管,梗阻部位有很大帮助。是近年广泛用于诊断本病的有效检查方法。但常无法判断肾功能的状况。

⑦利尿性肾图:可帮助判断输尿管的梗阻状况,其最大的优点是判断肾功能状况,方法是通过静脉注射呋塞米辅助核素扫描了解上尿道的排泄情况。注射 ^{99m}TcDTPA 后,早期记录肾血流的动脉像,3~4min 后记录肾的灌注情况,了解肾功能。然后记录肾图曲线,肾集合系统充盈后,可静脉注射呋塞米(1mg/kg),图像应包括肾及整个输尿管。注射呋塞米后,半程清除率应在15min 内完成,如>20min 可确诊为梗阻,15~20min 为可疑梗阻。

肾图分类如下。正常形态:不受呋塞米影响而自然排泄;输尿管扩张但无梗阻:呋塞米后显示核素逐渐堆积,但很快排泄;梗阻性巨输尿管:在注射呋塞米后未见核素清除,进一步堆积增加;在可疑梗阻的肾图中,可见核素排泄增加,但慢于正常。

⑧64 层螺旋 CT 尿路造影(CTU):此检查即可了解肾及输尿管畸形的形态,也可了解其肾功能,应为本畸形诊断较完美的检查方法。但也有人认为此检查持续时间较长,因此接触 X 线的时间也较长,故不主张在儿童中作为首选方法进行。

巨输尿管症病因各不相同,其治疗方法各异,因此术前诊断必须正确无误,才能对每一病例作出准确的治疗选择。对于每一病例应根据病情需要选用上述方法中的几种进行。通过检查明确巨输尿管症是否存在,积水状况,可能病因及肾的功能状况等。并为治疗方案及手术方法的选择提供可靠的依据。

(3)巨输尿管症的治疗:巨输尿管症形成的病因,除了少部分肿瘤及外伤因素外,大多为输尿管本身先天发育异常或继发于某些胚胎发育异常的疾病引起,如尿道瓣膜、神经源性膀胱、异位输尿管开口等,这些病因多不能用药物治疗,而只能依赖随访或手术治疗,因此本病的治疗关键是掌握好手术的适应证和选择有效的手术方法。

（4）手术适应证：临床症状持续存在，尿路感染反复出现，肾积水、输尿管扩张进行性加重，肾功能恶化，明确有输尿管梗阻存在时，均应选择手术治疗。

产前或新生儿期发现的巨输尿管症，在明确诊断后的处理应有别于一般患儿，大部分不需要急于手术治疗。有报道产前 B 超发现的巨输尿管症自然好转的比肾盂输尿管连接处梗阻所致肾积水自愈的高约 50％，因此可以等待随访。若随访期间出现并发症，如反复泌尿系统感染，肾功能进行性减退等，再考虑手术治疗。

对于重度新生儿原发性输尿管反流，因其有自愈好转可能，故也不宜立即手术治疗，如无症状者可观察等待；如尿路感染反复发生，症状严重，可先行留置导尿管引流，甚至膀胱造口。对于<1 岁的婴儿，巨输尿管手术也应慎重。

对于继发性或梗阻性巨输尿管，应首先明确原发病因，针对病因选择相应的手术方式，并确定是否对输尿管本身采用手术治疗。

（5）手术方法选择：手术方法分两大类：一是原发病因的手术治疗；二是针对巨输尿管本身的手术治疗。

原发病因的手术方法：因病因不同而治疗方法不同，如后尿道瓣膜可采取经尿道的电灼术，神经源性膀胱采用相应的膀胱扩大术等。针对巨输尿管的手术方法：目前多采用横向膀胱黏膜下隧道膀胱输尿管再植术（Cohen 手术）。手术包括切除病变段输尿管，松解输尿管纤曲，输尿管下段整形及膀胱输尿管再植等。输尿管松解过程中应注意保留好输尿管血供，避免其缺血坏死。输尿管常有过度扩张和延长，常需切除下段输尿管，但必须保证输尿管再植后无张力。切除过多的输尿管后断端常因扩张而口径大，管壁厚而无法通过膀胱黏膜下隧道。因此裁剪输尿管有时是必须的，但在裁剪时应注意保护血供。膀胱输尿管再植术的成功率很高，可达到 90％～95％。如巨输尿管症患侧肾已无功能或发生无法控制的重度感染，则需行肾及输尿管切除术。

三、输尿管末端异常

（一）输尿管口异位

输尿管口异位（ectopic ureter）是指输尿管口不在正常的膀胱三角区两上侧角，而异位于其他部位。其发生是由于胚胎期输尿管芽发生位置偏高所致。该病临床常见，1970 年 Campbell 报道发病率约为 1/1 900，但临床发现率可能低于此，因为相当部分病例没有症状，特别是男性病儿。女性多见，男女比例约为 1：2.9。

本病多并发于重复肾、肾发育不全及融合肾等，前者最为常见，有报道 80％的异位输尿管开口与肾重复畸形有关，80％以上的女性异位开口的输尿管引流重肾。在女性中尿道开口于前庭者占 33％，阴道占 25％，其余在子宫等处。在男性中，后尿道、前列腺开口占 57％，于精囊、射精管等处 43％，罕见报道开口于直肠者。

1. 临床表现　因男性尿道与女性尿道在解剖学上存在着明显差异，输尿管的异位开口也各有特点，因此临床表现常不同。

在男性中，因异位开口多在尿道括约肌的上方，因此无临床症状者多见，但可因近端异位开口而导致小量的尿流入后尿道，而表现有尿频、尿急症状。也可因异位开口狭窄梗阻或反流从而导致反复难治的尿路感染。如输尿管口异位于生殖道，可有前列腺炎、精囊炎、附睾炎。甚至因此导致其内扩大膨出的输尿管酷似异位输尿管膨出。

在女性中，因异位开口多在括约肌远端，因此多表现为正常排尿期间尿滴沥不尽。若尿潴留于扩大的输尿管中，则患者表现为仰卧位时不滴尿，站立时则有尿失禁。异位输尿管口位置愈高,尿失禁愈轻,但常伴有梗阻,这是由于输尿管跨过膀胱颈的肌肉受挤压所致。较高位的输尿管口异位中约 75% 伴有膀胱输尿管反流,因此常并发尿路感染。新生儿及婴幼儿可因尿路感染就诊,也可因梗阻出现腹部包块而就诊。

2. 诊断　该病诊断并不困难。多数患儿具有正常排尿期间尿失禁的典型表现。B 超及 IVU 检查可见重肾及积水扩大的输尿管。仔细检查女性外阴,有时可在尿道口附近找到间断滴尿的异位输尿管口,自此插入导管逆行造影即可确诊。

但部分病例可因重肾发育不良,肾功能太差,从而导致 IVU 检查对诊断无直接提示,同时外阴也可能无法找到异位输尿管开口,并无法经狭窄的开口插入导管造影,此时可在膀胱镜及阴道镜下寻找异位输尿管口。有时膀胱镜检查可见患侧三角区不发育,膀胱底后外侧被其后方扩张的输尿管抬高,如仍不能作出定位诊断,磁共振水成像(MRU)可清晰显示整个尿路形态,对定位诊断有重要价值。对发育不全的小肾及其相连的细小输尿管确实难以定位时,往往腹腔镜检查是最好的方法,同时还可同期予以小肾及其相连的细输尿管切除。

3. 治疗　输尿管开口异位多并发于重复肾,肾发育不全或融合肾中的蹄铁肾,因其病因不同故治疗的方法也不同,但治疗的原则一样,主要根据相应的肾功能决定治疗方法。

(1)在重肾畸形伴有输尿管异位开口者中通常有两方面的不正常,不仅有输尿管的开口异常,往往同时伴有异位引流肾的发育异常,如发育不全及肾积水等。因此多有上肾肾功能严重受损或无功能,大多需行上半肾及异位开口之输尿管切除。如果上半肾尚有功能,则可将引流上肾的输尿管与下肾盂吻合或将上输尿管与下输尿管或膀胱吻合。

(2)如单一输尿管开口于生殖系,如肾功能常严重丧失,则做肾、输尿管切除。如异位开口于膀胱颈或尿道,肾功能常较好,则做膀胱输尿管再植术。

(3)双侧单一输尿管口异位,如输尿管口位于尿道,则膀胱三角区及膀胱颈均发育差。该情况多见于女性,患者有完全性尿失禁。静脉尿路造影及排尿性膀胱尿道造影可以诊断。可试做重建手术,包括输尿管膀胱再吻合,用肠管扩大膀胱及膀胱颈重建术。如仍不能控制排尿,可考虑做以阑尾为输出道的可控性尿路改流术(Mitrofanoff 术)。

肾发育不全伴有的输尿管开口异位的治疗,也主要根据肾功能确定,如肾功能尚可,可行输尿管膀胱再植术,如肾功较差,或因反流输尿管严重积水所致反复感染则宜切除患肾及输尿管。

(二)输尿管膨出

输尿管膨出(ureterocele)是指膀胱内黏膜下输尿管囊性扩张,直径可以从 1～2cm 到几乎占满全膀胱。膨出的外层是膀胱黏膜,内层为输尿管黏膜,两者之间为菲薄的输尿管肌层。可引起尿路梗阻、膀胱输尿管反流、尿失禁及肾功能损害。输尿管膨出常伴发于重复肾,相应的输尿管口大多位于膀胱内,也可异位于膀胱颈或膀胱颈以远尿道内。

输尿管膨出在小儿中并不少见,在新生期膀胱出口梗阻性疾病中,输尿管膨出是女婴最常见的病种,在男婴中位列第 2,仅次于后尿道瓣膜,约 1/50 000。多见于女性,男女比例为 1：4,女性中 95% 并发重复肾,左侧多于右侧。

病因尚不明确,多数学者认为是 Chwalle 膜延迟破溃所致。正常胚胎 15mm 时,有两层上皮的膜位于发育中的输尿管与尿生殖窦之间。胚胎 35mm 时,在膜消失前,由于后肾的分泌,使膜膨起,邻近的原始输尿管扩张。如膜延迟破溃,就会发生输尿管末端扩张及管口狭窄。还有观点认为,在胚胎期,由中肾管发出的输尿管芽太靠近头端,并致输尿管从中肾管分离延迟,从而发生输尿管末端扩张。如果输尿管口异位于近端尿道或膀胱颈区域,输尿管末端可能没有内在的狭窄,但由于膀胱颈的括约作用,从而导致异位输尿管膨出,并可引起梗阻。Tokunaka 等(1981)用光镜及电镜检查输尿管膨出的组织结构,并与近端输尿管相比较,结果发现膨出的顶部缺乏肌束,且肌细胞小,在膨出的肌肉中没有厚的肌原纤维,因此认为这些发现说明多数输尿管远端有节断性胚胎发育停滞,这在输尿管膨出形成中有一定作用。总之,发育中的输尿管进入尿生殖窦的延迟吸收、输尿管芽分化的改变、尾端输尿管肌肉发育停滞,以及尾端过多的扩大均有可能造成输尿管膨出。

病理类型:异位开口的位置不同,临床表现也有差异,因此目前大多赞同根据 1984 年美国小儿泌尿外科学会将小儿输尿管膨出分为现两型。①膀胱内型:即输尿管膨出完全位于膀胱内,可以是单一输尿管膨出,可无上尿路重复畸形,亦可并发于重复肾双输尿管的上肾段输尿管,极少发生于下肾段输尿管。此类型输尿管膨出多较小,病变不累及膀胱颈和尿道,输尿管梗阻常较轻,一般无排尿困难及反复泌尿系统感染。②异位型:此类型临床常见,占输尿管膨出的 60%～80%,输尿管膨出的一部分位于膀胱颈或尿道,其开口可位于膀胱内、膀胱颈或尿道内。此类型输尿管膨出一般较大,膨出的一部分位于膀胱颈或后尿道,易造成尿路梗阻,并脱出于尿道口之外。输尿管膨出大多伴发于重复肾的上肾段,并发于融合肾或异位肾者罕见。

1. 临床表现　输尿管膨出常见的临床表现,一是反复难治的尿路感染,二是排尿困难。尿路感染可在新生儿期即出现,有约 1/3 的输尿管膨出患儿在 6 个月前因尿路感染、腹部肿块、排尿困难或排尿时尿道口肿物脱出等情况而就诊。超过 70% 者在 3 岁左右被诊断。有报道 50%～90% 的儿童有泌尿道感染症状,10% 病例表现为腹块。排尿时囊肿脱出、梗阻者约 10%。近年来 20% 的患儿通过产前 B 超检出。输尿管膨出可影响排尿,特别是在女性中更易导致排尿困难,女孩的输尿管膨出可反复尿路感染及排尿异常,还可见囊肿间歇地从尿道脱出,同时还可因较大囊肿反复膨出异位于尿道,从而导致尿道外括约肌松弛而出现尿失禁。尿潴留不多见,但当异位输尿管膨出经膀胱颈脱出时,也可有尿潴留发生。婴幼儿可出现生长发育迟滞的全身表现,也可因梗阻造成膀胱及肾积水,而以腹部肿物就诊。甚至合并囊内结石形成而出现血尿。

2. 诊断　凡有反复尿路感染或排尿困难表现的患儿均应怀疑到本病,特别在新生儿及小婴儿中。常规泌尿系统 B 超检查若发现突出于膀胱内的囊性包块,IVU 发现重复肾征象及膀胱内造影剂充盈缺损,即可基本确立诊断。本病多并发于重复肾,因此为明确重肾功能及输尿管形态,以便选择合适的手术方式,也有必要选用膀胱镜检查,利尿性肾图及 MRU 等特殊检查以进一步明确诊断。上肾段输尿管膨出也可引起下肾段输尿管黏膜下段变短,从而发生膀胱输尿管反流,同时不仅在同侧。也有约 20% 的病例存在对侧的反流,因此在诊断中也应予重视。

3. 治疗　输尿管膨出的治疗目的是为了解除输尿管梗阻,防止反流,预防尿路感染。因此治疗方法的选择必须根据膨出是否引起梗阻及泌尿系反复感染,重复肾是否具有功能来综合考虑。

在单一的输尿管膨出中,如果膨出较小,又无临床症状,可采用非手术治疗,但须定期随访,特别是在新生儿及婴幼儿中更可以首选非手术治疗,如果囊肿较大并影响到排尿,甚至反复尿路感染,也有主张先经尿道或膀胱行囊肿开窗术,术后随访有无反流,用放射性核素肾图跟踪肾功能恢复情况。有报道部分病例术后有反流,但可能会随年龄增长而消失。甚至还有人主张在输尿管膨出伴发尿路感染并合并败血症时采用经内镜电切术,必要时再行囊肿切除输尿管膀胱再植术或者膨出输尿管及肾切除术。这些姑息手术对治疗本病无疑是有益的,特别在感染或梗阻的紧急情况下,也是一简单有效的办法,但是在术前如能对扩大的输尿管及相应的患肾到底有无保留价值作出正确判断也尤为重要,因为保存一个无必要保留的患肾及输尿管也无必要,因为最终为根治本畸形还是需要再次手术,因此在进行上述手术时如有条件或时间,还是通过相应检查对患肾及输尿管的功能状况作出准确判断再选择合适的手术方法最好。

在输尿管膨出伴重复肾中,当重复肾已无功能时,应首选重复肾及相应输尿管大部切除,术后输尿管膨出可因无尿液来源而逐渐瘪缩;若同时伴有下肾段输尿管反流,在行重复肾及输尿管大部切除术基础上,尚需行下肾段膀胱输尿管再植术。若患儿伴有严重尿路感染难以控制,可先行经尿道戳穿输尿管膨出,以利于控制感染,然后再行上述手术治疗。如重复肾功能良好或尚具有部分肾功能,可根据具体情况选择如下手术方式:①上输尿管与下肾盂吻合或上输尿管与下输尿管端-侧吻合术;②输尿管膨出切除及上下输尿管分别再植术;③经尿道输尿管膨出开窗术。

第六节　肾盂输尿管连接处梗阻

新生儿肾盂输尿管连接处梗阻(UPJO)的常见原因为先天性因素,尿液从肾盂流向输尿管障碍,导致肾内集合系统扩张、肾功能受损、尿路感染以及结石形成。发病率约为 1/‰,男性发病率约为女性 2 倍,可伴发肾发育不良、多囊肾、肾重复畸形等其他疾病。

一、病　　因

尽管从胚胎学组织学和解剖学进行了多方面的研究,肾盂输尿管连接处梗阻准确的发生原因仍不清楚。一般来说,肾盂输尿管连接处梗阻原因可以分为 3 类。即内源性、外源性、继发性。

1. 内源性梗阻

(1)肾盂输尿管连接处环行肌肉发育停顿:1958 年 Murnaghan 发现肾盂输尿管连接处环行肌肉发育停顿现象,其破坏了连接部的漏斗样结构,造成尿液引流不畅,而肾积水可加重漏斗样结构的破坏。

(2)胶原纤维含量超标:1968 年 Nutley1976 年 Hanna 等,在电镜中发现,肾盂输尿管连接处梗阻处的肌肉细胞排列方向是正常的,但胶原纤维的含量大大超标,由此导致肌纤维间的间距加大,许多肌细胞甚至发生萎缩,使得肾盂输尿管连接部肌肉收缩功能破坏,肾盂内尿液不能排空。

(3)输尿管瓣膜:输尿管先天性黏膜皱襞是输尿管瓣膜的一种,在 4 个月以后胎儿的上段输尿管中是一种非常常见的现象,这种黏膜皱襞甚至可延续至新生儿期一般来说,黏膜皱襞并不形成梗阻,随着生长发育可以消失,在年长的儿童或成年人中是很少见的。

(4)其他原因:导致肾盂输尿管连接部内源性梗阻的其他原因尚包括:①瓣膜样的黏膜皱襞;②胎儿期输尿管扭曲折叠的持续存在;③输尿管起始段息肉:息肉一般不大,多位于肾盂输尿管连接部或输尿管的上段,可形成不全梗阻患儿可出现血尿,或阵发性腹痛,在肾盂输尿管连接处梗阻中发现的比率有升高之势,从随访来看,术后少有复发

2. 外源性梗阻　外源性梗阻最常见的是支配肾下极皮质的迷走或副支血管压迫肾盂输尿管连接部,这支血管常在肾盂输尿管连接部或输尿管上端的前面穿过由迷走血管导致的肾盂输尿管连接处梗阻的发生率为 15%～52%,在成年人比较多见,小儿很少迷走血管使输尿管折叠成角,当肾盂充盈时可在肾盂输尿管连接部和血管通过输尿管处两处形成梗阻,而被迷走血管牵拉折叠向上的输尿管可以和肾盂之间形成筋膜粘连输尿管长期受压可以导致缺血纤维化以及狭窄,故尽管有人认为松解粘连,游离血管即可解除肾盂输尿管连接处梗阻,但还是将病变梗阻的输尿管切除为好。

3. 继发性梗阻　肾盂输尿管连接处梗阻可由于严重的膀胱输尿管反流引起,发生率约为 10%。因肾盂输尿管连接部的位置相对固定,反流可引起输尿管的扭曲、增粗、拉长、折叠导致梗

阻。膀胱输尿管连接部梗阻、肾发育不良、多囊性肾病也可引起肾盂输尿管连接处梗。另外,肾盂输尿管连接处梗阻也可发生在重复肾的上半肾或下半肾、马蹄肾或异位肾等。

其实,明确胎儿及新生儿的肾积水是否一定由尿路梗阻引起是非常困难的。胎儿及新生儿肾在不断的发育成熟中,因此形态和功能的变化都非常快。至今尚没有很好的生理学和生物学指标去明确诊断尿路梗阻。肾积水或肾功能的损害等常规理解为由梗阻所导致的结果并不一定可以确证梗阻的存在。由此,如何定义胎儿和新生儿期的梗阻还存在着争议。Koff 将其定义为任何不经治疗就会引起肾损害的尿液流出障碍。这个定义在临床上很有意义,但要求反复观察肾功能和肾形态学上的改变。而 Peters 将引起胎儿及新生儿肾积水的梗阻定义为会引起肾功能增长潜力受损的尿液引流障碍。但目前还不能对肾功能增长的潜力进行有效的测试。

二、病理生理及分级

UPJO 引起的肾积水如延迟诊断或延迟治疗,患侧肾功能下降,对侧肾出现代偿性肥大,即使成功实施了手术,患侧肾功能的恢复仍然有限。但胎儿及新生儿肾积水的预后则不同。研究显示,新生儿肾积水是不稳定的,并有自发缓解的可能。并且这种肾积水可能是由一过性的梗阻或非梗阻因素引起的,也可能是梗阻性因素引起的。胎儿及新生儿肾储备及再生能力较强,一旦实施成功的手术,肾功能可以得到很大程度的恢复,甚至恢复到正常水平。同时,患侧肾的加速增长也会使已经代偿性肥大的对侧肾的肥大情况好转。另外,胎儿及新生儿肾对梗阻的反应和成年肾也是不同的。在某些血管活性肽的作用下胎儿肾表现为肾血管的扩张,而成年肾表现为肾血管的收缩。不管是否有梗阻的存在,胎儿及新生儿的集合系统在很小的压力增加的作用下就可以表现为明显扩张。

泌尿系内外许多病变所引起的尿流梗阻,最终都造成肾内压力升高,肾盏和肾盂尿液排出障碍,尿液在肾盂内停留时间延长,肾盂扩张,肾曲管内压力逐渐升高,影响尿液的分泌;同时压迫附近血管引起肾实质的缺血性萎缩。由于肾盂、肾盏扩张,尿液潴留,肾实质萎缩,肾功能障碍,称肾积水。肾积水在病程进展上可分为:①肾盂扩大,肾盂壁变薄;②肾乳头萎缩,肾盂造影表现为杯形的肾小盏逐渐变平以致终于向外层凸出;③肾实质进行性萎缩、变薄,肾内型肾盂肾实质萎缩出现较早。尿液从肾盂肾盏排出受阻,部分尿液进入淋巴管和静脉(肾盂-淋巴管反流,肾盂-静脉反流),可以部分降低肾盂和肾小管内的压力。两侧输尿管梗阻,可引起尿毒症。

美国胎儿泌尿外科学会(SFU)在研究综合了以前的各种胎儿肾积水分级方案后于 1988 年提出一种相对简单、标准化的胎儿及新生儿的肾积水分级方案,分级标准如下。在排除膀胱输尿管反流后胎儿及新生儿的肾积水分为 4 级,0 级:无肾积水;1 级:肾盂轻度分离;2 级:除肾盂扩张外,一个或几个肾盏扩张;3 级:所有肾盏均扩张;4 级:肾盏扩张伴肾实质变薄。目前这种标准已广泛的应用于临床工作中。

三、临 床 表 现

肾盂输尿管连接处梗阻所致尿路梗阻由于是不完全的,病情进展缓慢,也无明确症状,有时在尿量较多时,因引流不畅致肾盂收缩而出现腹痛,但多难指出具体部位,可以伴恶心呕吐。新生儿或婴幼儿,肾盂输尿管连接处梗阻导致肾积水可表现为无症状的腹块,在体检中被偶然发现,在没有超声的年代,50% 左右的病例是这样发现的。随着孕期超声的常规使用,近年来许多肾盂输尿管连接处梗阻导致肾积水的病例,在胎儿期就可诊断出来。其他的表现还包括生长发育迟缓、喂养困难、反复尿路感染和血尿等。胎儿期诊断肾积水的患儿,出生后必须进行复查。

出生后 3 个月以内,肾尚在发育中,肾锥体和髓质都是透声的,可能会产生肾积水的假象。故出生后定期复查 B 超是非常必要的,但目前在胎儿及新生儿的肾积水程度的估计上仍有困难。

四、诊断及鉴别诊断

由于缺乏典型的临床表现,单凭临床表现很难诊断肾盂输尿管连接处梗阻,故在很大程度上依赖辅助检查。

1. 超声检查　是最常用和最有效的无创检查手段,可以发现扩张而分离的肾盂及肾盏,并可测量肾皮质的厚薄。一般来说,肾盂输尿管连接处梗阻致肾积水其输尿管口径基本正常。除非是非常严重的巨大积水,超声对肾积水程度的判断,其数据并不能真实反映肾积水的严重程度和肾功能情况,但仍是首选的方法。

2. 排泄性静脉尿路造影(IVU)　可以显示患肾肾盂扩张,肾盏扩张,肾盂输尿管连接部中断,输尿管不显示。肾开始显影时间、造影剂显示的程度可以反映肾功能;肾的大小、肾盂肾盏扩张的程度以及造影剂排泄的时间,可以反映积水的严重程度。根据积水的严重程度,肾盏的表现可以从较轻的杯口变钝、变平,发展至严重的肾盏向外膨出、隆起、饱胀,有时造影剂滞留于扩张的肾盏中而未进入肾盂,如作画用的调色板。如肾功能严重不良,要延迟摄片,如 240min、360min,甚至隔天再摄片,以便能尽量明确肾的形态。目前,肾因积水严重而不显影时,多选用MRU 替代。肾盂输尿管连接处梗阻,一般情况下输尿管不显示,但即使肾盂输尿管连接部远端的输尿管能够显示,也仍可能存在肾盂输尿管连接部处严重的梗阻。经膀胱镜输尿管逆行插管造影可以明确输尿管全程的情况。

3. 利尿性肾图　肾积水的另一重要诊断方法是利尿性肾图。采用核素技术,对双肾的血流灌注、分肾功能示踪剂排泄进行测定分析。一般来说,肾图曲线的核素摄取相可以评价肾功能,注射呋塞米后的排泄相可以确定梗阻的严重程度。对间歇性肾盂输尿管连接部梗阻患儿,利尿性肾图尤其有价值。这部分患儿仅在腹痛时才能发现梗阻的存在,而无症状时排泄性尿路造影可以完全正常,多见于迷走血管压迫引起的肾积水。注射呋塞米,尿量增加,肾盂排空无法及时完成,肾积水的症状得以出现,当然有些病儿在做利尿性肾图时可以出现腹痛。利尿性肾图避免了常规造影方法的放射性危害,探测敏感,即使功能很差的肾,如果有核素示踪剂进入即可显示,可以提供分肾功能的指标,从而对手术前后的情况进行比较,同时根据肾盂中示踪剂排泄的速度,可以推测梗阻的严重程度。

4. 磁共振尿路显像(MRU)　由于尿路梗阻导致积水扩张,在磁共振的 T_2 相上可以显示,尤其在肾功能不良,IVU 和核素肾图均不能显示的情况下,通过 MRU 可以显示尿路的解剖形态,提示梗阻的部位。磁共振水呈像(MRU)不仅可以清楚显示上尿路的梗阻,结合 X 线检查,也可检出下尿路梗阻中一些问题,如膀胱的顺应性和膀胱逼尿肌与尿道括约肌的协调等。

5. 排尿性膀胱尿道造影　肾积水的患儿可以通过排尿性膀胱尿道造影排除膀胱输尿管反流导致的肾积水。

五、治　　疗

肾盂输尿管连接处梗阻致肾积水尤其是胎儿及新生儿肾积水的治疗方法一直存在争议,20世纪 80 年代初,常见有胎儿肾减压以保护肾功能的报道,现在来看,仅在胎儿双侧肾积水伴羊水进行性减少时才可运用。但胎儿肾积水减压后肾功能、肺功能恢复的程度目前都未证实。

目前对于新生儿肾积水的处理有两种不同的观点,一些学者认为单侧肾积水是一种相对良性的病变,可以在密切观察随访的基础上进行非手术治疗。Koff 认为只有明确有梗阻的肾积水才要进行手术。临床随访发现约有 50% 的胎儿期肾积水患儿在出生前可以自发缓解,这可能和在胎儿生长发育过程中输尿管的扭曲和皱襞被纠正有关;也可能和母体激素的不连续分泌引起的输尿管肌肉蠕动有关。另 50% 患儿中,多数在出生后也可以自发缓解。故认为,在以 B 超和利尿性肾图的随访中,只要分肾功能 >40% 或在随访期肾功能提高,B 超未显示肾积水恶化,对侧肾没有代偿性肥大等表现就可不手术;相反的如果利尿性肾图证实患侧分肾功能下降 ≥10%,肾积水进行性加重就得立即手术。另一些学者在研究了单侧和双侧肾积水的 B 超数据后得出的结论是,轻度肾积水是可以随访的,不必急于手术;但中度或重度的肾积水其肾功能可能进一步恶化,所以对这部分病例在产前和产后都要进行严密的随访,而这部分病例中也只有约 1/3 因出现肾功能进行性恶化或出现尿路感染要进行手术介入。

而另一些学者持不同的意见,他们认为有肾盏扩张、肾皮质变薄等表现的严重的肾积水很少有出生前或出生后的缓解,特别是超声诊断为典型的 PUJO 引起的肾积水。只有早期解除梗阻,肾功能才有很大的恢复潜力,所以他们支持早期手术。肾盂成形术进行的越早,肾功能恢复的就越明显,而且最好是在肾功能进行性下降之前进行手术。此外,早期手术还可以减少以后感染和疼痛的发生。

笔者认为,所有产前诊断为肾积水的患儿出生后 48~72h 行 B 超检查,确定有肾积水后,给予 1/3 治疗剂量的阿莫西林以预防尿路感染。对产前有明显肾积水的患儿需行排尿性膀胱尿道造影。如第 1 次 B 超检查显示肾积水,则行利尿性肾图检查。如确定有 UPJ 梗阻,伴有分肾功能 <40%,可以在新生儿期行肾盂输尿管成形术。如高度梗阻存在于孤立肾、双侧严重的 UPJ 梗阻、巨大肾积水影响进食或呼吸,也可考虑早期手术。如果利尿性肾图检查显示患侧肾功能储备较好,可以行随访观察,根据积水程度,6~12 周后复查 B 超或利尿性肾图。分肾功能 >40% 的患儿,可以继续进行观察,但如果 18~24 个月内仍然没有改善,应当进行手术干预。观察期内分肾功能下降或肾积水程度加重,应进行外科干预。

随着内腔镜、腹腔镜及机器人腹腔镜等微创技术的快速发展,国内外越来越多的医生采用微创积技术实施肾盂输尿管成形术,并积累了相当多的病例,手术技术有了明显提高,手术时间明显缩短,成功率也有了明显提高,达 85% 以上。但以上技术多应用于成年人及较大年龄儿童,并且手术成功率较开放手术还有差距(95%~98%),因此传统的开放手术仍广泛应用于新生儿患者。近几年微创开放小切口实施离断式肾盂输尿管成形术,切口 1.5~2cm,具有微创、手术时间短(笔者一般用时 50~60min)、切口美观,手术效果与传统的相同,被越来越多的小儿泌尿外科医生所选用。

(刘国昌 覃道锐)

第七节 膀 胱 外 翻

膀胱外翻和尿道上裂是由泄殖腔发育异常所导致的一组相互关联的泌尿生殖系畸形,常称为膀胱外翻-尿道上裂综合征(exstrophy-epispadias complex,EEC)。尤其是膀胱外翻,是最为复杂的小儿先天性畸形之一。对于小儿泌尿外科医师而言,如何获得满意的功能性修复仍是一个棘手的问题。

1597 年 Von Grafenberg 首先描述了膀胱外翻的临床症状,1780 年 Chaussier 开始使用膀胱外翻一词(Bladder Exstrophy)。1885 年 Nyman 对一例出生后 5d 的新生儿膀胱外翻进行了膀胱关闭。其后通过骨盆截骨使耻骨靠近、回肠扩大膀胱提高膀胱容量等技术也得到应用和发展。Young 于 1942 年、Micbon 于 1948 年分别发表关于首例女性及男性膀胱外翻关闭术后可控制排尿的报道。

　　膀胱外翻-尿道上裂综合征的总发病率为 1/10 000。男女比例为(1.5～6.0)∶1。典型膀胱外翻的发病率为 2.1/100 000～4.0/100 000。男女比例为(2.4～5)∶1 或 6∶1。有报道膀胱外翻和尿道上裂患者子女的发病率为 1/17,是正常人群发病率的 500 倍,因此,膀胱外翻-尿道上裂综合征有一定的遗传倾向。目前有研究发现染色体 4q31.21-22 和 19q13.31-41 可作为膀胱外翻-尿道上裂综合征的常染色体隐性遗传的风险基因(harbor genes)。

一、病　　因

　　1964 年,Muecke 首先报道鸡泄殖腔膜的增大或机械破坏阻碍了中胚层细胞沿脐下中线的生长,而导致外翻。基于此,Austin 等证实了人泄殖腔膜的过度生长于膀胱外翻有关。

　　胚胎 3 周时后肠末端和尿囊基部的扩大部分成为泄殖腔,其尾端有一层由内、外胚层组成的薄膜与羊膜腔分隔,称为泄殖腔膜。胚胎第 4～7 周泄殖腔被尿直肠隔分为背侧的直肠与腹侧的尿生殖窦,尿直肠隔与泄殖腔膜会合处形成会阴体。胚胎第 4～10 周时泄殖腔膜内、外胚层之间有间充质向内生长,发育成下腹部的肌肉和耻骨,构成脐以下的腹壁。泄殖腔膜发育不正常将阻碍间充质组织的移行,影响下腹壁发育。如泄殖腔膜有破溃,则其破溃的位置和时间的异常决定了膀胱外翻、尿道上裂系列的各种类型。如只是小部分的低位泄殖腔膜穿破,则形成不伴膀胱外翻的尿道上裂;如仅累及泄殖腔膜顶端,则只形成膀胱上瘘;最严重的泄殖腔发育异常是泄殖腔外翻(cloacal exstrophy)。

二、病理及分型

　　膀胱外翻-尿道上裂综合征是最严重的腹壁中线畸形,涉及泌尿系统、骨骼肌肉系统、骨盆、盆地、腹壁、生殖器,间或涉及脊柱和肛门缺陷。泌尿系统疾病(膀胱输尿管连接部梗阻、盆腔异位肾、马蹄肾、肾发育不良或发育不全、巨输尿管、输尿管异位开口和输尿管囊肿)可存在于 1/3 的膀胱外翻-尿道上裂综合征病例,尤其是泄殖腔外翻的病例。当然,膀胱输尿管反流存在于所有的膀胱外翻-尿道上裂综合征病例。在典型膀胱外翻的病例,70% 可伴有脊柱异常,而 MRI 可证实几乎 100% 泄殖腔外翻病例的神经管闭合缺陷和尾部发育异常。

　　膀胱外翻-尿道上裂综合征涉及范围轻重各异,轻者仅表现为近端和远端的尿道上裂,严重的包括各类典型膀胱外翻,最严重的为泄殖腔外翻(exstrophy of the cloaca,EC),常称为 OEIS 综合征(脐膨出、外翻、肛门闭锁和脊柱畸形)。在这一组畸形中典型膀胱外翻占 50%～60%,尿道上裂约占 30%,其他 10% 为泄殖腔外翻及其他畸形如尿道上裂合并重复膀胱等。EEC 主要可分为典型(尿道上裂、典型膀胱外翻、泄殖腔外翻)和非典型[外翻重复畸形、隐蔽膀胱外翻(covered exstrophy)、假性膀胱外翻(pseudo-exstrophy)]两种。

三、临 床 表 现

　　典型膀胱外翻(classical bladder exstrophy,CEB)表现为不同程度的膀胱底部向外翻出。尿液从外翻膀胱表面的输尿管开口溢出。膀胱黏膜在出生时呈微红,表面可见黏膜息肉样改变。延迟关闭膀胱可导致膀胱表面出现更多的炎症和机械性改变,黏膜炎症表现为白色渗出、溃疡和增生。外翻周围存在发亮的放射状薄层皮肤为正常皮肤与鳞状上皮化生区域间的过渡。脐下可及腹直肌分离和小的脐疝。耻骨位于外翻膀胱远端两侧。多数患儿可触及双侧腹股沟疝。

对于男性 CEB 新生儿，尿道背侧壁缺如。由于阴茎海绵体附着于耻骨下支，耻骨联合分离使两侧阴茎海绵体分离很宽，阴茎变短，阴茎严重向背侧弯曲。阴茎头靠近精阜，尿道板短。阴囊内通常可及大小正常的睾丸。

女性则表现为阴蒂对裂，尿道短，阴道口前移并常有狭窄，阴唇阴阜分开。子宫、输卵管、卵巢一般正常。

除泌尿生殖器畸形外，往往还涉及到整个下腹部及盆腔脏器的发育异常，包括腹壁肌肉、骨盆骨骼及直肠肛门等。

骨骼肌肉异常表现为耻骨联合分离、骨盆外旋、耻骨支外旋及外转。分离的耻骨之间三角形筋膜缺损由外翻膀胱占据，膀胱上端是脐，位置低于两侧髂嵴连线，脐与肛门之间距离缩短。

肛门直肠异常表现为会阴短平，肛门前移紧靠尿生殖隔，可伴有肛门狭窄、直肠会阴瘘或直肠阴道瘘。如有肛提肌、坐骨直肠肌以及外括约肌异常，可引起不同程度肛门失禁以及脱肛。

四、诊断及鉴别诊断

骨盆 X 线平片有助于评价耻骨联合分离和髋关节情况。

B 超检查应作为所有影像学检查的首选。随着 B 超仪器和技术的发展，通常在孕 15 周和 32 周间就可以对膀胱外翻-尿道上裂患儿作出产前诊断。诊断的准确率与缺陷的严重程度和超声医师的经验有关。有文献报道，脐部位置低、耻骨支宽、生殖器小、下腹部肿块和膀胱不充盈可作为膀胱外翻-尿道上裂综合征诊断的关键因素。另一种典型的征象是象鼻样表现，即波浪条索样软组织突出位于脐带起始部。产前 B 超诊断有助于及早发现并为患儿出生后的治疗尽早做准备。出生后，所有膀胱外翻-尿道上裂综合征的患儿均应进行肾 B 超，并且应作为手术治疗后上尿路情况的最佳随访手段。

近年来，骨盆和盆底的 MRI 检查越来越受到重视，有助于预测脱肛、子宫脱垂、肛门失禁等情况。对于需要进行脱垂子宫修复或复杂阴茎再建手术的病例，术前应进行 MRI 评价。除此以外，神经系统的 MRI，尤其是神经系统和骶尾部检查也有助于对膀胱外翻-尿道上裂综合征病例进行全面评价。

膀胱外翻-尿道上裂综合征的临床症状多种多样。所有的膀胱外翻-尿道上裂综合征都有特异性的临床表现，出生后即可被儿科医师和产科医师等明确诊断。

隐蔽膀胱外翻与典型膀胱外翻很相似，其一部分微红的膀胱黏膜表面有一层皮肤，脐部可位于正常位置。

假性膀胱外翻不易在患儿出生后即被发现，直至患儿年龄较大时出现症状。外生殖器外观正常，患儿可能没有任何泌尿系统症状，甚至可完全控尿。临床体检可发现腹直肌不同程度的分离，X 线证实耻骨联合分离。

五、治　　疗

一旦产前超声诊断膀胱外翻-尿道上裂综合征后，应告知患儿家长有关该疾病的基本情况、治疗方案、并发症和预后情况，应让家长认识到该疾病诊治的复杂性和严重性。膀胱外翻不仅可导致身体缺陷，而且会引起社会心理和性心理障碍。因此，膀胱外翻的病人及其家庭成员需要在一个多学科团队联合下进行长久和充分的治疗、护理和教育。

膀胱外翻的治疗应在出生后即进行。应将塑料布覆盖于膀胱上以保持膀胱黏膜的湿度。覆盖膀胱黏膜应避免应用纱布或油纱布。而后患儿应迅速转至可治疗这类疾病的医疗中心，经由有经验的小儿泌尿外科医师处理。

手术重建是唯一的治疗方法，目的是修复腹壁和外翻膀胱，使能控制排尿，保护肾功能。治疗主要包括：膀胱外翻修复、膀胱功能性重建、尿流改道和生殖器重建，在男性重建外观接近正常并且有性功能的阴茎，在女性进行阴蒂成形、阴道成形等重建手术。

有研究表明，膀胱外翻重建术后的生活质量受损，功能影响成为最主要的影响因素。功能性膀胱修复目前已被公认为治疗的"金标准"，但各种手术方案的选择取决于患儿父母的选择、手术医师的经验以及整个治疗团队的情况，需要根据不同病例的具体情况，进行针对性治疗。

传统治疗包括一系列分期重建手术，John Gearhart 提出现代分期手术（modern staged approach），分为 3 期。

1. 出生 48h 内修复腹壁、后尿道和外翻膀胱，不需做截骨术。其优点为：①尽早保护膀胱黏膜不受外界刺激，避免一系列继发改变和废用性膀胱萎缩；②有规律的膀胱循环可促进膀胱肌肉组织生理性发育；③当膀胱容量增加时更有效地提供膀胱颈和抗反流重建的解剖条件。因此，早期膀胱关闭可应用于几乎所有的新生儿典型膀胱外翻。但手术时需注意新生儿特点，注意保温，减少或补充失血量等，如手术风险过大或手术过于复杂，如早产儿等，则应将手术延迟至适当时间。在修复腹壁和外翻膀胱时，如超过生后 72h，应做髂骨截骨。双侧髂骨截骨可使耻骨联合易于对合，可减小闭合腹壁缺损的张力；可把尿道放入骨盆环内，达到解剖复位；可使尿生殖膈及提肛肌靠拢，协助排尿控制。术后建议采用人字形固定。由于膀胱关闭后均会出现膀胱输尿管反流，术后需应用预防性抗生素，并应密切注意患儿上尿路的情况，以避免可能出现的肾积水和感染。

2. 6～9 个月进行尿道上裂修复。通过增加出口阻力促进膀胱发育，扩大膀胱容量。对于女性而言，生殖器重建大多在第一期手术时一并完成。由于没有尿道外括约肌，此时患儿表现为完全性尿失禁。对于外翻膀胱直径<3cm、膀胱缺乏弹性等无法尽早一期关闭者，则可能需延期至出生 6 个月后再手术，此时，可同时进行尿道上裂的修复。

3. 膀胱颈部重建应在膀胱容量至少达到 60ml，且患儿已准备接受控尿训练的情况进行。由于双侧输尿管反流的存在，抗反流手术应一并在该期完成。近年来，改良的 Young-Dees-Leadbetter 膀胱颈重建手术应用较广，可保护膀胱的神经支持。

除了上述分期手术外，几种改良方案，包括 2 期或 1 期手术，也有成功报道。Mitchell 采用阴茎分解技术（penile disassembly technique）进行一期完全修复，包括同时膀胱内翻缝合、关闭腹壁和尿道上裂修复等，通过将膀胱、膀胱颈和尿道作为一个整体进行手术，将这一整体永远纳入盆腔。有研究表明，尿道上裂早期修复可增加膀胱外翻患儿的膀胱容量。超过 29 个月的患儿即便再进行尿道上裂修复，术后膀胱容量的改善也很小。另有报道一期完全修复术后约 1/3 的患儿可不必通过膀胱颈部重建即可达到控制排尿。因此，通过一期完全修复可获得令人满意的膀胱容量，减少患儿以后再进行膀胱扩大的可能性，因此也减少了手术次数。

一期完全修复后还需进行的手术主要包括输尿管再植、腹股沟疝修补和膀胱颈部修复。近来有研究表明新生儿一期关闭外翻膀胱同时行双侧输尿管再植同样安全有效，早期纠治膀胱输尿管反流有助于降低术后尿路感染和肾积水的风险。

膀胱外翻术后功能控制训练十分重要，首先患儿有尿意感方可能控制排尿。有部分患儿需一段时间的清洁间歇导尿，不宜短期内评价手术效果或决定再次手术。术后需定期复查超声、排尿性膀胱尿道造影、静脉尿路造影等，了解上尿路情况及有无膀胱输尿管反流。膀胱功能性修复后仍不能控制排尿、膀胱容量过小或仍有反复严重的尿路感染及肾输尿管积水可考虑膀胱扩大、尿流改道手术以及间歇性清洁导尿。排尿控制与膀胱容量、顺应性、肌肉弹性等诸多因素有关。青春期男性前列腺发育,排尿控制可有显著改善。

第八节 新生儿尿道疾病

一、尿 道 下 裂

尿道下裂(Hypospadias)是小儿泌尿生殖系统最常见的畸形之一,是指前尿道发育不全而导致尿道开口不到正常位置的畸形。男性多见,女性尿道下裂较为罕见。国外报道每 300 名男性新生儿中发病率为约有 1 例尿道下裂患儿。

(一)病因

正常情况下,当胚胎第 7、8 周时,胎儿外生殖器开始向男性或女性方向分化。后尿道皱襞自尿道近端逐渐向阴茎头端融合,至 14 周胎龄时形成管形即尿道,这一过程有赖于胚胎性腺分泌的雄性激素,也取决于胚胎尿道沟及皱襞对睾酮的反应。当尿道皱襞形成管形发生障碍时即导致尿道下裂。另外,尿道开口处的间质组织不发育,形成一扇形的纤维索,围绕尿道外口并延伸和嵌入阴茎头。目前关于尿道下裂发病机制的研究较多,但其发病确切病因并不清楚,多倾向认为本病为多基因遗传及环境因素共同作用致病。尿道下裂有家族聚集倾向,具体致病基因不清楚。外生殖器的发育受双氢睾酮的调节,另外中肾管的发育也受睾酮的局部影响,因此,任何睾酮产生水平及时相的异常以及睾酮转化为双氢睾酮的异常都会引起外生殖器的发育异常。另外有学者认为环境雌激素等外源因素的影响也与尿道下裂的发病有关。

(二)临床表现

典型的尿道下裂具有尿道开口位置异常,阴茎向腹侧弯曲以及包皮分布异常等三大特点。尿道下裂之尿道开口可以分布自阴茎头正常尿道开口至会阴部尿道任何部位。阴茎弯曲不是构成尿道下裂的必要条件,但仍有相当部分尿道下裂患儿合并阴茎下曲。尿道下裂常合并睾丸下降不全、腹股沟斜疝、阴茎阴囊转位、阴囊分裂及小阴茎等畸形。另外有部分患儿合并肛门直肠畸形及心脏畸形等其他疾病。

根据尿道开口位置不同,尿道下裂可分为轻度(占 50%)、中度(占 30%)及重度(占 20%),轻度型又分为阴茎头型与冠状沟型,中度分为阴茎体远端型、阴茎体中间型及阴茎近段型,重度分为阴茎阴囊型、阴囊型及会阴型。

(三)诊断及鉴别诊断

尿道下裂的诊断望诊便知,诊断并不困难,但部分尿道下裂患儿阴茎并无典型的尿道下裂外观,在行包皮环切或偶然发现尿道开口于阴茎腹侧而确诊,值得引起注意。对于合并隐睾及外阴性别模糊的患儿应注意行染色体及性腺检查,以和两性畸形相鉴别。

(四)治疗

除了部分阴茎头型尿道下裂,基本所有尿道下裂都需要手术矫治。在手术时机的选择上,并不主张在新生儿期对尿道下裂进行手术矫治。但随着技术的进步,缝线及手术器械的改进,尿道下裂的首治年龄也有所提前,一般认为 6～18 月龄为合适的手术时间。尿道下裂的手术方式众多,目前大约有 300 余种,常用的有 10 多种,临床医生可根据畸形的严重程度及自身技术选用合适的手术方式。尿道下裂矫治应力求达到正常或接近正常的外观(近似包皮环切术后外观),站立排尿,勃起伸直,尿道正位开口,尿流尿线适当,成年后具有正常的性功能。

尿道狭窄及尿瘘是尿道下裂术后最常见的并发症。对于轻度尿道狭窄,多数可以通过尿道扩张治愈,但尿瘘则视情况需要择期手术修补。

二、尿道瓣膜

(一)概述

尿道瓣膜分两类,一类是后尿道瓣膜,指的是膜部与膜部尿道水平以上的尿道存在多余的阻碍尿流的瓣膜畸形;另一类是前尿道瓣膜,球部与球部尿道水平以下,尤其是在尿道悬垂部的两旁及腹侧存在的瓣膜畸形。这两类异常主要都是胚胎发育时泌尿生殖隔发育异常所致。后尿道瓣膜的发生率较前尿道瓣膜为高,由于尿道瓣膜会阻塞尿道,造成排尿不畅,所以会出现尿流变细、尿流点滴、残余尿等现象,膀胱尿液的经常潴留,就易发生感染甚至形成结石。若病情迁延日久,可诱发膀胱输尿管反流及输尿管、肾盂积水,最终导致肾功能的受损乃至衰竭。

(二)临床表现

后尿道瓣膜患儿可出现不现程度的排尿梗阻症状。尿线无力、排尿中断、淋漓不尽、尿路感染和脓毒血症。严重的梗阻可以引起肾积水,可在腹部触及包块,并在下腹部触及膨胀的膀胱。少数病人可在两侧肋腹部触及积水的肾。部分患儿出生后仅表现发育迟缓,除慢性疾病体征体外检可无其他发现。胎儿期严重的尿道瓣膜可造成死产。后尿道瓣膜可于产前被超声检出。新生儿期可有排尿费力、尿滴沥,甚至急性尿潴留。可触及胀大的膀胱及积水的肾、输尿管。有时即使尿已排空也能触及增厚的膀胱壁。也可有因肺发育不良引起的呼吸困难、发绀、气胸或纵隔气肿。腹部肿块或尿性腹水压迫横膈也可引起呼吸困难。虽然尿性腹水可引起水、电解质失衡,甚至危及生命,但由于尿液被分流至腹腔,减少了肾的压力,对患儿的预后有较好的影响。可并发尿路感染、尿毒症、脱水及电解质紊乱。婴儿期可有生长发育迟滞或尿路败血症。很多婴儿因无特异性尿路症状而延误诊治。学龄期儿童多因排尿异常就诊。表现为尿线细、排尿费力,也有表现尿失禁、遗尿者。

(三)诊断

部分尿道瓣膜可以在产前被发现,产前超声检出的尿路畸形中,后尿道瓣膜约占 10%,概率位于肾盂输尿管连接部梗阻、巨大输尿管之后,居第 3 位。后尿道瓣膜的产后诊断,除临床表现外,可用超声作初步筛选,排泄性膀胱造影、尿道镜检是最直接、可靠的检查方法。

1. **实验室检查**　一般都有氮质血症和肾浓缩功能减退,慢性感染的病人可出现贫血及感染性尿。血清肌酐、尿毒氮及肌酐清除率是反映肾功能损害程度的最好指标。

2. **X 线检查**　排泄性膀胱尿路造影是诊断后尿道瓣膜最好的方法。有大量残余尿的患者在摄片前应进行导尿,并将从导尿管引出的尿液常规送培养。长期严重的梗阻,膀胱造影可以发现膀胱输尿管反流和膀胱小梁形成,在排泄性膀胱尿道造影片上常能显示后尿道延长和扩张,膀胱颈抬高;IVU 可显示输尿管和肾积水。

3. **超声波检查**　严重氮质血症的患儿,超声波检查可以发现肾输尿管积水及膀胱扩大。在妊娠 28 周的胎儿如发现有肾输尿管积水及膀胱扩大,为典型的后尿道瓣膜征象。另外,由于绝大部分羊水来源于胎儿尿液,所以产前超声检查可发现羊水减少。

4. **器械检查**　在全身麻醉下行尿道镜检和膀胱镜检,可见膀胱小梁小房形成,少数还可见憩室,以及膀胱颈、三角区肥厚,并在前列腺尿道远端可直接看到瓣膜而明确诊断。若在耻骨上挤压膀胱可进一步显示瓣膜与梗阻的关系。

(四)治疗

后尿道瓣膜是最常见的威胁生命的男性外生殖道畸形,疾病在新生儿期就引起尿路梗阻。常见的Ⅰ型后尿道瓣膜可以导致严重的尿路梗阻,出生后双侧肾都会受到损害,因此要早期诊断、早期治疗。在胎儿期和新生儿期,肾损伤表现为进行性肾发育不良、梗阻性肾积水或反流性肾病。通常膀胱有明显的梗阻性改变,如炎症、小梁、憩室,近段尿道、膀胱颈明显肥厚,出现严重的膀胱输尿管反流。即便瓣膜去除,严重的膀胱功能不良也将持续存在,伴随着膀胱输尿管反流和肾功能的进一步损害,被称为"瓣膜膀胱综合征"。有时需要尿流暂时改道以保护肾功能,胎儿期行膀胱减压术,有助于减轻肾的损害。胎儿期严重的梗阻性后尿道瓣膜,引起羊水过少,甚至Potter综合征,导致肺发育不良。

1. 产前干预　治疗的原则是将膀胱尿液引流入羊膜腔。产前干预有一定的危险性。首先,产前诊断后尿道瓣膜有一定误差,其次,产前治疗可能造成宫内感染、流产等并,产前干预的必要性及治疗效果,仍有待观察。

2. 后尿道瓣膜患儿的治疗因年龄、症状及肾功能而不同　主要原则是纠正水、电解质失衡,控制感染,引解除下尿路梗阻。另外,由于尿道瓣膜患儿常合并肺发育不良,应注意积极对症呼吸支持,部分患儿需要插管呼吸机治疗。后尿道瓣膜患儿的外科处理方法有三种:经尿道直接切除瓣膜、膀胱造口或造瘘及高位上尿路转流。在具体应用上应根据有患儿病情合理抉择。有的患儿经尿道插入导尿管即可控制感染,有的营养状况差,感染不易控制,需做膀胱造口或造瘘引流尿液。膀胱造口的优点是不带造瘘管,减少了膀胱刺激症状及尿道感染机会。如用引流方法无效,应明确输尿管有无梗阻,可考虑做输尿管皮肤造口或肾造瘘。待一般情况好转后,可用尿道内镜电灼瓣膜。切除时注意观察瓣膜边缘的位置,1岁以下的婴儿,电灼过多可造成尿道狭窄。电灼瓣膜后应定期随访,观察膀胱是否排空,有无反复尿路感染及肾功能恢复情况。术后2~3个月复查IVU、排泄性膀胱造影。对原有膀胱输尿管反流患儿要观察反流是否改善或消失。

3. 后尿道瓣膜合并症的处理

(1)膀胱输尿管反流:继发性膀胱输尿管反流在电灼瓣膜后有1/3自行消失,1/3在给预防量抗生素的治疗下可控制感染,另1/3反流无改善,并伴反复尿路感染。尿动力检查对了解膀胱功能很重要,因为膀胱功能不良导致的膀胱内压增高、残余尿量增多,也是膀胱输尿管反流不能消失的原因。手术时机应在电灼瓣膜后6个月以上,待膀胱及输尿管条件改善后。对个别不能控制的尿路感染病例可做输尿管皮肤造口引流尿液。对于单侧严重膀胱输尿管反流,分肾功能低于10%、对侧肾功能较好,可考虑做肾切除。单侧重度膀胱输尿管反流、肾发育不良,而对侧肾正常者,预后较好,因为一侧积水的肾、输尿管容纳了大量尿液,缓解了对侧肾的压力,保护了肾功能。

(2)膀胱输尿管连接部梗阻:当瓣膜已切除,下尿路引流通畅后仍有严重的尿路感染,IVU显示肾、输尿管积水,无膀胱输尿管反流,经过尿动力检查排除膀胱功能异常,可行肾穿刺造影以确诊有无膀胱输尿管连接部梗阻。也可采用利尿性肾核素扫描检查。如膀胱条件不良、患儿一般情况差,应先做肾造瘘或输尿管皮肤造口,待患儿状况好转后再做抗反流的输尿管膀胱再植术。无论反流还是梗阻,在做输尿管再植术前,必须明确下尿路梗阻已解除,膀胱功能正常。

(3)膀胱功能不良:根据尿动力检查结果制定相应治疗方案。对膀胱低顺应性、逼尿肌收缩不稳定可用抗胆碱类药物治疗;对膀胱肌肉收缩不良、排尿时腹压增高,残余尿量增多可用清洁间歇导尿。对经过以上治疗无效,膀胱顺应性差、容量低者,可用肠道扩大膀胱以改善症状。如术后残余尿量少,就不用清洁间歇导尿。后尿道瓣膜患儿的膀胱功能不良随着年龄增长可好转,膀胱容量增大。尤其到青春期后很多患儿尿失禁好转甚至正常。

(五)预后

为了保护肾和膀胱功能最好的方法是早期发现,产前胎儿应行超声波检查,新生儿仔细进行体格检查,观察排尿情况以及化验尿液。出现氮质血症及长时间尿路感染的患儿,即使已解除梗阻,预后也是很差的。

三、尿 道 憩 室

尿道憩室是指先天性尿道憩室,所谓先天性尿道憩室是因胚胎发育异常造成尿道径路上出现的一种多余腔隙的疾病。造成原因有三:①阴茎腹侧尿道基板发育反常;②尿道腹侧的尿道旁囊性上皮细管持续无限制地向尿道扩张性生长;③尿道远端先天性狭窄或闭锁梗阻促使胚胎末期继发形成尿道憩室。

先天性尿道憩室可发生尿道先天性异常在尿道的任何一个部位,但以尿道悬垂部、阴茎阴囊连接部、包皮系带部和尿道球部最为多见。阴茎部尿道如有憩室,可在阴茎腹侧见到这种憩室的囊状突起。按压后会瘪陷,排尿时会膨起,排尿完毕后用手挤压又会重复滴尿。阴囊会阴部的尿道憩室,外观看上去并不明显,但用手按压可出现上述重复滴尿现象。尿道憩室在新生儿期多不易发现。但由于尿道憩室里的尿液旋涡淤滞,容易继发感染并形成结石,所以有时会出现尿频、尿急、脓尿。尿道憩室诊断可结合病史、体征及尿路造影检查、超声检查等辅助检查以明。明确诊断后可择期手术切除憩室修复尿道。

(刘国昌 覃道锐)

第九节 后尿道瓣膜

后尿道瓣膜是男孩膀胱出口梗阻最常见原因。它与尿道扩张、尿流细小、膀胱不完全排空相联系,可引起双侧肾、输尿管积水,膀胱输尿管反流和膀胱憩室,有时伴有肾衰竭和生长发育,偶可伴有尿性腹水。

一、病 因

病因尚不完全明确,可能的原因是正常的尿道皱襞过度发展或尿生殖膜的残留,也可能是射精管和前列腺囊的不正常结合。

二、分 型

Ⅰ型:一对三角帆样瓣膜起自精阜远端,走向前外侧膜部尿道的近端侧缘,两侧瓣膜汇合于后尿道的背侧中线,中间仅留一孔隙,此型最常见。

Ⅱ型:瓣膜自精阜近端延伸至膀胱颈外侧。

Ⅲ型:瓣膜位于精阜远端的膜部尿道,呈中央有一孔的环隔膜。

Ⅰ型最常见,约占后尿道瓣膜的95%;Ⅱ型罕见,现普遍认为Ⅱ型为非梗阻性;Ⅲ型约占5%。

三、发 病 率

发病率为 1/25 000~1/8 000 新生儿男性。

四、临 床 表 现

主要表现为排尿异常,即尿流细小或滴沥,可并发泌尿系感染引起高热、脓尿,另可有非特异性胃肠症状,腹胀和包块。不及时处理可并发酸中毒、尿毒症。

目前许多后尿道瓣膜病例是产前通过超声检查而检出。胎儿可表现为羊水减少可并肺发育不良引起产后呼吸窘迫。

五、诊断与鉴别诊断

1. 产前 B 超诊断　产前 B 超发现男性胎儿双肾积水,厚壁膀胱和膀胱排空障碍。在扩张的后尿道可伴有一个或多个光亮的回声线。严重的羊水减少是一个预示愈后不良的信号。在妊娠 24 周前得到诊断者多预后不良。24 周后得到诊断者(即 24 周前检测是正常的)发展成肾衰或死亡的病例明显减少。

2. 产后诊断　产后 B 超与产前 B 超表现相同更为典型。

排泄性膀胱尿道造影是诊断后尿道瓣膜的常规检查,它表现为后尿道扩张、延长导致向前突出。膀胱颈像一个肌性的颈圈,前尿道充融不良,透明的瓣膜叶有时可以显示。有时可见造影剂反流至射精管。

3. 鉴别诊断　后尿道瓣膜需要与引起肾积水的其他疾病鉴别,包括肾盂输尿管交界狭窄(UPJ),输尿管膀胱交界狭窄(UVJ),集合系统重复畸形,膀胱输尿管反流,梅干腹综合征等。

六、治　　疗

治疗的目的是切除瓣膜,恢复尿流的通畅。既往由于小儿内镜技术的限制处理难度较大。曾经采用的方法有:①用尿道探子或导尿管创伤性撕裂瓣膜。②通过会阴的尿道切开插入耳镜电灼瓣膜。③耻骨后暴露切开膀胱,顺行性插入钩状电极电灼瓣膜。④通过膀胱镜放入缠绕于输尿管导管的线圈丛直视下电灼瓣膜。

随着膀胱镜的改进,经膀胱镜诊断和电灼后尿道瓣膜已成为标准的治疗方法。我们应用 6/7.5F 小儿内镜,应用带有切割电流的 Bugbee 电极(或小口径激光纤维),可进入所有患儿尿道进行尿道瓣膜电灼。通常对瓣膜的 5、7 点钟位切开即可,部分可加电灼 12 点钟,术后留置导尿管 1 周。

术中注意事项:①尽可能采用 Bugbee 电极电灼瓣膜。钩或襻式电极可能引起的损害较大,需慎用。②瓣膜切开即可,残留可保留,过激的电灼可能引起尿道狭窄。③一次电灼后症状改善不完全,可 8 周后再次电灼。

如果病人情况或技术条件不允许,可先进行膀胱引流,包括插尿管、耻骨上膀胱造瘘置管或膀胱造口。

七、宫 内 干 预

后尿道瓣膜的产前干预问题还处于争议之中。宫内干预的理由是不处理易产生肺发育不良和肾衰竭。不赞成宫内干预的理由是①产前的尿道瓣膜诊断正确率还不高。②易引起流产和败血症。③肾发育不良已形成宫内干预无效;甚至表现出产后更加严重的梗阻和更差的愈后。宫内干预的方法包括:膀胱-羊膜腔短路术,羊膜腔输注,经皮胎儿膀胱镜,开放式胎儿手术。

八、合并膀胱输尿管反流的处理

大约 50％ 的后尿道瓣膜患儿存在膀胱输尿管反流。最初的后尿道瓣膜治疗时反流可以不处理。瓣膜电灼后有 1/3～1/2 的反流会自行消失。同时由于患者的膀胱壁增厚炎症反应,亦影响输尿管植入的效果。除非术后有反复的尿路感染问题,才需要行输尿管再植术。术前需用抗胆碱性药物处理膀胱功能失调。

九、预　　后

近 30 年来患儿的病死率已从 50％ 降至 1％～3％,电灼术后的狭窄率亦从 50％(1 岁以下)下降至 10％ 以下。

第十节　鞘膜积液

睾丸大部分有鞘膜包裹,脏层与壁层之间形成固有鞘膜,里面常有少量浆液,使睾丸自由滑动。如鞘膜腔内液体积留过多,即形成鞘膜积液(hydroceles)。此外,在腹股沟内环以外腹膜鞘突的残留部分也可积留液体形成不同类型的鞘膜积液。

鞘膜积液是小儿泌尿外科的常见病,新生儿期鞘状突未闭发生率为 80％～94％,但可随着年龄增长逐渐闭塞,而出生 6 个月以后闭合的可能性越来越小。

一、病　　因

在胚胎早期,下腹部腹膜形成一突起,进入腹股沟管并延伸至阴囊底部,称为鞘状突。在鞘状突形成时,睾丸也紧贴鞘突背侧,经腹股沟管进入阴囊。鞘状突的背侧覆盖精索及睾丸的大部分,在正常情况下,鞘状突先从腹股沟管内环处闭塞,然后,近睾丸端的鞘状突也开始闭塞,闭塞过程由此两端向中间延续,使精索部鞘状突退化或形成纤维索,仅睾丸部分留有间隙,成为睾丸固有鞘膜腔,不再与腹腔沟通。

鞘状突在闭塞过程可能出现异常,使睾丸鞘膜腔或精索鞘膜腔与腹腔有不同程度的沟通。如鞘状突保持开放,其管径较大,能容纳肠管、大网膜、卵巢或输卵管通过即为腹股沟疝,如鞘状突管径细小,腹腔液体经鞘状突流入而积聚在鞘膜腔内,则形成鞘膜积液。

二、病理及分型

重庆医科大学儿童医院曾对鞘膜积液的病理解剖作过详细的研究,证明鞘膜囊与腹腔之间均存在未闭的鞘状突,位于精索的前内侧,为一透明薄膜,管径粗细不一,一般为 2mm 左右,粗的约 5mm,极少超过 10mm,细的仅如 1 号细线,如不仔细解剖辨认,容易遗漏。

根据鞘状突异常闭合的部位,鞘膜积液大体可分为 2 种类型。

1. 精索鞘膜积液　近睾丸部的鞘状突闭塞,而精索部鞘状突未闭,腹腔内液体经内环部流入精索部未闭的鞘状突而止于睾丸上方。

2. 睾丸鞘膜积液　鞘状突全程未闭,腹腔内液体经鞘状突流入睾丸鞘膜腔,睾丸鞘膜腔与腹腔之间有粗细不等的鞘状突相通。

由于未闭鞘状突的部位、鞘状突的粗细、鞘膜腔内积液的张力等情况不同,上述两种基本类型又可衍变出不同的病理类型。

三、临床表现

鞘膜积液可见于小儿各个年龄段,以学龄前儿童最常见,绝大多数为男孩。一般无全身症状,多由家人发现一侧或两侧腹股沟或阴囊肿大,大小不一,增长较慢,不引起疼痛,积液量较多时可有阴囊坠胀感。如鞘状突口径细小,液体不容易倒流回腹腔,阴囊也没有明显大小变化。如口径较大时,一夜平卧后,晨起可见阴囊缩小,白天活动后常显得充盈膨胀。新生儿的鞘膜积液可以是单侧或双侧,有些在发育过程中鞘状突自行闭塞,则鞘膜积液亦随之逐渐消失。女孩偶有鞘膜积液,称为 Nuck 囊肿,也称子宫圆韧带囊肿,主要表现为小阴唇的上部或腹股沟区扪及囊性肿块。

四、诊　断

通常在患侧腹股沟或阴囊可扪及边界清楚的囊性肿块,不能返纳腹腔,透光试验阳性即可诊断。部分患儿经反复挤压后,囊肿张力可以降低,但不会缩小,如囊肿只限于精索部位,体积一般较小,如指头大,卵圆形,于囊肿下方可清楚扪及睾丸,牵拉睾丸,囊肿可随之移动,可诊断为精索鞘膜积液。如为睾丸鞘膜积液,囊肿则悬垂于阴囊底部,呈椭圆形或圆柱形,一般扪不到睾丸,如囊肿张力不高,也可在囊肿内扪及睾丸。

极少数患儿鞘膜积液向腹膜后突起,可在下腹部触及囊性肿块,称为腹阴囊鞘膜积液。这样的患儿常以下腹部肿块就诊,B超检查可明确诊断。

五、鉴别诊断

鞘膜积液主要与腹股沟斜疝及睾丸肿瘤鉴别,尤其注意后两种情况可与鞘膜积液同时存在。

1. 腹股沟斜疝　小儿腹股沟斜疝与鞘膜积液的发病机制有相同之处,均系出生时腹膜鞘状突未闭塞或仅部分闭塞、与腹腔相通所致,其区别在于未闭的腹膜鞘状突口径较宽,内容物不同而已。腹股沟区出现可还纳性包块,部分患儿包块可进入阴囊,当哭闹或腹压增高时,包块明显增大,安静、平卧、睡眠后包块可缩小或完全消失。体检时局部可见椭圆形隆起,包块有蒂通向腹腔,还纳入腹腔后,压迫内环口包块不再出现,小儿咳嗽或哭闹时可有冲击感,透光试验阴性。应注意少数的鞘膜积液可合并腹股沟疝,透光试验可为阳性,其近端为疝囊,远端为睾丸或精索鞘膜积液,疝还纳后肿块缩小,但远端鞘膜积液无改变,B超可鉴别。

2. 睾丸肿瘤　多为无痛性实质性肿块,阴囊有沉重下坠感,无压缩性,透光试验阴性,部分患儿有性早熟现象。B超及血清甲胎蛋白测定对诊断有帮助。

六、治　疗

手术是目前公认的治疗小儿鞘膜积液的主要方法,疗效安全可靠,复发率极低。

1. 手术适应证　对体积较小,张力不高,1岁以内婴幼儿的鞘膜积液因有自行消退的可能无需急于手术。但如体积较大,张力较高,对睾丸实质造成压力并增加阴囊内温度,影响睾丸的血供,可能会导致睾丸萎缩,可不受年龄限制,及早手术治疗。

2. 手术方式的选择　有开放性手术及腹腔镜手术2种类型。

(1)开放手术:手术的关键是寻找到未闭的鞘状突于内环口处高位结扎。沿下腹皮肤皱褶处横切口或腹股沟中点上方斜切口,长 2~3cm,切开皮肤,分离皮下组织后,从外环处切开腹外斜肌腱膜,显露精索后,在精索前内侧辨认鞘状突,如鞘状突较细,与精索附着面较窄者,将鞘状突提起,稍加分离即可将鞘状突游出;如鞘状突较粗时,可先切开其前壁,然后在精索血管表面仔细分离鞘状突后壁横断,向近端游离鞘状突至内环处高位结扎,其远端囊肿则剪开前壁开窗排除积液。以往沿用治疗成年人鞘膜积液的术式如鞘膜翻转或鞘膜切除术,由于手术效果不好,已摒弃不用。国内熊廷富等报道一组共 536 例单纯行鞘状突高位结扎治疗小儿鞘膜积液,术后随访 9 年,无一例复发。

(2)腹腔镜手术:近年随着微创外科技术的发展,腹腔镜手术用于治疗小儿腹股沟斜疝及鞘膜积液已有较多报道,方法也较多,有的用改进针形器械缝扎内环口,有的用一次性腹腔闭合器及自制带线钩针行内环口荷包缝合、电凝烧灼疝囊内壁后用 Endoclose 针修补内环口等方法,但以腹腔镜套管针法用得最为广泛。手术的关键在于环行缝扎内环口,左右两个半圈交汇时,不能留有空隙,不能跳跃式缝合,要完整地行内环口环形缝合,可减少术后复发。国内大宗病例报道复发率在 1% 以下。

与开放性手术相比,腹腔镜手术具有以下优点:①腹腔镜有放大作用,在电视监视下很容易找到内环口,同时能清晰显示内环口周围的组织器官,如腹壁下血管、输精管、精索血管等,可在直视下避开这些组织直接经腹膜外潜行荷包缝合关闭内环口,达到真正意义上的高位结扎,而且打结于皮下能起到悬吊固定作用,减少术后复发。②使用疝针穿刺 2 次即可完成荷包缝合,操作简便。③皮肤切口小,无需缝合,术后不留瘢痕。④创伤小,术后进食和活动不受影响。⑤腹腔镜手术还能同时检查和发现对侧有无隐性疝,并可同时处理,避免了二次手术的麻烦。

(杨体泉　刘　强)

第十一节　睾丸下降不全

睾丸下降不全也称隐睾(cryptorchidism)或睾丸未降,是指睾丸未能按正常发育过程,从腰部腹膜后下降至阴囊底部,中途停留在下降过程的其一部位。隐睾是小儿泌尿生殖系统常见的先天性畸形,早产儿发生率约为 30%,新生儿为 3.4%～5.8%,1 岁约为 0.66%,表明出生后睾丸仍有继续下降的可能,但 6 个月之后,睾丸继续下降机会明显减少。按严格标准,新生儿娩出后,如阴囊内扪不到睾丸,不能诊断为隐睾,必须 3 个月之后复查,如仍不能扪及睾丸者,才能诊断为隐睾。

一、病　因

在睾丸下降的过程中,任何环节发生障碍都可能导致隐睾的发生,确切机制至今未完全明确,可能与以下因素有关。

1. 内分泌学说　雄激素在男性外生殖器发育和睾丸下降过程中起重要作用,胎儿时期其母体接触到外界影响雄激素稳定状态的各种因素都可引起隐睾症的发生。Raivi 等发现 3 个月内婴儿雄激素生物活性受下丘脑-垂体-性腺轴所调控,此轴紊乱至少可导致一侧隐睾的发生,所以,下丘脑-垂体-性腺轴功能紊乱在隐睾发生和睾丸功能损害中起重要作用。

2. 解剖学说　从解剖学基础的分析,隐睾的发生归因于异常结构和不正常的睾丸下降。如睾丸引带缺如、鞘状突未闭、腹股沟部发育异常(如内环过小或阴囊入口有机械性梗阻)、精索血管或输精管过短、附睾发育、生殖股神经异常等因素均可影响睾丸下降。但这些病理改变到底是隐睾的病因,还是隐睾出现后的结果还有待研究。

3. 雄激素受体　睾丸下降至腹股沟-阴囊阶段是在雄激素的刺激作用下完成的,而雄激素必须通过靶器官雄激素受体的介导才能发挥其生物学效应,雄激素受体的质和量会影响睾丸经腹股沟下降的过程。

4. 遗传因素 越来越多证据显示遗传与隐睾发生有关,有隐睾家族史者,发生率是无家族史的 4.25 倍。Gianotte 等报道11p15,即 11 号染色体短臂 1 区 5 带的区域异常可引起睾丸下降障碍,进而致精子发生障碍,因而认为隐睾症不仅是胚胎发育进化异常所致,且染色体区域异常也是其发病的另一重要原因。

5. 其他因素 还有学者认为环境,胚胎发育期间父母的生活方式、职业性接触,早产,低体重等因素均与隐睾发生相关。

总之,隐睾的病因到底是单一原因引起的,还是多因素共同参与,多因素中又是何种起着主导作用及其机制还有待深入的研究。

二、病 理

隐睾的病理改变与其先天发育、在异常位置停留时间以及所处的位置有关。在异常位置停留时间越长,位置越高,病理损害越早、越严重,90%的腹腔内隐睾到青春期生殖细胞完全消失。反之,在异常位置停留时间越短,位置越接近阴囊,病理损害越轻。

1. 大体病理 睾丸常有不同程度的发育不良,体积明显小于健侧,质地松软,甚至未发育或缺如,有的仅见精索血管残端。部分患儿还伴有睾丸、附睾及输精管畸形,如睾丸附睾分离、附睾头、输精管缺如、双输精管等。

2. 组织学改变 主要表现为生殖细胞发育障碍,其次是间质细胞数量减少,光镜下曲细精管减少,部分变性萎缩,睾丸生殖细胞,主要是精原细胞数目减少,曲细精管周围结缔组织增生,电镜下细胞内线粒体破坏,生殖细胞出现空泡,胞质和内质网中核糖体减少,并可见精原细胞和支持细胞胶原纤维增加。未治疗的成年人隐睾生精小管萎缩,基底膜肥厚,玻璃化明显,生精小管基本被支持细胞占据。无论是光镜还是电镜检查,隐睾的病理改变在生后的第 2 年就开始有明显的变化,间质细胞受累较轻,虽然有间质细胞的减少或萎缩,但仍有适量的雄激素产生,即使是双侧隐睾,仍可以维持男性第二性征的发育和成年后性生活的能力。

三、临 床 表 现

隐睾可发生单侧或双侧,以单侧多见,右侧发生率略高于左侧。除较大儿童偶诉腹股沟区有短暂疼痛外,隐睾一般无自觉症状。主要表现为阴囊发育不良、不对称、扁平,触诊时阴囊空虚无睾丸。约 80%隐睾可在体表扪及,最多的部位是腹股沟区,体积较小,不能推至阴囊底部。小部分经反复体检仍无法扪及睾丸者称为高位隐睾。临床摸不到的隐睾包括:睾丸位于腹股沟部,但因睾丸较小或被皮下组织所掩盖。睾丸位于腹腔内,睾丸缺如。Levitt 统计体检扪不到的睾丸占全部隐睾的 20%左右,但扪不到的睾丸在手术探查时,绝大部分位于腹股沟管或内环口附近,真正无睾丸者并不多。因此对未能扪及的睾丸,应反复、多体位的检查,以避免或减少为确定睾丸位置所施行的特殊检查。

因隐睾引起的男性不育是隐睾患儿成年后最主要的烦恼。尤其是双侧隐睾者,成年后无论从精液分析或睾丸活检都有明显异常,严重影响生育能力。单侧隐睾的生育能力往往取决于对侧睾丸的生精功能和输精管是否正常。

此外,隐睾还可能出现一些并发症和合并症。

1. 隐睾扭转 隐睾发生扭转的概率比下降至阴囊内的睾丸高得多。青春期后的隐睾由于体积增大容易发生扭转,发生恶变时,扭转的机会更大。扭转时可表现为腹股沟部疼痛性肿块,部分患儿还会出现恶心呕吐。其诊断要点是对一侧腹股沟疼痛性肿块或下腹部疼痛者应检查阴囊,如未扪及正常睾丸,应高度怀疑隐睾扭转,彩色多普勒超声检查可发现腹股沟或腹腔内实质性肿块,血流成像提示睾丸血流量减少。

2. 恶变　隐睾恶变的风险是正常睾丸的 20～40 倍,约有 12％的睾丸肿瘤发生在隐睾基础上。双侧隐睾的恶变概率大于单侧隐睾,高位隐睾风险更大,腹腔内隐睾是腹股沟部隐睾的 4 倍。行睾丸固定术是否能降低恶变概率目前仍有争议。有学者认为 13 岁前通过激素和(或)手术使睾丸下降者,并不能降低睾丸肿瘤发生的概率,但有助于早期发现恶变。还有学者认为不论是否行睾丸固定术,隐睾原位癌发生率高达 1.7％,5 岁前后手术不能预防恶变。但也有研究认为早期行睾丸下降固定术,恶变的发生率有微弱的下降。Wood 等观察到 12 岁以后手术或不手术的隐睾恶变率是青春期前手术治疗的 2～6 倍。Pettersson 等对接受治疗时患儿的年龄与发生恶变相关性的研究认为:在青春期之前接受手术治疗可减少睾丸肿瘤的发生。

3. 合并鞘状突未闭　隐睾 90％以上有疝囊存在,常伴发腹股沟疝或鞘膜积液。

4. 睾丸损伤　隐睾停留在腹股沟部或阴囊以外的其他部位,位置表浅、固定,失去阴囊的缓冲和保护作用,容易受到外力的直接损伤。

5. 生育能力下降或不育　隐睾会导致生殖细胞发育障碍,生精能力降低导致生育能力下降或不育。即使是术后仍有 25％的单侧及 50％的双侧隐睾无生育能力。隐睾位置越高,年龄越大,生精小管变化越严重。

6. 心理创伤　由于阴囊空虚、睾丸位置和大小异常,患儿常产生自卑心理,成年后还会引起对不育的担忧等精神上的痛苦。

7. 合并其他先天性畸形　常见的有输精管和附睾畸形,尿道下裂,两性畸形等。

四、诊　　断

隐睾的诊断并不困难,多数根据临床表现即可确诊。但应注意阴囊内扪不到睾丸者并非都是隐睾。此外,还应仔细检查股部、耻骨联合、会阴部,以除外异位睾丸。对于体表未能扪及的高位隐睾,可进行相应的检查,以确定睾丸的有无及位置。

1. B 超检查　B 超对于大多数腹股沟管内的隐睾诊断具有较高的准确性,但对于腹膜后及腹腔内隐睾,因受肠道气体的干扰超声不易显示,同时与腹腔淋巴结、肠管等结构容易混淆,检出率较低。但与其他方法相比,超声检查具有无创、简便、可重复、经济实用等优点,可作为隐睾症的首选影像学检查方法。

2. CT、MRI　对隐睾的诊断具有一定的准确性,但对睾丸的辨认与睾丸大小密切相关,因此对发育不良、体积较小的睾丸难以发现,且费用较高,实际应用并不多。

3. 疝囊造影　1970 年 Wite 首次使用,曾广泛用于腹股沟斜疝、直疝、股疝及隐睾的定位诊断。缺点是有创,对未伴疝的隐睾不能使用,目前已很少应用。

4. 选择性精索内动脉或静脉造影　1973 年 Koischwitz 首先报道该方法,随后有不少人采用,虽然对高位隐睾的定位及有无睾丸的判断有一定价值,但操作技术要求高,且有创伤,尤其在婴幼儿更难进行,故目前已很少采用。

5. 放射性核素检查　用放射性核素标志的绒毛膜促性腺激素(HCG)与睾丸黄体生成素(LH)/HCG 受体结合,γ 照相扫描显示睾丸,这是一种最新的睾丸定位方法。

6. 腹腔镜检查　腹腔镜用于高位隐睾,特别是腹腔型隐睾的诊断已取得比较满意的效果。

与其他方法比较具有更安全、准确的优势,且同时还可对睾丸和精索血管进行游离松解,对睾丸缺如者给予确认,同时完成诊断和治疗。是目前治疗高位隐睾的公认方法,应用广泛。

五、鉴 别 诊 断

1. **异位睾丸** 是指睾丸在下降过程中,受某些因素的干扰,睾丸在出腹股沟管外环后偏离正常途径未进入阴囊,而转位于皮下组织、会阴部、耻骨上部、阴茎或对侧阴囊内,Scorer 统计异位睾丸在隐睾患儿中约为 1%。

2. **回缩性睾丸** 也称睾丸上缩,是指一个原本已经降入阴囊的睾丸,上提至阴囊上方,腹股沟管甚至腹腔内,用手可推入阴囊底。其原因一般认为是提睾肌收缩引起一时性睾丸位置异常。对于回缩性睾丸的处理,目前尚无统一定论。

3. **滑动性睾丸** 阴囊空虚,腹股沟部的睾丸可被逐渐推入阴囊,但一松手,睾丸立即弹回至腹股沟部,有学者将其归入隐睾范畴。

4. **单睾症** 指患侧经手术探查证实无睾丸,而对侧睾丸正常。单睾症占隐睾探查手术的 3%～5%,在男性人群中发生率为 1∶5 000。

5. **无睾症** 又称睾丸缺如,出生时就没有睾丸,外生殖器表现为男性,性染色体正常,无睾症的发生率极低,约 1/20 000,须经手术探查证实。

六、治 疗

虽然对隐睾的治疗时机目前仍存有争议,但大多数学者认为 6 个月后睾丸自行下降的机会极少,且大量的临床资料已经证明:2 岁后隐睾组织,特别是精原细胞将出现明显退行性改变,包括超微结构改变,而且此种改变为不可逆变化。因此认为隐睾的治疗不应迟于 2 岁,甚至有学者认为从新生儿开始就应该进行监护,不可再盲目等待。目前隐睾的治疗仍分为激素治疗和手术治疗两大类。

1. **激素治疗** 目前有两种方法,即绒毛膜促性腺激素(HCG)和促性腺激素释放激素(LHRH 或称 GnRH)。

(1)传统观点:20 世纪 30 年代即有开始应用 HCG 肌肉或皮下注射治疗隐睾,其理论依据是隐睾可能是胚胎时期睾丸下降过程中激素刺激不足所致,通过补充 HCG 以促进睾丸下降,也有学者认为 HCG 能刺激睾丸间质细胞产生睾酮,如同青春期前的激素分泌而促使睾丸下降。还有学者认为双侧隐睾常规先用激素治疗,即使睾丸不下降,也可使未降的睾丸增大,精索增粗,阴囊增大,有利于手术操作。LHRH 治疗隐睾始于 1974 年,其理论依据是 LHRH 及其合成类激素能作用于脑垂体,促使其合成和释放黄体生成素(LH)、卵泡刺激素(FSH),黄体生成素(LH)与 HCG 作用于同一受体,促进睾丸间质细胞分泌睾酮,从而诱导睾丸下降。

然而,尽管 HCG 治疗隐睾已有半个多世纪,但至今在用药剂量、疗程长短、使用方法、初次治疗年龄仍有较大争议,各家报道疗效不一,很难对其疗效做出正确的评价。

Henna MR 统计 HCG、LHRH 治疗隐睾的有效率分别为 0～55% 和 9%～78%。Knorr 报道 HCG 治疗的成功率:4 岁以下为 17%,5～6 岁为 33%,7～8 岁为 42%,9～10 岁为 57%,提示年龄较大疗效较好。Kjaer S 则认为 HCG 疗效与年龄无关,而与睾丸位置有关,越靠近阴囊效果越好,其统计一组共 121 例,170 侧隐睾,结果总有效率为 34.7%,1～2 岁为 36.7%,3～4 岁为 33.4%,5～13 岁为 35%。Pyorala 等则通过分析得出,<4 岁和>4 岁隐睾患儿激素治疗的效果无差异。

激素治疗的用量和方法亦存在争议。传统方法认为 HCG 可隔日(1 日或数日)或隔周使用,但总量不宜超过 10 000～15 000U。也有学者认为使用小剂量 HCG 治疗隐睾是可行的。

(2)治疗观点的演变:近年来,激素治疗隐睾似乎达成了一些共识。如冰岛 Reykjavik 大学医学院儿童医学中心于 2007 年对大量激素治疗隐睾的随机对照试验的研究结果,进行 Meta 分析处理,得出总有效率为 20％左右的结论。在这些有效的病例中,如排除了有可能自行下降的回缩睾丸后,有效率更低。随之而来的是一些潜在的,可能出现的药物不良反应逐渐增多。因此,不推荐使用激素治疗隐睾。

2008 年,瑞典 Karolinska 医学院妇女儿童卫生中心 Ritzen EM 教授与北欧各国权威的睾丸生理学科、小儿外科、泌尿外科、男科、内分泌科、病理科、麻醉科等学科专家对隐睾的最佳治疗方案进行会议商讨。大会通过科学分析认为,尽管激素治疗隐睾有效率为 15％～20％,但仍有 1/5复发。而且使用激素主要是 HCG 会促使生殖细胞凋亡,损害成年后睾丸的生精功能,从而影响生育。因此认为激素治疗是低效甚至是无效的;与之相反,睾丸固定术成功率高 95％,术后达到解剖学的复位,风险低。因此将手术作为隐睾治疗的首选,手术最佳年龄为 6 月龄至 1 岁。在美国,手术亦作为治疗隐睾的第一选择。另有 Pirgon O 等报道 HCG 可明显提高左心室质量及左心室质量指数,对心血管系统造成一定损害,用来治疗隐睾并不安全。

总之,激素治疗因其"低效高毒"近年来广受质疑,许多医疗机构已建议将其摒弃不用。

2. 手术治疗 传统观点认为,对激素治疗无效者,应在 1 岁之后,2 岁之前手术治疗。如今越来越多的学者认为应将手术作为隐睾治疗的第一选择,年龄也提前至 6 月龄以后,1 岁以前,以提高成年后的生育能力。

(1)一期睾丸固定术:是目前应用最多最广泛的术式,适用于所有体检能触及睾丸的患儿。常采用下腹皮肤皱褶处横切口或腹股沟韧带上方与之平行的斜切口,切开皮肤及皮下深筋膜后,寻找睾丸。不少睾丸位于腹外斜肌腱膜浅层皮下之间的 Denis-Browne 袋中。如果睾丸不在此袋内,则应找到外环口,切开腹外斜肌腱膜,大多数隐睾即位于腹股沟管内。找到睾丸后,初步判断睾丸是否能移至阴囊内。一般情况下,内环以下的隐睾,经适当的游离精索后,多能降至阴囊内。分离提睾肌,显露精索,在精索内前方,精索表面游离横断鞘状突至内环口以上高位结扎,如精索长度已足够,则不必做腹膜后的游离。如精索长度不够,则特别强调腹膜后的解剖游离,用深拉钩伸入精索与后腹膜之间,在直视下游离精索周围的膜状组织,如能扪及肾下极,则表示精索全长几乎都得到游离,经此腹膜后有效的松解游离,大多数隐睾可无张力拉入阴囊内固定,术者以示指经伤口探入阴囊,扩张阴囊袋,以探入阴囊内示指为指示,于患侧阴囊中下部做一横形皮肤切口,用蚊氏钳在皮下与肉膜之间做潜行分离,范围以能容纳睾丸为度,切开肉膜后将已充分游离的睾丸经此间隙及阴囊切口拉出于切口之外,仔细观察精索血管走向防止扭转,将精索远端筋膜与肉膜缝合 1～2 针固定,将睾丸回纳入阴囊皮下与肉膜之间隙,缝合阴囊切口,睾丸即位于阴囊内。利用阴囊肉膜作为阻挡睾丸回缩的屏障,因阴囊肉膜极具弹性,可避免精索过度拉长对睾丸血供的影响。

精索直视下的充分游离是手术成功的关键。如经充分游离的精索长度仍无法完成一期睾丸固定者,应将睾丸固定在尽可能低的位置,或硅胶薄膜包裹已经游离的精索和睾丸,等待时机再次行二期睾丸固定术。

(2)二期睾丸固定术:二期手术的时机应在第 1 次手术后 6～12 个月进行,手术操作方法与第 1 次大致相同,只是因粘连困难得多,因此,手术必须小心谨慎,各例的手术局面也不尽相同,也无法规范操作过程,手术的关键是在分离时尽可能将精索和睾丸周围的瘢痕一并游离,切不可在瘢痕组织中去寻找精索,分离血管,以免造成损伤。北京儿童医院报道二期睾丸固定术 22 例,成功率达 92%。

(3)精索血管高位结扎术(Fowler-Stephens 手术):适用于高位隐睾患儿,手术的要点是保留睾丸输精管与精索血管间系膜样组织,不切断睾丸引带,尽量高位切断结扎精索血管,利用睾丸的侧支血供,将高位隐睾一次降入阴囊,切断精索血管前,应做出血试验,了解睾丸的侧支循环,通常在精索血管最上端用无损伤血管钳暂时夹住,切开睾丸白膜,如切口不出血,或 5min 内停止出血,表明睾丸侧支循环血供不足,如持续出血达 5min 以上,则为阳性,表示侧支循环血供丰富,则可切断精索血管,否则,不宜选用此手术方法。

(4)自体睾丸移植术:对于一些难以使睾丸下降至阴囊的高位隐睾者,自体睾丸移植术是一种较为理想的方法。手术要点是:采用显微血管外科技术,将切断的精索动、静脉与切断的腹壁下动、静脉近端吻合,手术时睾丸缺血时间不得超过 30min,否则可能会导致睾丸萎缩。

(5)腹腔镜手术:1977 年 Cortesi 首次报道用腹腔镜技术诊断高位隐睾。1995 年 Nassar 等报道在腹腔镜下将睾丸精索血管游离至足够长度,并在腹腔镜辅助下将睾丸经腹股沟管拖至阴囊内固定。其后不断有文献报道腹腔镜技术是一种安全、有效、可靠的方法,即使是应用于婴儿也是安全的。在诊断方面,腹腔镜能以最小的创伤使睾丸位置及情况得到确定。在治疗方面,腹腔镜可直接看清睾丸及与之相连的精索血管和输精管的解剖关系,可明确有无睾丸、大小、与内环口距离、是否是异位睾丸等,从而制定恰当的手术方案。与开放性手术比较,腹腔镜在减轻手术创伤的同时,优势还在于最大程度地游离精索血管和输精管,在直视下完成睾丸下降固定术。对于双侧隐睾,还可同时完成手术,也可同时处理单侧或双侧腹股沟斜疝,对于更高位置的腹腔内睾丸,可行睾丸切除或 Fowler-Stephens 手术。

近几年来,人们对双侧隐睾的处理越来越慎重,研究认为,单侧隐睾的不育率接近正常人,而双侧隐睾不育率在升高。为了最大限度地提高患儿成年后的生育能力,有学者提出对单侧腹腔内在距离内环口 2cm 以内的隐睾,在 Fowler-Stephens 手术不能使睾丸降至阴囊内时应首选腹腔镜下睾丸固定术,对双侧隐睾应在确保先行一侧的睾丸不萎缩的前提下,再做另一侧。

(6)睾丸切除术:对于腹腔内高位隐睾经充分游离精索后,仍不能完成一期睾丸固定,而又不具备条件进行其他方法的手术,或该侧隐睾发育极差,无保留的实际意义,应考虑将隐睾丸切除,以免恶变。

(杨体泉　刘　强)

第十二节　新生儿睾丸扭转

睾丸扭转(Testicular torsion)是指睾丸、精索结构在腹股沟管内或腹股沟管以下水平的扭转,直接导致睾丸血液循环的障碍,最终可能导致睾丸萎缩、坏死等严重后果的外科急症。睾丸扭转的好发年龄有两个阶段,新生儿早期和青春期儿童,两者在发病原因、病理类型、诊断和处理原则上均有所区别,不能简单地将睾丸扭转的一般规律套用于其特殊形式即新生儿睾丸扭转(neonatal testicular torsion)。从发病时间的角度划分,新生儿睾丸扭转可以分为产前睾丸扭转(prenatal testieular torsion)和产后睾丸扭转(postnatal testieular torsion),因此从严格意义上讲,新生儿睾丸扭转应该称之为围生期睾丸扭转(perinatal testicular torsion)。

一、病　　因

新生儿睾丸扭转的病因尚未明确,可能与以下因素有关。

1. 新生儿睾丸鞘膜囊与阴囊肉膜粘连疏松,在围生期睾丸下降的过程中,容易发生整个睾丸及精索的扭转。而在出生 3~4 周后,睾丸鞘膜逐渐与阴囊内壁紧密附着,此时即使再发生睾丸扭转,也极少见鞘膜囊外扭转的类型。

2. 许多产前发生的新生儿睾丸扭转常伴有单侧先天性睾丸发育不全,即所谓胚胎睾丸退化病(vanishig testis syndrome)。Abeyaratne 在 1969 年首先描述这一现象,并推测该病是由于宫内睾丸下降过程中出现睾丸扭转或者精索血管栓塞所致。尽管新生儿睾丸扭转和胚胎睾丸退化病究竟谁因谁果仍有争论,但 70% 的新生儿睾丸扭转发生在出生前确是事实,因此大多数学者认为新生儿睾丸扭转是一个产前事件。

3. 睾丸鞘膜钟锤样畸形(bell clapper deformity),即睾丸鞘膜不仅覆盖睾丸也覆盖整个附睾,从而导致睾丸及附睾在鞘膜囊内的活动度增大,12% 的病例存在双侧钟锤样畸形。不过该畸形更应该是青春期睾丸扭转的易感因素,而非新生儿睾丸扭转的主要原因。

4. 在上述解剖学变异的基础上,如果再发生提睾肌的强烈收缩,比如在多胎分娩、臀位产、宫内或产道受压、产伤等特殊情况时,新生儿期刚下降至阴囊的睾丸,由于睾丸引带未完全融合于阴囊壁,此时整个睾丸、附睾和狭小的鞘膜囊可能一起沿精索纵轴旋转形成鞘膜外扭转。

二、病理及分型

睾丸扭转的类型从病理解剖学角度划分,有以下三种类型。

1. 鞘膜囊外扭转型(extravaginal torsion)　是新生儿睾丸扭转最常见的类型,隐睾合并扭转时通常也是这种类型。由于睾丸引带的不固定,以及睾丸鞘膜与阴囊壁未完全粘连,导致睾丸精索在腹股沟管内整个扭转。

2. 鞘膜囊内扭转型(Intravaginal torsion)　其解剖学基础为睾丸鞘膜钟锤样畸形,由于鞘膜囊覆盖范围大,导致睾丸精索在鞘膜囊内活动度增大,容易发生扭转。这也是青春期睾丸扭转最常见的类型。

3. 睾丸与附睾之间扭转　非常罕见,由于睾丸和附睾之间的系膜比较长,从而发生该连接部位的扭转。

从发病的单双侧而言,有单侧睾丸扭转(unilateral testieular torsion,UTT)和双侧睾丸扭转(bilateral testicular torsion,BTT)。同时发生的双侧睾丸扭转占所有新生儿睾丸扭转的 20%,非同时发生的双侧睾丸扭转占所有新生儿睾丸扭转的 3%。

根据动物实验及临床病例研究,目前认为睾丸扭转的病理生理特点如下:扭转的时间和扭转的程度是造成睾丸萎缩、坏死的两个决定性因素。扭转发生后从局部血供障碍到睾丸发生形态学改变有 6~8h 的窗口期。如在窗口期及时手术解除扭转,睾丸的保存率 >97%。如扭转超过 10~12h,虽然睾丸生精功能和内分泌功能受损,但间质细胞(Leydig cell)有可能保存部分功能。扭转一旦超过 24h,睾丸出血性梗死(hemorrhagic necrosis)将不可避免,此时即使再进行手术,睾丸的保存率仍然 <3%,最终必然出现睾丸萎缩。扭转的程度可以是 180°~720°,扭转造成睾丸血液循环障碍,充血肿大的睾丸又将加重扭转的程度。扭转 540° 以上,即使 12h 以内手术复位,大多数患儿术后仍然出现睾丸萎缩。

三、临床表现

新生儿睾丸扭转临床表现以局部症状、体征为主,缺乏全身症状表现。通常睾丸扭转是急性发病的临床表现,但是新生儿睾丸扭转由于相当一部分患儿是产前扭转,时间可能较长,因此其临床表现并不一定为急性发病。产前睾丸扭转的临床特点是慢性炎症的团块。出生时患侧阴囊出现硬的、无触痛的团块,表面皮肤颜色加深、退色,皮肤与团块间粘连固定。而产后睾丸扭转的临床特点则与产前睾丸扭转恰恰相反,表现为急性炎症的特点,表面皮肤发红,团块有明显的触痛。这一临床表现的不同对于治疗策略的选择有一定意义,即无谓的急诊手术探查并不能挽救产前已经扭转、坏死的睾丸。

青春期睾丸扭转常合并消化道症状,如恶心、呕吐,但在新生儿睾丸扭转则比较少见。至于排尿困难或尿急等泌尿系症状也比较少见。值得一提的是 Grandt 等发现新生儿睾丸扭转的患儿出生体重常常比预想的要重,60%患儿常超过产前预测体重的 90%。

四、诊　断

新生儿睾丸扭转由于缺乏主诉,诊断主要依靠局部体格检查和相应的影像学检查,但是所有诊断方法均非排他性的金标准,最终诊断只能依靠医生的临床经验和相关检查的可行性和可靠性。

1. 病史　有无睾丸扭转的诱发因素,如多胎分娩、臀位产、宫内或产道受压、产伤等特殊情况。有无出生时体重过重的现象。

2. 体格检查　新生儿睾丸扭转临床表现为阴囊呈紫黑色,伴有阴囊内不透光的肿块。体检发现普雷恩征(Prehn sign)阳性,即托起阴囊或移动睾丸时,因扭转程度加重,可使新生儿哭闹加剧;罗希征(Roche sign)阳性,即精索因扭转而缺血,使睾丸、附睾肿大,界限不清难以辨认。提睾肌反射(cremasteric reflex)难以引出。

3. 超声波检查　有经验的超声科医生利用彩色多普勒血流显像和高频超声显像可以有效地诊断睾丸扭转,准确率可高达 90%。彩色多普勒血流显像在 80%患儿中显示受影响的区域无血管回声信号。高频超声显像显示有正常附睾的睾丸同质回声减少;在后期,可以看到异质的睾丸回声;若无回声则表示出血梗死和局部组织坏死。然而这些超声的特点并没有特异性,在其他睾丸病变中也能看到。如果彩色多普勒血流显像发现精索呈螺旋形则是睾丸扭转的直接征象。由于超声检查具有非侵袭性的特点,因此可以将该方法应用于产前诊断。

4. 放射性核素扫描　^{99m}Tc 核素扫描其诊断价值是评估睾丸的血流状态,通常扭转睾丸显示血液灌注减少并出现一个冷图像。阳性率约 75%,敏感率和特异性约 90%。但当阴囊壁或睾丸鞘膜充血时可以造成扫描结果的假阳性。

5. 磁共振扫描　磁共振扫描偶尔也用于睾丸扭转的检查。

五、鉴别诊断

新生儿睾丸扭转的鉴别诊断应与绞窄性腹股沟嵌顿疝、阴囊血肿、睾丸附件扭转、睾丸附睾炎、阴囊脓肿、睾丸肿瘤、新生儿阑尾炎等疾病相鉴别。但切忌不可为明确诊断,犹豫不决而延误手术时机。

1. 绞窄性腹股沟嵌顿疝　新生儿期发生的绞窄性腹股沟嵌顿疝容易合并患侧睾丸坏死,多表现为腹股沟管和阴囊的触痛性包块,胃肠道梗阻症状也较为常见,因此不难鉴别。

2. 阴囊血肿　外伤引起睾丸破裂发生阴囊血肿如果没有及时手术解除鞘膜的压迫,最终也会导致睾丸的梗死。超声检查可以清晰描述阴囊内的解剖学改变,比如睾丸破裂、血肿或积血。

3. 睾丸附件扭转　所谓睾丸附件是苗勒管的残余,附睾附件是副中肾管的残余。睾丸附件扭转的临床表现酷似睾丸扭转,因此鉴别较为困难。超声波检查和彩色多普勒血流显像是一种较为可靠的鉴别方法,睾丸扭转患儿的睾丸及精索血流减少或消失,睾丸附件扭转患儿的睾丸及精索血流正常,常有睾丸周围血流增多,睾丸或附睾肿大及鞘膜腔积液征象。偶尔在阴囊透光试验时可以见到阴囊皮肤有局限性坏死的蓝色结节(blue dot sign)。

4. 睾丸附睾炎　尽管睾丸附睾炎可以发生在任何年龄段,但在新生儿期极为罕见,典型的症状是脓尿同时合并发热。超声检查可以发现患侧睾丸附睾血流增加或正常。睾丸附睾炎时抬高患侧阴囊疼痛减轻,即普雷恩征阴性。另外提睾肌反射存在、病毒感染、合并泌尿系统畸形也是鉴别点之一。

5. 阴囊脓肿　多由于外伤或感染性疾病所致,患侧阴囊肿胀,超声检查和局部穿刺可明确诊断。

6. 睾丸肿瘤　多表现为患侧阴囊内无痛性肿块,透光试验阴性。血清甲胎蛋白和绒毛膜促性腺激素增高。睾丸肿瘤发生在新生儿阶段比较罕见,一般见于6月至2岁的婴幼儿。

7. 新生儿阑尾炎　常缺乏特征性的临床表现,发热、消化道症状,白细胞计数增高是可以参考的鉴别要点。

六、治　疗

自 1897 年 Taylor 首先报道新生儿睾丸扭转以来,对于新生儿睾丸扭转的学术争论就一直存在。是否所有患儿均需要急诊手术探查? 在处理患侧睾丸的同时,是否一定要预防性固定对侧睾丸? 其病理类型是否以鞘膜囊外扭转为主? 发病原因何在? 对于已经梗死的睾丸是予以保留还是切除?

1. 手法复位的评价　由于手法复位的不确定性和不完全性,不推荐对新生儿睾丸扭转施行手法复位。

2. 急诊手术探查指征　应区别处理三种情况,第一:对于能够明确的产后睾丸扭转,应予积极手术探查,以尽可能挽救患侧睾丸。第二:新生儿出生后 6～8 周以内,睾丸引带及睾丸鞘膜处于与阴囊逐渐固定的过程,这一时间段是新生儿产后睾丸扭转的易发期。由于双侧睾丸解剖的相似性,因此在该时间段健侧睾丸处于可能扭转的高风险期。因此,大多数学者主张对于此时发现的单侧睾丸扭转的患儿,无论是产前还是产后发生的,均应予积极手术探查和对侧的睾丸固定。第三:新生儿在出生6～8周以后,再发生睾丸扭转的可能性已大大降低。而且新生儿睾丸扭转大部分发生在产前,即使产后急诊手术解除扭转,此时也难以挽救患侧睾丸。因此一部分学者认为对于此时发现的、已经明确为产前睾丸扭转、并且睾丸已经坏死的患儿,再做手术探查是没有必要的,只需要对健侧睾丸予以积极的临床观察。

3. 患侧睾丸处理原则　多数情况下经腹股沟切口进行手术探查。对于扭转时间较短,有可能挽救的睾丸,应予及时地扭转复位,温盐水热敷改善血液循环,然后做妥善的睾丸固定术。对于一时难以判断活力的睾丸,可以采取出血试验,甚至术中超声辅助检查来做临床决策。对于肯定已经丧失活力的睾丸,一部分学者认为 Leydig 细胞对缺血的耐受力较强,可能保存部分内分泌功能,建议保留患侧睾丸。但坏死的睾丸可能会导致感染发生和抗精子抗体的产生以至于对健侧睾丸产生免疫性损害,多数学者还是主张切除。

4. **健侧睾丸处理原则**　反对健侧睾丸预防性固定的学者认为新生儿出生 6～8 周以后,再发生睾丸扭转的概率很低,而且理论上讲任何睾丸固定术对睾丸都有一定损害,因此不主张行对侧的睾丸固定术。尽管非同时发生的双侧睾丸扭转只占全部新生儿睾丸扭转的 3%,然而一旦发生如果又没及时处理,患儿将面临双侧睾丸坏死即"无睾症(anorchia)"的悲惨局面。目前文献报道大约 30 例双侧的新生儿睾丸扭转,仅有 2 例睾丸获得存活,基于这种事实,多数学者仍然主张行健侧睾丸预防性固定。

5. **睾丸固定手术**　传统的睾丸固定是将睾丸白膜与睾丸鞘膜壁层和阴囊肉膜做三点固定,然而该方法可能导致只有部分睾丸附着于肉膜上,同时偶尔也有术后睾丸再次扭转的病例报道。改进的手术方法是将睾丸鞘膜切除一部分或者是部分翻转,然后将睾丸直接固定于阴囊纵隔或者是肉膜囊内。推荐使用无反应的不吸收缝线进行固定。

6. **双侧同时睾丸扭转的处理原则**　双侧睾丸扭转的处理是非常棘手的,如果是产前发生的患儿,估计睾丸已经坏死的可能性较大,此时如手术探查确实价值不大。如果是产后发生的患儿,有手术探查的必要,术中对无活力的睾丸倾向于保留观察,以尽可能保留睾丸的内分泌功能。

7. **药物治疗**　由于单侧睾丸扭转后可以通过交感神经反射弧,反射性引起对侧睾丸血流减少、组织缺氧产物蓄积、腺苷酸能量储备下降,从而损害对侧睾丸。某些药物可以降低这种损害,比如己酮可可碱(Pentoxifyline)、维拉帕米、6 羟基多巴胺氢溴化物(6-Hy-droxy do-pamine hydrobromide,6-OHD)等。但相关研究刚刚起步,疗效还需进一步观察,尚未见有应用于新生儿的病例报道。

(杨体泉　陈嘉波)

第十三节　神经源性膀胱

与排尿有关的中枢和周围神经受到损伤引起的膀胱功能障碍,即为神经源性膀胱功能障碍(neuropathic bladder dysfunction,NBD)或称为神经源性膀胱。新生儿 NBD 多见,仅脊髓脊膜膨出(MMC)发病率就达 1‰～2‰,5 岁前病死率达 14%。小儿 NBSD 病因、下尿路解剖、功能特点和治疗原则不同于成年人 NBD。常伴有脊柱发育畸形和脊髓发育障碍;小儿 NBD 随着时间会发生变化。

神经源性膀胱是一种具有许多不同特性的疾病,它不是一种单一的疾病,而是由多种神经系统疾病在其进程中,通过神经的分布作用于膀胱而出现的一系列症状。从完全丧失膀胱的基本功能到膀胱过度活动症,其临床表现可以随不同的病因而各有所不同。在长期的疾病作用下,患儿既可以无任何症状或仅有轻微反应,也可以出现严重的肾功能损害,甚至导致死亡。近年来婴幼儿和儿童尿动力学检查技术进步以及下尿路功能障碍术语的标准化使得可以更加准确诊断和治疗小儿 NBD。越来越多的研究认识到神经源性膀胱患儿往往同时伴有尿道功能障碍。因此,目前所谓的神经源性膀胱也可称为神经源性膀胱括约肌功能障碍(neuro-pathic bladder-sphicter dysfunction,NBSD)。正常小儿随着年龄增长和发育成熟,逼尿肌和括约肌功能也发生持续变化。长期以来,缺乏正常小儿尿动力学参数,尤其是较小年龄组,影响其准确诊断和有效治疗。最近小儿尿动力学检查技术的进步使可以更准确评估新生儿 NBSD,为其提供更新的病理生理认识,进行科学有效治疗。

一、病　因

新生儿 NBSD 常见的原因如下。①脊髓脊膜膨出；②骶椎发育不良：常见骶椎部分缺损，在婴儿早期就有神经源性膀胱，脊髓先天性异常多合并肢体的运动和感觉障碍；③脊髓肿瘤：小儿脊髓肿瘤虽罕见，但如果神经母细胞瘤发生硬膜外转移，出现脊髓压迫，神经源性膀胱的发生率就会升高；④椎体骨髓炎：虽不常见，但可发生硬膜外脓肿，压迫脊髓，产生神经源性膀胱，多有前驱感染，发热，全身症状及神经根痛，虽然出现神经源性膀胱时，骨质可以正常，但不久即出现骨质破坏；⑤外伤：小儿罕见脊柱骨折所致截瘫，处理与成年人相同，广泛骨盆骨折有时可合并神经源性膀胱，做肛门直肠畸形或巨结肠手术时可损伤膀胱的神经造成神经源性膀胱，此外，切除新生儿或婴儿骶尾部畸胎瘤也可产生神经源性膀胱；⑥感染：偶见麻疹脑炎或脊髓灰质炎后合并神经源性膀胱，横断性脊髓炎多为病毒感染可发生暂时性神经源性膀胱；⑦隐性神经源性膀胱：除膀胱症状外，常无其他神经症状。

二、分型及病理

长期以来，没有关于新生儿神经源性膀胱统一分类的方法，其原因可能为一方面新生儿神经源性膀胱病因和发病机制较成年人复杂；另一方面其功能障碍类型多随年龄而出现显著变化，而且部分新生儿最终又多出现相似的膀胱尿道功能障碍。因此，目前亟待适宜于小儿神经源性膀胱的统一分类方法，其分类应包括以下内容：①原发疾病及病变部位；②能表示膀胱尿道功能障碍的发病机制；③可提示膀胱尿道功能障碍的特征；④患儿所处生长发育分期；⑤能为临床治疗和预后提供直接依据。目前临床仍多采用成年人神经源性膀胱功能障碍分类方法，但有较大的缺陷。

1. Hald-Bradley 分类　Hald 和 Bradley(1982 年)提出依据神经病变部位的神经源性排尿功能障碍分类方法。该分类方法以病变部位来反映功能变化，主要分为脊髓上病变、骶髓上病变、骶髓下病变，周围自主神经病变和肌肉病变。脊髓上病变时膀胱多表现为逼尿肌过度活动，而感觉存在，逼尿肌和括约肌之间多协调一致；骶髓上病变时膀胱也多表现为逼尿肌过度活动，但同时也存在逼尿肌括约肌协同失调，感觉功能与神经损害的程度有关，可部分或完全丧失；骶髓下病变多表现为逼尿肌无收缩和感觉缺失；周围自主神经病变多表现为膀胱感觉不全，导致残余尿量增加，最后失代偿，逼尿肌出现收缩功能障碍；肌肉病变多为逼尿肌和括约肌自身的病变导致功能障碍。但一方面在临床上因神经损害程度、累及神经及其范围不同，常难以准确确定病变部位；另一方面在新生儿神经损害常见病因显著不同于成年人，使得该分类临床应用受到限制。

2. Lapides 分类　Lapides(1970)提出依据神经损害后的感觉和运动功能改变的分类法，主要分为 5 类：①感觉障碍神经膀胱，为选择性膀胱和脊髓之间或脊髓和大脑之间感觉纤维传导受阻；②运动瘫痪膀胱，为膀胱副交感运动神经受到损伤；③无抑制性神经膀胱，为大脑皮质调节右端的损伤，导致对骶髓排尿中枢抑制作用降低，导致排尿反射的易化；④反射性神经膀胱，为骶髓与脑干见完全性感觉和运动通路损害；⑤自主性神经膀胱，为脊髓部位的膀胱感觉和运动完全分离，患儿不能自主启动排尿。该分类虽有助于理解神经病变与膀胱尿道功能改变的关系，但多数患儿不能很好归类，且随着年龄增长，患儿多出现分类的变化。

3. 依据膀胱尿道功能障碍类型的分类方法　Krane 和 Siroky(1984)最早提出依据尿动力学所示的异常进行分类的方法，将神经源性膀胱分为逼尿肌反射亢进和逼尿肌无反射，并依据尿道括约肌功能分为数种亚型。但是，2002年国际尿控协会和2006年国际儿童尿控协会都先后分别取消逼尿肌反射亢进和逼尿肌无反射的概念，而采用神经源性逼尿肌过度活动和神经源性逼尿肌无收缩。同时，该分类虽然参考尿动力学检查结果，并结合膀胱和尿道功能障碍进行综合分类，但未考虑到排尿周期。因此有学者提出结合尿动力学，排尿周期和膀胱尿道3个方面共同综合考虑分类的方法。

4. 小儿神经源性膀胱括约肌功能障碍尿动力学分类和诊断 新生儿正常下尿路功能的定义目前还没有统一标准，1998年世界儿童尿控协会依据下尿路尿动力学检查结果进行分类，主要根据两个主要方面进行分类，见表15-1。

表15-1 小儿膀胱功能障碍尿动力学分类

储尿期	逼尿肌功能	膀胱活动性	稳定，过度活跃 过度活跃是指以期象型逼尿肌无抑制收缩为特征，可自发也可由刺激如体位改变，咳嗽，散步，跳跃等触发。 神经源性逼尿肌过度活跃被定义为逼尿肌过度活跃是由神经控制机制障碍引起的，临床有确切相关神经系统受损害的证据
		膀胱感觉	正常，增高，降低，却失
		膀胱容量	正常，增高，降低
		膀胱顺应性	正常，增高，降低
	尿道功能		正常，不完全
排尿期	逼尿肌功能		增强、正常、活动低下和逼尿肌无收缩 活动低下定义为逼尿肌收缩不够高和(或)不能持续以至于影响到在正常时间内的膀胱排空
	尿道功能		正常/逼尿肌括约肌协调、过度活跃/逼尿肌括约肌不协调，无活动性 过度活跃(逼尿肌括约肌不协调)定义为逼尿肌收缩同时伴有尿道和(或)盆底横纹肌不随意收缩，可伴有尿流的中断

最后综合充盈期和排尿期进行诊断。Schulman等在对188例脊膜膨出患儿从出生开始的一系列回顾性尿动力学研究中报道逼尿肌过度活动，无收缩，正常各占55%、38%、7%。外括约肌活动性过度活动，无活动性，正常各占59%、34%、7%。Michel A等对151例高位脊膜膨出新生儿患儿尿动力学研究发现，有50%以上患儿可保留骶髓功能，表现为存在尿道括约肌活动性和膀胱反射的能力，是否保留骶髓功能与病变位置水平高低无关。Palmer LS等对20例无泌尿系症状TCS患儿进行外科松解治疗，术前全部患儿都存在尿动力学检查异常，术后75%患儿尿动力学参数有所改善。这些研究提示仅依据NBSD患儿神经病变水平与外周神经系统检查以及泌尿系症状不能准确反映患儿膀胱括约肌功能障碍特点。VanGool在1976—1994年对188例MMC患儿进行随访，发现它们虽然膀胱顺应性、最大膀胱压测定容量、尿流率可发生改变，但膀胱括约肌功能障碍类型保持不变。Tarcan T对204例MMC新生儿中25例外科修复术后尿动力学检查正常患儿进行随访，发现有32%患儿会因脊髓粘连导致继发脊髓拴系综合征，导致膀胱括约肌功能障碍发生改变。这些研究提示患儿膀胱括约肌功能障碍类型一旦发生改变，应认

识到发生了继发性神经损害。对 NBSD 患儿进行一次尿动力学评估仅为整个疾病过程中某一阶段表现,只有长期随访和不断评估才能准确掌握患儿膀胱括约肌功能特点。其夜间睡眠状态下进行尿动力学检测更能准确预测逼尿肌括约肌的功能状态。小儿 NBSD 患儿多同时伴有肠道功能异常如不同程度的排便困难或失禁,在关注膀胱异常同时,也应关注肠道功能障碍。

近年来随着联合监测膀胱内压、腹压、盆底肌电图、尿流率、影像学和动态尿动力学仪的出现,对 NBSD 患儿可进行更准确的诊断,尤其是可以更准确地了解膀胱充盈期逼尿肌稳定性和排尿期逼尿肌和尿道外括约肌之间的协同性。这有益于准确描述小儿神经源性膀胱功能障碍类型,并通过小儿尿动力学检查,有选择的应用尿动力学参数可以预测上尿路损害,有效降低 NBSD 患儿并发症的发病率和死亡率,也为临床医生提供了重要的预后线索和更好的随访研究。

不同病因及不同病变时间,NBSD 病理生理变化也不同,早期可出现各种膀胱功能异常的表现。病变晚期,长期的逼尿肌-外括约肌协同失调(DSD)和膀胱高压,使膀胱肌肉肥厚和小梁形成,纤维组织增生,膀胱输尿管反流,上尿路扩张和肾损害。继发于 NBSD 的膀胱输尿管反流,后果较原发性的反流要严重得多。NBSD 患儿的尿失禁可因括约肌部分或者完全去神经化,膀胱高反射和膀胱顺应性降低,慢性尿潴留引起也可以是以上原因的共同作用。因为部分支配膀胱尿道的神经同时支配直肠或肛门的括约肌,NBSD 患儿除了排尿异常多同时存在排便异常,表现为便秘或者大便失禁。

三、临 床 表 现

新生儿 NBSD 的临床表现主要是排尿异常,但其症状的严重程度因病因,神经损害程度,病变时间的不同大为不同,排尿异常可非常轻微,也可表现为严重的排尿功能障碍同时伴上尿路损害。

1. 临床症状

(1)排尿异常:①尿频。②尿失禁:多见混合性尿失禁和压力性尿失禁,但伴有尿潴留者多表现为充盈性尿失禁。③尿潴留的表现:主要表现为排尿困难、费力、尿线无力等。

(2)反复泌尿系感染。

(3)排便异常:患儿可有不同程度的便秘或者大便失禁,特点是便秘和大便失禁同时存在。

2. 体征

(1)湿裤及肛门污粪。

(2)耻骨上包块:膀胱排空障碍患儿多因尿潴留形成耻骨上包块,导尿后包块可消失。

(3)腰骶部包块、皮肤异常或者手术瘢痕:如脊髓脊膜膨出患儿表现为腰骶部的囊性包块。因腰骶部神经管异常而手术治疗的患儿可见手术瘢痕。

(4)骶髓反射,肛门外括约肌张力和会阴部皮肤感觉异常:NBSD 患儿可表现为骶反射和肛门外括约肌张力亢进(上运动神经元病变),减退(部分下运动神经元病变)或丧失(完全下运动神经元病变)。通过直接搔抓肛门附近色素沉着区域的皮肤病观察肛门周围肌肉的发射性收缩可检查肛门皮肤反射。

(5)神经病变体征:新生儿 NBSD 常见的神经病变体征包括脊柱畸形,异常骶髓反射。如对于脊髓发育不良的患儿常见局部体征有腰骶部包块、多毛、皮肤小凹、色素沉着、皮毛窦、双臀不对称性和臀裂倾斜。

(6)下肢畸形或功能障碍:下肢或者足部的畸形,双下肢不对称,出现相应的去神经改变。

四、辅 助 检 查

1. 实验室检查　诊断或者可以诊断为 NBSD 的患儿均应行血,尿常规检查,包括肾功能和血电解质检查,尿细菌培养和药敏试验。以便确定泌尿系感染的存在并指导应用抗生素。血液生化检查可发现反流性肾病及肾功能的损害程度。

2. 超声检查　可发现肾积水的存在及严重程度。检测膀胱容量,残余尿量,尿道内口的开闭状态及膀胱厚度等。胎儿,新生儿棘突椎板未完全骨化,脊椎裂时可提供超声探测窗,超声能清楚显示胎儿及新生儿脊柱各个区域的结构,是新生儿脊髓拴系早期首选的检查方法。

3. X 线检查　脊柱 X 线检查能发现脊椎畸形,如脊柱侧弯和腰骶椎裂。IVU 能显示双侧肾的形态和功能。确诊是否存在上尿路扩张和畸形。膀胱尿道造影能够显示膀胱与尿道的形态,并能观察膀胱的充盈和排空情况,清晰显示膀胱输尿管反流的程度。"圣诞树"样改变是严重NBSD 患儿的特征性膀胱形态。

4. 放射性核素扫描　可用以评价肾功能。

5. CT 和 MRI 检查　脊柱和头颅的 MRI 和 CT 检查能清晰显示中枢神经系统的病变,如脊柱和脊髓的损伤程度,脊髓发育的情况,脊髓圆锥下移的程度。能清晰显示软化灶或者空洞,脊膜膨出和脊髓脊膜膨出,椎管内脂肪瘤,脊髓纵裂,终丝或者圆锥粘连。

6. 尿动力学检查　尿动力学检查可准确反映 NBSD 患儿的膀胱尿道功能障碍类型及严重程度,同时能预测上尿路损害,也是评估手术疗效和术后随访的重要依据。新生儿尿动力学检查主要包括:膀胱压力(肌电)测定、尿道压力测定、尿道外括约肌肌电测定等,检查方法有常规尿流动力学检查、影像尿流动力学检查以及动态尿流动力学检查等。尿动力学检查是膀胱功能评价的金指标,能为临床提供重要的诊断资料。对于新生儿尿流动力学检查,还应考虑到其下尿路神经支配的发育程度,以防止得出片面的结论,同时需要注意应用各种检查方法的指征,要针对病情及患儿发育情况采用不同的尿动力学检查手段。将尿流动力学结果与病史、体格检查以及影像学发现进行综合评估,才能对神经源性膀胱患儿做出个体化的全面诊断,从而达到为治疗提供合理指导的目的。

尿动力学检查对怀疑神经源性下尿路功能障碍进行评估的主要目的是确定神经源性疾病对整个泌尿道产生的影响,以便采取相应治疗措施缓解症状和预防上、下尿路损害。Wein 分类法对神经源性排尿功能障碍进行了有效的功能分类,为各种诊断及治疗方法提供了依据。这种简明又实用的分类系统成为尿动力学检查的诊断标准。这种功能分类系统建立在下尿路两项基本功能的概念上,即低压状态足够的储尿量和膀胱能够自主完全排空尿液。膀胱及膀胱出口(膀胱颈、尿道、外括约肌)具有固有的协调功能是正常储尿、排尿的基础。因此,将神经源性下尿路功能障碍分为储尿障碍、排尿障碍或储尿合并排尿障碍。膀胱功能障碍、膀胱出口功能障碍或二者合并功能障碍可能是导致神经源性下尿路功能障碍的原因。

症状轻重并不一定反映神经性膀胱尿路病变的严重程度。严重的尿路损害甚至可无临床症状。神经源性损害包括完全性和非完全性。因此,神经源性疾病引起的泌尿系症状并不都能被预测,因此,对神经源性排尿功能障碍患儿进行全面的神经评估非常重要。无论显著神经源性神经源性下尿路功能障碍患儿还是疑似病例均应进行神经方面的检查。患儿需要多久进行一次泌尿系复查也存在较大争议。一般每年至少复查 1 次,并且如果神经方面或 LUT 症状或体征显著变化,则需进行全面检查。

在尿动力学检查之前必须全面了解患儿病史并进行体格检查。疑似神经源性下尿路功能障碍患儿的首次评估包括患儿一般健康状况及神经源性疾病病史。即使患儿没有神经方面的病史（隐性神经源性疾病），也要仔细和直接询问更多关于神经方面的情况。由于新生尿量少和不能配合尿流率（uroflowmetry）检查无法进行。但是，排尿后残余尿（residual urine）的测定有时可以提供膀胱排尿功能信息。需要注意正常新生儿经常有残余尿，但是反复测量可以发现 4h 内膀胱至少可以排空 1 次。

影像尿动力学检查或尿动力学检查时同步影像监测是评估神经源性神经源性下尿路功能障碍最广泛也最精确的方法。其可以在充盈和储尿过程中观察膀胱输尿管反流及发生反流时的压力变化。排尿阶段，在高压/低流量状态下，影像尿动力学检查可以精确确定梗阻部位。它也可以为排尿时括约肌活动提供很好的检测方法，尤其在 EMG 检查效果不佳或不能明确诊断的情况下。新生儿影像尿动力学检查文献已有报道。

五、诊断及鉴别诊断

小儿神经源性膀胱的病因主要是先天性的，大多数可于出生后早期发现，后天获得性者也可通过病史得出结论。依据症状、体征、影像学和尿动力学检查诊断新生儿 NBSD 并不困难。NBSD 的诊断包括三部分：①明确引起排尿功能障碍的神经病变及类型。②明确膀胱功能障碍的类型及特点。③了解上尿路损害的程度和尿失禁的严重程度。以上诊断需要通过详细的病史询问和体格检查、完善的实验室检查和影像学检查以及一些必要的特殊检查来完成。鉴别诊断方面，须与普通尿路感染和尿液反流进行区分，前者病史中可查出诱因，感染易于控制，不会反复发作；后者可通过影像学和尿流动力学检查予以鉴别。

影像学检查可为泌尿系解剖学和形态学改变提供信息，内镜可提供如黏膜外观、尿道是否狭窄等信息。尿流动力学是唯一可评估泌尿道功能的诊断工具。尿流动力学不能替代其他检查手段，但是对其他检查方法的补充，它在决定治疗方法及随访（Follow-up）中有重要作用。已明确神经病学诊断的患儿应立即做尿流动力学评估，以及其他的诊断性检查如尿培养，上泌尿路超声和尿流率等。

肾超声检查结合腹部平片对上尿道的检查可替代静脉肾盂造影（intravenous pyelography，IVP）。彩色多普勒超声对检测膀胱尿道的逆流可以最终取代逆行膀胱造影。然而，若患儿病情有改变，应立即做肾超声和尿流动力学的检查。尿流动力学是神经源性膀胱功能障碍诊断和治疗的基础。膀胱充盈期或储尿期〔膀胱顺应性降低和（或）逼尿肌持续收缩〕出现高逼尿肌压力和排尿期逼尿肌外括约肌功能协同失调是需要特别注意的重要参数。多功能、多频道尿流动力学评估可发现这些情况，恰当的治疗手段最终要将膀胱从高压状态转化成低压状态。

在所有成年人神经源性膀胱患儿初次检查中，膀胱内镜检查是必须进行的。新生儿神经性膀胱由于条件的限制内镜检查并不常用。膀胱镜可以明确是否有解剖学上尿道的闭塞（occlusion）。尿道闭塞是指尿道口径有或多或少的显著改变，如纤维变性的狭窄，内镜可诊断。梗阻（obstruction）是一动力学概念，从流体力学来说是指高压-低流的关系，尿动力学可诊断。不管是男性还是女性患儿，膀胱壁小梁形成提示膀胱过度活动，而不是出口梗阻。

六、治　　疗

1. NBSD 的治疗目的　新生儿 NBSD 的治疗目的是降低储尿期和排尿期的膀胱内压力，保护肾功能，其次是尽可能的使膀胱在低压和足够容量的条件下具备控尿和有效排空的功能，改善排尿症状，提高生活质量。

2. NBSD 的治疗原则

(1)治疗原发病:原发性神经疾病能够治愈或者恢复者,应首先治疗原发病,如脊髓脊膜膨出,脊髓拴系等,膀胱功能在原发病的治愈后可恢复。

(2)根据尿动力学分类对症治疗:依据患儿膀胱括约肌功能障碍类型进行针对性的治疗。同时无论有无泌尿系症状,尿动力学检查结果异常程度,都应对 NBSD 长期进行神经系统评估和尿动力学监测,准确了解患儿膀胱括约肌功能状态,才能有效防止上尿路损害。为了保护肾,过去常进行上尿路尿液转流,因长期结果不佳现已很少应用。对于低膀胱压无反流的新生儿可进行随访观察,做肾超声检查以发现肾积水、膀胱核素显像以便早期发现反流。偶尔需静脉肾盂造影。泌尿系反复感染者需长期预防性应用抗生素。脊髓脊膜膨出手术后 6 个月,应常规重复尿流动力学检查以早期发现术后出现的神经损害。由于脊髓拴系张力或发生继发性中枢神经病变、脊髓脊膜膨出患儿的神经损害可随时间的变化而变化。

(3)处理反流和降低膀胱压力:如出现反流或膀胱压升高(提示发生反流的高危因子)。预防性抗生素应用、间歇性导尿,以及应用抗胆碱药,近 50% 无输尿管扩张反流,Ⅰ度和Ⅱ度反流的患儿可以自愈。对有严重反流者需手术矫治。术后间歇导尿和应用抗胆碱药。新生儿和小婴儿不能间歇导尿时,尿道病变妨碍插管者、或不能耐受抗胆碱药者可行暂时性皮肤膀胱造口术以达到暂时有效的为膀胱减压。

(4)治疗应个体化:在治疗原发病的同时,结合临床症状,神经系统和影像学检查,综合小儿尿动力学检查结果,对小儿 NBSD 进行分类。根据不同分类情况进行针对性治疗。如膀胱容积和顺应性正常而尿道阻力低,可利用人工括约肌。若膀胱容量减小同时顺应性降低,则需要行肠膀胱扩大或肠膀胱扩大术与其他增加输出道阻力的术式,再加上间歇导尿。

3. 非手术治疗方法

(1)药物治疗:①增加膀胱收缩力,促进副交感神经的药物。其他如 α 肾上腺素能拮抗药(α adrenergic antagonist)也有类似功能。②减少膀胱出口阻力的药物,例如 phenoxybenzamine、prazosin、terazosin、alfuzosin 等对平滑括约肌有效。Valium、baclofen、dantrolene sodium 等对横纹括约肌的放松有帮助。Botulinum A toxin 直接注射也可麻痹括约肌。但是上两类药物在新生儿中的使用效果未有明确报道。③减低膀胱收缩的药物:奥昔布宁(Oxybutynin)(又称尿多灵,羟丁宁),是最常用的抗胆碱药,每次 0.1~0.2mg/kg。药物疗法安全,国外研究甚至应用于新生儿。目前一种新的缓释剂正在临床推广,每天仅用 1 次,而且不良反应更少,效果令人满意。此外,该药可以用于膀胱内灌注。另外东莨菪碱(654-2)也可使用。托特罗定(Tolterodine)、曲司氯铵(Trospium)、索利那新(Solifenacin)等尚无新生儿用药经验,不推荐新生儿使用。其他种类药物如丙米嗪(imipramine)等也有临床应用价值。④增加膀胱出口阻力的药物:兴奋交感神经,例如 ephedrine 等,效果也并不很确定。总之,新生儿用药要慎重,可选择的药物较少,应严格掌握适应证和剂量。

(2)康复治疗(行为治疗):指通过患儿的主观意识活动或功能锻炼来改善储、排尿功能,从而达到恢复正常的下尿路功能或减少下尿路功能障碍对机体影响的目的。因为需要患儿的主观配合,对新生儿来讲,Kegel 运动和膀胱训练难以实施。膀胱训练成功指标即为平衡膀胱,主要的方法包括盆底肌训练、膀胱训练、扳机点排尿、Crede 手法、导尿术、生物反馈治疗、电刺激治疗和功能性磁刺激等。Kegel 运动(盆底肌训练)主要用以治疗压力性尿失禁,即通过反复主动收缩和松弛包括尿道括约肌在内的泌尿生殖器周围的骨盆横纹肌收缩盆底肌达到治疗目的。

①膀胱训练:通过延迟排尿或定时排尿来训练膀胱。前者适用于尿频、尿急、尿失禁或有逼

尿肌不稳定,膀胱尿意容量小,但膀胱实际容量正常(如麻醉后膀胱容量正常),无明确的器质性下尿路功能障碍(如膀胱出口梗阻等)。对有严重低顺应性膀胱、器质性膀胱容量减少即有明确的器质性下尿路功能障碍者禁用。后者适应于膀胱感觉功能障碍,膀胱尿意容量巨大,严重的低顺应性膀胱,尤其是伴有膀胱感觉功能受损害患儿。低顺应性膀胱者应根据膀胱测压结果,以逼尿肌压力<40cmH$_2$O 时膀胱容量作为排尿量参考值,制定排尿时间,并定期随访膀胱压力变化,调整排尿间隔时间;对有残余尿或有输尿管反流者可在第 1 次排尿间隔数分钟后做第 2 次排尿。新生儿可以按压下腹部帮助排尿。

②扳机点排尿:骶上神经病变等引起的排尿困难,可使用诱发膀胱逼尿肌收缩的方法,这种方法是通过反复挤捏阴茎、牵拉阴毛、耻骨上区持续有节律的轻敲、指检肛门刺激等对腰骶皮肤神经节段施以刺激,以诱发逼尿肌收缩,尿道外括约肌松弛,这种反射有时足以排空膀胱,但有时还需药物或手术方法降低膀胱出口阻力才能排空膀胱。

Crede 手法指用手按压下腹部向耻骨后下方挤压膀胱协助排尿。腹压排尿指收缩腹肌并同时憋气,使腹压升高压迫膀胱,促使排尿。Crede 手法和腹压排尿同时进行,效果更好。适用于逼尿肌无反射和无膀胱输尿管反流的 NBSD 患儿。

③自家清洁间歇导尿(clean intermittent catheterization,CIC):神经源性膀胱活动低下主要包括逼尿肌活动低下和逼尿肌无收缩,可导致患儿出现排空障碍,需行尿液引流,间断排空膀胱,防止神经源性膀胱并发症。国际尿控协会(ICS)推荐的引流效果顺序是:自家清洁间歇导尿(clean intermittent catheterization,CIC)>留置导尿潮式引流膀胱>留置导尿>耻骨上膀胱造瘘。目前 CIC 是公认的最科学简便的排空膀胱的方法。CIC 治疗前提是患儿尿道控尿机制正常,下尿路无梗阻,可顺利插管。常需要临床医生教会患儿或其家属正确地导尿操作。清洁定义指所用导管只需清洗干净,插管前洗净双手即可。要求每次引流尿量≤400ml,保持逼尿肌压力<40cmH$_2$O 或在影像学提示出现反流时的容量(安全容量)之前进行导尿。多数学者认为高逼尿肌基础压力或高漏尿点压以及逼尿肌括约肌协同失调和高压排尿时均应早期进行 CIC 和抗胆碱能药物治疗。对于存在反流患儿 CIC 可降低膀胱内压,抗胆碱药物治疗可降低基础压力,增加顺应性。有报道治疗 2~3 年后 30%~50%患儿会缓解。同时,CIC 的顺利实施使得患儿将来有更大的机会回归社会。

研究发现婴儿期即开始 CIC 和抗胆碱能药物治疗具有很多优点:父母和患儿接受常规 CIC 较儿童长大后更容易;有助于膀胱保持良好的顺应性,并随着年龄增长而增加,以及保持适度的膀胱壁厚度;肾积水和反流发生<10%;不需要额外处理 50%以上儿童即可获得控尿;相对未进行 CIC 患儿,需要手术治疗风险从 60%降至 16%。

④生物反馈治疗(biofeedback):指将患儿不能直接感知的生物信号通过特定的仪器转化成能直接感知的信号,如视觉或听觉信号,以帮助建立相应的反应,从而达到治疗目的。它包括盆底肌肉生物反馈治疗和膀胱生物反馈治疗。膀胱生物反馈指通过向患儿发出膀胱内压力变化的信号,提示何时进行盆底肌收缩,通过这种强化训练,建立起条件反射。可用于治疗急迫性尿失禁。

⑤电刺激治疗(electronic stimulation):按照电刺激方式可分为置入性电极和非置入性电极电刺激。置入性电极一般置于神经根处或皮下,优点是直接作用于靶器官。康复训练多采用非置入性电极,直接刺激外周效应器器官,操作简便。盆底肌和尿道外括约肌电刺激除了产生加强尿控作用外还可以调节阴部神经的传入纤维,抑制逼尿肌收缩,改善膀胱储尿期功能。非置入性电极可分为表面电极和腔内电极(阴道电极)。对神经源性尿失禁,有专为盆底肌锻炼设计的电刺激程序,每周 3 次,每次 60min,治疗 12 周为 1 个疗程,可取得满意临床疗效。

⑥功能性磁刺激(functional magnetic stimulation)：根据法拉第原理利用一定强度时变磁场刺激兴奋组织，使组织内产生感应电流。磁刺激可用来刺激周围神经和大脑皮质，治疗各种神经源性尿失禁。因疗效尚不完全明确，现在并没有普及应用。

(3)不同类型 NBSD 非手术治疗的选择

①逼尿肌过度活动合并括约肌痉挛：可用抗胆碱能药物、CIC、生物反馈治疗、电刺激治疗和康复治疗等。

②逼尿肌过度活动合并括约肌无收缩：可用抗胆碱能药物、盆底肌电刺激治疗和排尿控制康复训练等。

③逼尿肌无收缩合并括约肌无收缩：可选择 Crede 手法或腹压排尿、CIC 排空膀胱、生物反馈治疗、电刺激治疗和康复治疗等。

④逼尿肌无收缩合并括约肌痉挛：Crede 手法或腹压排尿 CIC 生物反馈治疗电刺激治疗康复治疗电刺激治疗和康复治疗。

4. 手术治疗　外科手术治疗主要用于初次就诊原发神经损害未进行修复的患儿和非手术治疗无效的神经源性膀胱病例。其适应证是低顺应性膀胱、高逼尿肌漏尿点压、小容量膀胱以及 DSD，均为上尿路扩张危险因素；压力性尿失禁或因残余尿所致的反复尿路感染等亦需手术治疗。手术的目的是改善膀胱顺应性，增加膀胱容量，降低逼尿肌漏尿点压，消除上尿路扩张危险因素，以及增加或降低膀胱出口阻力，改善下尿路症状。目前常用的手术方式主要有原发性神经病变治疗和膀胱尿道功能障碍的治疗。

(1)原发神经病变的治疗：原发神经疾病可治愈或能恢复者，首先针对原发病进行治疗，膀胱尿道功能随着原发病的治愈而恢复。对于脊柱裂患儿原发性神经外科修复手术时间，部分学者认为若出现任何上运动神经元损伤的症状或原有的症状加重如进行性运动感觉功能障碍、膀胱功能障碍加重等，应立即行解栓术。尿动力学异常常发生在明显的神经症状之前，因而连续的尿动力学监测可帮助判断手术时机。然而，部分学者越来越倾向于早期甚至新生儿时即行手术修复。出生后第 1 天修复脊髓病变是改善下尿路功能的最佳时机。目前在西方国家，MMC 患儿神经外科修复闭合多在 48h 内进行。然而，在多数其他国家因手术条件设备和经验等问题使得该类患儿神经外科修复闭合时间存在较大差异。同时，在胎儿期进行微创外科修复也是一种可供选择的治疗方法。原发性神经外科修复手术疗效 2000 年以前报道疗效较差，2000 年以后报道均较好，但差别较大，有效率为 20%～50%，恶化率为 9%～40%，术后继发性脊髓拴系综合征(TCS)发生率为 3%～32%。对于原发性神经外科修复术后继发性 TCS 开始发生的时间，目前多主张 2～3 岁时进行评估。同时即使术后尿动力学评估正常，也存在继发于 TCS 的神经泌尿损害的风险，尤其是在最初 6 年，应进行严密尿动力学随访。原发性 TCS，目前多未发现任何因素可以预测手术后疗效，虽然多数患儿出现改善，仍 10%～66% 患儿出现恶化。继发性 TCS 目前研究多主张 7 岁前手术，手术疗效差别较大，改善率在 20%～60%，恶化率 20%～50%。近年来提出隐性脊髓拴系综合征概念，为 MRI 影像示圆锥位置正常，终丝也无异常但存在膀胱尿道障碍。目前对隐性 TCS 进行切断终丝治疗，部分术后尿动力学参数可出现改善，但其疗效仍需要进一步的研究。

(2)膀胱尿道功能障碍的手术治疗：纠正膀胱出口梗阻的手术。适用于逼尿肌乏力或无收缩，膀胱容量大，尿道高压或痉挛，有尿潴留或大量残余尿的患儿。手术方式为经尿道外括约肌切断术，膀胱颈及后尿道成形术。从而有效降低逼尿肌漏尿点压，稳定或解除输尿管反流。

①增加膀胱出口阻力的手术：适用于括约肌无收缩或尿道括约肌切开后形成尿失禁。对于

合并逼尿肌过度活动、膀胱挛缩、严重的膀胱输尿管反流导致尿失禁、或尿道合并梗阻时均为禁忌。手术方法有 Young-Dees-Leadbetter、Kropp 等膀胱颈重建等方法。人工尿道括约肌和 TVT 手术能在较大儿童也有报道。近年也有研究应用填充剂尿道周围注射增加膀胱出口阻力的治疗方法。像胶原，聚四氟乙烯树脂，还有最近的右旋糖酐树脂酸聚合物等这样的填充剂能够从膀胱颈黏膜下层注入，从而促进黏膜对合来保持控尿能力。

②尿流改道术：适用于膀胱残余尿多、长期存在不可逆上尿路损害、难治性压力性尿失禁。手术方式有回肠或结肠可控性膀胱手术、膀胱造口术等。常用的有阑尾输出道的 Mitrofanoff 法及用短段回肠成形输出道的 Monti 术式（膀胱"VQZ"造口术）。该方法需要在膀胱和腹壁下部之间形成通道，使尿液能够顺利而无梗阻地排出。其并发症包括膀胱黏膜脱出，造瘘口狭窄，造瘘口外翻，结石，造瘘口缘皮炎。膀胱前壁的造瘘能够使膀胱后壁脱出，但可以通过使用膀胱后壁前移到脐尿管处进行造瘘使其发病率降至最低。

③加强逼尿肌收缩力的手术：适用于尿道控尿机制正常、逼尿肌收缩乏力并大量残余尿的患儿。合并有膀胱输尿管反流视为禁忌。手术方式有乙状结肠包膀胱术、膀胱腹直肌间置术、功能性背阔肌游离肌瓣包膀胱术等。

④膀胱扩大术：适用于膀胱安全容量过小，逼尿肌反射亢进，经非手术治疗无效者。手术目的是改善膀胱的顺应性，增加膀胱的安全容量，保护肾功能。手术方式有膀胱自扩大、回肠或结肠膀胱扩大术和回肠肠浆肌层膀胱扩大术等。膀胱扩大时若合并膀胱输尿管反流，应行抗反流的输尿管膀胱再植术。术后应配合 CIC 治疗。

⑤神经刺激及神经调节：刺激 $T_{10} \sim L_2$ 水平腹下丛神经可松弛逼尿肌，使内括约肌收缩，抑制排尿。骶神经根 $S_2 \sim S_4$ 具有体神经和自主神经双重支配下尿路。自主神经纤维下降形成盆丛，主要支配膀胱（主要为 S_3），前根刺激可致逼尿肌收缩。体神经形成阴部神经（主要为 S_2），直接刺激可致外括约肌及盆底肌收缩。基于上述神经解剖，置入神经刺激装置，选择性进行神经刺激及神经调节，可以抑制逼尿肌收缩和增强括约肌关闭功能，治疗神经源性逼尿肌过度活动；还可以诱发逼尿肌收缩改善膀胱排尿功能。近期有效率 30%～50%。但因缺乏远期疗效观察，设备昂贵，手术操作复杂，很难临床推广应用。

（3）NBSD 终末阶段治疗：NBSD 终末阶段膀胱括约肌主要表现为无活动性，其主要死亡原因为上尿路损害导致的肾衰竭，仅脊髓脊膜膨出患儿出现肾功能损害就达 30%～40%。其出现进行性肾衰竭的原因除了膀胱括约肌功能障碍引起的 VUR 外还包括反复的 UTI 和继发性肾结石。预防性应用抗生素对于防止发生 UTI，避免诱发急性肾衰竭，阻止残存的肾单位进一步减少非常有意义，但抗生素的选择应考虑残存肾功能。肾衰竭的 NBSD 患儿终末阶段需要进行透析和肾移植。

目前，新生儿神经源性膀胱功能障碍的治疗已取得了众多大的进展。但是，目前没有一种方法是完美的。成功需要依赖综合的治疗方案，而不简单是好的外科手术治疗的效果。新生儿 NBSD 治疗原发疾病同时应依据膀胱括约肌功能障碍类型，以降低储尿期和排尿期膀胱内压力防治上尿路损害为治疗目的，治疗措施有进行 CIC 和（或）口服药物治疗，有选择地应用膀胱内灌注药物，生物反馈或骶神经刺激等治疗方法。非手术治疗失败时选用外科治疗，肾衰竭末期进行肾移植。此外，尿失禁的治疗必须个体化。这些治疗显著降低了 NBSD 患儿死亡率。早期诊断和依据膀胱括约肌功能障碍类型进行针对性治疗是预防上尿路损害，获得良好疗效的关键，而神经系统和尿动力学监测是早期诊断和科学治疗的前提。

（文建国）

第十四节 胎儿及新生儿膀胱功能评估

随着尿动力学的研究进展,许多以前不熟悉的胎儿及新生儿排尿异常情况可以靠尿动力学检查诊断出来。但是,由于正常胎儿及新生儿排尿方式和各种排尿异常的知识尚未普及,及新的评估方法报道不多,临床对正常胎儿及新生儿膀胱功能定义及诊断标准仍存在争议。本章对胎儿及新生儿膀胱功能发育及尿动力学检查方面进行综述,为临床提供参考。

一、膀胱功能评估的发展历史

20世纪中期,儿童膀胱功能研究才开始受到重视。近几年,尿动力学检查逐渐用于评估胎儿及新生儿膀胱功能。

根据膀胱功能研究的进展,新生儿膀胱功能的定义被不断修订。传统观念认为新生儿期的膀胱功能不受大脑控制,而是当膀胱充盈到一定容量时自发引起排尿,是简单的脊髓反射。但是,新生儿排尿量变化较大(每次排尿量不均衡),这似乎与新生儿排尿反射是由膀胱容量达到一定限度所引起的简单的脊髓反射理论相违背。近年研究显示,从婴儿出生大脑就开始影响排尿反射,这与大多数新生儿排尿前醒来或表现出觉醒征象得到很好的印证,而安静睡眠状态时很少发生排尿。提示此年龄组小儿解剖学上连接大脑皮质的反射通路已经建立。一般认为新生儿排尿既非有意识的也不是随意的,即婴儿仅受到一定程度的信号影响。因此,要达到有意识的自主排尿还需婴幼儿不断地发育成熟和进行排尿训练。

1938年,Werherimer就意识到这一点,1973年Duche也报道了类似结果。然而,这种现象并未被广泛接受,直至Yeung等的研究报道。Yeung等用多导睡眠图描记显示新生儿52%排尿时可以从睡眠中清醒,34%有肢体运动等,几乎均有心率或呼吸的变化。另一个证据是新生儿排尿时若受到干扰,则会立即停止,证明大脑参与了排尿的调节。作者最近观察了30多例足月儿和10多例早产儿排尿情况,亦发现许多睡眠中的新生儿清醒或肢体活动后才排尿,提示大脑影响了排尿反射,早产儿排尿前有觉醒和肢体运动等发生率明显减少。Zotter等最近做了一项关于早产儿的研究,发现排尿时并无心率和呼吸频率或心电图的变化,提示发育成熟的新生儿更多地参与了膀胱功能的调节。

二、尿动力学检查的应用

1959年首次对新生儿及儿童正常和病理性膀胱功能进行尿动力学研究发现,10%的7岁儿童患有非神经源性膀胱/括约肌功能紊乱。之后认识到膀胱功能障碍不仅在尿失禁中起主要作用,与膀胱输尿管反流(vesicoureteral reflux,VUR)和尿路感染的发生也有关系。20世纪60年代末明确了脊髓脊膜膨出患儿出现明显VUR是由于膀胱排空不充分和存在残余尿造成的。

1岁以下的婴幼儿由于其年龄太小,还不会对检查操作过程感到惧怕,因此,出现问题较少。最常出现问题的是2~4岁的儿童,其对检查已能感到恐慌,但还不能理解检查的目的。

(一)B超评估胎儿膀胱功能

尿动力学评估虽较超声更为准确,但存在创伤性,在胎儿期技术操作困难较大难以实现。目前,超声检查为胎儿期评估膀胱功能的主要方法。其目的是早期发现异常,判断疾病的类型及严重程度,并为临床医生做出宫内处理、随访或适时终止妊娠提供依据。

B超显示膀胱早期由管状渐发育成囊状,孕15周时,B超可显示膀胱充盈少量尿液,测量误差大。胎尿及膀胱容量随着孕周逐渐增加。孕 20 周时产尿速度为 5ml/h,膀胱容量为 1ml,0.5～1ml/kg,胎儿开始排尿。40 周时产尿速度为 51ml/h,膀胱容量 36～54ml,6ml/kg。孕 28 周时可测出胎儿膀胱间断排尿约 1/30min,提示膀胱已发育为储尿器官;孕 40 周时约 1/h,膀胱排控平均持续 9.5s。

膀胱容量与胎龄和肾体积呈正比,已经成为评价胎儿发育的新指标。胎儿膀胱排空频率随着孕周增加而降低。当膀胱胀大并连续观察不排空时,可考虑尿道梗阻或神经源性膀胱。B 超可了解有无肾输尿管扩张积水、膀胱壁厚度、残余尿量和膀胱颈口开放情况等。如巨膀胱,胎儿每 1～5h 排尿 1 次,如发现膀胱过大(膀胱纵径>10cm),应隔一段时间再复查。有报道膀胱及尿道括约肌不协调收缩引起非解剖学异常的膀胱增大,所以诊断此类疾病应仔细斟酌。研究发现 75% 的胎儿不能完全排空膀胱,残余尿量最高可达膀胱容量的 65%。脊柱裂胎儿:在无解剖性膀胱出口梗阻前提下出现的残余尿量多大于膀胱容量 75%,膀胱排空延迟;排空持续时间相对于正常胎儿多超过 1～2s;部分表现括约肌阻力显著降低,持续尿液漏出而无膀胱充盈。梅腹综合征和后尿道瓣膜胎儿:膀胱排空效率更差。

(二)残余尿测定

新生儿排尿后残余尿的有关研究报道不多。常用超声检测新生儿残余尿量,但是需要重复多次测定方可获得正确结果。早产儿及婴幼儿可通过 4h 超声观察检测排尿能力。有研究显示新生儿期及 1 岁以内的婴幼儿每次排尿常不能完全排空膀胱,如连续观察 4h,常发现有 1 次完全排空膀胱。相反,有学者研究显示大多数新生儿能彻底排空膀胱,排尿有效率 0.87%±0.17%,偶见残余尿>10ml。作者用影像膀胱测压方法记录了 14 例健康新生儿的尿动力学表现,为新生儿膀胱功能检测提供了参考。结果显示最大膀胱容量为 33ml±24ml,大多数新生儿能彻底排空膀胱,残余尿 1.2ml±0.8ml,0～50ml。

(三)尿流率

20 世纪 50 年代出现小儿尿流率测量报道。Williot 等把尿流率和 B 超测量排尿后残余尿相结合,并认为尿动力学分析与准确的膀胱残余尿测量相结合既简便,又可综合评价下尿路功能。这两个检查相结合的优点是无创、符合生理条件、可重复性强,并在小儿当中得到广泛应用。

新生儿尿量少,尿流率测定困难,方法少。最近有文献报道通过超声尿流探头评估男性新生儿尿流率。Lars Henning Olsen 等最近报道用特别制定的尿流超声探头与尿流计连接在一起,固定于 30 例男性新生儿的阴茎上(图 15-11),其发出的信号传至计算机,收集尿流率数据信号,尿流曲线通过装置最大尿流率和排尿量来估计。结果显示 23 例适合的样本,61 例尿流曲线形状中钟形占 57%,间断占 18%,staccato 尿流曲线占 8%,平台型占 5%,塔形占 3%,陡立圆顶占 8%,平均排尿量为 10.6ml,1.4～65.0ml,最大尿流率中位数是 2.3ml/s,0.5～11.9ml,发现 3 例新生儿排尿时处于觉醒状态。其他参数如尿流形态、排尿量、最大尿流率和清醒状态并没有显著相关性。约 30% 的婴幼儿尿流率曲线显示逼尿肌和盆底肌协同失调,表现为间断尿流率曲线、staccato 曲线和低平曲线。

尿流超声测定方法仅仅适用于男性新生儿,对于女性新生儿测定自由尿流率仍比较困难。

(四)排尿量

新生儿多用尿垫试验观察排尿量。一般采用 1h 测试或者更短时间的测试,排尿后将取下的尿垫称重获得排尿量。新生儿白天每次排尿量约为正常膀胱容量的 30%～100%。排尿次数和尿液膀胱容量密切相关,随着年龄增长尿液产生速度降低,但是 24h 总量却是增加的。4h 观察法测得胎龄 32 周早产儿产尿速度为 6ml/(kg·h)。该年龄组尿液的产出在 24h 内是恒定的,这

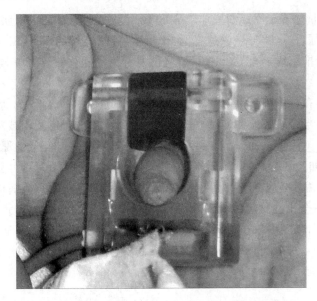

图 15-11　尿流计探头固定于新生儿阴茎以测得尿流率

是因为早产儿在白天和夜晚均为定时喂养。足月新生儿 24h 尿液产生速度相同,尿液产生速度 5ml/(kg·h),排尿平均 1/h,24h 内 20~24 次,每次尿量约 23ml。夜间只要不再喂养,排尿量就会下降,总排尿次数减少,因为在该年龄组尿液的产生和吸收直接相关。出生后即刻排尿量取决于母乳喂养是否建立。新生儿水合作用较成年人弱,产生尿量较少,另外一些其他的因素,使其最大尿流率和排尿量都比较小。

(五)膀胱最大容量测定

正常新生儿膀胱容量个体差异较大,尚未建立被广泛接受的根据年龄或体重预测新生儿膀胱容量的方法。膀胱最大容量测量方法可以通过超声测量膀胱的横截面和纵截面来计算,使用 3 个参数(长度、宽度、高度)或通过横断面和纵断面图像来计算膀胱体积,但是测量时必须把握好新生儿膀胱达到最大值的时机。可以通过分别测定排尿量和残余尿量,算出膀胱最大容量。采用该方法时,须在新生儿排尿后立即测定其残余尿量。还可采用尿动力学方法人工灌注膀胱测得膀胱最大容量,但其侵入性及无法获知新生儿下尿路感知功能等限制了该方法的应用。作者曾用尿动力学方法观察一组年龄<2.5 个月的新生儿,发现最大膀胱容量 8~108ml,平均 33ml±24ml,可见新生儿最大膀胱容量变化较大。在早产儿和足月儿(孕 32 周)4h 排尿自由排尿研究中显示出来,观察到膀胱容量从最大膀胱容量的 33% 到 100% 变化不等。这种变化的原因并不清楚,但是睡觉之后记录的排尿显示膀胱容量会增加。膀胱容量增长的第一阶段是在新生儿期,大概是出生时的 4 倍,而体重仅增长 3 倍。新生儿阶段,尿动力学检查测定的膀胱最大容量低于自由膀胱排尿测定的膀胱最大容量,而婴幼儿期之后测定结果正好相反。文献报道自由排尿试验发现孕 32 周早产儿,膀胱平均容量为 12ml,3 月龄足月儿平均膀胱容量为 52ml。可以以排尿日记记录尿量评估患儿预期膀胱容量,如通过两天排尿日记记录(即排尿频率体积表),选择其中最大排尿量即为最大膀胱容量。

(六)影像尿动力学检查

该方法应用电视监视下膀胱测压技术,同时记录外括约肌肌电图,以监测新生儿的排尿过程。膀胱测压已逐渐应用于诊断新生儿膀胱功能障碍,由于健康新生儿膀胱测压参数尚未完全建立,这使正确判断膀胱测压结果有一定难度。新生儿排尿期外括约肌异常收缩多数非常短暂,持续数秒甚至不足 1s,不用肌电图和 X 线电视监测排尿过程很难确定是括约肌异常收缩引起的逼尿肌压力异常升高。作者研究显示在没有逼尿肌-括约肌协同失调(detrusor-sphincter dyscoordination,DSD)的情况下新生儿最大逼尿肌排尿压与年长儿测定的最大逼尿肌排尿压相似。

膀胱测压同时 X 线监测膀胱尿道情况,可以增加尿动力学检查诊断准确性,例如观察出现 VUR 时测定膀胱内压。在许多中心影像膀胱测压成为神经源性膀胱患儿及其他患儿标准的尿动力学检查方法。

影像膀胱测压也有弊端,其操作复杂,需要额外特殊设备。即使准备充分,检查也存在很多困难。与成年人相比,胎儿及新生儿膀胱压力测定技术需要做很大调整,更加复杂。这种增加观察水平进行更复杂的检查是否正确已被质疑。目前,影像膀胱测压限制在临床研究(如先天性反流、后尿道瓣膜)及膀胱疑难问题患儿,膀胱压力测定结合影像检查的确可以帮助我们对这些疑难病例做出正确诊断。

三、尿动力学检查的适应证

疑似神经源性和非神经源性膀胱功能障碍或者膀胱出口梗阻患者,显著 VUR、周期性下尿路感染、尿流率/残余尿测定提示下尿路梗阻者均可进行尿动力学检查。神经源性膀胱患者更需经常做尿动力学检查。有报道非神经源性膀胱括约肌功能障碍是由控制膀胱的中枢神经系统成熟滞后(大多数是由基因决定的)造成的。国外对于新生儿期的脊髓拴系综合征患儿已经常规开展尿动力学检查。尿动力学检查能协助明确脊柱裂和拴系综合征下尿路症状的神经病学特征,并能在亚临床期发现膀胱神经源性损害,指导治疗。

四、尿动力学检查结果评估

胎儿及新生儿与成年人的参数标准值差别很大;其不断地生长发育,许多尿动力学参数,如膀胱容量等都随年龄、身高及体重的变化而不断变化。从胎儿期膀胱的期相收缩逐渐发育到小儿有意识控尿。正常新生儿已经具备周期性的储排尿功能。

(一)胎儿膀胱发育特点

膀胱发育早期为管状,几乎无储尿功能。Campbell 等曾经怀疑胎儿期间断排尿模式,他们通过超声评估膀胱的排尿过程。发现 35 周的胎儿为间断排尿模式,逐步排空膀胱。间断排尿模式多持续到新生儿。

目前认为孕早期,膀胱平滑肌的自发运动致尿液从膀胱排出体外,而非依赖神经调节支配;孕晚期,此过程由脊髓和脑干形成的原始反射通路协调完成。

(二)新生儿膀胱容量、残余尿及排尿次数及其相关影响因素

排尿开始时,膀胱容量可能是另一重要参数,从出生开始即受大脑皮质的影响,因为最近研究表明排尿反射开始时,从一次排尿到另一次排尿膀胱容量是多变的,这与早期膀胱容量恒定观点是相反的。

文献报道 1 岁内膀胱容量增加与年龄或体重并不呈线性相关,而是加速上升。和胎儿相比,刚出生的新生儿排尿频率迅速减少。尿量和排尿次数是影响膀胱容量发育的最重要因素。膀胱容量增加是小儿达到白天与夜晚控制排尿的先决条件。只有当建立良好的日间排尿控制后才能进一步达到夜间控制排尿。对于大部分排尿不同膀胱容量触发的排尿并不清楚。然而睡眠好像是影响膀胱容量的一个因素,有报道个体样本中在睡眠时膀胱充盈达到最大值。夜间膀胱容量的获得是膀胱容量增加的主要刺激因素,这与之前的白天控尿是夜间控尿的先决条件观点相反。

（三）排尿方式

新生儿期自由排尿特点是尿量小、频繁、每次尿量不一、常有残余尿。影像尿动力学研究显示正常新生儿可存在断奏或间断膀胱排尿方式，这也是新生儿排尿主要特点。间断排尿指 10min 内出现 2 次以上的排尿，排尿后常有一定的残余尿量，这种排尿方式并不影响膀胱排空。逼尿肌-括约肌协同失调是新生儿及婴幼儿排尿的特点，随年龄增长，该排尿方式逐渐消失。是新生儿期一种生理性不成熟的排尿模式。Sillen 等评估了正常新生儿和婴儿的膀胱功能，观察了这些小儿 4h 的自由排尿情况，然后对他们进行尿动力检查，发现正常新生儿排尿少，排尿频率高，每次尿量不等。研究的胎龄为 32 周的早产儿中约 60％可观察到该类型的排尿，在足月儿中约有 33％，随着发育而逐渐减低，直至排尿训练时完全消失。

该现象主要是因为 DSD，膀胱完全排空之前的间断排尿由括约肌的收缩引起。协调失调是生理性的，是发育成熟过程中存在的。新生儿和婴儿存在生理上 DSD，这解释了他们为什么排尿后常观察到残余尿的现象。在膀胱测压中，他们观察到一些患儿存在膀胱过度活动症。在少量充盈时，患儿呈现出不成熟的排尿收缩和漏尿。因此正常新生儿排尿特征是：生理性 DSD，膀胱容量小，膀胱排尿高压，以及有时出现逼尿肌过度活动。有文献报道，通过 4h 自由排尿观察法，对存在后尿道瓣膜的 10 例和 11 例高位 VUR 的新生儿对观察，发现是以间断排尿次数增加为特点。该发现是否取决于比生理形式更严重的 DSD 或者是新生儿膀胱逼尿肌过度活动的增加，在此时也仅仅是猜测。尿道瓣膜、膀胱输尿管反流和神经源性膀胱患儿间断排尿发生率显著增加，成为一种相对异常排尿模式。健康新生儿挤压膀胱无尿失禁发生。

（四）新生儿逼尿肌排尿压力

20 世纪 90 年代初，有研究报道输尿管反流男婴逼尿肌排尿压高，但后来发现无反流男婴也有较高的逼尿肌排尿压力，可能因小婴儿尿道细、同样大小的测压管引起尿道阻力相对较大所致，也可能因膀胱处于不同发育阶段所致。男女性婴幼儿及年长儿童排尿期逼尿肌压力的研究报道文献报道不一。Bachelard、Wen 和 Tong 等利用传统膀胱压力测定方法，经尿道插入导尿管对下尿路正常的婴幼儿进行检查。研究中记录的压力水平高低不一，中位数 $127cmH_2O$，平均数 $75cmH_2O$。被研究对象是从 1～6 月龄的婴幼儿，这种差异可能是由于患者的年龄差异造成的。Yeung 等同样发现小婴儿存在高排尿压。Bachelard 等人一样，Yeung 等进行自然灌注膀胱测压也发现存在排尿高压力。但是，应该指出的是自然灌注膀胱测压技术比标准的膀胱测压测的压力要高，因此，二者不能直接相比较。膀胱压力测定记录了一位新生儿 VUR 患儿的同胞，其出生时无反流。结果显示膀胱灌注 5ml 后逼尿肌过早收缩，出现漏尿。生理盐水总灌注量达 30ml 后排尿，同时观察到盆底肌电活动增加，伴有逼尿肌压力波动。

作者的研究显示在没有 DSD 的情况下，新生儿逼尿肌排尿压力男女没有显著差异，而存在盆底肌肉过度活动时，逼尿肌排尿压力较无盆底活动时明显升高，$105cmH_2O\pm44cmH_2O$ vs $69cmH_2O\pm22cmH_2O$，$P<0.001$。因新生儿排尿期易出现盆底肌肉过度活动，从而使排尿期逼尿肌压力间断升高，造成排尿期逼尿肌压力多升高的假象。有关下尿道完全正常婴幼儿的尿流动力学研究非常少。

（五）逼尿肌收缩性

新生儿膀胱反应的增加似乎与不稳定性无关，因为近年来研究表明，该年龄组，婴幼儿很少存在不稳定性。

自然充盈性膀胱压力测定可以灵敏地鉴定逼尿肌的不稳定性，用此方法显示充盈期逼尿肌不稳定收缩减少。

充盈期逼尿肌不稳定常见于膀胱功能障碍患儿,例如后尿道瓣膜症及神经源性膀胱患儿。因此,正如年长儿童一样,逼尿肌不稳定亦可能被用于诊断婴儿膀胱功能障碍。另外,1 个月以内的新生儿很可能有另一种逼尿肌过度活动形式。膀胱压力测定中充盈少许液体时,观察到 20%新生儿出现自发性逼尿肌过早收缩,导致漏尿。尿动力学检查记录到此年龄组膀胱容量很小,比自由排尿后观察到的膀胱容量还少。这些发现提示此年龄组小儿在膀胱压力测定中插入导管及输注生理盐水时容易引发排尿反射。过度活动见于新生儿逼尿肌收缩比年长儿童多可能因为是钙离子的流量不同,与兔子的动物实验研究结果一致。Sugaya 和 De Groat 研究新生小鼠与较大的小鼠逼尿肌自发性活动,发现 3 周以前的新生小鼠有较高的活动。他们同样注意到膀胱容量的增加过度活动消失。人类早产儿排尿收缩和小膀胱容量也许因为过度活动,类似于 Sugaya 和 De Groat 研究报道。典型的间断活动随着排尿时盆底肌肉逼尿肌压力的波动而变化的。逼尿肌间断收缩逐渐达到压力的高峰、排尿时盆底肌肉的活动造成高的排尿压力,但是低膀胱容量也许是另外一个重要的因素。

尽管新生儿期排尿时可以看到逼尿肌不成熟收缩并可引起漏尿,但是膀胱不稳定却很少在婴幼儿尿动力学检查中看到。DSD 在健康新生儿和婴幼儿中十分常见,所以尿动力学检查用于诊断新生儿膀胱功能的异常。

(文建国)

第十五节　女性生殖器官发育畸形

女性生殖器官发育畸形中需要在新生儿期处理的疾病不多,主要为先天性阴道梗阻致子宫阴道积液、小阴唇粘连等。

一、先天性阴道梗阻

先天性阴道梗阻为一少见的先天性生殖道疾病,多认为与胎龄 5 个月时阴道空腔化不完全有关。先天性阴道梗阻的常见原因是处女膜闭锁、阴道闭锁,其次是阴道近端病变,如阴道高位横膈。先天性阴道梗阻致整个阴道扩张积液,称为阴道积液;如致阴道和子宫同时扩张积液,称为子宫阴道积液。而子宫阴道积液是新生儿期先天性阴道梗阻最常见的临床症状。

子宫阴道积液为先天性阴道梗阻性疾病导致的临床症状,临床少见,且多见于新生儿期。处女膜闭锁在新生女婴的发生率为 0.1%。

(一)病因

子宫阴道积液的发生主要与下列因素有关。

1. 生殖道畸形致阴道梗阻

(1)处女膜闭锁:处女膜发生于窦阴道球和尿生殖窦的连接处,通常在胎儿期 28 周后穿孔。如末贯穿形成处女膜闭锁。

(2)阴道远端闭锁:一般认为阴道上端 2/3～4/5 的部分起源于融合的米勒管、米勒结节,下端 1/3～1/5 的部分起源于尿生殖窦。胎 3～5 个月时,苗勒结节增厚伸长,两侧内胚层组织向内凹陷,称作窦阴道球。随着窦阴道球的生长,子宫阴道腔和泌尿生殖窦之间的距离加长形成阴道近端。胚胎 15～26 周,窦阴道球形成一条索带组织,即阴道板。索带从泌尿生殖窦开始向头端空腔化,形成阴道远端。胚胎 5 个月时,近端和远端阴道管腔贯通,阴道腔形成。胚胎 28 周后阴道贯穿成孔与前庭相通。如不相通。

(3)阴道隔膜:在胚胎阴道发育、管腔融合及空腔化的过程中,空腔化异常可导致阴道隔膜的形成。在胚胎发育过程中,米勒管和午菲管关系密切,因此临床上常见生殖系统和泌尿系统畸形同时存在。阴道高位横膈常伴有泌尿生殖窦的畸形。

(4)其他生殖道畸形致阴道梗阻:如双子宫双阴道伴一侧阴道闭锁等。

2. 子宫阴道积液不能排出 由于母体性激素通过胎盘血循环进入胎儿体内,刺激胎儿的宫颈腺和子宫腺体分泌大量液体,因生殖道畸形梗阻而不能排出,致整个阴道扩张积液,甚至阴道和子宫同时扩张积液。

(二)病理

正常新生儿阴道位于尿道与直肠之间,通常是直的,前后穹隆大致相等高,中间长 25～35mm。子宫全长 35mm,其中子宫体长 10mm,子宫颈长 25mm。子宫前腹膜在子宫颈稍下方反折膀胱后壁,子宫后腹膜在后穹隆稍下方反折至直肠前。

在子宫阴道积液,若积液仅于阴道内,阴道极度扩张,膨胀的阴道把子宫体顶在上方,可高出耻骨联合上缘平面。临床病例多见积液聚积于阴道并侵入子宫腔内,使阴道与子宫扩张如哑铃状,从盆腔突入腹腔,严重时可类似肿瘤样占据腹腔大部,向前可压迫尿道而引起尿潴留,向后压迫直肠造成排便障碍。子宫阴道内积液的性质和颜色因有无感染、出血而不同,可为无色透明黏液、类似蛋白样透明黏液或乳白色浑浊液体,可因出血而呈咖啡色或酱褐色黏稠液及凝血块,可继发感染者为黄色脓样黏液,有时有恶臭。

子宫阴道积液远端为先天性阴道梗阻部位,梗阻原因为阴道隔膜或阴道远端闭锁、处女膜闭锁。阴道内上皮细胞有角化现象,闭锁的阴道远端或处女膜增厚。

(三)临床表现

1. 腹部肿块 多数患儿以腹胀就诊。检查后发现腹部肿块。腹部膨隆,一般无皮肤潮红。下腹部正中触及肿块。肿块呈圆形或椭圆形,质地坚韧,实性或囊实性感,下部较为固定于耻骨上并伸入盆腔。肿块表面光滑,上缘及两侧边缘清楚,略可移动。肿块巨大时可超越脐部以上,可偏于一侧。临床上常疑为充盈之膀胱,但导尿后腹部肿块不消失。

2. 排便障碍 部分患儿以便秘、腹胀就诊。患儿哭闹、拒乳,精神差,脱水,腹部膨隆,腹壁静脉显露,全腹可有压痛,肠鸣音减弱。胃管胃肠减压后腹胀略减轻,可触及圆形肿块。

3. 排尿障碍 部分患儿出生后少尿,继而无尿,甚至急性肾衰竭。检查发现为腹部巨大肿块压迫致尿潴留、输尿管扩张、肾盂积水。可继发泌尿系感染。

4. 呼吸困难 为部分患儿腹部巨大肿块压迫所致。

5. 高热 有文献报道少数患儿因子宫阴道积液感染而致高热、脓血症。

6. 外阴异常 患儿肛门正常,外阴无阴道开口,处女膜向外膨出,呈淡蓝色,囊性感,哭闹时张力增加;或局部呈隔膜状,无开口,略膨出,色淡;或有阴道开口,F5～F6硅胶导管探入1～2cm受阻,提示为阴道隔膜畸形。

7. 肛门指检 直肠前壁饱满,直肠指检于直肠前方触及囊性肿块,无压痛,不活动。

8. 其他畸形 可伴有泌尿系统、生殖系统、心脏系统及多指(趾)畸形。女性 McKusick-Kaufman 综合征(MKS)包括多指(趾)畸形、先天性心脏疾病和子宫阴道积液,为常染色体隐性遗传病。

(四)诊断及鉴别诊断

1. 超声检查 产前胎儿超声检查可发现下腹部囊性包块伸入盆腔。新生儿腹部 B 超提示下腹部囊性包块。

2. X 线检查 腹部平片显示下腹部可见密度增高实质性块状影,上极呈圆顶状,并将肠管推向上方。腹部立位平片示的低位肠梗阻征,中下腹部可见密度增高实质性块状影,腹上部及腹两侧受压的肠管积气(图 15-12)。

3. MRI 产前胎儿 MRI、新生儿腹部 MRI 均可显示腹部肿物为扩张的阴道与子宫,呈哑铃状;子宫阴道内充盈积液。

4. CT 新生儿腹部 CT 可显示为中下腹腔中线区一巨大囊性低密度肿块影,边界清(图 15-13),从腹腔至盆腔底部。囊性肿物上前方亦见一类圆形囊性肿块,与其相通,小囊可偏向一侧(图 15-14)。增强后囊壁明显强化,而上前方小囊囊壁强化较明显(图 15-15),巨大囊为扩张的阴道,小囊为扩张的子宫像帽子一样顶在阴道上前方。

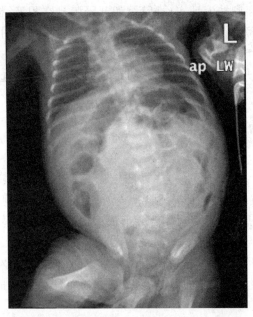

图 15-12 中下腹部可见密度增高实质性块状影,
肠管被挤压至上方及右侧

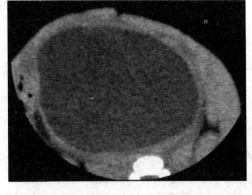

图 15-13 腹腔巨大囊性低密度肿块影

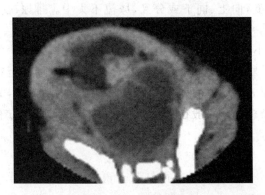

图 15-14 阴道扩张呈巨大囊,扩张成小囊样的子宫
像帽子一样顶在阴道上前方,偏向左侧

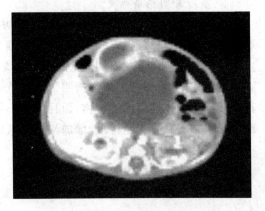

图 15-15 增强后子宫壁强化较明显

5. 诊断性穿刺 在外阴小阴唇中间下方相当于阴道开口部位隔膜状膨起处做诊断性穿刺,抽出澄清或乳白色浑浊液体或棕黄色黏液或混有血液咖啡色或脓液。大多呈无臭味,

有感染时恶臭。

6. **鉴别诊断** 部分尿生殖窦畸形或泄殖腔畸形患儿因有尿道与阴道相通,而会有尿液潴留于阴道腔甚至子宫腔内,其与因先天性阴道梗阻性疾病导致的子宫阴道积液不同。

新生儿腹部巨大囊性肿块应注意与畸胎瘤、肠系膜囊肿、卵巢囊肿鉴别,在手术前检查阴道口往往可以避免误诊。

新生儿盆腔囊性肿块应注意与尿潴留鉴别。

(五)治疗

于阴道开口处的隔膜状膨起处穿刺抽液证实诊断后,做纵形小切口,置入小胶管引流排空积液。术后定期扩张阴道切口,0.1%的聚维酮碘冲洗,至切口愈合。

阴道隔膜致子宫阴道积液患儿,在阴道隔膜穿刺抽液证实诊断后,切开隔膜排空积液,根据阴道隔膜位置的深浅而直视下切除隔膜,或婴儿膀胱镜下电切隔膜。如感染严重,可置管引流,控制感染后再切除隔膜。

对并发症及合并畸形的治疗:如吸氧、胃肠减压、留置尿管引流、纠正水电解质平衡紊乱等。并根据合并畸形做相应处理。

二、小阴唇粘连

小阴唇粘连在新生儿中不少见。

(一)病因

1. **先天性异常** 正常胚胎50mm时生殖结节向尾端弯形成阴蒂。生殖隆突发育为大阴唇,后方合并为后联合。尿道褶不融合形成双侧小阴唇,其后端两侧合并形成小阴唇系带。如果早期受雄激素影响,将出现尿生殖窦发育不全而致小阴唇粘连。

2. **局部炎症和雌激素不足** 婴儿出生2~3周后,母体来源的雌激素水平降低,呈外阴发育差、大阴唇扁平、小阴唇稚嫩,上皮达不到完全角化成熟,抵抗力低,易受损伤感染。小阴唇粘连将由于外阴炎症引起局部黏膜破损所致。

(二)临床表现

1. **多有外阴感染病史**

2. **排尿异常** 如尿线变细而远,排尿方向改变,向上、向下或分叉,尿流不集中。排尿次数增多。严重时,排尿时哭闹、用力、排尿困难。

3. **外阴表现** 部分患儿外阴红肿、皮炎。两小阴唇的内侧在中线相互黏着,有一层薄薄的膜状组织相连,中间有一条半透明带状灰色连线。粘连一般覆盖前2/3,严重时粘连增厚甚至在正中线见不到半透明的膜状物,而且两侧小阴唇粘连遮盖住阴蒂、尿道口及几乎全部阴道口,如此会影响排尿和分泌物排出,增加泌尿生殖道感染机会。一般在小阴唇黏着的前方、阴蒂下方有一小孔,尿液经此孔排出。

(三)诊断及鉴别诊断

诊断不难。小阴唇相互黏合,在中线上形成一菲薄、光滑并微红带蓝薄膜,阴蒂下方有一小孔。

小阴唇粘连应与外生殖器畸形相鉴别,如先天性无阴道及先天性阴道闭锁、大小阴唇融合等。

(四)治疗

一般可用蚊式钳的钳尖背侧小心地沿着小阴唇粘连中间半透明带状灰色连线轻轻挤压,方向分别从上到中间和从下到中间,直至粘连完全分离,显露尿道和阴道口。然后在粘连面涂以红霉素软膏,持续 3~7d。

嘱家长养成良好的卫生习惯,避免可致外阴感染或损伤的因素,如婴幼儿洗涤用具单独使用、勤换洗,保持其外阴清洁、干燥等。

第十六节　新生儿性别发育异常

正常情况下,新生儿出生后,其染色体性别(男:46XY,女:46XX)和其性腺性别(男:睾丸,女:卵巢)及外生殖器的表型(男:阴茎阴囊,女:大小阴唇和阴道)相一致。但是,在人群中,还存在第三种性别的人,他们所拥有的性别类型,其染色体性别、性腺性别、外生殖器表型常不一致,其性别的分类是依据其性腺的状态来进行的,分别是:女性假两性畸形,性腺发育不全,真两性畸形和男性假两性畸形;此外,还有因生殖细胞在减数分裂过程中染色体出现异常而导致性别分化异常等。

一、胚胎时期性别分化与发育

(一)下丘脑、垂体发育与性别分化

在人类,垂体是由两叶组成,前叶是在胚胎时期由口腔外胚层 Rathke 囊外翻而形成,而后叶是由中脑腹侧的前凸所构成,这两个基本结构可以在胚胎第 4 或第 5 周就可辨认,自分泌和旁分泌活动使与相邻外胚层和神经组织的起相互作用,促使了这个区域的分化。在胚胎早期,下丘脑-垂体系统向具有内分泌功能方向进行分化,促性腺激素黄体生成素(LH)和卵泡刺激素(FSH)在胚胎第 5 周即已产生,促性腺激素释放激素(GnRH)和其他释放激素也在这个时期,由在发育中的下丘脑产生。当门血管形成后,这些释放激素就能通过这些血管运送到垂体而产生作用。由于胚胎发育过程中,性腺开始产生激素,性腺与下丘脑-垂体相互作用、相互促进发育。男性胚胎中睾丸间质细胞(Leydig cell)在胚胎第 7~8 周在胎盘绒毛膜促性腺激素(HCG)的调节下产生雄激素,睾酮最早的高峰发生在胚胎 12 周。女性胚胎中,雌激素是在第 10~14 周即产生,但到 20 周才达到高峰。这个高峰是紧跟下丘脑促性腺激素释放激素(GnRH)和垂体促性腺激素水平达到高峰而产生的。随后的一个负反馈调节抑制了下丘脑和垂体,接下来的低水平垂体促性腺激素一直持续到胚胎结束。在围生期,女性有一个下丘脑促使性器官逐渐对上升的雌激素水平起作用的过程,最终使排卵和 LH 周期性上升相关,但这个过程必须到青春发育期生殖系统完全发育成熟后才开始。新生儿时期,由雄激素或雌激素调节的下丘脑分泌的 LH 对性别的分化是必需的。

(二)胚胎时期的性别决定与发育

性别是由性腺发育后的调节来确定的。性别分化的一系列过程是跟随于性腺器官形成的,这些过程至少由 70 个位于性染色体和常染色体上不同的基因来调节的。这些基因的调节机制涉及到性腺类固醇、肽激素和组织受体。在胚胎早期的发育中,原始性腺组织是双向的,即可以分化成卵巢也可以分化成睾丸。两侧的尿生殖脊来源于体腔上皮和下面的间叶细胞。当生殖细胞定殖到性腺脊上后,开始产生有双向分化潜能的性腺胚基。Y 染色体的存在则发育成睾丸,而这个基因开关启动向睾丸发展的基因已经被确定是 SRY 基因。同时有许多相关的基因会协同作用到性腺的发育并最终形成男性表型。如果没有这些基因的参与,则向女性表型发展。原始的男性和女性生殖组织(Wolffian 和 Mullarian 管)分别分化成有功能的生殖道的能力依赖于正

常的性腺发育和性激素的分泌。

(三)性别分化的基因调节

SRY 基因启动向睾丸发展的分子机制目前尚不清,除了 SRY 基因,还有一大群基因在男女性别的分化过程中起到了重要的作用。WT1(Wilm tumor),转录调节基因,在尿生殖发育早期作用于胚胎后肾胚细胞。SF-1(Steroidogenic factor-1),核受体基因,起转录调节作用,在男女性合成雄激素和雌激素的组织中均有表达。在睾丸支持细胞中,这个基因起调节抗 Mullarian 激素基因作用。WT1 和 SF-1 两个基因对生殖脊从中胚层进行分化起到了非常重要的作用。DAX-1基因的表达起到了抗睾丸因子的作用,而且可以在 SRY 基因表达之前几天出现在原始性腺脊中,SRY 和 DAX-1 的作用是抗性腺发育不良。SOX-9 基因转录后同时表达在男性和女性胚胎性腺脊上,当性腺向睾丸发育时表达增强,而性腺向卵巢发育时减弱。DMRT-1 和 DMRT-2 两个基因存在于 9 号常染色体上,也起到了性别决定的作用。WNF-1 则在胚胎性腺中起调节类固醇合成的作用。WNT-4 则下调胚胎睾丸合成睾酮。在胚胎卵巢中这个基因起到了抑制性腺雄激素的合成。

(四)胚胎时期的卵巢发育

当缺少睾丸决定基因时,包括 SRY 基因,原始性腺就发育成卵巢。卵巢的完全发育需要减数分裂并将生殖细胞包绕到卵泡中以及间质细胞分化合成类固醇。有迹象显示原始生殖细胞存定居于胚泡内层细胞的外胚层,原始生殖细胞先从中胚层移行至外胚层原始性腺索,然后再移行羊膜囊内胚层并发展成中肠,最后移行到系膜背侧到达性腺。随着生殖细胞和支持细胞等在性腺中的增生,形态学上了出现性别的分化。在相同时期,胚胎 7~8 周,卵巢生殖细胞第一次进行有丝分裂期。大约在胚胎 12 周,在卵泡形成前几乎没有类固醇激素的合成。随着原始生殖细胞的迁移,生殖细胞数量由不到 100 增加到 5 000 左右。迁移结束后,卵原细胞继续增殖,人类胚胎第 7 个月时,数量可以达到 600 万~700 万。作为性腺,卵巢首次可被辨认是卵原细胞进入分裂期,在人类胚胎,这个时期是从第 7~8 周开始的。此后,卵原细胞被称为卵母细胞。在这个时间,Wnt 基因可以抑制类固醇源细胞在胚胎中的分化。从卵原细胞的分裂一直持续到全部分裂为卵母细胞,然后休止。进一步分裂将延迟到成年后开始排卵。在人类,卵母细胞被包绕入颗粒细胞内,在原始卵泡中卵母细胞停留在有丝分裂 I 期可以持续 50 年。生殖细胞的数量在胚胎末期达到顶峰,此后,终身都在减少。原始卵泡就像一个池,所有发育的卵泡都从中分化出来。所有卵泡不管从胚胎或青春前期在成熟之前都要退化。但是,在青春期和成年期,一些卵泡将继续发育并排卵,但有些却不会。随着卵泡的发育,能够产生积聚类固醇激素的细胞逐渐可以在卵泡中发现,在人类胚胎,这些能产生类固醇的有超微结构有特点的细胞可以在胚胎 20 周以后发现。当可以引导向男性方向分化的 Mullerian 抑制物质(mullerian inhibiting substance,MIS)和睾酮不存在时,在女性生长过程中,Mullerian 管将发育成输卵管、子宫和上半部分阴道,此外,Wolffian 管退化。但是,如果在胚胎发育特定时期暴露于足量的睾酮或其他雄激素情况下,女性的表型就会雄性化。卵巢本身在女性生殖道的分化过程中不起任何作用。

(五)胚胎时期的睾丸发育

到具有二向分化潜能的性腺发育到末期,原始生殖细胞开始移行到性腺脊,此后,生殖细胞继续分化。体腔上皮被来源于生殖细胞的薄层所分隔并形成性索进行发育,白膜由间叶组织逐渐构成。睾丸的发育是在位于 Y 染色体上的一些基因,包括 SRY 基因的诱导下进行的。支持细胞(sertoli cell)与生殖细胞一起出现在睾丸索上。当男性生殖细胞被睾丸索包绕,这些细胞就被称为前精原细胞。这些前精原细胞在进入有丝分裂休止期前与形态改变同步进行分裂。此后,精原细胞到青春发育前不再进入减数分裂。当睾丸可以辨认不久,睾丸内间质细胞(Leydig cell)就开始分化并产生类固醇。人类促性腺激素(human gonadotrophic hormone,HCG)的高峰出现在间质细胞分化之前。睾丸内睾酮的高峰出现在胚胎 12～14 周,然后开始下降到 28～32 周再出现第 2 个高峰,然后下降直到出生。由研究表明涉及 FSH、抑制素(inhibin)、LH 和睾酮的负反馈调节系统在胚胎时期即发育和由功能表现。此外,胚胎睾丸雄激素被认为在发育早期促成了大脑向男性方向发展。任何因素如果影响到这个负反馈调节系统的发育将有可能导致下丘脑-垂体-睾丸轴的异常发育,从而性成熟和到成年时的生殖能力。睾酮诱导 Wolffian 管分化成副睾、输精管和曲细精管。Wolffian 管的这种分化依赖于睾酮作用于靶组织上的雄激素受体。相应的必须依赖双氢睾酮分化的尿生殖窦和生殖结需要 5α 还原酶将睾酮转化成双氢睾酮。由睾丸支持细胞产生的 Mullerian 抑制物质(MIS)促成了 Mullerian 管的退化。如果睾丸不能分泌睾酮,则男性表型就会出现女性化表现。支持细胞分泌抑制素、养育生殖细胞、表达干细胞因子、合成雄激素结合蛋白和防止在青春期前生殖细胞的有丝分裂。

二、性别分化异常的特点

正常的两性胚胎发育是在第 6 周才可以被区分,此后两性的解剖和生理向着不同的方向进行发育。正常的性别发育依赖于 3 个连贯的过程。首先是建立染色体性别,异型配子的性别是男性(XY),而同型配子的性别是女性(XX)。其次是由染色体性别而建立起来的性腺性别,即卵巢和睾丸。最后阶段是由性腺性别诱导出现表型性别。只存在卵巢而不存在有功能睾丸的表型性别是女性。而相应的男性泌尿生殖道和外生殖器的雄性化过程需要胚胎睾丸产生的几种激素的作用来完成。抗米勒激素(antimullerian hormone)、睾酮、双氢睾酮和能代谢睾酮的 5α 还原酶。对于抑制副中肾管(mullerian duct)形成子宫和输卵管,抗米勒激素是必需的。睾丸和血浆中的睾酮能将中肾管(wollian duct)转化成副睾、输精管和曲细精管。而 5α 还原酶可以将睾酮转化为双氢睾酮,后者作用于靶细胞而形成男性尿道、前列腺和外生殖器。

在上述正常性别发育过程中受到任何因素的干扰都可以引起性别发育的异常。其特点如下。

1. 性别发育异常其外表差别可以很大。

2. 外表相似的性别异常可以由不同的原因引起。

3. 外生殖器的模棱两可通常是由下述三个原因之一引起:①睾丸不能产生足够的雄激素来使男性胚胎完全雄性化,可以是睾丸发育异常或睾酮合成缺陷;②睾丸能合成足够的睾酮,但由于雄激素受体的异常而使胚胎无法雄性化;③由于某种酶缺乏,如 21-羟化酶、11-羟化酶缺乏,雌性胚胎肾上腺产生过多的雄激素。

4. 不同的性别发育异常疾病可以有不同的起病时间和不同的远期内分泌后果。

三、性别分化取向

目前较多研究显示,激素对性别取向的形成起到了关键的作用。通过对动物实验和人类各种两性畸形病例的分析,在人类存在一些关键时期,激素对控制不同性别行为的大脑神经元的发育起到了关键的作用。这些时期分别是胚胎 14～18 周、生后前 3 个月和青春发育期,在这三个时期,雄激素分别达到顶峰。因此在两性畸形患儿进行性别确立时,要充分考虑这些问题。此外,患儿抚养的社会因素和文化背景也对性别定向起到了作用。

四、性别分化异常分型

由于导致性别分化异常的原因不一,结果所发生的异常性别类型也多种多样,要完整地对异常性别类型进行归纳分类,实在是一件困难、也许是不可能的事情。随着对人类性别分化研究的不断深入,将会有更多异常性别类型被发现,被研究。

(一)女性假两性畸形

女性假两性畸形(female pseudohermaphroditism,FPH)是最常见的两性畸形疾病,该类患儿染色体为 46XX,有正常的卵巢和输卵管,其异常表现是由于胚胎时期暴露于高水平雄激素后出现的外生殖器的雄性化。这类病人中,最大多数的是先天性肾上腺增生症(congenital adrenal hyperplasia,CAH),一组以常染色体隐性遗传为特征的疾病。当人体类固醇合成过程中的 5 个基因中的一个或多个出现缺陷而导致类固醇合成障碍。这 5 个基因和它们编码的酶分别是:CYP21,21-羟化酶;CYP11,11β-羟化酶、18-羟化酶、18-氧化酶;CYP17,17α-羟化酶、17,20-还原酶;3β2HSD,3β-羟化类固醇脱氢酶;StAR,侧链裂解酶。虽然这些生化缺陷都会影响到皮质醇的分泌,但只有 CYP21 和 CYP11 缺陷才会出现明显的雄性化表现。虽然女性胚胎的雄性化是由于肾上腺雄激素及其前体过度分泌,但是男性胚胎的外生殖器可无异常。相反的,因 3β2HSD、CYP17 和 StAR 缺陷而引起的皮质醇和性腺类固醇合成障碍可引起不同程度的男性假两性畸形,而女性则外生殖器可无异常。

CAH 最常见的病因是 CYP21 基因的失活导致 21-羟化酶缺乏,从而无法催化 17-羟孕酮转换成 11-脱氧皮质醇(皮质醇前体)和将羟孕酮转化成去氧皮质酮(醛固酮前体)。其临床表现可以从轻微到严重的阴蒂肥大。典型的 21-羟化酶缺乏有两种形式,一种是伴有醛固酮合成障碍而引起的失盐型和另一种只有雄性化表现。轻度的 CAH 可以没有症状或仅生后存在过度雄激素分泌征象。CYP11 基因有两个,CPY11B1 是将 11-脱氧皮质醇转化成皮质醇,而 CYP11B2 则是将脱氧皮质酮转换成皮质酮,再转化成 18-羟化皮质酮,最后转化成醛固酮。这类病人中有 2/3 存在高血压,据估计是由于过多的去氧皮质酮造成的水钠潴留而引起的。过度分泌的雄激素在胚胎时期可导致女性外生殖器雄性化,而生后不论男性或女性如不治疗,可以出现进展性的雄性化表现和快速机体生长和较早的骨骺闭合。

3β2HSD 催化了 3 个反应:将孕烯诺龙转化成孕酮;17-羟孕烯诺龙转化成 17-羟孕酮;脱氢表雄酮转化成雄烯二酮。3β2HSD 完全缺乏影响到肾上腺醛固酮、皮质醇、性腺睾酮和雌二醇的合成。这类新生儿在生后第一周即可出现严重糖皮质激素和盐皮质激素缺乏的 CAH 临床表现。雄性化表现是由于脱氢表雄酮在胎盘和周围组织中转化成睾酮而引起阴蒂轻到中等肥大。

CYP17 也催化 3 个反应:将孕烯诺龙转化成 17-羟孕烯诺龙,再转化成脱氢表雄酮和将羟孕酮转化成 17-羟孕酮。临床表现为女性患儿有正常的内外生殖器,但是由于卵巢不能在青春期分泌雌激素而出现幼稚型性别特征。轻型病例醛固酮分泌可以正常和没有高血压。

StAR 缺陷又称类脂肾上腺增生,是 CAH 的一种罕见类型,是类固醇合成中最严重的基因缺陷类型。由于无法从外侧将胆固醇转运到线粒体膜内侧而阻滞了胆固醇转化成孕烯诺龙,从而可以出现严重的糖皮质激素和盐皮质激素的缺乏。许多患儿在婴儿期即死亡,约有 1/3 经替代治疗而存活。

(二)性腺发育不全

混合性性腺发育不全(gonadal dysgenesis,GD)是第二常见的两性畸形疾病。通常,性腺发育不全的疾病包含了因性染色体或常染色体异常而引起的从完全性腺发育缺失到迟发性性腺功能障碍引起一系列畸形。性腺缺失正常发育至睾丸或卵巢而形成发育不全睾丸或条索状性腺。

　　纯粹性性腺发育不全是带有条索状性腺的 46XX 病儿，或更常见的是 Turner 综合征(45，XX 或 45，XX/46，XX)。45，XX/46，XX 嵌合型中 75% 为 Turner 综合征。另一不常见的纯粹型性腺发育不良是 Swyer 综合征。这类病儿外观上是女性并有子宫和输卵管，但是染色体型是 46XY，其 Y 染色体通常不起作用，两个发育不良性腺存在于腹腔。

　　部分性性腺发育不全是指睾丸部分发育，包括混合性性腺发育不全、发育不全男性假两性畸形和一些形式的睾丸或卵巢退化。混合性或部分性性腺发育不全(45，XX/46，XY 或 46，XY)涉及到一侧条索状性腺另一侧睾丸，其通常发育不良。有 Y 染色体病人的条索状或发育不良性腺较正常人群有较高的发生肿瘤的机会。性腺母细胞瘤是最常见的并呈良性生长的肿瘤。由于有 20%～25% 年龄相关的危险性，无性细胞瘤会发展成恶性，因此建议手术切除该类性腺。有 45，XX/46，XY 核型，睾丸活检正常并已经降至或手术降至阴囊，可以不切除，但这类患儿需要进行每月一次的自我检查来及时发现肿瘤形成。

(三)真两性畸形

　　真两性畸形(true hermaphroditism，TH)需要同时存在睾丸和卵巢组织，其原因是染色体嵌合、融合或 Y 染色体异位。在美国最常见的核型是 46，XX，虽然 46，XY 或 46，XX/46，XY 也可发生。嵌合现象可能是源于染色体未分离，而融合现象可能是二次受精或两个受精卵的融合。一些 46XX 真两性畸形病人其 Y 染色体异位到 X 染色体。但对大多数病人，其基因缺陷仍未确定。这类不常见的疾病可分为 3 型：①一侧睾丸，一侧卵巢(通常在左侧)；②两侧均为卵睾；③一侧卵睾，一侧睾丸或卵巢，这类最多，其外生殖器模棱两可伴有尿道下裂、隐睾和不完全融合的阴囊，其生殖道通常与其相应的性腺相符合，如输卵管结合卵巢，输精管结合睾丸。

(四)男性假两性畸形

　　男性假两性畸形(male pseudohermaphroditism，MPH)是有睾丸存在但表现各异的一组疾病，其内生殖道和外生殖器未能完全雄性化。其外表差异较大，从完全女性外生殖器到中等程度男性外表，包括尿道下裂和隐睾。男性假两性畸形按基本病因可以分为：①间质细胞缺陷；②睾酮合成障碍；③雄激素不敏感综合征；④5α-还原酶缺陷；⑤米勒管永存综合征(persistent mullerian duct syndrome，PMDS)；⑥睾丸生发障碍；⑦睾丸形成障碍或睾丸退化综合征；⑧外源性因素。

　　1. 间质细胞缺陷(Leydig cell failure)　诱导男性性别分化包括中肾管和外生殖器需要睾丸间质细胞产生睾酮。当睾丸间质细胞对绒毛膜促性腺激素(HCG)和黄体生成素(LH)的刺激无反应，就会出现 MPH。其外表从完全女性化到尿道下裂各有不同。

　　2. 睾酮生物合成酶缺陷(testosterone biosynthesis enzyme defects)　在类固醇生物合成的 4 个步骤从胆固醇到睾酮出现缺陷即可表现为男性生殖器的异常。这些缺陷包括 4 种较为少见的 CAH 类型：3β2HSD 缺陷、CYP17 缺陷、StAR 蛋白缺陷和 17βHSD 缺陷。虽然脱氢表雄酮转化成睾酮可以引起女性的雄性化，但相同的过程如果缺陷，也可以引起男性患儿雄性化不足。这些患儿表现为模棱两可外生殖器，伴有不同程度的尿道下裂、隐睾、阴茎阴囊转位和一个盲端的阴道囊袋。患有 CYP17 缺陷的男性可表现为从正常女性外表到模棱两可的尿道下裂。雄性化不足的程度与患儿 17α 羟基化受阻程度呈正相关。StAR 缺陷患儿由于有严重的睾酮缺乏，外观表型为女性并伴有盲端阴道。存活的 46XY 病人到青春期都没有睾丸功能。17βHSD 缺陷 46XY 患儿有女性外生殖器、腹股沟睾丸、腹腔内男性生殖管和盲端阴道，这些病人到青春期会出现垂体促性腺激素、雄烯二酮、雌酮和睾酮水平升高。如果当睾酮水平达到正常，可以出现延迟的雄性化表现。

3. **雄激素不敏感综合征**(androgen insensitivity syndrome)　该病症为 46XY 病人从完全雄激素不敏感综合征，或睾丸女性化到部分雄激素不敏感综合征。这种综合征的发生是由于雄激素受体上类固醇结合区出现变异，导致受体不能结合雄激素或受体结合了雄激素但不能正常行使有效的功能。该病的发生率为 1/20000，是母亲遗传方式，因为雄激素受体基因是在 X 染色体的长臂上。完全性雄激素不敏感综合征的患儿虽然染色体为 46XY，但外生殖器却是正常女性外观，而睾丸则存在腹腔内。病史中，这些孩子是当女孩抚养，大多数患儿是到青春发育期因月经不至再经检查才发现，偶尔，也有在腹股沟疝修补时才发现。现在也有产前染色体检查与生后外生殖器不一致而诊断。

4. **5α 还原酶缺乏**(5α-Reductase deficiency)　5α 还原酶缺乏最初是在假阴道、会阴阴囊型尿道下裂中被描述的。在这个常染色体隐性遗传疾病中，病人存在的缺陷是无法将睾酮转化成双氢睾酮(dihydrotestosterone，DHT)。这些患儿染色体为 46XY，外生殖器模棱两可，但有正常分化的睾丸和男性内生殖管。到青春发育期，由于睾酮达到正常成年男性水平而出现雄性化表现，但其 DHT 的水平仍异常的低下。很多病人在青春发育期后将性别从女性变为男性。雄性化表现可以是轻度 DHT 升高和达到成年人水平的睾酮慢性作用于雄激素受体。

5. **米勒管永存综合征**(persistent müllerian duct syndrome，PMDS)　抗半勒管激素(Antimullerian hormone，AMH)，或米勒管抑制物(mullerian inhibitory substance，MIS)是由睾丸支持细胞(sertoli cell)在从胚胎时期曲细精管分化至青春发育期分泌的。MIS 在胚胎第 8 周前与米勒管周围间质中的受体结合，引起米勒管的凋亡和退化。由于该疾病的诊断通常是在腹股沟疝修补或睾丸下降术时建立，故该综合征又称为腹股沟子宫疝。PMDS 的发生是由于：①AMH 基因变异而导致睾丸不能合成或分泌 MIS；②AMH2 受体基因变异导致米勒管对 MIS 无反应。PMDS 是性连锁常染色体隐性遗传。AMH 的变异的家庭通常是纯合子，血清中只能测到很低或没有 MIS，而 AMH2 受体变异则通常是杂合子。病人血清中可以测到高于正常的 MIS。

6. **睾丸发育不全**(Testicular dysgenesis)　发育不全的男性假两性畸形病人表现为模棱两可的内生殖管、尿生殖窦和外生殖器。睾丸发育不全可以是任何涉及到睾丸决定的基因出现变异或缺失而发生。这些基因是 SRY、DAX、WT1 和 SOX9。SRY 基因是位于 Y 染色体短臂上只有一个外显子的基因。SRY 基因变异可导致完全性腺发育不全和 XY 性逆转或 Swyer 综合征。DSS 区域(剂量敏感性逆转)已经发现是在 Xp21 其中包含 DAX1 基因。重复的 DSS 区域与发育不全男性假两性畸形和其他畸形有关。从理论上讲，DSS 区域包含了沃尔夫(Wolffian)抑制因子，该因子作为一个抑制基因参与到睾丸形成途径中。患 Denys-Drash 综合征的病人表现为外生殖器模棱两可、条索状或发育不良性腺、进展型肾病和肾母细胞瘤。这些病人的发病原因是位于 11p13 的肾母细胞瘤抑制基因(WT1)出现杂合子型变异。WAGR 综合征(肾母细胞瘤、无虹膜、泌尿生殖系畸形和智力障碍)也是与 WT1 基因变异有关。SOX9 基因与躯干发育异常、致死性骨骼畸形并伴有男性假两性畸形有关。受影响的 46XY 男性的外表可以从正常男性到正常女性，其程度取决于性腺的功能。

7. **先天性无睾症**(Congenital anorchia)　先天性无睾症或消失睾丸综合征是由于睾丸丧失了睾丸功能，其包含了一组畸形。46XY 病人在胚胎第 8 周前丧失睾丸表现为女性内外生殖器，没有或条索状睾丸。而在胚胎发育的第 8～10 周丧失睾丸可导致模棱两可生殖器和生殖管。当在男性发育的关键时期，胚胎第 12～14 周丧失睾丸，可以出现正常男性外表但是没有睾丸。

8. **外源性原因**　外源性因素影响男性发育的有母亲摄入黄体酮或雌激素或环境有害因素。

早在 1942 年 Courrier RI 等就有发现合成黄体酮对人体胚胎有抗雄激素作用。而男性试管婴儿更易出现尿道下裂,其可能原因母体的黄体酮摄入。

(五)性染色体异常

性染色体异常是另一类两性畸形。Klinefelter 综合征(47XXY)通常到青春期出现症状,表现为男性女子乳房、不同程度雄激素缺乏和曲细精管透明样变的小的萎缩睾丸,此外还有无精症和促性腺激素水平升高。该综合征最常见的变异是 46XY/47XXY 嵌合型。通常,嵌合型的症状较典型型的要轻。

(六)性逆转

性逆转(Sex reversal)这一类型 46XX 性逆转包括有正常外表的典型 XX 男性、有不同程度性异常的非典型 XX 男性和 XX 真两性畸形。80%～90% 的 46XX 男性是由于在有丝分裂时涉及 SRY 基因的 Y 染色体与 X 染色体易位而引起的。通常,Y 染色体 DNA 数量存在越多,外表的雄性化表现就越明显。虽然 8%～20% 的 XX 男性检测不到 Y 染色体序列,包括 SRY,但是,约 1/20000 的外表男性的其染色体为 46XX。大多数这些病人存在模棱两可生殖器,但有报道典型的 XX 男性不存在 SRY 基因。

五、性别分化研究展望

性别的分化与发育,是一个非常复杂艰难的过程,为了搞清楚性为何物,人类已经耗费了上千年的时间,但仍未得出一个较为满意的答案,就像我们不得不承认同性恋者是人类的一分子一样,对于性别分化异常者,我们也要承认其作为人类的一分子存在于现代社会的必要性。譬如对女性假两性畸形,医学上似乎已对其发病机制作出了较明确的结论,也找到了相应的治疗办法,但在临床实践中,女性假两性畸形的治疗效果却差强人意,真有顾此失彼、力不从心之感。

尽管如此,人类对于性别分化的研究,仍会持续不断的进行下去,目的是试图从根本上研究清楚人类性别分化的真正机制,在性别分化的胚胎时期,及早发现性别分化异常的迹象,以便能及早进行干预性治疗,使胎儿性别朝着人类认为正常的性别取向发育。

(唐达星)

参 考 文 献

［1］　Olsen LH,Grothe I,Rawashdeh YF,Jørgensen TM. Urinary flow patterns in premature males. Urology,2010,183(6):2347-2452.

［2］　Goto H,Kanematsu A,Yoshimura K,et al. Preoperative diagnosis of congenital segmental giant megaureter presenting as a fetal abdominal mass. Pediatr Surg,2010,45(1):269-271.

［3］　Koski ME,Makari JH,Adams MC,et al. Infant communicating hydroceles—do they need immediate repair or might some clinically resolve? Pediatr Surg,2010,45(3):590-593.

［4］　Gugliota A,Reis Lo,Alpendre C,et al. Postnatally hydronephrosis(HN)in children with antenatally diagnosed hydronephrosis:surgery medical treatment? Actas Urol Esp,2008,32(10):1031-1034.

［5］　Shimada K,Matsumoto F,Kawagoe M,et. al. Urological emergency in neonates with congenital hydronephrosis. J Urol,2007,14(5):388-392.

［6］　Phillips TM,Gearhart JP. Primary closure of bladder exstrophy. BJU Int,2009,104(9):1308-1322.

［7］　LIU Gou-qing,Tang Hua-jian,ZHAO Yao-wang et al. One Stage Repairing Operation in Neonatal Hypospadias. National Journal of Andrology,2006,12(1):66-67.

[8] Ismaili K,Avni F E,Alexander M,et al. Routine voiding cystourethrography is of no value in neonates with unilateral multicystic dysplastic kidney. PEDIATR,2005,146(6):759-763.

[9] Eifinger F,Ahrens U,Wille S,et al. Neonatal testicular infarction—possibly due to compression of the umbilical cord. Urology,2010,75(6):1482-1484.

[10] Garne E,Loane M,Wellesley D,Barisic I,et al. Congenital hydronephrosis:prenatal diagnosis and epidemiology in Europe. J Pediatr Urol,2009,5(1):47-52.

[11] Abdelazim IA,Abdelrazak KM,Ramy AR,et al. Complementary roles of prenatal sonography and magnetic resonance imaging in diagnosis of fetal renal anomalies. Aust N Z J Obstet Gynaecol,2010,50(3):237-241.

[12] Stipsanelli A,Daskalakis G,Koutra P,et al. Renin-angiotensin system dysregulation in fetuses with hydronephrosis. Eur J Obstet Gynecol Reprod Biol,2010,150(1):39-41.

[13] Bartoli F,Gesualdo L,Paradies G,et al. Renal expression of naonocyte chemotactic protein-1and epidermal growth factor in children with obstructive hydronephrosis. J Ped iat Sar,2000,35:569-572.

[14] Knerr I,Dittrich K,Miller J,et al. Alteration of neuronal and endothelial nitric oxide synthase and neuropeptide Y in congenital ureteropelvic junction obstruction. Urol Res,2001,29(2):134-140.

[15] Zampieri N,Zamboni C,Ottolenghi A,et al. Unilateral hydronephrosis due to ureteropelvic junction obstruction in children:long term follow-up. Minerva Urol Nefrol,2009,61(4):325-329.

[16] Rao PK,Palmer JS. Prenatal and postnatal management of hydronephrosis. Scientific World Journal,2009,13(9):606-614.

[17] Nerli RB,Amarkhed SS,Ravish IR. Voiding cystourethrogram in the diagnosis of vesicoureteric reflux in children with antenatally diagnosed hydronephrosis. Ther Clin Risk Manag,2009,5(1):35-39.

[18] Coplen DE,Hare JY,Zderic SA,et al. 10-year experience with prenatal intervention for hydronephrosis. J Urol. 1996,156(3):1142-1145.

[19] Shimada K,Matsumoto F,Kawagoe M,et al. Urological emergency in neonates with congenital hydronephrosis. Int J Urol,2007,14(5):388-392.

[20] Ruano R,Duarte S,Bunduki V,et al. Fetal cystoscopy for severe lower urinary tract obstruction—initial experience of a single center. Prenat Diagn,2010,30(1):30-39.

[21] Pop-TrajkoviĆ S,LjubiĆ A,AntiĆ V,et al. Association of fetal unilateral multicystic kidney disease with other urinary tract anomalies. Vojnosanit Pregl,2009,66(9):733-737.

[22] Camanni D,Zaccara A,Capitanucci ML,et al. Acute oligohydramnios:antenatal expression of VURD syndrome?. Fetal Diagn Ther,2009,26(4):185-188.

[23] Hodges SJ,Patel B,McLorie G,et al. Posterior urethral valves. Scientific World Journal,2009,14(9):1119-1126.

[24] Iura T,Makinoda S,Tomizawa H,et al. Hemodynamics of the renal artery and descending aorta in fetuses with renal disease using color Doppler ultrasound2longitudinal comparison to normal fetuses. J Perinat Med,2005,33:226-231.

[25] Soothill PW,Bartha JL,Tizard J. Ultrasound-guided laser treatment for fetal bladder outlet obstruction resulting from ureterocele. AmJ Obstet Gynecol,2003,188:1107-1108.

[26] 朱小春,俞钢,谢家伦,等. 胎儿泌尿系畸形的产前诊断与新生儿期治疗. 中国优生与遗传杂志,2006,14(9):102-104.

[27] 梁娟,王艳萍,朱军,等. 中国人肾发育不良流行病学分析. 现代预防医学,2000,27(1):79-80.

[28] Yu J,McMahon AP,Valerius MT,et al. Recent genetic studies of mouse kidney development. Curr Opin Genet,2004,14(5):550-557.

[29] Hiraoka M,Tsukahara H,Ohshima Y,et al. Renal aplasia is the predominant cause of congenital solitary kidneys. Kidney Int,2002,61(5):1840-1844.

［30］　Wilson RD,Baird PA. Renal agenesis in British Columbia. Am J Med Genet,1985,21(1):153-169.

［31］　Roodhooft AM,Birnholz JC,Holmes LB. Familial nature of congenital absence and severe dysgenesis of both kidneys. N Engl J Med,1984,310(21):1341-1349.

［32］　Skinner MA,Safford SD,Reeves JG,et al. Renal aplasia in humans is associated with RET mutations. Am J Hum Genet,2008,82(2):344-351.

［33］　AI-Bhalal L,Akhtar M. Molecular basis of autosomal recessive polycystic kidney disease(ARPKD). Adv Anat Pathol,2008,15(1):54-58.

［34］　Hagg MJ,Mourachov PV,Snyder HM,et al. The modern endoscopic approach to ureterocle. J Urol,2000, 163:940-943.

［35］　Kumar S,Pandya S,Singh SK,et al. Laparoscopic heminephrectomy in L-shaped crossed fused ectopia. J Endourol,2008,22(5):979-983.

［36］　Basson MA,Watson-Johnson J,Shakya R,et al. Branching morphogenesis of the ureteric epithelium during kidney development is coordinated by the opposing functions of GDNF and spruty. Dev Biol,2006,299(2): 466-477.

［37］　Koff SA. Neonatal management of unilateral hydronephrosis:role for delayed intervention. Urol Clin North Am,1998,25:181-187.

［38］　Peters CA. Urinary tract obstruction in children. J Urol,1995,154:1874-1884.

［39］　Sairam S,Al-Habib A,Sasson S,et al. Natural history of fetal hydronephrosis diagnosed on mid-trimester ultrasound. Ultrasound Obstet Gynecol,2001,17:191-196.

［40］　Feldman DM,DeCambre M,Kong E,et al. Evaluation and follow-up of fetal hydronephrosis. Ultrasound Med,2001,20:1065-1069.

［41］　Babu R,Sai V. Postnatal outcome of fetal hydronephrosis:Implications for prenatal counselling. Indian J Urol. 2010,26:60-62.

［42］　King LR,Management of Neonatal Ureteropelvic Junction Obstruction. Current Urology Reports 2001,2: 106-112

［43］　毕允力,阮双岁,肖现民,等,后腹腔镜下肾盂成形术在小儿肾积水手术中的应用. 中华泌尿外科杂志, 2007,8:518-519.

［44］　Moneer K,Hanna AA. Antenatal hydronephrosis and ureteropelvic junc-tion obstruction:the case for early intervention. Urol,2000,55:612-615.

［45］　Gearhart JP. The bladder exstrophy-epispadias-cloacal exstrophy complex. In Pediatric Urology Volume Chapter 32. Edited by:Gearhart JP,Rink RC,Mouriquand PDE. Philadelphia:W. B. Saunders Co. 2001: 511-546.

［46］　Jochault-Ritz S,Mercier M,Aubert D. Short and long-term quality of life after reconstruction of bladder exstrophy in infancy:preliminary results of the QUALEX(QUAlity of Life of bladder EXstrophy)study. J Pediatr Surg,2010,45(8):1693-1700.

［47］　Shnorhavorian M,Song K,Zamilpa I,et al. Spica casting compared to Bryant's traction after complete primary repair of exstrophy:safe and effective in a longitudinal cohort study. J Urol,2010 Aug;184(2): 669-673.

［48］　Seliner B,Gobet R,Metzenthin P,et al. Living with bladder exstrophy-the patients' perspective. Pflege,2010 Jun;23(3):163-172.

［49］　Braga LH,Lorenzo AJ,Jrearz R,et al. Bilateral ureteral reimplantation at primary bladder exstrophy closure. J Urol. 2010 Jun,183(6):2337-2341.

［50］　Grady RW,Carr MC,Mitchell ME:Complete primary closure of bladder exstrophy:epispadias and bladder exstrophy repair. Urol Clin North Am,1999,26:95-109.

[51] 张潍平,黄澄如.尿道下裂.小儿泌尿外科学.济南:山东科学技术出版社,1996:180-183.

[52] 薛皓亮.尿道下裂.新生儿外科学.上海:上海科学普及出版社,2002:636-637.

[53] Pierre M,Pierre-YM,Hypospadias. Pediatric Surgery,Springer-Verlag Berlin Heidelberg,2006:529-533.

[54] Kalfa N,Sultan C,Baskin LS. . Hypospadias:etiology and current research. Urol Clin North Am,2010,37(2):159-166.

[55] Madhok N,Scharbach K,Shahid-Saless S. Hypospadias. Pediatr Rev,2009,30(6):235-237.

[56] 孙俊杰,杨纪亮 周李,等.内镜电切治疗小儿后尿道瓣膜 30 例临床分析.中华小儿外科杂志.电子版,2010,4(2):17-19

[57] 李正,王慧贞,吉士俊.实用小儿外科学.北京:人民卫生出版社,2001:1240-1242.

[58] 王果.小儿外科手术难点及对策.北京:人民卫生出版社,2006:700-701.

[59] 黄澄如.实用小儿泌尿外科学.北京,人民卫生出版社,2006:394-397.

[60] 熊廷富,赵家军,胡文利.小切口鞘状突高位结扎治疗小儿鞘膜积液 536 例.中华小儿外科杂志,2002,23(4):374.

[61] 姚干,李宇洲,杨庆堂,等.腹腔镜下缝扎内环口治疗小儿鞘膜积液.中华小儿外科杂志 2004,25(4):302-303.

[62] 苏海龙,隋 武,王云惠,等。微型腹腔镜套线法治疗小儿斜疝及鞘膜积液,(附 747 例报告).腹腔镜外科杂志,2007,12(5):398-399.

[63] Mathers,M J,The undescended testis:diagnosis,treatment and long-term consequences. Dtsch Arztebl Int,2009,106(33):p. 527-32.

[64] Kurahashi N,Kasai S,Shibata T,et al. Parental and neonatal risk fators for cryptorchidism. Med Sci Monit,2005,11(6):274-283.

[65] Raivio T,Toppari J,Kaleva M,et al. Serum androgen bioactivity in cryptorchid and noncryptorchid boys during the postnatal lreproductive hormone surge. Clin Endocrinol Metab,2003,88(6):2597-2599.

[66] Gianotten J,van der Veen F,Alelers M,et al. Chromosomal regio11p15 is associated with male factor Sub-fertility. Molecular Human Reproductionl,2003,9(10):587-592.

[67] 小柳知彦,村井胜,大岛伸一.吕家驹主译.小儿及女性泌尿外科学.济南:山东科学技术出版社,2007:93-98.

[68] Møller H,Prener A,Skakkebaek NE. Testicular cancer,cryptorchidism,inguinal hernia,testicular atrophy,and genital malformations:case-control studies in Denmark. Cancer Causes Control,1996,7(2):264-274.

[69] Wood HM,Elder JS. Cryptorchidism and testicular cancer:separating fact from fiction. J Urol,2009,181(2):452-461.

[70] Pettersson A,Richiardi L,Nordenskjold A,et al. Age at surgery for undescended testis and risk of testicular cancer. N Engl J Med,2007,356(18):1835-1841.

[71] 杨为民,杜广辉.阴囊及其内容物疾病外科学.北京:人民军医出版社,2005:101-106.

[72] Henna MR,Del Nero RG,Sampaio CZ,et al. Hormonal cryptorchidism therapy:systematic review with metanalysis of randomized clinical trials. Pediatr Surg Int,2004 May,20(5):357-359.

[73] Thorsson AV,Christiansen P,Ritzén M. Efficacy and safety of hormonal treatment of cryptorchidism:current state of the art. Acta Paediatr,2007,96(5):628-630.

[74] Pyorala S,Huttunen NP,Uhari M. A review and meta-analysis of hormonal treatment of cryptorchidism. J Clin Endocrinol Metab,1995,80(9):2795-2799.

[75] Kjaer S,Mikines KJ. HCG in the treatment of cryptorchidism. The effect of age and position of the testis. Ugeskr Laeger,2006,168(14):1448-1451.

[76] Aycan Z,Ustünsalih-Inan Y,Cetinkaya E,et al. Evaluation of low-dose hCG treatment for cryptorchidism. Turk J Pediatr,2006,48(3):228-231.

[77] Pirgon O,Atabek ME,Oran B. et al. Treatment with human chorionic gonadotropin induces left ventricular mass in cryptorchid boys. J Pediatr Endocrinol Metab,2009,22(5):449-454.

[78] 龚以榜,吴雄飞. 阴茎阴囊外科. 北京:人民卫生出版社,2008:264-276.

[79] Lee P A. Fertility after Cryptorchidism:Epidemiology and Other Outcome Studies. Urology,2005,66(2):427-431.

[80] Yucel S,Ziada A,Harrison C,et al. Decision Making During Laparoscopic Orchiopexy for Intra-Abdominal Testes Near the Internal Ring. J Urol,2007,178(4):1447-1450.

[81] Abeyaratne MR,Aherne WA,Scott JES. The vanishing testis. Lancet II,1969:822-824.

[82] Honore LM. Unilateral anorchism. Report of 11 cases with discussion of etiology and pathogenesis. Urology,1978,11:251-254.

[83] 龚以榜. 新生儿睾丸扭转. 实用儿科临床杂志,1989,4(4):248-250.

[84] J A Bar-Maor,G Groisman,M Lam. Antenatal torsion of the testes,a cause of vanishing testis syndrome. Pediatr Surg Int,1993,8:236-238.

[85] Caesar R,Kaplan G. Incidence of the bell clapper deformity in an autopsy series. Urology,1994,44:114-116.

[86] StoneKT,KassEJ,Caceiarelli AA,el al. Managenlentof suspected antenatal torsion:what is the best strategy? J Urol,1995,153:782-784.

[87] GlleiaR,ArcherTJ. Bilateral testicular torsionin aneonate. BrJ Urol,1996,78:799.

[88] Barca P R,Dargallo T,Jardon J A,et al. Bilateral testicular torsion in the neonatal period. J Uro1,1997,158:1957-1959.

[89] R Devesa,A Muñoz,M Torrents,et al. Prenatal diagnosis of testicular torsion. Ultrasound Obstet Gynecol,1998,11:286-288.

[90] Anderson J,Williamson R. Testicular torsion in Bristol:a 25 year review. Br J Surg,1998,75:988-992.

[91] Anthony L Alcantara,Yash Sethi. Imaging of Testicular Torsion and Epididymitis/Orchitis:Diagnosis and Pitfalls. American Society of Emergency Radiology,1998,5(6):394-402.

[92] 冯杰雄,李民驹,颜水衡. 新生儿睾丸扭转 1 例. 实用儿科临床杂志,2002,17(5):504.

[93] 宋宁宏,苏建堂,吴宏飞. 新生儿睾丸扭转. 国外医学泌尿系统分册,2002,22(6):326-327.

[94] Sessions A E,Rabinowitz R,Hulbert W C,et al. Testicular torsion:direction,degree,duration and disinformation. J Uro1,2003,169:663-665.

[95] Marcus Hörmann,Csilla Balassy,Marcel O Philipp,et al. Imaging of the scrotum in children. Eur Radiol,2004,14:974-983.

[96] Mathew D,Sorensen Stanley H,Galansky Amanda M,et al. Prenatal bilateral extravaginal testicular torsion-a case presentation. Pediatr Surg Int ,2004,20:892-893.

[97] Jan Willem van der Sluijs,Jan C den Hollander,Maarten H Lequin,et al. Prenatal testicular torsion:diagnosis and natural course. An ultrasonographic study. Eur Radiol,2004,14:250-255.

[98] 杨奕,叶章群,杨为民,等. 婴幼儿睾丸扭转的早期诊断和治疗方法选择. 临床泌尿外科杂志,2005,20(7):412-416.

[99] 安妮妮,张应权,唐仕忠,等. 新生儿睾丸扭转二例诊治体会. 遵义医学院学报,2005,28(3):292-293.

[100] Winnie Wing-Chuen Lam,Te-Lu Yap,Anette Sundfor Jacobsen,et al. Colour Doppler ultrasonography replacing surgical exploration for acute scrotum:myth or reality? Pediatr Radiol,2005,35:597-600.

[101] Yusuf Hakan cavuoglu,Ayse Karaman,Ibrahim Karaman,et al. Acute Scrotum-Etiology and Management. Indian J Pedlatr,2005,72(3):201-203.

[102] Su B T Pham,Matthew K H Hong,Julie A Teague,et al. Is the testis intraperitoneal? Pediatr Surg Int,2005,21:231-239.

[103] Hunter Wessells, Jack W. McAninch. Urological Emergencies, A Practical Guide. Humana Press, 2005: 225-231.

[104] Feilim Liam Murphy, Logan Fletcher, Percy Pease. Early scrotal exploration in all cases is the investigation and intervention of choice in the acute paediatric scrotum. Pediatr Surg Int, 2006, 22: 413-416.

[105] Linus I, Okeke Odunayo S, Ikuerowo. Familial torsion of the testis. Int Urol Nephrol, 2006, 38: 641-642.

[106] P. Gunther, J. P. Schenk, R. Wunsch, etal. Acute testicular torsion in children: the role of sonography in the diagnostic workup. Eur Radiol, 2006, 16: 2527-2532.

[107] Markus Hohenfellner, Richard A. Santucci. Emergencies in Urology. Springer Sciences and Business Media, 2007: 133-135.

[108] Markus Hohenfellner, Richard A. Santucci. Emergencies in Urology. Springer Sciences and Business Media, 2007: 93-97.

[109] Jeffrey A. Norton, Philip S. Barie. Surgery, Basic Science and Clinical Evidence. Springer Sciences and Business Media, 2008: 679.

[110] Matteo Baldisserotto. Scrotal emergencies. Pediatr Radiol, 2009, 39: 516-521.

[111] Abhay Simha Srinivasan, Kassa Darge. Neonatal scrotal abscess: a differential diagnostic challenge for the acute scrotum. Pediatr Radiol, 2009, 39: 91.

[112] Decio Prando. Torsion of the spermatic cord: the main gray-scale and doppler sonographic signs. Abdominal Imaging, 2009, 34(5): 648-661.

[113] P Puri, M Höllwarth. Pediatric Surgery: Diagnosis and Management. Springer Sciences and Business Media, 2009: 927-934.

[114] Martin Chmelnik, Jens-Peter Schenk, Ulf Hinz, et al. Testicular torsion: sonomorphological appearance as a predictor for testicular viability and outcome in neonates and children. Pediatr Surg Int, 2010, 26: 281-286.

[115] Piet R. H. Callewaert, Philip Van Kerrebroeck. New insights into perinatal testicular torsion. Eur J Pediatr, 2010, 169: 705-712.

[116] Achint K Singh, Simon C S Kao. Torsion of testicular appendage. Pediatr Radiol, 2010, 40: 373.

[117] Snodgrass WT, Gargollo PC. Urologic care of the neurogenic bladder in children. Urol Clin North Am, 2010, 37(2): 207-214.

[118] Karmazyn B, Kaefer M, Kauffman S, et al. Ultrasonography and clinical findings in children with epididymitis, with and without associated lower urinary tract abnormalities. Pediatr, Radiol, 2009, 39(10): 1054-1058.

[119] Sillén U. Infant urodynamics. J Urol, 2009, 181(4): 1536-1537.

[120] Vidal I, Hélòury Y, Ravasse P, et al. Severe bladder dysfunction revealed prenatally or during infancy. J Pediatr Urol, 2009, 5(1): 3-7.

[121] Joseph DB. Current approaches to the urologic care of children with spina bifida. Curr Urol Rep, 2008, 9(2): 151-157.

[122] Gool JD, Dik P, Jong TP. Bladder-sphicter dysfunction in myelomengingocele. Eur J Pediatr, 2001, 160(7): 414-420.

[123] Worley G, Schuster JM, Oakes WJ. Survival at 5 years of a cohort of neworn in fants with myelomeningocele. Dev Med Child Neurol, 1996, 38: 816-822.

[124] Holmdahl G: Bladder dysfunction in boys with posterior urethral valves. Scand J Urol Nephrol Suppl, 1997, 188: 1-36.

[125] Yeung CK, Godley ML, Dhillon HK, et al. Urodynamic patterns in infants with normal lower urinary tracts or primary vesico-ureteric reflux. Br J Urol, 1998, 81: 461-467.

[126] Reynard JM,Vass J,Sullivan ME,et al. Sphincterotomy and the treatment of detrusor-sphicter dyssynergia current status,future prospects. Spinal Cord,2003,41:1-11

[127] Wagner W,Schwarz M,Perneczky A. Primary myelomeningoce closure and consequences. Curr Opin Urol 2002,12:465-468

[128] Yeung CK,Godley ML,Duffy PG,et al. PG:Natural filling cystometry in infants and children. Br J Urol, 1995,75:531-537.

[129] Holmdahl G,Hanson E,Hanson M,et al. Four voiding observation in healthy infants. J Urol ,1996,156: 1809-1812.

[130] Koff SA. Non-neuropathic vesicourethral dysfunction in children. InO'Donnell B,Koff SA(eds):Pediatric Urology. Oxford. England,Butterworth-Heinemann,1997:217-228.

[131] Bachelard M,Sillen U,Hansson S,et al. Urodynamic pattern in asymptomatic infants:Siblings of children with vesicoureteric reflux. J Urol,1999,162:1733-1737.

[132] Sillen U,Solsnes E,Hellstrom AL,et al. K:The voiding pattern of healthy preterm neonates. J Urol , 2000,163:278-281.

[133] Wen JG,Yeung CK,Chu WCW,et al. Video cystometry in young infants with renal dilation or a history of urinary tract infection. Uro Res,2001;29:249-255

[134] Wen JG,Tong EC. Cystometry in infants and children with no apparent voiding symptoms. Br J Urol, 1998,81(3):468-473.

[135] Norgaard JP,van Gool JD,Hjalmas K,et al. Standardization and definitions in lower urinary tract dysfunction in children. International Children's Continence Society. Br J Urol,1998,81(3):1-16.

[136] Schulman SL,van Gool JD:Vesical dysfunction in children. In Whitfield HN,Hendry WR,Kirby RS, Duckett JW(eds):Textbook of Genitourinary Surgery. Oxford, England, Blackwell Science, 1998: 261-270.

[137] Mcihel A,Pontari,Michael K,et al. Relained sacral function in children with high level myelodysplasia. J Urol,1995,154:775-777.

[138] Palmer LS,Richards I,Kaplan WE. Subclinical changes in bladder function in children presenting with nonurological symptoms of the tethered cord syndrome. J Urol,1998,159:231-234

[139] Van Gool JD. Non-neuropathic and neuropathic bladder-sphincter dyssynergia in children. J Pediatr Adolesc Med,1994,5:178-192.

[140] Tarcan T,Bauer S,Olmedo E,et al. Long-term followup of newborns with myelodysplasia and normal urodynamic findings:Is fllowup necessary? J Urol,2001,165:564-567.

[141] Samuel M,Boddy SA,Wang K. What happens to the bladder at night? Overnight urodynamic monitoring in children with neurogenic vesical dysfunction. J Urol,2001,165:2335-2340.

[142] Wen JG,Yeung CK,Djurhuus JC. Cystometry techniques in female infants and children. Int Urogynecol J Pelvic Floor Dysfunct,2000,11(2):103-112.

[143] Nelmut Madersbacher. Neurogenic bladder dysfunction in patients with myelomeningocele. Curr Opin Urol,2002,12:469-472.

[144] Duche,DJ. Patterns of micturition in infancy. An introduction to the study of enuresis. In:Bladder Control and Enuresis. Edited by I. Kolvin,R. C. Mac Keith and S. R. Meadow. Philadelphia:Lippincott,1973,2: 23-27.

[145] Karam I,Droupy S,Abd-Alsamad I,et al. Innervation of the female human urethral sphincter:3D reconstruction of immunohistochemical studies in the fetus. Eur U rol,2005,47:627-634.

[146] Zotter H,Grossauer K,Reiterer F,et al. Is bladder voiding in sleeping preterm infants accompanied by arousals? Sleep Med,2008,9:137-141.

[147] Sillén U,Sölsnes E,Hellström AL,et al. The voiding pattern of healthy preterm neonates. J Urol,2000, 163:278-281.

[148] SCOTT R Jr,McILHANEY JS. The voiding rates in normal male children. J Urol,1959,82:224-230.

[149] Zatz LM. Combined physiologic and radiologic studies of bladder function in female children with recurrent urinary tract infections. Invest Urol,1965,3:278-308.

[150] Whitaker J,Johnston GS. Estimation of urinary outflow resistance in children:simultaneous measurement of bladder pressure,flow rate and exit pressure. Invest Urol,1966,3:379-389.

[151] Palm L,Nielsen OH. Evaluation of bladder function in children. J Pediatr Surg,1967,2:529-235.

[152] Starfield B. Functional bladder capacity in enuretic and non-enuretic children. J Pediatrics, 1967, 70: 777-781.

[153] Gierup H. Micturition studies in infants and children. Intravesical pressure,urinary flow and urethral resistance in boys without infravesical obstruction. Scand I Urol Nephrol,1970,4:217-230.

[154] Kroigaard N. The lower urinary tract in infancy and childhood. Micturition cinematography with simultaneous pressure-flow measurement. Acta Radiol suppl,1970,300:3-175.

[155] O'Donnell B,O'Connor TP. Bladder function in infants and children. Br J Urol 1971,43:25-27.

[156] Hjälmås K. Micturition in infants and children with normal lower urinary tract. A urodynamic study. Scand J Urol Nephrol,1976,(suppl 37):1-106

[157] Lee SM,Park SK,Shim SS,et al. Measurement of fetal urine production by three-dimensional ultrasonography in normal pregnancy. Ultrarsound Obstet Gynecol,2007,30:281-286.

[158] Rabinowitz R,Peters MT,Vyas S,et al. Measurement of fetal urine production in normal pregnancy by real-time ultrasonography. Am J Obstet Gynecol,1989,161:1264-1266.

[159] 刘智,常才. 胎儿泌尿系统异常的超声诊断与临床处理. 中国实用妇科与产科杂志,2007,23:345-346.

[160] Holmes NM,Nguyen HT,Harrison MR,et al. Fetal intervention for myelomeningocele:Effect on postnatal bladder function. J U rol,2001,166:2383-2386.

[161] Sillén U,Hjälmås K. Bladder function in preterm and full-term infants free voidings during four-hour voiding observation. Scand J Urol Nephrol Suppl,2004,(215):63-68.

[162] Biard JM,Johnson MP,Carr MC,et al. Long-term outcomes in children treated by prenatal vesicoamniotic shunting for lower urinary tractobstruction. Obstet Gynecol,2005,106:503-508.

[163] Wen JG,Yeung CK,Chu WC,et al. Video cystometry in young infants with renal dilation or a history of urinary tract infection. Urol Res,2001,29:249-255.

[164] Olsen LH,Grothe I,Rawashdeh YF,et al. Urinary flow patterns of healthy newborn males. J Urol,2009, 181:1857-1861.

[165] Jansson UB,Hanson M,Sillén U,et al. Voiding pattern and acquisition of bladder control from birth to age 6 years-a longitudinal study. J Urol,2005,174:289-293.

[166] Nommsen-Rivers LA,Heinig MJ,Cohen RJ,et al. Newborn wet and soiled diaper counts and timing of onset of lactation as indicators of breastfeeding inadequacy. J Hum Lact,2008,24:27-33.

[167] Bachelard M,Sillén U,Hansson S,et al. Urodynamic pattern in asymptomatic infants:Siblings of children with vesicoureteral reflux. JU rol,1999,162:1733-1737.

[168] Yeung CK,Godley ML,Ho CK,et al. Some new insights into bladder function in infancy. Br J Urol,1995, 76:235-240.

[169] Jansson UB,Hanson M,Hanson E,et al. Voiding pattern in healthy children 0 to 3 years old:a longitudinal study. J Urol,2000,164:2050-2054.

[170] Campbell S,Wladimiroff JW,Dewhurst,CJ. The antenatal measurement of fetal urine production. J Obstet Gynaecol Br Commonw,1973,80:680-686.

[171] Koh CJ,DeFilippo RE,Borer JG,et al. Bladder and external urethral sphincter function after prenatal closure of myelomeningocele. JU rol,2006,176:2232-2236.

[172] Holmdahl G,Hansson E,Hansson M,et al. Four-hour voiding observation in healthy infants. J Urol, 1996,156:1809-1812.

[173] Jansson UB,Hansson M,Hansson E,et al. Voiding pattern in healthy children 0 to 3 years old:a longitudinal study. J Urol,2000,164:2050-2054.

[174] Sillen U. Bladder function in healthy neonates and its development during infancy. J U rol,2001,166: 2376-2381.

[175] Van Gool JD,Dik P,de Jong TP. Bladder-sphincter dysfunction in myelomeningocele. Eur J Pediatr,2001, 160:414-420.

[176] Wen JG,Tong EC. Cystometry in infants and children with no apparent voiding symptoms. Br J Urol, 1998,81:468-473.

[177] Yeung C,Godley M,Duffy P,et al. Natural filling cystometry in infants and children. Br J Urol,1995,75: 531-537.

[178] Sillen U,Hanson E,Hermansson G,et al. Development of the urodynamic pattern in infants with myelomeningocele. Br J Urol,1996,78:596-601.

[179] Sugaya K,de Groat WC,. Influence of temperature on activity of the isolated whole bladder preparation of neonatal and adult rats. Am J Physiol Regul Integr Comp Physiol,2000,278:238-246.

[180] Ichino M,Igawa Y,Seki S,et al. Natural history and etiology of high pressure voiding in male infants. J Urol,2007,178:2561-2565.

[181] Shaked O,Tepper R,Klein Z,et al. Hydrometrocolpos——diagnostic and therapeutic dilemmas. J Pediatr Adolesc Gynecol,2008,21(6):317-321.

[182] Dursun I,Gunduz Z,Kucukaydin M,et al. Poyrazoglu HM Distal vaginal atresia resulting in obstructive uropathy accompanied by acute renal failure. Clin Exp Nephrol,2007,11(3):244-246.

[183] Nazir Z,Rizvi RM,Qureshi RN,et al. Congenital vaginal obstructions:varied presentation and outcome. Pediatr Surg Int,2006,22(9):749-753.

[184] El-Messidi A,Fleming NA. Congenital imperforate hymen and its life-threatening consequences in the neonatal period. J Pediatr Adolesc Gynecol,2006,19(2):99-103.

[185] Aygun C,Ozkaya O,Ayyýldýz S,et al. An unusual cause of acute renal failure in a newborn:hydrometrocolpos. Pediatr Nephrol,2006,21(4):572-573.

[186] Kawar B,Sakran W,Chervinsky L,et al. Unusual presentation of McKusick-Kaufman syndrome in a female Bedouin Arab baby. Eur J Pediatr Surg,2005,15(6):446-448.

[187] Ozturk H,Yazici B,Kucuk A,et al. Congenital imperforate hymen with bilateral hydronephrosis,polydactyly and laryngocele:A rare neonatal presentation. Fetal Pediatr Pathol,2010,Jan,29(2):89-94.

[188] Yildirim G,Gungorduk K,Aslan H,et al. Prenatal diagnosis of imperforate hymen with hydrometrocolpos. Arch Gynecol Obstet,2008,278(5):483-485.

[189] Hyun,G. and T. F. Kolon,A practical approach to intersex in the newborn period. Urol Clin North Am. 2004,31(3):435-443.

[190] Schober J M. Feminizing genitoplasty:a synopsis of issues relating to genital surgery in intersex individuals. J Pediatr Endocrinol Metab,2004,17(5):697-703.

[191] Azziz,R Androgen excess in women:experience with over 1000 consecutive patients. J Clin Endocrinol Metab,2004,89(2):453-462.

[192] Crouch N S,and S M Creighton. Minimal surgical intervention in the management of intersex conditions. J Pediatr Endocrinol Metab,2004,17(12):1591-1596.

［193］ Reiner W G, J P Gearhart. Discordant sexual identity in some genetic males with cloacal exstrophy assigned to female sex at birth. N Engl J Med,2004,350(4):333-341.

［194］ Hines M,C Brook G S Conway. Androgen and psychosexual development:core gender identity,sexual orientation and recalled childhood gender role behavior in women and men with congenital adrenal hyperplasia(CAH). J Sex Res,2004,41(1):75-81.

［195］ Berenbaum S A. Psychological adjustment in children and adults with congenital adrenal hyperplasia. J Pediatr,2004,144(6):741-746.

［196］ Mauras N. Strategies for maximizing growth in puberty in children with short stature. Endocrinol Metab Clin North Am,2009,38(3):613-624.

［197］ Brämswig J,Dübbers A. Disorders of pubertal development. Dtsch Arztebl Int,2009,106(17):295～303.

［198］ Koyama A,Corliss HL,Santelli JS. Global lessons on healthy adolescent sexual development. Curr Opin Pediatr,2009,21(4):444-449.

［199］ Schulz KM,Molenda-Figueira HA,Sisk CL. Back to the future:The organizational-activational hypothesis adapted to pubertyand adolescence. Horm Behav,2009,55(5):597-604.

［200］ Sanfilippo JS,Lara-Torre E. Adolescent gynecology. Obstet Gynecol,2009,113(4):935-947.

［201］ Walvoord E. Sex steroid replacement for induction of puberty in multiple pituitary hormone deficiency. Pediatr Endocrinol Rev,2009,6(2):298-305.

［202］ Paduch DA,Bolyakov A,Cohen P,et al. Reproduction in men with Klinefelter syndrome:the past,the present,and the future. Semin Reprod Med,2009,27(2):137-148.

［203］ Loomba-Albrecht LA,Styne DM. Effect of puberty on body composition. Curr Opin Endocrinol Diabetes Obes,2009,16(1):10-15.

［204］ Kulik-Rechberger B. Individual and environmental conditions influencing puberty in girls. Ginekol Pol,2008,79(10):697-701.

［205］ Graff M,Yount KM,Ramakrishnan U,et al. Childhood nutrition and later fertility:pathways through education and pre-pregnant nutritional status. Demography,2010,47(1):125-144.

［206］ Iyare EE,Nwagha UI. Delayed puberty onset in rats that consumed aqueous extract of Hibiscus sabdariffa during the juvenile-pubertal period. Pak J Biol Sci,2009,12(23):1505-1510.

［207］ DeBoer MD,Li Y,Cohn S. Colitis causes delay in puberty in female mice out of proportion to changes in leptin and corticosterone. J Gastroenterol,2010,45(3):277-284.

［208］ Sadeh A,Dahl RE,Shahar G,et al. Sleep and the transition to adolescence:a longitudinal study. Sleep,2009,32(12):1602-1609.

第 16 章

矫形外科

第一节　新生儿骨骼系统解剖及生理特点

新生儿的骨骼系统在大体上、变化的程度上、代谢上、结构上和功能上均与其他年龄的儿童和成年人有明显不同。这些不同表现在解剖、生理和生物物理上。正是这些不同,新生儿骨骼系统疾病表现其独有的特点。

一、解剖特点

在胚胎的发生中,骨由间充质发生,有两种成骨模式,即膜内成骨和软骨内成骨。扁骨是膜内成骨,如顶骨、额骨和锁骨,其基本过程是间充质中血管增生,细胞密集分化为成骨原细胞,骨母细胞分泌细胞外基质,接着钙盐沉积,出现骨化中心,形成原始骨小梁,其排列与内外压力有关。膜内成骨发生于椎体和长骨的骨干。软骨内成骨是间充质形成透明软骨,持续软骨退变和骨取代的过程,继而发生骨组织改建而成骨的过程。基本过程包括:①间充质细胞密集形成原始胚基;②细胞外基质形成增多,形成原始软骨;③大量细胞外基质出现,形成软骨胚基,中心软骨肥大;④基质与细胞进一步扩大,形成骨小梁,在骨骺端出现骨膜和血管生长;⑤肥大的软骨细胞代谢更加活跃,出现钙盐沉积;⑥原始骨组织中出现血管,软骨逐渐被骨组织取代,并且沿胚基生长,出现原始骨化中心;⑦进一步有序生长,骺板出现,干骺端再塑;⑧软骨骨骺形成通道,血管长入;⑨次级骨化中心出现。在胎儿和出生后,初级和次级骨化中心在扁骨和长管状骨有序出现,生长发育逐步成熟。认识不同解剖部位各种骨组织中骨化中心出现,能帮助临床工作者了解个体的生长发育,了解疾病和创伤的发生。长骨体的骨化中心多在胎儿生后 2 个月出现,次级骨化中心出生后不同时间出现。肱骨头的骨化中心后生后 1～3 个月出现,大结节 2 岁,小结节 3 岁,肱骨小头生后 11 个月,内上髁 5 岁,滑车 7 岁,外上髁 11 岁出现。桡骨近端骨化中心 5 岁,远端出生后 6 个月出现。八块腕骨出现的时间是,头状骨和钩骨出生后 2 个月,三角骨 2 岁,月骨 3 岁多角骨 5 岁,舟骨 5 岁,豌豆骨 9 岁。股骨远端骨化中心在出生前出现,近端的头要生后 5 个月,大转子 3 岁,小转子 8 岁出现。

长骨在解剖分为骨干、干骺端、骨骺和骺板(生长线)4 部分,每部分有其特有的生理和生物功能的特点,通过软骨内和膜内化骨,在生长发育和疾病中出现不同的形态表现。长骨的骨干以皮质骨为主,出生后骨干的网状骨没有 Haversian 系统,其特点是既有膜内成骨,又有软骨内成骨,骨干增大形成髓腔,周围骨膜厚且血供丰富,骨膜与骨附着松,当有外界刺激,成骨活跃。干骺端特点是骨皮质变薄,骨小梁多,代谢活跃,做骨扫描易于显影,周围骨膜附着较紧。在出生后,长骨骨骺除股骨远端出现骨化中心外,其余都是软骨,又称软骨骺,随骨化中心出现,形成软骨-骨-骺,即骨骺,随生长,骨骺中骨化中心增大,到骨成熟时代替除关节面的所有软骨。骨骺中骨化中心出现在不同部位有不同特点。骺板即生长板是长骨的生长部,生长的过程就是软骨内化骨的过程,在长骨的生长停止前,各部位骺板的结构大致相同,在形态和结构上,骺板生长基本过程是生长、成熟、转化和再塑。生长板的两端有相对独立的血供,有专门的血供到郎飞区(zone of ranvier),这个区域中的间充质细胞分化为软骨母细胞,这个区的软骨膜和骨膜是相连的,干骺端在该区形成骨环(osseous ring of lacroix),维护骺板的生长。

二、生 理 特 点

1. 骨骺生长融合固定 随年龄生长,到青春期骨骺生长停止,与干骺端融合,这个过程是通过骨骺中不断形成骨组织,骨组织代替骨骺软骨的过程。这个过程在不同的部位有所不同,如在胫骨远端,骺的关闭开始在骺板中间,继而到内侧,然后到外侧。

2. 骨的血液供应 骨在生长发生中,血供非常丰富。骨膜富含很多血供,为成骨和 Haversian 管增多提供保障。骨内膜由滋养血管提供。骨骺的血供有分支到软骨。干骺端和骨骺的血供是分开的。骺板的血供来源于骨骺、干骺端和 Ranvier 区的血管。骨骺的血供与骨化中心连接间变化很大,血管是通过软骨管到骨骺的,发出分支到骺板的生发层。在较大的骺板处,血管是可以穿过骺板的,穿过的部位多在骺板的周围,随骨化中心增大,穿过的血管减少,软骨管含有动脉和相伴的静脉,末端行程毛细血管复合体,其功能有供养骨骺和骺板的血供、软骨管内间充质细胞是软骨母细胞的来源、软骨管周围有透明软骨为化骨准备、形成二次骨化中心。二次骨化中心出现后,骨骺的血供发生变化,软骨管在二次骨化中心里扩大,形成吻合,二次骨化中心增大后,形成软骨板,终末血管通过软骨板向骺板提供血供,如果外伤引起某个区域的血供受到影响,供血区的骺板不能正常生长,相邻区域的骺板血供正常,生长正常,生长就会出现不平衡,发生成角畸形。干骺端的血供有两个来源,一个是营养动脉,为干骺端的中部供血;另一个是软骨膜血供,为干骺端的周围供血。这两个血供终末部分形成襻,穿过骨小梁到骺板生长的肥大区。干骺端的血供受损,不影响骺板的生长和发生,但软骨到骨的转化在一定程度上要受影响,出现干骺端增粗,3~4 周血供恢复后就得到改善。

3. 骨再塑 原始骨是通过软骨内化骨和膜内化骨形成的。经过破骨细胞吸收和成骨细胞形成新的骨,这种骨就是继生骨。原始骨有圆周样的板状骨、纤维网状骨和原始骨单位。出生后,干骺端和骨干为网状纤维骨,也有少量的原始骨单位。纤维网状骨有大而不规则的血管,骨面有成骨细胞,沉积新骨后,血供空间减少,形成原始骨单位,这种骨多与长骨纵向平行。骨再塑是动态的软骨到骨的过程,骨的结构不断改变的过程。再塑由破骨细胞和成骨细胞完成,受到各种生物物理因素的影响。

(唐盛平)

第二节　先天性肌性斜颈

先天性肌性斜颈(congenital muscular torticollis,CMT)是由于胸锁乳突肌纤维化挛缩所致头颈偏斜,继而发生头面和脊柱的畸形。常常表现为患侧面小,头斜向患侧,下颌转向健侧。多数孩子在婴幼儿期出现胸锁乳突肌假性肿瘤(sternocleidomastoid pseudotumorof infancy,SCM-POI),肿块能自行消失,出现多种转归。未治愈斜颈危害儿童的身心健康。该病的记录有 300

余年历史。其发病率为 0.008 4％～2.1％,在中国人婴幼儿中的斜颈发病率可高达 1.3％,严重危害儿童的身心健康。

一、病　因

在 20 世纪前,对其病因已提出多种学说,包括有宫内学说、损伤学说、感染学说、神经学说和缺血学说等,但没有一种学说能解释该病的整个临床病理特征。在 1670 年,Van Roonhysen 被认为是最早研究记录者,认为斜颈发生妊娠期,是由于头部在子宫内受压所致。在 1838 年,Stromeyer 认为分娩中的创伤是引起斜颈的原因,产伤使胸锁乳突肌出现血肿,形成假性肿瘤,伴发肌炎,使该肌纤维化。但临床上尚无胸锁乳突肌损伤的直接证据,患儿并无疼痛。1885,Volkmann 认为感染是 CMT 的原因。但病理检查中并未发现有明确的炎症过程,也无病源菌的直接证据。1892 年,Petersen 提出了宫内羊膜与胎儿面部粘连,干扰了 SCM 在宫内的发生与发育。Golding-Bird 提出了神经学说,认为是宫内脑损伤引起 SCM 发育障碍。Mikulicz 提到缺血是该病的原因。近些年,这些学说被细分和补充为下列几种。

1. **遗传学说**　虽然该病多为散发,但有家族性发病的报道。有同一家族中 3 代中出现 5 人患有 CMT,也有道同一家族中 5 个女性患儿有 CMT,其中 3 个是姐妹,4 个是近亲结婚的后代,5 个患儿均除外可能的环境因素,认为遗传学因素可能在 CMT 行成中起重要作用。但目前仍未发现其遗传的特点。

2. **子宫内拥挤学说**　这种学说是基于 30％～60％的斜颈患者有难产病史,支持 CMT 的发生可能为子宫内拥挤和胎位不正。子宫内拥挤伴随发育性髋关节发育不良(developmental dysplasia of the hip,DDH)的风险增高,其发生率高达 20％。

3. **宫内或围生期筋膜间室综合征后遗症学说**　Davids 通过 MRI 检查,发现 MRI 信号患侧 SCM 与正常侧不对称及异常的信号改变,其信号改变与前臂、小腿筋膜间室综合征信号类似,认为 CMT 的发生可能为宫内或围生期 SCM 的筋膜室综合征有关。但胸锁乳突肌的巨微解剖发现该肌血管有 4 个以上来源,从不同的方向,难于因为头位造成该肌缺血。

4. **SCM 胚胎发育异常学说**　对 CMT 肿块大体标本观察和光镜检查,发现婴幼儿胸锁乳突肌假性肿瘤大体标本为纤维瘤样,混杂有不同程度的肌组织。发现间质增生为多种细胞成分组成,有肌母细胞、成纤维细胞、肌成纤维细胞及间充质样细胞。年龄小的患儿,病变组织中有较多肌母细胞存在。以此推测肿块具有分化成熟能力。超声下胸锁乳突肌假性肿瘤出现多种回声,动态观察,肿块消退后胸锁乳突肌的回声与健侧相同,临床观察肿块能自行消退,部分患儿可自愈,提出 CMT 的病因为 SCM 胚胎发育异常所致,病变组织中多种细胞处在不同分化成熟中,如果以肌母细胞分化成熟为主,形成较正常的肌组织,肿块消退后,病侧胸锁乳突肌临床和超声正常;如果部分成肌分化,SCM 部分纤维化,有斜颈症状;如果成纤维细胞分化成熟为主,SCM 纤维化挛缩,出现典型的斜颈症状。

二、病理及分型

1. **基本病理变化**　肿块中纤维组织增生,部分或全部代替了肌组织,与纤维瘤病相似,未发现血肿的证据。肿块中见有正常的肌组织。在光镜下,成纤维细胞增生,间质中有胶原纤维及散在的肌细胞,间质中增生的成纤维细胞呈梭形,核大,显示纤维组织处于早期阶段。CMT 病儿胸锁乳突肌不同程度被纤维组织代替,大龄儿童纤维组织似腱样。电镜下病理变化具有特征性,在增生的间质中,同时在有肌母细胞、间充质样细胞、肌成纤维细胞和成纤维细胞。肌母细胞处在不同分化成熟过程中。同时各种细胞均有退变的表现。未发现炎症反应、出血和钙化。

2.分型　根据病理、超声和临床,对该病作临床病理分型。

(1)肿瘤型:胸锁乳突肌出现肿块,累及该肌的部分或全部,超声下出现多种回声,镜下出现多种细胞成分,这些细胞处在不同分化成熟中。临床发现肿块位于 SCM 中,质硬。

(2)肌肉型:肿块消失,病变侧胸锁乳突肌的超声回声与对侧相似,头颈活动正常,没有斜颈症状。

(3)纤维型:肿块消失后,病变胸锁乳突肌变硬,超声出现强回声,头颈活动受限,不对称,斜颈明显。

(4)混合型:肿块消失后,胸锁乳突肌不同程度挛缩,超声出现部分强回声,临床出现不同程度的斜颈症状。

三、临床表现

临床表现与年龄和病变程度明显相关。

新生儿出生后 2～3 周,家长偶然发现颈部肿块和头斜,在患侧胸锁乳突肌内可摸到梭形肿块,质地坚硬而固定,伴有头斜表现,颈活动受限,下颌不能向肿块同侧肩部旋转。3～8 个月后肿块逐渐消失,出现 3 种不同转归:肿块自行消失,不伴有斜颈;肿块自行消失,但残留有束状挛缩,头有偏斜;肿块虽然自行消退,但胸锁乳突肌逐渐挛缩,头出现偏斜。

出生后发现头斜,无颈部肿块病史。体检胸锁乳突肌肿块不明显,超声可发现胸锁乳突肌回声异常。

斜颈的患儿,妊娠和分娩史有特殊表现。剖宫产、宫外孕的小儿也可发生斜颈。有两侧的 SCMPOI 病儿的报道;斜颈患儿的臀位和助产发生率较高;斜颈患儿后期伴发骨畸形,并随年龄增长而加重,患儿出现面部不对称,斜头畸形,颅骨畸形,脊柱侧弯,斜视等严重并发症。

多种疾病可引起新生儿头斜,出现斜颈症状,常见分类见表 16-1。

表 16-1　婴儿斜颈分类

分　类	定义与特点
婴幼儿胸锁乳突肌假性肿瘤(sternocleidomas-toid pseudotumorof Infancy,SCMPOI)	胸所乳突肌可扪及肿块,检查颈部活动受限,临床上较容易诊断。B 超示肿块在胸锁乳突肌内,回声异常
先天性肌性斜颈(congenital muscular torticol-lis,CMT)	胸所乳突肌增厚,紧张,颈活动受限,头面可有不对称。B 超示胸锁乳突肌回声异常
姿势性斜颈(postural torticollis,POST)	有斜颈症状,但胸所乳突肌无肿块和增厚。B 超示胸锁乳突肌未见异常
其他畸形	脊髓空洞症,眼斜视,颈 1～2 关节畸形,肌张力障碍,先天性眼震颤,Klippel-Feil 综合征,婴儿阵发性斜颈

四、诊断及鉴别诊断

1.诊断基于病史、临床检查和超声,常常能作出先天性肌性斜颈的诊断。20 世纪 90 年代,开始了胸锁乳突肌的超声检查,采用实时超声诊断仪,探头频率为 7～7.5MHz。患儿仰卧位,颈部伸直,探头置于 SCMPOI 处横断面扫查,图像辉度调节与健侧胸锁乳突肌肌腹为低回声。超声可探及肿块在 SCM 中,表现多种回声,回声强是纤维化的表现。

2. 鉴别诊断，在新生儿期以颈部肿块就诊者，要与先天性甲状腺囊肿、颈部淋巴管瘤和神经母细胞瘤鉴别。超声图像能显示正常颈部的解部关系，识别皮肤，皮下脂肪组织，肌膜和肌纤维图像，发现肿块的位置及大小。颈部非炎性颈部包块，归纳成三种回声：囊状、实质性及混合性回声。认为超声可以从回声性质作出正常颈部的解剖与肿块关系，提供肿块大小，位置范围。如果超声图像发现其他的表现，如肌肉回声不均质，在胸锁乳突肌内伴有边界不规则改变，肿块延伸至肌肉边缘之外，或肿块旁有淋巴结大，应考虑与其他颈部软组织病变相鉴别。甲状腺肿瘤等颈前正中肿块与胸锁乳突肌常不相连，超声图像易与 SCMPOI 作出鉴别。颈侧软组织囊性肿块多见于腮裂囊肿和囊状水瘤，后者壁薄，内为无回声区含有分隔。小儿颈侧实质性肿块见于淋巴结疾患如颈淋巴结结核、淋巴瘤等，或成神经细胞瘤，观察肿块图像位于胸锁乳突肌外，可紧贴胸锁乳突肌生长，成神经细胞瘤内常为非均质强回声。虽然有头斜面小，1 岁后还没有好转，但颈活动不受限，B 超下胸锁乳突肌回声没有明显异常，病史中无肿块表现，则需要观察随访。

五、治　疗

1. 非手术治疗的方法　非手术治疗方法很多，中文文献的记录可以说是五花八门，多种多样。在医生的指导下，由物理治疗师行头颈的牵拉是有效的治疗方法。具体如下：①患儿平卧于治疗台上，左右转动患儿的头部，正常侧患儿下颌能转到同侧的肩峰，如果把这个位定为 0°，病侧不能达到这个度数示为头颈活动欠的度数。②家长抱住患儿的肩，治疗师抱患儿的头，如果是右侧斜颈，则右手拇指附在下颌，其余四指于枕后，左手掌于患儿左侧下颌，牵拉头颈，使患儿下颌转向右侧，反复转动牵拉，每周做 2 组，每组 30～40 次。每牵拉 10 次，停下来对肿块做局部的轻柔按摩 5～10 次。③牵拉中注意患儿的呼吸，注意呕吐。④在新生儿期，牵拉中易出现"弹响"，突然拉开（give-way），一旦发生，颈部活动明显好转，这个过程实际上是手法使肿块发生了断裂（Manual Myotomy），达到了手术治疗的目的。对新生儿期行手法牵拉治疗的患儿，要预知家长，防止"弹响"引起家长的惊恐。"弹响"发生后，1～2d 内患儿会有一些哭闹，头部活动时更明显，个别的局部有发绀。这种正规的非手术治疗治愈率可达 95%。

2. 肾上腺糖皮质激素肿块内注射诊疗　常用的药物有确炎舒松和曲安奈德。注射治疗要求药物注射到肿块内，用药适量，注射间歇要够长，减少药物的不良反应。

3. 手术治疗　手术指征和方法：①病人有肿块史，1 岁左右，肿块渐消，但有头斜面小，颈活动受限，患侧胸锁乳突肌硬，B 超下该肌回声强。1 岁左右孩子，手术的方式可在胸锁关节上 1～2cm，行胸锁乳突肌切断及部分切除术。如果就诊晚，年龄＞3 岁，可考虑行胸锁关节上和乳突下双切口，两个切口中均行切断和部分切除。②病人没有肿块史，年龄 1 岁，头斜面小，颈活动受限，患侧胸锁乳突肌硬，B 超下胸锁乳突肌异常回声，回声强。③对 1 岁内的婴儿，出生诊断后就接受了正规的物理治疗，虽然肿块减小，但头斜仍然明显，颈活动明显受限，临床和超声检查提示非手术治疗效果不好，有条件和经验，则可行手术治疗，术后辅助物理治疗。

（唐盛平）

第三节　先天性上肢和手部畸形

治疗先天性手部畸形的困难长期以来是公论的，是近年来手外科、小儿骨科医生共同感兴趣的问题。不能标准化单一手术程式以适用于每一个类似畸形病人，治疗先天性手部畸形可在出生后或发育后进行。涉及可能是单侧或双侧；涉及畸形可能是独立的情况，或者是畸形综合征或骨骼畸形的单个表现。功能重建并改善外观已取代了最初以整形和矫形为主要目的的治疗观念。先天性手部畸形的矫治涉及多学科的知识,手术时年龄、选用什么方法矫治,都可以作为探讨的内容。

先天性手部畸形种类繁多、类型复杂、表现个体差异很大。其发生率与不同人种有很大的区别,在我国目前尚无准确的统计数字。

手部先天畸形的分类方法尚有争议,目前较为公认是 Swanson 等将先天性手部畸形分为 7 类。此种分类方法已被国际手外科学会、美国手外科学会所采纳。

1. 部分形成失败(发育停滞) 以肢芽形成失败为特征,又分横向与纵向两类,横向类涉及所有的先天性截肢(指),从无指、无手至无肢。Wynne-Daviesr 报道横向缺陷发病率是每 6.8/10 000,大多数是单侧(98%),最常见水平是前臂上 1/3,没有性别差异。纵向缺陷又有短肢畸形(手直接与肩关节相连,没有前臂及肱骨相间隔;伴随畸形肱骨,桡骨,尺骨相间隔;手间隔肱骨与肩关节相连,但没有前臂)、桡侧缺陷(分为短桡骨,桡骨发育不良,部分桡骨缺如,完全桡骨缺如)、尺侧缺陷(尺骨部分缺如或发育不良;尺骨完全缺如;尺骨部分或完全缺如伴肱桡骨融合;尺骨部分或完全缺如伴先天性腕关节处截肢)、中央缺陷(裂手畸形)。

2. 部分分化失败 特征为有发育形成基本单位,但未分化形成正常的组织结构,如骨性联合、并指、多发关节挛缩等,这一部分又分为涉及软组织、骨骼与先天性肿瘤 3 组,指屈伸长肌、手内在肌异常、屈曲指、偏斜指、先天性桡骨头脱位、Madelung 畸形等均属此类。

3. 重复 部分肢芽或外胚层帽在早期受损,原始胚基形成裂隙,导致重复畸形,多指、镜手均属此类。

4. 过度生长(巨大发育) 整个肢体过度生长、局部过度生长伴有神经脂肪血管浸润均包括在这一类中,表现为半侧肥大与巨指畸形。

5. 发育不全(发育不良) 发育迟缓或不良是指某一组织结构发育不完善、不完全,如短掌骨、短指、短指并指。

6. 先天性环状束带综合征 多认为因母亲妊娠时,羊水过多,肢体和羊膜粘连或羊膜束带环绕,则在羊膜束带缠绕部位形成很深的沟,此种绞窄性皮沟多为完整的环圈,也可由于脐带缠绕所致。严重者表现为宫内截肢或截指,轻者只呈现软组织绞窄环挛缩带,中等程度者可合并远端淋巴水肿,末端并指。

7. 全身骨骼畸形 手部先天畸形作为全身骨关节畸形的一种表现。包括染色体异常、软骨发育异常、胶原结缔组织发育异常,以及各式各样的综合征。

一、先天性并指

并指(syndactyly)是由于胚胎发育中手指分化失败后一种畸形,不同人种发生率不同,是白种人中最多见的手部畸形,发生率达 0.5‰,黑种人最少,在我国尚无准确的统计,从临床工作中观察也是较为常见先天手部畸形。

(一)病因

具体病因不清楚,Flatt 发现他的患儿 40% 有家族史,遗传作为并指一个因素。数个家谱表明是常染色体显性遗传,但外显率是不完全的。少数为常染色体隐性或性染色体遗传。

(二)分类

并指种类繁多,程度轻重差别很大,从皮肤并指至骨性并指,从单纯性并指到复合性并指。以两指或多指间皮肤软组织相连,或伴有指骨融合,指骨发育缺陷、排列紊乱为其特征。

并指常分为完全性并指或不完全性并指；单纯性并指或复杂性并指。完全性并指是从指蹼到指尖指与指相连。不完全性并指是从指蹼不到指尖任何一点指与指相连。单纯性并指是指软组织相连或皮肤相连的并指。复杂性并指是涉及并指有骨性因素。穿通性并指是相邻指远端侧相融合而近端皮肤和软组织相穿通。短指并指畸形伴随并指指骨短缩。伴随并指畸形有趾蹼畸形，多指，裂足，先天性环状束带畸形，肌肉缺如，脊柱畸形和心脏畸形。Apert 综合征和 Poland 综合征其特征包括多并指畸形。中、环指并指最常见，超过 50%，其次为环小指并指与示中指并指，三指并指以示中环并指最常见，四指完全并指称之为巴掌手。并指畸形双侧发病近 50%，男孩较女孩多见。并指指甲可能完全分开或者有共同指甲。如指间关节近同一水平，指屈伸活动通常是正常的。指蹼环形束带常常是存在的。并指间常有异常分裂肌腱，神经，血管。单纯性并指的指骨通常是正常的。复杂性并指的各种骨间连接从重复畸形，到分枝畸形，再到分裂畸形。除非有 delta(δ)骨存在，很少出生时发生倾斜畸形。如果涉及中环指或中示指的中央性并指，倾斜畸形发展较慢。然而如涉及环小指或示指拇指并指畸形，就会出现渐进性屈曲挛缩，侧倾和拇指旋转畸形。

（三）并指的治疗

手术并不要过于积极，应待适年龄进行手术重建，多鼓励父母手法按摩分离并指间皮肤，为以后手术作准备。矫治年龄，意见不一致。以 18 月龄至 5 岁为宜，应在学龄前完成治疗。手术年龄过早，有指蹼向远端移位和指缝瘢痕挛缩趋向。当涉及不等长指并指，无论是简单并指或者是复杂性并指，都主张及早手术。否则会出现指的倾斜，旋转和屈曲畸形。这些畸形难以纠正。当涉及多并指时，两边指应早期松解，下次手术应等 6 个月后进行。并指桡尺侧连续性松解手术是禁忌证，并可能不同程度危及手指的安全。

手术步骤分为三步；并指分离，指缝重建，指间重新覆盖。沿指长轴 Z 字切口阻止线性瘢痕挛缩。先分离手指远端皮肤，由远端向近端分离，如发现血管变异，处理血管前先放松止血带，观察血供，然后再继续手术。共同指间动脉分离至指蹼，结扎多余分支，小心不要损害指动脉。指神经分叉过低时，要小心劈开，如两指间只有一根指神经，应根据分离手指的皮肤感觉需要保留一侧（示指、中指保留桡侧，环指、小指保留尺侧）。共甲应纵向分离。如手术年龄小，骨间结构则用手术刀纵向分开。重建指蹼缝应注意的是，正常指蹼从近端背侧到掌侧是斜向的。背侧从掌横韧带开始并向远端扩展，掌侧到近指屈指沟纹，通常是近节指骨中点。在小指、环指、中指、示指间，其远端指缝形成一个精细角。有些手中指，环指间的指缝是一"V"形或者"U"形的。远端指距应比近端指距大，以允许手指沿掌指骨轴外展。在重建正常外观与功能指，更愿意使用局部皮瓣而不是游离植皮，最大化减少指缝的瘢痕。尽管使用皮瓣设计，但仍有皮肤不足以覆盖每一指伤口。设计"Z"字形皮瓣可为一指的掌侧和背覆盖，另外指需要的全厚皮肤移植。

（四）并发症

重建后最常见的并发症是指蹼或指瘢痕挛缩。如手术年龄过小，有指蹼向远端移位可能。也有复发，倾斜畸形。最灾难性是手指循环不足以至指缺失。

二、多指畸形

多指畸形（polydactyly）是临床上常见且明显的手部畸形，多指畸形可分为 3 类。①轴前，拇指重复畸形（对裂拇指）；②中央多指、示指、中指和环指重复畸形；③轴后，小指重复畸形。也包括尺骨重复畸形或镜手畸形，一种罕见畸形。

（一）轴前多指（对裂拇指）

对裂拇指是一种完全性或部分拇指重复畸形，是白种人和东方人中最常见的重复畸形，发病率是1∶3 000。通常是单侧，少部是双侧。对裂拇指的病因不明。大多数是分散出现，多认可环境因素，而不是基因因素。典型对裂拇指是一种不伴其他畸形综合征的独立畸形。

Wassel将对裂拇指分为七型。Ⅰ型：远节指骨部分重复，有共同的骨骺与指间关节。Ⅱ型：远节指骨完全重复，各有其独立的骨骺。Ⅲ型：远节指骨重复，近节指骨分裂。Ⅳ型：近远节指骨完全重复。Ⅴ型：近远节指骨完全重复伴随第一掌骨分裂。Ⅵ型：掌骨重复，近远节指骨完全重复，其中之一可发育不良。Ⅶ型：拇指呈三节指骨或部分三节指骨伴随不同程度重复拇指发育不良。概括而言，Ⅰ、Ⅲ、Ⅴ型为不完全骨性重复，Ⅱ、Ⅳ、Ⅵ型为完全骨性重复。Wassel的系列中Ⅳ型是最常见（47％），其次是Ⅶ型非曲直（20％），Ⅱ型（15％）。畸形常是单侧，临床外观从轻微拇指尖稍宽至完全性重复拇指。典型是两重复畸形有不同程度发育不良，通常桡侧重复畸形发育更差。多数有两个独立的指甲，其间有沟，少数共用一个指甲，拇指末端扁宽。

治疗：重复（对裂）拇的治疗往往比想象的要复杂得多，由于进行性偏斜畸形、关节不稳定，简单的切除发育不良多指，很少有满意拇指外形与功能。手术目的改善外观，重建手指功能。如果是X-线下重复拇指，拇指外观仅比正常稍宽，外科手术就没有必要。如果可能，手术年龄不应超过5岁。近端重复拇指要求切除发育不良多指，缩小增宽关节面，侧附韧带重建，内在肌转位，外在屈伸肌腱中心化。

Ⅰ型和Ⅱ型可切除一侧发育不良有重复指，或中央截骨融合。Ⅳ型两指间纵向截骨中央融合。Ⅲ型、Ⅴ型建议切除多余指，矫正异常的内在肌与外在肌，可利用切除指存在的肌腱移位，重建拇指功能。Ⅵ型、Ⅶ型可切除多指、肌腱移位。切除中节发育不良畸形的指骨，保留两节指骨拇指。

重复拇指术后出现的拇指偏斜畸形、关节不稳定是最常见并发症状，需要进一步韧带重建，矫正截骨或者是关节融合术加以纠正。手术年龄为8～10岁。其他并发症包括感染，关节僵硬，瘢痕挛缩，不恰当肌腱切除。

（二）轴后多指（小指多指）

小指重复畸形是黑种人中最常见的重复畸形，确切发病率不详。小指重复我国比较少见。轴后重复畸形基于重复指发育程度分为三型。Ⅰ型：仅软组织重复畸形。Ⅱ型：部分指重复畸形包括骨结构。Ⅲ型：完全性重复畸形包括掌骨。Ⅲ型，罕见。小指重复畸形是基因所决定的，Ⅰ型是多因素涉及两个不完全外显基因。Ⅱ型和Ⅲ型是常染色体遗传。轴后多指是沿小指尺侧有一发育良好多指或仅仅是一软组织附属物。多指通常有不同程度发育不良。偏斜畸形出生时或生长发育后出现。

治疗Ⅰ型的小指多指，治疗上也比较简单。Ⅱ型应1岁时进行手术，采用圆形切口切除小指多指。

（三）中央多指

中央多指是示指、中指、环指重复畸形。它是罕见固定性畸形，通常伴随复杂并指畸形。最常见的中央多指是中环指并指间隐藏多指。示指多指和中环指并指多指可能是常染色体显性遗传。

治疗对于单一中央多指，手术切除发育不良的多指。而中央多并指除手术切除发育不良多指的同时，应行并指分离重建术。手术重建年龄为6月龄时进行以防止手指偏斜畸形加重。

三、三节拇指畸形

三节拇指是比较少见,顾名思义三节拇指有三节指骨代替正常二节指骨。双侧畸形占大多数,单侧占少见,性别无明显差异。

(一)病因

多数病例有遗传史,为常染色体显性遗传,也与母亲妊娠早期使用反应停相关,可伴发多指、裂手、先天性胫骨缺如、先天性心脏病、Fanconi 贫血、胃肠道畸形等。三节拇指伴随最常见畸形是拇指多指畸形(对裂拇指)。

(二)临床表现

拇指指骨多一节,偏斜或过长的拇指,影响手的精细捏物能力,"五指手"功能障碍更为显著,只能用手指夹物,没有捏的功能,握物能力也明显减弱。

临床上有两大类型最常见。Ⅰ型:在近节与远节指骨之间,有一个小的楔形骨,此骨块称之为 delta(δ)骨,一般位于外侧,造成拇指偏斜(外翻拇),也有拇指偏向桡侧(内翻拇),但并没有明显增加拇指长度。拇指屈曲活动范围减少。还有一种斜形多余指骨可增加指的长度并出现偏斜畸形。Ⅱ型:拇指有正常或近正常多余的指骨,5 个手指位于同一平面,大鱼际发育不良,外观上俗称"五指手"。

(三)治疗

虽然非手术治疗并不能矫正畸形,但并不是所有三节拇指均要求手术,尤其是Ⅰ型患儿。

治疗主要目的矫正偏斜畸形,恢复拇指的长度与位置,改善拇指功能,纠正指蹼挛缩,处理并发畸形。手术切除多余指骨,重建侧副韧带,并允许关节面再塑形。侧副韧带重建后,关节仍不稳定和偏斜畸形可矫形截骨。第 1 指蹼间挛缩,可行松懈并 4 片"Z"字形皮瓣转移术。严重指蹼间挛缩可用背侧皮肤旋转皮瓣重建虎口。大鱼际发育不良可利用环指的指浅屈肌腱移位或掌长肌腱移位行对拇指矫正。可行第一掌骨短缩截骨,旋转重建拇指外展对掌功能。具体手术方法可根据不同的畸形类型、畸形程度进行选择。

四、裂　　手

裂手是手中心性缺陷包括示指、中指、环指纵向形成失败的畸形。也包括桡侧 4 指严重抑制,仅留第 5 指的畸形手,临床上很罕见。往往表现为双手和双足,但其严重程度可有所不同。

(一)病因

手中心性缺陷的病因不明,是散发。

(二)临床表现

中心性缺陷通常分为两个主要类型:典型和不典型。典型是一中心"V"形裂手畸形伴有不同程度发育缺陷的中指,轻者仅示、中指间间隙"V"形增宽,可同时伴有邻近指皮肤并指。重者两侧各残留一个向两侧裂开的手指,有如龙虾的大钳子,常致拇指外展挛缩。典型畸形是双侧常伴有类似双足畸形。不典型是一种严重的涉及示指、中指、环指 U 形缺陷,仅留拇指和小指。这种畸形通常是单侧,不伴有足部畸形。Flatt 将这些畸形分为 4 组:0 组是所有骨骼均存在;1 组一个骨列受到影响;2 组 2 个骨列受到影响;3 组 3 个骨列受到影响。手中心性缺陷最常伴随畸形包括裂足、唇裂、腭裂、先天性心脏病、无甲畸形、耳聋等。

X-线证据是高度变化的,横行骨和 delta 骨也能见到。似乎有 2 个掌骨支撑一个指或一个分裂掌骨支撑两个手指。

（三）治疗

并非所有裂手都需要手术矫治，有些病例功能非常好，除非要求整形。要根据畸形和不同解剖情况进行个性化手术治疗。如有可能，在可接受外观下，手拇指的捏、握能力是最初目标。外科手术重建包括裂手封闭，并指松解，切除横形骨和其他畸形骨性因素，纠正拇指外展挛缩畸形。不典型病例为了拇指的捏、握能力可加深的掌部，尺侧或桡侧的掌骨截骨以允许手指更好相对，发育不良的手肌腱转位是为了保留指运动。功能是第 1 位，美容外观应放在第 2 位考虑。

五、先天性拇指狭窄性腱鞘炎

先天性拇指狭窄性腱鞘炎又称先天性拇指扳机指，是一种常见的先天畸形。往往因父母发现患儿拇指屈曲而不能主动伸直，从临床上观察，6 月龄至 2 岁就诊居多。

（一）病因

在掌指关节水平的环状韧带狭窄，拇长屈肌腱的梭形肿胀，是造成这种畸形的主要病理改变。胎儿期拇指过度屈曲，拇指掌指关节掌侧腱鞘入口处长期压迫屈肌腱，是造成腱鞘韧带增厚、肌腱膨大的主要原因。尤其是韧带、腱鞘增厚。

（二）临床表现

拇指指间关节屈曲，主动伸直受限，被动伸直时可出现弹响，患儿因疼痛啼哭，而且也不可能过伸拇指指间关节。于第一掌指关节掌侧，可以摸到硬的结节状肿物，被动伸屈拇指指间关节时尤为明显。可单侧发病，也可双侧同时存在，往往轻重程度不等。

（三）治疗

症状轻的可以先观察。轻柔的手法，避免局部刺激，有些轻微的病例不经手术治疗，可随生长发育自行缓解。皮质激素鞘管内封闭治疗，效果不稳定。对不能缓解畸形较重的病例，手术年龄最迟不应超过 2 岁。手术治疗是行之有效的方法。纵形切断或部分切除环状韧带、鞘管，直至指间关节可以充分被动屈伸，无弹响、无嵌顿为止，术后早期活动，效果一般都很满意。不推荐经皮非直视下切断环状韧带，因会产生肌腱粘连，会误伤神经、血管。

六、先天性环状束带和截肢

先天性束带与截肢是一种较少见的畸形，在皮肤深环沟紧束肢体时，先天性环状束带或者先天性环状束带综合征就会出现，它常常与先天性截肢和并指畸形相伴以致作为发育不良的标志。也有人常将此情况看成为发育不良，环沟或和宫内截肢。

（一）发病率

Patterson 报道发病率为 1/15 000 初生儿。环状束带越远则越多见，畸形发生在下肢者多于上肢，肢体的远端者多于近端，但偶见于躯干。先天性环状束带据报道 80% 的患儿可能合并指（趾）、短指，指（趾）粘连畸形，短指粘连畸形和指屈曲畸形。40%～50% 可能合并马蹄足、唇裂、腭裂畸形和颅脑缺陷。通常并无伴随内脏畸形，但有一支开放性动脉血管。

（二）病因

没有证据表明，先天性环状束带和截肢是遗传性疾病。Patterson 和 Streeter 理论是以正常皮肤沟纹形成的同样方式下皮下组织发育失常所致。通常认为手 5～7 周龄出现后这些形成不良束带就会出现。目前多认为因母妊娠时，羊水过多，肢体和羊膜粘连或羊膜束带环绕，则在羊膜束带缠绕部位形成很深的沟，此种绞窄性皮沟多为完整的环圈，也可由于脐带缠绕所致。

(三)临床表现

临床表现呈多样性。这些畸形通常是不对称，皮沟或束带在环形范围及深度是有变化，有时似是正常，但皮沟位置不对。束带浅者仅局限于皮下组织，深者可压迫肌肉、神经、血管直到骨骼；束带远端淋巴水肿常常发生。束带下皮肤是正常的，皮下组织通常是缺如的。虽然深部血管是完整的，但束带越深，越过皮沟表浅血管越缺如的。束带的远端可能是缩短的或完全性截肢（指或趾）。通过近端指或趾蹼小的穿通性末端并指畸形也是较多见的；Miura 报道 55 例先天性环状束带的患儿中有 26 例是穿通性并指。环状束带不是静止的。伴随不断加深瘢痕和环沟，血流进一步减少，如果束带不被松解，束带远端肢体或指就可能进行性坏死。在外科手术介入前，有 58% 患儿的束带远端出现淋巴性水肿，发绀，症状加重。

(四)诊断

Patterson 归纳 4 种类型先天性束带综合征。①单纯横形环绕，或偶然是斜形环绕肢体或指（趾）的束带。②较深环沟常伴远端畸形，通常是伴有淋巴水肿。③穿通性并指（趾）或相邻指（趾）远端侧相融合而近端皮肤和软组织相穿通。④宫内截肢，不仅仅影响到软组织，更多是影响到骨骼。可以认为是环形截肢：远端部分没有残留，而近端部分则能正常发育。这 4 种类型不仅可能同其他类型肢体畸形同时存在，而且几种类型都可混合存在。

(五)治疗

除非为了解善外观，对于浅、远端不伴有淋巴性水肿的不完全性束带患儿外科手术介入常常是不必要的。当患儿的婴儿肥消失，皮沟外观上渐渐好转。手术方法将束带切除，松解血管、神经，术中尤应注意肢体深筋膜纵向松解，根据绞窄情况可一次切除束带，也可分 2～3 次切除，尤其是手指应观察血供情况来定，如果是多次手术，再次手术可在 2～3 个月后进行，束带切除后皮肤用多个"Z"形皮瓣进行修整，防止日后形成狭窄环再度出现挛缩，对于指缺尤其是拇指可择期行拇指再造术，恢复手部功能。

（韩镜明）

第四节　先天性下肢畸形

一、先天性马蹄内翻足

先天性马蹄内翻足是最常见的需要积极治疗的先天性骨关节畸形（图 16-1），其发病率为 1‰～2‰。也是最能代表膝关节以下骨肌肉组织，包括肌肉、肌腱、韧带、骨关节和神经血管结构的先天性发育不良。在过去 100 多年的先天性马蹄内翻足的诊治过程中，许多方法在短期内能取得满意的效果，但实际上复发或残留畸形也很常见，还有一些效果较差。即使所谓手术效果好的病例，客观上评价也存在负面表现，如关节活动受限，特别是踝关节，还有小腿三头肌肌力减弱，膝关节反屈外翻，股四头肌和腘绳肌肌力弱，预示着早期退行性关节炎。由于认识到手术矫正带来的长期问题，在过去 10 年里全世界广泛重新兴起非手术治疗。尽管新生儿发育性髋关节脱位在早期诊断和治疗下，可以成为完全正常的髋关节，但新生儿马蹄内翻足早期治疗，不能使先天性发育不良的足转变成完全正常的肢体。

(一)病因

许多神经肌肉疾病和畸形综合征并发马蹄内翻足，但它们大都是由于染色体缺失导致的全

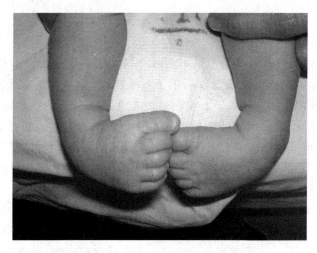

图 16-1   先天性马蹄内翻足的大体形态

身系统性疾病。而先天性马蹄内翻足是单一原发的局部骨肌肉畸形,膝关节以下所有组织发育不良。

先天性马蹄内翻足的病因至今未完全明确,关于先天性马蹄内翻足病因学说有很多种。

1. 胚胎发育异常停止学说   正常下肢的胚胎发育 6～8 周时足部有许多马蹄内翻足的特征,包括马蹄、旋前、前足内收、距骨颈向内弯曲等。8 周后胎儿这种马蹄足形态逐渐向正常足部形态转变,直到 12～14 周转变为正常足部形态。如果在胚胎 6～8 周这一阶段下肢发育异常停止,出生后即会表现为先天性马蹄内翻足的特征。如果这一学说成立,在妊娠 7个月时即出现先天性马蹄内翻足的全部特征。但正常胎儿发育的任何阶段均不会出现距骨头异常畸形及舟骨向内移位,因此正常胎儿足部发育异常停止,这一理论不能解释上述距骨和舟骨的异常。

2. Zimny 学说   阐明了先天性马蹄内翻足先天性僵硬的问题。他们认为先天性马蹄内翻足是由于内侧韧带肌层纤维组织挛缩所致,这一结论也被 Ponseti 所证实。在马蹄内翻足的韧带和肌腱中胶原纤维和成纤维细胞异常增多,因此,纤维挛缩反应是引起先天性马蹄内翻足的主要原因,就像迪皮特朗挛缩。异常韧带和筋膜组织阻碍了马蹄内翻足向正常足形态转变,也证实了这一学说。转移生长因子-β 和血小板衍生生长因子在挛缩组织中表达异常增高。可以利用中和抗体抑制挛缩组织中的生长因子,从而影响马蹄内翻足的预后。也有报道,在先天性马蹄内翻足的滑膜内神经纤维的密度降低,这与先天性马蹄足患儿足部感觉敏感性下降有关;也与马蹄足的相关纤维挛缩相关。但是遗传性韧带松弛综合征(如 Downs 综合征,Larsen 综合征)的患儿亦合并出现马蹄内翻足,这就否定了纤维挛缩组织作为本病首发病因的理论。同时有研究应用光学透射电镜观察马蹄内翻足的关节囊、筋膜、韧带、腱鞘等组织,结果也没有发现任何肌层纤维组织。

3. 其他   有学者对死产和胚胎的马蹄内翻足患儿进行研究发现,在原始距骨基内原发的胚浆缺损亦会导致距骨颈发育畸形。这一学说可以解释马蹄内翻足距骨头畸形和舟骨内移的形成。这就说明患肢在肢芽分化初期就出现相关表现。马蹄内翻足亦与一些先天性神经系统疾病相关(如多关节挛缩症和脊髓脊膜膨出症)。这一学说证明了神经肌肉不平衡亦可导致马蹄内翻足。

总的来说,先天性马蹄内翻足是多因素相关的早期肢体胚芽发育异常所致。有家族聚集性和遗传倾向。

(二)病理解剖

早在 1803 年就有作者发现舟骨、骰骨、跟骨围绕距骨向跖侧移位,舟骨与跟骨的内移导致后足的内旋内翻,造成全足的马蹄畸形。韧带、关节囊和肌腱等软组织挛缩使关节对位不良而表现为足部内翻畸形。有许多学者将此病分为骨本身的畸形和骨与骨之间的对位畸形。1920 年有学者提出马蹄足的跗骨间的半脱位,舟骨、骰骨内移以及跟骨向距侧内侧旋转改变。近年来这一学说被 MRI 影像学所证实。也有学者强调距舟关节的半脱位。距骨体和颈的畸形也在近年来的文献中大量报道。Ponseti 亦强调马蹄足畸形中,中足高弓畸形是重要因素,在非手术治疗中应当重点矫正。

距骨本身的畸形:距骨的前部向内侧、跖侧倾斜,颈体倾斜角(平均 150°)不同程度的减小,接近 90°。距骨头关节面逐渐靠近距骨体,颈部变短甚至消失。距骨的下方及距下关节前、内侧关节面融合或消失。这些表现可能与原始软骨基缺陷相关。距骨的骨化中心也证实了原发胚浆缺陷学说。跟骨、舟骨、骰骨的畸形与距骨相似,但较轻。如跟骨的总体形态基本正常,但较小,由于上方的跟距骨关节面畸形,导致距骨头发育不良,使得距骨与骰骨的异常对位。由于跟舟韧带及舟骨及内踝之间的韧带因牵拉而增生肥大引起,舟骨内侧结节增生肥大。

(三)诊断及鉴别诊断

新生儿期诊断本病并不困难,表现为足后跟的马蹄畸形或足弓内行。姿势性马蹄内翻足主要因宫内位置畸形所致。但可以被动矫形,而无明显的关节挛缩和皮肤皱纹。

(四)治疗

目前的治疗方法不能将其逆转成正常的肢体。所有的方法包括手术,只能使患足功能趋于良好。目前绝大多数医生认为马蹄足是可以非手术治疗的,而且越早治疗,成功率越高。非手术治疗不仅可以减少手术并发症,还可以避免手术带来的瘢痕问题。目前最主要的非手术治疗方法是 Ponseti 石膏疗法和法国的物理疗法。

Ponseti 石膏术:1940 年 Ponseti 开始他的非手术治疗。通过病理解剖和胶原的生物学研究,证实应当每周更换石膏,使得胶原得到重新的放松,避免手术的风险和并发症。Ponseti 方法可以使得马蹄内翻足可以在新生儿期得到完全的矫正。

1. Ponseti 技术 其原则包括患足的牵拉、矫形及石膏固定。5～7d 更换 1 次石膏,每次牵拉韧带和矫形要持续1～3min。石膏固定要从脚趾到大腿中上 1/3,膝关节屈曲 90°。通常需要更换 5～6 次石膏。第 1 次石膏要矫正中足的高弓畸形,使得前足相对于后足处于旋后位,技术要点为抬高第一跖骨。更换石膏时必须用拇指按压距骨头的外侧部分,以固定距骨头,使内收的距骨和内翻的后跟逐渐矫正。应用这一技术使跟骨、舟骨、骰骨围绕距骨逐渐向外侧移位。直到后足轻度外翻位,足部相对于小腿外展 70°。70°的外展角度可以避免马蹄内翻足复发。马蹄畸形在足部内收内翻畸形矫正后也可得到矫正。为了避免形成摇椅足畸形,通常需要进行经皮跟腱切断术。85%的患儿需要进行跟腱完全切断。跟腱切断术后需要石膏再次固定,3 周后跟腱愈合,此时去除石膏应用足部外展支具,通常应用 Dennis-Browne 矫形鞋,可以避免马蹄内翻足复发,同时使足部各个关节在正常的对位对线下得到良好的再塑型,增加足部及腿部的肌力。Dennis-Browne 矫形鞋是将患足放置在外旋 70°,背伸 5°～10°的位置,如为单侧马蹄内翻足,健足放置在外旋 40°,在最初的 3～4 个月全天佩戴,之后要求睡觉和夜间佩戴,持续 4 年(图 16-2～图 16-7)。

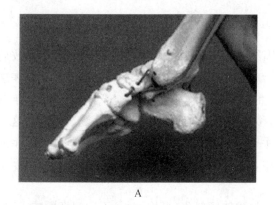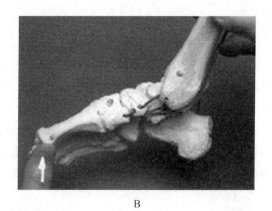

A   B

图 16-2   第 1 次石膏固定手法

A. 内侧观显示：第一跖骨比其他跖骨屈曲角度更大，从而造成中足高弓畸形；B. 畸形矫正须要伸第一跖骨，使前足旋后

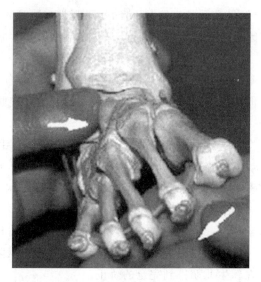

图 16-3   第 2 次石膏固定手法

固定距骨头，逐渐外旋外展中前足

2. **法国的物理疗法**   1970 年由 Masse 所创建，对于新生儿的足部每天进行按摩矫正。刺激足部周围的肌肉，特别是腓骨肌，在被动矫正下逐渐复位。用非弹性胶布进行临时固定。这种治疗在之前的 2 个月内需要每天进行，之后的 6 个月每周治疗 3 次，再用胶布固定直到患儿开始走路，改为佩戴支具，持续 2~3 年。大量的文献报道这种疗法与 Ponseti 方法疗效相近，但需要大量的时间和经费。很大程度上需要依赖治疗师本身的经验及家人的配合和依从性，也可被医务人员所采纳。

3. **CPM 方法**   持续被动功能锻炼，被称之为动力性足部疗法。将患足固定在 CPM 治疗仪上，进行被动活动逐渐矫正。这种方法在部分患儿中取得良好的效果，但最终没有被推广。

除了非手术治疗外，对于严重僵硬而导致非手术治疗残留畸形或治疗后复发的马蹄内翻足在 1 岁之前需要手术治疗。具体方法在本书内不做介绍。

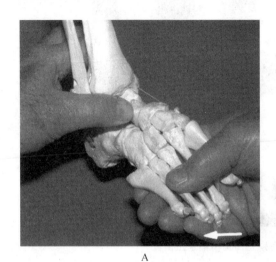
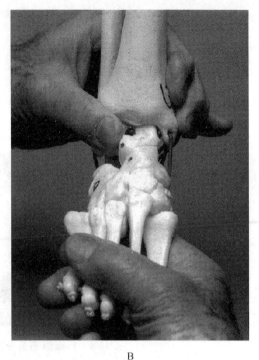

A　　　　　　　　　　　　　　　　B

图 16-4　第 3 次石膏固定手法

A. 固定距骨头,防止距骨在踝穴内移动,同时外旋前足;B. 正面观

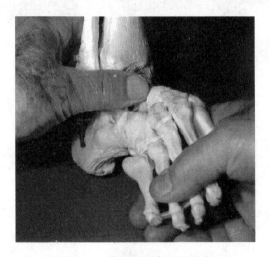

图 16-5　第 4 次石膏固定手法

二、发育性髋关节脱位

发育性髋关节脱位是四肢畸形中最常见的一种。

发育性髋关节脱位的发病率近 1%,但我国报道为 0.9%~3%。左侧较右侧多,双侧常较右侧多,该病女童较男童多达 5 倍余。臀位产占所有出生儿中近 3%~4%,其发育性髋关节的发病率明显升高。MacEwen 和 Ramseryw 做了 25 000 例儿童研究,发现将女童与臀位产儿二者结合一起,其结果是 35 例初生儿有 1 例出现发育性髋关节脱位。初产儿的发育性髋关节脱位较后

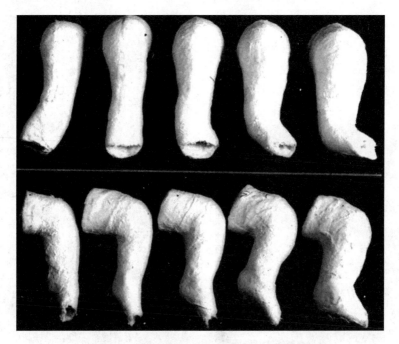

图 16-6　Ponseti 石膏分次矫正马蹄内翻足正侧位

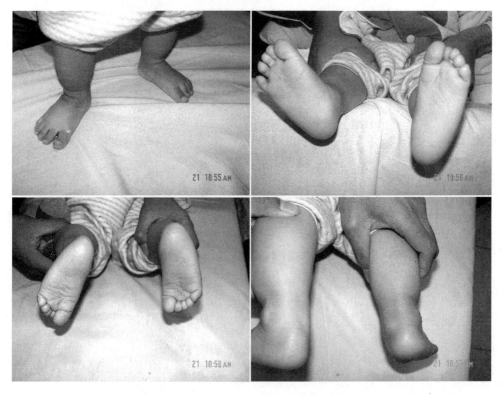

图 16-7　治疗后效果

产同胞患病更多见。有发育性髋关节脱位的家族史患病可能性增加近 10%。白种人儿童较黑种人儿童多。发育性髋关节脱位与骨骼肌肉畸形明显相关,如头面部畸形,肌性斜颈,跖内收,马蹄内翻足等畸形。髋的结构即髋臼深度,在种族之间有明显差异,不同种族之间 DDH 发病率有显著性差异。白种人臼较浅,黑种人较深,黄种人介于二者之间,而 DDH 在髋臼深的种族中发病率低,所以我国相对于白种人发病率低。

(一)病因

发育性髋关节脱位病因有多种理论,包括有机械性因素,激素水平降低致关节松弛,新生儿髋关节发育不良及遗传因素。臀位产儿易发生股骨头后脱位。

病理演变包括骨骼和软组织两方面变化,其改变随年龄的增长而日益加重。

1. **骨骼改变**　是髋关节发育异常的重要变化,包括髋臼、股骨头、股骨颈,有的骨盆及脊柱亦有变化。

(1)髋臼。正常新生儿髋臼呈半圆球状,边缘有盂唇环绕,盂唇与关节囊之间有一浅沟,发育不良髋臼与股骨头缺少摩擦,使髋臼进一步变小。其中充满脂肪组织。圆韧带经不断牵拉而增厚、肥大,充塞于髋臼中。髋臼浅而底部明显增厚。脱位的股骨头压迫髂骨翼出现凹陷,关节囊在此处粘连形成假臼。

(2)股骨头。正常股骨头呈球形,脱位后股骨头骨骺出现迟缓,发育较小,随着时间的推移股骨头失去球形而变得不规则。

(3)股骨颈。髋关节发育异常影响股骨颈,它可变短而粗。新生儿股骨颈前倾角为 25°～30°,至 2 岁时逐渐减小至 15°左右,颈干角为 135°～145°。正常前倾角为 5°～15°。髋脱位的股骨颈前倾角增大,甚至高达 60°以上,治疗中往往需要矫正过大的前倾角,才能使股骨头稳定在髋臼内,否则会出现再脱位。

(4)骨盆一侧脱位往往伴有髂骨翼的倾斜,坐骨结节分开,耻骨联合增宽,髋臼基底增厚。

(5)脊柱单侧脱位由于骨盆倾斜,脊柱出现代偿性侧弯。双侧髋关节脱位使骨盆较垂直,腰椎前凸加剧,臀部后凸。

2. **软组织改变**　髋关节周围软组织都有变化,有一些很早就存在,另外一些后来才出现,但最重要的仍是盂唇、关节囊和肌腱。

(1)盂唇。盂唇在盂缘上方常与关节囊、圆韧带连成一片,有时盂唇内翻入髋臼而影响复位。

(2)关节囊。正常关节囊起于髋臼缘,止于大、小转子间嵴,如脱位使关节囊拉长,髂腰肌经过关节囊前方使之出现压迹,严重者可引起关节囊狭窄,形成葫芦状,加之髋臼充满纤维脂肪组织,阻碍股骨头复位。

(3)圆韧带。脱位的圆韧带改变不一,部分病例拉长、增宽、增厚,部分病例可部分消失或完全消失。

(4)附着在股骨近侧的肌肉短缩,其肌肉及筋膜发生挛缩,如臀肌、阔筋膜张肌、内收肌群、髂腰肌等均不同程度的挛缩。

(二)类型

发育性髋关节脱位可分为二类型。一是普通型,是最常见一种,可分为髋关节发育不良,髋关节半脱位和髋关节全脱位。二是畸形型髋关节脱位

1. **普通型**

(1)髋关节发育不良:早期症状不明显,常常出现双下肢皮纹不对称而就诊。生后有较高髋关节不稳定,B超及 X 线常以髋关节指数增大为特征,有的随生长发育而髋关节指数下降渐渐稳定,有采用适当的治疗措施如髋关节外展位或外展支具,而随之治愈。也有少数病例确存在髋关节持续性发育不良的情况,年长后出现跛行,肢体不等长等症状,尚需要手术治疗。

(2)髋关节半脱位:它是一种独立的类型,股骨头及髋臼发育差,股骨头轻度外移,未完全脱

出髋臼,髋关节指数也增大。可以长期存在。髋关节半脱位不是髋关节发育不良与髋关节脱位过渡阶段。

(3)髋关节全脱位为最常见的一型,股骨头已完全脱出髋臼,并向上后方移位,盂唇翻转嵌于髋臼与股骨头之间。根据股骨头脱位高低分为3度。

①Ⅰ度:股骨头向外移位,位于髋臼同一水平。

②Ⅱ度:股骨头向外上移位,位于髋臼外上缘部位。

③Ⅲ度:股骨头位于髂骨翼部位,常形成假臼。

2. 畸形型 畸形型髋关节脱位常合并多指、并指、拇指内收畸形。其多为先天性多发性关节挛缩症的一部分,双侧髋关节高位脱位,关节功能差、强直,治疗困难,疗效不佳。

(三)诊断与临床表现

根据患儿年龄不同,发育性髋关节临床表现也不同。在新生儿(出生至6月龄),尤其重视临床检查,这是因为放射学在诊断该年龄的发育性髋关节脱位不是绝对可靠。采用超声波早期诊断发育性髋关节脱位有较高临床价值,重点理解超声状态下婴儿髋关节解剖,并可对髋关节发育不良作出超声学分类。

1. 外观与皮纹 髋关节脱位时双下肢皮纹可能不对称,脱位侧肢体缩短伴轻度外旋。大腿小腿皮纹与对侧不相称,臀部纹也不相同。应引起注意的是,正常儿可能有不对称皮纹,双侧髋关节脱位患儿皮纹可能是对称的。

2. 股动脉搏动减弱 腹股沟韧带与股动脉交叉点以下一横指可及股动脉,股骨头衬垫股动脉时,股动脉搏动强而有力。股骨头脱位时则衬垫股动脉作用消失,股动脉搏动减弱,需行对比观察。

3. Barlow检查 在髋关节内收位时,直接加力于股骨长轴,Barlow刺激性手法可检查任何潜在半脱位和股骨头后脱位。这些检查应在放松和安静下进行。

4. Allis征或Galeazzi征 新生儿平卧,屈膝85°～90°,双足平放床上,双踝关节并拢,可发现双膝高低不平。这是因为股骨头上移所致。

5. 外展试验(Ortolani)征 这是新生儿检查的可靠方法,将新生儿平卧,屈膝,屈髋关节90°,检查者面对小儿臀部,双手握小儿双膝关节同时外展,正常膝外侧面可及台面,脱位时,一侧或双侧只能达到70°～80°,内收肌紧张,称为外展试验阳性。有时外展至75°左右时,突然出现弹跳并可以外展至90°即Ortolani征阳性,这是诊断髋关节脱位的主要依据。

较大儿童除上述检查外,尚有下列症状及体征:跛行常是单侧脱位主诉;双侧脱位则是"鸭步"步态,臀部明显后突。套叠试验及川德伦堡征阳性等。

6. X线检查 虽然在新生儿时期,X线片作为诊断发育性髋关节脱位并不总是可靠,但可能证实髋关节发育不良或畸形性髋关节脱位。当髋关节脱位并伴软组织挛缩时,X线在诊断与治疗上就可靠及有用得多。

婴儿其骨骺核未出现前,X线诊断有一定困难,罗伸摄片法有助于诊断。将双下肢外展45°,内旋位拍骨盆正位片。以股骨轴心向上延线,正常情况下,此线经过髋臼外缘,二侧位则是延长线交叉于L_5和S_1之间。脱位时,此线经过髂前上棘,二线交叉于L_5以上或外侧。

7. 波金象限(Perkin square) 将二侧髋臼中心连一直线称之Y线,再从两侧髋臼外缘向下做垂直线,将左右分成四格。股骨头骨化中心位于内下象限为正常,在外下象限为半脱位,外上象限为全脱位。

8. 髋臼指数 自髋臼外缘至髋臼中心做一连线,此线与Y线相交成夹角,称为髋臼指数。

正常髋臼指数为 20°～25°,半脱位时可达 25°～30°,全脱者达 30°以上。

9. **中心边缘角(CE 角)**　股骨头骨骺中心为一点,髋臼外缘为另一点做连线,再做髋臼外缘做垂直投线,二线相交之角正常约 20°,小于 15°表示股骨头外移。用于检测髋臼与股骨头相对位置,对诊断髋关节半脱位时有价值。

10. **Shenton 线**　正常闭孔上缘弧形线与股骨颈内缘线相连成一抛物线,此称为 Shenton 线。脱位时此线消失。

11. **超声波检查**　B 超是新生儿和小婴儿髋关节较理想的影像检查方法,尤其是应用于发育性髋关节脱位的早期诊断与筛查。它可直接显示软性股骨头和髋臼及其相互关系,尚可了解股骨头的大小,位置及形态,髋臼发育情况,具有不受体位影响,无 X 线损害,可以动态观察并易被家属接受等优点。Graf 分型如下。①型:α 角>60°,β 角<55°为正常髋关节。②型:α 角 43°～60°,β 角 55°～70°为骨性髋臼发育不良。③型:α 角<43°,β 角>77°为半脱位。④IV 型:α 角<43°,β 角>77°,在软组织内见到股骨头为完全性脱位。B 超测量髋关节指数是在髋关节冠状面进行的,测量方法与 X 线测量方法一致,是可靠的。股骨头骨性髋臼覆盖率是衡量髋关节发育情况的另一重要指标。根据 Morin Hancke 法(股骨头覆盖率)<33％为异常,>58％为正常;33％～58％为部分异常,部分正常。

(四)治疗

发育性髋关节脱位治疗与年龄,特殊病理情况有关。根据相关年龄可分为 5 组:①新生儿组,出生至 6 月龄;②婴儿组,年龄从 6～18 月龄;③幼儿组 18～36 月龄;④儿童及少年组 36 月龄至 8 岁;⑤青少年及青年组 8 岁以上。重点介绍新生儿及婴幼儿组治疗。

1. **新生儿组**　从出生至近 6 月龄,有轻微至中度内收肌挛缩并能复位髋关节。Ortolani 和 Barlow 试验阳性患儿,治疗的目的是稳定髋关节。PV 吊带和罗申支具均应用于这个年龄组,但 PV 吊带应用最为广泛。应用 PV 吊带在最初数月成功率是 85％～95％。Grill 等多个中心研究并在欧洲小儿矫形外科学会报道了 2 636 名患儿中的 3 611 例侧髋,髋脱位的复位率是 92％和髋发育不良是 95％,随年龄增长及软组织挛缩进一步加重并伴髋臼继发性变化,PV 吊带治疗成功率就会下降。应注意 PV 吊带使用所致的潜在并发症包括股骨头缺血性坏死。在新生儿至近 6 月龄时期,PV 吊带是一种动态和外展矫正法,如恰当应用和维护,治疗髋关节发育不良和髋关节脱位就能产生优良结果。一旦明确诊断,就必须在治疗前小心评估髋关节脱位程度,复位可能性和稳定性。如果是畸形髋关节脱位存在,PV 吊带就不应采用。穿 PV 吊带应在专业医师下指导下进行,如发现两侧不同步,持续性髋关节脱位是存在的。需要利用 X 线和或 B 超检查证实髋关节脱位是否复位或股骨头颈是否对向髋臼中心。使用 PV 吊带后,已经观察到持续性髋关节脱位的 4 种基本形式:是向上、向下、向外及向后。如向上脱位,通过增加屈髋则可证实。如脱位是向下,就减少屈髋来证实。外侧脱位使用 PV 吊带之初就应观察得到。一旦股骨颈指向髋臼中心,股骨头就渐渐复位至髋臼内。通常伴随过紧内收肌的髋关节后脱位治疗是困难的,这种类型髋关节脱位通过触及后侧大转子就能够作出诊断。如这些类型脱位或半脱位持续时间超过 6～8 周,使用 PV 吊带治疗就应中止。大多数患儿需进一步治疗包括牵引,闭合性或开放性复位加石膏固定。PV 吊带应全天佩戴直至髋关节稳定,且髋关节稳定是通过临床检查如阴性 Barlow 试验,阴性 Ortolani 征,X 线以及 B 超结果来确定。治疗期间,经常检查患儿并调节吊带以适应患儿的生长发育。指导家属照料患儿;其中包括洗澡,穿和脱 PV 吊带。

过头牵引复位法:适宜用于 6 个月以下,脱位 II～III 度或内收肌较紧患儿。通常经过水平牵引,垂直牵引,过头位牵引,渐渐外展位牵引而复位。优点是不需要全身麻醉下复位,减少手法复位对股骨头损伤而致股骨头缺血性坏死。不足是住院时间较长。

手法复位,支具或石膏固定:对于不能自然复位或复位不稳定髋关节脱位患儿,可行皮牵引,使髋关节周围肌肉松弛,以减轻股骨头对髋臼内压力,如果内收肌过紧,则先行内收肌切断后,再行支具或人位石膏固定。固定时间4～6个月。

2. 婴幼儿组　婴儿组年龄从6～18个月;幼儿组年龄18～36个月。一旦年龄达到6月龄后,PV吊带治疗成功率明显下降。此组患儿治疗可能是闭合性复位或开放性复位。适当术前牵引,内收肌切断,关节腔造影或者MRI检查后再加之闭合复位,如闭合复位失败后可手术复位。术前牵引,内收肌切断,轻轻闭合复位有利于阻止股骨头无菌性坏死。

术前牵引包括皮牵引和骨牵引,牵引目的是使股骨头下降到真臼水平以下并可以更轻易复位。轻度内收肌挛缩患儿,可行经皮内收肌切断术,长期内收肌挛缩的患儿,可开放性行内收肌切断术。

闭合复位能够在普通麻醉下进行。如果股骨头外移,髋关节臼内有间置软组织,则影响股骨头完全性复位。由于婴儿及幼儿的髋关节X线片在诊断与治疗发育不良髋关节上并不能提供完全信息,关节腔造影常有助于确定①轻微髋关节发育不良是否存在;②股骨头是否半脱位或完全脱位;③手法复位是否已经成功或者可能成功;④关节内是否有软组织阻挡脱位髋关节完全性复位;⑤关节盂位置和情况;⑥髋臼和股骨头是否正朝向正常方向发展。普通麻醉下进行复位患儿,不论年龄均应行髋关节X线摄片。当髋关节复位不稳定或股骨头不能对向髋臼中心时,髋关节X线片则更加有用。Race和Herring通过关节腔造影证实闭合复位治疗的重要性,其结果证实发育性髋关节脱位的闭合治疗最重的因素是初次复位质量。复位良好髋关节,94%有良好结果。相反,复位不良或复位质量不能确定,仅仅21%有可接受结果。他们也说明复位质量下降,则治疗时间增加。在准备闭合复位时,关节腔造影,MRI和临床检查的证据用以确定髋关节将是否稳定或将是否可能需开放性复位。关于固定体位,虽然传统蛙式位是髋关节脱位复位后最稳定的体位,但是内收肌和股四头肌及周边软组织均处于紧迫状态,易发生股骨头坏死,尤其是双侧Ⅲ度脱位患儿更易发生。现主张用人位固定法;从髋关节外展,外旋90°起,渐进内收至发生脱位的角度,两个角度之间为安全区,选取这个角度中间位固定。

术后管理;人类位石膏固定4～6月,每2个月在普通麻醉下更换石膏。X线片用以确定股骨头是否复位进髋臼内。临床与放射学上随访是必须的,并直到被确定髋关节是正常为至。CT检查有助于确定术后是否复位,与常规X线片相比,石膏存在并不影响CF扫描结果。

影响复位因素:影响成功复位因素较多,主要是髋关节脱位后,由于脱位时间长,髋关节的软组织发生变化和骨骼改变;如髂腰肌挛缩横过关节囊前方,使股骨头与髋臼分开,甚至形成葫芦状关节囊,阻碍股骨头入位。盂唇过大并内翻入髋臼而影响复位。髋臼过小、浅,股骨头大致头臼不相称影响复位。髋臼内软组织充填,前倾角过大影响复位。

开放复位加骨盆截骨术:如果闭合复位努力失败后,开放手术就应进行,以纠正异常软组织结构并使股骨头中心性复位入髋臼内。手术复位路经有:前外侧,前内侧,内侧。选择路经主要依赖于术者经验和脱位情况。国内多数选取Smith-Peterson髋关节前外侧入口,术中注意保护股外侧皮神经,髂骨翼两侧骨膜下分离,切断缝匠肌起点,分离切断股直肌起点,保护股神经及股动静脉,于髋关节外展,外旋位,从小转子附着点切断髂腰肌,“T”形切开关节囊,清除关节内异常股骨头圆韧带、脂肪、结缔组织和髋臼横韧带,切除内翻增厚盂唇并扩大髋臼。使股骨头复位,头臼同心,如股骨颈部髋关节囊粘连,应游离关节囊,切除多余关节囊并紧缩缝合。缝合后髋关节内收,屈曲不发生脱位为准。Salter 骨盆截骨术,在髂骨翼两侧骨膜下分离至坐骨大孔,用直角钳从坐骨大孔引入线锯,截骨线经坐骨大孔至髂骨上,下棘之间进行,截骨远部向下、外、前牵引,取下髂骨翼一三角形骨块,嵌入截骨间隙内,并用两个克氏针固定填入骨块。也可以根据髋关节发育情况选择 Pemberton 关节囊周围截骨术,手术是髋臼缘上 1～1.5cm 处弧形截骨至"Y"形软骨,同时将髋臼缘向下撬压以减少髋臼的倾斜度,使髋臼充分包容股骨头,截骨间隙用骨块填入固定。术后双髋外展内旋位石膏固定。术后管理:术后应行 X 线片或 CT 检查用以证实股骨头复位于髋臼内。术后 7～8 周拆除石膏,定期随访以确定髋臼和股骨头发育情况。

关于股骨旋转截骨术及股骨缩短截骨术:如术中发现股骨前倾角过大超过 45°～60°应行股骨旋转截骨术。一般股骨上部截骨并 4 孔钢板固定。股骨缩短截骨术多用于年龄偏大,高位脱位,术前牵引难达到位,或未达到位患儿,可同期矫正前倾角过大,缩短一般不超过 2cm。

内侧入路(Ferguson)＜2 岁患儿初期牵引是不必要的。患儿平卧,患髋外展屈曲 90°,沿长收肌后缘从起点至远端纵形切口。沿皮肤切口切开深筋膜,钝性分离前侧长收肌,后侧大收肌,股薄肌肌间隙。扩大分离至后面短收肌并扣及小转子。下一步向内推开关节囊周围脂肪以便能见髂腰肌肌腱。用弯止血钳游离肌腱,并横断髂腰肌肌腱,向上牵引,暴露关节囊前面,沿股骨颈线切开关节囊,切开后清除肥大的盂唇,脂肪,结缔组织,髋臼横韧带,使脱位股骨头易复位。关节囊和内收肌不必缝合。仅闭合皮肤。术后应双髋关节屈曲 10°,外展 30°并内旋 10°～20°。该体位石膏固定应达 4 个月。

儿童及少年组和青少年及青年组:由于早期诊断与治疗,目前大年龄患儿较少见,多采用手术复位或姑息性手术(原位造盖)。手术效果与年龄及脱位程度密切相关。

(五)并发症

1. 再脱位　阻碍复位因素也是引起再脱位因素,患儿不是在安静下更换石膏易再脱位,前倾角过大,关节内软组织充填易再脱位。当髋关节脱位复位时,发现不稳定可行 MRI 或髋关节造影以确定原因,可能需手术复位。

2. 股骨头缺血性坏死　术前牵引不到位,髋关节臼内有间置软组织,双侧高位髋关节脱位患儿,手法或手术复位的损伤,拆除石膏后暴力活动髋关节,固定体位等都易引起股骨头坏死。如发生在股骨头骨化中心出现以前,则表现为股骨头骨化中心出现晚,股骨颈变宽、短。如发生在骨化中心出现后,则骨化核密度增加,骨核密度不均,最后股骨头变扁平,大转子高位。

3. 髋关节功能障碍　术后石膏固定时间过久,术前牵引不够,术中关节软组织松解不充分,脱位过高,患儿手术时年龄太大,感染等有关。

4. 骨折　闭合复位时,暴力可致股骨近端骨折或骨骺分离。多数是牵引时间过长,骨质失用性萎缩,强度不足。可骨折愈合后再治疗髋脱位。

(徐宏文　韩镜明)

第五节　先天性成骨不全

成骨不全是一种遗传紊乱所致的结缔组织异常,并伴有多种代谢不正常的综合征。

一、病　因

多数学者认为与常染色体显性遗传有关,部分与常染色体隐性遗传有关。

二、病　　理

基本的病理变化是胶原组织异常似网状纤维,正常致密骨被纤维样不成熟的骨组织代替,没有完整哈佛管。软骨内化骨和膜内化骨都受到影响。

三、临床表现

成骨不全的临床特征是多变并依赖成骨不全类型。通常有长骨骨质脆弱,易骨折畸形愈合,生材矮小,牙齿生成缺陷,蓝巩膜,中度耳聋,韧带松弛,头部畸形。

四、分　　类

基于初次骨折时间分为先天性成骨不全和迟发性成骨不全。Sillence 基于每种综合征临床特点及遗传模式分类。Ⅰ型为常染色体显性遗传、蓝巩膜、骨脆弱、生后骨折(最多见学前年龄);牙质生成正常为 A 型,牙质生成不全为 B 型。Ⅱ型为常染色体隐性遗传,围生期死亡,深蓝巩膜,股骨畸形,肋串珠。Ⅲ型为常染色体隐性遗传,出生时骨折,进行性畸形,听力和巩膜正常。Ⅳ型为常染色体显性遗传,骨脆弱,听力和巩膜正常,牙质生成正常为 A 型,牙质生成不全为 B 型。

五、X 线表现

长骨皮质菲薄,骨干纤细、畸形,骺端膨大、疏松,椎体变形,脊柱侧弯、后突,髋臼向盆腔内突出。成角畸形是常见,尤其是下肢,骨折常发生,从出生至青春期后期。虽然骨折愈合不受影响,常有大量骨痂生长并易在负重及微创伤后变畸形。上述这些表现因类型不同,轻重程度不同而有所不同。常可见新旧相间的骨折愈合痕迹及畸形。骨折愈合后的新骨与原有的一样稀疏。

六、实验室检查

血钙、磷均正常,碱性磷酸酶正常或稍增高。

七、鉴别诊断

临床上常与软骨发育不良混淆,两者均有头大和肢体短的特点,没有蓝巩膜及其他特点。但X 线摄片有助于区分。血钙、血磷,碱性磷酸酶可助于诊断。

八、治　　疗

目前对成骨不全没有有效医疗手段。矫形治疗的目的是治疗急性骨折并提供长期康复以维持行走。当行走状态能够维持,心理创伤就会减小。

多段截骨髓内钉或 Bailey-Dubow 可延伸髓内杆矫形术是治疗因成骨不全复合畸形的一种行之有效的方法。可以一期矫正多处畸形,合理的重新排列骨顺序,加强脆弱骨的强度,明显改善功能。延伸髓内支杆放置的内支撑物一定要有足够的长度。如股骨,胫骨远端要穿过骺板,直达相当于成年人踝间的位置,并要放在干骺端中央或近中央的位置,才可对骨干与干骺端发挥最佳的内支撑作用。术后骨愈合时间长,可靠支具足够的保护是必不可少的。随着患儿生长要择期更换内支撑物。

九、预 后

先天型的胎儿患者不能成活或在婴儿期夭折。迟发型的预后各异,有逐渐好转的倾向。青春期后,骨折渐减少,这与性成熟有关。畸形轻者预后较好,初次骨折发生时间越晚预后较好。

(韩镜明)

第六节 软骨发育不良

软骨发育不良(achondroplasia)是常见的骨发育不良,出生新生儿中发生率达 1.3/10 0000~1.5/10 000。常表现为四肢发育异常,面部出现前额隆起和鼻梁塌陷。头相对身体偏大,脊柱发育畸形。

一、病 因

1. 软骨发育不全是常染色体显性遗传疾病,90%患者是由于基因突变引起,是由于染色体 4p 编码成纤维细胞生长因子-3(fibroblast growth factor receptor-3)的基因突变,甘氨酸取代了精氨酸,该受体功能过多活跃。

2. 软骨发育不全患儿其软骨内化骨异常,而膜内化骨相对正常。颅骨和锁骨的生长就相对正常,而长骨生长异常,即纵向生长异常,骨直径相对正常。这种骨生长异常在长骨、头面和脊柱出现不同的表现。

二、病理及分型

1. 脊柱发育异常。婴幼儿期常见胸腰椎后凸,在孩子坐着时表现明显。软骨发育不全的小儿一般要到 18~24 月龄才可独立行走,随着站立和行走,腰椎前凸会增加。如果胸腰椎后凸持续到 6 岁以后都不改善,可能早期出现脊髓受压。椎管狭窄发生在脊柱的两个椎体之间,腰椎最严重。典型征象是椎弓根间距离变窄,椎管前后位直径变小。随着椎间盘退行性变的发生,将进一步加重椎管狭窄。

2. 睡眠性呼吸暂停,可能是枕骨大孔狭窄引起上颈部脊髓受压所致。出生头几年枕骨大孔相对脊髓宽大,约 3 岁后枕骨大孔生长逐渐落后于脊髓,加上面中部发育不全和胸廓发育异常,这些是引起睡眠性呼吸暂停原因。

3. 面中部发育不全还引起咽鼓管引流不畅,导致中耳炎频发。如果没给予正确处理,耳部感染会引起永久的听力丧失和语言发育的延迟。

4. 软骨发育不全的儿童腓骨较胫骨长,均表现为一定角度的小腿弯曲。

5. 长骨纵向生长异常,出现侏儒。

三、临 床 表 现

1. 身材矮小是典型表现。在母亲的妊娠检查中,超声可发现胎儿的长度不够。出生后,这种孩子的身长不够,随生长发育就更加明显。表现为下肢长度短得更加明显,常人站立后高度的中点多在脐部,患儿的中点在胸骨下,检查发现双臂长明显不够。这种病儿通常身高发育结束后达不到 1.3m。

2. 颜面特点。上颌骨小而下颌骨外凸,鼻梁塌陷增宽,头大前额突出,牙的生长正常。

3. 手指短粗,中指尤其短,表现为几个手指的长度大致相同。上肢短,肘关节屈曲挛缩,可能扪及脱位的桡骨头。下肢短,腓骨长度比胫骨长,下肢"O"形,蹒跚步态。四肢软组织发育胖粗,腹部外凸,多有肥胖。

四、诊断及鉴别诊断

1. 胎儿期超声检查胎儿肢体长度,发现短肢体的胎儿,可怀疑软骨发育不全,但需要与其他矮小疾病鉴别。基因检查有助于鉴别诊断。

2. 出生后要与致死性侏儒鉴别。也需要与软骨发生异常鉴别。

五、治 疗

1. 生长激素。已有学者试用生长激素治疗,但疗效不完全肯定,具体使用还在探索中。

2. 常见的脊柱问题是椎管狭窄和胸腰椎后凸。如果发生严重狭窄,有神经症状,则需要行椎管减压。如果胸腰椎脊柱后凸出现在行椎板切除术的部位,术后后凸将加重。一旦椎弓根的大小能植入椎弓根螺钉,这时椎板切除术后用椎弓根螺钉系统与后路融合结合就能较好地治疗脊椎后凸。对最严重的胸腰椎脊柱后凸患者,行前路锥体切除结合后路椎板切除与融合能获得改善下肢神经受损症状的机会。

3. 膝内翻。如果患儿4～12岁时,行走和奔跑时膝内侧疼痛,体检发现膝部的侧向负荷,要考虑手术治疗。手术方式行相对简单的近端胫骨/腓骨截骨,通常能达到治疗目的。

4. 身材矮小治疗。在所有的骨发育不良中,软骨发育不全行肢体延长术已较广泛。由于这类患儿软组织不紧张,骨延长较易进行。在欧洲和俄罗斯都很热衷于对软骨发育不全进行肢体骨延长,股骨和胫骨可延长达35cm。有的病例也要求延长上臂,以便使孩子能触摸到自己的脚。一般肢体每延长1cm要花1个月,整个延长过程要用2～3年时间。在具体实施中要注意并发症的问题。

(唐盛平)

第七节 先天性多发性关节挛缩

先天性多关节挛缩(arthogryposis multiplex congenita,AMC)是一个综合征,指胎儿活动少,出生后多个关节挛缩,肌肉萎缩,出现四肢关节多种畸形。国外数据显示发病率大约1/3 000,1841年已有研究记录。

一、病 因

目前还没有发现确切的病因,有几种学说。

1. 脊髓神经异常。母妊娠期间,脊髓前角细胞发育异常,导致肌肉发育不全,胎儿出现活动障碍,出生新生儿可伴有腹裂和肠道闭锁等畸形。

2. 胚胎发育异常。在胚胎的体节发育中,脊索和神经管发育异常,肌细胞外基质来源于外侧中胚层,而肌细胞来源于体节中胚层,肌细胞外基质缺少或被脂肪替代,出现肌发育异常。

3. 有重症肌无力的母亲,其自身抗体可传给胎儿,抑制乙烯胆碱的抗体功能。引起胎儿自身免疫性肌麻痹。

4. 动物实验发现,鸡胚胎用箭毒2d,鸡就出现多关节挛缩,与人相似。鼠胚胎期用箭毒后,新生鼠也出现类似畸形。另外,鸡胚感染柯萨奇病毒和纽卡斯尔病后,也出现多关节挛缩,这提示病毒可能在其患病中有一定作用。

5. 虽然该病多为散发,但家族发病已有报道。常染色体显性和隐性遗传与性联遗传已有个案报道。

二、病理及分型

1. 脊髓的前角细胞减少,甚至消失,胎儿期肌肉的运动降低。关节的大体形态相对正常,但关节囊增厚和纤维化,缺乏皱襞,皮肤和皮下与骨面贴得紧,肌腱与鞘有粘连。肌肉可有纤维化和脂肪变性。

2. 病理上分两型,即肌病型和神经型。肌肉型的脊髓、前角和神经根正常,肌肉较苍白、质硬和纤维化,该型占 7%。神经型中脊髓、前角和神经根均异常,占 93%。

三、临床表现

1. **基本表现** 母亲妊娠期间有胎动少,胎位不正。出生后常见的体态是膝关节伸直,双足马蹄,肘关节和腕关节屈曲,上下肢均有不同程度萎缩。受累的关节多同时累及上下肢,个别可仅累及上肢或下肢。受累关节主动和被动活动均异常受限制,但头颈活动较正常。患儿常有躯干中心线附近的血管瘤,智力发育相对正常。

2. **临床分类** Ⅰ型,手的畸形有特点,拇指内手,手指屈曲交叉重叠。伴有足马蹄和垂直距骨。颅面可有畸形。Ⅱa 型出四肢畸形外,伴有上腭裂和矮小。Ⅱb 型,有线粒体异常,伴有上睑下垂和眼肌麻痹,肌肉较硬,没有掌纹,有父亲向儿子或母亲向儿子遗传的特点。Ⅱc 型,有唇裂。Ⅱd 型有脊柱侧弯。Ⅱd 型有牙关紧闭症,手挛缩明显,掌指关节伸直。

四、诊断及鉴别诊断

1. **诊断** 根据母亲妊娠史、病史和体检,一般能够作出诊断。

2. **鉴别诊断** 由于多关节挛缩是一个症状或体征,很多疾病和综合征均可有多关节挛缩的表现,在作出诊断前,系统检查和排查也很必要,要注意排查遗传代谢、内分泌和神经系统的疾病。

五、治　疗

1. 由于疾病的表现和严重程度个体之间有很大差别,治疗方案要针对每个不同患儿的具体情况。治疗的目的是使患儿能够坐立和(或)直立行走,上肢有基本功能,达到能相对独立生活的目的。治疗的基本原则是,下肢要恢复正常的力线;维持关节已有的功能;通过肌腱转移手术,使关节的主动活动性改善;尽可能改善关节的功能。虽然疗效不确定,但支具和物理治疗要尽早开始。下肢关节挛缩通常先治疗膝关节,然后治疗髋关节,6 月龄就要治疗膝关节屈曲挛缩,6~12 月龄就治疗髋关节屈曲挛缩。患儿能直立后,足和手的手术要考虑进行。脊柱侧弯和其他骨性手术要到 10 岁后进行。

2. 髋关节脱位的患儿,如果髋关节活动受限,没有任何功能,手术治疗的效果不好,要考虑放弃手术。如果脱位后,髋关节有一定功能,6 月龄可行内侧入路切开复位(Ferguson 手术),术后人位石膏固定。年龄大的髋脱位要从前外侧入路,开放复位后根据髋臼情况,选择骨盆截骨。髋关节挛缩的患儿,需要做软组织松解,严重者要行股骨短缩。

3. 膝关节过伸的患儿出生后即行石膏固定,6个月后效果不好要考虑行手术治疗。四头肌 V-Y 延长和股骨缩短是治疗方法。对于膝关节屈曲挛缩,治疗难度大,疗效差,屈曲挛缩得不到治疗,患儿将不能直立和行走。治疗的方法可行后内侧和外侧的半腱肌和半膜肌松解延长,关节囊松解,严重者行股骨短缩治疗。

4. 马蹄足畸形常常为僵硬型,治疗难度大,复发率高。治疗的方法在早期可行石膏和支具治疗。严重者行广泛软组织松解,可考虑行 Mecky 手术,后内侧广泛松解,内侧肌腱松解,跟腱延长。年龄大的要行截骨手术。

5. 上肢畸形治疗要求基本达到肩关节活动能满足肘和手能在桌面活动,使患儿将来能自行饮食和使用电脑,尽早物理治疗,改善上肢关节被动活动的范围。首先要使肘关节屈曲,继而改变肱骨旋转功能,矫正腕的畸形,改善拇指内收。后期是否手术要根据个体畸形的情况,旋转合适的肌腱和骨的手术。

(唐盛平)

参 考 文 献

[1] 唐盛平,周亚玲,刘正全,等.先天性肌性斜颈病变组织中细胞凋亡的研究.临床小儿外科杂志,2007,6(1): 12-15.

[2] 唐盛平,刘正全,全学模,等.胸所乳突肌巨微解剖与先天性肌性斜颈病因的关系.中华小儿外科杂志, 2001,22:19-20.

[3] Cheng JC,Tang SP,Chen TM,et al. The clinical presentation and outcome of treatment of congenital muscular torticollis in infants——a study of 1,086 cases. J Pediatr Surg,2000,35(7):1091-1096.

[4] Tang S,Liu Z,Quan X,et al. Sternocleidomastoid pseudotumor of infants and congenital muscular torticollis:fine-structure research. J Pediatr Orthop,1998,18(2):214-218.

[5] John Anthony Herring,Tachdjian's Pediatric Orthopaedics/from the Texas Scottish Rite Hospital For Children. Fourth Edition. Saunders Elsvier,2008.

[6] Sarnat HB. New insights into the pathogenesis of congenital myopathies. J Child Neurol,1994,9(2): 193-201.

第 17 章

肿　瘤

第一节　新生儿肿瘤的流行病学和遗传学

儿童恶性肿瘤仅占整个人群恶性肿瘤的 1.4% 左右,新生儿肿瘤占全部小儿肿瘤的 0.5%～2%。

儿童实体肿瘤相当一部分在新生儿期即可出现临床表现,如血管瘤、淋巴管瘤等,但也有一些肿瘤往往因症状不典型而拖延到婴儿期才被发现。在出生后 7d 至 1 月龄明确诊断的新生儿肿瘤占 50%～70%,男女之比相等。

据美国 St. Jude 儿童研究医院报道,112 例出生后 3 个月内诊断的肿瘤中,神经母细胞瘤发病数位居第一,其次为视网膜神经胶质瘤和肾母细胞瘤。总病死率为(6.24～7.2)/1 000 000 新生儿。据美国国立癌症中心统计,出生后 1 周内发病的新生儿恶性肿瘤病死率为 50%。在儿童死因顺位中,恶性肿瘤仅次于意外事故而位居第 2。

近几年来,儿童恶性肿瘤的发病率有逐年上升的趋势,所幸通过积极的多学科联合治疗,越来越多的病例可望延长生存时间甚或治愈。

一、流 行 病 学

儿童恶性肿瘤在流行特征、临床表现、治疗反应、预后等方面与成年人有明显不同,新生儿肿瘤与年长儿肿瘤也有区别。儿童肿瘤的流行病学研究,不仅可提供关于肿瘤病因学等生物学信息,还可针对生物学的差异,改善公共卫生设施,制定相应的治疗策略,提高儿童肿瘤的预防、早期诊断和治疗水平。

1. 新生儿肿瘤的特点　成年人肿瘤常见为上皮来源,儿童多数起源于中胚层和基质,新生儿肿瘤则大多属胚胎型即肉瘤,常为母细胞瘤,罕见上皮型(癌)。

新生儿肿瘤的病程大多趋于良性,预后较为良好,典型的例子是神经母细胞瘤可以伴自发性退变。

此外,新生儿肿瘤在组织学上的恶性程度和临床转归之间有时并不一致,这是新生儿肿瘤的另一重要特点。例如,根据 shimada 分型,神经母细胞瘤病理上可分为分化良好型和分化不良型等,但病理与临床转归可完全不一致,故不能仅以此作判断预后的依据,还需结合年龄、病理分期、n-myc、DNA 指数等综合分析;胎儿型肝母细胞瘤较肝细胞型预后要好得多;Burkitts 淋巴瘤的恶性程度高,分化差,但是其治疗预后较成年人一些低度恶性淋巴瘤预后还好。其他多种肿瘤也有相类似之处。

2. 流行概况　儿童恶性肿瘤的发病与地理有一定关系。以色列和尼日利亚发病率最高,日本和印度发病率最低。不同类型肿瘤的发病有地区特点,除了肾母细胞瘤在世界各地的发病率基本一致,其他类型的肿瘤的发病率在世界各地有很大不同。远东地区儿童肝母细胞瘤发病率高于其他地区,印度儿童视网膜母细胞瘤发病率较高,西欧地区神经母细胞瘤高发,乌干达和中东地区伯基特淋巴瘤高发。

不同人种也影响儿童肿瘤的分布。白种人中尤因瘤、睾丸肿瘤、恶性黑种色素瘤较黑种人多见,黑种人儿童急性淋巴细胞白血病(ALL)中 T 细胞来源较白种人多见,预后也较差。

儿童肿瘤发病年龄高峰也有不同。大多数胚胎性肿瘤发生于 5 岁以下儿童,其中 0～4 岁儿童胚胎性肿瘤占各种恶性肿瘤的 50%。

儿童恶性肿瘤发病和预后的地区性差异可能与多种因素有关,如医疗水平、经济水平、肿瘤登记质量、人口数量及人口普查质量等。在高收入国家儿童肿瘤的 5 年无事件生存率(EFS)可达到75%～79%,但是,目前世界上 80% 的儿童生长于贫穷、缺乏公共卫生基础设施、5 岁以下儿童死亡率高的中低收入国家中,其中,儿童肿瘤治愈率普遍较低,肿瘤流行病学的研究显得非常困难。表 17-1 所示为世界各国国民收入与儿童肿瘤发病率。

表 17-1　世界各国人均国民收入与 15 岁以下儿童肿瘤发病率(1/1 000 000)

国家	肿瘤发病率	白血病发病率	非白血病发病率	国民总收入	总卫生保健支出	5 岁以下儿童死亡率
低收入国家及地区(n=9)	102	16	85	491	21	128
马拉维	100.0	1.1	98.9	160	13	175
乌干达	183.5	10.3	173.2*	280	18	138
津巴布韦	111.2	22.8	88.4*	340	40	129
马里	77.4	4.0	73.4	380	9	219
尼日利亚	71.2	8.6	62.6	560	22	197
越南	108.4	33.4	75.0	620	26	19
巴布亚新几内亚	100.0	8.1	91.9	660	23	93
巴基斯坦	100.0	40.5	59.5	690	13	101
印度	64.4	19.2	45.2	730	27	85
中收入国家及地区(n=18)	107	37	70	4537	241	25
低中收入国家及地区(n=8)	93	37	56	2324	93	33
菲律宾	100.4	47.9	52.5	1300	31	33
中国	104.8	40.2	64.6	1740	61	31
厄瓜多尔	124.4	55.4	69.0	2180	109	26
哥伦比亚	121.8	41.7	80.1	2290	138	21
秘鲁	104.4	35.6	68.8	2610	98	29
阿尔及利亚	69.6	37.3	32.3	2730	89	40
泰国	70.1	28.1	42.0	2750	76	21

（续　表）

国家	肿瘤发病率	白血病发病率	非白血病发病率	国民总收入	总卫生保健支出	5 岁以下儿童死亡率
纳米比亚	45.6	6.2	39.4	2990	145	63
高中收入国家及地区（$n=10$）	118	37	81	6307	358	18
保加利亚	98.6	32.0	66.6	3450	191	15
巴西	100.0	27.8	72.2	3460	212	34
乌拉圭	117.4	43.2	74.2	4360	323	14
哥斯达黎加	134.0	56.5	77.5	4590	305	13
南非	100.0	22.0	78.0	4960	295	67
波兰	111.0	35.0	76.0	7110	354	8
斯洛伐克	125.6	35.0	90.6	7950	360	9
克罗地亚	162.6	41.5	121.1	8060	494	7
爱沙尼亚	123.5	35.6	87.9	9100	366	8
匈牙利	103.4	36.5	66.9	10 030	684	6
高收入国家及地区（$n=25$）	130	41	89	32 872	2516	5
韩国	106.4	36.9	69.5	15 830	705	6
葡萄牙	146.7	36.0	110.7	16 170	1348	5
斯洛文尼亚	113.5	36.3	77.2	17 350	1218	4
以色列	131.0	25.2	105.8	18 620	1514	6
阿联酋	100.0	43.7	56.3	23 770	661	8
科威特	109.7	32.3	77.4	24 040	580	12
西班牙	132.3	40.8	91.5	25 360	1541	5
新西兰	147.6	39.5	108.1	25 960	1618	6
德国	125.9	34.2	91.7	26 220	3204	5
新加坡	125.3	48.2	77.1	27 490	964	3
中国香港	128.9	52.4	76.5	27 670	.	3
意大利	134.1	44.3	89.8	30 010	2139	5
澳大利亚	137.0	46.7	90.3	32 220	2519	6
加拿大	144.2	48.1	96.1	32 600	2669	6
法国	129.8	38.2	91.6	34 810	2981	5
荷兰	132.8	38.6	94.2	36 620	3088	5
芬兰	148.6	47.3	101.3	37 460	2307	4
英国	118.2	38.6	79.6	37 600	2428	6

（续 表）

国家	肿瘤发病率	白血病发病率	非白血病发病率	国民总收入	总卫生保健支出	5岁以下儿童死亡率
日本	107.6	35.5	72.1	38 980	2662	4
瑞典	149.4	45.6	103.8	41 060	3149	4
美国	137.9	43.1	94.8	43 740	5711	8
冰岛	109.0	37.2	71.8	46 320	3821	3
丹麦	149.3	47.2	102.1	47 390	3534	5
瑞士	139.5	43.8	95.7	54 930	5035	5
挪威	143.2	44.0	99.2	59 590	4976	4

低收入国家：人年均收入 $ <825；中等收入国家：人年均收入 $ 825～10 065，其中低中等收入国家：人年均收入 $ 825～3255，高中等收入国家 $ 3256～10 065；高收入国家：人年均收入＞ $ 10 065。

* 卡波西肉瘤在乌干达及津巴布韦在非白血病病人统计中分别为 68.5/1 000 000,10.7/1 000 000

3. 各种肿瘤的发病情况

（1）脑肿瘤：儿童脑肿瘤多数与一些潜在疾病有关，如神经纤维瘤病、结节性硬化症、Von Hippel-Lindau 血管瘤，家族性中枢神经系统肿瘤发病也偶有报道。

（2）神经母细胞瘤：是最常见的先天性肿瘤，约40％的病人发生于1岁以下，35％于1～2岁，25％于2岁后，年龄＞14岁后极少发生该肿瘤。极少见有家族性发病情况的报道。

（3）肾母细胞瘤（Wilm's tumor）：最常发生于1～5岁龄儿童，极少发生于＞8岁龄儿童。它在儿童年龄组中的发病率约为7/1 000 000。家族性发病情况早有报道，尤其在双侧肾母细胞瘤患者中。肾母细胞瘤的发病与一些先天异常有关，包括泌尿生殖系异常、无虹膜症、偏身肥大症（Beckwith-Wiedemann 综合征）。肾母细胞瘤中智力迟钝、头小畸形、双侧无虹膜、生殖器分辨不明等症状与11号染色体短臂的丢失相关。

（4）横纹肌肉瘤：是儿童最常见的软组织肿瘤，发病率约8/1 000 000。无明显性别差异，可发生于各年龄段，70％见于10岁以前。不常并发先天畸形，可发生于人体各部位，甚至发生于无横纹肌的部位。

（5）视网膜母细胞瘤：是儿童最常见的眼内肿瘤，每年约有3/1 000 000 儿童发病，平均发病年龄为18月龄，超过90％病人年龄＜5岁。亚洲人发病率是白种人的4倍，其中印度发病率最高。病人罹患其他肿瘤的风险也相应增加，如软组织肉瘤、骨肿瘤，尤其是治疗后，由放疗诱发的骨肉瘤。

（6）肝肿瘤：不常见于围生期儿童，但仍有一定的发病，以及相当高的死亡率。主要有血管瘤（占60.3％）、间叶组织错构瘤（占23.2％）、肝母细胞瘤（占16.5％）3种类型。多数由产前超声检查或新生儿期体检发现腹部包块而获诊断。肿瘤常引起胎儿水肿、呼吸窘迫、心力衰竭，继发羊水过多，甚至胎儿死亡。超过50％的胎儿或新生儿肝母细胞瘤的 AFP 值显著高于血管瘤、错构瘤。生存率单发血管瘤为86％，多发为71％，错构瘤为64％，肝母细胞瘤只有25％，其中，Ⅰ～Ⅲ期肝母细胞瘤生存者50％，Ⅳ期病人无一生存。预后与组织学类型和年龄有一定关系，单纯胎儿型肝母细胞瘤较胚胎型要好。胎儿期及新生儿期发生肝肿瘤的预后较大龄儿童要差，生存率明显低于大龄儿童。当合并有死胎、胎儿水肿、心力衰竭、严重贫血、血小板减少时，死亡率则更高。新生儿单发肝血管瘤预后最好,而胎儿期肝母细胞瘤则最差。虽然,新生儿肝血管瘤可自发消退,但当出现充血性心衰或消耗性凝血因子缺乏时,依然会威胁生命。错构瘤为良性病变,通常通过手术可治愈,但当出现胎儿水肿、呼吸窘迫、或因腹部巨大占位引起循环障碍时,也会引起死亡。

二、病 因

引起儿童肿瘤的原因是多方面的,如饮食因素、环境因素、遗传因素等均可能与之有关。环境因素包括物理(电磁波、离子射线等)、化学(油漆、石油产品、烃类、有机溶剂、金属、含氮成分、杀虫剂等)、药物(维生素等)、生物(病毒感染等)等。

儿童肿瘤的发生与父母职业的关系不可忽视。由于父母职业接触化学物质,儿童接触父母穿着的污染化学物质的工作服,或母亲在妊娠期间接触化学物质和物理因素通过胎盘转运,很有可能使胎儿的发育受到损伤,或母亲吸收的有毒化学物质经乳汁传递给乳儿,或有机溶剂从父母呼出气中排出使婴儿接触等,均有可能使儿童发生恶性肿瘤的危险增加。

妊娠期感染与新生儿肿瘤也有一定关系。尽管病毒作用尚不明确,但目前已发现许多肿瘤组织中存在 Epstein-Barr(EB)病毒,肝细胞瘤中存在乙肝病毒(HBV),推测可能经过胎盘感染。提示 EBV、HBV 可能在肿瘤发生的过程中起一定作用。

三、遗 传 学

60%～90%的成年人肿瘤与环境因素有关,而多数儿童肿瘤与遗传背景有关,如肾母细胞瘤、视网膜母细胞瘤、神经纤维瘤等。目前较为明确的与遗传因素关系较大的儿童肿瘤见表17-2。

表 17-2 与遗传因素关系密切的几种儿童肿瘤

肿瘤类型	有遗传因素的病例(%)
肾上腺皮质癌	50～80
视神经胶质瘤	45
视网膜母细胞瘤	40
嗜铬细胞瘤	25
肾母细胞瘤	3～5
中枢神经系统肿瘤	<1～3
白血病	2.5～5.0

不同类型肿瘤的遗传模式也不同。视网膜母细胞瘤的遗传模式相对单一,肾母细胞瘤遗传模式则相对较为复杂。另外,某些儿童恶性肿瘤与遗传性疾病有关,如结节性硬化病、范科尼贫血、共济失调-毛细血管扩张症、Li-Fraumeni 综合征和着色性干皮病等。

多种染色体异常与儿童恶性肿瘤有关。例如,Down 综合征患者的白血病发生危险明显增加,并且年龄越小,危险性越大,同时,其生殖细胞肿瘤发生的危险也有所增加。其他染色体异常也可能增加某种肿瘤的发病风险,如 18-三体综合征与肾母细胞瘤、Turner 综合征与神经母细胞瘤和肾母细胞瘤、Klinefelter 综合征与生殖细胞瘤等。

癌基因与抑癌基因之间平衡的失调,是导致发生的肿瘤机制之一。近年研究证实,染色体数量的异常,以及易位、倒置、缺失等结构异常,使基因表达异常,与肿瘤发生有密切关系。其中,最重要的是染色体易位、断裂等产生的融合基因及其翻译产物,它们可能是导致恶性肿瘤的重要机制之一。

目前已明确了一些儿童肿瘤发病的易感基因,其中最具代表性的是编码 P53、RB1 蛋白的基因。它们均是最初在一些少见家族肿瘤综合征及伴随癌症的相关疾病中,通过定位克隆、候选基因分析等方法确定下来的。

1. RB1 基因与视网膜母细胞瘤　是一对位于 13 号染色体长臂(13q14)的隐性基因,当双等位基因突变时,导致视网膜母细胞瘤发生。同时,遗传性视网膜母细胞瘤病人其他一些肿瘤的发生率也有所增加,治疗后生存者发生第二肿瘤的危险性增高。

2. WT-1 基因与肾母细胞瘤　位于 11 号染色体短臂(11p13),它的突变可导致肾母细胞瘤发生。近年来,随着研究的深入,其他与肾母细胞瘤发生有关的基因位点相继发现,如 WT-2(11p15.5)、WT-3(16q)、WT-4(17q12-q21)、WT-5(7p15-p11.2)。BRCA2 基因的突变也被报道于肾母细胞瘤中。

3. KIF1B 基因与神经母细胞瘤　研究证明,KIF1B 基因(1p36)的种系及体系突变,是神经母细胞瘤发病的易感因素,其他与神经母细胞瘤有关的易感基因还包括有 PHOX2B(4p12)、ALK(2p23)。

4. 其他基因异常与儿童癌症　过去十数年中,随着成年人癌症研究的进展,乳腺癌、结直肠癌等常见癌症的易感基因逐渐被发现、认识。这些基因的单等位基因突变是上述肿瘤发病的高危因素,而近年来发现,在儿童实体瘤及血液系统肿瘤中,出现这些基因的双等位基因突变。其中最具特点的是乳腺癌易感基因 BRCA2、PALB2,结直肠癌易感基因 MSH2、MLH1、MSH6、PMS2。

BRCA2 是 1995 年在家族性乳腺癌分析研究中发现并明确的,其单等位基因的截短突变,被认为是乳腺癌及卵巢癌发病的高危因素。直至 2002 年,在范科尼贫血分析研究中,BRCA2 作为候选基因,发现其出现双等位基因突变。Howllet 等明确在 D1 型范科尼贫血中,存在 BRCA2 双等位基因的突变,该亚型为并发儿童肿瘤的高危因素,尤其是肾母细胞瘤、脑瘤、急性髓性白血病。而在乳腺癌及卵巢癌患者中,尚未发现双等位基因突变,可能是因为 D1 型范科尼贫血有着很高的死亡率,并且几乎所有均在儿童期死亡。

MSH2、MLH1、MSH6、PMS2 作为遗传性非息肉性结直肠癌易感基因,1993 年被发现,目前已逐渐明确,其诱发癌症的原因为 DNA 的错配修复。近年研究发现,这 4 个基因中,单等位基因突变与结直肠癌发生的危险度存在差异,MSH2. MLH1 危险度要高于 MSH6、PMS2。相反,双等位基因突变时,4 者的表现及严重程度则相当类似,大大增加了伴有色素沉着(少数色素缺失)婴幼儿肿瘤发生的风险。

(王嘉怡　叶铁真)

第二节　畸　胎　瘤

畸胎瘤是新生儿中最常见的肿瘤,多发生于从脑至骶尾部的中线部位,估计发病率为 40 000～1/35 000,新生儿期女性居多,男女比例约为 1∶3。

一、胚 胎 学

畸胎瘤一般分为生殖腺畸胎瘤和生殖腺外畸胎瘤,其胚胎来源可能不同。

一些学者认为畸胎瘤来源于全能原始生殖细胞。这些细胞在壬辰第4周时在靠近尿囊的卵黄囊内胚细胞中产生,并在胚胎4～5周时移行至生殖脊。在移行过程中,如果生殖细胞出现发育停滞或迷失,就会在移行的不同部位异常分化形成肿瘤,因此,畸胎瘤常发生在从脑至骶尾部的中线附近。原始生殖细胞属于全能干细胞,在胚胎早期,全能干细胞具有分化发育形成胚胎和胎儿的不同胚层的细胞、组织和器官的潜能。不同分化方向的细胞能够形成不同的肿瘤类型,如果分化成胚内型结构即发展成为畸胎瘤,而如果分化成为胚外型结构则形成内胚窦瘤或绒毛膜癌,也可同时含有胚内型和胚外型结构两种成分,因此,有一些畸胎瘤中可见到内胚窦瘤或绒毛膜癌的成分。另外,有些学者认为畸胎瘤起源于原条或原结的残留,在胚胎3周时,胚胎尾部中线部位的细胞分化迅速,并形成原结和原条,3周末,原条缩短并消失。这个过程出现发育障碍,就会出现细胞的异常分化而形成肿瘤,这个假说可以很好的解释畸胎瘤最多见于骶尾部的原因。

原始生殖细胞被认为是畸胎瘤的主要组织来源,目前,人们倾向于将畸胎瘤划归在生殖细胞肿瘤中,但原始生殖细胞可能并不是唯一的组织来源。畸胎瘤的组织学分类中也包括了无性细胞瘤、胚胎癌、卵黄囊瘤、绒毛膜癌、生殖母细胞瘤和混合型生殖细胞瘤。生殖腺内肿瘤和生殖腺外肿瘤可能发生不同,畸胎瘤的生物学行为特点根据肿瘤部位的不同而有一定差异。

二、病 理

畸胎瘤是包含有向内胚层、中胚层和外胚层3个胚层组织分化方向的细胞成分的肿瘤,细胞成分复杂,分化程度不一。肿瘤通常包含皮肤成分、神经组织、牙齿、脂肪、软骨、肠黏膜以及正常的神经节细胞。这些组织常常表现为无序排列的细胞岛,当瘤体中含有发育良好的组织,如肠管、肢体甚至心脏,则称为胎儿样畸胎瘤。当瘤体中含有脊柱或脊索时,则称之为胎内胎。

根据组织分化的程度不同,病理上将畸胎瘤分为3个类型:①成熟型畸胎瘤。②未成熟型畸胎瘤,在分化成熟的组织结构中混有未成熟的组织成分,多为神经胶质或神经管样结构。大多数畸胎瘤是由成熟细胞组成的,有20%～25%包含不成熟的成分,多为神经上皮。小儿未成熟型畸胎瘤并非恶性,组织的不成熟程度对预后判断的意义不大。在新生儿,不成熟组织被认为是正常的,对预后无影响。③恶性畸胎瘤,畸胎瘤中最常见恶性成分是卵黄囊瘤,即内胚窦瘤。其他的恶性生殖细胞肿瘤也可以出现,另外,也有少见的神经母细胞瘤、鳞状细胞癌、肉瘤等组成畸胎瘤。出生时即为恶性者少见,但恶性变可以随年龄增长及肿瘤的不完整切除而增加。一个明确的成熟畸胎瘤,可以在切除后数月至数年内出现恶性卵黄囊瘤。

三、肿瘤生物学标记

胚胎的卵黄囊产生甲胎蛋白(αfetal protein,AFP),滋养细胞产生绒毛膜促性腺激素(human chorionic gonadotrophin,HCG)。如果在畸胎瘤中包含这些成分,血清中就能检测出这些化学物质,这对肿瘤的诊断和术后的监测都有重要的意义。一般来讲,肿瘤切除后,原来升高的AFP或HCG就会降至正常,如果术后数值仍高,那么就应该注意是否有肿瘤残余的可能。如果手术后,患儿AFP或HCG降低后又升高,则应怀疑有肿瘤复发的可能。在新生儿期,血清AFP处于较高水平,给临床的评估带来一定困难,但仍有一定规律可循,可以作为临场评估的参考。AFP的半衰期在足月正常体重新生儿为5.5d,在低体重儿约为7.7d,正常足月新生儿出生时AFP约为

$5 \times 10^4 ng/ml$,然后逐渐下降,至生后 6 个月基本降至成年人水平($<20ng/ml$)。

新生儿 HCG 升高者一般可确定为恶性,HCG 也可以引起性早熟。

四、分　类

畸胎瘤按照肿瘤的部位分为生殖腺内肿瘤和生殖腺外肿瘤,即卵巢畸胎瘤、睾丸畸胎瘤及生殖腺外肿瘤。按照全能干细胞胚胎时期的移行特点,大多数生殖腺外畸胎瘤发生在从头部至骶尾部的中线部位,因此又可分为颅内、颈部、胸部、腹部以及骶尾部畸胎瘤。

五、伴 发 畸 形

有资料统计,畸胎瘤伴发畸形可达 18%,包括消化道畸形、心血管系统、神经系统、泌尿系统和骨骼系统等畸形。

(一)骶尾部畸胎瘤

骶尾部是畸胎瘤最好发的部位,占全部畸胎瘤的 35%～60%(包括生殖腺畸胎瘤),是新生儿最常见的肿瘤,发生率为 1/(35 000～40 000)。男女比例约为 1:3。

1. 病理　根据肿瘤中未成熟组织的比例和神经上皮的多少将畸胎瘤分为 4 个级别。

(1)0 级:全部组织均分化成熟,无核分裂象,属于良性。

(2)1 级:少量灶状不成熟组织或胚胎型组织与成熟性组织混合,核分裂象少见。

(3)2 级:中量的胚胎型组织与成熟性组织混合,中度的核分裂象。

(4)3 级:大量的胚胎型组织。

该分级方法中各个级别之间的界限并不严格,对于肿瘤性质和预后的判断意义不大。不成熟组织及胚胎成分在生殖腺畸胎瘤中与肿瘤的高侵袭性的生物学行为关系密切,而在骶尾部畸胎瘤中却关系却不甚明确。

畸胎瘤的组织成分复杂,分化程度不同,因此病理检查取材时应该选取多个部位。

2. 临床表现及分型　Altman 等(美国小儿外科协会,AAP)将小儿骶尾部畸胎瘤分为 4 型。Ⅰ型即显型;Ⅱ型即混合型,肿物上极不超过小骨盆;Ⅲ型亦为混合型,肿物上极超过小骨盆,可达腹腔;Ⅳ型即隐型。

骶尾部畸胎瘤因肿瘤的类型、大小等情况的差异而有不同的临床表现。

(1)Ⅰ型即显型,肿物向体外生长,出生时即可见到骶尾部肿物。肿瘤位于臀部,发生于尾骨尖端,大小差异较大,小的仅表现为骶尾部局部的皮肤的隆起,大的可达儿头大小,可悬垂于两腿之间,多为圆形、椭圆形或不规则的分叶状肿块。肿瘤表面可因张力高而呈现皮肤菲薄发亮。肿瘤常常并不是位于中线上,而是偏向于一侧。有时肿瘤向会阴部生长,将肛门顶向前方,甚至出现肛门黏膜轻度外翻。查体触诊肿瘤呈囊性或囊实相间,实质性部分硬度不均,有时可触及骨样硬度的内容物。指肛检查可发现骶前肿物,而且肿物与尾骨关系密切。

(2)Ⅱ、Ⅲ型即混合型,除了Ⅰ型的表现之外,肛指检查可发现明显的骶前肿物。2 型畸胎瘤以向外生长为主,骶前肿物上极不超过小骨盆。因新生儿骨盆浅,经骶后切口常能够完成手术。Ⅱ型即混合型,肿物上极不超过小骨盆;Ⅲ型畸胎瘤骶前部分生长较大,超过小骨盆,甚至进入腹腔,形成"哑铃形"结构。肿物向前压迫直肠,可出现便秘或排便困难,如果同时压迫尿道也可造成排尿困难。指肛检查可感觉到直肠受压,手指不能触及肿物的上极,而下腹部可触及腹部包块。

(3)Ⅳ型即隐型,骶尾部外观正常,直肠指检时可发现肿物。因病变较隐蔽,早期不易被发现。患儿往往因便秘、便条变细呈扁平状、排便排尿困难就诊,行直肠指检时发现病变。有时肿物向上发展进入腹腔,因发现下腹部肿物而就诊并确定诊断。因此,此型常就诊较晚,容易恶变。

3. 诊断　对于Ⅰ、Ⅱ、Ⅲ型畸胎瘤,骶尾部肿块是其最明显的临床特点,是临床上最常见的就诊原因,多数患儿可以在生后即可发现并及时作出诊断,根据美国小儿外科学会的调查结果,60%的骶尾部畸胎瘤患儿在出生时即获得诊断,仅有约 6%的婴儿在 2 岁后才出现临床症状。对骶前畸胎瘤的诊断常常延误。患儿常因出现便秘、尿路梗阻、腹部包块或生长发育迟缓等情况时才就诊。

直肠指检在诊断中具有重要意义,可以发现骶前肿物,并明确其大小质地边界范围等特点。无论对于隐性或显性或混合型的患儿都有重要意义。

辅助检查:①B 超,产前 B 超的广泛应用,使畸胎瘤的患儿可以获得产前诊断。对于患儿的预后具有积极意义。②X 线平片,多数 X 线平片可见瘤体内钙化影或骨骼、牙齿等,对诊断有一定帮助,但目前更多的被 CT 等检查方法所代替。③CT 及 MRI 可明确肿瘤的范围,与周围组织的关系,内部的钙化等,尤其对于怀疑恶性畸胎瘤的患儿,对手术的指导意义较大。

4. 鉴别诊断　囊性畸胎瘤最主要的鉴别诊断是脊膜膨出,后者在查体时可见压迫肿物可缩小并可见前囟突出,X 线片见脊柱裂,而发现钙化及骨骼等表现时则为畸胎瘤,CT、B 超、MRI 都有助于诊断的建立。另外还需要进行鉴别的包括皮样囊肿、脊索瘤、脂肪瘤、直肠脓肿等。

5. 治疗

(1)胎儿外科:骶尾部畸胎瘤可以通过产前 B 超确诊,B 超下可以清楚的了解肿瘤的部位、形态、盆腔内的瘤体以及是否合并尿路梗阻等情况。虽然大多数畸胎瘤不会对胎儿带来负面影响,但血供丰富的巨大畸胎瘤会显著增加胎儿死亡率。巨大肿瘤合并羊水过多时可以引起早产。围生期死亡原因常与早产或肿瘤破裂出血有关。如果肿瘤>5cm 或大于胎儿的双顶径时可引起难产,应当施行剖宫产。畸胎瘤瘤体大于胎儿的双顶径或生长速度超过胎儿时,提示胎儿预后不良。骶尾部畸胎瘤的宫内手术切除已经有成功的报道。对于单纯囊性畸胎瘤病人,也有报道经皮囊液抽吸而使自然生产顺利进行。另有成功实施宫内囊肿-羊膜引流,解除了尿路梗阻的报道。目前宫内手术尚缺乏大宗病例的总结。

(2)手术时间:出生时恶性肿瘤的发生率不足 10%,而 1 岁后骶尾部畸胎瘤的恶性率达到 75%以上,因此,新生儿病例一旦确诊即应尽早手术,早产儿也并不是手术的绝对禁忌证。

(3)手术方法:大多数的骶尾部畸胎瘤为显性肿瘤,采用骶尾部切口入路即可完成手术。于肛门尾骨间采用倒"V"形切口,沿肿瘤包膜分离瘤体,注意保护直肠、骶前神经丛等周围组织和脏器,防止误伤。多数情况下,肿瘤包裹尾骨,应该将尾骨切除,必要时可从 $S_{4,5}$ 处切断。切除尾骨前应该首先分离结扎切断骶中动静脉,防止术中出血。对于Ⅲ型及Ⅳ型畸胎瘤,因盆腔内瘤体较大,从骶尾部切口难以完成手术的,应该采用腹部及骶尾部联合切口,首先于下腹部横切口切开,于腹膜外分离瘤体,必要时可切开腹膜,将瘤体分离至盆腔最低位置后改为俯卧位,经骶尾部切口切除剩余部分的瘤体。

新生儿病人因盆腔较浅,即使肿物已经生长侵入盆腔,也可经骶尾部完整切除,尤其是对于囊性肿瘤者,抽吸囊内液体后,瘤体缩小,更有利于手术切除。

当瘤体巨大时,肿瘤压迫盆底肌肉使之牵拉变形易位,肿瘤切除后遗留较大的腔隙,应该将盆底肌肉于直肠周围进行解剖重建,并放置引流条,加压包扎。

巨大畸胎瘤切除后,局部剩余的皮肤往往过多,此时应该将皮肤做适当的整形,以保持术后接近正常的臀部形态。虽然手术切除肿瘤后大多数患儿功能恢复较好,但术后仍有部分患儿出现便秘、排尿困难和下肢无力等问题。

(4)恶性肿瘤的处理:对于显性畸胎瘤在短期内出现快速生长,或伴有排尿、排便困难时,应考虑肿瘤恶性变的可能,对年龄超过 6 个月龄,而 AFP 仍持续升高达 250 以上时,亦应考虑恶性的可能,恶性畸胎瘤可以伴有腹股沟淋巴结的转移或肺、肝等处的远处转移。对于恶性畸胎瘤,如果不能一期手术切除时,不应勉强手术,应先活检后应用化疗使肿瘤缩小再手术切除,术后再继续化疗。

铂类化疗药物的应用使恶性畸胎瘤的治疗效果明显提高,文献报道可以达到 80% 的术后生存率。常用的化疗药物包括博来霉素、长春碱、顺铂和 VP-16。放疗一般只针对局部复发的骶尾部畸胎瘤。

6. 预后 常规产前 B 超检查发现胎儿畸胎瘤的患儿术后存活率达到 90% 以上,但一旦胎儿出现水肿和胎盘肥厚时,其病死率几乎为 100%。

新生儿良性骶尾部畸胎瘤术后长期生存率达 95% 以上,复发率在 10% 左右,恶变率为 1%～2%,新生儿期后手术的良性肿瘤的病人复发率明显大于新生儿期手术者。大多数术后复发出现在术后 3 年内,所以术后 3 年内应该每 2～3 个月复查 1 次,复查时应常规直肠指检和检测血清学标记物。

肿瘤的复发多是局部的,但也可转移至腹股沟淋巴结、肺、肝、脑、和腹膜。

(二)其他部位的生殖腺外畸胎瘤

根据胚胎全能干细胞的迁移特点,生殖腺外畸胎瘤常分布在从头到骶尾部的中线部位,其中以骶尾部最为多见,另外,亦可见于颅内、颈部、胸部、腹部等处。发病率见表 17-3。

表 17-3 不同部位畸胎瘤的发病率

部位	病例数(%)
骶尾部	290(45)
生殖腺	
卵巢	176(27)
睾丸	31(5)
纵隔	41(6)
中枢神经系统	30(5)
腹膜后	28(4)
颈部	20(3)
头部	20(3)
胃	3(<1)
肝	2(<1)
心包	1(<1)
脐带	1(<1)

(三)生殖腺内畸胎瘤

新生儿生殖腺内畸胎瘤包括睾丸畸胎瘤和卵巢畸胎瘤。

小儿原发性睾丸肿瘤少见,约 75% 的睾丸肿瘤起源于原始生殖细胞,其中以卵黄囊瘤最常见,约占睾丸肿瘤的 60%,其次为畸胎瘤,占 10%～30%。AFP 及 HCG 有助于诊断和预后的监测。睾丸畸胎瘤基本属于良性,恶性者多见于 8 岁以上及青春期。对于病变局限的睾丸良性畸胎瘤可行肿瘤剔除术,对恶性者则需要高位切除睾丸。

小儿卵巢肿瘤中约 60% 为生殖细胞肿瘤,其中多为良性畸胎瘤,少数起源于上皮或间质细胞。卵巢畸胎瘤的治疗需要根据病理诊断决定手术方式,对于成熟型畸胎瘤,行肿瘤剔除术,保留卵巢组织及其功能;对恶性畸胎瘤,必须切除患侧附件,并探明对侧卵巢的情况。

(温 哲)

第三节　血管瘤与血管畸形

临床上,血管瘤概念较为混乱,甚至经常与血管畸形混为一谈。现行国际脉管性疾病研究学会分类系统(International Society for the Study of Vascular Anomalies,ISSVA)指出,血管瘤(Hemangioma)与血管畸形(vascular malformations)是两个完全不同的概念,前者是指具有血管内皮细胞异常增殖的肿瘤或类肿瘤性疾病,后者则是无内皮细胞异常增殖的非肿瘤性先天性血管发育畸形,两者的生物学行为和自然病史有着本质的差异,因此在治疗方法的选择上也完全不同。

一、血管瘤与血管畸形分类

20 世纪 80 年代以前,国内外对血管瘤和血管畸形的命名及分类非常混乱,甚至至今仍将血管瘤与血管畸形混为一谈,这种分类和命名的不统一,导致对其临床治疗也处于混乱状态。究其原因,主要集中在以下几个方面:①血管瘤或血管畸形患者可就诊于不同的临床科室,例如皮肤科、整形外科、耳鼻咽喉科、小儿外科、口腔颌面外科和普通外科等,由于患者无法在某一学科集中,故难以形成一支专门的研究队伍来关注这类疾病,或者说学术界对于脉管疾病的临床诊治和研究投入的精力较少。②学术界对血管瘤或血管畸形病因认识缺乏科学基础,将肿瘤性疾病和发育畸形混为一谈。

1982 年,哈佛大学医学院儿童医学中心整形外科的 Mulliken 和 Glowacki 教授,根据多年临床与基础研究,率先提出了脉管性疾病的生物学分类方法(Biological Calssification),澄清了长期以来对两类疾病的模糊认识,明确提出脉管性疾病分为血管瘤和脉管畸形(包括血管畸形及淋巴管畸形)。前者是具有血管内皮细胞异常增生的肿瘤或类肿瘤性疾病,后者则是无内皮细胞异常增生的非肿瘤性先天性发育畸形,两者的生物学行为和自然病史有着本质的区别。由于生物学分类科学适用,后来被国际脉管性疾病研究学会(International Society for the Study of Vascular Anomalies,ISSVA)作为国际脉管性疾病研究学会分类系统的基础(表 17-4)。

表 17-4　脉管性疾病的现代分类系统

血管瘤(hemangioma)

　　浅表(皮肤)血管瘤(superficial hemangioma):皮肤血管瘤

　　深部血管瘤(deep hemangioma):组织成分同浅表血管瘤,只是位置深在

　　混合型血管瘤(compound hemangioma):浅表(皮肤)血管瘤和皮下的深部血管瘤并存

脉管畸形(vascular malformation)

静脉畸形(venous malformation)

微静脉畸形(venular malformation):包括中线型微静脉畸形和微静脉畸形(葡萄酒色斑)

淋巴管畸形(lymphatic malformation)

　　微囊型淋巴管畸形(microcystic)

　　大囊型淋巴管畸形(macrocystic):表现为囊性水瘤

动静脉畸形(arteriovenous malformation)

混合性脉管畸形(mixed malformation)

　　静脉-淋巴管畸形(venous-lymphatic malformation)

　　静脉-微静脉畸形(venous-venular malformation)

值得注意的是,在脉管疾病的现代分类中,已经没有毛细血管瘤、海绵状血管瘤及蔓状血管瘤一说,而国内文献以往所称的毛细血管瘤多属于浅表血管瘤或者微静脉畸形,海绵状血管瘤多属于静脉畸形,蔓状血管瘤多属于动静脉畸形。这种新的生物学分类方法得到了学术界的广泛认同和接受,其具有以下独特的优点①科学性:有可靠的科学依据,即将内皮细胞异常增殖这一实证作为血管瘤的生物学和组织学基础,而无内皮细胞异常增殖的脉管发育畸形及其肥大扩张,则是脉管畸形的生物学和组织学基础。②实用性:该分类将临床表现和病变的自然病史结合起来既可建立诊断,便于临床应用,很多情况下可以避免有可能带来的并发症和后遗症的组织活检。③明确的目的性:分类的目的旨在指导临床治疗,该分类对于治疗方法的选择具有更强的可操作性。一旦分类诊断确立,即可采取相应的治疗措施,并可预测转归和预后。

二、血 管 瘤

(一)流行病学

血管瘤是婴幼儿最常见的良性肿瘤,白种人儿童的发病率为 $10\%\sim12\%$,而低于 1000g 的早产儿发病率高达 22%;亚洲人及黑种人儿童发病率则较低,为 $0.8\%\sim1.4\%$。血管瘤好发于女性,男女比例约 1:3。大多数学者认为血管瘤无家族性,但临床发现约 10% 的患儿有家族史。最近一项对血管瘤的双胞胎患儿的研究表明,血管瘤的发生与遗传因素似乎无关。30% 的血管瘤在患儿出生时即存在,但大多数出生后数周内发生。80% 的血管瘤呈孤立的灶性损害,60% 发生在头颈部。血管瘤的好发部位在头颈部,病变大多依以下走行分布:自面颊中部,向上越过睑外侧达眉上及眉间,继之向下至内眦中点、鼻旁区,经鼻翼沟至鼻尖及鼻小柱,上唇中线及下唇外侧亦是血管瘤的好发部位。

(二)发病机制

对血管瘤的发病机制,目前仍知之甚少,按照其自然病程,主要有以下几种观点。

1. 血管内皮细胞的起源

(1)一种观点认为,血管瘤内皮细胞来源于血管发生和血管形成过程中发生突变的内皮祖细胞。

(2)另一种观点认为,血管内皮细胞可能来源于胎盘绒毛微血管内皮细胞。

2. 血管内皮细胞异常增殖的原因

(1)局部微环境的变化

①细胞组成及其功能的变化,主要是肥大细胞、周细胞和免疫细胞。

②雌激素水平升高。

③血管形成因子与血管形成抑制因子失衡。

④细胞外基质和蛋白酶表达变化。

⑤局部神经支配的影响。

(2)内皮细胞自身转化

①基因突变(遗传或体细胞突变)导致内皮细胞分泌特性改变,通过自分泌和旁分泌机制而异常增殖,并由此导致局部微环境变化。

②细胞凋亡水平的变化。

这两方面的观点不是对立的。局部微环境变化是研究观察到的客观事实,只是导致变化的原因不清楚,可能由内皮细胞引起,也可能由其他细胞引起,或者两个均有。

3. 血管瘤自发消退的原因

(1)局部微环境的变化,如上述的各种微环境因素变化导致血管瘤增殖水平下降。

(2)血管内皮细胞凋亡。越来越多的研究认为,血管瘤内皮细胞凋亡增加是导致血管瘤消退的直接原因,其主要依据有:①血管瘤消退过程中没有明显的炎症发生,这是凋亡的组织学特点。②研究已发现,在血管瘤的各个阶段都有凋亡现象,且消退期凋亡水平较高。③一些与凋亡有关的蛋白质,如 Clust/apoJ 在消退期的表达水平升高。但这方面还缺乏深入研究。

(三)临床表现

血管瘤病程有其独特性,其典型的自然病程包括增殖期、稳定期和消退期。虽然 30% 的血管瘤在患儿出生时即存在,但大多在出生后数周内发生。血管瘤的早期表现是一个红点或红色斑块,在随后的数周或数月中发展迅速,即表现出所谓的快速生长期,之后便在幼年时发生渐进性退化,进入消退期,但此分期并非绝对,并存在重叠,血管瘤从增殖到消退的过渡是一个渐进的过程。

血管瘤临床表现因病变的深度及病变所处的生长阶段而异。皮肤病变或深部病变累及皮肤者,可见明显的血管瘤病灶。增殖期的血管瘤表现为鲜红色,质地较前变硬,消退期逐渐变为暗红色或灰色,质地变软。在血管瘤消退后,常在病变区遗留上皮萎缩、毛细血管扩张、上皮色素减退及皮下脂肪沉积。皮下或深部血管瘤常表现为包块,部分病变表面皮肤呈浅蓝色。一般而言,病变部位越深,表面皮肤颜色改变越不明显。部分血管瘤在快速生长期可出现触痛、溃疡、出血、感染、呼吸道阻塞(声门下血管瘤)、听力障碍(腮腺血管瘤)、视力障碍(眶周血管瘤)等并发症。

(四)诊断及鉴别诊断

血管瘤的临床诊断主要依据病史和体格检查,对某些患者可选择性采用 B 超、血管造影、CT 和 MRI 等特殊辅助检查,以资进一步明确诊断。

1. 彩色超声　彩色多普勒超声合并频谱波形检查,能够探知肿块的血流情况以及肿块内的动、静脉频谱。虽能超声能鉴别头颈部血管瘤和其他疾病(如淋巴结、先天性囊肿、唾液腺瘤等),然而超声不能完全评估肿瘤的范围,当周围组织与肿瘤回声相近时,也难于分辨。

2. 计算机体层成像(CT)　表现为软组织肿块。CT 平扫可以清楚的显示病变引起的继发性骨改变,但不能充分显示病变与周围组织的关系以及病变所累及的范围。增强扫描可见瘤体明显强化,境界清晰,可明确诊断并明确血管瘤位置、大小及与周围组织关系。但 CT 扫描小儿所受辐射剂量较大,应尽量避免使用。

3. 磁共振成像(MRI)　磁共振成像可以清楚显示血管瘤病变的范围、与周围组织的关系及与脉管畸形鉴别。血管瘤是高流速的实性占位,T_1WI 为等信号,T_2WI 为高信号,注射增强剂后病变强化,病变中可见点状流空效应。如果血管瘤内形成血栓,则可在血管瘤组织内出现信号不增强区;消退后期或已消退的血管瘤中,因出现大量的替代脂肪组织,在 T_1WI 信号增高。动静脉畸形为高流速病变,其中缺乏实性组织结构,T_1WI 和 T_2WI 均为低信号,注射增强剂后病变无明显变化,其间可见明显的流空效应。静脉畸形和淋巴管畸形属于低流速病变,T_1WI 呈等信号,T_2WI 呈高信号,注射增强剂后均无明显强化。其中,淋巴管畸形大多表现为多囊状,其中单囊状病变可呈液平。MRI 检查对婴幼儿脉管性疾病的诊断与鉴别诊断价值较大,尤其对深部及重要部位病变应用较多。

4. 数字减影血管造影(DSA)　由于无创影像学的不断进步,动脉血管造影通常较少应用于血管瘤诊断,常为血管瘤介入治疗前使用。动脉血管造影可以清晰显示供应病变的滋养动脉以及境界尚清、造影剂浓聚的实质肿块。这些滋养动脉可以轻度扩张和扭曲,静脉期可见回流静脉粗大而纤曲。

临床上,血管瘤常与脉管畸形,包括动静脉畸形、静脉畸形及淋巴管畸形等鉴别。其鉴别要点如下:①血管瘤、脉管畸形都可以生长增大,但两者的生长机制和生长速度不同。血管瘤通过内皮细胞增殖而导致瘤体增大,内皮细胞增殖常导致瘤体的快速增大,并在出生后2～3个月出现生长高峰期。血管瘤有自行消退史,80％～90％的血管瘤可以部分或全部消退,一般在患者1～2岁消退较明显,此后消退速度逐渐变缓,8岁左右停止消退。脉管畸形则通过管腔扩张而增大,扩张性增大是一个非常缓慢的过程,而且是持续性的,可以伴随患者一生,不可能自行消退,只会随身体的发育同步缓慢增大。②MRI检查具有重要的鉴别价值,如前述。③血管瘤、血管畸形与淋巴管畸形有时鉴别困难时,可在介入手术中经皮穿刺瘤体并回抽,若抽出淡黄色或暗红色液体则通常为淋巴管畸形;若抽出血液则为血管瘤或血管畸形。

(五)治疗

一般认为大多数血管瘤,特别是新生儿血管瘤无须治疗,待其自然消退或退化,即等待观察。但自然消退的结局和这种处理策略相矛盾。因为临床随访观察发现,虽然83％～92％的血管瘤具有自然消退的倾向,但瘤体生长过程中缺血坏死的概率为20％～30％,并且有35％血管瘤消退后,患区遗留较厚的纤维脂肪组织、上皮萎缩或毛细血管扩张,影响美观,令人不能接受。此外,这种"等待观察"的处理策略也可能同时给患儿及其家属带来严重的社会心理问题。因此,考虑到以上几个方面,我们应该认真严肃的看待及处理"等待观察"策略。笔者认为,对于血管瘤的治疗,应该遵循早期发现、早期正确处理的原则。目前,血管瘤的治疗方法主要有硬化剂注射治疗、药物治疗、激光治疗、核素治疗、手术切除及介入治疗。

1. 硬化剂注射治疗　使用硬化剂行局部注射治疗,可使血管瘤组织纤维化,血管闭塞,瘤体萎缩,达到治疗血管瘤目的。临床常用硬化剂有平阳霉素、尿素等。一般需重复注射3～5次,每次间隔约2周,平阳霉素浓度为1mg/ml,局部注射于血管瘤组织内,使瘤组织稍变白。硬化剂注射治疗一般适合2cm以下较浅表病灶,治疗目的应定位于控制瘤体生长,使瘤体稍萎缩,如过度治疗可使瘤组织坏死、破溃、感染,瘢痕愈合,给患儿带来痛苦,颜面部病变还将影响患儿日后外观。大多6月龄以上患儿,因瘤体增长缓慢或停止增长,可减少或停止注射,残余病灶绝大多数可自行消退,亦可结合激光治疗去除颜色。

2. 药物治疗　临床上治疗血管瘤的药物,最常用的是激素普萘洛尔。虽然已知一些药物可调节血管生成,但尚未开展临床应用。泼尼松和泼尼松龙常被用于一线药物,但仅对增生期的血管瘤有效,对退化期的血管瘤无效,因此,激素治疗适用于出生后第一年使用,尤其是6月内。在第一年的后期,血管瘤增生减慢,激素的疗效显著降低。总之,激素应使用足够大的剂量以及较长的治疗时间,国内较常用的治疗方案如下:①泼尼松或泼尼松龙,剂量为3～5mg/kg,隔天1次,晨起早餐后顿服。②必要时给予适量的雷尼替丁等,防止胃炎和胃食管反流。③若用药2周无效,应终止治疗。若有效,病变减小或停止增长,则应继续应用足够剂量至少2～3周。④此后8～10周,药物应逐渐减量。⑤如果在减量时或减量后出现了反跳(病变继续增大),应调整到较大剂量,维持1周后开始减量。⑥若反跳再次发生,应增大剂量继续使用2周,然后逐渐减量。

对较顽固病灶亦可使用如下方案:泼尼松或泼尼松龙,剂量为3～5mg/kg,每日1次,服用2个月后,用1个月时间逐渐减量停药。停药后观察1个月,如有较明显复发,可再使用1个疗程。常见不良反应有患儿易兴奋、食欲亢进、向心肥胖、发育缓慢、免疫力下降等,少数病例出现血糖和(或)血压增高,临床应密切观察,必要时使用相应药物治疗。

普萘洛尔是治疗婴幼儿血管瘤的新药物。2008年,法国Bordeaux儿童医院的Léauté-

Labrèze 等报道,他们在使用普萘洛尔治疗 1 例伴重症血管瘤的心肌病和另 1 例伴血管瘤的心排血量增加患儿时,意外地发现血管瘤萎缩变小。在征得患儿父母同意的前提下,他们给另外 9 例颌面部血管瘤患儿使用普萘洛尔,所有患儿用药后 24h 血管瘤颜色变浅,体积不同程度地缩小。从 2008 年 10 月开始,我国秦中平教授和郑家伟教授等开展了小剂量普萘洛尔治疗婴儿血管瘤的前瞻性研究,发现口服小剂量普萘洛尔(1.0～1.5mg/kg,每天 1 次顿服)治疗婴儿血管瘤近期疗效良好,不良反应轻微,认为可取代传统的泼尼松方案,作为婴儿血管瘤的一线治疗药物。美国阿肯色儿童医院的 Buckmiller 教授认为,普萘洛尔治疗增生期和消退期婴幼儿血管瘤均有效,普萘洛尔的应用是血管瘤治疗的革命性变化,在治疗剂量范围内,普萘洛尔对大多数患者安全有效,治疗不良反应小并可控制。美国亚特兰大 Emory 大学医学院皮肤科 Lawley 教授等也报道了 2 例应用普萘洛尔成功治疗的血管瘤患者,总之该药物值得在临床进一步推广使用。

3. **激光治疗**　激光治疗血管瘤的原则是以较小的剂量照射,目的是促使血管瘤萎缩和消退,而不是力求 1 次消灭病灶,这样可以尽可能地避免术后瘢痕形成。主要用来消除皮肤红色,应尽可能选用 595nm 脉冲染料激光治疗或双波段脉冲染料激光治疗。一般血管瘤病灶深度在 5mm 以内的患者,均可获得满意疗效。深度超过 5mm 的病灶,单一的激光治疗往往疗效有限,需要联合其他治疗方法。增生迅速瘤体可联合硬化剂注射治疗使瘤体稳定后再使用脉冲染料激光消除体表红色。

4. **核素治疗**　即放射性核素治疗。常用 ^{90}Sr 敷贴,放射性核素治疗浅表型血管瘤,效果良好,但有引起皮肤萎缩、色素沉着、色素缺失或影响毛发生长等可能,应根据发病部位和大小,决定是否选择该治疗方法。颌面部病灶因考虑治疗后影响患儿日后外观,不推荐使用核素敷贴治疗。

5. **手术切除**　外科切除血管瘤因用明显手术瘢痕,且较大病灶易切除不完全,目前较少实施。但临床常用手术切除残存病变、瘢痕、肥大或色素沉着等,属整形美容手术范畴。

6. **介入治疗**　常用的介入治疗方法有影像引导下经皮硬化术及经导管动脉硬化栓塞术。前者是通过局部穿刺途径在影像引导下,将药物(如平阳霉素、地塞米松等)直接注入瘤体内,使瘤体缩小;后者则是经导管动脉途径将药物及栓塞剂注入瘤体内,以达到破瘤体血管及栓塞瘤体供血动脉的目的。介入治疗疗效肯定,创伤小,费用低,可重复操作,在临床上应用越来越广。尤其对巨大瘤体以及血管瘤并血小板减少(K-M 综合征)病例,临床处理棘手,使用介入治疗效果显著,且愈后无瘢痕。

三、血 管 畸 形

(一)流行病学

微静脉畸形的人群发病率为 0.3%,男女发病率相等。一般出生时即有,出生后几天变得明显,83% 发生于头颈部,右侧是左侧的 2 倍,累及一个或多个感觉神经支配区,以三叉神经第二支(V_2)最常受累(59%),依次是 V_3 和 V_1。当多个神经支配区受累时,以 V_2 和 V_1 或(和)V_3 最常见,占 90%。中线型微静脉畸形总是累及中线结构,而项部是最常见的受累部位(30%～40%),其次是上睑、额、眉睑、鼻翼、上唇人中以及腰骶部。虽然一般认为中线型微静脉畸形大多可自然消退,但 Oster 和 Nielson(1970)观察到,项部的中线型微静脉畸形在男性的消退率为 65%,女性的消退率为 53.8%,其他部位的消退率可能更高,但尚无具体数字。

(二)发病机制

新生儿血管畸形来自胚胎发育血管形态形成期的发育异常。这些畸形有可能自行塑形,或周围组织因血流动力学改变而改变。目前认为，静脉畸形的形成系内皮细胞和平滑肌细胞的非同步增殖所致，这些病变是单纯的静脉扩张，还是血管数量增加的真性发育畸形，尚不明了。微静脉畸形可能是血管壁自主神经相对或绝对缺陷，而使毛细血管后微静脉支持扩张，继而导致病变增厚、颜色加深，出现软组织肥厚和鹅卵石样改变。中线型微静脉畸形系毛细血管后微静脉由于自主神经系统支配（或发育）延迟而导致扩张，因而中线型微静脉畸形甚少发展，肥大、鹅卵石样表现极其罕见。动静脉畸形本质是毛细血管床扩张，由于毛细血管床的动静脉分流所带来的血流动力学变化，导致动脉系统（输入端）管腔的肥大和静脉系统（输出端）管腔的扩张等一系列变化，其发病机制为毛细血管床中毛细血管前括约肌的神经支配缺如，使得动脉系统流入静脉系统的血液因为失去末梢管腔阻力而畅通无阻。因此，动静脉畸形命名为毛细血管畸形更符合实际，然而，为了避免混乱，仍然保留动静脉畸形这一称谓。

（三）分类

除前述 ISSVA 分类外，Jackson 等根据影像学资料和血液流体力学原理，将脉管畸形（包括血管畸形及淋巴管畸形）分为高流量畸形和低流量畸形两类，其中动静脉畸形归属于高流量畸形，静脉畸形及淋巴管畸形归属于低流量畸形，此分类方法在临床治疗上同样具有重要的指导价值。

（四）临床表现

发生于皮肤、黏膜的静脉畸形常呈紫色，可高出皮肤或黏膜；位于深部的静脉畸形多表现为包块，表面皮肤黏膜多呈蓝色，部位越深，表面皮肤、黏膜的颜色改变越不明显，甚至没有改变。临床检查发现，高流速静脉畸形质地较软，可压缩，边界不清，体位移动试验阳性反应明显，即用手抬高患处时病变会出现排空，相反，在活动后或患处下垂时（肢体病变），在胸腔内压或腹内压升高时（躯干病变），病灶会出现充血而变得肿胀和疼痛；低流速静脉畸形由于其输出、输入静脉较细，血液输入、输出困难，因此这类静脉畸形的质地较硬，边界较清楚，但压缩性不明显。部分静脉畸形可触及大小不等、质硬、散在的静脉石，直径 0.3～1.0cm。患者大多无临床症状，但有血栓和静脉石形成、继发感染时，可伴疼痛。

微静脉畸形，过去称毛细血管畸形、葡萄酒色斑。早期的微静脉畸形为粉红色，斑片状，此时易误诊为早期血管瘤，但血管瘤可出现快速增生过程，有助于鉴别诊断。随着年龄的增长，几乎所有的微静脉畸形都逐渐增厚，颜色逐渐变深、变暗，部分区域表面形成鹅卵石状。中线型微静脉畸形常被称为橙红色斑、鲑鱼斑、鹤咬痕或"天使之吻"。临床上，病变总是总是累及中线结构，而项部是最常见的受累部位（30％～40％），其次是上睑、额、眉睑、鼻翼、上唇人中以及腰骶部。中线病变具有典型的分布特征，额及眉间病变呈"V"形，沿滑车上和框上神经分布。典型的鼻部受累区位于鼻翼上邹，唇部受累区位于上唇人中上 2/3 处。中线型微静脉畸形通常表现为淡粉红色斑点，可相互融合，界限清楚。位于身体正面的中线病变常不融合，而位于背面的中线病变常呈融合状。中线型微静脉畸形并非真正意义上的真性畸形，而为毛细血管前括约肌控制不良，从而导致病灶的颜色会随着运动或情绪变化而加深。一般中线型微静脉畸形可随着年龄的增长而逐渐消退或完全消失，不能完全消退的残余病变不发生增厚，不形成鹅卵石样改变。

动静脉畸形最常见发生于头颈部和四肢。靠近皮肤表面的病变会产生可触及的震颤或搏动，听诊可闻及吹风样杂音，皮温增高，质地较硬。动静脉畸形既可以发生在软组织，又可侵犯骨组织，还可软、硬组织同时发生，其中颌骨是全身唯一可发生骨内高流速血管畸形的骨骼。软组织动静脉畸形过去称"蔓状血管瘤"或"动静脉瘘"，DSA 造影特点又可分为弥散型、病灶型及动静脉瘘型；骨组织动静脉畸形过去称"颌骨中心性血管瘤"，多为先天性病变，也可继续发于颌骨外伤之后。主要危害是反复、少量的自发性出血或难于控制的急性出血。颌骨高流速血管畸形根据 DSA 造影特点可分成两类:动脉畸形和动静脉畸形,其中以动脉畸形为常见。

(五)诊断及鉴别诊断

静脉畸形常可见钙化的静脉石,颌骨动静脉畸形可以在颌骨内形成明显的异常血管团,又称"静脉池",该"静脉池"在 CT 上表现为颌骨的囊状扩张。三维计算机断层扫描血管造影(3D-CTA)可清楚的显示血管形态,特别是对 AVM 畸形血管团的确诊率可达到 100%,对于病灶的第一、二级供应动脉的确诊率可达到 87%。

1. 超声 彩色多普勒超声合并频谱波形检查,能够探知肿块的血流情况以及肿块内的动、静脉频谱,可以将静脉畸形和血管瘤及动静脉畸形鉴别开来。静脉畸形表现为病灶内血流速度较慢,周围的动脉流量正常且阻力指数较高。超声的局限性在于不能有效地显示位置较深的病变,而且当病变为骨骼遮挡时,超声也不能显示。

2. 数字减影血管造影(DSA) 静脉畸形的供应动脉管径多为正常、有完整的毛细血管床且不伴动静脉瘘,这类疾病的动脉血管造影通常是阴性的,在动脉造影的后期静脉图像上,可以看到造影剂在静脉畸形内缓慢、部分地灌注并可见膨大的静脉通道,但由于造影剂在扩张的静脉腔内稀释,静脉畸形的血管造影常难以显示。DSA 则是目前诊断动静脉畸形的"金标准"。典型的动静脉畸形在血管造影上表现为异常血管团,供应动脉增粗以及回流静脉提前显示。血管造影可以清楚的显示病变的整个血管构筑,包括供应动脉、回流静脉、病变的血流特性和流速。

3. 磁共振成像(MRI) 动静脉畸形为高流速病变,其中缺乏实性组织结构,T_1WI 和 T_2WI 均为低信号,注射增强剂后病变无明显变化,其间可见明显的流空效应。静脉畸形和淋巴管畸形属于低流速病变,T_1WI 呈等信号,T_2WI 呈高信号,注射增强剂后均无明显强化。其中,淋巴管畸形大多表现为多囊状,其中单囊状病变可呈液平。

(六)治疗

1. 静脉畸形治疗 静脉畸形不会自然消退,随着身体生长发育而同步增长,需积极治疗。以往对静脉畸形的治疗大多提倡手术切除,但对于弥散型或范围巨大者,由于功能及解剖的限制,仅依靠手术治疗往往难于奏效,会导致大量出血,留下瘢痕,影响美观,并且复发率很高。目前介入治疗是较理想的治疗方法,即在 DSA 引导下向静脉畸形病灶内注射硬化剂。硬化剂有多种类型,例如无水乙醇、鱼肝油酸钠、平阳霉素等。大型静脉畸形介入治疗前应该行病变腔内注射造影剂,以了解畸形静脉的回流状态。静脉畸形按回流静脉的情况可分为 4 型:Ⅰ 型为孤立型,无明显回流静脉;Ⅱ 型为回流静脉系统正常;Ⅲ 型为回流静脉发育异常;Ⅳ 型为静脉扩张型。若注入造影剂后 5min 仍见管腔内有造影剂滞留,则属于低回流静脉畸形;若造影剂很快消失,滞留时间短于 5min,则属于高回流静脉畸形。畸形静脉回流状态对选择治疗方法有重要参考价值:对低回流型病变,单纯平阳霉素注射治疗即可取得较好的疗效;对高回流型病变,在注射平阳霉素前先行无水乙醇栓塞,因为平阳霉素等弱效硬化剂进入管腔后立即流走,药物在病灶内发挥作用的时间有限,而强效硬化剂如无水乙醇进入管腔后,对血管内皮细胞等结构发挥强烈的破坏作用,从而达到治疗目的。注射时速度为 0.5ml/s 左右,注入 1/2 量后间隔 2~5min,观察患者无异常反应后全量注入。注药时,可采用止血带控制或直接按压引流静脉,以减少开发的回流静脉,使硬化剂集中流至少数开发的回流静脉而迅速栓塞。再次注药时重复压迫,其他回流静脉则代偿性开发而继之栓塞,如上操作能逐一有效地栓塞病变回流静脉。

电化学治疗也是静脉畸形的治疗方法之一,疗效已得到肯定。其机制是通过电解生化作用,使组织产生化学反应,达到治疗效果。电化学治疗仪有阴阳两个电极,电极插入病变内通电后,在病变内形成一定强度的生物电场,阴极产生强碱(pH12),阳极产生强酸(pH1~2),通过酸碱作用,使血管内皮细胞遭受破坏,病变腔血栓形成,从而达到治疗目的。此方法如果使用不当,会遗留皮肤瘢痕,用于面颈部时应慎用。

Nd∶YAG 激光治疗表浅静脉畸形的疗效显著,但对于深部病变,激光会被皮肤吸收而穿透力不足;如增加功率,会严重损伤覆于病变表面的皮肤,产生大量瘢痕。采用手术翻瓣结合 Nd∶YAG 激光治疗深部静脉畸形,可以取得较好的效果。

总之,静脉畸形的治疗方法较多,在方法的选择上一般可采用以下选择:①浅表部位静脉畸形可选用 Nd∶YAG 激光、平阳霉素病变内注射等治疗;②深部、低回流型静脉畸形,介入硬化治疗(平阳霉素注射)可获得良好疗效;③深部、高回流型静脉畸形,推荐选用无水乙醇硬化治疗、翻瓣激光、手术等综合治疗,电化学治疗也是可选的治疗方法之一;④对大范围的静脉畸形,目前尚缺乏有效治疗手段,只能采用分阶段治疗和综合治疗,可选用的方法很多,例如手术＋硬化剂注射、病变内结扎＋硬化剂治疗、激光＋手术治疗等。

2. 微静脉畸形及中线型微静脉畸形的治疗　微静脉畸形目前主要采用各种激光治疗,根据病变的类型不同,选择相应的激光治疗仪和方法。微静脉畸形的激光治疗取决于血管扩张的程度,而不是依据病变的颜色,因为病变的颜色是由血红蛋白的氧合量决定的。氧合作用取决于毛细血管床氧的弥散程度,而氧的弥散程度又取决于多种因素,如病变的周围组织温度和组织的新陈代谢水平。因此,一天中病变的颜色可能有不同的变化,所以不能根据病变的颜色进行分类。Wanner 在 1988 年提出根据血管的扩张程度将微静脉畸形分为 4 级别:Ⅰ级微静脉畸形是最早的病变,血管直径最小($50\sim80\mu m$),在 6 倍光学显微镜下能够分辨单个管腔,临床上呈浅红色或深粉红色斑;Ⅱ级病变为较晚期病变,血管直径为 $80\sim120\mu m$,肉眼下可分辨单个管腔,特别是在血管密度较低的区域,临床上表现为浅红色斑;Ⅲ级病变的血管腔扩张更明显,血管较大,直径达到 $120\sim150\mu m$,容易分辨,病变表现为深红色斑;Ⅳ级病变管腔扩张程度最严重,管腔直径＞$150\mu m$,在此阶段,病变组织完全为扩张的血管,在病变边缘或血管密度较低的区域,偶可见单个的血管。病变较厚,紫色,可触及,最终扩张的血管融合形成结节状(鹅卵石样改变)。Ⅰ级和Ⅱ级微静脉畸形在国外多采用闪光灯泵浦染料激光治疗。Ⅳ级病变由一些直径中等大小的血管组成,可选择溴化铜激光或 KTP 激光治疗。Ⅲ级病变的管腔直径介于Ⅳ级和Ⅰ、Ⅱ级之间,因此,可采用闪光灯泵浦染料激光或溴化铜激光。

大多数中线型微静脉畸形在 6 岁前可自行消退,或因病变症状很轻微,治疗常被延后。如果病变不能自行消退,闪光灯泵浦染料激光是最适合的治疗方法。$1\sim2$ 次治疗后,病变可完全消退。病变经激光凝固后变成蓝灰色,如需第 2 次激光治疗,应间隔 $3\sim6$ 个月。

3. 动静脉畸形的治疗　动静脉畸形一旦确诊,应及时进行治疗。动静脉畸形的实际范围往往较临床表现广,通过肉眼确定病灶的位置非常困难,因此完全的外科手术切除常不可能,即便是可能完全切除,常引起不可控制的大出血。更为保守的结扎供血动脉的方法,在实际中常导致复发,有时候在术后几个月内就出现复发,这些复发的病灶可能比原来更严重,而且复发后产生大量的供血动脉,常使解剖上更为复杂,因此动静脉畸形是出了名的"硬骨头"。目前,最主要的治疗方法为介入栓塞治疗,栓塞治疗的目的是控制病变的发展和出血,关键是用足量的液体栓塞剂消灭异常血管团。目前常用的液体栓塞剂为无水乙醇和二氰基丙烯酸正丁酯(NBCA),NBCA是一种液体栓塞剂,可作为一种永久性的栓塞材料,也是目前世界上在动静脉畸形栓塞中使用最广泛的栓塞材料。成功的栓塞治疗表现为活动性出血停止,局部搏动消失,病变表面的暗红色变浅,颈部扩张的静脉复原以及颌骨内的囊状破坏区新骨形成。若仅采用弹簧钢圈进行栓塞,由于不能直接破坏内皮细胞,故只能起到缓解和控制病变的作用,无水乙醇及 NBCA 液态栓塞剂则能达到治愈目的。但液态栓塞剂栓塞风险较大,技术要求高,关键是栓塞用微导管位置到位及液态栓塞剂完全弥散在畸形血管团内,如果操作不当,可发生皮肤坏死及肺动脉痉挛等严重并发症。对于流速较快的动静脉畸形进行栓塞时,可适当压迫颈部,以防止液体栓塞剂通过颈外动脉等入肺而造成肺栓塞。利用 Swan-Ganze 管进行肺动脉压力的动态监测,则可有效避免肺动脉痉挛所致心肺功能衰竭。

值得注意的是,从动静脉畸形的血管构筑学角度,可分为两种基本类型:终末动脉供血型和侧向动脉分支供血型。终末动脉供血型更适宜采用经血管栓塞治疗,但颌骨动静脉畸形常常表现为侧支动脉供血型,仅经血管内栓塞很难将永久性栓塞材料完全充满畸形血管团(又称"静脉池"),须结合"静脉池"直接穿刺栓塞,即行"双介入法"彻底消灭颌骨内的病灶。颌骨内动静脉畸形永久性栓塞材料主要包括附凝血棉纤毛的金属、无水乙醇以及 NBCA。首先在病灶内释放附凝血棉纤毛的金属螺圈,降低病变处血流速度,然后通过血管内或局部穿刺途径行无水乙醇栓塞。颌骨内动静脉畸形通过"双介入法"栓塞治疗,可达到治愈目的。

(张　靖)

第四节　淋巴管瘤

国内外早期的文献资料将淋巴管瘤归属于肿瘤性疾病,后在认识到淋巴管瘤不是肿瘤性疾病而是发育畸形后,又派生了淋巴管畸形这一名词,归属于脉管性疾病,而在脉管性疾病的现代分类系统中,已没有"脉管瘤"这一名称。笔者考虑到目前国内临床大夫多保留脉管瘤这一习惯性称谓,故本章节名称仍取名脉管瘤,实为论述脉管畸形。

一、分型及组织病理学特征

淋巴管畸形传统上被称为淋巴管瘤,但并没有管腔内皮细胞增生,而是由于淋巴管扩张而形成的先天性畸形。其形成原因可能是由于流出管阻塞(相对或绝对)导致近端淋巴管扩张,继而形成肿块。传统分类将淋巴管瘤分为毛细管型淋巴管瘤、海绵状淋巴管瘤和囊状水瘤。按照现行国际脉管性疾病研究学会分类系统(International Society for the Study of Vascular Anomalies,ISSVA),淋巴管畸形分为微囊型淋巴管畸形和大囊型淋巴管畸形。

淋巴管畸形的组织病理学特征为淋巴管扩张或形成囊腔,内附单层扁平上皮。间质为致密纤维结缔组织,散在淋巴细胞滤泡,偶见生发中心。大囊型病变由较大的囊腔构成,内附单层或多层上皮,趋于局限。弥漫型者具有浸润性,自囊壁伸出指样突起侵入邻近组织,范围广,边界不清。

二、临 床 表 现

淋巴管畸形多在出生时即有,少数在晚期表现,大多数淋巴管畸形在出生后 2 年被发现,颈部特别是颈后三角是最常见发生的部位,头颈部淋巴管畸形占全身病变的 70% 以上,主要与头颈部淋巴管系统丰富有关。临床上,淋巴管畸形通常表现为无痛、无搏动的软组织肿块,表面色泽正常。皮肤或黏膜病变通常表现为充满液体的小泡,这些小泡可能与皮下或黏膜下较大的、深在的淋巴间隙相连。较大病变可穿过筋膜间隙,表现为双侧膨隆;颈中部的病变还可以压迫食管和气管,产生呼吸道压迫症状。约 10% 的颈部淋巴管畸形可扩展到纵隔,造成气管移位、呼吸困难。喉部病变更科完全阻塞气道,危及生命。软组织和骨肥大亦十分常见,造成巨舌症、巨唇症、巨耳症等。淋巴管畸形通常生长较慢,与儿童身体成比例增长,而且不会消退。当遇到感染、创伤或激素水平改变时,淋巴回流受阻,致使病变迅速增大,同样,放射治疗或某些结缔组织疾病也可加重病变发展。

三、诊断及鉴别诊断

淋巴管畸形诊断主要依靠其临床表现、影像学检查及术中穿刺抽吸检查。在 X 线平片上,淋巴管畸形表现为软组织肿块,X 线平片的主要作用是显示较大病变的占位和呼吸道的移位情况。与病变相关的钙化和骨破坏很少发生。在 MRI 上,淋巴管畸形 T_1WI 为低信号,T_2WI 为高信号,注射增强剂后,病变局部无明显强化,多为多囊状、边缘不整。

淋巴管畸形主要需与血管瘤、血管畸形等鉴别。除临床体征外,MRI 表现是重要的鉴别要点:血管瘤是高流速的实性占位,T_1WI 为等信号,T_2WI 为高信号,注射增强剂后病变强化,病变中可见点状流空效应;动静脉畸形为高流速病变,其中缺乏实性组织结构,T_1WI 和 T_2WI 均为低信号,注射增强剂后病变无明显变化,其间可见明显的流空效应。静脉畸形和淋巴管畸形属于低流速病变,T_1WI 呈等信号,T_2WI 呈高信号,注射增强剂后均无明显强化。其中,淋巴管畸形大多表现为多囊状,其中单囊状病变可呈液平。此外,若与血管瘤、血管畸形鉴别困难时,可在介入手术中经皮穿刺瘤体并回抽,若抽出淡黄色液体则通常为淋巴管畸形;若抽出血色液体则为血管瘤或血管畸形。

四、治　　疗

淋巴管畸形不会自然消退,病变缓慢扩张并贯穿整个病程乃至终生,不仅会导致严重畸形,还可以造成明显的功能障碍。对其治疗和干预的时间越迟,带来的畸形和功能障碍越明显,故必须尽早对其实施积极的治疗。一般而言,淋巴管畸形的治疗措施主要包括激光治疗、手术治疗、硬化治疗及以上各种综合措施的应用。

1. 激光治疗　激光治疗适合浅表黏膜病变,但多数淋巴管畸形病变的囊泡往往与深部扩张的小池相连,这些深部小池往往深入深部的肌组织中。由于淋巴管畸形的这一病例特点,有些深部的病变根除相当困难,容易复发,根据报道复发率为 55%,主要原因是治疗的深度不够,治疗不彻底。对于大型淋巴管畸形,激光治疗几乎无效,应选择其他治疗方法。

2. 手术治疗　手术治疗仍然是目前临床上常用的治疗方法,局限性大囊型病变最适合手术切除,术后很少复发。但弥漫性微囊型病变,完全切除困难。

3. 硬化治疗　传统的硬化治疗疗效差,近年来采用平阳霉素、博来霉素、OK-432 等病变内注射成功治疗淋巴管畸形的报道越来越多,适应证也越来越广,它不仅能治愈多数大囊型病变及混合型病变也能取得良好的治疗效果。该方法不仅治愈率高,不良反应小,且疗程短,外形美观,功能正常。

（张　　靖）

第五节　肾母细胞瘤及先天性肾瘤

一、肾母细胞瘤

肾母细胞瘤又称肾胚瘤或 Wilms 瘤,是小儿最常见的腹部恶性肿瘤。约占所有小儿恶性肿瘤的 6%。平均发病年龄 2~4 岁,3%~10% 为双侧(同时或相继发生)。新生儿期的肾母细胞瘤罕见,约占 0.16%。

（一）临床表现

绝大多数患儿因家人无意中发现腹部肿块而就诊。肿块多位于一侧的上腹部,呈球形、光滑、实性感、中等硬度、可稍活动。肿块巨大时可超越中线。患儿可伴有腹痛、血尿、高血压、发热及贫血等症状。由于肿瘤局部浸润或出血坏死压迫周围组织脏器可引起腹痛。当肿瘤侵犯肾盏和肾盂时可出现血尿。另有 10%～15% 表现低热,多由于肿瘤释放蛋白质所致,提示肿瘤进展快。由于肾缺血,肾素分泌增加,新生儿也可出现高血压。当肿瘤内出血时可有贫血。

新生儿期以下畸形常伴发肾母细胞瘤,应特别注意。WAGR 综合征:肾胚瘤,无虹膜,泌尿生殖系畸形及智力低下。Denys-Drash 综合征:慢性肾衰竭,泌尿系畸形,性腺肿瘤。Beckwith-Wiedemann 综合征:偏身肢体肥大,巨舌,肝、脾、新生儿低血糖。对并发上述畸形的新生儿要每隔 3～4 个月做 B 超或 CT 筛选,及早发现肾肿瘤。

（二）诊断

发现腹部肿块后应有针对性地进行系统检查,了解肿块的来源、性质,与周围脏器关系,有无转移等。以便制定治疗方案。

B 超是无创伤常用的检查方法。亦有报道 15 例新生儿肾母细胞瘤中有 3 例是在产前 B 超发现的。B 超可以确定肿瘤来源于肾(肾上极或下极)。根据肿瘤组织密度而呈现不同的回声判断肿瘤是实性或囊性或混合性,或伴有瘤内出血等,亦可了解肿瘤与周围脏器的位置关系,肾静脉和下腔静脉内有无瘤栓,对侧肾是否同时有肿瘤。

IVP 除了显示患肾的肾盂受压拉长变形或无功能不显影外,重要的是了解对侧肾功能,为选择治疗方式提供参考。

增强的 CT 检查是必不可少的,CT 上清楚显示肿瘤来源于肾,残余肾的大小部位,与腹内脏器的关系,尤其是腹腔内重要血管因肿瘤的推移其位置的改变,为术者提供了有价值的指导信息。高质量的 CT 扫描可发现肾门、腔静脉、主动脉周有无淋巴结转移,有无肝转移,对侧肾内是否并存肿瘤(图 17-1)。

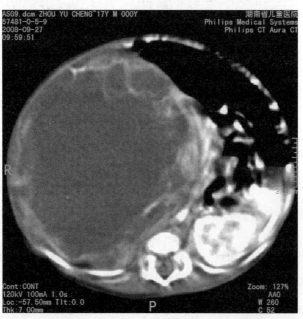

图 17-1　患者 17d 右侧肾母细胞瘤 CT 片

当怀疑下腔静脉内有瘤栓存在时,可加做 MRI,便可清楚显示瘤栓在下腔静脉的哪一段,肝下或肝上甚至延长到右心房,便于评估临床分期及制定合理的治疗方案。

最常见转移的部位是肺,在 NWTS 分期Ⅳ期中 80％已有肺转移。因此,常规 X 线胸片检查必不可少。腹部肿瘤除肾母细胞瘤外尚需与神经母细胞瘤,腹膜后畸胎瘤鉴别。神经母细胞瘤的肿块不光滑,凹凸不平,位置较深且固定,质地硬,早期有转移。X 线平片上钙化呈泥沙样,影像学检查示肿瘤来自肾外。腹膜后畸胎瘤为囊实性肿块,大多为良性,X 线平片上有骨骼或牙齿影,上述影像学检查示肿瘤来自肾外,肾只是受压移位,不难与肾母细胞瘤鉴别。

（三）分期

肾母细胞瘤的临床分期很重要,关系到治疗方式,预后。NWTS-5 的分期如下。

1. Ⅰ期　肿瘤局限于肾内,能完全切除。肾被膜未受侵犯,肿瘤切除前无破溃或未做活检(细针穿刺除外),肾窦血管未受侵犯,切缘未见肿瘤残余。

2. Ⅱ期　肿瘤已扩散到肾外,但能完全切除。肿瘤有局部扩散,如穿透肾被膜达周围软组织或肾窦受广泛侵犯,肾外(包括肾窦)的血管内有肿瘤,曾做过活检(细针穿刺除外),或术前、术中有肿瘤溢出但仅限于胁腹部,切缘未见肿瘤残留。

3. Ⅲ期　腹部有非血源性肿瘤残留。可有以下任何情况之一:①活检发现肾门、主动脉旁或盆腔淋巴结有肿瘤累及;②腹腔内有弥漫性肿瘤污染,如术前或术中肿瘤溢出到胁腹部以外;③腹膜表面有肿瘤种植;④肉眼或镜检可见切缘有肿瘤残留;⑤肿瘤浸润局部重要结构,未能完全切除;⑥肿瘤浸润穿透腹膜。

4. Ⅳ期　血源性肿瘤转移如肺、肝、骨、脑转移等,腹部和盆腔以外的淋巴结有转移。

5. Ⅴ期　在诊断时已有双肾累及。还应按上述标准对每一侧进行分期。

（四）病理

肿瘤可发生于肾实质任何部位,有假包膜,切面呈鱼肉状,伴有坏死出血及囊性变。镜下可见来源于胚胎性肾组织结构,由上皮性、间叶性和胚芽性组织构成(图 17-2)。

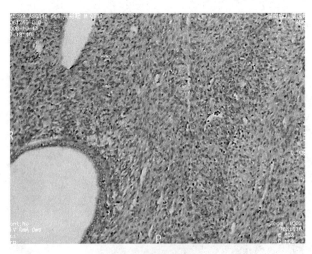

图 17-2　肿瘤病理切片

未分化胚芽组织、间胚叶及上皮组织,侵犯肾实质未突破包膜

（插图资料由湖南省儿童医院提供）

肿瘤生长速度极快,可直接穿破包膜侵犯肾周组织或转移至局部淋巴结、肝等,也可血行转

移,以肺部最常见,其次肝和脑,骨转移少见。肾静脉常有瘤栓,4%的病例伴下腔静脉瘤栓。

根据预后按病理组织学可分为两种类型:①预后好的组织结构(FH 型),占 89%,对标准治疗方法敏感,预后好。②预后差的组织结构(UH 型),占 11%,又分为间变型、透明细胞型和杆状细胞型。还有两种亚型:肾透明细胞肉瘤(CCSK)和肾恶性横纹肌瘤。此型近 60%的病例死亡。

(五)治疗

肾母细胞瘤恶性程度高,手术、化疗、放疗等综合治疗已成为最有效最基本的治疗方法。新生儿病例数少,总的治疗原则同于大龄儿童,只是化疗药物的剂量要减少 50%。

关于术前是否化疗,美国的儿童肾母细胞瘤协作组(National Wilms Tumor Study Group, NWTSG)和欧洲的国际儿童肿瘤协会(International Society of Pediatric Oncology SIOP)一直有争议。NTWSG 强调先手术切除肿瘤,明确诊断和临床分期,再根据病理组织学类型实施相应的化疗方案。SIOP 认为先化疗再手术,术前化疗可使肿瘤的体积缩小,包膜增厚,减少了术中肿瘤破裂的机会。便于肿瘤完整切除。由于化疗后可能失去肿瘤临床分期的原始资料,将影响术后化疗方案的确定。但对以下几种情况均同意先化疗延期手术:肿瘤巨大累及周围重要脏器;双侧肿瘤;孤立肾的肿瘤;下腔静脉内瘤栓达肝静脉水平以上。

1. **手术**　术前要准确了解对侧肾的情况(包括肾功能、独肾畸形、肾肿瘤等)。有无远处转移。仔细阅读影像学检查的图像,估计切除肿瘤的风险和可能性。对新生儿巨大肿瘤的切除更应小心,移动肿瘤和分离血管组织都要轻柔耐心。与麻醉师密切合作,做好术中保温、呼吸管理、血容量的补充等。

做脐上方的横切口,够大,以便充分显露术野游离肿瘤。开腹后先探查,仔细触摸对侧肾的前面和后面,有无影像学检查未发现的小肿瘤。其次探查肝门及肝有无转移灶,主动脉腔静脉旁有无增大的淋巴结。

右侧肿瘤要将结肠肝曲,右结肠韧带和系膜从肿瘤表面游离,沿肿瘤分离,可见到下腔静脉和十二指肠。术中根据情况不强求先结扎肾血管。若肿瘤侵犯膈肌、肝叶或结肠时,要切除相应的组织。肿瘤若来自肾上极,应同时切除该侧的肾上腺。右侧肾上腺静脉短粗,直接回流入下腔静脉,术中辨认清楚结扎牢靠。输尿管向下游离至入膀胱水平切断。肾静脉内若有瘤栓时,可切开静脉取栓,此时先游离肾静脉远近端的腔静脉,必须注意保护和控制腔静脉的近远端血流,防止栓子脱落。若瘤栓位于下腔静脉肝下段内,可用 Fogarty 或 Foley 导管球囊取出。

左侧肿瘤切除时亦先将结肠脾曲和系膜与肿瘤分开,可见被肿瘤推向上前方的胰腺,注意胰腺上缘的脾血管,有时肠系膜上血管紧贴肿瘤表面,小心分离切勿损伤。肿瘤切除后清扫主动脉和腔静脉旁的淋巴结及其周围组织,送病检以便肿瘤分期。

2. **双侧肾母细胞瘤的治疗**　同时发生的双侧肾母细胞瘤约占总病例的 5%,年龄均较小,其双侧肿瘤的病理组织类型可能不一致约占 4%,有 10%可能为 UH 型,因此,术前双侧肾肿瘤和淋巴结活检很重要。确定了肿瘤的病理分型和分期后再实施有效的化疗,延期完整或最大限度的切除肿瘤,从而达到尽量保留正常肾组织的目的。应避免放疗。发病时年龄<2 岁,属 FH 型,淋巴结阴性者预后良好。双侧肾母细胞瘤患者需要更长时间随访,有的 5 年后也会复发,还有 5%会出现肾衰竭。

3. **术后治疗及预后**　术后需根据肿瘤分期和病理分类决定治疗方案。对新生儿和年龄<11 个月的婴儿,化疗剂量要在儿童按体重和体表面积计算基础上减少 50%给予。密切观察药物的不良反应。化疗药物是二联或三联,放疗的指征及疗程总量等,在 NWTSG 中都有详细说明,

由儿童肿瘤专科医生实施。

术后的治疗都希望在降低治疗强度的同时又能保持高的生存率,这需要时间和一定数量的病例观察。对低度危险的病例曾想用单纯手术而不化疗的方法。NWTS-5 曾对一组年龄<2岁,FH 型,肿瘤重量<550g 试行单纯手术的方法,但随访发现 72 例没有死亡,但有 7 例复发。无复发的生存率 82.2%低于无复发生存率 95%预期值。故此计划已中止。并建议这类病例仍需 1 年内用长春新碱和放线菌素 D(更生霉素)化疗。

根据 NWTSG 研究小组(NWTS-4)最近的报道,2 年无瘤存活率分别为:Ⅰ期/FH,94.9%;Ⅰ期/间变型,87.5%;Ⅱ期/FH,85.9%;Ⅲ期/FH,91.1%;Ⅳ期/FH,80.6%;Ⅰ～Ⅳ期/透明细胞肉瘤,84.1%。

新生儿的病例预后一般优于年长儿。由于化疗和放疗的不断改进,术后复发的年龄有推迟的趋势。故术后随访的时间相应延长到 5 年以上。

二、先天性中胚层肾瘤

先天性中胚层肾瘤(congenital mesoblastic nephroma,CMN)是一种罕见的肿瘤,但却是最常见的新生儿肾肿瘤。有超过 80%的肿瘤是在新生儿期发现并报道的。有人认为它是一个独立于肾母细胞瘤外的良性肿瘤(其变异体除外)。单纯切除生存率>98%。

同肾母细胞瘤一样表现为腹部肿块,其发病年龄常见于出生数周或 3 个月内,也有在产前 B 超时发现。可合并高血压,曾有报道 9 例新生儿高血压,CMN 占了 6 例,故认为此病是新生儿期高血压鉴别诊断考虑因素之一。术后血压和肾素降至正常。

病理是证实诊断的唯一手段,大体标本明显不同与肾母细胞瘤,肿瘤多为单个,无包膜、切面呈螺旋状类似子宫肌瘤,质地不硬似橡胶。肿瘤边缘有手指状突起伸入肾实质。镜下见肿瘤细胞呈大小一致的梭形细胞类似纤维母细胞和平滑肌细胞交错排列,还可见扭曲的肾小球和肾小管。整个病变呈良性过程。仅行患肾及肿瘤切除即可。

对于"细胞性""非典型性"特殊类型的 CMN,其细胞密集,伴有丝分裂。这一类型易侵入周围组织、易复发和转移。有潜在恶性的特点。多见于 3 个月以上的患儿,因此对这类患儿术后 1 年内要辅以化疗。

(李桂生 孙炜丽)

第六节 神经母细胞瘤

神经母细胞瘤是起源于交感神经节和肾上腺髓质的胚胎性恶性肿瘤。可发生于有交感神经系统的任何部位,如脑、颈部、纵隔、主动脉旁、盆腔和肾上腺髓质。是婴儿期中常见的恶性肿瘤,仅次于中枢性肿瘤。占儿童肿瘤的 8%～10%,约 40%的病例在 1 岁前诊断,60%在 2 岁时诊断。诊断的平均年龄是 17 个月。流行病学发病率估计为 1/10 000～1/8 000 活产儿。

一、病 因

目前尚不明确。环境因素包括污染等与儿童肿瘤的发生有一定的关系,染色体短臂缺失或再排列,家族性神经母细胞瘤亦有报道,2007 年有报道在有家族史的病例中发现有 anaplastic lymphoma kinase(ALK)基因突变。患者也偶尔并发神经嵴细胞发育异常的疾病如先天性巨结肠、中枢性肺换气不足综合征等。早有报道发现妊娠 17～20 周流产胎儿的肾上腺组织中几乎

100%存在肾上腺神经母细胞结节。而其他死于与神经母细胞瘤无关疾病的新生儿肾上腺组织中亦可见到神经母细胞形成的原位神经母细胞瘤。另有报道这些小结节在生后 3 个月内 99% 可自行消退。这一现象表明原位神经母细胞瘤可以发生分化或退化而不进展为临床神经母细胞瘤病例。而某些发展成临床肿瘤的病例可能与缺乏退化的因素或异常存留有关。

二、病　　理

大体检查：早期肿瘤形状尚规则，有极薄的包膜。随着肿瘤增大形成多个结节状，质硬，与周围组织无明显分界。切面呈鱼肉状，质脆、有出血和坏死区。易破裂（图 17-3，图 17-4）。镜下：肿瘤细胞为小圆兰细胞，染色质丰富，胞质少，核染色深，核仁不清。肿瘤细胞和原纤维突排列成菊花样，被认为是本病的典型病理特征（图 17-5）。肿瘤继发性出血，坏死和钙沉积较多。有分化较好的组织类型如神经节母细胞瘤和神经节细胞瘤。通过有价值的免疫组化技术如波纹蛋白（VIM）白细胞共同抗原（LCA）神经特异性烯醇化酶（NSE）和 S-100，及电镜技术区分其他以小圆细胞为特征的恶性肿瘤如：尤因瘤、非霍奇金淋巴瘤，横纹肌肉瘤，原始神经外胚叶瘤。

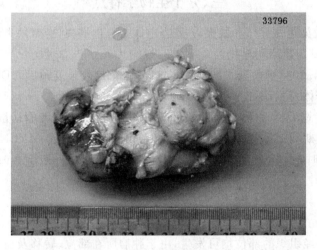

图 17-3　出生后 23d 患者盆腔神经母细胞瘤大体标本

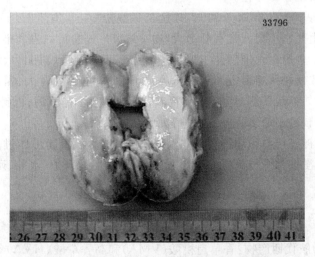

图 17-4　23d 患者盆腔神经母细胞瘤大体标本切面

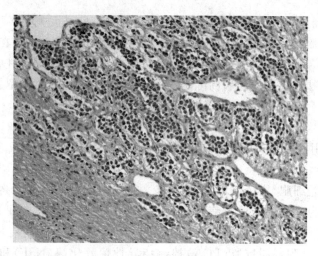

图 17-5　病理切片(高倍镜下)

三、分子生物学特点

1. 染色体　等位染色体异位和缺失,1号染色体杂合性缺失,短臂缺失和异位。染色体 Ip36 缺失与 MYCN 原癌基因扩增明显相关。

2. DNA 指数(倍性)　可由流式细胞仪测定,反映化疗效果及预后。DI>1(高倍体表型)预后良好。DI=1(二倍体)预后不良。

3. 癌基因表达　MYCN 原癌基因扩增可激活肿瘤血管形成,肿瘤播散和 PGYI 启动子,亦可能与凋亡有关。早期和 IVs 的神经母细胞瘤患者仅 5%～10% 有 MYCN 扩增,而进展期则高达 40%,扩增与诊断时年龄分期无关,扩增与否在肿瘤的病程中一般不会改变。有 MYCN 扩增的患儿表示预后不良。

四、临 床 表 现

在任何有交感神经组织的部位均可发生,由于肿瘤所在部位、转移及血管活性肠肽等活性物质释放等不同,临床表现亦多样化。

来自肾上腺最多占 50%,脊柱旁 24%,骨盆 3%,纵隔 20%,颈部 3%。因此最常见的症状是腹部巨大肿块,在新生儿和小婴儿常有肝增大,皮下结节。来自后纵隔和椎旁的肿瘤可压迫气管引起呼吸困难、哮喘。肿瘤侵入椎间孔压迫神经可出现步态不稳、肌无力、瘫痪。盆腔肿物可压迫直肠膀胱和血管,致便祕尿潴留等。颈部常有局部肿块、淋巴结肿大、霍纳综合征。眼眶周水肿,眼睑下垂,突眼、"熊猫眼",眼球震颤、斜视等。5%～10% 有腹泻、低钾等血管肠肽综合征。还可出现由于儿茶酚胺分泌增多或肿瘤压迫肾血管所致的高血压。

胎儿期的先天性神经母细胞瘤可分泌多量的儿茶酚胺,可引起母体过敏、出汗、呕吐、潮红、头痛和虚弱。广泛弥漫性神经母细胞瘤可引起先兆子痫、胎儿窘迫、水肿、死胎等。

五、诊　　断

(一)实验室检查

1. 尿液中儿茶酚胺代谢产物:香草扁桃酸(VMA)和高香草酸(HVA)约 90% 的病例表现增高。作为肿瘤的标记物用于诊断和随访。

2. 血清乳酸脱氢酶(LDH)增高,与肿瘤活动有关,如果有 MYCN 基因扩增,常常高于正常 3 倍,提示预后不良。

3. 血清铁蛋白及神经稀醇化酶(NSE)升高。

4. 骨髓穿刺活检可见呈菊花团状排列转移的肿瘤细胞,免疫细胞学检测更敏感,需在双侧髂嵴处做骨髓活检,便于肿瘤分期和预后。

(二)肿瘤病理活检

有细针穿刺法及开放活检。前者可在 B 超和 CT 引導下進行,但有时获取组织量偏少。开放活检可用微创技术或小切口,切取组织不少于 $1cm^3$,对获取的标本进行组织病理分期、分型。MYCN 基因有无扩增;DNA 染色体的数量,正常时差,大于或小于 46 时较好;染色体改变如 1p36 和 11q23 缺失。前者常在年龄>1 岁,有 MYNC 扩增组织分化差的病例中出现。后者在无 MYNC 扩增病例中出现,分期晚组织分型差。二者均提示预后差。

(三)影像学检查

1. B 超　常作为新生儿首选检查,表现为混合同声实性肿块,新生儿亦可呈囊性。B 超下可以定位并准确测量肿瘤大小。胎儿神经母细胞瘤通常在妊娠后期(平均 33 周)近 90% 位于肾上腺,约 2/3 的肾上腺肿瘤又在右侧。超声下有 3 种基本形态:①实性等回声肿块,大小一般 2～4cm;②完全囊性或囊实性混合结构;③混合性肿块体积较大,最大直径 3～10cm。

囊性者必须和肾上腺出血相鉴别。肾上腺出血发生在分娩和新生儿早期,右侧比左侧多 3～4 倍,初期超声图像为囊性,以后回声逐渐增强,有时可见钙化。

2. MIBG(间碘苄胍)扫描　由于 85% 的神经母细胞瘤摄取 MIBG,故用 ^{123}I 标记的 MIBG 扫描对原发或转移的神经母细胞瘤是非常特异性和敏感的检查方法。可显示骨和骨髓的转移。注意唾液腺亦可摄取 MIBG,因此颈部神经母细胞瘤扫描时应注意鉴别。

3. CT 和磁共振(MRI)检查　CT 意义最大,可清楚显示原发肿瘤的大小、部位、转移、局部淋巴结有无肿大,血管受累情况肝有无转移等。MRI 可清楚显示哑铃状肿瘤与椎管的关系(图 17-6)。

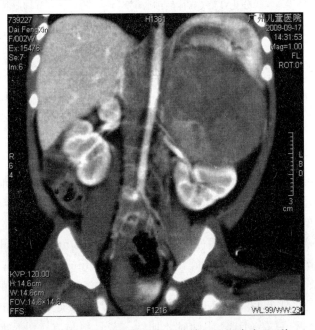

图 17-6　年龄为 2 周的左肾上腺神经母细胞瘤 CT 片

4. **骨扫描**　可了解骨皮质转移的情况和部位。当 MIBG 扫描阴性时要加做此检查。

六、分　　期

肿瘤的分期关系到治疗方案的制定和预后,因而一个完善又周全的分期系统非常重要。目前在世界广泛应用的是国际神经母细胞瘤分期系统(INSS)和 Shimada 的组织病理学分型。INSS 分期如下。

Ⅰ期:肿瘤局限于原发区域;肉眼完整切除,有或无显微镜下残留病变,同侧和对侧淋巴结镜下阴性。

ⅡA 期:单侧肿瘤肉眼未完整切除;显微镜下同侧和对侧淋巴结阳性。

ⅡB 期:单侧肿瘤肉眼完整或未完整切除;同例区域性淋巴结阳性;对侧淋巴结阴性。

Ⅲ期:肿瘤浸润超越中线,区域性淋巴结被或未被累及;或单肿瘤对侧淋巴结被累及;或中线肿瘤双侧被侵犯,或双侧区域性淋巴结被累及。

Ⅳ期:肿瘤扩散到远处淋巴结、骨、骨髓、肝和(或)其他器官。

Ⅳs 期:局限性原发肿瘤,如同 1 期或 2 期有限于肝、皮肤和(或)骨髓的扩散。

婴儿年龄<1 岁。

Shimada 提出根据肿瘤间质成分的多少,结合其他指标进行病理学组织分型。神经母细胞分为基质丰富和基质少两种。基质丰富的肿瘤细胞包含似施万细胞的梭形细胞。出现在节细胞神经母细胞瘤中,是一种满意型病理。基质少的肿瘤又被诊断时的年龄、神经母细胞的分化、有丝分裂-核分裂指数(Mitosis-Karryohexis index,MKI)3 种变量分为满意型和不满意型(表17-5)。

表 17-5　Shimada 病理分型

	满意型	不满意型
基质丰富	分化良好(节神经细胞瘤) 节细胞神经母细胞瘤,混合	节细胞神经母细胞瘤,结节
基质少		
(如神经母细胞瘤)		
年龄<18 个月	MKI<4%	MKI>4%或未分化
年龄 18~60 个月	MKI<2%和分化	MKI>2%或未分化/分化不良
年龄>5 岁	无	所有

多年来以上两种分期分型法仍是最常用的,亦是确定治疗方案和判断预后的依据。但经过大量临床病例的实践,发现仍有一些不足之处,如 INSS 是根据手术的结果来分期,Shimada 亦是需要活检或术后获取的病理组织来分型。而手术的结果又与手术医生技术熟练程度有关。在影像学技术日益发展完善的情况下,国际神经母细胞瘤协作组(International Neuroblastoma Risk Group,INRG)采取影像学显示的高危因素(Image-Defined Risk Factors in Neuroblastic Tumors,IDRFs,表 17-6)来分期。在此基础上 INRG 于 2008 年又提出新的分期。INRGSS(INRG Staging System). 共分为 L1,L2,M,Ms 4 期(表 17-7)。按此分期一定要做 CT MRI MIBG检查,骨扫描可不常规做,只有 MIBG 阴性时才加做。若骨扫描有一处阳性时,则需做活检或做正电子发射体层技术(PET)来证实。

表 17-6　影像学评估神经母细胞瘤的危险因素

同侧肿瘤位于 2 个体腔。
　　颈部-胸部　胸部-腹部,腹部-盆腔
颈部
　　肿瘤包围颈动脉和(或)椎动脉和(或)颈内静脉
　　肿瘤延伸到颅骨底部
　　肿瘤压迫气管
　　肿瘤包围臂丛神经
　　肿瘤包围锁骨下血管和椎动脉和(或)颈动脉
　　肿瘤压迫气管
胸部
　　肿瘤包围主动脉和(或)主要分支
　　肿瘤压迫气管和(或)主要支气管
　　下纵隔肿瘤浸润之间的 T_9 和 T_{12} 胸腹肋椎交界处
胸腹部
　　肿瘤包围主动脉和(或)腔静脉
腹部/盆腔
　　肿瘤浸润门静脉和(或)肝十二指肠韧带
　　肿瘤位于肠系膜根部包围肠系膜上动脉
　　肿瘤包围了腹腔干的起始部和(或)肠系膜上动脉
　　肿瘤侵入一侧或双侧肾蒂
　　肿瘤包围腹主动脉和(或)腔静脉
　　肿瘤包围了髂血管
　　盆腔肿瘤越过坐骨切迹
脊椎内肿瘤延伸到下列任一部位
　　超过 1/3 的椎间孔被侵犯和(或)脊髓周软脑膜空间不可见和(或)脊髓信号异常
浸润到附近的器官或结构
　　心包、膈肌、肾、肝、十二指肠、胰腺和肠系膜

需要记录的情况,但不属于 IDRFs
　　多发性,原发性肿瘤
　　胸腔积液,有或无恶性细胞
　　腹水,有或无恶性细胞

表 17-7　国际神经母细胞瘤危险组分期系统

分期	描　　述
L1	肿瘤局限,经影像学危险因素评估肿瘤未侵入重要器官。而且仅局限于一个体腔内。
L2	有一个或多个影像学评估的危险因素存在的局部肿瘤
M	有远处转移的肿瘤,(Ms 期除外)
Ms	年龄<18 月龄的儿童有转移性病变。转移灶仅限于皮肤,肝,和(或)骨髓
注意	有多发性原发性肿瘤的病人,应按照最严重的病变进行分期

七、影响预后的因素

影响神经母细胞瘤预后的主要因素为患儿年龄和诊断时的分期。年龄越小肿瘤的生物学特性偏良性,预后越好,用18月龄作为年龄分界线,<18月龄预后好,局部肿瘤常常可以治愈,且有时不需化疗。虽然婴儿的效果好,但若属Ⅲ期、Ⅳ期加上MYCN扩增则预后差,同于大龄儿童。

儿童癌症协作组(COG3881)发现有MYCN扩增婴儿无瘤存活率<10%,无MYCN扩增者存活率>93%。INGS分析了8 800多病例,以5年无瘤生存率作为标准,根据13种因素(年龄、MYNC基因、染色体、病理组织分型等)。将其分为四大群16组:非常低(A,B,C组);低危(D,E,F组);中危(G,H,I,J组);高危(K,N,O,P,Q,R组)。其5年无瘤生存率分别为非常低组85%;低危组75%~85%;中危组50~75%;高危组<50%。此分类法较全面,可以将全世界的病例,进行统一分析,以便将来提出新的治疗方案(表17-8)。

表 17-8　神经母细胞瘤分期

INRG 分期	年龄（月）	病理类型	肿瘤的分化等级	MYCN	11q 病变	倍体	治疗前风险分级
L1/L2		GN 成熟的 GNB 混合的					A 非常低
L1		任何除外 GN 成熟的或 GNB 混合的		无扩增 扩增			B 非常低 K 高
L2	<18	任何除外 GN 成熟的或 GNB 混合的		无扩增 无扩增	无 有		D 低 G 中等
	≥18	GNB 结节	分化	无扩增	无		E 低 H 中等
		NB	分化差或未分化	无扩增 有扩增	有		H 中等 N 高
M	<18 <12 12-<18 <18 ≥18			无扩增 无扩增 无扩增 扩增		超二倍体 二倍体 二倍体	F 低 I 中等 J 中等 O 高 P 高
Ms	<18			无扩增 有扩增	无 有		C 非常低 Q 高 R 高

注:GN 为节细胞瘤;GNB 为节细胞神经母细胞瘤;NB 为神经母细胞瘤

八、治　　疗

治疗方案要根据病人的年龄、分期、部位、生物学特性来制定,目前习惯上仍依据 NISS

分期法。共分为低危组、中危组、高危组和 4s 组（表 17-9）。治疗的方法有化疗、手术、放疗及免疫治疗等。

表 17-9　神经母细胞瘤治疗方案

INSS 分期	年龄	NYMC	病理分型	DNA 指数	分组
1	0～21 岁	任何	任何	任何	低
2A/2B	<18 月龄	任何	任何	任何	低
	18 月龄至 21 岁	无扩增	任何	—	低
	18 月龄至 21 岁	扩增	分化好	—	低
	18 月龄至 21 岁	扩增	分化差	—	高
3	<18 月龄	无扩增	任何	任何	中
	<18 月龄	扩增	任何	任何	高
	18 月龄至 21 岁	无扩增	分化好	—	中
	18 月龄至 21 岁	无扩增	分化差	—	高
	18 月龄至 21 岁	扩增	任何	—	高
4	<18 月龄	无扩增	任何	任何	中
	<18 月龄	扩增	任何	任何	高
	18 月龄至 21 岁	任何	任何	—	高
4s	<生后 365d	无扩增	分化好	>1	低
	<生后 365d	无扩增	任何	=1	中
	<生后 365d	无扩增	分化差	任何	中
	<生后 365d	扩增	任何	任何	高

1. 低危组　肿瘤局限，包膜完整，与周围组织无浸润，手术完整切除。治愈率可达 98% 以上。术后不必做化疗。

2. 中危组　手术加中度化疗（四药联合化疗）。化疗和手术的先后则视影像上显示肿瘤的具体情况而定。一般化疗 4 个疗程后再评估手术切除的可能性，化疗后肿瘤体积缩小，估计肉眼下完全切除的可能，则安排手术。若条件不够再化疗 4 个疗程。手术要求大切口，充分暴露肿瘤与周围组织的关系，尤其是当大血管被肿瘤包绕时，要将肿瘤剖开，小心将肿瘤逐块切除。

3. 高危组　先强度化疗 5 个疗程后再考虑手术。术后继续化疗 2～4 个疗程。无论手术是否达到肉眼完全切除，均要求在骨髓灭活后接受自体骨髓移植（甚至可 2 次骨髓移植）和造血干细胞移植。转移灶和瘤床加做放疗。同时要给予维 A 酸以期待诱导分化肿瘤细胞等。此期存活率只有 40%～50%。

4. 4s 期　发生在新生儿期的神经母细胞瘤大多属于 4s 期。大部分 4s 期病例不需化疗，给予支持疗法和观察，期待自然退化。存活率可 >90%。但其中有 MYCN 扩增者仍需高强度化疗，仅有组织学不良型，或二倍体 DNA 指数，则行中度的化疗。

总之，对小婴儿患者，大部分是低危组病例，单纯手术切除已足够。这类患者肿瘤的自然消退率也较高,因此,近 10 年来对低危和中危者的趋势是不治疗或减少治疗,对高危者加强化疗和近来的免疫治疗。

(李桂生　孙炜丽)

第七节　新生儿横纹肌肉瘤

横纹肌肉瘤是起源于间叶组织的恶性肿瘤。占所有儿童实体瘤的 10%~15%,儿童所有肿瘤的 6%,又占儿童所有软组织肿瘤的 50%。这是一种高度恶性的肿瘤,早期即侵犯邻近组织,晚期可通过血液淋巴向全身广泛转移。1969 年前其生存率仅为 10%~15%。1972 年美国成立了横纹肌肉瘤研究组(The Intergroup Rhabdomyosarcoma Study group,IRS)后,经过多学科医师(外科、肿瘤科、病理科、放疗科等)联合诊治,再加上依靠日益先进的影像学技术和病理组织的合理分型,采用手术、化疗、放疗等综合治疗措施,使其 3 年生存率提高至 74%。

一、临床表现和诊断

1. 横纹肌肉瘤发病年龄有 2 个高峰,2~5 岁和 12~18 岁。70% 在诊断时年龄<10 岁,<1 岁者仅占 6%,与神经母细胞瘤相反,<1 岁者生存率不高。大多存活的年龄为 1~5 岁,或 10 岁以下。>10 岁者预后差。新生儿期的先天性横纹肌肉瘤极少,多为腺泡型,常转移至皮下、脑,死亡率极高。

2. 症状多样化,随肿瘤所在的位置、大小及压迫、侵犯而异。如生长在头颈部多位于眼眶鼻咽部中耳乳突区等,泌尿生殖系如阴道、尿道、膀胱、子宫、外阴、前列腺、睾丸旁等,还有四肢、躯干、后腹膜和胆道等。

3. 诊断常用影像学检查如 B 超、CT 及骨扫描,骨髓穿刺等。由于缺乏实验室的肿瘤标志物,最后诊断必须通过活检或手术病理证实。

二、病　　理

横纹肌肉瘤属于小圆兰细胞之一,病理上应与同属于小圆兰细胞的疾病如神经母细胞瘤、淋巴瘤、原始神经外胚叶肿瘤相鉴别(图 17-7,图 17-8)。

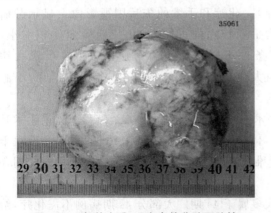

图 17-7　年龄生后 3d 患者的盆腔胚胎性
横纹肌肉瘤大体标本

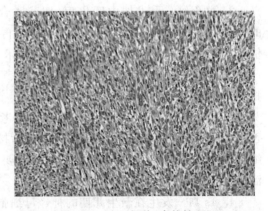

图 17-8　病理切片(高倍镜下)

病理组织学类型可分为:胚胎型、腺泡型、多形型和未分化型。胚胎型最常见约占 60%,

预后良好。此型又有两个亚型即葡萄簇状横纹肌肉瘤和梭形细胞性横纹肌肉瘤。前者发生于黏膜下,突入膀胱阴道胆道鼻咽部,形似息肉状或葡萄状肿块。后者多表现为睾丸旁肿块。二者预后均较好。腺泡型横纹肌肉瘤约占20%,多在躯干四肢和会阴部,此型区域淋巴结和骨髓转移发生率高,预后最差。多形型在儿童中少见。仍有10%~15%的病例细胞类型尚难确定。

IRS中心将儿童横纹肌肉瘤按其预后分为3类,见表17-10。

表 17-10 组织学类型

预后好	预后中等	预后差
葡萄簇状型	胚胎型	腺泡型
梭形细胞型	多形细胞型	未分化型

三、分 期

疾病分期关系到治疗方法的选择和对预后的估计。国际上有两种分期法:国际儿科肿瘤研究协会的治疗前分期法(TNM分期系统);美国横纹肌肉瘤研究组(IRS)的手术后临床分组法(IRS分组法)。两种方法从不同的角度评估了肿瘤的危险因素,因而主张两种方法结合分析判断。根据每个患者的具体情况制定合理的治疗方案。

1. 治疗前分期(TNM分期) 见表17-11。

表 17-11 TNM分期

期别	部位	肿瘤状况	大小(a或b)	淋巴结累及	转移
1	预后较好部位	T_1 或 T_2	<或>5cm(a或b)	N_0 或 N_1 或 N_x	无(M_0)
2	预后不良部位	T_1 或 T_2	<5cm(a)	N_0 或 N_x	无(M_0)
3	预后不良部位	T_1 或 T_2	>5cm(b)	N_1	无(M_0)
	预后不良部位	T_1 或 T_2	<或>5cm(a或b)	N_0 或 N_1 或 N_x	无(M_0)
4	不限	T_1 或 T_2	<或>5cm(a或b)	N_0 或 N_1	有(M_1)

注:①预后较好部位有眼眶、头颈部(不包括脑膜旁),泌尿生殖系统(不包括膀胱和前列腺)。预后不良部位有脑膜旁、膀胱和前列腺,四肢、躯干、腹膜后、胃肠道、胆管、胸腔、会阴、肛门旁。②T_1为肿瘤局限于原发病灶的解剖范围内;T_2为肿瘤超出原发灶解剖范围和(或)肿瘤与周围组织固定。③a为肿瘤直径<5cm;b为肿瘤直径>5cm。M_0为无远处转移;M_1=有远处转移。④N_0为区域淋巴结阴性;N_1为区域淋巴结受累;N_x为淋巴结情况不明或肿瘤位于不能评价淋巴结的部位。⑤区域淋巴结肿大,根据触诊或CT评估;远处转移,根据影像学诊断。除做骨髓穿刺外,不必有组织学依据

2. 手术后临床分组(IRS) 见表17-12。

表 17-12 手术后临床分组(IRS)

组别	临床特征
Ⅰ组	肿瘤局限,完全切除,区域淋巴结未累及
Ⅰa	肿瘤局限于原发肌肉或脏器
Ⅰb	肿瘤浸润至原发灶外的脏器或肌肉
Ⅱ组	肿瘤有区域性扩散,肉眼下完全切除

（续 表）

组别	临床特征
Ⅱa	区域淋巴结阴性,肉眼下肿瘤完全切除,有镜下残留
Ⅱb	区域淋巴结阳性和(或)肿瘤侵犯邻近脏器,肿瘤完全切除,无镜下残留
Ⅱc	区域淋巴结阳性,肉眼下肿瘤完全切除,有镜下残留
Ⅲ组	不完全切除或仅行活检,有肉眼可见的残留
Ⅳ组	有远处转移

四、危险程度判断

根据治疗前的分期和手术后分组,将其危险程度分为 3 组:低危组、中危组和高危组(表 17-13)。

表 17-13 横纹肌肉瘤危险程度分组

危险程度	治疗前分期	术后分组	部 位	组织学
低危组 A	1 或 2	Ⅰ 或 Ⅱ	预后良好或不良部位	胚胎型[3]
	1	Ⅲ	限于眼眶	胚胎型
低危组 B	1	Ⅲ	预后良好部位[1]	胚胎型
	3	Ⅰ 或 Ⅱ	预后不良部位[2]	胚胎型
中危组	2 或 3	Ⅲ	预后不良部位	胚胎型
	1~3	Ⅰ ~ Ⅲ	预后良好或不良部位	腺泡型[4]
高危组	4	Ⅳ	预后良好或不良部位	胚胎型
	4	Ⅳ	预后良好或不良部位	腺泡型

(1)(2)见表 17-11 注;(3)胚胎型:胚胎型、葡萄簇状、梭形细胞性或具胚胎型特征的外胚层间质瘤;(4)腺泡型:腺泡型或未分化肉瘤,或具腺泡型特征的外胚层间质瘤

五、治 疗

治疗方法有手术、化疗和放疗。治疗总的趋势是对低危病人减少治疗强度,对中危病人尽早开始治疗,对高危病人行强化治疗。

1. **手术治疗** 手术治疗的原则是要求完整切除肿瘤,包括距肿瘤边缘 0.5cm 的正常组织,避免镜下残留。当然也视具体情况,若切除后出现功能障碍或毁容时则适可而止。若术后有肉眼或镜下残留者可再次手术或经化放疗后再手术。或原来进行过较小手术者可再次尽量做扩大手术。总之,任何部位的肿瘤只有完整切除,镜下无残留,生存率就会提高,这是治疗的关键。

2. **化疗** 所有横纹肌肉瘤病例均需化疗。化疗可以缩小原来不能切除肿瘤的体积,增加了手术切除肿瘤的机会。又可以消除术后镜下的残余病灶。化疗先是诱导治疗,然后巩固治疗。常用的药物为长春新碱、放线菌素 D 和环磷酰胺。

3. **放疗** 放疗在横纹肌肉瘤的治疗中具有重要的辅助作用,除了Ⅰ组胚胎型仅化疗不做放疗外,其余各组均需不同剂量的放疗。放疗对减少局部复发,或未能局部广泛切除的原发肿瘤均

有好的效果。尤其近距离放疗将珠状或杆状放射源置入膀胱阴道和骨骼肌间隙内行局部放疗，对提高生存率很有帮助。但放疗的远期不良反应已引起重视，今后新的治疗方案是研究增加化疗强度从而降低放疗剂量，达到有效控制肿瘤的目的。

这里主要介绍国际横纹肌肉瘤协作组 Ⅴ(IRS Ⅴ)的治疗方案(表 17-14～表 17-16)。

表 17-14　低度危险组的治疗方案

A 亚组(局限于良好部位的胚胎型或葡萄簇状亚型肿瘤)

1. 预后良好部位，任何大小(a 或 b)肿瘤，完整切除或有镜下残留(淋巴结阴性)，属 1 期、临床 Ⅰ 或 Ⅱ 组、N_0、M_0。

2. 良好部位，任何大小(a 或 b)肿瘤，仅为眼眶部位的肉眼下残留(淋巴结阴性)，属 1 期、临床 Ⅲ 组、N_0 仅为眼眶部位

3. 不良部位，肿瘤<5.0cm(a)，完整切除(淋巴结 N_0 或 Nx)，属 2 期、临床 Ⅰ 组、N_0，Nx

B 亚组

1. 良好部位，肿瘤大小(a 或 b)，镜下残留(淋巴结阳性)，属 1 期、临床 Ⅲ 组、N_1，年龄>10 岁睾丸旁肿瘤需行双侧腹膜后淋巴结分期

2. 良好部位，肿瘤大小(a 或 b)，肉眼下肿瘤残留(淋巴结阳性)---仅限眼眶(1 期、临床 Ⅲ 组、N_1)

3. 良好部位(眼眶除外)，任何大小(a 或 b)，肉眼下肿瘤残留(淋巴结阴性，淋巴结阳性，或 Nx)，属 1 期、临床 Ⅲ 组、N_0，N_1 或 Nx

4. 不良部位，小肿瘤(a)，镜下残留，属 2 期、临床 Ⅱ 组、N_0，Nx

5. 不良部位，小肿瘤(a)，伴淋巴结阳性，或任何淋巴结情况的大肿瘤(b)，完整切除或有镜下残留，属 3 期、临床 Ⅰ 或 Ⅱ 组、N_0，Nx 或 N_1

低危组的治疗：

A 组：长春新碱和放线菌素 D，临床 Ⅰ 组不放疗，镜下有残留要加做放疗

B 组：化疗用 VAC 方案(长春新碱、放线菌素 D 和环磷酰胺)，对镜下有残留，淋巴结阴性者放疗剂量减至 36Gy，眼眶部有大片肿瘤残留或 Ⅲ 组经 2 次手术完全切除肿瘤者，放疗剂量为 45Gy。若最后一次病理报告由胚胎型转为腺泡型或未分化型则改为中危组治疗方案

表 17-15　中度危险组的治疗方案

分期/分组 年龄(岁)	部位	组织类型	大小	淋巴结	转移
2 期/Ⅲ	不良	胚胎型	a	N_0 或 Nx	M_0
3 期/Ⅲ	不良	胚胎型	a	N_1	M_0
所有<21	不良	胚胎型	a	N_0 或 N_1 或 Nx	M_0
1～3 期/Ⅰ～Ⅲ	良好或不良	腺泡型	a 或 b	N_0 或 N_1 或 Nx	M_0
4 期/Ⅰ～Ⅳ	良好或不良	胚胎型	a 或 b	N_0 或 N_1	M_1<10

表 17-16　高度危险组的治疗方案

分期/分组 年龄(岁)	部位	组织类型	大小	淋巴结	转移
4 期/Ⅳ	良好或不良	胚胎型	a 或 b	N_0 或 N_1	M_1>10
	良好或不良	腺泡型或未分化	a 或 b	N_0 或 N_1	M_1<21

中危组的治疗：中危组占新诊断的横纹肌肉瘤病例的 55%，本方案建议加大环磷酰胺的剂量。即 4 个疗程逐步增加环磷酰胺剂量加 VAC 方案。

高危组的治疗：铁喜碱是一种拓扑异构酶Ⅰ抑制药，可启动细胞凋亡，通过 DNA 复制杀死 S 期细胞。前期研究表明，该药可使 45% 有转移病例达到肿瘤完全或部分缓解，单独使用缓解率仅 26%，因此高危组治疗采用此药加长春新碱作为一线方案。

（李桂生）

第八节 肝 肿 瘤

新生儿肝肿瘤分为良性肿瘤与恶性肿瘤两大类。新生儿肝良性肿瘤主要包括肝血管瘤、肝血管内皮瘤、间叶性错构瘤和局灶性结节性肝增生；肝恶性肿瘤主要为肝母细胞瘤，其他少见肿瘤包括肝细胞癌、纤维板层型肝癌、血管肉瘤、间充质肉瘤、卵黄囊瘤等。新生儿肝肿瘤发病率较低，仅占所有新生儿实体肿瘤发病率的 2.0%～5.9%，其中肝恶性肿瘤约占 1%，是继神经母细胞和肾母细胞瘤之后，新生儿腹部包块第三大最常见的原因。其中肝血管瘤、肝血管内皮瘤、肝母细胞瘤及间叶性错构瘤等较为多见，其余肝肿瘤罕见。完整切除原发恶性肝肿瘤是实现治愈最佳选择，基于近年来对肝段解剖结构地不断深入了解和新生儿肝良好的再生能力，外科医生得以成功切除巨大的肝肿瘤，新生儿可以经受多达 85% 的肝切除。

一、肝良性肿瘤

1. **肝血管性异常**　肝血管性异常根据病理类型分为血管瘤和血管畸形，前者表现为血管肿瘤，系血管内皮的增生性生长，后者为血管发育生长畸形。肝海绵状血管瘤是最常见的肝良性肿瘤，肿瘤多位于肝周边缘，有不规则的纤维包膜，内含有丰富的血管，多为单发，偶见多发。镜下表现为大小不等的充满血液的血管腔组成，血窦管腔表面被覆单层扁平内皮细胞，管腔内可见新鲜或已机化的血栓。肝血管瘤常无症状，常合并表皮草莓样血管瘤，有自行性消退的可能，除非疼痛或肝增大，否则一般不需要治疗。动静脉畸形可发生在肝动脉与门静脉系统之间，严重的病例因回心血流量增加，可表现为肝增大、心力衰竭和肝区杂音，常可通过血管造影诊断。动静脉畸形不能自行消退，介入栓塞可治疗部分病例，必要时可采用肝动脉结扎。

2. **肝血管内皮瘤**　肝血管内皮瘤是婴儿期最常见的肝良性肿瘤，一般为孤立性结节病变，但也可有多个病变。是中度潜在恶性肿瘤，介于良性血管瘤和血管肉瘤之间。病变大小为 0.5～3cm，大多数为多发，单发较少，可局限在 1～2 个肝段或侵犯整个肝。

血管内皮瘤组织由许多大小不一的血管腔组成，管腔由单层至多层增生的内皮细胞构成，Dehmer 和 Ishak 根据组织学将其可分为两型。Ⅰ型为最常见的类型，特征为血管管腔较清晰，细胞排列有序，核分裂象少见，较为稳定；Ⅱ型为血管内皮细胞增生显著，血管管腔不清楚或不形成管腔结构，核分裂象较多见，内皮细胞染色更深，形态更为多样。近来此种发现这种组织病理分型并不能揭示肿瘤的预后及治疗反应，因为这两种类型的血管内皮瘤大部分均可自然消退或对药物治疗反应佳，预后良好。

肝血管内皮瘤 80% 发生在生后 3 个月内，发病率男女比为 2：1。部分在产前可以诊断。其常见的表现为进行性的肝增大、腹部包块，及腹胀、呕吐、充血性心力衰竭、贫血、血小板减少症，多无黄疸或腹水。近 50% 伴发表皮草莓状血管瘤，少部分可累及其他脏器，如颅脑、胃肠和肺。局限性病灶一般无症状，但部分多发性或生长迅速的局灶性病灶的患儿可出现危及生命的并发症,如由于瘤体内存在动静脉瘘,回心血流量增加,可造成难以处理的心力衰竭、肺充血,是造成小患儿病死的主要原因,年龄越小,病死率越高。约40%的患儿由于肿瘤巨大导致血小板滞留及消耗,发生血小板减少症(Kasabach-Merritt 综合征),导致凝血功能障碍,严重病例甚至可发展至弥散性的血管内凝血(DIC)。少数新生儿可因肿瘤迅速增大出现呼吸窘迫。

血管内皮瘤通常可通过临床表现、彩超及增强 CT 等影像学表现进行诊断。彩超为诊断的首选影像学方法,孤立性病变因肿瘤不同程度的中央性坏死、内部血栓形成及继发性的机化或纤维化而具有不典型的回声表现,多灶性病变表现为多叶出现大小不等的强回声结节伴丰富血供。CT 平扫下表现肝内低密度区,偶有小斑点样钙化,增强扫描后肿瘤边缘结节性强化,并逐渐向中央增强,但瘤内血栓或纤维化部分始终为低密度。MR 表现亦具有特征性,在 T_1 加权上为低信号,在 T_2 加权表现为均匀高信号,且随着回波时间的延长,信号逐渐增高,呈"亮灯泡征"。核素扫描对诊断并无特别意义。血管造影因有创伤性,临床应用首先,但对于难以控制的心力衰竭可通过血管造影检查后,进而行介入栓塞治疗肿瘤引起的动静脉分流。

由于大部分肝血管内皮瘤可出现自发退化的倾向(但是瘤体巨大时退化发生的可能性较小),该肿瘤的治疗取决于症状的严重性以及病变的部位。如果无临床症状仅有轻微的肝增大,可先观察不予治疗或采用非创伤性的药物治疗方法,但必须观察随访至增值高峰期结束(6~8个月)。

皮质醇激素、α 干扰素、长春新碱或环磷酰胺可诱导血管内皮瘤退化,但须使用数周后才能见效。药物治疗首选为糖皮质激素治疗,但临床观察显示,激素的作用并不明确。目前提倡的一线抗血管瘤治疗为泼尼松,每天 2~3mg/kg,连续用 2~6 周,然后在 6 周后缓慢减量维持数月最终停药。约 70% 的血管内皮瘤在用药 1~2 周会缩小,充血性心力衰竭及血小板减少等症状可得到部分改善。但长期大剂量的应用激素需注意其带来的高血压、免疫力下降、生长发育受影响的不良反应。如果使用糖皮质激素 10~14d 临床无效,二线药物为 α 干扰素。它有较弱的血管形成抑制作用,但疗效没有糖皮质激素那么显著,而且起效慢,往往需数周至数月才能起效,因而对临床危重病例时间上不适用。尽管干扰素治疗很热门,但其严重的并发症如可逆性的视网膜病变和痉挛性瘫痪应引起关注。血管瘤出现并发症即有如呼吸窘迫、心力衰竭等,需以地高辛和利尿药治疗。血小板减少症主要以输注血制品等治疗。

若血管内皮瘤引起的心功能障碍或血小板减少经正规药物治疗无效,可考虑选择性栓塞。但血管内皮瘤经常多支血管供应,选择性栓塞经常不能完全阻断肿瘤血供,而且术前需注意栓塞物可通过动-静脉瘘进入静脉循环而造成严重后果。对于局限性的肿瘤,完整切除肝叶为首选的手术方式,若巨大的血管内皮瘤,可考虑栓塞后手术切除。如果肿瘤多发累及大部分肝、肿瘤累及肝门部不能切除时,肝总动脉结扎有一定疗效。压迫性缝扎也是一种有效的治疗方法。上述治疗措施失败的弥散性血管瘤,可选择肝移植。除非高度怀疑有恶性病变可能,否则不提倡经皮穿刺或开放活检,因为有大出血的危险。

现今随着药物及栓塞治疗的改进,<6 月龄伴有心功能不全的婴儿弥散性血管内皮瘤的病死率已从 30%~50% 下降至 10%。

3. 间叶性错构瘤　间叶性错构瘤实际上为肝的发育畸形而非真正意义上的肿瘤,表现为正常和异常组织堆砌而成的瘤样结构。其起源于内胚层或中胚层,肿瘤往往较大,切面呈不规则囊状,由囊实性结构组成,坏死、出血、钙化不多见,实性结构镜下组织结构为以胆管和血管为主,伴有疏松结缔组织基质包绕。常发生在生后 2 年内,通常表现为巨大的无痛性右上腹肿块,可伴随腔静脉受压、呕吐、呼吸窘迫、腹部静脉显露。最多见发生于肝右叶,总是呈孤立性病灶。实验室检查显示,肝功能正常,甲胎蛋白可正常或轻度增高。腹部超声、CT 及 MR 检查显示为和周围肝组织分界清楚囊性肿块,包膜厚,可呈多房性,常伴有不定量的实性成分,无钙化。治疗方式首选手术切除,因肿瘤边界清楚,可行不规则切除或采用规则的肝叶切除,不完全切除肿瘤常有原位复发。间叶性错构瘤通常为良性,预后良好。

二、肝母细胞瘤

肝母细胞瘤是小儿最常见的肝原发的恶性肿瘤,约占小儿肿瘤的 0.9%,在腹腔恶性肿瘤中发病率仅次于肾母细胞瘤及神经母细胞瘤,位居第 3 位,亚洲地区发病率明显高于北美和欧洲地区。肝母细胞瘤约 90% 发生于 3 岁以下的婴幼儿,以 1~2 岁发病最为常见,男性多于女性,比例约为 3∶2。

1. 病因学 肝母细胞瘤的病因尚不清楚,部分学者认为未成熟肝的胚胎型组织的增生及分化异常导致肿瘤发生。近来发现肝母细胞瘤患儿存在基因缺失和变异,其中有 Beckwith-wiedemann 综合征和家族性腺瘤样多发性息肉等 11p15 局部缺陷疾病的患儿为高危人群。诸如 11p,1p 以及 1q 染色体杂合现象消失,LOH,β-连环蛋白(β-catnin)基因变异以及 c-met 基因过度表达等肝母细胞瘤遗传学特征现逐渐被纳入视野。妊娠期不良因素如母亲服用避孕药和促性腺激素、大量饮酒致胎儿乙醇综合征或过多接触金属、石油产品、颜料和色素等也证明与肿瘤发病有一定关系。早产越来越表明与肝母细胞瘤有关,据统计 20%~25% 发生在早产儿,而在极低体重儿中发生的恶性肿瘤中 58% 为肝母细胞瘤。

2. 组织病理学 肝母细胞瘤可发生于肝左叶或肝右叶,>50% 发生于肝右叶,表现为肝内单个或多个球形实性肿块,80% 为单发,常使肝叶变形。约 50% 有假包膜,一般大小为 6~17cm,切面因胆汁及脂肪的含量不同,可呈棕黄、灰色或绿色,中心区常有坏死和出血,极少伴肝硬化。

肝母细胞瘤根据肿瘤细胞的分化程度可分为上皮性、上皮间叶混合型或间变型。上皮型由胚胎性或胎儿性的肝细胞组织组成,细胞较正常肝细胞小,质地较软,不含间叶成分;混合型同时具有上皮及间质组织(如骨、软骨及骨样组织等),以上皮组织为主,质地较硬,约占 30%。上皮型现分为 4 个组织亚型。①胎儿型:分化好,类似于出生前胎儿肝细胞,但较正常肝细胞体积小,细胞质比例高,可见其中有胆汁及糖原产生,排列成肝小叶状,核分裂象少,常有髓外造血灶,其无瘤生存率高;②胚胎型:分化差,类似胚胎发育早期的肝细胞,核仁比例高,排列差、核分裂象常见;③巨小梁型:在肝索或肝板上有胎儿型或胚胎型细胞;④小细胞未分化型:其预后不良。有学者对肝母细胞瘤的染色体进行分析,发现二倍体在胎儿型中较常见,非整数倍体在其他类型中多见,二倍体较非整数倍体预后好。

3. 临床表现 肝母细胞瘤早期症状不典型,大多数患儿一般情况好、没有症状。通常表现为无症状的腹部肿块,肿块生长迅速,边界清晰,形状可不规则,无压痛,质地较硬,晚期病例因肝功能受损及胃肠道受压引起腹痛、腹胀、恶心、呕吐、厌食、发热、营养不良、贫血等不适,部分患儿因肿瘤引起膈肌抬高而导致呼吸困难。少数病例可能因肿瘤含有分泌人绒促性素(HCG)的组织成分,可表现为性器官发育早熟,会阴部出现阴毛。较罕见的表现包括肿瘤破溃、腹腔内出血。肝母细胞瘤转移首先在肝内转移,常见的肝外转移为肝门部淋巴结、肺、骨和中枢神经系统等。

4. 实验室检查 实验室检查包括血常规、肝功能、凝血常规以及甲胎蛋白(α-fetoprotein AFP)和 β 人绒促性素(β-human chorionic gonadotropin β-HCG)等。血清肝酶水平可轻微升高,但胆红素水平大多正常,约 1/3 的患儿血小板计数升高。

血清 AFP 水平是诊断肝母细胞瘤最敏感的实验室检查,AFP 由胎儿肝与卵黄囊产生,在出生时浓度很高,出生 6~8 个月后下降至成年人水平,生物半衰期为 5~7d。它在＞90％ 的肝母细胞瘤患儿中升高,有时可达 10^5 以上。除诊断外,尚可作为检测肿瘤治疗反应、判断预后和监测复发的指标。当肿瘤完全切除时,AFP 会逐渐下降,若不下降至正常表明可能有肿瘤残余或存在肿瘤的远处转移灶,若下降后又上升,表明肿瘤复发或存在远处转移灶。血清 AFP 水平明显升高也见于恶性畸胎瘤、内胚窦瘤、睾丸及卵巢肿瘤,良性肿瘤如良性畸胎瘤、间叶性错构瘤等也可有 AFP 中度升高。需注意部分分化良好的或未成熟的肝母细胞瘤也可以出现血清 AFP 水平正常。

5. 影像学检查　影像学检查可术前了解肿瘤的大小、部位、数量,与周围重要结构的毗邻关系,是否存在静脉瘤栓及远处转移,提供诊断依据及手术的可行性评估。虽然现今先进的影像学检查提高了预测肿瘤手术可切除性的能力,但是肿瘤切除的可能性最终只能由外科医生在手术中决定。肝母细胞瘤首选的诊断性检查包括腹部 B 超和 CT。

肝母细胞瘤初诊首选 B 超检查。在 B 超下表现为肝内巨大的边界清楚的不匀质的高回声肿块,可见中央部囊性区,部分可见瘤内不规则钙化。腹部 B 超不仅可确定肿块的存在,可第一时间提供肿物规模、位置以及血管毗邻等重要信息,特别是评估肝静脉、腔静脉及右心房内的瘤栓情况。术中 B 超可发现深部的小肿瘤及血管浸润,判断肿瘤的手术切除的可能性大小。

随后行增强 CT 或 MR 检查。CT 平扫下肿瘤表现为肝内低密度肿块影,中央部可有液化坏死区,边界多数清晰,50％ 病例可见点状或片状钙化。增强 CT 下显示肿瘤密度不均匀增强。CT 除评估肿瘤的类型、大小、数量、部位、范围,还可显示肿瘤与肝门结构关系、肝周围静脉肿瘤浸润情况、局部淋巴结增大及肺部转移灶,并可排除部分瘤栓,可预测肿瘤的可切除性。MR 可较好显示肝胆道,有助于判断肿瘤和胆道的毗邻关系。CTA 或 MRA 可以显示血管瘤栓或血管变异。三维重建可明显提高手术医生手术前预测肿瘤可切除性的能力。

动脉造影可术前了解肝血管变异情况,但随着 CT 与 MR 的应用,现已较少使用。但动脉造影还可作为介入疗法行化疗栓塞,新生儿病人通常可以选择经脐动脉主动脉造影。

肝、脾核素扫描对鉴别肝肿块价值较小。X 线胸片常规作为排除肺部转移灶的检查手段。

6. 诊断　诊断最终通过经皮穿刺、腹腔镜或开放活检获得病理标本。能手术完整切除的病例可术中取得标本。对于无法切除或术前须行新辅助化疗的病例,术前必须明确肿瘤的性质、分型及诊断,细针抽吸活检可以获得诊断,一般取材部位为肿瘤与正常肝组织的边界部位。但鉴于临床上误诊率较高,欧洲及日本学者主张所有病例均行开腹活检。

7. 分期　肝母细胞瘤国际上尚无统一的分期标准,美国和德国儿童肿瘤研究协作组采用的分期系统是建立在手术中肿瘤能否完整切除的基础上的。Ⅰ期为完整切除;Ⅱ期为切除后镜下残余肿瘤(肝内、肝外);Ⅲ期为切除后肉眼残留肿瘤;Ⅳ期为肿瘤出现远处转移。该分期系统可评估术后预后,但不能对治疗前的肿瘤情况进行评估。

国际儿童肿瘤协会肝上皮性肿瘤组(SIOPEL)术前通过 CT 及 MR 等影像学检查了解肿瘤侵犯肝的范围及与血管的关系,从而发展了 PRETEXT(pretreatment extent of disease)分期系统。这一分级系统对治疗前的肝肿瘤进行分期,可评估化疗前后肿瘤反应及可切除性,对判断病人的预后及判断治疗效果都有极大的帮助,而且不受治疗策略或医师个人判断的影响。

PRETEXT 分期系统采用 CT 或 MR 等影像学检查,将肝分为 4 个肝段,包括左外叶(Ⅱ段和Ⅲ段)、左内叶(Ⅳ段)、右前叶(Ⅴ段和Ⅵ段)、右后叶(Ⅶ段和Ⅷ段),采用 CT 或 MR 等影像学检查结果描述肿瘤侵犯的肝段数目和位置,并记录肝静脉和门静脉的浸润、肝外浸润以及远处转移情况。PRETEXT 分期系统将肝母细胞瘤分为Ⅰ、Ⅱ、Ⅲ、Ⅳ期,M:远处转移,V:侵犯腔静脉,P:侵犯门静脉,e:肝外浸润(图 17-9)。

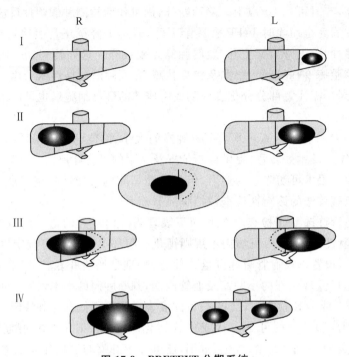

图 17-9 PRETEXT 分期系统

Ⅰ期:肿瘤侵犯 1 个肝段;Ⅱ期:肿瘤侵犯 2 个肝段;Ⅲ期:
肿瘤侵犯 3 个肝段;Ⅳ期:肿瘤侵犯 4 个肝段

8. 治疗 对肝母细胞瘤的治疗原则是完整切除肿瘤,手术前后辅以有效的化疗、介入治疗、免疫治疗、放射治疗等,以减少术后复发及转移,提高长期生存率。肿瘤的外科完全切除在整个治疗中占有重要地位,不能完全切除原发肿瘤的患儿,即使对最初几个疗程的化疗敏感,仍很少能长期存活。肝肿瘤病人的治疗方案主要取决于诊断时肿瘤的范围以及能否被切除。Ⅰ期、Ⅱ期和部分Ⅲ期病例经手术和术后化疗可获治愈。然而有接近 40% 的肝母细胞瘤首次发现时因瘤体巨大或侵犯大血管无法完全切除。对于不能切除的病例应该先予活检后进行化疗,待瘤体缩小后再尝试完整切除,如此不仅提高了肿瘤的切除率而且降低了术中肿瘤的扩散和出血。有一些治疗中心则对所有的肝母细胞瘤病例都进行术前化疗。

多柔比星和顺铂为首选化疗药,两者联合应用效果明显,需要系统应用。难以切除的肝母细胞瘤经术前化疗后 80% 的可以被完全切除。除全身用药之外,多柔比星和顺铂同样可以经肝内动脉给药,某些巨大瘤体病例和双侧肝叶转移的病例,经股动脉穿刺选择性肝动脉给药后进行动脉栓塞,均得到满意的治疗效果。

手术时建立动脉及中心静脉通路监测极为重要。术前必须准备充足的血制品,通常需要两路中心静脉通路以供输注红细胞悬液、新鲜冷冻血浆、血小板和其他液体。不能选用下腔静脉通路,因为术中腔静脉有可能出血或肝静脉需要阻断。

肿瘤是否能够完全切除,不但与肿瘤大小和位置相关,主刀外科医生技术、第一助手的能力以及手术器械的选择同样至关重要。

　　Couinaud 肝节段解剖知识是最基本的。手术选取上腹部右侧肋缘下切口,可根据情况向左侧肋缘下延伸做屋顶切口以充分暴露肝,提供良好的手术视野。进入腹腔后,需评估肝门淋巴结及其他部位有无肿瘤侵袭。松解镰状韧带和两侧三角韧带使肝游离并托出腹外,暴露并分离肝门。当肝完全游离后即可判断肿瘤能否完整切除。术中根据肿瘤的位置,需游离肝动脉、肝门静脉及胆管分支。

　　肝右叶占肝总体积的 70%,而肝母细胞瘤以侵犯右叶为主,为完整切除肿瘤,常需切除肝右叶在内的肝大部分。肝手术的关键在于控制出血。常采用在肝门部解剖出通向患肝的血管、胆管并予以结扎切断,然后切除病肝。右肝叶切除时,首先分离胆囊结扎胆囊动脉,接着确认右肝管并将其结扎切断,而后分离结扎右肝动脉。处理肝门静脉右支的时候尤其要而外小心,因为门静脉右支宽大、短小且壁薄,因此需要使用 3-0 无损伤丝线缝扎后断离。处理完肝门部后,转向第二肝门分离结扎肝右静脉和肝中静脉。分离这组肝静脉时需要高度小心,由于静脉壁菲薄,牵拉、撕裂均会引起大出血,故应该轻柔地在肝实质内进行分离,可在切肝时予结扎切断或先予钳夹,但切肝后再处理。年长儿肝右静脉等结构往往被肝实质包裹难于辨认。如果在肝实质切除时遇到大出血,可肝十二指肠韧带处阻断肝动脉和门静脉,每次 10~15min,间歇 2~5min,总共 <60min。

　　钳夹血管诱导肝表面缺血变色有助于确定肝切除的界限。然而切除线应由肿瘤边缘确定,切缘应距肿瘤边缘 2cm 以上,不能拘泥于解剖界限。如果术前判断肿瘤为胎儿型,应该选择于肿瘤周围保留相对狭窄的无肿瘤缘。首先,用电刀在肝表面标记切缘,而后助手紧握需要切除的肝叶以减少出血,术者用超声刀轻柔切割肝组织。切面条索状的肝脉管结构用止血钳钳夹,待肝叶切除后断离结扎。肝叶切除后,残余肝创面需仔细检查有无活动性出血或胆漏。切面用 3-0 无损伤丝线缝扎止血,可配合使用止血海绵。肝周需放置引流管。

　　左肝三段切除术,以及扩大右肝三段切除术根据肿瘤侵犯位置不同,适用于婴幼儿。这种扩大切除术需要术前仔细研究肝血管成像。但肿瘤靠近肝静脉时,术中 B 超可判断肿瘤浸润情况。术中需额外仔细在实质内分离处理肝右静脉。

　　目前超声刀的使用、快速输液、低温/低压控制和血液稀释技术使得肝切除安全可控,在许多大的中心,儿童肝切除死亡率低于 5%。大多数婴儿能很好的耐受手术,死亡和并发症的主要原因是术中出血。考虑到血液循环中可能存在的肿瘤细胞,自体血回输技术通常不采用。

　　术后患儿应送往 PICU 复苏,给予心电氧饱和度以及血气电解质严密监测。肿瘤切除术后主要的代谢问题为低血糖、低蛋白和凝血酶原低下。术后 1 周需每天输注白蛋白和维生素 K。肝母细胞瘤患儿肝无肝硬化,肝再生能力强,术后 2~3 周可再生代偿,因此即使切除 80%~85% 以上的肝认为是可行的。术后并发症包括肝残留面出血、膈下脓肿、胆漏、伤口感染、肝功能不全、上消化道出血。鉴于化疗药物对肝细胞再生的影响和患儿术后肝功能受损,术后 3 周后再行化疗。

　　对于无法切除的肿瘤,不伴有远处脏器转移的患儿,肝移植是最后的选择。但术后肿瘤易复发,必须配合化疗,并要长期随访。

　　9. 预后及其影响因素　肝母预后最好的是 I 期和 II 期、肿瘤完整手术切除且接受化疗的患儿。有肿瘤残存的生存率降至 40%。I 期婴儿型生存率达 95%,不需要化疗。细胞瘤术后完整切除肿瘤的患儿生存率可达 70% 以上。仅做活检或无法完整切除肿瘤的肝母细胞瘤患儿,生存机会渺茫。然而,I 期手术无法完整切除,经化疗后 II 期切除的患儿近期也有生存的报道。

　　为了寻找衡量预后情况最准确的指标,区分不同的风险组,近年来各研究机构进行了大量的肝母细胞瘤临床研究。德国肝儿童协作组(GHOP)的研究表明,发病初的血清 AFP 水平与生存直接相关。另一些研究发现,治疗结束时下降的水平与生存率相关。血管受累、多个病灶和弥漫性肿瘤常预后不良,肿瘤体积、病灶的浸润与预后无明显相关。术前预后差的因素包括移植前肿瘤复发,远期生存的患儿应注意家族性腺瘤样息肉病的发生。

(邹 焱)

第九节 卵巢肿瘤

卵巢肿物分为非肿瘤细胞来源及肿瘤细胞来源两大类,前者包括各种卵巢滤泡囊肿,黄体囊肿以及卵巢实质良性增生病变等,后者可根据细胞病理学形态分为良性与恶性两大类,根据细胞来源不同有其病理学分型种类繁多。各种卵巢囊肿是新生儿最常见的卵巢肿瘤。随着产前超声检查的广泛应用,越来越多的无症状性卵巢囊肿病例于产前及新生儿期发现,病理学证实这些囊肿多为良性的滤泡囊肿,恶性卵巢囊肿在新生儿期极为罕见。

一、胚胎学及病理生理学

卵巢组织来自生殖腺嵴的中肾小管分化的原始性索、生殖腺嵴的间充质及卵黄囊内胚层的原始生殖细胞 3 个不同的部分。

妊娠后 50d 性腺尚处于未分化状态,胚胎第 13 周卵巢周缘的生卵泡性索增大,成团的生卵性索沿着卵巢周缘分布,另剩下的原始性索在基部称为卵巢网。随后,初级性索与卵巢网都退化,被血管和基质所替代。成为卵巢髓质。胚胎第 18 周,生卵泡性索内的原始生殖细胞分裂旺盛,胚胎第 5 个月,卵原细胞数量达到高峰,随后不再分裂,并大量退化消失,只有少部分细胞变大、分化为初级卵母细胞。继后生卵泡性索分成一个个原始卵巢滤泡。原始卵泡的中央是初级卵母细胞。足月胎儿的卵巢内约有 100 万个原始卵泡,只有部分卵泡在各种激素的刺激下生长发育,但它们很快退化。

卵巢囊肿形成的病理生理学过程尚无定论,它们可能是母体的雌激素、胎盘的人绒促性素(HCG)、胎儿的卵泡刺激素(FSH)与黄体生成素(LH)共同刺激的结果。FSH 与 LH 共同刺激卵泡发育,HCG 促使卵泡有丝分裂。胎儿产出后,由于激素刺激下降,往往可以导致囊肿自限性消退。

通过对流产胎儿以及死亡新生儿的尸检发现,新生儿滤泡性囊肿极为普遍,33％的个体存在直径≤2cm 的卵巢囊肿。刚出生时高达 98％的新生儿的超声检查可发现卵巢小囊肿。相比之下直径>3cm 的卵巢囊肿较少见。可能与母体激素过度刺激胎儿卵巢有关,例如各种原因造成孕 20～30 周时提前出现的 FSH 高峰,母体糖尿病或胎盘早衰造成胎盘产生过量 HCG 形成异常高峰等。早产儿的发病率较高,可能与提早分娩时卵巢囊肿尚未开始退化及不成熟的下丘脑-垂体-卵巢轴的联合作用的结果。胎儿期的囊肿大多都是黄体细胞囊肿,而年长儿童更多的是颗粒细胞囊肿。

二、病理学检查

卵巢囊肿扭转的发生使组织结构破坏,病理学分型难以进行。然而钙化和吸收的出现为估计扭转发生时间提供了线索。破坏的实质中多能发现保存尚好的卵泡,如果没有能够辨认的卵泡,则预示扭转发生在较早的阶段。在卵巢囊肿边缘发现正常的卵巢组织是手术保留卵巢的指征。

三、诊断与鉴别诊断

全身产前 B 超检查多于孕 28～32 周发现女性胎儿季肋部或中腹部匀质囊状液性暗区,产前诊断率可达 1/2 500。检查过程中可见肿物为均质低回声球形囊性肿物,活动自由,多为小囊肿,大囊肿少见。超声诊断尚需包括胎儿腹内可见清楚的胃肠及泌尿系统。

新生儿临床体查仅能发现约 50% 的腹腔肿物。如不借助产前 B 超检查,临床医生需借助腹部巨大包块或出现并发症造成的症状体征(如蒂扭转、肠梗阻、肠穿孔、腹膜炎、囊肿破裂及腹水)方能发现卵巢囊肿的存在。当囊肿直径＞2cm 时为病理性囊肿。发现病理性囊肿及复杂性囊肿的胎儿应该定期进行超声波随诊,以便监测囊肿发展。卵巢囊肿的发展包括:消退、出现宫内并发症以及无并发症稳定状态三个方向。消退是直径为 4～5cm 的卵巢囊肿常见转归形式,多达 1/4～1/2 可发生消退,常发生于围生期。多次产检 B 超发现囊肿大小及性质无改变的为稳定卵巢囊肿。

新生儿 B 超检查可以进一步明确囊肿大小,移动度以及回声特点。回声性质的改变预示着并发症的发生。单纯性囊肿为薄壁、单囊、内含均匀的液状内容物。复杂性囊肿为厚壁、有分隔、可发现液体与碎片的絮状凝集,部分可有血凝块。复杂性囊肿提示卵巢扭转的可能性较大,如 B 超发现匀质实性腹腔肿物,囊内赘生物或 X 线发现钙化则提示良性囊状畸胎瘤,基本无恶性病变风险。

多达 50% 的卵巢囊肿于产前发生扭转。B 超发现卵巢囊肿囊内絮状凝集即可考虑发生宫内卵巢扭转,沉淀聚集与囊肿相对固定的一侧,形成独特的液平面。扭转晚期 B 超下可表现为实性或中度匀质回声,如果囊肿有分隔可见双层征。

絮状凝集是卵巢囊肿并发症的特征性表现,绝大多数为扭转,出血不伴扭转的偶见。多数情况下囊肿发现时已经发生了扭转。囊肿扭转可发生二次并发症,形成囊肿周围粘连,造成消化道梗阻穿孔,对侧输卵管粘连。或囊肿穿孔造成腹膜炎或血腹。

借助 B 超,诊断卵巢囊肿并不困难,但需要与泌尿系统、血管系统畸形、肠管扩张、肠系膜囊肿、网膜囊肿、肠重复畸形、淋巴管瘤、输尿管囊肿、盆腔内畸胎瘤、前方脊柱裂以及包裹性胎粪腹膜炎相鉴别,少见的胎儿胆总管囊肿以及胰腺囊肿需产后进一步检查鉴别,单房的肠系膜囊肿及肠重复畸形不易鉴别。

四、治 疗 方 法

治疗需根据肿物性质,有无临床症状、可能的发展方向来选择不同的方式。治疗的目标是避免扭转等并发症,并尽可能保存更多的卵巢实质。对于已经发生宫内扭转的卵巢囊肿,治疗的目的是避免消化道梗阻,腹膜炎以及其他妇科并发症。治疗方式的选择取决于囊肿的大小形态以及进展。卵巢小囊肿、消退或出现并发症的囊肿,治疗方式显而易见不难选择,反而稳定的囊肿选择治疗方式有较大争议。

直径为 4～5cm 的卵巢囊肿发生扭转的概率较大,一般在产前就已经发生扭转,即使在出生后立即予以手术治疗,也基本上不能保存有活力的卵巢组织。因而无并发卵巢囊肿累及双侧卵巢或有扭转的可能的,许多学者建议产前行囊肿穿刺术。此外,巨大卵巢囊肿引起胎儿肺发育不良或可能造成阴道分娩难产时也可行产前干预。产前宫内穿刺抽吸术的实施必须有完善的团队支持,不但需要有熟练掌握该技术的医师,还需要有产前中心,新生儿重症监护中心以及 B 超医生、麻醉医生的协调配合。穿刺有一定危险,可能造成胃肠道穿孔、囊内出血、囊肿周围粘连等,对母体亦有伤害,有时穿刺无法进行,如囊内容物固化凝结,或囊壁坚硬不易穿透等,因而部分学者认为子宫内治疗弊大于利,不支持产前行卵巢囊肿穿刺术。

随着患儿出生后体内各种性激素及促性腺激素水平的下降,卵巢囊肿大多在1岁以内可自行消退。卵巢囊肿自发的或经穿刺之后的体积逐渐缩小,考虑消退可能。需定期随访直至消退至正常大小。稳定性囊肿为4~5cm的扭转概率较小,一般仅予观察随访,等待自行消退;如无消退出现时则需手术治疗,但出现扭转时需尽快手术。卵巢囊肿的消退需要相当长的时间,但观察时间现无统一标准。

目前认为单纯性囊肿直径达到或超过4~5cm以及长蒂囊肿容易发生蒂扭转,必须手术或穿刺治疗以避免卵巢扭转等并发症出现。此外,任何体积的复杂性囊肿均需要手术干预。出生后最安全的治疗措施是在腹腔镜的引导下抽吸囊液或囊肿去顶,也可采用开腹手术。

卵巢囊肿扭转可经数月后可自行缓解,并发症鲜有发生但后果严重。目前多倾向于手术治疗所有病理性无症状卵巢囊肿以避免发生并发症。不同意见认为囊肿如有消退应该选择非手术治疗。如囊肿扭转并出现症状,为手术治疗的绝对指征。如卵巢输卵管坏死,则唯有行卵巢输卵管切除术。

超声引导下的囊肿穿刺抽液,可经腹或经膀胱进行,其复发率低。穿刺液激素检查有助于确定囊肿卵巢来源。穿刺液染血是并发症出现的表现。穿刺抽吸无法使囊肿显著缩小是手术指征。

穿刺术可避免开腹,但有复发可能。开腹手术可以探查附件,尚可行卵巢保存手术。有时开腹手术能发现B超所不能发现的卵巢囊肿扭转。开腹手术可最大可能保存卵巢实质,只有在有确切证据显示没有活力的卵巢组织可以保留时才可以行单侧卵巢切除。

对于B超无法鉴别的卵巢肿物,应该检测CEA及AFP后手术探查,术中应做冷冻切片初步明确肿瘤性质,寻找卵巢实质。如卵巢实质完整应尽可能保存,如不能发现卵巢实质,可行卵巢输卵管切除术。良性肿瘤扭转造成附件缺血坏死时也需性卵巢输卵管切除术。恶性肿瘤行卵巢输卵管切除术可选择扩大清扫。

五、手术方式

卵巢囊肿的蒂可以很长,因此囊肿活动度可以非常可观,术前卵巢囊肿的确切位置的确定,必须以对侧探及正常卵巢决定。

麻醉后应腹部触诊囊肿,留置尿管后与下腹部标记手术切口范围。通常选取下腹部腹横纹切口,分离皮下组织至腹直肌前鞘,于皮下组织与前鞘见向上分离至脐环,向下分离至耻骨联合。以双拉钩牵引浅筋膜,注意妥善处理双侧腹壁下血管。取两侧腹直肌之间正中切口至膀胱顶进腹,以血垫推开膀胱及肠管暴露盆腔。仔细检查患侧卵巢及囊肿,确定是否有扭转及缺血坏死发生。检查患侧输卵管是否出现远端缺血坏死,穿孔及肿瘤转移。健侧卵巢可能有小囊肿未被B超发现,应该同样仔细检查。

一般情况下囊肿蒂长游离,易将其自切口娩出,巨大的囊肿可在妥善保护肠管后穿刺抽吸使其缩小后娩出。手术操作取决于卵巢扭转缺血程度,通常陈旧性扭转伴附件远端缺血坏死,需要行卵巢输卵管切除术。卵巢实质结构尚存的需要尽可能保留。

六、预 后

长期预后难以预测,定期随访有助于在婴儿期或青春期发现复发。

(邹 焱)

参 考 文 献

[1] Buckley JD. Epidemiology of osteosarcoma and Ewing's sarcoma in childhood:a study of 305 case by the children's cancer group. Cancer,1998,83:1440.

[2] Dennis A. Casciato. Manual of clinic oncology fifth edtion. Lippincott Williams & Wilkins,2004:383-393.

[3] 万德森. 临床肿瘤学. 北京:科学出版社,1999:312-321.

[4] Jemal A,Siegel R,Ward E,et al. Cancer statistics,2007. CA Cancer J Clin,2007,57:43-66.

[5] Scott C,Howard,Monika L,et al. Childhood cancer epidemiology in low-income countries. Cancer,2008, 112(3):461-472.

[6] Parkin DM,Stiller CA,Draper GJ,et al. The international incidence of childhood cancer. Int J Cancer,1988, 42:511-520.

[7] 孙燕. 内科肿瘤学. 北京:人民卫生出版社,2001:910-955.

[8] 施诚仁. 小儿肿瘤. 北京:北京大学医学出版社,2007:3-23.

[9] 吴圣楣,陈惠金,朱建幸,等. 新生儿医学. 上海:上海科学出版社,2006:960-963.

[10] Howlett NG,Taniguichi T,Olson S,et al. Biallelic inactivation of BRCA2 in Fanconi anemia. Science,2002, 297:606-609.

[11] Isaacs H Jr. Fetal and neonatal hepatic tumors. J Pediatr Surg,2007,42(11):1797-1803.

[12] Rahman N,Arbour L,Tonin P,et al. Evidence for a familial Wilms' tumour gene(FWT1)on chromosome 17q12-q21. Nature Genet,1996,13:461-463.

[13] Eng C. A ringleader identified. Nature,2008,455:883-884.

[14] Attiyeh EF,London WB,Mosse YP,et al. Chromosome 1p and 11q deletions and outcome in neuroblastoma. New Eng J Med,2005,353:2243-2253.

[15] Hedrick HL,Flake AW,Crombleholme TM,et al. Sacrococcygeal teratoma:Prenatal assessment,fetal intervention,and outcome. J Pediatr Surg,2004,39:430-438.

[16] Kay S,Khalife S,Laberge JM,et al. Prenatal percutaneous needle drainage of cystic sacrococcygeal teratomas. J Pediatr Surg,1999,34:1148-1151.

[17] Bilik R,Shandling B,Pope M,et al. Malignant benign neonatal sacrococcygeal teratoma. J Pediatr Surg, 1993,28:1158-1160.

[18] Jean-Martin L and Luong T. nKeith,Teratoma,Dermoids,and Other Soft Tissue Tumors. In Keith:Pediatric Surgery. Elsevier Saunders,2005:972-997.

[19] 刘吉宝,周勇,郭予. 骶尾部畸胎瘤 50 例. 实用儿科临床杂志,2007,22:985-986.

[20] 王练英,郭俊斌,张志波,等. 新生儿骶尾部畸胎瘤的诊治. 临床小儿外科杂志,2005,4(1):3-6.

[21] 肖现民. 临床小儿外科学-新进展、新理论、新技术. 上海:上海复旦大学出版社,2006:170-184.

[22] Bogaert GA,Heremans B,Renard M,et al. Does preoperative chemotherapy ease the surgical procedure for Wilms tumor. J Urol,2009,182(4):1869-1874.

[23] Breslow NE,Norris R,Norkool PA,et al. Characteristics and outcomes of children with the Wilms tumor-Aniridia syndrome:a report from the National Wilms Tumor Study Group. J Clin Oncol,2003,21(24): 4579-4585.

[24] Davies-Johns T,Chidel M,Macklis RM. The role of radiation therapy in the management of Wilms' tumor.

Semin Urol Oncol,1999,17(1):46-54.

[25] de Kraker J,Jones KP. Treatment of Wilms tumor:an international perspective. J Clin Oncol,2005,23(13): 3156-5158,3157-3159.

[26] Dome JS,Green DM,Cotton CA,et al. Treatment of anaplastic Wilms tumor:A report from the National Wilms Tumor Study Group. Am Soc Clin Oncol,2005,23(16S):802S.

[27] Thomas E. Hamilton,Michael L,et al. Synchronous bilateral Wilm's tumor with completeradiographic response managed without surgical resection:a report from the National Wilm's Tumor Study 4 Journal of Pediatric Surgery,2008,43:1982-1984.

[28] 吴晔明主译. 小儿外科原则. 北京:北京大学医学出版社,2006:227-234.

[29] 肖现民. 临床小儿外科学-新进展、新理论、新技术. 上海:上海复旦大学出版社,2006:160-170.

[30] 王焕民. 神经母细胞瘤自然退化和诱导的研究进展. 中华小儿外科杂志,1999,6:378-379.

[31] Hoehner JC,Gestblom C,Hedborg E,et al. A developmental model of neuroblastoma:differentiating stroma-poor tumors progress along an extra-adrenal chromaffin lineage. Lab Invest,1996,75:659-675.

[32] Mosse YP,Laudenslager M,Longo L,et al. Identification of ALK as a major familial neuroblastoma predisposition gene. Nature,2008,455:967-970.

[33] Beckwith JB,Perrin EV. In situ neuroblastoma:A contribution to the natural history of neural crest tumors. Am J Pathol,1973,43:1090-1104.

[34] Paul Imbach. Neuroblastoma. In:Thomas Kühne and Robert Arceci,Editors,Pediatric Oncology,A compressive guide,Springer-Verlag Berlin Heidelberg,2006,119-127.

[35] Maris J. Recent advances in neuroblastoma,N Engl J Med,2010,362:2202-2211.

[36] Friedman G,Castleberry R,Changing trends of research and treatment in infant neuroblastoma. Pediatr Blood Cancer,2007,49:1060-1065.

[37] Maris JM,Weiss MJ,Guo C,et al. Loss of heterozygosity at 1p36 independently predicts for disease progression but not decreased overall survival probability in neuroblastoma patients:A Children's Cancer Group study. J Clin Oncol,2000,18:1888-1899.

[38] Brodeur GM,Pritchard J,Berthold F,et al. Revisions of the international criteria for neuroblastoma diagnosis,staging,and response to treatment. J Clin Oncol,1994,12:1991-1993.

[39] D'Agnio GJ,Evans AE,Koop CE. Special pattern of widespread neuroblastoma with a favorable prognosis. Lancet,1971,1:1046-1049.

[40] Shimada H,Ambros IM,Dehner LP,et al. The international neuroblastoma pathology classification(the Shimada system). Cancer,1999,86:364-372.

[41] Castleberry RP. Biology and treatment of neuroblastoma. In:Link MP,editor. Pediatric Clinics of North America. Philadelphia:WP Saunders,1997:919-937.

[42] Monclair T,Brodeur G,Ambros P,et al,The International Neuroblastoma Risk Group(INRG)Staging System:An INRG Task Force Report,J Clin Oncol,2009,27:298-303.

[43] Schmidt ML,Lukens JN,Seeger RC,et al. biologic factors determine prognosis in infants with stage IV neuroblastoma:A prospective Children's Cancer Group study. J Clin Oncol,2000,18:1260-1268.

[44] Andrea Hayes-Jordan,Richard Andrassy. Rhabdomyosarcoma in children Current Opinion in Pediatrics, 2009,21:373-378.

[45] Punyko JA,Mertens AC,Baker KS,et al. Long-term survival probabilities for childhood rhabdomyosarcoma. A population-based evaluation. Cancer,2005,103(7):1475-1483.

[46] Oberlin O,Rey A,Lyden E,et al. Prognostic factors in metastatic rhabdomyosarcomas:results of a pooled analysis from United States and European cooperative groups. J Clin Oncol,2008,26(14):2384-2389.

[47] Bisogno G,Ferrari A,Prete A,et al. Sequential high-dose chemotherapy for children with metastatic rhab-

domyosarcoma. Eur J Cancer,2009,45(17):3035-3041.

[48] Mazzoleni S,Bisogno G,Garaventa A,et al. Outcomes and prognostic factors after recurrence in children and adolescents with nonmetastatic rhabdomyosarcoma. Cancer,2005,104(1):183-190.

[49] Klingebiel T,Boos J,Beske F,et al. Treatment of children with metastatic soft tissue sarcoma with oral maintenance compared to high dose chemotherapy:report of the HD CWS-96 trial. Pediatr Blood Cancer, 2008,50(4):739-745.

[50] Punyko JA,Mertens AC,Gurney JG,et al. Long-term medical effects of childhood and adolescent rhabdomyosarcoma:a report from the childhood cancer survivor study. Pediatr Blood Cancer,2005,44(7): 643-653.

[51] 李桂生.肝母细胞瘤的诊治现状.临床小儿外科杂志,2002,1(1):41-46.

[52] 贾钧,黄柳明,张宏武,等.小儿巨大肝母细胞瘤的外科治疗.中华普通外科杂志,2009,12:981-983.

[53] 王俊.新生儿肝母细胞瘤.中国小儿血液与肿瘤杂志,2010,4:147-149.

[54] 秦红,张金哲,祝秀丹,等.术前化疗对肝母细胞瘤手术及预后的影响.临床小儿外科杂志,2009,8(4): 17-19.

[55] 王果,李振东.小儿外科手术学.北京:人民卫生出版社,2010:431-435.

[56] 董蒨.小儿肿瘤外科学.北京:人民卫生出版社,2009:508-552.

[57] 施诚仁.小儿肿瘤.北京:北京大学医学出版社,2007:338-340.

[58] Cardinal J,de Vera M E,Marsh J W,et al. Treatment of hepatic epithelioid hemangioendothelioma:a single-institution experience with 25 cases. Arch Surg,2009,144(11):1035-1039.

[59] Daller J A,Bueno J,Gutierrez J,et al. Hepatic hemangioendothelioma:clinical experience and management strategy. J Pediatr Surg,1999,34(1):98-105,105-106.

[60] Horton J D,Lee S,Brown S R,et al. Survival trends in children with hepatoblastoma. Pediatr Surg Int, 2009,25(5):407-412.

[61] Spector L G,Johnson K J,Soler J T,et al. Perinatal risk factors for hepatoblastoma. Br J Cancer,2008,98 (9):1570-1573.

[62] Pimpalwar A P,Sharif K,Ramani P,et al. Strategy for hepatoblastoma management:Transplant versus nontransplant surgery. J Pediatr Surg,2002,37(2):240-245.

[63] D'Antiga L,Vallortigara F,Cillo U,et al. Features predicting unresectability in hepatoblastoma. Cancer, 2007,110(5):1050-1058.

[64] Casas-Melley A T,Malatack J,Consolini D,et al. Successful liver transplant for unresectable hepatoblastoma. J Pediatr Surg,2007,42(1):184-187.

[65] Ang J P,Heath J A,Donath S,et al. Treatment outcomes for hepatoblastoma:an institution's experience over two decades. Pediatr Surg Int,2007,23(2):103-109.

[66] Schnater J M,Aronson D C,Plaschkes J,et al. Surgical view of the treatment of patients with hepatoblastoma:results from the first prospective trial of the International Society of Pediatric Oncology Liver Tumor Study Group. Cancer,2002,94(4):1111-1120.

[67] Katzenstein H M,London W B,Douglass E C,et al. Treatment of unresectable and metastatic hepatoblastoma:a pediatric oncology group phase Ⅱ study. J Clin Oncol,2002,20(16):3438-3444.

[68] Fuchs J,Rydzynski J,Hecker H,et al. The influence of preoperative chemotherapy and surgical technique in the treatment of hepatoblastoma——a report from the German Cooperative Liver Tumour Studies HB 89 and HB 94. Eur J Pediatr Surg,2002,12(4):255-261.

[69] Sasaki F,Matsunaga T,Iwafuchi M,et al. Outcome of hepatoblastoma treated with the JPLT-1(Japanese Study Group for Pediatric Liver Tumor)Protocol-1:A report from the Japanese Study Group for Pediatric Liver Tumor. J Pediatr Surg,2002,37(6):851-856.

[70] Grosfeld J L. Pediatric surgery. 6th ed. Philadelphia,2006:502-514.

[71] Ashcraft K W,Holcomb G W,Murphy J P. Pediatric surgery. 4th ed. Philadelphia:2005. 950-971.

[72] Puri P. Newborn surgery. 2nd ed. London,2003:739-746.

[73] 唐文伟,耿其明,钟发英,等.新生儿及小婴儿卵巢囊肿的 CT 诊断.南京医科大学学报:自然科学版,2007,27(9):1056-1057.

[74] 常洪波,李有忠,等.胎儿卵巢囊肿的超声诊断.中华超声影像学杂志,2002,11(4):253-254.

[75] 陈永卫,侯大为,郭卫红.腹腔镜治疗新生儿卵巢囊肿.中华小儿外科杂志,2007,28(1):18-20.

[76] 王果,李振东主编.小儿外科手术学.北京:人民卫生出版社,2010:805-808.

[77] Mayer J P,Bettolli M,Kolberg-Schwerdt A,et al. Laparoscopic approach to ovarian mass in children and adolescents:already a standard in therapy. J Laparoendosc Adv Surg Tech A,2009,19(1):111-115.

[78] Cass D L. Ovarian torsion. Semin Pediatr Surg,2005,14(2):86-92.

[79] Brandt M L,Helmrath M A. Ovarian cysts in infants and children. Semin Pediatr Surg,2005,14(2):78-85.

[80] Foley P T,Ford W D,Mcewing R,et al. Is conservative management of prenatal and neonatal ovarian cysts justifiable. Fetal Diagn Ther,2005,20(5):454-458.

[81] Dolgin S E. Ovarian masses in the newborn. Semin Pediatr Surg,2000,9(3):121-127.

[82] Brookfield K F,Cheung M C,Koniaris L G,et al. A population-based analysis of 1037 malignant ovarian tumors in the pediatric population. J Surg Res,2009,156(1):45-49.

[83] Oltmann S C,Fischer A,Barber R,et al. Pediatric ovarian malignancy presenting as ovarian torsion:incidence and relevance. J Pediatr Surg,2010,45(1):135-139.

[84] Puri P. Newborn surgery. 2nd ed. London,2003:751-758.

[85] Ashcraft K W,Holcomb G W,Murphy J P. Pediatric surgery. 4th ed. Philadelphia:W. B. Saunders,2005:1073-1078.

[86] Grosfeld J L. Pediatric surgery. 6th ed. Philadelphia,2006:593-621.

第18章
伦理学与现代新生儿外科

在新生儿外科的临床实践中,外科医生每天都会面对不同的挑战。医生应用最新外科治疗手段的迫切性往往受到病人生存质量、患儿父母抉择以及有限医疗资源的限制。这一矛盾给外科医生、家属以及社会提出了共同的难题:面对生命垂危的患儿,我们到底应该怎么做? 是不惜一切代价调动所有技术力量和社会资源以挽救患儿的生命? 还是向家庭、社会的共同利益妥协?这一章节旨在尝试就这些问题作出回答,从而为临床小儿外科医生解决伦理问题提供参考。

一、"最高利益"标准的定义

显而易见,新生儿外科的患者——新生儿,尚未具备自行选择适宜治疗方式的能力,也没有能力为自己的生命价值作出恰当的抉择。小儿外科的核心伦理学问题是:什么是患儿的最大利益? 尝试回答这个问题将涉及复杂的伦理学理论框架,并须首先讨论:谁来作决定,以及什么样的决定是最合适的。

当代伦理学普遍认为,患儿的父母是最适合的决定人。在治疗过程中,患儿的父母和小儿外科医生必须协作以作出符合患儿最大利益的决定。何谓最大利益?"最大利益"是指在诊疗的过程中,为患儿选择一种治疗方式,这一方式给患儿的身心健康带来的利与弊呈现最佳的平衡状态。

"最大利益"的意义是从患儿自身出发,为其权衡利弊,选择最适合其自身利益的治疗方式。为了尽可能的客观,只有那些根据患儿最直接的病痛所提出的、与新生儿生命延续益处相关的治疗方案,才符合这个标准。它认为,只有积极治疗才是最有利的,才是符合患儿最大利益的,除非患儿濒临死亡、治疗成为禁忌或者延续生命比死亡带来更大痛苦时方能例外。这种"最大利益"的狭义认识的核心内容是:治疗方案的决定以患儿利益为中心主体,不考虑患儿疾病的诊疗过程给其他人带来的负面影响,包括父母、同胞、家庭以及社会。

"最大利益"理论的另一关键因素是强调"患儿在患病过程中是否确实经历病痛",然而评估患儿是否确实承受痛苦常常存在困难。因此,这种狭义的"最大利益"不能用于罹患严重神经系统疾病、出生缺陷的新生儿。因为他们的病情可能十分严重,不能确实经历这些病痛和痛苦;同样,对外界刺激无反应的患儿也不会像神志清醒的患儿一样感受同样的痛苦。

一些伦理学家正确地指出,"减少痛苦"不是临床实践中唯一的伦理道德相关因素,最大利益标准需要一个"辅助"标准来完善。即便生命并没有承受任何形式的痛苦,维持一个没有能力保持人类正常人际关系的生命,并不是道德上所必须的。就像无法摆脱的疼痛会完全剥夺人基本的生存志趣一样,缺乏最基本的人类生存能力也会使人陷入相同境地。

尽管"最大利益"标准存在明显的局限性,近 20 年在小儿外科领域仍然备受推崇。针对这种现象,批评家指出,很多情况下新生儿的利益是不可知的,仅以最大利益要求,可能导致违反直觉的结果。因此,在道德抉择的过程中,其他人的利益同样应该列入考虑范畴。最大利益标准要求医务人员将病人作为首要忠诚对象,最大化病人的利益以保证残障不受歧视,确保非歧视原则公正实施,这一标准将伦理问题一元化,因而助于排除更多的影响因素进而作出决定。然而,在一些必须作出决断的小儿科伦理学问题上,狭义的最大利益标准无法发挥作用,因为这一标准将复杂的道德问题过于简单化了。

我们需要为最大利益原则做一个更广义的诠释,这必须将一些有争议的伦理价值列入考虑范畴。

1."家庭自主权"　医疗决定带来的一切后果将几乎全部由家庭承受,家庭应该被赋予为家庭幸福作出重要选择的权利。家庭应有权利为他们的新生儿作出重要抉择,同样有义务为其提供所需的经济以及其他援助。家庭承担着新生儿监护的重要责任,这不仅对家庭本身意义重大,对社会保护儿童这一目标的实现同样有重要价值。在现实中,家庭的利益往往与新生儿的利益密不可分,粗暴的将新生儿的利益与家庭利益割裂,是伪善的,是对新生儿利益的片面理解。大多数研究者都认为,父母应该是首先作出决定的人。

如果将"最大利益"标准的探索与父母的决定相割裂,将带来一系列负面后果。首先,这种做法可能会引起父母对医务人员的敌视,使医患双方陷入敌对状态;其次,家庭成员可能无法将困难与医务人员进行充分讨论,使得双方重要的需求均无法得到满足。在开始医疗活动之前,家庭成员就应该被告知他在医疗决定的过程中的必要性与独立性,而不是仅有医务人员单方面地去寻求虚伪的所谓"最大利益"。因为,在所谓的"以患儿为中心"的概念中割离家庭的角色,将会使新生儿沦为一个无社会关系的生理生物体,使新生儿的所谓最大利益沦为仅仅是"生理功能上的正常"。

2."专业建议"　鉴于"最大利益"同样包含患儿医学利益这个要素,在权衡医学干预方法给患儿带来的益处与负担时,来自医务人员的专业判断扮演着重要角色。小儿外科医生有义务为他们的病人带来福利,并保护他们不受伤害。他们有专业义务挽救患儿生命并改善其生活质量,免除疼痛、折磨甚至伤残、早逝。然而即便基于最直接的医学事实,在复杂的现实前作出最好的决定也绝非易事。试想,摆在医生面前的两种治疗方法,二者选其一会给患儿带来怎样的未来?这种未来有多大的可能性?患儿需要承受些什么痛苦才能达到这种预期的未来?实难一一解答。因此,能让患儿目前免于痛苦的一切措施,必须逐一与其未来预期的利益相权衡。

3."公正不受歧视"　我们如何从患儿的自身出发理解他们的利益价值,而不是别人对他们价值的衡量?在公正性上,社会有义务给予患儿些什么?患儿不仅仅属于他的家庭,还是他所在的社会团体的一员。社会团体有责任保护他们最脆弱的一员,尤其是当这一员正陷于来自家庭的忽略和虐待时。所有的患儿都应该得到一定程度的健康关怀,无论他的家庭如何为他选择。

公正的原则与强调高度个体化的"最大利益"有着直接的冲突。事实上,"最大利益"是一种对患者自身决定的狭义的关注,意在尽可能避免更大的医疗资源浪费,然而这却实难实现。家庭与社会要考虑他们应该给予每个患儿些什么,进而还要考虑,如何在每一个患儿之间实现公平。家庭与社会拥有的时间、精力、服务以及金钱等资源是有限的,资源分配给每个获得者的同时,必须慎重考虑其他成员的可及性所受到的影响。毫无疑问,公平分配问题是家庭、专业人士以及社会所需面对的伦理问题中最复杂的一个,如果在决策中一味回避这个问题,它将永远无法得到解决。笔者认为,社会分配的公平性必然影响医疗措施的实施,然而解决问题的关键是在政府,而不是在医院,合理的政策以及相应的社会、商业保险组合将有助于这一问题的解决。

上述这种"广义的最大利益"标准旨在根据参与医疗活动各方的价值观,为患儿的诊治措施权衡利弊,选择最佳方案。但必须强调的是,以上的广义标准在不同国家和地区的文化背景下是存在差异的。比如在某些地区,年长者才是家庭的决策者,而不是患儿父母;某些国家,家庭可能完全不扮演抉择角色,而是全权交由医生代理;还有一些地区文化可能更强调满足社会总体利益,而不是个人利益。最后,这一广义标准的建立是以各种必要的医疗手段能够第一时间获得满足为前提的,这在发达地区和发展中地区可能是不同的,因为前者强有力的医疗手段能够使一些极危重的病情得到缓解,而后者,病情危重很可能是医疗资源相对不足的直接后果。

二、最大利益标准的实施

"最大利益"标准在小儿外科领域是如何被运用的呢?我们必须牢记,这个标准概念仅是一个复杂价值结构的代名词,期待它自动为我们解决伦理道德问题是不现实的,它必须被切实理解和予以实施才有意义。没有人能够一眼洞穿患儿的最大利益所在,实践中必须针对每个病患个案,逐一讨论、权衡利弊,以期在现有医疗措施中为患儿作出最佳选择。

例如,先天性肛门闭锁的患儿,未并发其他先天性畸形,如不立即手术治疗,将会有生命危险。小儿外科医生向家属建议手术治疗,因为只有接受手术才代表患儿获得最大利益。医生的建议借助了最大利益原则,手术可能为患儿带来的利益(如生命持续、功能恢复及痛苦减少)远远大于其可能带来的不良后果(如因住院造成的家庭疏远、因麻醉、手术及检查所带来的死亡的风险及功能恢复不良)。最大利益的衡量基于对患儿的正确诊断、预后估计、现有的治疗手段以及治疗成功率的统计等。患儿所罹患的畸形是致命的,而手术是低风险高成功率的。本例中,医生按照最大利益强调的价值标准行事,希望通过拯救患儿生命,恢复其正常功能以解除患儿痛苦,从而履行自身伦理学义务及自身专业操守。

同时,大多数家属也赞同用手术方式治疗先天性肛门闭锁是符合患儿最大利益标准的。从一名合格家长的价值观出发,他们努力满足患儿利益的同时,也能够接受患儿及自己需要承受的痛苦和风险。大多数家属认同本例的治疗结果是积极的(如拯救生命及功能恢复),手术成功率高,而风险及代价低(如手术操作、恢复时间以及相关开销)。在一些发达国家,如果有家属在这种情况下拒绝其患儿接受手术治疗,往往会被控告医疗疏忽,国家将会依法代替家属承担义务确保患儿得到应有的治疗。

在另一种情况下,外科医生和家属可能会就停止维持患儿生命达成共识,从而确保患儿最大利益的满足。例如,某 23 周早产,体重 600g 的患儿罹患坏死性小肠结肠炎,手术切除坏死肠管后所剩小肠仅 25cm,并发脑室内出血,肺部感染进行性恶化,败血症进行性恶化。这种情形下,患儿的生命质量遭受神经系统、呼吸系统并发症的严重影响,病死率非常高。此时医生与家属应该就终止患儿生命支持,开始临终关怀治疗达成共识,因为我们可以认同,该患儿已经生命垂危,对外界极少或全无反应,此时仍将其束缚于生命保障系统的痛苦中治疗病死率极高的大规模肠坏死疾病,从伦理学角度考虑是不正确的。无论是再次手术、全肠外营养还是小肠移植等治疗措施都无法改善患儿的神经系统情况,患儿将无法体会我们常人所能体会的快乐与幸福,生命支持所强加的痛苦,以及被迫与家庭分离,可视为患儿无需承受的负担。

尽管大多数医务人员和家属认同继续治疗不是该患儿的最大利益,仍有一部分家属坚持"尽一切可能的努力"。在家属的反对下停止生命支持,无论是在法律上还是在伦理上都不是一件易事。这一冲突的解决有赖于医生与家属间的相互信任,只有家属对医生有足够的信任才会认同医生的建议,这种信任源于医生的诚信,例如医生对患儿病情无所隐瞒,确保家属理解需要理解的信息,并对家属的问题和顾虑作出回应;医生富有同情心,设身处地的为经历病痛的患儿及其家属着想。在诊疗的过程中,医生必须让家属感受到他不但关心和在意他们和他们的孩子,而且在这条与病魔抗争的道路上,医生永远不会放弃他们。在这个病例中,正确理解家属所谓"尽一切可能的努力"的要求至关重要,因为矛盾可能源于家属对诊断和预后的错误理解,而这种误解通常能通过不懈地真诚沟通得以解决。

三、采集价值病史

每个家庭对什么是"可接受的患儿生活质量"的价值判断是不同的,因此收集每个家庭的价值偏好信息是非常有必要的。笔者发现以下的问题对这些信息的收集非常有帮助。

1. 你对你的孩子目前状况有多少了解?
2. 孩子的疾病对你的家庭有多大影响?
3. 对孩子的护理治疗中你觉得最重要的是哪些?
4. 你最担心的事是什么? 你最希望避免的事情是什么?
5. 你的家庭力量和家庭支持的来源是什么?

四、伦理决策指南

什么是可接受的生命质量? 什么是患儿的最大利益? 伦理学的两难困境通常产生于小儿外科医生和家属在这个问题上的分歧。哪一方的决定能够胜出?

我们的医生可以通过实践一个已有的程序,以确保所做的伦理决策正确可靠。这一程序在伦理学文献中的版本较多,但大多都包含如下内容。

1. 确定决策者　是否与双亲有关? 是否有非双亲法定监护人? 双亲是否有能力作出抉择? 谁是相关的临床医生?

2. 收集相关的医学事实　诊断是什么? 预后如何? 进一步确诊是否需要额外的检查? 是否需要从其他医生处获得建议?

3. 征求多方面价值建议　双亲、其余家庭成员以及医生之间是否存在价值冲突? 冲突的基础是否明确?

4. 确定可供选择的治疗手段　每种方法的治愈率或好转率有多大? 发生负面效果的可能性有多大? 从专业角度考虑,可接受的最小的治疗措施是什么?

5. 分析评估最可能的治疗方法并推荐给家属　用正确的选择根据不同的价值要求说服各个团体。

6. 达成合理的解决方案　是否所有的团体都阐明了各自的观点? 是否需要提供进一步的事实以解决分歧? 是否需要中间人(伦理学顾问、伦理学组织或其他可信赖的第三方组织)调解?

绝大多数情况下,小儿外科医生与家属之间的伦理学冲突可以通过进一步交流、协商以及妥协来得到解决。但当矛盾不可调和时,小儿外科医生可能需要借助诸如伦理委员会等外界力量来解决,也可能会因为良知上的反对而退出跟进病例。

在新生儿的外科手术方案确定过程中,求助于法庭决断的门槛很高。只有医生所提出的治疗是众所周知对患儿百利而无一害的,同时家属又拒绝给予患儿应得的医疗,即发生医疗疏忽时,案件才有可能被法院接受,如前文所述的肛门闭锁案例。法院介入解决的各种经典案例,大多是治疗方案是百利而无一害的情形,例如法院下令为患儿输血等。同样,当家属要求的治疗并非医生所认同的符合患儿最大利益时,法院同样不是解决问题的正确渠道。总而言之,矛盾解决的最佳场所是在床边,由那些关心患儿、了解目前情形并需要承担决定后果的团体共同解决。

五、文化在医疗决策中的作用

在难于解决的伦理问题中,大多都包含着一种文化冲突,即不同文化背景下所普遍认同的"最大利益"医疗观念之间的冲突,因为来自不同文化群体的家庭都会依照各自的观念给患儿作出医疗决策。

文化背景给我们戴上了一副"有色眼镜",我们每一个人都是戴着这副眼镜来看世界的。有一个文化的定义写道:"文化就是一组既明确又含糊的行动指南,当我们成为某个特定社会的成员时,我们就从上一代那里通过继承而获得了这个文化。不论一个生命在哪个社会中成长,实际上成长的过程都是对某种文化适应的过程,正是借着这个适应的过程,人们才渐渐地'戴上了'那个社会的'有色眼镜'。如果没有一个对世界的共同理解,任何一个人类群体的凝聚力和连续性都是不可能存在的。"

根据上述定义,尝试从某个文化视角之外来谈论"最大利益"是行不通的。从某种意义上讲,我们所作的一切决定都是"跨文化"的,而"最大利益"的狭义定义是从单一文化视角出发的,它所体现的内容更多的是单一医疗文化和法律文化的主导地位。

但是,核心问题并不是我们是否拥有不同的文化视角,而是我们是否能够在其中就孰优孰劣作出判断。这就产生了一个难于解决的被称为文化现实(cultural reality)的伦理学问题。文化现实的主张包括:①所有的道德判断都和产生它的文化相关;②不同文化间的道德判断有着显著的不同;③没有一种方法,能够在不同文化的道德判断之间进行优先顺序的排序。

文化视角对我们医务工作者也是十分重要的。伦理观念与社会习俗、社会行为、社会传统和社会管理制度紧密相连,所有的这些观念都不断地向人们发出信息,并帮助人们建立起其在自己所在的社会中处理事务的方式。当我们忘记了这一点时,我们就处于远离这个世界的危险之中。

我们也承认存在一些适用于所有人群的伦理准则,而且,这些准则是基于人性本身产生的。文化对于我们理解这些准则是必要的,文化也能帮助我们理解这些准则是如何在冲突的双方中运用的。我们既要对文化差异心存尊重,同时也要知道这种尊重是有限度的。很重要的是,我们还要认识到文化差异所带来的危害,因为有一些文化准则可能对基本的人权构成了伤害。

我们也不能把对不同文化的尊重作为一种制胜的王牌。如果出于对不同文化的尊重,而任由他人自由的选择而我们一味地遵从他人的选择的话,实际上我们就是对自己文化核心价值观的一种忽视。具有讽刺意义的是,如果我们忽视了自己的文化价值观,那实际上就是对尊重文化多样性准则的一种亵渎。在多种文化背景下,尝试进行谈判和妥协始终是我们的优先选择。

六、新生儿外科伦理学发展现状

人们对医学伦理学的认识总是跟随医学发展而深入的,中国小儿外科历时 60 年发展有了长足的进步,近年来,越来越多的新生力量投入到儿童健康事业工作中去,新的医疗技术不断涌现,许多以前无法存活的重症患儿如今有机会得到医治。然而,与此同时必然暴露出更多的伦理学问题。相比起西方发达国家,我国医学院校对伦理学教育仍旧不够重视,造成临床医生伦理道德素质缺失,在临床操作中涉及重要伦理问题时,往往被忽略或错误处置,临床伦理的监督与实践有待进一步改善。同时,我国仍缺乏系统的行之有效的医学伦理相关规定和法规,现有法律法规部分内容自相矛盾,为重要伦理学概念的法律诠释造成混乱。学术方面,比起其他领域,很少有学者进行相关的伦理学思考,国内关于新生儿伦理学的相关学术讨论更是犹如凤毛麟角。

近年来,随着我国国民素质逐渐提高,法律法规逐步完善,人文关怀思想渐渐深入人心,在新生儿外科临床操作中,医学伦理学问题开始逐渐得到重视。然而,临床情况错综复杂,医务人员需要操作需要明了、可行的伦理学解决方案,在面临困难时可供参照,为临床工作指点迷津。

1. 有缺陷新生儿救治的基本伦理原则是义务论与功利论两种观点结合　功利论是以人们行为的功利效果作为道德价值的基本评价标准。它强调效率和利益最大化原则。医学领域的功利论是满足患者和社会上大多数人的健康功利。功利论对于解决医学的具体问题提供了明确的手段,它不询问医疗行为的动机,而是把行为的后果效用作为道德判断的标准,面对那些出生即有严重缺陷的新生儿,即便努力救治成功依然率很小,如果采取不惜一切代价的抢救和治疗,反而会使患儿陷入无尽的痛苦,可能最终无法康复,不仅生活质量很低,社会和家庭还要承受巨大的治疗负担,无论对患儿个人还是对家庭、社会的功利,都是负值,是不可取的。功利论的观点是将有限的卫生资源投入到最需要的患者身上而避免浪费。而义务论则强调了医生治病救人的动机和义务的唯一性,明确了医生尊重生命、敬畏生命、保护生命的道德起点。要求医生的道德行为以其义务为准绳行事。

义务论强调生命和公正,功利论强调现实和利益,只有二者结合才能在处理一些特殊情境时,更具解释力和说服力,从而实现医疗行为的道德通路。

2. 建立新生儿伦理委员会加强医院伦理委员会管理　凡从事新生儿疾病治疗工作的各类机构均应该建立新生儿伦理委员会。委员会由医院管理人员、临床工作人员、伦理学专家、律师、心理学家和社区代表等组成。当家属与医生在关于终止治疗决策上发生矛盾时,应提交委员会,由医院伦理委员会作出客观、公正的决定。当委员会的意见与患者家属不一致时,有义务帮助家属解决认识与情感上的偏差,帮助家属解决心理问题。委员会还应负责医务人员及患儿家长有关伦理学的咨询等。所有终止治疗的决定,都应呈交伦理委员会备案。此外,理清医务人员与患儿家属在终止治疗决策中的伦理责任是必要的。

新生儿伦理委员会的另一重要职责是在临床科研中遵守《涉及人的生物医学研究伦理审查办法试行》,规范涉及到新生儿的生物医学研究和相关技术的应用,保护新生儿的生命和健康,尊重和保护新生儿的合法权益。

3. 胎儿外科伦理学的进展　胎儿外科手术从诞生到今天已走过数十年,无论从技术讲上还是伦理道德上来说,胎儿外科都是一个极其复杂的领域。胎儿畸形的救治,涉及到对胎儿患者角色的定义,胎母之间利益的权衡等负责的伦理学问题。近年随着胎儿外科在诸多中心的开展,人们开始做一些胎儿外科伦理学方面的思考。首先开展胎儿外科手术必须严格掌握指征,绝对适应证必须是那些出生后立即严重威胁患儿生命,并且能够通过相对简单的手术在产前得到解决的先天性畸形;而那些产前外科干预可能使出生后治疗得到改善的情况,则是相对适应证,需要谨慎执行;其余的先天性畸形如果在生后可以得到很好的纠正,或产前手术效果与生后手术相比优势不确切的,均为禁忌证。同时必须考虑到,孕妇必须在绝对知情同意下方能作出决定,医务工作者应该杜绝在诊断治疗中进行具有引导性的沟通,造成产妇因为情绪作出不恰当的选择。因为胎儿外科手术是完全牺牲孕妇的权利之下达成的,手术会为孕妇带来诸多创伤和风险,而孕妇本身从手术中无所获益。有些家属会因为对胎儿关切作出一些损害自身利益的决定,面对这种情况医生应该如何应对? 这是亟待解决的问题。

4. 先天性畸形严重度分级标准　在新生儿外科的病房里,每天都有各种各样的患儿等待接收治疗,他们来自于不同背景的家庭,疾病严重程度也各不相同。新生儿无法表达自己的权利和意愿,他们的最大利益难于为人所知,在开展胎儿外科过程中,胎儿利益与母亲利益的冲突尖锐频繁。医生不但应考虑到患儿获救后的生活质量以及长期治疗的可能性,还应按照法律行事同时履行社会的期望。在什么情况下医生应该建议家属积极治疗?什么情形下应该终止妊娠?哪些患儿应该开始临终关怀?将先天性畸形严重度进行标准分级将有助于解决这些问题①可完全恢复正常;②轻度异常,可正常生活;③畸形需要长期监督和(或)医疗;④躯体缺陷和智力发育低于正常;⑤严重的躯体和精神损害;⑥完全无法正常生活。

5. **联体婴畸形伦理学** 联体婴畸形从 20 世纪初有史记载以来受尽世人冷眼和虐待,直到今日分离手术技术成熟,命运紧紧相连的同胞兄弟摆脱束缚成为可能。联体双胞胎不但要求复杂的手术技术,也给医学伦理带来严峻的挑战。

所有儿童的生存权都是神圣不可侵犯的,然而,外科医生有时不得不面对这样的情形:两个联体婴儿的命运会是如此紧密地交织在一起想要拯救其中一个的生命就必须以付出另一个生命为代价。同时,除了那些如不进行分离手联体婴即面临双双死亡的个体,是否应该对其他生存能力不受影响的联体双胞胎进行分离手术?这不但取决于手术的风险,家属的感受,还要考虑患儿的最大利益得到满足。因为大多数联体婴成年人后都拒绝接受分离手术而选择保持现状。考虑到上述这些伦理问题,联体婴的分离手术似乎不再仅仅是令人振奋的头版头条,更应该是一个充满争议的伦理学两难悖论。因此,我们需要格外仔细的评估联体婴的治疗方案,这样才能保证重大的道德价值观念和法律原则不遭到妥协或歪曲。

6. **先天性性发育异常治疗伦理准则的变革** 近年来先天性性发育异常治疗伦理准则正在经历变革,面对性别特征模糊的新生儿,根据父母意愿决定患儿性别的传统做法开始受到质疑。随访发现,很多新生儿期接受性别决定手术的病人,成年后迫切要求再次手术以更正自己的性别。现代社会文化更开始接受性别的模糊性,明确的性别差异正在变得越来越不重要。现代儿童权利运动强调,孩子不是自己的父母和社会的期望,只是独立个体。对父母在性发育异常决策的限制将成为持续的争论对象。

七、总 结

前文重点讨论了关于新生儿外科伦理学的重要概念和相关理论,回顾了今年国际国内有关新生儿伦理学的一些新思想新进展,希望能对从事临床工作的读者有所帮助。"最大利益"的标准是一个价值观的混合体,其中包括小儿外科医生的价值观、家长的价值观以及社会的价值观。随着医疗保健的日趋国际化,及越来越具有多元文化的特性,进行文化间伦理学对话的需要也在不断增加。在不同文化间的价值判断上没有什么制胜王牌,有的只是一种最真诚的需要。医务工作者务必把握其中恒久不变的原则,以捍卫道德的底线和法律的尊严。

(夏慧敏)